LES CHRONIQUES D'ALVIN LE FAISEUR

DU MÊME AUTEUR
CHEZ LE MÊME ÉDITEUR

Les chroniques d'Alvin le Faiseur

Le septième fils
Le prophète rouge
L'apprenti
Le compagnon

La geste Valois

Jason Valois
Contes de Capitole et de la forêt des Eaux

Terre des origines

Basilica
Le général
L'exode
Livres IV et V *(à paraître)*

Orson Scott Card

LES CHRONIQUES D'ALVIN LE FAISEUR

Le septième fils
Le prophète rouge
L'apprenti

ROMANS TRADUITS DE L'AMÉRICAIN
PAR PATRICK COUTON

AVEC DOUZE ILLUSTRATIONS ORIGINALES DE GESS

L'ATALANTE
Nantes

THE TALES OF ALVIN MAKER
SEVENTH SON — RED PROPHET — PRENTICE ALVIN

ISBN 2-84172-040-3

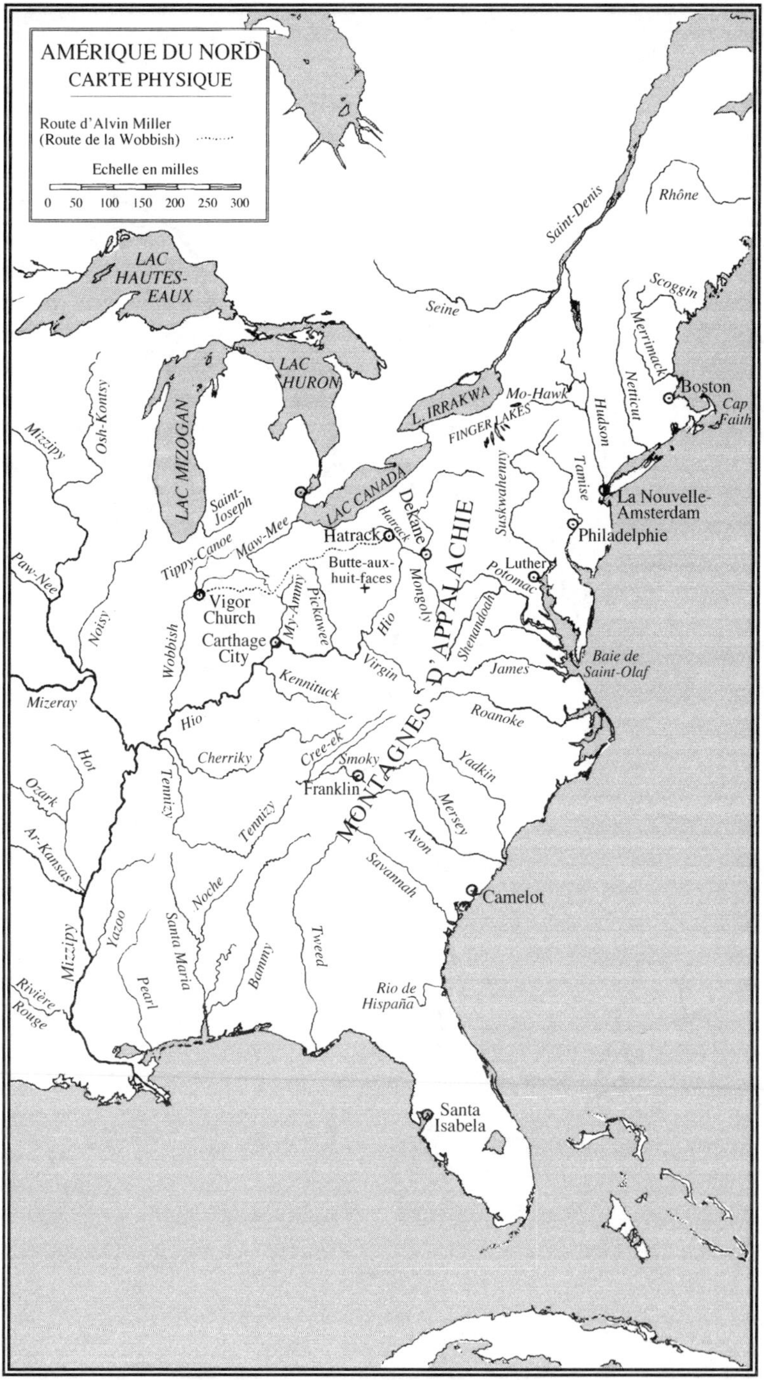
AMÉRIQUE DU NORD
CARTE PHYSIQUE
Route d'Alvin Miller
(Route de la Wobbish)
Echelle en milles
0 50 100 150 200 250 300
LAC HAUTES-EAUX
LAC HURON
LAC MIZOGAN
L. IRRAKWA
LAC CANADA
FINGER LAKES
Saint-Denis
Rhône
Seine
Scoggin
Merrimack
Netticut
Boston
Cap Faith
Mo-Hawk
Hudson
Tamise
La Nouvelle-Amsterdam
Philadelphie
Suskwahenny
Luther
Potomac
Shenandoah
Baie de Saint-Olaf
James
Roanoke
Yadkin
Mersey
Avon
Savannah
Camelot
Rio de Hispaña
Tweed
Bammy
Santa Maria
Noche
Yazoo
Pearl
Mizzipy
Rivière Rouge
Ar-Kansas
Ozark
Hot
Mizeray
Paw-Nee
Noisy
Osh-Kontsy
Mizzipy
Saint-Joseph
Tippy-Canoe
Maw-Mee
Hatrack
Dekane
Butte-aux-huit-faces
Mongoly
Hio
Vigor Church
Carthage City
My-Ammy
Pickawee
Wobbish
Kennituck
Virgin
Hio
Cherriky
Cree-ek
Smoky
Franklin
Tennizy
Tennizy
MONTAGNES D'APPALACHIE
Santa Isabela

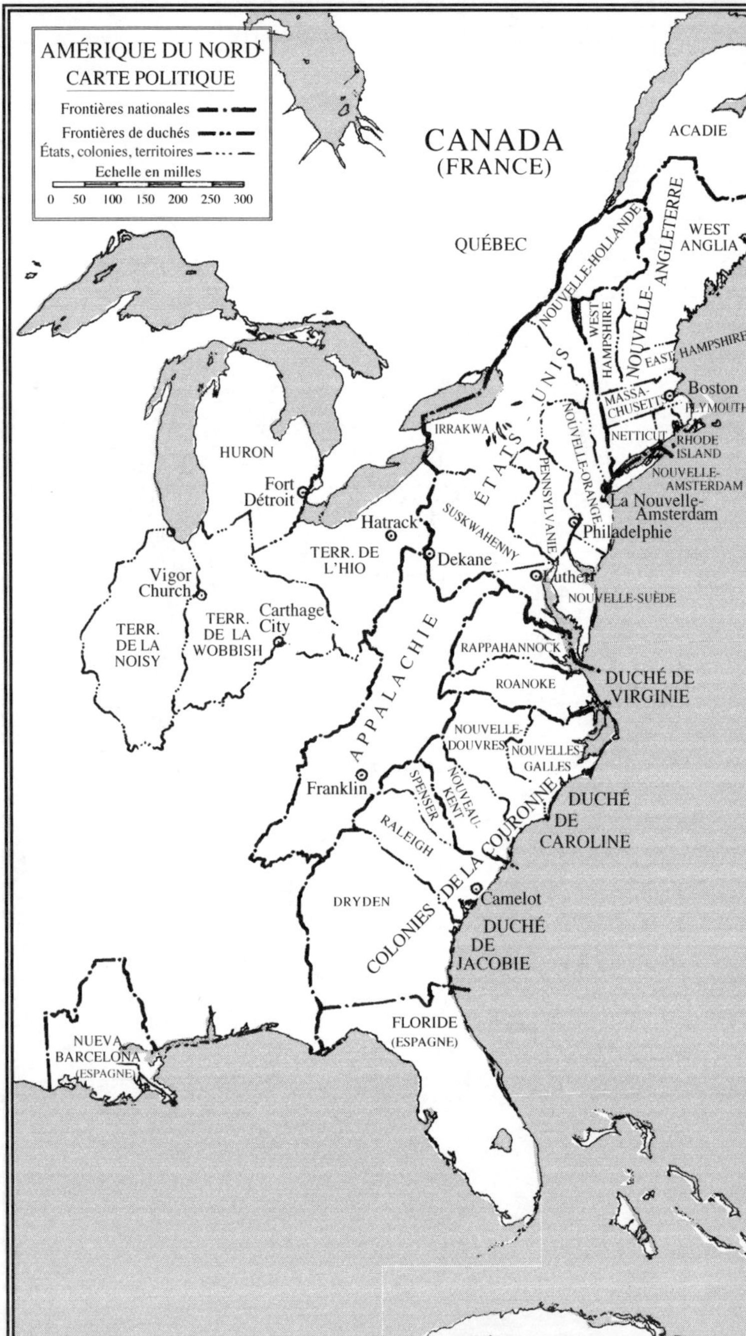
AMÉRIQUE DU NORD
CARTE POLITIQUE
Frontières nationales
Frontières de duchés
États, colonies, territoires
Echelle en milles
0 50 100 150 200 250 300
CANADA
(FRANCE)
ACADIE
QUÉBEC
WEST ANGLIA
NOUVELLE-ANGLETERRE
NOUVELLE-HOLLANDE
WEST HAMPSHIRE
EAST HAMPSHIRE
ÉTATS - UNIS
MASSA-CHUSETTS
Boston
PLYMOUTH
NETTICUT
RHODE ISLAND
NOUVELLE-AMSTERDAM
La Nouvelle-Amsterdam
IRRAKWA
NOUVELLE-ORANGE
PENNSYLVANIE
Philadelphie
SUSKWAHENNY
HURON
Fort Détroit
Hatrack
Dekane
Luther
TERR. DE L'HIO
NOUVELLE-SUÈDE
Vigor Church
Carthage City
TERR. DE LA NOISY
TERR. DE LA WOBBISII
APPALACHIE
RAPPAHANNOCK
ROANOKE
DUCHÉ DE VIRGINIE
NOUVELLE-DOUVRES
NOUVELLES-GALLES
Franklin
SPENSER
NOUVEAU-KENT
COLONIES DE LA COURONNE
DUCHÉ DE CAROLINE
RALEIGH
Camelot
DRYDEN
DUCHÉ DE JACOBIE
FLORIDE
(ESPAGNE)
NUEVA BARCELONA
(ESPAGNE)

Le septième fils

A Emily Jan,
qui connaît toute la magie
dont elle aura jamais besoin.

I

La Reine sanglante

La petite Peggy faisait très attention avec les œufs. Elle farfouillait dans la paille avec la main jusqu'à ce que ses doigts cognent contre un objet dur et lourd. Le caca de poule, elle s'en fichait pas mal. Après tout, quand des voyageurs avec des bébés logeaient à l'auberge, maman ne plissait jamais le nez devant leurs langes, et pourtant c'était quelquefois dégoûtant. Alors, du caca de poule, même humide, gluant et qui collait aux doigts, elle s'en fichait pas mal, la petite Peggy. Elle écartait la paille, refermait la main sur l'œuf et le sortait délicatement du pondoir. Et ce, perchée sur un tabouret branlant, dressée sur la pointe des pieds, le bras tendu très loin au-dessus de sa tête. Maman la trouvait trop jeune pour ramasser les œufs, mais la petite Peggy tenait à lui montrer qu'elle n'était pas si petite que ça. Tous les jours, elle visitait tous les pondoirs et ramassait tous les œufs, jusqu'au dernier. Parfaitement.

Tous, se répétait-elle dans sa tête, tous, tous. Faut que je les ramasse tous.

La petite Peggy se tourna vers le coin le plus sombre du poulailler, dans le fond à droite ; là, sur son pondoir, trônait Mary, la Reine sanglante, l'air tout droit sortie d'un cauchemar du diable, l'œil mauvais, fulminant de haine, qui semblait dire : « Viens donc par ici, ma petite, viens donc me palper. Je veux sentir tes coups de doigts, tes coups de pouce, et si tu t'approches vraiment tout près pour me piquer mes œufs, moi, je te pique l'œil d'un coup de bec. »

La flamme de vie était réduite chez la plupart des animaux, mais celle de la Reine sanglante était vive et dégageait une fumée empoisonnée.

Personne ne la voyait, sauf la petite Peggy. Mary souhaitait la mort de tout le monde mais particulièrement de certaine fillette de cinq ans, comme en témoignaient les marques sur les doigts de Peggy. Enfin, une marque au moins, et papa avait beau dire qu'il ne distinguait rien, la petite Peggy, elle, se rappelait bien comment elle lui était venue. Et personne ne pouvait lui en vouloir si elle oubliait de temps en temps de glisser la main sous la Reine sanglante, tapie en embuscade tel le brigand prêt à occire le premier qui ferait ne serait-ce que mine de s'aventurer sur son territoire.

Ça non, personne ne la gronderait si elle oubliait de temps en temps de regarder sous Mary.

J'ai oublié. J'ai regardé dans tous les pondoirs, tous, et si y en a un qui m'a échappé, c'est que j'ai oublié, oublié, oublié.

Tout le monde savait que la Reine sanglante était une saleté de poule, trop teigneuse, de toute manière, pour pondre autre chose que des œufs pourris.

J'ai oublié.

Elle rapporta son panier à la maison avant que maman ait seulement eu le temps d'allumer le feu, et maman fut si contente qu'elle laissa la petite Peggy plonger les œufs un à un dans l'eau froide. Puis maman suspendit la marmite au crochet avant de la pousser bien au-dessus des flammes. Pour les œufs durs, pas besoin d'attendre que le feu diminue, même au milieu de la fumée on pouvait les faire cuire.

« Peg », dit papa.

Peg, c'était le nom de maman, mais papa n'avait pas sa voix « pour maman ». Il avait sa voix « 'tite Peggy, t'as fait des bêtises », alors, se sachant découverte, la fillette pivota brusquement vers lui en criant ce qu'elle avait prévu de dire depuis le début : « J'ai oublié, p'pa ! »

Maman se retourna et la regarda, surprise. Papa, lui, n'avait pas l'air surpris. Il se contenta de hausser un sourcil. Il gardait une main derrière son dos. La petite Peggy savait qu'il y avait un œuf dans cette main. Un méchant œuf de la Reine sanglante.

« Qu'esse t'as oublié, 'tite Peggy ? » demanda papa d'une voix douce.

Aussitôt, Peggy se dit qu'il fallait être la petite fille la plus bête du monde pour se défendre de quelque chose dont personne ne l'avait encore accusée.

Mais elle n'allait pas se laisser faire comme ça, pas tout de suite. Elle ne supportait pas de voir papa et maman fâchés contre elle, elle ne désirait qu'une chose : qu'on la laisse partir en Angleterre. Elle prit donc un air innocent et répondit : « J'connais pas, p'pa. »

D'après elle, il n'existait pas de plus beau pays où aller vivre que l'Angleterre, parce que l'Angleterre avait un Lord Protecteur. A en juger par les gros yeux de papa, Peggy avait un besoin urgent de Lord Protecteur.

« Qu'esse t'as oublié ? redemanda papa.

— Dis-y une bonne fois pour toutes, Horace, intervint maman. Si elle a fait une bêtise, elle l'a faite et on en parle plus.

— J'ai oublié rien qu'une fois, p'pa, dit la petite Peggy. C'est une vilaine poule, elle m'aime pas. »

Papa répéta lentement, tout doucement : « Rien qu'une fois. »

Il sortit alors sa main de derrière son dos. Seulement, ce n'était pas un œuf qu'il tenait caché, mais tout un panier. Un panier rempli d'un bouchon de paille — sûrement la litière de la Reine sanglante —, amalgame de paille broyée durci par de l'œuf séché et des bris de coquilles, souillé des restes déchiquetés de trois ou quatre poussins.

« T'avais b'soin d'ramener ça à la maison jusse avant le p'tit-déjeuner, Horace ? protesta maman.

— J'connais pas c'qui me met le plus en colère, dit Horace : ses bêtises ou ses manigances pour nous mentir.

— J'ai pas manigancé et j'ai pas menti ! » cria la petite Peggy. Du moins avait-elle eu l'intention de crier. Ce qui lui sortit de la gorge tenait davantage du sanglot, malgré sa décision prise la veille de ne plus jamais pleurer jusqu'à la fin de ses jours.

« Tu vois ? fit maman. La v'là déjà l'cœur sus les lèvres.

— La v'là l'cœur sus les lèvres d'avoir été prise en faute, répliqua Horace. T'es trop coulante avec elle, Peg. Elle a la menterie dans l'sang. J'veux pas qu'ma fille tourne mal. J'aimerais mieux la savoir morte comme ses p'tites sœurs plutôt que d'la voir mal tourner. »

Peggy vit la flamme de vie de maman attisée par le souvenir et, devant ses yeux, lui apparut un joli bébé, couché dans une petite boîte, puis un autre, moins joli celui-là car c'était la petite sœur Missy, morte de la vérole et que personne ne voulait toucher sauf sa maman, elle-même si affaiblie par la maladie qu'elle ne pouvait être d'un grand secours. Peggy voyait la scène et elle savait que papa n'aurait pas dû dire des choses pareilles, parce ce qu'une expression glaciale avait envahi le visage de maman, malgré toute la chaleur de sa flamme de vie.

« On a jamais rien dit d'aussi méchant devant moi », lança maman. Puis elle se saisit du panier répugnant posé sur la table et l'emporta dehors.

« Mary, elle m'pique la main avec son bec, dit Peggy.

— Ç'a pas fini de t'piquer, tu vas voir, fit papa. Pour avoir manqué d'ramasser les œufs, tu mérites un coup d'badine, un seul, parce que j'comprends que c'te poule mal lunée flanque la frousse à un p'tit bout d'chou comme toi. Mais pour avoir fait des accroires, j'm'en vais t'en donner dix. »

A ces mots, Peggy se mit à pleurer pour de bon. Quand il s'agissait de donner, papa ne chipotait pas, il faisait toujours bonne mesure, particulièrement en matière de corrections.

Il prit la badine de noisetier sur l'étagère du haut. Il la rangeait là depuis que la petite Peggy avait jeté l'ancienne au feu.

« Ma fille, j'préfère t'entendre dire mille vérités qui blessent l'oreille plutôt qu'une menterie qui la flatte », fit-il, puis il se pencha et la badine s'abattit sur les cuisses de Peggy. *Tchac, tchac, tchac*, elle compta chacun des coups et ils la blessèrent jusqu'au cœur, tous, tant elle y sentait de colère. Pire encore, elle avait conscience d'une injustice, parce que la flamme de vie de papa s'embrasait en fait pour un tout autre motif, comme d'habitude. L'aversion de papa pour le mal trouvait toujours sa source dans les replis les plus secrets de sa mémoire. C'était quelque chose d'embrouillé et de confus que la petite Peggy ne comprenait pas vraiment ; d'ailleurs papa lui-même ne s'en souvenait pas bien. Il s'agissait d'une dame et ce n'était pas maman, voilà tout ce que Peggy voyait clairement. A chaque fois que quelque chose allait de travers, papa pensait à la dame : quand Missy était morte sans raison aucune, quand la vérole avait emporté l'autre bébé, lui aussi prénommé Missy, quand la grange avait brûlé, et puis quand une vache avait crevé ; tout ce qui allait de travers le faisait penser à cette dame. Il se mettait alors à discourir sur son horreur du mal, et dans ces moments-là, la badine volait bas et les coups pleuvaient dru.

Je préfère entendre mille vérités qui blessent, c'était ce qu'il avait dit, mais la petite Peggy savait qu'il y avait une vérité qu'il refuserait toujours d'entendre ; alors elle la gardait pour elle. Jamais elle ne la lui jetterait à la figure, dût-il la battre à en casser sa badine, parce qu'à la seule idée de parler de la dame, la vision de son père mort s'emparait d'elle, et elle souhaitait ne jamais assister à pareil spectacle pour de vrai. En plus, la dame qui hantait la flamme de vie de son père, elle ne portait pas de vêtements, et la petite Peggy savait qu'elle ne couperait pas au fouet si elle parlait de gens tout nus.

Elle subit donc son châtiment et pleura jusqu'à sentir le nez lui couler dans la bouche. Papa quitta aussitôt la pièce et maman revint préparer le petit-déjeuner du forgeron, des hôtes et des employés, mais ni l'un ni l'autre n'adressa la parole à Peggy, comme s'ils ne faisaient même pas attention à elle. Ses pleurs redoublèrent, en débit et en intensité, mais en pure perte. Finalement, elle prit Bugy dans la corbeille à ouvrage et, d'un pas raide, elle sortit pour se rendre à la cabane de grandpapa qu'elle réveilla sans attendre.

Il écouta son histoire, comme d'accoutume.

« J'la connais, la Reine sanglante, dit-il, et j'y ai bien dit cinquante fois, à ton pap', d'y tordre le cou, à c'te poule, qu'on en parle plus. Cet oiseau-là, il est bredin. Quasiment toutes les semaines la folie lui prend et elle casse tous ses œufs, même ceux-là qui sont prêts à éclore. Elle tue ses poussins. Faut être fou pour tuer ses propres petits.

— Moi, p'pa, l'a failli m'tuer, gémit la petite Peggy.

— Y m'semble que si t'arrives encore à marcher, c'est pas si grave que ça.

— J'marche pus très bien.

— Non, m'est avis qu'tu vas rester estropiée pour l'restant de tes jours, dit grandpapa. Mais j'vais te dire, j'ai l'impression que ton pap' et ta mam' sont surtout en colère l'un après l'autre. Alors, tu pourrais p't-être t'éclipser quelques heures ?

— J'aimerais pouvoir me changer en oiseau et m'envoler.

— A défaut, dit grandpapa, l'mieux, c'est d'avoir une cache secrète où personne aura idée d'aller t'chercher. Tu connais un endroit comme ça ? Non, me dis rien ! Ça gâche tout, si t'en causes, même à une seule personne. T'y vas et t'y restes un moment. Faut qu'ce soye un endroit sûr ; pas dans la forêt, un Rouge pourrait t'chiper tes beaux cheveux ; pas en hauteur, tu risquerais de tomber ; et pas une cachette trop p'tite où tu resterais coincée.

— C'est grand, c'est pas haut et c'est pas dans la forêt, dit la petite Peggy.

— Alors, faut que t'y ailles, Maggie. »

La petite Peggy fit la grimace, comme à chaque fois que grandpapa l'appelait ainsi. Elle brandit Bugy au-dessus d'elle et, prenant la voix de fausset de sa poupée, elle couina : « Son nom, c'est Peggy !

— Faut que t'y ailles… *Piggy*… si tu préfères… »

La petite Peggy balança Bugy en plein dans le genou de grandpapa.

« Un d'ces jours, Bugy fera ça une fois de trop, elle se pétera quèque chose et elle en mourra », dit grandpapa.

Mais Bugy dansait sous son nez et insistait : « C'est pas Piggy le petit cochon, c'est *Peggy !*

— D'accord, *Puggy*. Alors tu vas dans ta cache secrète, et si on m'dit : "Faut retrouver la p'tite", j'répondrai : "J'connais où elle est. Elle reviendra toute seule quand elle s'ra décidée." »

La petite Peggy se précipita vers la porte de la cabane, puis s'arrêta net et se retourna : « Grandpapa, t'es la grande personne la plus gentille du monde.

— C'est pas l'avis de ton père, par rapport à une autre badine dont j'ai usé et abusé. Et maintenant, file ! »

Elle s'arrêta encore une fois au moment de refermer la porte. « T'es la *seule* grande personne de gentille ! » Elle avait crié très fort, dans le vague espoir que sa voix avait porté jusque dans la maison. Puis elle se mit en route, coupa à travers le jardin, dépassa le pré aux vaches, grimpa la colline, pénétra dans le bois et suivit le chemin qui conduisait à la resserre de la source.

II

Le chariot

ILS AVAIENT un bon chariot, ces gens-là, et deux bons chevaux pour le tirer. On aurait même pu les croire prospères, car ils s'enorgueillissaient de six solides garçons, dont l'aîné avait atteint sa taille adulte et les deux derniers, des jumeaux, bénéficiaient à douze ans d'une étonnante vigueur due à leurs éternelles empoignades au corps à corps. Sans parler d'une grande fille et de toute une ribambelle de petites. Une famille nombreuse. L'air prospère, même quand on ignorait que moins d'une année plus tôt ils possédaient un moulin et habitaient une maison spacieuse au bord de l'eau dans le West Hampshire. Ils avaient dégringolé dans l'échelle sociale, assurément, et ce chariot constituait le seul bien qui leur restait. Mais l'espoir les soutenait tandis qu'ils cheminaient à travers l'Hio, vers l'ouest, vers les vastes étendues de terres qui ne demandaient qu'à être prises. Pour une famille aussi généreusement pourvue de reins solides et de mains habiles, ce serait forcément une bonne terre, tant que les conditions climatiques les épargneraient, que les Rouges ne les harcèleraient pas et que tous les banquiers et hommes de loi resteraient en Nouvelle-Angleterre.

Le père était grand et fort, un peu gagné par la graisse, ce qui n'avait rien de surprenant car un meunier ne s'active guère de toute la journée. Cette mollesse à la taille ne résisterait pas à une année de ferme en pleine forêt. Il ne s'en inquiétait pas, en tout cas, travailler dur ne lui faisait pas peur. Pour l'heure, ce qui le tracassait, c'était sa femme, Fidelity. Elle arrivait à terme pour le bébé, il le savait. Non pas qu'elle le lui ait annoncé ouvertement. Les femmes ne parlent pas de ces choses-là avec les hommes. Mais il savait à quel point elle était grosse et depuis combien de mois. Et puis, profitant de la halte de midi, elle lui avait chuchoté : « Alvin Miller, si on trouve une auberge en chemin, ou même un bout d'cabane délabrée, je m'reposerais bien un peu. » Pas besoin d'avoir étudié la philosophie pour comprendre. Et après six garçons et six filles, il aurait fallu l'intelligence d'une brique pour ne pas saisir de quoi il retournait.

Aussi envoya-t-il l'aîné de ses gars, Vigor, courir en avant sur la route pour reconnaître le terrain.

Indéniablement, ils arrivaient de Nouvelle-Angleterre, car le garçon n'emporta pas de fusil. S'il s'était trouvé un bandit, le jeune homme n'aurait jamais revu les siens, et le fait de revenir sans qu'il lui manque un seul poil sur la tête prouvait qu'aucun Rouge ne l'avait repéré : les Français, là-haut, à Détroit, payaient les scalps anglais en alcool, et dès qu'un Rouge, dans la forêt, tombait sur un homme blanc isolé et sans mousquet, il s'appropriait sa chevelure. On aurait donc pu croire que la chance souriait enfin à la famille. Mais comme ces Yankees ignoraient que la route n'était pas sûre, Alvin Miller ne s'avisa pas un instant de sa bonne fortune.

Vigor rendit compte d'une auberge à trois milles. C'était une heureuse nouvelle; seule réserve : une rivière leur barrait la route. Une espèce de rivière rabougrie... et le gué était peu profond, mais Alvin Miller avait appris à ne jamais faire confiance à l'eau. Aussi paisible qu'elle paraisse, elle essaye toujours de vous emporter. Il avait moitié envie de dire à Fidelity qu'ils passeraient la nuit de ce côté-ci de la rivière, mais elle poussa un faible gémissement et il sut à cet instant qu'il ne fallait pas y compter. Fidelity lui avait donné une douzaine d'enfants bien vivants, mais la dernière naissance remontait à quatre ans et beaucoup de mères supportaient mal d'avoir un bébé si tard. Beaucoup mouraient. Une bonne auberge sous-entendait d'autres femmes pour aider à l'accouchement; il faudrait donc prendre le risque de traverser la rivière.

Et d'après Vigor, c'était une rivière de rien du tout.

III

La source

L'ATMOSPHÈRE à l'intérieur de la resserre était fraîche et lourde, sombre et moite. Parfois, quand elle y faisait un petit somme, Peggy se réveillait en cherchant sa respiration, comme si l'eau avait tout submergé. Ailleurs aussi, elle rêvait de l'eau, à cause de quoi certains disaient qu'elle était une filtrante plutôt qu'une torche. Mais dans ces cas-là, elle savait toujours qu'elle rêvait. Ici, l'eau était réelle.

Réelle par les gouttes qui se formaient, comme de la transpiration, sur les jarres de lait disposées dans le courant. Réelle par l'argile humide et froide du sol. Réelle par le gargouillis du ruisseau qui courait au milieu de la pièce.

Il faisait frais tout au long de l'été dans cette retraite, grâce à l'eau glacée qui sourdait de la colline pour s'y répandre et grâce à l'ombre absolue prodiguée par des arbres tellement séculaires que la lune ne manquait jamais de s'insinuer à travers leurs branches, rien que pour entendre quelques bonnes vieilles histoires. Même quand papa ne la détestait pas, la petite Peggy venait toujours ici. Pas pour l'humidité ambiante, elle pouvait s'en passer. Plutôt parce que le feu s'échappait d'elle et qu'elle cessait d'être une torche. Elle n'était plus forcée de voir au fond des gens, dans tous les replis obscurs où ils se cachaient.

Ils se cachaient d'elle, comme si ça servait à quelque chose. Tous les secrets dont ils n'étaient pas très fiers, ils essayaient de les dissimuler dans un recoin sombre, mais ils ne savaient pas comme toutes ces zones d'ombre s'illuminaient aux yeux de la petite Peggy. Même du temps où elle était si petite qu'elle recrachait sa bouillie de maïs parce qu'elle espérait encore avoir une tétée, elle connaissait toutes les histoires que les membres de son entourage gardaient soigneusement secrètes. Elle voyait les événements de leur passé qu'ils auraient aimé pouvoir enterrer, et elle voyait ceux de leur avenir qu'ils redoutaient par-dessus tout.

Voilà pourquoi elle avait pris l'habitude de monter à la resserre. Ici, elle n'était plus forcée de voir toutes ces choses. Pas même la dame dans les souvenirs de papa. Ici, il n'y avait rien d'autre que l'atmosphère fraîche, sombre, humide et lourde qui éteignait le feu et réduisait la lumière pour qu'elle redevienne, quelques minutes par jour seulement, une petite fille de cinq ans avec une poupée de paille du nom de Bugy, et qu'elle n'ait même plus à penser à tous ces secrets de grandes personnes.

J'suis pas vilaine, se dit-elle. Pas vilaine, pas vilaine. Mais ça ne changea rien parce qu'elle se savait vilaine. Bon, d'accord, pensa-t-elle, j'suis vilaine. Mais je l'serai plus jamais. J'dirai la vérité comme a dit papa, ou j'dirai rien du tout.

Malgré ses cinq ans, la petite Peggy savait que, pour tenir ce serment-là, elle ferait mieux de ne rien dire.

Aussi choisit-elle de se taire, même à elle-même, pour rester allongée sur un carré de mousse humide, Bugy serrée, presque étranglée, dans son poing.

Cling, cling, cling.

La petite Peggy se réveilla et eut une bouffée de colère.

Cling, cling, cling.

Elle était en colère parce que personne ne lui avait demandé : « 'tite Peggy, ça t'ennuie pas, hein, si on décide ce jeune forgeron à s'installer par chez nous autres ?

— Pas du tout, p'pa », elle aurait répondu si on lui avait posé la question. Elle savait ce que ça voulait dire, la présence d'une forge. Ça voulait dire qu'un village allait se développer, que des gens viendraient d'ailleurs, qui feraient marcher le commerce, qu'avec du commerce l'auberge de son père pourrait devenir une hôtellerie forestière, et que s'il existait une auberge forestière toutes les routes feraient un petit détour pour passer devant, à condition qu'elle ne soit pas trop à l'écart. La petite Peggy savait tout cela, aussi sûrement que les enfants de paysans connaissaient les rythmes de la ferme. Une auberge à proximité d'une forge était une auberge appelée à prospérer. Elle aurait donc répondu : « Sûr, qu'il reste par chez nous autres, cédez-lui un bout de terrain, construisez-lui sa cheminée de briques, offrez-lui ses repas, donnez-lui mon lit ; moi, je partagerai la chambre de cousin Peter qu'essaye sans arrêt de reluquer sous ma chemise de nuit ; tout ça je m'en arrangerai, tant que vous l'installez pas du côté de la source, par rapport que, quand je voudrai rester seule avec l'eau, y aura tout le temps des ronflements, des sifflements, des cliquetis, des martèlements, tout le temps du bruit, et aussi un feu qui monte en l'air pour noircir le ciel, et l'odeur du charbon de bois qui brûle. De quoi avoir envie de remonter le courant jusque dans la montagne pour être tranquille. »

Evidemment, le ruisseau, c'était l'emplacement idéal pour le forgeron. Sans le besoin de l'eau, il aurait pu planter sa forge n'importe où ailleurs. Le fer lui arrivait par chariot directement de chez le fournisseur, en Nouvelle-Hollande, et le charbon de bois... eh bien, il y avait plein de fermiers qui ne demandaient qu'à en échanger contre un bon ferrage. Mais l'eau, le forgeron en avait besoin et personne ne pouvait la lui apporter. Alors, comme de juste, on l'avait installé au pied de la colline, en bas de la resserre, si bien que ses *cling-cling* la réveillaient et ravivaient le feu en elle quand elle se trouvait dans le seul refuge où elle avait pris l'habitude de le laisser faiblir et s'endormir jusqu'à l'état de cendres froides et humides.

Un grondement de tonnerre.

La seconde suivante, elle était à la porte. Il fallait qu'elle voie l'éclair. Elle n'en aperçut que la dernière lueur mais elle savait qu'il y en aurait d'autres. Il n'était guère plus de midi, sûrement... ou alors elle avait dormi toute la journée ? Avec tous ces gros nuages noirs, elle était bien en peine de le dire, il pouvait parfaitement s'agir du crépuscule, juste avant la nuit. On sentait comme des picotements dans l'air, la foudre attendait d'éclater. Elle connaissait cette impression, elle en connaissait le sens : la foudre ne tomberait pas loin.

Elle regarda en dessous pour voir si l'écurie du forgeron était toujours pleine de chevaux. Elle l'était. Les chevaux n'avaient pas été ferrés, la route allait se transformer en gadoue, donc le fermier venu de West Fork avec ses deux fils serait bloqué ici. Aucune chance qu'ils repartent chez eux par un temps pareil, avec la foudre prête à enflammer la forêt, à faire tomber un arbre sur leur passage, ou peut-être tout simplement à les frapper un bon coup et les étendre raides morts dans un cercle, comme ces cinq quakers dont on parlait encore, une histoire qui s'était passée par ici dans les années 90, à l'époque où les premiers blancs venaient s'établir dans la région. Les gens parlaient encore du « Cercle des Cinq »; certains se demandaient si Dieu ne s'était pas empressé d'écrabouiller les quakers, comprenant que c'était le seul moyen de leur clouer le bec; d'autres, s'il ne les avait pas fait monter au paradis comme le premier Lord Protecteur Oliver Cromwell qui s'était volatilisé, frappé par la foudre à l'âge de quatre-vingt-dix-sept ans.

Non, le fermier et ses grands garçons resteraient une nuit de plus. La petite Peggy était fille d'aubergiste, pas vrai ? Les papooses apprenaient à chasser, les négrillons à porter des fardeaux, les petits paysans à prévoir le temps et une fille d'aubergiste à deviner quels clients resteraient pour la nuit, avant qu'ils le sachent eux-mêmes.

Leurs chevaux mâchonnaient dans l'écurie, ils renâclaient et se prévenaient de l'approche de la tempête. Dans chaque groupe de chevaux, songea la petite Peggy, faut toujours qu'il y en ait un de complètement bouché à qui les autres doivent expliquer tout ce qui se passe. Grosse tempête, ils disaient. On va attraper la saucée, si la foudre ne nous frappe pas d'abord. Et le cheval bouché continuait de hennir doucement et de répéter : « C'est quoi, tout ce raffut ? C'est quoi, tout ce raffut ? »

Et alors le ciel s'ouvrit pour déverser des trombes d'eau sur la terre. Les feuilles des arbres furent arrachées, tant la pluie battait avec violence. Elle tombait si dru, aussi, que pendant une minute la petite Peggy ne distingua même plus la forge et s'imagina que le courant l'avait peut-être emportée. Grandpapa lui avait dit que le ruisseau descendait tout droit jusqu'à la rivière Hatrack, que la rivière Hatrack se jetait dans l'Hio, que l'Hio s'enfonçait à travers la forêt pour rejoindre le Mizzipy, qui lui-même allait se déverser dans la mer; et grandpapa racontait que la mer avalait tellement d'eau qu'elle en attrapait une indigestion et lâchait les rots les plus formidables qu'on puisse imaginer. C'était ça, l'origine des nuages. La mer qui rotait. La forge allait suivre le courant, se faire avaler puis renvoyer; et après, un jour qu'elle, la petite Peggy, ne s'y attendrait pas, un nuage crèverait pour laisser proprement tomber la forge où le brave Conciliant Smith continuerait de marteler, *cling, cling, cling*.

Enfin la pluie faiblit légèrement et Peggy regarda en contrebas pour constater que la forge n'avait pas bougé. Mais ce n'était pas la forge qui lui attirait le regard. Non, ce qui l'attirait, c'étaient des étincelles très loin dans la forêt, en aval vers la Hatrack, là-bas du côté du gué ; seulement, il ne fallait pas compter passer le gué aujourd'hui, avec cette pluie. Des étincelles, beaucoup d'étincelles, et elle savait qu'elles appartenaient toutes à des gens. Elle n'avait plus guère besoin d'y penser, il lui suffisait de regarder leurs flammes de vie pour les connaître mieux. Visions d'avenir ou visions du passé, elles cohabitaient toutes dans la flamme de vie.

Pour l'instant, elle voyait la même chose dans chacun de leurs cœurs. Un chariot au milieu de l'Hatrack, l'eau qui montait, et dans le chariot, tout ce qu'ils possédaient au monde.

La petite Peggy ne parlait pas beaucoup, mais personne n'ignorait qu'elle était une torche, aussi l'écoutait-on chaque fois qu'elle se manifestait pour signaler des difficultés. Particulièrement ce genre de difficultés. Bien sûr, la colonisation de la région n'était pas récente, elle datait de bien avant la naissance de Peggy, mais ils n'avaient pas encore oublié que tout chariot pris dans une crue représentait une perte pour tous.

Elle dévala la colline ; ses pieds volaient au ras de l'herbe, sautaient pardessus les trous de marmottes, glissaient dans les passages escarpés ; aussi ne s'écoula-t-il pas plus de vingt secondes entre le moment où elle avait aperçu au loin les flammes de vie et celui où elle ouvrit la bouche chez le forgeron. Le fermier de West Fork voulut d'abord la faire attendre, le temps qu'il finisse de raconter ses souvenirs des plus grosses tempêtes qu'il avait affrontées. Mais Conciliant connaissait la petite Peggy. Lui, il l'écouta aussitôt, puis dit aux garçons de seller leurs chevaux, ferrés ou pas ; il y avait des gens bloqués au gué de la Hatrack et ce n'était pas le moment de s'amuser. La petite Peggy n'eut même pas le loisir de les voir partir : Conciliant l'avait déjà envoyée à l'auberge chercher son père et tous les ouvriers et voyageurs qui s'y trouvaient. Pas un seul qui n'eût un jour entassé tout ce qu'il possédait au monde dans un fourgon pour le conduire vers l'ouest, par des routes de montagnes, jusque dans cette forêt. Pas un seul qui n'eût senti une rivière lécher son chariot dans l'espoir de se l'approprier. Ils répondirent tous présents. C'était comme ça en ce temps-là, voyez-vous. Les gens prenaient conscience des ennuis de leur prochain aussi vite que s'il s'agissait des leurs.

IV

La rivière Hatrack

VIGOR, à la tête des garçons, s'efforçait de pousser le chariot, pendant qu'Aliénor encourageait les chevaux de la voix. Alvin Miller s'employait à transporter les petites filles une par une pour les mettre en sécurité sur la rive opposée. Le courant démoniaque s'agriffait à lui et murmurait : « Je te prendrai tes enfants, je te les prendrai tous », mais Alvin répondait « non » avec chaque muscle de son corps tandis qu'il luttait pour gagner la terre ferme ; et il répéta « non » au murmure jusqu'à ce que ses filles se retrouvent sur la berge, trempées comme des soupes, le visage dégoulinant de pluie comme si elles pleuraient tous les malheurs du monde.

Il aurait bien transporté Fidelity aussi, avec son bébé dans le ventre, mais elle ne voulait pas bouger. Elle restait assise, arc-boutée contre les malles et les meubles à l'intérieur du chariot ballotté, prêt à déverser. La foudre éclata et des branches se cassèrent ; l'une d'elles déchira la toile et l'eau envahit le chariot ; mais Fidelity tint bon, les jointures blanches, les yeux fixes. A son regard, Alvin sut que rien de ce qu'il pourrait dire ne la ferait changer d'avis. Il n'y avait qu'une manière de sortir Fidelity et son bébé à naître de cette rivière, c'était d'en sortir le chariot.

« Les chevaux, ils ripent, p'pa ! cria Vigor. Ils bronchent tout l'temps, ils vont s'casser une patte.

— Mais on peut pas s'dégager sans les chevaux !

— Les bêtes, c'est pas rien, p'pa. Si on les laisse comme ça, on va perdre à la fois l'chariot et les chevaux !

— M'man bougera pas du chariot. »

Il lut la compréhension dans les yeux de Vigor. Leurs biens ne valaient pas qu'on prenne le risque de mourir pour les sauver. Mais maman, si.

« Quand même, fit Vigor. Depuis la berge l'attelage tirerait plus fort. Icitte, dans l'eau, ils sont bons à rien.

— Demande aux garçons d'les dételer. Mais d'abord, amarrez une corde à un arbre pour arrimer l'chariot ! »

En moins de deux minutes les jumeaux Econome et Fortuné avaient gagné la rive et nouaient la corde à un gros arbre. David et Mesure en fixaient une autre au harnais de couplage des chevaux, pendant que Placide tranchait les longes qui les reliaient au fourgon. De bons garçons, qui s'acquittaient admirablement de leur tâche ; Vigor hurlait ses ordres, tandis qu'Alvin était cantonné au rôle de spectateur impuissant à l'arrière du chariot, surveillant tantôt Fidelity qui se retenait d'accoucher, tantôt la rivière Hatrack qui s'efforçait de les culbuter en enfer.

Une rivière de rien du tout, avait dit Vigor ; mais les nuages s'étaient amoncelés, la pluie s'était abattue et la Hatrack avait pris de l'ampleur en fin de compte. Même ainsi, elle avait paru franchissable au moment de s'y engager. Les chevaux s'étaient avancés d'un pas puissant, et Alvin disait à Placide qui tenait les rênes : « Eh ben, l'est grand temps qu'on arrive », quand la rivière était devenue folle. Brusquement, le courant avait redoublé de vitesse et de violence ; les chevaux, désorientés, pris de panique, s'étaient mis à tirer à hue et à dia. Les garçons avaient tous sauté à l'eau pour tenter de les mener vers la rive, mais le chariot avait perdu son élan et les roues, embourbées, s'étaient bloquées. Comme si la rivière les avait attendus et qu'elle avait contenu sa rage le temps qu'ils parviennent au milieu de son lit et qu'ils ne puissent plus en ressortir.

« Attention ! Attention ! » hurla Mesure depuis la berge.

Alvin se tourna vers l'amont pour découvrir quelle diablerie la rivière avait en tête : un arbre entier descendait le courant, dans le sens de la longueur, comme un bélier, l'extrémité avec les racines pointée sur le centre du chariot, à l'endroit précis où Fidelity se tenait assise, prête à accoucher. Alvin se voyait incapable d'imaginer un moyen d'échapper au danger, incapable de raisonner tout court ; il ne parvint qu'à crier le nom de sa femme de toutes ses forces. Peut-être pensait-il en son cœur qu'en gardant son nom sur ses lèvres il la maintiendrait en vie, mais c'était sans espoir, sans aucun espoir.

Vigor, lui, ignora que c'était sans espoir. Il s'élança; l'arbre n'était pas éloigné de plus d'une perche, et il atterrit juste au-dessus des racines. Sous le choc, l'arbre dévia légèrement, puis roula sur lui-même, roula encore et s'écarta du chariot. Bien entendu, Vigor roula du même coup, entraîné sous la surface de l'eau, mais sa tentative fut couronnée de succès : l'extrémité de l'arbre manqua complètement le fourgon, seul le fût le heurta de flanc.

Le tronc bondit en travers du courant et alla se fracasser contre un rocher de la rive. Alvin se trouvait à cinq perches de distance, mais dans sa mémoire il reverrait toujours la scène comme si elle s'était déroulée juste sous ses yeux. L'arbre qui s'écrase contre le rocher et Vigor entre les deux. Une fraction de seconde qui dure une éternité, les yeux de Vigor agrandis de surprise, le sang qui lui jaillit aussitôt de la bouche et asperge l'arbre meurtrier. Ensuite la rivière Hatrack entraîna l'arbre dans sa course. Vigor glissa sous l'eau; n'émergea plus que son bras, emmêlé dans les racines, tendu en l'air, évoquant un voisin prenant congé de la main après une visite.

Alvin était tellement absorbé par le spectacle de son fils en train de mourir qu'il ne prenait même pas garde à ce qui lui arrivait à lui-même. Le coup porté par l'arbre avait suffi pour dégager les roues embourbées; la rivière s'empara du chariot pour lui faire descendre le courant, Alvin cramponné au hayon arrière, Fidelity en pleurs à l'intérieur, Aliénor s'égosillant sur le siège du conducteur; et les garçons hurlaient à pleins poumons depuis la rive : « T'nez bon ! T'nez bon ! T'nez bon ! »

La corde, elle, tint bon; attachée d'un bout à un arbre solide, de l'autre au fourgon, elle tint bon. La rivière, impuissante à entraîner le chariot, lui fit décrire un arc de cercle, comme lorsqu'un gamin fait tournoyer un caillou à l'extrémité d'une ficelle, et c'est contre la berge qu'il s'immobilisa dans une dernière secousse, l'avant tourné vers l'amont.

« Ç'a tenu ! clamèrent les garçons.

— Djeu soit loué ! lança Aliénor.

— J'sens l'bébé qui vient », souffla Fidelity.

Mais Alvin n'entendait que l'unique petit cri, l'ultime son sorti de la gorge de son fils aîné, il ne voyait que son garçon accroché à l'arbre qui roulait et se retournait dans l'eau, il n'était plus capable d'articuler qu'un seul mot, qu'un seul ordre : « Vis ! » murmurait-il. Vigor lui avait toujours obéi. Dur à la tâche, compagnon obligeant, davantage un ami ou un frère qu'un fils. Mais cette fois-ci, il savait que son fils lui désobéirait. Pourtant il murmurait quand même : « Vis ! »

« On est sauvés ? » demanda Fidelity, la voix tremblante.

Alvin se retourna vers elle, s'efforçant d'effacer la douleur de son visage. Inutile qu'elle sache le prix qu'avait payé Vigor pour les sauver, elle et son bébé. Elle aurait toujours le temps de l'apprendre après l'accouchement. « Tu peux descendre du chariot ?

— Qu'esse qui va pas ? demanda-t-elle en le regardant en face.

— J'ai pris peur. L'arbre aurait pu nous tuer. Tu réussiras à descendre asteure qu'on est près du bord ? »

Aliénor, toujours à l'avant du chariot, se pencha à l'intérieur. « David et Placide sont sus la rive, ils peuvent t'aider. La corde tient, m'man, mais qui connaît pour combien de temps ?

— Allez, m'man, t'as qu'un pas à faire, dit Alvin. On s'occupera mieux du chariot si on t'sait en sécurité sus la berge.

— L'bébé arrive, dit Fidelity.

— Vaut mieux qu'il arrive sus la berge qu'icitte, fit sèchement Alvin. Vas-y, *maintenant*. »

Fidelity se mit debout et se hissa maladroitement vers l'avant. Alvin grimpa dans le chariot et la suivit, pour l'aider en cas de faux pas. Même lui pouvait voir à quel point son ventre s'était affaissé. Le bébé devait déjà chercher à gagner l'air libre.

Sur la berge, David et Placide n'étaient plus seuls à présent. Il s'y trouvait des inconnus, des hommes robustes, et des chevaux. Avec un petit chariot ; cette vision était réconfortante. Alvin n'avait aucune idée de qui étaient ces hommes, ni comment ils avaient su qu'on avait besoin de leur aide, mais le moment n'était pas aux présentations. « Hé, les gars ! Est-ce qu'y a une sage-femme à l'auberge ?

— Dame Guester, elle fait des accouchements », dit un homme. Un costaud, avec des bras comme des jambons.

Un forgeron, sûrement.

« Vous pouvez emmener ma femme dans ce chariot ? Y a pas un instant à perdre. » Alvin savait qu'il n'était pas convenable pour un homme de parler si ouvertement d'accouchement, surtout en présence de la femme qui allait enfanter. Mais Fidelity n'était pas idiote : elle avait conscience de ce qui importait le plus ; et l'emmener vers un lit et une sage-femme importait davantage que de tergiverser.

David et Placide, avec précaution, aidèrent leur mère à se déplacer vers le chariot qui attendait. La douleur faisait trébucher Fidelity. On devrait éviter aux femmes en gésine de descendre d'un siège de chariot sur une berge de rivière, c'est sûr. Aliénor marchait juste derrière elle, prenant la direction des opérations comme si elle n'était pas plus jeune que tous les garçons en dehors des jumeaux. « Mesure ! Rassemble les filles. Elles viennent avec nous dans l'chariot. Vous aut' aussi, Econome et Fortuné ! J'sais bien que vous pouvez aider vos grands frères, mais j'ai besoin d'vous pour surveiller les filles durant que j'suis avec m'man. » On ne plaisantait jamais avec Aliénor, et la gravité de la situation était telle que tous obéirent en oubliant même de l'appeler « Aliénor d'Aquitaine ». Jusqu'aux plus petites qui cessèrent quasiment leurs chamailleries pour grimper auprès de leur mère.

Aliénor s'arrêta un instant sur la berge et regarda en arrière, vers son père assis sur le siège du chariot. Elle jeta un coup d'œil en aval, puis reporta le regard sur son père. Alvin comprit la question et fit non de la tête. Fidelity devait encore ignorer le sacrifice de Vigor. Des larmes importunes montèrent aux yeux d'Alvin, mais ceux d'Aliénor restèrent secs. Elle n'avait que quatorze ans, mais quand elle ne voulait pas pleurer, elle ne pleurait pas.

« Hue ! » lança Econome au cheval, et le petit chariot s'ébranla sous la pluie battante ; Fidelity grimaça tandis que les filles lui prodiguaient de petites tapes apaisantes. Elle promenait un regard fixe de son mari à la rivière, un regard éteint et aussi peu expressif que celui d'une vache. En certaines circonstances, une naissance par exemple, se dit Alvin, la femme devient un animal, l'activité cérébrale se ralentit au bénéfice du corps qui prend le relais pour accomplir sa tâche. Sinon, comment pourrait-elle endurer la douleur ? Comme si l'âme de la terre l'habitait ainsi qu'elle habite celle des animaux, pour l'intégrer à l'ensemble du monde vivant en la détachant de sa famille, de son époux, de toutes les brides de la race humaine, et pour la conduire dans la vallée de la maturité, de la cueillette, de la moisson et de la mort cruelle.

« Elle va être en sécurité, asteure, dit le forgeron. Et on a des ch'vaux pour vous sortir vot' chariot d'la rivière.

— Ça s'calme, fit Mesure. Il pleut moins et l'courant est pus très fort.

— Dès que vot' femme a posé l'pied sus la berge, ça s'est ralenti, dit celui qui ressemblait à un fermier. La pluie est après s'arrêter, c'est sûr.

— Vous avez passé l'plusse dur quand vous étiez dans l'eau, renchérit le forgeron. Mais vous êtes tirés d'affaire, asteure. Reprenez-vous, mon vieux, y a encore d'l'ouvrage qui nous attend. »

A cet instant seulement, Alvin revint suffisamment à lui pour s'apercevoir qu'il pleurait. Il y a encore de l'ouvrage, c'est vrai, reprends-toi, Alvin Miller. Tu n'es pas une mauviette, et tu brailles comme un bébé. Il y en a d'autres qui ont perdu une dizaine d'enfants et qui continuent malgré tout de vivre leur vie. Toi, t'en as eu douze, et Vigor a vécu jusqu'à l'âge adulte, même s'il ne s'est jamais marié et n'a pas eu de descendance. Peut-être qu'Alvin ne pouvait retenir ses larmes parce que Vigor s'était offert en sacrifice ; peut-être qu'il pleurait parce que tout s'était passé si vite.

David toucha le bras du forgeron. « Laissez-le tranquille un p'tit moment, dit-il doucement. On a perdu not' frère aîné y a pas dix minutes. Il a été coincé dans un arbre qui descendait l'courant.

— Il a pas été *coincé*, fit sèchement Alvin. Il a sauté sus l'arbre et sauvé not' chariot, avec vot' mère qu'était d'dans ! C'te rivière le lui a fait payer, moi j'vous l'dis, elle l'a puni. »

Placide s'adressa d'une voix neutre aux hommes du pays. « Elle l'a précipité contre l'rocher là-bas. » Ils regardèrent tous le rocher. On n'y voyait pas la moindre trace de sang, il avait l'air parfaitement innocent.

« La Hatrack, elle est sournoise, dit le forgeron, mais je l'avais 'core jamais vue aussi mauvaise. J'suis désolé pour vot' gars. Y a un plan d'eau calme plusse loin où il va finir par aboutir. Tout ce qu'emporte la rivière se r'trouve là-bas. Quand la tempête se sera arrêtée, on y descendra pour ramener le... pour le ramener. »

Alvin s'essuya les yeux de sa manche, mais comme elle était trempée, le résultat ne fut guère probant. « Donnez-moi une minute et j'vais pouvoir faire ma part de travail », dit-il.

Ils attelèrent deux chevaux en renfort, et les quatre bêtes n'eurent aucun mal à sortir le chariot du courant, à présent beaucoup moins violent. On avait à peine regagné la route que le soleil perçait même les nuages.

« On peut jamais connaître, dit le forgeron. Par icitte, si l'climat vous plaît pas, vous avez même pas l'temps d'vous assire qu'il a déjà reviré.

— Là, c'était différent, fit Alvin. C'te tempête-là, elle nous attendait... »

Le forgeron passa le bras autour des épaules d'Alvin et lui parla avec une grande douceur. « C'est pas pour vous offenser, monsieur, mais vous dites des sottises. »

Alvin l'ignora. « C'te tempête et c'te rivière, c'est nous autres qu'elles voulaient.

— P'pa, fit David, t'es tanné et t'as du chagrin. Tu devrais rester tranquille jusqu'à tant qu'on arrive à l'auberge et qu'on voye comment va m'man.

— Ça sera un garçon, dit papa. Vous verrez. Il aurait été l'septième fils d'un septième fils. »

Ils dressèrent l'oreille aussitôt, le forgeron comme les autres. Tout le monde savait qu'un septième fils héritait de certains dons, mais le septième fils d'un septième fils, c'était une naissance où se réunissaient le plus grand nombre de pouvoirs.

« Alors là, c'est pas pareil, dit le forgeron. Il aurait fait un fameux sourcier, c'est sûr, et l'eau, elle aime pas ça. » Les autres hochèrent la tête d'un air entendu.

« L'eau a voulu y mettre le holà, dit Alvin. Elle l'a voulu et elle a tout fait pour. Elle aurait tué Fidelity et l'bébé, si elle avait pu. Mais vu qu'elle y est pas arrivée, eh ben, elle a tué mon grand gars, Vigor. Et quand l'bébé naîtra, il sera le sixième fils, par rapport qu'il m'en reste pus que cinq de vivants.

— Y en a qui disent que ça fait aucune différence qu'les six premiers soyent ou non vivants », objecta un fermier.

Alvin ne répondit rien, mais il savait que ça en faisait une, de différence. Il avait cru que ce bébé serait un enfant miracle, mais la rivière s'en était mêlée. Si l'eau ne vous arrête pas d'une façon, elle y parvient d'une autre. Il n'aurait pas dû espérer un enfant miracle.

Le prix en était trop élevé. Tout ce qu'il vit, pendant le trajet jusqu'à l'auberge, ce fut Vigor ballotté dans l'étreinte des racines, charrié par le courant comme une feuille prise dans un tourbillon de poussière, et le sang qui s'écoulait de sa bouche pour étancher la soif meurtrière de la Hatrack.

V

La coiffe

La petite Peggy, debout à la fenêtre, regardait au cœur de la tempête. Elle voyait toutes ces flammes de vie, surtout l'une d'entre elles, si ardente qu'elle était pareille au soleil quand elle la fixait. Mais il y avait des ténèbres qui les entouraient. Non, même pas des ténèbres… du néant, on aurait dit une partie de l'univers que Dieu n'aurait pas terminée, et ça tournait autour des flammes de vie comme pour les arracher les unes aux autres, les entraîner, les engloutir. La petite Peggy savait ce qu'était le néant. Toutes les fois où ses yeux voyaient les flammes de vie jaune vif, il y avait aussi trois autres couleurs. L'ocre chaleureux de la terre. Le gris léger de l'air. Et le noir profond, le néant de l'eau. C'était l'eau qui s'en prenait à elles en ce moment. La rivière. Seulement, elle ne l'avait jamais vue si noire, si puissante, si terrifiante. Les flammes de vie lui paraissaient si minuscules dans l'obscurité.

« Qu'esse tu vois, fillette ? demanda grandpapa.

— La rivière, elle va les emporter, répondit la petite Peggy.

— J'espère que non. »

La petite Peggy se mit à pleurer. « Allons, fillette, dit grandpapa. C'est pas toujours drôle d'voir loin comme ça, pas vrai ? »

Elle secoua la tête.

« Mais ça s'passera p't-être pas si mal que tu l'penses. »

Juste à ce moment, elle vit l'une des flammes se séparer des autres et basculer dans le noir. « Oh ! » s'écria-t-elle, tendant la main comme pour saisir la lumière et la ramener. Mais bien sûr, c'était impossible. Sa vision portait loin tout en restant nette ; sa main, non.

« Ils sont fichus ? demanda grandpapa.

— Un seul, souffla la petite Peggy.

— Conciliant et les autres, ils y sont pas encore ?

— Ils viennent d'arriver, dit-elle. La corde a tenu. Asteure ils sont sauvés. »

Grandpapa ne lui demanda pas comment elle le savait ni ce qu'elle voyait. Il se contenta de lui tapoter l'épaule. « Par rapport que t'as prévenu tout l'monde. Oublie pas ça, Margaret. Y en a un d'perdu, mais si tu les avais pas vus et si t'avais pas envoyé des secours, ils auraient pu tous mourir. »

Elle secoua la tête. « J'aurais dû les voir plus tôt, grandpapa, mais je m'suis endormie.

— Et tu t'en veux ?

— J'aurais dû laisser la Reine sanglante me piquer la main, et alors p'pa, il m'aurait pas grondée, et je s'rais pas allée à la source, et je m'serais pas endormie, et j'aurais pu envoyer les secours à temps…

— Des reproches en chapelet comme ça, on peut tous s'en faire, Maggie. Ça rime à rien. »

Mais elle, elle savait que ça rimait à quelque chose. On n'en veut pas à un aveugle parce qu'il ne prévient pas que vous allez marcher sur un serpent… mais on en veut à celui qui a des yeux et qui se tait. Elle connaissait sa tâche depuis le jour où elle s'était aperçue que les autres gens voyaient moins de choses qu'elle. Dieu lui avait donné des yeux différents, alors à elle de voir et de prévenir, sinon le diable lui prendrait son âme. Le diable ou la mer profonde et noire.

« Ça rime à rien », murmura grandpapa. Puis, comme s'il venait de recevoir un coup de baguette de fusil dans le derrière, il se redressa et dit : « La source ! La source, évidemment ! » Il l'attira contre lui. « Ecoute-moi, 'tite Peggy. C'était pas ta faute, et c'est la vérité. L'eau qui coule dans la Hatrack, elle s'en vient du ruisseau, tout ça c'est la même eau, partout dans l'monde. Cette eau qui voulait qu'ils meurent, elle savait qu'tu pouvais donner l'alerte et envoyer de l'aide. Alors elle a chanté et elle t'a plongée dans l'sommeil. »

Elle trouvait l'explication plausible, très plausible. « Comment ça s'fait, grandpapa ?

— Oh, c'est dans sa nature. L'ensemble de l'univers est constitué de quatre éléments seulement, 'tite Peggy, et chacun veut prendre le d'ssus. » Peggy songea aux quatre couleurs qu'elle voyait quand brillaient les flammes de vie, et elle sut de quels éléments il s'agissait au moment même où grandpapa les nommait. « Le feu chauffe, éclaire et réduit en cendres. L'air rafraîchit et s'infiltre partout. La terre consolide et fortifie, pour que les affaires durent. Mais l'eau, elle détruit, elle tombe du ciel et emporte tout ce qu'elle peut, elle l'emporte et l'entraîne vers la mer. Si l'eau prenait l'dessus, le monde serait tout lisse, y aurait qu'un grand océan et rien pourrait y échapper. Tout lisse et mort. C'est pour ça que t'as dormi. L'eau veut détruire ces étrangers-là, j'connais pas qui ils sont, mais elle veut les détruire, les tuer. C'est miracle que tu t'soyes réveillée.

— C'est l'marteau du forgeron qui m'a réveillée.

— Alors c'est ça, tu vois ? L'forgeron travaillait l'fer, ce qu'y a d'plusse dur dans la terre, avec de l'air qui sort en force du soufflet et du feu si ardent qu'à l'extérieur d'la cheminée l'herbe est toute brûlée. L'eau pouvait pas l'atteindre pour l'faire tenir tranquille. »

La petite Peggy avait peine à le croire, mais c'était sûrement vrai. Le forgeron l'avait tirée d'un sommeil provoqué par l'eau. Le forgeron l'avait *aidée*. Eh ben, à l'idée que cette fois le forgeron était son ami, y avait de quoi rire.

Il y eut des appels dans la galerie en bas, des portes s'ouvrirent et se refermèrent. « En v'là qu'arrivent », fit grandpapa.

La petite Peggy vit les flammes de vie au rez-de-chaussée et trouva celle qui éprouvait la plus grande crainte et la plus grande douleur. « C'est la maman, dit-elle. Elle va bétôt avoir un bébé.

— Eh ben, le hasard fait bien les choses. On en perd un, et v'là déjà un bébé pour remplacer la mort par la vie. » Grandpapa sortit d'un pas traînant pour descendre aider.

La petite Peggy, cependant, resta sur place, le regard fixé sur ce qu'elle voyait au loin. Cette flamme de vie perdue ne l'était pas encore, perdue, il n'y avait pas de doute. Elle la voyait se consumer là-bas, malgré les ténèbres dans lesquelles la rivière cherchait à l'engloutir. Il n'était pas mort, seulement entraîné par le courant, et peut-être qu'on pouvait l'aider. Elle sortit alors à toute jambes, dépassa grandpapa à toute allure et dévala bruyamment l'escalier.

Maman l'attrapa par le bras alors qu'elle se ruait dans la grande salle.

« Y a un accouchement, dit maman, et on a besoin de toi.

— Mais m'man, çui-là qu'est parti dans l'courant, l'est 'core vivant !

— Peggy, on a pas l'temps de… »

Deux garçons aux visages identiques intervinrent dans la conversation. « Çui-là parti dans le courant ! s'écria l'un.

— 'core vivant ! s'écria l'autre.

— Qu'esse t'en sais ?

— C'est pas possible ! »

Leurs voix se couvraient tellement que maman dut les faire taire pour les entendre. « C'était Vigor, not' grand frère, l'a été emporté…

— Ben, il est vivant, dit la petite Peggy, mais la rivière le tient. »

Les jumeaux regardèrent maman pour obtenir confirmation. « Elle connaît ce qu'elle raconte, Dame Guester ? »

Maman hocha la tête et les garçons foncèrent vers la porte en criant : « L'est vivant ! L'est 'core vivant !

— T'en es sûre ? demanda maman d'un ton rude. Ça serait cruel de leur mettre l'espoir au cœur de même, si c'est pas vrai. »

Les éclairs que lançaient les yeux de maman effrayèrent la petite Peggy, qui ne sut plus quoi dire.

Mais entre-temps grandpapa était arrivé derrière elle. « Allons, Peg, fit-il, comment qu'elle connaîtrait qu'la rivière en a emporté un, à moins de l'avoir vu ?

— Je sais, dit maman. Mais c'te femme attend d'accoucher depuis trop longtemps et faut qu'je m'occupe du bébé, alors viens avec moi, 'tite Peggy, j'ai besoin qu'tu m'dises c'que tu vois. »

Elle conduisit la petite Peggy dans la chambre à coucher à côté de la cuisine, là où papa et maman dormaient quand il y avait des voyageurs de passage. La femme était allongée sur le lit, elle se cramponnait à la main d'une grande fille au regard grave et profond. La petite Peggy ne connaissait pas leurs visages, mais elle reconnut leurs flammes de vie, en particulier la peur et la douleur de la mère.

« Quelqu'un a crié, murmura la mère.

— Taisez-vous, maintenant, dit maman.

— Qu'il était 'core vivant. »

La fille au regard grave leva les sourcils, regarda maman. « C'est vrai, Dame Guester ?

— Ma fille, c'est une torche. C'est pour ça que je l'ai amenée dans la chambre. Pour voir le bébé.

— Elle a vu mon garçon ? Il est vivant ?

— J'croyais que t'y avais rien dit, Aliénor », dit maman.

La fille au regard grave secoua la tête.

« Je l'ai vu du chariot. Il est vivant ?

— Dis-lui, Margaret », fit maman.

La petite Peggy se tourna et chercha la flamme de vie. Les murs n'arrêtaient pas ce genre de vision. La flamme était toujours là, pourtant elle sentait que c'était très loin. Mais cette fois, elle se rapprocha comme elle savait le faire, pour regarder de près.

« L'est dans l'eau. L'est tout emmêlé dans les racines.

— Vigor ! cria la mère sur le lit.

— La rivière, elle veut l'avoir. La rivière, elle dit : meurs, meurs… »

Maman toucha le bras de la femme. « Les jumeaux sont partis prévenir les autres. On va former un groupe de recherche.

— Dans l'noir ! » marmotta la femme avec dédain.

La petite Peggy prit à nouveau la parole. « Il dit une prière, j'crois. Il dit… “septième fils”.

— Septième fils, chuchota Aliénor.

— Qu'esse ça veut dire ? demanda maman.

— Si ce bébé est un garçon, répondit Aliénor, et s'il naît pendant qu'Vigor est encore en vie, alors il sera le septième fils d'un septième fils, tous vivants en même temps. »

Maman tressaillit. « Pas étonnant qu'la rivière… » fit-elle. Inutile d'aller au bout de sa pensée. Elle se contenta de prendre les mains de la petite Peggy pour la mener vers la femme allongée sur le lit. « Regarde ce bébé, et vois ce qu'y a à voir. »

La petite Peggy en avait l'expérience, bien sûr. Les torches servaient surtout à ça : regarder le bébé à naître juste au moment de l'accouchement. En partie pour voir comment il se présentait dans le ventre, mais aussi parce qu'une torche distinguait parfois qui était et ce que serait l'enfant, pouvait prédire des événements à venir. Avant même de toucher le ventre de la femme, elle vit la flamme de vie du bébé. C'était la flamme qu'elle avait aperçue plus tôt, si forte et si vive que la comparer à celle de la mère équivalait à comparer le soleil à la lune. « C'est un garçon, dit-elle.

— Alors laissez-moi mettre ce bébé au monde, dit la mère. Qu'il vive pendant qu'Vigor vit encore !

— Comment s'présente l'enfant ? demanda maman.

— Très bien, dit la petite Peggy.

— La tête en premier ? La figure vers le bas ? »

Peggy hocha la tête.

« Alors pourquoi donc qu'il sort pas ? voulut savoir maman.

— Elle lui a dit qu'il fallait pas, dit la petite Peggy en regardant la mère.

— Dans le chariot, fit la mère. Je l'sentais venir, alors j'ai fait une supplication.

— Ah ça, vous auriez dû me l'dire tout d'suite, lâcha maman d'un ton sec. Z'attendez que j'vous aide et vous m'prévenez même pas qu'il a une supplication sus lui. Toi, fillette ! »

Plusieurs gamines se tenaient près du mur, les yeux écarquillés ; elles ne savaient pas à qui maman s'adressait.

« N'importe laquelle, y m'faut c'te clé avec l'anneau, sus l'mur. »

La plus grande la prit gauchement au crochet et l'apporta, avec l'anneau.

Maman fit osciller le large anneau et la clé au-dessus du ventre de la mère en psalmodiant doucement :

Voici le cercle, grand ouvert,
Voici la clé qui libère,
Terre soit le fer, le feu soit clair,
Sors de l'eau, entre dans l'air.

La mère poussa un cri, soudain prise de douleurs intenses. Maman jeta la clé au loin, repoussa le drap, releva les genoux de la femme et ordonna avec rudesse à la petite Peggy de *voir*.

Peggy toucha le ventre de la femme. L'esprit du garçon était vide, en dehors d'une impression de poussée et de froid grandissant lorsqu'il affleura l'air libre. Mais le vide total de son esprit laissait apparaître autre chose qui ne serait plus jamais visible. Les milliards et milliards de routes de son existence s'ouvraient devant lui, dans l'attente de ses premiers choix, des premiers changements dans son environnement, pour éliminer un million de futurs toutes les secondes. L'avenir existait en chacun, ombre vacillante qu'elle ne voyait qu'occasionnellement et jamais clairement, voilée par les pensées du moment présent; mais ici, pendant un court instant, la petite Peggy les vit distinctement.

Et ce qu'elle voyait, c'était la mort au bout de chaque route. La noyade, la noyade, chaque route de son futur conduisait l'enfant à une mort par l'eau.

« Pourquoi tu l'détestes comme ça ? cria la petite Peggy.

— Quoi ? demanda Aliénor.

— Chut, fit maman. Laisse-la voir ce qu'y a à voir. »

A l'intérieur de l'enfant qui n'était pas encore né, la tache sombre de l'eau entourait sa flamme de vie, si terrible et puissante que la petite Peggy eut peur qu'il se fasse engloutir.

« Sortez-le, qu'il respire ! » hurla-t-elle.

Maman enfonça sa main, sans se soucier de l'atroce déchirure qu'elle causait à la mère, et de ses doigts robustes accrocha le bébé par le cou pour le tirer au dehors.

A cet instant, alors que dans l'esprit de l'enfant la tache sombre se retirait, juste avant la première goulée d'air, la petite Peggy vit dix millions de morts par l'eau disparaître. Maintenant, pour la première fois, des routes nouvelles s'ouvraient, des routes menant à un futur éblouissant. Et toutes celles qui n'aboutissaient pas à une mort prématurée avaient un point commun. Sur toutes ces routes, la petite Peggy se voyait accomplir une chose simple.

Elle accomplit donc cette chose. Elle ôta ses mains du ventre ramolli et se baissa par-dessous les bras de sa mère. La tête du bébé venait d'être dégagée, encore couverte d'une coiffe sanguinolente, lambeau du sac membraneux où il avait flotté dans la matrice maternelle. La bouche ouverte, il faisait succion sur la coiffe, mais la membrane résistait et il ne pouvait pas respirer.

La petite Peggy fit ce qu'elle s'était vue faire dans le futur de l'enfant. Elle avança la main, saisit la coiffe sous le menton du bébé et l'arracha de son visage. Elle vint d'un bloc, en un seul morceau humide ; et au moment où elle se décollait et lui dégageait la bouche, le nouveau-né aspira une grande goulée d'air pour aussitôt pousser ce vagissement dans lequel les accouchées entendent le chant de la vie.

Peggy plia la coiffe, l'esprit toujours empli des visions que lui avaient révélées les routes du futur de l'enfant. Elle ignorait encore la signification de ces visions, mais les scènes étaient si claires dans sa tête qu'elle ne les oublierait jamais, ça elle le savait. Elle s'en effrayait, parce que tant de choses allaient dépendre d'elle et de l'emploi qu'elle ferait de la coiffe encore chaude dans ses mains.

« Un garçon, dit maman.

— C'est vrai ? murmura la mère. Un septième fils ? »

Maman faisait un nœud au cordon, elle n'avait donc pas le loisir de se tourner vers Peggy. « Vérifie ! » lui souffla-t-elle.

La petite Peggy chercha la flamme de vie isolée, au loin sur la rivière. « Oui », dit-elle, car la flamme brillait toujours.

Alors qu'elle la regardait, la lueur vacilla… et s'éteignit.

« Asteure, il est mort. »

La femme sur le lit pleura amèrement, des frissons parcoururent son corps meurtri par l'accouchement.

« Avoir du chagrin à la naissance du bébé, fit maman. Ça s'fait pas.

— Chut, murmura Aliénor à sa mère. Faut qu'tu soyes gaie, sinon ça porte ombrage sus toute l'existence du bébé !

— Vigor, balbutia la femme.

— Vaut mieux rien entendre du tout que d'entendre pleurer », dit maman. Elle tendit le bébé qui vagissait et Aliénor le prit dans ses bras compétents — elle en avait déjà bercé plus d'un, c'était évident. Maman se rendit à la table dans le coin de la chambre pour y prendre le fichu de laine teinte en noir, couleur de nuit jusque dans ses fibres. Elle le promena lentement sur le visage de la femme en pleurs en disant : « Dors, la mère, dors. » L'étoffe une fois passée, les pleurs avaient cessé et la femme dormait, à bout de forces.

« Sortez l'bébé d'la chambre, ordonna maman.

— Faut pas qu'il commence à téter ? demanda Aliénor.

— Elle allaitera jamais c't'enfant, répliqua maman. A moins d'vouloir y donner à téter le lait d'la haine.

— Elle va pas le haïr, tout d'même, protesta Aliénor. C'est pas d'la faute au bébé.

— M'est avis qu'son lait, il connaît pas ça, dit maman. Pas vrai, 'tite Peggy ? A quel téton l'bébé va s'nourrir ?

— Çui d'sa maman », répondit la petite Peggy.

Maman la regarda avec insistance. « T'en es sûre ? »

Elle hocha la tête.

« Bon, alors, on lui amènera l'bébé quand elle se réveillera. Il a pas besoin d'manger la première nuit, de toute façon. » Aliénor emporta donc le nouveau-né dans la grande salle où le feu brûlait. Les hommes, qui se séchaient, cessèrent un instant de se raconter des histoires d'orages et de déluges pires que ceux-ci, le temps de découvrir et d'admirer le bébé.

Mais dans la chambre, maman prit la petite Peggy par le menton et la fixa droit dans les yeux. « Faut m'dire la vérité, Margaret. C'est grave quand un bébé tète sa maman et boit le lait d'la haine.

— Elle va pas le haïr, m'man, dit la petite Peggy.

— Qu'esse t'as vu ? »

La petite Peggy aurait bien voulu répondre, mais elle ne connaissait pas les mots pour décrire la majeure partie de ce qu'elle voyait. Elle baissa donc les yeux au sol. Elle pouvait dire, en entendant la brusque inspiration de maman, qu'elle était mûre pour les remontrances. Mais maman attendit, puis sa main descendit doucement pour lui caresser la joue. « Ah, mon enfant, t'en as eu d'une journée ! L'bébé aurait pu mourir, mais tu m'as dit de l'sortir. Avec ta main, tu lui as même dégagé la bouche… c'est c'que t'as fait, s'pas ? »

La petite Peggy hocha la tête.

« C'est beaucoup pour une petiote, beaucoup en une seule journée. » Maman se tourna vers les autres filles, appuyées contre le mur dans leurs vêtements trempés. « Et vous aut' aussi, vous avez eu vot' compte pour la journée. Sortez d'la chambre, laissez vot' maman dormir, sortez et allez vous sécher près du feu. J'vais vous préparer à dîner, dame oui. »

Mais grandpapa s'activait déjà dans la cuisine, et il rejeta l'idée même que maman mette la main à la pâte. L'instant suivant, elle ressortait avec le bébé et chassait les hommes afin de pouvoir le bercer en lui laissant son doigt à sucer.

Au bout d'un moment, la petite Peggy se dit qu'on ne remarquerait pas sa disparition ; aussi gravit-elle furtivement l'escalier jusqu'à l'échelle du grenier, puis l'échelle pour s'introduire dans le local sans lumière et qui sentait le renfermé. Les araignées ne la gênaient pas trop et les chats empêchaient la plupart du temps les souris de s'y aventurer, alors elle n'avait pas peur. Elle rampa tout droit à sa cachette secrète et en retira la boîte sculptée que lui avait donnée grandpapa, celle que selon lui son propre papa avait amenée d'Ulster quand il s'était installé dans les colonies. Elle était pleine de reliques enfantines — cailloux, bouts de ficelle, boutons — mais elle savait désormais qu'elles ne comptaient pas, comparées à la tâche qui l'attendait pour le restant de ses jours. Elle les sortit pour en faire un tas à part et souffla dans la boîte vide pour en chasser la poussière. Puis elle déposa la coiffe pliée à l'intérieur et referma le couvercle.

Elle savait que dans l'avenir elle ouvrirait cette boîte des dizaines et des dizaines de fois. Qu'elle entendrait ses appels, qu'elle serait réveillée dans son sommeil, arrachée à ses amis, privée de tous ses rêves. Tout ça parce qu'un bébé, le petit garçon au rez-de-chaussée, n'avait d'autre avenir que la mort par l'eau noire, à moins qu'elle, la petite Peggy, n'ait recours à cette coiffe pour écarter le danger, cette membrane qui l'avait déjà protégé dans le sein maternel.

Elle fut prise d'un accès de colère à l'idée de sa vie ainsi chamboulée. Pire que l'arrivée du forgeron dans le pays, pire que papa et sa baguette de noisetier qui cinglait les fesses, pire que maman quand elle faisait ses yeux méchants. Tout serait à jamais différent et ce n'était pas juste. Tout ça pour un bébé qu'elle n'avait pas invité, à qui elle n'avait pas demandé de venir... qu'est-ce qu'elle en avait à faire, des bébés ?

Elle tendit la main et ouvrit la boîte afin de prendre la coiffe et de la jeter dans un coin sombre du grenier. Mais même dans l'obscurité, elle vit un endroit où il faisait encore plus sombre : près de sa propre flamme de vie, où le néant de la rivière profonde et noire n'attendait que l'occasion de faire d'elle une meurtrière.

Pas moi, dit-elle à l'eau. Tu fais pas partie de moi.

Oh si, chuchota l'eau. Je suis partout en toi, tu te dessécherais et tu mourrais, sans moi.

C'est pas toi qui me commandes, toujours bien, répliqua-t-elle.

Elle rabattit le couvercle de la boîte et redescendit en se laissant glisser le long de l'échelle. Papa lui répétait toujours qu'elle se récolterait des échardes dans le derrière, à ce jeu-là. Pour une fois, il avait raison. Ça la piquait très fort. Alors elle se rendit en crabe dans la cuisine où se trouvait grandpapa. Il interrompit la préparation du repas le temps de lui retirer ses échardes.

« Mes yeux sont pas assez bons pour faire ça, Maggie, se plaignit-il.

— T'as des yeux d'aigle. P'pa l'a dit. »

Grandpapa gloussa. « V'là aut' chose.

— C'est quoi, pour le dîner ?

— Oh, tu vas l'aimer, c'dîner-là, Maggie. »

La petite Peggy plissa le nez. « Ça sent l'poulet.

— C'est vrai.

— J'aime pas la soupe au poulet.

— Pas d'la soupe, Maggie. Çui-là est rôti, sauf le cou et les ailes.

— Le poulet rôti *aussi*, j'déteste ça.

— Ton grandpapa a-t-y l'habitude de t'mentir ?

— Non.

— Alors tu f'rais mieux de m'croire si j'te dis que c'est un dîner au poulet qui t'*fera plaisir*. Tu vois pas de quelle façon un certain dîner au poulet pourrait t'faire plaisir ? »

La petite Peggy réfléchit... réfléchit... puis sourit. « La Reine sanglante ? »

Grandpapa cligna de l'œil. « J'ai toujours dit qu'c'était une poule bonne qu'à faire du ragoût. »

La petite Peggy le serra si fort qu'il manqua s'étrangler, puis ils rirent, longtemps.

Plus tard ce soir-là, bien après que la petite Peggy se fut mise au lit, on ramena le corps de Vigor, et papa, aidé de Conciliant, commença de lui fabriquer une caisse. Alvin Miller avait à peine l'air vivant, même quand Aliénor lui montra le bébé. Jusqu'à ce qu'elle annonce : « La p'tite fille, la torche... elle dit que l'bébé est l'septième fils d'un septième fils. »

Alvin regarda autour de lui en quête d'une confirmation.

« Oh, vous pouvez y faire confiance », dit maman.

Des larmes montèrent aussitôt aux yeux d'Alvin. « Mon gars a tenu bon, fit-il. Dans l'eau, là-bas, il a tenu bon l'temps qu'y fallait.

— Il connaissait qu'c'était important pour toi », dit Aliénor.

Alvin tendit alors les bras et prit le bébé ; il le serra contre lui et pencha la tête pour le regarder dans les yeux. « Personne lui a encore donné d'nom, hein ? demanda-t-il.

— 'videmment, tiens, fit Aliénor. C'est m'man qu'a choisi pour tous les autres garçons, mais t'as toujours dit que l'septième fils porterait...

— ... mon nom à moi. Alvin. Septième fils d'un septième fils, le même nom qu'son père. Alvin junior. » Il regarda autour de lui puis se tourna dans la direction de la rivière, très loin dans la forêt plongée dans la nuit. « T'entends ça, la Hatrack ? Son nom, c'est Alvin, et tu l'as pas tué, en fin d'compte. »

Bientôt on apporta la caisse dans laquelle on allongea le corps de Vigor auprès de bougies, représentations du feu de la vie qui l'avait quitté. Alvin souleva le bébé au-dessus du cercueil. « R'garde ton frère, chuchota-t-il au nouveau-né.

— L'bébé, il voit pas encore, p'pa, dit David.

— C'est pas vrai, David. Il *connaît pas* ce qu'il voit, mais ses yeux voient quand même. Et quand il sera en âge d'entendre l'histoire de sa naissance, j'y dirai qu'ses yeux ont vu son frère Vigor, lui qu'a fait don d'sa vie pour le salut d'ce bébé. »

Il fallut deux semaines avant que Fidelity soit assez forte pour voyager. Mais Alvin veilla à ce que ses garçons et lui travaillent dur pour payer leur subsistance. Ils défrichèrent une bonne parcelle de terrain, coupèrent les bûches pour l'hiver, mirent du charbon de bois en tas pour Conciliant Smith, le forgeron, et ils élargirent la route. Ils abattirent aussi quatre grands arbres et construisirent un pont solide sur la Hatrack, un pont couvert afin que même sous des trombes d'eau on puisse traverser la rivière sans recevoir une goutte. La tombe de Vigor était la troisième du pays, creusée auprès des deux sœurs défuntes de la petite Peggy. La famille y présenta ses respects et elle y vint prier le matin de son départ. Puis ils montèrent tous à bord de leur chariot et prirent la direction de l'ouest. « Mais on laisse icitte pour toujours une partie d'nous-mêmes », déclara Fidelity ; et Alvin approuva de la tête.

La petite Peggy les regarda partir, puis grimpa vite au grenier ouvrir la boîte et serrer la coiffe du petit Alvin dans sa main. Pas de danger — pour le moment, du moins. A l'abri pour l'instant. Elle reposa la coiffe et referma le couvercle. « T'as intérêt à devenir quèqu'un, bébé Alvin, dit-elle, sinon t'auras causé tout un tas de tracas pour rien. »

VI

La poutre faîtière

LES HACHES tintaient, les hommes robustes chantaient des hymnes en travaillant, et la nouvelle église du révérend Philadelphia Thrower s'élevait peu à peu, dominant les champs communaux de la commune de Vigor. Tout se déroulait beaucoup plus vite que le révérend Thrower n'avait osé l'espérer. Le premier mur du temple venait à peine d'être dressé, un jour ou deux plus tôt, qu'un Rouge borgne et soûl était tranquillement entré pour recevoir le baptême, comme s'il avait vu dans ce lieu de culte un tremplin vers le christianisme et la civilisation. Si un Rouge vivant dans les ténèbres de l'ignorance comme Lolla-Wossiky pouvait venir à Jésus, quels autres miracles de la conversion ne s'accompliraient-ils pas dans ce pays inculte, une fois son temple achevé et son ministère institué ?

Le révérend Thrower n'était pas tout à fait heureux, cependant, car il existait des ennemis de la civilisation beaucoup plus puissants que ces barbares païens de Rouges, et l'avenir paraissait moins prometteur que la première fois où Lolla-Wossiky avait revêtu des habits de Blanc. Ce qui assombrissait en particulier cette radieuse journée, c'était l'absence d'Alvin Miller parmi les ouvriers. Et sa femme n'avait plus d'excuse à fournir. Il était revenu de l'expédition qu'il avait entreprise pour découvrir une carrière idéale où tailler une meule, il avait pris un jour de repos ; en toute justice, alors, il aurait dû être présent.

« Quoi, il est malade ? » demanda Thrower.

Fidelity pinça les lèvres. « J'dis qu'il viendra pas, révérend Thrower, j'dis pas qu'il peut pas venir. »

Les soupçons grandissants de Thrower se virent confirmés. « L'aurais-je offensé d'une façon ou une autre ? »

Fidelity soupira et détourna les yeux, pour les diriger vers les piliers et les poutres du temple. « Pas vous personnellement, monsieur, pas d'la façon dont on foule l'honneur d'un homme, comme on dit. » Brusquement elle fut sur le qui-vive. « Qu'esse qui s'passe, là ? »

Aux abords immédiats de la construction, le gros des hommes attachaient des cordes à l'extrémité nord de la poutre faîtière pour la hisser en place. C'était un travail délicat, que compliquaient encore les gamins qui se bagarraient au milieu de la poussière et venaient rouler dans leurs jambes. C'étaient eux qui avaient attiré l'œil de Fidelity. « Al ! s'écria-t-elle. Alvin junior, t'arrêtes tout d'suite ! » Elle avança de deux pas vers le nuage de poussière qui attestait des corps à corps héroïques des garnements de six ans.

Le révérend n'entendait pas la laisser couper court à la conversation aussi facilement. « Madame Fidelity, lança-t-il sèchement. Alvin Miller est le premier colon de la région, et on le tient en grande estime. S'il s'est monté contre moi pour une raison ou une autre, mon ministère en souffrira considérablement. Vous pouvez au moins me dire ce que j'ai fait pour l'offenser. »

Fidelity le regarda dans les yeux, l'air de calculer s'il allait supporter d'entendre la vérité.

« C'est par rapport à vot' sermon ridicule, monsieur, dit-elle.

— Ridicule ?

— Vous pouviez pas connaître, vous arrivez d'Angleterre et...

— D'Ecosse, madame Fidelity.

— ... et vu ce qu'on apprend dans les écoles où ils connaissent pas grand-chose sus...

— L'université d'Edimbourg ! Ne connaissent pas grand-chose... vraiment, je...

— ... sus les sorts, les formules, les charmes, les supplications et tout ça.

— Je sais que revendiquer le recours aux puissances obscures et invisibles constitue un délit passible du bûcher dans les pays qui relèvent du Lord Protecteur, madame Fidelity, bien que dans sa clémence il se contente de bannir ceux qui...

— Alors écoutez voir c'que j'vais vous dire, fit-elle, triomphante. Y a peu d'chances qu'ils vous apprennent ça à l'université, asteure, pas vrai ? Mais icitte, c'est not' façon de vivre, à nous autres, et appeler ça d'la superstition…

— J'ai parlé d'hystérie…

— Ça change rien au fait que ça fonctionne.

— A mon sens, vous *croyez* que ça fonctionne, corrigea Thrower d'un ton patient. Mais dans le monde tout n'est que science ou miracle. Dieu a accompli les miracles aux temps anciens, et ces temps-là sont révolus. Aujourd'hui, si nous voulons changer le monde, ce n'est pas la magie mais la science qui nous en donnera les moyens. »

Il suffit à Thrower de regarder le visage de Fidelity pour comprendre qu'il ne faisait pas grosse impression.

« La science, dit-elle. Comme palper les bosses du crâne ? »

Il doutait qu'elle ait fait de gros efforts pour dissimuler son mépris. « La phrénologie en est à ses balbutiements, répliqua-t-il avec froideur, et elle est loin d'avoir atteint la perfection, mais je cherche à découvrir… »

Elle éclata de rire — un rire de fillette qui la faisait paraître terriblement jeune pour une femme qui avait porté quatorze enfants. « Pardon, révérend Thrower, mais je m'suis souvenue de Mesure ; il appelle ça faire "le sourcier en intelligence", et d'après lui, vous récolterez pas gras par chez nous autres. »

Très juste, pensa le révérend Thrower, mais il était assez avisé pour le garder à part lui. « Madame Fidelity, mon sermon avait pour but de faire comprendre aux gens qu'il existe aujourd'hui dans le monde des modes de pensée supérieurs, et qu'il faut désormais se libérer des illusions de… »

Peine perdue. Elle était à bout de patience. « Mon fils va bien finir par se r'cevoir un coup d'une solive qui traîne, s'il laisse pas les autres gamins tranquilles, révérend, alors vous voudrez bien m'excuser. »

Et elle le planta là, pour s'abattre sur Alvin, six ans, et Calvin, trois ans, telle la vengeance du Seigneur. Elle faisait une houspilleuse de première force ; de sa place, il l'entendait vitupérer, et ce malgré le vent contraire.

Tant d'ignorance, se dit Thrower. On a besoin de moi ici, non seulement en tant qu'homme de Dieu parmi des païens ou peu s'en faut, mais aussi en tant qu'homme de science parmi des abrutis superstitieux. Quelqu'un lance tout bas une malédiction : six mois plus tard, la personne visée a des ennuis

— ça ne manque jamais, tout le monde a des ennuis au moins deux fois par an — et la certitude s'installe que la malédiction a eu l'effet recherché. *Post hoc ergo proper hoc.*

En Angleterre, les étudiants apprenaient à se débarrasser d'erreurs de logique aussi élémentaires, tout en suivant le trivium. Ici, c'était une manière de vivre. Le Lord Protecteur avait parfaitement raison de châtier les adeptes de la magie, mais Thrower aurait préféré qu'il condamne ainsi la stupidité plutôt que l'hérésie. Qualifier ces pratiques d'hérésie, c'était leur accorder trop d'importance, comme si elles inspiraient davantage la crainte que le mépris.

Trois ans auparavant, alors qu'il venait à peine d'obtenir son doctorat en théologie, Thrower avait compris quel mal causait en réalité le Lord Protecteur. Il s'en souvenait comme du tournant de son existence ; n'était-ce pas aussi la première fois que le Visiteur lui était apparu ? Il logeait alors dans une petite chambre du presbytère de l'église St James à Belfast, où il était pasteur auxiliaire en second, sa première affectation après l'ordination. Il regardait une carte du monde quand son œil s'était égaré sur l'Amérique, là où la Pennsylvanie, clairement indiquée, s'étendait vers l'ouest depuis les colonies hollandaises et suédoises jusqu'aux frontières qui se perdaient dans les contrées inconnues au-delà du Mizzipy. Ce fut comme si la carte avait alors pris vie, et il avait vu une marée humaine déferler sur le Nouveau Monde. Les bons puritains, les pratiquants loyaux et les hommes d'affaires sérieux s'établissaient en Nouvelle-Angleterre ; les papistes, les royalistes et la racaille rejoignaient tous la zone esclavagiste rebelle de Virginie, de Caroline et de Jacobie, les prétendues Colonies de la Couronne. Le type d'individus qui, une fois leur place trouvée, n'en bougent jamais.

Mais c'en étaient d'une autre espèce qui s'installaient en Pennsylvanie. Allemands, Hollandais, Suédois et Huguenots fuyaient leurs pays et faisaient de la colonie de Pennsylvanie un dépotoir peuplé des pires détritus humains du continent. Mieux que ça, ils ne restaient pas en place. Ces crétins de paysans débarquaient à Philadelphie, jugeaient que les terres colonisées — Thrower ne les qualifiait pas de « civilisées » — de Pennsylvanie étaient trop peuplées pour eux et aussitôt partaient vers l'ouest, dans le pays des Rouges, pour se bâtir une ferme au milieu des arbres. Le Lord Protecteur ne leur avait-il pas expressément interdit de s'établir dans ces régions ? Aucune importance. Quelle valeur pareils mécréants accordaient-ils à la loi ? La terre, c'était ce qu'ils voulaient, comme si la simple propriété d'un carré de boue pouvait métamorphoser un paysan en hobereau.

Puis, sous les yeux de Thrower, le tableau du Nouveau Monde vira du gris au noir. Il vit qu'avec le siècle naissant la guerre gagnerait l'Amérique. Sa vision lui révéla que le roi de France enverrait au Canada cet insupportable colonel corse, Bonaparte, et que ses gens exciteraient les Rouges de la place-forte française de Détroit. Les Rouges s'abattraient sur les colons et les massacreraient ; c'étaient peut-être des rebuts, mais des rebuts anglais pour la plupart, et la vision de la sauvagerie des Rouges fit courir des frissons sur la peau de Thrower.

Pourtant, même si les Anglais l'emportaient, le résultat resterait *grosso modo* inchangé. L'Amérique à l'ouest des Appalachies ne deviendrait jamais terre chrétienne. Soit ces maudits papistes de Français et d'Espagnols s'en empareraient, soit les tout aussi maudits païens de Rouges la conserveraient ; sinon ce seraient les plus dépravés des Anglais qui allaient y prospérer pour y faire un pied de nez au Christ comme au Lord Protecteur. Encore tout un continent qui allait vivre dans l'ignorance du Seigneur Jésus. La vision était si terrifiante que Thrower poussa un cri, croyant que personne ne l'entendrait dans l'intimité de sa chambrette.

Mais on l'entendit.

« Pour un homme de Dieu, voilà l'œuvre d'une vie », fit quelqu'un derrière lui. Thrower se retourna d'un bloc, effrayé ; mais la voix était douce et chaleureuse, le visage aimable et âgé, et la peur de Thrower ne dura qu'un instant, malgré le fait que la porte et la fenêtre étaient toutes deux hermétiquement fermées et qu'aucun homme ordinaire n'aurait pu pénétrer chez lui.

L'inconnu faisait sûrement partie de la vision dont il venait d'être l'objet, et Thrower s'adressa à lui avec respect : « Monsieur, qui que vous soyez, j'ai vu l'avenir de l'Amérique du Nord et j'ai eu l'impression de la victoire du démon.

— Le démon remporte ses victoires, répondit l'autre, partout où les hommes de Dieu perdent courage et lui laissent le champ libre. »

Ensuite plus personne. L'inconnu avait disparu.

Thrower avait su dès cet instant ce qu'allait être l'œuvre de sa vie. Se rendre dans les régions sauvages de l'Amérique, bâtir une église de campagne et combattre le démon sur son propre terrain. Il lui avait fallu trois ans pour réunir l'argent et obtenir la permission de ses supérieurs de l'Eglise d'Ecosse ; mais il était à pied d'œuvre aujourd'hui, et les poteaux et les poutres de son temple se mettaient en place, leur bois blanc et nu comme un reproche éclatant à la forêt obscure de la barbarie d'où on les avait tirés pour les équarrir.

Bien entendu, devant une tâche aussi magnifique en chantier, le Malin ne manquerait pas d'ouvrir l'œil. Et il paraissait évident que le premier disciple du démon dans la commune de Vigor, c'était Alvin Miller le meunier. Tous ses fils avaient beau faire acte de présence et aider à la construction du temple, Thrower savait qu'il le devait à Fidelity. La femme avait même fini par laisser entendre que son cœur penchait vers l'Eglise d'Ecosse, bien qu'elle fût née dans le Massachusetts ; son adhésion signifierait que Thrower pouvait espérer former une congrégation… à condition d'empêcher Alvin Miller de tout saboter.

Et il saboterait sûrement. Qu'Alvin se soit senti offensé par une bévue que Thrower avait dite ou faite par mégarde, c'était une chose. Mais que la querelle porte d'emblée sur la croyance en la sorcellerie… là, l'affrontement était inévitable. Les forces antagonistes avaient pris position. Thrower soutenait le camp de la science et du christianisme, face à toutes les puissances des ténèbres et de la superstition ; la nature charnelle, bestiale, de l'homme s'incarnait dans l'autre camp, et Alvin Miller en était le champion. Je ne suis qu'au début de mon tournoi au nom du Seigneur, songea Thrower. Si je ne peux vaincre ce premier adversaire, alors aucune victoire ne me sera possible.

« Pasteur Thrower ! cria David, l'aîné d'Alvin. On est prêts à hisser la poutre faîtière ! »

L'homme d'église s'élança au petit trot avant de se rappeler sa dignité et de se remettre au pas le reste du chemin. Rien dans les évangiles ne donnait à entendre que le Seigneur ait jamais couru ; il marchait, uniquement, comme il seyait à son haut rang. Evidemment, Paul avait fait des commentaires sur les bienfaits de la course à pied, mais il s'agissait d'une allégorie. Un pasteur était censé renvoyer l'image de Jésus-Christ, marcher dans Ses pas et Le représenter aux yeux des mortels. C'était le contact le plus étroit auquel parviendraient jamais ces gens avec la majesté de Dieu. Le révérend

Thrower avait pour devoir d'oublier la vitalité de sa jeunesse et d'avancer du pas respectueux d'un vieil homme, malgré ses vingt-quatre ans.

« Vous allez bénir la poutre, pas vrai ? » demanda l'un des fermiers.

C'était Ole, un Suédois des bords de la Delaware, et donc un luthérien de cœur; il était assez serviable pour aider à la construction d'une église presbytérienne, ici, dans la vallée de la Wobbish, sachant qu'il n'en existait pas d'autre plus proche en dehors de la cathédrale papiste de Détroit.

« Naturellement », répondit Thrower. Il apposa les mains sur la lourde poutre charpentée à la hache.

« Révérend Thrower, fit une petite voix derrière lui, perçante et criarde comme seule une voix d'enfant sait l'être, c'est-y pas un genre de charme, de bénir un morceau d'bois ? »

Thrower se retourna pour voir Fidelity Miller qui faisait déjà taire le gamin. Il n'avait que six ans, mais Alvin junior, en grandissant, allait indiscutablement causer autant d'ennuis que son père. Voire davantage : Alvin senior, lui au moins, avait eu la délicatesse de rester à l'écart du chantier.

« Continuez, dit Fidelity. Faites pas attention à lui. J'y ai pas 'core appris quand ouvrir la bouche et quand la tenir fermée. »

Malgré la main de sa mère pressée sur ses lèvres, le jeune garçon braquait les yeux sur le pasteur. Et quand Thrower refit demi-tour, il découvrit que tous les hommes adultes le regardaient, l'air d'attendre quelque chose. La question de l'enfant représentait un défi qu'il lui fallait relever à moins de passer pour un hypocrite ou un imbécile devant ceux-là mêmes qu'il était venu convertir.

« Je suppose, si vous pensez que ma bénédiction change réellement quelque chose à la nature de la poutre, dit-il, qu'on pourrait l'apparenter à un ensorcellement. Mais à la vérité, la poutre n'est que le *prétexte*. Ce que je bénis en fait, c'est la congrégation de chrétiens qui se rassembleront sous ce toit. Et il n'y a rien de magique là-dedans. C'est la puissance et l'amour de Dieu que nous sollicitons, pas un remède aux verrues ou un charme contre le mauvais œil.

— Dommage, murmura un homme. J'aurais bien b'soin d'un remède pour les verrues. »

Ils éclatèrent tous de rire, mais le danger était écarté. Quand on hisserait la poutre faîtière, ce serait un acte chrétien, pas un geste païen.

Il bénit la poutre en prenant soin de substituer aux paroles habituelles une prière qui ne conférait pas explicitement de propriétés particulières à la pièce de charpente. Puis les hommes halèrent les cordes et Thrower entonna *O Seigneur sur la mer immense* à plein gosier, de sa magnifique voix de baryton, pour leur donner rythme et inspiration dans leurs manœuvres.

Mais il ne cessa de garder une conscience aiguë de la présence du petit Alvin junior. Pas simplement à cause de sa question embarrassante, un moment plus tôt. Le jeune garçon avait la candeur de la plupart des enfants — Thrower doutait qu'il ait nourri de mauvaises intentions. Ce qui l'intriguait à son propos, c'était tout autre chose. Non pas une qualité propre au gamin, mais plutôt une attitude chez ses proches. Ils semblaient ne jamais relâcher leur attention à son endroit. Ils ne gardaient pas perpétuellement l'œil sur lui, non, ils y auraient consacré tout leur temps : le garnement n'arrêtait pas de galoper en tous sens. Mais on aurait dit qu'ils savaient toujours où il se trouvait, à la manière du cuisinier du collège qui savait toujours où se trouvait le chien dans la cuisine, sans jamais lui adresser la parole, qui l'enjambait et l'évitait sans même s'interrompre dans son travail.

Il n'y avait pas non plus que la famille du garçon à tant veiller sur lui. Tout le monde agissait de même : Allemands, Scandinaves, Anglais, aussi bien nouveaux arrivants que colons de longue date. Comme si le fait d'élever cet enfant procédait d'un projet commun, comme ériger une église ou ponter un fleuve.

« Doucement, doucement ! » criait Econome, perché près du poteau est pour guider la mise en place de la lourde faîtière. Son positionnement devait être précis pour permettre aux chevrons de s'appuyer uniformément sur elle et constituer un toit solide.

« Trop loin de vot' bord ! » hurla Mesure. Il se tenait debout sur un échafaudage, au-dessus de l'entrait sur lequel reposait le poinçon destiné à soutenir les deux faîtières qu'on allait abouter au centre de l'édifice. C'était l'assemblage clé de toute la toiture, le plus délicat à réaliser ; il fallait placer les extrémités de deux lourdes poutres sur un sommet de poteau à peine large comme deux mains. Voilà pourquoi Mesure était juché là-haut, parce qu'à la longue il avait mérité son nom, combinant sûreté du coup d'œil et prudence.

« A droite ! hurla-t-il. Encore !

— Plusse vers moi ! hurla Econome.

— C'est bon ! hurla Mesure.

— Posez ! » hurla Econome.

Puis Mesure ordonna : « Posez » à son tour et les hommes au sol relâchèrent leur traction sur les cordes. Ils poussèrent des vivats quand les filins se détendirent, car la faîtière couvrait à présent une demi-longueur d'église. Sans égaler une cathédrale, c'était quand même une réalisation impressionnante dans un pays aussi arriéré, l'édifice le plus imposant dont on ait jamais osé rêver dans un rayon de cent milles. Le simple fait de le bâtir tenait lieu de déclaration : les colons étaient ici pour y rester ; et pas plus les Français que les Espagnols, les Cavaliers, ou les Yankees, voire ces sauvages de Rouges, personne ne forcerait ces gens à partir.

Comme de bien entendu, le révérend Thrower se rendit à l'intérieur, suivi de tous les autres, afin de voir le ciel barré pour la première fois par une poutre faîtière longue de quarante pieds, pas moins — et ce n'était que la moitié de la longueur finale. Mon église, pensa Thrower, et déjà plus belle que la plupart de celles que j'ai vues à Philadelphie.

Là-haut, sur le léger échafaudage, Mesure enfonçait une cheville de bois à travers une encoche ménagée à l'extrémité de la faîtière, jusque dans le trou creusé au sommet du poinçon. Econome faisait la même chose de son côté, évidemment. Les chevilles maintiendraient la poutre en place en attendant l'arrivée des chevrons. Une fois cela fait, la poutre faîtière serait si solide qu'ils pourraient presque retirer l'entrait, s'il n'était pas indispensable au lustre qui éclairerait l'église la nuit venue. La nuit venue, afin que les vitraux s'illuminent sur fond de ténèbres. Voilà le genre de décor grandiose que le révérend Thrower avait en tête. Que leurs esprits simples s'emplissent de crainte respectueuse à sa vue et méditent ainsi sur la majesté de Dieu.

Il en était là de ses pensées, quand soudain Mesure poussa un cri d'effroi, et tous s'aperçurent avec horreur que le corps du poinçon s'était fendu et avait éclaté sous le coup de maillet qu'il avait donné à la cheville de bois, faisant rebondir le colossal madrier à quelques six pieds de hauteur. La poutre échappa aux mains d'Econome à l'autre bout et brisa l'échafaudage comme du petit bois. La faîtière parut planer un instant dans les airs, parfaitement de niveau, avant de se ruer vers le sol, comme propulsée par le talon du Seigneur.

Et le révérend Thrower sut sans même regarder que quelqu'un se trouverait directement sous cette poutre, en son centre précis, quand elle s'abattrait. Il le sut parce qu'il *sentit* où allait le jeune garçon, il sentit qu'il courait exactement dans la mauvaise direction et que son cri de « Alvin ! » venait de l'arrêter net exactement au mauvais endroit.

Et quand il regarda, il vit précisément ce qu'il avait pressenti : le petit Al debout, les yeux levés vers l'arbre dégauchi qui allait l'écraser contre le sol de l'église. Rien d'autre ne subirait de dommage ; parce que la poutre restait horizontale, l'impact se répartirait sur l'ensemble du plancher. Le gamin était trop petit pour même ralentir la chute du madrier. Il serait broyé, réduit en bouillie, son sang éclabousserait le bois blanc du parquet de l'église.

Je ne ferai jamais partir cette tache, se dit Thrower — une insanité, mais on ne maîtrise pas ses pensées à l'instant de la mort.

Il vit l'impact dans un éclair de lumière aveuglant. Il entendit le fracas du bois contre le bois. Les cris. Puis il recouvra l'usage de ses yeux et vit la poutre faîtière, là, sur le sol, une extrémité exactement à la place prévue, l'autre de même ; mais en son milieu, le madrier se séparait en deux tronçons ; entre les deux tronçons le petit Alvin se tenait debout, le visage blanc de terreur.

Indemne. Le gamin était indemne.

Thrower ne connaissait ni l'allemand ni le suédois, mais il se doutait bien du sens des murmures auprès de lui. Laissons-les blasphémer, je dois comprendre ce qui vient de se passer ici, pensa-t-il. Il marcha vers Alvin et lui posa les mains sur le crâne, à la recherche d'une blessure. Pas un cheveu de déplacé, mais la tête était chaude, très chaude, comme si l'enfant avait séjourné près d'un feu. Puis le pasteur s'agenouilla pour examiner la poutre. Le bois était sectionné aussi proprement que s'il avait poussé ainsi, sur une largeur juste suffisante pour éviter totalement le jeune garçon.

La mère d'Alvin arriva dans l'instant qui suivit ; elle ramassa prestement l'enfant ; elle pleurnichait et bredouillait de soulagement. Le petit Alvin pleurait, lui aussi. Mais Thrower avait d'autres sujets de réflexion. Il était homme de science, après tout, et ce qu'il venait de voir était impossible. Il demanda aux hommes de compter leurs pas sur la longueur de la poutre, pour la mesurer à nouveau. Elle faisait sur le plancher exactement sa longueur d'origine — ses deux extrémités est et ouest aussi distantes l'une de l'autre qu'avant la chute. Le tronçon qui représentait la largeur du garçon, au centre, s'était tout bonnement évanoui. Volatilisé, dans un bref éclair de feu qui avait laissé la tête d'Alvin et les bouts sectionnés du madrier aussi chauds que des morceaux de charbon, mais sans qu'ils en gardent la moindre trace ou brûlure.

Puis Mesure se mit à brailler depuis l'entrait sous lequel il pendait à bout de bras, là où il s'était accroché après l'effondrement de l'échafaudage. Econome et Placide grimpèrent et le redescendirent sans dommage. Le révérend Thrower n'y prêta aucune attention. Il ne pensait à rien d'autre qu'un garçonnet de six ans capable de rester sous une poutre qui tombait ; et la poutre se brisait pour lui ménager un espace. Comme la mer Rouge s'ouvrant pour Moïse, à sa droite et à sa gauche.

« Septième fils », murmura Econome. Le besson était assis à califourchon sur la faîtière, côté ouest de la cassure.

« Quoi ? demanda le révérend Thrower.

— Rien, dit le jeune homme.

— Tu as dit "septième fils", fit Thrower. Mais c'est le petit Calvin le septième. »

Econome secoua la tête. « On avait un autre frère. Il est mort un couple de minutes après qu'Al soye né. » Econome secoua encore la tête. « Septième fils d'un septième fils.

— Mais ça en fait la progéniture du diable », dit Thrower, atterré.

Econome le regarda avec dédain. « C'est sans doute ce qu'on s'figure en Angleterre, mais par chez nous on croit qu'il peut faire un guérisseux, ou un sourcier, et dans tous les cas, il sera drôlement bon. » Puis Econome se rappela quelque chose et eut un grand sourire. « Progéniture du diable, répéta-t-il en savourant les mots avec malice. Ça m'fait penser à de l'hystérie. »

Furieux, Thrower sortit de l'église d'un air digne.

Il trouva madame Fidelity assise sur un tabouret, Alvin junior sur les genoux ; elle berçait l'enfant qui continuait de pleurnicher. Elle le réprimandait gentiment. « J't'ai déjà dit de pas courir sans regarder, toujours dans nos pattes, tu peux jamais t'tenir tranquille, on va devenir fous s'il faut tout l'temps te surveiller… » Elle vit alors Thrower debout devant elle et se tut.

« Vous faites pas d'tracas, dit-elle. Je l'amènerai plus.

— Pour son salut, je m'en réjouis, dit Thrower. Et si je pensais que la construction de mon temple doive coûter la vie d'un enfant, j'aimerais mieux prêcher en plein air jusqu'à la fin de mes jours. »

Elle le regarda avec attention et comprit qu'il le pensait vraiment, du fond du cœur. « C'est pas vot' faute, dit-elle. Il a toujours été maladroit. On dirait qu'il échappe sans arrêt aux dangers qui tueraient un drôle ordinaire.

— Je voudrais... je voudrais comprendre ce qui s'est passé là-dedans.

— Le pilier a bougé, tiens, dit-elle. Ça arrive.

— Je veux dire... comment la poutre l'a évité. Elle s'est ouverte en deux... avant de lui toucher la tête. J'aimerais examiner son crâne, si je peux...

— Il porte aucune trace, fit-elle.

— Je sais. Je veux l'examiner pour voir si... »

Elle leva les yeux au ciel et marmonna : « Sourcier en intelligence », mais elle retira néanmoins ses mains pour lui permettre de palper la tête de l'enfant.

Il procéda lentement, soigneusement, s'efforçant de comprendre la configuration du crâne du jeune garçon, de déchiffrer les crêtes et les bosses, les creux et les dépressions. Il n'avait pas besoin de consulter un livre. Les livres ne rimaient à rien, de toute façon. Il s'en était assez vite rendu compte : ils débitaient tous des généralités ineptes, telles que : *Le Rouge aura toujours une bosse juste au-dessus de l'oreille, révélatrice du cannibalisme et de la sauvagerie*, alors qu'il existait bien entendu autant de crânes différents chez les Rouges que chez les Blancs. Non, Thrower n'avait aucune confiance dans ces livres... mais il avait appris deux ou trois choses sur les gens doués de certaines facultés et sur les bosses qu'ils avaient en commun. Il avait acquis quelque talent pour comprendre la configuration des formes du crâne humain ; tout le temps que ses mains se promenaient sur Al, il identifiait ce qu'il y découvrait.

Rien de remarquable, voilà ce qu'il découvrait. Pas la moindre protubérance qui se distinguât des autres. Un crâne moyen. Aussi moyen que possible. Si parfaitement moyen qu'on aurait pu le citer en exemple dans les manuels, si seulement il existait un manuel digne d'être lu.

Il retira ses doigts, et le garçon — qui s'était arrêté de pleurer pendant l'examen — se contorsionna sur les genoux de sa mère pour lever les yeux vers lui. « Révérend Thrower, dit-il, z'avez les mains toutes frettes, j'ai manqué geler. » Puis il se tortilla pour descendre et fila en appelant à grands cris l'un des petits Allemands, celui avec lequel il s'était battu si sauvagement plus tôt.

Fidelity eut un rire triste. « Vous voyez à quelle vitesse ils oublient ?

— Vous aussi », dit-il.

Elle secoua la tête. « Pas moi, fit-elle. J'oublie rien.

— Vous souriez déjà.

— *La vie continue,* révérend Thrower. La vie continue, c'est tout. Ça empêche pas d'oublier. »

Il approuva du chef.

« Alors... dites-moi donc c'que vous avez trouvé.

— Trouvé ?

— En lui tâtant les bosses. En cherchant l'intelligence. En a-t-y ?

— Il est normal. Absolument normal. Sa tête ne présente rien d'extraordinaire. »

Elle grogna. « Rien d'extraordinaire ?

— Comme je vous dis.

— Eh ben, si vous voulez mon avis, c'est ça justement qu'est extraordinaire, mais c'est pas donné au premier v'nu de s'en rendre compte. » Elle ramassa le tabouret et l'emporta, huchant Al et Cally en chemin.

Au bout d'un moment, le révérend Thrower comprit qu'elle avait raison. Personne n'était aussi parfaitement moyen. Tout le monde avait une particularité dominante. Ce n'était pas normal qu'Alvin présente un tel équilibre. Posséder tous les dons possibles qu'un crâne puisse révéler, et tous dans des proportions absolument égales. Loin d'être moyen, Al était extraordinaire, bien que Thrower n'eût aucune idée de ce qu'il en résulterait dans la vie du gamin. Touche-à-tout et bon à rien ? Ou bon à tout ?

Superstition ou pas, Thrower ne pouvait s'empêcher de s'interroger. Le septième fils d'un septième fils, une conformation crânienne ahurissante, et le miracle — il ne voyait pas d'autre mot — de la poutre faîtière. Un enfant ordinaire serait mort aujourd'hui. C'était une question de lois physiques. Mais quelqu'un ou quelque chose protégeait ce jeune garçon, et les lois physiques s'étaient abolies.

Une fois les conversations éteintes, les hommes reprirent leur travail sur le toit. La première poutre était inutilisable, bien entendu, et ils transportèrent les deux tronçons à l'extérieur. Après ce qui venait de se produire, ils n'avaient aucune envie de leur trouver un autre usage. Ils se remirent plutôt à l'ouvrage pour tailler un nouveau madrier qui fut prêt en milieu d'après-midi, puis ils remontèrent l'échafaudage, et à la tombée de la nuit tout le faîte du toit était en place. Personne ne parla de l'incident de la poutre, du moins pas en présence de Thrower. Et quand il voulut chercher le poinçon éclaté, il ne le trouva nulle part.

VII

L'autel

ALVIN JUNIOR n'avait pas eu peur en voyant tomber la poutre, et il n'avait pas eu peur quand elle s'était écrasée sur le plancher de part et d'autre. Mais quand tous les grands se mirent à en faire une histoire digne du Jour de Gloire, en le serrant dans leurs bras et en discutant à voix basse, alors il prit peur. Les grands s'y entendaient pour faire des choses sans raison aucune.

Comme papa, qu'était assis sur le plancher près du feu et examinait les morceaux du poinçon éclaté, le poteau qui s'était fendu sous le poids de la faîtière pour la précipiter par terre. Quand maman était dans son état normal, ni papa ni personne ne s'amusait à ramener de gros morceaux de bois tout sales et cassés dans sa maison. Mais aujourd'hui, maman était aussi folle que papa, et quand il était arrivé chargé de ses gros éclats de bois, elle s'était baissée et elle avait roulé le tapis avant de s'écarter de son chemin.

Tous ceux qu'oubliaient de s'écarter du chemin de papa quand il faisait cette tête-là, ils étaient trop bêtes pour vivre. David et Placide avaient de la chance, eux, ils pouvaient se retirer dans leurs maisons sur leurs terres défrichées, où leurs femmes gardaient le dîner sur le feu et où ils avaient le droit de décider d'être fous ou pas. Le reste de la famille n'avait pas autant de chance. Papa et maman étaient fous, alors fallait que tout le monde suive. Aucune des filles ne se chamailla avec ses sœurs, et elles aidèrent toutes à préparer le repas puis à nettoyer sans même se plaindre une seule fois. Econome et Fortuné sortirent pour couper du bois et se charger de la traite du soir, sans même se flanquer le plus petit coup de poing dans le bras, encore moins lutter au corps à corps, à la grande déception d'Alvin junior qui devait toujours affronter le perdant et donc livrer ses plus beaux combats, car leurs dix-huit ans faisaient d'eux des adversaires de taille, contrairement aux gamins avec lesquels il se colletait d'habitude. Mesure, lui, il resta assis près du feu à tailler au couteau une grosse cuiller pour la marmite de maman, sans lever les yeux de son occupation... mais il attendait, tout comme les autres, que papa redevienne lui-même et se mette à crier contre quelqu'un.

La seule personne normale de la maison, c'était Calvin, le petit frère de trois ans. L'ennui, c'était que « normal », pour lui, ça voulait dire se traîner sur les talons d'Alvin junior comme un chaton sur les traces d'une souris. Il ne s'approchait jamais assez d'Al pour *jouer* avec lui, ou le toucher, ou lui parler ou n'importe quoi d'intéressant. Il se contentait d'être là, toujours à la limite de sa vision; quand Alvin levait les yeux, c'était pour surprendre Calvin détournant les siens ou pour entrevoir sa chemise à l'instant où il se cachait derrière une porte; et parfois, la nuit, dans le noir, il entendait une légère respiration, plus proche qu'elle n'aurait dû, ce qui indiquait que Calvin n'était pas couché dans son petit lit, mais qu'il se tenait auprès de lui, Alvin, et qu'il le regardait dormir. Personne ne semblait remarquer son manège. Depuis plus d'un an, Alvin junior ne cherchait plus à l'en dissuader. S'il s'était plaint : « M'man, y a Cally qui m'embête », maman aurait répondu : « Al junior, il t'a rien dit, il t'a pas touché, et si t'aimes pas qu'il reste sage comme une image, eh ben, tant pis pour toi, parce que moi, ça m'convient parfaitement. J'aimerais que certains d'mes enfants prennent exemple sus lui. » Calvin n'était pas particulièrement *normal* aujourd'hui, se dit Al, c'était plutôt le reste de la famille qui se mettait à son niveau ordinaire de folie.

Papa n'arrêtait pas de fixer les bouts de bois éclatés. De temps en temps il les assemblait comme pour reconstituer la pièce d'origine. Un moment donné, il parla, sans s'énerver. « Mesure, t'es sûr d'avoir bien ramassé tous les morceaux ? »

Mesure répondit : « Jusqu'au dernier, p'pa, j'en aurais pas trouvé davantage avec un balai. J'en aurais pas trouvé davantage si je m'étais mis à quatre pattes à licher comme un chien. »

M'man écoutait, évidemment. Une fois, papa avait dit que quand m'man faisait attention, elle pouvait entendre un écureuil péter dans les bois à un demi-mille de là, au beau milieu d'une tempête, avec les filles à remuer de la vaisselle et tous les garçons à couper du bois. Alvin junior se demandait parfois si ça ne voulait pas dire que m'man connaissait davantage de sorcellerie qu'elle ne le laissait croire, parce qu'un jour il était resté assis dans les bois à moins de trois pas d'un écureuil pendant plus d'une heure, et il ne l'avait même pas entendu roter.

Bref, ce soir elle était à la maison, alors bien sûr elle entendit la question de papa, et elle entendit la réponse de Mesure ; étant aussi folle que papa, elle se mit en boule comme si Mesure venait de jurer le nom du Seigneur. « Surveille ton langage, jeune homme, par rapport que l'Seigneur a dit à Moïse sus la montagne : "Tes père et mère honoreras afin qu'tes jours soyent nombreux sus la terre que l'Seigneur ton Dieu t'a donnée" ; et quand tu parles effrontément à ton père, t'enlèves des jours, des semaines et même des *années* à ta vie, et avec ton âme impure, t'as tout à craindre s'il faut t'présenter prématurément à la barre du Jugement pour y rencontrer ton Sauveur et t'entendre dire le sort qui t'est réservé dans l'éternité ! »

Ce n'était pas tant son sort dans l'éternité que la colère de maman après lui qui inquiétait Mesure. Il n'essaya pas de prétendre qu'il n'avait pas joué au malin ou fait l'insolent — seul un idiot s'y serait risqué quand maman s'était mise en rogne. Il prit simplement un air piteux et lui demanda son pardon, sans parler de la clémence de papa et de la grande miséricorde du Seigneur. Quand maman cessa de rouspéter, le pauvre Mesure s'était déjà excusé une demi-douzaine de fois ; finalement, elle se contenta de grommeler avant de retourner à sa couture.

Mesure regarda alors Alvin junior par en dessous et lui fit un clin d'œil.

« J't'ai vu, dit maman, et si tu vas pas en enfer, Mesure, moi, j'adresse une pétition à saint Pierre pour qu'il t'y expédie.

— J'signerai moi-même la pétition », dit Mesure en prenant l'air soumis d'un jeune chiot qui vient de faire pipi sur la botte d'une grande personne.

« Et comment, fit maman, et tu la signeras de ton sang, en plusse, par rapport que, quand j'en aurai terminé avec toi, t'auras assez de blessures pour approvisionner l'année durant une dizaine de clercs en belle encre rouge. »

Alvin junior avait du mal à se retenir. La terrible menace de maman, il la trouvait drôle. Et tout en sachant qu'il jouait avec sa vie, il ouvrit les lèvres pour rire. Il savait que, s'il riait, maman lui flanquerait un bon coup de dé à coudre sur la tête, ou peut-être une bonne claque sur l'oreille, ou encore un bon coup de son petit talon sur son pied nu, ce qu'elle avait fait une fois à David le jour où il lui avait dit qu'elle aurait dû apprendre à dire *non* avant de se retrouver avec treize bouches à nourrir.

C'était une question de vie ou de mort. Ça faisait plus peur que la poutre faîtière, qui tout compte fait ne l'avait jamais touché ; il ne pouvait pas en dire autant de maman. Il retint donc son rire avant qu'il ne lui échappe, et à la place dit la première chose qui lui vint à l'esprit :

« M'man, fit-il, Mesure, il peut pas signer de pétition avec son sang, parce qu'il s'rait déjà mort, et les morts, ça saigne pas. »

Maman le regarda dans les yeux et elle répliqua, lentement, en détachant ses mots : « Ils saignent si j'en ai envie. »

Ça, c'était trop. Alvin junior éclata de rire. La moitié des filles en firent alors autant. Mesure suivit le mouvement. Et maman finit par s'y mettre elle aussi. Ils rirent et rirent tous à en pleurer, et maman expédia son monde au lit, à l'étage, y compris Alvin junior.

La surexcitation donnait à Alvin l'illusion de pouvoir se permettre toutes les audaces, et il n'avait pas encore compris qu'il fallait parfois savoir se retenir. Il se trouva que Matilda, seize ans et qui se prenait pour une dame, montait l'escalier juste devant lui. Personne n'aimait marcher derrière Matilda : elle avançait à pas tellement affectés et distingués ! Mesure disait toujours qu'il préférerait faire la queue derrière la lune, parce qu'elle avançait plus vite. Pour l'instant, les fesses de Matilda se balançaient à hauteur des yeux d'Al junior ; il pensa à ce que Mesure disait à propos de la lune et reconnut que le postérieur de sa sœur en avait tout à fait la rondeur, puis il se demanda quel effet ça ferait de *toucher* la lune : est-ce que ce serait dur comme une carapace de scarabée ou tout mou comme une limace ? Et quand un petit garçon de six ans, déjà rempli d'audace, se met pareille idée en tête, il ne se passe pas une demi-seconde avant que son doigt ne s'enfonce d'une bonne moitié dans la chair délicate.

Matilda savait rudement bien crier.

Al aurait pu écoper d'une claque immédiate, mais Econome et Fortuné, qui le suivaient, virent la scène et se moquèrent tellement de Matilda qu'elle se mit à pleurer avant de grimper les marches deux par deux, en oubliant ses manières de dame. Econome et Fortuné portèrent Alvin jusqu'en haut de l'escalier en le soulevant entre eux, si haut qu'il en avait le vertige, et en chantant la vieille chanson sur saint Georges qui terrasse le dragon, mais dans une nouvelle version consacrée à saint Alvin, où *l'épée* qui frappait le monstre un millier de fois et qui ne fondait pas dans le feu devenait *le doigt*. Même Mesure ne put s'empêcher de rire.

« C'est une vilaine chanson, très vilaine ! » cria Mary, dix ans, qui montait la garde devant la porte des grandes filles.

« Vous feriez mieux d'arrêter d'chanter ça, fit Mesure, avant qu'm'man vous entende. »

Alvin junior n'avait jamais compris pourquoi maman n'aimait pas cette chanson, mais il était vrai que les garçons évitaient de la chanter quand elle se trouvait à portée d'oreille. Les jumeaux se turent et gravirent l'échelle du grenier. A ce moment, la porte de la chambre des grandes s'ouvrit brusquement et Matilda, les yeux rouges d'avoir pleuré, passa la tête pour brailler : « Vous l'regretterez !

— Ooh, je r'grette, je r'grette », gémit Fortuné d'une petite voix aiguë.

Alors seulement, Alvin se souvint que lorsque les filles voulaient exercer des représailles, c'était surtout lui qu'elles prenaient pour cible. Calvin restait le bébé à leurs yeux, il ne craignait donc pas grand-chose ; les jumeaux étaient plus âgés et plus grands, et ils se quittaient rarement. Quand elles se mettaient en boule, Alvin était donc le premier exposé à leur terrible colère. Matilda avait seize ans, Béatrice quinze, Elizabeth quatorze, Anne douze, Mary dix, et harceler Alvin leur plaisait à toutes davantage que la quasi-totalité des autres distractions permises par la Bible. Un jour qu'elles l'avaient tourmenté au-delà du supportable et que seuls les bras puissants de Mesure l'avaient retenu de commettre, sous l'emprise de la fureur, un meurtre avec une fourche à foin, son frère avait affirmé que l'enfer devait sûrement réserver pour supplice à un homme de vivre dans la même maison que cinq femmes, chacune à peu près deux fois grande comme lui. Depuis lors, Alvin s'était demandé quel péché il avait commis avant de naître pour mériter de grandir à moitié maudit dès le départ.

Il entra dans la petite chambre qu'il partageait avec Calvin et s'assit, attendant que Matilda vienne le tuer. Mais elle tardait à se montrer et il comprit qu'elle devait patienter jusqu'à ce que toutes les bougies soient éteintes, afin que personne ne sache laquelle des sœurs s'était glissée auprès de lui pour le zigouiller. Dieu savait qu'il leur avait fourni plus d'une raison de souhaiter sa mort, rien que dans les deux derniers mois. Il essayait de deviner si elles allaient l'étouffer sous l'oreiller en duvet d'oie de Matilda — ce serait la première fois qu'il aurait le droit d'y toucher — ou s'il allait périr le cœur transpercé par les précieux ciseaux à couture de Béatrice, quand il sentit brutalement que s'il ne sortait pas dans les vingt-cinq secondes pour se rendre aux cabinets, il allait en avoir plein le pantalon.

Les cabinets étaient occupés, comme de juste, et Alvin eut beau trépigner et s'égosiller trois minutes durant devant la porte, elle resta obstinément close. Il lui vint à l'idée qu'il s'agissait peut-être de l'une des filles, auquel cas c'était le plan le plus diabolique qu'elles aient jamais conçu : l'empêcher d'utiliser les cabinets, sachant qu'il avait peur d'aller dans les bois après la tombée de la nuit. Une vengeance horrible. S'il se souillait, il aurait tellement honte qu'il serait probablement forcé de changer de nom et de se sauver ailleurs ; c'était bien pire qu'un coup de doigt dans les fesses. Pareille injustice le rendait aussi fou qu'un bison constipé.

Tellement fou qu'il en vint à la menace suprême : « Si tu sors pas, j'fais jusse devant la porte, et pis tu marcheras d'dans en partant ! »

Il attendit, mais l'occupant des lieux ne lui retourna pas la réplique traditionnelle : « Si tu fais ça, j'te f'rai licher ma chaussure pour la nettoyer », et Al se dit pour la première fois que la personne à l'intérieur n'était peut-être pas l'une de ses sœurs, après tout. Sûrement pas l'un des garçons non plus. Ça ne laissait que deux possibilités, chacune plus effrayante que l'autre. Al s'en voulait tellement qu'il s'abattit le poing sur la tête, sans y trouver de soulagement. Papa lui flanquerait probablement une raclée, mais avec maman, ça serait pire. Elle lui sonnerait les cloches, ce qui n'était déjà pas rien, mais si elle était vraiment de mauvaise humeur, elle prendrait sa figure glaciale et dirait d'une voix douce : « Alvin junior, j'avais espoir qu'au moins l'un d'mes garçons serait d'un naturel bien élevé, mais j'constate aujourd'hui que j'ai vécu en pure perte », ce qui le plongeait toujours dans un état de dépression extrême, proche, selon lui, de la mort.

Il se sentit presque soulagé quand la porte s'ouvrit et que papa s'y encadra, finissant de boutonner son pantalon et l'air pas content. « J'peux mettre le pied dehors sans crainte ? demanda- t-il avec froideur.

— Ouais, fit Alvin junior.

— Quoi ?

— Oui m'sieur.

— T'es certain ? Y a des bêtes sauvages par icitte qui croyent malin de déposer leur fait par terre sus l'devant des cabinets. J'te dis que si un animal de même rôde dans les parages, un d'ces soirs j'm'en vais t'y mettre un piège qui lui attrapera l'arrière-train. Et quand j'le récupérerai au matin, j'lui coudrai le trou d'balle et j'le relâcherai pour qu'il s'en aille gonfler et crever dans la forêt.

— Pardon, p'pa. »

Papa secoua la tête et se mit en marche vers la maison. « J'connais pas ce qui s'passe avec tes intestins, mon garçon. T'as pas envie, et d'un seul coup ça t'prend comme si t'étais à l'agonie.

— Ça irait mieux si t'installerais d'aut' cabinets », marmonna Al junior. Mais papa ne l'entendit pas, car Alvin n'avait parlé qu'une fois la porte refermée sur lui et son père rentré à la maison ; et de toute façon il avait baissé la voix.

Alvin se rinça longuement les mains à la pompe, parce qu'il craignait ce qui l'attendait à son retour chez lui. Mais alors, seul dehors, dans le noir, la peur le prit pour une autre raison. Tout le monde disait qu'un homme blanc n'entendait jamais un homme rouge marcher dans les bois, et les grands frères d'Alvin s'étaient beaucoup amusés à lui raconter que lorsqu'il se trouvait seul dehors, surtout la nuit, y avait dans les bois des Rouges qui l'épiaient en jouant avec leurs tommy-hawks en silex, et que ça les démangeait de lui prendre son scalp. En plein jour, Al ne les croyait pas, mais là, de nuit, ses mains toutes mouillées et glacées, il sentit un frisson le parcourir et il crut même deviner où se tenait le Rouge. Par-dessus son épaule, là-bas, près de la porcherie, il se déplaçait si silencieusement que les cochons ne grognaient même pas et que les chiens n'aboyaient pas, rien. Et on trouverait le cadavre d'Al, sans cheveux et tout sanglant, et *alors* il serait trop tard. Aussi méchantes qu'étaient ses sœurs — et elles étaient vraiment méchantes — il les trouvait préférables à la mort d'un coup de silex d'homme rouge dans la tête. Il fila comme le vent depuis la pompe jusqu'à la maison et ne regarda pas en arrière pour voir si le Rouge était vraiment là.

Dès la porte fermée, il oublia ses craintes de Rouges invisibles et silencieux. Tout était tranquille dans la maison, ce qui d'emblée paraissait louche. Les filles ne se calmaient jamais avant que papa ne leur crie dessus

Alors seulement, Alvin junior s'aperçut des gloussements étouffés dans la pièce voisine. Oh, elles l'avaient eu, elles l'avaient bien eu ! Il s'assit sur le bord de son lit pour extirper des épingles de sa chemise de nuit et les ficher dans le coin inférieur de son quilt. Il ne les aurait jamais crues folles au point de risquer de perdre une seule des précieuses épingles en acier de maman, uniquement pour se venger de lui. Mais il aurait dû s'en douter. Les filles ne pratiquaient jamais les règles du jeu à la loyale, à la façon des garçons. Quand un gars, dans une bagarre, t'envoie à terre d'un coup de poing, eh ben, soit il te saute dessus, soit il attend que tu te relèves, dans les deux cas il y a égalité : les deux debout ou les deux au sol. Mais Al savait, pour en avoir fait la douloureuse expérience, que les filles te balancent des coups de pied quand t'es à terre et qu'elles te tombent dessus à plusieurs dès qu'elles en ont l'occasion. Quand elles se battent, elles s'arrangent pour finir le combat aussi vite que possible. C'était même plus drôle.

Comme ce soir, tiens. Ce n'était pas juste, cette punition ; lui, il n'avait donné qu'un coup de doigt, et les filles, elles s'étaient débrouillées pour qu'il se pique avec des épingles. Certaines avaient pénétré si profond qu'il saignait en deux ou trois endroits. Et d'après lui, Matilda n'avait même pas de bleu ; il le regrettait bien.

Alvin junior n'était pas méchant, oh non. Mais, assis sur le bord de son lit, tandis qu'il retirait les épingles de sa chemise de nuit, il ne pouvait manquer de remarquer les cancrelats vaquant à leurs affaires dans les fentes du plancher, et il ne pouvait s'empêcher d'imaginer ce que ça donnerait si tous ces cafards décidaient d'aller rendre une petite visite dans certaine chambre pleine de gloussements.

Il s'agenouilla donc sur le parquet, posa la bougie à côté de lui et se mit à parler à voix basse aux insectes, tout comme il l'avait fait le jour où il avait passé son traité de paix avec eux. Il commença par leur parler de jolis draps bien doux et de peau tendre et pulpeuse où galoper, et surtout de la taie de satin enveloppant l'oreiller en plume d'oie de Matilda. Mais ça n'avait pas l'air de les intéresser. Manger, c'est ça, ils veulent manger, pensa Alvin. Leur seule préoccupation, c'est la faim, la faim et la peur. Alors il se mit à leur parler de nourriture, la plus délicieuse des nourritures qu'ils aient jamais goûtée. Les cancrelats redressèrent la tête et s'approchèrent pour écouter, mais aucun ne grimpa sur lui, en parfait accord avec le traité. Toute la nourriture que vous avez jamais souhaitée, sur une peau rose et tendre. Et vous n'avez rien à craindre non plus, pas le moindre danger, aucune inquiétude à avoir, suffit d'entrer là-bas pour trouver à manger sur cette peau rose, lisse, tendre et pulpeuse.

De fait, quelques cancrelats filèrent bientôt sous la porte d'Alvin, suivis par un nombre croissant, et finalement toute la troupe disparut en une seule et massive charge de cavalerie, par-dessous le battant, à travers les murs, leurs carapaces luisantes et rougeoyantes à la lumière de la bougie, guidés par leur éternel et insatiable appétit, sans éprouver de crainte puisque Al leur avait assuré qu'il n'y avait pas de danger.

Il ne se passa pas dix secondes avant qu'il n'entende les premiers cris dans la chambre voisine. Et en l'espace d'une minute il régnait un tel tumulte dans toute la maisonnée qu'on aurait cru à un incendie. Des filles hurlaient, des garçons vociféraient et de grosses bottes martelèrent le plancher quand papa se précipita à l'étage pour piétiner les cancrelats. Al était aussi heureux qu'un cochon dans la gadouille. Le calme finit par se rétablir peu à peu dans la pièce d'à côté. D'ici une minute, on allait venir voir ce qu'ils faisaient, Calvin et lui, aussi souffla-t-il sa bougie pour s'enfoncer sous les couvertures en chuchotant aux cancrelats de se cacher. Effectivement, les pas de maman s'approchaient dans le couloir. A la dernière seconde, Alvin junior se rappela qu'il ne portait pas sa chemise de nuit. Il glissa la main hors du lit, saisit le vêtement et le ramena sous les draps juste comme la porte s'ouvrait. Puis il s'appliqua à respirer paisiblement et régulièrement.

Maman et papa entrèrent en tenant des bougies. Il les entendit rabattre les couvertures de Calvin, à la recherche de cancrelats, et il craignit qu'ils viennent lui rabattre aussi les siennes. Il aurait tellement honte : dormir comme un animal, sans rien sur soi. Mais les filles, qui savaient qu'il ne pouvait s'être endormi aussi vite après toutes ces piqûres d'épingles, elles avaient peur, bien sûr, de ce qu'il risquait de raconter aux parents, alors elles s'arrangèrent pour les presser à sortir de la chambre sitôt qu'ils eurent passé une lumière sous le nez d'Alvin pour s'assurer de son sommeil. Alvin garda le visage parfaitement immobile, sans même battre des paupières. La bougie s'éloigna, la porte se referma doucement.

Il attendit encore et, comme prévu, la porte se rouvrit. Il entendit des pieds nus avancer à pas feutrés sur le plancher. Puis il sentit sur sa figure le souffle d'Anne qui lui chuchota à l'oreille : « On connaît pas comment t'as fait ça, Alvin junior, mais on connaît qu'c'est toi qui nous as envoyé les cancrelats. » Alvin fit semblant de ne rien entendre. Même, il se mit à ronfler légèrement.

« Ça prend pas, Alvin junior. Tu f'rais mieux de pas dormir c'te nuit, par rapport que tu pourrais bien jamais t'réveiller, tu m'entends ? »

A l'extérieur de la chambre, papa demandait : « Ousqu'elle est passée, Anne ? »

Elle est icitte, p'pa, elle me menace de m'tuer, pensa Alvin. Mais évidemment il ne le dit pas tout haut. De toute manière, elle voulait juste lui faire peur.

« On s'débrouillera pour que ç'ait l'air d'un accident, chuchota-t-elle encore. T'en as toujours, des accidents, personne imaginera qu'c'est un meurtre. »

Alvin commençait à la croire, de plus en plus fort.

« On sortira ton cadavre et on l'fera passer dans l'trou des cabinets, et tout l'monde pensera que t'es allé te soulager et que t'es tombé d'dans. »

Ça marcherait, se dit Alvin. C'était bien d'Anne de combiner un plan aussi diabolique, il n'y en avait pas deux comme elle pour pincer les autres en douce et se trouver à dix pas de là quand ils se mettaient à crier. C'est pour ça qu'elle gardait toujours ses ongles longs et affilés. D'ailleurs, en ce moment même, Alvin en sentait un qui lui raclait la joue.

La porte s'ouvrit plus grande. « Anne, chuchota maman, tu sors de d'là tout d'suite. »

L'ongle cessa de griffer. « J'voulais juste être sûre que le p'tit Alvin allait bien. » Les pieds nus s'en retournèrent, toujours à pas feutrés, et sortirent de la chambre.

Bientôt toutes les portes furent refermées et il entendit claquer les chaussures de papa et de maman qui descendaient l'escalier. Il savait qu'en toute logique il aurait dû encore être mort de peur à cause des menaces d'Anne, mais ce n'était pas le cas. Il avait gagné la bataille. Il s'imagina les filles grouillantes de cancrelats, et il se mit à rigoler. Non, ça ne se faisait pas. Il fallait se retenir, respirer aussi calmement que possible. Tout son corps était secoué des rires qu'il essayait de contenir.

Il y avait quelqu'un d'autre dans la chambre.

Il n'entendait rien et, quand il ouvrit les yeux, il ne vit pas âme qui vive.

Mais il savait qu'il y avait quelqu'un. On n'était pas entré par la porte, on s'était donc introduit par la fenêtre ouverte. C'est complètement idiot, se dit Alvin, y a absolument personne ici. Mais il resta immobile, il n'avait plus envie de rire, parce qu'il le *sentait*, il n'était pas tout seul. Non, c'est un cauchemar, voilà tout, j'ai encore la trouille à cause de ces histoires de Rouges qui m'épient dehors, ou peut-être à cause des menaces d'Anne, quelque chose comme ça. Si je reste allongé en fermant les yeux, ça va passer.

Les ténèbres sous les paupières d'Al virèrent au rose. Il y avait une lumière dans sa chambre. Une lumière aussi éclatante que celle du jour. Il n'existait pas une bougie au monde, non, même pas une lanterne, capable d'éclairer aussi fort que ça. Al rouvrit les yeux et son appréhension se mua en terreur, car il voyait maintenant que ce qu'il craignait était réel.

Il y avait un homme debout au pied de son lit, un homme lumineux, comme fait de soleil. La lumière dans la chambre venait de sa peau : de sa poitrine que sa chemise déchirée laissait à découvert, de son visage et de ses mains. Et dans une main, un couteau, un couteau d'acier acéré. Je vais mourir, se dit Al. Tout comme Anne me l'a promis. Sauf qu'il était inconcevable que ses sœurs puissent provoquer une apparition aussi effrayante. Cet homme-lumière éblouissant était venu tout seul, pas de doute; et il projetait de tuer Alvin junior pour ses péchés et non parce que quelqu'un d'autre l'avait envoyé.

Puis ce fut comme si la clarté que dégageait l'homme se frayait un passage à travers la peau d'Alvin pour pénétrer en lui, et la peur le quitta aussitôt. L'homme-lumière tenait peut-être un couteau et il s'était peut-être introduit dans la chambre sans même ouvrir une porte, mais il n'avait pas l'intention de lui faire du mal. Alvin se détendit donc un peu et, en se tortillant, se redressa dans son lit presque jusqu'à la position assise, le dos appuyé au mur, pour observer l'homme-lumière, dans l'attente de ce qu'il allait faire.

L'Homme leva son couteau d'acier luisant, posa la lame contre la paume de son autre main… et coupa. Alvin vit le sang vermeil miroitant couler de la blessure, ruisseler le long de l'avant-bras et, au niveau du coude, s'égoutter sur le plancher. Mais quatre gouttes n'étaient pas tombées qu'une vision lui apparut en esprit. Il voyait la chambre de ses sœurs, il la reconnaissait, pourtant elle était différente. Les lits étaient très hauts et ses sœurs des géantes ; il ne distinguait que d'immenses pieds et jambes. Puis il comprit qu'il voyait la chambre par les yeux d'une minuscule créature. Les yeux d'un cancrelat. Dans sa vision il courait à toute allure, poussé par la faim, sans éprouver la moindre peur, sachant que s'il parvenait à atteindre ces pieds, ces jambes, il trouverait à manger, autant qu'il en voudrait. Alors il se dépêchait, il grimpait, il galopait en tous sens, il cherchait. Mais il n'y avait pas de nourriture, pas une miette, et voilà que des mains monstrueuses fondaient pour le balayer brutalement, puis une ombre immense, gigantesque, s'étendit sur lui, et il connut l'affreuse, l'atroce agonie de la mort par écrasement.

Non pas une fois, mais plusieurs, des douzaines de fois l'espoir de nourriture, l'assurance de ne courir aucun danger, puis la désillusion — rien à manger, rien du tout — et après la désillusion, la terreur, la mutilation et la mort. Chacune de ces petites vies confiantes trahie, broyée, martyrisée.

Puis, dans sa vision, il fut l'un des rescapés, un de ceux qui échappèrent au piétinement des formidables bottes en se réfugiant sous les lits, dans les fissures des murs. Il fuyait la chambre de mort, mais il ne retournerait pas à côté, dans la pièce refuge, parce qu'elle ne constituait plus un refuge. C'était de là que venaient les mensonges. C'était le repaire du traître, du menteur, du tueur qui les avait envoyés se faire massacrer. Cette vision était muette, bien entendu. Il ne pouvait y avoir de mots, de pensées lucides dans un cerveau de cancrelat. Mais Al, lui, disposait des mots et il était capable de pensée ; il savait mieux que n'importe lequel des insectes ce qu'on leur avait mis dans la tête. On leur avait promis monts et merveilles, on leur avait donné des assurances, et ce n'était que mensonge. La mort terrifiait, oui, fuir cette chambre ; mais l'autre chambre recelait pire que la mort — le monde n'y avait plus de sens, il pouvait y arriver n'importe quoi, la confiance n'y existait pas, la certitude non plus. Une zone d'épouvante. L'horreur.

Puis la vision disparut. Alvin, assis dans son lit, se pressait les mains sur les yeux, sanglotant de désespoir. Ils ont eu mal, pleurait-il en silence, ils ont eu mal et c'est moi qui leur ai fait ça, je les ai trahis. C'est ce que l'homme-lumière est venu me montrer. Ils m'ont fait confiance, mais ensuite je les ai trompés et je les ai envoyés à la mort. J'ai commis un meurtre.

Non, pas un meurtre ! On n'a jamais entendu dire que c'était un meurtre de tuer des cancrelats. Personne au monde irait raconter une chose pareille.

Mais ça ne comptait pas, ce que les autres pensaient, Al le savait. L'homme-lumière était venu lui montrer qu'un meurtre était un meurtre.

A présent il était parti. La lumière avait quitté la chambre et, quand Al ouvrit les yeux, il n'y avait personne d'autre dans la pièce que Cally, profondément endormi. Trop tard, même pour demander pardon. Malheureux comme les pierres, Al junior referma les yeux et pleura de plus belle.

Combien de temps pleura-t-il ? Quelques secondes ? Ou bien s'était-il assoupi, et n'avait-il pas senti passer le temps ? Aucune importance : la lumière revint. Une fois encore elle entra en lui, non par ses yeux mais en le pénétrant jusqu'au cœur, dans un murmure apaisant. Alvin ouvrit à nouveau les paupières et regarda le visage de l'homme-lumière, attendant qu'il parle. Comme il ne disait rien, Alvin jugea que c'était à lui de commencer ; alors il balbutia quelques mots, si dérisoires comparés aux sentiments qui alourdissaient son cœur : « Je m'excuse, je l'referai pus, je... »

Il bredouillait, il le savait, il ne s'entendait même pas parler, tellement il était bouleversé. Mais la lumière se fit un instant plus éclatante et il perçut une question dans son esprit. Aucune parole n'avait été prononcée, notez bien, mais il savait que l'homme-lumière voulait l'entendre dire de quoi il s'excusait.

Et en y réfléchissant, Alvin n'avait plus aucune certitude sur ce qui était mal. Ce n'était pas l'acte de tuer en lui-même — on risquait de mourir de faim si on n'abattait pas un cochon de temps en temps, et ce n'était guère un meurtre pour une belette d'attraper une souris, pas vrai ?

Puis la lumière insista de nouveau, et il eut une autre vision. Pas de cancrelats, cette fois-ci. Il avait maintenant en esprit l'image d'un homme rouge, agenouillé devant un daim, lui demandant de s'approcher et de mourir ; le daim s'approchait, tout tremblant et les yeux grands ouverts, comme lorsqu'ils sont terrorisés. Il savait qu'il allait à la mort. Le Rouge lui décocha une flèche qui resta fichée, frémissante, dans le flanc de l'animal. Le daim flageola sur ses pattes. Il s'écroula. Et Alvin savait que cette vision n'était pas entachée de péché parce que tuer et mourir faisaient l'un et l'autre partie de la vie. Le Rouge n'avait pas démérité, le daim non plus, et tous deux avaient obéi à leur nature.

Si le mal qu'il avait commis, ce n'était pas la mort des cancrelats, c'était quoi alors ? Le pouvoir qu'il détenait ? Son talent à imposer sa volonté aux choses, à les faire se briser à un endroit précis, à comprendre comment elles devaient se mettre en place et à les y aider ? Il avait trouvé ça plutôt pratique de fabriquer et de réparer les objets que tout petit garçon fabrique et répare quand il vit à la dure. Il pouvait assembler les deux morceaux d'un manche de houe cassé, les ajuster si serré que ça tenait indéfiniment, sans colle ni clou. Ou deux morceaux de cuir déchiré, il n'avait même pas besoin de les coudre ; et quand il nouait une ficelle ou une corde, le nœud ne se relâchait pas. C'était ce même talent qu'il avait utilisé avec les cancrelats. En leur faisant comprendre comment les choses devaient être ; après quoi ils avaient fait ce qu'il voulait. C'était ça, son péché ? son talent ?

L'homme-lumière entendit sa question avant même qu'il ait trouvé les mots pour la poser. Une nouvelle flambée de clarté amena une autre vision. Cette fois, il se voyait appuyer les paumes contre une pierre, et la pierre fondait comme du beurre à leur contact, prenait exactement la configuration qu'il désirait, en un bloc bien lisse qui se détachait du flanc de la montagne pour rouler, boule parfaite, sphère idéale, et grossir de plus en plus jusqu'à devenir un véritable monde, à l'exacte forme initialement donnée par ses mains, où des arbres et de l'herbe surgissaient du sol, où des animaux couraient, bondissaient, volaient, nageaient, rampaient et creusaient à la surface, au-dessus et à l'intérieur du globe minéral qu'il avait façonné. Non, ce pouvoir n'était pas effrayant, mais magnifique, pourvu qu'il sache l'employer.

Bon, alors, si c'est pas d'avoir donné la mort et si c'est pas de m'être servi de mon talent, qu'est ce que j'ai fait de mal ?

Cette fois-ci, l'homme-lumière ne lui montra rien. Cette fois-ci, Alvin ne vit pas d'explosion de lumière, il n'y eut pas la moindre vision. La réponse vint toute seule, non pas de l'homme mais du profond de lui-même. Une seconde plus tôt, il se trouvait trop bête pour jamais comprendre sa propre méchanceté et, d'un coup, elle lui apparaissait dans toute son évidence.

Ce n'était pas la mort des cancrelats, ni le fait de les avoir envoyés se faire tuer. Mais d'avoir agi ainsi dans le seul but de satisfaire un caprice personnel. Il leur avait dit que c'était pour leur bien, mais il avait menti pour son seul bénéfice à lui, Alvin. Il avait encore plus mal agi envers ses sœurs qu'envers les cancrelats, afin de pouvoir se tordre de rire dans son lit, ravi d'avoir pris sa revanche…

L'homme-lumière entendit les pensées dans l'âme d'Alvin, mais oui, parfaitement, et Al junior vit jaillir de son œil étincelant un feu qui vint le frapper au cœur. Il avait deviné juste. Il avait raison.

Alvin fit donc la promesse la plus solennelle de toute son existence, là, à cet instant précis. Il possédait un talent et il s'en servirait, mais ce talent imposait des règles, des règles qu'il respecterait dût-il y perdre la vie. « Je m'en servirai jamais plus pour moi tout seul », dit Alvin junior. Et quand il prononça ces paroles, il eut l'impression que son cœur était en feu, tellement ça lui chauffait à l'intérieur.

L'homme-lumière disparut à nouveau.

Alvin se rallongea, se glissa sous les couvertures, épuisé d'avoir pleuré, fatigué mais soulagé. Il avait mal agi, c'était vrai. Mais tant qu'il tiendrait sa promesse, tant qu'il n'utiliserait son talent que pour aider les autres et jamais, jamais, pour son propre compte, alors il serait un bon garçon et n'aurait aucune raison d'avoir honte. Il se sentait l'esprit léger comme au sortir d'une fièvre, et c'était exactement ça : on l'avait guéri de la méchanceté qui avait un instant germé en lui. Il se revit en train de rire alors qu'il venait d'apporter la mort pour son plaisir et il éprouva des remords, mais des remords atténués, adoucis, parce qu'il savait qu'une telle erreur ne se reproduirait jamais.

Tandis qu'il reposait, Alvin sentit encore la lumière envahir la chambre. Mais cette fois, elle ne provenait pas d'une source unique. Nullement de l'homme-lumière. Cette fois, quand il ouvrit les yeux, il s'aperçut que la lumière sortait de lui-même. Ses mains brillaient, sa figure devait rayonner comme celle de l'homme-lumière. Il rejeta ses couvertures et vit que tout son corps irradiait une clarté si éblouissante qu'il supportait difficilement de se regarder et supportait encore moins de regarder ailleurs. C'est moi ? se demanda-t-il.

Non, pas moi. Je brille comme ça parce que j'ai à mon tour quelque chose à faire. Tout comme l'homme-lumière a fait quelque chose pour moi, j'ai quelque chose à faire aussi. Mais je suis censé le faire pour qui ?

L'homme-lumière réapparut au pied de son lit, mais il n'était plus lumineux. Al junior s'aperçut alors qu'il le connaissait. Il s'agissait de Lolla-Wossiky, ce Rouge borgne imbibé de whisky qui s'était fait baptiser quelques jours plus tôt, encore affublé des vêtements de Blanc qu'on lui avait donnés pour sa conversion. Grâce à la lumière qu'il avait maintenant en lui, Alvin voyait avec plus d'acuité que jamais. Il vit que ce n'était pas l'alcool qui empoisonnait ce pauvre homme rouge, ni son œil perdu qui l'estropiait. C'était quelque chose de plus obscur, qui se développait comme une moisissure à l'intérieur de sa tête.

L'homme rouge fit trois pas et s'agenouilla près du lit, son visage à courte distance de celui d'Alvin. Qu'est-ce que tu veux de moi ? Qu'est-ce que je dois faire ?

Pour la première fois, l'homme ouvrit les yeux et parla. « Guéris tout », dit-il. Très vite, Alvin se rendit compte que l'homme s'était exprimé dans sa langue rouge — du shaw-nee, il s'en souvenait, les grandes personnes l'avaient dit au moment du baptême. Mais Al l'avait comprise aussi facilement que l'anglais du Lord Protecteur lui-même. Guéris tout.

Eh ben, c'était justement le talent d'Al, pas vrai ? Réparer, remettre dans l'état normal. L'ennui, c'est qu'il ne comprenait pas très bien comment il faisait ça et ne voyait pas du tout comment réparer quelque chose de vivant.

Mais peut-être qu'il n'avait pas besoin de comprendre. Peut-être qu'il lui suffisait d'*agir*. Il leva donc la main, l'avança avec une extrême prudence et toucha la joue de Lolla-Wossiky, sous l'orbite vide. Non, ce n'était pas comme ça. Il redressa un doigt jusqu'à ce qu'il entre en contact avec la paupière flasque derrière laquelle aurait dû se trouver l'autre œil de l'homme rouge. Oui, pensa-t-il. Guéris.

L'air crépita. La lumière se chargea d'étincelles. Al sursauta et retira la main.

Toute la lumière avait quitté la chambre. Seul le clair de lune entrait par la fenêtre. Ne restait même pas la moindre lueur pour rappeler l'éclat de tout à l'heure. Exactement comme s'il venait de s'éveiller d'un rêve, le rêve le plus intense qu'il ait jamais fait.

Il fallut une minute aux yeux d'Alvin pour recouvrer une vision claire. Ça n'était pas un rêve, aucun doute là-dessus. Parce qu'il y avait l'homme rouge, qui avait été l'homme-lumière. On ne rêve pas quand on a un Rouge agenouillé auprès de son lit, que des larmes lui coulent de son seul œil valide et que l'autre, celui qu'on a touché…

La paupière était toujours détendue, elle pendait sur du vide. L'œil n'avait pas été guéri. « Ç'a pas marché, murmura Alvin. J'm'excuse. »

C'était affreux : l'homme-lumière l'avait sauvé d'une méchanceté sans nom, et lui, il n'avait rien fait en retour. Mais l'homme rouge ne lui adressa pas le moindre reproche. Il préféra tendre les bras et saisir les épaules nues d'Alvin dans ses grandes mains puissantes pour l'attirer à lui et lui planter sur le front un gros baiser appuyé, comme un père embrasse son fils, comme deux frères, comme de véritables amis à la veille de leur mort. Ce baiser et tout ce qu'il contenait — d'espoir, de pardon, d'amour —, il ne l'oublierait jamais, jura silencieusement Alvin.

Lolla-Wossiky bondit sur ses pieds. Avec l'agilité d'un jeune homme, et non l'hésitation titubante de l'ivresse. Changé, *il était changé*, et Alvin s'avisa que peut-être il lui avait vraiment guéri ou remis en place quelque chose, quelque chose de plus profond que ses yeux. Corrigé de son penchant pour le whisky, peut-être.

Mais si c'était vrai, Al savait qu'il n'en avait pas le mérite ; le mérite en revenait à la lumière qui l'avait un moment pénétré. Le feu qui l'avait réchauffé sans brûler.

L'homme rouge s'élança vers la fenêtre, enjamba prestement le rebord, resta suspendu un instant par les mains, puis disparut. Alvin n'entendit même pas ses pieds toucher le sol au-dehors, tellement il était silencieux. Comme les chats dans la grange.

Combien de temps tout ça avait-il duré ? Des heures et des heures ? Le jour allait bientôt se lever ? Ou bien ne s'était-il écoulé que quelques secondes depuis qu'Anne avait chuchoté dans son oreille et que la famille s'était calmée ?

Ça n'avait pas une grande importance. Alvin ne pouvait pas dormir, pas maintenant, pas après tout ce qui venait de se passer. Pourquoi il lui avait rendu visite, cet homme rouge ? Qu'est-ce que ça voulait dire, tout ça, la lumière à l'intérieur de Lolla-Wossiky qui était ensuite passée en lui ? Il ne pouvait pas rester au lit comme ça, complètement ahuri. Il se leva donc, enfila sa chemise de nuit à toute vitesse et se glissa hors de sa chambre.

Une fois dans le couloir, il entendit parler au rez-de-chaussée. Maman et papa étaient encore debout. Son premier mouvement fut de se précipiter en bas pour leur raconter ce qui lui était arrivé. Mais il remarqua alors le ton de leurs voix. Colère, angoisse, des voix bouleversées. Pas le bon moment pour arriver avec une histoire de rêve. Même si Alvin savait qu'il ne s'agissait pas du tout d'un rêve mais de la réalité, eux la traiteraient comme tel. Et maintenant qu'il avait l'esprit lucide, il n'était plus question de leur raconter… leur raconter quoi ? qu'il avait envoyé les cancrelats dans la chambre de ses sœurs ? Les épingles, le doigt dans les fesses, les menaces ? Il faudrait leur en parler aussi, même si ça lui semblait remonter à des mois, à des années. Rien de tout ça n'avait d'importance maintenant, à côté du vœu qu'il avait prononcé et de l'avenir qu'il se voyait réservé, mais c'en aurait pour papa et maman.

Aussi longea-t-il le couloir et descendit-il l'escalier sur la pointe des pieds, s'avançant assez près pour écouter mais restant assez loin, caché par l'angle de la cloison, pour ne pas être vu.

Au bout de quelques minutes, il oublia cette dernière précaution. Il reprit doucement sa descente, jusqu'à ce qu'il puisse regarder dans la grande pièce. Papa était assis par terre, entouré de morceaux de bois. Al junior s'étonna que papa soit encore occupé à examiner le poinçon, même après être monté pour tuer les cancrelats, même après tout ce temps passé. Il se penchait en avant à présent, le visage enfoui dans les mains. Maman se tenait agenouillée devant papa, séparée de lui par les plus gros des morceaux de bois.

« Il est vivant, Alvin, dit maman. Tout l'restant, ça vaut pas la peine qu'on s'en tracasse. »

Papa releva la tête pour la regarder. « C'est l'eau qui s'est infiltrée dans l'arbre et qu'y a gelé et fondu, bien avant qu'on l'abatte. Et comme par adon, on l'a coupé pour qu'la flache se voye pas du dehors. Mais en d'dans, y avait des cassures à trois endroits, qu'attendaient que l'poids d'la faîtière. C'est l'eau qu'a fait ça.

— L'eau, fit maman, et il y avait de la dérision dans sa voix.

— Ça fait quatorze fois que l'eau essaye de l'tuer.

— Les drôles, il leur arrive tout l'temps des histoires.

— La fois où que t'as glissé sus l'plancher mouillé pendant que tu l'portais dans tes bras. La fois où qu'David a renversé l'chaudron d'eau bouillante. Les trois fois où qu'il s'est perdu et qu'on l'a retrouvé au bord d'la rivière. L'hiver passé, quand la glace s'est rompue sus la Tippy-Canoe…

— Tu crois qu'il est l'premier drôle à tomber dans l'eau ?

— L'eau empoisonnée qui l'a fait rendre du sang. L'bison fou furieux plein d'boue qui l'a chargé dans l'pré…

— Plein d'boue. Tout l'monde connaît qu'les bisons se vautrent dans la gadouille comme les cochons. Ç'avait rien à voir avec l'eau. »

Papa frappa violemment le plancher du plat de la main. Le claquement résonna comme un coup de feu à travers la maison. Il fit sursauter maman qui, bien entendu, leva les yeux du côté de l'escalier, du côté des enfants endormis. Alvin junior regrimpa précipitamment quelques marches et attendit, hors de vue, qu'elle lui ordonne de retourner au lit. Mais elle ne devait pas l'avoir aperçu, parce qu'elle ne cria pas et que personne ne monta le chercher. Quand il redescendit à pas de loup, ils continuaient sur le même sujet, à voix plus basse toutefois.

Papa chuchotait, mais ses yeux jetaient des flammes. « Si tu t'figures que ç'a rien à voir avec l'eau, alors c'est *toi* qu'es folle. »

Maman avait maintenant son visage de glace. Alvin junior le connaissait bien — c'était l'air le plus en colère que maman avait à sa disposition. Pas de claques, dans ces cas-là, pas de gronderie. Rien que la froideur et le silence ; et quand l'un des enfants avait droit à ce traitement, il ne tardait pas à souhaiter la mort et les tortures de l'enfer ; là au moins, il y ferait plus chaud.

Avec papa, elle ne resta pas silencieuse, mais sa voix était horriblement froide. « L'Sauveur a bien bu l'eau du puits du Samaritain.

— Autant que je m'souvienne, il est pas tombé d'dans, lui », répliqua papa.

Alvin junior se revit cramponné au seau du puits, chutant dans le noir jusqu'à ce que la corde se bloque dans le treuil et que le seau s'arrête au ras de l'eau, où il se serait à coup sûr noyé. On lui avait dit qu'il avait moins de deux ans quand ça s'était produit, mais il lui arrivait encore de rêver des pierres qui garnissaient l'intérieur du trou, de plus en plus sombre au fil de sa descente. Dans ses rêves, le puits faisait dix milles de profondeur, et il y tombait éternellement avant de se réveiller.

« Alors, réfléchis à c'que j'te dis, Alvin Miller, toi qui crois connaître les Ecritures. » Papa voulut protester qu'il ne croyait rien de tel… « L'djab' lui-même a dit au Seigneur dans l'désert que les anges soulèveraient Jésus, de crainte qu'y s'cogne le pied contre un caillou.

— J'vois pas c'que ça vient faire avec l'eau…

— C'que j'vois, moi, c'est que si je t'ai épousé pour ta cervelle, j'me suis bel et bien fait avoir. »

Le visage de papa vira au rouge. « Me traite pas d'niaiseux, Fidelity. Je sais c'que j'sais et…

— Il a un ange gardien, Alvin Miller. Y a quèqu'un qui veille sus lui.

— Toi et tes Ecritures. Toi et tes anges…

— Alors dis-moi donc pourquoi, malgré ces quatorze accidents, il a jamais eu plusse qu'une égratignure au bras. Combien y en a, des gamins qu'arrivent à six ans sans s'blesser une seule fois ? »

Le visage de papa prit une expression étrange, il se déforma légèrement, comme s'il avait beaucoup de peine à parler. « J'te dis qu'y a quèque chose qui veut sa mort. Je l'sais.

— T'en sais rien du tout. »

Papa répéta plus lentement encore, mâchant ses mots comme si chacun d'eux lui causait une douleur : « Je l'*sais*. »

Il avait tellement de mal à s'exprimer que maman s'empressa de lui reprendre la parole. « S'il existe un complot diabolique pour le tuer — c'est pas c'que j'dis, note bien — alors le ciel dispose d'un plan encore plusse puissant pour le protéger. »

Soudain, papa n'éprouva plus aucune difficulté à parler. Il cessa simplement d'essayer de dire ce qui ne voulait pas sortir, et Alvin junior se sentit déçu, comme devant quelqu'un qui aurait crié pouce avant même d'être mis à terre. Mais il savait, à la seconde exacte où il le pensait, que son papa n'aurait pas abandonné comme ça à moins d'une force terrible pour le réduire au silence. Papa était costaud, il n'avait rien d'un lâche. Et de le voir ainsi, eh bien, ça faisait peur au jeune garçon. Le petit Alvin savait que ses parents discutaient de lui et, même sans comprendre la moitié de ce qu'ils racontaient, il savait que papa prétendait que quelqu'un voulait sa mort à lui, Alvin junior ; mais quand il voulait donner sa vraie preuve, celle qui lui avait ouvert les yeux, quelque chose lui fermait la bouche et le rendait muet.

Al junior savait aussi, intuitivement, que ce qui avait pu retenir papa était l'exact contraire de la clarté éblouissante qui les avait envahis durant la nuit, l'homme-lumière et lui. Il y avait quelque chose qui voulait qu'Alvin devienne fort et bon. Et il y avait autre chose qui voulait qu'il meure. La force bénéfique, quelle qu'elle soit, amenait des visions, elle lui montrait son horrible péché et lui apprenait comment s'en laver à jamais. Mais la maléfique, elle avait le pouvoir de faire taire papa, d'imposer sa volonté au plus solide, au meilleur des hommes que connaissait Al junior ou dont il avait jamais entendu parler. Et ça, il en était épouvanté.

Quand papa exposa ses arguments, son septième fils sut qu'il n'avait pas recours à la preuve essentielle. « S'agit pas de diables ni d'anges, dit papa, s'agit des éléments de l'univers. Tu vois donc pas qu'il outrage la nature ? Y a une puissance en lui qu'on peut même pas imaginer, ni toi ni moi. Un pouvoir si grand qu'une partie d'la nature peut pas l'tolérer, si grand qu'il se protège tout seul même sans s'en rendre compte.

— Si ça donne autant d'pouvoir, d'être le septième fils d'un septième fils, alors où il est ton pouvoir à *toi*, Alvin Miller ? T'es un septième fils... c'est pas rien, soi-disant, mais jamais j'te vois faire le sourcier ou...

— Tu connais pas c'que j'fais...

— J'connaiss c'que tu fais pas. J'connais que tu crois pas...

— J'crois dans tout c'qu'est vrai...

— Moi, j'connais qu'tous les hommes sont allés aux communaux pour construire not' belle église, sauf toi...

— C'pasteur est un abruti.

— Tu t'es jamais dit que Djeu se sert p't-être de ton cher septième fils pour essayer de t'réveiller et t'montrer la voie du repentir ?

— Oh, c'est dans cette espèce de djeu-là qu'tu crois ? Qui cherche à tuer les p'tits garçons pour qu'leurs pères, ils aillent au culte ?

— L'Seigneur a sauvé ton fils, en signe d'amour et d'compassion...

— L'amour et la compassion qu'ont laissé mon Vigor mourir...

— Mais un d'ces jours il perdra patience...

— ... et il crimera un autre de mes fils. »

Elle le gifla. Alvin junior le vit de ses yeux. Et ce n'était pas le genre de calotte spontanée qu'elle flanquait à ses gars quand ils lui répondaient ou traînassaient. C'était une gifle qui manqua arracher la tête à papa et l'envoya s'étaler sur le plancher.

« Ecoute bien c'que j'te dis, Alvin Miller ! » Sa voix était si glaciale qu'elle brûlait. « Si c't'église se termine sans qu'y ait aucun ouvrage à toi d'dans, alors tu cesseras d'être mon mari et je cesserai d'être ta femme. »

Il y eut peut-être d'autres paroles échangées, mais Alvin junior ne les entendit pas. Il était remonté dans son lit, tout tremblant à l'idée qu'on puisse avoir une pensée aussi horrible, et à plus forte raison qu'on la dise tout haut. Il avait si souvent eu peur au cours de cette nuit ! D'avoir mal, de mourir quand Anne l'avait menacé de meurtre à l'oreille, et surtout de l'homme-lumière venu lui révéler son crime. Mais là, c'était différent. C'était la fin de tout son univers, la fin de sa seule certitude : il avait entendu maman insinuer qu'elle ne resterait plus avec papa. Allongé dans son lit, toutes sortes de pensées lui passant par la tête si vite qu'il ne pouvait en retenir aucune, en pleine confusion, il ne lui restait plus en définitive que la solution de dormir.

❋

Au matin, il se dit qu'il avait sans doute tout rêvé ; c'était forcément un rêve. Mais il y avait de nouvelles taches au pied de son lit, là où le sang de l'homme-lumière avait goutté. Ce n'était donc pas un rêve. Et la dispute de ses parents, ce n'était pas un rêve non plus. Papa lui mit la main dessus après le petit déjeuner et lui dit : « Aujourd'hui tu restes avec moi, Al. »

L'expression sur la figure de maman lui fit comprendre, aussi clair que deux et deux font quatre, que ses paroles de la nuit dernière, elle les pensait toujours ce matin.

« J'veux aider à l'église, dit Alvin junior. J'ai pas peur des poutres.

— Tu vas rester auprès d'moi, asteure. Tu vas m'donner un coup d'main à fabriquer quèque chose. » Papa déglutit et détourna les yeux de maman. « Cette église va avoir b'soin d'un autel, et j'me dis qu'on pourrait en construire un pour mettre dedans dès que l'toit sera posé et les murs dressés. » Papa regarda maman et lui adressa un sourire qui fit courir des frissons dans le dos d'Alvin junior. « Tu crois que ça f'ra plaisir au pasteur ? »

Maman fut prise au dépourvu, ça se voyait. Mais elle n'était pas du genre à se retirer d'un combat simplement parce que l'adversaire gisait à terre, Alvin junior le savait pertinemment. « Qu'esse qu'il peut faire, le p'tit ? demanda-t-elle. Il est pas charpentier.

— Il a l'œil, dit papa. S'il peut rapiécer et ciseler l'cuir, il peut faire des croix pour décorer l'autel. Ça sera joli.

— Mesure est mieux indiqué pour l'travail à la gouge, objecta maman.

— Alors j'demanderai au p'tit de graver les croix au *feu*. » Papa posa une main sur la tête d'Alvin junior. « Même s'il doit rester assis icitte toute la journée à lire la Bible, ce garçon s'approchera pas de l'église tant que l'dernier banc sera pas installé. »

La voix de papa avait une dureté à imprimer ses paroles dans la pierre. Maman regarda Alvin junior, puis Alvin senior. Finalement elle leur tourna le dos et entreprit de préparer le panier-repas pour ceux qui se rendaient aux communaux.

Alvin junior sortit voir Mesure qui attelait les chevaux tandis qu'Econome et Fortuné chargeaient dans le chariot des bardeaux pour le toit de l'église.

« T'as l'intention de r'tourner dans l'église ? demanda Fortuné.

— On peut t'laisser tomber des bûches dessus, et tu les débiteras en bardeaux avec ta tête, dit Econome.

— J'y vais pas », fit Alvin junior.

Econome et Fortuné échangèrent un même regard entendu.

« Eh ben, tant pis, dit Mesure. Mais quand p'pa et m'man attrapent froid, c'est toute la vallée d'la Wobbish qu'a droit à une tempête de neige. » Il fit un clin d'œil à son petit frère, comme la veille au soir, quand Al s'était attiré tous ces ennuis. Le clin d'œil décida Alvin à poser à Mesure une question qu'il ne se serait jamais permise d'ordinaire. Il se rapprocha, afin que sa voix ne porte pas jusqu'aux autres. Mesure saisit ce que voulait son frère et il s'accroupit, là, près de la roue du chariot, pour entendre ce qu'il avait à dire.

« Mesure, si m'man, elle croit en Dieu et pas p'pa, comment j'connais lequel qu'a raison ?

— J'pense que p'pa croit en Dieu, dit Mesure.

— Oui, mais s'il y croit pas ? C'est ça que j'demande. Comment j'connais dans ce cas-là, quand p'pa dit une chose et m'man une autre ? »

Mesure allait faire une réponse banale, mais il se reprit ; Alvin lut sur son visage qu'il se décidait à répondre sérieusement. Par une vérité, au lieu d'une banalité. « Al, faut que j'te dise, j'aimerais bien l'savoir aussi. Des fois, j'ai l'impression que personne sait rien de rien.

— P'pa dit qu'on sait c'qu'on voit avec ses yeux. M'man dit qu'on sait c'qu'on sent avec son cœur.

— Qu'esse tu dis, toi ?

— Comment j'peux savoir, moi, Mesure ? J'ai que six ans.

— J'en ai vingt-deux, Alvin, j'suis un adulte, et j'sais pas quand même. M'est avis que p'pa et m'man, ils savent pas non plus.

— Ben, s'ils savent pas, comment ça s'fait que ça les met tellement en boule ?

— Oh, c'est comme ça quand on est mariés. On s'bagarre tout l'temps, mais jamais pour la raison qu'on croit.

— Ils s'bagarrent pourquoi, alors ? »

Cette fois, Alvin lut sur le visage de son frère un nouveau changement, inverse du précédent. Mesure avait eu l'intention de dire la vérité, mais il changea d'avis. Il se redressa de toute sa taille et lui ébouriffa les cheveux. Pour Alvin, c'était le signe indiscutable qu'un adulte allait lui mentir ; ils mentaient toujours aux enfants, comme s'ils n'étaient pas assez dignes qu'on leur confie la vérité. « Oh, m'est avis qu'ils s'disputent histoire de s'entendre causer. »

La plupart du temps, Alvin se bornait à écouter mentir les grands sans rien dire, mais cette fois il s'agissait de Mesure, et il détestait tout particulièrement que Mesure lui mente. « Faut qu'j'attende d'avoir quel âge, pour que tu m'parles franchement ? »

Les yeux de Mesure lancèrent un bref éclair de colère — personne n'aime se faire traiter de menteur — puis son visage se fendit d'un large sourire et son regard s'éclaira d'une lueur de compréhension. « Faut qu't'attendes d'être assez vieux pour déjà deviner la réponse tout seul, dit-il, mais pas trop pour qu'ça t'profite encore.

— Ça sera quand ? demanda Alvin. J'veux qu'maintenant tu m'dises la vérité, tout l'temps. »

Mesure s'accroupit à nouveau. « J'pourrai pas toujours le faire, Al, parce que des fois, ça sera trop difficile. Des fois, j'connaîtrai même pas comment m'y prendre pour t'expliquer. Des fois, y a des choses qu'on peut comprendre qu'en prenant de l'âge. »

Alvin était en colère et il savait que ça se voyait sur sa figure.

« Soye pas en colère après moi, p'tit frère. Y a des affaires que j'peux pas te dire, par rapport que j'les connais pas moi-même, et ça, c'est pas pareil que mentir. Mais compte sur moi. Si j'*peux* t'expliquer, je t'expliquerai, et si j'peux pas, je te l'dirai et j'te ferai pas des accroires. »

C'était le discours le plus sincère jamais entendu dans la bouche d'une grande personne, et les yeux d'Alvin se gonflèrent de larmes. « Tu tiendras ta promesse, Mesure.

— J'la tiendrai, sinon que j'meure, compte là-dessus.

— J'oublierai pas, tu sais. » Alvin se souvenait du serment à l'homme-lumière la nuit précédente. « J'peux t'nir une promesse, moi aussi. »

Mesure éclata de rire et attira Alvin pour le serrer contre son épaule. « T'es aussi teigneux que m'man, dit-il. Tu lâches jamais la patate.

— C'est pus fort que moi. Si j'commence à t'croire, comment j'connaîtrai quand faudra que j'm'arrête ?

— T'arrête jamais », dit Mesure.

A ce moment, Placide arriva sur sa vieille jument, maman sortit avec son panier-repas, et tous ceux qui devaient partir s'en allèrent. Papa emmena Alvin dans la grange ; en un rien de temps, Alvin aidait à encocher les planches, et ses pièces s'emboîtaient aussi bien que celles de papa. A la vérité, elles s'emboîtaient même mieux, parce que, pour *ça*, Al avait le droit de se servir de son talent, non ? L'autel était destiné à tout le monde, alors il pouvait ajuster le bois si étroitement qu'il ne se disloquerait jamais, pas plus aux jointures qu'ailleurs. Alvin pensa même rendre les emboîtages de papa aussi résistants que les siens, mais, quand il essaya, il s'aperçut que son père possédait lui aussi un genre de talent dans ce domaine. Le bois ne s'imbriquait pas pour former une pièce d'un seul tenant, comme dans le cas d'Alvin, mais il s'ajustait parfaitement, oh oui ! alors inutile de s'embêter.

Papa ne parlait pas beaucoup. Pas besoin. L'un et l'autre savaient qu'Alvin junior avait un talent pour les assemblages, tout comme son père. A la tombée de la nuit, l'autel était monté et teint. Ils le laissèrent sécher et rentrèrent à la maison, la main ferme de papa enserrant l'épaule d'Alvin. Ils passèrent le seuil du même pas souple et tranquille, comme s'ils formaient deux parties d'un seul et unique corps, comme si la main de papa avait poussé là, au cou d'Alvin. Il sentait le pouls dans les doigts de papa, et il battait en rythme avec le sang qui palpitait dans sa propre gorge.

Maman travaillait auprès du feu quand ils entrèrent. Elle se retourna et les regarda. « Ça donne quoi ? demanda-t-elle.

— C'est la pus belle boîte que j'ai jamais vue, dit Alvin junior.

— Y a pas eu un seul accident à l'église, aujourd'hui, dit maman.

— Tout s'est bien passé icitte aussi », fit papa.

Alvin junior ne s'expliqua absolument pas pourquoi, dans les paroles de maman, il entendit : « Je partirai pas », et dans celles de papa : « Reste toujours avec moi. » Mais il sut qu'il n'était pas fou de croire ça, parce qu'à cet instant précis, Mesure, vautré devant le feu, leva les yeux vers Alvin pour lui adresser un clin d'œil que lui seul pouvait voir.

VIII

Le Visiteur

LE RÉVÉREND THROWER s'autorisait peu de vices, parmi lesquels son repas du vendredi chez les Weaver. Son dîner du vendredi, pour être plus précis, car les Weaver, commerçants et manufacturiers, n'interrompaient leur travail que le temps d'un en-cas le midi. Ce n'était pas tant l'abondance que la qualité qui ramenait Thrower chaque semaine. On prétendait qu'une vieille souche d'arbre, entre les mains d'Aliénor Weaver, prenait le goût d'un succulent civet de lapin. Et ce n'était pas uniquement la cuisine, non plus : Armure-de-Dieu Weaver était un fidèle qui connaissait sa Bible sur le bout du doigt, et les conversations se tenaient à un niveau élevé. Pas au niveau supérieur des discussions entre ecclésiastiques érudits, bien entendu, mais ce qu'on pouvait espérer de mieux dans ces contrées sauvages plongées dans l'ignorance.

Ils mangeaient dans l'arrière-boutique des Weaver, à la fois cuisine, atelier et bibliothèque. De temps à autre Aliénor remuait le contenu de la marmite ; les fumets de la venaison en train de mijoter et du pain quotidien en train de cuire se mêlaient aux odeurs du savon fabriqué dans l'appentis derrière le magasin et du suif dont ils se servaient pour façonner des bougies, ici, dans cette même pièce. « Oh, on touche un peu à tout, avait dit Armure lors de la première visite du révérend Thrower. C'qu'on fabrique, n'importe quel fermier du coin pourrait se l'fabriquer tout seul ; mais nous autres, on l'fait mieux et, en venant acheter chez nous, il s'évite des heures de travail, ça lui laisse du temps pour défricher, labourer et ensemencer davantage de terrain. »

Le magasin proprement dit, sur le devant, était garni d'étagères jusqu'au plafond, étagères qui croulaient sous les articles apportés par chariots de différentes régions de l'Est. Cotonnades en provenance des machines à filer et des métiers à vapeur d'Irrakwa, plats d'étain, marmites et fourneaux de fonte sortis des fonderies de Pennsylvanie et du Suskwahenny, poteries délicates, petits meubles à tiroirs et coffres réalisés par les menuisiers de Nouvelle-Angleterre, et même quelques précieux sacs d'épices arrivés d'Orient par bateau à La Nouvelle-Amsterdam. Armure Weaver avait un jour avoué qu'il avait englouti les économies de toute une vie dans l'acquisition de son stock, et rien ne garantissait que ses affaires marcheraient dans ce territoire faiblement colonisé. Mais le révérend Thrower avait remarqué le flot continu de chariots remontant de la basse Wobbish, descendant de la Tippy-Canoe et, pour certains, arrivant du pays de Noisy River, plus loin vers l'ouest.

Ce jour-là, en attendant l'annonce d'Aliénor que le ragoût de venaison était prêt, Thrower posa une question qui le tracassait depuis quelque temps :

« Je vois bien ce que les fermiers prennent chez vous, dit-il, mais je n'ai pas la plus petite idée de la façon dont ils vous payent. Personne ne se fait d'argent par ici, et ce qu'ils vous échangent n'est guère revendable dans l'Est.

— Ils payent avec du lard et du charbon d'bois, d'la cendre et de bons madriers de construction, et puis évidemment avec des vivres pour Aliénor et moi, et... et c'ti-là qui pourrait ben arriver. » Seul un imbécile n'aurait pas remarqué la taille d'Aliénor, épaissie par quatre bons mois de grossesse. « Mais la plupart du temps, dit Armure, j'leur fais crédit.

— Crédit ! A des fermiers dont les scalps risquent d'être troqués contre des mousquets ou de l'alcool à Fort Détroit l'hiver prochain ?

— On scalpe beaucoup moins qu'on l'raconte, fit observer Armure. Les Rouges de par chez nous autres sont pas bêtes. Ils sont au courant pour les Irrakwas, qu'ils ont des sièges au Congrès, à Philadelphie, avec les Blancs, qu'ils ont des mousquets, des chevaux, des fermes, des champs et des villes pareil qu'en Pennsylvanie, au Suskwahenny ou en Nouvelle-Orange. Ils sont au courant pour le peuple Cherriky d'Appalachie, qu'y cultivent et qu'y s'battent aux côtés des Blancs rebelles de Tom Jefferson pour garder leur pays indépendant du roi et des Cavaliers.

— Ils auraient aussi pu s'aviser du défilé incessant des plates qui descendent l'Hio et des chariots qui arrivent de l'Est, des arbres qu'on abat et des maisons en rondins qu'on bâtit.

— J'reconnais qu'vous avez raison en partie, admit Armure. J'reconnais qu'les Rouges pourraient aussi bien agir dans un sens que dans l'autre. Pourraient essayer d'nous tuer tous, comme de s'installer et de vivre parmi nous. Ça serait pas vraiment facile pour eux d'rester avec nous autres, ils ont pas beaucoup l'habitude des villes, alors que c'est la façon de vivre la plus naturelle pour les Blancs. Mais ça serait encore pire de s'battre contre nous, par rapport que dans ce cas-là, ça finirait mal pour eux. Ils pensent p't-être qu'en tuant quèques Blancs l'restant aura peur et s'tiendra à l'écart. Ils connaissent pas comment qu'c'est en Europe, que l'rêve de posséder une terre pousse les gens à franchir cinq mille milles pour trimer pus dur qu'ils ont jamais trimé de toute leur vie, enterrer des enfants qu'auraient sans doute vécu dans leur pays natal et risquer de s'faire défoncer l'crâne par un tommyhock, parce que ça vaut mieux d'être son propre maître que d'servir un seigneur. Sauf not' Seigneur Dieu.

— Et vous êtes dans ce cas-là, vous aussi ? demanda Thrower. Prêt à tout risquer, pour une terre ? »

Armure regarda sa femme, Aliénor, et sourit. Elle ne lui rendit pas son sourire. Thrower s'en aperçut, mais il s'aperçut aussi qu'elle avait un beau regard profond, comme si elle connaissait des secrets qui lui donnaient cet air grave et lui faisaient oublier sa gaieté naturelle.

« J'veux pas une terre pour la posséder comme les fermiers, j'suis pas fermier, moi, j'peux l'dire, fit Armure. Y a d'autres manières de la posséder. Voyez-vous, révérend Thrower, j'leur fais présentement crédit parce que j'crois dans ce pays. Quand ils viennent commercer chez moi, j'leur demande de m'donner les noms de tous leurs voisins et de m'dessiner à vue de nez la mappe des fermes et des ruisseaux du coin où qu'ils habitent, et des routes et des rivières entre chez eux autres et icitte. J'leur fais porter des lettres que d'autres genses ont écrites, et j'écris leurs lettres à eux, qu'après j'envoye à la parenté qu'ils ont laissée dans l'Est. J'connais où tout et tout l'monde se trouve dans toute la région comprise entre l'amont d'la Wobbish et la Noisy River, et j'connais comment m'y rendre. »

Le révérend Thrower le regarda en coin et sourit. « En d'autres termes, frère Armure, vous êtes le gouvernement.

— Disons seulement qu'si un jour on s'aperçoit qu'y a besoin d'un gouvernement, j'répondrai présent, dit Armure. Et dans deux ou trois ans, quand les genses commenceront à s'en sortir et qu'y en aura qui se mettront à produire, par exemple des briques ou bien des chaudrons et des ustensiles de cuisine, des meubles et des barils, d'la bière, du fromage ou du fourrage, eh ben, où c'est qu'vous croyez qu'ils s'rendront pour vendre ou acheter ? Au magasin qui leur a fait crédit quand leurs femmes avaient envie de tissu pour s'tailler une robe avec de belles couleurs, ou qu'ils avaient b'soin d'une marmite en fonte ou d'un fourneau pour s'garantir du froid l'hiver. »

Philadelphia Thrower préféra taire qu'il ne croyait guère à la reconnaissance de fermiers censés rester fidèles à Armure-de-Dieu Weaver. D'un autre côté, pensa-t-il, j'ai peut-être tort. Le Sauveur n'a-t-il pas affirmé qu'il fallait jeter son pain sur les eaux ? Et même si Armure ne réalise pas tous ses rêves, il aura fait du bon travail et aidé à ouvrir ce pays à la civilisation.

Le repas était prêt. Aliénor servit le ragoût. Lorsqu'elle déposa un joli bol blanc devant lui, le révérend Thrower se sentit obligé de sourire. « Vous devez être rudement fière de votre mari et de tout ce qu'il accomplit. »

Au lieu de lui retourner un sourire réservé, comme il s'y attendait, Aliénor faillit rire aux éclats. Armure-de-Dieu était beaucoup moins délicat. Il s'esclaffa franchement. « Révérend Thrower, vous êtes un drôle de phénomène, dit-il. Quand moi, j'suis dans le suif à bougies jusqu'aux coudes, Aliénor l'est tout pareillement dans l'savon. Quand j'écris des lettres pour les autres et que j'les fais acheminer, Aliénor dessine des mappes et inscrit des noms pour not' petit livre de recensement. J'fais jamais rien sans qu'Aliénor soye auprès d'moi, et elle fait rien sans que j'soye auprès d'elle. Sauf p't-être pour son jardin de fines herbes, ça m'intéresse moins qu'elle. Et la lecture de la Bible, qui l'intéresse moins qu'moi.

— Ma foi, c'est bien qu'elle soit une vertueuse compagne pour son époux, dit le révérend Thrower.

— On est chacun le compagnon de l'autre, fit Armure-de-Dieu, l'oubliez pas. »

Il le dit avec un sourire que lui rendit Thrower, mais le pasteur se sentait un peu déçu de constater qu'Armure se faisait mener par le bout du nez, au point de devoir admettre ouvertement qu'il n'était pas le maître dans ses propres affaires ou son propre ménage. Mais à quoi pouvait-on s'attendre, sachant qu'Aliénor avait grandi au sein de cette impossible famille Miller ? Il ne fallait pas compter que l'aînée des filles d'Alvin et Fidelity Miller se soumette à son mari selon les préceptes du Seigneur.

La venaison, en tout cas, était la meilleure qu'ait jamais mangée Thrower. « Pas faisandé du tout, dit-il. Je ne pensais pas que le chevreuil pouvait avoir ce goût-là.

— Elle enlève le gras, expliqua Armure, et elle rajoute un peu d'poulet.

— Maintenant que vous le dites, fit Thrower, je le sens dans la sauce.

— Et le gras d'chevreuil nous sert pour le savon, dit Armure. On jette jamais rien si on croit qu'y a moyen de l'utiliser.

— En parfait accord avec les préceptes du Seigneur », conclut Thrower. Puis il attaqua son repas. Il en était à sa seconde bolée de fricot et sa troisième tranche de pain quand il se permit une observation qu'il voulait un compliment fait sur le ton de la plaisanterie : « Madame Weaver, vous cuisinez si bien que j'en viendrais presque à croire à la sorcellerie. »

Thrower s'attendait à un gloussement, tout au plus. Au lieu de quoi, Aliénor baissa les yeux sur la table, aussi honteuse que s'il l'avait accusée d'adultère. Et Armure-de-Dieu se raidit, tout droit sur son siège. « Vous seriez bien aimable de pas aborder ce sujet dans cette maison », dit-il.

Le révérend Thrower tenta de s'excuser. « Je ne le pensais pas sérieusement. Pour les chrétiens rationnels, c'est de la plaisanterie, pas vrai ? Un ramassis de superstitions, et je… »

Aliénor se leva de table et sortit.

« Qu'est-ce que j'ai dit ? » demanda Thrower.

Armure soupira. « Oh, vous pouviez pas savoir, fit-il. C'est une dispute entre nous autres qui dure depuis avant qu'on soye mariés, à l'époque où j'suis arrivé dans la région. Je l'ai connue quand elle est venue avec ses frères pour m'aider à bâtir ma première cabane — c'qui m'sert maintenant d'appentis pour fabriquer mon savon. Elle s'est mise à répandre de la menthe verte sur mon plancher et à réciter des manières de vers, alors j'y ai dit d'arrêter ça et d'sortir de ma maison. J'ai cité la Bible, là où ça dit : “Tu laisseras pas en vie la magicienne.” Ç'a donné lieu à une demi-heure agitée, vous pouvez m'en croire.

— Vous l'avez traitée de sorcière et elle vous a épousé ?

— On a eu quèques conversations entre-temps.

— Elle ne croit plus à tout cela, n'est-ce pas ? »

Armure fronça les sourcils. « C'est pas une question de croire mais une question de pratiquer, révérend. Elle pratique pus. Pas icitte, nulle part. Et quand vous l'avez à moitié accusée d'avoir recommencé, eh ben, ça l'a retournée. Par rapport qu'elle m'a promis, vous comprenez.

— Mais quand je me suis excusé, pourquoi est-ce qu'elle...

— Eh ben, à cause de ça, justement. Vous avez vos propres idées, mais y faut pas lui dire qu'les envoûtements, les herbes et les incantations ont aucun effet, parce qu'elle a vu des choses, de ses propres yeux, qu'on peut pas expliquer autrement.

— Sûrement que vous, un homme instruit dans les Ecritures et qui connaît le monde, vous êtes en mesure de convaincre votre femme de renoncer aux superstitions de son enfance. »

Armure, gentiment, posa la main sur le poignet du révérend Thrower. « Révérend, faut que j'vous dise quelque chose que j'aurais pas pensé dire un jour à personne. Un bon chrétien bannit ce genre de pratiques de sa vie parce qu'y a qu'une façon correcte d'accepter des pouvoirs occultes, c'est par la prière et la grâce de notre Seigneur Jésus. C'est pas par rapport que ça *marche* pas.

— Mais ça ne marche effectivement pas, insista Thrower. Les pouvoirs célestes sont réels, les visions et les visitations d'anges, et tous les miracles attestés dans les Ecritures. Mais les pouvoirs célestes n'ont rien à voir avec les jeunes couples qui tombent amoureux, ou la guérison du croup, les poules qui se remettent à pondre, et toutes les broutilles que les gens du commun obtiennent, dans leur ignorance, grâce à leur soi-disant sagesse infuse. Il n'y a rien, dans ce qu'on attribue aux sourciers, aux sorts ou je ne sais quoi, qu'on ne puisse expliquer par un simple examen scientifique. »

Armure s'abstint de répondre pendant un long moment. Le silence mettait Thrower mal à l'aise, mais il ne voyait pas ce qu'il pouvait ajouter. Il ne lui était pas encore venu à l'esprit qu'Armure pouvait *croire* en de telles balivernes. Cette seule pensée l'ahurissait. C'était une chose de se passer de la sorcellerie parce qu'on la tenait pour une absurdité, et une autre d'y croire et de s'en passer parce qu'on la jugeait impie. Thrower s'avisa que cette dernière position était en réalité plus noble : pour Thrower, mépriser la sorcellerie tombait sous le sens commun, tandis que pour Armure et Aliénor, il s'agissait d'un gros sacrifice.

Il cherchait encore la façon d'exprimer sa pensée, quand Armure se laissa basculer en arrière sur sa chaise et passa à un tout autre sujet :

« M'est avis qu'votre église est quasiment terminée. »

Soulagé, le révérend Thrower suivit Armure sur ce terrain plus sûr : « Ils ont fini le toit hier, et aujourd'hui ils ont pu clouer toutes les planches sur les murs. Elle sera hors d'eau demain, avec des volets aux fenêtres, et quand on y aura posé des vitres et installé les portes, elle sera aussi étanche qu'un tambour.

— J'fais venir le verre par bateau », dit Armure. Puis il cligna de l'œil. « J'ai résolu la question de passer le lac Canada.

— Comment avez-vous réussi cela ? Les Français coulent un bateau sur trois, même ceux d'Irrakwa.

— Facile. J'ai commandé l'verre à Montréal.

— Du verre français aux fenêtres d'une église anglaise !

— D'une église américaine, rectifia Armure. Et Montréal, c'est une ville d'Amérique, elle aussi. N'importe comment, p't-être que les Français essayent de s'débarrasser d'nous, mais en attendant on est un marché pour leurs produits manufacturés, alors le gouverneur, le marquis d'La Fayette, il s'en fiche que ses genses fassent du profit en commerçant avec nous autres, tant qu'on reste icitte. Ils vont l'expédier jusqu'au lac Mizogan par le nord, puis par barge lui faire descendre le lac, remonter l'Saint-Joseph et descendre la Tippy-Canoe.

— Est-ce qu'ils arriveront avant le mauvais temps ?

— J'pense bien, dit Armure, sinon ils seront pas payés.

— Vous êtes un homme stupéfiant, dit Thrower. Mais je m'étonne que vous manifestiez aussi peu de loyauté envers le protectorat britannique.

— Ben, vous voyez, c'est comme ça, fit Armure. Vous avez grandi sous l'Protectorat et vous pensez encore comme un Anglais.

— Je suis écossais, monsieur.

— Britannique, en tout cas. Dans vot' pays, tous ceusses qu'on soupçonnait de pratiquer les arts occultes s'faisaient exiler, séance tenante, sans qu'on s'donne la peine de les passer en jugement, pas vrai ?

— Nous essayons d'être justes… mais les cours ecclésiastiques sont expéditives et sans appel.

— Bon, eh ben, réfléchissez. Si tous ceusses qu'avaient des dispositions pour les arts occultes se sont fait expédier aux colonies d'Amérique, comment vous auriez pu voir la moindre trace de sorcellerie de toute vot' vie ?

— Je n'ai rien vu parce que ces choses-là n'existent pas.

— Ça existe pas *en Grande-Bretagne*. Mais c'est notre fléau, à nous autres, les bons chrétiens d'Amérique ; on baigne jusqu'au cou dans les histoires de torches, de sourciers, de fouleux d'marais, de jeteux d'sorts ; un gamin fait pas encore quatre pieds de haut qu'il s'est déjà jeté la tête la première dans un maléfice repousseur ou déjà fait prendre par c'ti-là d'un farceur qui l'oblige à causer sans arrêt, si bien qu'il dit tout c'qui lui passe par l'esprit et qu'il offense tout l'monde à dix milles à la ronde.

— Un maléfice qui oblige à parler ! Allons, frère Armure, vous pouvez sûrement comprendre qu'un peu d'alcool produit les mêmes effets.

— Pas sus un drôle de douze ans qu'a jamais bu une goutte d'alcool de sa vie. »

Il était clair qu'Armure parlait d'expérience, mais les faits restaient les faits. « Il y a toujours une autre explication.

— Des explications, on peut en trouver des tas pour tout c'qui s'passe, reprit Armure. Mais j'vais vous dire. Vous pourrez prêcher contre les sortilèges, vous aurez quand même une congrégation. Mais si vous persistez à prétendre que ça *marche* pas, eh ben, m'est avis qu'la plupart des genses vont s'demander pourquoi ils devraient s'déranger jusqu'à l'église pour écouter l'sermon du dernier des imbéciles.

— Je dois dire la vérité telle que je la vois, se défendit Thrower.

— Quand vous voyez qu'un homme fraude dans son commerce, vous êtes pas obligé de donner son nom en chaire, il m'semble ? Non, vous insistez simplement sus l'honnêteté dans vos sermons en espérant que l'idée f'ra son chemin.

— Vous dites que je ne devrais pas aborder le sujet de front.

— C'est une joliment belle église, révérend Thrower, et elle aurait été bien moins belle si vous l'aviez pas rêvée comme ça. Mais les genses d'icitte s'figurent que c'est *leur* église. Ils ont coupé l'bois, ils l'ont construite, elle est sus l'terrain communal. Et ça s'rait honteux si à cause de vot' entêtement ça les prenait d'un coup d'confier vot' chaire à un autre pasteur. »

Le révérend Thrower fixa longuement les restes du repas. Il pensait à l'église, non pas dans son état actuel, en bois de charpente brut attendant d'être peint, mais terminée, bancs installés, chaire en place et surélevée, l'intérieur de l'édifice brillamment éclairé par la lumière du soleil entrant par les fenêtres aux vitres impeccables. Ce qui importe, se dit-il, ce n'est pas tant l'édifice que ce que je peux y accomplir. Je faillirais à mon devoir de chrétien si je laissais ce pays tomber aux mains d'idiots superstitieux comme Alvin Miller et, apparemment, toute sa famille. Si ma mission consiste à détruire le mal et la superstition, alors je dois vivre parmi les ignorants et les superstitieux. Peu à peu, je les amènerai à la connaissance et à la vérité. Et si je ne peux pas convaincre les parents, je convertirai les enfants en temps voulu. C'est le travail de toute une vie, c'est mon ministère, pourquoi le gâcher pour la satisfaction de dire la vérité quelques instants seulement ? « Vous êtes un sage, frère Armure.

— Vous aussi, révérend Thrower. En fin d'compte, même si de temps en temps on est pas d'accord, j'pense qu'on veut tous les deux pareil. On veut que tout l'pays soye civilisé et chrétien. Et ça nous dérangerait ni l'un ni l'autre si Vigor Church devenait Vigor City et si Vigor City devenait la capitale du territoire d'la Wobbish. Ils parlent même, là-bas à Philadelphie, de proposer à l'Hio de former un Etat et d'se joindre aux autres, et ils vont certainement l'proposer aussi à l'Appalachie. Pourquoi pas à la Wobbish un d'ces jours ? Pourquoi y aurait pas un pays qui s'étendrait d'un océan à l'autre, pour les Blancs et les Rouges, où chacun s'rait libre d'élire le gouvernement d'son choix pour décréter les lois qu'on demanderait pas mieux que d'respecter ? »

C'était un beau rêve. Et Thrower s'y voyait, dans ce rêve. L'homme qui occuperait la chaire de la plus grande église dans la plus grande ville du territoire deviendrait le chef spirituel de toute une population. Durant quelques minutes, il crut si intensément à son rêve que, lorsqu'il mit le pied dehors après avoir chaleureusement remercié son hôte pour le repas, il sursauta au vu de la situation actuelle de la commune de Vigor qui se résumait en tout et pour tout au grand magasin d'Armure et ses dépendances, à un terrain communal clos où broutaient une douzaine de moutons et à la carcasse de bois brut d'une grande église neuve.

L'église était cependant bien réelle. Elle était presque achevée, elle avait ses murs, elle avait son toit. Thrower était quelqu'un de rationnel. Il lui fallait du concret avant de croire à un rêve, mais l'église, c'était du concret désormais, et à eux deux, Armure et lui, ils pourraient réaliser le reste.

Amener des colons jusqu'ici, faire de Vigor Church le centre du territoire. L'église était assez vaste pour accueillir les réunions municipales, en plus des offices religieux. Et en cours de semaine ? Il aurait étudié en vain s'il n'ouvrait pas une école pour les enfants des environs. Leur apprendre à lire, à écrire, à compter et, surtout, à *penser*, à débarrasser leurs esprits de toute superstition et n'y inculquer rien d'autre que connaissance pure et foi dans le Sauveur.

Absorbé par ses pensées, il ne se rendit même pas compte qu'il ne se dirigeait pas vers la ferme de Peter McCoy, plus bas sur la rivière, où l'attendait son lit dans la vieille cabane en rondins. Il remontait la pente menant au temple. Ce ne fut qu'en y allumant deux bougies qu'il comprit : il avait en fait l'intention d'y passer la nuit. C'était chez lui ici, entre ces murs de bois nu, comme aucun autre lieu au monde ne l'avait jamais été. L'odeur de sève dans ses narines l'affolait, il lui prenait des envies de chanter des hymnes qu'il n'avait encore jamais entendus, et il restait assis là, à fredonner, à feuilleter les pages de l'Ancien Testament sans rien voir des mots imprimés sur le papier.

❋

Il ne les entendit pas arriver jusqu'à ce qu'ils posent le pied sur le plancher de bois. Il leva alors les yeux et reconnut, à sa grande surprise, madame Fidelity équipée d'une lanterne, suivie des jumeaux de dix-huit ans, Econome et Fortuné. Ils transportaient entre eux un gros coffre de bois. Il lui fallut un moment pour comprendre que le coffre était destiné à servir d'autel. Qu'en fait il s'agissait d'un bel autel, aux pièces si parfaitement assemblées qu'un maître ébéniste n'aurait pu mieux les ajuster, joliment teint. Et gravées au feu dans les planches entourant la partie supérieure de l'ouvrage, il y avait deux rangées de croix.

« Vous l'voulez où ? demanda Econome.

— L'père a dit qu'il fallait qu'on l'amène ce soir, asteure que l'toit et les murs sont finis.

— Le père ? demanda Thrower.

— Il l'a fait spécialement pour vous, dit Econome. Et le p'tit Al, c'est lui qu'a gravé les croix, par rapport qu'il avait plus l'droit de venir icitte. »

Thrower les avait maintenant rejoints et il constatait que l'autel avait été menuisé avec amour. C'était bien la dernière chose qu'il attendait d'Alvin Miller. Et les croix parfaitement régulières ne semblaient guère l'œuvre d'un enfant de six ans.

« Ici », dit-il en les conduisant vers l'emplacement où il avait imaginé que se tiendrait son autel. Il n'y avait rien d'autre dans le temple, en dehors des murs et du plancher, et le meuble, sous sa couche de teinture, apparaissait plus sombre que la toute récente construction de bois. Il était parfait et les larmes montèrent aux yeux de Thrower. « Dites-leur qu'il est splendide. »

Fidelity et les bessons exhibèrent leur plus large sourire. « Vous voyez, l'est pas vot' ennemi », dit Fidelity, et Thrower ne put que le reconnaître.

« Je ne suis pas son ennemi non plus. » Et il s'abstint d'ajouter : je vaincrai sa résistance à force d'amour et de patience, mais je vaincrai, et cet autel est le signe indéniable qu'au fond de son cœur il désire secrètement que je l'arrache aux ténèbres de l'ignorance.

Ils ne s'attardèrent pas mais s'en retournèrent vite chez eux, s'enfonçant dans la nuit. Thrower posa son bougeoir à même le plancher, près de l'autel — jamais dessus, ce qui avait un arrière-goût de papisme —, et s'agenouilla pour une prière d'action de grâces. L'église en grande partie édifiée, et un magnifique autel déjà en place, sorti des mains de l'homme qu'il avait le plus craint, orné de croix gravées au feu par l'enfant étrange qui symbolisait les superstitions asservissantes de ces gens ignorants.

« Tu es bouffi d'orgueil », fit une voix derrière lui.

Il se retourna, le sourire aux lèvres, car il était toujours content quand apparaissait le Visiteur.

Mais le Visiteur, lui, ne souriait pas. « Bouffi d'orgueil.

— Pardonnez-moi, dit Thrower. Je m'en repens déjà. Mais comment m'empêcher de me réjouir de la grande œuvre qui s'ébauche ici ? »

Le Visiteur toucha délicatement l'autel, ses doigts cherchèrent et trouvèrent les croix. « C'est *lui* qui a fait cela, n'est-ce pas ?

— Alvin Miller.

— Et le petit garçon ?

— Les croix. J'avais tellement peur qu'ils soient des suppôts du diable… »

Le Visiteur posa sur lui un regard pénétrant. « Et tu t'imagines que le fait de fabriquer un autel prouve le contraire ? »

Un frisson de terreur parcourut Thrower qui murmura : « Je ne pensais pas que le diable pouvait recourir au signe de la croix…

— Tu es aussi superstitieux que les autres, dit avec froideur le Visiteur. Les papistes font tout le temps leur signe de croix. Tu penses que c'est pour conjurer le diable ?

— Comment savoir, alors ? demanda Thrower. Si le Malin peut faire un autel et dessiner une croix…

— Non, non. Thrower, mon cher fils, ce ne sont pas des démons, ni l'un ni l'autre. Tu reconnaîtras le diable quand tu le verras. En guise de cheveux, le diable a des cornes de taureau sur la tête. En guise de pieds, le diable a les sabots fourchus d'un bouc. En guise de mains, le diable a les grosses pattes d'un ours. Et sois-en sûr : il ne t'offrira pas d'autel quand il viendra. » Le Visiteur y posa les deux mains. « C'est *mon* autel, désormais, dit-il. Peu importe qui l'a fait, je puis le tourner à mon avantage. »

Thrower en pleura de soulagement. « A présent, le voilà consacré, vous l'avez sanctifié. » Et il tendit la main pour toucher l'autel.

« Arrête ! » chuchota le Visiteur. Même assourdie, sa voix avait le pouvoir de faire trembler les murs. « Ecoute-moi d'abord.

— Je vous écoute toujours, dit Thrower. Je ne vois pourtant pas pourquoi votre choix s'est porté sur l'humble ver de terre que je suis.

— Même un ver de terre peut accéder à la grandeur, touché par le doigt de Dieu, dit le Visiteur. Non, ne te méprends pas… je ne suis pas le Seigneur des Armées. Ne m'adore pas. »

Mais Thrower ne pouvait s'en empêcher, et il pleura de dévotion, à genoux devant cet ange aussi sage que puissant. Oui, ange, Thrower n'en doutait pas, quand bien même le Visiteur était dépourvu d'ailes et portait un habit qu'on se serait attendu à voir au Parlement.

« L'homme qui a fabriqué ceci vit dans la confusion, mais il a l'envie de meurtre dans l'âme et, pour peu qu'on le provoque, il y donnera libre cours. Quant à l'enfant qui a fait les croix… il est aussi remarquable que tu le supposes. Mais le destin n'a pas encore choisi pour lui, entre une vie consacrée au bien et une vie consacrée au mal. Les deux chemins lui sont ouverts et il est exposé aux influences. Tu me comprends ?

— C'est là ma tâche ? demanda Thrower. Oublier tout le reste et me consacrer à conduire l'enfant dans le droit chemin ?

— Si tu donnes l'impression de trop t'occuper de lui, ses parents te tiendront à l'écart. Tu devras plutôt assurer ton ministère comme tu l'as prévu. Mais, au fond de toi, toutes tes pensées seront tournées vers cet enfant remarquable, pour le gagner à ma cause. Parce que s'il ne me sert pas à ses quatorze ans, je le détruirai. »

La simple idée d'Alvin junior blessé ou tué était insupportable à Thrower. Elle l'emplissait d'un tel sentiment de perte qu'il avait peine à imaginer un père ou même une mère souffrant davantage. « Tout ce qu'un homme, malgré sa faiblesse, peut faire pour sauver l'enfant, je le ferai ! » s'écria-t-il, la voix déformée presque jusqu'au glapissement par l'angoisse.

Le Visiteur hocha la tête, sourit de son magnifique et affectueux sourire et tendit la main vers Thrower. « J'ai confiance en toi », dit-il avec douceur. Sa voix agissait comme de l'eau cicatrisante sur le feu d'une blessure. « Je sais que tu feras ce qu'il faut. Quant au diable, ce n'est pas de *lui* que tu dois avoir peur. »

Thrower se saisit de la main offerte pour la couvrir de baisers ; mais là où il aurait dû rencontrer de la chair, il n'y avait plus rien, le Visiteur était déjà reparti.

IX

Mot-pour-mot

Il y avait eu un temps, Mot-pour-mot s'en souvenait bien, où il pouvait grimper à un arbre dans cette région et embrasser du regard une centaine de milles carrés de forêt intacte. Un temps où les chênes vivaient un siècle ou plus, et leurs troncs n'en finissaient jamais de s'épaissir pour former des montagnes de bois. Un temps où le feuillage était si dense au-dessus des têtes qu'en certains endroits il ne poussait au sol aucune végétation par manque de lumière.

Ce monde de pénombre éternelle s'enfuyait désormais. Il restait encore des étendues de forêt vierge, où les hommes rouges se déplaçaient plus silencieusement que le daim et où Mot-pour-mot avait l'impression de se trouver dans la cathédrale des plus sincères adorateurs de Dieu. Mais pareil environnement devenait si rare qu'au cours de sa dernière année de pérégrinations, Mot-pour-mot n'avait jamais eu la possibilité, tout au long de ses journées de marche, de contempler du haut d'un arbre une parfaite continuité dans le toit de la forêt. Toute la région entre l'Hio et la Wobbish faisait l'objet d'une colonisation, clairsemée mais régulière, et même aujourd'hui, depuis son perchoir à la cime d'un saule, au sommet d'une éminence, il découvrait trois douzaines de cheminées crachant leurs colonnes de fumée tout droit dans l'air froid de l'automne. Et dans toutes les directions, de vastes pans de forêt avaient été défrichés, le terrain labouré, des cultures plantées, entretenues, récoltées, si bien que là où jadis de grands arbres avaient masqué la terre au regard du ciel, le sol déchaumé apparaissait désormais dans toute sa nudité, attendant que l'hiver vienne lui cacher sa honte.

Mot-pour-mot se rappela sa vision de Noé pris de boisson. Il l'avait gravée pour une édition de la Genèse destinée au catéchisme de rite écossais. Noé, nu, la mâchoire pendante, une coupe à demi renversée oscillant encore entre ses doigts recourbés ; Cham, non loin de lui, un rire moqueur aux lèvres ; Sem et Japhet enfin, allant recouvrir leur père d'un manteau, mais à reculons afin de ne pas voir ce que Noé dans son hébétude exposait aux regards. En proie à une fièvre électrique, Mot-pour-mot se rendit compte que cette vision prophétique annonçait la situation présente : lui, Mot-pour-mot, perché en haut d'un arbre, contemplait le pays dénudé, hébété, qui attendait le modeste manteau de l'hiver. C'était une prophétie accomplie, une chose qu'on espérait sans s'attendre à la connaître au cours d'une vie.

D'un autre côté, l'anecdote de Noé enivré ne symbolisait peut-être pas la situation présente. Peut-être était-ce l'inverse ? La terre défrichée symbole de Noé enivré ?

Mot-pour-mot se sentait d'une humeur massacrante quand il regagna le sol. Il faisait travailler son esprit sans relâche pour essayer de l'ouvrir à des visions, pour devenir un bon prophète. Mais à chaque fois qu'il croyait en tenir une sérieuse, une sûre, elle se déformait, elle changeait. Il produisait une pensée de trop et tout l'édifice s'écroulait, le laissant dans la même incertitude qu'avant.

Au pied de l'arbre il fouilla dans son havresac. Il en sortit le Livre des Récits qu'il avait primitivement écrit pour le vieux Ben en 1885. Délicatement, il déboucla la section qu'il gardait scellée, puis ferma les yeux et feuilleta les pages. Il rouvrit les yeux et vit ses doigts posés sur les Proverbes de l'Enfer. Evidemment, en de telles circonstances… Il touchait du doigt deux proverbes, l'un et l'autre écrits de sa main. Le premier ne signifiait rien, mais le second semblait approprié : *Le fou ne voit pas le même arbre que le sage.*

Pourtant, plus il s'efforçait de déchiffrer le sens du proverbe, moins il lui trouvait de rapport avec la situation présente, en dehors de la référence aux arbres. Aussi revint-il au premier, tout compte fait : *En persistant dans sa folie, le fou devient sage.*

Ah. Celui-ci lui disait quelque chose, en définitive. C'était la voix de la prophétie, consignée à l'époque où il vivait à Philadelphie avant d'entreprendre son voyage, un soir que le Livre des Proverbes était né à la vie pour lui et qu'il avait vu, comme tracés en lettres de feu, les mots qui auraient dû s'y trouver. Cette nuit-là, il était resté debout jusqu'à ce que la lumière de l'aube vienne éteindre les flammes sur la page. Quand le vieux Ben avait descendu l'escalier d'un pas lourd et qu'il était entré en ronchonnant pour prendre son petit déjeuner, il s'était arrêté pour humer l'air. « De la fumée, dit-il. Vous n'avez pas tenté de mettre le feu à la maison, hein, Bill ?

— Non, monsieur, répondit Mot-pour-mot. Mais une vision m'a montré ce que Dieu n'avait pas dit dans le Livre des Proverbes, et je l'ai écrit.

— Vous êtes obsédé par les visions, dit le vieux Ben. La seule véritable vision ne vient pas de Dieu mais des replis les plus secrets de l'esprit humain. Ecrivez ça comme proverbe, si vous voulez. C'est bien trop agnostique pour que je m'en serve dans l'Almanach du bonhomme Richard.

— Regardez », fit Mot-pour-mot.

Le vieux Ben regarda et vit les dernières flammes qui se mouraient. « Dites donc, c'est bien le tour le plus étonnant à faire avec des lettres ! Et vous m'avez affirmé que vous n'étiez pas sorcier ?

— Pas du tout. C'est à Dieu que je dois ça.

— Dieu ou le diable ? Quand vous êtes entouré de lumière, Bill, comment savez-vous s'il s'agit de la gloire de Dieu ou des flammes de l'enfer ?

— Je ne sais pas », fit Mot-pour-mot, de plus en plus embarrassé. Il était jeune alors, il n'avait pas encore trente ans et se troublait facilement en présence du grand homme.

« Ou peut-être que, dans votre désir effréné de vérité, vous ne le devez qu'à vous-même. » Le vieux Ben inclina la tête pour examiner les pages des Proverbes à travers les lentilles inférieures de ses bésicles bifocales. « Les lettres ont été inscrites au feu. C'est drôle, n'est-ce pas ? on me traite de sorcier, moi qui ne le suis pas, et vous, qui en êtes un, vous refusez de l'admettre.

— Je suis un prophète. Enfin… je voudrais être prophète.

— Si l'une de vos prophéties se vérifie, Bill Blake, alors j'y croirai, mais pas avant. »

Depuis ce jour, des années plus tôt, Mot-pour-mot courait après l'accomplissement d'au moins une prophétie. Mais à chaque fois qu'il croyait toucher au but, il entendait la voix du vieux Ben, dans un coin de son esprit, lui proposer une autre explication et se moquer de lui pour oser croire qu'il existait un rapport incontestable entre la prophétie et la réalité.

« La relation n'est jamais certaine, disait le vieux Ben. Gratifiante, oui… Attendez, je tiens là quelque chose. Votre esprit peut parfaitement établir un rapport gratifiant pour l'imaginaire. Mais la certitude, c'est une autre affaire. Elle implique que vous avez trouvé un rapport effectif indépendant de votre propre appréhension, qui existerait, que vous le perceviez ou non. Et je dois dire que je n'ai jamais trouvé un tel rapport de ma vie. Il m'arrive de croire que ça n'existe pas, que toutes relations, parentés, analogies et similitudes sont le produit de l'esprit et ne possèdent aucune consistance.

— Alors pourquoi est-ce que le sol ne se désagrège pas sous nos pieds ? demanda Mot-pour-mot.

— Parce qu'on est parvenu à le persuader de ne pas nous laisser passer au travers. C'était peut-être sir Isaac Newton. Un gars qui savait convaincre. Les hommes ont des doutes sur lui, mais pas le sol, alors il nous supporte. » Le vieux Ben éclata de rire. Il prenait tout à la rigolade. Il ne pouvait jamais se résoudre à croire, même en son propre scepticisme.

Pour l'heure, assis au pied de l'arbre, les yeux clos, Mot-pour-mot faisait un nouveau rapprochement : entre l'anecdote de Noé et le vieux Ben. Le vieux Ben était Cham, qui voyait la vérité toute nue, amollie et indécente, et qui se moquait d'elle tandis que les enfants fidèles de l'Eglise et de l'Université marchaient à reculons pour la recouvrir et dissimuler pareille sottise aux regards. Ainsi le monde continuait-il de croire en une vérité solide et digne, ne l'ayant jamais surprise en flagrant délit d'indolence.

Le rapport est certain, songea Mot-pour-mot. Voilà la signification de l'anecdote. C'est l'accomplissement de la prophétie. La vérité, quand on la voit, nous apparaît ridicule, et pour la vénérer il faut toujours éviter de la regarder.

A ce trait de lumière, Mot-pour-mot bondit sur ses pieds. Il fallait qu'il trouve quelqu'un tout de suite pour lui faire part de sa grande découverte tant qu'il y croyait encore. Comme le disait son propre proverbe : « La citerne contient, la fontaine se répand. » S'il ne racontait pas ses histoires, elles prenaient l'humidité et le moisi, elles s'étiolaient en lui ; tandis qu'en les diffusant il les conservait fraîches et convaincantes.

Quelle direction prendre ? La route forestière, à moins de trois perches, conduisait vers une grande église blanche avec un clocher haut comme un chêne ; il l'avait aperçue, distante d'à peine un mille, depuis le sommet de son arbre. C'était le plus grand édifice qu'il voyait depuis son dernier passage à Philadelphie. Une bâtisse aussi importante pour accueillir des gens signifiait que les habitants de la région estimaient avoir de la place à revendre pour les nouveaux arrivants. Bon signe pour un conteur d'histoires itinérant, dépendant de la confiance d'étrangers susceptibles de l'accueillir et de le nourrir, quand lui n'offrait rien d'autre en paiement que son livre, sa mémoire, deux bras vigoureux et des jambes solides qui l'avaient porté pendant dix mille milles et le porteraient encore pendant cinq mille autres au moins.

La route était sillonnée d'ornières, ce qui voulait dire que des chariots l'empruntaient souvent, et dans les passages creux de bons rondins posés en travers la consolidaient afin que les roues ne s'embourbent pas dans un sol détrempé. Ainsi une ville allait naître, non ? La grande église ne signifiait pas forcément une ouverture du cœur, elle dénotait peut-être davantage l'ambition. Voilà le danger de porter un jugement sur tout, pensa Mot-pour-mot. Il existe une centaine de causes possibles pour chaque effet, et une centaine d'effets possibles pour chaque cause. Il songea à écrire cette pensée, mais se ravisa. Elle ne portait d'autre marque distinctive que celles laissées par son propre esprit, aucune trace du paradis ou de l'enfer. Il en concluait qu'elle ne lui avait pas été transmise. Il avait forgé cette pensée lui-même. Il ne s'agissait donc pas d'une prophétie et on ne pouvait lui accorder crédit.

La route aboutissait à des terrains communaux non loin d'une rivière. Mot-pour-mot le savait à cause de l'odeur de l'eau courante — il avait du nez. Sur le pourtour des communaux, ici et là, se dressaient plusieurs bâtisses, mais la plus grande de toutes était une demeure à étage en bardeaux chaulés assortie d'un écriteau : WEAVER.

Une maison qui porte un écriteau, Mot-pour-mot savait ça, laisse généralement entendre que les propriétaires souhaitent qu'on la reconnaisse sans se faire indiquer le chemin, ce qui revient à dire qu'elle est ouverte aux étrangers. Il s'approcha donc franchement et frappa à la porte.

« Une minute ! » hurla-t-on à l'intérieur. Mot-pour-mot attendit sur la galerie. Vers son extrémité, plusieurs paniers suspendus étaient accrochés, d'où retombaient les longues feuilles de plantes diverses. Mot-pour-mot en reconnut beaucoup pour leur utilité dans différents arts tels que guérison, détection, obturation, remémoration.

Il reconnut aussi qu'on ne les avait pas disposés au petit bonheur : vus sous un certain angle, vers le bas de la porte, ils composaient une figure magique parfaite. En vérité, l'effet en était si insistant que Mot-pour-mot s'accroupit, puis finit par s'allonger sur le ventre afin de l'apprécier convenablement. Les couleurs barbouillées sur les paniers exactement où il fallait prouvaient qu'il ne s'agissait pas d'un hasard. C'était un exquis sortilège protecteur, orienté vers la porte d'entrée.

Il s'efforça de comprendre pourquoi on avait disposé un sortilège aussi puissant mais en cherchant à le dissimuler. Eh oui, Mot-pour-mot était probablement la seule personne a l'entour en mesure de sentir l'odeur de pouvoir dégagée par quelque chose d'aussi passif qu'un sortilège, et en conséquence la seule personne forcée de le remarquer. Il était toujours allongé par terre, à s'interroger, quand la porte s'ouvrit sur un homme qui demanda :

« Vous êtes donc si fatigué, l'étranger ? »

L'interpellé bondit sur ses pieds. « J'admirais l'arrangement de vos plantes. Joli jardin suspendu, monsieur.

— L'est à ma femme, dit l'homme. Elle arrête pas de s'occuper d'ses herbes. Faut toujours qu'elles soyent comme ci et pas comme ça. »

L'homme était-il un menteur ? Non, jugea Mot-pour-mot. Il n'essayait pas de cacher le fait que les paniers formaient un sortilège et que les feuilles grimpantes s'entrelaçaient pour les raccorder les uns aux autres. Il l'ignorait, tout bonnement. Quelqu'un — sa femme, probablement, s'il s'agissait de son jardin — avait placé une protection sur la maison, et le mari n'en soupçonnait rien.

« Elles m'ont l'air très bien comme ça, dit Mot-pour-mot.

— Je m'demandais comment on pouvait arriver jusqu'icitte sans qu'j'entende le chariot ou l'cheval. Mais suffit d'vous regarder pour deviner que vous êtes venu à pied.

— Effectivement, monsieur, dit Mot-pour-mot.

— Et vot' sac me paraît guère plein pour que vous ayez beaucoup d'articles à troquer.

— Je ne troque pas des *objets*, monsieur, dit Mot-pour-mot.

— Quoi donc, alors ? Qu'esse qu'on peut troquer d'autre que des objets ?

— Le travail, déjà, dit Mot-pour-mot. Je travaille en échange du gîte et du couvert.

— Vous êtes vieux, pour un vagabond.

— Je suis né en cinquante-sept ; j'ai donc encore dix-sept bonnes années devant moi, avant d'arriver au bout de mes septante ans... Et puis j'ai quelques talents. »

Aussitôt, l'homme parut avoir un mouvement de recul. Non pas physiquement. Mais dans ses yeux qui devinrent plus distants quand il lâcha : « Chez nous autres, c'est ma femme et moi qui faisons le travail, par rapport qu'nos gars sont encore bien p'tits. On a pas b'soin d'aide. »

Une femme se tenait à présent derrière lui, suffisamment jeune encore pour que le temps n'ait pas eu le loisir de durcir et d'altérer ses traits, mais la mine sérieuse. Elle portait un bébé dans les bras. Elle s'adressa à son époux : « On a d'quoi garder un invité à dîner ce soir, Armure... »

A ces mots, le visage du mari se ferma résolument. « Ma femme est plus généreuse que moi, l'étranger. J'vais vous parler tout net. Vous avez avoué posséder quelques talents, et pour c'que j'en sais, ça veut dire que vous revendiquez des pouvoirs occultes. J'accepte pas ce genre de pratiques dans une maison chrétienne. »

Mot-pour-mot lui jeta un regard sévère, qu'il adoucit pour le poser sur la femme. Alors voilà comment ça se passait ici : elle, élaborant des charmes et des sortilèges à l'insu de son mari, et lui, rejetant sans détours la moindre idée de magie venant de son épouse. Si le mari découvrait un jour la vérité, Mot-pour-mot se demandait ce qui arriverait à la femme. L'homme — Armure ? — n'avait pas l'air mauvais, mais enfin, nul ne pouvait dire de quelles violences on était capable quand la fureur lâchait la bonde.

« Je comprends votre prudence, monsieur, dit-il enfin.

— J'connais qu'vous avez des protections sur vous, dit Armure. Un homme tout seul, qu'arrête pas de s'promener à pied en pleine nature ? Le fait d'avoir encore vos cheveux sur la tête prouve que vous avez échappé aux Rouges. »

Mot-pour-Mot eut un large sourire et, d'un geste vif, retira son chapeau pour dévoiler un crâne chauve. « C'est un bon moyen d'échapper aux

Rouges, si je les aveugle en leur renvoyant l'éclat du soleil ? demanda-t-il. Ils ne toucheraient aucune prime pour *mon* scalp.

— A vrai dire, fit Armure, ceux d'la région sont plus pacifiques que la plupart. Le prophète borgne s'est bâti une ville sus l'aut' bord de la Wobbish, où il enseigne aux Rouges à pas boire d'alcool.

— Un bon conseil qu'il faudrait donner à tout le monde », approuva Mot-pour-mot. Et il pensait : un Rouge qui se qualifie de prophète. « Avant que je m'en aille, faudra que je rencontre cet homme, que j'aie une conversation avec lui.

— Il vous parlera pas à *vous*, dit Armure. Sauf si vous changez la couleur de vot' peau. Il a pas causé à un Blanc depuis qu'il a eu sa première vision, quèques années passées.

— Il me tuera, si j'essaye ?

— Peu probab'. Il enseigne à son peuple de pas tuer les Blancs.

— Ça aussi, c'est un bon conseil.

— Bon pour les Blancs, mais ça risque de l'être moins pour les Rouges. Y a des genses, comme ce soi-disant gouverneur Harrison, plus bas à Carthage City, qui pensent pis qu'pendre de tous les Rouges, pacifiques ou non. » L'agressivité n'avait pas disparu de son visage, mais en tout cas Armure parlait, et il parlait à cœur ouvert. Mot-pour-mot tenait en confiance les hommes qui disaient à tout le monde le fond de leur pensée, même aux étrangers, même aux ennemis. « De toute façon, poursuivait Armure, c'est pas tous les Rouges qui croient dans les paroles de paix du Prophète. Comme ceux qui suivent Ta-Kumsaw, ils fomentent des troubles au sud, près de l'Hio, et plein d'genses remontent vers le nord, dans la partie amont d'la Wobbish. Vous manquerez donc pas de maisons qui veulent bien ouvrir leur porte à un mendiant… pour ça aussi, vous pouvez remercier les Rouges.

— Je ne suis pas un mendiant, monsieur, rectifia Mot-pour-mot. Je vous l'ai dit, je veux travailler.

— Avec des talents et d'la malice par en dessous, j'en doute pas. »

L'hostilité de l'homme contrastait avec la mine avenante et accueillante de son épouse.

« C'est *quoi*, vot' talent, monsieur ? demanda la femme. A vot' façon de parler, vous m'avez l'air d'avoir de l'inducation. Vous seriez pas maître d'école, dites-moi ?

— Mon talent est dans mon nom, dit-il. Mot-pour-mot. J'ai un talent pour les histoires.

— Pour les inventer ? On appelle ça mentir, par chez nous autres. » Plus la femme cherchait à venir en aide à Mot-pour-mot, plus son mari était désagréable.

« J'ai un talent pour me souvenir des histoires. Mais je ne raconte que celles que je crois véridiques, monsieur. Et je suis difficile à convaincre. Si vous me racontez vos histoires, je vous raconterai les miennes, et l'échange nous rendra tous deux plus riches, parce qu'on n'aura rien perdu de notre capital de départ.

— J'ai pas d'histoires », dit Armure, qui pourtant avait déjà évoqué d'une part le Prophète et d'une autre Ta-Kumsaw.

« C'est bien triste, et dans ce cas, j'ai frappé à la mauvaise porte. » Mot-pour-mot avait compris que ce n'était vraiment pas la demeure qu'il lui fallait. Même si Armure changeait d'avis et le faisait entrer, il serait en butte aux soupçons, lui qui ne souffrait pas de vivre sous une perpétuelle surveillance. « Le bonjour. »

Mais Armure n'allait pas le laisser partir aussi facilement. Les paroles de Mot-pour-mot l'avaient piqué au vif. « Pourquoi donc ce serait triste ? J'mène une vie tranquille, ordinaire.

— Aucune vie ne paraît ordinaire à celui qui la mène, dit Mot-pour-mot, et s'il prétend le contraire, alors c'est une histoire du genre que je ne raconte jamais.

— Vous m'traitez d'menteux ? lança Armure.

— Je vous demande si vous connaissez une maison où mon talent recevrait bon accueil. »

Mot-pour-mot remarqua — Armure non — que la femme formait un signe magique d'apaisement des doigts de la main droite et tenait le poignet de son mari de la gauche. C'était délicatement fait, et le mari avait dû en prendre l'habitude parce que, visiblement, il se détendit quand elle s'avança légèrement pour répondre. « L'ami, fit-elle, si vous prenez l'chemin par-derrière la colline là-bas et que vous l'suivez jusqu'au bout, en traversant deux ruisseaux, tous les deux pontés, vous arriverez au logis d'Alvin Miller, et j'connais qu'il vous acceptera chez lui.

— Ah, fit Armure.

— Merci, dit Mot-pour-mot. Mais comment vous pouvez le savoir ?

— Ils vous garderont aussi longtemps qu'vous voudrez rester et ils vous mettront jamais dehors, tant qu'vous ferez preuve de bonne volonté pour leur donner un coup d'main.

— La bonne volonté, j'en fais toujours preuve, madame.

— *Toujours?* fit Armure. Personne fait *toujours* preuve de bonne volonté. Il m'semblait qu'vous disiez *toujours* la vérité.

— Je dis toujours ce que je crois. Quant à savoir si c'est la vérité, je n'en suis pas plus sûr que n'importe qui.

— Alors pourquoi vous m'donnez du "monsieur", quand j'suis pas chevalier, et que vous l'appelez "madame", elle qui vaut pas mieux qu'moi ?

— Eh bien, je ne partage pas l'idée que le roi se fait de la chevalerie, voilà pourquoi. Il appelle chevaliers tous ceux auxquels il doit une faveur, vrais chevaliers ou non. Et toutes ses maîtresses sont qualifiées de "dames" pour les services rendus entre les draps royaux. Voilà le langage qu'on parle chez les Cavaliers... des mensonges, la moitié du temps. Mais votre épouse, monsieur, s'est comportée en vraie dame, gracieuse et hospitalière. Et vous, monsieur, comme un vrai chevalier, en protégeant votre maison contre les dangers que vous redoutez le plus. »

Armure éclata d'un rire sonore. « Après des paroles aussi emmiellées, j'parie qu'vous devez sucer du sel pendant une heure pour vous ôter l'goût du sucre de la bouche.

— C'est mon talent, dit Mot-pour-mot. Mais j'ai d'autres façons de parler, moins agréables, quand les circonstances s'y prêtent. Bonne après-midi à vous, à votre femme, à vos enfants et à votre maison chrétienne. »

Mot-pour-mot s'en alla et s'engagea sur l'herbe des terrains communaux. Les vaches ne lui accordèrent aucune attention, parce qu'il bénéficiait *bel et bien* d'un charme protecteur, mais pas du genre qu'Armure remarquerait jamais. Il s'assit un petit moment au soleil pour se réchauffer le cerveau et voir si une pensée n'allait pas en sortir. Sans résultat. Il n'avait presque jamais eu de pensées dignes de ce nom, l'après-midi. Comme disait le proverbe : « Pense le matin, fais le midi, mange le soir, dors la nuit. » Trop tard pour penser, maintenant. Trop tôt pour manger.

Il monta le chemin menant à l'église qui se dressait bien en retrait des communaux, au sommet d'une colline respectable. Si j'étais un vrai prophète, pensa-t-il, je saurais déjà tout. Je saurais si je vais rester ici une journée, une semaine ou un mois. Je saurais si Armure va devenir mon ami, ce que j'espère, ou mon ennemi, ce que je crains. Je saurais si sa femme aura un jour la liberté d'employer ouvertement ses pouvoirs. Je saurais si je vais rencontrer ce prophète rouge face à face.

Mais c'était de la bêtise, il en avait conscience. Qui rappelait les visions spécifiques des torches — il les avait vues opérer, plus souvent qu'à son tour, et il s'était senti rempli d'épouvante parce qu'il n'était pas bon, il le savait, de voir trop loin sur le chemin de sa propre existence. Non, le talent qu'il demandait pour lui-même c'était la prophétie : voir, non pas les petits faits et gestes d'hommes et de femmes dans leurs petits coins de planète, mais plutôt les grands mouvements des événements commandés par Dieu. Ou par Satan — Mot-pour-mot n'était pas regardant, tous deux avaient une idée précise de ce qu'ils entendaient faire dans le monde; l'un comme l'autre étaient donc susceptibles de connaître quelques bribes du futur. Evidemment, ce serait plus plaisant d'apprendre ces bribes de Dieu. Tous les contacts qu'il avait pu avoir au cours de sa vie avec les manifestations diaboliques s'étaient avérés douloureux, chacun à leur manière.

La porte de l'église était grande ouverte, chaude la journée d'automne, et Mot-pour-mot entra en même temps que des mouches bourdonnantes. L'église lui apparut aussi jolie au-dedans qu'au-dehors — manifestement de rite écossais, donc toute simple, mais pour cette raison d'autant plus agréable, un lieu de culte clair et aéré avec ses murs blanchis et ses fenêtres vitrées. Même les bancs et la chaire étaient de bois blanc. Une seule tache sombre dans tout cet ensemble : l'autel. Alors, naturellement, Mot-pour-mot eut l'œil attiré. Et, parce qu'il avait un talent pour ce genre de choses, il vit des traces liquides en effleurer la surface.

Il s'avança lentement vers l'autel. Il s'avança, parce qu'il voulait une certitude; lentement, parce qu'un tel phénomène n'avait pas sa place dans une église chrétienne. Mais de près, le doute n'était pas permis. Il s'agissait de la même trace qu'il avait vue sur le visage de l'homme, à DeKane, qui avait torturé ses enfants à mort avant d'en accuser les Rouges. La même trace qu'il avait vue persister sur l'épée qui avait décapité George Washington. C'était comme une fine pellicule d'eau sale, invisible à moins qu'on la regarde sous un certain angle, sous un certain éclairage. Mais elle n'échappait plus au regard de Mot-pour-mot désormais, il avait l'œil exercé.

Il tendit la main et posa prudemment l'index sur la trace la plus nette. Il lui fallut faire appel à toutes ses forces pour y maintenir son doigt quelques instants, tellement ça le brûlait ; tout son bras fut pris de tremblements et de douleurs, jusqu'à l'épaule.

« Soyez le bienvenu dans la maison de Dieu », dit une voix.

Mot-pour-mot, suçant son doigt brûlé, se retourna pour faire face à celui qui venait de parler. L'homme portait la robe de pasteur du rite écossais — un presbytérien, comme on les appelait ici, en Amérique.

« Vous ne vous êtes pas enfoncé une écharde, au moins ? » demanda le pasteur.

Il aurait été plus simple de répondre : « Si, je me suis enfoncé une écharde. » Mais Mot-pour-mot ne racontait que les histoires qu'il croyait. « Pasteur, dit-il, le démon a posé la main sur cet autel. »

Aussitôt, le sourire lugubre de l'homme d'église disparut. « Comment savez-vous reconnaître l'empreinte de la main du démon ?

— C'est un don de Dieu, dit Mot-pour-mot. Le don de voir. »

Le pasteur le regarda attentivement, hésitant à le croire ou non. « Alors vous pouvez aussi reconnaître ce que les anges ont touché ?

— Je pourrais en voir les traces, je pense, si des esprits célestes étaient intervenus. J'ai déjà vu ce genre de marques. »

Le pasteur marqua un temps, comme s'il voulait poser une question très importante mais avait peur de la réponse. Puis il frissonna ; l'envie de savoir l'avait visiblement quitté, et c'est d'une voix méprisante qu'il reprit la parole : « Absurde. Vous pouvez abuser les gens du commun, mais moi, j'ai suivi des études en Angleterre et les histoires de pouvoirs occultes ne m'en font pas accroire.

— Oh, dit Mot-pour-mot, vous avez suivi des études…

— Et vous aussi, à votre façon de parler. Le sud de l'Angleterre, je dirais.

— L'Académie des Beaux-Arts du Lord Protecteur. J'ai étudié la gravure. Vous êtes de rite écossais, alors je peux prétendre que vous avez vu mon œuvre dans votre livre de catéchisme.

— Je ne m'attarde jamais à ces choses, dit le pasteur. Les gravures gâchent du papier qu'on pourrait consacrer à des paroles de vérité. A moins d'illustrer ce que les yeux de l'artiste ont réellement vu, comme des anatomies. Mais ce que l'artiste conçoit dans son imagination ne vaut pas mieux, à mon point de vue, que ce que j'imagine tout seul. »

Mot-pour-mot voulut approfondir l'idée. « Et si l'artiste était aussi prophète ? »

Le pasteur ferma à demi les yeux. « Le temps des prophètes est révolu. Comme ce païen apostat de Rouge borgne de l'autre côté de la rivière, tous ceux qui se prétendent aujourd'hui prophètes sont des charlatans. Et je ne doute pas que si Dieu accorde le don de prophétie ne serait-ce qu'à un seul artiste, nous aurons bientôt une pléthore de dessinateurs et de barbouilleurs désireux d'être pris pour des prophètes, surtout s'ils en tirent un bon profit. »

Mot-pour-mot répondit avec douceur mais il ne laissa pas passer l'accusation implicite. « Celui qui touche un salaire pour prêcher la parole de Dieu ne devrait pas critiquer les autres, ceux qui cherchent à gagner leur vie en révélant la vérité.

— J'ai reçu l'ordination, dit l'autre. Personne n'ordonne les artistes. Ils s'ordonnent eux-mêmes. »

Exactement ce qu'avait escompté Mot-pour-mot. Le pasteur se retranchait derrière l'autorité dès lors qu'il craignait que ses idées ne puissent prévaloir par leur seul mérite. Toute discussion raisonnable devenait impossible sous l'arbitrage de l'autorité ; Mot-pour-mot revint au sujet initial : « Le démon a posé la main sur cet autel, dit-il. Je m'y suis brûlé le doigt.

— Moi, je ne m'y suis jamais brûlé, fit le pasteur.

— J'espère bien. *Vous*, vous avez été ordonné. »

Il ne faisait aucun effort pour dissimuler le dédain dans sa voix ; et le pasteur, visiblement irrité, répliquait vertement. Mot-pour-mot ne se formalisait pas qu'on se mette en colère contre lui. Ça voulait dire qu'on l'écoutait et qu'on le croyait, au moins à moitié.

« Dites-moi alors, puisque vous avez de si bons yeux, fit le pasteur. Dites-moi si un envoyé de Dieu a déjà touché cet autel. »

Manifestement, cette question avait pour lui valeur d'épreuve. Mot-pour-mot n'avait aucune idée de la réponse que le pasteur jugeait correcte. Ce n'était guère important ; il répondrait sans mentir, tant pis. « Non », lâcha-t-il.

C'était la mauvaise réponse. L'autre eut un sourire suffisant. « Comme ça ? Vous pouvez dire qu'il ne l'a pas touché ? »

Mot-pour-mot pensa un instant que le pasteur croyait peut-être avoir lui-même, de ses mains nouvellement ordonnées, laissé des traces de la volonté divine. Il allait étouffer cette idée dans l'œuf sans retard. « La plupart des pasteurs ne laissent pas de traces lumineuses sur ce qu'ils touchent. Seuls de rares élus atteignent à suffisamment de sainteté. »

Mais ce n'était pas à lui-même que songeait le pasteur. « Maintenant vous en avez assez dit, fit-il. Je sais que vous êtes un imposteur. Sortez de mon église.

— Je ne suis pas un imposteur. Je peux me tromper, mais je ne mens jamais.

— Et moi, je ne crois jamais qui prétend ne jamais mentir.

— On suppose toujours les autres aussi vertueux que soi-même », dit Mot-pour-mot.

Le visage du pasteur s'empourpra de colère. « Sortez d'ici, ou je vous jette dehors !

— Je pars avec plaisir. » Il se dirigea sans attendre vers la porte. « J'espère ne jamais remettre les pieds dans une église dont le pasteur n'est pas étonné d'apprendre que Satan a touché son autel.

— Je n'ai pas été étonné parce que je ne vous crois pas.

— Vous m'avez cru, fit Mot-pour-mot. Vous croyez aussi qu'un ange l'a touché. D'après vous, c'est la vérité. Mais je vous affirme qu'aucun ange ne pourrait la toucher sans laisser une trace visible pour moi. Et je ne vois ici qu'une seule trace.

— Menteur ! C'est vous que le diable a envoyé, vous essayez de pratiquer votre nécromancie dans la maison de Dieu ! Hors d'ici ! Fichez le camp ! Je vous ordonne de partir !

— Je croyais que les artistes dans mon genre s'ordonnaient tout seuls ?

— Dehors ! » Le pasteur hurla ce dernier mot, les veines lui saillant du cou.

Mot-pour-mot remit son chapeau et sortit à grands pas. Il entendit la porte se refermer à la volée derrière lui. Il traversa une prairie vallonnée dont l'herbe d'automne était toute sèche, pour parvenir à un sentier montant vers la maison dont avait parlé la femme. Où elle était certaine qu'on l'accepterait.

Mot-pour-mot, lui, en était moins sûr. Il n'effectuait jamais plus de trois visites dans une même localité : quand on n'avait pas trouvé de maison d'accueil au bout du troisième essai, mieux valait reprendre la route. Cette fois-ci, le premier avait été anormalement mauvais, le second plus désastreux encore.

Pourtant, son malaise ne résultait pas de la tournure fâcheuse que prenaient ses visites. A la prochaine, la dernière, quand bien même on s'aplatirait pour lui baiser les pieds, il continuerait d'éprouver une impression étrange à l'idée de séjourner dans le pays. On avait là une ville si chrétienne que le principal citoyen interdisait sa porte aux pouvoirs occultes... et l'autel de l'église n'en portait pas moins la marque du diable. Côté duperie, c'était encore pire. Les pouvoirs occultes étaient utilisés sous le nez d'Armure et par la personne qu'il chérissait le plus, à qui il faisait le plus confiance; pendant qu'à l'église, le pasteur était convaincu que Dieu, et non le diable, avait revendiqué son autel. A quoi Mot-pour-mot pouvait-il s'attendre, dans cette maison sur la colline, sinon à davantage de folie, davantage de duperie? Les esprits tordus s'attiraient les uns les autres, il en savait quelque chose pour l'avoir vérifié par le passé.

La femme avait raison, des ponts enjambaient les ruisseaux. Mais même ces ouvrages singuliers ne présageaient rien de bon. Ponter un fleuve était une nécessité; ponter une rivière une attention à l'égard des voyageurs. Mais pourquoi bâtir des ponts à ce point fignolés sur des ruisseaux tellement étroits que même un homme de l'âge de Mot-pour-mot pouvait les franchir d'un bond sans se mouiller le pied? Les ouvrages étaient solides, ancrés dans le sol à bonne distance de chacun des bords du cours d'eau, tous deux pourvus d'un épais toit de chaume. Des gens déboursent de l'argent pour s'abriter dans des auberges moins hermétiques et moins au sec que ces ponts, s'étonnait Mot-pour-mot.

Ce qui voulait sûrement dire que ces gens, au bout du sentier, étaient aussi bizarres que ceux qu'il avait rencontrés jusque-là. Il ferait bien mieux de rebrousser chemin. La prudence voulait qu'il rebrousse chemin.

Mais la prudence, ce n'était pas son fort, à Mot-pour-mot. Le vieux Ben le lui avait signalé, des années plus tôt : « Un de ces jours, vous irez vous fourrer dans la gueule de l'enfer, Bill, rien que pour voir pourquoi le diable a de si mauvaises dents. » Il y avait une raison à la présence des ponts, et Mot-pour-mot sentait là matière pour une histoire digne de figurer dans son livre.

Il ne marcha pas plus d'un mille, en fin de compte. Le sentier, qui semblait vouloir musarder dans un bois impénétrable, s'incurva brusquement vers le nord pour déboucher sur une belle propriété, aussi belle même que celles qu'il avait connues dans les paisibles territoires colonisés de Nouvelle-Orange ou de Pennsylvanie. La maison était grande et jolie, bâtie en rondins équarris, donc destinée à durer, et s'entourait de dépendances, remises, enclos et poulaillers, formant un véritable village à elle seule. De minces volutes de fumée qui montaient à un demi-mille plus loin sur le sentier lui apprirent qu'il n'avait pas tout à fait tort. Il y avait une autre maison à proximité, partageant le même chemin, ce qui voulait dire qu'y vivaient probablement des membres de la même famille. Des enfants mariés, sans aucun doute, et travaillant la terre en commun, pour la plus grande prospérité de tous. C'était une bonne chose, Mot-pour-mot le savait, quand des frères grandissaient en s'estimant assez pour se labourer mutuellement leurs champs.

Mot-pour-mot commençait toujours par se diriger vers l'habitation : mieux valait s'annoncer tout de suite plutôt que de rôder furtivement et de passer pour un voleur. Cette fois-ci, pourtant, quand il voulut marcher vers la maison, il se sentit d'un coup devenir tout bête, incapable de se rappeler ce qu'il comptait faire. On le détournait de son chemin par un sortilège repousseur si puissant qu'il ne s'en aperçut qu'une fois à mi-distance du bas de la colline, non loin d'un bâtiment de pierre près d'un ruisseau. Il s'arrêta net, effrayé, car personne n'avait assez de pouvoir, à son sens, pour l'éloigner sans qu'il ait eu conscience de ce qui lui arrivait. Cette habitation était aussi bizarre que les deux autres, et il ne voulait rien avoir à y faire.

Mais quand il tenta de rebrousser chemin, le même phénomène se reproduisit. Il se retrouva à descendre la colline vers le bâtiment de pierre.

A nouveau il s'arrêta, et cette fois murmura : « Qui que tu sois et quoi que tu veuilles, j'irai de ma propre volonté ou je n'irai pas. »

Aussitôt, il sentit comme une brise derrière lui, qui le poussait vers le bâtiment. Mais il savait qu'il pouvait faire demi-tour s'il le désirait. Contre la brise, il est vrai, mais c'était possible. Son esprit en fut considérablement tranquillisé. Quelles que soient les contraintes qu'on lui imposait, elles n'avaient pas pour but de l'asservir. Et ça, il le savait, c'était l'une des marques d'un charme bienveillant — rien à voir avec les chaînes invisibles d'un persécuteur.

Le sentier obliquait légèrement vers la gauche, le long du ruisseau, et Mot-pour-mot reconnaissait à présent que le bâtiment était un moulin, car il possédait un bief ainsi que le bâti pour une grande roue, installé où l'eau s'écoulerait. Mais aujourd'hui aucune eau ne se déversait dans le bief, et quand il s'approcha assez près pour voir par le large portail digne d'une grange, il découvrit pourquoi. Le bâtiment n'avait pas été condamné pour l'hiver. Il n'avait jamais été utilisé en tant que moulin. Les rouages étaient en place, mais il y manquait la grande meule circulaire. Il n'y avait qu'un soubassement de pavés ronds damés, de niveau, prêt à l'emploi, en attente.

En attente depuis longtemps. La construction datait au moins de cinq ans, à en juger par les plantes grimpantes et les mousses sur les murs. Bâtir ce moulin avait exigé beaucoup de travail, et pourtant on ne s'en servait que comme d'une grange.

Juste de l'autre côté de la porte, un chariot était agité de secousses : deux garçons se bagarraient sur une demi-charretée de foin. C'était une lutte amicale ; les enfants étaient manifestement frères, l'un dans les douze ans, l'autre de peut-être neuf, et la seule raison qui évitait au plus jeune de se faire éjecter du chariot et de passer la porte en vol plané, c'était que l'aîné ne pouvait se retenir de rire. Ils ne remarquèrent pas Mot-pour-mot, bien entendu.

Ils ne remarquèrent pas non plus au-dessus d'eux l'homme debout, à l'extrême bord du fenil, fourche en main, qui les observait. Mot-pour-mot pensa tout d'abord que l'homme les regardait avec fierté, à la façon d'un père. Puis il s'approcha suffisamment pour distinguer de quelle manière il tenait sa fourche. Comme un javelot, prêt à la lancer. L'espace d'un instant, Mot-pour-mot vit en esprit ce qui allait se produire : l'envol de la fourche qui s'enfonce dans la chair de l'un des garçons pour le tuer, sinon sur le coup, du moins à brève échéance par gangrène ou hémorragie stomacale. C'était à un meurtre qu'il assistait.

« Non ! » hurla-t-il. Il passa la porte en trombe pour arriver le long du chariot, les yeux levés vers l'homme dans le fenil.

Lequel plongea la fourche dans le foin près de lui, souleva la charge par-dessus le bord et la balança dans la carriole, ensevelissant à moitié les deux garçons.

« J'vous ai amenés pour travailler, les deux oursons, pas pour vous faire des nœuds. » L'homme, souriant, les taquinait. Il adressa un clin d'œil à

Mot-pour-mot. Comme si la mort n'avait pas habité ses yeux un instant plus tôt. « Bien l'bonjour, la jeunesse, fit-il.

— Une jeunesse qui date un peu », dit Mot-pour-mot. Il ôta son chapeau, laissant son crâne chauve révéler son âge.

Les garçons se dégagèrent du foin. « Pourquoi qu'vous avez crié, m'sieur ? demanda le plus jeune.

— J'avais peur qu'il vous arrive quelque chose, répondit Mot-pour-mot.

— Oh, on s'bat tout l'temps comme ça, dit l'aîné. Vot' main, l'ami. J'm'appelle Alvin, pareil que p'pa. » Le sourire du garçon était contagieux. Malgré la frayeur qu'il venait d'éprouver et tous ses déboires de la journée avec la magie, Mot-pour-mot n'avait d'autre choix que de lui rendre son sourire et d'accepter la main tendue. Alvin avait la poigne d'un adulte, tellement il était vigoureux. Mot-pour-mot en fit la remarque.

« Oh, il a fait sa main d'limace. Quand il la serre pour de vrai et qu'il écrabouille, il peut vous faire éclater la paume comme une framboise... » Le cadet lui serra la main à son tour. « J'ai sept ans et Al junior, il en a dix. » Plus jeunes qu'ils en avaient l'air. Ils dégageaient l'un et l'autre cette aigre et désagréable odeur corporelle des jeunes garçons qui ont joué sans se ménager. Mais Mot-pour-mot ne s'en souciait pas. C'était le père qui l'intriguait. Quel vertigo lui avait fait croire qu'il voulait tuer les enfants ? Quel homme aurait pu porter une main meurtrière sur des garçons aussi beaux et adorables ?

L'homme avait abandonné sa fourche à foin dans le fenil, descendu l'échelle et se dirigeait maintenant à grandes enjambées vers l'inconnu, les bras tendus comme pour l'étreindre. « Bienvenue chez nous autres, l'étranger, dit-il. J'suis Alvin Miller, et ceux-là, c'est mes deux plus jeunes fils, Alvin junior et Calvin.

— Cally, rectifia le cadet.

— Il aime pas ça qu'nos noms s'ressemblent, dit Alvin junior. Alvin et Calvin. Vous comprenez, on l'a appelé d'cette façon-là parce qu'on espérait qu'en grandissant il deviendrait aussi bien que moi. Dommage que ça marche pas. »

Calvin, feignant la colère, le bouscula. « M'est avis qu'lui, c'était l'premier essai, et quand moi j'suis arrivé, ils ont vu qu'cette fois y avait rien à redire !

— La plupart du temps on les appelle Al et Cally, intervint le père.

— La plupart du temps tu nous appelles “taisez-vous” et “amenez-vous” », fit Cally.

Al junior lui asséna une claque sur l'épaule qui l'envoya s'étaler dans la boue. Après quoi le père appliqua une botte sur l'arrière-train d'Al pour l'envoyer à son tour valdinguer cul par-dessus tête par la porte. Le tout dans la bonne humeur. Personne n'avait le moindre mal. Comment ai-je pu penser qu'un meurtre allait se commettre ici ?

« Vous v'nez avec un message ? Une lettre ? » demanda Alvin Miller. Maintenant que les gamins étaient dehors, à se crier dessus d'un bout à l'autre du pré, les grandes personnes pouvaient en placer une.

« Je regrette, fit Mot-pour-mot. Je ne suis qu'un voyageur. Une jeune dame dans le village m'a dit de monter ici, que j'y trouverais un endroit où dormir. En échange de n'importe quel ouvrage, même bien dur, que mes bras pourraient abattre. »

Alvin Miller sourit de toutes ses dents. « Voyons voir combien d'ouvrage ils peuvent abattre, ces bras-là. » Il tendit une main, mais ce n'était pas pour serrer celle de Mot-pour-mot. Il l'empoigna par l'avant-bras et plaqua son pied droit contre le sien. « Vous croyez pouvoir m'faire tomber ? demanda-t-il.

— Dites-moi seulement avant qu'on commence, fit Mot-pour-mot, si pour obtenir un meilleur dîner je dois vous faire tomber ou non. »

Alvin Miller rejeta la tête en arrière et lança un cri, comme un Rouge. « Comment c'est, vot' nom, l'étranger ?

— Mot-pour-mot.

— Eh ben, monsieur Mot-pour-mot, j'espère qu'vous aimez le goût d'la boue, parce que c'est ça qu'vous allez manger avant d'passer à table ! »

Mot-pour-mot sentit se resserrer la prise sur son avant-bras. Ses bras à lui étaient solides, mais pas autant que la poigne de cet homme-là. Or ce jeu ne faisait pas uniquement appel à la force. Il demandait aussi de l'astuce, et Mot-pour-mot n'en était pas dépourvu. Il se laissa lentement fléchir sous la pression d'Alvin Miller, bien avant d'avoir contraint l'homme à utiliser sa pleine puissance. Puis, soudain, il tira de toutes ses forces dans la direction où poussait Miller. D'ordinaire, c'était suffisant pour déséquilibrer l'adversaire le plus lourd, en retournant contre lui son propre poids ; mais son adversaire s'y attendait : il tira dans l'autre sens et

Mot-pour-mot vola à une telle distance qu'il atterrit directement sur les pierres formant le soubassement de la meule absente.

Mais il n'y avait eu aucune malveillance dans le geste, en dehors du seul plaisir de la lutte. A peine Mot-pour-mot était-il à terre que Miller l'aidait à se relever en lui demandant s'il n'avait rien de cassé.

« Je suis bien content que vous n'ayez pas encore installé votre meule, dit Mot-pour-mot, sinon vous seriez en train de me replacer la cervelle dans le crâne.

— Quoi ? Vous êtes dans l'pays d'la Wobbish, l'ami ! Y a pas b'soin d'cervelle par icitte.

— Bon, eh bien, vous m'avez battu. Est-ce que ça veut dire que vous n'allez pas me donner l'occasion de mériter mon lit et mon repas ?

— L'mériter ? Non, monsieur. Pas d'ça chez moi. » Mais le large sourire sur son visage démentait la rudesse de ses paroles. « Non, non, vous pouvez travailler si ça vous chante, on aime tous savoir qu'on paye sa part dans la vie. Mais j'vais vous dire, j'vous garderais même avec les deux jambes cassées, qu'vous seriez incapable de lever le p'tit doigt pour nous aider. On a un lit qui vous attend, juste à côté d'la cuisine, et j'suis prêt à parier un cochon contre une airelle qu'mes garçons ont déjà prévenu Fidelity d'ajouter un bol pour le dîner.

— C'est aimable à vous, monsieur.

— Pas d'quoi, fit Alvin Miller. Z'êtes sûr d'avoir rien d'cassé ? Vous avez cogné les pierres rudement fort.

— Alors il me semble que vous devriez aller vérifier si je ne les ai pas abîmées, monsieur. »

Alvin éclata à nouveau de rire, lui donna une claque dans le dos et l'entraîna vers la maison.

Quelle maison c'était ! On ne pouvait imaginer plus de cris ni de hurlements en enfer. Miller entreprit de lui situer tous les enfants. Les quatre grandes filles étaient les siennes, vaquant à une demi-douzaine de tâches, menant toutes des discussions différentes avec chacune de leurs sœurs, à tue-tête, sautant d'une dispute à l'autre à mesure que leurs occupations les conduisaient de pièce en pièce. Le bébé qui braillait était un petit-enfant, de même que les cinq bambins qui jouaient, aussi bien dessus que dessous la table, aux Têtes Rondes et aux Cavaliers. La mère, Fidelity, semblait ne s'apercevoir de rien tandis qu'elle s'affairait sans relâche dans la cuisine. De temps en temps, sa main se détendait pour calotter un gamin à sa portée, mais par ailleurs elle ne se laissait jamais interrompre dans son travail — ni dans le flot continu des ordres, des réprimandes, des menaces ou des récriminations qu'elle distribuait.

« Comment faites-vous pour ne pas perdre la tête, avec tout ça ? lui demanda Mot-pour-mot.

— La tête ? jeta-t-elle. Vous croyez qu'une personne de tête supporterait ça ? »

Miller lui montra sa chambre. C'est ainsi qu'il la présenta : « Vot' chambre, tant qu'il vous plaira d'rester. » Elle avait un grand lit avec un oreiller de plumes et des couvertures ; la moitié d'un mur était formé de la paroi arrière de la cheminée, alors il y faisait chaud. Jamais Mot-pour-mot ne s'était vu offrir pareil lit au cours de tous ses vagabondages.

« Promettez-moi que vous ne vous appelez pas en réalité Procuste », dit-il.

Miller ne comprit pas l'allusion, mais aucune importance : le visage de Mot-pour-mot était éloquent. A l'évidence, Miller avait déjà connu pareilles expressions étonnées. « Nous autres, on loge pas les invités dans la pus mauvaise chambre, Mot-pour-mot, on les loge dans la meilleure. Et on arrête de causer d'ça.

— Va falloir que demain vous me laissiez travailler pour vous, alors.

— Oh, c'est pas les tâches qui manquent, si vous savez vous servir de vos mains. Et si l'travail de dame vous fait pas honte, ma femme pourrait avoir b'soin d'un coup d'main ou deux. On verra c'qui s'présentera. » Sur ce, Miller sortit de la chambre et ferma la porte derrière lui.

La porte close n'étouffait qu'en partie le brouhaha de la maisonnée, mais c'était une musique que Mot-pour-mot se moquait d'entendre. On n'était qu'en après-midi, mais il ne pouvait pas se retenir. Il se débarrassa de son sac, retira ses bottes et s'étendit doucement. Le lit produisit un bruit de paillasse, mais il y avait un matelas de plumes par-dessus, aussi était-il profond et moelleux. La paille était fraîche, et des herbes sèches qui pendaient aux pierres de la cheminée lui donnaient un parfum de thym et de romarin. Est-ce que je me suis jamais couché sur un lit aussi douillet à Philadelphie ? Ou avant ça, en Angleterre ? Pas depuis que j'ai quitté le sein maternel, décida-t-il.

On n'éprouvait aucune gêne à utiliser les pouvoirs, dans cette maison ; le charme s'étalait au vu et au su de tout le monde, peint au-dessus de la porte. Mais il en reconnut le motif. Il ne s'agissait pas d'un charme apaisant, destiné à réprimer toute violence dans l'âme de celui qui dormait ici. Il ne s'agissait pas d'un charme avertisseur, ni d'un charme repousseur. Aucun de ses éléments n'avait pour but de protéger la maison de l'hôte, ou l'hôte de la maison. Il procurait le bien-être, purement et simplement. Et il était impeccablement, finement dessiné, aux proportions idéales. Ce n'était pas facile de dessiner correctement un charme constitué de séries de chiffres trois. Mot-pour-mot ne se souvenait pas en avoir déjà vu d'aussi parfait.

Il ne fut donc pas surpris, allongé sur sa couche, de sentir les muscles de son corps se dénouer, comme si ce lit et cette chambre effaçaient la fatigue de vingt-cinq ans d'errances. Il en vint à penser qu'à sa mort il aimerait une tombe aussi confortable.

Quand Alvin junior le secoua pour le réveiller, toute la maison embaumait la sauge, le poivron et la viande mitonnée. « Z'avez juste le temps d'aller aux cabinets et d'vous laver avant d'venir à table, dit le jeune garçon.

— J'ai dû m'endormir, fit Mot-pour-mot.

— C'est pour ça qu'j'ai dessiné ce charme, dit l'enfant. Il marche bien, hein ? » Puis il déguerpit en coup de vent de la chambre.

Presque aussitôt, Mot-pour-mot entendit l'une des filles brailler un chapelet de menaces épouvantables à l'adresse du gamin. La dispute se poursuivait à plein volume quand il sortit pour se rendre aux cabinets ; et quand il en revint, les hurlements n'avaient pas cessé — quoique Mot-pour-mot se demanda si une autre sœur n'avait pas pris le relais de la première.

« J'te jure qu'ce soir, quand tu dormiras, Al junior, j'm'en vais t'coudre une mouffette à la plante des pieds ! »

La réponse d'Al lui resta indistincte à cause de la distance, mais elle déclencha une nouvelle série de glapissements. Mot-pour-mot avait déjà entendu crier par le passé. Parfois il sentait l'amour derrière les cris, parfois la haine. Quand il sentait la haine, il décampait aussi vite que possible. Dans cette maison-ci, il pouvait rester.

Les mains et la figure lavées, il était assez propre pour que Dame Fidelity lui permette d'apporter les miches de pain à la table — « à condition qu'vous les colliez pas contre cette chemise faisandée qu'vous avez sus l'dos. » Puis Mot-pour-mot prit place, bol en main, dans la procession familiale qui défila dans la cuisine et en ressortit après répartition entre chacun des membres de près d'un cochon entier.

Ce fut Fidelity, et non pas Miller, qui invita l'une des filles à dire la prière, et Mot-pour-mot remarqua que le père ne ferma même pas les yeux, bien que tous ses enfants aient courbé la tête et joint les mains. Comme si la prière, il la tolérait mais ne l'encourageait pas. Sans avoir à le demander, Mot-pour-mot sut qu'Alvin Miller et le pasteur, là-bas dans sa belle église blanche, ne s'entendaient pas du tout. Il se dit que le meunier pourrait même apprécier l'un des proverbes de son livre : « La chenille choisit les plus belles feuilles pour déposer ses œufs, et sur les plus belles joies le pasteur appose son désaveu. »

A sa grande surprise, le repas échappa au chaos. Chaque enfant, à tour de rôle, fit le compte-rendu de sa journée, et tout le monde écouta, en accordant parfois des conseils ou des félicitations. Finalement, quand il ne resta plus de ragoût et que Mot-pour-mot en sauçait les dernières traces avec un morceau de pain, Miller se tourna vers lui, comme il l'avait fait pour chacun des membres de la famille.

« Et vot' journée, Mot-pour-mot. Elle a été bien employée ?

— J'ai marché quelques milles avant midi, et j'ai grimpé à un arbre, dit-il. De là-haut, j'ai vu un clocher, ce qui m'a conduit à une ville. Là, un habitant chrétien a eu peur de mes pouvoirs occultes sans même en avoir éprouvé un seul, tout comme un pasteur qui prétendait pourtant ne pas croire que j'en avais. Moi, tout ce que je cherchais, c'était un lit et un bon repas, et aussi l'occasion de travailler pour les gagner. Alors une femme m'a dit que les gens au bout de ce chemin de terre m'accepteraient chez eux.

— Ça devait être not' fille Aliénor, dit Fidelity.

— Oui, fit Mot-pour-mot. Je vois à présent qu'elle a le regard de sa mère, toujours calme, en toutes circonstances.

— Non, l'ami, dit Fidelity. C'est seulement qu'ce regard en a tellement vu de dures que depuis, c'est pas facile de m'inquiéter.

— J'espère, avant mon départ, pouvoir entendre l'histoire de ces moments difficiles », dit Mot-pour-mot.

Fidelity détourna les yeux pour déposer un nouveau morceau de fromage sur le pain d'un de ses petits-enfants.

Le voyageur préféra revenir au récit de sa journée et ne pas montrer qu'elle risquait de l'avoir embarrassé en ne lui répondant pas.

« Ce chemin était vraiment curieux, dit-il. Il y avait des ponts couverts sur des ruisseaux où un enfant aurait pu barboter et qu'un homme aurait pu enjamber. J'espère entendre l'histoire de ces ponts avant que je m'en aille. »

Encore une fois, tous les regards se détournèrent.

« Et quand je suis sorti du bois, j'ai trouvé un moulin sans meule, deux jeunes garçons qui luttaient sur un chariot, un meunier qui m'a infligé la plus belle mise à terre de ma vie et une famille qui m'a accepté et m'a donné la meilleure chambre de la maison, bien que je sois un étranger et sans savoir si j'étais un bon ou un mauvais gars.

— Vous en êtes un bon, tiens, fit Al junior.

— Ça vous ennuie si je vous pose des questions ? J'en ai vu, des gens accueillants dans ma vie, et j'ai logé dans plus d'un foyer heureux, mais aucun ne l'était autant que le vôtre et aucun n'avait autant de plaisir à me voir. »

Ils faisaient tous silence autour de la table. Finalement, Fidelity releva la tête et lui sourit. « J'suis bien contente qu'pour vous on soye heureux, dit-elle. Mais on se souvient tous du passé aussitte, et p't-être que l'bonheur d'aujourd'hui nous paraît plus doux parce qu'on a gardé la mémoire du malheur.

— Mais pourquoi recevoir quelqu'un comme moi chez vous ? »

Miller répondit lui-même : « Par rapport qu'un jour on a été des étrangers et qu'des bonnes gens nous ont reçus chez eux.

— J'ai vécu quelque temps à Philadelphie, et j'ai tout d'un coup envie de vous demander : vous êtes de la Société des Amis ? »

Fidelity secoua la tête. « J'suis presbytérienne. Comme beaucoup d'nos enfants. »

Mot-pour-mot regarda Miller.

« J'suis rien du tout, fit-il.

— Un chrétien n'est pas rien du tout, dit Mot-pour-mot.

— J'suis pas chrétien non pus.

— Ah, fit Mot-pour-mot. Un déiste, alors, comme Tom Jefferson. » Un murmure parcourut les enfants à l'énoncé du nom du grand homme.

« Mot-pour-mot, j'suis un père qu'aime ses enfants, un mari qu'aime sa femme, un fermier qui paye ses dettes et un meunier sans meule.» Puis l'homme se leva de table et s'en alla. On entendit une porte se refermer. Il était sorti.

Mot-pour-mot se tourna vers Fidelity. « Oh, madame, j'en ai peur, vous devez regretter que je sois venu chez vous.

— Vous posez des tas d'questions, fit-elle.

— Je vous ai dit mon nom, et mon nom est en rapport avec ce que je fais. A chaque fois que je pressens une histoire, une qui compte, une véridique, j'ai hâte de la connaître. Et si on me la raconte et que je la crois, alors je m'en souviens pour toujours et je la répète partout où je vais.

— C'est grâce à ça qu'vous voyagez ? demanda l'une des filles.

— Je voyage en donnant la main à réparer des chariots, à creuser des fossés, à filer des textiles... tout ce qu'on trouve à faire. Mais ma principale tâche, ce sont les histoires, et je les échange, une contre une, mot pour mot. Vous n'avez peut-être pas envie pour l'instant de me raconter une histoire, et ça me convient parfaitement parce que je n'ai jamais pris une histoire qui ne m'ait été donnée de plein gré. Je ne suis pas un voleur. Mais vous voyez, j'en ai déjà une, d'histoire : tout ce qui m'est arrivé aujourd'hui. Les gens les plus charmants et le lit le plus moelleux entre le Mizzipy et l'Alphée.

— Où c'est-y l'Alphée ? C'est une rivière ? demanda Cally.

— Quoi, tu veux une histoire ? fit Mot-pour-mot.

— Oui ! vociférèrent les enfants.

— Mais pas l'fleuve Alphée, dit Al junior. Il existe pas. »

Mot-pour-mot le fixa, sincèrement surpris. « Comment tu le sais ? Tu as lu le recueil de Lord Byron des poèmes de Coleridge ? »

Al junior regarda autour de lui, déconcerté.

« On a pas beaucoup d'livres chez nous autres, expliqua Fidelity. Le pasteur leur donne des leçons de catéchisme, comme ça ils apprennent à lire.

— Alors, comment tu sais que le fleuve Alphée n'existe pas ? »

Al junior plissa le visage, l'air de dire : ne me pose pas de questions quand je ne connais pas les réponses moi-même. « J'veux une histoire avec Jefferson. Vous avez dit son nom comme si que vous l'avez vu.

— Oh, oui, je l'ai vu. Et Tom Paine, et Patrick Henry avant qu'on le pende, et j'ai vu l'épée qui a coupé la tête à George Washington. J'ai même vu le roi Henri II avant que les Français ne coulent son bateau en 1801 et ne l'expédient au fond de l'eau.

— Là où c'était sa place, murmura Fidelity.

— Si c'est pas pus bas, ajouta l'une des grandes filles.

— Je dis amen à ça. On raconte en Appalachie qu'il avait tellement de sang sur les mains que même ses os en sont tachés, tout brunis, et que même les poissons les moins difficiles refusent de mordre dedans. »

Les enfants éclatèrent de rire.

« Avant Tom Jefferson, dit Al junior, j'veux une histoire du pus grand sorcier américain. J'parie qu'vous avez connu Ben Franklin. »

Une fois encore, l'enfant le surprenait. Comment avait-il deviné que de toutes les histoires, c'étaient celles sur Ben Franklin qu'il préférait raconter ?

« Si je l'ai connu ? Oh, un peu, fit-il, sachant que le ton de sa réponse leur promettait toutes les histoires qu'ils pouvaient espérer. Je n'ai vécu avec lui qu'une demi-douzaine d'années, et il y avait huit heures par nuit où je ne le voyais pas. Alors je ne peux pas dire que je le connaissais *bien.* »

Al junior se pencha par-dessus la table, les yeux brillants, sans ciller. « Il était un Faiseux pour de vrai ?

— Toutes ces histoires, vous les connaîtrez, mais chacune en son temps, dit Mot-pour-mot. Tant que votre père et votre mère voudront bien me garder et tant que j'aurai l'impression d'être utile, je resterai et je vous raconterai des histoires jour et nuit.

— D'abord avec Ben Franklin, insista Alvin junior. C'est vrai qu'il a fait tomber la foudre du ciel ? »

X

Les visions

ALVIN JUNIOR se réveilla en sueur du cauchemar. Ça lui avait paru si réel… et il était essoufflé comme s'il avait cherché à s'enfuir en courant. Mais il n'avait pas couru, il le savait. Il restait allongé, les yeux fermés; il craignait encore de les ouvrir : ça serait toujours là. Il y avait longtemps, quand il était encore tout petit, il se mettait à crier chaque fois qu'il faisait ce cauchemar. Mais dès qu'il essayait de l'expliquer à papa et maman, ils lui répétaient toujours la même chose : « Bah, c'est rien, fiston. Tu vas pas me dire qu'un rien te fait peur ? » Il apprit donc à se retenir et ne jamais crier quand le rêve se produisait.

Il ouvrit enfin les yeux, et ça reflua vers les coins de la chambre, où rien ne le forçait à regarder directement. Très bien. Reste là et laisse-moi tranquille, dit-il silencieusement.

Puis il se rendit compte qu'il faisait grand jour et que maman avait préparé ses pantalon et veste de drap noir avec une chemise propre. Ses habits du dimanche pour aller au culte. Il aurait presque mieux aimé retourner à son cauchemar plutôt que se réveiller pour ça.

Alvin junior détestait le dimanche matin. Il détestait bien s'habiller, parce qu'il ne pouvait pas se mettre par terre ni s'agenouiller dans l'herbe, ni même se pencher sans se salir quelque part et sans que maman lui rappelle de respecter le jour du Seigneur. Il détestait l'obligation de marcher à pas feutrés dans la maison durant toute la matinée sous prétexte que ce jour-là, il ne fallait pas jouer ni faire de bruit. Et par-dessus tout, il détestait l'idée de s'asseoir sur un banc inconfortable du premier rang, face au révérend Thrower dont les yeux ne lâchaient pas les siens pendant qu'il prêchait sur les feux de l'enfer promis aux impies qui méprisaient la vraie religion et plaçaient leur foi dans les faibles capacités de l'intelligence humaine. Tous les dimanches pareil.

Et Alvin ne méprisait pas vraiment la religion, oh non. Il méprisait le révérend Thrower, voilà tout. Toutes ces heures d'école, maintenant que la moisson était terminée ! Alvin junior lisait couramment, et en calcul il avait la plupart du temps les bonnes réponses. Mais ça ne suffisait pas au vieux Thrower. Il fallait aussi qu'il enseigne la religion. Les autres enfants — les Suédois et les Knickerbockers venant de l'amont, les Ecossais et les Anglais de l'aval — ne recevaient la raclée que s'ils répondaient avec insolence ou donnaient trois mauvaises réponses de suite. Mais Thrower attrapait sa badine pour corriger Alvin junior à la moindre occasion, aurait-on dit, et ce n'était pas à propos de connaissances apprises dans les livres, c'était toujours à propos de religion.

Evidemment, ça n'arrangeait rien que la Bible donne sans arrêt envie de rire à Alvin, tout le temps au mauvais moment. C'est ce que Mesure lui avait dit, la fois où il s'était enfui de l'école pour se cacher chez David jusqu'à ce que son frère le retrouve juste avant le dîner. « Si t'évitais d'rigoler quand il lit la Bible, tu t'ferais moins taper d'ssus. »

Mais ça donnait *vraiment* envie de rire. Quand Jonathan tirait toutes ses flèches en l'air et qu'elles manquaient leur cible. Quand Jeroboam ne tirait pas assez de flèches par sa fenêtre. Quand Pharaon n'arrêtait pas d'imaginer des ruses pour empêcher les Hébreux de partir. Quand Samson, le benêt, disait son secret à Dalila qui l'avait déjà trahi par deux fois. « Comment j'dois faire pour pas rire ?

— T'as qu'à penser à ton derrière plein d'cloques, disait Mesure. Ça devrait t'effacer le sourire d'la figure.

— Mais quand j'y pense, c'est toujours après que j'ai déjà ri.

— Alors, probab' que t'auras jamais l'usage d'une chaise avant tes quinze ans. Par rapport que m'man t'laissera jamais quitter cette école, que Thrower t'lâchera jamais la bride et qu'tu peux pas te cacher chez David indéfiniment.

— Pourquoi donc ?

— Par rapport que s'cacher d'son ennemi, c'est pareil que le laisser gagner. »

Ainsi Mesure n'avait pas voulu le protéger et Alvin avait dû s'en revenir

— et recevoir en plus une trempe par papa pour avoir fait peur à tout le monde en s'enfuyant et en restant caché si longtemps. Pourtant, Mesure l'avait aidé pour de bon. C'était réconfortant de savoir que quelqu'un voulait bien reconnaître que le pasteur était son ennemi. Tous les autres s'extasiaient tellement sur Thrower — qu'il était merveilleux, pieux, instruit ! et comme c'était aimable à lui de faire profiter les enfants de son puits de science ! — qu'Alvin en avait presque envie de dégobiller.

Même s'il parvenait le plus souvent à garder un visage impassible pendant la classe, et donc à recevoir moins de raclées, le dimanche restait l'épreuve la plus terrible de toutes parce que, cloué à son banc inconfortable, il devait écouter Thrower alors que la moitié du temps il se retenait d'éclater de rire à se rouler par terre, et que l'autre moitié ça le démangeait de se lever pour crier : « Jamais j'ai entendu une grande personne dire une chose aussi bête ! » Il avait même l'impression que papa ne le corrigerait pas trop s'il disait ça à Thrower, car papa n'avait pas une haute opinion du bonhomme. Mais maman… elle ne lui pardonnerait jamais de blasphémer dans la maison du Seigneur.

Le dimanche matin, conclut-il, a été inventé pour donner aux pécheurs un avant-goût du premier jour d'éternité en enfer.

Probable que maman ne permettrait même pas que Mot-pour-mot raconte la moindre histoire aujourd'hui, à moins qu'elle ne soit tirée de la Bible. Et comme Mot-pour-mot ne racontait apparemment jamais d'histoires de la Bible, Alvin junior sentit que la journée ne serait pas bonne.

La voix de maman explosa en bas de l'escalier : « Alvin junior, j'en ai plein l'dos que tu mettes trois heures à t'habiller l'dimanche matin ! J'vais finir par t'emmener à l'église tout nu !

— J'suis pas tout nu ! » se récria Alvin. Mais comme, en fait de vêtement, il portait sa chemise de nuit, c'était sans doute pire que d'être tout nu. Il se dépouilla en hâte de la chemise de flanelle, l'accrocha à une patère et entreprit de s'habiller aussi vite qu'il le pouvait.

Marrant, ça. Les autres jours, il lui suffisait de tendre la main pour que ses habits soient là, pour trouver tout de suite celui qu'il cherchait. Chemise, pantalon, chaussettes, chaussures. Ils lui tombaient toujours sous la main dès qu'il en avait besoin. Mais le dimanche matin, on aurait dit que les vêtements le fuyaient. Il cherchait sa chemise et ramenait son pantalon. Il voulait attraper une chaussette et accrochait une chaussure, à chaque fois. Comme si ses vêtements n'avaient pas plus envie de l'habiller que lui de les porter.

Aussi, quand maman ouvrit la porte à la volée, ce n'était pas entièrement la faute d'Alvin s'il n'avait même pas encore enfilé son pantalon.

« T'as raté le p'tit-déjeuner ! T'es 'core à moitié nu ! Si tu t'imagines que j'vais faire entrer l'cortège familial en retard dans l'église, tu te…

— … fais des idées », termina Alvin.

Ce n'était pas non plus sa faute à lui si elle serinait toujours la même rengaine. Mais elle se mit en colère comme s'il aurait dû faire semblant d'être surpris en l'entendant répéter ça pour la quatre-vingt-dixième fois depuis l'été. Oh, elle était bien décidée à lui flanquer une volée, pas de doute, ou à appeler papa pour lui en flanquer une plus carabinée, quand apparut Mot-pour-mot, venu à la rescousse.

« Dame Fidelity, dit le conteur, je me ferais un plaisir de veiller à ce qu'il aille à l'église, si vous voulez partir devant avec les autres. »

A la seconde où Mot-pour-mot parla, maman se retourna d'un bloc et s'efforça de cacher à quel point elle s'était énervée. Alvin en profita aussitôt pour essayer d'exercer un charme calmant sur elle — de la main droite, qu'elle ne pouvait pas apercevoir, parce que si jamais elle le surprenait en train de lui jeter un sort, elle lui casserait le bras, une menace à laquelle Alvin junior croyait dur comme fer. Sans toucher, un charme calmant marchait moins bien, mais comme maman désirait à toutes forces *avoir l'air* calme devant Mot-pour-mot, il opéra quand même.

« Faudrait pas qu'ça vous dérange, dit-elle.

— Pas du tout, Dame Fidelity. Je fais si peu en retour de votre gentillesse.

— Si peu ! » L'agressivité avait presque disparu de la voix de maman à présent. « Eh ben, mon mari dit qu'vous abattez le travail de deux hommes. Et quand vous racontez des histoires aux p'tits, y a plusse de paix et de tranquillité dans c'te maison que j'en ai jamais connu depuis… depuis *toujours*. »

Elle se retourna vers Alvin, mais désormais sa colère était plus jouée que réelle. « Tu feras c'que te dit Mot-pour-mot, et tu viendras bien vite à l'église ?

— Oui, m'man. Aussi vite que j'peux.

— Alors, c'est d'accord. Merci beaucoup, Mot-pour-mot. Si vous arrivez à faire obéir ce drôle, vous aurez mieux réussi qu'tous ceux qu'ont essayé depuis qu'il sait parler.

— C'est un p'tit morveux, dit Mary dans le couloir.

— Tais-toi donc, Mary, lui jeta maman, si tu veux pas que j'te ferme la bouche en t'remontant la lèvre du bas pour t'la coudre sus l'nez. »

Alvin poussa un soupir de soulagement. Quand maman faisait des menaces impossibles, ça voulait dire que la colère l'avait quittée. Mary redressa le menton et fila du couloir d'un air indigné, mais Alvin ne s'en inquiéta même pas. Il fit un grand sourire à Mot-pour-mot, qui le lui rendit.

« On a du mal à s'habiller pour aller à l'église, mon gars ? lui demanda-t-il.

— J'aimerais mieux m'habiller dans du lard et traverser un troupeau d'ours affamés.

— Plus de gens survivent à l'église qu'à une rencontre avec des ours.

— Pas beaucoup plusse. »

Bientôt, il fut habillé. Mais il réussit à convaincre Mot-pour-mot de prendre le raccourci, c'est-à-dire de couper à travers bois par la colline derrière la maison, au lieu de faire le tour par la route. Comme il faisait très froid dehors, qu'il n'avait pas plu depuis un moment et qu'il n'était pas encore près de neiger, il n'y aurait pas de boue et maman ne se douterait de rien. Et ce que maman ignorait ne risquait pas de nuire à Alvin.

« J'ai remarqué, dit Mot-pour-mot tandis qu'ils gravissaient la pente couverte de feuilles, que ton père n'a pas accompagné ta mère, Cally et les filles.

— Il va pas à cette église-là, dit Alvin. Il tient l'révérend Thrower pour un crétin. 'videmment, il dit pas ça quand m'man est là.

— J'imagine que non. »

Ils s'arrêtèrent en haut de la colline pour porter leurs regards vers la maison de Dieu, de l'autre côté des prairies ouvertes en contrebas. La colline de l'église, elle, dissimulait la ville de Vigor Church à la vue. La gelée sur l'herbe brune de l'automne commençait juste à fondre, si bien que l'église faisait comme une tache plus blanche dans un monde de blancheur; sous les rayons solaires qui l'illuminaient, on aurait dit un second soleil. Alvin voyait des chariots qui arrivaient encore pour se ranger, et des chevaux qu'on attachait à des piquets dans le pré. S'ils se dépêchaient, ils arriveraient sans doute à leurs places avant que le révérend Thrower n'ait entonné l'hymne.

Mais Mot-pour-mot n'avait pas l'air de vouloir redescendre la colline. Il s'assit simplement sur une souche et se mit à réciter un poème. Alvin écouta de toutes ses oreilles, parce que les poèmes de Mot-pour-mot étaient souvent très prenants.

> « *Comme au Jardin d'Amour je m'en étais allé,*
> *A mes yeux s'est offerte une chose nouvelle :*
> *On avait construit au milieu une chapelle,*
> *Sur la pelouse où d'habitude je jouais.*
>
> *Et les grilles de cette chapelle étaient closes,*
> *Et sur la porte était inscrit "Tu ne dois pas",*
> *Lors je me suis tourné vers le Jardin d'Amour,*
> *Où poussaient tant de suaves fleurs.*
>
> *Et j'ai vu qu'il était envahi par des tombes,*
> *Et que des dalles funéraires avaient pris la place des fleurs :*
> *Et des prêtres en robe noire menaient leurs rondes,*
> *Liant avec des ronces mes joies et mes désirs*[1]. »

Oh, Mot-pour-mot avait un talent, pour ça oui, car à mesure qu'il récitait, le monde se transformait sous les yeux d'Alvin. Les prés et les arbres prenaient les allures les plus exubérantes du printemps, riches de verts-jaunes éclatants et de dix mille floraisons, et le blanc de la chapelle au beau milieu n'étincelait plus mais rappelait la teinte crayeuse, douteuse, des vieux ossements. « *Liant avec des ronces mes joies et mes désirs*, répéta Alvin. T'en as rien à faire, d'la religion.

— Je respire la religion par tous mes pores, affirma Mot-pour-mot. J'attends désespérément des visions, je cherche les traces de la main de Dieu. Mais en ce monde je rencontre plus souvent les traces de l'autre. Une traînée visqueuse et luisante qui me brûle quand je la touche. Dieu se fait plutôt distant, ces temps-ci, Al junior, mais Satan, lui, ne craint pas de descendre visiter l'homme dans sa fange.

---

1. Extrait de *Chants d'expérience* de William Blake. Traduction de Pierre Leyris. Aubier-Flammarion, 1974.

— Thrower, il dit qu'son église, c'est la maison de Djeu. »

Mot-pour-mot, assis sur sa souche, garda longuement le silence.

Alvin finit par lui poser franchement la question : « T'as vu des traces du djab' dans l'église ? »

Au fil des jours, depuis que Mot-pour-mot logeait chez eux, Alvin avait pu se rendre compte qu'il ne mentait jamais vraiment. Mais quand il ne voulait pas se faire piéger par la vérité, il disait un poème. Il se mit à en réciter un :

« O Rose, tu languis.
L'invisible ver
Qui vole dans la nuit
Et le vent hurleur

A trouvé ta couche
De joie cramoisie,
Sombre amour caché
Qui ronge ta vie[1]. »

Ce genre de réponse détournée avait le don d'exaspérer Alvin. « Si c'est pour entendre quèque chose que j'comprends pas, j'peux tout aussi bien lire Isaïe.

— Ça me flatte l'oreille, mon garçon, que tu me compares au plus grand des prophètes.

— Il est pas si bon prophète que ça, si personne arrive à comprendre c'qu'il a écrit.

— Il voulait peut-être qu'on devienne tous prophètes.

— J'suis contre les prophètes, annonça Alvin. A ce qui m'semble, ils finissent eux aussi par mourir comme tout l'monde. » C'était quelque chose qu'il avait entendu son père dire.

« Tout le monde finit par mourir, fit Mot-pour-mot. Mais certains morts continuent de vivre dans les mots qu'ils ont écrits.

— On peut jamais faire confiance aux mots. Tu vois, quand je *fais* un objet, eh ben, c'est rien d'autre que l'objet que j'ai fait. Par exemple quand j'fabrique un panier. C'est un panier. Quand il s'casse, eh ben, c'est un

1. Voir note précédente.

« J'ai attendu une véritable vision toute ma vie, Al junior, et toi tu viens d'en avoir une, ici, en plein jour... »

Page 130.

panier cassé. Mais quand j'dis des mots, ils peuvent complètement se déformer. Thrower peut reprendre mes mots et les retourner pour leur donner un autre sens qu'est exactement l'contraire de c'que j'ai dit.

— Considère ça d'une autre façon, Alvin. Quand tu fabriques un panier, ce n'est jamais rien de plus qu'un seul et unique panier. Mais quand tu dis des mots, ils peuvent être répétés à l'infini et réchauffer les cœurs de gens vivant à mille milles du lieu où tu les as prononcés pour la première fois. Les mots peuvent grandir, alors que les choses ne sont jamais plus que ce qu'elles sont. »

Alvin essaya de se représenter l'idée et, maintenant que Mot-pour-mot venait de l'énoncer, l'image se forma facilement dans son esprit. Des mots aussi invisibles que l'air, sortant de la bouche de son compagnon et se propageant d'une personne à l'autre. Gagnant à chaque fois de l'ampleur, mais toujours invisibles.

Puis, d'un coup, la vision se modifia. Il vit les mots qui sortaient de la bouche du pasteur, comme un frémissement dans l'air, qui se propageaient et s'infiltraient partout… et soudain ce fut son cauchemar, le rêve terrible qui le poursuivait, éveillé comme endormi, et qui lui transperçait le cœur jusqu'à l'épine dorsale au point qu'il en croyait mourir. Le monde envahi par un *néant* invisible et frissonnant qui s'infiltrait partout pour détruire. Alvin le voyait, qui roulait vers lui comme une monstrueuse boule de plus en plus énorme. Il savait, par tous ses cauchemars antérieurs, que même s'il serrait les poings ça s'amenuiserait pour s'insinuer entre ses doigts, et que même s'il fermait la bouche et les yeux ça se plaquerait sur sa figure pour s'introduire dans son nez, ses oreilles et…

Mot-pour-mot le secoua. Brutalement. Alvin ouvrit les paupières. Le frémissement dans l'air battit en retraite aux limites de sa vision. C'était comme ça qu'Alvin le voyait la plupart du temps, en attente, presque hors de vue, prudent comme une belette, prêt à s'esquiver dès qu'il tournerait la tête. « Qu'est-ce qui t'arrive, petit ? » demanda Mot-pour-mot. Son visage avait une expression effrayée.

« Rien.

— Ne me dis pas ça. D'un seul coup, j'ai vu la peur te gagner, comme si tu avais une vision terrible.

— C'était pas une vision, dit Alvin. Une fois j'ai eu une vision, alors j'connais.

— Oh ? fit Mot-pour-mot. C'était quoi, ta vision ?

— Un homme-lumière. J'l'ai jamais dit à personne, et c'est pas asteure que j'vais commencer. »

Mot-pour-mot n'insista pas. « Ce que tu viens de voir, là, si ce n'était pas une vision, c'était quoi, alors ?

— Rien. » C'était la vérité ; pourtant il savait aussi que ce n'était pas une réponse. Mais il ne *voulait pas* répondre. A chaque fois qu'il en parlait, on se fichait de lui, on prétendait qu'il faisait l'enfant pour des riens.

Mais Mot-pour-mot n'allait pas le laisser ignorer sa question. « J'ai attendu une véritable vision toute ma vie, Al junior, et toi, tu viens d'en avoir une, ici, en plein jour, les yeux grands ouverts, tu as vu quelque chose de si terrible que tu t'es arrêté de respirer. Alors dis-moi ce que c'était.

— J'te l'ai déjà dit ! C'était rien ! » Puis, plus doucement : « C'est rien, mais j'le vois. Comme si l'air tremblotait partout où ça s'promène.

— C'est rien, mais ce n'est pas invisible ?

— Ça rentre partout. Ça rentre dans les plus p'tites fentes et ça démolit tout. Ça tremble et ça tremble jusqu'à ce qu'il reste pus rien que d'la poussière ; j'veux l'empêcher d'approcher, mais ça devient de pus en pus gros, ça roule par-dessus tout, on dirait qu'ça va recouvrir le ciel et la terre. » Alvin ne pouvait plus se retenir. Il frissonnait de froid, bien qu'aussi emmitouflé qu'un ours.

« Combien de fois tu as déjà vu ça ?

— Depuis toujours, j'crois bien. Ça m'arrive par moments. La plupart du temps, il suffit que j'pense à aut' chose, et ça reste à l'écart.

— Où donc ?

— A l'écart. Où je l'vois pas. » Alvin s'agenouilla, puis s'assit, épuisé. S'assit à même l'herbe humide, dans son pantalon du dimanche, mais il s'en rendit à peine compte. « Quand t'as parlé des mots qui s'répétaient et s'en allaient au loin, ça m'a fait le revoir.

— Un rêve qui revient avec insistance cherche à te dire la vérité », lui affirma Mot-pour-mot.

Le vieil homme manifestait une telle passion pour toute cette affaire qu'Alvin se demanda s'il comprenait vraiment combien ça faisait peur. « C'est pas une de tes histoires, Mot-pour-mot.

— C'en sera une, fit-il, dès que j'aurai compris. »

Puis il s'assit auprès de lui et réfléchit longuement en silence. Alvin attendait en triturant de l'herbe avec les doigts. Au bout d'un moment, il s'impatienta. « P't-être que tu peux pas tout comprendre, dit-il. C'est p't-être que j'suis malade dans ma tête. P't-être que j'ai des crises de folie.

— Attends, fit Mot-pour-mot, sans même s'être aperçu qu'Alvin venait de parler. Je pense que j'ai trouvé un sens à tout ça. Je vais t'expliquer, on va voir si c'est plausible. »

Alvin n'aimait pas qu'on l'ignore. « Ou p't-être que c'est *toi* qu'as des crises de folie, t'as pensé à ça, Mot-pour-mot ? »

Mot-pour-mot balaya d'un geste l'hypothèse d'Alvin. « Tout l'univers n'est qu'un rêve dans l'esprit de Dieu ; tant qu'il est endormi, il y croit et les choses demeurent réelles. Ce que tu vois, toi, c'est le réveil du Seigneur qui sort petit à petit de son sommeil, un réveil qui chasse le rêve et défait l'univers ; un jour, Dieu finira par s'asseoir et se frotter les yeux en disant : "Hou, quel rêve ! j'aimerais bien me rappeler ce que c'était." Au même instant on aura tous disparu. » Il regarda Alvin d'un œil anxieux. « Qu'est-ce que tu en penses ?

— Si c'est c'que tu crois, Mot-pour-mot, alors t'es un vrai couillon, comme le dit Armure-de-Dieu.

— Oh, il dit ça, hein ? » Sa main jaillit soudain et saisit le poignet de l'enfant. Surpris, Alvin lâcha ce qu'il tenait. « Non ! Ramasse-le ! Regarde ce que tu faisais !

— J'faisais arien que m'amuser, bon d'là ! »

Mot-pour-mot tendit la main et ramassa ce qu'Alvin avait laissé tomber. C'était un minuscule panier, de moins d'un pouce de large, fait de brins d'herbe d'automne. « Tu viens de faire ça, à l'instant.

— On dirait bien.

— Pourquoi tu l'as fait ?

— Comme ça.

— Sans même y penser ?

— C'est pas fameux, comme panier, t'sais. J'en faisais pour Cally. Il appelait ça des paniers à insectes quand il était p'tit. Ils s'défont tout d'suite.

— Tu as eu une vision de *rien*, et après il a fallu que tu fasses *quelque chose*. »

Alvin regarda le panier. « Ça s'pourrait.

— Tu fais toujours ça ? »

Alvin repensa aux autres visions qu'il avait eues du frémissement dans l'air. « J'fais toujours des affaires, dit-il. C'est pas très important.

— Mais tu ne te sens pas bien tant que tu ne fais rien. Après ta vision, tu ne retrouves la paix que si tu assembles quelque chose.

— P't-être que j'ai b'soin de travailler pour aller mieux.

— Oui, mais ce n'est pas simplement le fait de travailler, pas vrai, petit ? Couper du bois, ça ne suffit pas. Ramasser les œufs, porter l'eau, couper de l'herbe, ça ne te soulage pas. »

Alvin commençait à saisir l'idée de Mot-pour-mot. Il avait vu juste, aussi loin qu'il se rappelait. Quand il se réveillait la nuit après ce genre de rêve, il n'arrêtait pas de se tortiller jusqu'à ce qu'il ait tressé quelque chose, ou empilé une meule de foin, ou réalisé une poupée avec des spathes de maïs pour une des nièces. Même chose lorsque la vision survenait en cours de journée — il n'arrivait à rien, quelle que soit la tâche qu'on lui avait assignée, jusqu'à ce qu'il ait fabriqué quelque chose qui n'existait pas avant, quand bien même ce n'était qu'un tas de cailloux ou un bout de mur en pierres.

« C'est vrai, n'est-ce pas ? Tu fais ça à chaque fois, hein ?

— La plupart du temps.

— Alors je vais te dire le nom de ce rien. C'est le Défaiseur.

— Jamais entendu causer, dit Alvin.

— Moi non plus, jusqu'à aujourd'hui. C'est parce qu'il aime garder sa présence secrète. Il est l'ennemi de tout ce qui existe. Ce qu'il veut, c'est tout mettre en morceaux, et casser ces morceaux en morceaux, jusqu'à ce qu'il ne reste plus rien de rien.

— Si on casse quèque chose en morceaux et qu'on casse encore les morceaux en morceaux, on n'arrive pas à *rien*, dit Alvin. On a juste plein de p'tits morceaux.

— Tais-toi et écoute cette histoire », dit Mot-pour-mot.

Alvin avait l'habitude de l'entendre prononcer cette phrase. Il la lui disait plus souvent qu'à n'importe qui d'autre, y compris les neveux.

« Je ne parle pas du bien et du mal, dit Mot-pour-mot. Le diable lui-même ne peut pas se permettre de tout détruire, hein ? sinon il cesserait d'exister comme le reste. Les créatures les plus mauvaises ne souhaitent pas que tout soit détruit ; ce qu'elles désirent, c'est exploiter les choses à leur profit. »

Alvin n'avait encore jamais entendu le mot exploiter, mais il le trouvait désagréable à l'oreille.

« Dans la grande guerre opposant le Défaiseur à tout le reste, Dieu et le diable devraient donc se trouver du même bord. Mais le diable n'est au courant de rien, alors la plupart du temps il sert le Défaiseur.

— Tu veux dire que l'djab', y s'bat contre lui-même ?

— Mon histoire ne concerne pas le diable », dit Mot-pour-mot. Il était obstiné comme la pluie quand une histoire lui venait. « Dans la grande guerre contre le Défaiseur de ta vision, tous les hommes et toutes les femmes du monde devraient s'allier. Mais cet ennemi formidable reste invisible et personne ne se doute qu'on le sert sans le savoir. On ne se rend pas compte que la guerre est la servante du Défaiseur parce qu'elle détruit tout ce qu'elle touche. On ne comprend pas que l'incendie, le meurtre, le crime, la cupidité et la concupiscence brisent les liens fragiles qui font des êtres humains des nations, des villes, des familles, des amis et des personnes.

— Tu dois sûr'ment être prophète, fit Alvin junior, par rapport que j'ai rien compris à c'que t'as dit.

— Un prophète… murmura Mot-pour-mot ; mais ce sont tes yeux qui ont vu. Maintenant je connais le supplice d'Aaron : dire la vérité sans en avoir jamais la vision soi-même.

— T'en fais toute une affaire, de mes cauchemars. »

Mot-pour-mot garda le silence, assis par terre, morose, les coudes sur les genoux, le menton appuyé sur les paumes des mains. Alvin essaya de comprendre de quoi l'homme parlait. Une chose était certaine, ce qu'il voyait dans ses mauvais rêves ne ressemblait à rien, alors parler du Défaiseur comme d'une personne, c'était sans doute pour faire poétique. Mais peut-être que c'était vrai, peut-être que le Défaiseur n'était pas le simple fruit de son imagination, peut-être qu'il existait réellement et qu'il n'y avait qu'Al junior à pouvoir le distinguer. Peut-être qu'il menaçait le monde d'un terrible danger et qu'Alvin avait pour tâche de le combattre, de le repousser, de le tenir en échec. Ce qui était sûr, c'est que lorsque le rêve venait le tourmenter, Alvin ne le supportait pas, il voulait le chasser. Mais il n'avait aucune idée de la manière de s'y prendre.

« Mettons que j'te croye, dit-il. Mettons qu'il existe une chose comme le Défaiseur. J'peux rien y faire du tout, moi. »

Un sourire s'étendit lentement sur le visage de Mot-pour-mot. Il se pencha d'un côté et se libéra une main qui descendit doucement vers le sol pour ramasser le petit panier à insectes gisant dans l'herbe. « Et ça, ça ressemble à rien du tout ?

— C'est que des brins d'herbe.

— *C'étaient* des brins d'herbe, rectifia Mot-pour-mot. Et si tu le cassais, ce seraient à nouveau des brins d'herbe. Mais maintenant, à l'instant présent, c'est plus que ça.

— Rien qu'un p'tit panier à insectes.

— Quelque chose que tu as fait.

— Ben, c'est sûr que l'herbe, elle pousse pas comme ça.

— Et quand tu l'as fait, tu as refoulé le Défaiseur.

— Pas beaucoup, dit Alvin.

— Non, fit Mot-pour-mot. Mais en fabriquant un seul petit panier à insectes. Rien qu'avec ça, tu l'as refoulé. »

Tout s'assembla dans la tête d'Alvin. Toute l'histoire que Mot-pour-mot essayait de lui dire. Alvin connaissait des tas de contraires dans le monde : bon et mauvais, clair et sombre, libre et esclave, amour et haine. Mais, plus sournois, il y avait aussi le faire et le défaire. Si sournois que presque personne ne remarquait que c'était le contraire le plus important de tous. Lui, Alvin, il l'avait remarqué, en conséquence le Défaiseur devenait son ennemi. Voilà pourquoi le Défaiseur le poursuivait dans son sommeil. Après tout, Alvin avait un talent. Le talent d'ordonner les choses, de leur donner leurs formes légitimes.

« J'crois que c'est c'que voulait dire ma *vraie* vision, dit Alvin.

— Tu n'es pas obligé de me parler de l'homme-lumière, dit Mot-pour-mot. Je ne cherche jamais à m'occuper de ce qui ne me regarde pas.

— Tu veux dire que tu l'fais seulement par hasard ? » glissa Alvin.

C'était le genre de réflexion qui lui valait une calotte à la maison, mais Mot-pour-mot se contenta de rire.

« J'avais fait quelque chose de mal et je l'savais même pas, reprit Alvin. L'homme-lumière est venu au pied d'mon lit, et il a commencé par m'envoyer une vision de c'que j'avais fait, comme ça j'connaissais que c'était mal. Autant te dire que j'ai pleuré, d'connaître que j'étais si méchant. Mais après, il m'a montré à quoi servait mon talent, et je m'rends bien compte asteure que c'est d'ça que tu m'parles, toi aussi. J'ai vu une pierre que j'sortais d'une montagne, elle était ronde comme une boule, et quand je l'ai regardée tout près, j'ai reconnu un monde avec des forêts, des bêtes, des océans, des poissons et tout. C'est à ça qu'sert mon talent, à essayer d'mettre les affaires en ordre. »

Les yeux de Mot-pour-mot brillaient. « L'homme-lumière t'a envoyé une vision de ce genre, dit-il. Je donnerais ma vie pour en recevoir une pareille.

— C'est par rapport que je m'suis servi d'mon talent pour faire du mal aux autres, pour mon seul plaisir, dit Alvin. Alors j'ai fait une promesse, le vœu le pus solennel de toute ma vie, que j'employerais jamais mon talent pour mon compte. Seulement pour les autres.

— Une bonne promesse, dit Mot-pour-mot. J'aimerais que tous les hommes et les femmes de cette terre fassent le même serment et le tiennent.

— Toujours est-y, c'est comme ça que j'connais que le... le Défaiseur, c'est pas une vision. L'homme-lumière, c'était pas une vision non pus. Ce qu'il m'a *montré*, alors ça, oui, c'était une vision; mais lui, au pied d'mon lit, il était réel.

— Et le Défaiseur ?

— Réel de même. C'est pas que dans ma tête que j'le vois, il est là. »

Mot-pour-mot acquiesça sans quitter des yeux le visage de l'enfant.

« Faut que j'fabrique des affaires, dit Alvin. Pus vite qu'il peut les détruire.

— Personne ne peut les fabriquer assez vite pour ça. Si tous les hommes du monde transformaient la Terre en millions de millions de millions de briques pour édifier un mur à chacun des jours de leur vie, le mur s'écroulerait plus vite qu'ils ne le bâtiraient. Des pans du mur s'effondreraient avant même d'être construits.

— Alors ça, c'est idiot, fit Alvin. Un mur peut pas s'effondrer avant qu'on l'a construit.

— S'ils travaillent assez longtemps, leurs briques s'effriteront en cendre quand ils les saisiront, leurs mains pourriront, la chair se détachera de leurs os comme du limon gluant, jusqu'à ce que brique, chair et os pulvérisés ne forment plus qu'une seule et même poussière indistincte. Puis le Défaiseur éternuera et la poussière se dispersera à l'infini, si bien qu'il sera impossible de la rassembler à nouveau. L'univers sera froid, figé, silencieux, sombre, et le Défaiseur enfin tranquille. »

Alvin s'efforçait de trouver un sens à ce que lui disait Mot-pour-mot. Il procédait de même à chaque fois que Thrower parlait de religion à l'école, aussi la démarche lui paraissait-elle plus ou moins dangereuse. Mais il ne pouvait pas s'en empêcher, pas plus que de poser des questions au risque de s'attirer la colère des gens.

« Si tout s'casse pus vite qu'on l'fabrique, alors comment ça s'fait que c'est encore là ? Pourquoi il a pas encore gagné, le Défaiseur ? Qu'esse qu'on fait icitte ? »

Mot-pour-mot n'était pas le révérend Thrower. Les questions d'Alvin ne le mirent pas en colère. Il ne fit que froncer les sourcils et secouer la tête. « Je ne sais pas. Tu as raison. On ne *peut pas* être ici. Notre existence est impossible.

— Dis donc, *on y est,* icitte, au cas où tu l'aurais pas remarqué. C'est quoi, cette espèce d'histoire idiote, alors qu'il suffit de s'regarder tous les deux pour connaître que c'est pas vrai ?

— Elle pose des problèmes, je le reconnais.

— J'pensais qu'tu racontais que des histoires que tu croyais.

— J'y ai cru en la racontant. »

Mot-pour-mot avait l'air si triste qu'Alvin tendit la main et la posa sur son épaule, sans être certain, vu l'épaisseur du manteau et la petitesse de sa main, que son compagnon s'en aperçoive. « J'y ai cru, moi aussitte. En partie. Pendant un moment.

— Alors c'est qu'elle contient *une part* de vérité. Peut-être pas beaucoup, mais un peu. » Mot-pour-mot semblait soulagé.

Mais Alvin ne pouvait en rester là. « Suffit pas qu'tu croyes pour qu'ce soye vrai, alors. »

Les yeux de Mot-pour-mot s'agrandirent. Cette fois, ça y est, se dit Alvin. Cette fois, j'l'ai mis en colère, comme pour Thrower. Je fais pareil avec tout le monde. Il ne fut donc pas surpris quand Mot-pour-mot tendit les bras, lui prit le visage entre les mains et lui parla avec force comme pour lui enfoncer ses paroles profondément dans le crâne : « Tout ce qu'il est possible de croire est une image de la vérité. »

Et les mots le pénétrèrent, véritablement, et il les comprit, bien qu'incapable d'exprimer ce qu'il comprenait. *Tout ce qu'il est possible de croire est une image de la vérité*. Si ça me paraît vrai, alors c'est que ça l'est en partie ; sans doute pas complètement, mais en partie. Et si j'y réfléchis dans ma tête, alors je saurai peut-être quelles parties sont vraies, lesquelles sont fausses, et…

Et Alvin comprit autre chose. Toutes ses discussions avec Mot-pour-mot aboutissaient à ceci : lorsque quelque chose n'avait manifestement aucun sens pour lui, il n'y croyait pas, et toutes les citations de la Bible ne pouvaient le convaincre. Voici maintenant que Mot-pour-mot lui apprenait qu'il *avait raison* de refuser de croire ce qui n'avait aucun sens. « Mot-pour-mot, ça veut-y dire que c'que je crois *pas* peut *pas* être vrai ? »

Le conteur haussa les sourcils et répondit par un autre proverbe : « On ne peut faire comprendre la vérité à qui n'y croit pas. »

Alvin en avait soupé, des proverbes. « Pour une fois, parle clairement !

— Dire un proverbe, c'est énoncer clairement la vérité, mon garçon. Je refuse d'adapter un proverbe, de le déformer pour un esprit embrouillé.

— Dis donc, si j'ai l'esprit embrouillé, c'est bien d'ta faute. Avec tes histoires de briques qui s'effritent quand l'mur, il est pas 'core debout…

— Tu n'y as pas cru ?

— Si, p't-être. M'est avis que si j'me mets à tresser toute l'herbe du pré pour faire des paniers à insectes, avant que j'arrive à l'aut' bout elle aura déjà toute séché et pourri, et il en restera pus rien. J'pense que si j'veux prendre tous les arbres d'icitte à la Noisy River pour en faire des granges, ils seront tous morts et tombés avant que j'arrive au dernier. On construit pas une maison avec des rondins pourris.

— J'allais dire : "L'homme ne construit rien de durable avec de l'éphémère." Telle est la loi. Mais à ta manière, tu as énoncé le proverbe s'appliquant à la loi : "On ne construit pas une maison avec des rondins pourris."

— J'ai dit un proverbe, moi ?

— Et quand on rentrera, je l'écrirai dans mon livre.

— Dans les pages qui sont fermées ? » demanda Alvin. Il se souvint alors qu'il ne connaissait le livre que parce qu'un soir, très tard, il avait jeté un coup d'œil par une fente du plancher et vu l'hôte de la chambre en-dessous qui écrivait à la lueur d'une bougie.

Mot-pour-mot posa sur lui un regard pénétrant. « J'espère que tu n'as jamais essayé de conjurer la fermeture pour l'ouvrir. »

Alvin était vexé. Il regardait peut-être par les fentes du plancher, mais jamais il n'entrerait en douce dans une chambre. « T'as pas envie que j'lise ces pages, ça m'suffit, ça vaut toutes les fermetures, et si tu connais pas ça, alors t'es pas mon ami. Je fourre pas mon nez dans tes secrets.

— Mes secrets ? » Mot-pour-mot éclata de rire. « Je ferme cette dernière partie parce que je la réserve à mes écrits personnels, et je ne veux pas que quelqu'un d'autre y écrive aussi.

— C'est dans la première partie qu'ils écrivent, les autres ?

— Oui.

— Et ils écrivent quoi ? J'peux y écrire, moi ?

— Ils écrivent une phrase sur la chose la plus importante qu'ils ont faite ou vue de leurs propres yeux. Cette seule phrase me suffit ensuite pour me rappeler leur histoire. Alors, quand je me trouve dans une autre ville, une autre maison, j'ouvre le livre, je lis la phrase et je raconte l'histoire. »

Une perspective extraordinaire vint à l'esprit d'Alvin. Mot-pour-mot avait vécu avec Ben Franklin, non ? « Est-ce que Ben Franklin a écrit dans ton livre ?

— La toute première phrase.

— La chose la plus importante qu'il a jamais faite ?

— Tout juste.

— Alors, *c'était quoi ?* »

Mot-pour-mot se releva. « Rentre à la maison avec moi, mon garçon, et je te montrerai. En cours de route, je te raconterai l'histoire pour expliquer ce qu'il a écrit. »

Alvin bondit promptement sur ses pieds, agrippa le vieil homme par sa lourde manche et le traîna littéralement en direction du sentier qui redescendait vers la maison. « Ben viens-t'en, alors ! » Il ignorait si Mot-pour-mot avait décidé de ne pas aller à l'église ou s'il avait complètement oublié qu'ils était censés s'y rendre. Quelle qu'en soit la raison, Alvin était drôlement content du résultat. Un dimanche sans église du tout, c'était un dimanche qui valait d'être vécu. Ajoutez à ça les histoires de Mot-pour-mot et l'écriture véritable du Faiseur Ben dans un livre : la journée s'annonçait proche de la perfection.

« Inutile de se presser, mon gars. Je ne vais pas mourir avant midi, pas plus que toi, et ça prend le temps nécessaire, de raconter une histoire.

— C'est quèque chose qu'il a fait ? demanda Alvin. La chose la plus importante ?

— Pour tout dire, oui.

— J'en étais sûr ! Les lunettes à deux verres ? Le fourneau ?

— Les gens lui répétaient tout le temps : Ben, vous êtes un vrai Faiseur. Mais lui, il le niait toujours. Tout comme il niait être un sorcier. Je n'ai aucun talent pour les pouvoirs occultes, disait-il. Je prends des éléments ici et là, et je les assemble d'une meilleure façon. Les fourneaux existaient avant que je fasse le mien. Les lunettes aussi, avant que je fabrique les miennes. Je n'ai jamais vraiment rien fait de toute ma vie, rien qui porte l'empreinte du véritable Faiseur. Je vous apporte des lunettes à deux verres, mais un Faiseur, lui, vous procurerait de nouveaux yeux.

— Il s'figurait qu'il avait jamais rien fait ?

— Je lui ai posé la question une fois. Le jour même où j'ai commencé mon livre. Je lui ai demandé : "Ben, quelle est la chose la plus importante que vous ayez faite ?" Et il m'a répondu ce que je viens de te dire, qu'il n'avait jamais vraiment fait quoi que ce soit. Alors j'ai insisté : "Ben, vous ne croyez pas ce que vous dites, et moi non plus." Et il m'a avoué : "Bill, vous m'avez percé à jour. Il y a une chose que j'ai faite, la plus importante de ma vie, et la plus importante que j'aie jamais vue." »

Mot-pour-mot se tut pour descendre la colline en traînant les pieds dans les feuilles qui bruissaient très fort sous ses semelles.

« Alors, c'est quoi ?

— Tu ne veux pas attendre d'être rentré et de le lire toi-même ? »

Alvin se mit vraiment en colère, plus qu'il n'en avait l'intention. « J'ai horreur de ça, quand on connaît quèque chose et qu'on l'dit pas !

— Pas besoin de monter sur tes grands chevaux, garçon. Je vais te le dire. Ce qu'il a écrit, c'est : *La seule chose que j'aie véritablement faite, ce sont les Américains.*

— Ç'a pas de sens. Les Américains, ils *naissent.*

— Tu ne vois pas, Alvin ? Les *bébés* naissent. En Angleterre de la même manière qu'en Amérique. Ce n'est donc pas le fait de naître qui les rend Américains. »

Alvin y réfléchit une seconde. « C'est d'naître *en Amérique.*

— Bon, c'est assez juste. Mais il y a une cinquantaine d'années, un bébé né à Philadelphie n'était jamais tenu pour un Américain. C'était un bébé de Pennsylvanie. Et les bébés nés à La Nouvelle-Amsterdam étaient des Knickerbockers, les bébés nés à Boston des Yankees et ceux nés à Charleston des Jacobiens, des Cavaliers ou je ne sais quoi.

— C'est toujours comme ça, fit remarquer Alvin.

— C'est vrai, mon garçon, mais ils sont aujourd'hui quelque chose de plus. Le vieux Ben pensait que tous ces noms nous divisaient en Virginiens, Orangistes et Rhode-Islandais, en Blancs, Rouges et Noirs, en quakers, papistes, puritains et presbytériens, en Hollandais, Suédois, Français et Anglais. Le vieux Ben se rendait compte qu'un Virginien ne pouvait jamais faire entièrement confiance à un habitant du Netticut, ni un Blanc se fier à un Rouge, parce qu'ils étaient *différents*. Il s'est dit : si tous ces noms nous séparent, pourquoi pas un autre qui nous rassemblerait ? Il fit défiler des tas de noms dont on se servait déjà. Coloniaux, par exemple. Mais ça ne lui plaisait pas de nous appeler collectivement de ce nom-là parce qu'il nous rattachait toujours à l'Europe ; d'ailleurs, les Rouges ne sont pas des Coloniaux, que je sache ! Ni les Noirs : ils sont arrivés comme esclaves. Tu vois la difficulté ?

— Il voulait un même nom qu'on pourrait tous partager, dit Alvin.

— Tout juste. On avait tous une chose en commun. On vivait tous sur le même continent. L'Amérique du Nord. Alors il a songé à nous nommer les Nord-Américains. Mais c'était trop long. Donc...

— Américains.

— C'est un nom qui s'applique au pêcheur qui vit sur la côte découpée de West Anglia autant qu'au baron qui règne sur ses esclaves dans le sud-ouest de Dryden. Il s'applique au chef mohawk d'Irrakwa comme au commerçant knickerbocker de La Nouvelle-Amsterdam. Le vieux Ben savait que si on décidait tous de se considérer comme des Américains, on deviendrait une nation. Pas simplement un territoire d'un quelconque pays usé de la vieille Europe, mais une seule et unique nation dans un monde neuf. Il s'est donc mis à employer ce mot dans tous ses écrits. L'Almanach du bonhomme Richard regorgeait d'Américains par-ci et d'Américains par-là. Et le vieux Ben entretenait une correspondance considérable, dans laquelle il disait par exemple : "Les conflits engendrés par les revendications territoriales constituent un problème qu'il appartient aux Américains de résoudre ensemble" ; "Les Européens ne peuvent absolument pas comprendre de quoi les Américains ont besoin pour survivre" ; "Pourquoi les Américains devraient-ils mourir pour des guerres européennes ?" "Pourquoi les Américains devraient-ils se sentir liés par des précédents européens dans nos cours de justice ?" En l'espace de cinq ans, il ne restait quasiment plus personne, de Nouvelle-Angleterre en Jacobie, qui ne se regardait pas, au moins en partie, comme américain.

— C'était rien d'autre qu'un nom.

— Mais c'est le nom par lequel nous nous désignons. Et il englobe tous ceux de ce continent qui veulent bien l'accepter. Le vieux Ben n'a pas ménagé sa peine pour s'assurer que ce nom regroupait autant de gens que possible. Sans jamais remplir de fonction officielle en dehors de receveur des postes, il a, tout seul, fait d'un nom une nation. Le roi régnait sur les Cavaliers dans le Sud et les hommes du Lord Protecteur gouvernaient la Nouvelle-Angleterre dans le Nord : l'avenir lui apparaissait promis à la guerre et au chaos, avec la Pennsylvanie au beau milieu. Il voulait prévenir cette guerre et il se servait du terme d'"Américain" pour l'écarter. Il a amené les Cavaliers à faire des pieds et des mains pour s'attirer les bonnes grâces de la Pennsylvanie, que de son côté la Nouvelle-Angleterre craignait de froisser. C'est lui qui a fait campagne en faveur d'un Congrès américain qui instaurerait des règles commerciales et uniformiserait les lois agraires.

« Et finalement, poursuivit Mot-pour-mot, juste avant qu'il ne m'invite à venir d'Angleterre, il a rédigé le Contrat Américain qu'il a fait signer aux sept premières colonies. Ça n'a pas été facile, tu sais... Même le nombre d'états signataires a donné lieu à de nombreuses luttes. Les Hollandais se rendaient compte que la plupart des immigrants débarquant en Amérique étaient anglais, irlandais et écossais, et ils ne voulaient pas se faire absorber; alors le vieux Ben leur a permis de diviser les Nouveaux Pays-Bas en trois colonies pour qu'ils aient davantage de voix au Congrès. Et en créant le Suskwahenny à partir du territoire que revendiquaient la Nouvelle-Suède et la Pennsylvanie, il a mis fin à un autre litige.

— Ça fait qu'six états, dit Alvin.

— Le vieux Ben a refusé que le Contrat soit signé tant que l'Irrakwa ne les aurait pas rejoints comme septième Etat, défini par des frontières fixes, où les Rouges se gouverneraient eux-mêmes. Beaucoup de gens tenaient à une nation de Blancs, mais le vieux Ben refusait d'en entendre parler. La seule façon de garantir la paix, disait-il, c'est que tous les Américains se rassemblent sur un pied d'égalité. Voilà pourquoi son Contrat ne tolère pas l'esclavage, ni même le servage. Voilà pourquoi son Contrat ne permet à aucune religion d'avoir autorité sur une autre. Voilà pourquoi son Contrat n'autorise pas le gouvernement à fermer une imprimerie ou interdire qu'on prononce un discours. Blancs, Noirs et Rouges; papistes, puritains et presbytériens; riches, pauvres, mendiants, voleurs... on vit tous avec les mêmes lois. Une seule nation, créée à partir d'un unique mot.

— Américain.

— A présent, tu vois pourquoi il considère cette initiative comme sa plus belle action ?

— Comment ça s'fait qu'y trouvait pas l'Contrat plus important ?

— Le Contrat, ce n'était que les mots. Le terme "américain", c'était l'idée à l'origine des mots.

— Mais il englobe pas les Yankees ni les Cavaliers, et il a pas empêché la guerre non plus ; en Appalachie, ils s'battent toujours contre le roi.

— Mais si, il les englobe, Alvin. Tu te souviens de l'histoire de George Washington à Shenandoah ? Il était Lord Potomac à l'époque, il conduisait la plus grande armée du roi Robert contre cette pauvre bande de pouilleux qui représentait toutes les réserves de Ben Arnold. Il était évident qu'au matin, les Cavaliers de Lord Potomac se rendraient maîtres du fortin et régleraient le sort de l'insurrection montagnarde de libération de Tom Jefferson. Mais Lord Potomac avait combattu aux côtés de ces montagnards durant les guerres contre les Français. Et Tom Jefferson avait jadis été son ami. Au fond de son cœur, il ne supportait pas l'idée de livrer bataille le lendemain. Qu'était donc le roi Robert, pour qu'on doive verser autant de sang en son nom ? Tout ce que voulaient ces rebelles, c'était posséder leurs terres sans que le roi vienne leur imposer des barons pour les accabler d'impôts et les réduire en esclavage comme les Noirs des Colonies de la Couronne. Cette nuit-là, il n'a pas du tout dormi.

— Il priait, fit Alvin.

— C'est comme ça que le raconte Thrower, dit sèchement Mot-pour-mot. Mais personne ne le sait. Et quand il s'est adressé à ses troupes le lendemain matin, il n'a pas du tout parlé de *prière*. Mais il a parlé du nom qu'avait répandu Ben Franklin. Il avait écrit une lettre au roi pour se démettre de son commandement et abandonner son domaine et ses titres. Il ne l'avait pas signée "Lord Potomac", il l'avait signée "George Washington". Il s'est donc levé au matin et s'est présenté devant les soldats royaux en habits bleus pour les informer de ce qu'il avait fait et leur annoncer qu'ils étaient libres de choisir, tous sans exception, entre obéir à leurs officiers et livrer bataille, ou au contraire combattre pour défendre la grande Déclaration de Liberté de Tom Jefferson. Il leur a dit : “Le choix vous appartient, mais pour ma part...” »

Alvin connaissait la phrase, comme tous les hommes, femmes et enfants de ce continent. Elle prenait à présent tout son sens et il s'écria : « ... Mon épée américaine ne versera jamais une goutte de sang américain !

— Ensuite, une fois le plus gros de son armée parti rejoindre les rebelles d'Appalachie avec armes, poudre, chariots et vivres, il a ordonné à l'officier le plus gradé des hommes restés loyaux au roi de l'arrêter. “J'ai rompu le serment que j'avais prêté au roi, il a dit. C'était pour servir une plus grande cause, mais je l'ai néanmoins rompu, et je paierai le prix de ma trahison.” Et il l'a payé, parfaitement, payé par une lame d'épée en travers du cou. Mais combien de personnes en dehors de la cour royale estimaient qu'il s'agissait vraiment d'une trahison ?

— Pas une, fit Alvin.

— Et est-ce que le roi a pu engager une seule bataille contre l'Appalachie depuis ce jour-là ?

— Pas une.

— Aucun soldat sur le champ de bataille de Shenandoah n'était citoyen des Etats-Unis. Aucun d'eux ne vivait sous le Contrat Américain. Et pourtant, quand George Washington a parlé d'épées américaines et de sang américain, ils ont compris que c'était d'eux qu'il s'agissait. Maintenant dis-moi, Alvin junior, s'il avait tort, le vieux Ben, de tenir ce simple mot pour sa plus grande création ? »

Alvin aurait bien répondu, mais au même instant ils parvenaient aux marches de la galerie de la maison ; ils n'avaient pas atteint la porte qu'elle s'ouvrit à la volée devant maman qui s'y encadra pour baisser les yeux sur lui. A l'expression de son visage, Alvin comprit que cette fois il avait des ennuis ; et il en connaissait la raison.

« J'voulais y aller, à l'église, m'man !

— Y a des tas de morts qui voulaient aller au paradis, répondit-elle, et qu'y sont pas allés, eux non plus.

— C'est ma faute, Dame Fidelity, s'interposa Mot-pour-mot.

— J'suis sûre que non, Mot-pour-mot.

— On s'est mis à bavarder, Dame Fidelity, et j'ai bien peur d'avoir distrait votre garçon.

— Cet enfant est né distrait, dit maman sans quitter le visage d'Alvin du regard. Il tient d'son père. Faudrait l'brider, l'seller et monter d'ssus jusqu'à l'église pour être certain qu'il s'y rend bien, et une fois là-bas lui clouer les pieds au plancher, sinon la minute d'après il aurait déjà repassé la porte. Un drôle de dix ans qui déteste le Seigneur, y a d'quoi faire regretter à sa mère de l'avoir un jour mis au monde. »

Ces mots frappèrent Alvin junior droit au cœur.

« C'est une chose terrible à dire », fit Mot-pour-mot. Sa voix était très calme, et maman leva finalement les yeux sur le visage du vieil homme.

« Non, je l'regrette pas, dit-elle enfin.

— J'm'excuse, m'man, fit Alvin junior.

— Entre. J'suis partie de l'église pour v'nir te quérir et on a pus l'temps asteure d'y retourner avant la fin du sermon.

— On a parlé de beaucoup d'affaires, m'man, dit Alvin. D'mes rêves, de Ben Franklin et…

— J'veux rien entendre de tes histoires, le coupa-t-elle, tout c'que j'veux entendre de toi, c'est des hymnes. Puisque t'es pas allé à l'église, tu vas t'assire dans la cuisine avec moi et m'chanter des hymnes pendant que j'prépare le déjeuner. »

Alvin ne réussit donc pas à lire la phrase du vieux Ben dans le livre de Mot-pour-mot, il lui fallut attendre des heures. Maman le força à chanter et à travailler jusqu'au moment du repas. Après quoi papa, ses grands frères et Mot-pour-mot se réunirent pour organiser l'expédition du lendemain qui visait à ramener une meule de la montagne de granit.

« Je l'fais pour vous, dit papa à Mot-pour-mot, alors vaudrait mieux nous accompagner.

— Je ne vous ai jamais demandé de ramener une meule.

— Y a pas un jour depuis qu'vous êtes icitte où vous m'avez pas répété que c'est une honte de voir un aussi joli moulin servir de vulgaire grange, alors qu'les genses du pays manquent de bonne farine.

— Je ne l'ai dit qu'une seule fois, autant que je me rappelle.

— Bon, possible, admit p'pa, mais à chaque fois que j'vous vois, j'repense à c'te meule.

— C'est parce que vous regrettez encore qu'elle n'ait pas été là quand vous m'avez jeté à terre, l'autre jour.

— Il le regrette pas ! s'écria Cally. Par rapport qu'autrement tu s'rais mort ! »

Mot-pour-mot se contenta de sourire, imité par papa. Et ils continuèrent de causer de choses et d'autres. Ensuite les épouses amenèrent neveux et nièces pour le dîner dominical, et ils poussèrent Mot-pour-mot à chanter tant de fois la Chanson du Rire qu'Alvin se crut prêt à hurler s'il entendait encore un seul refrain de *Ha, ha, hi!* Ce ne fut qu'après le dîner, quand les neveux et nièces furent tous partis, que Mot-pour-mot sortit son livre.

« Je m'demandais si, ce livre, vous alliez l'ouvrir un jour, dit p'pa.

— J'attendais le bon moment. » Puis Mot-pour-mot expliqua que des gens y notaient leur action la plus remarquable.

« J'espère que vous comptez pas sus *moi* pour écrire là-d'dans, dit p'pa.

— Oh, je ne vais pas vous demander d'y écrire, pas encore. Vous ne m'avez même pas raconté l'histoire de votre action la plus importante. » La voix de Mot-pour-mot s'adoucit encore davantage. « Peut-être que vous n'avez pas vraiment fait l'action en question. »

P'pa eut alors l'air un peu en colère, ou peut-être un peu effrayé. En tout cas, il se leva et s'approcha. « Montrez-moi donc ce qu'y a dans ce livre, ces affaires que d'autres genses ont crues si bigrement importantes.

— Oh, fit Mot-pour-mot. Vous savez donc lire ?

— Apprenez que j'ai reçu une éducation yankee dans l'Massachusetts avant que j'me marie et que j'm'installe comme meunier dans le West Hampshire, et longtemps avant que j'arrive par icitte. Ça vaut p't-être pas grand-chose à côté d'une éducation londonienne comme la vôtre, Mot-pour-mot, mais c'que j'sais pas lire, vous savez pas l'écrire, sauf si c'est du latin. »

Mot-pour-mot ne répondit pas. Il ouvrit simplement le livre. P'pa lut la première phrase : *« La seule chose que j'aie véritablement faite, ce sont les Américains. »* Il releva les yeux. « Qui c'est-y qu'a écrit ça ?

— Le vieux Ben Franklin.

— D'après c'que moi, j'ai entendu dire, le seul Américain qu'il a fait était illégitime.

— Peut-être qu'Al junior vous expliquera plus tard. » Alvin avait profité de leur conversation pour se glisser devant eux et regarder l'écriture du vieux Ben. Elle ressemblait à l'écriture de n'importe qui. Alvin se sentit un peu déçu, bien qu'incapable de dire à quoi il s'attendait. Les lettres auraient-elles dû être d'or ? Bien sûr que non. Il n'y avait aucune raison pour que les mots d'un grand homme apparaissent différents sur le papier de ceux d'un imbécile.

Pourtant, il ne pouvait se défendre d'une impression de frustration face à des mots si ordinaires. Il tendit la main et tourna la page, puis beaucoup d'autres en les feuilletant rapidement avec les doigts. Les mots étaient tous pareils. De l'encre grise sur du papier jauni.

Un éclair de lumière jaillit du livre, qui l'aveugla un instant.

« T'amuse pas comme ça avec les pages, dit papa. Tu vas finir par en déchirer une. »

Alvin se retourna vers Mot-pour-mot. « C'est quoi, la page avec la lumière ? demanda-t-il. Qu'esse qu'y a d'marqué sus celle-là ?

— De la lumière ? » s'étonna le vieil homme.

Alvin sut alors qu'il était le seul à l'avoir vue.

« Trouve la page toi-même, dit Mot-pour-mot.

— Il va la déchirer, dit papa.

— Il va faire attention. »

Mais papa avait l'air en colère. « J'te dis d'laisser c'livre, Alvin junior. »

Alvin allait obéir, mais il sentit la main de Mot-pour-mot sur son épaule. Le vieil homme parla calmement, et Alvin devina ses doigts qui remuaient pour former un signe de conjuration. « Le petit a vu quelque chose dans le livre, dit-il, et je veux qu'il le retrouve pour moi. »

A la surprise d'Alvin, papa n'insista pas. « Si ça vous est égal que ce sans-soin d'propre à rien vous mette vot' livre en charpie... » murmura-t-il ; puis il se tut.

Alvin revint au livre et, doucement, le feuilleta page à page. Il finit par en tourner une d'où se dégagea une lumière qui d'abord l'éblouit, mais progressivement décrut jusqu'à se concentrer sur une seule phrase, dont les lettres étaient de feu. « Tu les vois qui brûlent ? demanda Alvin.

— Non, répondit Mot-pour-mot. Mais je sens la fumée. Touche les mots que toi, tu vois brûler. »

Alvin avança la main et, avec précaution, toucha le début de la phrase. Le feu, à son grand étonnement, n'était pas chaud, et pourtant il le réchauffait. Il le réchauffait jusqu'aux os. Il frissonna quand la dernière trace du froid de l'automne s'échappa de son corps. Il sourit, il avait tant de lumière en lui. Mais à peine l'avait-il touchée que la flamme vacilla, se refroidit, s'éteignit.

« Qu'esse que ça dit ? » demanda maman. Elle se tenait debout, en face d'eux, de l'autre côté de la table. Elle n'était pas très bonne, question lecture, et elle voyait la phrase à l'envers.

Mot-pour-mot lut : *« Un Faiseur est né.*

— Y a pas eu d'Faiseux, dit maman, depuis c'ti-là qu'a changé l'eau en vin.

— Peut-être, mais c'est ce qu'elle a écrit, dit Mot-pour-mot.

— Qui donc l'a écrit ? voulut savoir maman.

— Un petit bout de gamine. Il y a environ cinq ans.

— C'était quoi, l'histoire qu'allait avec la phrase ? » demanda Al junior.

Mot-pour-mot secoua la tête.

« Tu disais qu'tu laissais jamais les genses écrire quand tu connaissais pas leur histoire.

— Elle l'a écrite pendant que je ne regardais pas. Je n'ai remarqué la phrase qu'à mon étape suivante.

— Alors comment tu connais qu'c'est elle ? demanda Alvin.

— C'était bien elle. Là où je me trouvais, il n'y avait qu'elle à pouvoir annuler le charme de fermeture que j'utilisais à l'époque pour mon livre.

— Alors tu connais pas c'que ça veut dire ? Tu peux même pas m'expliquer pourquoi qu'j'ai vu les lettres brûler ? »

Mot-pour-mot secoua encore la tête. « C'était la fille d'un aubergiste, si je me souviens bien. Elle ne parlait pas beaucoup, et quand ça lui arrivait, c'était toujours pour dire la stricte vérité. Jamais un mensonge, même pour être agréable. On la considérait comme une espèce de chipie. Mais comme le veut le proverbe : dire toujours le fond de sa pensée écarte de soi les malveillants. Ou quelque chose de ce genre.

— Son nom ? » demanda maman. Alvin leva les yeux, surpris. Maman n'avait pas vu les lettres flamboyer, alors pourquoi se montrait-elle tellement impatiente de savoir qui les avait écrites ?

« Désolé, s'excusa Mot-pour-mot. Son nom ne me revient pas pour l'instant. Et si je m'en souvenais, je ne le dirais pas, pas plus que je ne dirais où elle vit. Je ne veux pas qu'on aille la trouver et qu'on l'embête pour obtenir des réponses qu'elle n'a peut-être pas envie de donner. Mais je dirai ceci : elle était une torche, et ses yeux voyaient la vérité. Alors, si elle a écrit qu'un Faiseur était né, je veux bien la croire, et c'est pour ça que j'ai laissé sa phrase dans le livre.

— Un jour, j'veux connaître son histoire, dit Alvin. J'veux savoir pourquoi les lettres, elles étaient si brillantes. »

Il releva la tête et vit maman et Mot-pour-mot qui se regardaient longuement dans les yeux.

Alors, à la limite de son champ de vision, là où il le distinguait presque mais pas tout à fait, il sentit la présence du Défaiseur, frémissant, invisible, attendant de détruire le monde. Sans même y penser, Alvin sortit le devant de sa chemise de son pantalon et en noua les pans ensemble. Le Défaiseur hésita, puis battit en retraite hors de vue.

XI

La meule

MOT-POUR-MOT se réveilla quand on vint le secouer. Il faisait encore nuit noire dehors, mais c'était l'heure de se mettre en route. Il s'assit, fit quelques flexions et constata avec plaisir qu'il avait les muscles moins noués et moins douloureux ces temps-ci, depuis qu'il dormait sur un lit moelleux. Je m'y habituerais bien, pensa-t-il. J'apprécierais de vivre ici.

Le lard était si gras qu'il l'entendait distinctement grésiller dans la cuisine. Il allait chausser ses bottes quand Mary frappa à la porte. « Je suis à peu près décent », dit-il.

Elle entra et lui tendit deux paires de longues et grosses chaussettes. « J'les ai tricotées moi-même, dit-elle.

— Je n'en trouverais pas d'aussi chaudes à Philadelphie.

— L'hiver est très froid par icitte, dans l'pays d'la Wobbish, et... » Elle ne termina pas. Tout intimidée, elle baissa subitement la tête et détala de la chambre.

Mot-pour-mot enfila les chaussettes et les bottes par-dessus, puis il sourit. Il n'éprouvait aucun scrupule à accepter quelques cadeaux de ce genre. Il travaillait aussi dur que les autres et avait beaucoup aidé à remettre la ferme en état en prévision de l'hiver. Il faisait un bon couvreur — il adorait grimper et ignorait le vertige. C'étaient ses mains à lui qui avaient vérifié que les toits de la maison, des dépendances, des resserres et des poulaillers n'avaient aucune fuite.

Et, comme personne ne se décidait, il avait préparé le moulin à recevoir une meule. Il avait lui-même chargé tout le foin qui recouvrait le sol, cinq pleines charrettes. Les jumeaux, qui n'exploitaient pas encore véritablement leurs fermes, n'étant mariés que depuis l'été, l'avaient déchargé dans la grange. L'opération s'était effectuée sans qu'une seule fois Miller ne mette la main à la fourche. Mot-pour-mot y avait veillé, sans donner d'explications, et Miller n'avait pas insisté.

Dans d'autres domaines, cependant, tout n'allait pas aussi bien. Ta-Kumsaw et ses Shaw-Nees rouges chassaient tant de gens de la région de Carthage, au sud, que tout le monde avait la frousse. Le Prophète pouvait se réjouir de regrouper dans sa grande ville, de l'autre côté de la rivière, des milliers de Rouges qui tous assuraient qu'ils ne lèveraient plus jamais les armes dans aucun conflit, pour quelque raison que ce soit. Mais il s'en trouvait beaucoup d'autres pour partager le sentiment de Ta-Kumsaw, qu'on devrait refouler l'homme blanc jusqu'aux côtes de l'Atlantique et le renvoyer vers l'Europe, avec ou sans bateaux. On parlait de guerre, et le bruit courait que Bill Harrison, à Carthage, n'était que trop heureux d'attiser le feu, sans parler des Français de Détroit qui poussaient en permanence les Rouges à attaquer les colons américains établis sur les terres appartenant soi-disant au Canada.

Les habitants de Vigor Church en discutaient sans arrêt, mais Mot-pour-mot savait que Miller ne prenait pas les événements aussi sérieusement qu'il aurait dû. Il tenait les Rouges pour des pitres et des rustres uniquement préoccupés de s'imbiber de tout le whisky qui leur tombait sous la main. Mot-pour-mot avait déjà rencontré ce genre d'attitude, mais uniquement en Nouvelle-Angleterre. Les Yankees ne semblaient pas comprendre que les Rouges de Nouvelle-Angleterre dotés d'un brin de jugeote avaient depuis longtemps gagné l'Etat d'Irrakwa. Ça leur ouvrirait certainement les yeux, aux Yankees, de savoir qu'en Irrakwa les Rouges travaillaient d'arrache-pied avec des machines à vapeur en provenance directe d'Angleterre, et que du côté des Finger Lakes un Blanc du nom d'Eli Whitney les aidait à construire une usine qui produirait des fusils à une cadence vingt fois supérieure aux meilleures manufactures actuelles. Un de ces jours, les Yankees allaient se réveiller et découvrir que les Rouges ne pensaient pas tous qu'à l'alcool ; certains Blancs allaient alors devoir en mettre un sacré coup pour rattraper le retard.

Mais en attendant, Miller ne prenait pas les rumeurs de guerre très au sérieux. « Tout l'monde connaît qu'y a des Rouges dans les bois. On peut pas les empêcher d'rôdailler, mais j'ai pas un seul poulet qui m'manque, alors le problème s'pose pas encore. 'core un peu ? » demanda-t-il en poussant la planchette de lard à travers la table en direction de Mot-pour-mot.

— Je n'ai pas l'habitude de tant manger le matin. Depuis que je suis chez vous, j'ai davantage à chaque repas que je ne mangeais en une journée entière.

— Faut vous remplumer », dit Fidelity. Elle déposa d'autorité devant lui deux petits pains chauds tartinés de miel.

« Je suis incapable d'avaler une bouchée de plus », protesta Mot-pour-mot.

Les pains furent escamotés de son assiette. « J'les ai, fit Alvin junior.

— Passe pas tes mains sus la table comme ça, dit Miller. Et tu vas pas les manger, ces deux pains. »

Alvin junior prouva le contraire à son père à une vitesse alarmante. Puis ils lavèrent le miel de leurs mains, enfilèrent leurs gants et sortirent pour se diriger vers le chariot. Les premières lueurs de l'aube pointaient à l'est quand David et Placide, qui habitaient plus près de la ville, montèrent la colline à cheval pour les rejoindre. Al junior grimpa à l'arrière du chariot, parmi tous les outils, cordes, tentes et vivres : ils ne reviendraient pas avant quelques jours.

« Alors… on attend Mesure et les jumeaux ? » demanda Mot-pour-mot.

Miller sauta sur le siège du chariot. « Mesure est parti d'vant abattre des arbres pour l'traîneau. Econome et Fortuné restent icitte, ils vont faire des rondes, passer d'maison en maison. » Il eut un grand sourire. « On peut pas laisser les femmes sans protection, avec tout c'qui s'raconte sus ces sauvages de Rouges qui rôdent dans les parages, pas vrai ? »

Mot-pour-mot lui rendit son sourire. Ça faisait plaisir de constater que Miller n'était pas aussi indifférent qu'il en donnait l'air.

Il y avait un bon bout de chemin pour parvenir à la carrière. En cours de route, ils passèrent auprès des débris d'un chariot avec une meule cassée au beau milieu. « Not' premier essai, dit Miller. Mais y a un essieu qui s'est desséché et qui s'est bloqué quand on a descendu c'te colline où la pente est raide, et tout l'chariot s'est effondré sous l'poids d'la pierre. »

Ils arrivèrent près d'un cours d'eau assez large et Miller raconta comment ils avaient tenté de ramener deux meules sur un radeau : les deux fois, le radeau avait coulé en un rien de temps. « On a pas eu d'chance », ajouta-t-il, mais à l'expression de son visage, il semblait attribuer ces revers à la malveillance, comme si l'on avait délibérément cherché à faire échouer ses entreprises.

« C'est pour ça qu'on va se servir d'un traîneau et d'rouleaux c'te fois, dit Al junior en se penchant par-dessus le dossier du siège. Rien pourra tomber, rien pourra s'casser, et pis même, c'est qu'des rondins et c'est pas ça qui manque s'il faut les remplacer.

— Tant qu'il pleut pas, dit Miller. Ou qu'il s'met pas à neiger.

— Le ciel paraît dégagé, fit observer Mot-pour-mot.

— Le ciel est un menteux. Dès que j'veux faire quèque chose, l'eau s'en vient toujours m'en empêcher. »

Le soleil était haut dans le ciel mais encore loin du midi quand ils atteignirent la carrière. Evidemment, le retour serait beaucoup plus long. Mesure avait déjà abattu six jeunes arbres solides et une vingtaine de petits. David et Placide se mirent sans attendre à l'ouvrage, élaguant les branches, éliminant les aspérités pour leur donner une forme aussi cylindrique que possible. A la surprise de Mot-pour-mot, ce fut Al junior qui prit le sac d'outils pour la taille des pierres et monta parmi les rochers.

« Où tu vas ? demanda Mot-pour-mot.

— Oh, faut que j'trouve un bon coin pour tailler.

— Il a l'coup d'œil pour la pierre », ajouta Miller. Mais il ne disait pas tout ce qu'il savait.

« Et quand tu auras trouvé la pierre, qu'est-ce que tu feras ? demanda Mot-pour-mot.

— Ben, j'la taillerai, tiens. » Alvin grimpait nonchalamment le sentier, avec toute l'arrogance du jeune garçon qui sait qu'il va faire un travail d'homme.

« Il a aussi le coup d'main pour la pierre, dit Miller.

— Il n'a que dix ans, remarqua Mot-pour-mot.

— C'est lui qu'a taillé la première meule quand il en avait six.

— Vous voulez dire qu'il a un talent ?

— Moi, j'dis rien du tout.

— Dites-moi quand même une chose, Al Miller : est-ce que par hasard vous ne seriez pas un septième fils ?

— Pourquoi qu'vous demandez ça ?

— Ceux qui sont au fait de ces questions racontent que le septième fils d'un septième fils naît avec la connaissance de l'aspect qu'ont les choses sous leur surface. C'est pour cette raison qu'ils font de si bons sourciers.

— On raconte ça ? »

Mesure s'avança et se planta devant son père, les mains sur les hanches, l'air visiblement exaspéré. « P'pa, quel mal ça fait d'lui dire ? Tout l'monde est au courant dans l'pays.

— P't-être qu'à mon avis Mot-pour-mot en sait déjà plusse que je l'voudrais.

— C'est pas très aimable, p'pa, de dire ça à un homme qu'a prouvé qu'il était un ami.

— Il n'est pas obligé de me dire ce qu'il n'a pas envie que je sache, fit Mot-pour-mot.

— Alors moi, j'vais vous l'dire, reprit Mesure. P'pa est un septième fils, voilà.

— Et Al junior aussi, ajouta Mot-pour-mot. J'ai raison ? Vous n'en avez jamais parlé mais, à mon avis, quand un garçon reçoit le prénom de son père sans être l'aîné, il ne peut s'agir que d'un septième fils.

— Not' frère aîné, Vigor, il est mort dans la Hatrack quèques minutes seulement après la naissance d'Al junior, dit Mesure.

— La Hatrack…

— Vous êtes déjà allé dans ce coin-là ?

— Je suis allé *partout*. Mais pour je ne sais quelle raison, le nom de cette rivière me fait penser que j'aurais dû m'en souvenir plus tôt, et je ne vois pas pourquoi. Septième fils d'un septième fils. Est-ce qu'il extrait la meule du rocher grâce à un charme ?

— On l'dirait pas de cette manière-là, fit Mesure.

— Il taille, dit Miller. Comme n'importe quel tailleux d'pierre.

— C'est un grand garçon, mais encore un enfant quand même, dit Mot-pour-mot.

— Alors disons, fit Mesure, que quand c'est *lui* qui taille la pierre, l'travail est mieux fini que quand c'est *moi*.

— J'aimerais bien, dit Miller, qu'vous restiez icitte, en bas, pour donner la main à faire les rondins et les encoches. On a b'soin d'un bon traîneau parfaitement joint et de vrais rouleaux bien ronds. » Ce qu'il ne dit pas, mais que Mot-pour-mot comprit aussi clair que deux et deux font quatre, c'était : restez ici et ne posez pas trop de questions sur Al junior.

Il travailla donc en compagnie de David, Mesure et Placide pendant toute la matinée et une bonne partie de l'après-midi, sans cesser d'entendre le tintement régulier du métal sur la pierre. C'était Alvin junior, en taillant la meule, qui donnait le rythme à leur ouvrage, mais personne n'y fit la moindre allusion.

Mot-pour-mot n'était cependant pas du genre à travailler en silence. Comme les autres n'avaient pas une nature bavarde, il passa son temps à raconter des histoires. Et comme il n'avait pas affaire à des enfants mais à des adultes, il ne leur parla pas uniquement d'aventures, d'actions héroïques et de morts tragiques.

Durant presque tout l'après-midi, en vérité, il se consacra à la saga de John Adams. Comment à Boston la populace avait réduit en cendres sa maison après l'acquittement de dix femmes accusées de sorcellerie. Comment Alex Hamilton l'avait invité à Manhattan Island pour ouvrir ensemble un cabinet d'avocats. Comment, en dix ans, ils étaient parvenus à manœuvrer le gouvernement des Pays-Bas pour qu'il autorise l'immigration libre d'une population de langue non néerlandaise, jusqu'à ce que les Anglais, Ecossais, Gallois et Irlandais deviennent une majorité en Nouvelle-Amsterdam comme en Nouvelle-Orange, et une grosse minorité en Nouvelle-Hollande. Comment ils avaient réussi à faire déclarer l'anglais seconde langue officielle en 1780, juste à temps pour que les colonies néerlandaises constituent trois des sept états originels adhérant au Contrat Américain.

« M'est avis qu'les Hollandais ont dû les détester, ces gars-là, après tout ça, dit David.

— Ils étaient trop bons politiques pour se faire détester comme ça, rectifia Mot-pour-mot. Voyez-vous, tous deux avaient appris à parler le néerlandais, mieux que la plupart des Hollandais, et ils avaient fait donner à leurs enfants une éducation en néerlandais dans des écoles hollandaises. Ils étaient hollandais jusqu'au bout des ongles, mes enfants, au point que lorsque Alex Hamilton s'est présenté comme candidat au poste de gouverneur de la Nouvelle-Amsterdam et John Adams à celui de président des Etats-Unis, ils ont l'un comme l'autre fait de meilleurs résultats chez les Hollandais des Nouveaux Pays-Bas que chez les Ecossais et les Irlandais.

— Vous croyez qu'si je m'présentais comme maire, les Suédois et les Hollandais en aval, j'pourrais les faire voter pour moi ? demanda David.

— *Même moi*, j'voterais pas pour toi, lui lança Placide.

— Moi si, fit Mesure. Et j'espère qu'un d'ces jours, tu t'présenteras vraiment comme maire.

— Il peut pas s'présenter, dit Placide. C'est même pas une vraie ville.

— C'en sera une, dit Mot-pour-mot. J'ai déjà vu ça. Une fois que le moulin tournera, on n'attendra pas longtemps avant que trois cents personnes s'installent entre chez vous et Vigor Church.

— Vous croyez ?

— En ce moment déjà, les gens viennent au magasin d'Armure peut-être trois ou quatre fois l'an. Mais quand ils pourront se fournir en farine, ils viendront beaucoup plus souvent. Ils préféreront aussi votre moulin à tous les autres de la région, parce que vous avez une route bien nivelée et d'excellents ponts.

— Si l'moulin rapporte de l'argent, dit Mesure, sûrement que p'pa fera venir une meule Buhr de France. On en avait une dans l'West Hampshire, avant qu'la crue casse tout. Et une meule Buhr, ça veut dire d'la bonne farine blanche.

— Et d'la farine blanche, ça veut dire de bonnes affaires, fit David. Nous autres, les aînés, on s'en souvient. » Il eut un sourire nostalgique. « On était presque riches là-bas, en c'temps-là.

— Bref, dit Mot-pour-mot. Avec tout ce commerce, le pays ne se limitera pas à un magasin, une église et un moulin. On trouve du bon kaolin sur les bords de la Wobbish. Un potier finira par s'établir par ici et produira ses pots de grès et d'argile rouge pour tout le territoire.

— Ça m'ferait bien plaisir qu'il s'dépêche, lança Placide. Ma femme, ça la rend malade à mourir, qu'elle dit, d'être forcée d'servir à manger dans des assiettes en fer-blanc.

— C'est comme ça que se forment les villes, conclut Mot-pour-mot. Un bon magasin, une église, puis un moulin, ensuite un potier. Un briquetier, j'y pense. Et quand il y aura une ville…

— David pourra être maire, termina Mesure.

— Pas moi, dit David. Toutes ces histoires de politique, ça m'dépasse. C'est Armure qui veut ça, pas moi.

— Armure voudrait être roi, fit Placide.

— Ça, c'est pas gentil, dit David.

— Mais c'est vrai. Il essayerait d'être Djeu, s'il croyait qu'la place est libre. »

Mesure expliqua à Mot-pour-mot : « Placide et Armure s'accordent pas bien.

— C'est pas digne d'un mari de traiter sa femme de sorcière, dit Placide avec aigreur.

— Pourquoi la traite-t-il de sorcière ?

— C'est vrai qu'asteure, il a cessé, dit Mesure. Elle lui a promis d'arrêter. De pus se servir d'ses talents dans la cuisine. C'est une honte d'obliger une femme à s'occuper de toute une maisonnée avec ses deux seules mains.

— Ça suffit », le coupa David. Du coin de l'œil, Mot-pour-mot surprit son regard de mise en garde.

Visiblement, on n'avait pas assez confiance en lui pour le mettre dans le secret. Alors il leur fit comprendre que le secret, il le connaissait déjà : « Il me semble qu'elle s'en sert plus qu'Armure ne l'imagine, dit-il. J'ai vu un charme formé par une savante disposition de paniers devant la maison, sur la galerie. Et elle en a utilisé un autre pour calmer son mari, sous mes yeux, le jour où je suis arrivé en ville. »

Le travail s'interrompit brusquement, un bref instant. Personne ne le regarda, mais l'espace d'une seconde les frères demeurèrent immobiles. Ils comprirent que Mot-pour-mot connaissait le secret d'Aliénor et s'était abstenu d'en informer des étrangers. Ou Armure-de-Dieu Weaver. Mais c'était une chose de le connaître, et une autre d'en obtenir confirmation de leur part. Aussi tinrent-ils leur langue et se remirent-ils à encocher et ligaturer le traîneau.

Mot-pour-mot rompit le silence pour revenir au sujet initial. « Ce n'est qu'une question de temps avant que les territoires de l'Ouest n'atteignent une population suffisante pour se prétendre des états et revendiquer leur adhésion au Contrat Américain. Quand ça se produira, on aura besoin d'hommes honnêtes au pouvoir.

— C'est pas par chez nous, où l'pays est rude, qu'vous trouverez un Hamilton, un Adams ou un Jefferson, fit David.

— Peut-être. Mais si vous, les gars du pays, vous ne formez pas votre propre gouvernement, soyez certains de voir débarquer tout un tas d'individus de la ville qui voudront le faire à votre place. C'est comme ça qu'Aaron Burr est devenu gouverneur du Suskwahenny, avant que Daniel Boone l'abatte en 99.

— A vous entendre, on dirait qu'il s'agissait d'un meurtre, releva Mesure. C'était un duel loyal.

— De mon point de vue, fit Mot-pour-mot, un duel se résume à l'accord de deux meurtriers pour tenter de se tuer l'un l'autre à tour de rôle.

— Pas quand l'un des deux est un vrai gars d'la campagne en peau de daim et l'autre un escroc d'menteux d'la ville, dit Mesure.

— J'tiens pas à ce qu'un Aaron Burr essaye de devenir gouverneur dans la région d'la Wobbish, dit David. Et c'est la même engeance, ce Bill Harrison, là-bas à Carthage City. J'voterais pour Armure avant d'voter pour lui.

— Et moi, je voterais pour toi avant de voter pour Armure », dit Mot-pour-mot.

David grogna. Il continua d'entrelacer une corde autour des encoches pratiquées dans les rondins du traîneau, pour les arrimer solidement les uns aux autres. Mot-pour-mot procédait de même du côté opposé. Au moment de faire le nœud, Mot-pour-mot voulut lier ensemble les deux extrémités de la corde.

« Attendez pour faire ça, l'arrêta Mesure. J'm'en vais quérir Al junior. »

Il s'élança au petit trot à l'assaut de la pente pour gagner la carrière.

Mot-pour-mot lâcha les bouts de la corde. « C'est Alvin junior qui fait les nœuds ? J'aurais cru que des adultes comme vous les feraient plus serrés. »

David eut un grand sourire. « L'a un talent.

— Et vous, vous n'avez pas de talents ?

— Si, quèques-uns.

— David a un talent avec les dames, dit Placide.

— Placide a les pieds qui giguent tout seuls au bal. Et y en a pas deux comme lui pour racler l'violon, non plus, reprit David. C'est pas toujours juste, mais il chôme pas avec son archet.

— Mesure est fin tireur, dit Placide. C'qu'est trop loin pour la plupart des genses, lui l'voit.

— On a tous nos talents à nous. Les bessons ont l'coup pour sentir quand va y avoir du grabuge et pour arriver juste à temps.

— Et p'pa, il ajuste les objets ensemble. On le laisse faire tous les assemblages quand on fabrique des meubles.

— Les femmes ont des talents d'femmes.

— Mais, dit Placide, Al Junior est unique en son genre. »

David hocha gravement la tête. « Ce qu'y a, Mot-pour-mot, c'est qu'il a pas l'air de s'en rendre compte. J'veux dire : il a toujours l'air surpris quand les choses s'passent bien. L'est tout fier quand on lui donne un travail à faire. J'l'ai jamais vu essayer d'en r'montrer aux autres par rapport qu'il avait plusse de talents qu'eux.

— C'est un bon p'tit gars, dit Placide.

— Un peu maladroit, dit David.

— Pas *maladroit*, reprit Placide. La plupart du temps, c'est *pas d'sa faute*.

— Disons qu'les accidents s'produisent plus souvent dans son voisinage.

— J'veux pas parler d'porte-guigne, ou d'une affaire de même.

— Non, moi non pus, j'veux pas parler d'porte-guigne. »

Mot-pour-mot nota à part lui que c'était précisément ce qu'ils venaient l'un et l'autre de faire. Il s'abstint de tout commentaire sur leur imprudence. Maintenant, il suffisait qu'une troisième personne l'évoque pour donner réalité à la malchance. Son silence était le meilleur remède à leur légèreté. Et les deux autres comprirent bien vite. Eux aussi gardèrent le silence.

Au bout d'un moment, Mesure redescendit de la colline en compagnie d'Alvin junior. Mot-pour-mot, qui venait de participer à la conversation, n'osait pas être la troisième personne à parler. Et ce serait encore pire si Alvin prenait la parole le premier, puisque c'était lui qu'on avait associé à la malchance. Mot-pour-mot fixa donc Mesure du regard, les sourcils levés, pour lui signifier qu'on attendait qu'il parle.

Mesure répondit à la question qu'il croyait deviner chez le vieil homme : « Oh, p'pa est resté près d'la roche. Pour surveiller. »

Mot-pour-mot entendit David et Placide pousser un soupir de soulagement. La troisième personne à parler n'avait pas la malchance en tête : Alvin junior était sauf.

Mot-pour-mot était maintenant libre de demander *pourquoi* Miller se sentait obligé de surveiller la carrière. « Qu'est-ce qui pourrait arriver à un rocher ? Je n'ai jamais entendu dire que les Rouges volaient les cailloux. »

Mesure lui adressa un clin d'œil. « Il s'passe des choses manière de bizarre, des fois, surtout avec les meules. »

Alvin blaguait avec David et Placide, tout en faisant ses nœuds. Il travaillait avec ardeur pour les serrer au plus juste, mais Mot-pour-mot s'aperçut que ce n'était pas dans le nœud proprement dit que se révélait son talent. Les cordes que tendait Al junior paraissaient se tortiller et mordre dans le bois de toutes les encoches, comprimant l'ensemble du traîneau. Le phénomène était subtil et s'il ne l'avait pas guetté, il n'en aurait rien remarqué. Mais le résultat était là. Ce qu'attachait Al junior ne risquait pas de bouger.

« C'est tellement serré qu'ça pourrait faire un radeau, dit le jeune garçon en se reculant pour admirer.

— Ben, ce coup-ci, il va flotter sus la terre ferme, fit Mesure. P'pa jure qu'il veut même pus pisser dans l'eau. »

Comme le soleil avait baissé à l'ouest, ils se mirent en devoir d'allumer un feu. Le travail leur avait tenu chaud en cours de journée, mais ils auraient besoin d'une flambée durant la nuit pour tenir les animaux à distance et combattre le froid de l'automne.

Miller ne redescendit pas, même pour le dîner, et quand Placide se leva pour monter à manger à son père, Mot-pour-mot s'offrit à l'accompagner.

« J'sais pas, fit Placide. Vous êtes pas obligé.

— J'ai envie d'y aller.

— P'pa… il aime pas quand y a plein d'monde d'vant la roche, en un moment pareil. » Placide avait l'air penaud. « Il est meunier, et c'est sa meule qu'on taille là-haut.

— Je ne suis pas plein de monde. »

Placide se tut. Mot-pour-mot monta derrière lui parmi les rochers.

En chemin, ils passèrent près des sites de deux précédentes extractions. Les débris de pierre taillée avaient servi au nivellement d'une rampe entre la muraille et le pied de la carrière. Les tracés de meules dans le roc étaient presque parfaitement circulaires. Mot-pour-mot en avait déjà souvent vu, mais jamais de ce genre : des ronds parfaits, à même la falaise. La plupart du temps, on extrayait un bloc entier, puis on lui donnait sa forme définitive une fois au sol. Il ne manquait pas de bonnes raisons pour procéder selon cette méthode, mais la principale, c'était qu'il n'existait aucun autre moyen de tailler l'arrière de la meule. Placide ne ralentissait pas l'allure pour son compagnon, aussi Mot-pour-mot n'eut-il pas le loisir d'y regarder de plus près ; mais autant qu'il put en juger, il était absolument impensable que le tailleur de pierre, dans cette carrière-ci, soit parvenu à tailler l'arrière de la meule.

Le nouveau site offrait un aspect en tous points semblable. Miller ratissait des éclats de roche pour égaliser une rampe devant la meule. Mot-pour-mot prit du recul et, dans les dernières lueurs du couchant, étudia la falaise. En l'espace d'une journée, à lui seul, Al junior avait régularisé le devant de la meule et dégagé tout le pourtour. Elle était quasiment polie, toujours solidaire de la paroi de la falaise. En outre, le trou central avait été ménagé pour accueillir l'axe principal de la machinerie du moulin. Il était entièrement évidé. Et personne au monde n'aurait pu mettre un burin en position pour détacher l'arrière.

« C'est un vrai talent qu'il a, le petit », dit Mot-pour-mot.

Miller approuva d'un grognement.

« J'ai cru comprendre que vous comptiez passer la nuit ici.

— Z'avez bien compris.

— Un peu de compagnie ne vous dérange pas ? »

Placide roula des yeux. Mais au bout d'un court instant, Miller haussa les épaules. « Comme vous voudrez. »

Placide regarda Mot-pour-mot, les yeux ronds, les sourcils levés, comme pour dire : il arrive encore des miracles.

Une fois déposé le dîner de son père, il repartit. Miller s'assit près du râteau. « Z'avez déjà mangé ?

— Je vais chercher du bois et faire du feu pour la nuit, dit Mot-pour-mot. Pendant qu'il reste un peu de lumière. Mangez, vous.

— 'tention aux serpents. La plupart, ils sont déjà calfeutrés pour l'hiver, mais on n'sait jamais. »

Mot-pour-mot fit attention aux serpents, mais il n'en vit pas la queue d'un. Et bientôt, ils disposaient d'un bon feu, flambant autour d'une grosse bûche qui brûlerait toute la nuit.

Ils s'étendirent sur place, à la lueur des flammes, enveloppés dans leurs couvertures. Mot-pour-mot se dit que Miller aurait pu trouver un terrain plus confortable à quelques pas de la carrière. Mais apparemment, il jugeait plus important de garder la meule bien en vue.

Mot-pour-mot se mit à parler. D'une voix douce, mais sans s'attendrir, il reconnut que ce devait être dur pour des pères de voir grandir leurs fils, dans lesquels ils ont placé tous leurs espoirs sans jamais savoir à quel moment la mort viendrait les leur ravir. Le sujet était bien choisi, car ce fut bientôt Alvin Miller qui prit la conversation à son compte. Il raconta la mort de son aîné, Vigor, dans la rivière Hatrack, quelques minutes à peine après la naissance d'Alvin junior. A partir de là, il passa aux multiples occasions où son fils avait manqué mourir.

« Toujours l'eau, finit-il par trancher. Personne veut m'croire, mais c'est comme ça. Toujours l'eau.

— La question qui se pose, fit Mot-pour-mot, c'est : est-ce que l'eau est maléfique et qu'elle essaye de tuer un garçon bienfaisant ? Ou bien est-elle bienfaisante en essayant de tuer un pouvoir maléfique ? »

C'était le genre de question capable d'en mettre plus d'un en colère, mais Mot-pour-mot avait renoncé à tenter de prévoir les sautes d'humeur de Miller. Cette fois-ci, il ne se passa rien. « J'me l'suis demandé moi aussitte, fit-il. J'l'ai observé d'près, Mot-pour-mot. 'videmment, il a un talent pour s'faire aimer des genses. Même de ses sœurs. Il leur mène la vie dure depuis qu'il a l'âge de cracher dans leur assiette. Pourtant y en a pas une qui trouve pas moyen d'lui faire plaisir, et pas seulement à Noël. Elles vont y coudre ses chaussettes pour qu'il arrive plus à les enfiler, lui barbouiller d'la suie sus l'siège des cabinets ou mettre des aiguilles plein sa chemise de nuit, mais elles s'raient prêtes aussi à mourir pour lui.

— Je me suis rendu compte, dit Mot-pour-mot, que certaines personnes ont un talent pour se faire aimer sans l'avoir mérité.

— J'craignais ça, aussi, dit Miller. Mais le p'tit connaît pas qu'il a c'talent-là. Il s'en sert pas pour amener les genses à faire ce qu'il veut. Il m'laisse le punir quand il a fait une bêtise. Et il pourrait m'en empêcher, s'il voulait.

— Comment ça ?

— Par rapport qu'il connaît qu'des fois, quand je l'regarde, je r'vois mon garçon Vigor, mon aîné, et alors j'peux pas lui faire du mal, même du mal qu'est pour son bien. »

Peut-être cette raison était-elle en partie exacte, pensa Mot-pour-mot. Mais ce n'était certainement pas toute la vérité.

Un peu plus tard, après que Mot-pour-mot eut tisonné le feu pour s'assurer que la bûche prenait bien, Miller raconta l'histoire pour laquelle le vieil homme était venu.

« J'ai une histoire, dit-il, qu'aurait sa place dans vot' livre.

— Dites toujours, fit Mot-pour-mot.

— Mais elle m'est pas arrivée à moi.

— Il faut que ce soit quelque chose que vous avez vu de vos yeux. Les histoires les plus folles que j'entends sont celles qui arrivent à l'ami d'un ami.

— Oh, pour ça, j'l'ai vu arriver. Ça remonte à des années, asteure, et j'en ai des fois causé avec le bonhomme. C'est un d'ces Suédois, en aval ; parle bien l'anglais, pareil tout comme moi. On lui a donné la main à construire sa cabane et sa grange quand il a débarqué dans l'pays, l'année après nous. Et j'suivais un peu c'qu'il faisait, déjà à l'époque. Comprenez, il a un garçon, un p'tit Suédois blondinet, vous voyez d'icitte.

— Les cheveux presque blancs ?

— Comme la gelée au p'tit matin au soleil, de ce blanc-là, et qui brillent.

— Je vois parfaitement, dit Mot-pour-mot.

— Et ce p'tit bougre, son papa l'aimait. Plusse que sa vie. Vous connaissez cette histoire dans la Bible... un papa qu'a donné à son fils une tunique de toutes les couleurs ?

— J'en ai entendu parler.

— Il aimait son gars comme ça. Mais un jour, j'les vois tous les deux marcher au bord d'la rivière, et l'père, tout d'un coup, il fait un faux pas, on aurait dit, il cogne dans son fils et envoie le gamin bouler dans la Wobbish. Heureusement, il s'est trouvé que le p'tit s'est raccroché à une souche, alors son père et moi, on l'a aidé à sortir de d'là, mais ça faisait peur de voir que l'père aurait pu tuer son propre enfant chéri. Il l'aurait pas fait exprès, remarquez, mais l'drôle, il en s'rait pas moins mort ou le père moins fautif.

— J'imagine que pour le père, il y aurait de quoi ne jamais s'en remettre.

— Eh ben, oui, évidemment. Mais pas longtemps après ça, j'l'ai revu plusieurs fois. Un coup, il fendait du bois... il a balancé sa hache n'importe comment, et si son fils, il avait pas glissé et tombé par terre dans la même seconde, la hache y aurait fendu le crâne, et j'ai jamais vu personne survivre à une blessure de même.

— Moi non plus.

— Et j'ai essayé d'imaginer c'qui arrivait. C'qui devait s'passer dans la tête du père. Alors j'suis allé l'trouver un jour et j'y ai dit : "Nels, faudrait qu'tu soyes plus prudent avec ce drôle. Tu vas finir par lui faire sauter la tête un d'ces quatre matins, si tu continues d'gigoter ta hache à boulevue."

« Et Nels, il m'répond : "M'sieur Miller, c'était pas un accident." Eh ben ça ! un rot de nourrisson aurait suffit à m'faire tomber à la renverse. Ça veut dire quoi : pas un accident ? Et il m'dit : "Vous savez pas comme c'est terrible. J'crois bien qu'une sorcière m'a envoûté, ou que j'suis possédé du démon, mais j'suis là, à travailler, à m'répéter combien j'aime le p'tit, et d'un coup il m'prend l'envie d'le tuer. Ç'a commencé la première fois quand il était tout bébé, j'étais d'bout en haut de l'escalier, je l'tenais dans mes bras, et y avait comme une voix dans ma tête qui m'disait : « Jette-le », et j'voulais l'faire. Pourtant j'connaissais aussi qu'ça serait la pire abomination au monde. J'étais avide de m'en débarrasser, comme un gamin quand il veut écraser une bestiole avec un caillou. J'voulais vraiment voir sa tête s'écrabouiller par terre.

« "Alors, j'ai lutté contre cette envie, je l'ai ravalée et j'ai serré le p'tit si fort que j'ai failli l'étouffer. Finalement, je l'ai ramené dans son berceau et j'ai su qu'à partir d'maintenant j'monterais pus l'escalier avec lui.

« "Mais j'pouvais pas, comme ça, arrêter de m'occuper de lui, pas vrai ? C'était mon fils et il grandissait si bien, il devenait si intelligent et si beau qu'il fallait qu'je l'aime. Quand j'restais pas auprès, il pleurait parce que son papa jouait pas avec lui. Mais si j'restais, alors les envies m'reprenaient, à tout bout de champ. Pas tous les jours, mais souvent, des fois si vite que j'avais même pas l'temps d'connaître c'que j'faisais. Comme le jour où j'l'ai poussé dans la rivière, j'ai jusse fait un faux pas qui m'a déséquilibré, mais je savais, à l'instant même où j'ai avancé le pied, que j'allais trébucher, que j'allais perdre l'équilibre et l'pousser ; *je l'savais*, mais j'avais pas l'temps de m'en empêcher. Et un jour, ça j'connais, j'pourrai pas m'en empêcher, j'aurai pas l'intention de l'faire, mais un jour que le p'tit m'passera à portée de main, je l'tuerai…" »

Mot-pour-mot vit Miller bouger le bras, comme pour essuyer des larmes sur sa joue.

« C'est-y pas curieux, c't'affaire ? Un père qu'a ce genre de sentiment pour son propre fils.

— Est-ce que cet homme a d'autres fils ?

— Quèques-uns. Pourquoi ça ?

— Je me demandais s'il avait déjà eu envie de les tuer aussi.

— Jamais, pas l'ombre d'une envie. J'y ai demandé, par le fait. J'y ai demandé et il a répondu : pas l'ombre d'une envie.

— Et alors, monsieur Miller, qu'est-ce que vous lui avez dit ? »

Miller inspira et expira à plusieurs reprises. « J'connaissais pas quoi y dire. Y a des choses qui dépassent un homme comme moi, que j'peux pas comprendre. Par exemple le coup d'cette eau qui cherche à tuer mon gars Alvin. Et puis ce Suédois avec son fils. P't-être qu'y a des enfants qui sont pas censés grandir. Vous croyez qu'c'est ça, Mot-pour-mot ?

— Je crois qu'il y a des enfants qui sont très importants, et quelqu'un — une force quelconque dans le monde — peut désirer leur mort. Mais il y a toujours d'autres forces, peut-être plus puissantes, qui désirent qu'ils vivent.

— Alors pourquoi qu'ces forces-là, elles se montrent pas, Mot-pour-mot ? Pourquoi qu'une puissance céleste vient pas dire… dire à ce pauvre Suédois : "T'as plus à t'faire du tracas, ton garçon, il a rien à craindre, même de toi !"

— Ces forces ne parlent peut-être pas avec des mots, pas à haute voix. Elles se contentent peut-être de montrer ce qu'elles font.

— La seule force qui s'montre sur c'te terre, c'est celle qui tue.

— Pour ce petit Suédois, je ne sais pas, fit Mot-pour-mot, mais je parierais qu'une protection puissante s'exerce sur votre fils. D'après ce que vous m'avez dit, c'est un miracle qu'il ne soit pas mort plus de dix fois.

— C'est la vérité vraie.

— Je crois qu'on veille sur lui.

— Pas d'assez près.

— L'eau ne l'a jamais attrapé, n'est-ce pas ?

— C'est pas passé loin, Mot-pour-mot.

— Et quant à ce jeune Suédois, je *sais* qu'il a quelqu'un pour veiller sur lui.

— Qui ça donc ? demanda Miller.

— Son père, pardi.

— Son père, c'est lui l'ennemi, dit Miller.

— Je ne le pense pas, dit Mot-pour-mot. Vous savez combien de pères tuent leur fils par accident ? Ils vont à la chasse, et un coup part dans la mauvaise direction. Ou un chariot écrase le gamin, ou c'est le gamin qui fait une chute. Ça arrive tout le temps. Ces pères-là n'ont sans doute pas vu ce qui arrivait. Mais ce Suédois a du coup d'œil, il voit ce qui arrive et il se surveille, il se retient à temps. »

Un peu d'espoir pointa dans la voix de Miller. « A vous entendre, on dirait que l'père, il est pas si mauvais.

— S'il était vraiment mauvais, monsieur Miller, il y a belle lurette que son fils serait mort et enterré.

— P't-être bien. P't-être bien. »

Miller s'absorba dans ses réflexions. Si longtemps, en fait, que Mot-pour-mot s'assoupit. Pour se réveiller brusquement alors que son compagnon s'était remis à parler :

« ... et ça s'arrange pas; ça empire. Ça devient toujours plus dur d'résister à ces envies. Y a pas si longtemps, il s'tenait dans un fenil, dans le... dans sa grange; il lançait des fourchées d'foin à l'étage en-dessous. Et là, en bas, y avait son fils, et il avait qu'à laisser partir la fourche, rien d'plus facile au monde, il aurait dit qu'elle lui avait échappé et personne en aurait jamais rien su. La laisser partir, et transpercer l'drôle. Et il allait l'faire. Vous m'comprenez? C'était si dur d'résister à ces envies, encore plusse dur qu'avant. Alors il a *capitulé*. Il a décidé d'en finir, d'lâcher pied. Et à ce moment-là, eh ben, y a un étranger qu'est apparu à l'entrée et qu'a crié : "Non!" Alors j'ai reposé la fourche... c'est c'qu'il a dit : "J'ai r'posé la fourche, mais j'tremblais tellement que j'pouvais à peine marcher, j'connaissais que l'étranger m'avait vu avec le meurtre au cœur, il devait m'prendre pour le dernier des hommes pour avoir idée de tuer mon propre fils, il pouvait même pas deviner que j'avais lutté de toutes mes forces pendant des années avant ça..."

— Peut-être que cet étranger savait quelque chose sur les pressions qui s'exercent dans le cœur d'un homme, dit Mot-pour-mot.

— Vous croyez?

— Oh, je ne peux pas le garantir, mais peut-être cet étranger s'est-il aussi rendu compte à quel point ce père aimait son fils. Peut-être que l'étranger s'est longtemps posé des questions mais qu'il s'est aperçu petit à petit que l'enfant était extraordinaire et qu'il avait des ennemis puissants. Et puis, quel que soit le nombre des ennemis du fils, il a peut-être fini par comprendre que le père n'en faisait pas partie. N'était pas un ennemi. Et il voulait lui dire quelque chose, à ce père.

— Il voulait dire quoi? » Miller se frotta à nouveau les yeux de sa manche. « Qu'esse qu'il aurait bien pu vouloir dire, d'après vous, cet étranger ?

— Peut-être qu'il voulait dire : “Vous avez fait tout votre possible, et maintenant c'est au-dessus de vos forces. Maintenant, vous devriez éloigner ce garçon. L'envoyer chez des parents restés dans l'Est, peut-être, ou comme apprenti dans une ville.” Ce serait une décision difficile à prendre pour le père, parce qu'il adore son enfant, mais il la prendrait parce qu'il sait que la meilleure preuve d'amour, c'est de le mettre hors de danger.

— Oui, murmura Miller.

— A ce propos, dit Mot-pour-mot, vous devriez peut-être faire quelque chose du même genre avec votre propre garçon, Alvin.

— P't-être, fit Miller.

— L'eau, par ici, représente un danger pour lui, disiez-vous ? Quelqu'un le protège, ou quelque chose. Mais peut-être que si Alvin ne vivait plus dans la région…

— Alors, une partie des dangers disparaîtraient.

— Réfléchissez-y.

— C'est terrible, dit Miller, d'envoyer son fils vivre chez des étrangers.

— Mais c'est pire de le porter en terre.

— Si fait, dit Miller. C'est ce qu'y a de pire au monde. Porter son enfant en terre. »

Ils ne parlèrent plus, et quelques instants plus tard ils dormaient l'un et l'autre.

A l'aube, il faisait froid et il y avait une épaisse gelée ; Miller ne voulut même pas laisser Al junior monter jusqu'au rocher tant que le soleil ne l'aurait pas fondue. Ils passèrent donc tous la matinée à préparer le terrain entre la paroi de la falaise et le traîneau, pour pouvoir faire rouler la meule à bas de la pente.

Désormais, Mot-pour-mot avait la certitude qu'Al junior se servait d'un pouvoir occulte pour détacher la meule de la falaise, même s'il n'en avait pas conscience. Mot-pour-mot était curieux. Il voulait découvrir la portée de ce pouvoir, afin d'en comprendre mieux la nature. Et comme Al junior ne se rendait pas compte de ce qu'il faisait, il fallait donc user de subtilité dans ses investigations.

« Comment habillez-vous votre meule ? » demanda-t-il.

Miller haussa les épaules. « Avant, j'travaillais sur une meule Buhr. Elles ont toutes un habillage en faucille.

— Vous pouvez me faire voir ? »

Utilisant un coin du râteau, Miller dessina un rond dans la gelée blanche. Puis il traça une série d'arcs, rayonnant du centre du cercle jusqu'au pourtour. Entre les arcs il en traça de plus petits, qui partaient du pourtour mais n'allaient pas jusqu'au centre, s'arrêtant tout au plus aux deux tiers de la distance. « Comme ça, fit-il.

— La plupart des meules en Pennsylvanie et en Suskwahenny ont un habillage en quartiers. Vous connaissez ce type de taille ?

— Montrez-moi. »

Mot-pour-mot traça donc un autre cercle. Il était moins net, car la gelée commençait maintenant à fondre, mais tant pis. Il tira des droites au lieu de courbes depuis le centre jusqu'au pourtour, puis d'autres plus courtes partant directement des grandes pour relier, elles aussi, le périmètre. « Certains meuniers préfèrent cet habillage parce qu'il s'émousse moins vite. Comme toutes les lignes sont droites, on obtient un trait bien régulier au moment de layer la meule.

— J'vois ça, fit Miller. Mais j'sais pas. J'suis habitué à ces lignes courbes.

— Ma foi, c'est comme vous voulez, dit Mot-pour-mot. Je n'ai jamais été meunier, alors je ne m'y connais pas. Je ne fais que raconter ce que j'ai vu.

— Oh, ça m'ennuie pas, vous avez eu raison, dit Miller. Ça m'ennuie pas du tout. »

Al junior se tenait près d'eux, examinant les deux cercles.

« J'crois qu'une fois qu'on aura ramené c'te meule à la maison, dit Miller, j'vais essayer cet habillage en quartiers. Apparence qu'il est plusse commode pour garder un broyage efficace. »

Le sol finit par sécher et Al junior s'approcha de la falaise. Les autres garçons restaient tous plus bas, à lever le camp ou remonter les chevaux vers la carrière. Seuls Miller et Mot-pour-mot regardaient quand Al junior se planta enfin, armé de son marteau, devant la paroi rocheuse. Il lui restait encore un peu de taille pour dégager tout le pourtour sur la bonne profondeur.

A la surprise de Mot-pour-mot, quand le garçon positionna son burin et donna un coup de marteau retentissant, tout un fragment de roche, sur six pouces de long, se détacha de la muraille pour venir se briser par terre.

« Dites donc, cette pierre est tendre comme du charbon, fit Mot-pour-mot. Quel genre de meule ça peut donner, si elle n'est pas plus solide que ça ? »

Miller lui répondit par un large sourire et secoua la tête.

Al junior s'écarta de la roche. « Oh, Mot-pour-mot, elle est dure, la pierre, sauf si tu connais l'point précis où qu'y faut la casser. Essaye un coup, tu vas voir. »

Il tendit le burin et le marteau. Mot-pour-mot les prit et s'approcha de la paroi. Soigneusement, il posa le burin sur la pierre en lui donnant un angle léger par rapport à la perpendiculaire. Puis, après quelques tapotements d'essai, il asséna un vigoureux coup de marteau.

Le burin lui sauta quasiment de la main gauche, et la violence de l'impact fut telle qu'il lâcha le marteau.

« Excusez-moi, fit-il. J'ai déjà fait ça, mais j'ai dû perdre le coup de main…

— Oh, c'est la pierre, v'là tout, dit Al junior. Elle a ses lunes. Elle s'laisse pas casser dans n'importe quel sens. »

Mot-pour-mot examina l'endroit où il avait essayé d'entamer la roche. Il fut incapable de le retrouver. Son coup puissant n'avait pas laissé la moindre marque.

Al junior ramassa les outils et appuya le burin contre la pierre. Mot-pour-mot eut l'impression qu'il le posait exactement à la même place. Mais Al agissait comme s'il l'avait positionné d'une façon tout à fait différente. « Regarde, il a juste le bon angle. Comme ça. »

Il frappa du marteau, le métal tinta, il y eut un craquement dans le roc, et une fois encore des bris de pierre crépitèrent sur le sol.

« Je comprends pourquoi vous lui confiez toute la taille, dit Mot-pour-mot.

— La meilleure méthode, à c'qui semble », approuva Miller.

En l'espace de seulement quelques minutes, le pourtour de la meule était complètement dégagé. Mot-pour-mot ne disait rien, il attendait de voir ce qu'allait faire Al junior.

Al posa ses outils par terre, s'approcha de la meule et l'étreignit. Sa main droite en épousa le rebord. La gauche explora l'entaille de l'autre côté. Il pressa la joue contre la pierre. Il gardait les yeux fermés. On aurait vraiment dit qu'il écoutait la roche.

Il se mit à chantonner doucement. Un petit air sans queue ni tête. Il déplaça les mains. Changea de position. Ecouta de l'autre oreille.

« Eh ben, fit-il enfin, j'ai du mal à l'croire.

— Croire quoi ? demanda son père.

— Les derniers coups, ils ont dû saprément ébranler la roche. L'arrière est déjà détaché du reste.

— Tu veux dire que la meule est dégagée ? demanda Mot-pour-mot.

— J'crois que par petits coups, on peut l'amener, asteure, dit Alvin. Y a b'soin des cordes, mais ça va pas être trop dur d'la sortir de d'là. »

Les frères arrivèrent avec les chevaux et les cordes. Alvin en passa une derrière la meule. Sans que la moindre taille ait été faite à l'arrière, elle tomba facilement en place. Puis il en passa une autre, encore une autre, et bientôt ils tiraient tous sur les cordes, d'abord à gauche, ensuite à droite, pour extraire à pas lents la lourde meule de son logement dans la paroi de la falaise.

« Faut le voir pour le croire, murmura Mot-pour-mot.

— Mais vous l'avez vu », fit Miller.

Elle n'était dégagée que de quelques pouces seulement quand ils changèrent la disposition des cordes : ils en passèrent quatre par le trou central pour les attacher à un attelage de chevaux en amont de la meule. « Elle va rouler toute seule jusqu'en bas, expliqua Miller à Mot-pour-mot. Les chevaux sont là pour faire frein, ils vont tirer dans l'aut' sens.

— Ç'a l'air lourd.

— Faut pas s'coucher devant », dit Miller.

Ils commencèrent à la faire rouler, tout doucement. Miller attrapa Alvin par l'épaule pour le tenir bien à l'écart de la meule — et en amont. Mot-pour-mot s'occupait des chevaux, aussi n'examina-t-il la surface arrière de la pierre qu'une fois celle-ci en bas de la carrière, près du traîneau.

Elle était aussi douce que le derrière d'un bébé. Aussi plate que de l'eau gelée dans une cuvette. En dehors des stries dont le motif était celui d'une taille en quartiers, lignes droites rayonnant du bord du trou central jusqu'au pourtour de la meule.

Al junior vint le rejoindre. « J'ai fait comme y fallait ? demanda-t-il.

— Oui, dit Mot-pour-mot.

— Ç'a été un vrai coup d'chance. J'sentais la pierre prête à s'fendre le long d'ces lignes-là. Elle voulait s'fendre, facile comme tout. »

Mot-pour-mot avança la main et passa doucement le doigt le long du tranchant de l'un des sillons. Il ressentit une piqûre. Il porta le doigt à sa bouche, suça et goûta le sang.

« L'a des sillons rudement coupants, la meule, hein ? » fit Mesure. A l'entendre, ça n'avait rien d'extraordinaire. Mais Mot-pour-mot lisait le respect dans ses yeux.

« Bonne taille, fit Placide.

— La meilleure de toutes », ajouta David.

Tandis que les chevaux la retenaient, jarrets tendus, de retomber d'un coup, ils inclinèrent alors lentement la meule pour la coucher sur le traîneau, face habillée en l'air.

« Vous voulez bien m'rendre service, Mot-pour-mot ? demanda Miller.

— Si je peux.

— Ramenez donc Alvin à la maison, asteure. L'a fini son ouvrage.

— Non, p'pa ! » s'écria Alvin. Il courut à son père. « Tu peux pas m'faire rentrer à la maison *maintenant* !

— On n'a pas b'soin d'un drôle de dix ans dans nos pattes pendant qu'on transporte une meule pareille.

— Mais faut que j'la surveille, la meule, pour être sûr qu'elle va pas s'casser ou s'ébrécher, p'pa ! »

Les grands frères regardèrent leur père, dans l'expectative. Mot-pour-mot se demanda de quel bord ils penchaient. Ils étaient sûrement trop âgés, à présent, pour se formaliser de l'amour privilégié de leur père pour son septième fils. Eux aussi devaient souhaiter mettre le jeune garçon à l'abri du danger. Mais il était important pour tout le monde que la meule arrive en état, sans dommage, pour commencer son service dans le moulin. Il n'y avait aucun doute que le jeune Alvin avait le pouvoir de la conserver intacte.

« Reste avec nous jusqu'au coucher du soleil, finit par accepter Miller. On n'sera plus guère loin d'la maison ; comme ça, Mot-pour-mot et toi vous partirez d'vant et vous passerez la nuit dans un lit.

— Ça me va », dit Mot-pour-mot.

Alvin junior n'était visiblement pas satisfait, mais il ne répliqua pas.

Ils mirent le traîneau en branle avant midi. Deux chevaux devant et deux autres derrière, pour le retenir, avaient été directement attelés à la meule. Elle-même gisait sur le radeau de bois qui constituait le traîneau et reposait sur sept ou huit petits rouleaux en même temps. Il progressait en passant sur d'autres rouleaux qui attendaient à l'avant. Dès qu'un rouleau se libérait à l'arrière, un des fils le dégageait d'un coup sec de sous les cordes attachées à l'attelage en remorque, filait à l'avant et le mettait en place juste derrière l'attelage de tête. Ce qui signifiait que pour chaque mille parcouru par la meule les garçons en couvraient à peu près cinq.

Mot-pour-mot voulut prendre son tour, mais David, Placide et Mesure refusèrent d'en entendre parler. Il se retrouva à surveiller l'attelage en remorque, en compagnie d'Alvin juché sur l'un des chevaux. Miller conduisait l'attelage de tête et marchait à reculons la moitié du temps pour s'assurer qu'il n'allait pas trop vite et que les garçons suivaient le train.

Ils avancèrent ainsi, des heures durant. Miller proposa de s'arrêter pour une pause, mais ils ne semblaient pas se fatiguer, et Mot-pour-mot s'étonna de voir que les rouleaux tenaient bon. Pas un seul ne s'était fendu sur les cailloux ou simplement sous le poids de la meule. Ils étaient usés et entaillés, mais sans plus.

Et alors que le soleil déclinant ne se trouvait plus qu'à deux doigts au-dessus de l'horizon, noyé dans les nuages rougeoyants du couchant, Mot-pour-mot reconnut la prairie qui s'ouvrait devant eux. Ils avaient fait tout le voyage en un après-midi.

« J'crois que j'ai les frères les plus forts du monde », murmura Alvin.

Je n'ai aucun doute là-dessus, dit silencieusement Mot-pour-mot. Si tu peux tailler une pierre dans la montagne quasiment sans les mains, parce que tu « trouves » les bonnes fractures dans la roche, il n'est pas surprenant que tes frères trouvent en eux la force exacte que tu leur attribues. Mot-pour-mot tenta une fois de plus, comme il l'avait déjà si souvent fait, de saisir le caractère des pouvoirs occultes. Il existait certainement une loi naturelle qui régissait leur usage — le vieux Ben l'avait toujours affirmé. Et voici pourtant un gamin qui, simplement parce qu'il y croyait et qu'il le désirait, se montrait capable de tailler dans la pierre comme dans du beurre et de donner des forces à ses frères. Une théorie prétendait que ces pouvoirs naissaient d'une affinité avec un élément particulier, mais quel était donc celui qui permettait à Alvin d'accomplir de tels prodiges ? La terre ? L'air ? Le feu ? Sûrement pas l'eau, car Mot-pour-mot savait que Miller avait raconté l'entière vérité. Pourquoi suffisait-il à Alvin junior de souhaiter quelque chose pour que la terre elle-même se plie à sa volonté, tandis que d'autres avaient beau désirer, ils n'arrivaient jamais à obtenir ne serait-ce qu'un souffle de vent ?

Il leur fallut des lanternes pour éclairer l'intérieur du moulin lorsqu'ils roulèrent la meule par la grande porte. « On f'rait aussi bien d'la mettre en place dès ce soir », décida Miller. Mot-pour-mot imaginait les craintes qui assaillaient l'esprit du meunier. S'il laissait la pierre debout, dans la matinée elle ne manquerait pas de rouler et d'écraser certain jeune garçon qui rapporterait innocemment de l'eau à la maison. Puisque la meule était miraculeusement descendue de la montagne en une seule journée, il serait bête de l'abandonner ailleurs qu'à son emplacement prévu, sur la fondation de terre damée et de pierre du moulin.

Ils firent entrer deux chevaux et les attelèrent à la meule, comme ils avaient auparavant procédé au moment de la charger sur le traîneau, à la carrière. Ils serviraient à retenir son poids tandis qu'à l'aide de leviers on la ferait descendre en place.

Mais pour l'instant, elle reposait sur une bosse de terre, juste en dehors du cercle de pierres du soubassement. Mesure et Placide s'efforçaient de passer leurs leviers sous le bord extérieur, prêts à la soulever et à la faire tomber en place. Elle bougeait un peu pendant qu'ils travaillaient. David tenait les chevaux, car ce serait une catastrophe s'ils tiraient trop tôt et basculaient la meule du mauvais côté, la face taillée dans la saleté.

Mot-pour-mot, à l'écart, observait Miller qui dirigeait ses fils en vociférant inutilement des « faites attention ! » et des « allez-y doucement ! » Alvin ne l'avait pas quitté depuis le moment où ils avaient rentré la meule. L'un des chevaux devint nerveux. Miller réagit aussitôt : « Placide, va aider ton frère avec les ch'vaux ! » Il fit lui-même un pas dans leur direction.

A cet instant, Mot-pour-mot se rendit compte qu'Alvin ne se trouvait pas auprès de lui, en définitive. Un balai à la main, il marchait d'un pas vif vers la meule. Peut-être avait-il vu des cailloux traîner sur la fondation ; fallait qu'il les balaye, pas vrai ? Les chevaux reculèrent ; les cordes prirent du mou. Mot-pour-mot comprit, alors qu'Alvin arrivait derrière elle, qu'avec des cordes aussi détendues, rien n'empêcherait la pierre de basculer si l'envie lui en prenait à ce moment précis.

Elle ne tomberait certainement pas… pas dans un monde rationnel. Mais il savait désormais que ce monde n'avait *rien* de rationnel. Alvin junior avait un ennemi invisible, puissant, qui ne laisserait pas échapper une telle occasion.

Mot-pour-mot bondit en avant. Il parvenait à la hauteur de la meule quand il sentit un tremblement dans le sol sous ses pieds, un tassement de la terre ferme. Pas grand-chose, quelques pouces seulement, mais suffisants pour que le bord intérieur de la meule s'enfonce d'autant, faisant gîter la partie supérieure de la grande roue de plus de deux pieds, si brusquement qu'il était impossible d'inverser le mouvement. La meule allait tomber d'un bloc, exactement à sa place prévue sur la fondation, et Alvin junior se trouverait dessous, broyé comme grain sous le granit.

Poussant un cri, Mot-pour-mot saisit Alvin par le bras et le tira sèchement en arrière pour l'éloigner. Alors seulement, Alvin aperçut la grande pierre qui tombait sur lui. Mot-pour-mot avait mis assez de force dans son geste pour ramener le jeune garçon de quelques pieds, mais c'était encore trop court. Ses jambes restaient dans la trajectoire de la meule. Elle tombait vite à présent, trop vite pour qu'on ait le temps de réagir, de tenter quoi que ce soit ; on allait la voir écraser les membres d'Alvin. Mot-pour-mot savait qu'une pareille blessure équivalait à la mort, sauf que l'agonie était plus longue.

Il avait échoué.

Mais au moment même où il suivait la meule dans sa chute meurtrière, il vit apparaître à sa surface une lézarde ; en une fraction de seconde, elle se transforma en une cassure nette qui fendait la pierre par le milieu. La fente s'élargit dans une secousse, les deux moitiés s'écartèrent de façon à tomber de part et d'autre des jambes d'Alvin, sans les toucher. Mot-pour-mot n'avait pas plus tôt vu briller la lumière d'une lanterne entre les moitiés de meule qu'Alvin hurla :

« Non ! »

Tout autre aurait cru que le jeune garçon s'adressait à la masse qui s'abattait, qu'il refusait sa mort imminente. Mais pour l'homme couché sur le sol près d'Alvin, ébloui par la lumière de la lanterne qui passait par la brisure, le cri avait un sens complètement différent.

Insouciant du danger encouru, comme le sont d'ordinaire les enfants, Alvin criait contre la rupture de la meule. Après tout le travail qu'il avait accompli, les efforts qu'avait coûtés son transport jusqu'à la maison, il ne supportait pas de la voir détruite.

Et comme il ne le supportait pas, il n'y eut pas de destruction. Les deux moitiés de la roche sautèrent l'une vers l'autre pour se recoller, comme l'aiguille saute vers l'aimant, et la meule s'abattit tout d'une pièce.

L'ombre portée avait exagéré ses dimensions réelles au sol. Elle n'écrasa pas les deux jambes d'Alvin. La gauche se trouvait entièrement hors de la trajectoire, car il l'avait repliée sous lui. Mais la droite était allongée de telle sorte que le bord de la pierre mordit le tibia, jusqu'à deux pouces sur la plus grande largeur. Comme Alvin retirait sa jambe au moment de la chute, le coup la repoussa encore davantage dans le même sens. Elle arracha peau et muscle, jusqu'à l'os, mais ne l'écrasa pas directement sous son poids quand elle s'immobilisa. La jambe n'aurait pas même été brisée si le balai ne s'était pas trouvé dessous, posé en travers. La meule la précipita contre le manche, avec suffisamment de violence pour briser net, dans un bruit sec, les deux os en plein milieu. Les arêtes saillantes du tibia déchirèrent la peau pour venir enserrer le manche du balai comme les mâchoires d'un étau. Mais la jambe ne gisait pas sous la meule et les os présentaient une fracture propre et nette, ils n'étaient pas réduits en poussière sous la roche.

L'air résonnait du fracas de la pierre sur la pierre, des cris gutturaux d'hommes en proie au désespoir, et par-dessus tout des hurlements perçants de souffrance intolérable poussés par un enfant qui n'avait jamais été aussi jeune et frêle que maintenant.

Avant que quiconque ne fût près de lui, Mot-pour-mot avait vu que les deux jambes d'Alvin n'étaient pas prises sous la meule. L'enfant voulut s'asseoir et regarder sa blessure. La vue, ou bien la douleur, lui fut trop pénible et il perdit connaissance. Son père le rejoignit alors ; sans être le plus proche, il s'était déplacé plus vite que ses garçons. Mot-pour-mot essaya de le rassurer, car à cause de l'os qui enserrait le manche du balai, la jambe n'avait pas l'air cassée. Miller souleva son fils, mais la jambe ne voulut pas venir et la douleur arracha un gémissement déchirant au gamin pourtant inconscient. Ce fut Mesure qui s'arma de courage pour tirer sur le membre et le dégager du manche du balai.

David tenait déjà une lanterne, et quand Miller emporta le jeune garçon, il courut à ses côtés pour lui éclairer le chemin. Mesure et Placide allaient les suivre, mais Mot-pour-mot les rappela. « Il y a les femmes, là-bas, plus David et votre père, dit-il. Faut que quelqu'un reste ici pour s'occuper de tout ça.

— Vous avez raison, dit Placide. L'père va pas avoir envie d'redescendre de sitôt. »

Les jeunes gens se servirent de leviers pour soulever suffisamment la meule afin que Mot-pour-mot puisse retirer le manche du balai et les cordes toujours attachées aux chevaux. A eux trois, ils débarrassèrent le moulin, puis menèrent les bêtes à l'écurie et rangèrent les outils et tout le matériel. Alors seulement, Mot-pour-mot regagna la maison où il découvrit qu'on avait fait dormir Alvin junior dans son lit.

« J'espère qu'ça vous ennuie pas, fit Anne d'une voix inquiète.

— Bien sûr que non », répondit-il.

Les autres filles et Cally desservaient la table du dîner. Dans la chambre qui avait été celle de Mot-pour-mot, Fidelity et Miller, tous deux le teint terreux et les lèvres pincées, se tenaient assis au chevet du lit où l'on avait couché Alvin, la jambe éclissée et bandée.

David se tenait près de la porte. « La cassure était nette, chuchota-t-il à Mot-pour-mot. Mais les plaies... On a peur d'une infection. Toute la peau sus l'devant d'la jambe est partie. J'connais pas si un os à découvert comme ça arrivera à guérir.

— Vous avez remis la peau en place ? demanda Mot-pour-mot.

— C'qu'il en restait, on l'a bien arrangé, et la mère l'a r'cousu.

— Vous avez bien fait. »

Fidelity leva la tête. « C'est-y donc qu'vous vous y connaissez un peu pour soigner les genses, Mot-pour-mot ?

— Je connais ce que tout un chacun finit par apprendre après des années passées à tenter l'impossible auprès d'autres ignorants comme moi.

— Comment ç'a pu arriver ? fit Miller. Pourquoi donc aujourd'hui, après tous ces malheurs auxquels il a échappé ? » Il leva les yeux sur Mot-pour-mot. « J'avais fini par croire qu'il avait un protecteur.

— Il en a un.

— L'protecteur l'a abandonné, alors.

— Il ne l'a pas abandonné, dit Mot-pour-mot. Un moment, pendant que la meule tombait, je l'ai vue se fendre en deux et s'écarter assez large pour ne pas le toucher.

— Comme la poutre, murmura Fidelity.

— J'ai bien cru voir ça, moi aussi, père, fit David. Mais quand elle est r'tombée en un seul bloc, j'me suis dit que j'avais dû avoir la berlue, par rapport que j'désirais tant qu'il en réchappe.

— Elle est pas fendue, asteure, dit Miller.

— Non, dit Mot-pour-mot. Parce qu'Alvin junior a refusé qu'elle se fende.

— Vous voulez dire qu'il l'a recollée ? Pour qu'elle lui tombe dessus et qu'elle lui esquinte la jambe ?

— Je veux dire qu'il ne pensait pas à sa jambe. Il ne pensait qu'à la meule.

— Oh, mon garçon, mon brave garçon », murmura sa mère en caressant tendrement le bras inerte tendu vers elle. Alors qu'elle lui remuait les doigts, ils se plièrent mollement sous la pression puis se redressèrent brusquement.

« C'est possible ? demanda David. Qu'la meule se fende et s'recolle aussi vite que ça ?

— C'est forcément possible, dit Mot-pour-mot, puisque ça s'est produit. »

Fidelity bougea encore les doigts de son fils, mais cette fois ils ne se redressèrent pas. Ils s'étendirent même davantage, puis se refermèrent pour former le poing avant de s'étendre à nouveau à plat.

« L'est réveillé, dit son père.

— J'vais lui chercher du rhum, dit David. Pour soulager la douleur. Armure en a bien dans son magasin.

— Non, murmura Alvin.

— Le petit a dit non, fit Mot-pour-mot.

— Qu'esse qu'il peut savoir, avec c'qu'il endure ?

— Il faut qu'il garde ses esprits, s'il le peut », dit Mot-pour-mot. Il s'agenouilla au bord du lit, immédiatement à droite de Fidelity, si bien qu'il se trouvait encore plus près du visage de l'enfant. « Alvin, tu m'entends ? »

Alvin gémit. Ce devait être un « oui ».

« Alors écoute-moi. Ta jambe est très touchée. Les os sont cassés, mais on les a remis en place... ils vont guérir facilement. Mais la peau a été arrachée, et même si ta mère l'a recousue, il y a un gros risque qu'elle meure, que la gangrène s'y installe, et ça te tuera. La plupart des chirurgiens t'amputeraient de la jambe pour te sauver la vie. »

Alvin ballotta la tête ; il essayait de crier. Il ne put émettre qu'une plainte :

« Non, non, non.

— Vous empirez les choses ! » dit Fidelity, en colère.

Mot-pour-mot regarda le père, en quête de sa permission pour continuer.

« Embêtez pas le p'tit, fit Miller.

— Je connais un proverbe, dit Mot-pour-mot. Le pommier ne demande jamais au hêtre comment s'y prendre pour porter des fruits, pas plus que le lion ne demande au cheval comment faire pour attraper sa proie.

— Qu'esse ça veut dire ? demanda Fidelity.

— Ça veut dire que ce n'est pas mon affaire d'essayer de lui apprendre, à lui, la manière d'utiliser des pouvoirs que moi, je ne commence même pas à saisir. Mais vu qu'il ne sait pas comment procéder, il faut bien que j'essaye, non ? »

Miller réfléchit un instant. « Allez-y, Mot-pour-mot. Capable ou non d'se guérir, c'est mieux pour lui d'connaître ce qu'il risque. »

Mot-pour-mot prit avec douceur la main de l'enfant entre les siennes. « Alvin, tu veux garder ta jambe, n'est-ce pas ? Alors, tu dois y penser de la même façon que tu as pensé à la meule. Tu dois penser à la chair qui repousse, qui s'attache comme il faut sur l'os. Tu dois tout apprendre sur elle, dans les détails. Tu as largement le temps pour ça, ici dans ton lit. Ne pense pas à la douleur, pense à ta jambe comme elle devrait être, à nouveau entière et forte. »

Alvin, allongé, fermait les yeux en plissant les paupières pour contenir la douleur.

« Tu feras ça, Alvin ? Tu vas essayer ?

— Non, dit Alvin.

— Il faut combattre la douleur, si tu veux te servir de ton talent pour te remettre en état.

— Je l'ferai jamais, dit Alvin.

— Pourquoi donc ? s'écria Fidelity.

— L'homme-lumière, dit Alvin. J'y ai promis. »

Mot-pour-mot se souvint du serment qu'avait fait le jeune garçon à l'homme-lumière, et son cœur se serra.

« C'est quoi, cet homme-lumière ? demanda Miller.

— Une... visite qu'il a reçue, quand il était petit.

— Comment ça s'fait qu'on en a jamais entendu causer avant aujourd'hui ?

— C'était la nuit qui a suivi la chute de la poutre, dit Mot-pour-mot. Alvin a promis à l'homme-lumière qu'il n'utiliserait jamais son pouvoir à son propre profit.

— Voyons, Alvin, dit Fidelity. C'est pas pour devenir riche ou quoi, c'est pour t'sauver la *vie*. »

Il se contenta de grimacer de douleur et de secouer la tête.

« Voulez-vous me laisser avec lui ? demanda Mot-pour-mot. Quelques minutes, que je puisse lui parler ? »

Il n'avait pas terminé sa phrase que Miller poussait déjà Fidelity hors de la chambre.

« Alvin, dit Mot-pour-mot. Il faut que tu m'écoutes, que tu m'écoutes attentivement. Tu sais que je ne te mentirai pas. Un serment est une chose grave et je ne conseillerai jamais à personne de manquer à sa parole, même pour sauver sa vie. Je ne te dirai donc pas de te servir de ton pouvoir pour ton bien. Tu m'entends ? »

Alvin hocha la tête.

« Mais réfléchis un peu. Pense au Défaiseur qui parcourt le monde. Personne ne le voit accomplir son œuvre de destruction. Personne sauf un seul et unique petit garçon. Qui est ce petit garçon, Alvin ? »

Les lèvres d'Alvin formèrent un mot, sans qu'aucun son n'en sorte. Moi.

« Et ce petit garçon a reçu un pouvoir qu'il ne peut même pas encore comprendre. Le pouvoir de construire, face à la destruction de l'ennemi. Mieux que ça, Alvin, le *désir* de construire, aussi. Un petit garçon qui, dès qu'il entrevoit le Défaiseur, réplique en fabriquant une bricole. A présent dis-moi, Alvin, ceux qui aident le Défaiseur, ce sont les amis ou les ennemis de l'humanité ? »

Ennemis, firent les lèvres d'Alvin.

« Donc, si tu aides le Défaiseur à détruire son adversaire le plus dangereux, tu es un ennemi de l'humanité, pas vrai ? »

L'angoisse redonna un peu de voix à l'enfant. « Tu déformes tout, dit-il.

— Je rectifie, dit Mot-pour-mot. Ton serment était de ne jamais utiliser ton pouvoir à ton profit. Mais si tu meurs, il n'y aura que le Défaiseur à en bénéficier, alors que si tu vis, si ta jambe guérit, ce sera pour le bien de toute l'humanité. Que dis-je, Alvin ? ce sera pour le bien du monde et de tout ce qui l'habite. »

Alvin geignit, davantage à cause de la douleur dans sa tête que dans son corps.

« Mais ton serment était clair, non ? Jamais à ton propre profit. Alors pourquoi ne pas s'acquitter d'un serment par un autre, Alvin ? Fais le serment, là, maintenant, de consacrer *ta vie entière* à construire, à combattre le Défaiseur. Si tu respectes ce serment-là — et tu le respecteras, Alvin, car tu es un garçon de parole —, si tu respectes ce serment, alors sauver ta vie bénéficie réellement à autrui, pas à toi personnellement. »

Mot-pour-mot attendit, attendit, jusqu'à ce qu'Alvin finisse par accepter d'un léger hochement de tête.

« Fais-tu le serment, Alvin junior, de consacrer ta vie à faire échec au Défaiseur, à remettre les choses en état, comme elles doivent être ? »

Un chuchotement : « Oui.

— Alors je t'affirme, selon les termes de ta promesse, que tu dois te guérir. »

Alvin agrippa le bras de Mot-pour-mot. « Comment ?

— Ça, je ne sais pas, mon garçon. La façon de te servir de ton pouvoir, il faut que tu la trouves en toi-même. Je peux seulement te dire que tu dois essayer, sinon l'ennemi remporte la victoire et je serai obligé de finir ton histoire par la descente de ton corps dans la tombe. »

A la surprise de Mot-pour-mot, Alvin sourit. Il saisit alors ce qu'il y avait de drôle. L'histoire d'Alvin finirait par un enterrement, quoi qu'il fasse aujourd'hui.

« Très juste, mon garçon. Mais je préférerais connaître quelques pages de plus avant d'inscrire le mot “fin” dans le Livre d'Alvin.

— J'vais essayer », souffla Alvin.

S'il essayait, alors il réussirait sûrement. Son protecteur ne l'avait pas amené aussi loin pour le laisser mourir. Mot-pour-mot ne doutait pas qu'Alvin avait le pouvoir de se guérir lui-même, s'il découvrait seulement la façon de procéder. Son corps était beaucoup plus compliqué que la pierre. Mais s'il devait vivre, il lui fallait apprendre les mécanismes de sa propre chair, souder les fractures dans ses os.

On fit un lit pour Mot-pour-mot dans la pièce principale. Il proposa de dormir par terre près d'Alvin, mais Miller secoua la tête et répondit :

« Ça, c'est ma place. »

Il eut cependant du mal à trouver le sommeil. Au milieu de la nuit, il finit par renoncer, alluma une lanterne avec une allumette qu'il enflamma dans la cheminée, passa son manteau et sortit.

Le vent était frisquet. Une tempête se préparait et, à l'odeur qui flottait dans l'air, ce serait de la neige. Les bêtes s'agitaient dans la grande écurie. Mot-pour-mot se dit qu'il n'était peut-être pas tout seul dehors, cette nuit. Il y avait peut-être des Rouges tapis dans les coins d'ombre, ou même à rôder parmi les corps de ferme, et qui l'observaient. Un frisson le parcourut, puis il chassa ses craintes d'un haussement d'épaules. La nuit était trop froide. Même les pires ennemis des Blancs, les plus sanguinaires des Choc-Taws ou des Cree-Eks montés du Sud pour espionner, n'étaient pas assez stupides pour mettre le nez dehors alors que s'annonçait une pareille tempête.

Bientôt la neige allait tomber, la première de la saison, mais elle ne laisserait pas une couche éphémère. Il neigerait durant toute la journée du lendemain, il le sentait, car la tempête apporterait un air encore plus froid, assez froid pour que les flocons, duveteux et secs, s'amoncèlent d'heure en heure plus épais. Si Alvin ne les avait pas pressés de ramener la meule en une seule journée, ils auraient été contraints de la traîner jusqu'au moulin en pleine chute de neige. Le terrain serait devenu glissant. Quelque chose d'encore pire aurait pu se produire.

Mot-pour-mot se retrouva dans le moulin à regarder la meule. Elle avait l'air tellement massive qu'il était difficile d'imaginer qu'on puisse jamais la déplacer. Il en toucha une fois encore la surface, en prenant garde de ne pas se couper. Ses doigts effleurèrent les rayons peu profonds où la farine s'amasserait quand la grande roue à aubes entraînerait l'axe qui ferait rouler la meule courante, tour après tour, sur la meule gisante, avec la même régularité que la Terre qui gravitait autour du soleil, d'une année l'autre, réduisant en poussière le temps aussi sûrement que le moulin réduisait en farine le blé.

Il abaissa les yeux, là où le sol s'était légèrement affaissé sous la meule pour la faire pencher et manquer tuer le jeune garçon. Le fond de la dépression luisait à la lumière de la lanterne. Mot-pour-mot s'agenouilla et trempa son doigt dans un demi-pouce d'eau. Elle avait dû s'y accumuler, miner le sol et emporter un peu de terre. Pas trop, pour qu'on ne remarque pas l'humidité. Juste assez pour que, sous l'énorme poids de la meule, il cède.

Ah, Défaiseur, songea Mot-pour-mot, montre-toi à moi et je te bâtirai une prison d'où tu ne sortiras jamais et qui te mettra hors d'état de nuire pour toujours. Mais il avait beau faire, ses yeux ne voyaient pas ce frémissement dans l'air qui était apparu au septième fils d'Alvin Miller. Finalement, Mot-pour-mot ramassa la lanterne et quitta le moulin. Les premiers flocons apparaissaient. Le vent s'était calmé. Les flocons se mirent à tomber plus denses, virevoltant dans la lumière de sa lanterne. Le temps pour lui d'arriver au corps de logis, le sol était déjà gris de neige, la forêt invisible au loin. Il entra dans la maison, se coucha par terre sans même retirer ses bottes et s'endormit.

XII

Le livre

ILS ENTRETINRENT un feu de trois bûches, jour et nuit, au point que dans sa chambre les pierres du mur semblaient incandescentes et qu'on y respirait à présent un air sec. Alvin gisait immobile sur son lit ; sa jambe droite, lourde d'éclisses et de bandages, pesait sur sa couche comme une ancre alors que son corps lui donnait l'impression de flotter à la dérive, de tanguer, de rouler, d'embarder. Il avait le tournis, il se sentait un peu malade.

Mais il ne remarquait guère le poids de sa jambe, ni son tournis. Son ennemie, c'était la douleur dont les palpitations et les élancements égaraient son esprit de la tâche que lui avait assignée Mot-pour-mot : se guérir lui-même.

Pourtant la douleur était aussi son amie ; elle édifiait un mur autour de lui. Ainsi avait-il à peine conscience de se trouver dans une maison, dans une chambre, sur un lit. Le monde extérieur pouvait s'embraser, se réduire en cendres sans qu'il s'en aperçoive jamais. C'était le monde intérieur qu'il explorait désormais.

Mot-pour-mot ne savait pas la moitié de ce qu'il disait. La question n'était pas de se représenter son corps en esprit. Sa jambe ne s'en porterait pas mieux simplement parce qu'il l'imaginerait complètement guérie. Mais le vieil homme avait quand même suggéré la bonne idée. Si Alvin était capable de trouver son chemin dans la roche, d'en découvrir les points de rupture et ceux de résistance pour lui indiquer où se fracturer, où rester compacte, pourquoi pas dans les chairs et les os ?

Il y avait un obstacle : chairs et os faisaient un mélange indistinct. La roche gardait en gros partout la même structure, mais les tissus, eux, changeaient constamment, et ça n'avait rien d'un jeu d'enfant de s'y retrouver. Allongé, les yeux clos, il regarda dans sa chair pour la première fois. Il essaya d'abord de suivre la douleur, mais elle ne le mena nulle part, sinon là où tout était broyé, déchiré et tellement enchevêtré qu'il n'y reconnaissait rien. Au bout d'un long moment, il changea de tactique. Il écouta les battements de son cœur. Au début, la douleur persista à le détourner de son but, mais bientôt il put se concentrer sur les pulsations. S'il y avait du bruit dans le monde extérieur, il n'en savait rien, parce que la douleur le lui faisait oublier. Et le rythme cardiaque, à son tour, lui faisait oublier la douleur, en grande partie du moins.

Il suivit ses veines, les grosses au flot sanguin puissant et les petites. Parfois il se perdait. Parfois un élancement dans sa jambe se rappelait à lui, exigeait de se faire entendre. Mais peu à peu il trouva le chemin des chairs et des os de sa jambe valide. Le flux du sang y était bien moins fort, mais il le conduisit là où il voulait aller. Il découvrit toutes les couches de chair, telles des pelures d'oignon. Il apprit leur disposition, vit comment les muscles se rattachaient les uns aux autres, comment les tout petits vaisseaux se raccordaient, comment la peau se tendait et se soudait parfaitement.

Alors seulement, il prit le chemin de sa jambe blessée. Le lambeau de peau que maman avait recousu était quasiment mort, il commençait à pourrir. Mais s'il en restait un morceau capable de revivre, Alvin junior savait comment le traiter. Il trouva les extrémités écrasées des artères autour de la blessure et les incita à repousser, de la même façon qu'il faisait progresser les fissures dans la pierre. En comparaison, c'était plus facile avec la pierre ; pour une fissure, suffisait de laisser faire, sans plus. Il était plus long d'arriver à ses fins dans la chair vivante, et très vite il ne s'intéressa plus qu'à la plus grosse artère.

Il commença de voir comment elle se servait de petits bouts de ceci et de cela pour se reformer. Ce qui se produisait était dans l'ensemble bien trop petit, trop rapide, trop compliqué pour qu'Alvin en comprenne le sens. Mais il put obtenir de son corps qu'il mette à disposition de l'artère ce qu'il lui fallait pour repousser, et il l'envoya là où le besoin s'en faisait sentir. Enfin l'artère opéra la jonction avec les tissus corrompus. Au prix d'autres efforts, il finit par trouver la terminaison d'une artère ratatinée qu'il rattacha à la première, et il envoya le sang irriguer le lambeau recousu.

Trop tôt, trop vite. Il sentit sur sa jambe la chaleur du sang jaillissant de ses chairs mortes en une douzaine de points différents; elles ne pouvaient contenir pareil afflux. Doucement, doucement. Il suivit son sang, qui maintenant suintait sur sa peau au lieu de couler à flots, et une fois encore relia vaisseaux, veines et artères, essayant autant que possible de prendre modèle sur l'autre jambe.

Finalement, ce fut chose faite, ou quasiment. La circulation normale du sang pouvait être contenue. Son retour redonna vie à une bonne partie des tissus recousus. D'autres régions restaient encore mortes. Alvin continua de se déplacer çà et là avec le sang, écartant les éléments morts, les fragmentant en morceaux tellement petits qu'ils en devenaient méconnaissables. Mais les éléments vivants, eux, les reconnaissaient bien, ils les recueillaient, ils les remettaient en état. Partout où Alvin se rendait, les chairs repoussaient.

Jusqu'à ce que, la tête fatiguée de penser si petit et de fournir tant d'efforts, il s'endorme malgré lui.

❋

« J'veux pas l'réveiller.

— Y a pas moyen d'changer ses pansements sans y toucher, Fidelity.

— Bon, alors... Oh, fais attention, Alvin ! Non, laisse-moi m'en occuper !

— J'ai déjà fait ça avant...

— Sus des vaches, Alvin, pas sus des p'tits garçons ! »

Il sentit une pression sur sa jambe. Quelque chose lui tira sur la peau. La douleur lui faisait moins mal que la veille. Mais il était encore trop épuisé, même pour ouvrir les yeux. Même pour émettre un son, afin qu'ils sachent qu'il était éveillé, qu'il les entendait.

« Bon d'là, Fidelity, l'a dû bougrement saigner pendant la nuit.

— M'man, Mary, elle dit que j'dois...

— Tais-toi et débarrasse le plancher, Cally ! Tu vois pas que m'man s'fait du tracas...

— Pas besoin d'crier après le p'tit, Alvin. L'a que sept ans.

— A sept ans, on est assez grand pour savoir s'taire et laisser les grandes personnes entre elles quand elles ont à faire... R'garde ça.

— J'ai du mal à l'croire.
— J'm'attendais à voir sortir du pus comme la crème d'un pis d'vache.
— C'est tout propre.
— Et la chair repousse, r'garde-moi ça ? Tes sutures ont dû prendre.
— J'osais à peine espérer que c'te chair vivrait.
— J'vois même pas d'ossaille par en dessous.
— L'Seigneur nous bénit. J'ai prié toute la nuit, Alvin, et regarde c'que Djeu a fait.
— Eh ben, t'aurais dû prier plus fort, alors, pour qu'ça soye complètement guéri. J'ai de l'ouvrage pour c'garçon-là.
— Blasphème pas d'vant moi, Alvin Miller.
— Ça m'flanque la colique, c'te façon qu'a Djeu de s'immiscer en tapinois pour s'attribuer tout l'mérite. P't-être qu'Alvin est un bon guérisseur, t'as déjà pensé à ça ?
— Tu vois, tes horreurs réveillent le p'tit.
— R'garde donc s'il veut de l'eau.
— Il va en avoir, même s'il en veut pas. »

Alvin ne désirait rien d'autre. Il avait le corps tout sec, pas seulement la bouche ; il fallait récupérer la quantité de sang perdu. Il but donc tout son soûl à la timbale qu'on approcha de ses lèvres. Beaucoup d'eau lui coula sur la figure et dans le cou, mais c'est à peine s'il le remarqua. L'important, c'était l'eau qui lui coulait dans le ventre. Il laissa retomber sa tête et tenta de découvrir de l'intérieur comment allait sa blessure. Mais c'était trop dur d'y retourner, trop dur de se concentrer. Il s'endormit avant d'avoir parcouru la moitié du chemin.

Il se réveilla encore et pensa que ce devait être à nouveau la nuit, à moins qu'on ait tiré les rideaux. Il ne pouvait pas savoir, parce qu'il n'avait pas la force d'ouvrir les yeux, et la douleur était revenue, aussi insupportable qu'avant ; il y avait même pire : sa blessure le démangeait au point qu'il se retenait difficilement d'y porter la main pour se gratter. Mais, au bout d'un moment, il fut en mesure de s'y rendre en esprit et d'aider les tissus à se régénérer. Quand il se rendormit, une fine pellicule de peau, parfaitement formée, recouvrait toute la blessure. Par en dessous, le corps travaillait encore à reconstituer les muscles meurtris et à ressouder les os brisés. Mais il n'y aurait plus de perte de sang, plus de blessure ouverte risquant de s'infecter.

⁂

« R'gardez-moi ça, Mot-pour-mot. Déjà vu une affaire de même ?

— On dirait une peau de nouveau-né.

— J'suis p't-être fou, mais sauf pour l'éclisse, j'vois pas d'raison de laisser c'te jambe bandée plus longtemps.

— Pas la moindre trace de blessure. Non, c'est vrai, il n'y a plus besoin de bandage à présent.

— P't-être que ma femme a raison, Mot-pour-mot. P't-être que Djeu, il est intervenu et qu'il a fait un miracle pour mon fils.

— On ne peut rien prouver. Quand le petit se réveillera, il en saura peut-être quelque chose.

— Faut pas y compter. Il a toujours pas ouvert les yeux depuis l'temps.

— Une chose est sûre, monsieur Miller. Le petit ne va pas mourir. Je n'en aurais pas dit autant hier.

— J'étais prêt à lui faire un cercueil pour l'mettre en terre, dites donc. J'y donnais pas une chance de s'en sortir. Vous voulez regarder s'il va vraiment bien ? J'veux connaître par quoi il est protégé, ou par qui.

— Quel que soit ce ou celui qui le protège, monsieur Miller, le petit est plus puissant. Faut penser à ça. Son protecteur a fendu la meule, mais Al junior l'a recollée et son protecteur n'a eu qu'à s'incliner.

— D'après vous, il connaissait c'qu'il faisait ?

— Il doit avoir une idée de ses pouvoirs. Il savait de quoi il était capable avec la meule.

— J'ai jamais entendu parler d'un talent pareil, j'vous l'dis tout net. J'ai raconté à Fidelity comment il avait travaillé c'te meule, qu'il avait taillé l'arrière sans même se servir d'un outil, et la v'là qui s'met à m'donner lecture du Livre de Daniel et à pleurer sur l'accomplissement de la prophétie. Elle voulait s'précipiter icitte pour mettre le p'tit en garde contre les pieds d'argile. Ça, c'est plus fort que tout, non ? La religion leur monte à la tête. J'ai jamais connu une seule femme à qui la religion faisait pas battre la campagne. »

La porte s'ouvrit.

« Sors d'icitte ! T'es donc tellement niaiseux que j'doive te l'répéter vingt fois, Cally ? Elle est où, sa mère ? elle est pas fichue de t'nir un drôle de sept ans…

— Ne soyez pas trop dur avec le petit, Miller. De toute façon, il a filé, maintenant.

— J'sais pas c'qui va de travers chez lui. Dès qu'Al junior se flanque par terre, j'vois la figure de Cally partout où j'pose les yeux. Comme un croque-mort qu'espère une affaire.

— Peut-être qu'il trouve ça bizarre. Qu'Alvin se soit fait du mal.

— Toutes les fois qu'Alvin s'est trouvé à un doigt d'la mort…

— Mais jamais blessé. »

Un long silence.

« Mot-pour-mot.

— Oui, monsieur Miller ?

— Vous êtes un ami d'la famille, et des fois on y a guère mis du nôtre. Pourtant, m'est avis qu'vous restez un voyageur.

— Pour ça, oui, monsieur Miller.

— C'que j'veux dire, c'est pas pour vous bousculer, mais si vous partez bétôt et qu'vous décidez d'aller du côté d'l'Est, vous croyez qu'vous pourriez porter une lettre pour moi ?

— J'en serais ravi. Et sans frais, ni pour l'expéditeur ni pour le destinataire.

— C'est bien aimable de vot' part. J'ai réfléchi à c'que vous m'avez dit. Cette histoire de jeune garçon qu'il fallait éloigner de certains dangers. Et j'me suis demandé : où donc j'm'en vais trouver des gens d'confiance pour veiller sus le p'tit ? On a pas d'parenté d'reste en Nouvelle-Angleterre qui vaut la peine qu'on en parle… N'importe comment, j'veux pas qu'on l'élève comme un puritain pour qu'il aille en enfer.

— Je suis soulagé de vous l'entendre dire, monsieur Miller, je n'ai pas grande envie de revoir la Nouvelle-Angleterre moi-même.

— Si vous r'partez par la route qu'on a tracée en v'nant dans l'Ouest, tôt ou tard vous arriverez dans un coin sus la rivière Hatrack, à trente milles environ au nord de l'Hio, pas très loin en aval de Fort DeKane. Y a là une auberge, du moins y en avait une, qu'a un cimetière par en arrière avec une pierre tombale qui dit : "Vigor, il est mort pour sauver sa famille."

— Vous voulez que j'emmène l'enfant ?

— Non, non, j'vais pas l'envoyer asteure qu'la neige arrive. L'eau…

— Je comprends.

— Y a un forgeron là-bas, et j'me suis dit qu'il pourrait avoir b'soin d'un apprenti. Alvin, il est jeune mais il est grand pour son âge, et m'est avis que l'forgeron ferait une affaire avec lui.

— Apprenti ?

— Eh ben, j'vais sûrement pas faire de lui un esclave, hein, pas vrai ? Et j'ai pas d'argent pour l'envoyer à l'école.

— Je porterai la lettre. Mais j'espère pouvoir rester jusqu'à ce qu'il se réveille, pour lui dire au revoir.

— J'vais pas vous faire partir ce soir, tout d'même ! Pas plusse que d'main, avec c'te couche de neige toute fraîche qu'est déjà assez épaisse pour étouffer un lapin.

— Je ne savais pas si vous aviez remarqué le temps ou non.

— Je r'marque toujours quand y a de l'eau par terre. » Il émit un rire désabusé, et les deux hommes sortirent de la chambre.

Alvin junior, allongé sur son lit, essaya de comprendre pourquoi p'pa voulait le faire partir. Ne s'était-il pas toujours bien conduit, du mieux possible ? Ne se proposait-il pas d'aider quand il savait faire un travail ? N'allait-il pas à l'école du révérend Thrower, alors que le pasteur cherchait pourtant à le rendre fou ou idiot ? Et surtout, n'avait-il pas fini par ramener une meule parfaite de la montagne, qu'il avait maintenue intacte jusqu'au bout, en indiquant par où passer et, juste au dernier moment, en risquant sa jambe pour qu'elle ne se casse pas ? Et voilà qu'ils allaient l'envoyer au loin !

Apprenti ! Chez un forgeron ! Il n'avait encore jamais vu de forgeron de sa vie. Le plus proche se trouvait à trois jours de cheval, et p'pa ne voulait pas qu'il l'accompagne. Dans toute son existence, il ne s'était jamais éloigné de plus de dix milles de la maison, dans un sens ou dans un autre.

Plus il y pensait, plus sa colère montait. Combien de fois il avait supplié papa et maman de le laisser aller se promener tout seul dans les bois ? Ils avaient toujours refusé. Fallait tout le temps que quelqu'un le surveille, comme s'il était un prisonnier ou un esclave risquant de s'enfuir. Dès qu'il avait cinq minutes de retard quelque part, on venait le quérir. Il ne lui arrivait jamais de faire de longs voyages — les plus longs, c'étaient les rares fois où il s'était rendu à la carrière. Et aujourd'hui, après l'avoir gardé depuis sa naissance dans un enclos comme une oie de Noël, on décidait de l'expédier à l'autre bout de la terre !

Devant une pareille injustice, les larmes lui vinrent, jaillirent de ses yeux et lui coulèrent le long des joues jusque dans les oreilles ; c'était tellement bête qu'il se mit à rire.

« Pourquoi qu'tu rigoles ? » demanda Cally.

Alvin ne l'avait pas entendu entrer.

« Tu vas mieux, asteure ? Ça saigne pus du tout, Al. »

Cally lui toucha la joue.

« Tu pleures parce que ça fait très mal ? »

Alvin aurait probablement pu lui répondre, mais il sentait que ça lui imposerait trop d'efforts d'ouvrir la bouche et d'en sortir des mots ; alors il secoua vaguement la tête, lentement, doucement.

« Tu vas mourir, dis, Alvin ? »

Il fit à nouveau non de la tête.

« Oh », fit Cally.

Il avait l'air si déçu qu'Alvin en ressentit une pointe de colère. Suffisante, en définitive, pour lui faire retrouver l'usage de la parole.

« J'm'excuse, croassa-t-il.

— Ben, c'est pas juste, tout d'même, expliqua Cally. Je l'voulais pas, moi, mais ils racontaient tous que t'allais mourir. Et j'ai pensé à c'que ça serait si c'était d'*moi* que tout l'monde s'occupait. C'est toujours pareil, tout l'monde fait attention à toi, et dès qu'moi j'ouvre la bouche, on m'dit : va-t'en, Cally, tais-toi donc, Cally, on t'a rien demandé, Cally, tu devrais pas être au lit, Cally ? Ils s'fichent tous de c'que j'fais. Sauf quand j'me mets à *te* taper dessus, alors là, ils m'disputent : faut pas t'bagarrer, Cally.

— Tu t'bats drôlement bien pour un rat des champs. » C'était du moins ce qu'Alvin avait eu l'intention de dire, mais il ne savait pas avec certitude si ses lèvres avaient seulement remué.

« Tu sais c'que j'ai fait un jour, quand j'avais six ans ? J'suis parti et j'm'ai perdu dans les bois, exprès. J'ai marché, marché… Des fois, j'fermais les yeux et j'faisais des tours sus moi-même pour être sûr de pas connaître où j'allais. J'ai dû rester perdu la moitié d'la journée. Esse qu'y a eu quèqu'un pour venir m'quéri' ? Alors, m'a fallu faire demi-tour et retrouver l'chemin d'la maison tout seul. Personne m'a demandé : où t'as été, toute la sainte journée, Cally ? M'man, elle a seulement dit : "T'as les mains aussi sales que l'derrière d'un ch'val malade, va t'laver." »

Alvin se remit à rire, presque silencieusement, des soubresauts dans la poitrine.

« C'est drôle pour *toi*. Tout l'monde s'occupe de *toi*. »

Alvin fit un gros effort pour produire un son, cette fois-ci. « Tu veux qu'je parte ? »

Cally hésita un long moment avant de répondre : « Non. Qui c'est-y qui jouerait avec moi, alors ? Rien qu'ces gourdes de cousins. Y en a pas un seul de bon à la bagarre dans l'tas.

— J'vais m'en aller, chuchota Alvin.

— Non, tu vas pas t'en aller. T'es le septième fils, et ils te laisseront jamais partir.

— Si fait.

— 'videmment, si j'compte bien, c'est *moi* le numéro sept. David, Placide, Mesure, Econome, Fortuné, Alvin junior — c'est toi — ensuite moi, ça fait sept.

— Vigor.

— Il est mort. Ça fait longtemps qu'il est mort. Quelqu'un devrait l'faire assavoir à p'pa et à m'man. »

Alvin ne bougeait pas sur son lit, au bord de l'épuisement à cause des quelques mots qu'il avait prononcés. Cally n'ajouta plus grand-chose. Il se contenta de rester assis et de garder le silence. En serrant très fort la main de son frère. Alvin ne tarda pas à se laisser aller ; ce qui l'empêcha de se rendre compte s'il rêvait ou si Cally parlait réellement. Mais il l'entendit dire : « J'veux pas du tout qu'tu meures, Alvin. » Puis il crut l'entendre ajouter : « J'voudrais être toi. » De toute façon, Alvin sombra dans le sommeil et, quand à nouveau il se réveilla, il n'y avait plus personne auprès de lui et la maison était silencieuse en dehors des bruits de la nuit : le vent qui agitait les volets, le bois de charpente qui craquait en se contractant sous l'action du froid, la bûche qui crépitait dans l'âtre.

Une fois encore, Alvin entra en lui-même et s'efforça de descendre jusqu'à sa blessure. Il ne lui restait plus grand-chose à faire du côté de la peau et des muscles. C'était sur les os qu'il travaillait maintenant. Leur aspect de dentelle le surprenait, des petits trous les grêlaient partout, ils n'étaient pas compacts comme la meule. Mais il comprit rapidement leur texture, et il lui fut aisé bientôt de les ressouder solidement.

Pourtant, quelque chose n'allait pas dans un os. Un détail dans sa jambe blessée la différenciait légèrement de l'autre. Un détail si infime qu'il le distinguait mal. Il en ignorait la nature, il savait seulement que ça engendrait la maladie dans l'os, une petite parcelle de maladie, mais il ne voyait pas comment y remédier. Comme lorsqu'il essayait de ramasser des flocons de neige : dès qu'il croyait tenir quelque chose, ça se réduisait à rien, ou peut-être ça devenait trop petit pour qu'il puisse le voir.

Mais peut-être aussi que ça disparaîtrait. Peut-être que si tout le reste allait mieux, ce foyer de maladie dans son os guérirait de lui-même.

❄

Aliénor revint en retard de chez sa mère. Armure-de-Dieu estimait qu'une épouse se devait de garder des liens étroits avec sa famille, mais rentrer après le coucher du soleil était trop dangereux.

« On parle de Rouges sauvages qui r'montent du Sud. Et toi, tu traînasses à la brunante.

— J'me suis dépêchée, fit-elle. J'connais l'chemin dans l'noir.

— C'est pas la question d'connaître le chemin, reprit-il sévèrement. Les Français offrent des fusils comme primes pour des scalps de Blancs, asteure. Ça va pas tenter les partisans du Prophète, mais y manque pas de Choc-Taws qui demanderont pas mieux que d'monter à Fort Détroit en récoltant des scalps en cours de route.

— Alvin va pas mourir », dit Aliénor.

Armure détestait qu'elle détourne la conversation comme ça. Mais la nouvelle était telle qu'il ne pouvait pas vraiment éviter de s'informer. « Ils ont décidé d'l'amputer d'la jambe, alors ?

— J'l'ai vue, la jambe. Elle va mieux. Et Alvin junior, il était réveillé en fin d'après-midi. J'ai causé un moment avec lui.

— J'suis content, s'il s'est réveillé, Ally, bien content, dame oui ; mais j'espère qu'tu t'attends pas à une amélioration dans sa jambe. Une blessure aussi grave peut donner un temps l'impression d'guérir, mais bien vite la pourriture se met d'dans.

— C'te fois-ci, je l'crois pas, dit-elle. Tu veux dîner ?

— J'ai bien dû grignoter deux pains, durant que j'faisais les cent pas en m'demandant si t'allais ou non rentrer.

— C'est pas bon pour un homme, de prendre du ventre.

— Eh ben, j'en ai un, de ventre, et il réclame à manger comme c'ti-là de n'importe qui.

— M'man m'a donné un fromage pour que je l'ramène à la maison. » Elle le déposa sur la table.

Armure était en proie au doute. Il se disait que Fidelity réussissait de si bons fromages parce qu'elle *faisait quelque chose* au lait. En même temps, on n'en trouvait pas de meilleurs sur tout le cours de la Wobbish, pas plus qu'en remontant la Tippy-Canoe.

Ça le mettait mal à l'aise, quand il se surprenait à pactiser avec la sorcellerie. Et cette sensation de malaise ne le disposait pas à laisser passer quoi que ce soit, même sachant qu'Ally ne tenait visiblement pas à en parler.

« Pourquoi tu crois pas qu'sa jambe va pourrir ?

— C'est qu'elle va tellement vite à s'remettre, dit-elle.

— Comment ça, vite ?

— Oh, elle est drôlement près d'guérir.

— Comment ça, près ? »

Elle fit volte-face, leva les yeux au ciel puis se détourna de lui. Elle se mit à couper une pomme pour manger avec le fromage.

« *Comment ça :* près, j'ai dit, Ally ? Comment ça : près d'guérir ?

— Guérie.

— Une meule lui arrache tout l'devant d'la jambe, et au bout de deux jours c'est guéri ?

— Deux jours seulement ? fit-elle. Ça m'a paru une semaine.

— D'après l'calendrier, ça fait deux jours, dit Armure. C'qui veut dire qu'y a eu d'la sorcellerie là-haut.

— Si j'en crois les Evangiles, on peut guérir les genses sans faire d'la sorcellerie.

— Qui donc ? Me dis pas qu'ton père ou ta mère s'est tout d'un coup découvert un pouvoir aussi puissant ! Esse qu'ils ont invoqué un démon ? »

Elle se retourna, le couteau en main, encore prêt à couper. Un éclair passa dans ses yeux. « P'pa est p't-être pas un bon pratiquant, mais l'djab' il a jamais mis l'pied chez nous. »

Ce n'était pas l'avis de Thrower, mais Armure se garda bien d'introduire le révérend dans la conversation. « C'est c'mendiant, alors.

— Il travaille pour le gîte et le couvert. Aussi dur que les aut'.

« C'était la première fois que le Visiteur se qualifiait lui-même d'ange. »

Page 201.

— On dit qu'il a connu l'vieux sorcier Ben Franklin. Et cet athée d'Appalachie, Tom Jefferson.

— Il raconte de bonnes histoires. Et c'est pas lui non pus qu'a guéri le p'tit.

— Quand même, quelqu'un l'a fait.

— P't-être qu'il s'est guéri tout seul. N'importe comment, la jambe est toujours cassée. Alors, c'est pas un miracle ou je n'sais quoi. Il guérit vite, c'est tout.

— Eh ben, p't-être qu'il guérit vite parce que l'djab' prend soin d'ses créatures. »

Au regard qu'elle lui jeta en tournant la tête, Armure regretta ses paroles. Mais sacordjé, c'est tout juste si le révérend Thrower n'avait pas dit que le gamin était l'égal de la Bête de l'Apocalypse.

Bête ou enfant, il restait le frère d'Ally, et même si la plupart du temps elle gardait son calme comme pas une, quand elle se fichait en rogne, elle devenait une vraie terreur.

« Retire ça, dit-elle.

— Allons, j'ai jamais rien entendu d'aussi bête. Comment j'peux retirer c'que j'ai dit ?

— En disant à présent qu'tu connais que c'est pas vrai.

— J'connais pas si c'est vrai ni l'contraire. J'ai dit : peut-être ; et si on a pas l'droit de dire des peut-être devant sa femme, alors autant être mort.

— Là, j'crois que t'as raison, fit-elle. Et si tu retires pas ça, tu vas regretter de pas l'être, mort ! » Et elle s'avança, armée de deux gros morceaux de pomme, un dans chaque main.

De fait, quand elle venait vers lui de cette façon-là, même très en colère, et qu'il la laissait le pourchasser autour de la maison pendant un moment, elle finissait en général par éclater de rire. Mais pas cette fois-ci. Elle lui écrabouilla un bout de pomme dans les cheveux et lui jeta l'autre, puis alla s'asseoir dans la chambre au premier pour pleurer toutes les larmes de son corps.

Ce n'était pas son genre, de pleurer, et Armure se dit que la situation lui avait échappé.

« Je l'retire, Ally, dit-il. C'est un bon garçon, je l'sais.

— Oh, je m'en fiche de c'que tu penses. Tu connais pas d'quoi tu causes, d'ailleurs. »

Il n'existait pas beaucoup de maris à tolérer pareil langage de la part d'une épouse sans lui retourner une calotte. Armure souhaitait parfois qu'Ally reconnaisse sa chance d'avoir un mari chrétien. « J'connais tout d'même deux ou trois choses.

— Ils vont l'faire partir, dit-elle. Dès l'printemps, ils vont l'envoyer en apprentissage. C'est pas que ça l'enchante, j'te l'garantis, mais il discute pas, il bouge pas de son lit, il cause bien tranquillement. Seulement, quand il nous regarde, l'restant d'la famille et moi, on a l'impression qu'il arrête pas d'nous dire au revoir.

— Pourquoi donc, ils le font partir ?

— J'te l'ai dit, ils l'envoyent en apprentissage.

— D'la façon qu'ils le dorlotent, j'les voyais mal se séparer d'ce drôle.

— Ils parlent pas non plus de l'envoyer tout près. Là-bas dans l'Est, à l'aut' bout du territoire de l'Hio, à côté de Fort DeKane. Rends-toi compte, c'est à moitié chemin de l'océan.

— Tu sais, ç'a rien d'étonnant, quand on y pense.

— Ah bon ?

— Avec les Rouges qui commencent à faire du foin, ils préfèrent l'expédier au loin. Les autres, ils peuvent rester dans l'coin et se r'cevoir une flèche dans la goule, mais pas Alvin junior. »

Elle posa sur lui un regard de souverain mépris. « Des fois, t'es tellement méfiant que ça m'donne envie de dégobiller, Armure-de-Dieu.

— C'est pas d'la méfiance que de dire la vérité.

— Tu r'connais pas la vérité d'un rutabaga.

— Tu vas m'nettoyer c'te pomme de mes cheveux, ou faut-y que j'te force à la licher ?

— M'est avis qu'il va bien m'falloir faire quèque chose, sinon tu vas t'essuyer sur les draps. »

❄

Mot-pour-mot partait tellement chargé qu'il avait l'impression d'être un voleur. Deux paires de grosses chaussettes. Une couverture neuve. Une cape en peau d'élan. De la charqui et du fromage. Une bonne pierre à aiguiser.

Outre ce qu'on lui avait donné sans même le savoir. Un corps reposé, allégé de ses douleurs et de ses contusions. Une démarche alerte. Des visages nouveaux et avenants à garder en mémoire. Et des histoires. Des histoires notées dans les pages fermées de son livre, celles qu'il consignait de sa main. Et des histoires vraies, laborieusement griffonnées par les autres.

Mais il leur avait bien rendu service en contrepartie, du moins il avait essayé. Des toits remis en état pour l'hiver et différents travaux çà et là. Plus important, ils avaient vu un livre où Ben Franklin avait écrit de sa main, qui contenait des phrases de Tom Jefferson, Ben Arnold, Pat Henry, John Adams, Alex Hamilton et même d'Aaron Burr (avant le duel) et de Daniel Boone (après le duel). Avant l'arrivée de Mot-pour-mot, les Miller appartenaient à leur famille, comme ils appartenaient à la région de la Wobbish, et c'était tout. Maintenant, ils faisaient partie d'une histoire beaucoup plus vaste. La guerre d'indépendance d'Appalachie. Le Contrat Américain. Ils voyaient leur propre migration à travers les terres sauvages comme un fil parmi beaucoup d'autres, et ils sentaient la solidité de la tapisserie tissée de tous ces fils. Non pas une tapisserie, en réalité. Un tapis, plutôt. Un bon tapis, épais et résistant, que des générations d'Américains fouleraient après eux. Il y avait là matière à un poème; il y travaillerait un de ces jours.

Il leur laissait plusieurs autres choses encore. Un fils aimé qu'il avait sauvé de l'écrasement par une meule. Un père qui avait désormais le courage d'envoyer son fils au loin avant qu'on l'ait poussé à le tuer. Un nom pour le cauchemar d'un jeune garçon, afin qu'il comprenne que son ennemi était réel. Un encouragement chuchoté à un enfant blessé pour qu'il se guérisse tout seul.

Et un unique dessin, gravé au feu dans une fine plaque de chêne à l'aide d'une pointe de couteau portée au rouge. Il aurait préféré travailler à la cire et à l'acide sur du métal, mais on ne trouvait ni l'une ni l'autre dans la région. Il avait donc creusé des lignes dans le bois, en s'appliquant de son mieux. L'image d'un jeune homme emporté par le fort courant d'une rivière, enchevêtré dans les racines d'un arbre flottant, cherchant sa respiration, le regard fier face à la mort. Il n'en aurait retiré que du mépris à l'Académie des Beaux-Arts du Lord Protecteur, tellement l'œuvre était quelconque. Mais Dame Fidelity avait poussé un cri à sa vue et elle l'avait serrée contre son cœur en laissant ses larmes couler dessus comme les dernières gouttes qui tombent des avant-toits après une pluie d'orage. Quant à Alvin père, il avait hoché la tête et dit : « Vous l'avez imaginé, Mot-pour-mot. Vous avez parfaitement rendu son visage, et pourtant vous n' l'avez jamais connu. C'est Vigor. C'est mon gars. » Puis il avait pleuré à son tour.

Ils avaient posé la gravure sur la cheminée. Ce n'était peut-être pas du grand art, pensait Mot-pour-mot, mais c'était authentique; elle touchait davantage ces gens que n'importe quel portrait toucherait un seigneur ou un parlementaire, vieux et ventripotent, de Londres, Camelot, Paris ou Vienne.

« Le jour est après s'lever, asteure, dit Dame Fidelity. Vous avez d'la route à faire avant la nuit.

— Vous ne pouvez pas m'en vouloir de rechigner à partir. Mais je suis content que vous m'ayez confié cette commission, et vous pouvez compter sur moi. » Il tapota sa poche, qui renfermait la lettre destinée au forgeron de la rivière Hatrack.

« Vous pouvez pas partir sans dire au revoir au p'tit », dit Miller.

Mot-pour-mot avait retardé ce moment autant qu'il avait pu. Il hocha la tête puis s'extirpa du fauteuil confortable près du feu pour se rendre dans la chambre où il avait dormi les meilleures nuits de sa vie.

C'était réconfortant de voir les yeux d'Alvin junior grands ouverts, son visage éveillé, débarrassé de la mollesse qu'il avait affichée certains jours, ou du masque grimaçant de la douleur. Mais la douleur était toujours là, Mot-pour-mot le savait.

« Tu t'en vas ? demanda le gamin.

— Je suis sur le départ, il ne me reste plus qu'à te dire au revoir. »

Alvin parut légèrement en colère. « Alors tu vas même pas m'laisser écrire dans ton livre ?

— Tout le monde n'écrit pas dans mon livre, tu sais.

— P'pa l'a fait. Et m'man.

— Et Cally aussi.

— Eh ben, ça doit être beau, dit Alvin. Il écrit comme un... comme un...

— Comme un enfant de sept ans. »

C'était une réprimande, mais Alvin ne se donna pas la peine de prendre un air honteux.« Pourquoi pas moi, alors ? Pourquoi Cally et pas moi ?

— Parce que je laisse seulement les gens écrire la chose la plus importante qu'ils ont jamais faite ou jamais vue de leurs yeux. Qu'est-ce que toi, tu écrirais ?

— J'sais pas. P't-être quelque chose sus la meule. »

Mot-pour-mot fit la moue.

« Alors p't-être ma vision. Ça, c'est important, tu me l'as dit toi-même.

— Et ç'a été inscrit ailleurs, Alvin.

— J'veux écrire dans le livre, dit-il. J'veux ma phrase dedans avec celle-là de Ben le Faiseur.

— Pas encore, fit Mot-pour-mot.

— Quand donc ?

— Quand tu auras battu à plate couture cette espèce de Défaiseur, mon garçon. A ce moment-là, je te laisserai écrire dans le livre.

— Et si j'arrive pas à l'battre à plate couture ?

— Alors ce livre ne vaudra pas grand-chose, de toute manière. »

Des larmes jaillirent des yeux d'Alvin. « Et si j'meurs ? »

Mot-pour-mot sentit un frisson de peur le parcourir. « Comment va ta jambe ? »

L'enfant haussa les épaules. Il battit des paupières pour refouler ses larmes. Il n'y en avait déjà plus.

« Ce n'est pas une réponse, mon garçon.

— Ça fait tout l'temps mal.

— Ça durera jusqu'à ce que l'os se ressoude. »

Alvin junior eut un sourire triste. « L'os est complètement ressoudé.

— Alors pourquoi ne marches-tu pas ?

— J'ai mal, Mot-pour-mot. Ça part pas. Y a quelque chose qui va pas dans l'os, et j'connais pas 'core comment l'arranger.

— Tu trouveras un moyen.

— J'l'ai pas 'core trouvé.

— Un vieux trappeur m'a dit un jour : "Trou du cul, trou du cou, commence par n'importe quel bout, ce qui compte avant tout, c'est de prendre la peau du caribou."

— C'est un proverbe ?

— Presque. Tu trouveras un moyen, même si ce n'est pas celui auquel tu t'attends.

— Je m'attends à rien, dit Alvin. Rien ne s'passe comme j'aurais cru.

— Tu as dix ans, mon garçon. Déjà fatigué du monde ? »

Alvin n'arrêtait pas de frotter les plis de la couverture entre ses doigts. « Mot-pour-mot, j'vais mourir. »

Le vieil homme examina son visage, essayant d'y lire la mort. Il ne vit rien. « Je ne crois pas.

— Le p'tit point malade dans ma jambe. Ça grandit. Pas bien vite, p't-être, mais ça grandit. C'est invisible et ça grignote les parties dures de l'ossaille ; après, ça va s'envenimer d'pus en pus vite et…

— Et te détruire. »

Alvin se mit à pleurer pour de bon cette fois-ci, et ses mains tremblaient. « J'ai peur de mourir, Mot-pour-mot, mais j'ai ça dans mon os et j'peux pas l'enlever. »

Mot-pour-mot posa une main sur la sienne pour calmer les tremblements. « Tu vas trouver un moyen. Tu as trop à faire en ce monde pour mourir maintenant. »

Alvin roula des yeux. « J'ai encore rien entendu d'aussi bête cette année. C'est pas parce qu'on a des choses à faire qu'on meurt pas.

— Mais on ne meurt pas *volontairement*.

— J'veux pas mourir.

— Voilà pourquoi tu vas trouver le moyen de vivre. »

Alvin garda le silence quelques secondes. « J'réfléchis. A c'que j'ferai si j'vis. Comme c'que j'ai fait pour que ma jambe, elle aille mieux. J'pourrai faire pareil pour d'aut' genses, j'suis sûr. J'pourrai poser les mains sur eux et sentir ce qui s'passe à l'intérieur, et pis les soigner. Ça serait bien, hein ?

— Ils t'en seraient reconnaissants, tous les gens que tu guérirais.

— J'pense qu'la première fois, c'est la plus dure, et j'étais pas très vaillant quand j'l'ai fait. J'suis sûr que j'peux aller plus vite avec d'aut' genses.

— C'est possible. Mais même si tu guéris une centaine de malades par jour, puis que tu recommences plus loin avec une centaine d'autres, il y en aura dix mille à mourir derrière toi, dix mille encore devant, et lorsque tu arriveras à la fin de ta vie, même ceux que tu auras guéris seront presque tous morts. »

Alvin détourna le visage. « Si j'connais comment les soigner, alors faut que j'les soigne, Mot-pour-mot.

— Quand c'est possible, fais-le, dit Mot-pour-mot. Mais que ce ne soit pas ton but dans la vie. Des briques dans un mur, Alvin, voilà ce que seront jamais les gens. Tu n'avanceras à rien si tu répares une à une les briques abîmées. Guéris ceux qui te passent à portée de la main, mais ta tâche est autrement plus grande.

— J'connais comment guérir les genses. Mais j'connais pas comment battre le Dé... le Défaiseur. J'connais même pas c'que c'est.

— Tant que tu es seul capable de le voir, en tout cas, tu es le seul qui ait une chance de le battre.

— Si tu l'dis. »

Un autre long silence. Mot-pour-mot savait qu'il était temps de partir.

« Attends.

— Faut que je m'en aille, maintenant. »

Alvin le retint par la manche.

« Pas tout d'suite.

— Bientôt.

— Au moins... au moins, laisse-moi lire c'que les autres, ils ont écrit. »

Mot-pour-mot mit la main dans son sac et en sortit la poche renfermant le livre. « Je ne te promets pas d'expliquer ce qu'ils ont voulu dire », s'excusa-t-il en faisant glisser le livre hors de son enveloppe étanche.

Alvin trouva rapidement les derniers écrits, les plus récents.

De la main de sa mère : *Vigor, il repouce un tron et il meure pas avan la naiçance du bébé.*

De la main de David : *Une meul se kace en deux pis elle se rekol sans une failure.*

De la main de Cally : *Un sétiaime fisse.*

Alvin releva les yeux. « C'est pas d'moi qu'il parle, tu sais.

— Je sais », fit Mot-pour-mot.

Alvin revint au livre. De la main de son père : *Il tue pas un enfan parse qu'un étrangé arrive à ce moman-là.*

« De quoi il parle, p'pa ? » demanda Alvin.

Mot-pour-mot lui retira le livre des mains et le referma. « Trouve un moyen de guérir ta jambe, dit-il. Tu es loin d'être le seul à désirer qu'elle soit forte. Ce n'est pas pour toi-même, tu te rappelles ? »

Il se pencha et l'embrassa sur le front. Alvin tendit les bras et l'étreignit, s'accrochant à lui, si bien que Mot-pour-mot ne pouvait pas se redresser sans le soulever hors du lit. Au bout d'un moment, il leva les mains pour lui décrocher les bras. Sa joue était humide des larmes d'Alvin. Il ne les essuya pas. Il laissa la brise les sécher tandis qu'il cheminait le long du sentier aride et glacé, que bordaient à gauche et à droite des champs recouverts de neige à demi fondue.

Il s'arrêta un instant sur le second pont couvert. Le temps de se demander s'il reviendrait jamais par ici, ou s'il reverrait les Miller. Ou finirait par recueillir la phrase d'Alvin junior dans son livre. S'il était un prophète, il le saurait. Mais il n'en avait pas la moindre idée.

Il se remit en marche vers l'aube.

XIII

L'opération

Le Visiteur s'assit confortablement sur l'autel et s'appuya négligemment sur le bras gauche, donnant à son corps une inclinaison désinvolte. Thrower avait déjà vu la même pose familière chez un dandy de Camelot, un débauché qui méprisait à l'évidence tout ce que prêchaient les églises puritaines d'Angleterre et d'Ecosse. Le spectacle du Visiteur dans une attitude aussi irrévérencieuse mettait le révérend mal à l'aise.

« Pourquoi ? demanda l'apparition. Ce n'est pas parce que tu ne connais qu'une seule façon de contenir les élans de ton corps, assis bien droit sur ta chaise, genoux serrés, les mains jointes délicatement posées sur les cuisses, que je suis obligé de t'imiter. »

Thrower était embarrassé. « Ce n'est pas juste de me condamner pour mes pensées.

— Si fait, quand tes pensées me condamnent pour mon attitude. Prends garde à l'orgueil, mon ami. Ne te crois pas si vertueux que tu puisses juger les actes des anges. »

C'était la première fois que le Visiteur se qualifiait lui-même d'ange.

« Je ne me suis qualifié de rien. Tu dois apprendre à maîtriser tes pensées, Thrower. Tu sautes beaucoup trop vite aux conclusions.

— Pourquoi venez-vous me voir ?

— C'est à propos de celui qui a fabriqué cet autel », dit le Visiteur. Il tapota l'une des croix qu'Alvin junior avait gravées dans le bois.

« J'ai fait de mon mieux, mais ce garçon est réfractaire à tout enseignement. Il doute de tout et conteste comme si chaque dogme devait répondre aux mêmes critères de logique et de cohérence qui ont cours dans le monde de la science.

— En d'autres termes, il demande que tes doctrines se tiennent.

— Il refuse l'idée que certaines choses demeurent des mystères, uniquement accessibles à l'esprit de Dieu. L'ambiguïté le rend impertinent et le paradoxe déclenche une rébellion ouverte.

— Un gamin insupportable.

— Le pire que j'aie jamais vu », dit Thrower.

Les yeux du Visiteur lancèrent des éclairs. Thrower sentit comme un coup de poignard au cœur.

« J'ai essayé, plaida-t-il. J'ai essayé de le décider à servir le Seigneur. Mais l'influence de son père…

— Tel est faible qui attribue ses fautes à la force des autres, dit le Visiteur.

— Je n'ai pas encore échoué ! Vous m'avez dit que j'avais jusqu'aux quatorze ans du garçon…

— Non. Je t'ai dit que moi, j'avais jusqu'à ses quatorze ans. Toi, tu ne disposes que du temps qu'il reste dans la région.

— Je n'ai pas entendu dire que les Miller allaient déménager. Ils viennent juste d'installer leur meule, ils vont commencer à moudre le grain au printemps, ils ne partiraient pas sans… »

Le Visiteur se leva de l'autel. « Laisse-moi te soumettre un cas de figure, révérend Thrower. Parfaitement hypothétique. Supposons que tu te trouves dans la même pièce que le pire ennemi de tout ce que je représente. Supposons cet ennemi malade, couché sans forces dans son lit. S'il se rétablit, il va s'éloigner hors de ta portée et donc continuer d'anéantir tout ce que toi et moi aimons dans ce monde. Mais s'il meurt, notre grande cause sera sauvée. Maintenant, suppose que quelqu'un te mette un bistouri dans la main et t'implore de pratiquer une opération délicate sur le garçon. Et suppose que si jamais ta main glisse, de presque rien, le bistouri risque de trancher une artère vitale. Suppose encore que si tu temporises, tout simplement, il va se vider si rapidement de son sang qu'il mourra en un clin d'œil. Dans un tel cas, révérend Thrower, où serait ton devoir ? »

Thrower était consterné. Toute sa vie, il s'était préparé à enseigner, convaincre, exhorter, expliquer. Jamais à commettre de ses mains un acte sanglant comme celui que suggérait le Visiteur.

« Je ne suis pas fait pour ce genre de choses, dit-il.

— Es-tu fait pour le royaume de Dieu ? demanda le Visiteur.

— Mais le Seigneur a dit : “Tu ne tueras point.”

— Oh ? Est-ce là ce qu'il a dit à Josué quand il l'a envoyé vers la Terre promise ? Est-ce là ce qu'il a dit à Saül quand il l'a lancé contre les Amalécites ? »

Thrower évoqua ces sombres épisodes de l'Ancien Testament et trembla de peur à l'idée de prendre part personnellement à une entreprise similaire.

Mais le Visiteur ne désarmait pas. « Le grand prêtre Samuel a commandé au roi Saül de tuer tous les Amalécites, hommes, femmes, enfants. Or Saül ne se sentait pas d'humeur à le faire. Il a sauvé le roi des Amalécites et l'a ramené vivant. Pour ce crime de désobéissance, qu'a décidé le Seigneur ?

— Il a choisi David pour être roi à sa place », murmura Thrower.

Le Visiteur se tenait tout contre Thrower, le feu de son regard le blessait. « Et Samuel, le grand prêtre, le gentil serviteur de Dieu, qu'est-ce qu'il a fait ?

— Il a demandé qu'on amène Agag, le roi des Amalécites, devant lui. »

Le Visiteur insistait toujours. « Et Samuel, qu'a-t-il fait ?

— Il l'a tué, chuchota Thrower.

— *Que disent précisément les Ecritures ?»* rugit le Visiteur. Les murs du temple tremblèrent, les vitres des fenêtres trépidèrent.

Thrower, terrorisé, éclata en sanglots, mais il prononça les paroles qu'exigeait le Visiteur : « Samuel a taillé Agag en pièces... en présence du Seigneur. »

A présent, on n'entendait plus d'autre bruit dans l'église que la respiration saccadée de Thrower s'efforçant de maîtriser ses pleurs hystériques. Le Visiteur lui sourit, les yeux pleins d'amour et de miséricorde. Puis il disparut.

Thrower tomba à genoux devant l'autel et pria. O Père, je mourrais pour Toi, mais ne me demande pas de tuer. Eloigne cette coupe de mes lèvres, je suis trop faible, je n'en suis pas digne. Ne dépose pas ce fardeau sur mes épaules.

Ses larmes tombèrent sur l'autel. Il entendit un grésillement et s'écarta d'un bond, interdit. Ses larmes filaient à la surface de l'autel comme de l'eau sur un poêlon chaud, jusqu'à ce qu'elles finissent par s'évaporer.

Le Seigneur m'a rejeté, pensa-t-il. Je me suis engagé à Le servir quoi qu'Il exige, et aujourd'hui qu'Il m'impose quelque chose de difficile, qu'Il m'ordonne d'être aussi fort que les grands prophètes d'antan, je découvre que je suis un réceptacle brisé entre Ses mains. Incapable de contenir le destin dont Il voulait m'investir.

La porte de l'église s'ouvrit, laissant entrer une vague d'air glacé qui courut le long du sol et fit frissonner le pasteur dans ses chairs. Il leva les yeux, redoutant un ange envoyé pour le punir.

Mais ce n'était pas un ange. Seulement Armure-de-Dieu Weaver.

« J'voulais pas interrompre vot' prière, mon révérend.

— Entrez, dit Thrower. Fermez la porte. Que puis-je faire pour vous ?

— Pas pour moi, dit Armure.

— Venez ici. Asseyez-vous. Racontez-moi. »

Thrower songeait avec espoir que l'arrivée inopinée d'Armure était peut-être un signe que lui adressait Dieu. Un membre de la congrégation en quête de son aide, juste après cette prière... Le Seigneur lui faisait sûrement savoir qu'Il ne le rejetait pas, tout compte fait.

« C'est l'frère de ma femme, fit Armure. L'jeune garçon, Alvin junior. »

Thrower sentit une onde de terreur le parcourir, qui le gela jusqu'aux os. « Je le connais. Que se passe-t-il ?

— Vous connaissez qu'il s'est fait écraser la jambe.

— J'en ai entendu parler.

— Vous avez pas eu l'occasion d'passer l'visiter avant que ça soye guéri ?

— On m'a fait comprendre que je ne suis pas le bienvenu dans cette maison.

— Alors, que j'vous dise : c'était grave. Tout un morceau de chair arraché. Les os cassés. Mais deux jours après, c'était complètement guéri. On voyait même pas d'cicatrice. Au bout de trois jours *il marchait*.

— Ça ne devait pas être aussi grave que vous le pensiez.

— J'viens de vous l'dire, la jambe était *cassée* et la blessure était *grave*. Toute la famille croyait qu'le gamin allait mourir. Ils m'ont parlé d'acheter des clous pour l'cercueil. Et l'chagrin leur faisait la mine tellement affreuse que je m'demandais si faudrait pas enterrer l'père et la mère en plusse.

— Alors, ça ne peut pas être aussi complètement guéri que vous le dites.

— Ben, c'est pas *complètement* guéri, et c'est pour ça que j'viens vous voir. Je sais qu'vous croyez guère à ces choses-là, mais j'vous l'dis, ils ont ensorcelé la jambe du gamin pour qu'elle arrive à guérir. Ally dit que l'drôle, il l'a ensorcelée tout seul. Même qu'il a marché sur sa jambe durant quelques jours, sans éclisse ni rien. Mais la douleur, elle est jamais partie, et asteure il paraît qu'y a un foyer de maladie sur son os. Il a aussi d'la fièvre.

— Il existe une explication parfaitement naturelle à tout, dit Thrower.

— Ben, qu'ce soye comme vous voulez, m'est avis, à moi, que l'gosse a invité l'djab' avec sa sorcellerie, et que maintenant l'djab' le ronge tout vif à l'intérieur. Alors, comme vous êtes un pasteur ordonné de Dieu, j'ai pensé qu'vous pourriez p't-être chasser l'Malin au nom du Seigneur Jésus. »

Superstition et sorcellerie : deux inepties, bien entendu, mais l'hypothèse d'Armure — un démon tapi dans le garçon — avait du sens, elle concordait avec ce que le révérend avait appris du Visiteur. Peut-être le Seigneur lui demandait-il d'exorciser l'enfant, d'en expulser le Malin, non pas de le tuer. Une chance lui était offerte de se racheter de sa pusillanimité.

« J'y vais », dit-il. Il attrapa sa lourde cape et la jeta sur ses épaules.

« J'aime mieux vous prévenir, y a personne de chez eux qui m'a d'mandé d'venir vous quérir.

— Je suis prêt à affronter la colère des infidèles, affirma Thrower. C'est la victime de la diablerie qui m'intéresse, pas sa famille ridicule et superstitieuse. »

❄

Alvin était couché sur son lit, brûlant de fièvre. Dans la journée, comme en ce moment, on gardait ses volets clos pour que la lumière ne lui blesse pas les yeux. Mais la nuit, il demandait à ce qu'on ouvre, qu'on laisse entrer un peu d'air froid. Il le respirait avec soulagement. Durant les quelques jours où il avait pu marcher, il avait vu la neige qui recouvrait la prairie. A présent, il essayait de s'imaginer étendu sous cette couverture neigeuse. Délivré du feu qui le dévorait de l'intérieur.

Il n'arrivait pas à voir assez petit au fond de lui-même. Ce qu'il avait réalisé avec les os, les fibres musculaires et les couches de peau, c'était autrement plus difficile que de repérer les fissures dans la roche de la carrière. Pourtant il avait réussi à progresser, par tâtonnements, dans le labyrinthe de son corps, à trouver les lésions majeures, à les aider à se refermer. Seulement, le processus s'était déroulé à une échelle trop minuscule et trop rapide pour qu'il comprenne. Il en avait constaté le résultat mais non les éléments mis en jeu, il ne savait pas vraiment ce qui s'était passé.

C'était la même chose avec le mal dans son os. Une toute petite partie qui dépérissait, qui pourrissait. Il sentait la différence entre cette partie gâtée et l'os sain, il connaissait les limites de la maladie. Mais il ne distinguait pas réellement ce qui se passait. Il ne pouvait pas la combattre. Il allait mourir.

Il ne se trouvait jamais seul dans la chambre, il le savait. Quelqu'un restait toujours assis à son chevet. Il ouvrait les yeux et c'était pour voir maman, papa ou l'une des filles. Même parfois l'un des frères, malgré l'épouse et l'ouvrage qu'il avait fallu délaisser pour venir. C'était un réconfort pour Alvin, mais aussi un souci. Il se disait constamment qu'il devrait se dépêcher de mourir afin qu'ils puissent tous retourner à leurs vies coutumières.

Cet après-midi, c'était Mesure qui se tenait à son chevet. Alvin lui avait donné le bonjour, mais ils n'avaient pas grand-chose à se dire. Comment va ? J'vais mourir, merci, et toi ? Pas facile de bavarder longtemps sur ce ton. Mesure lui avait raconté comment, avec les bessons, ils avaient essayé de fabriquer une meule courante. Choisi une pierre plus tendre que celle à laquelle s'était attaqué Alvin, et pourtant il avaient eu un mal de chien à tailler dedans. « On a fini par abandonner, conclut Mesure. Ça attendra que tu r'montes là-haut pour nous en ram'ner une toi-même. »

Alvin n'avait pas répondu, et ni l'un ni l'autre n'avait décroché un mot depuis. Allongé sur sa couche, en sueur, Alvin sentait dans son os la pourriture qui s'étendait lentement, sûrement. Son frère, assis, lui tenait délicatement la main.

Mesure se mit à siffloter.

Le son surprit Alvin. Il était si absorbé par ce qui se passait en lui que la musique lui semblait naître à une grande distance, et il lui fallut revenir d'assez loin pour en découvrir l'origine.

« Mesure ! » s'écria-t-il, mais sa gorge n'émit qu'un chuchotement.

Le sifflement cessa. « Excuse, dit Mesure. Ça t'embête ?

— Non. »

Mesure se remit à siffler. C'était un air étrange, qu'Alvin ne se souvenait pas avoir jamais entendu. A dire vrai, ça ne ressemblait à aucun air connu. Il ne se répétait jamais, il enchaînait sans cesse de nouveaux motifs, exactement comme si Mesure l'improvisait au fil de son inspiration. Tandis qu'Alvin l'écoutait sur son lit, la mélodie semblait dessiner une carte, serpenter à travers de vastes étendues, et il commença de la suivre. Non pas qu'il *voyait* quoi que ce soit, comme lorsqu'on suit une véritable carte. Elle paraissait toujours lui montrer le cœur des choses, et dès qu'il pensait à un endroit précis, il y pensait comme s'il y était. Il avait l'impression de retrouver le cours des réflexions auxquelles il s'était précédemment livré, quand il cherchait un moyen d'éliminer le foyer malade de son os, sauf que maintenant il observait avec du recul, peut-être du haut d'une montagne ou dans une clairière, quelque part d'où il bénéficiait d'une vue dégagée.

Il eut alors une pensée qui ne lui était encore jamais venue. Lorsque sa jambe s'était cassée, tout le monde, devant ses chairs broyées, avait pu constater comme il était mal en point, mais personne n'avait pu l'aider en dehors de lui-même. Il avait dû guérir sa blessure de l'intérieur. Au contraire, maintenant, personne d'autre ne voyait le mal qui le rongeait. Et même si lui parvenait à le voir, il n'avait aucun moyen d'y remédier.

Alors peut-être que cette fois-ci, quelqu'un d'autre pourrait le guérir. Sans se servir d'aucune sorte de pouvoir occulte. Une bonne vieille opération chirurgicale bien saignante.

« Mesure, murmura-t-il.

— J'suis là, dit Mesure.

— J'connais un moyen d'guérir ma jambe. »

Mesure se pencha tout près. Alvin n'ouvrit pas les yeux, mais il sentit le souffle de son frère sur sa joue.

« La maladie dans mon os, ça s'étend, mais pas encore partout. J'peux rien y faire, mais j'pense que si on m'coupait c'te partie de l'os pour l'enlever d'ma jambe, après j'finirais de guérir tout seul.

— Couper l'os ?

— La scie de p'pa, celle-là qu'il prend pour découper la viande, elle devrait faire l'affaire, j'crois.

— Mais y a pas de chirurgien à moins de trois cents milles.

— Alors, m'est avis que quelqu'un f'rait bien d'apprendre sans tarder, sinon j'vais mourir. »

Mesure respirait plus vite à présent. « Tu crois que te couper l'os, ça t'sauverait la vie ?

— C'est c'que j'ai trouvé d'mieux.

— Ça pourrait t'bousiller la jambe.

— Si j'suis mort, j'en aurai rien à faire. Et si j'vis, ça vaudra la peine d'avoir la jambe bousillée.

— J'vais chercher p'pa. » Mesure repoussa sa chaise en raclant le sol et sortit de la chambre d'un pas lourd.

❄

Thrower laissa Armure passer en tête sur la galerie des Miller. Ils pouvaient difficilement envoyer promener l'époux de leur fille. Mais son inquiétude était sans fondement. Ce fut Dame Fidelity qui ouvrit la porte, non son païen de mari.

« Eh ben, révérend Thrower, c'est trop aimable à vous d'passer nous voir », dit-elle. Mais la bonne humeur qu'affectait sa voix était démentie par son visage défait. On n'avait pas bien dormi depuis un certain temps, dans cette maison.

« C'est moi qui l'ai amené, mère Fidelity, dit Armure. Il est venu par rapport que j'lui ai d'mandé.

— L'pasteur de notre église est l'bienvenu chez moi toutes les fois qu'il lui plaît d'nous visiter. »

Elle les introduisit dans la pièce principale. Un groupe de filles qui cousaient des carrés pour un quilt, assises sur des chaises près de la cheminée, levèrent les yeux vers le révérend. Le petit garçon, Cally, faisait ses lettres sur une planche en se servant d'un morceau de charbon de bois pour écrire.

« Je suis content de voir que tu fais tes lettres », dit Thrower.

Cally se contenta de le dévisager. Il perçait une pointe d'hostilité dans son regard. Apparemment, le gamin n'appréciait pas que le maître vienne surveiller son travail jusqu'ici, chez lui, où il s'estimait dans un sanctuaire.

« Tu les fais bien », dit Thrower pour mettre l'enfant à l'aise.

Cally ne répondit rien, il rabaissa les yeux sur son ardoise de fortune et se remit à gribouiller des mots.

Armure exposa d'emblée l'objet de leur visite : « Mère Fidelity, on vient à cause d'Alvin. Vous connaissez mon sentiment sus la sorcellerie, pourtant j'ai jamais rien dit jusqu'ici contre c'que vous aut', vous faites chez vous. J'ai toujours été d'avis que c'étaient vos affaires et pas les miennes. Mais c'drôle, il paye les pots cassés pour les pratiques maléfiques que vous tolérez sous vot' toit. Il a ensorcelé sa jambe, et voilà qu'asteure il a l'démon en lui, qu'est après le tuer. Alors j'ai amené l'révérend Thrower pour qu'il l'en débarrasse. »

Dame Fidelity parut perplexe. « Y a pas de démon dans c'te logis. »

Ah, pauvre femme ! fit silencieusement Thrower. Si seulement tu savais depuis combien de temps un démon habite en ces lieux ! « On s'habitue parfois tellement à la présence d'un démon qu'on ne le remarque même plus. »

Une porte près de l'escalier s'ouvrit, et monsieur Miller la franchit à reculons. « Pas moi, disait-il, s'adressant à quelqu'un dans la chambre. J'toucherai pas au p'tit avec un couteau. »

Cally bondit sur ses pieds en entendant la voix de son père et se précipita vers lui :

« Armure, il a ramené l'bonhomme Thrower icitte, p'pa, pour tuer l'démon. »

Miller se retourna, le visage tordu par une étrange émotion, et regarda les visiteurs comme s'il avait peine à les reconnaître.

« J'ai des charmes puissants qui protègent cette maison, dit Dame Fidelity.

— Ces charmes-là, c'est des invites pour le djab', dit Armure. Vous croyez qu'ils protègent vot' maison, mais ils éloignent le Seigneur.

— Y a aucun démon qu'est entré chez nous, insista-t-elle.

— Pas d'lui-même, dit Armure. C'est vous qui l'avez attiré par vos conjurations. Vous avez fait fuir l'Saint-Esprit, avec vot' sorcellerie et vot' idôlatrie ; et comme vous avez chassé Dieu d'chez vous autres, les démons en profitent naturellement pour entrer. Ils y manquent jamais, quand ils flairent une bonne occasion d'faire le mal. »

Le révérend commençait à s'inquiéter en entendant Armure s'étendre sur un sujet que lui-même ne dominait pas vraiment. Il aurait mieux valu qu'il se contente de demander si le pasteur pouvait prier pour le petit, à son chevet. Voilà qu'il créait un conflit qu'il aurait fallu éviter.

Et quelles que soient les pensées qui roulaient présentement dans la tête de monsieur Miller, le moment était visiblement mal choisi pour le provoquer. Il marchait lentement vers Armure. « Alors d'après toi, c'qui vient chez l'monde pour mal faire, c'est l'djab' ?

— J'vous garantis mon amour pour l'Seigneur Jésus… » commença Armure, mais il ne put achever sa déclaration car son beau-père l'agriffa par l'épaule de son manteau et la ceinture de son pantalon pour lui faire opérer un demi-tour et le bousculer vers la porte.

« On f'rait bien de m'ouvrir c'te porte ! rugit Miller. Sinon va y avoir un sacré beau trou en plein mitan !

— Qu'esse qui t'prend, Alvin Miller ? brailla sa femme.

— J'flanque les démons dehors ! » Cally avait diligemment ouvert la porte, et Miller refoula son gendre jusqu'au bord de la galerie avant de l'éjecter en vol plané. Le cri outragé d'Armure mourut étouffé dans la neige qui recouvrait le sol, après quoi on ne risquait plus guère d'entendre ses hurlements, vu que Miller avait fermé puis barré la porte.

« Tu t'crois fort, s'indigna Dame Fidelity, d'mettre dehors l'époux de ta propre fille ?

— J'ai fait qu'suivre ce qu'il a dit la volonté du Seigneur », lâcha Miller. Puis il porta le regard sur le pasteur.

« Armure ne parlait pas pour moi, dit Thrower d'une voix suave.

— Si tu portes la main sus un homme d'église, dit Dame Fidelity, tu coucheras dans un lit froid pour le restant d'tes jours.

— Il m'viendrait pas à l'idée de l'toucher, fit Miller. Mais je m'dis qu'si moi, j'mets pas les pieds chez lui, lui devrait pas les mettre chez moi.

— Vous ne croyez peut-être pas au pouvoir de la prière, dit Thrower.

— M'est avis qu'ça dépend de çui qui prie et de çui qu'écoute.

— Quand même, poursuivit Thrower, votre femme a foi dans la religion de Jésus-Christ, au service de laquelle j'ai été nommé et ordonné pasteur. Elle croit, et je crois aussi, qu'en priant au chevet de votre fils, je pourrais efficacement contribuer à son prompt rétablissement.

— Si c'est l'genre de mots qu'vous mettez dans vos prières, dit Miller, ça tient du miracle que l'Seigneur arrive à comprendre de quoi vous causez.

— Même si vous ne croyez pas à l'utilité d'une telle prière, ça ne peut sûrement pas faire de mal, n'est-ce pas ? »

Miller regarda Thrower puis sa femme, et à nouveau Thrower. Le révérend ne doutait pas que, sans la présence de Fidelity, il serait en train de manger de la neige en compagnie d'Armure-de-Dieu. Mais Fidelity était là, et elle avait déjà proféré la menace de Lysistrata. Un homme n'engendre pas quatorze enfants sans que le lit de sa femme n'offre aucun attrait à ses yeux.

Miller céda. « Allez-y donc, fit-il. Mais embêtez pas le p'tit trop longtemps. »

Thrower hocha la tête avec obligeance. « Pas plus de quelques heures, dit-il.

— Quelques *minutes* ! » Mais l'autre se dirigeait déjà vers la porte près de l'escalier, et Miller ne fit aucun mouvement pour l'arrêter. Qu'il passe donc des heures avec le gamin, si ça lui chantait !

Le pasteur referma la porte derrière lui. Ça n'était pas digne, de laisser des païens se mêler de cette affaire. « Alvin », dit-il.

Le jeune garçon était allongé sous une couverture et la sueur lui perlait au front. Il avait les yeux fermés. Mais au bout d'un instant, il entrouvrit la bouche. « Révérend Thrower, chuchota-t-il.

— Lui-même. Alvin, je suis venu prier pour toi, afin que le Seigneur chasse de ton corps le démon qui te rend malade. »

Une nouvelle pause, comme s'il fallait un certain temps aux paroles de Thrower pour atteindre Alvin, et un autre, aussi long, avant que ne revienne la réponse. « C'est pas un démon, dit-il.

— On ne peut pas demander à un enfant d'être versé dans le domaine de la religion. Mais je dois te dire que seuls guérissent ceux qui ont foi dans la guérison. » Il consacra ensuite plusieurs minutes à raconter l'histoire de la fille du centurion puis celle de la femme qui perdait son sang et qui avait touché la robe de Jésus. « Tu te souviens des paroles du Christ : "Ta foi t'a sauvée." C'est ainsi, Alvin Miller, ta foi doit être forte pour que le Seigneur puisse te sauver. »

Le garçon ne répondit pas. Comme Thrower avait mis en jeu toute sa grande éloquence pour lui retracer les deux histoires, il se sentit légèrement vexé que le gamin ait pu s'endormir. Il avança un doigt effilé et donna un coup sur l'épaule d'Alvin.

L'enfant tressaillit pour se dérober. « J'ai entendu », marmonna-t-il.

Sa mine renfrognée n'était pas bon signe, alors qu'il venait de recevoir la lumière de la parole divine. « Eh bien ? demanda Thrower. Tu crois ?

— Dans quoi ? murmura le gamin.

— Dans l'Evangile ! Dans le Dieu qui te sauvera, si seulement tu attendris ton cœur !

— J'crois, chuchota-t-il. Dans Dieu. »

Ce qui aurait dû suffire. Mais Thrower connaissait trop l'histoire de la religion pour ne pas insister davantage. Ce n'était pas assez de proclamer sa foi dans une déité. Il en existait tellement, et toutes sauf une étaient fausses. « Dans quel Dieu tu crois, Al junior ?

— Dieu, dit le garçon.

— Même le Maure païen prie tourné vers la pierre noire de La Mecque et il l'appelle Dieu ! Crois-tu dans le vrai Dieu, et crois-tu en lui correctement ? Non, je comprends, tu es trop faible et trop fiévreux pour expliquer ta foi. Je vais t'aider, jeune Alvin. Je vais te poser des questions et tu me diras si, oui ou non, tu crois. »

Alvin ne bougeait pas, il attendait.

« Alvin Miller, crois-tu en un Dieu indivisible, sans corps ni passions ? Le grand Créateur non créé, dont le centre est partout mais la circonférence nulle part ? »

L'enfant parut y réfléchir un instant avant de répondre : « J'trouve que ç'a aucun sens.

— Ça n'est pas supposé avoir du sens pour un esprit charnel, dit Thrower. Je te demande seulement si tu crois dans Celui qui siège au sommet d'un Trône sans sommet ; l'Etre qui existe par Lui-même, si grand qu'Il emplit l'univers mais si pénétrant qu'Il vit dans ton cœur.

— Comment il peut s'assire au sommet de quèque chose qu'a pas d'sommet ? Comment quèque chose d'aussi grand peut tenir dans mon cœur ? »

Manifestement trop ignorant et trop fruste pour saisir la subtilité d'un paradoxe théologique ! Mais ce n'était pas uniquement une vie, voire une âme, qui se jouaient ici — c'étaient toutes les âmes qu'aux dires du Visiteur cet enfant mènerait à leur perte si personne ne le convertissait à la vraie foi. « C'est la beauté de la chose, reprit Thrower en laissant l'émotion gagner sa voix. Dieu est au-delà de toute compréhension ; pourtant, dans

Son amour infini, Il condescend à nous sauver, malgré notre ignorance et notre bêtise.

— C'est pas une passion, l'amour ? demanda le garçon.

— Si l'idée de Dieu t'embrouille un peu, dit Thrower, alors laisse-moi te poser une autre question, peut-être plus appropriée : crois-tu dans le gouffre sans fond de l'enfer, où les méchants se tordent dans les flammes sans pourtant jamais brûler ? Crois-tu dans Satan, l'ennemi de Dieu, qui veut te voler ton âme et te retenir captif dans son royaume, afin de te tourmenter pour l'éternité ? »

L'enfant parut dresser l'oreille ; il tourna la tête vers Thrower mais garda les yeux fermés. « J'pourrais croire dans quèque chose de même », dit-il.

Ah, oui, pensa Thrower. Le gamin a bel et bien eu affaire au diable.

« Tu l'as vu, mon enfant ?

— Il ressemble à quoi, vot' djab' ? souffla le garçon.

— Ce n'est pas *mon* diable, dit Thrower. Et si tu avais bien écouté au culte, tu le saurais, parce que je l'ai souvent décrit. En guise de cheveux, le diable a des cornes de taureau. En guise de mains, le diable a des pattes d'ours. Il a les sabots d'un bouc, et sa voix ressemble au rugissement d'un lion dévorant. »

A la stupéfaction de Thrower, le gamin sourit, puis un rire agita silencieusement sa poitrine. « Et vous nous traitez, nous aut', de superstitieux ! »

Thrower n'aurait jamais cru que le Malin pouvait tenir aussi fermement l'âme d'un enfant, s'il n'avait vu Alvin rire de contentement à la description du monstre Lucifer. Il fallait museler ce rire ! C'était une offense faite à Dieu !

Thrower claqua sa bible sur la poitrine du jeune garçon, qui expulsa bruyamment l'air de ses poumons. Puis, pressant les mains sur le livre, le révérend sentit des paroles inspirées affluer à ses lèvres, et il s'écria avec plus de passion qu'il n'en avait jamais ressenti de toute son existence : « Satan, au nom du Seigneur, je m'élève contre toi ! Je t'ordonne de te retirer de cet enfant, de cette chambre, de cette maison, définitivement ! Ne cherche plus jamais à prendre possession d'une âme vivant sous ce toit, ou la puissance de Dieu apportera la destruction jusqu'au plus profond de l'enfer ! »

Ensuite, le silence. Hormis la respiration du malade, qu'on sentait oppressée. Il régnait une telle paix dans la pièce, une telle droiture harassée dans le cœur de Thrower, qu'il se persuada que le diable avait pris en compte sa péroraison et qu'il avait battu en retraite sans demander son reste.

« Révérend Thrower, dit le jeune garçon.

— Oui, mon fils ?

— Vous pouvez m'ôter c'te bible de la poitrine, à présent ? Si y avait des démons icitte, m'est avis qu'ils sont tous partis, asteure. »

Puis il se reprit à rire, et la bible de tressauter sous la main de Thrower.

A cet instant, la joie triomphante du pasteur céda la place à une déception amère. Que le gamin parte d'un rire aussi diabolique, malgré la Bible posée sur lui, n'était-ce point la preuve qu'aucune puissance ne parviendrait à en chasser le mal ? Le Visiteur avait eu raison. Thrower n'aurait jamais dû refuser la formidable tâche qu'il l'avait chargé d'accomplir. On lui avait offert l'occasion de terrasser la Bête de l'Apocalypse, et lui, trop timoré, trop sentimental, avait reculé devant la divine requête. Au lieu de Samuel, pourfendant l'ennemi de Dieu, me voici Saül, une chiffe, incapable de tuer celui dont le Seigneur a ordonné la mort. Je verrai désormais grandir ce garçon investi du pouvoir de Satan et je saurai qu'il n'enforcit que par ma faiblesse.

La chaleur de la chambre était à présent étouffante et Thrower suffoquait. Il n'avait pas remarqué avant cet instant la sueur qui trempait ses vêtements. Il avait de la gêne à respirer. Mais à quoi devait-il s'attendre ? Le souffle brûlant de l'enfer passait dans cette pièce. Haletant, il prit la Bible, la brandit entre lui et l'enfant satanique qui gloussait fébrilement sous sa couverture, et s'enfuit.

Il s'arrêta dans la pièce principale, pantelant. Il interrompait une conversation, mais il y prit à peine garde. Que représentait le bavardage de ces gens plongés dans les ténèbres de l'ignorance, comparé à l'épreuve qu'il venait de vivre ? Je me suis trouvé en présence du suppôt de Satan, sous le masque d'un enfant ; mais son ricanement moqueur me l'a fait percer à jour. Il y a des années que j'aurais dû comprendre, dès l'instant où j'ai palpé son crâne et l'ai trouvé parfaitement proportionné. Seul un simulacre est capable d'une telle perfection. L'enfant n'a jamais été *réel*. Ah ! que n'ai-je la force d'âme des grands prophètes d'autrefois, pour confondre l'ennemi et rapporter le trophée à mon Seigneur !

Quelqu'un lui tirait sur la manche : « Vous allez bien, révérend ? » Il s'agissait de Dame Fidelity, mais le révérend Thrower n'eut pas l'idée de lui répondre. Le tiraillement le fit pivoter et il se retrouva face à la cheminée. Là, sur le manteau, il vit une image gravée et, absorbé comme il l'était, il ne put déterminer tout de suite ce qu'elle représentait. Apparemment le visage d'un supplicié, entouré de vrilles ondulantes. Des flammes, voilà ce que c'est, pensa-t-il, et parmi elles, une âme qui se noie dans le soufre, qui brûle dans le feu infernal. L'image le mettait à la torture et pourtant il en éprouvait de la satisfaction, car sa présence dans la maison dénonçait les liens étroits que cette famille entretenait avec l'enfer. Il se trouvait au beau milieu de ses ennemis. Des vers du Psalmiste lui vinrent à l'esprit : *Les taureaux de Bashâ me surveillent, et je peux compter tous mes os. Mon Dieu, mon Dieu, pourquoi m'as-Tu abandonné ?*

« Là, dit Dame Fidelity. Asseyez-vous.

— Le p'tit va bien ? demanda Miller.

— Le petit ? » fit Thrower. Les mots lui venaient difficilement aux lèvres. Le petit est un démon du shéol et vous me demandez s'il va bien ?

« Aussi bien que possible », dit-il enfin.

Ils se détournèrent alors de lui pour revenir à leur conversation. Peu à peu, il finit par comprendre de quoi ils discutaient. Il semblait qu'Alvin voulait qu'on enlève la partie malade de son os. Mesure avait même ramené une scie à découper à denture fine de la remise d'abattage. La controverse l'opposait à Fidelity, qui refusait qu'on opère son fils, et Miller aux deux autres parce qu'il ne voulait pas le faire et qu'elle n'acceptait que si son mari lui-même s'en chargeait.

« Si tu crois qu'il faut qu'ça soye fait, disait Fidelity, alors j'vois pas pourquoi tu voudrais que quelqu'un d'autre l'opère.

— Pas moi », fit Miller.

Thrower comprit brusquement que l'homme avait peur. Peur d'approcher une lame de la chair de son fils.

« C'est toi qu'il a demandé, p'pa. Il a dit qu'il ferait des marques sus sa jambe. Tu coupes un lambeau de peau, tu l'rabats, et juste en-dessous y a l'ossaille, alors tu sectionnes comme un coin dans l'os, et t'enlèves toute la partie malade.

— J'suis pas d'celles qui s'évanouissent, dit Fidelity, mais la tête me tourne.

— Si Al junior veut qu'ça soye fait, alors fais-le, toi ! grogna Miller. Mais moi, non ! »

Puis, comme un jaillissement de lumière dans une pièce obscure, le révérend Thrower vit sa rédemption. Le Seigneur lui offrait clairement l'exacte occasion que le Visiteur avait prophétisée. L'opportunité de tenir un couteau dans sa main, de tailler dans la jambe du gamin et, accidentellement, de trancher l'artère pour laisser couler le sang jusqu'à ce que la vie s'en aille. L'acte qui lui avait répugné à l'église, quand il prenait encore Alvin pour un enfant comme les autres, il l'accomplirait avec joie, maintenant qu'il avait reconnu le Malin travesti sous les dehors d'un jeune garçon.

« Je suis là », fit-il.

Ils le regardèrent.

« Je ne suis pas chirurgien, expliqua-t-il, mais je possède quelques connaissances d'anatomie. Je suis un scientifique.

— Les bosses du crâne, dit Miller.

— Z'avez déjà abattu du bétail ou des cochons ? demanda Mesure.

— Mesure ! fit sa mère, horrifiée. Ton frère, c'est pas un bestiau !

— J'voulais juste savoir s'il allait pas vomir à la vue du sang.

— J'ai déjà vu du sang, dit Thrower. Et je n'ai pas peur, quand le salut est au bout de l'opération.

— Oh, révérend Thrower, c'est trop vous d'mander, dit Dame Fidelity.

— A présent, je crois que c'est peut-être une inspiration qui m'a conduit par ici ce jourd'hui, après tout ce temps sans vous voisiner.

— C'est mon couillon d'gendre qui vous a amené, fit Miller.

— Enfin, dit Thrower, je n'ai fait qu'émettre une idée. Je vois bien que vous ne tenez pas à ce que je le fasse, et je ne peux pas vous le reprocher. Même s'il s'agit de sauver la vie d'un fils, il y a toujours danger à laisser un étranger pratiquer une opération sur le corps de son enfant.

— Vous êtes pas un étranger, insista Fidelity.

— Et si quelque chose tournait mal ? Je pourrais faire un faux mouvement... Son ancienne blessure risque d'avoir modifié la disposition de certains vaisseaux sanguins. Je pourrais sectionner une artère, il se viderait de son sang et mourrait en un instant. J'aurais alors le sang de votre enfant sur les mains.

— Révérend Thrower, reprit Fidelity, vous êtes pas responsable du hasard. Tout ce qu'on peut faire, c'est d'essayer.

— C'est sûr que si on s'décide pas, il va mourir, dit Mesure. Il dit qu'il faut qu'on l'opère avant qu'la partie malade se développe trop loin.

— Peut-être l'un de vos grands fils… glissa Thrower.

— On a pas l'temps d'aller les chercher ! s'écria Fidelity. Oh, Alvin ! c'est l'fils à qui t'as voulu donner ton nom. Tu vas le laisser mourir, juste parce que tu peux pas souffrir le révérend ? »

Miller secoua la tête, l'air misérable. « Bon, faites-le.

— Il aimerait mieux qu'ce soye toi, p'pa, dit Mesure.

— Non ! jeta Miller avec véhémence. N'importe qui d'aut', mais pas moi. Même lui plutôt qu'moi. »

Thrower lut la déception, voire du mépris dans le regard de Mesure. Il se dirigea résolument vers la place où il était assis, un couteau et la scie en mains. « Jeune homme, lui dit-il, n'accusez jamais un homme de lâcheté. Vous ne savez rien des raisons qu'il garde dans son cœur. »

Puis il se tourna vers Miller et vit une expression de surprise et de gratitude sur son visage. « Donne-lui les outils pour l'opération », dit le père.

Mesure tendit le couteau et la scie. Thrower sortit un mouchoir pour qu'il y dépose soigneusement le matériel.

Et voilà, rien de plus facile. En quelques instants, il les avait tous amenés à lui demander de prendre le couteau, l'absolvant d'avance de tout accident qui pourrait survenir. Il avait même gagné le premier soupçon d'amitié de la part d'Alvin Miller. Ah, je vous ai tous mystifiés ! songea-t-il triomphalement. Votre maître le Malin trouve à qui parler, avec moi. J'ai mystifié le grand mystificateur et, d'ici une heure, j'aurai renvoyé sa vile progéniture en enfer.

« Qui tiendra l'enfant ? demanda Thrower. On aura beau lui donner à boire du vin, la douleur le fera sauter en l'air si on ne le maîtrise pas.

— Moi, je l'tiendrai, dit Mesure.

— Il boira pas d'vin, dit Fidelity. Il dit qu'il doit garder les idées claires.

— C'est un enfant de dix ans, dit Thrower. Si vous insistez pour qu'il boive, il va sûrement vous obéir. »

Fidelity secoua la tête. « Il connaît ce qu'est le mieux. Il supporte rudement bien la douleur. Vous avez jamais vu ça. »

J'imagine que non, fit silencieusement Thrower. Le démon qui habite le gamin se délecte sans aucun doute de la douleur, et il ne tient pas à ce que le vin gâche son plaisir. « Bon, très bien, dit-il. Il n'y a pas de raison pour qu'on tarde davantage. »

Il prit en tête le chemin de la chambre où il retira hardiment la couverture qui cachait le corps d'Alvin. Qui se mit aussitôt à trembler sous le froid soudain, tout en continuant de transpirer à cause de la fièvre.

« Vous dites qu'il a marqué l'emplacement où il faut couper ?

— Al, dit Mesure. L'révérend Thrower, icitte, il va t'opérer.

— P'pa, fit Alvin.

— Ça sert à rien d'lui d'mander, dit Mesure. Il veut pas.

— T'es sûr de pas vouloir de vin ? » demanda Fidelity.

Alvin commença de pleurer. « Non, fit-il. Ça ira si p'pa me tient.

— Très bien, dit Fidelity. Il va p't-être pas faire l'opération, mais il sera icitte auprès du p'tit, sinon j'l'enfourne dans la cheminée ; l'un ou l'autre. » Elle sortit en trombe de la chambre.

« Vous avez dit que le petit ferait des marques, dit Thrower.

— Attends, Al, que j'te remonte un peu. J'ai un bout d'charbon, tu vas faire des marques exactement à l'endroit où tu veux qu'on relève la peau. »

Alvin gémit quand Mesure le redressa en position assise, mais ce fut d'une main ferme qu'il traça un rectangle sur le devant de sa jambe. « Coupez depuis l'bas et laissez le haut attaché », dit-il. Il avait la voix épaisse et lente, chaque mot lui coûtait un effort. « Toi, Mesure, tu tiendras le bout d'peau soulevé pour pas qu'il gêne pendant qu'on coupera.

— C'est m'man qui devra s'en occuper, dit Mesure. Va falloir que j'te tienne pour t'empêcher d'bouger.

— J'bougerai pas. Si c'est p'pa qui me tient. »

Miller entra lentement dans la chambre, sa femme sur les talons. « J'vais te tenir », dit-il. Il prit la place de Mesure, s'asseyant derrière son jeune fils qu'il saisit à bras-le-corps. « J'te tiens, répéta-t-il.

— Bon, très bien », fit Thrower. Debout, il attendait la suite.

Il attendit un bon moment.

« Vous oubliez rien, révérend ? demanda Mesure.

— Quoi donc ? fit Thrower.

— L'couteau et la scie. »

Thrower regarda son mouchoir, en boule dans sa main gauche. Vide. « Ah ça, ils étaient là.

— Vous les avez posés sus la table en venant, dit Mesure.

— J'vais les chercher », s'offrit Dame Fidelity. Elle sortit en toute hâte.

Ils attendirent, attendirent, attendirent. Finalement, Mesure se leva. « J'comprends pas c'qui la retient. »

Thrower le suivit hors de la chambre. Ils la trouvèrent dans la pièce principale, cousant les uns aux autres des carrés de quilt avec les filles.

« M'man, dit Mesure. Alors, la scie et l'couteau ?

— Bon sang, fit-elle. J'sais pas c'qui m'a pris. J'ai complètement oublié pourquoi j'suis venue icitte. » Elle ramassa le couteau et la scie et repartit vers la chambre. Mesure haussa les épaules à l'adresse de Thrower et la suivit.

Maintenant, pensa Thrower. Maintenant je vais accomplir ce que le Seigneur attend de moi. Le Visiteur reconnaîtra que je suis un ami fidèle de mon Sauveur, et ma place au paradis sera assurée. Pas comme ce pauvre, ce malheureux pécheur pris dans les flammes de l'enfer.

« Révérend, dit Mesure. Qu'esse vous attendez ?

— Ce dessin, dit Thrower.

— Qu'esse qu'il a ? »

Thrower examina de près la gravure au-dessus de la cheminée. Il ne s'agissait pas du tout d'une âme dans les tourments de l'enfer. Il s'agissait d'un portrait de l'aîné de la famille, Vigor, en train de se noyer. Il avait entendu l'histoire au moins une douzaine de fois. Mais pourquoi restait-il à la contempler, quand il avait une grande et terrible mission à remplir dans la pièce voisine ?

« Vous allez bien ?

— Tout à fait bien. J'avais seulement besoin de prier un moment en silence et de méditer avant d'entreprendre cette tâche. »

A grands pas, il pénétra hardiment dans la chambre et s'assit sur la chaise près du lit où l'enfant de Satan tremblait, dans l'attente du couteau. Thrower chercha des yeux autour de lui les instruments de son meurtre saint. Il ne les aperçut nulle part. « Où est le couteau ? » demanda-t-il.

Fidelity regarda Mesure. « Tu les as pas ramenés avec toi ?

— C'est toi qui les as rapportés, dit Mesure.

— Mais quand t'es reparti chercher l'pasteur, tu les as pris.

— Moi ? » Mesure avait l'air embarrassé. « J'ai dû les poser là-bas. » Il se leva et sortit.

Thrower commençait à se dire qu'il se passait ici des choses bizarres, sans pouvoir vraiment mettre le doigt dessus. Il se rendit à la porte et attendit le retour de Mesure.

Cally était là, avec son ardoise, et il leva les yeux vers le pasteur. « Z'allez tuer mon frère ? demanda-t-il.

— Ne va pas t'imaginer une chose pareille », répondit Thrower.

Mesure avait la mine penaude quand il tendit l'attirail au révérend. « J'arrive pas à croire que j'les ai posés sus la cheminée comme ça. » Puis le jeune homme passa devant le pasteur pour entrer dans la chambre.

L'instant d'après, Thrower le suivit et prit sa place à côté de la jambe dénudée, marquée d'un rectangle noir.

« Alors, où qu'vous les avez mis ? » demanda Fidelity.

Thrower se rendit compte qu'il n'avait ni le couteau ni la scie. Il se sentait complètement perdu. Mesure les lui avait tendus devant la porte. Comment avait-il pu les perdre ?

Cally s'encadra sur le seuil. « Pourquoi qu'vous m'avez donné ça ? » C'était lui qui tenait les deux outils.

« V'là une bonne question, dit Mesure en observant le pasteur, les sourcils froncés. Pourquoi qu'vous les avez donnés à Cally ?

— Ce n'est pas moi, dit Thrower. C'est vous qui avez dû les lui donner.

— J'vous les ai mis dans les mains.

— C'est l'pasteur qui m'les a donnés, confirma Cally.

— Bon, amène ça là », fit sa mère.

Cally, obéissant, entra dans la chambre en brandissant les ustensiles comme des trophées de guerre. A la façon d'une grande armée passant à l'attaque. Ah, oui, une grande armée, comme l'armée des Hébreux que Josué avait menée à la Terre promise. C'était ainsi qu'ils tenaient leurs armes, bien haut par-dessus leurs têtes, tandis qu'ils marchaient sans relâche autour de la ville de Jéricho. Qu'ils marchaient et marchaient. Marchaient et marchaient encore. Et le septième jour, ils se sont arrêtés, ils ont soufflé dans leurs trompettes, poussé une grande clameur, et les murailles se sont écroulées. Alors ils ont brandi leurs épées et leurs couteaux bien haut par-dessus leurs têtes et se sont rués dans la ville, taillant en pièces hommes, femmes et enfants, tous ennemis de Dieu, afin que la Terre promise, purifiée de leur souillure, soit prête à recevoir le peuple du Seigneur. Ils étaient éclaboussés de sang, au soir de cette journée, et Josué se tenait au milieu d'eux, le grand prophète de Dieu, levant une épée rougie au-dessus de sa tête, et il criait… Qu'est-ce qu'il criait ? Je ne me rappelle plus ce qu'il criait. Si seulement je pouvais me rappeler ce qu'il criait, je comprendrais ce que je fais ici, sur la route, entouré d'arbres couverts de neige.

Le révérend Thrower regarda ses mains, regarda les arbres. Sans savoir comment, il avait parcouru un demi-mille depuis la maison des Miller. Il ne portait même pas sa lourde cape.

Alors la vérité lui apparut. Il n'avait en rien trompé le Malin. Satan l'avait expédié ici, en un clin d'œil, pour qu'il n'extermine pas la Bête. Thrower avait gâché son unique occasion d'accéder à la grandeur. Il s'appuya contre un tronc noir et froid pour verser des larmes amères.

❄

Cally pénétra dans la chambre, brandissant les ustensiles au-dessus de sa tête. Mesure se tenait prêt pour agripper la jambe, quand tout à coup le vieux Thrower se redressa et sortit en hâte de la pièce, comme pressé de se rendre aux cabinets.

« Révérend Thrower ! s'écria m'man. Où qu'vous allez ? »

Mais Mesure avait maintenant compris. « Laisse-le partir, m'man », dit-il.

Il entendirent s'ouvrir la porte d'entrée, ensuite les pas lourds du pasteur sur la galerie.

« Va fermer la porte, Cally », dit Mesure.

Pour une fois, Cally obéit sans rechigner. M'man regarda Mesure, puis p'pa, puis à nouveau Mesure. « J'comprends pas pourquoi il est parti comme ça. »

Mesure lui adressa un petit sourire en coin et regarda p'pa. « Toi, tu l'sais, pas vrai, p'pa ?

— P't-être bien. »

Mesure expliqua à sa mère : « Les couteaux et l'pasteur, ils peuvent pas s'trouver ensemble dans la même pièce qu'Al junior.

— Et pourquoi donc ? fit-elle. Il allait faire l'opération !

— Eh ben, c'est sûrement pas lui qui va la faire, asteure », dit Mesure.

Le couteau et la scie de boucher étaient posés sur la couverture.

« P'pa, fit Mesure.

— Pas moi, dit p'pa.

— M'man ?

— J'peux pas.

— Bon, eh ben, dit Mesure, m'est avis que me v'là devenu chirurgien. »

Il regarda Alvin.

Le visage du jeune garçon avait une pâleur de mort encore plus impressionnante que la rougeur de la fièvre. Il parvint pourtant à esquisser une espèce de sourire et murmura : « M'est avis.

— M'man, c'est toi qui vas devoir tenir le bout d'peau relevé. »

Elle hocha la tête.

Mesure s'empara du couteau et mit la lame en contact avec la ligne du bas.

« Mesure, souffla Al junior.

— Oui, Alvin ?

— J'pourrai endurer la douleur et m'tenir tranquille, à condition qu'tu siffles.

— J'serai incapable de suivre un air, si j'essaye en même temps de couper droit.

— J'veux pas d'air », fit Alvin.

Mesure regarda son frère dans les yeux et n'eut d'autre choix que de faire ce qu'il lui demandait. C'était la jambe d'Al, après tout, et s'il avait envie d'un chirurgien siffleur, il en aurait un. Il prit une profonde inspiration et se mit à siffler, sans souci de mélodie, rien que des notes. Il reposa le couteau sur la ligne noire et commença de couper. Superficiellement d'abord, car il entendait Al chercher sa respiration.

« Continue d'siffler, murmura Alvin. Va jusqu'à l'os. »

Mesure siffla à nouveau, et cette fois-ci il coupa vite et profond. Jusqu'à l'os au milieu de la ligne. Puis une profonde incision en remontant de chaque côté. Ensuite il inséra le couteau sous les deux bords et remonta le lambeau de peau et de muscle. Au début, il y eut un abondant épanchement de sang qui presque aussitôt s'arrêta. Mesure comprit qu'Alvin devait faire quelque chose en lui, pour s'empêcher de saigner comme ça.

« Fidelity », dit p'pa.

M'man approcha la main du lambeau de peau sanguinolent. Al étendit un bras tremblant et délimita un coin sur l'os strié de rouge de sa jambe.

Mesure reposa le couteau et prit la scie. Un crissement horrible se fit entendre quand il se mit à découper. Mais il continua de siffler et scier, de scier et siffler. Et assez vite, il se retrouva avec un coin d'os dans la main. Qui ne lui paraissait pas différent du reste.

« T'es sûr que c'était l'bon endroit ? »

Al hocha lentement la tête.

« J'ai tout eu ? » redemanda Mesure.

Al resta un instant immobile, puis hocha encore la tête.

« Tu veux que m'man te recouse ? »

Al ne répondit pas.

« Il s'est évanoui », dit p'pa.

Le sang recommença de couler, juste un peu, de suinter dans la plaie. M'man avait du fil et une aiguille sur la pelote à épingles qu'elle portait en sautoir. En un rien de temps elle avait rabattu le lambeau de peau, et elle le suturait à petits points serrés.

« Continue donc d'siffler, Mesure », dit-elle.

Il continua donc de siffler et elle de coudre, jusqu'à ce qu'ils aient bandé la plaie et rallongé Alvin, qui dormait désormais comme un bébé.

Tous trois se remirent debout. P'pa posa une main sur le front du jeune garçon, avec une extrême douceur.

« J'crois qu'la fièvre, elle est tombée », dit-il.

L'air que sifflait Mesure était franchement enjoué quand ils se glissèrent par la porte.

XIV

Le châtiment

DÈS qu'Ally le vit rentrer, elle fit preuve d'une grande gentillesse ; elle brossa la neige qui le recouvrait, l'aida à retirer sa cape, sans même l'interroger du bout des lèvres sur sa mésaventure.

Toute son amabilité ne changeait rien à l'affaire. Il avait honte devant sa propre épouse, parce que tôt ou tard elle apprendrait l'histoire par un de ses frères et sœurs. Une histoire qui ne tarderait pas à se répandre tout au long de la Wobbish : comment Armure-de-Dieu Weaver, commerçant sur la Frontière, futur gouverneur, s'était fait jeter d'une galerie par son vieux beau-père pour s'étaler dans la neige. On rirait sous cape, c'est sûr. On se moquerait partout de lui. Jamais en face, évidemment, parce qu'entre le lac Canada et la Noisy River, rares étaient ceux qui ne lui devaient pas de l'argent ou n'avaient pas besoin de ses cartes pour valider leurs concessions. Le jour où la région de la Wobbish deviendrait un Etat, on raconterait cette histoire dans tous les bureaux de vote. On peut garder de l'amitié à celui dont on se moque, mais on ne le respecte pas et on ne vote pas pour lui.

Il voyait ses plans s'écrouler, et sa femme avait trop l'air de famille des Miller. Elle était plutôt jolie, pour une pionnière, mais la beauté, il s'en fichait pour l'instant. Il se fichait des nuits exquises et des matins charmants. Il se fichait qu'elle travaille à ses côtés dans le magasin. Tout ce qui comptait, c'était la honte et la fureur.

« Fais pas ça.

— Faut que t'enlèves ta chemise qu'est mouillée. Comment t'as fait ton compte pour ramasser d'la neige jusque dans ta chemise ?

— J't'ai dit de pas m'toucher ! »

Elle recula, surprise. « J'voulais juste...

— Je connais c'que tu "voulais juste". Ce pauvre p'tit Armure, on lui tapote la caboche comme à un p'tit garçon et le v'là qui se sent mieux.

— T'aurais pu attraper la mort...

— Va raconter ça à ton père ! Si j'tousse à rendre tripes et boyaux, dis-lui à quoi ça mène d'jeter quelqu'un dans la neige !

— Oh non ! s'écria-t-elle. J'peux pas croire que p'pa...

— Tu vois ? Tu crois même pas ton propre époux.

— Si, j'te crois, mais ça lui ressemble guère, à p'pa...

— Non m'dame, ça ressemble au djab', voilà à qui ça ressemble ! Voilà c'qui habite là-haut, dans la maison de ta parenté ! L'esprit du djab' ! Et quand quelqu'un essaye d'y apporter la parole de Dieu, dans c'te maison, on l'balance dehors dans la neige !

— Qu'esse t'allais faire là-haut ?

— J'essayais d'sauver la vie de ton frère. L'est sûrement mort, asteure.

— Comment *toi*, t'aurais pu l'sauver ? »

Elle n'avait peut-être pas eu l'intention de prendre un ton si méprisant. Aucune importance. Il savait ce qu'elle voulait dire. Que sans pouvoir occulte, il était absolument incapable d'aider qui que ce soit. Après des années de mariage, elle espérait encore en la sorcellerie, tout comme ses parents. Il ne l'avait en rien changée.

« T'es exactement pareille, dit-il. Le mal est en toi, tellement profond qu'mes prières n'y peuvent rien, qu'mes sermons n'y peuvent rien, qu'mon amour n'y peut rien, qu'mes cris n'y peuvent rien. » En disant « prières », il la bouscula légèrement, pour mieux la convaincre. En disant « sermons », il la bouscula plus fort, et elle recula en trébuchant. En disant « amour », il la prit par les épaules et la secoua si rudement qu'il lui défit son chignon ; ses cheveux voltigèrent tout autour d'elle. En disant « cris », il lui donna un coup qui la repoussa si violemment qu'elle s'affala par terre.

Quand il la vit tomber, avant même qu'elle ne touche le sol, une grande honte l'envahit, encore pire que lorsque son beau-père l'avait expédié dans la neige. Un homme fort me fait sentir ma faiblesse, alors je rentre chez moi houspiller ma femme, tu parles d'un mari ! J'ai toujours vécu en chrétien, sans jamais blesser ni frapper personne, homme ou femme, et voilà que je tabasse ma propre épouse, chair de ma chair, que je la flanque par terre.

C'était là ce qu'il se disait, et il était prêt à se jeter à genoux, à pleurer comme un nouveau-né et implorer son pardon. Il allait le faire. Malheureusement, quand elle vit l'expression de son visage, grimaçant de honte et de fureur, elle ne comprit pas que sa colère ne s'adressait qu'à lui-même, elle comprit seulement qu'il la battait; elle fit donc ce qui venait naturellement à l'esprit d'une femme ayant grandi dans un milieu comme le sien. Elle remua les doigts pour exercer un charme repousseur et murmura un mot pour le retenir d'agir.

Il fut incapable de tomber à genoux devant elle. Incapable de faire un pas vers elle. Incapable même de *penser* à faire un pas vers elle. Son charme avait une telle puissance qu'il tituba en arrière, prit la direction de la porte, l'ouvrit et courut dehors en chemise.

Tout ce qu'il avait craint se réalisait aujourd'hui. Il avait probablement perdu son avenir politique, mais ce n'était rien à côté de cette constatation : sa femme pratiquait la sorcellerie sous son propre toit, contre lui-même, et il n'avait aucune défense contre ça. Elle était une sorcière. Elle était une sorcière. Et sa maison était impure.

Il faisait froid. Il n'avait pas de cape, pas même son gilet. Sa chemise déjà mouillée lui collait à présent à la peau et le glaçait jusqu'aux os. Il fallait qu'il s'abrite, mais il ne supportait pas l'idée d'aller frapper à quelque porte que ce soit. Il n'y avait qu'un seul refuge où il pouvait se rendre. En haut de la colline, à l'église. Thrower avait du bois de chauffage, il y trouverait donc de la chaleur.

Et dans l'église il pourrait prier et tenter de comprendre pourquoi le Seigneur ne lui venait pas en aide. Ne t'ai-je pas servi, Seigneur ?

*

Le révérend Thrower ouvrit la porte de l'église pour entrer d'un pas lent et craintif. Il admettait mal de paraître devant le Visiteur, sachant de quelle manière il avait échoué. Car il s'agissait de son échec personnel, maintenant il en avait conscience. Satan n'aurait pas dû trouver prise sur lui ni le chasser ainsi de la maison. Un pasteur ordonné, agissant en tant qu'émissaire du Seigneur, suivant les directives données par un ange… Satan n'aurait pas dû pouvoir le refouler comme ça, avant même qu'il s'aperçoive de ce qui lui arrivait.

Il se débarrassa de sa cape ainsi que de son manteau. Il faisait chaud dans l'église. Le feu, dans le poêle, avait dû brûler plus longtemps que prévu. A moins qu'il ne ressente seulement la chaleur de la honte.

Il n'était pas possible que Satan soit plus puissant que le Seigneur. Il n'y avait qu'une seule explication plausible : lui, Thrower, était trop faible. C'était sa foi qui avait chancelé.

Il s'agenouilla devant l'autel et clama le nom du Très-Haut. « Pardonne mon incrédulité ! s'écria-t-il. Je tenais le couteau, mais Satan s'est dressé contre moi, et la force m'a manqué ! » Il débita une litanie d'autofustigation, il énuméra toutes ses faillites de la journée, jusqu'à l'épuisement.

Ce n'est qu'alors, les yeux douloureux d'avoir tant pleuré, la voix faible et enrouée, qu'il comprit à quel moment sa foi avait été ébranlée. C'était quand il se trouvait dans la chambre d'Alvin, qu'il lui demandait de proclamer sa propre foi, et que le gamin s'était moqué des mystères de Dieu. *Comment peut-il s'asseoir au sommet de quelque chose qui n'a pas de sommet ?* Même mise sur le compte de l'obscurantisme et du Malin, la question n'en avait pas moins transpercé le cœur de Thrower, pénétré jusqu'aux fondements de sa croyance. Les certitudes qui l'avaient nourri la plus grande partie de sa vie se voyaient brusquement battues en brèche par les questions d'un petit ignorant.

« Il m'a volé ma foi, découvrit Thrower. J'étais un homme de Dieu en entrant dans sa chambre, un incrédule en sortant.

— En effet », dit une voix derrière lui. Une voix qu'il connaissait. Une voix qu'en ce moment, à l'heure de l'échec, il craignait et espérait tout à la fois. Oh, pardonnez-moi, réconfortez-moi, mon Visiteur, mon ami ! Mais ne manquez pas non plus de m'infliger le châtiment de la terrible colère d'un Dieu jaloux.

« Un châtiment ? s'étonna le Visiteur. Comment pourrais-je t'infliger un châtiment, à toi, si glorieux spécimen d'humanité ?

— Je ne suis pas glorieux, dit piteusement Thrower.

— Tu es tout juste humain, à vrai dire. A l'image de qui as-tu été créé ? Je t'ai chargé de porter ma parole dans cette maison, et ce sont eux qui t'ont quasiment converti. Comment dois-je t'appeler maintenant ? Un hérétique ? Ou simplement un sceptique ?

— Un chrétien ! s'écria Thrower. Pardonnez-moi et appelez-moi encore chrétien.

— Tu tenais le couteau dans ta main, mais tu l'as reposé.

— Je ne le voulais pas !

— Faible, faible, faible, faible... » A chaque fois que le Visiteur répétait le mot, il le faisait traîner davantage en longueur, jusqu'à ce que chaque reprise devienne un chant à elle seule. Tout en chantant, il se mit à marcher autour de l'église. Il ne courait pas, mais il marchait vite, beaucoup plus vite que ne l'aurait fait un humain. « Faible, faible... » Il se déplaçait à une telle allure que Thrower devait sans arrêt se retourner pour le suivre des yeux. Le Visiteur ne marchait plus sur le sol. Il glissait à la surface des murs, aussi leste, aussi véloce qu'un cancrelat, plus vite encore, jusqu'à devenir une traînée floue que Thrower ne pouvait plus suivre dans son mouvement. Le pasteur s'appuya contre l'autel, face aux bancs vides, pour regarder la course du Visiteur qui passait et repassait, passait et repassait.

Peu à peu, Thrower se rendit compte qu'il avait changé de forme, qu'il s'était étiré, comme une bête effilée, un lézard, un alligator aux écailles claires et luisantes, jusqu'à ce que son corps se soit allongé au point de faire le tour de l'église, gigantesque ver qui se tenait la queue entre les dents.

Et Thrower se reconnut dans sa petitesse et son insignifiance, comparé à cet être magnifique qui étincelait de milliers de couleurs différentes, qui rayonnait d'un feu intérieur, qui inspirait l'obscurité et expirait la lumière. Je te vénère ! cria-t-il en lui-même. Tu es tout ce que je désire ! Embrasse-moi de ton amour, que je goûte à ta gloire !

Soudain le Visiteur s'arrêta, et les grandes mâchoires s'avancèrent vers lui. Non pour le dévorer, car Thrower savait qu'il n'en était même pas digne. Il saisissait à présent la situation précaire de l'homme ; il se voyait suspendu au-dessus du gouffre de l'enfer comme une araignée au bout d'un fil ténu, et l'unique raison qui retenait Dieu de ne pas le laisser choir et de le faire disparaître, c'était qu'il n'en valait même pas la peine. Dieu ne le haïssait pas. Il était si abject que Dieu le dédaignait.

Il regarda dans les yeux du Visiteur et se désespéra. Car il n'y lisait ni amour, ni pardon, ni colère, ni mépris. Des yeux absolument vides. Les écailles éblouissaient, oui, elles répandaient la lumière d'un brasier interne. Mais ce feu n'éclairait pas les yeux. Ils n'étaient même pas noirs. Tout bonnement absents, comme un vide terrible qui tremblotait, sans cesse en mouvement, et Thrower sut qu'il contemplait là son propre reflet, qu'il ne représentait rien, que persister à vivre ne serait que gaspillage cruel d'un espace précieux, qu'il ne lui restait d'alternative que de disparaître dans le néant, afin de restituer au monde la gloire qu'il aurait dû connaître si Philadelphia Thrower n'était jamais né.

❄

Ce fut la prière du pasteur qui réveilla Armure. Il était pelotonné près du poêle Franklin. Peut-être avait-il un rien trop poussé la chauffe, mais c'était le seul moyen de lutter contre le froid. Il fallait dire aussi que le temps d'arriver à l'église, il avait déjà sa chemise toute raide de glace. Il trouverait d'autre charbon de bois pour rembourser le pasteur.

Armure allait intervenir et informer Thrower de sa présence, mais quand il entendit ce que le révérend disait dans sa prière, les mots lui restèrent dans la gorge. Thrower parlait de couteaux et d'artères, d'ennemis de Dieu qu'il aurait dû tailler en pièces. Au bout d'une minute, tout devint clair : Thrower n'était pas monté chez les Miller pour sauver le gamin, mais pour le tuer ! Qu'est-ce qui se passait donc par ici ? Un mari chrétien bat sa femme, une femme chrétienne ensorcèle son mari, et un pasteur chrétien médite un crime et prie pour obtenir son pardon parce qu'il a échoué dans sa tentative !

Mais tout d'un coup, Thrower s'arrêta de prier. Il avait la voix tellement enrouée et la figure tellement rouge qu'Armure le crut frappé d'apoplexie. Mais non. Il relevait la tête comme s'il écoutait quelqu'un. Armure écouta, à son tour, et il entendit quelque chose, comme des gens parlant dans une tempête et dont on ne comprend jamais ce qu'ils racontent.

Je sais ce qu'il en est, se dit-il. Le révérend Thrower a une vision.

Une chose était sûre, il parlait et une faible voix lui répondait ; bientôt il se mit à tourner et tourner sur lui-même, de plus en plus vite, comme s'il regardait quelque chose sur les murs. Armure s'efforça de voir de quoi il s'agissait, mais il ne put rien distinguer. On aurait dit une ombre passant devant le soleil : on ne la sentait pas venir, on ne la sentait pas s'éloigner, mais l'espace d'une seconde il faisait plus sombre et plus froid. Voilà ce que vit Armure.

Puis ça s'arrêta. Armure perçut un miroitement dans l'air, un éblouissement ici et là, comme lorsqu'un carreau réfléchit un rayon de soleil. Est-ce que Thrower voyait la gloire de Dieu, tel Moïse ? Peu probable, à en juger d'après sa mine. Armure n'avait encore jamais rencontré pareil visage. Celui qu'un homme pourrait offrir s'il lui fallait assister à la mort de son propre enfant.

Le miroitement et l'éblouissement disparurent. L'église était silencieuse. Armure voulait courir vers Thrower et lui demander : « Qu'est-ce que vous avez vu ? C'était quoi, votre vision ? C'était une prophétie ? »

Mais le pasteur n'avait pas du tout l'air disposé à répondre à des questions. L'envie de mourir se lisait sur son visage. Il s'écarta très lentement de l'autel. Il erra entre les bancs, se cognant parfois contre eux, sans prendre garde ni se soucier où le conduisaient ses pas. Il se retrouva finalement près de la fenêtre, face à la vitre, mais Armure savait qu'il ne distinguait rien ; il restait là, debout, les yeux grands ouverts, la mort personnifiée.

Le révérend Thrower leva la main droite, doigts écartés, et posa la paume contre un carreau. Il appuya. Il appuya et poussa si fort qu'Armure vit le verre se bomber vers l'extérieur. « Arrêtez ! cria-t-il. Vous allez vous couper ! »

Thrower ne montra même pas qu'il avait entendu. Il continua de pousser. Armure marcha vers lui. Fallait arrêter cet homme-là avant qu'il ne casse le carreau et se coupe le bras.

Dans un fracas, la vitre se brisa. Le bras de Thrower passa au travers, jusqu'à l'épaule. Le pasteur souriait. Il ramena quelque peu son bras vers lui. Puis il se mit à le faire tourner à l'intérieur du cadre, en le précipitant contre les éclats de verre qui pointaient du mastic.

Armure essaya de l'écarter de la fenêtre, mais l'homme avait une vigueur en lui comme le commerçant n'en avait jamais vu. Il finit par se jeter sur lui et le renverser à terre. Du sang avait éclaboussé partout. Armure voulut agripper le bras tout dégouttant de sang de Thrower. Le pasteur tenta de lui échapper en roulant sur lui-même. Armure n'avait pas le choix. Pour la première fois depuis qu'il avait embrassé la foi chrétienne, il ferma le poing et l'assena sur le menton de l'homme d'église. Sa tête partit en arrière pour heurter le sol, l'assommant net.

Faut que j'empêche le sang de couler, se dit Armure. Mais d'abord il devait retirer les bouts de verre. Quelques gros morceaux n'étaient plantés que superficiellement, et il les balaya d'un revers de main. Mais d'autres, certains des petits, étaient enfoncés profond, seuls leurs sommets dépassaient, et si gluants de sang qu'ils n'offraient guère de prise. Il finit pourtant par retirer tous les éclats qu'il put trouver. Par bonheur, aucune entaille ne saignait abondamment, et Armure sut que les grosses veines n'avaient pas été touchées. Il ôta sa chemise, ce qui le laissa torse nu en plein dans le courant d'air qui entrait par la fenêtre défoncée, mais il n'y prêta guère attention. Il déchira le tissu pour faire des bandages. Il banda les blessures et arrêta l'hémorragie. Puis il s'assit, sur place, et attendit que Thrower revienne à lui.

❄

Thrower fut surpris de constater qu'il n'était pas mort. Il gisait sur le dos à même un sol dur, recouvert d'une lourde étoffe. Sa tête lui faisait mal. Son bras davantage encore. Il se rappela avoir essayé de couper ce bras, et il savait qu'il lui faudrait essayer à nouveau, mais il n'arrivait plus à ressentir le même désir de mort qu'auparavant. Même en se souvenant du Visiteur sous la forme d'un grand lézard, même en se souvenant de ses yeux vides, il n'arrivait pas à retrouver la sensation qu'il avait éprouvée. Il savait seulement qu'il n'en avait jamais connu de pire au monde.

Son bras était soigneusement bandé. Qui l'avait bandé ?

Il entendit clapoter de l'eau. Puis le *flic-flac* de chiffons mouillés claquant contre du bois. Dans le demi-jour hivernal passant par la fenêtre, il distingua quelqu'un en train de laver le mur. Une planche remplaçait l'un des carreaux.

« Qui est-ce ? demanda Thrower. Qui êtes-vous ?

— Rien qu'moi.

— Armure-de-Dieu.

— J'lave les murs. C'est pus une église, c'est une boucherie. »

Bien sûr, il devait y avoir du sang partout. « Désolé, fit Thrower.

— Ça m'embête pas d'nettoyer. J'crois que j'ai enlevé tous les bouts d'verre de vot' bras.

— Vous êtes nu, fit Thrower.

— Ma chemise, elle est rendue sus vot' bras.

— Vous devez avoir froid.

— P't-être que j'avais froid, mais j'ai rebouché la fenêtre et j'ai poussé le poêle. C'est plutôt vous, avec vot' figure toute blanche, qu'avez l'air d'un défunt d'la s'maine passée. »

Thrower essaya de s'asseoir, mais sans y parvenir. Il était trop faible; son bras le faisait trop souffrir.

Armure le força à se rallonger. « Allons, étendez-vous, mon révérend. Etendez-vous. Vous en avez vu d'rudes.

— C'est vrai.

— J'espère qu'vous m'en voudrez pas, mais j'étais déjà icitte, dans l'église, quand vous êtes arrivé. J'dormais près du poêle... Ma femme m'a mis à la porte d'chez moi. On m'a flanqué dehors deux fois dans la même journée. » Il se mit à rire, mais d'un rire sans joie. « J'vous ai donc vu, par le fait.

— Vu ?

— Vous avez eu une vision, pas vrai ?

— Et lui, vous l'avez vu ?

— J'ai pas vu grand-chose. C'est surtout *vous* qu'j'ai vu, mais j'ai entraperçu... vous m'comprenez. Ça galopait autour des murs.

— Vous l'avez vu, dit Thrower. Oh, Armure, c'était terrible, c'était beau.

— Vous avez vu Dieu ?

— Vu *Dieu* ? Dieu n'a pas de corps que l'on puisse voir, Armure. Non, j'ai vu un ange, un ange du châtiment. C'est sûrement ce qu'a vu Pharaon, l'ange de la mort qui passait dans les villes d'Egypte pour emporter les premiers-nés.

— Oh, fit Armure, désorienté. Fallait que j'vous laisse mourir, censément ?

— Si j'étais censé mourir, vous n'auriez pu me sauver. Puisque vous m'avez sauvé, puisque vous vous trouviez ici à l'instant de mon désespoir, c'est signe que je dois vivre. J'ai été châtié, mais pas mis à mort. Armure-de-Dieu, une autre chance m'est offerte. »

Armure hocha la tête, mais Thrower se rendait compte que quelque chose le tracassait. « Qu'est-ce qu'il y a ? s'enquit le pasteur. Que voulez-vous me demander ? »

Les yeux d'Armure s'agrandirent. « Vous entendez donc c'que j'pense ?

— Si c'était le cas, je ne vous le demanderais pas. »

Armure sourit. « M'est avis qu'oui.

— Je vous dirai ce que vous voulez savoir, si je le puis.

— J'vous ai entendu prier », dit Armure. Il attendit, comme si c'était là sa question.

Thrower voyait mal en quoi consistait la question et n'était donc pas sûr de la réponse à donner. « J'étais désespéré parce que j'avais manqué à mes engagements envers le Seigneur. On m'avait confié une mission à accomplir, mais au moment crucial le doute a gagné mon cœur. » Il tendit sa main valide pour cramponner Armure. Tout ce qu'il put atteindre, ce fut le tissu du pantalon de l'homme agenouillé près de lui. « Armure-de-Dieu, ne laissez jamais le doute entrer dans votre cœur. Ne doutez jamais de ce que vous savez. Ce serait ouvrir une porte par où Satan aurait prise sur vous. »

Mais ce n'était pas la réponse à la question d'Armure.

« Demandez-moi ce que vous voulez savoir, dit Thrower. Je vous dirai la vérité, si je peux.

— Vous parliez de tuer, dans vot' prière. »

Thrower n'avait pas imaginé qu'il révélerait à quiconque le fardeau que le Seigneur avait placé sur ses épaules. Pourtant, si le Seigneur avait voulu qu'il garde le secret, Il n'aurait pas permis à cet homme de se trouver dans l'église pour le surprendre. « Je crois, dit le pasteur, que c'est le Seigneur Dieu qui vous a conduit vers moi. Je suis faible, Armure, et j'ai failli à la tâche qu'Il me réclamait. Mais je me rends compte à présent que vous, homme de foi, m'avez été envoyé pour m'apporter aide et amitié.

— Qu'esse qu'il réclamait, l'Seigneur ? demanda Armure.

— Pas de meurtre, mon frère. Le Seigneur ne m'a jamais demandé de tuer un homme. C'est un démon qu'Il m'envoyait abattre. Un démon à la forme humaine. Qui vit dans cette maison là-bas. »

Armure fit la moue, abîmé dans ses pensées. « Le gamin, il est pas seulement possédé, c'est ça qu'vous dites ? C'est pas quèque chose que vous pouvez exorciser comme ça ?

— J'ai essayé, mais il a ri du Livre Saint et il s'est moqué de mes exorcismes. Il n'est pas possédé, Armure-de-Dieu. Il est de l'engeance du diable. »

Armure secoua la tête. « Ma femme, c'est pas un démon, pourtant elle est sa sœur.

— Elle a renoncé à la sorcellerie, elle s'est donc purifiée. »

Son compagnon eut un rire amer. « C'est c'que j'croyais. »

Thrower comprenait, maintenant, pourquoi Armure avait cherché refuge dans l'église, dans la maison de Dieu : la sienne, de maison, avait été profanée.

« Armure-de-Dieu, m'aiderez-vous à purger ce pays, cette ville, cette maison là-bas, cette famille, de l'influence maléfique qui les a corrompus ?

— Ça sauvera-t-y ma femme ? demanda Armure. Ça lui fera-t-y passer l'goût d'la sorcellerie ?

— Ça se pourrait, fit Thrower. Peut-être le Seigneur nous a-t-il réunis tous les deux pour nous permettre de purifier nos maisons.

— Quoi qu'ça coûte, dit Armure, j'suis avec vous contre l'djab'. »

XV

Promesses

LE FORGERON l'écouta lire la lettre de bout en bout.

« Vous vous souvenez de cette famille ? demanda Mot-pour-mot.

— Oui, dit Conciliant Smith. Leur fils aîné a quasiment inauguré le cimetière. C'est moi qu'ai sorti son corps d'la rivière, de mes mains.

— Bon, alors, vous allez le prendre comme apprenti ? »

Un jeune homme, de peut-être seize ans, entra dans la forge en portant un seau de neige. Il jeta un coup d'œil au visiteur, baissa aussitôt la tête et se dirigea vers le tonneau de refroidissement près du foyer.

« J'ai déjà un apprenti, vous voyez, dit le forgeron.

— Il m'a l'air grand, fit Mot-pour-mot.

— Il progresse bien, reconnut l'autre. Pas vrai, Bosey ? Tu t'sens prêt à t'mettre à ton compte ? »

Bosey esquissa un sourire, vite réprimé, et opina :

« Oui, m'sieur.

— J'suis pas un patron facile, reprit le forgeron.

— Alvin est un bon petit gars. Il travaillera dur pour vous.

— Mais est-ce qu'il obéira ? J'aime bien être obéi. »

Mot-pour-mot regarda encore Bosey. Il était occupé à transvaser la neige dans le tonneau. « C'est un bon petit gars, je vous l'ai dit. Il vous obéira si vous êtes correct avec lui. »

Le forgeron croisa son regard. « J'suis un homme équitable. J'cogne pas sus les garçons que j'embauche. J'ai-t-y déjà levé la main sur toi, Bosey ?

— Jamais, m'sieur.

— Vous voyez, Mot-pour-mot, la peur peut faire obéir un apprenti, ou l'appât du gain. Mais s'il trouve un bon patron, il lui obéira parce qu'il connaît que c'est comme ça qu'il apprendra. »

Mot-pour-mot adressa un grand sourire au forgeron. « Il ne payera pas de pension. Il la gagnera par son travail. Et il ira à l'école.

— Un forgeron, ç'a pas b'soin d'être instruit, j'en sais quèque chose.

— L'Hio ne tardera pas à faire partie des Etats-Unis, à mon avis. Le petit devra voter, et lire les journaux. Quelqu'un qui ne sait pas lire ne sait que ce que les autres lui racontent. »

Conciliant Smith regarda Mot-pour-mot avec un sourire en coin. « Ah oui ? Et c'est vous qui m'dites ça ? Alors je l'sais uniquement parce que quelqu'un d'autre, à savoir vous, vient de me l'raconter, pas vrai ? »

Mot-pour-mot éclata de rire et hocha la tête. Là, le forgeron avait marqué un point. « Je voyage en racontant des histoires, dit-il, alors je sais tout ce qu'on peut apprendre en écoutant une voix. Il lit déjà bien pour son âge, ça ne lui fera donc pas grand tort s'il manque un peu l'école. Mais sa maman tient à ce qu'il sache lire, écrire et compter comme un érudit. Alors promettez-moi de ne pas vous opposer à ce qu'il aille à l'école s'il en a envie, et on en reste là.

— Z'avez ma parole, affirma Conciliant Smith. Et pas la peine d'écrire ça sus un papier. Un homme de parole a pas b'soin d'savoir lire ni écrire. Çui qui s'sent obligé d'écrire ses promesses, on a intérêt d'garder l'œil dessus. Je l'sais d'source sûre. On a des hommes de loi, asteure, à Hatrack.

— Le drame de l'homme civilisé, conclut Mot-pour-mot. On ne trouve plus personne pour croire à nos mensonges, alors on engage un professionnel pour mentir à notre place. »

Ils rirent ensemble de la blague, assis dans la forge sur deux solides souches près de la porte, le dos tourné vers le feu qui couvait dans l'âtre de briques, face au soleil, dehors, qui rayonnait sur une neige mi-fondue. Un cardinal rasa le sol herbeux piétiné, jonché de crottin, devant le seuil. Les yeux de Mot-pour-mot en furent momentanément aveuglés, tant l'oiseau surprenait au milieu de ces blancs, ces gris et ces bruns de l'hiver sur le déclin.

Durant cet instant de stupeur où venait de le plonger le vol du cardinal, Mot-pour-mot sut avec certitude, mais sans pouvoir expliquer pourquoi, qu'il s'écoulerait un certain temps avant que le Défaiseur ne permette au jeune Alvin de venir jusqu'ici. Et l'enfant arriverait tel un cardinal hors de saison, il éblouirait les habitants de toute la contrée, mais eux le trouveraient aussi normal qu'un oiseau en vol, sans savoir par quel miracle de chaque seconde l'oiseau se maintient dans les airs.

Mot-pour-mot se secoua, et la brève vision disparut. « Voilà qui est réglé, je vais leur écrire d'envoyer le petit.

— J'l'attends pour le premier avril. Pas plus tard ?

— Sauf si vous comptez sur le gamin pour se faire obéir du climat, il vaudrait mieux vous montrer moins exigeant sur la date. »

Le forgeron grommela et le congédia du geste.

A tout prendre, une entrevue fructueuse. Mot-pour-mot repartait satisfait, il s'était acquitté de son devoir. Ce serait facile d'envoyer une lettre par un chariot en route vers l'ouest. Plusieurs convois passaient par la ville de Hatrack toutes les semaines.

Son dernier séjour dans la région remontait à bien longtemps, mais il n'avait pas oublié le chemin de la forge à l'auberge. C'était une route fréquentée, pas très longue. L'auberge était aujourd'hui beaucoup plus grande que par le passé, et plusieurs commerces s'étaient établis un peu plus loin. Un magasin de vêtements, un sellier, un cordonnier. Le genre de services utiles aux voyageurs.

A peine avait-il posé le pied sur la galerie que la porte s'ouvrit et que la vieille Peg Guester sortit, les bras grands ouverts pour l'étreindre. « Ah, Mot-pour-mot, vous êtes resté trop longtemps absent, entrez, entrez !

— Ça fait plaisir de vous revoir, Peg », dit-il.

Horace Guester lui lança un grognement de derrière le comptoir dans la pièce commune, où il servait plusieurs clients assoiffés. « J'avais bien b'soin chez moi d'un autre abstinent d'buveur de thé !

— Alors, j'ai une bonne nouvelle pour vous, Horace, répondit joyeusement Mot-pour-mot. J'ai aussi arrêté le thé.

— Vous buvez d'quoi, de l'eau ?

— De l'eau, et le sang des vieux pleins de graisse. »

Horace fit signe à sa femme. « C'ti-là, le laisse pas s'approcher d'moi, ma vieille Peg, t'entends ? »

La Peg aida Mot-pour-mot à se dépouiller de quelques épaisseurs de vêtements. « R'gardez-moi ça, dit-elle en le toisant. Vous avez même pas assez d'viande sus les os pour faire un fricot.

— La nuit, les ours et les pumas m'ignorent pour se mettre en quête d'une meilleure chère.

— Entrez donc m'raconter des histoires pendant que j'prépare l'plat du soir pour toute la compagnie. »

On discuta, on papota, surtout après l'arrivée de grandpapa, venu donner un coup de main. Il n'avait plus guère de forces à présent, mais il tenait toujours son rôle en cuisine, pour le plus grand bonheur des clients de l'auberge : la vieille Peg ne manquait pas de bonne volonté ni de cœur à l'ouvrage, mais certains avaient le talent, d'autres pas. Pourtant, ce n'était pas pour les bons repas que Mot-pour-mot venait, ni pour la conversation, et au bout d'un moment il comprit qu'il lui faudrait aborder la question lui-même.

« Où est votre fille ? »

A sa surprise, la Peg se raidit, et sa voix devint glaciale et dure : « L'a plus rien d'une 'tite fille. L'a ses propres idées, l'est pas la dernière à vous l'dire. »

Et vous n'aimez pas beaucoup ça, pensa Mot-pour-mot. Mais sa tâche auprès de la fille de Peg était plus importante que des querelles de famille. « C'est toujours une…

— Une torche ? Oh, oui, et elle accomplit son devoir, mais les genses vont pas la voir par plaisir. Grincheuse et froide, voilà c'qu'elle est devenue. C'qui lui vaut la réputation d'avoir la dent dure. » L'espace d'un instant, le visage de la Peg s'adoucit. « Elle qu'était une 'tite fille si sensible…

— Je n'ai jamais vu quelqu'un de sensible devenir dur, dit Mot-pour-mot. Du moins, pas sans une bonne raison.

— Eh ben, raison ou pas, son cœur s'est r'couvert d'une couche de glace comme seau d'eau par une nuit d'hiver. »

Mot-pour-mot retint sa langue et se garda de faire la leçon ; il n'objecta pas que si l'on casse la glace, elle se reforme aussi vite, mais qu'en la ramenant chez soi, elle se réchauffe en un rien de temps. Inutile de mettre les pieds au beau milieu d'une brouille familiale. Il connaissait assez la manière dont les gens vivaient pour considérer cette situation de conflit comme un événement naturel, au même titre que les vents froids et les jours plus courts en automne, que le tonnerre après l'éclair. La plupart des parents ne savaient pas comment prendre les adolescents.

« J'ai à discuter avec elle, dit Mot-pour-mot. Je vais courir le risque de me faire envoyer promener. »

❄

Il la trouva dans le cabinet du docteur Whitley Physicker, en train de faire les comptes. « Je ne te savais pas comptable, dit-il.

— Je ne vous savais pas partisan de la médecine, répondit-elle. A moins que vous veniez seulement pour assister au miracle d'une fille qui fait du calcul et des écritures ? »

Pour ça, oui, elle avait la répartie cinglante. Mot-pour-mot comprenait qu'un pareil esprit puisse en indisposer certains qui attendaient d'une jeune fille qu'elle parle d'une voix douce et garde les yeux baissés pour ne les relever qu'à l'occasion, par-dessous des paupières mi-closes. Il n'y avait rien de la jeune dame modèle chez Peggy. Elle regardait Mot-pour-mot bien en face, franchement.

« Je ne suis pas venu me faire soigner, dit-il. Ni pour qu'on me prédise l'avenir. Pas même pour qu'on mette mes comptes à jour. »

Et voilà. Il suffisait de lui répondre sur le même ton au lieu de piquer une colère, et son visage s'éclairait d'un sourire enchanteur capable de faire disparaître ses pustules à un crapaud.

« Autant que je me souvienne, vous n'avez pas lourd à additionner ou à soustraire, de toute façon, dit-elle. Zéro plus zéro égale zéro, que je sache.

— Tu n'y es pas, Peggy. Le monde entier est ma propriété, et les locataires se font tirer l'oreille pour le loyer. »

Elle sourit encore et poussa de côté le livre de comptes du docteur. « Je lui tiens sa comptabilité une fois par mois, et il me rapporte de la lecture de DeKane. » Elle lui parla de ce qu'elle lisait, et Mot-pour-mot en vint à comprendre que son cœur soupirait pour d'autres cieux, loin de la rivière Hatrack. Il comprit autre chose aussi : torche, elle connaissait trop bien les habitants du pays et elle se disait que loin d'ici elle trouverait des gens aux âmes lumineuses, qui ne décevraient pas une jeune fille capable de lire à livre ouvert dans leurs pensées.

Elle est jeune, voilà tout. Qu'on lui donne du temps, elle apprendra à aimer le peu de bonté qu'elle rencontrera ; et elle oubliera le reste.

Le docteur entra peu après ; ils bavardèrent un moment et l'après-midi était déjà bien avancé quand Mot-pour-mot se trouva de nouveau seul avec Peggy et qu'il put lui poser la question qui l'amenait :

« Jusqu'à quelle distance peux-tu voir, Peggy ? »

Il crut reconnaître de la défiance qui descendait sur son visage comme un lourd rideau de velours.

« Je ne pense pas que vous voulez savoir si j'ai besoin de lunettes, dit-elle.

— Je songeais à une fillette qui jadis a écrit dans mon livre : *Un Faiseur est né*. Je me demande si elle continue de temps en temps à suivre ce Faiseur des yeux, pour voir comment il se débrouille. »

Elle détourna le regard et fixa la grande fenêtre haute, masquée par un voilage qui préservait l'intimité du cabinet. Dehors, le soleil était bas, le ciel gris, mais le visage de Peggy rayonnait de lumière. Mot-pour-mot s'en rendit parfaitement compte. Parfois, il n'était nul besoin d'être une torche pour savoir pertinemment ce que recelait le cœur d'une personne.

« Je me demande si cette torche a vu un jour une poutre tomber sur lui.

— Je me le demande, fit-elle.

— Ou une meule.

— Ça se pourrait.

— Et je me demande si elle n'a pas trouvé moyen de scinder la poutre proprement en deux ; de si bien fendre la meule qu'un certain conteur d'histoires a pu apercevoir une lumière de lanterne à travers, au beau milieu. »

Des larmes brillèrent dans ses yeux, non pas comme s'ils allaient pleurer mais comme s'ils s'embuaient de regarder fixement le soleil. « Un petit bout de sa coiffe de naissance, qu'on réduit en poussière entre les doigts, et on peut se servir du pouvoir du petit garçon pour réussir quelques effets maladroits, dit-elle doucement.

— Mais maintenant il découvre son talent et il a neutralisé ce que tu allais faire pour lui. »

Elle opina.

« Tu dois te sentir bien seule, à veiller sur lui de si loin, dit Mot-pour-mot. »

Elle secoua la tête. « Pas du tout. J'ai sans arrêt des gens autour de moi. » Elle regarda Mot-pour-mot et sourit faiblement. « C'est presque un réconfort de passer un moment avec cet enfant qui ne me demande rien, parce qu'il ne sait même pas que j'existe.

— Je le sais bien, moi. Et je ne te demande rien non plus. »

Elle sourit plus franchement. « Vieux farceur, dit-elle.

— D'accord, je veux te demander quelque chose, mais pas pour moi. J'ai rencontré ce garçon et, même sans ton aptitude à voir dans son cœur, je crois le connaître. Je crois savoir ce qu'il pourrait devenir, ce qu'il pourrait accomplir, et je veux que tu le saches : si jamais tu as besoin de mon aide, pour n'importe quoi, envoie-moi un mot, dis-moi que faire, et si c'est en mon pouvoir je le ferai. »

Elle ne répondit pas, ne le regarda pas non plus.

« Jusqu'ici tu n'as pas eu besoin d'aide, reprit-il, mais le voici qui pense par lui-même et tu ne pourras pas toujours pourvoir à ses besoins. Le danger ne viendra pas seulement d'objets qui lui tombent dessus ou qui le blessent dans sa chair. Ses propres initiatives l'exposent à un danger tout aussi grand. Je veux simplement te dire que si tu vois un tel danger et que tu as besoin de mon aide, je lâcherai tout pour venir.

« Ça me rassure », dit-elle. Elle le pensait sincèrement, Mot-pour-mot le savait ; mais il y avait autre chose qu'elle ne disait pas, et il le savait aussi.

« Et je voulais t'annoncer qu'il allait venir ici, le premier avril, en apprentissage chez le forgeron.

— Je sais qu'il vient, dit-elle, mais ce ne sera pas le premier avril.

— Oh ?

— Et pas cette année non plus. »

Un aiguillon d'angoisse transperça le cœur de Mot-pour-mot. « On dirait que je suis quand même venu pour connaître l'avenir, en fin de compte. Qu'est-ce qu'il lui réserve ? Qu'est-ce qui va arriver ?

— Il peut arriver toutes sortes de choses, dit-elle, et je serais idiote d'en citer une plutôt qu'une autre. Je vois comme un millier de routes qui s'ouvrent devant lui, en permanence. Mais très peu le conduisent ici en avril, et bien plus le laissent mort avec une hache de Rouge dans la tête. »

Mot-pour-mot se pencha par-dessus le bureau du docteur et posa une main sur celle de Peggy. « Il en réchappera ?

— Tant qu'il me restera un souffle de vie.

— Ou qu'il m'en restera un », ajouta-t-il.

Ils demeurèrent assis un moment en silence, main sur main, les yeux dans les yeux, jusqu'à ce qu'elle éclate de rire et détourne le regard.

« D'habitude, quand on se met à rire je comprends la plaisanterie, dit Mot-pour-mot.

— Je pensais à la paire de conspirateurs dérisoires qu'on forme, tous les deux, face aux ennemis que va affronter le gamin.

— C'est vrai, mais d'un autre côté, notre cause est juste ; toute la nature va donc conspirer avec nous, tu ne crois pas ?

— Et Dieu aussi, ajouta-t-elle d'un ton ferme.

— Je ne saurais rien dire là-dessus, fit Mot-pour-mot. Les pasteurs et les prêtres ont l'air de l'avoir tellement bien claquemuré dans leurs doctrines que le pauvre vieux Père n'a plus guère de liberté d'action. Maintenant qu'ils ont interprété la Bible irrévocablement, ils n'attendent plus qu'une dernière chose de lui : que sa parole se fasse à nouveau entendre, ou que son doigt témoigne de sa puissance en ce monde.

— J'ai vu la puissance de son doigt dans la naissance du septième fils d'un septième fils, il y a quelques années. Appelez ça la nature si vous voulez, puisque vous avez appris toutes sortes de choses auprès des philosophes et des sorciers. Je sais seulement qu'il est aussi étroitement lié à ma vie que si on était nés des mêmes entrailles. »

Mot-pour-mot n'avait pas prémédité sa question suivante, elle lui sortit machinalement des lèvres : « Ça te fait plaisir ? »

Elle le regarda avec une effroyable tristesse dans les yeux. « Pas souvent », dit-elle. Elle parut alors si abattue que le vieil homme, incapable de se retenir, contourna le bureau et s'arrêta près de sa chaise pour serrer la jeune fille contre lui comme un père serre son enfant, la serrer longuement. Pleurait-elle ou se retenait-elle ? il n'aurait su le dire. Ils ne prononcèrent pas une parole. Elle finit par se détacher de lui avant de retourner à son livre de comptes. Puis il partit sans rompre le silence.

Mot-pour-mot chemina à pas lents jusqu'à l'auberge pour y prendre son dîner. Il avait des histoires à conter et de menus services à rendre pour prix de sa pension. Pourtant, toutes les histoires semblaient perdre de leur intérêt, comparées à celle qu'il ne pouvait pas dire, celle dont il ne connaissait pas la fin.

❄

Dans le pré autour du moulin attendaient une demi-douzaine de charrettes, gardées par des fermiers accourus de loin pour trouver de la farine de bonne qualité. Plus jamais leurs femmes ne s'échineraient au pilon sur un mortier pour recueillir une farine grossière qui ferait un pain dur et grumeleux. Le moulin était en activité, et tout le monde, à des milles à la ronde, apporterait son blé à la ville de Vigor Church.

L'eau se déversait dans le bief et la grande roue tournait. A l'intérieur du moulin, la force de la roue, transmise par des engrenages imbriqués, entraînait la meule courante qui roulait tour après tour à la surface habillée en quartiers de la meule gisante.

Le meunier répandit le blé sur la pierre. La meule courante passa dessus et le réduisit en farine. Le meunier l'étala régulièrement pour un second passage, puis la fit tomber à l'aide d'une brosse dans un panier tenu par son fils, un gamin de dix ans. Le fils vida la mouture dans un tamis et bluta la bonne farine dans un sac de toile. Il vida ce qui restait au fond du sas dans un tonneau d'ensilage et reprit ensuite sa place auprès de son père pour le panier de mouture suivant.

Leurs pensées étaient étonnamment similaires tandis qu'ils travaillaient tous deux en silence. Voilà ce que je veux toujours faire, se disaient-ils l'un et l'autre. Me lever matin, venir au moulin et travailler toute la journée avec lui auprès de moi. Tant pis si ce souhait était illusoire. Tant pis s'ils risquaient de ne jamais plus se revoir, une fois le garçon reparti vers le village où il était né, pour y suivre son apprentissage. Ça ne faisait qu'ajouter à la douceur de l'instant, qui ne serait bientôt plus qu'un souvenir, bientôt plus qu'un rêve.

AINSI S'ACHÈVE

LE SEPTIÈME FILS,

PREMIER LIVRE DES

CHRONIQUES D'ALVIN LE FAISEUR

Remerciements

J'exprime ma gratitude à Carol Breakstone pour l'aide qu'elle m'a fournie dans mon enquête sur la magie traditionnelle chez les pionniers américains. Les renseignements qu'elle a découverts m'ont été une mine inépuisable où j'ai glané des idées de récits et des détails sur la vie quotidienne à l'époque de la colonisation des territoires du Nord-Est. Je me suis également abondamment servi des informations contenues dans *A Field Guide to America's History*[1] de Douglass L. Brownstone (Facts on File, Inc.) et *The Forgotten Crafts*[2] de John Seymour, publié chez Knopf.

Scott Russel Sanders a apporté sa contribution en me mettant entre les mains un exemplaire de son savoureux cycle d'histoires *Wilderness Plots : Tales about the Settlement of the American Land*[3], chez Quill. Son travail m'a montré ce qu'on pouvait obtenir par un traitement réaliste de la vie sur la Frontière et m'a aidé en cours de route à maintenir mon projet d'Alvin le Faiseur dans la bonne direction. Et, bien qu'il ait disparu depuis longtemps, je garde une immense dette envers William Blake (1757-1827) pour avoir écrit des poèmes et des proverbes qui sonnent avec tant de bonheur dans la bouche de Mot-pour-mot.

Par-dessus tout, je suis reconnaissant à Kristine A. Card pour la qualité inappréciable de ses critiques, de ses encouragements, de son aide technique, de ses corrections d'épreuves et pour avoir toute seule fait de nos enfants des êtres humains réfléchis, bien élevés et d'un commerce agréable, qui pardonnent de bon cœur à leur père de ne pas toujours être, lui, un parangon de ces vertus.

---

1. « Précis géographique de l'histoire américaine ».
2. « Les Métiers oubliés ».
3. « En terre sauvage : Récits de la colonisation de l'Amérique ».

Le prophète rouge

A la mémoire de mon grand-père, Orson Rega Card (1891-1984), dont la vie fut sauvée par des Indiens de la tribu Blood, lorsqu'il était enfant, près de la frontière canadienne.

NOTE DE L'AUTEUR

Ce récit a pour cadre une Amérique dont l'histoire, parfois conforme à la réalité, s'en écarte aussi très souvent. Ne tenez pas les personnages du livre qui portent des noms célèbres du passé américain pour des portraits fidèles. En particulier, sachez que William Henry Harrison, resté dans les annales pour avoir exercé la plus courte présidence des Etats-Unis et pour son inoubliable slogan électoral « Tippecanoe et Tyler itou », était un homme plus agréable que son homologue ici présenté.

Mes remerciements vont à Carol Breakstone pour les traditions indiennes, à Beath Meacham pour le Mont Octogone et la Chaîne Silex, à Wayne Williams pour sa patience héroïque et à mon arrière-arrière-grand-père Joseph pour toutes les histoires qui sous-tendent ce récit.

Comme toujours dans mon travail, Kristine A. Card a inspiré et parfait chaque page du livre.

I

Casse-pattes

IL N'Y AVAIT PAS beaucoup de bateaux plats à descendre l'Hio, par les temps qui couraient, pas avec des pionniers à bord en tout cas, pas avec des familles, des outils, des meubles, des graines et quelques cochons pour entreprendre un élevage. Il suffisait de deux ou trois flèches enflammées pour qu'une tribu de Rouges s'en aille bientôt vendre un chapelet de scalps à moitié carbonisés aux Français de Détroit.

Casse-pattes Palmer, lui, ignorait ce genre de désagréments. Les Rouges connaissaient tous *son* bateau plat, chargé d'une montagne de barils. Dans la plupart de ces barils clapotait du whisky, la seule musique, ou presque, qu'ils comprenaient, les Rouges. Mais au milieu de ce vaste empilement de futaille il s'en trouvait un où rien ne clapotait. Il était bourré de poudre à canon, et une mèche s'en échappait.

A quoi lui servait cette poudre ? On se laissait porter par le courant, on négociait une courbe à la perche, et brusquement surgissaient une demi-douzaine de canoës remplis de Rouges peinturlurés de la tribu des Kicky-Poos. Ou l'on découvrait un feu allumé sur la berge, et des démons shawnees dansant autour, prêts à enflammer leurs flèches.

Pour le commun des mortels, il ne restait plus qu'à prier, se battre et mourir. Mais pas pour Casse-pattes. Il se dressait au beau milieu de son bateau plat, une torche dans une main, la mèche dans l'autre, et se mettait à crier : « J'fais sauter l'whisky ! J'fais sauter l'whisky ! »

La plupart des Rouges parlaient mal l'anglais, mais ils comprenaient parfaitement ce que « sauter » et « whisky » voulaient dire. Casse-pattes échappait donc aux volées de flèches et à l'abordage, et bien vite les canoës le dépassaient en longeant la rive la plus éloignée. L'un des Rouges lançait : « Carthage City ! » et Casse-pattes criait en retour : « C'est ça ! » Les canoës filaient alors sur l'Hio, pour gagner en aval le port où l'alcool serait bientôt en vente.

Evidemment, les hommes qui maniaient les perches et qui descendaient l'Hio pour la première fois, ils n'en savaient pas autant que Casse-pattes Palmer, et ils manquaient faire dans leurs pantalons dès qu'ils apercevaient ces Rouges avec leurs flèches enflammées. Et lorsqu'ils voyaient Casse-pattes approcher sa torche de la mèche, l'envie les prenait de sauter à l'eau sans demander leur reste. Casse-pattes, lui, il riait, il riait. « Vous les connaissez pas, ces Rouges, les gars, eux et leur tord-boyaux, disait-il. Ils feront rien, ils ont trop peur d'en perdre la moindre goutte dans la rivière. Ils tueraient leur propre mère sans l'ombre d'une hésitation si elle s'mettait entre eux et un baril, mais nous autres, ils nous toucheront pas tant que j'les menace d'allumer c'te mèche au premier geste de leur part. »

En leur for intérieur, les hommes devaient se demander si Casse-pattes était vraiment capable de tout faire sauter, radeau, équipage et chargement; la réponse est *oui*. Réfléchir n'était pas son fort, et il ne consacrait guère de temps à méditer sur la mort, l'au-delà ou autres questions philosophiques, mais sa décision était faite : le jour venu, il ne mourrait sûrement pas tout seul. Et si on le tuait, on n'en tirerait sûrement aucun profit non plus, ah non, alors. Surtout pas un de ces poltrons de faux-jetons de Rouges à moitié soûls armés de couteaux à scalp.

Casse-pattes avait un grand secret : il n'avait pas besoin de torche, pas plus que de mèche. De toutes façons, la mèche, elle n'allait même pas jusqu'au baril de poudre, si vous tenez à le savoir. Casse-pattes ne voulait pas courir le risque que la poudre explose par accident. Non, si Casse-pattes avait un jour besoin de faire sauter son bateau, il n'aurait qu'à y penser un moment. Et la poudre, elle commencerait bientôt à drôlement s'échauffer, peut-être qu'il en sortirait un peu de fumée, et puis *boum !* tout sauterait.

Parfaitement. Ce sacré Casse-pattes était une étincelle. Oh, il y a des gens qui soutiennent que ces histoires-là, les étincelles, ça n'existe pas, et pour preuve ils disent : « T'en as déjà vu une, étincelle, ou connu quelqu'un qu'en était une ? » mais ça ne prouve rien du tout. Parce que, quand on est une étincelle, on ne va pas le raconter à tout le monde, pas vrai ? Ce n'est pas comme si les gens ne demandaient qu'à louer vos services... c'est tellement simple de se servir d'un silex et d'un bout d'acier, ou même de ces allumettes alchimiques. Non, être une étincelle n'offre qu'un seul intérêt : quand on veut allumer un feu de loin; et dans ces cas-là, il s'agit forcément d'un feu *malveillant*, destiné à brûler quelqu'un, détruire une maison, faire sauter quelque chose. Et quand on vend ce genre de service-là, on ne se promène pas avec le panneau « Etincelle à louer ».

L'inconvénient, c'est que lorsque le bruit se répand que vous êtes une étincelle, on vous met sur le dos le moindre feu de rien du tout. Un gamin allume une pipe dans une grange, et la grange est réduite en cendres... est-ce que le drôle va avouer : « Ouais, p'pa, c'est moi qu'ai fait ça. » Pas de danger, il va prétendre : « C'est sûrement une étincelle qu'a mis l'feu, p'pa ! » et du coup, c'est vous qu'ils vont rechercher, le bouc émissaire du pays. Ah non, Casse-pattes n'était pas idiot. Il ne disait jamais à personne qu'il pouvait chauffer et enflammer ce qu'il voulait.

Il y avait une autre raison qui poussait Casse-pattes à ne pas recourir trop souvent à son talent d'étincelle. C'était une raison si secrète qu'il ne la connaissait pas vraiment lui-même. En fait, il avait peur du feu. Une peur viscérale. Il y a des gens qui craignent l'eau, et ils vont au bord de la mer; d'autres craignent la mort, et ils deviennent fossoyeurs; d'autres craignent Dieu, et ils se font prêcheurs. Eh bien, Casse-pattes, lui, craignait le feu plus que tout, aussi était-il sans cesse attiré vers lui, malgré des sensations de nausée à l'estomac; et le moment venu, quand il lui fallait allumer un feu, ma foi, il hésitait, il remettait à plus tard, il se donnait des raisons pour ne pas le faire. Casse-pattes avait un talent, mais il rechignait terriblement à s'en servir trop souvent.

Il l'aurait fait, pourtant. Il l'aurait fait sauter, cette poudre, avec lui, ses hommes et son whisky par la même occasion, avant de laisser un Rouge s'en emparer par le meurtre. Casse-pattes aurait peut-être ressenti sa peur maladive du feu, mais il l'aurait vite oubliée sous le coup de la colère.

C'était donc une bonne chose, cet amour immodéré des Rouges pour l'alcool qui leur faisait craindre d'en perdre la moindre goutte. Aucun canoë ne s'approchait trop près, aucune flèche ne sifflait aux oreilles pour venir se planter en vibrant dans un baril. Ainsi Casse-pattes et ses barils, tonnelets, fûts, quartauts, glissaient-ils en toute sérénité au fil de la rivière, jusqu'à Carthage City, nom pompeux donné par le gouverneur Harrison à une palanque abritant une centaine de soldats en plein confluent de la Little My-Ammy et de l'Hio. Mais Bill Harrison était le genre d'homme à d'abord donner un nom, puis à faire des pieds et des mains pour que la localité se montre à la hauteur de son choix. Et il y avait bien une cinquantaine de cheminées à fumer à l'extérieur de la palissade maintenant, ce qui voulait dire que Carthage City n'était pas loin de constituer un village.

Il les entendit brailler avant d'arriver en vue du débarcadère... il devait y avoir des Rouges qui passaient le plus clair de leur temps assis au bord de la rivière, à attendre l'apparition du bateau d'alcool. Et Casse-pattes les savait particulièrement impatients cette fois-ci ; il avait remarqué comment l'argent changeait de mains, là-bas, à Fort Dekane ; les autres revendeurs de whisky avaient été retardés, pour un oui, pour un non, et la pauvre Carthage City devait être aussi sèche que l'intérieur d'un téton de taureau. Et voilà que surgissait Casse-pattes, sur son bateau plat chargé de plus de barils qu'ils n'en avaient jamais vu ; il allait faire son beurre, ce coup-ci, sûr et certain.

Bill Harrison était peut-être aussi vaniteux qu'un paon, avec ses grands airs et ce titre de gouverneur qu'il se donnait alors que personne ne l'avait élu et qu'il s'était nommé tout seul à ce poste, mais il connaissait son affaire. Ses hommes, en beaux uniformes, se tenaient impeccablement alignés devant le débarcadère, mousquets chargés et prêts à tirer sur le premier Rouge qui s'aviserait de s'avancer ne serait-ce que d'un pas vers la berge. Ça n'avait rien d'une formalité, oh non... ces Rouges bouillaient d'impatience, Casse-pattes le voyait bien. Ils ne sautaient pas partout comme des gamins, évidemment, ils attendaient, debout, et ils regardaient ; comme ça, dehors, devant tout le monde, sans que ça les gêne, à moitié nus comme souvent en été. Ils ne bougeaient pas, tout *humbles*, prêts à faire des courbettes, à implorer, à supplier : « S'il te plaît, monsieur Casse-pattes, un baril contre trente peaux de cerf. » Oh, que ce serait agréable à entendre, oh oui, alors. « S'il te plaît, monsieur Casse-pattes, un gobelet de whisky contre ces dix peaux de rat musqué. » « You-hou ! » s'écria Casse-pattes. Ses manieurs de perches le regardèrent comme s'il était fou, parce qu'ils ne savaient pas, ils n'avaient jamais connu ces Rouges avant que le gouverneur Harrison ne s'installe ici, cette façon qu'ils avaient de ne jamais daigner poser les yeux sur un homme blanc, quand on était forcé d'entrer à quatre pattes dans leurs huttes où la fumée et la vapeur manquaient vous étouffer, qu'il fallait rester assis à leur adresser des signes et parler leur baragouin jusqu'à ce qu'on ait la permission de procéder au troc. C'étaient alors eux, les Rouges, qui portaient les armes, des arcs et des lances, et vous creviez de trouille à l'idée que votre scalp finisse par les intéresser davantage que votre camelote.

Oublié, tout ça. Ils n'avaient plus une seule arme, asteure. La langue pendante, ils ne faisaient qu'attendre leur tord-boyaux, asteure. Ensuite ils buvaient, buvaient, buvaient, buvaient et *youpi!* Ils tombaient raides morts avant même de s'être arrêtés de boire, et c'était une très bonne chose, oui, très bonne. Le bon Rouge, c'est le Rouge mort, disait toujours Casse-pattes, et vu la façon dont marchaient aujourd'hui leurs affaires, à Harrison et à lui, ces Rouges mouraient à toute vitesse, et ils payaient pour ça, par-dessus le marché.

Casse-pattes s'estimait donc le plus heureux des hommes quand ils s'amarrèrent au débarcadère de Carthage City. Même que le sergent l'accueillit par un salut, croyez-le ou non ! Rien à voir avec la manière dont les shérifs des Etats-Unis le traitaient, en Suskwahenny, comme s'il n'était que de la crotte qu'ils venaient de racler sur le siège des cabinets. Ici, dans ce pays neuf, les hommes entreprenants tels que Casse-pattes, on les traitait en gentlemen, et ça lui convenait tout à fait, à Casse-pattes. Que ces pionniers, avec leurs femmes rudes et laides et leurs morveux maigrichons, abattent donc les arbres, retournent la terre, fassent pousser du maïs, élèvent des cochons et gagnent tout juste de quoi vivre. Très peu pour Casse-pattes. Lui, il arriverait après, une fois les champs bien propres et nets, et les maisons joliment alignées dans des rues tracées à angles droits; puis il sortirait son argent pour s'acheter la plus grande demeure de la ville, et le banquier marcherait dans la gadouille pour lui libérer le trottoir, le maire l'appellerait monsieur... à moins que d'ici là il ne décide d'être maire lui-même.

Voilà le message contenu dans le salut du sergent; Casse-pattes y lut son avenir quand il posa le pied sur la terre ferme.

« On va décharger ici, monsieur Casse-pattes, fit le sergent.

— J'ai un connaissement, dit Casse-pattes, alors pas question qu'vos gars, ils vendent en douce. Mais il s'pourrait bien qu'y ait un baril de bon whisky qu'on aurait bizarrement oublié de comptabiliser. J'gagerais qu'ce baril-là nous f'rait pas trop défaut.

— On fera très attention, monsieur », dit l'autre, mais il arborait un sourire jusqu'aux deux oreilles qui lui découvrait les dents du fond, et Casse-pattes savait que le sergent trouverait un moyen de se garder une bonne moitié du baril en surplus. S'il était bête, il vendrait son demi-tonnelet petit à petit aux Rouges. Mais on ne s'enrichit pas avec un demi-tonnelet de whisky. Non, si ce sergent était malin, il le *partagerait* en autant de coups à boire, avec les officiers les mieux à même de lui donner de l'avancement, et à la longue, un de ces jours il ne sortirait plus pour accueillir les bateaux plats, oh non, il resterait assis dans les quartiers d'officiers, une jolie femme dans sa chambre et une épée de bon acier au côté.

Pas question de raconter ça au sergent. De l'avis de Casse-pattes, celui à qui il fallait dire comment s'y prendre n'était de toute façon pas capable de faire le travail. Et s'il avait assez de jugeote pour réussir son affaire, il n'avait pas besoin d'un revendeur de whisky en bateau plat pour lui dicter sa conduite.

« L'gouverneur Harrison veut vous voir, dit le sergent.

— Et j'veux l'voir, moi d'même, fit Casse-pattes. Mais j'ai b'soin d'prendre un bain, de m'raser et d'passer du linge propre d'abord.

— L'gouverneur a dit de vous installer dans l'ancienne résidence.

— L'*ancienne* ? » s'étonna Casse-pattes. Harrison n'avait fait bâtir la résidence officielle que quatre ans plus tôt. Casse-pattes ne voyait qu'une raison pour laquelle Harrison s'était d'un coup décidé à en construire une autre aussi vite. « Alors, c'est-y donc que l'gouverneur Bill s'est trouvé une nouvelle femme ?

— Eh oui, répondit le sergent. Jolie comme tout, et pas plus d'quinze ans, dites donc ! Mais elle est de Manhattan, alors elle cause pas beaucoup anglais… N'importe comment, ça ressemble guère à de l'anglais quand elle s'y risque. »

Ça ne gênait pas Casse-pattes. Le hollandais, il le parlait très bien, presque aussi bien que l'anglais et beaucoup mieux que le shaw-nee. Il deviendrait l'ami de la femme de Harrison le temps de le dire. Même que l'idée l'effleura de… mais non, non, ça n'était pas bon de fricoter avec la femme d'un autre. Casse-pattes était visité par le désir aussi souvent qu'à son tour, mais il savait toutes les complications que ça entraînait dès qu'on se laissait aller. D'ailleurs, il n'avait pas réellement besoin de femme blanche, pas avec toutes ces squaws assoiffées autour de lui.

Est-ce que Bill Harrison amènerait ses enfants ici, asteure qu'il avait une seconde femme ? Casse-pattes hésitait sur l'âge que ça leur faisait maintenant, mais ils avaient peut-être assez grandi pour apprécier la vie de la frontière. Casse-pattes avait pourtant le sentiment vague que les gamins feraient beaucoup mieux de rester à Philadelphie chez leur tante. Non pour se préserver des régions sauvages, mais pour éviter de rester auprès de leur père. Casse-pattes aimait bien Bill Harrison, seulement ce n'est certes pas lui qu'il choisirait pour garder des enfants... même les siens.

Casse-pattes s'arrêta à l'entrée de la palanque. Tiens, voilà quelque chose de pas mal. En plus des habituels charmes et symboles censés repousser les ennemis, le feu et autres calamités, le gouverneur Bill avait accroché un panneau de la largeur du portail. En grosses lettres, il annonçait :

CARTHAGE CITY

et en plus petites :

CAPITALE DE L'ÉTAT DE LA WOBBISH

C'était bien de ce vieux Bill, une pareille idée. D'une certaine manière, il croyait ce panneau plus puissant que n'importe quel charme. En tant qu'étincelle, par exemple, Casse-pattes savait que le charme contre le feu ne l'empêcherait pas d'en allumer un, ça serait seulement *plus dur* de le déclencher en restant auprès. S'il lançait un bon incendie de plus loin, le charme brûlerait, tout comme le reste. Mais ce panneau, qui élevait la Wobbish au rang d'Etat et faisait de Carthage City sa capitale, eh bien, il renfermait vraiment un certain pouvoir, un pouvoir sur la façon de penser des gens. Si vous répétez une chose suffisamment souvent, les gens finissent par la croire vraie et bientôt elle *devient* vraie. Oh, rien du genre : « Ce soir la lune va s'arrêter de tourner et repartir dans l'autre sens » ; pour que ça marche, faudrait que la lune entende vos paroles. Mais si vous dites, mettons : « Cette fille, elle est facile », ou : « C'gars-là, c'est un voleur », peu importe si les personnes concernées vous croient ou non... toutes *les autres* se mettent à le croire et les traitent comme tels. Alors Casse-pattes se disait que si Bill Harrison se débrouillait pour que suffisamment de gens voient un panneau désignant Carthage comme la capitale de l'Etat de la Wobbish, un de ces jours elle le serait pour de bon.

A la vérité, Casse-pattes se fichait pas mal que ce soit Harrison qui devienne gouverneur et installe sa capitale à Carthage City, ou que ce soit cet abstinent de puritain suffisant d'Armure-de-Dieu Weaver, là-haut dans le nord, là où la Tippy-Canoe se jette dans la Wobbish, qui obtienne le poste et dirige l'Etat depuis Vigor Church. Laissons ces deux-là se bagarrer entre eux ; quel que soit le gagnant, Casse-pattes entendait bien devenir riche et n'en faire qu'à sa tête. Sinon, on verrait tout le pays livré aux flammes. Si un jour Casse-pattes se retrouvait complètement ruiné, sur la paille, il s'arrangerait pour que personne n'en profite. Quand il ne restait aucun espoir, une étincelle pouvait encore se venger, ce qui, de l'avis de Casse-pattes, constituait à peu près le seul avantage que lui offrait son talent.

Ah si, bien entendu... être une étincelle lui assurait un bain toujours chaud, il y gagnait au moins ça. Lâcher la rivière pour retourner à la vie civilisée le changeait agréablement. Les vêtements qu'on avait déposés pour lui étaient propres, et ça faisait du bien de se débarrasser le visage de cette barbe en broussaille. Sans parler de la squaw qui le baignait, qui ne demandait qu'à gagner une autre ration de whisky ; si Harrison n'avait pas envoyé un soldat frapper à sa porte et lui enjoindre de presser le mouvement, Casse-pattes aurait touché un premier acompte de ce qu'elle avait à échanger. Au lieu de quoi, il se sécha et passa ses vêtements. Elle parut vraiment s'inquiéter quand il se dirigea vers la porte.

« Toi revenir ? demanda-t-elle.

— Ben tiens, 'videmment que j'reviens, dit-il. Et j'vais ramener un baril.

— Avant la nuit, alors, fit-elle.

— Ma foi, p't-êt' ben qu'oui, p't-êt' ben qu'non, répondit-il. Qu'esse ça peut faire ?

— La nuit, tous les Rouges comme moi en dehors du fort.

— Pas possible ? murmura Casse-pattes. Bon, j'vais essayer d'revenir avant la nuit. Et si j'reviens pas, je m'souviendrai de toi. J'vais p't-êt' oublier ta figure, mais j'vais pas oublier tes mains, hein ? Ce bain m'a beaucoup plu. »

Elle sourit, mais ce n'était qu'une grotesque caricature d'un véritable sourire. Casse-pattes n'arrivait pas à comprendre pourquoi les Rouges ne s'étaient pas éteints depuis des années ; leurs squaws étaient tellement laides. Mais si on fermait les yeux, elles faisaient l'affaire en attendant de retrouver de vraies femmes.

Il ne s'agissait pas seulement d'une nouvelle résidence qu'avait fait bâtir Harrison ; il avait rajouté tout un nouveau pan de palissade, et le fort était quasiment deux fois plus grand qu'avant. Et un bon et solide parapet courait sur toute la longueur de la palissade. Harrison était prêt pour la guerre. Ce qui inquiéta Casse-pattes. Le commerce du whisky ne faisait guère recette en temps de guerre. Les Rouges qui livraient des batailles ne ressemblaient pas aux Rouges qui buvaient du tord-boyaux. Casse-pattes en voyait tellement de la seconde catégorie qu'il avait presque oublié l'existence de la première. Il y avait même un canon. Non, deux canons. Ça ne présageait rien de bon.

Tiens, le bureau de Harrison ne se trouvait pas dans la résidence. Bien éclairé, il était installé dans un tout autre bâtiment, les nouveaux quartiers généraux, dont il occupait l'angle sud-ouest. Casse-pattes remarqua qu'en plus du personnel habituel des soldats montant la garde et des officiers chargés de la paperasse, il y avait plusieurs Rouges assis ou affalés dans les locaux. Les Rouges apprivoisés de Harrison, bien sûr... il en gardait toujours quelques-uns autour de lui. Mais il y avait davantage de Rouges apprivoisés qu'à l'ordinaire, et Casse-pattes n'en reconnut qu'un seul : Lolla-Wossiky, un Shaw-Nee borgne, le Rouge le plus imbibé encore de ce monde. Même les autres Rouges se fichaient de lui, il était dans un tel état, un vrai parasite.

Le plus drôle dans l'histoire, c'est que l'homme qui avait abattu le père de Lolla-Wossiky, une quinzaine d'années plus tôt, n'était autre que Harrison, et Lolla-Wossiky, alors gamin, y avait assisté. Il arrivait même quelquefois à Harrison de le raconter sous le nez du poivrot borgne qui se contentait de hocher la tête, de rire, la bouche fendue jusqu'aux deux oreilles, et de se conduire comme s'il n'avait pas de cervelle ni de dignité humaine ; le Rouge le plus servile, le plus abject que Casse-pattes ait jamais vu. Il ne se souciait même pas de venger son papa mort, du moment qu'il avait son tord-boyaux. Non, Casse-pattes n'était nullement surpris de voir Lolla-Wossiky étalé par terre devant le bureau de Harrison, si bien qu'à chaque fois que la porte s'ouvrait, elle le cognait en plein dans le derrière. Chose incroyable, alors qu'il n'y avait plus de whisky à Carthage depuis quatre mois, Lolla-Wossiky trouvait encore moyen d'être soûl. Il vit entrer Casse-pattes, se redressa sur un coude, agita un bras en guise de salut, puis se laissa retomber en arrière sans un son. Le mouchoir qu'il gardait noué sur son infirmité avait glissé, dévoilant aux regards l'orbite vide où rentraient les paupières. Casse-pattes eut l'impression que l'œil absent le regardait. Il n'aimait pas cette impression. Il n'aimait pas Lolla-Wossiky. Harrison était le genre d'homme à s'entourer à plaisir de créatures aussi viles — pour se valoriser à ses propres yeux, par contraste, se disait Casse-pattes —, mais Casse-pattes n'aimait pas contempler des spécimens d'humanité aussi misérables. Pourquoi Lolla-Wossiky n'était-il pas encore mort ?

Au moment d'ouvrir la porte de Harrison, Casse-pattes releva la tête ; son regard délaissa le Rouge borgne soûl pour croiser celui d'un autre homme, et... ça, c'est curieux, alors ! L'espace d'une seconde, il crut qu'il s'agissait encore de Lolla-Wossiky, tellement il lui ressemblait. Seulement, c'était un Lolla-Wossiky doté de ses deux yeux, et pas du tout soûl, comme je vous dis. Ce Rouge était adossé au mur ; de la pointe des orteils jusqu'au scalp, il devait faire ses six pieds, il avait le crâne rasé en dehors d'une unique mèche de cheveux et portait des vêtements propres. Il se tenait *raide*, comme un soldat au garde-à-vous, et il ne daigna même pas accorder un regard à Casse-pattes. Ses yeux fixaient le vide, droit devant lui. Mais Casse-pattes savait que ce gars-là voyait *tout*, même s'il ne regardait rien. Ça faisait longtemps qu'il n'avait pas croisé de Rouge de son acabit, froid et conscient de tout ce qui se passe.

Dangereux, ça, dangereux... Est-ce que Harrison deviendrait négligent, qu'il laisse entrer dans ses propres quartiers généraux un Rouge avec des yeux pareils ? avec un port de roi et des bras si puissants qu'il donne l'impression de pouvoir bander un arc taillé dans le tronc d'un chêne de six ans ? Lolla-Wossiky était si méprisable qu'il dégoûtait Casse-pattes. Mais ce Rouge qui lui ressemblait, il en était l'opposé. Et au lieu de dégoûter Casse-pattes, il le mettait en rage ; si fier, si provocant, comme s'il se croyait l'égal des Blancs. Non, supérieur aux Blancs. Voilà l'impression qu'il donnait... comme s'il se croyait *supérieur*.

Casse-pattes se rendit alors compte qu'il restait immobile, la main sur le loquet de la porte, sans détacher les yeux du Rouge. Il n'avait pas bougé depuis combien de temps ? Ça n'était pas bon, de laisser voir que ce Rouge le mettait mal à l'aise. Il ouvrit la porte et entra.

« Un petit bout de sa coiffe de naissance, qu'on réduit en poussière entre les doigts, et on peut se servir du pouvoir du petit garçon pour réussir quelques effets maladroits. »

Page 240.

Mais il n'en parla pas, du Rouge, pas question, ça n'aurait pas été malin du tout. Inutile d'informer Harrison que ce Shaw-Nee arrogant le travaillait, lui tapait sur les nerfs. Car assis derrière une grande table attendait le gouverneur Bill, tel Dieu sur son trône, et Casse-pattes comprit qu'il y avait eu des changements dans le coin. Ce n'était pas seulement le fort qui avait grandi… la prétention de Bill Harrison aussi. Et si Casse-pattes voulait réaliser le profit qu'il espérait de ce voyage, il faudrait qu'il s'arrange pour lui rabaisser son caquet, afin de traiter sur un pied d'égalité plutôt que de marchand à gouverneur.

« Vu vos canons, fit Casse-pattes, sans même se soucier de dire bonjour. C'est pour qui donc, cette artillerie, les Français de Détroit, les Espagnols de Floride, ou pour les Rouges ?

— C'est toujours pour les Rouges, de toute manière, quels que soient ceux qui achètent les scalps, dit Harrison. A présent, assieds-toi, détends-toi, Casse-pattes. Une fois ma porte fermée, plus de cérémonie entre nous. »

Oh oui, le gouverneur Bill aimait les manigances, en vrai politicien. Donner à croire à quelqu'un que vous lui accordez une faveur en l'autorisant à s'asseoir en votre présence, le flatter pour qu'il s'imagine un vrai *poteau* avant de lui faire les poches. Bon, songea Casse-pattes, j'ai moi aussi quelques manigances de mon cru à te proposer, on verra bien qui l'emportera.

Casse-pattes s'assit, leva les pieds et les posa sur le bureau du gouverneur Bill. Il sortit une pincée de tabac et se la cala dans la bouche, entre gencive et joue. Il vit Bill marquer légèrement le coup. Un signe qui ne trompait pas : sa femme lui avait fait perdre quelques mâles habitudes. « Une 'tite pincée ? » proposa Casse-pattes.

Il fallut une minute avant que Harrison reconnaisse qu'il en prendrait bien un peu. « J'ai plus ou moins juré de ne plus toucher à ça », avoua-t-il, l'air piteux.

Ainsi donc, Harrison regrettait sa vie de célibataire. Ma foi, c'était une bonne nouvelle pour Casse-pattes. Qui lui donnait une arme contre le gouverneur. « D'après qu'vous vous êtes déniché un chauffe-lit de Manhattan », lança-t-il.

Le coup porta : la figure de Harrison s'empourpra. « J'ai épousé une *dame* de La Nouvelle-Amsterdam », dit-il. Sa voix était calme et froide.

Il s'en battait les fesses, Casse-pattes... c'était exactement ce qu'il voulait. « Une *épouse* ! fit-il. Eh ben, dites donc ! Faites excuse, gouverneur, c'est c'que j'ai entendu raconter, faut m'pardonner, j'faisais qu'répéter les... les bruits qui courent.

— Les bruits ? demanda Harrison.

— Oh, non, vous inquiétez pas. Vous connaissez, les racontars de soldats... J'ai honte d'les avoir écoutés, eux d'abord. C'est vrai, toutes ces années vous avez honoré la mémoire de vot' première femme, et si j'avais vraiment été votre ami, j'aurais su qu'celle que vous amèneriez sous vot' toit serait une dame, et une épouse mariée en bonne et due forme.

— Ce que je veux savoir, fit Harrison, c'est : qui t'a dit qu'elle était *autre chose* ?

— Allons, Bill, c'étaient que des paroles en l'air de soldats ; j'veux pas qu'un d'vos gars ait du tracas par rapport qu'il sait pas tenir sa langue. Pour l'amour de Dieu, Bill, un chargement d'whisky vient d'arriver ! Vous allez pas leur en vouloir, ils pensaient qu'à ça, ils ont raconté n'importe quoi. Non, prenez-vous donc une pincée de tabac et souvenez-vous qu'tous vos gars, ils vous aiment bien. »

Harrison se servit une bonne chique dans la blague qu'on lui présentait et s'en cala la joue. « Oh, je sais, Casse-pattes, ça ne m'embête pas. » Mais Casse-pattes savait, lui, que ça l'embêtait bel et bien, que Harrison était si en colère qu'il n'arrivait même pas à cracher droit ; à preuve, il manqua le crachoir. Un crachoir, nota le trafiquant, d'une propreté étincelante. Personne ne crachait donc plus par ici, en dehors de Casse-pattes ?

« Vous d'venez civilisé, dit Casse-pattes. L'prochain coup, vous aurez des rideaux en dentelle.

— Oh, j'en ai, fit Harrison. Chez moi.

— Et des p'tits pots d'chambre en porcelaine ?

— Casse-pattes, tu as l'esprit d'un serpent et la bouche d'un porc.

— C'est pour ça qu'vous m'aimez, Bill... parce que vous avez l'esprit d'un porc et la bouche d'un serpent.

— Tu ferais bien de ne pas l'oublier, dit Harrison. N'oublie surtout pas que je peux mordre, et profond, et ma morsure est venimeuse. Ne l'oublie pas, au cas où tu voudrais me jouer un vilain tour.

— Un vilain tour ! se récria Casse-pattes. Qu'esse vous dites là, Bill Harrison ! De quoi vous m'accusez ?

— Je t'accuse d'avoir tout arrangé pour nous sevrer de ton casse-pattes pendant quatre longs mois de printemps ; j'ai dû pendre trois Rouges qui avaient forcé la porte des magasins militaires, et même certains de mes soldats ont pris le large !

— Moi ? J'ai amené l'chargement aussi vite que j'ai pu ! »

Harrison se contenta de sourire.

Casse-pattes garda son air de douleur offensée, c'était l'une de ses meilleures expressions, et d'ailleurs elle n'était pas complètement feinte. Si un seul des autres revendeurs de whisky avait eu un tant soit peu de tête, il aurait trouvé moyen de descendre la rivière malgré les efforts de Casse-pattes. Ce n'était pas de sa faute, à Casse-pattes, si c'était lui le salopard le plus sournois, le plus malveillant, le plus méprisable, le plus compétent à se livrer à un trafic d'emblée pas très propre ni très reluisant.

Son air d'innocence blessée finit par l'emporter sur le sourire de Harrison, comme s'y attendait le trafiquant.

« Ecoute, Casse-pattes, fit Harrison.

— Vous feriez p't-êt' mieux de m'appeler monsieur Ulysse Palmer, asteure. Y a qu'mes *amis* qui m'appellent Casse-pattes. »

Mais Harrison ne mordit pas à l'hameçon. Il ne se lança pas dans des protestations d'indéfectible amitié. « Ecoute, *monsieur* Palmer, fit-il, tu sais, et je sais, que ça n'a rien à voir avec l'amitié. Tu veux devenir riche et moi gouverneur d'un véritable Etat. J'ai besoin de ton alcool pour être gouverneur, et toi de ma protection pour être riche. Mais cette fois-ci, tu as poussé le bouchon trop loin. Tu me comprends ? Que tu te fasses un monopole, je m'en fiche, mais si tu ne m'approvisionnes pas régulièrement en whisky, je me fournirai ailleurs.

— Ecoutez, gouverneur Harrison, j'comprends bien qu'vous avez dû des fois vous faire du mauvais sang, mais j'peux vous arranger ça. Qu'esse vous diriez de six barils de mon meilleur whisky rien qu'pour vous… »

Mais Harrison n'était pas non plus d'humeur à se faire soudoyer. « Ce que tu oublies, monsieur Palmer, c'est que je peux avoir *tout* ton casse-pattes, si j'en ai envie. »

Ah bon, Harrison voulait jouer les méchants ; Casse-pattes connaissait ce jeu-là, lui aussi, mais il avait pour règle de s'y livrer en gardant le sourire. « Monsieur l'gouverneur, mon whisky, vous me l'prendrez *une fois*. Mais après ça, quel revendeur voudra faire affaire avec vous ? »

Harrison partit à rire, à rire. « N'importe lequel, Casse-pattes Palmer, et tu le sais bien ! »

Le trafiquant reconnaissait quand il était battu. Il se mit aussitôt à rire avec Harrison.

On frappa à la porte. « Entrez », fit Harrison. En même temps, il faisait signe à Casse-pattes de rester assis. Un soldat pénétra dans le bureau, salua et annonça : « Monsieur Andrew Jackson demande à vous voir, monsieur. Du Tennizy, il a dit.

— Ça faisait un moment que je voulais le voir, fit Harrison. Mais je suis ravi, il ne pouvait pas me faire davantage plaisir, faites entrer, faites entrer. »

Andrew Jackson. Ça devait être cet avocat qu'on surnommait monsieur Hickory. A l'époque où Casse-pattes exploitait le Tennizy, Hickory Jackson était un vrai gars de la campagne ; il avait tué un homme en duel, envoyé à l'occasion son poing dans quelques figures, s'était fait la réputation de tenir parole, et le bruit courait qu'il n'était pas tout à fait marié à sa femme dont le passé cachait sûrement un autre époux, même pas mort. Voilà ce qui différenciait Casse-pattes de Hickory : lui se serait assuré que le mari était mort et enterré depuis longtemps. Casse-pattes était donc un peu étonné que ce Jackson ait pris de l'importance au point que ses affaires le conduisent jusqu'à Carthage City, si loin au nord du Tennizy.

Mais ce n'était rien auprès de sa surprise lorsque Jackson passa la porte, raide comme la justice, les yeux embrasés. Il traversa le bureau à grands pas et tendit la main au gouverneur Harrison. Mais il l'appela *monsieur* Harrison. Ce qui signifiait, soit qu'il était un imbécile, soit qu'il ne comprenait pas que Harrison avait autant besoin de lui que lui de Harrison.

« Vous avez trop de Rouges par ici, dit Jackson. Cet ivrogne borgne près de la porte vous donnerait envie de dégobiller.

— C'est-à-dire, fit Harrison, que je le considère comme une sorte d'animal de compagnie. Mon Rouge de compagnie.

— Lolla-Wossiky », dit Casse-pattes, obligeant. Enfin, pas vraiment obligeant. C'est qu'il n'appréciait pas la façon qu'avait eue Jackson de ne pas le remarquer, et Harrison ne s'était pas soucié de le présenter.

Jackson se tourna pour le regarder. « Vous avez dit ?

— Lolla-Wossiky, répéta Casse-pattes.

— Le nom du Rouge borgne », ajouta Harrison.

Jackson considérait Casse-pattes d'un œil froid. « La seule circonstance où j'ai besoin de connaître le nom d'un cheval, c'est quand j'ai l'intention de le monter.

— Je m'appelle Casse-pattes Palmer », fit le trafiquant. Il tendit la main.

Jackson ne la saisit pas. « Votre nom est Ulysse Brock, dit Jackson, et vous devez plus de dix livres de dettes impayées à Nashville. Maintenant que l'Appalachie a adopté la monnaie des Etats-Unis, ça veut dire que vous devez deux cent vingt piastres en or. J'ai racheté ces dettes, et il se trouve que j'ai les papiers sur moi, parce que j'ai appris que vous revendiez du whisky dans la région ; je pense donc que je vais vous mettre en état d'arrestation. »

Casse-pattes n'aurait jamais imaginé que Jackson avait autant de mémoire, ni qu'il soit assez salaud pour racheter la reconnaissance de dette d'un autre, surtout une reconnaissance vieille de sept ans qui ne demandait qu'à se faire oublier. Mais Jackson sortit bel et bien de sa poche un mandat d'arrêt qu'il déposa sur le bureau du gouverneur Harrison.

« Je vous sais gré d'avoir déjà cet homme entre vos mains dès mon arrivée, dit Jackson, et je suis heureux de vous annoncer que la loi d'Appalachie accorde à l'officier responsable de la capture dix pour cent des sommes recouvrées. »

Harrison se renversa sur sa chaise et adressa un large sourire à Casse-pattes. « Ma foi, Casse-pattes, tu ferais bien de rester assis, on va tous faire davantage connaissance. Mais après tout, ce n'est peut-être pas nécessaire, monsieur Jackson a l'air de mieux te connaître que moi.

— Oh, je connais fort bien Ulysse Brock, dit Jackson. C'est le genre de canaille dont nous avons dû nous débarrasser, au Tennizy, avant de pouvoir nous prétendre civilisés. Et j'espère qu'ici aussi vous serez vite débarrassés de cette engeance, au moment où votre territoire de la Wobbish se prépare à rejoindre les Etats-Unis.

— Vous vous faites beaucoup d'idées, dit Harrison. On pourrait essayer de faire cavalier seul, vous savez.

— Si l'Appalachie n'a pas pu faire cavalier seul, avec Tom Jefferson pour président, vous n'y arriverez pas davantage ici, à mon avis.

— Peut-être bien, dit Harrison, et peut-être qu'il nous faut faire quelque chose que Tom Jefferson n'a pas eu le courage d'entreprendre. Peut-être aussi qu'on a besoin chez nous d'hommes comme Casse-pattes.

— Ce qu'il vous faut, ce sont des soldats, dit Jackson. Pas des trafiquants d'alcool. »

Harrison secoua la tête. « Vous me forcez à en venir au fait, monsieur Jackson, et j'imagine assez bien pourquoi le Tennizy vous a envoyé ici me rencontrer. J'en viens donc au fait. Nous connaissons chez nous les mêmes ennuis que vous avez connus chez vous, dans le Sud, et ces ennuis se résument en deux mots : les Rouges.

— Voilà pourquoi je m'étonne que vous laissiez des Rouges ivres traîner un peu partout dans votre quartier général. Leur place est à l'ouest du Mizzipy, c'est clair comme le jour. Nous n'aurons pas la paix, ni la civilisation, tant qu'ils ne s'y retrouveront pas. Et comme l'Appalachie, et aussi les Etats-Unis, sont convaincus qu'on peut traiter les Rouges en êtres humains, il nous faut résoudre notre problème de Rouges *avant* de rejoindre l'Union. Pas plus compliqué que ça.

— Eh bien, vous voyez ? fit Harrison. On est déjà entièrement d'accord.

— Alors comment se fait-il que vous laissiez autant de Rouges envahir votre quartier général ? On dirait Independence Street, à Washington City. En Appalachie, ils ont des Cherrikys comme employés, il y en a même qui occupent des postes gouvernementaux, en pleine capitale, des emplois que des Blancs devraient tenir, et quand j'arrive chez vous, c'est pour vous trouver, vous aussi, entouré de Rouges.

— Calmez-vous, monsieur Jackson, allons, calmez-vous. Le roi, là-bas dans son palais de Virginie, il a bien ses Noirs, non ?

— Ses Noirs sont des esclaves. Tout le monde sait qu'on ne peut pas faire un esclave d'un Rouge. Le Rouge n'est pas assez intelligent pour qu'on le forme à travailler correctement.

— Eh bien, prenez donc cette chaise, monsieur Jackson, et je vais vous montrer de la meilleure façon que je connaisse, en vous faisant voir deux magnifiques spécimens shaw-nees. Asseyez-vous donc. »

Jackson saisit la chaise et la déplaça de l'autre côté du bureau, loin de Casse-pattes. Cette manière d'agir, ça lui faisait mal au ventre, à Casse-pattes. Les hommes comme Jackson avaient l'air si droits, si honnêtes... mais le trafiquant savait que l'homme parfait, ça n'existait pas, il n'y avait que des hommes pas encore achetés, ou pas tombés assez bas, ou trop trouillards pour tendre la main et saisir ce qu'ils désiraient. La vertu ne revenait à rien d'autre qu'à ça, Casse-pattes avait assez vécu pour s'en apercevoir. Mais voilà que Jackson, avec ses grands airs, demandait à Bill Harrison de l'arrêter. Vous vous rendez compte ? un étranger du Tennizy... venir jusqu'ici brandir un mandat d'un juge d'Appalachie... qui plus est, un mandat qui n'avait pas plus force de loi dans le territoire de la Wobbish que s'il était de la main du roi d'Ethiopie. Tu sais, monsieur Jackson, la route est longue jusque chez toi, et il pourrait bien t'arriver un accident en chemin.

Non, non, non, se dit silencieusement Casse-pattes. La revanche ne mène à rien dans ce monde. Rendre la monnaie d'une pièce, ça ne règle pas les comptes. La meilleure vengeance, c'est de devenir assez riche pour qu'ils t'appellent tous « monsieur », voilà comment leur rendre la monnaie de leur pièce, à ces gars-là. Pas d'embuscade. Pour un peu qu'on l'apprenne, tu serais fini, Casse-pattes Palmer.

Aussi Casse-pattes se contenta-t-il de sourire sur sa chaise, tandis que Harrison appelait son aide de camp. « Demandez donc à Lolla-Wossiky d'entrer. Et pendant que vous y êtes, dites à son frère qu'il peut venir aussi. »

Le frère de Lolla-Wossiky... ce devait être le Rouge arrogant debout contre le mur. Curieux, comme deux petits pois d'une même gousse pouvaient aussi peu se ressembler.

Lolla-Wossiky entra, obséquieux, le sourire aux lèvres ; son œil passa rapidement en revue les visages des Blancs. Il se demandait ce qu'ils lui voulaient, comment il pourrait les satisfaire pour qu'ils le récompensent avec du whisky. Il suait la soif d'alcool par tous les pores ; il était pourtant tellement soûl qu'il marchait de travers. A moins que les quantités d'alcool ingurgitées jusque-là l'empêchent de marcher droit même à jeun ? Casse-pattes se le demandait... mais bien vite il eut la réponse. Harrison tendit la main vers le secrétaire derrière lui pour en sortir un cruchon et un gobelet. Lolla-Wossiky regarda le liquide ambré se déverser dans le gobelet ; on aurait dit que la seule vision du whisky lui en donnait le goût dans la bouche, tant son œil brillait. Mais il s'abstint de faire ne serait-ce qu'un pas vers lui. Harrison tendit le bras et posa le récipient sur la table près du Rouge, mais l'autre ne bougea pas davantage ; toujours hilare, il regardait tantôt le gobelet, tantôt Harrison, et attendait, attendait.

Harrison se tourna vers Jackson et sourit. « Lolla-Wossiky, c'est le Rouge le plus civilisé de tout le territoire de la Wobbish, monsieur Jackson.

Il ne prend jamais ce qui ne lui appartient pas. Il ne parle jamais sauf quand on s'adresse à lui. Il obéit et fait tout ce que je lui dis de faire. Et tout ce qu'il demande en échange, c'est un coup à boire. Même pas besoin que ce soit de l'alcool de qualité. Whisky ou mauvais rhum espagnol, tout lui est bon, pas vrai, Lolla-Wossiky ?

— Très vrai, Votre Excellence », répondit Lolla-Wossiky. Il s'exprimait clairement, étonnant pour un Rouge. Surtout un Rouge soûl.

Casse-pattes vit Jackson étudier le borgne avec dégoût. Puis le regard de l'avocat du Tennizy glissa vers la porte où se dressait le Rouge arrogant, grand et fort. Casse-pattes s'amusa à observer la figure de Jackson. Du dégoût, son expression passa franchement à la colère. A la colère et, oui, à la peur. Oh, oui, vous n'êtes pas à l'abri de la peur, monsieur Jackson. Vous savez ce qu'il en est du frère de Lolla-Wossiky. C'est votre ennemi, mon ennemi, l'ennemi de tous les Blancs qui voudraient s'emparer de ce pays, parce qu'un jour ou l'autre ce Rouge prétentieux va vous planter son tommy-hawk dans le crâne et vous peler tout doucement le scalp; et pas question pour lui d'aller le vendre aux Français, dame non, monsieur Jackson, il le gardera pour le donner à ses enfants, et il leur dira : « Voilà le seul bon Blanc. Voilà le seul Blanc qui ne manque pas à sa parole. Voilà ce qu'on fait aux Blancs. » Casse-pattes le savait, Harrison le savait et Jackson le savait. Ce jeune guerrier près de la porte, c'était la mort. Ce jeune guerrier, c'était l'obligation pour les Blancs de vivre à l'est des montagnes, entassés dans leurs vieilles cités farcies d'hommes de loi, de professeurs et de gens élégants qui ne vous laissaient jamais la place de respirer. Des gens comme Jackson, en fait. Casse-pattes étouffa un rire à cette idée. Jackson représentait exactement le genre d'individus qu'on voulait oublier en allant vers l'ouest. Jusqu'où je dois aller vers l'ouest pour que ces hommes de loi perdent ma trace et ne me rattrapent plus ?

« Je vois que vous avez remarqué Ta-Kumsaw. Le frère aîné de Lolla-Wossiky, et mon très, très grand ami. Vous savez, je connais ce garçon depuis avant la mort de son père. Regardez-moi quel solide guerrier il est devenu ! »

Si Ta-Kumsaw eut conscience de la manière dont on le ridiculisait, il n'en laissa rien paraître. Il ne regardait personne dans la pièce. Non, il regardait par la fenêtre dans le mur derrière le gouverneur. Mais Casse-pattes, lui, n'était pas dupe. Casse-pattes savait ce que Ta-Kumsaw regardait et il se doutait aussi des sentiments qui l'agitaient. Ces Rouges, ils prenaient la famille très au sérieux. Ta-Kumsaw observait son frère à la dérobée, et si Lolla-Wossiky était trop rond pour éprouver de la honte, alors ça voulait dire que Ta-Kumsaw en éprouverait d'autant plus.

« Ta-Kumsaw, dit Harrison. Tu as vu, je t'ai servi à boire. Approche, assieds-toi et bois, on va causer. »

A ces mots, Lolla-Wossiky se raidit. Etait-ce possible que le whisky ne lui soit pas destiné, en fin de compte ? Mais Ta-Kumsaw, lui, ne broncha pas, ne montra par aucun signe qu'il avait entendu.

« Vous voyez ? dit Harrison à Jackson. Ta-Kumsaw n'est même pas assez civilisé pour s'asseoir et prendre un verre avec des amis. Mais son jeune frère, lui, au contraire... pas vrai ? Hein, Lolly ? Je regrette de ne pas avoir de siège pour toi, mon ami, mais tu n'as qu'à t'installer là, par terre sous mon bureau... assieds-toi à mes pieds et bois-moi ce rhum.

— Vous êtes bien aimable », dit Lolla-Wossiky avec cette diction claire et précise qui lui était propre. A la surprise de Casse-pattes, le Rouge borgne ne se jeta pas sur le rhum. Non, il s'avança à pas prudents, fruits d'un travail de précision, et prit le gobelet entre des mains qui tremblaient à peine. Puis il s'agenouilla devant le bureau de Harrison et, son récipient maintenu en équilibre, s'abaissa jusqu'à la position assise, jambes croisées.

Mais il se trouvait encore devant le bureau, pas en dessous, et Harrison le lui fit remarquer. « Je voudrais que tu t'asseyes sous mon bureau, dit le gouverneur. Je considérerais cela comme une marque de grande courtoisie envers moi. »

Lolla-Wossiky pencha donc la tête presque jusqu'aux genoux et se dandina sur les fesses pour se glisser sous le meuble. C'était très difficile pour lui de boire dans cette posture, car il ne pouvait pas redresser la tête, encore moins la renverser en arrière pour vider le gobelet. Mais il y parvint quand même et but avec précaution, en s'inclinant d'un côté puis de l'autre.

Durant tout ce temps, Ta-Kumsaw ne prononça pas un mot. N'eut même pas l'air de s'apercevoir de l'humiliation dont son frère était l'objet. Oh, pensa Casse-pattes, oh, le feu qui brûle dans le cœur de ce garçon ! Là, Harrison prend de grands risques. En outre, s'il est le frère de Lolla-Wossiky, il doit savoir que Harrison a abattu son père pendant les soulèvements des Rouges, dans les années quatre-vingt-dix, quand le général Wayne se battait contre les Français. On n'oublie pas ce genre de chose, surtout quand on est un Rouge, et voilà que Harrison met sa résistance à l'épreuve, à la limite de la rupture.

« Maintenant que tout le monde est à l'aise, fit Harrison, prends donc un siège et dis-nous pourquoi tu es venu, Ta-Kumsaw. »

Ta-Kumsaw ne prit pas de siège. Ne ferma pas la porte, n'avança pas plus loin dans la pièce. « Moi parler pour Shaw-Nees, Casta-Skeeaws, Pee-Orawas, Winny-Baygos.

— Dis donc, Ta-Kumsaw, tu sais bien que tu ne parles même pas au nom de tous les Shaw-Nees, et sûrement pas au nom des autres.

— Toutes tribus qu'ont signé traité du général Wayne. » Ta-Kumsaw continuait comme si Harrison ne l'avait pas interrompu. « Traité dit Blancs pas vendre whisky aux Rouges.

— C'est vrai, fit Harrison. Et nous respectons ce traité. »

Ta-Kumsaw ne regarda pas Casse-pattes, mais il leva la main et pointa le doigt sur lui. Casse-pattes ressentit son geste comme si Ta-Kumsaw l'avait réellement touché. Ça ne le mit pas en rage, cette fois-ci, ça lui flanqua une peur panique. Il avait entendu raconter que certains Rouges avaient des pouvoirs d'attirance si puissants qu'il n'existait pas de sortilège capable de vous protéger ; ils vous entraînaient tout seul dans les bois pour vous découper en petits morceaux avec leurs couteaux, pour le seul plaisir de vous entendre crier. Voilà à quoi pensa Casse-pattes quand il sentit Ta-Kumsaw le désigner de son doigt haineux.

« Pourquoi montres-tu mon vieil ami Casse-pattes Palmer ? demanda Harrison.

— Oh, j'ai idée qu'personne m'aime aujourd'hui », dit Casse-pattes. Il éclata de rire, mais sans parvenir à dissiper sa peur, malgré tout.

« Lui amener son bateau de whisky, dit Ta-Kumsaw.

— Oh, il a amené toutes sortes de choses, dit Harrison. Mais s'il a amené du whisky, on va le confier au cantinier du fort et pas une goutte ne sera vendue aux Rouges, tu peux en être sûr. Nous faisons respecter ce traité, Ta-Kumsaw, même si vous, les Rouges, vous ne le respectez pas trop ces temps-ci. C'en est au point que les bateaux plats ne peuvent plus descendre l'Hio tout seuls, mon ami, et si les choses ne s'arrangent pas, j'ai l'impression que l'armée va devoir passer à l'action.

— Brûler un village ? demanda Ta-Kumsaw. Tuer nos bébés ? Nos anciens ? Nos femmes ?

— Où tu vas chercher des idées pareilles ? » fit Harrison. Il avait l'air franchement offensé, même si Casse-pattes savait pertinemment que Ta-Kumsaw décrivait l'opération militaire typique.

Le trafiquant intervint, sans mâcher ses mots. « Vous autres, les Rouges, vous brûlez bien des fermiers sans défense dans leurs cabanes et des pionniers sus leurs bateaux plats, pas vrai ? Alors pourquoi qu'vos villages devraient être plus en sécurité, d'après toi ? Dis-le moi donc ! »

Ta-Kumsaw ne le regardait toujours pas. « Loi anglaise dit : tue l'homme qui vole ton pays, tu n'es pas mauvais. Tue pour voler son pays, et tu es très mauvais. Quand nous tuons des fermiers blancs, nous ne sommes pas mauvais. Quand vous tuez le peuple rouge qui vit ici depuis mille ans, vous êtes très mauvais. Traité dit : restez à l'est de rivière My-Ammy, mais ils ne restent pas, et vous les aidez.

— Monsieur Palmer parle à tort et à travers, dit Harrison. Malgré tout ce que vous, les sauvages, vous infligez à nos semblables — torturer les hommes, violer les femmes, enlever les enfants pour les réduire en esclavage —, nous, on ne fait pas la guerre aux faibles. On est civilisés, alors on se conduit de manière civilisée.

— Cet homme va vendre son whisky aux hommes rouges. Les fera ramper dans la boue comme des vers. Il va donner son whisky aux femmes rouges. Les rendra sans forces comme le cerf qui perd son sang, elles feront tout ce qu'il demande.

— S'il fait ça, on l'arrête, dit Harrison. On le jugera et on le punira pour avoir enfreint la loi.

— S'il fait ça, vous ne l'arrêterez pas, dit Ta-Kumsaw. Vous partagerez des peaux avec lui. Vous le mettrez en sûreté.

— Ne me traite pas de menteur, dit Harrison.

— Ne mens pas, fit Ta-Kumsaw.

— Si tu continues de parler comme ça aux Blancs, Ta-Kumsaw, mon garçon, il s'en trouvera un qui prendra la mouche et te fera sauter la tête.

— Mais je sais que vous l'arrêterez. Je sais que vous le jugerez et le punirez parce qu'il a enfreint la loi. » Ta-Kumsaw débita sa phrase sans l'ombre d'un sourire, mais Casse-pattes avait suffisamment commercé avec les Rouges pour connaître leur sens de l'humour.

Harrison hocha la tête, gravement. Casse-pattes se demanda s'il avait saisi la blague. Peut-être se figurait-il que Ta-Kumsaw le croyait vraiment. Mais non, Harrison savait que Ta-Kumsaw et lui se mentaient l'un à l'autre ; et Casse-pattes en vint à se dire que lorsque ça ment des deux bords et qu'aucun n'est dupe, ça équivaut presque à dire la vérité.

Le comique de l'histoire, c'est que Jackson, lui, le prit au sérieux. « C'est vrai, fit le juriste du Tennizy. L'autorité de la loi, c'est ce qui distingue l'homme civilisé du sauvage. Les hommes rouges ne sont pas encore assez avancés, voilà tout, et si vous ne tenez pas à vous soumettre à la loi de l'homme blanc, il faudra céder la place. »

Pour la première fois, Ta-Kumsaw regarda l'un des occupants du bureau dans les yeux. Il fixa Jackson avec froideur et dit : « Ces hommes sont des menteurs. Ils savent ce qui est vrai, mais ils disent que ce n'est pas vrai. Tu n'es pas un menteur. Tu crois ce que tu dis. »

A son tour, Jackson hocha la tête, gravement. Il avait l'air si prétentieux, si intègre, si dévot que Casse-pattes ne put résister : il chauffa sa chaise, un tout petit peu, juste assez pour qu'il tortille du derrière. Ça ôtait un peu de dignité. Mais Jackson garda ses grands airs. « Je crois ce que je dis parce que je dis la vérité.

— Tu dis ce que tu crois. Mais ce n'est quand même pas la vérité. Quel est ton nom ?

— Andrew Jackson. »

Ta-Kumsaw hocha la tête. « Hickory. »

Jackson parut sincèrement surpris et heureux que Ta-Kumsaw ait entendu parler de lui. « Certains m'appellent comme ça. » Casse-pattes chauffa un peu plus sa chaise.

« Veste Bleue dit : Hickory est un homme bon. »

Jackson ne comprenait toujours pas pourquoi son siège était si inconfortable, en tout cas il ne tenait plus. Il se dressa d'un bond et s'écarta de la chaise en gigotant des jambes à chaque pas pour calmer la douleur cuisante. Mais il continuait quand même à parler avec une incroyable dignité. « Je suis content que Veste Bleue le pense. Il est chef des Shaw-Nees dans le Tennizy, n'est-ce pas ?

— Quelquefois, dit Ta-Kumsaw.

— Qu'est-ce que tu veux dire, quelquefois ? fit Harrison. Ou bien il est un chef, ou bien il ne l'est pas.

— Quand il parle franc, il est chef, dit Ta-Kumsaw.

— Eh bien, je suis content de savoir qu'il me fait confiance », reprit Jackson. Mais son sourire était un peu pâlichon, parce que Casse-pattes s'appliquait à chauffer le sol sous ses pieds; à moins de savoir voler, l'Hickory ne pourrait pas y échapper, ce coup-ci. Casse-pattes n'avait pas l'intention de le tourmenter longtemps. Jusqu'à ce que Jackson saute deux ou trois fois, pas plus, et qu'il essaye après ça d'expliquer pourquoi il s'était mis à danser sous le nez d'un jeune guerrier shaw-nee et du gouverneur William Henry Harrison.

Mais le petit jeu de Casse-pattes tourna court, parce qu'au même moment Lolla-Wossiky bascula en avant et roula de sous le bureau. Un sourire de crétin lui fendait la figure, et il avait les yeux fermés. « Veste bleue ! » s'écria-t-il. Casse-pattes nota que l'alcool avait fini par lui brouiller l'élocution. « Hickory ! brailla le Rouge borgne.

— Toi, tu es mon ennemi, dit Ta-Kumsaw, ignorant son frère.

— Tu te trompes, fit Harrison. Je suis ton ami. Ton ennemi se trouve plus au nord, dans la ville de Vigor Church. Ton ennemi, c'est ce renégat d'Armure-de-Dieu Weaver.

— Armure-de-Dieu Weaver, il ne vend pas de whisky aux Rouges.

— Moi non plus, dit Harrison. Mais c'est lui qui dresse des cartes de tout le pays à l'ouest de la Wobbish. Pour pouvoir le diviser en parcelles et le vendre quand il aura tué tous les Rouges. »

Ta-Kumsaw ne tint aucun compte des efforts de Harrison pour le retourner contre son rival du Nord. « Je viens te prévenir, dit Ta-Kumsaw.

— Me prévenir ? fit Harrison. Toi, un Shaw-Nee qui ne parle au nom de personne, tu me *préviens*, ici, dans mon fort, au milieu d'une centaine de soldats prêts à t'abattre si je l'ordonne ?

— Respecte le traité, dit Ta-Kumsaw.

— Nous respectons le traité, nous ! C'est vous qui les rompez tout le temps, les traités !

— Respecte le traité, répéta Ta-Kumsaw.

— Sinon ? demanda Jackson.

— Sinon tous les Rouges à l'ouest des montagnes viendront ensemble vous tailler en pièces. »

Harrison renversa la tête en arrière et se mit à rire, à rire. Ta-Kumsaw restait impassible.

« *Tous* les Rouges, Ta-Kumsaw ? demanda Harrison. Tu veux dire, même Lolla-Wossiky, là ? Même mon Shaw-Nee de compagnie, mon Rouge apprivoisé, même *lui* ? »

Pour la première fois, Ta-Kumsaw regarda son frère, qui ronflait étalé par terre. « Le soleil se lève tous les jours, homme blanc. Mais est-il apprivoisé ? La pluie tombe tout le temps. Mais est-elle apprivoisée ?

— Excuse-moi, Ta-Kumsaw, mais ce poivrot borgne est aussi apprivoisé que mon cheval.

— Oh oui, fit Ta-Kumsaw. Mets la selle. Passe la bride. Monte dessus et galope. Vois où va ce Rouge apprivoisé. Pas où tu veux.

— Exactement où je veux, dit Harrison. Ne l'oublie pas. Ton frère est toujours à portée de ma main. Et si jamais tu t'écartes du droit chemin, mon garçon, je l'arrête pour complicité et je le pends haut et court. »

Ta-Kumsaw eut un vague sourire. « Tu le crois. Lolla-Wossiky le croit. Mais il apprendra à voir de son autre œil avant qu'on mette la main sur lui. »

Puis Ta-Kumsaw fit demi-tour et sortit. Doucement, silencieusement, sans raideur, sans colère, sans même fermer la porte derrière lui. Il se déplaçait avec grâce, à la façon d'un animal, d'un très dangereux animal. Casse-pattes avait vu un couguar une fois, des années plus tôt, alors qu'il se trouvait seul dans les montagnes. C'était pareil, Ta-Kumsaw. Un félin tueur.

L'aide de camp de Harrison ferma la porte.

Harrison se tourna vers Jackson et sourit. « Vous voyez ? fit-il.

— Je suis censé voir quoi, monsieur Harrison ?

— Faut-il que je vous mette les points sur les *i*, monsieur Jackson ?

— Je suis homme de loi. J'aime qu'on me mette les points sur les *i*. Si vous savez les mettre.

— Moi, j'sais même pas lire, dit joyeusement Casse-pattes.

— Tu ne sais pas te taire non plus, répliqua Harrison. Je vais vous mettre les points sur les *i*, Jackson. Vous et vos gars du Tennizy, vous parlez de repousser les Rouges à l'ouest du Mizzipy. Bon, admettons qu'on y arrive. Qu'est-ce que vous allez faire, poster des soldats tout au long du fleuve, qui monteront la garde nuit et jour ? Ils le retraverseront, le fleuve, quand ils voudront, pour faire leurs coups de main, piller, torturer, tuer.

— Je ne suis pas idiot, dit Jackson. Ce sera au prix d'une guerre longue et sanglante, mais quand on leur aura fait passer le fleuve, ils seront finis. Et les hommes comme ce Ta-Kumsaw… ils seront morts ou discrédités.

— Vous croyez ? Eh bien, pendant cette guerre longue et sanglante dont vous parlez, des tas de garçons blancs mourront, et aussi des femmes blanches, et des enfants. Mais j'ai une meilleure idée. Ces Rouges têtent le whisky comme un veau tête le lait au pis de sa mère. Il y a deux ans, un millier de Pee-Ankashaws vivaient à l'est de la My-Ammy. Puis ils se sont mis à se soûler. Ils ont arrêté de travailler, ils ont arrêté de manger, ils sont devenus si faibles que la première petite maladie qu'est passée dans le coin les a rayés de la carte. Rayés de la carte, comme ça. Est-ce qu'il reste encore un Pee-Ankashaw vivant dans la région ? je n'en sais rien. Il s'est passé la même chose dans le Nord, pour les Chippy-Was, seulement c'est les marchands français qu'ont fait le coup. Et l'avantage avec le whisky, c'est qu'il extermine les Rouges et que pas un Blanc ne meurt. »

Jackson se mit lentement debout. « J'imagine qu'il va me falloir trois bains en rentrant, dit-il, et je ne me sentirai pas propre pour autant. »

Casse-pattes vit avec plaisir que Harrison était vraiment furieux. Le gouverneur bondit sur ses pieds et hurla à Jackson, si fort que Casse-pattes en sentit trembler son siège : « Prenez pas vos grands airs avec moi, espèce d'hypocrite ! Vous voulez les voir tous morts, moi pareil ! Y a pas de différence entre nous. »

Jackson s'arrêta près de la porte et posa sur le gouverneur un œil dégoûté. « L'assassin, monsieur Harrison, l'*empoisonneur*, il ne voit pas de différence entre un soldat et lui. Mais le soldat, si. »

Contrairement à Ta-Kumsaw, Jackson ne dédaigna pas de claquer la porte.

Harrison se laissa retomber sur sa chaise. « Casse-pattes, je dois dire que ce gars-là, je ne l'aime pas beaucoup.

— Tracassez-vous pas d'ça, dit Casse-pattes. Il est avec vous. »

Harrison sourit lentement. « Je sais. Quand la guerre va éclater, on sera tous ensemble. Sauf peut-être cet ami des Rouges, là-haut à Vigor Church.

— Même lui, fit Casse-pattes. Une fois la guerre déclarée, les Rouges seront pas capables de r'connaître un Blanc d'un autre. Et alors, ses genses se mettront à mourir comme les nôtres. Et alors, Armure-de-Dieu Weaver se battra.

— Ouais, seulement, si Jackson et Weaver soûlaient leurs Rouges comme on le fait chez nous, il n'y aurait pas besoin d'une guerre. »

Casse-pattes envoya une giclée en direction du crachoir et ne le manqua pas de beaucoup. « Ce Rouge, ce Ta-Kumsaw…

— Qu'est-ce qu'il a ? demanda Harrison.

— Il m'inquiète.

— Pas moi, dit Harrison. J'ai là son frère, ivre mort, par terre dans mon bureau. Ta-Kumsaw ne fera rien.

— Quand il m'a désigné, j'ai senti son doigt qui m'touchait à travers la pièce. M'est avis qu'il a un pouvoir d'attirance. Ou de toucher à distance. M'est avis qu'il est dangereux.

— Tu ne crois pas à toute cette sorcellerie, quand même, Casse-pattes ? Tu es tellement instruit, je te croyais au-dessus de ce genre de superstition.

— Ben je l'suis pas, et vous non plus, Bill Harrison. Vous avez d'mandé à un sourcier où que l'terrain était solide pour y construire vot' fort, et quand vot' première femme a eu ses enfants, vous avez fait venir une torche pour voir comment se présentait l'bébé dans son ventre.

— Je te préviens, dit Harrison : plus de commentaires sur ma femme.

— Laquelle, hein, Bill ? La chaude ou la froide ? »

Harrison lâcha un long chapelet de jurons. Oh, Casse-pattes jubilait, Casse-pattes buvait du lait. Il avait un talent pour chauffer les objets, et comment ! mais c'était plus amusant de chauffer l'esprit des gens, parce qu'il n'y avait pas de flammes alors, seulement beaucoup de vapeur, beaucoup d'air chaud.

Bref, Casse-pattes laissa ce vieux Bill Harrison lui chanter goguette un moment. Puis il sourit et leva les mains comme pour se rendre. « Allons, vous connaissez que j'pensais pas à mal, Bill. C'est que j'vous savais pas si collet monté, asteure. J'croyais qu'on connaissait tous deux où s'fabriquaient les bébés, comment ils entraient là et comment qu'ils en sortaient, et vos femmes font pas autrement qu'la mienne. Quand elle est allongée et qu'elle crie, vous savez bien qu'vous faites venir une sage-femme pour lui jeter un sort endormeur, ou un calme-douleur, et quand le bébé tarde à sortir, vous avez une torche pour vous dire comment il s'présente. Alors écoutez-moi, Bill Harrison. Ce Ta-Kumsaw, l'a une espèce de talent, une espèce de pouvoir. Il est plusse que ce qu'il paraît.

— Ah bon, Casse-pattes ? Ma foi, peut-être que oui et peut-être que non.

Mais il a dit que Lolla-Wossiky verrait de son autre œil avant que je lui mette la main dessus, et je vais lui prouver avant longtemps qu'il n'est pas prophète.

— A propos de not' borgne, il commence à péter que c'en est une infection. »

Harrison appela son aide de camp. « Envoyez-moi le caporal Withers et quatre soldats, tout de suite. »

Casse-pattes admira la façon dont Harrison maintenait la discipline militaire. Il ne s'écoula pas trente secondes avant que n'arrivent les soldats et que le caporal Withers ne salue : « Oui, monsieur, général Harrison.

— Que trois de vos hommes m'emportent cet animal dans l'écurie. »

Le caporal Withers obéit instantanément, ne prenant que le temps de répéter : « Oui, monsieur, général Harrison. »

Général Harrison. Casse-pattes sourit. Il savait que Harrison n'avait jamais décroché plus que le grade de colonel sous les ordres du général Wayne pendant la dernière guerre française, et même à l'époque, ça ne menait pas loin. Général. Gouverneur. Quel prétentieux...

Mais Harrison s'adressait encore à Withers, tout en regardant Casse-pattes. « Quant à vous et au soldat Dickey, ayez l'obligeance d'arrêter monsieur Palmer et de le mettre sous les verrous.

— M'arrêter ! s'écria Casse-pattes. Qu'esse vous m'chantez là ?

— Il a plusieurs armes sur lui, il faudra le fouiller soigneusement, dit Harrison. Je suggère de le déshabiller ici même avant de l'emmener dans sa cellule, et laissez-le sans vêtements. Ce gars-là, c'est une anguille, je ne veux pas qu'il nous fausse compagnie.

— Vous m'arrêtez pour quoi donc ?

— Eh bien, on a un mandat d'arrêt pour dettes non honorées, dit Harrison. Et tu as été accusé de vendre du whisky aux Rouges. Naturellement, faut qu'on saisisse tous tes biens — ces barils suspects que mes gars ont coltinés dans le fort à longueur de journée — et qu'on les vende pour rembourser la dette. Si on en retire suffisamment d'argent et qu'on peut te laver de ces vilaines charges de soûler les Rouges, eh bien, on te laissera partir. »

Puis Harrison sortit de son bureau. Casse-pattes jura, cracha et lâcha des commentaires sur la femme et la mère de Harrison, mais le soldat Dickey étreignait un mousquet, et une baïonnette prolongeait le canon de ce mousquet ; Casse-pattes se soumit donc au déshabillage et à la fouille. Mais il connut pire, et il jura encore, lorsque Withers lui fit traverser tout le fort complètement nu et ne lui donna même pas de couverture quand il le boucla dans une réserve. Une réserve encombrée des barils vides de la *dernière* cargaison de whisky.

Il attendit deux jours dans sa cellule avant qu'on le juge et, pour la première fois, il avait le meurtre au cœur. Il ne manquait pas d'idées de vengeance, soyez-en sûr. Il pensa enflammer les rideaux de dentelles de la maison de Harrison, ou incendier la remise où l'on avait entreposé le whisky, flanquer le feu partout. A quoi bon être une étincelle si on ne peut pas se servir de son talent pour rendre la monnaie de leur pièce à de prétendus amis qui vous jettent en prison ?

Mais il n'alluma pas de feu, car Casse-pattes n'était pas idiot. D'abord, il savait qu'un feu allumé n'importe où dans l'enceinte aurait toutes les chances de se répandre d'un bout à l'autre de la palanque en moins d'une demi-heure. Et, selon toutes probabilités, chacun se précipiterait pour sauver femmes, enfants, poudre, alcool, et oublierait le trafiquant de whisky enfermé dans une réserve. Casse-pattes n'avait pas envie de mourir dans un incendie qu'il aurait lui-même provoqué... tu parles d'une vengeance ! Il serait toujours temps d'allumer un feu le jour où on lui passerait une corde autour du cou, mais il n'allait pas courir le risque de mourir grillé uniquement pour prendre une revanche pareille.

Pourtant, la principale raison qui le retenait, ce n'était pas la peur, c'était le simple sens des affaires. Harrison agissait ainsi dans le but de montrer à Casse-pattes qu'il n'appréciait pas la façon dont il différait les livraisons de whisky pour faire grimper les prix. Harrison lui démontrait qu'il possédait un pouvoir réel ; Casse-pattes n'avait que de l'argent. Très bien, que Harrison joue donc au puissant. Casse-pattes savait aussi pas mal de choses. Il savait qu'un de ces jours la région de la Wobbish adresserait une demande au Congrès américain à Philadelphie pour accéder au statut d'Etat. Après quoi, un certain William Henry Harrison soupirerait de tout son petit cœur après le poste de gouverneur. Et Casse-pattes avait vu suffisamment d'élections, là-bas, en Suskwahenny, Pennsylvanie et Appalachie, pour savoir qu'on n'obtient pas de voix sans piastres d'argent à distribuer. Casse-pattes les aurait, lui, ces piastres d'argent. Et le moment venu, il les distribuerait peut-être, ces piastres d'argent, aux électeurs de

Harrison ; et puis, à la réflexion, peut-être pas. Non, peut-être pas. Il aiderait peut-être un autre candidat à s'installer dans la résidence du gouverneur, un de ces jours, quand Carthage serait une vraie ville et la Wobbish un véritable Etat, et alors Harrison se morfondrait le reste de sa vie, il se rappellerait le temps où il disposait du pouvoir de mettre les gens en prison et il grincerait des dents de colère en pensant que des gars comme Casse-pattes le lui avaient retiré.

Voilà quelles distractions occupèrent les heures de Casse-pattes dans sa cellule, pendant deux longs jours et deux longues nuits.

Puis on le tira hors de la réserve pour le traîner devant la cour — pas rasé, sale, hirsute, les vêtements tout bouchonnés. Le général Harrison occupait la place du juge, le jury au complet portait l'uniforme, et l'avocat de la défense était... Andrew Jackson ! A l'évidence, le gouverneur Bill cherchait à mettre Casse-pattes hors de lui et le pousser à l'invective, mais Casse-pattes n'était pas né d'hier. Il savait, quelle que soit l'idée que Harrison avait derrière la tête, qu'il n'y aurait aucun avantage à monter sur ses grands chevaux. Contente-toi de ne pas bouger et prends ton mal en patience.

Ça ne dura que quelques minutes.

Casse-pattes écouta, la mine sérieuse, un jeune lieutenant déclarer sous serment que tout le whisky du trafiquant avait été remis au vivandier au même prix de vente que la fois précédente. D'après les documents, Casse-pattes n'avait pas gagné un sou de plus à espacer les livraisons de quatre mois. Bon, se dit le trafiquant, c'est très bien, Harrison me fait comprendre comment il voit les choses. Il ne dit donc rien. Harrison avait l'air content comme tout, du haut de sa solennité de magistrat. Amuse-toi, songea Casse-pattes. Tu n'arriveras pas à me mettre en colère.

Mais il y arriva quand même. On préleva sans plus attendre deux cent vingt piastres pour les remettre à Andrew Jackson, ici même, au tribunal. On lui compta une à une onze pièces d'or de vingt piastres. De voir les pièces rutilantes tomber dans les mains de Jackson, Casse-pattes en eut mal dans sa chair. Il ne pouvait se taire plus longtemps. Mais il réussit à ne pas élever le ton, à parler avec douceur. « Ça m'semble pas régulier, dit-il, que l'plaignant soye l'avocat d'la défense.

— Oh, il ne vous défend pas pour l'inculpation de dettes, fit Son Honneur le juge Harrison. Il ne vous défend que pour l'inculpation de vente de whisky. » Puis Harrison eut un large sourire et d'un coup de marteau déclara la première affaire close.

Celle du whisky ne prit guère plus longtemps. Jackson présenta avec soin les mêmes factures et reçus pour prouver que tous les barils avaient été vendus au vivandier de Fort Carthage, et pas une goutte au moindre Rouge. « Je dois pourtant dire, fit Jackson, que la quantité de whisky représentée par ces reçus suffirait à une armée dix fois plus importante pendant trois ans.

— On a une bande de soldats gros buveurs, dit le juge Harrison. Et à mon avis, ce whisky ne va pas faire six mois. Mais pas une goutte aux Rouges, monsieur Jackson, vous pouvez en être sûr ! »

Puis il rendit un verdict de non-lieu en faveur de Casse-pattes Palmer, alias Ulysse Brock. « Mais que cela vous serve de leçon, monsieur Palmer, dit Harrison de sa plus belle voix de magistrat. La justice de la frontière est rapide et sûre. Veillez à payer vos dettes. Et évitez tout ce qui, même de loin, peut ressembler au mal.

— Pour sûr », fit Casse-pattes avec entrain. Harrison l'avait refait en beauté, mais tout s'était bien passé. Oh, les deux cent vingt piastres lui restaient en travers de la gorge, et aussi les deux jours de prison, mais Harrison ne voulait pas trop accabler Casse-pattes. Car ce qu'ignorait Jackson, et que personne n'avait jugé utile de mentionner, c'était que Casse-pattes Palmer tenait par contrat la charge de vivandier auprès de l'armée des Etats-Unis dans le territoire de la Wobbish. Tous ces documents qui prouvaient qu'il n'avait pas vendu le whisky aux Rouges indiquaient en réalité qu'il se l'était vendu à lui-même, et à profit encore. Jackson allait maintenant rentrer chez lui et Casse-pattes s'installer dans le magasin du vivandier, vendre du whisky à des prix exorbitants, partager les profits avec le gouverneur Bill et regarder les Rouges tomber comme des mouches. Harrison avait joué son petit tour à Casse-pattes, très bien, mais lui, il en jouerait un meilleur au vieil Hickory.

Casse-pattes tint à venir à l'embarcadère quand Jackson prit le bac pour retraverser l'Hio. Jackson avait amené avec lui deux gars, de vraies montagnes, armés de carabines, rien que ça ! Casse-pattes remarqua que l'un d'eux avait l'air à moitié rouge, probablement métissé cherriky ; ce genre de chose, c'était courant en Appalachie, des Blancs qui se *mariaient* réellement avec des squaws, comme si c'étaient de vraies femmes. Et les deux carabines portaient l'estampille « Eli Whitney » sur le canon, ce qui voulait dire qu'elles étaient fabriquées dans l'Etat d'Irrakwa, où le Whitney en question avait ouvert une usine qui produisait des fusils à une telle cadence qu'il faisait chuter les prix ; et à ce qu'on disait, tous ses ouvriers étaient des *femmes*, des *squaws* irrakwas, croyez-le ou non. Jackson pouvait toujours parler de repousser les Rouges à l'ouest du Mizzipy, c'était déjà trop tard. La faute à Ben Franklin, qui avait permis aux Irrakwas de fonder leur propre Etat dans le Nord, et plus encore à Tom Jefferson, en Appalachie, qui avait fait des Cherrikys des citoyens votants quand ils menaient leur révolution contre le roi. Traitez les Rouges en citoyens, et ils s'imaginent aussitôt bénéficier des mêmes droits que les Blancs. Aucune chance d'obtenir une société ordonnée si ce genre d'idée se popularise. Ma parole, il ne manquerait plus après ça que les Noirs se mettent à refuser de rester esclaves ; du coup, plus moyen de s'asseoir au comptoir d'une taverne et de se retourner sans tomber à sa gauche sur un *Rouge*, et à sa droite sur un *Noir*, et ça, c'était tout bonnement contre nature.

Et le Jackson, là, qui s'en allait, croyait qu'il allait sauver l'homme blanc des Rouges, lui qui voyageait avec un métis et trimballait des carabines fabriquées par des sauvages. Le pire, c'est qu'il emportait onze pièces d'or dans sa sacoche de selle, des pièces qui appartenaient de droit à Casse-pattes. Ça mettait Casse-pattes tellement en rage qu'il n'arrivait pas à raisonner correctement.

Aussi chauffa-t-il la sacoche, là où la goupille de métal la maintenait sur la selle. Il sentait ça d'ici, le cuir qui se carbonisait, devenait noir de cendre, qui durcissait autour de la goupille. Dans pas longtemps, pendant que le cheval marcherait, la sacoche tomberait toute seule. Mais comme il y avait des chances pour qu'on s'en rende compte, Casse-pattes se dit qu'il n'allait pas s'en tenir là. Il chauffa tout un tas d'autres parties de la selle, et les selles des autres hommes par la même occasion. Ils accostèrent sur l'autre rive, enfourchèrent leurs chevaux et s'éloignèrent, mais Casse-pattes savait qu'ils monteraient à cru avant d'être rentrés à Nashville. Il espérait de tout son cœur que la selle de Jackson se détacherait au bon moment et de telle façon que le vieil Hickory atterrirait sur le derrière, ou même qu'il se casserait le bras, peut-être. Cette seule idée mit Casse-pattes de bonne humeur. De temps en temps, c'était amusant d'être une étincelle.

Quand on rabaissait le caquet à un avocat pompeux aux allures de petit saint.

A vrai dire, un homme honnête comme Andrew Jackson ne faisait pas le poids devant une paire de crapules comme Bill Harrison et Casse-pattes Palmer. Mais c'était quand même une honte que l'armée ne donne pas de médailles aux soldats qui tuaient leurs ennemis à coups de whisky plutôt qu'à coups de carabines. Parce que sinon, Harrison et Palmer seraient tous deux des héros, ça, Casse-pattes en était sûr.

Tel que ça se présentait, Casse-pattes se disait que dans toute cette histoire Harrison trouverait bien moyen de passer pour un héros, tandis que lui n'en retirerait rien d'autre que de l'argent. Bah, c'est comme ça, songea-t-il. A certains la gloire, à d'autres l'argent. Mais je m'en fiche, tant que je ne fais pas partie de ceux qui se retrouvent sans rien du tout. Je ne tiens pas à faire partie de ceux-là, ah non, alors ! Et si jamais ça m'arrive, il y en a qui vont le regretter.

II

Ta-Kumsaw

Tandis que Casse-pattes regardait Jackson traverser la rivière, Ta-Kumsaw, lui, regardait le Blanc revendeur de whisky et savait ce qu'il faisait. Comme n'importe quel autre Rouge qui se serait donné la peine de le regarder… un Rouge à jeun, en tout cas. L'homme blanc fait beaucoup de choses que l'homme rouge ne comprend pas, mais quand il traficote avec le feu, l'eau, la terre et l'air, il ne peut pas le cacher à l'homme rouge.

Ta-Kumsaw ne voyait pas le cuir de la selle brûler sur le cheval de Jackson. Il ne sentait pas la chaleur. Ce qu'il voyait ressemblait à un frémissement, à une trombe minuscule qui attirait son attention de l'autre côté de la rivière. Une discordance dans l'harmonie du paysage. La plupart des hommes rouges ne percevaient pas ces phénomènes avec autant d'acuité que Ta-Kumsaw. Son jeune frère, Lolla-Wossiky, était à sa connaissance le seul à les percevoir plus fortement. Beaucoup plus fortement. Il sentait tous les tourbillons, tous les remous du courant. Ta-Kumsaw se remémora leur père, Pucky-Shinwa ; il parlait de Lolla-Wossiky, disait qu'il serait chaman et Ta-Kumsaw chef de guerre.

C'était avant que Harrison Bouche-qui-ment n'abatte Pucky-Shinwa sous les yeux de Lolla-Wossiky.

Ta-Kumsaw était parti chasser ce jour-là, à quatre mains de marche vers le nord, mais il avait ressenti le meurtre comme un coup de fusil qu'on aurait tiré juste derrière lui. Quand un homme blanc lançait un charme, un sort, ou se servait d'un instrument divinatoire, Ta-Kumsaw avait une impression de démangeaisons sous la peau, mais quand un Blanc tuait, c'était comme un coup de poignard.

Il se trouvait en compagnie d'un autre frère à cet instant, Methowa-Tasky, et lui lança : « Tu as senti ? »

Les yeux de Methowa-Tasky s'agrandirent. Non, rien senti. Mais déjà, malgré son âge — pas tout à fait treize ans —, Ta-Kumsaw était sûr de lui. Il l'avait senti. Pas d'erreur. Un meurtre avait été commis, et il devait retourner auprès du mourant.

Il prit la tête pour courir à travers bois. Comme tous les Rouges de cette époque, il communiait totalement avec la nature. Il n'avait pas besoin de penser où poser les pieds ; il savait que les brindilles s'assoupliraient et ploieraient sous ses pas, que les feuilles se détremperaient et ne bruiraient pas, que les branches qu'il écartait reprendraient vite leur place sans laisser aucun indice de son passage. Des hommes blancs se vantaient de pouvoir se mouvoir aussi silencieusement qu'un Rouge, et de fait, certains y parvenaient... mais en progressant lentement, prudemment, en inspectant le sol, en contournant les buissons. Ils ne soupçonnaient pas à quel point l'homme rouge n'avait guère besoin de réfléchir pour éviter de faire du bruit, de laisser des traces.

Ce n'était pas à sa course que pensait Ta-Kumsaw, il ne pensait pas du tout à lui-même. La vie palpitante et verte de la forêt l'entourait, et en son centre, devant lui, un tourbillon noir l'aspirait vers le bas, plus fort, plus vite, vers cette déchirure dans le vert vivant, cette blessure par où était passé un meurtrier. Longtemps avant d'arriver, même Methowa-Tasky le sentit. Là-bas, par terre, gisait leur père, une balle dans la tête. Et debout près de lui, silencieux et comme aveugle : Lolla-Wossiky, dix ans.

Ta-Kumsaw ramena chez lui le corps de son père en travers de ses épaules, comme un cerf. Methowa-Tasky conduisait Lolla-Wossiky par la main, sans quoi le jeune garçon ne voulait pas avancer. La mère les accueillit par de longs gémissements de douleur, car elle aussi avait senti la mort, mais elle ignorait qu'il s'agissait de son époux jusqu'à ce que ses fils le ramènent. La mère ligota le corps de son mari sur le dos de Ta-Kumsaw ; puis Ta-Kumsaw escalada l'arbre le plus grand, détacha le corps de son père de son dos et le lia à la plus haute branche qu'il put atteindre.

Il n'aurait pas fallu qu'il grimpe au-delà de ses forces et que le corps lui échappe des mains. Mais Ta-Kumsaw n'alla pas au-delà de ses forces. Il attacha son père à une branche si haute que le soleil lui éclairait le visage toute la journée. Les oiseaux et les insectes s'en nourriraient ; l'air et le soleil le désécheraient ; la pluie entraînerait ses restes vers le sol. C'était la façon de Ta-Kumsaw de rendre son père à la terre.

Mais qu'allait-on faire de Lolla-Wossiky ? Il ne disait rien, il ne s'alimentait que lorsqu'on lui donnait à manger, et il fallait lui prendre la main et le conduire, sinon il restait indéfiniment à la même place. La mère avait peur de ce qui était arrivé à son garçon. La mère aimait beaucoup Ta-Kumsaw, plus que n'importe quelle mère de la tribu aimait un fils ; mais quand bien même, elle aimait davantage Lolla-Wossiky. Souventes fois elle leur avait raconté comment, bébé, Lolla-Wossiky se mettait à pleurer chaque hiver dès les premiers souffles d'air glacés. Elle avait beau le couvrir de peaux d'ours ou de bison, elle ne parvenait jamais à le calmer. Puis un hiver où il était assez grand pour parler, il lui apprit la raison de ces pleurs : « Toutes les abeilles vont mourir », dit-il. Voilà ce qu'était Lolla-Wossiky, le seul Shaw-Nee qui ait jamais ressenti la mort des abeilles.

Voilà quel était le jeune garçon qui se tenait à côté de son père lorsque le colonel Bill Harrison l'avait abattu. Si Ta-Kumsaw avait senti ce meurtre comme un coup de poignard, à une demi-journée de distance, qu'avait donc éprouvé Lolla-Wossiky, lui si près, lui déjà si sensible ? S'il pleurait pour la mort des abeilles en hiver, quel effet avait eu sur lui le meurtre, sous ses yeux, de son père par un homme blanc ?

Au bout de quelques années, Lolla-Wossiky avait fini par se remettre à parler, mais le feu avait quitté son regard, et il restait indifférent à tout. Il avait perdu son œil par accident ; il avait trébuché et était tombé sur le chicot pointu d'un buisson abattu. Trébuché ! Tombé ! A quel homme rouge était-ce jamais arrivé ? On aurait dit que Lolla-Wossiky avait perdu tout sens de la terre ; il était aussi empoté qu'un homme blanc.

A moins, avait pensé Ta-Kumsaw, à moins que l'écho de cet ancien coup de feu lui résonne encore si fort dans la tête qu'il n'entendait plus rien d'autre désormais ; que la vieille douleur, toujours aiguë, l'empêche de sentir les battements du monde vivant. Une douleur qui avait duré jusqu'à ce que la première gorgée de whisky ait appris à Lolla-Wossiky comment en émousser les dents acérées.

Voilà pourquoi Ta-Kumsaw ne battait jamais Lolla-Wossiky quand il avait bu ; pourtant il battait n'importe quel autre Shaw-Nee, même ses frères, même un vieillard, s'il le prenait le poison de l'homme blanc à la main.

Mais l'homme blanc n'avait jamais soupçonné ce que voyait, entendait et sentait l'homme rouge. L'homme blanc avait amené la mort et le néant dans ce pays. L'homme blanc abattait les arbres séculaires, pleins de sagesse, qui avaient tant à raconter; les jeunes arbres qui avaient beaucoup de vies à vivre devant eux; et l'homme blanc ne leur demandait jamais : ça vous ferait plaisir de faire une maison, pour moi et ma tribu? Tailler, couper, casser, brûler, c'était ça, les façons de l'homme blanc. Prendre à la forêt, prendre à la terre, prendre à la rivière, mais ne rien donner en retour. L'homme blanc tuait des animaux dont il n'avait pas besoin, des animaux qui ne lui faisaient pas de mal; mais si un ours avait faim en se réveillant l'hiver et prenait un petit cochon, même un seul, l'homme blanc le traquait et le tuait par vengeance. Il n'avait aucun sentiment de l'harmonie de la terre, jamais.

Pas étonnant que la terre déteste l'homme blanc! Pas étonnant que toute la nature se rebelle sous son pas, qu'elle craque sous ses pieds, se plie dans le mauvais sens, crie à l'homme rouge : « C'est ici que se trouvait l'ennemi! L'intrus est venu, il a traversé ces buissons, monté cette colline! » L'homme blanc disait pour plaisanter que les Rouges pouvaient même suivre une piste humaine sur l'eau, puis il éclatait de rire comme si ce n'était pas vrai. Mais ça l'était, vrai, car lorsqu'un homme blanc longeait une rivière ou un lac, l'eau bouillonnait, écumait et clapotait bruyamment des heures durant après son passage.

Et voilà que Casse-pattes Palmer, marchand de poison, tueur perfide, voilà qu'il allume son feu ridicule sur la selle d'un autre homme blanc, croyant que personne ne s'en aperçoit. Les hommes blancs, avec leurs petits talents de rien! Les hommes blancs, avec leurs charmes et leurs sortilèges conjureurs! Ils ne savaient donc pas que leurs charmes repoussaient seulement les attaques qui n'étaient pas naturelles? Quand un voleur vient, il sait qu'il agit mal, alors un charme repousseur vigoureux fait croître sa peur jusqu'à ce qu'il s'enfuie en criant. Mais l'homme rouge n'est jamais un voleur. L'homme rouge est partout chez lui sur cette terre. Pour lui, le charme n'est qu'un point froid, une agitation dans l'air, et rien de plus. Pour lui, un talent, c'est comme une mouche, *bzzz, bzzz, bzzz*. Loin au-dessus de cette mouche, la puissance de la terre vivante, c'est cent faucons aux aguets, décrivant des cercles.

Ta-Kumsaw regarda Casse-pattes faire demi-tour, regagner le fort.

Bientôt il vendra son poison pour de bon. La plupart des hommes rouges rassemblés ici seront soûls. Ta-Kumsaw restera surveiller. Il n'aura pas besoin de leur parler. Ils le verront, c'est tout, et ceux qui gardent encore un peu de fierté repartiront sans s'imbiber. Ta-Kumsaw n'est pas encore chef. Mais on tient compte de lui. Ta-Kumsaw est la fierté des Shaw-Nees. Tous les hommes rouges de toutes les autres tribus veulent se comparer à lui. Les Rouges-à-whisky se sentent tout petits quand ils regardent ce fort et grand guerrier.

Il se rendit à l'endroit où s'était tenu Casse-pattes et imposa le calme aux contractions causées par le trafiquant. Les insectes furieux et bourdonnants ne tardèrent pas à s'assagir. L'odeur du marchand de whisky s'atténua. L'eau se remit à clapoter contre la rive, produisant un chant involontaire.

Qu'il était facile de guérir la terre après le passage de l'homme blanc ! Si tous les hommes blancs partaient aujourd'hui, demain elle aurait déjà retrouvé le repos, et dans un an il ne resterait pas la moindre trace de leur venue. Même les ruines des constructions de l'homme blanc retourneraient à la terre, elles serviraient d'abris aux petits animaux, elles tomberaient en miettes sous l'étreinte avide des plantes grimpantes. Le métal de l'homme blanc ne serait plus que rouille ; la maçonnerie de l'homme blanc que collines basses et cavernes exiguës ; les crimes de l'homme blanc des notes mélodieuses et nostalgiques dans le chant du cardinal, car le cardinal, l'oiseau rouge, se souvenait de tout et le changeait en bienfait quand il le pouvait.

Toute la journée, Ta-Kumsaw se tint à l'extérieur du fort, à regarder les hommes rouges allant acheter leur poison. Hommes et femmes de toutes tribus — Wee-Aws et Kicky-Poos, Potty-Wottamees et Chippy-Was, Winny-Baygos et Pee-Orawas —, ils entraient chargés de peaux et de paniers et ressortaient avec seulement des gobelets ou des cruchons de whisky, parfois uniquement ce qu'ils avaient déjà dans le ventre. Ta-Kumsaw ne dit rien, mais il sentait que les Rouges qui buvaient ce poison perdaient le contact avec la terre. Ils ne déformaient pas le vert de la vie à la manière de l'homme blanc ; c'était plutôt comme s'ils n'existaient plus du tout. L'homme rouge qui buvait du whisky était déjà mort, pour ce qu'en savait la terre. Non, même pas mort, parce qu'il ne redonnait rien à la terre. Je reste ici et je les regarde devenir des fantômes, se dit Ta-

Kumsaw, ni morts, ni vivants. Il ne formula cette pensée que dans sa tête, mais la terre sentit son chagrin, et le vent lui répondit en pleurant dans les branches.

Le crépuscule venu, un cardinal, l'oiseau rouge, marche dans la poussière devant Ta-Kumsaw.

Raconte-moi une histoire, dit l'oiseau rouge dans son langage silencieux, les yeux levés vers l'homme rouge également silencieux.

Tu connais mon histoire avant que je la raconte, dit Ta-Kumsaw sans un mot. Tu sens mes larmes avant que je pleure. Tu connais le goût de mon sang avant qu'il soit versé.

Pourquoi éprouves-tu du chagrin à cause d'hommes rouges qui n'appartiennent pas aux Shaw-Nees ?

Avant l'arrivée de l'homme blanc, dit Ta-Kumsaw silencieusement, nous ne savions pas que tous les hommes rouges étaient semblables, frères de la terre, parce que nous croyions toutes les créatures ainsi ; alors nous nous querellions avec d'autres hommes rouges comme l'ours se querelle avec le couguar, comme le rat musqué chicane le castor. Puis l'homme blanc est venu, et j'ai vu tous les hommes rouges comme des jumeaux comparés à lui.

Qu'est-ce que l'homme blanc ? Qu'est-ce qu'il fait ?

L'homme blanc est comme un être humain, mais il écrase toutes choses vivantes sous ses pieds.

Alors pourquoi, ô Ta-Kumsaw, lorsque je regarde dans ton cœur, pourquoi n'as-tu pas le désir de nuire à l'homme blanc, le désir de tuer l'homme blanc ?

L'homme blanc ne sait pas le mal qu'il commet. L'homme blanc ne sent pas la paix de la terre, comment alors peut-il se rendre compte des petites morts qu'il cause ? Je ne peux pas en vouloir à l'homme blanc. Mais je ne peux pas le laisser rester. Et quand je le ferai quitter cette terre, je ne le haïrai pas.

Si tu n'as pas de haine, ô Ta-Kumsaw, tu chasseras sûrement l'homme blanc.

Je ne lui ferai pas plus de mal qu'il n'est nécessaire pour le faire partir.

L'oiseau rouge hoche la tête. Une fois, deux fois, trois fois, quatre fois. Il volète jusqu'à une branche à hauteur de la tête de Ta-Kumsaw. Il chante une nouvelle chanson. Dans cette chanson, Ta-Kumsaw n'entend aucun mot ; mais il y entend sa propre histoire. Dorénavant, son histoire est dans le chant de tous les oiseaux rouges du pays, car ce que sait un oiseau rouge, les autres s'en souviennent.

Quiconque aurait observé Ta-Kumsaw tout ce temps n'aurait pas eu la moindre idée de ce qu'il avait dit, vu et entendu. Le visage de Ta-Kumsaw n'exprimait rien. Il se tenait debout à la même place ; un oiseau rouge s'était posé près de lui, était resté un moment, avait chanté puis était reparti.

Mais ce moment avait changé le cours de la vie de Ta-Kumsaw ; il le savait parfaitement. Avant ce jour, il était un jeune homme. On admirait sa force, son calme et son courage, mais il n'était pas autorisé à parler autrement que comme n'importe quel Shaw-Nee, et une fois qu'il avait parlé, il se taisait et les anciens décidaient. Dorénavant il déciderait tout seul, en vrai chef, en chef de guerre. Pas un chef des Shaw-Nees, ni même un chef des hommes rouges du Nord, mais le chef de toutes les tribus rouges en guerre contre l'homme blanc. Il savait depuis des années que cette guerre devait arriver ; mais jusqu'à cet instant, il avait cru que ce serait un autre qui la conduirait, un chef comme Tige-de-maïs, Poisson-noir, ou même un Cree-Ek, un Chok-Taw du Sud. Mais l'oiseau rouge était venu à *lui*, Ta-Kumsaw, et l'avait inscrit dans son chant. Maintenant, où qu'aille Ta-Kumsaw sur la terre qui savait le chant de l'oiseau rouge, son nom serait connu des grands sages rouges. Il était chef de guerre de tous les hommes rouges qui aimaient la terre ; la terre l'avait choisi.

Tandis qu'il se tenait là, non loin des berges de l'Hio, il avait le sentiment d'être le visage de la terre. Le feu du soleil, le souffle de l'air, la force du sol, la course de l'eau se retrouvaient en lui et regardaient le monde par ses yeux. Je suis la terre ; je suis les mains, les pieds, la bouche et la voix de la terre en lutte pour se débarrasser de l'homme blanc.

Telles étaient ses pensées.

Il demeura à la même place jusqu'à la nuit noire. Les autres hommes rouges étaient repartis vers leurs loges ou leurs cabanes pour dormir… ou s'étendre, ivres, pour ainsi dire morts, jusqu'au matin. Ta-Kumsaw sortit de la transe où l'avait plongé l'oiseau et entendit des rires venant du village rouge, des rires et des chansons de soldats blancs venant de l'intérieur du fort.

Il s'éloigna du lieu où il était resté si longtemps debout. Il avait les jambes raides, mais il ne chancela pas ; il les forçait à se mouvoir sans à-coups, et le sol cédait délicatement sous ses pieds. L'homme blanc devait porter des bottes lourdes et rudes pour marcher longtemps, parce que le sol lui écorchait et entaillait les chairs ; l'homme rouge portait les mêmes mocassins pendant des années, parce que la terre lui était aimable et faisait bon accueil à son pas. Ta-Kumsaw avançait, et il sentait sol, vent, rivière, éclair, avancer avec lui ; la terre, tout ce qui vivait, était en lui, et lui était les mains, les pieds et le visage de la terre.

Il y eut un cri dans le fort. Suivi d'autres :

« Au voleur ! Au voleur !

— Arrêtez-le !

— Il a pris un baril ! »

Jurons, vociférations. Puis le bruit le plus effroyable : un coup de feu. Ta-Kumsaw attendit la morsure de la mort. Elle ne vint pas.

Une ombre humaine émergea au-dessus du parapet. L'homme, quel qu'il fût, tenait un tonnelet en équilibre sur son épaule. Un instant, il vacilla à l'extrême pointe des poteaux de la palissade, puis sauta. Ta-Kumsaw savait qu'il s'agissait d'un frère rouge, parce qu'il était capable de sauter d'une hauteur de trois hommes, chargé d'un lourd baril, et de ne faire presque aucun bruit en atterrissant.

Peut-être volontairement, ou peut-être pas, le voleur en fuite courut droit à Ta-Kumsaw et s'arrêta devant lui. Ta-Kumsaw abaissa le regard. A la lueur des étoiles, il reconnut l'homme.

« Lolla-Wossiky, dit-il.

— J'ai un baril, dit Lolla-Wossiky.

— Je devrais détruire ce baril », dit Ta-Kumsaw.

Lolla-Wossiky leva la tête, comme l'oiseau rouge, et regarda son frère. « Alors, il faudra que j'en prenne un autre. »

Les hommes blancs qui pourchassaient Lolla-Wossiky parvinrent à la porte, réclamant à grands cris au garde de l'ouvrir. Il faut que je m'en souvienne, songea Ta-Kumsaw. Un bon moyen de me faire ouvrir la porte. En même temps que lui venait cette pensée, il passa le bras autour de son frère, baril compris. Ta-Kumsaw sentit la terre verte comme un second battement de cœur, très fort en lui, et tandis qu'il tenait son frère, le même pouvoir de la terre passa dans Lolla-Wossiky. Ta-Kumsaw l'entendit suffoquer.

Les Blancs sortirent en courant du fort. Ta-Kumsaw et Lolla-Wossiky avaient beau se tenir à découvert, les soldats ne les virent pas. Ou plutôt si, ils *virent*; mais ils ne remarquèrent pas les deux Shaw-Nees, voilà. Ils les dépassèrent au pas de course, en hurlant et tirant au petit bonheur dans les bois. Ils se regroupèrent à côté des deux frères, si près qu'en tendant le bras ils auraient pu les toucher. Mais ils ne tendirent pas le bras; ils ne touchèrent pas les hommes rouges.

Au bout d'un moment, les Blancs abandonnèrent les recherches et regagnèrent le fort en sacrant et marmonnant.

« C'était l'Rouge borgne.

— L'soûlard shaw-nee.

— Lolla-Wossiky.

— Si je l'trouve, je l'tue.

— Faut l'pendre, ce sale voleur. »

Voilà ce qu'ils disaient, et Lolla-Wossiky était là, à moins d'un jet de pierre, le baril sur l'épaule.

Lorsque le dernier homme blanc fut dans le fort, Lolla-Wossiky gloussa.

« Tu ris avec le poison de l'homme blanc sur l'épaule, dit Ta-Kumsaw.

— Je ris avec le bras de mon frère autour de ma taille, répondit Lolla-Wossiky.

— Laisse ce whisky, frère, et viens avec moi, dit Ta-Kumsaw. L'oiseau rouge a entendu mon histoire et me célèbre dans son chant.

— Alors je vais écouter ce chant et je m'en réjouirai toute ma vie, dit Lolla-Wossiky.

— La terre est avec moi, frère. Je suis le visage de la terre, la terre est mon souffle et mon sang.

— Alors j'entendrai battre ton cœur dans le pouls du vent, dit Lolla-Wossiky.

— Je rejetterai l'homme blanc à la mer », dit Ta-Kumsaw.

Pour toute réponse, Lolla-Wossiky éclata en sanglots; non pas des sanglots d'ivrogne, mais ceux secs et profonds d'un homme accablé de douleur. Ta-Kumsaw voulut resserrer son étreinte, mais son frère le repoussa et s'éloigna en titubant, sans lâcher son baril, pour s'enfoncer dans l'obscurité parmi les arbres.

Ta-Kumsaw ne le suivit pas. Il savait pourquoi son frère pleurait : parce que la terre avait comblé Ta-Kumsaw de son pouvoir, un pouvoir suffisant pour rendre aussi invisible qu'un arbre au beau milieu de Blancs soûls. Et Lolla-Wossiky savait qu'en toute justice il aurait dû avoir dix fois plus de pouvoir que Ta-Kumsaw, quel que soit ce pouvoir. Mais l'homme blanc l'en avait privé, par le meurtre et le whisky, jusqu'à ce qu'il ne soit plus assez homme pour que l'oiseau rouge apprenne sa chanson ou que la terre emplisse son cœur.

Tant pis, tant pis, tant pis.

La terre m'a choisi pour être sa voix, je dois donc commencer à parler. Je ne vais pas rester plus longtemps ici, à essayer de faire honte aux malheureux ivrognes que la soif du poison de l'homme blanc a déjà tués. Je ne mettrai plus en garde les menteurs blancs. J'irai trouver les Rouges encore vivants, encore des hommes, et je les rassemblerai. Comme un seul et même grand peuple, nous renverrons l'homme blanc au-delà de la mer.

III

Maurepas

FRÉDÉRIC, le jeune comte de Maurepas, et Gilbert, le vieillissant marquis de La Fayette, se tenaient ensemble à la rambarde du chaland, sur le canal, les yeux tournés vers le lac Irrakwa. La voile de la *Marie-Philippe* était parfaitement visible à présent ; ils suivaient son approche depuis des heures tandis qu'elle traversait le dernier des Grands Lacs, le plus en aval.

Frédéric ne se rappelait pas à quand remontait sa dernière humiliation au nom de sa nation. Peut-être à l'époque où le cardinal Machin-chose avait essayé de suborner la reine Marie-Antoinette. Oh, bien sûr, Frédéric n'était alors qu'un jeune homme, pas plus de vingt-cinq ans, un blanc-bec, sans expérience du monde. Il s'était dit qu'il n'arriverait jamais pire humiliation à la France que la révélation d'un cardinal persuadé de pouvoir suborner la reine avec un collier de diamants. Ou avec quoi que ce soit, d'ailleurs. Ah ça, évidemment, la véritable humiliation, à son avis, c'était qu'un cardinal français soit assez bête pour croire à l'utilité de suborner la reine ; au mieux, elle pouvait influencer le roi, et comme le roi Louis n'avait jamais influencé personne…

L'humiliation personnelle était une douleur. L'humiliation d'une famille, bien pire. L'humiliation d'une classe sociale, un martyre. Mais l'humiliation d'une nation restait la plus atroce des souffrances humaines.

Aujourd'hui, à bord d'un misérable chaland, un chaland *américain*, amarré au bord d'un canal *américain*, il attendait d'accueillir un général français. Pourquoi n'était-ce pas un canal français ? Pourquoi les Français n'avaient-ils pas été les premiers à fabriquer ces ingénieuses écluses et à percer un canal autour des chutes canadiennes ?

« Ne fumez pas, mon cher Frédéric, murmura La Fayette.

— Je ne fume pas, mon cher Gilbert.

— Vous ronchonnez, alors. Vous n'arrêtez pas de ronchonner.

— Je renifle. J'ai un rhume. »

Le Canada n'était rien d'autre qu'une décharge pour les rebuts de la société française, songea Frédéric pour la millième fois. Même la noblesse qui finissait ici était gênante. Ce marquis de La Fayette, un membre du… non, un *fondateur* du Club des Feuillants, ce qui revenait presque à dire un traître avoué au roi Charles. Fadaises démocratiques. Pourquoi pas un Jacobin comme ce terroriste de Robespierre ? Ils avaient bien sûr exilé La Fayette au Canada, où il ne pouvait guère faire de mal. Guère de mal, s'entend, en dehors d'humilier la France de cette façon inconvenante…

« Notre nouveau général se fait accompagner de plusieurs officiers d'état-major, dit La Fayette, avec armes et bagages. Il aurait été ridicule de débarquer pour faire un épouvantable trajet en voiture et en chariot, quand on peut tout transporter par voie d'eau. Nous aurons l'occasion de faire connaissance. »

Puisque La Fayette, à sa façon fruste (la honte de l'aristocratie !), tenait à ne pas mâcher ses mots sur le sujet, Frédéric ne pouvait faire autrement que s'abaisser à son niveau et parler lui aussi sans détour. « Un général français ne devrait pas voyager en terre étrangère pour rejoindre son poste !

— Mais, mon cher Frédéric, il ne posera pas le pied sur le sol américain, pas une fois ! D'un bateau à l'autre, tout le trajet sur l'eau. »

Le sourire affecté de La Fayette était exaspérant. Prendre à la légère cette souillure sur l'honneur de la France. Pourquoi, oh ! pourquoi son père n'avait-il su garder encore un peu la faveur du roi ? Frédéric aurait pu rester assez longtemps pour gagner une promotion à un poste distingué, comme seigneur de la marche italienne ou… est-ce qu'il existe un poste de ce genre ?… enfin, quelque part où l'on mange une nourriture décente, de la musique, de la danse et du théâtre… Ah, Molière ! En Europe, où il affronterait un ennemi civilisé comme les Autrichiens ou les Prussiens, ou même — en élargissant le sens du mot « civilisé » — les Anglais. Au lieu de quoi, il se retrouvait ici, à jamais pris au piège — à moins que Père ne s'insinue à nouveau dans les faveurs du roi — face à une invasion populacière d'affreux Anglais sans éducation, la lie, les plus vils rebuts de la société de leur pays, sans parler des Hollandais, des Suédois et des

Allemands… Oh, c'était insupportable rien que d'y penser. Il y avait pire : les alliés ! Des tribus de Rouges qui n'étaient même pas des hérétiques, encore moins des chrétiens… c'étaient des *païens*, et la moitié des opérations militaires à Détroit consistaient à acheter ces horribles trophées sanguinolents…

« Holà, mon cher Frédéric, vous êtes bel et bien en train d'attraper froid, dit La Fayette.

— Pas du tout.

— Vous avez tremblé.

— J'ai *frissonné*.

— Il vous faut cesser de bouder et faire contre mauvaise fortune bon cœur. Les Irrakwas se sont montrés très coopératifs. Ils nous ont fourni la propre barge du gouverneur, à titre gracieux, en signe de bonne volonté.

— Le gouverneur ! Le *gouverneur* ? Voulez dire cette grosse bonne femme, cette affreuse païenne à la peau rouge ?

— Elle n'est pas responsable de sa peau rouge, et elle n'est pas païenne. En fait, elle est baptiste, ce qui est presque chrétien, mais en plus tapageur.

— Comment ne pas y perdre son latin dans ces hérésies anglaises ?

— Je crois que le cas ne manque pas d'élégance. Une femme gouverneur de l'Etat d'Irrakwa, et une Rouge, qui plus est, acceptée comme l'égale des gouverneurs de Suskwahenny, de Pennsylvanie, de la Nouvelle-Amsterdam, de la Nouvelle-Suède, de la Nouvelle-Orange, de la Nouvelle-Hollande…

— J'ai l'impression qu'il vous arrive de préférer ces sales petits Etats-Unis à votre pays natal.

— Je suis français de cœur, dit La Fayette avec douceur. Mais j'admire l'esprit d'égalitarisme des Américains. »

Encore l'égalitarisme. Le marquis de La Fayette était comme un pianoforte qui n'aurait eu qu'une touche. « Vous oubliez que notre ennemi à Détroit est américain.

— Vous, vous oubliez que notre ennemi, c'est la horde de squatters illégaux, quelle que soit leur nation d'origine, qui se sont établis dans la réserve rouge.

— C'est de l'ergotage. Ils sont tous américains. Ils passent tous par La Nouvelle-Amsterdam ou Philadelphie avant de prendre la route de l'Ouest. Ici, dans l'Est, vous les encouragez — ils savent tous à quel point vous admirez leur philosophie anti-monarchiste —, et c'est moi qui dois payer ensuite pour leurs scalps quand les Rouges les massacrent dans l'Ouest.

— Allons, allons, Frédéric. Même de mauvaise humeur, vous ne devez pas m'accuser d'anti-monarchisme. L'ingénieuse machine à découper la viande de monsieur Guillotin attend quiconque se rend coupable de ce *crime*.

— Oh, soyez sérieux, Gilbert. On ne l'emploierait pas contre un marquis. On ne tranche pas la tête aux aristocrates qui avancent ces idées démocratiques insensées. On les envoie au Québec. » Frédéric sourit... il ne résistait pas à l'envie de retourner le couteau dans la plaie. « Ceux qu'on méprise vraiment, on les envoie à Niagara.

— Alors, que diable avez-vous pu faire, vous... pour qu'on vous expédie à Détroit ? » murmura La Fayette.

Encore de l'humiliation. N'en verrait-il jamais la fin ?

La *Marie-Philippe* était si proche qu'ils distinguaient les matelots et les entendaient crier tandis que le bateau tirait l'ultime bord à l'entrée de Port Irrakwa. Dernier des Grands Lacs, l'Irrakwa était le seul à pouvoir accueillir des vaisseaux de haute mer ; les chutes du Niagara y veillaient. Au cours des trois dernières années, depuis que les Irrakwas avaient terminé leur canal, presque toutes les expéditions de marchandises qui avaient eu besoin de passer les chutes pour rejoindre le lac Canada avaient été débarquées sur la rive américaine avant de remonter le canal Niagara. Les villes de portage françaises se mouraient ; un nombre embarrassant de Français avaient traversé le lac pour vivre du côté américain, où les Irrakwas n'étaient que trop heureux de les mettre au travail. Et le marquis de La Fayette, censément le gouverneur suprême de tout le Canada au sud et à l'ouest du Québec, ne paraissait pas s'en formaliser outre mesure. Si jamais son père rentrait dans les bonnes grâces du roi Charles, Frédéric s'assurerait que La Fayette soit le premier aristocrate à tâter du couperet de Guillotin. Ce qu'il avait commis ici, au Canada, relevait de la trahison pure et simple.

Comme s'il lisait dans l'esprit de Frédéric, La Fayette lui tapota l'épaule et dit : « Bientôt, allez, un peu de patience. » L'espace d'un instant, Frédéric eut l'absurde illusion que La Fayette prophétisait avec calme sa propre exécution pour trahison.

Mais le marquis observait seulement qu'enfin la *Marie-Philippe* s'était suffisamment approchée pour lancer un filin sur le débarcadère. Les débardeurs irrakwas saisirent le cordage qu'ils arrimèrent au guindeau, puis se mirent à chanter dans leur baragouin innommable tandis qu'ils halaient le bateau à quai. La *Marie-Philippe* immobilisée, ils commencèrent à décharger la cargaison d'une part et à faire descendre les passagers de l'autre.

« N'est-ce pas ingénieux, cette façon d'activer le transport de la cargaison ? fit remarquer La Fayette. Ils la déchargent sur ces lourds wagons, qui roulent sur des rails — des rails, comme les bennes de mines ! — et puis les chevaux l'amènent jusqu'ici, en douceur, facilement comme tout. On peut transporter de bien plus lourdes charges sur des rails que dans des chariots ordinaires, savez-vous ? Stephenson me l'a expliqué la dernière fois que je suis venu ici. C'est parce qu'on n'a pas besoin de diriger. » Il n'en finissait pas de débiter ses fadaises. Comme de bien entendu, l'instant suivant il repartait sur la machine à vapeur de Stephenson, qui, il en avait la conviction, remplacerait le cheval. Stephenson en avait construit en Angleterre ou en Ecosse, ou ailleurs, mais il était en Amérique à présent, et croyez-vous que La Fayette l'aurait invité à fabriquer ses voitures à vapeur au Canada ? Oh, non… le marquis était ravi de le laisser les fabriquer pour les Irrakwas et il marmottait une excuse idiote du genre : les Irrakwas utilisent déjà des machines à vapeur pour leurs filatures, et tout le charbon se trouve du côté américain… mais Frédéric de Maurepas savait la vérité. La Fayette estimait que la machine à vapeur, en tirant des voitures sur des rails, rendrait les échanges commerciaux et les voyages infiniment plus rapides et moins coûteux… et il pensait que le monde y gagnerait si on la construisait dans les frontières d'une *démocratie* ! Il allait de soi que Frédéric ne croyait pas les machines capables un jour d'aller plus vite que des chevaux, mais peu importait… La Fayette, lui, croyait en elles, et le fait de ne pas les avoir introduites au Canada relevait de la pure trahison.

Le mot avait dû se former sur ses lèvres. Ou alors La Fayette entendait les pensées d'autrui… Frédéric avait eu vent de rumeurs prétendant que le marquis possédait ce genre de talent. Peut-être qu'il avait seulement deviné. Peut-être que le diable le lui avait soufflé… tiens, c'est une idée ! En tout cas, La Fayette éclata de rire et dit : « Frédéric, si j'avais demandé à Stephenson de construire son chemin de fer au Canada, vous m'auriez fait démettre de mes fonctions pour avoir gaspillé de l'argent en fariboles.

En l'état actuel des choses, si vous faisiez un rapport m'accusant de trahison pour avoir encouragé Stephenson à rester en Irrakwa, on vous rappellerait au pays pour vous enfermer dans une chambre capitonnée !

— Trahison ? Moi, je vous accuse ? fit Frédéric. Loin de moi cette pensée. » Malgré tout, il se signa, au cas où ce serait le diable qui avait inspiré La Fayette. « Dites, n'en avons-nous pas assez de regarder les débardeurs transporter la cargaison ? Il me semble que nous avons un officier à accueillir.

— Pourquoi êtes-vous si impatient de le rencontrer, à présent ? demanda La Fayette. Hier, vous ne cessiez de me rappeler que c'est un roturier. Il a même commencé sa carrière militaire comme caporal, c'est ce que vous avez dit, il me semble.

— Il est général maintenant, et Sa Majesté a jugé bon de nous l'envoyer. » Frédéric affichait une bienséance compassée. Mais La Fayette ne se départissait pas d'un sourire amusé. Un de ces jours, Gilbert, un de ces jours…

Plusieurs officiers en grand uniforme tournaient en rond sur le débarcadère, mais aucun n'avait le rang de général. A l'évidence, le héros de la bataille de Madrid se préparait à faire une grande entrée. Ou bien espérait-il qu'un marquis et un fils de comte viennent le trouver, *lui*, dans sa cabine ? Impensable.

Et, de fait, il n'y pensa pas. Les officiers s'écartèrent, et de leur poste d'observation à la rambarde du chaland, Maurepas et La Fayette le virent descendre de la *Marie-Philippe* sur le débarcadère.

« Il n'en impose guère, dites donc, glissa Frédéric.

— Ils ne sont pas très grands dans le Sud de la France.

— Le Sud de la France ! jeta Frédéric avec mépris. Il est de Corse, mon cher Gilbert. Tout juste français. Autant dire italien.

— Il a vaincu l'armée espagnole en trois semaines, pendant que son officier supérieur était malade de la dysenterie, lui rappela La Fayette.

— Un acte d'insubordination pour lequel on aurait dû le casser, répliqua Frédéric.

— Oh, j'en conviens, fit La Fayette. Seulement, voyez-vous, il l'a gagnée, la guerre ; le roi Charles a pu ajouter la couronne d'Espagne à sa collection de couvre-chefs et il a estimé indécent de faire passer en cour martiale le soldat auquel il la doit.

— La discipline avant tout. Chacun doit savoir où est sa place et y rester, sinon ce sera le chaos.

— Sans nul doute. Enfin, on l'a quand même puni. On l'a promu général, mais pour l'envoyer *ici*. On ne voulait pas de lui dans la campagne d'Italie. Sa Majesté ne verrait aucun inconvénient à être doge de Venise, mais ce général Bonaparte, dans le feu de l'enthousiasme, serait capable de mettre la main sur le collège des cardinaux et de faire nommer le roi Charles pape.

— Votre sens de l'humour est criminel.

— Frédéric, regardez l'homme.

— Précisément, je le regarde.

— Alors, ne le regardez pas. Regardez tous les autres. Regardez ses officiers. Avez-vous déjà vu des soldats porter autant d'amour à leur chef ? »

A contre-cœur, Frédéric s'arracha à la contemplation du Corse pour observer les subalternes qui marchaient tranquillement derrière lui. Non pas comme des courtisans, on ne sentait chez eux aucune manœuvre pour se placer à leur avantage. Comme si… comme si… Frédéric ne trouvait pas de mots pour l'exprimer.

« Comme si chacun d'eux savait que Bonaparte l'aime et l'apprécie.

— Si c'est la méthode qu'il applique, je la trouve ridicule, dit Frédéric. On ne peut avoir prise sur ses subalternes si on n'entretient pas en eux la peur de perdre leur poste.

— Allons le voir.

— Absurde ! C'est à lui de venir à nous ! »

Mais comme d'habitude chez La Fayette : sitôt dit, sitôt fait… Il était déjà sur le débarcadère et s'avançait à grands pas pour s'arrêter devant Bonaparte et recevoir son salut. Frédéric, pour sa part, savait quel était son rang dans la société, et aussi celui de Bonaparte : ce serait au Corse de venir à lui. On pouvait toujours faire de Bonaparte un général, on n'en ferait jamais un gentilhomme.

La Fayette flagornait, évidemment. « Général Bonaparte, nous sommes honorés de vous recevoir. Je regrette seulement que nous ne puissions vous offrir les agréments de Paris…

— Monseigneur le gouverneur, dit Bonaparte, se trompant complètement sur le titre, je n'ai jamais goûté les agréments de Paris. Mes meilleurs moments, ce sont les campagnes militaires qui me les ont donnés.

— Et ses meilleurs moments, la France aussi les tient de vos campagnes. Venez, vous allez rencontrer le général de Maurepas. Il sera votre officier supérieur à Détroit. »

Frédéric perçut la légère pause avant que La Fayette ne prononce le mot « supérieur ». Frédéric savait quand on le ridiculisait. Je me souviendrai de chacune des offenses, Gilbert, et je vous les revaudrai.

Les Irrakwas étaient très efficaces dans le transbordement de la cargaison ; il ne fallut pas une heure avant que le chaland ne se mette en route. Naturellement, La Fayette passa le premier après-midi à donner un cours à Bonaparte sur la machine à vapeur de Stephenson. Le Corse fit mine de s'intéresser, s'informant sur les possibilités de transport de troupes, sur la vitesse de pose des rails derrière une armée en marche, il demanda si ces chemins de fer pouvaient être facilement coupés par une action ennemie… mais c'était si ennuyeux, si assommant que Frédéric ne comprenait pas comment Bonaparte parvenait à tenir aussi longtemps. Bien entendu, un officier se devait de *feindre* un intérêt pour tout ce que disait un gouverneur, mais là, il poussait le devoir un peu loin.

La conversation ne tarda pas à exclure ostensiblement Frédéric, mais il n'en avait cure. Il laissa vagabonder ses pensées, se rappela cette actrice — comment déjà ? — qui interprétait si joliment son rôle, un rôle de… ou était-ce une ballerine ? Il se rappelait ses jambes, en tout cas, des jambes d'une grâce… mais elle avait refusé de le suivre au Canada, malgré l'assurance de son amour et sa promesse de l'installer dans une maison encore plus belle que celle qu'il bâtirait pour sa femme. Si seulement elle était venue ! Evidemment, elle serait peut-être morte de la fièvre, comme était morte sa femme. Alors, tout était sans doute pour le mieux. Jouait-elle toujours sur les scènes parisiennes ? Bonaparte n'en saurait rien, c'était couru, mais l'un de ses jeunes officiers avait pu la voir. Il faudrait qu'il se renseigne.

Ils dînèrent à la table du gouverneur Rainbow, bien entendu, puisque c'était la seule du bateau. Le gouverneur leur avait adressé ses regrets de ne pouvoir accueillir elle-même les distingués voyageurs français, mais elle comptait sur ses gens pour prendre soin d'eux. Frédéric, flairant un cuisinier irrakwa là-dessous, s'était armé de courage, dans l'attente d'un repas insipide de Rouge, encore du cartilage de cerf, sûrement, coriace — difficile de qualifier pareille chère de *venaison* — mais voilà que le chef était, tenez-vous bien, français ! Un huguenot, ou plus exactement un petit-fils de huguenots, mais il ne gardait pas de rancune, aussi le repas fut-il succulent. Qui aurait imaginé de la bonne cuisine française dans ce pays ? Et ce n'était pas non plus de ces spécialités acadiennes épicées.

Frédéric s'efforça de prendre une part plus active dans la conversation du dîner, après avoir terminé les derniers reliefs de la table. Il fit de son mieux pour expliquer à Bonaparte la situation militaire assez insupportable dans le sud-ouest. Il énuméra un à un les problèmes : les alliés rouges indisciplinés, le flot interminable des immigrants. « Mais le pire, ce sont encore nos soldats. Un ramassis d'indécrottables superstitieux, comme toujours dans les classes inférieures. Ils voient des présages partout. Qu'un colon hollandais ou allemand appose un charme sur la porte de sa maison, il faut presque leur taper dessus pour les faire entrer. »

Bonaparte sirotait son café (ce breuvage barbare ! Mais il avait l'air de le déguster avec le même plaisir que les Irrakwas), puis il se renversa sur sa chaise et fixa Frédéric de ses yeux perçants : « Dois-je comprendre que vous accompagnez les fantassins dans leurs perquisitions ? »

L'attitude condescendante de Bonaparte était outrageante, mais avant que Frédéric ait pu proférer la réplique cinglante qu'il avait sur le bout de la langue, La Fayette éclata de rire. « Napoléon, dit-il, cher ami, cela tient à la nature de notre adversaire supposé dans cette guerre. Quand la plus grande ville à cinquante milles à la ronde consiste en quatre cabanes et une forge, on ne procède pas à des perquisitions. Chaque maison est une forteresse ennemie. »

Le front de Napoléon se plissa. « Ils ne concentrent pas leurs forces en armées ?

— Ils n'ont jamais levé d'armée, pas depuis que le général Wayne a soumis le chef Pontiac, il y a des années, et il s'agissait d'une armée anglaise. Les Etats-Unis possèdent quelques forts, mais ils se trouvent tous le long de l'Hio.

— Alors pourquoi ces forts sont-ils toujours debout ? »

La Fayette gloussa une fois encore. « Vous n'avez donc pas lu de comptes rendus sur l'issue de la guerre que le roi anglais a menée contre les rebelles d'Appalachie ?

— J'avais d'autres engagements, dit Bonaparte.

— Inutile de nous rappeler que vous combattiez en Espagne, dit Frédéric. Nous aurions tous aimé en être, nous aussi.

— Vraiment ? murmura Bonaparte.

— Que je vous résume, reprit La Fayette, ce qui est arrivé à Lord Cornwallis quand, en Virginie, il a pris la tête de son armée pour tenter d'atteindre Franklin, la capitale d'Appalachie, sur le cours supérieur du Tennizy.

— C'est moi qui vais le faire, dit Frédéric. Vos résumés sont généralement plus longs que l'original, Gilbert. »

La Fayette parut ennuyé de l'interruption de Frédéric, mais après tout, c'était lui, La Fayette, qui avait insisté pour qu'ils s'adressent l'un à l'autre en frères d'armes, par leurs prénoms. S'il voulait qu'on le traite en marquis, il n'avait qu'à exiger le protocole. « Allez-y, fit-il.

— Cornwallis est parti à la recherche de l'armée d'Appalachie. Il ne l'a jamais trouvée. Des cabanes vides en pagaïe, oui, auxquelles il a mis le feu… mais ils en reconstruisent de nouvelles en une journée. Et tous les jours, une demi-douzaine de ses soldats se faisaient blesser ou tuer par des coups de mousquets.

— De carabines, corrigea La Fayette.

— Oui, bon, ces Américains préfèrent les canons rayés, dit Frédéric.

— Ils ne peuvent pas tirer correctement leurs salves, les carabines sont trop lentes à recharger, fit observer Bonaparte.

— Ils ne tirent pas de salves du tout, sauf quand ils sont supérieurs en nombre, dit La Fayette.

— Je vous le dis, reprit Frédéric. Cornwallis est arrivé devant Franklin, pour s'apercevoir que la moitié de son armée était morte, blessée ou affectée à la protection de ses convois de ravitaillement. Benedict Arnold, le général d'Appalachie, avait fortifié la ville. Travaux de terrassement, parapets, tranchées sur tout le versant de la colline. Lord Cornwallis a voulu mettre le siège, mais les Cherrikys se déplaçaient tellement silencieusement que les patrouilles des Cavaliers ne les ont jamais entendus passer des vivres pendant la nuit. Diabolique, cette façon qu'ont les Blancs d'Appalachie de travailler main dans la main avec les Rouges… Ils en ont fait des citoyens, dès le début, figurez-vous, et ils y ont assurément trouvé leur compte, cette fois-ci. Et les troupes d'Appalachie ont si souvent lancé des raids sur ses colonnes de ravitaillement qu'en moins d'un mois il est devenu clair à Cornwallis qu'il n'était plus l'assiégeant mais l'assiégé. Il a fini par se rendre avec toute son armée, et le roi d'Angleterre a dû accorder son indépendance à l'Appalachie. »

Bonaparte hocha gravement la tête.

« Attendez de connaître le fin mot de l'histoire, dit La Fayette. Après sa reddition, on a conduit Cornwallis dans la ville de Franklin où il a découvert qu'on en avait évacué toutes les familles bien avant son arrivée. C'est comme ça, avec ces Américains de la frontière. Ils plient bagage et se réinstallent n'importe où. On ne peut les tenir en place.

— Mais on peut les tuer, dit Bonaparte.

— A condition de les attraper, fit La Fayette.

— Ils ont des fermes et des champs, remarqua Bonaparte.

— Oui, bien sûr, vous pourriez essayer de retrouver chacune des fermes, dit La Fayette. Et une fois sur les lieux, vous constateriez, si les occupants sont chez eux, qu'il s'agit d'une brave famille de fermiers. Aucun soldat parmi eux. Il n'y a pas d'*armée*. Mais dans la minute qui suivrait votre départ, on vous tirerait dessus depuis la forêt. Ce serait peut-être le même petit fermier, et peut-être pas.

— Un problème intéressant, dit Bonaparte. Vous ne connaissez jamais votre ennemi. Il ne concentre jamais ses forces.

— Voilà pourquoi nous traitons avec les Rouges, dit Frédéric. Nous nous voyons mal assassiner d'innocentes familles de fermiers nous-mêmes, n'est-ce pas ?

— Alors vous payez les Rouges pour qu'il les tuent à votre place.

— Oui. Le système fonctionne plutôt bien, dit Frédéric, et nous n'avons pas l'intention d'en changer.

— *Bien ?* Il fonctionne *bien* ? fit Bonaparte, méprisant. Il y a dix ans, on ne comptait pas plus de cinq cents familles à l'ouest de l'Appalachie. Maintenant elles sont dix mille entre les montagnes et la My-Ammy, et davantage encore à pousser sans arrêt vers l'ouest. »

La Fayette adressa un clin d'œil à Frédéric. Frédéric le détestait dans ces cas-là. « Napoléon lit nos dépêches, dit le marquis, hilare. Il a retenu nos estimations de la colonisation américaine dans la réserve des Rouges.

— Le roi veut que cesse l'intrusion américaine sur le territoire français, et qu'elle cesse immédiatement, déclara Bonaparte.

— Ah oui ? demanda La Fayette. Il s'y prend de bien étrange façon.

— Etrange ? C'est moi qu'il a envoyé, fit Bonaparte. Ce qui veut dire qu'il compte sur la victoire.

— Mais vous êtes général, dit La Fayette. Des généraux, nous en avons déjà.

— De plus, ajouta Frédéric, vous n'avez pas le commandement. C'est à *moi* qu'il appartient.

— Le marquis détient l'autorité militaire suprême de la région », répliqua Bonaparte.

Frédéric comprit parfaitement : La Fayette avait aussi le pouvoir de confier le commandement à Bonaparte, par-dessus sa tête à lui, Frédéric, s'il en avait envie. Il jeta un regard anxieux vers le marquis qui, la mine satisfaite, étalait du pâté de foie gras sur son pain. La Fayette sourit avec bienveillance. « Le général Bonaparte est sous votre commandement, Frédéric. Nous ne changerons rien. Jamais. J'espère que c'est clair, mon cher Napoléon.

— Bien entendu, dit Bonaparte. Loin de moi l'idée de changer quoi que ce soit. Sachez que le roi envoie au Canada davantage que des généraux. Un millier d'autres soldats seront ici au printemps.

— Oui, eh bien, vous me voyez touché d'apprendre qu'il a encore promis d'envoyer d'autres troupes… N'avons-nous pas déjà entendu une douzaine de fois semblable promesse, Frédéric ? Je me sens toujours rassuré d'entendre une nouvelle promesse royale. » La Fayette vida la dernière goutte de son verre de vin. « Mais le fait est, mon cher Napoléon, que nous avons déjà des soldats, lesquels ne font rien d'autre que stationner en garnison à Fort Détroit, ou Fort Chicago, et payer des scalps avec du bourbon. Quel gaspillage ! Les Rouges le boivent comme de l'eau, et le bourbon les tue.

— Si nous n'avons pas besoin de généraux ni de soldats, fit Bonaparte avec condescendance, alors de quoi avons-nous besoin, à *votre* avis, pour gagner cette guerre ? »

Frédéric n'arrivait pas à décider s'il haïssait Bonaparte parce qu'il parlait grossièrement à un aristocrate, ou s'il le chérissait de s'adresser ainsi au détestable marquis de La Fayette.

« Pour gagner ? Dix mille colons français, dit La Fayette. Rivaliser avec les Américains, homme pour homme, femme pour femme, enfant pour enfant. Rendre le commerce impossible dans cette partie du pays pour qui ne parle pas français. Les submerger sous le nombre.

— Personne ne viendrait s'établir dans un pays aussi sauvage, objecta Frédéric, comme il l'avait déjà tant de fois répété.

— Offrez-leur une terre gratuite, ils viendront, fit La Fayette.

— De la canaille, dit Frédéric. Nous n'avons que faire d'autres canailles. »

Bonaparte étudia un instant en silence le visage de La Fayette. « La valeur commerciale de ces régions, c'est le négoce des fourrures, dit-il d'un ton calme. Le roi s'est montré très clair sur ce point. Il ne veut absolument aucune colonie européenne en dehors des forts.

— Alors le roi perdra la guerre, répondit gaiement La Fayette, il aura beau envoyer tous les généraux qu'il voudra. Et sur ce, messieurs, je crois que nous en avons terminé avec le dîner. »

Il se leva et quitta aussitôt la table.

Bonaparte se tourna vers Frédéric qui se levait à son tour pour partir. Il tendit la main et lui toucha le poignet. « Restez, s'il vous plaît », dit-il. Ou plutôt non, en réalité il se contenta d'un : « Restez », mais Frédéric eut l'impression qu'il ajoutait « s'il vous plaît », qu'il voulait vraiment le voir partager sa compagnie, qu'il l'aimait et l'honorait...

Mais il ne pouvait pas rester, non, il ne pouvait pas, c'était un roturier, et Frédéric n'avait rien à lui dire...

« Monseigneur de Maurepas », murmura le caporal corse. Ou se contenta-t-il de murmurer « Maurepas », pendant que Frédéric imaginait le « Monseigneur » ? Quels que fussent les mots prononcés, sa voix était riche de respect, de confiance, d'espoir...

Alors Frédéric resta.

Bonaparte ne dit presque rien. Seulement les civilités d'usage. Nous devrions faire du bon travail ensemble. Nous pouvons efficacement servir le roi. Je vous aiderai de mon mieux.

Mais pour Frédéric, il y avait beaucoup plus que les mots. La promesse d'honneurs à venir, de retourner à Paris couvert de gloire. La victoire sur les Américains, et surtout la perspective de remettre La Fayette à sa place, de triompher de ce traître de marquis démocrate. Lui et Bonaparte y parviendraient, ensemble. Quelques années de patience, le temps de réunir une armée de Rouges si importante qu'elle inciterait les Américains à en lever une aussi ; puis nous mettons l'armée américaine en déroute et nous rentrons chez nous. Pas plus difficile que ça. C'était presque une fièvre d'espoir et de confiance qui gagnait le cœur de Frédéric, jusqu'à ce que…

Jusqu'à ce que Bonaparte retire la main de son poignet.

Comme si la main du Corse l'avait mis en liaison avec une grande source de vie et de chaleur ; le contact rompu, il avait froid, il se sentait fatigué. Mais il restait le sourire de Bonaparte ; Frédéric regarda l'homme et se rappela le sentiment de promesse éprouvé un instant plus tôt. Travailler avec Bonaparte serait forcément gratifiant, comment avait-il pu penser autrement ? L'homme savait se tenir à sa place, c'était certain. Frédéric se contenterait d'*utiliser* ses indéniables talents militaires, et ensemble ils triompheraient avant de rentrer glorieusement en France…

Le sourire de son vis-à-vis s'éteignit, et Frédéric éprouva une fois encore un vague sentiment de perte.

« Bonsoir, dit Bonaparte. Je vous verrai demain matin, monsieur. »

Le Corse sortit.

Si Frédéric avait pu se voir, il aurait reconnu l'expression de son visage : c'était la même, faite d'amour et de dévotion, qu'il avait lue sur celui de tous les jeunes officiers de Bonaparte. Mais il ne pouvait pas se voir. Ce soir-là, il alla se coucher plus apaisé, plus confiant, plus optimiste et plus enthousiaste qu'il ne l'avait été durant toutes ses années passées au Canada. Il se sentait même — comment dire ? quelle est cette impression ? se demanda-t-il —, ah oui : intelligent. Il se sentait même intelligent.

❄

Il faisait nuit noire, mais les manœuvres du canal travaillaient d'arrache-pied à pomper l'eau dans l'écluse au moyen de leur bruyante machine à vapeur. C'était une merveille de mécanique, le système le plus incroyable d'écluses de la planète. Le reste du monde l'ignorait. L'Europe prenait toujours l'Amérique pour un pays de sauvages. Mais les entreprenants Etats-Unis d'Amérique, stimulés par l'exemple de ce vieux sorcier de Ben Franklin, encourageaient l'invention et l'industrie. La rumeur prétendait qu'un certain Fulton avait mis au point un bateau mû par la vapeur qui faisait la navette sur l'Hudson, descente et remontée… un bateau à vapeur proposé au roi Charles qui avait refusé de le financer ! Les mines de charbon s'enfonçaient dans le sol de Suskwahenny et d'Appalachie. Et ici, dans l'Etat d'Irrakwa, les Rouges battaient les Blancs à leur propre jeu ; ils creusaient des canaux, fabriquaient des voitures propulsées par la vapeur qui circulaient sur des rails, bâtissaient des filatures, tournant elles aussi à la vapeur, qui avalaient le coton des colonies de la Couronne pour recracher un fil superbe capable de rivaliser avec les produits d'Europe... et à moitié prix. Ce n'était que le commencement, les premiers pas, mais déjà plus de la moitié des bateaux qui remontaient le Saint-Laurent faisaient route vers l'Irrakwa, et non vers le Canada.

La Fayette resta debout près de la rambarde jusqu'au remplissage de l'écluse et l'extinction des feux de la machine à vapeur. Puis le *clop, clop, clop* des chevaux de trait, et le bateau se remit à glisser en avant, à fendre l'eau. La Fayette quitta la rambarde et monta sans hâte l'escalier menant à sa chambre. Au lever du jour, le bateau serait à Port Buffalo. Maurepas et Bonaparte partiraient pour Détroit, vers l'ouest. La Fayette regagnerait la résidence du gouverneur à Niagara. Il y siégerait, transmettrait des ordres et regarderait la politique parisienne ruiner la postérité des Français du Canada. La Fayette n'avait aucun moyen d'empêcher les Américains, Rouges et Blancs confondus, de devancer le Canada et de le laisser à la traîne. Mais il pouvait encore faire une ou deux choses pour aider la France à devenir une nation capable d'aborder l'avenir avec autant de détermination que l'Amérique.

Dans ses quartiers, allongé sur son lit, La Fayette souriait. Il imaginait aisément à quel jeu Bonaparte s'était livré dans la soirée, seul dans la même pièce que ce pauvre écervelé de Frédéric. Le jeune comte de Maurepas avait sans nul doute succombé à son charme. La chose aurait parfaitement pu arriver à La Fayette, mais on l'avait prévenu contre Bonaparte, contre son talent pour inciter les gens à lui confier leurs vies. C'était un talent appréciable pour un général, tant qu'il ne l'exerçait que sur ses soldats, alors prêts à mourir pour lui. Mais Bonaparte l'exerçait sur tout le monde, s'il estimait en obtenir un résultat. Aussi Robespierre, le grand ami de La Fayette, lui avait-il envoyé une certaine amulette sertie de pierres précieuses. L'antidote au charme du Corse. Ainsi qu'une fiole de poudre, l'ultime antidote à Bonaparte, au cas où aucun autre moyen ne parviendrait à le mettre au pas.

N'ayez crainte, Robespierre, mon cher ami, se dit La Fayette. Bonaparte vivra. Il s'imagine manipuler le Canada pour servir ses desseins, mais c'est moi qui le manipulerai, lui, pour servir ceux de la démocratie. Il ne s'en doute pas pour le moment, mais quand il rentrera en France, il sera prêt à prendre le commandement d'une armée révolutionnaire et à employer son talent pour mettre un terme à la tyrannie de la classe dirigeante plutôt que pour entasser des couronnes insensées sur le très indigne chef du roi Charles.

Car le talent de La Fayette n'était pas de lire les pensées d'autrui, comme le croyait Maurepas, mais presque. La Fayette savait, dès qu'il les rencontrait, ce que ses semblables, hommes et femmes, désiraient le plus. Et sachant cela, il devinait le reste. La Fayette connaissait déjà Napoléon mieux que Napoléon lui-même. Il n'ignorait pas que Napoléon Bonaparte voulait diriger le monde. Et peut-être y parviendrait-il. Mais pour l'instant, ici au Canada, ce serait La Fayette qui dirigerait Napoléon Bonaparte. Il s'endormit, le poing serré sur l'amulette protectrice.

IV

Lolla-Wossiky

LORSQUE Lolla-Wossiky laissa Ta-Kumsaw près de la porte de Fort Carthage, il savait ce que pensait son frère. Ta-Kumsaw pensait qu'il partait avec son baril pour boire, boire, boire.

Mais Ta-Kumsaw ne savait rien. L'assassin-blanc Harrison ne savait rien. Personne ne savait rien de Lolla-Wossiky. Ce baril lui durerait deux mois peut-être. Quelques gorgées par-ci, quelques gorgées par-là. Attention, attention, ne jamais laisser perdre une goutte, boire seulement ce qu'il faut, reboucher soigneusement, le faire durer. Peut-être même trois mois.

Avant, il devait toujours rester près du fort de l'assassin-blanc Harrison pour remplir ses gobelets du whisky dégoulinant du cruchon brun. Mais maintenant, du whisky, il en avait beaucoup, assez pour accomplir son voyage, son grand voyage vers le nord et rencontrer son animal-totem qu'il avait vu en songe.

Personne ne savait que Lolla-Wossiky avait un totem. L'homme blanc ne le savait pas parce que l'homme blanc ne voyait pas d'animal-totem en songe, l'homme blanc dormait tout le temps et ne se réveillait jamais. L'homme rouge ne le savait pas parce que l'homme rouge, en voyant Lolla-Wossiky, le prenait pour un Rouge-à-whisky promis à la mort, qui n'avait pas de totem, qui ne se réveillait jamais.

Mais Lolla-Wossiky savait, lui. Lolla-Wossiky savait qu'il avait vu apparaître cette lumière, là-haut vers le nord, cinq ans plus tôt. Il savait que c'était son totem qui appelait, mais il n'avait jamais pu aller le rejoindre. Il était parti cinq, six, dix fois, mais le whisky avait fui de son sang et le bruit noir était revenu, le terrible bruit noir qui lui faisait tout le temps si mal.

Quand le bruit noir surgissait, c'était comme cent minuscules couteaux qui lui vrillaient la tête, encore et encore, et il ne sentait plus la terre, il ne voyait même pas la lumière de son totem, il devait rebrousser chemin, trouver du whisky, apaiser le bruit pour pouvoir *penser*.

La dernière fois, ç'avait été la pire. Il n'y avait pas eu d'arrivage de whisky depuis très, très longtemps et, pendant les deux derniers mois, même l'assassin-blanc Harrison n'avait pas eu grand-chose à lui donner, peut-être un gobelet par semaine, jamais de quoi tenir plus de quelques heures, au mieux une journée. Deux longs mois de bruit noir continuel.

Le bruit noir empêchait Lolla-Wossiky de marcher normalement. Tout bouge, le sol monte et descend, comment marcher quand la terre se comporte comme l'eau ? Alors ils pensaient tous que Lolla-Wossiky était soûl, lui qui titubait comme un Rouge-à-whisky, qui n'arrêtait pas de tomber. Où est-ce qu'il se procure le whisky ? demandaient-ils. Personne n'a de whisky, mais Lolla-Wossiky trouve quand même à se soûler, comment fait-il ? Personne n'a les yeux pour voir que Lolla-Wossiky n'est pas ivre du tout. Ne l'entendent-ils pas s'exprimer ? Un langage clair, pas le langage d'un ivrogne. Ne sentent-ils pas qu'il n'empeste jamais l'alcool ? Personne ne le devine, personne ne s'en doute, personne n'y songe, personne ne l'imagine. On sait bien que Lolla-Wossiky a toujours besoin de whisky. Jamais personne ne se dit que Lolla-Wossiky vit peut-être dans une douleur si grande qu'il souhaite mourir.

Et quand il ferme son œil pour que le monde s'arrête d'ondoyer comme la rivière, tous le croient endormi ; alors ils disent des choses. Des choses qu'ils ne voudraient pas que les Rouges entendent. Lolla-Wossiky s'en était très vite rendu compte, aussi quand le bruit noir devenait si affreux qu'il lui donnait envie d'aller s'étendre au fond de la rivière pour le faire taire à tout jamais, il choisissait plutôt d'aller de son pas titubant jusqu'au bureau de l'assassin-blanc Harrison, de s'écrouler par terre près de sa porte et d'écouter. Le bruit noir était très puissant, mais ce n'était pas un bruit dans l'oreille, alors il entendait quand même les voix, malgré le grondement dans sa tête. Il pensait très fort pour saisir chaque mot par-dessous la porte. Il savait tout ce que l'assassin-blanc Harrison disait à tout le monde.

Lolla-Wossiky ne racontait à personne ce qu'il entendait.

Lolla-Wossiky ne racontait à personne la vérité. On ne le croyait jamais, de toutes façons. Tu es soûl, Lolla-Wossiky. Honte à toi, Lolla-Wossiky.

Même quand il n'était pas soûl, même quand il avait si mal qu'il aurait voulu tuer tout ce qui vivait pour faire cesser la douleur, même alors on répétait : « Quelle tristesse de voir un Rouge se soûler comme ça ! » Et Ta-Kumsaw qui restait là, sans jamais rien dire ; ou quand il parlait, il était fort, il avait raison, tandis que Lolla-Wossiky était faible et avait tort.

Vers le nord, nord, nord, se chante Lolla-Wossiky tout en marchant. Vers le nord pendant mille pas avant de boire un petit coup. Vers le nord malgré le bruit noir tellement assourdissant que je ne sais plus où il se trouve, le nord, mais vers le nord quand même parce que je n'ose pas m'arrêter.

Nuit très sombre. Bruit noir si envahissant que la terre ne parle pas à Lolla-Wossiky. Même la lumière blanche du totem est lointaine et semble venir de partout à la fois. Un œil voit la nuit, l'autre œil voit le bruit noir. Dois m'arrêter. Dois m'arrêter.

En marchant avec de grandes précautions, Lolla-Wossiky trouva un arbre, déposa le baril, s'assit et s'adossa contre le tronc, le baril entre les jambes. Très lentement, parce qu'il n'y voyait rien, il palpa la surface du tonnelet pour s'assurer de l'emplacement du bondon. *Tap, tap, tap* avec le tommy-hawk, *tap, tap, tap,* jusqu'à ce que le bondon prenne du jeu. Prudemment, il le retira en le faisant aller et venir sous les doigts. Puis il se pencha au-dessus et pressa hermétiquement sa bouche sur le trou de la bonde, comme s'il donnait un baiser, comme un bébé au sein, aussi étroitement que ça ; ensuite relever ensemble tête et baril, tout doucement, tout doucement, pas très haut, voilà son odeur, voilà le whisky, une gorgée, deux gorgées, trois gorgées, quatre.

Quatre, pas plus. Quatre, c'est la limite. Quatre, c'est le bon nombre, le nombre entier, le nombre carré. Quatre gorgées.

Il remit le bondon en place et, à petits coups, le rentra en force, bien enfoncé. Déjà le whisky lui monte à la tête. Déjà le bruit noir s'estompe, s'estompe.

Jusqu'au silence. Le beau silence vert.

Mais le vert s'éloigne lui aussi, s'efface avec le noir. C'est à chaque fois ainsi. Le sens de la terre, cette vision verte dont bénéficient tous les Rouges, personne ne l'a jamais possédé aussi intensément que Lolla-Wossiky. Or maintenant, quand la vision verte apparaît, immédiatement derrière s'en vient à chaque fois le bruit noir. Et quand le bruit noir disparaît, quand le whisky le chasse, immédiatement derrière s'en va à chaque fois le silence vert de la vie.

Lolla-Wossiky se retrouve alors semblable à l'homme blanc. Coupé de la terre. Le sol craque sous les pas. Les branches s'accrochent. Les racines se prennent dans les pieds. Les animaux s'enfuient.

Lolla-Wossiky avait espéré pendant des années, espéré déterminer l'exacte quantité de whisky qu'il lui fallait boire pour faire taire le bruit noir sans chasser la vision verte. Quatre gorgées, il n'avait pas trouvé mieux. Elles repoussaient le bruit noir juste au-delà de sa perception, derrière l'arbre le plus proche. Mais elles repoussaient aussi le vert, là où Lolla-Wossiky ne parvenait qu'à l'effleurer. A la limite de sa portée. Il pouvait alors faire semblant d'être un vrai Rouge au lieu d'un Rouge-à-whisky, ce qui revenait à être un Blanc.

Pourtant cette nuit, il avait si longtemps manqué de whisky — deux mois, excepté un gobelet de temps en temps — que quatre gorgées, c'était trop pour lui. Le vert était parti avec le noir. Mais il s'en fichait, oui, aujourd'hui il s'en fichait. Dormir.

❄

Il s'éveilla au matin, à l'instant où revenait le bruit noir. Il ne savait pas avec certitude si c'était le jour ou le bruit qui l'avait tiré du sommeil. Aucune importance. Quelques coups pour sortir le bondon, quatre gorgées, quelques coups pour le remettre en place. Cette fois le sens de la terre ne s'éloigna pas beaucoup, il le possédait en partie. Assez pour trouver le lapin au gîte.

Un bon gros bâton. Le couper ici, le tailler et le tailler encore pour le hérisser sur tout le pourtour de picots de bois pointus.

Lolla-Wossiky s'agenouilla devant le terrier du lapin. « J'ai très faim, murmura-t-il. Et je n'ai pas beaucoup de forces. Me donneras-tu ta viande ? »

Il fit effort pour entendre la réponse, fit effort pour savoir si elle était favorable. Mais elle était trop lointaine, et chez les lapins la voix de la terre n'avait pas grande puissance. Autrefois, il se souvint, il entendait toutes les voix, et à des milles et des milles de distance. Peut-être que si le bruit noir s'en allait un jour il entendrait encore. Mais pour le moment, il n'avait aucun moyen de savoir si le lapin lui donnait son accord ou non.

Il ne savait donc pas s'il en avait le droit. Ne savait pas s'il prenait, à la manière des Rouges, ce que la terre lui offrait, ou s'il volait à la manière des Blancs qui assassinaient selon leur bon plaisir. Il n'avait pas le choix. Il enfonça le bâton dans le terrier, en tournant au hasard. Il le sentit frémir, entendit le couinement, puis le retira, sans cesser de tourner. Un jeune lapin, pas bien gros, rien qu'un jeune lapin qui gigotait pour se dégager des picots; mais Lolla-Wossiky était vif : à l'instant même où le lapin apparaissait à l'entrée du terrier, prêt à se libérer et à s'enfuir, le Rouge tendit la main, l'attrapa par les oreilles, le souleva vite en l'air et lui donna une secousse qui produisit un craquement sec. Il retomba mort, le petit lapin, et Lolla-Wossiky l'emporta du terrier, le ramena au baril, parce que c'est très mauvais, ça crée un vide sur la terre si vous dépouillez un jeune animal où sa famille peut vous voir et vous entendre.

Il n'alluma pas de feu. Trop dangereux, et il n'avait pas le temps de fumer la viande, pas aussi près du fort de l'assassin-blanc Harrison. Il n'y avait pas beaucoup de viande, de toutes façons; il la mangea entièrement, crue, ce qui nécessita de la mastication, mais le goût en était prononcé et bon. S'il ne t'est pas possible de fumer la viande, l'homme rouge sait cela, emporte tout ce que tu peux dans ton ventre. Il coinça la peau à la taille de son pagne, hissa le tonnelet sur son épaule et prit la direction du nord. La lumière blanche luisait droit devant; l'animal de son rêve appelait, il le pressait de venir. Je te réveillerai, disait le totem. Je mettrai fin à ton rêve.

L'homme blanc avait entendu parler des animaux-totems. L'homme blanc pensait que l'homme rouge allait dans la forêt et qu'il faisait des rêves. Stupide homme blanc, jamais il ne comprenait. Toute la vie n'est d'abord qu'un long sommeil, un long rêve. Tu t'endors à l'instant de ta naissance et tu ne te réveilles jamais, jamais, et un jour le totem finit par t'appeler. Alors tu pars dans la forêt; parfois tu ne fais que quelques pas, parfois tu marches jusqu'au bord du monde. Tu marches jusqu'à ce que tu rencontres l'animal qui t'appelle. L'animal n'existe pas dans un rêve. L'animal te tire du rêve. L'animal te montre qui tu es, t'apprend où est ta place sur la terre. Ensuite tu rentres chez toi réveillé, enfin réveillé, et tu dis au chaman, à ta mère et à tes sœurs ce qu'était le totem. Un ours ? Un carcajou ? Un oiseau ? Un poisson ? Un faucon ou un aigle ? Une abeille ou une guêpe ? Le chaman te conte des histoires et t'aide à choisir ton nom-de-réveil. Ta mère et tes sœurs donnent des noms à tous tes enfants, déjà nés ou encore à naître.

Tous les frères de Lolla-Wossiky avaient rencontré leur totem depuis longtemps. Maintenant sa mère était morte, ses deux sœurs parties vivre dans une autre tribu. Qui donnerait un nom à ses enfants ?

Je sais, dit Lolla-Wossiky. Je sais. Lolla-Wossiky, le Rouge-à-whisky borgne, n'aura jamais d'enfant. Mais Lolla-Wossiky trouvera son totem. Lolla-Wossiky se réveillera. Lolla-Wossiky aura son nom-de-réveil.

Lolla-Wossiky saura alors s'il doit vivre ou mourir. Si le bruit noir persiste et que le réveil ne lui apprend rien de plus que ce qu'il sait déjà, Lolla-Wossiky s'en ira dormir dans la rivière et se laissera rouler jusqu'à la mer, loin de la terre et du bruit noir. Mais si le réveil lui montre une raison de continuer à vivre, bruit noir ou pas, Lolla-Wossiky vivra. Beaucoup de longues années à boire et souffrir, à souffrir et boire.

Lolla-Wossiky but quatre gorgées chaque matin et quatre gorgées chaque soir avant d'aller dormir, en espérant que lorsque le totem le réveillerait, il pourrait alors mourir.

❄

Un jour, il s'arrêta sur la rive d'un cours d'eau limpide, alors que le bruit noir obscurcissait la vision de son œil perdu et lui assourdissait les oreilles. Un grand ours brun se dressait dans la rivière. L'animal frappait la surface de l'eau et un poisson volait dans les airs. L'ours le rattrapait entre les dents, donnait deux coups de mâchoire et l'avalait. Ce n'était pas le spectacle de son repas qui intéressait Lolla-Wossiky. C'étaient ses yeux.

Il manquait un œil à l'ours, tout comme à Lolla-Wossiky. Qui se demanda alors si l'animal était son totem. Mais non, impossible. La lumière blanche qui l'appelait brillait toujours au nord, un peu à l'ouest de la rivière. Cet ours n'était donc pas son totem, il faisait partie du rêve.

Pourtant, il apportait peut-être un message à Lolla-Wossiky. Peut-être que l'ours se trouvait ici parce que la terre voulait dire une histoire à Lolla-Wossiky.

Voici le premier détail qu'il remarqua : quand l'ours saisissait le poisson entre ses mâchoires, il regardait avec son œil unique et voyait miroiter les rayons du soleil sur les écailles. Lolla-Wossiky s'en aperçut parce que lui aussi tournait la tête de côté, tout comme l'ours.

Voici le second détail qu'il remarqua : lorsque l'ours regardait dans l'eau pour voir nager le poisson et donner son coup de patte, il regardait avec l'autre œil, l'œil absent. Lolla-Wossiky ne comprenait pas pourquoi. C'était très étrange.

Voici le dernier détail qu'il remarqua : il observait l'ours, mais son œil valide était fermé. Et quand il le rouvrit, la rivière était toujours là, la lumière du soleil toujours là, les poissons dansaient toujours en l'air puis s'évanouissaient, mais l'ours avait disparu. Lolla-Wossiky ne voyait l'ours que s'il fermait son œil valide.

Lolla-Wossiky but deux gorgées au baril, et il n'y eut plus d'ours.

❄

Un autre jour, Lolla-Wossiky croisa une route d'homme blanc et eut l'impression d'une rivière coulant sous ses pieds. Le courant de la route l'entraînait. Il chancela, puis trouva la cadence et se mit à trottiner, le baril sur l'épaule. Un homme rouge ne marchait jamais sur la route de l'homme blanc : le sol était tassé trop dur par temps sec, la boue trop épaisse par temps de pluie, et les ornières des roues de chariots, comme des mains d'homme blanc, cherchaient à tordre la cheville de l'homme rouge, à lui attraper la jambe, à le renverser. Mais cette fois, le sol était aussi moelleux que l'herbe du printemps sur la berge de la rivière, tant que Lolla-Wossiky courait sur la route dans la bonne direction. Il ne se dirigeait plus vers la lumière, parce que sa douceur l'environnait et qu'il savait le totem très, très près.

Par trois fois, la route enjamba un cours d'eau — deux petites rivières et une grosse —, et à chacune il y avait un pont, fait de grandes billes de bois bien lourdes et de solides planches, avec un toit comme une maison d'homme blanc. Lolla-Wossiky resta longtemps sur le premier pont. Il n'avait jamais entendu parler d'une chose pareille. Il se tenait à l'endroit sous lequel l'eau était censée passer, mais le pont était si lourd et si solide, les parois si épaisses qu'il n'arrivait pas du tout à la voir ni à l'entendre.

Et la rivière détestait ça. Lolla-Wossiky sentait sa colère, son désir de monter jusqu'au pont pour l'arracher à ses rives. Des procédés d'homme blanc, pensa Lolla-Wossiky, l'homme blanc a besoin de conquérir, d'arracher les choses à la terre.

Malgré tout, sur le pont, il nota une autre particularité. Le bruit noir y était moins fort, et pourtant le whisky avait presque entièrement quitté son corps. Il entendait davantage de silence vert qu'il n'en avait entendu depuis longtemps. Comme si le bruit noir provenait en partie de la rivière. Comment est-ce possible ? La rivière n'a pas de colère envers l'homme rouge. Et rien de ce que fabrique l'homme blanc ne peut rapprocher l'homme rouge de la terre. Pourtant c'était ce qui se passait ici même. Lolla-Wossiky repartit sur la route en pressant le pas ; quand son totem le réveillerait, peut-être comprendrait-il ce phénomène.

La route déboucha dans un espace de prairies, parsemé de quelques bâtiments d'hommes blancs. Beaucoup de chariots. Des chevaux attachés à des piquets, qui broutent l'herbe de la prairie. Tintements de marteaux de métal, chocs de haches dans le bois, crissements de scies qui vont et viennent, toutes sortes de bruits d'hommes blancs en train de tuer la forêt. Une ville d'hommes blancs.

En fait non, pas une ville d'hommes blancs. Lolla-Wossiky s'arrêta à la lisière du terrain découvert. Pourquoi cette ville d'hommes blancs est-elle différente ? qu'est-ce qu'il manque que j'aurais dû voir ?

La palissade. Il n'y avait pas de palissade.

Où les hommes blancs allaient-ils pour se cacher ? Où enfermaient-ils les ivrognes rouges et les voleurs blancs ? Où dissimulaient-ils leurs fusils ?

« Oh ! hisse ! Oh ! hisse ! Oh ! hisse ! » Voix forte d'homme blanc qui retentit comme une cloche dans l'air épais d'un après-midi d'été.

En haut d'une colline herbeuse, peut-être à un demi-mille de distance, une étrange structure de bois se levait. Lolla-Wossiky ne voyait pas les hommes qui la poussaient parce qu'il était mal placé ; ils se trouvaient tous derrière la croupe de la colline. Mais il voyait monter un pan de bois neuf, soutenu dans sa partie supérieure par des perches qui le mettaient en place.

« Le mur latéral à présent ! Oh ! hisse ! Oh ! hisse ! Oh ! hisse ! »

Un autre pan de bois monta, doucement, tout doucement, perpendiculaire au premier. Quand les deux pans furent à la verticale, ils se joignaient par un bord. Pour la première fois, Lolla-Wossiky vit les hommes. De jeunes Blancs, au nombre de trois, qui grimpèrent en haut des pans de mur, levèrent leurs marteaux et les abattirent comme des tommy-hawks pour imposer leur volonté au bois. Après avoir cogné pendant un moment, ils se redressèrent, debout tout en haut des pans de mur, leurs marteaux brandis comme des lances qu'on vient de retirer du corps du bison sauvage. Les perches qui avaient poussé les murs en place furent ôtées. Les murs ne bougèrent pas, ils se soutenaient l'un l'autre. Lolla-Wossiky entendit des vivats.

Puis soudain les hommes blancs apparurent tous sur la croupe de la colline. Ils m'ont vu ? Est-ce qu'ils vont venir pour me chasser ou me mettre en prison ? Non, ils se contentaient de descendre la colline pour rejoindre leurs chevaux et leurs chariots. Lolla-Wossiky se fondit dans les bois.

Il but quatre gorgées, puis grimpa dans un arbre et y trouva un emplacement pour le baril, à l'enfourchure de trois grosses branches. Bien maintenu, bien à l'abri. Des feuilles bien épaisses ; personne ne le verrait du sol, pas même un homme rouge.

Lolla-Wossiky fit un grand détour, mais il se retrouva bientôt sur la colline où se dressaient les murs tout neufs. Il les regarda longuement, sans parvenir à comprendre à quoi allait servir ce bâtiment. Ces pans de mur, c'était le nouveau style de construction, comme la dernière résidence de l'assassin-blanc Harrison, mais le bâtiment serait très grand, plus grand que tout ce que Lolla-Wossiky avait vu les hommes blancs construire, plus haut qu'une palissade.

D'abord les ponts bizarres, clos comme des maisons. Maintenant cette étrange bâtisse, haute comme des arbres. Lolla-Wossiky quitta l'abri de la forêt et s'avança à découvert sur la prairie, d'un pas chaloupé parce que le sol ne restait jamais stable quand il avait bu du whisky. Arrivé à la bâtisse, il monta sur le plancher de bois. Un plancher d'homme blanc, des murs d'homme blanc, mais Lolla-Wossiky n'éprouvait pas la même sensation que dans toutes les autres constructions d'homme blanc qu'il avait connues jusque-là. Un grand espace ouvert à l'intérieur. Des murs très hauts. Première fois qu'il voyait l'homme blanc bâtir quelque chose qui n'était ni fermé ni sombre. Même un homme rouge serait heureux dans un pareil séjour.

« Qui c'est ? Qui t'es, toi ? »

Lolla-Wossiky se retourna si vite qu'il faillit en tomber. Un grand homme blanc se tenait en bordure de la construction. Le plancher montait si haut qu'il lui arrivait à la taille. L'homme ne portait pas de peau de daim comme un chasseur, ni d'uniforme comme un soldat. Il était habillé comme un fermier, peut-être bien, seulement il était propre. En fait, Lolla-Wossiky n'avait jamais vu d'hommes de son espèce à Carthage.

« Qui t'es, toi ? redemanda l'arrivant.

— Homme rouge, répondit Lolla-Wossiky.

— L'jour baisse, mais il fait tout d'même pas 'core nuit. Faudrait que j'soye aveugle pour pas remarquer que t'es un Rouge. Mais j'connais les Rouges du pays, et toi t'es pas d'icitte. »

Lolla-Wossiky éclata de rire. Comme si un homme blanc pouvait différencier un Rouge d'un autre au point de dire lequel était du pays et lequel venait d'ailleurs !

« T'as un nom, l'homme rouge ?

— Lolla-Wossiky.

— T'es soûl, hein ? J'sens ça d'icitte, et tu marches pas trop droit.

— Très soûl. Rouge-à-whisky.

— Qui donc t'a donné du whisky ? Dis-le moi ! Où t'as eu ce whisky ? »

Lolla-Wossiky ne savait que penser. L'homme blanc ne lui avait encore jamais demandé où il trouvait son whisky. L'homme blanc le savait toujours. « C'est l'assassin-blanc Harrison, dit-il.

— Harrison, il est à deux cents milles au sud-est. Comment qu'tu l'as appelé ?

— Le gouverneur Bill Harrison.

— Tu l'as appelé l'assassin-blanc Harrison.

— Rouge *très* soûl.

— J'vois ça. Mais t'as pas pu boire à Fort Carthage et faire tout ce chemin à pied sans dessoûler. Alors, où t'as eu ce whisky ?

— Vous allez m'enfermer ?

— T'enfermer... et où donc tu veux que je t'enferme, tu peux me l'dire ? T'es vraiment de Fort Carthage, hein ? Alors, écoute, monsieur Lolla-Wossiky : y a pas de cellule pour encler les Rouges soûls chez nous autres, par rapport que chez nous autres, les Rouges, ils se soûlent pas. Et si ça leur arrive, on trouve le Blanc qui leur a donné de l'alcool, et le Blanc reçoit le fouet. Tu vas donc me dire tout d'suite où t'as eu ce whisky.

— Mon whisky, fit Lolla-Wossiky.

— Tu ferais p't-être mieux d'me suivre.

— Pour m'enfermer ?

— Je t'ai déjà dit, chez nous autres... Ecoute, t'as faim ?

— M'est avis, fit Lolla-Wossiky.

— Tu connais où manger ?

— Je mange là où je suis.

— Bon, ce soir tu t'en viens manger à la maison. »

Lolla-Wossiky ne savait pas quoi dire. Etait-ce une blague d'homme blanc ? Les blagues de l'homme blanc était très difficiles à comprendre.

« T'as pas faim ?

— M'est avis, répéta Lolla-Wossiky.

— Eh ben, viens-t'en, alors ! »

Un autre homme blanc montait la colline. « Armure-de-Dieu ! lança-t-il. Votre chère épouse se demandait où vous étiez.

— Une minute, révérend Thrower. Il m'semble qu'on va p't-être avoir de la compagnie à dîner.

— Qui c'est ? Holà, Armure-de-Dieu, il me semble bien qu'il s'agit d'un Rouge.

— Il dit qu'il s'appelle Lolla-Wossiky. C'est un Shaw-Nee. Et pis il est soûl comme une grive. »

Lolla-Wossiky était très surpris. Cet homme blanc savait qu'il était un Shaw-Nee sans même l'avoir demandé. D'après ses cheveux, tous arrachés en dehors de l'épaisse bande médiane qui lui descendait jusque dans le cou ? D'autres Rouges faisaient de même. La bordure de son pagne ? L'homme blanc ne voyait jamais ces choses-là.

« Un Shaw-Nee, fit l'homme blanc qui venait d'arriver. N'est-ce pas une tribu particulièrement sauvage ?

— Ben... euh... j'sais pas, révérend Thrower, dit Armure-de-Dieu. C'est une tribu particulièrement *sobre*. Par là, j'entends qu'ils se soûlent moins que d'autres. Y en a qui s'figurent que le seul Rouge dont ils ont rien à craindre, c'est le Rouge-à-whisky, alors quand ils voyent tous ces Shaw-Nees qui boivent pas, ils s'disent que ça les rend dangereux.

— Celui-ci ne semble pas appartenir à cette catégorie.

— J'connais. J'ai essayé de découvrir qui donc lui avait donné son whisky, et il a pas voulu me l'dire. »

Le révérend Thrower s'adressa à Lolla-Wossiky. « Ne sais-tu pas que le whisky est l'instrument du diable et la déchéance de l'homme rouge ?

— J'crois pas qu'il parle assez bien l'anglais pour savoir d'quoi vous causez, révérend.

— Alcool très mauvais pour l'homme rouge, dit Lolla-Wossiky.

— Bah, p't-être qu'il comprend quand même, fit Armure-de-Dieu en gloussant. Lolla-Wossiky, si tu connais que l'alcool c'est mauvais, comment s'fait-y que t'empestes le whisky autant qu'un bar irlandais ?

— Alcool très mauvais pour l'homme rouge, reprit Lolla-Wossiky, mais l'homme rouge tout le temps soif.

— Il existe une explication scientifique simple à ce phénomène, dit le révérend Thrower. Les Européens consomment des boissons alcoolisées depuis si longtemps qu'ils se sont constitué une tolérance. Les Européens qui ne peuvent pas se passer d'alcool tendent à mourir plus jeunes, font moins d'enfants et pourvoient moins bien aux besoins de ceux qu'ils ont déjà. Il en résulte que la plupart des Européens ont un organisme qui résiste à l'alcool. Mais vous, les Rouges, vous ne vous êtes jamais forgé cette tolérance.

— Foutrement vrai, fit Lolla-Wossiky. Homme blanc qui-parle-vrai, comment ça se fait que l'assassin-blanc Harrison ne t'a pas encore tué ?

— Eh, dites, écoutez ça, fit Armure-de-Dieu. C'est la deuxième fois qu'il traite Harrison d'assassin.

— Il a aussi juré, ce que je n'apprécie pas.

— S'il est de Carthage, l'a appris à causer l'anglais avec une catégorie d'hommes blancs qui croyent que les mots comme "foutrement", c'est de la ponctuation, si vous m'suivez, révérend. Mais écoute, Lolla-Wossiky. Cet homme, là, c'est le révérend Philadelphia Thrower, et c'est un ministre du Seigneur Jésus-Christ, alors fais attention à pas employer de gros mots devant lui. »

Lolla-Wossiky n'avait pas la moindre idée de ce qu'était un ministre… il n'y avait rien de tel à Carthage City. Il finit par se dire qu'un ministre devait ressembler à un gouverneur, mais en plus agréable.

« Tu vas habiter dans la très grande maison ?

— Habiter ici ? demanda Thrower. Oh non, c'est la maison du Seigneur.

— Qui ça ?

— Le Seigneur Jésus-Christ. »

Lolla-Wossiky avait entendu parler de Jésus-Christ. Les hommes blancs invoquaient tout le temps ce nom-là, principalement quand ils se mettaient en colère ou qu'ils mentaient. « Homme très en colère, fit Lolla-Wossiky. Habite ici ?

— Le seigneur Jésus-Christ est amour et pardon. Il n'habite pas ici à la façon d'un homme blanc qui habiterait dans une maison. Mais quand les bons chrétiens veulent faire leurs dévotions — chanter des hymnes, prier, entendre la voix du Seigneur —, nous nous réunissons ici. C'est une église, ou plutôt c'en sera une.

— Jésus-Christ parle ici ? »

Lolla-Wossiky se disait qu'il pourrait être intéressant de rencontrer ce très important homme blanc face à face.

« Oh non, pas en personne. C'est moi qui parle pour Lui. »

Du bas de la colline monta une voix de femme : « Armure ! Armure Weaver ! »

Armure-de-Dieu s'anima. « L'dîner est prêt, et la v'là qui nous appelle, elle aime pas ça du tout. Viens-t'en, Lolla-Wossiky. Soûl ou pas, si t'as envie d'un dîner, t'es l'bienvenu.

— J'espère que tu vas accepter, dit le révérend Thrower. Et après le dîner, j'espère pouvoir t'enseigner les paroles du Seigneur Jésus.

— D'abord et avant tout, dit Lolla-Wossiky, vous promettez de ne pas m'enfermer. Je ne veux pas prison, je dois trouver totem.

— On va pas t'enfermer. Tu peux sortir d'chez moi comme ça te chante. » Armure-de-Dieu se tourna vers le révérend Thrower. « Vous voyez c'que les Rouges apprennent sus les Blancs chez William Henry Harrison ? Whisky et prison.

— Ses croyances païennes m'inquiètent davantage. Un totem ! Est-ce leur façon de concevoir des dieux ?

— Le totem, c'est pas Dieu, c'est un animal qu'ils voyent en rêve et qui leur apprend des affaires, expliqua Armure. Ils font toujours un grand voyage, jusqu'à tant qu'ils ayent le rêve, et puis ils s'en retournent. Ça explique ce qu'il fait chez nous autres, à deux cents milles des principaux camps shaw-nees établis en aval de la My-Ammy.

— Totem *réel*, dit Lolla-Wossiky.

— T'as raison », fit Armure-de-Dieu. Lolla-Wossiky savait qu'il ne disait cela que pour éviter de le vexer.

« Cette pauvre créature a manifestement grand besoin de l'évangile de Jésus, dit Thrower.

— Il m'semble, à moi, qu'il a pour l'instant davantage b'soin d'un dîner, vous croyez pas ? »

Thrower gloussa. « Je ne pense pas avoir lu quoi que ce soit de ce genre dans la Bible, Armure-de-Dieu, mais vous êtes sûrement dans le vrai. »

Armure-de-Dieu se mit les mains sur les hanches et redemanda à Lolla-Wossiky : « Tu t'en viens, ou pas ?

— M'est avis », fit Lolla-Wossiky.

❄

Le ventre de Lolla-Wossiky était plein, mais d'une nourriture d'homme blanc, pâteuse, douceâtre, trop cuite, et il protestait. Thrower n'arrêtait pas de parler avec des mots bizarres. Ses histoires étaient bonnes, mais il rabâchait sur le péché originel et la rédemption. Un moment, Lolla-Wossiky crut avoir compris et dit : « Il est bête, ce dieu, il fait naître tout le monde mauvais pour l'envoyer brûler en enfer. Pourquoi il est si en colère ? Tout est de sa faute ! » Mais la remarque mit Thrower dans tous ses états, il n'en parla que davantage et plus vite, aussi Lolla-Wossiky évita-t-il ensuite de livrer la moindre de ses pensées.

Le bruit noir revenait, de plus en plus fort à mesure que parlait le révérend. Le whisky se dissipait déjà ? Il était bien rapide à le quitter, l'alcool. Et quand Thrower sortit pour aller se soulager, le bruit noir se calma. Très curieux… Lolla-Wossiky n'avait encore jamais vu personne influencer le bruit noir par ses déplacements.

Mais c'était peut-être parce qu'il se trouvait dans les parages du totem. Il le sentait tout près à cause de la lumière blanche qui l'entourait, partout où il posait le regard, et il ne savait pas où se diriger. Ne t'étonne pas des ponts qui affaiblissent le bruit noir et du ministre blanc qui le renforce. Ne t'étonne pas d'Armure-de-Dieu, qui a dessiné le visage de la terre, qui nourrit l'homme rouge et qui ne vend ni même ne donne d'alcool.

Pendant que Thrower était dehors, Armure-de-Dieu montra la carte à Lolla-Wossiky. « C'est une représentation de toute la région. En haut, au nord-ouest, y a l'grand lac… les Kicky-Poos, ils l'appellent Grande Eau. Et là, Fort Chicago… un avant-poste français.

— Français. Un gobelet de whisky pour un scalp d'homme blanc.

— Tout juste, c'est l'tarif, dit Armure-de-Dieu. Mais les Rouges, par icitte, ils prennent pas d'scalps. Ils commercent honnêtement avec moi, et j'commerce honnêtement avec eux autres ; on s'amuse pas à abattre des Rouges, et d'leur côté ils tuent pas des Blancs pour la prime. Tu me comprends ? Si jamais tu t'sens l'envie de boire, pense à c'que j'vais te dire : y avait dans le pays un Rouge-à-whisky de la tribu Wee-Aw, ça fait p't-être quatre ans passés, et v'là qu'il tue un p'tit Danois dans la forêt. D'après toi, c'est-y les hommes blancs qui lui ont couru après ? Eh ben, non ; tu connais qu'les Blancs, ils ont aucune chance de trouver un Rouge dans ces bois, surtout pas des fermiers ou du monde comme nous autres. Non, c'est les Shaw-Nees et les Otty-Was qui lui ont mis la main d'sus deux heures après que l'drôle soye porté disparu. Et d'après toi, c'est-y les hommes blancs qu'ont puni ce Rouge-à-whisky ? Eh ben, non ; ils ont fait s'asseoir l'Wee-Aw et ils lui ont d'mandé : "Tu veux montrer que t'es brave ?" et quand il a dit oui, ils ont passé six heures à le tuer.

— Très aimable, fit Lolla-Wossiky.

— *Aimable ?* M'est avis qu'non, dit Armure-de-Dieu.

— L'homme rouge tue un garçon blanc pour le whisky, je ne permets pas qu'il montre sa bravoure, lui mourir… *tchac !* Comme ça, vite, comme serpent à sonnettes, lui pas un homme.

— J'dois r'connaître que vous autres, les Rouges, vous avez des idées vraiment pas ordinaires, fit Armure-de-Dieu. Tu veux dire que c'est une faveur quand vous torturez quelqu'un à mort ?

— Pas *quelqu'un*. L'ennemi. Tu captures un ennemi, il montre sa bravoure avant de mourir, et alors son esprit s'envole jusque chez lui. Dit à sa mère et ses sœurs qu'il est mort en brave, elles chantent des chansons et crient pour lui. Il ne se montre pas brave, alors son esprit tombe par terre et on marche dessus, on le rend poussière, il ne revient jamais chez lui, personne ne se souvient de son nom.

— Une bonne chose que Thrower, il soye asteure aux cabinets, dehors, sinon m'est avis qu'il en mouillerait son pantalon d'entendre une doctrine pareille. » Armure-de-Dieu jeta un regard en coin à Lolla-Wossiky. « Tu veux dire qu'ils ont *fait honneur* au Wee-Aw qui a tué ce p'tit garçon ?

— Très mauvaise chose, de tuer petit garçon. Mais peut-être l'homme rouge connaît les Rouges-à-whisky, toujours soif, devenus fous. Pas comme tuer un homme pour prendre sa maison, ou sa femme, ou sa terre, comme fait tout le temps l'homme blanc.

— J'dois avouer, le plusse que j'en apprends sus vous autres, les Rouges, le plusse que j'y trouve du sens, comme qui dirait. J'ferai mieux de davantage lire la Bible tous les soirs avant que j'devienne rouge moi-même. »

Lolla-Wossiky se prit à rire, à rire.

« Qu'esse qu'est si drôle ?

— Beaucoup d'hommes rouges deviennent blancs, et après ils meurent. Mais jamais un homme blanc ne devient rouge. Je dois raconter cette histoire, tout le monde va rire.

— Vous autres, les Rouges, vous avez un sens de l'humour que j'arrive pas du tout à comprendre. » Armure tapota la carte. « C'est icitte qu'on est… là, juste après que la Tippy-Canoe, elle se jette dans la Wobbish. Tous ces points, c'est des fermes d'hommes blancs. Et ces cercles, des villages de Rouges. Çui-ci, l'est shaw-nee, et l'autre là, winny-baygo, tu vois l'système ?

— L'assassin-blanc Harrison nous dit que tu as dessiné le visage du pays pour trouver les villages des Rouges. Et tuer tout le monde, il dit.

— Ça, c'est bien l'genre d'accroires que je m'attends à lui voir faire. Alors, t'as entendu causer d'moi avant d'monter par icitte, c'est ça ? Eh ben, j'espère que tu crois pas toutes ces inventions.

— Oh non, personne ne croit l'assassin-blanc Harrison.

— Bonne chose.

— Personne ne croit aucun homme blanc. Tous mentent.

— Hé là, pas moi, t'entends ? Pas moi. Harrison, il veut tellement devenir gouverneur qu'il est prêt à dire toutes les menteries possibles pour prendre le pouvoir et l'garder.

— Il dit que tu veux aussi être gouverneur. »

Armure marqua un silence. Regarda la carte. Regarda la porte de la cuisine, où sa femme faisait la vaisselle. « Ben, m'est avis qu'il a pas menti là-d'sus. Mais l'idée que j'ai d'la fonction de gouverneur et la sienne, ça fait deux. J'veux être gouverneur pour que les hommes rouges et les hommes blancs vivent icitte ensemble et en paix, qu'ils cultivent la terre côte à côte, qu'ils apprennent dans les mêmes écoles, et qu'un jour on voye plus de différence entre Rouges et Blancs. Mais Harrison, lui, il veut se débarrasser complètement de l'homme rouge. »

Si l'homme rouge devient comme l'homme blanc, alors il ne sera plus

« Avez-vous déjà vu des soldats porter autant d'amour à leur chef ? »

Page 295.

rouge. Méthode Harrison ou méthode Armure, le résultat est le même : plus d'hommes rouges. Voilà ce que pensa Lolla-Wossiky, mais il s'abstint de le dire. Il savait que s'il était très mauvais de rendre blancs tous les hommes rouges, c'était encore pire de tous les tuer avec de l'alcool comme le préméditait Harrison, ou de les tuer et les chasser de leurs terres comme le proposait Jackson. Harrison était un homme très mauvais. Armure voulait être un homme bon, mais il ne savait pas comment s'y prendre. Lolla-Wossiky s'en rendait compte, alors il n'engagea pas la discussion avec Armure-de-Dieu.

Lequel continuait de lui commenter la carte. « Icitte, en bas, t'as Fort Carthage, c'est un carré parce que c'est une ville. Pour nous autres aussi, j'ai mis un carré, quand bien même on est pas encore une vraie ville. On l'appelle Vigor Church, rapport à cette église qu'on bâtit.

— “Church” pour l'église. Pourquoi Vigor ?

— Oh, à cause des premiers colons qui se sont établis, les ceusses qu'ont ouvert le chemin et construit les ponts, la famille Miller. Ils restent là-haut derrière l'église, plus loin sus la route. Ma femme, c'est leur fille aînée, par le fait. Ils ont appelé l'endroit Vigor rapport au fils aîné qui portait ce nom-là. Il s'est noyé dans la rivière Hatrack, tout là-bas près du Suskwahenny, quand ils s'en venaient par icitte. Alors ils ont donné son nom au pays.

— Ta femme, très jolie », dit Lolla-Wossiky.

Il fallut plusieurs secondes à Armure pour réagir à cette remarque, tellement il paraissait surpris. Et dans la boutique à l'arrière, où ils avaient mangé, sa femme Aliénor devait écouter, car elle apparut soudain dans l'encadrement de la porte.

« Personne m'a jamais dit que j'étais jolie », fit-elle avec douceur.

Lolla-Wossiky était déconcerté. La plupart des femmes blanches avaient le visage étroit, sans pommettes, le teint maladif. Aliénor avait le teint plus sombre, le visage large, de hautes pommettes.

« Moi j'te trouve jolie, dit Armure. C'est vrai. »

Lolla-Wossiky ne le croyait pas, et Aliénor non plus, pourtant elle sourit et disparut de la porte. Armure ne l'avait jamais trouvée jolie, c'était évident. Et au bout d'un moment, Lolla-Wossiky comprit pourquoi. Elle était jolie comme une femme rouge. Alors, bien entendu, les hommes blancs, qui ne savaient jamais voir, prenaient sa beauté pour de la laideur.

Ce qui voulait aussi dire qu'Armure-de-Dieu avait épousé une femme qu'il trouvait laide. Mais il ne criait jamais après elle et ne la battait pas non plus, comme le faisait l'homme rouge marié à une squaw laide. Ça, c'était une bonne chose, conclut Lolla-Wossiky.

« Toi très heureux, dit Lolla-Wossiky.

— C'est par rapport qu'on est chrétiens, dit Armure-de-Dieu. Toi aussi, tu serais heureux si t'étais chrétien.

— Moi, je ne serai jamais heureux », fit Lolla-Wossiky. Il voulait dire : « Tant que je n'entendrai plus le silence vert, tant que le bruit noir ne sera pas parti. » Mais inutile d'expliquer ça à un homme blanc ; ils ignoraient que la moitié des choses qui se passaient dans le monde leur restait complètement invisible.

« Si, tu le seras », lança Thrower. Il entra dans la pièce à grands pas, débordant d'énergie, prêt à reprendre l'assaut contre ce païen. « Accepte Jésus-Christ comme ton sauveur, et tu connaîtras le vrai bonheur. »

Ah, voilà une promesse qui méritait considération. Voilà une bonne raison de parler de ce Jésus-Christ. Peut-être que Jésus-Christ était le totem de Lolla-Wossiky. Peut-être qu'il chasserait le bruit noir et qu'il rendrait Lolla-Wossiky à nouveau heureux, comme avant que l'assassin-blanc Harrison fasse éclater le monde en crachant le bruit noir de son fusil.

« Jésus-Christ me réveiller ? demanda Lolla-Wossiky.

— Il a dit : "Venez, suivez-moi, et je ferai de vous des pêcheurs", répondit Thrower.

— Lui me réveiller ? Me rendre heureux ?

— La joie éternelle, dans le giron du Père céleste », dit Thrower.

Rien de tout ça n'avait de sens, mais Lolla-Wossiky décida quand même de tenter sa chance, dans l'espoir de se réveiller, et *alors* il comprendrait de quoi parlait Thrower. Le révérend rendait le bruit noir plus fort, mais peut-être avait-il aussi le remède pour le faire taire.

Cette nuit-là, Lolla-Wossiky dormit donc dehors dans les bois ; au matin, il but ses quatre gorgées de whisky et monta en titubant jusqu'à l'église. Thrower fut contrarié de le voir ivre, et Armure insista une fois de plus pour savoir qui lui avait donné de l'alcool. Comme tous les autres hommes qui participaient à la construction de l'église s'étaient attroupés, Armure fit un discours, ponctué de menaces en pagaïe. « Si j'trouve çui-là qui soûle les Rouges, j'vous jure que j'y flanque le feu à sa maison et que je l'expédie vivre chez Harrison, là-bas sus l'Hio. Par chez nous autres, on est des chrétiens. J'peux p't-être pas vous empêcher d'mettre des charmes sus vos maisons, d'jeter des sorts et d'faire des conjurations — c'qui montre le peu d'foi que vous avez dans not' Seigneur — mais j'peux sûrement vous empêcher d'empoisonner les genses que l'Seigneur a jugé bon de mettre sus c'te terre. Vous avez compris ? »

Tous les hommes blancs hochèrent la tête et dirent « oui », « pour sûr » et « m'est avis ».

« Personne d'ici m'a donné du whisky, dit Lolla-Wossiky.

— P't-être qu'il l'a apporté avec lui dans une tasse ! lança l'un des hommes.

— P't-être qu'il a un alambic dans les bois ! » fit un autre.

Ils éclatèrent tous de rire.

« Un peu de respect, je vous prie, dit Thrower. Ce païen accepte le Seigneur Jésus-Christ. Il va recevoir l'eau du baptême comme l'a lui-même reçue Jésus. Qu'on y voie le premier pas d'une grande action missionnaire parmi les hommes rouges de la forêt américaine !

— Amen », murmurèrent les autres.

L'eau était froide, et c'est à peu près tout ce qu'en retint Lolla-Wossiky, sauf que lorsque Thrower l'aspergea, le bruit noir devint plus fort. Jésus-Christ ne se montra pas, ce n'était donc pas lui le totem, tout compte fait. Lolla-Wossiky fut déçu.

Mais pas le révérend Thrower. C'était ce qu'il y avait d'étrange chez les hommes blancs. Ils ne semblaient pas se rendre compte de ce qui se passait autour d'eux. Thrower donnait un baptême sans le moindre effet bénéfique, et le voilà parti à se pavaner pour le reste de la journée comme s'il venait de faire entrer un bison dans un village affamé en plein cœur de l'hiver.

Armure-de-Dieu se montrait tout aussi aveugle. A midi, quand Aliénor monta le déjeuner aux ouvriers, on permit à Lolla-Wossiky de manger avec eux. « On va pas renvoyer un chrétien, pas vrai ? » dit l'un. Mais aucun n'était enchanté à l'idée de s'asseoir auprès de lui, probablement parce qu'il puait l'alcool et la sueur et qu'il titubait en marchant. Finalement, Armure-de-Dieu s'installa en sa compagnie à l'écart du reste des hommes, et ils parlèrent de choses et d'autres.

Jusqu'à ce que Lolla-Wossiky lui demande : « Jésus-Christ, il aime pas les charmes ?

— C'est vrai. C'est à Lui qu'il faut s'adresser ; toutes ces supplications et je n'sais quoi, c'est du blasphème. »

Lolla-Wossiky hocha la tête avec gravité. « Charme peint, pas bon. La peinture, jamais vivante.

— Peint, taillé, du pareil au même.

— Charme en bois, un peu plus fort. L'arbre était vivant.

— Ça m'fait ni chaud ni froid, peints ou en bois, y aura pas d'charmes chez moi. Attireurs, repousseurs, écarteurs, conjureurs, j'veux pas d'ça. Un bon chrétien se fie à la prière, v'là tout. Le Seigneur est mon berger, je manquerai de rien. »

Lolla-Wossiky sut alors qu'Armure-de-Dieu était aussi aveugle que Thrower. Parce qu'il n'avait jamais vu de maison autant bardée de charmes que la sienne. C'était en partie la raison pour laquelle Armure avait impressionné Lolla-Wossiky : sa maison était réellement bien protégée, parce qu'il s'y entendait assez pour composer ses charmes à partir de choses vivantes. Arrangements de plantes vives suspendues sur la galerie, graines porteuses de vie conservées dans des pots judicieusement placés, ail, taches de jus de baies… le tout disposé avec tant d'habileté que, malgré l'alcool qu'il avait bu pour atténuer le bruit noir, Lolla-Wossiky ressentait les forces attractives et répulsives des charmes écarteurs, repousseurs et autres sortilèges.

Pourtant Armure-de-Dieu était loin de se douter que sa maison contenait le moindre sortilège. « Ma femme Aliénor, sa parenté avait tout l'temps des charmes. Son jeune frère, Al junior, c'est l'drôle de six ans qui s'bagarre avec le p'tit Suédois blond, là-bas… tu l'vois ? Il connaît vraiment comment graver les charmes, à ce qu'on raconte. »

Lolla-Wossiky regarda le garçon mais ne put le voir précisément. Il voyait le petit blond avec lequel il se battait, mais le frère d'Aliénor ne lui apparaissait pas clairement, il ignorait pourquoi.

Armure continuait de parler. « Ça t'fait pas mal au ventre ? Si jeune, et déjà on l'détourne de Jésus. Aussi bien, ç'a été très dur pour Aliénor d'abandonner ces pratiques de sorcellerie. Mais elle y est arrivée. M'a fait un serment solennel, sinon on se s'rait jamais mariés. »

A cet instant, Aliénor, la jolie femme que les hommes blancs trouvaient laide, s'approchait pour reprendre le panier du déjeuner. Elle entendit les derniers mots que prononça son mari mais ne révéla par aucun signe qu'elle y attachait de l'importance. Pourtant, lorsqu'elle lui prit son bol et qu'elle le regarda dans l'œil, Lolla-Wossiky eut l'impression qu'elle lui demandait : « Tu les as vus, ces charmes ? »

Lolla-Wossiky lui sourit, de son plus grand sourire, ainsi comprendrait-elle qu'il n'avait aucune intention de le révéler à son mari.

Elle lui rendit un sourire hésitant, peu sûre d'elle. « T'as aimé c'que t'as mangé ?

— Tout trop cuit, dit Lolla-Wossiky. Le goût du sang parti. »

Les yeux de la femme s'agrandirent. Armure se borna à rire et donna une tape sur l'épaule de Lolla-Wossiky. « Eh ben, c'est ça, être civilisé. T'arrêtes de boire du sang, voilà tout. J'espère que ton baptême va t'mettre sus le bon ch'min… c'est clair que t'as été longtemps sus l'mauvais.

— Je m'demandais », fit Aliénor… Elle n'alla pas plus loin, jeta un coup d'œil vers le pagne de Lolla-Wossiky, puis regarda son mari.

« Ah oui, on a causé d'ça hier au soir. J'ai des vieux pantalons et une chemise que j'mets pus, et pis de toutes façons Aliénor est après m'en faire d'autres, alors je m'suis dit, asteure que t'es baptisé, que tu devrais commencer à t'habiller comme un chrétien.

— Très chaud, aujourd'hui, dit Lolla-Wossiky.

— Oui, eh ben, les chrétiens, ils croient aux vêtements simples, Lolla-Wossiky, mais tout d'même… » Armure éclata de rire et lui redonna une tape sur l'épaule.

« J'peux apporter les vêtements c'tantôt », dit Aliénor.

Lolla-Wossiky trouvait l'idée stupide. Les hommes rouges avaient toujours l'air bêtes dans des vêtements d'homme blanc. Mais il ne voulait pas discuter avec eux, parce qu'ils cherchaient à être amicaux. Et peut-être que le baptême ferait effet, après tout, s'il passait des vêtements d'homme blanc. Peut-être alors que le bruit noir s'en irait.

Aussi ne répondit-il pas. Il se contenta de regarder vers le petit garçon aux cheveux blonds qui courait en rond en criant : « Alvin ! Ally ! » Lolla-Wossiky s'efforça de distinguer l'autre gamin qu'il pourchassait. Il vit un pied toucher le sol et soulever de la poussière, une main fendre l'air, mais jamais il ne vit l'enfant proprement dit. Très étrange.

Aliénor attendait qu'il réponde. Lolla-Wossiky se taisait, car il regardait à présent le jeune garçon qui n'était pas là. Armure-de-Dieu finit par dire en riant : « Apporte donc les vêtements, Aliénor. On va te l'habiller comme un chrétien, dame sûr, et p't-être que demain il pourra donner la main à construire l'église, et s'mettre à un métier convenable. On va lui trouver une scie. »

Lolla-Wossiky n'entendit pas réellement la dernière phrase, sinon il se serait enfui dans les bois sans demander son reste. Il avait vu ce qui arrivait aux hommes rouges qui voulaient utiliser des outils d'homme blanc. De quelle façon ils se coupaient de la terre, petit à petit, à chaque fois qu'ils maniaient leur métal. Même les fusils. Un homme rouge qui veut se servir d'un fusil pour chasser, il est à moitié blanc dès la première fois qu'il appuie sur la détente ; un homme rouge ne peut employer le fusil que dans un cas : pour tuer les hommes blancs, voilà ce que disait toujours Ta-Kumsaw, et il avait raison. Mais Lolla-Wossiky n'entendit pas Armure proposer de lui donner à manier une scie, parce qu'il venait à l'instant de faire une incroyable découverte. Quand il fermait son œil valide, il distinguait le jeune garçon. Tout comme l'ours borgne dans la rivière. L'œil ouvert, il voyait l'enfant à tête jaune courir et crier, mais pas Alvin Miller junior. L'œil fermé, il ne voyait rien d'autre que le bruit noir et des traces de vert… et soudain, au beau milieu, apparaissait le jeune garçon, luisant, éclatant de lumière comme s'il avait le soleil dans sa poche de derrière, qui jouait et riait, et dont la voix résonnait comme de la musique.

Et puis il ne le vit plus du tout.

Lolla-Wossiky rouvrit son œil. Il y avait là le révérend Thrower. Armure et Aliénor étaient partis… tous les hommes avaient repris leur travail à l'église. C'était Thrower qui avait fait disparaître le jeune garçon, pas de doute. Ou peut-être que non… parce qu'à présent, avec Thrower debout à côté de lui, Lolla-Wossiky arrivait à voir Alvin de son œil valide. Comme n'importe quel autre enfant.

« Lolla-Wossiky, il me vient à l'idée qu'il te faudrait vraiment un nom chrétien. C'est la première fois que je baptise un Rouge, alors j'ai utilisé sans réfléchir votre nomenclature barbare. Tu es censé prendre un nouveau nom, un nom chrétien. Pas nécessairement celui d'un saint — nous ne sommes pas des papistes — mais quelque chose qui suggérerait ta récente adhésion au Christ. »

Lolla-Wossiky hocha la tête. Il savait qu'il lui faudrait un nouveau nom, si le baptême finissait par se révéler efficace. Une fois qu'il aurait rencontré son totem et qu'il serait rentré chez lui, il aurait un nom. Il tenta de l'expliquer à Thrower, mais le ministre blanc eut du mal à comprendre. A la longue, pourtant, il saisit que Lolla-Wossiky voulait un nouveau nom et qu'il le voulait bientôt, aussi se radoucit-il.

« A propos, pendant que nous sommes tous les deux, dit Thrower, je me demandais si je pourrais examiner ton crâne. Je travaille à l'élaboration de classements méthodiques pour la science naissante de la phrénologie. Il s'agit de la théorie selon laquelle les talents particuliers et les penchants de l'âme humaine se traduisent, voire sont causés, par des protubérances et des dépressions dans la forme du crâne. »

Lolla-Wossiky n'avait pas la moindre idée de ce dont parlait Thrower, il approuva donc silencieusement de la tête. Un bon moyen, habituellement, de répondre aux hommes blancs qui racontaient des absurdités, et le révérend ne faisait pas exception. En conséquence, Thrower palpa chaque pouce du crâne de Lolla-Wossiky, s'arrêtant de temps à autre pour prendre des croquis et des notes sur un bout de papier, marmonnant des « intéressant », des « ha ! » et des « tant pis pour cette théorie-là ». Quand il eut terminé, Thrower le remercia. « Vous avez grandement contribué à la cause de la science, monsieur Wossiky. Vous êtes la preuve vivante qu'un homme rouge ne possède pas nécessairement les bosses de la sauvagerie et du cannibalisme. Vous avez le lot normal de talents et de défauts commun à tous les humains. Les hommes rouges ne sont pas intrinsèquement différents des Blancs, abstraction faite d'une quelconque catégorisation aussi sommaire que facile. En vérité, tout indique que vous êtes un remarquable orateur, doté d'un sens de la religion profondément développé. Ce n'est pas un hasard que vous soyez le premier homme rouge à accepter l'Evangile dans mon ministère, ici en Amérique. Je dois dire que votre configuration phrénologique présente beaucoup de similitudes avec la mienne. Bref, mon cher chrétien tout frais baptisé, je ne serais pas surpris si vous finissiez vous-même missionnaire de l'Evangile. Vous prêcheriez aux grandes multitudes d'hommes et de femmes rouges et les amèneriez à se faire une idée du Ciel. Songez à cette perspective, monsieur Wossiky. Sauf erreur, votre avenir est là. »

Lolla-Wossiky avait à peine saisi le fond du discours de Thrower. Quelque chose à propos de lui, prêcheur. Quelque chose à propos de dire l'avenir. Il essaya d'y trouver un sens, mais en vain.

Au tomber du jour, Lolla-Wossiky était en habits d'homme blanc et avait l'air d'un imbécile. L'alcool s'était dissipé et il n'avait pas eu la moindre occasion de s'éclipser dans les bois pour boire ses quatre gorgées, aussi le bruit noir devenait-il insupportable. Plus grave : il semblait que la nuit tournait à la pluie, il ne verrait donc pas de son œil valide et, à cause du bruit noir, il ne pourrait pas non plus compter sur son sens de la terre pour le guider jusqu'au baril.

En conséquence, il titubait encore davantage que lorsqu'il avait pris de l'alcool, tellement le sol se soulevait et tanguait sous ses pieds. Il tomba à la renverse en voulant se lever de table, au dîner chez Armure. Aliénor insista pour qu'il passe la nuit sous leur toit. « On va pas le laisser dormir dans les bois, tout d'même, pas quand il tombe de l'eau », fit-elle ; comme pour étayer ses dires, le tonnerre éclata et la pluie se mit à battre contre le toit et les murs. Aliénor prépara un lit par terre dans la cuisine pendant que Thrower et Armure faisaient le tour de la maison pour fermer les volets. Avec reconnaissance, Lolla-Wossiky rampa jusqu'au lit ; sans même retirer ses pantalons et sa chemise raides et inconfortables, il s'y étendit, l'œil clos, essayant de supporter les élancements dans sa tête, la douleur du bruit noir, comme des coups de couteau qui lui taillaient le cerveau en tranches.

Comme d'habitude, ils le croyaient endormi.

« Il a l'air plus soûl que ce matin, dit Thrower.

— J'connais qu'il a pas bougé d'la colline, fit Armure. Il a pu trouver à boire nulle part, pas possible.

— J'ai entendu dire que lorsqu'un ivrogne s'arrête de boire, dit Thrower, il a l'air au début plus soûl que sous l'empire de l'alcool.

— J'espère que c'est ça, fit Armure.

— Je l'ai trouvé un peu déçu, au baptême, aujourd'hui, dit Thrower. Bien sûr, il est impossible de comprendre ce que ressent un sauvage, mais…

— Moi, je l'traiterais pas d'sauvage, révérend Thrower, dit Aliénor. J'crois qu'à sa manière, il est civilisé.

— Alors, autant traiter un blaireau de civilisé, dit Thrower. A sa *manière*, en tout cas.

— J'veux dire, fit Aliénor, la voix encore plus douce et plus soumise, mais par là même donnant plus de poids à ses paroles, que je l'ai vu lire.

— Tourner des pages, plutôt, dit Thrower. Il ne pouvait pas être en train de *lire*.

— Si. Il lisait, et ses lèvres formaient les mots, dit-elle. Les écriteaux sus l'mur de la pièce de d'vant, où qu'on sert les clients. Il lisait les mots.

— C'est possible, vous savez, dit Armure. J'connais de source sûre qu'les Irrakwas, ils lisent tout aussi bien qu'les hommes blancs. J'y suis allé assez souvent chez eux autres, pour mon commerce, et j'vous garantis qu'vous avez intérêt d'les lire, les p'tites lignes de leurs contrats. Les hommes rouges peuvent apprendre à lire, l'fait est là.

— Mais celui-ci, cet ivrogne...

— Qui connaît comment il est quand il a pas bu ? » fit Aliénor.

Ils passèrent dans l'autre pièce, puis sortirent, le temps pour les Weaver de raccompagner Thrower à pied jusqu'à la cabane où il logeait, avant que la pluie ne devienne si violente qu'ils soient obligés de le garder pour la nuit.

Seul dans la maison, Lolla-Wossiky tenta de mettre ses idées en ordre. Le baptême à lui seul ne l'avait pas tiré de son rêve. Pas plus que les vêtements d'homme blanc. Peut-être qu'une nuit sans alcool serait plus efficace, comme le suggérait Aliénor, mais du coup la douleur le rendit fou, et il ne put s'endormir.

N'importe comment, il savait que le totem attendait quelque part près d'ici. La lumière blanche baignait à présent tout le voisinage ; c'était dans cette ville que Lolla-Wossiky devait se réveiller. Peut-être que s'il évitait la colline de l'église aujourd'hui, peut-être que s'il allait se promener dans les bois autour de Vigor Church, le totem le trouverait.

Une chose était sûre : il ne passerait pas une autre nuit sans whisky. Pas quand il avait un baril, dehors, dans la fourche d'un arbre, qui pouvait chasser le bruit noir et lui permettre de dormir.

❄

Lolla-Wossiky battit les bois de long en large. Il vit beaucoup d'animaux, mais tous détalèrent à son approche ; il était tellement abruti de whisky ou de bruit noir qu'il ne communiait jamais plus avec la terre, et les animaux le fuyaient comme un Blanc.

Découragé, il se mit à boire plus de quatre gorgées, même sachant qu'il épuiserait trop vite sa réserve de whisky. Il erra de moins en moins dans la forêt, de plus en plus sur les routes et les chemins de l'homme blanc, surgissant dans des fermes au beau milieu de la journée. Parfois les femmes poussaient des cris et prenaient la fuite, un bébé dans les bras, entraînant les enfants sous le couvert des bois. D'autres pointaient des fusils sur lui pour qu'il s'en aille. Certaines lui donnaient à manger et lui parlaient de Jésus-Christ. Armure-de-Dieu finit par lui conseiller de ne pas entrer dans les fermes quand les hommes étaient partis travailler à l'église.

Il n'y avait donc plus rien à faire pour Lolla-Wossiky. Il se savait près du totem, mais il ne le trouvait pas. Il ne pouvait pas marcher dans la forêt parce que les bêtes se sauvaient devant lui, qu'il trébuchait et tombait tout le temps, de plus en plus souvent, au point de craindre de se briser un os et de mourir de faim, puisqu'il n'était même plus capable d'appeler de petits animaux pour se nourrir. Il ne pouvait pas aller dans les fermes parce que les hommes se mettaient en colère. Aussi restait-il allongé sur les communaux, à dormir du sommeil de l'ivresse ou à s'efforcer de résister à la douleur du bruit noir, tantôt l'un, tantôt l'autre.

De temps en temps, il trouvait l'énergie pour gravir la colline et regarder les hommes qui travaillaient à l'église. A chaque fois, il s'en trouvait un pour lancer : « Tiens, v'là l'chrétien rouge ! » et Lolla-Wossiky sentait la malice et la moquerie dans leurs voix et dans les rires qui suivaient.

Il n'était pas à l'église le jour où la poutre faîtière s'écroula. Il dormait sur l'herbe des communaux, près de la galerie d'Armure-de-Dieu, quand il entendit le fracas. Il s'éveilla en sursaut, et le bruit noir revint, plus discordant que jamais ; il avait pourtant bu huit gorgées ce matin, de quoi ne pas dessoûler avant midi. Il se tenait la tête, toujours allongé, quand des hommes commencèrent à descendre de la colline en jurant et marmonnant à propos de l'étrangeté qui venait de se produire.

« Il s'est passé quoi ? » demanda Lolla-Wossiky. Il fallait qu'il sache ; cette étrangeté, quelle qu'elle soit, avait donné au bruit noir une force oubliée depuis des années. « Un homme a été tué ? » C'était un coup de fusil qui avait causé le bruit noir la première fois. « L'assassin-blanc Harrison a tiré sur quelqu'un ? »

Au début, on ne lui prêta aucune attention, on le croyait soûl, bien sûr. Mais quelqu'un finit par lui raconter l'incident.

Ils venaient de poser la première poutre faîtière en place, lorsque le poinçon central s'était fendu et l'avait fait rebondir en l'air. « L'est tombée à plat, comme le pied de Dieu qui marcherait sus la Terre, et tu connais quoi ? Y avait le p'tit Alvin Miller, le gars d'Al Miller, juste dessous la poutre. Nous, on l'a cru mort. L'gamin était là, debout, la poutre s'est abattue, *bam !* — le boucan ! c'est pour ça que t'as cru à un coup d'fusil. Mais tu vas pas m'croire : c'te poutre, elle s'est carrément coupée en deux, à l'endroit exact où se trouvait Alvin, elle s'est carrément coupée en deux, et les deux moitiés sont tombées d'chaque côté du gamin, sans toucher un cheveu d'sa tête.

— L'a quèque chose de bizarre, c'gamin-là, dit un homme.

— L'a un ange gardien, voilà ce qu'il a », dit un autre.

Alvin junior. Le petit garçon qu'il ne voyait pas l'œil ouvert.

Il n'y avait personne dans l'église quand Lolla-Wossiky s'y rendit. La poutre était partie, elle aussi, on avait tout balayé, il ne restait plus trace de l'accident. Mais Lolla-Wossiky ne regardait pas avec son œil. Il l'avait senti, quasiment dès qu'il avait été en vue de l'édifice : un tourbillon, pas très rapide sur le pourtour, mais de plus en plus puissant à mesure qu'il s'en approchait. Un tourbillon de lumière… et plus Lolla-Wossiky s'avançait, plus le bruit noir diminuait. Parvenu sur le plancher de l'église, il se mit à l'emplacement où il savait que s'était tenu le petit garçon. Comment le savait-il ? Le bruit noir était plus faible. Pas complètement éliminé, et la douleur n'était pas calmée, mais il sentait à nouveau la terre verte, un peu seulement, moins qu'autrefois, mais il avait conscience de la vie menue sous le plancher, d'un écureuil dans la prairie, pas très loin, des choses qu'il n'avait pas éprouvées, soûl comme à jeun, pendant toutes ces années, depuis que le fusil avait déchargé le bruit noir dans sa tête.

Lolla-Wossiky tourna en tous sens mais ne vit rien d'autre que les murs de l'église. Jusqu'au moment où il ferma son œil. Lui apparut alors le tourbillon, oui, une lumière blanche tournoyant sans cesse autour de lui, et le bruit noir battait en retraite. Il arrivait à la fin de son rêve et, l'œil clos, il voyait, il voyait clairement. Un sentier lumineux se déroulait devant lui, une route aussi éclatante que le ciel en plein midi, aussi éblouissante que la neige sur la prairie par un jour ensoleillé. Il savait déjà, sans avoir besoin d'ouvrir la paupière, où mènerait le sentier. Il montait la colline, descendait l'autre flanc, remontait une autre colline plus élevée, pour déboucher sur une maison à proximité d'un cours d'eau, une maison où habitait un petit garçon blanc seulement visible à Lolla-Wossiky s'il fermait l'œil.

❄

Il avait retrouvé son pas silencieux, maintenant que le bruit noir avait un peu reflué. Il fit et refit sans arrêt le tour de la maison. Personne ne l'entendait. A l'intérieur, c'étaient des rires, des appels, des cris. Des enfants joyeux, des enfants qui se chamaillent. Voix sévères des parents. La langue mise à part, ç'aurait pu être son village. Ses frères et sœurs des jours heureux, avant que l'assassin-blanc Harrison ne prenne la vie de son père.

Le père blanc, Alvin Miller, sortit pour aller aux cabinets. Peu après, le jeune garçon jaillit en courant comme s'il avait le feu au derrière. Il cria à la porte des cabinets. Quand il avait l'œil ouvert, Lolla-Wossiky ne pouvait qu'entendre crier quelqu'un. L'œil fermé, il voyait distinctement le garçon rayonnant et percevait sa voix comme le chant d'un oiseau de l'autre côté d'une rivière, de la vraie musique, et pourtant ce qu'il disait était ridicule, inepte, des bêtises d'enfant.

« Si tu sors pas, j'fais juste devant la porte, et pis tu marcheras d'dans en partant ! »

Puis, silence ; le gamin commençait à s'inquiéter et se martelait du poing le sommet du crâne, comme pour se dire : « Crétin, crétin, crétin. » Il y eut un changement dans son expression ; Lolla-Wossiky rouvrit l'œil et vit que le père était ressorti, qu'il disait quelque chose.

Le jeune garçon lui répondit, honteux. Le père lui fit la leçon. Lolla-Wossiky referma l'œil.

« Oui, m'sieur », dit Alvin.

Le père devait à nouveau parler, mais, l'œil fermé, Lolla-Wossiky ne l'entendait pas.

« Pardon, p'pa. »

Puis le père dut s'en aller, parce que le petit Alvin entra dans les cabinets. Il marmonnait, mais si doucement que personne ne pouvait l'entendre. Lolla-Wossiky, lui, l'entendit. « Ça irait mieux si t'installerais d'aut' cabinets. »

Lolla-Wossiky se mit à rire. Nigaud de gamin, nigaud de père, comme tous les gamins, comme tous les pères.

Le jeune garçon finit ses besoins et rentra à la maison.

Et voilà, fit silencieusement Lolla-Wossiky. J'ai suivi le sentier de lumière, je suis venu jusqu'à cette ferme, j'ai vu des bêtises de famille blanche ; à présent, où est mon totem ?

A nouveau, il vit la lumière pâle se rassembler, à l'intérieur de la maison ; elle suivait Alvin qui montait l'escalier. Pour Lolla-Wossiky, les murs n'existaient pas. Il remarqua que le garçon faisait montre d'une extrême prudence, comme s'il redoutait un ennemi, une attaque. Arrivé à sa chambre, il s'y engouffra et ferma vite la porte derrière lui. Lolla-Wossiky le voyait si distinctement qu'il croyait presque entendre ses pensées ; et alors, parce qu'il le croyait, parce qu'il approchait de la fin de son rêve et que l'instant du réveil n'était pas loin, il entendit vraiment les pensées du jeune garçon, ou du moins il sut ce qu'il ressentait. C'était de ses sœurs qu'il avait peur. Une dispute idiote, au début simple taquinerie, mais qui avait mal tourné… il avait peur de leur vengeance.

Il découvrit en quoi cette vengeance consistait quand il ôta ses vêtements pour enfiler sa chemise de nuit par-dessus sa tête. Des piqûres ! Insectes, songea le jeune garçon. Araignées, scorpions, tout petits serpents ! Il retira la chemise de nuit, se donna des claques, poussa des cris de douleur, de surprise, de frayeur.

Mais Lolla-Wossiky avait suffisamment recouvré le sens de la terre pour savoir qu'il n'y avait pas d'insectes. Pas sur Alvin, ni dans sa chemise. Ce n'étaient pourtant pas les créatures vivantes qui manquaient. Une vie menue, de petites bêtes. Des cancrelats, des centaines, qui vivaient dans les murs et les planchers.

Mais pas dans *tous* les murs et planchers. Seulement dans la chambre d'Alvin junior. Tous se regroupaient dans sa chambre.

Etait-ce hostilité de leur part ? Les cancrelats étaient trop petits pour haïr. Elles ne connaissaient que trois instincts, ces minuscules créatures : la peur, la faim, et le troisième, l'instinct de la terre. La croyance dans l'ordre naturel. Est-ce que le gamin leur donnait à manger ? Non. Ils étaient allés vers lui pour une autre raison. Lolla-Wossiky avait peine à le croire, mais les insectes le lui confirmèrent et il ne put en douter. Le jeune garçon avait trouvé moyen de les appeler. Il avait le sens de la terre, du moins assez pour faire venir ces petites créatures.

Les faire venir pour quoi ? Qui avait besoin des cancrelats ? Mais ce n'était qu'un gamin. Il ne fallait pas y chercher de raison particulière. Sinon la découverte que les petites bêtes venaient quand on les appelait.

Les enfants rouges l'apprenaient aussi, mais toujours auprès de leur père ou d'un frère, toujours au cours de leur première chasse. S'agenouiller et parler silencieusement à l'animal que l'on veut prendre, lui demander si le moment est bien choisi et s'il veut bien mourir pour donner des forces à une autre vie. Est-ce ton jour pour mourir ? demande le garçon rouge. Et si l'animal y consent, il vient.

Voilà ce qu'avait fait le garçon blanc. Sauf que ce n'était pas si simple. Il n'avait pas appelé les cancrelats à mourir pour subvenir à ses besoins, parce qu'il n'avait pas de besoins. Non, il les avait appelés et les laissait en vie. Il les protégeait. C'était comme un traité. Il y avait certains endroits où les cancrelats n'allaient pas. Dans le lit d'Alvin. Dans le berceau de son petit frère Calvin. Dans les vêtements d'Alvin, pliés sur le tabouret. Et en retour, lui ne les tuait jamais. Ils se trouvaient en sécurité dans sa chambre. C'était un sanctuaire, une réserve. Une grande stupidité : un enfant qui jouait avec des choses qu'il ne comprenait pas.

Mais le plus incroyable… il s'agissait d'un garçon blanc, qui accomplissait ce dont même un homme rouge était incapable. L'homme rouge avait-il jamais dit à l'ours : « Viens vivre chez moi et je te protégerai » ? L'ours aurait-il jamais cru pareille proposition ? Pas étonnant que la lumière se soit concentrée sur ce garçon. Rien à voir avec le talent ridicule de l'homme blanc Casse-pattes, ni même avec les puissants charmes vivants de la femme Aliénor. Rien à voir avec la faculté de l'homme rouge à s'adapter à l'ordonnance de la terre. Non, Alvin ne s'adaptait à rien. C'était la terre qui s'adaptait à lui. S'il voulait que les cancrelats vivent d'une certaine façon, s'il voulait passer un marché, alors la terre s'ordonnait selon ses désirs. Dans cet espace réduit, à travers ces vies menues, pour cette fois au moins, Alvin junior avait commandé et la terre obéi.

Est-ce que le jeune garçon se rendait compte à quel point c'était miraculeux ?

Non, non, il n'en avait pas la moindre idée. Comment aurait-il su ? Quel homme blanc était même capable de comprendre ça ?

Seulement, parce qu'il ne comprenait pas, Alvin junior allait détruire l'œuvre délicate qu'il avait réalisée. Les insectes qui l'avaient piqué étaient en fait des épingles de métal que ses sœurs avaient glissées dans sa chemise de nuit. Il les entendait maintenant qui riaient derrière leur cloison. Comme il avait eu très peur, à présent il était très en colère.

Rendre la pareille, se venger ; Lolla-Wossiky sentait sa rage enfantine. Il ne les avait taquinées qu'une toute petite fois, et en retour elles lui flanquaient la frousse, elles le piquaient des centaines de fois et le faisaient saigner. Rendre la pareille, leur flanquer une bonne frousse…

Alvin junior s'assit sur le bord de son lit pour retirer, furieux, les épingles de sa chemise de nuit et les mettre de côté — les hommes blancs prenaient tellement soin de tous leurs outils métalliques inutiles, même d'aussi petits que ceux-là. Il vit alors les cancrelats qui galopaient le long des murs, qui entraient et sortaient à toutes pattes des fentes du plancher, et il vit du même coup sa vengeance.

Lolla-Wossiky le sentit qui préparait son plan dans sa tête. Alvin s'agenouilla ensuite sur le parquet et l'expliqua doucement aux cancrelats. Parce qu'il était un enfant, et un jeune garçon blanc qui n'avait personne pour lui apprendre, Alvin croyait qu'il fallait dire les mots tout haut, que les cancrelats arrivaient à comprendre son langage. Mais non… c'était normal, sa façon d'agencer le monde dans son esprit.

Et dans son esprit, il leur mentit. Il leur parla de faim. Et de nourriture dans la pièce d'à côté. Il leur montra la nourriture s'ils entraient dans la chambre des sœurs en passant sous la cloison, s'ils grimpaient sur les lits et les corps allongés. Il y aurait à manger s'ils se dépêchaient, à manger pour tous. C'était un mensonge, et Lolla-Wossiky aurait voulu lui crier de ne pas faire ça.

Si un homme rouge s'agenouillait et appelait une proie dont il n'avait pas besoin, la proie saurait qu'il ment et ne viendrait pas. Le mensonge couperait l'homme rouge de la terre, le condamnerait à marcher tout seul pendant quelque temps. Mais ce garçon blanc pouvait mentir avec une telle force, une telle intensité, que les minuscules esprits des cancrelats le croyaient. Ils se précipitèrent, par centaines, par milliers, sous les cloisons, et envahirent la pièce voisine.

Alvin junior entendit quelque chose et il en fut ravi. Mais Lolla-Wossiky était en colère. Il ouvrit son œil pour ne pas voir la joie d'Alvin junior récoltant le fruit de sa vengeance. A la place, il entendait maintenant les hurlements des sœurs assaillies par les cancrelats. Puis la ruée des parents et des frères dans la chambre. Et le piétinement. Le piétinement, l'écrasement, le massacre de cancrelats. Lolla-Wossiky ferma l'œil et sentit leurs morts, comme autant de piqûres d'épingles. Le bruit noir avait si longtemps masqué toutes les morts derrière un monstrueux souvenir de meurtre qu'il avait oublié à quoi ressemblaient les petites douleurs.

A la mort des abeilles.

Les cancrelats... des animaux inutiles, qui se gavaient de détritus, qui produisaient d'affreux bruissements dans leurs trous, répugnants quand ils grouillaient sur la peau ; mais ils faisaient partie de la terre, partie de la vie, partie du silence vert, et leur mort rendait un mauvais bruit, leur meurtre ne servait à rien, parce qu'ils avaient cru à un mensonge.

Je suis venu pour ça, comprit Lolla-Wossiky. La terre m'a conduit ici, elle connaissait tout le pouvoir de ce garçon, elle savait qu'il n'y avait personne pour lui apprendre comment s'en servir, personne pour lui apprendre qu'il fallait attendre et sentir le besoin de la terre avant de la changer. Personne pour lui apprendre à être rouge plutôt que blanc.

Je ne suis pas venu pour mon totem, mais pour être le totem de ce garçon.

Le remue-ménage s'apaisa. Sœurs, frères, parents retournèrent se coucher. Lolla-Wossiky enfonça ses doigts dans les fentes entre les rondins et grimpa prudemment, l'œil fermé, faisant davantage confiance à la terre qu'à lui-même pour le guider. Les volets du jeune garçon n'étaient pas mis ; Lolla-Wossiky passa les coudes par-dessus le rebord de la fenêtre et, suspendu, inspecta l'intérieur.

D'abord l'œil ouvert. Il vit un lit, un tabouret avec des vêtements soigneusement pliés, et, au pied du lit, un berceau. La fenêtre donnait sur l'espace entre le lit et le berceau. Dans le lit, une forme, de la taille d'un jeune garçon, non identifiable.

Lolla-Wossiky referma l'œil. Alvin était allongé dans le lit. Lolla-Wossiky sentit la chaleur de son agitation, comme une fièvre. Il avait eu si peur de se faire prendre, avant la griserie de la victoire, qu'à présent il s'efforçait de respirer calmement et de réprimer les rires qui le secouaient.

L'œil à nouveau ouvert, Lolla-Wossiky se hissa par-dessus le rebord de la fenêtre et bascula sur le plancher. Il s'attendait à ce qu'Alvin s'aperçoive de sa présence, qu'il pousse des cris ; mais la forme du garçon restait immobile dans son lit ; il n'y avait aucun bruit.

Alvin ne le voyait pas quand Lolla-Wossiky avait son œil ouvert, pas plus que lui ne voyait le garçon. C'était la fin du rêve, après tout, et Lolla-Wossiky était le totem du jeune garçon. Il avait pour devoir de lui donner des visions, de ne pas lui apparaître comme un Rouge-à-whisky borgne.

Quelle vision lui communiquer ?

Lolla-Wossiky passa la main à l'intérieur de son pantalon d'homme blanc, sous lequel il portait encore son pagne, et dégaina son couteau. Il leva les deux mains bien haut en tenant le couteau. Puis il ferma son œil.

Le garçon ne le voyait toujours pas ; il avait les yeux clos. Lolla-Wossiky rassembla donc la lumière qu'il sentait à proximité, il la rassembla tout contre lui, au point de se sentir lui-même devenir de plus en plus brillant. La lumière sortait de sa peau, alors il déchira le devant de la chemise d'homme blanc qu'il portait et leva une nouvelle fois les mains. Maintenant, même à travers ses paupières baissées, l'enfant pouvait voir la lueur. Il ouvrit les yeux.

Lolla-Wossiky sentit la terreur du jeune garçon devant l'apparition qu'il était devenu : un homme rouge éclatant de lumière, borgne, armé d'un couteau affilé. Mais Lolla-Wossiky ne voulait pas faire peur. Personne ne doit avoir peur de son totem. Il dirigea donc la lumière vers l'enfant, pour qu'elle l'enveloppe et lui apporte en même temps le calme, le calme, ne crains rien…

Le garçon se détendit un peu ; il se tortilla néanmoins pour se redresser et s'asseoir dans son lit, adossé au mur.

Le moment était venu de commencer à réveiller le jeune garçon de sa vie de rêve. Comment Lolla-Wossiky connaissait-il la manière de procéder ? Personne, Rouge ou Blanc, n'avait jamais été le totem d'un autre homme. Pourtant il savait sans y penser ce qu'il devait faire. Ce qu'Alvin avait besoin de voir et de sentir. Lolla-Wossiky fit tout ce qui lui vint à l'esprit et qui paraissait judicieux.

Il leva son couteau luisant, posa la lame contre la paume de son autre main… et coupa. Nettement, durement, profondément ; le sang jaillit de la blessure, ruissela le long de son avant-bras pour s'accumuler dans sa manche. Bientôt il se mit à goutter sur le plancher.

La douleur arriva brusquement, un instant plus tard ; Lolla-Wossiky sut aussitôt comment, de cette douleur, tirer une image et la placer dans l'esprit du jeune garçon. L'image de la chambre de ses sœurs vue par les yeux d'une minuscule et faible créature. Qui se précipite dans la pièce, qui a faim, très faim, qui cherche à manger, certaine que la nourriture se trouve là ; sur le corps soyeux, avait dit la promesse… Grimper dessus, trouver à manger. Mais de grandes mains frappent, balayent, et la minuscule créature est précipitée sur le plancher. Le plancher tremble sous des pas de géants, une ombre soudaine, l'agonie de la mort.

Et tout recommence, encore et encore, pour chacune de ces petites vies, affamée, confiante, puis trahie, broyée, martyrisée.

Beaucoup d'insectes vivaient toujours, mais ils se tapissaient, galopaient, fuyaient. La chambre des sœurs, la chambre de mort, oui, ils la fuyaient. Pourtant il valait encore mieux y rester et mourir que courir dans l'autre pièce, la pièce des mensonges. Ils n'employaient pas de mots, non, il n'existait pas de mots dans la vie des minuscules créatures, pas de pensées dignes de ce nom. Mais la peur de mourir dans cette chambre n'était pas aussi forte qu'une autre sorte de peur, celle d'un monde, à côté, qui n'avait plus de sens, où n'importe quoi pouvait arriver, où la confiance n'existait pas, la certitude non plus. Une zone d'épouvante.

Lolla-Wossiky mit fin à la vision. Le jeune garçon se pressait les mains sur les yeux, sanglotant de désespoir. Lolla-Wossiky n'avait jamais vu personne à ce point torturé par le remords ; la vision qu'il lui avait donnée dépassait en intensité tous les rêves ordinaires des hommes. Je suis un horrible totem, se dit Lolla-Wossiky. Il va m'en vouloir de l'avoir réveillé. Effrayé par sa propre puissance, il ouvrit son œil.

Aussitôt, l'enfant disparut, mais Lolla-Wossiky savait qu'Alvin le croirait lui aussi disparu. Et maintenant ? pensa-t-il. Suis-je ici pour affoler ce gamin ? Pour lui apporter l'horreur, comme le bruit noir dont j'ai souffert ?

Il voyait, aux secousses du lit, aux mouvements des couvertures, qu'Alvin pleurait toujours sans retenue. Lolla-Wossiky referma son œil et dirigea pour la seconde fois la lumière vers lui. Calme-toi, calme-toi.

Les pleurs ne furent plus que des gémissements ; l'enfant regarda à nouveau l'apparition qui brillait toujours d'une lumière aveuglante.

Lolla-Wossiky ne savait pas que faire. Comme il ne disait rien, indécis, ce fut Alvin qui se mit à parler, à implorer. « Je m'excuse, je l'referai plus, je… »

Il n'arrêtait pas de bredouiller. Lolla-Wossiky lui envoya davantage de lumière, pour l'aider à mieux voir. Le garçon y perçut comme une question. Qu'est-ce que tu ne referas plus ?

Alvin était incapable de répondre, il ne savait pas. Qu'est-ce qu'il avait réellement fait ? Etait-ce parce qu'il avait envoyé les cancrelats à la mort ?

Il regarda l'homme-lumière et vit l'image d'un Rouge agenouillé devant un daim, lui demandant de s'approcher et de mourir ; le daim s'approchait, tremblant, apeuré ; le Rouge décocha sa flèche qui resta fichée, frémissante, dans le flanc de l'animal ; le daim flageola sur ses pattes et s'écroula. Tuer, mourir... ce n'était pas ça, son péché, car l'un et l'autre faisaient partie de la vie.

Alors, c'était le pouvoir qu'il détenait ? Son talent à imposer sa volonté aux choses, à les faire se briser à un endroit précis, ou à les ajuster si serré qu'elles tenaient indéfiniment, sans colle ni clou ? Son talent à leur commander, pour qu'elles se placent dans le bon ordre ? C'était ça ?

Il regarda encore l'homme-lumière, et cette fois il eut une vision de lui-même appuyant ses paumes contre une pierre, et la pierre fondait comme du beurre à leur contact, prenait exactement la configuration qu'il désirait, en un bloc bien lisse qui se détachait du flanc de la montagne pour rouler, boule parfaite, sphère idéale, et grossir de plus en plus jusqu'à devenir un véritable monde, à l'exacte forme initialement donnée par ses mains, où des arbres et de l'herbe surgissaient du sol, où des animaux couraient, bondissaient, volaient, nageaient, rampaient et creusaient, à la surface, au-dessus et à l'intérieur du globe minéral qu'il avait façonné. Non, ce pouvoir n'était pas effrayant mais magnifique, pourvu qu'il sache l'employer.

Si c'est pas d'avoir donné la mort et si c'est pas de m'être servi de mon pouvoir, qu'est-ce que j'ai fait de mal ?

Cette fois-ci, l'homme-lumière ne lui montra rien. Cette fois-ci, la réponse ne vint pas sous forme d'une vision. Cette fois-ci, il y réfléchit tout seul dans sa tête. Il avait l'impression d'être incapable de comprendre, trop bête pour ça, et puis soudain il sut.

C'était parce qu'il n'avait pensé qu'à lui-même. C'était parce que les cancrelats croyaient qu'il agissait pour eux, alors qu'en réalité il agissait pour son propre compte. Faire du mal aux cancrelats, à ses sœurs, faire souffrir tout le monde, et tout ça pourquoi ? Parce qu'Alvin Miller junior n'était pas content et qu'il voulait prendre sa revanche...

Tandis qu'il regardait l'homme-lumière, il vit un feu jaillir de son œil unique pour le frapper au cœur. « Je m'en servirai jamais plus pour moi tout seul », murmura Alvin junior. Et quand il prononça ces paroles, il eut l'impression que son cœur était en feu, tellement ça lui chauffait à l'intérieur. Et puis l'homme-lumière disparut à nouveau.

Lolla-Wossiky était hors d'haleine, la tête lui tournait. Il se sentait faible, fatigué. Il ne connaissait rien des pensées du jeune garçon. Il savait seulement quelles visions lui envoyer, ensuite qu'il fallait arrêter les visions et attendre ; c'était tout ce qu'il devait faire, attendre, attendre, pour brusquement projeter un puissant trait de feu vers l'enfant et l'enfouir dans son cœur.

Et après ? Par deux fois déjà, il avait fermé l'œil et était apparu à Alvin. En avait-il terminé ? Il savait que non.

Pour la troisième fois, Lolla-Wossiky ferma son œil. Il s'aperçut alors que le jeune garçon brillait beaucoup plus qu'il ne brillait lui-même ; que la lumière était passée de son corps à celui de l'enfant. Et puis il comprit : il était le totem d'Alvin, oui, mais Alvin était aussi le sien. L'heure était à présent venue de se réveiller de sa vie de rêve.

Il fit trois pas et s'agenouilla près du lit, son visage à courte distance de celui, menu et craintif, du gamin, dont la tête brillait d'un tel éclat que Lolla-Wossiky avait du mal à voir qu'il s'agissait d'un enfant, non d'un homme, qui le regardait. Qu'est-ce que je veux de lui ? Pourquoi suis-je ici ? Qu'est-ce qu'il peut me donner, cet enfant aux grands pouvoirs ?

« Guéris tout », chuchota Lolla-Wossiky. Il avait parlé, non pas en anglais mais en shaw-nee.

Est-ce qu'Alvin avait compris ? Il leva sa petite main, l'avança doucement et toucha la joue du Rouge, sous l'orbite vide. Puis il redressa un doigt jusqu'à ce qu'il entre en contact avec la paupière flasque.

L'air crépita et la lumière se chargea d'étincelles. Le garçon sursauta et retira la main. Pourtant Lolla-Wossiky ne le vit pas car Alvin était soudain devenu invisible. Mais Lolla-Wossiky se moquait de ce qu'il voyait ou non, parce qu'il *sentait* quelque chose d'incroyable : le silence. Le silence vert. Le bruit noir était entièrement, totalement parti. Il avait recouvré son sens de la terre, et l'ancienne blessure était guérie.

Lolla-Wossiky, à genoux, cherchait son souffle, tandis que la terre revenait vers lui, comme au temps jadis. Tant d'années étaient passées ; il avait oublié la sensation intense que procurait le fait de voir dans toutes les directions, d'entendre respirer le moindre animal, de sentir le parfum de chaque plante. Quand un homme est desséché, sur le point de mourir de soif, et qu'on lui déverse brusquement un torrent d'eau froide dans le gosier, il ne peut rien avaler, il manque d'air ; cette eau, il l'a désirée, mais elle arrive trop vite, en trop grande quantité, il ne peut pas la contenir, il ne peut pas la supporter…

« Ç'a pas marché, murmura Alvin. J'm'excuse. »

Lolla-Wossiky ouvrit son œil valide et vit alors pour la première fois l'enfant comme une personne ordinaire. Alvin fixait l'autre œil. Lolla-Wossiky se demanda pourquoi ; il y porta la main. La paupière pendait toujours sur l'orbite vide. Puis il comprit. Le jeune garçon croyait que c'était cette blessure qu'il aurait dû guérir. Non, non, ne sois pas déçu, petit, tu m'as guéri d'une blessure plus profonde ; que m'importe cette mutilation de rien du tout ? Je n'ai jamais perdu la vue ; c'est mon sens de la terre que je n'avais plus, et tu me l'as redonné.

Il voulait le crier à l'enfant, clamer et chanter sa joie. Mais la sensation était trop forte pour lui. Les mots n'arrivèrent jamais à ses lèvres. Il ne pouvait même plus lui envoyer des visions désormais, parce qu'ils s'étaient tous deux réveillés. Le rêve était terminé. Chacun avait été le totem de l'autre.

Lolla-Wossiky prit le jeune garçon entre ses mains pour l'attirer à lui et lui planter sur le front un gros baiser appuyé, comme un père embrasse son fils, comme deux frères, comme de véritables amis à la veille de leur mort. Puis il s'élança vers la fenêtre, se suspendit au rebord et se laissa tomber sur le sol. La terre fléchit sous ses pieds, comme elle le faisait pour les autres hommes rouges, comme elle ne l'avait pas fait pour lui depuis tant d'années ; l'herbe se redressa plus vigoureuse sous ses pas ; les buissons s'ouvrirent sur son passage ; les feuilles s'assouplirent et s'écartèrent quand il courut parmi les arbres ; et alors il cria, clama, chanta, sans se soucier d'être entendu. Les animaux ne le fuyaient pas comme ils le faisaient d'ordinaire ; à présent ils venaient l'écouter ; des oiseaux chanteurs se réveillèrent pour chanter avec lui ; un cerf bondit de la forêt et courut à son côté pour traverser une prairie, et lui avait la main posée sur le flanc de l'animal.

Il courut jusqu'à perdre haleine, et pas une seule fois il ne rencontra d'ennemi, il n'éprouva de douleur ; il était à nouveau entier, rien d'essentiel ne lui manquait plus. Il s'arrêta sur la berge de la Wobbish, en face de l'embouchure de la Tippy-Canoe, à bout de souffle, riant, cherchant sa respiration.

A ce moment-là seulement il s'aperçut que sa main perdait toujours du sang, là où il s'était entaillé pour faire mal au garçon blanc. Sa chemise et son pantalon en étaient tout poisseux. Des vêtements d'homme blanc ! Je n'en ai jamais eu besoin. Il les quitta et les jeta dans la rivière.

Une drôle de chose se produisit. Les vêtements ne bougeaient pas. Ils restaient à la surface de l'eau, sans couler, sans dériver vers la gauche au fil du courant.

Comment était-ce possible ? Le rêve n'était pas achevé ? Il n'était pas encore complètement réveillé ?

Lolla-Wossiky ferma son œil.

Aussitôt, il vit quelque chose d'horrible et cria de peur. Dès qu'il fermait l'œil, il revoyait le bruit noir, comme une grande nappe, dure et gelée. C'était la rivière. C'était l'eau. Elle était faite de mort.

Il ouvrit l'œil, et ce ne fut à nouveau que de l'eau, mais ses habits ne bougeaient toujours pas.

Il referma l'œil et nota qu'à l'emplacement des vêtements, de la lumière miroitait à la surface de la nappe noire. Elle faisait tache, elle scintillait, elle éblouissait. C'était son sang qui brillait ainsi.

Il s'aperçut alors que le bruit noir n'était pas une chose. C'était « rien ». Le vide. L'endroit où finissait la terre, où commençait le vide; c'était le bord du monde. Mais là où son sang miroitait, il y avait comme un pont qui enjambait le néant. Lolla-Wossiky s'agenouilla, l'œil toujours fermé, tendit sa main entaillée qui continuait de saigner et toucha l'eau.

Elle était solide, chaude et solide. Il barbouilla son sang à la surface de la rivière et obtint une plate-forme. Il passa dessus à quatre pattes. Elle était lisse et dure comme de la glace, mais chaude, accueillante.

Il ouvrit l'œil. C'était à nouveau une rivière, mais solide sous lui. Au contact de son sang, l'eau devenait dure et lisse.

Toujours à quatre pattes, il rejoignit ses vêtements et les poussa devant lui. Il gagna de cette manière le milieu de la rivière, passa au-delà, établissant un pont de sang, étroit et luisant, jusqu'à l'autre rive.

Ce qu'il accomplissait était impossible. Le jeune garçon avait fait beaucoup plus que le guérir. Il avait changé l'ordre des choses. C'était à la fois effrayant et merveilleux. Lolla-Wossiky regarda entre ses mains l'eau sous lui. Son reflet borgne le contemplait. Puis il ferma l'œil, et une nouvelle vision jaillit soudain.

Il se vit dans une clairière, parlant à une centaine, un millier d'hommes rouges de toutes tribus. Il les vit bâtir une ville de loges, mille, cinq mille, dix mille Rouges, tous forts et entiers, affranchis de l'alcool de l'homme blanc, de la haine de l'homme blanc. Dans sa vision, on l'appelait le Prophète, mais lui insistait qu'il n'en était pas un. Il n'était qu'une porte, une porte ouverte. Passez-la, disait-il, et soyez forts, un peuple, une terre...

La porte. Tenskwa-Tawa.

Dans sa vision, le visage de sa mère apparut, et elle lui dit ce mot-là : Tenskwa-Tawa. C'est ton nom désormais, car le rêveur est éveillé.

Et il vit bien davantage encore cette même nuit, le regard plongé dans l'eau solide de la Wobbish, tant de choses qu'il ne pourrait jamais les raconter toutes; en l'espace d'une heure il vit défiler sous lui toute l'histoire de sa terre, la vie de chaque homme et de chaque femme, blanc, rouge ou noir, qui l'avait foulée. Il vit le commencement et il vit la fin. Les grandes guerres et les chicanes, tous les meurtres des hommes, toutes les fautes ; mais aussi tous les bienfaits, toutes les beautés.

Et surtout, il eut la vision de la Cité de Cristal. La ville faite d'eau solide et transparente comme du verre, d'eau qui ne se liquéfierait jamais, façonnée en tours de cristal si hautes qu'elles auraient dû projeter leur ombre à sept milles à la ronde. Mais parce qu'elles étaient si pures et transparentes, les rayons du soleil traversaient sans rencontrer d'obstacle chaque pouce, chaque yard et chaque mille de la cité. Partout où ils se trouvaient, les habitants, hommes et femmes, pouvaient plonger le regard dans le cristal et connaître les mêmes visions qu'avait en ce moment Lolla-Wossiky. Ils comprenaient absolument tout; ils voyaient avec des yeux de pure lumière du soleil et parlaient avec la voix de l'éclair.

Lolla-Wossiky, qui désormais allait porter le nom de Tenskwa-Tawa, ne savait pas s'il bâtirait la Cité de Cristal, s'il y vivrait, ou même s'il la contemplerait avant de mourir. Il avait suffisamment à faire, pour commencer, avec ce qu'il voyait dans l'eau solidifiée de la rivière Wobbish. Il regarda, longtemps, longtemps, jusqu'à ce que son esprit en soit saturé. Puis il gagna à quatre pattes la rive opposée, grimpa sur la berge et marcha jusqu'à la prairie qu'il avait vue dans sa vision.

C'était ici qu'il appellerait les Rouges à se rassembler, qu'il leur apprendrait ce que sa vision lui avait montré et qu'il les aiderait à être, non pas les plus forts, mais forts ; non pas les plus nombreux, mais nombreux ; non pas les plus libres, mais libres.

❄

Un certain baril dans la fourche d'un certain arbre. Tout l'été il demeura invisible. Mais la pluie le découvrit quand même, et la chaleur du plein été, et les insectes, et les dents des écureuils avides de sel. Humidité, sécheresse, chaleur, fraîcheur ; aucun baril ne peut résister éternellement dans de telles conditions. Il se fissura, un tout petit peu, mais suffisamment ; le liquide qu'il contenait s'échappa, goutte à goutte ; en l'espace de quelques heures le baril était vide.

Ça n'avait aucune importance. Personne ne l'avait jamais cherché. Personne n'en avait jamais eu besoin. Personne ne se désola lorsque la glace le fit éclater et que ses morceaux dégringolèrent de l'arbre dans la neige.

V

Un signe

QUAND se répandit la rumeur d'un homme rouge qu'on appelait le Prophète, le gouverneur Bill Harrison éclata de rire et dit : « Eh, ça ne peut être que mon vieil ami Lolla-Wossiky. Quand il aura vidé le baril de whisky qu'il m'a volé, il arrêtera d'avoir des visions. »

Au bout de quelque temps, cependant, le gouverneur Harrison nota que l'on faisait grand cas des paroles du Prophète et que les Rouges prononçaient son nom avec la même vénération que les vrais chrétiens celui de Jésus ; il commença à s'inquiéter. Il réunit alors tous les Rouges des environs de Carthage City — le jour du whisky n'était pas loin, il ne manquait donc pas d'audience — et leur fit un discours. Dans ce discours il déclara notamment :

« Si ce brave Lolla-Wossiky est réellement un prophète, il devrait nous faire un miracle pour montrer qu'il ne parle pas en l'air. Vous devriez lui demander de se trancher une main ou un pied, et de le recoller ensuite… ça prouverait qu'il en est un, de prophète, pas vrai ? Ou encore mieux, de s'enlever un œil et de le remettre en place, guéri. Vous dites ? Il a *déjà* un œil en moins ? Ben alors, il est mûr pour un miracle, vous ne croyez pas ? Moi, je dis : tant qu'il n'a qu'un seul œil, il n'est pas prophète ! »

Le Prophète eut connaissance de ce discours alors qu'il enseignait dans une prairie qui descendait en pente douce vers les rives de la Tippy-Canoe, à moins d'un mille en amont de son confluent avec les eaux de la Wobbish. Ce furent des Rouges-à-whisky qui le mirent au courant du défi, et ils allèrent jusqu'à se moquer du Prophète en ajoutant : « Nous sommes venus te voir guérir ton œil. »

Le Prophète les regarda de son unique œil valide et dit : « De cet œil-ci, je vois deux hommes rouges, faibles et malades, esclaves de l'alcool, le genre d'hommes à se moquer de moi en répétant les paroles du meurtrier de mon père. » Puis il ferma son œil et dit : « De cet œil-là, je vois deux enfants de la terre, complets, beaux et forts, qui aiment femmes et enfants et font le bien à toutes créatures. » Il rouvrit alors l'œil et ajouta : « Quel œil est malade et lequel voit clair ? » Et ils lui répondirent : « Tenskwa-Tawa, tu es un vrai prophète et tes deux yeux voient.

— Allez annoncer à l'assassin-blanc Harrison que j'ai donné le signe qu'il a réclamé. Et parlez-lui d'un autre signe qu'il n'a pas demandé. Dites-lui qu'un jour le feu prendra dans sa maison. Aucune main humaine ne l'aura allumé. Seule la pluie parviendra à l'éteindre, mais avant de mourir, le feu lui enlèvera quelque chose qu'il aime plus qu'une main, un pied ou un œil, et il n'aura pas davantage le pouvoir de retrouver ce qu'il aura perdu. »

VI

Le baril de poudre

CASSE-PATTES n'en revenait pas. « Tu veux dire que tu la prends pas toute, ma cargaison ?

— On a pas fini c'que tu nous a vendu la dernière fois, Casse-pattes, dit l'intendant. Quatre barils, c'est tout ce qu'on veut. C'est plusse qu'il nous en faut, par le fait.

— Alors moi, j'descends la rivière depuis Dekane avec un plein chargement de whisky, je m'arrête pas en cours de route pour en vendre dans les villes que j'traverse, je fais ce *sacrifice*, et toi, tu m'annonces…

— Ecoute, Casse-pattes, j'crois qu'on connaît tous l'étendue de ton sacrifice. » L'intendant, la bouche en cœur, esquissa un sourire. « J'pense que t'auras pas d'mal à rentrer dans tes frais, sinon, eh ben, ça voudra dire que t'aurais dû faire plusse attention avec les bénéfices que t'as déjà réalisés sus not' dos.

— Y a un aut' revendeur ! Qui c'est ?

— Personne, fit l'intendant.

— J'viens à Carthage City depuis bientôt sept ans asteure, et les quatre dernières années j'avais un monopole…

— Et si tu réfléchis bien, tu t'rappelleras que dans l'temps, c'étaient les Rouges qui achetaient la majeure partie de ton whisky. »

Casse-pattes regarda autour de lui, s'éloigna de quelques pas de l'intendant, s'arrêta sur l'herbe humide de la berge. Son bateau plat se balançait paresseusement sur l'eau. Il n'y avait pas un Rouge en vue, pas un seul, le fait était là. Mais il ne fallait pas y chercher un coup monté, Casse-pattes le savait. Les Rouges avaient été moins nombreux lors de ses derniers passages. Mais quand même, il restait toujours quelques ivrognes.

Il se retourna et cria à l'intendant : « Alors comme ça, y a pus de Rouges-à-whisky ?

— Sûr, qu'il en reste, des Rouges-à-whisky. Mais on est pas à court d'alcool. Alors ils sont tous affalés quèque part par là, complètement soûls. »

Casse-pattes jura un peu. « J'vais aller en causer au 'verneur.

— Ah non, pas aujourd'hui, fit l'intendant. Il a un emploi du temps drôlement chargé. »

Casse-pattes eut un sourire mauvais. « Oh, son emploi du temps, l'est pas trop chargé pour *moi*.

— Dame si, Casse-pattes. Il l'a bien spécifié.

— M'est avis qu'il a p't-être *cru* qu'son emploi du temps était trop chargé, mon gars, mais moi, j'crois qu'non.

— C'est toi qui vois, dit l'intendant. Tu veux que j'décharge mes quatre barils ?

— Non, j'veux pas », répliqua Casse-pattes. Puis il se tourna vers les hommes qui maniaient les perches, plus particulièrement vers Mike Fink, celui qui paraissait le plus apte à commettre un meurtre, si besoin était, et leur cria : « L'premier qui s'avise de poser la main sus ce whisky, j'veux voir quatre balles lui trouer la peau avant qu'on l'balance à la flotte ! »

Les hommes éclatèrent de rire et lui adressèrent des saluts, sauf Mike Fink, dont la figure ne parvint qu'à se crisper un peu plus. Ça, c'en était un, de mauvais. A ce qui se disait, on reconnaissait facilement ceux qui s'étaient un jour frottés à Mike Fink parce qu'ils n'avaient plus d'oreilles. On disait aussi : Si tu veux te sortir des pattes de Mike Fink avec une oreille encore collée à ton crâne, faut attendre qu'il t'en mâche une, ensuite tu lui tires deux balles dans le corps pour détourner son attention, et t'en profites pour te sauver. Un sacré bon batelier. Mais ça rendait Casse-pattes un peu nerveux, quand il pensait à ce que Fink pourrait faire s'il ne lui versait pas son salaire. Bill Harrison allait payer tout le chargement d'alcool, sinon gare aux ennuis !

Quand il entra dans le fort, Casse-pattes remarqua plusieurs choses. L'écriteau était celui-là même que Harrison avait accroché quatre ans plus tôt ; il commençait à avoir piètre allure maintenant, les intempéries ne l'avaient pas arrangé, mais personne ne l'avait remplacé. La ville ne s'arrangeait pas non plus. L'aspect du neuf avait disparu, et elle avait à présent l'air vraiment minable.

Rien à voir avec ce qui se passait dans le territoire de l'Hio. Les petites villes fortifiées dans le genre de celle-ci devenaient de vraies cités, avec des maisons peintes et même quelques rues pavées. L'Hio prospérait, du moins dans sa partie orientale, tout près du Suskwahenny, et on se disait déjà qu'il n'allait pas tarder à devenir un Etat.

Mais à Carthage City, ça ne respirait pas la prospérité.

Casse-pattes suivit la rue principale du fort. Toujours beaucoup de soldats, et qui semblaient toujours obéir à une stricte discipline, fallait lui reconnaître ça, au gouverneur Bill. Mais les Rouges-à-whisky qu'on voyait dans le temps vautrés dans tous les coins avaient cédé la place à des espèces d'écumeurs de rivière, plus affreux à regarder que Mike Fink, pas rasés, empestant le whisky tout autant que les poivrots rouges qu'il avait connus. On avait aussi transformé quatre anciens bâtiments en débits de boisson, et ils faisaient de bonnes affaires, en plein après-midi.

C'est ça, se dit Casse-pattes. Voilà ce qui cloche. Carthage City est devenue un port fluvial, une ville de débits de boisson. Personne n'a envie de s'établir par ici, avec toute cette racaille, ces rats de rivière. C'est une ville à whisky.

Mais si c'est une ville à whisky, le gouverneur Bill Harrison devrait m'en acheter au lieu de me servir cette histoire comme quoi quatre barils lui suffiront.

« Vous pouvez attendre si vous le désirez, monsieur Palmer, mais le gouverneur ne vous recevra pas aujourd'hui. »

Casse-pattes s'assit sur le banc devant le bureau de Harrison. Il nota que le gouverneur avait permuté avec son adjudant-major. Il avait cédé son grand et beau bureau pour y gagner quoi ? un espace plus réduit, mais… entouré de murs internes. Pas de fenêtres. Ah, ça voulait dire quelque chose. Ça voulait dire que Harrison ne souhaitait pas qu'on l'observe du dehors. Peut-être même qu'il avait peur de se faire tuer.

Casse-pattes attendit là deux heures durant, à regarder les soldats entrer et sortir. Il s'efforça de ne pas se mettre en colère. Harrison faisait ça de temps en temps, il laissait attendre ses visiteurs, si bien qu'au moment d'entrer dans son bureau ils étaient dans un tel état qu'ils n'arrivaient plus à réfléchir correctement. Et parfois il le faisait pour que le visiteur se fâche et s'en aille. Ou qu'il se sente diminué, insignifiant, ce qui permettait à Harrison de lui en imposer. Casse-pattes savait tout ça, aussi s'obligea-t-il à garder son calme. Mais quand le soir arriva et que les soldats commencèrent à se faire relever et à quitter leur service, ce fut plus qu'il n'en put supporter.

« A quoi vous jouez donc ? demanda-t-il brutalement au caporal de faction.

— On quitte le service, dit le caporal.

— Mais j'suis toujours là, moi, fit Casse-pattes.

— Faites-en autant, si ça vous dit », rétorqua le caporal.

La répartie fit au trafiquant l'effet d'une claque dans la figure. A une époque, ces gars-là se pressaient pour lécher les bottes de Casse-pattes Palmer. Les temps changeaient trop vite. Casse-pattes n'aimait pas ça du tout. « J'pourrais m'acheter ta vieille mère et la r'vendre avec bénéfice », dit-il.

La phrase porta. Le caporal abandonna son air d'ennui. Mais il ne céda pas à la colère et retint ses coups de poing. Il resta immobile, plus ou moins au garde-à-vous, et dit : « Monsieur Palmer, vous pouvez attendre icitte toute la nuit et toute la journée de demain, c'est pas pour ça qu'vous verrez Son Excellence le gouverneur. Et d'rester assis là, à attendre à longueur de temps, ça prouve que vous êtes trop bête pour comprendre de quoi il retourne. »

Ce fut donc Casse-pattes qui perdit son sang-froid et en vint aux mains. Enfin, pas exactement aux mains. Ça ressemblait davantage à un coup de pied, car Casse-pattes n'avait jamais appris les règles pour se battre en gentleman. Sa conception du duel consistait à attendre derrière un rocher le passage de son ennemi, à lui tirer dans le dos et à s'enfuir comme un dératé. Le caporal prit donc la grosse botte de Casse-pattes dans le genou, et sa jambe plia en arrière, formant un angle peu naturel. Il se mit à brailler au meurtre, ce qui était son droit, et pas seulement à cause de la douleur : après un coup pareil, sa jambe ne lui serait plus bonne à rien. Casse-pattes n'aurait probablement pas dû le frapper là, il le reconnaissait, mais ce gars n'avait qu'à pas se donner de grands airs. Il l'avait bien cherché.

L'ennui, c'est que le caporal n'était pas exactement seul. Au premier beuglement qu'il poussa, la pièce se remplit soudain d'un sergent et de quatre soldats, baïonnettes pointées, qui jaillirent du bureau du gouverneur, de vrais frelons en furie. Le sergent ordonna à deux de ses hommes de transporter le caporal à l'infirmerie. Les autres mirent Casse-pattes en état d'arrestation. Mais ils ne s'encombrèrent pas de civilités comme à son précédent passage, quatre ans plus tôt. Cette fois, les crosses de leurs mousquets entrèrent en collision avec certaines parties de l'anatomie du trafiquant, comme par inadvertance, et ses vêtements s'ornèrent d'empreintes de bottes diversement placées, difficile de dire comment elles étaient arrivées là. Il se retrouva enfermé dans une cellule de la prison ; pas une réserve, ce coup-ci. Il le laissèrent avec ses vêtements et son lot de douleurs.

Pas de doute. Les choses avaient changé dans le coin.

Cette nuit-là, six autres hommes furent jetés en cellule, trois ivrognes et trois pour bagarre. Aucun d'eux n'était rouge. Casse-pattes les écouta discuter. Non pas que leur conversation fût particulièrement brillante, mais Palmer avait du mal à le croire : ils ne parlaient pas de Rouges qu'ils auraient tabassés ou dont ils se seraient payé la tête, rien de ce genre. C'était comme si les Rouges avaient pour ainsi dire disparu de la région.

Ma foi, c'était peut-être vrai. Peut-être que les Rouges avaient tous décampé, mais n'était-ce pas ce que souhaitait le gouverneur Harrison ? Les Rouges partis, pourquoi Carthage City ne prospérait-elle pas, peuplée de colons blancs ?

Casse-pattes ne recueillit qu'un seul indice, quand l'un des bagarreurs déclara : « M'est avis que j'suis fauché jusqu'à la collecte des impôts. » Les autres émirent quelques braillements et jurons. « J'dois dire que ça m'est égal de travailler pour le gouvernement, mais c'est vraiment pas un emploi stable. »

Pas bête, il évita de leur demander de quoi ils parlaient. Pas la peine d'attirer l'attention sur lui. Il ne tenait guère à ce qu'on raconte partout qu'il avait l'air d'avoir reçu une correction le soir où on l'avait flanqué en prison. Que le bruit se répande, et bientôt tout le monde allait le croire capable de tabasser les gens ; il se voyait mal repartir à zéro comme bagarreur de rues, à son âge.

Au matin, les soldats vinrent le chercher. Pas les mêmes que la veille, et ils firent davantage attention, eux, à leurs pieds et à leurs crosses de mousquets. Ils se contentèrent d'escorter Casse-pattes hors de la prison ; finalement il allait le voir, Bill Harrison.

Mais pas dans son bureau. Non, à sa résidence de gouverneur, dans un caveau à patates. Et la façon de s'y rendre fut très étrange. Les soldats — il devait bien y en avoir une douzaine — longeaient au pas l'arrière de la maison, quand tout d'un coup l'un d'eux s'élança et releva à toute vitesse la porte du caveau, pendant que deux autres faisaient descendre les marches à Casse-pattes en le traînant à moitié. La porte se referma à la volée, presque avant qu'ils aient pu dégager leur tête, et pendant ce temps-là les soldats continuaient de marcher comme si de rien n'était. Casse-pattes n'aimait pas ça du tout. Ça voulait dire que Harrison ne voulait pas être vu en sa compagnie. Et donc que l'entrevue risquait de prendre une sale tournure, puisque Harrison pourrait nier qu'elle ait jamais eu lieu. Oh, les soldats, eux, le savaient, mais ils savaient tous aussi qu'un certain caporal s'était fait démolir le genou la veille au soir; il ne fallait pas compter sur eux pour témoigner en faveur de Casse-pattes.

Harrison restait égal à lui-même, pourtant; il sourit, secoua la main du visiteur et lui donna des claques sur l'épaule. « Comment ça va, Casse-pattes ?

— J'ai connu mieux, 'verneur. Comment va vot' femme ? Et vot' petit gars ?

— Elle se porte aussi bien que possible, pour une dame de sa distinction qui vit à la frontière. Et mon petit garçon, c'est un vrai soldat, on lui a même taillé un petit uniforme, faudrait que tu le voies marcher à la parade !

— Quand j'entends ça, je m'dis que j'devrais me prendre une femme un de ces jours.

— Je te le recommande vivement. Oh, tiens, Casse-pattes, à quoi je pense ? Assieds-toi, assieds-toi là. »

Casse-pattes s'assit. « Merci, Bill. »

Harrison hocha la tête, satisfait. « Je suis content de te voir, ça fait si longtemps.

— J'voulais vous voir hier », fit Casse-pattes.

Harrison eut un sourire triste. « Eh bien, je suis très pris. Mes hommes ne t'ont pas dit que mon emploi du temps était rempli ?

— Avant, y avait toujours une place pour moi dans votre emploi du temps, Bill.

— Tu sais comment ça se passe, des fois. Je suis débordé, qu'est-ce que je peux y faire ? »

Casse-pattes secoua la tête. « Ecoutez, Bill, m'est avis qu'on s'est assez menti comme ça. C'qui m'est arrivé faisait partie d'un plan, et ce plan, c'était pas le mien.

— De quoi tu parles, Casse-pattes ?

— J'dis que ce caporal tenait p't-être pas à s'faire casser la jambe, mais j'ai dans l'idée qu'il avait pour consigne de m'pousser à lui taper d'sus.

— Il avait pour consigne de veiller à ce que personne ne me dérange, en dehors des gens prévus dans mon emploi du temps, Casse-pattes. C'est le seul plan que je connaisse. » Harrison prit un air peiné. « Casse-pattes, je dois te prévenir, c'est une sale affaire. Voies de fait sur un officier de l'armée américaine.

— Un caporal, c'est pas un officier, Bill.

— J'aimerais bien te renvoyer en Suskwahenny pour que tu y sois jugé, Casse-pattes. Ils ont des avocats là-bas, des jurés et tout ça. Mais le procès doit se tenir *ici*, et les jurés du coin n'apprécient pas beaucoup ceux qui s'amusent à briser les genoux des caporaux.

— Et si vous arrêtiez les menaces et que vous m'disiez vraiment c'que vous voulez ?

— Ce que je veux ? Je ne demande pas de faveurs, Casse-pattes. Je m'inquiète seulement pour un ami qui a des démêlés avec la justice.

— Faut qu'ce soye quèque chose de vraiment écœurant, sinon vous m'graisseriez la patte pour que je l'fasse et vous tenteriez pas de m'forcer la main. Faut qu'ce soye quèque chose qu'à votre avis je voudrais pas faire à moins d'être mort de trouille, et j'essaye d'imaginer ce que vous jugez assez dégoûtant pour que je l'refuse. La liste est pas bien longue, Bill. »

Harrison secoua la tête. « Casse-pattes, tu te trompes sur mon compte. Tu te trompes complètement.

— C'te ville est après mourir, Bill, dit Casse-pattes. Les choses tournent pas comme vous l'aviez prévu. Dans mon idée, c'est par rapport que vous avez fait de vraies grosses bêtises. J'crois que les Rouges s'en sont partis — à moins qu'ils soyent tous morts — et vous avez commis l'erreur idiote de vouloir rattraper les pertes de l'alcool que vous vendiez pus en attirant chez vous la lie d'la terre, la pire espèce d'homme blanc, ces rats d'rivière qu'ont passé la nuit en prison avec moi. Vous vous en servez pour percevoir des impôts, pas vrai ? Les fermiers, ils aiment pas ça, les impôts. Et surtout, ils les aiment pas quand c'est une racaille de même qui les perçoit. »

Harrison se versa trois doigts de whisky dans un verre sans pied et en avala la moitié d'une seule lampée.

« Vous avez donc perdu vos Rouges-à-whisky, vous avez perdu vos fermiers blancs, et tout c'qui vous reste, c'est vos soldats, les rats d'rivière et l'argent qu'vous arrivez à barboter sus c'que l'armée des Etats-Unis vous alloue pour maintenir la paix dans l'Ouest. »

Harrison but le reste de whisky et rota.

« Tout ça pour dire que vous avez été malchanceux et maladroit, et qu'vous pensez pouvoir m'obliger à vous tirer du pétrin. »

Harrison se versa trois autres doigts de whisky. Mais au lieu de boire, il leva le verre et le jeta à la figure de Casse-pattes. Le whisky éclaboussa les yeux du trafiquant et le verre lui rebondit sur le front ; aveuglé, il se retrouva par terre à se contorsionner dans ses efforts pour se débarrasser de l'alcool qui le brûlait.

Quelques instants plus tard, un linge humide appliqué sur le front, à nouveau sur sa chaise, il se montrait beaucoup plus docile et raisonnable. Mais c'était parce qu'il savait que Harrison avait une quinte flush en main et lui une malheureuse double paire. Sors d'ici vivant et attends de voir la suite, d'accord ?

« Je n'ai pas été maladroit », dit Harrison.

Non, t'es le gouverneur le plus malin qu'y a jamais eu à Carthage, ça m'étonne que tu soyes pas encore roi. C'est ce que Casse-pattes aurait voulu dire. Mais il s'abstint d'ouvrir la bouche.

« C'est ce prophète. Ce Rouge, dans le nord. Construire sa Prophetville juste en face de Vigor Church, de l'autre côté de la Wobbish… tu ne vas pas me dire que c'est une simple coïncidence ? C'est Armure-de-Dieu, voilà ce que c'est, qu'essaye de me retirer l'Etat de la Wobbish. Il se sert d'un *Rouge* pour faire ça, en plus. Je savais qu'un tas de Rouges s'en allaient vers le nord, tout le monde le savait, mais il me restait toujours les Rouges-à-whisky, ceux qui n'étaient pas morts. Et avec moins de Rouges par ici — surtout après le départ des Shaw-Nees —, eh bien, je me suis dit que j'allais recevoir davantage de colons blancs. Et tu te trompes sur mes collecteurs d'impôts. Ce n'est pas eux qui ont pressuré les colons blancs. C'est Ta-Kumsaw.

— J'croyais que c'était l'Prophète.

— Ne joue pas au plus fin avec moi, Casse-pattes, je n'ai pas beaucoup de patience ces temps-ci. »

Pourquoi tu m'as pas prévenu avant de m'balancer ton verre ? Non, non, dis rien qui pourrait l'mettre en rogne. « Excusez-moi, Bill.

— Il est très malin, Ta-Kumsaw. Il ne tue pas les Blancs. Il s'amène simplement dans leurs fermes avec cinquante Shaw-Nees. Il ne tire sur personne, mais quand tu es fermier et que tu as cinquante guerriers peinturlurés qui encerclent ta maison, tu te dis que ça ne serait pas franchement intelligent de se mettre à les canarder. Alors les fermiers blancs regardent les Shaw-Nees ouvrir toutes les portes, toutes les écuries, étables, poulaillers. Faire sortir toutes les bêtes. Chevaux, vaches, cochons, couvées. Puis s'enfoncer dans les bois, avec les bêtes qui trottent derrière eux, comme Noé quand il a rentré ses animaux dans l'arche. Tout pareil. Ils ne les revoient jamais.

— Me dites pas qu'ils récupèrent jamais au moins une partie d'leur bétail !

— Tout disparaît. On ne retrouve aucune trace. Ni même une plume de poulet. C'est ça qui fait fuir les colons blancs : savoir qu'un beau jour toutes leur bêtes peuvent disparaître.

— Les Shaw-Nees les mangent, ou quoi ? Y a pas d'poulet assez finaud pour survivre longtemps dans les bois. C'est la Noël pour les renards, voilà tout.

— Est-ce que je sais, moi ? Les fermiers blancs viennent me trouver pour me dire : "Rendez-nous nos bêtes ou tuez les Rouges qui nous les ont volées." Mais ni mes soldats, ni mes éclaireurs, personne n'arrive à dénicher les Rouges de Ta-Kumsaw. Pas le moindre village ! J'ai voulu lancer un raid contre un village caska-skeeaw, en amont de la Little My-Ammy, mais ça n'a abouti qu'à inciter davantage de Rouges à partir, ça n'a même pas ralenti les pillages de Ta-Kumsaw. »

Casse-pattes imaginait sans peine à quoi avait dû ressembler le raid contre le village des Caska-Skeeaws. Vieillards, femmes, enfants, les corps criblés de balles, à demi calcinés… Casse-pattes savait comment Harrison traitait les Rouges.

« Et voilà que le mois dernier s'amène le Prophète. Je savais qu'il arrivait… même les Rouges-à-whisky ne parlaient que de ça. Le Prophète arrive. Faut aller voir le Prophète. Moi, j'ai essayé de découvrir où il venait, où il comptait faire un discours, j'avais même chargé quelques-uns de mes Rouges apprivoisés de le découvrir pour moi, mais pas moyen, Casse-pattes. Pas un indice. Personne n'était au courant. Seulement, un jour le bruit a couru dans toute la ville : le Prophète est arrivé. Où ça ? Venez donc, le Prophète est arrivé. Personne n'a dit où une seule fois. Je jurerais que ces Rouges peuvent se parler sans parler, si tu vois ce que je veux dire.

— Bill, me racontez pas qu'vous aviez pas d'espions sus les lieux, ou j'vais croire que vous savez pus y faire.

— Des espions ? J'y suis allé moi-même, qu'est-ce que tu penses de ça ? Et tu sais comment ? Ta-Kumsaw m'a envoyé une invitation, c'est vraiment le bouquet. Pas de soldats, pas de fusils, moi tout seul.

— Et vous y êtes allé ? Il aurait pu s'emparer de vous et…

— Il m'avait donné sa parole. Ta-Kumsaw est peut-être un Rouge, mais il tient parole. »

Casse-pattes la trouvait bien bonne. Harrison, l'homme qui se piquait de ne jamais tenir ses promesses aux hommes rouges, voilà qu'il comptait sur Ta-Kumsaw pour tenir la sienne. Bah, il en était revenu vivant, non ? Alors Ta-Kumsaw était à la hauteur de sa parole.

« J'y suis allé. Devait bien y avoir là-bas tous les Rouges de la région de la My-Ammy. Devait bien y en avoir dix mille. Assis sur leurs talons dans un ancien champ de maïs abandonné — ce n'est pas ce qui manque dans le coin, tu peux me croire, grâce à Ta-Kumsaw. Si j'avais eu mes deux canons avec moi et une centaine de soldats, j'aurais complètement résolu le problème des Rouges, séance tenante.

— C'est trop bête, fit Casse-pattes.

— Ta-Kumsaw voulait que je m'asseye tout devant, mais j'ai refusé. Je suis resté en arrière et j'ai écouté. Le Prophète s'est levé, il est monté sur une vieille souche, et il s'est mis à parler, à parler, à parler.

— Vous avez compris ce qu'il a raconté ? J'veux dire, vous causez pas shaw-nee.

— Il parlait en anglais, Casse-pattes. Y avait trop de tribus différentes, la seule langue qu'ils connaissaient tous, c'était l'anglais. Oh, des fois il parlait dans son baragouin de Rouge, mais c'était beaucoup en anglais. Il a parlé de la destinée de l'homme rouge. Qu'il fallait se garder pur de la contamination de l'homme blanc. Vivre tous ensemble et occuper une partie du territoire, comme ça l'homme blanc aurait son pays et l'homme rouge le sien. Bâtir une cité… une cité de cristal, qu'il a dit ; à l'entendre, ç'avait l'air très beau, sauf que ces Rouges ne sont même pas capables de construire une cabane convenable, alors je n'ose pas imaginer comment ils s'y prendraient pour bâtir une cité en verre ! Mais surtout, il a dit : “Ne buvez pas d'alcool. Pas une goutte. Arrêtez d'en boire, n'y touchez pas. L'alcool, c'est les chaînes de l'hommes blanc ; les chaînes et le fouet ; les chaînes, le fouet et le couteau. D'abord il vous attrape, puis il vous fouette, puis il vous tue ; c'est ça, l'alcool ; et quand l'homme blanc vous aura tués avec son whisky, il viendra voler votre terre, il la détruira, il la rendra inhabitable, improductive, comme morte.”

— On dirait qu'il vous a fait grosse impression, Bill, dit Casse-pattes. On dirait qu'vous avez appris son discours par cœur.

— Appris ? Il a parlé trois heures de rang. Parlé de visions du passé, de visions de l'avenir. Parlé de… Oh, Casse-pattes, c'étaient des absurdités, mais ces Rouges, ils buvaient ses paroles comme… comme…

— Du whisky.

— C'est ça, sauf qu'ils les buvaient *à la place* du whisky. Ils sont tous partis avec lui. Du moins, presque tous. Les seuls qui restent, ce sont quelques Rouges-à-whisky qui ne vont pas tarder à mourir. Et bien entendu mes Rouges apprivoisés, mais c'est différent. Et des Rouges sauvages de l'autre côté de l'Hio.

— Ils sont partis avec lui où ça ?

— A Prophetville. C'est ça qui me tue, Casse-pattes. Ils vont tous à Prophetville ou dans les environs, juste en face de Vigor Church, de l'autre côté de la rivière. Et c'est précisément là que montent tous les Blancs ! Enfin, pas tous à Vigor Church, mais dans les régions qu'Armure-de-l'enfer Weaver a mis sur cartes. Ils sont tous de mèche, Casse-pattes, je t'assure. Ta-Kumsaw, Armure-de-Dieu Weaver et le Prophète.

— On dirait.

— Le pire, c'est que j'ai tenu ce Prophète ici, dans mon bureau, au moins un millier de fois ; j'aurais pu tuer ce gars-là et je me serais épargné bien du tracas… Mais comment deviner, hein ?

— Vous l'connaissez, ce Prophète ?

— Comment, tu ne sais pas qui c'est ?

— J'connais pas tant qu'ça de Rouges par leur nom, Bill.

— Et si j'ajoute qu'il est borgne ?

— Me dites pas que c'est Lolla-Wossiky !

— Si fait.

— Ce soûlard borgne ?

— C'est la vérité de Dieu, Casse-pattes. Il se fait appeler Tenskwa-Tawa maintenant. Ça veut dire "la porte ouverte" ou quelque chose dans le genre. J'aimerais bien la fermer, cette porte. J'aurais dû le tuer quand j'en avais l'occasion. Mais je me suis dit, quand il s'est enfui — il s'est enfui, tu sais, il m'a volé un baril et s'est évanoui dans les bois…

— J'étais icitte, ce soir-là, j'ai aidé aux recherches.

— Eh bien, comme je ne le revoyais pas, je me suis dit qu'il s'était probablement tué en sifflant son baril d'une traite. Mais le voilà qui revient pour raconter aux Rouges qu'il avait besoin de boire tout le temps mais que Dieu lui a envoyé des visions et qu'il n'a jamais touché une goutte depuis.

— Envoyez-moi des visions, et j'arrête de boire de même. »

Harrison avala une autre gorgée de whisky. Au cruchon, cette fois, puisque son verre traînait par terre dans un coin de la pièce. « Tu vois le problème, Casse-pattes.

— J'vois qu'vous en avez des tas, d'problèmes, Bill, et j'connais pas en quoi y m'concernent, sauf que c'était pas des accroires quand vous avez dit à l'intendant qu'il vous fallait que quatre barils.

— Oh, ça te concerne à plus d'un titre, tu peux en être sûr, Casse-pattes. A plus d'un titre. Parce que je ne m'avoue pas vaincu. Le Prophète m'a enlevé tous mes Rouges-à-whisky, et Ta-Kumsaw a flanqué la frousse à mes citoyens blancs, mais je ne lâcherai pas.

— Non, vous êtes pas un lâcheux », fit Casse-pattes. T'es un sale serpent visqueux sournois, mais pas un lâcheux. Ça, il ne le dit pas, évidemment, parce que Harrison l'aurait sûrement mal pris, mais pour Casse-pattes, c'était un compliment. Un homme selon son cœur.

« C'est Ta-Kumsaw et le Prophète, tout simplement. Faut que je les tue. Non, non, je retire ça. Faut que je les *batte* et que je les tue. Faut que je m'occupe d'eux, que je les rende ridicules, et *ensuite* que je les tue.

— Bonne idée. Je m'charge des paris.

— Je te fais confiance pour ça. Pour rester ici et prendre les enjeux. Bref, je ne peux pas faire monter mes soldats à Vigor Church pour raser

Prophetville, parce que j'aurais sans arrêt Armure-de-Dieu sur le râble. Probable qu'il demanderait au détachement militaire de Fort Wayne de le soutenir. Probable qu'il me ferait retirer mon commandement, ou je ne sais quoi. Faut donc je me débrouille pour que les colons de Vigor Church, tout au long de la Wobbish, ils me supplient tous de venir les débarrasser de ces Rouges. »

Ah, enfin, Casse-pattes comprenait de quoi il retournait. « Vous voulez une provocation.

— Tout juste, Casse-pattes. Tout juste. Je veux que quelques Rouges aillent dans le nord semer de vrais troubles, et qu'ils *racontent* à tout le monde que c'est Ta-Kumsaw et le Prophète qui leur ont dit de faire ça. Tout leur mettre sur le dos. »

Casse-pattes hocha la tête. « Je vois. Faire fuir leurs vaches, ce genre de bricole, ça suffirait pas. Non, pour qu'les genses d'là-haut, ils réclament le sang des Rouges à cor et à cri, faut quèque chose de vraiment horrible. Comme capturer des enfants et les torturer à mort, pis signer l'nom de Ta-Kumsaw sus les cadavres et les laisser là ousqu'on les trouvera. Quèque chose dans c'goût-là.

— Ma foi, je n'irais pas jusqu'à dire à quelqu'un de commettre un acte aussi horrible que ça, Casse-pattes. En fait, je ne pense pas que je donnerais la moindre instruction précise. Je dirais seulement de faire quelque chose qui mettrait les Blancs du Nord en boule et de répandre aussitôt le bruit que c'est Ta-Kumsaw qui l'a ordonné.

— Mais vous seriez pas surpris si ça tournait au viol et à la torture.

— Je ne voudrais pas qu'on touche aux femmes blanches, Casse-pattes. Ça n'est pas correct.

— Oh, ça, c'est vrai, la pure vérité, fit Casse-pattes. Alors, il reste qu'à torturer les enfants. Les *garçons*.

— Je me répète : je ne dirais jamais à quelqu'un de faire une chose pareille. »

Casse-pattes approuva légèrement de la tête, les yeux fermés. Harrison ne dirait peut-être pas à quelqu'un de le faire, mais à lui, il ne disait pas non plus le contraire. « Et comme de juste, ça pourrait pas être des Rouges de par icitte, hein, Bill, par rapport qu'ils ont tous fichu l'camp, et vos Rouges apprivoisés sont les pires canailles qu'ont jamais vécu à la surface de la terre.

— Il y a de ça.

— Alors, il vous faut des Rouges du sud de la rivière. Des Rouges qu'ont pas encore entendu les sermons du Prophète et qui par le fait courent toujours après l'alcool. Des Rouges qu'ont encore assez d'cervelle pour faire d'la bonne ouvrage. Des Rouges qu'ont assez soif de sang pour tuer des enfants en prenant leur temps. Et vous avez b'soin d'ma cargaison pour les acheter.

— M'est avis, Casse-pattes.

— C'est d'accord, Bill. Levez les charges contre moi et tout mon whisky est à vous, gratuit. Donnez-moi seulement d'quoi payer mes hommes si j'veux pas qu'ils m'flanquent un coup d'couteau sus l'chemin du retour, j'espère que c'est pas trop d'mander.

— Doucement, Casse-pattes, tu sais que je ne veux pas que ça.

— Mais, Bill, j'en ferai pas plus.

— Ça n'est pas à moi d'aller les voir, Casse-pattes. Pas à moi d'aller leur apprendre, aux Cree-Eks et aux Chok-Taws, ce que j'attends d'eux. Faut que ce soit quelqu'un d'autre, quelqu'un dont je pourrai dire, si tout est découvert : Je ne lui ai jamais demandé de faire ça, il l'a fait avec son propre whisky, je n'en avais pas la moindre idée.

— Bill, j'vous comprends mais vous aviez vu juste : vous avez vraiment trouvé quèque chose de tellement bas que j'veux pas y participer. »

Harrison lui lança un regard mauvais. « Voies de fait sur un officier, c'est dans ce fort un crime puni de pendaison, Casse-pattes. J'ai été clair, non ?

— Bill, j'ai menti, triché et des fois tué pour m'tailler une place dans l'monde. Mais y a une chose que j'ai jamais faite, c'est d'payer quèqu'un pour voler des drôles à une mère et les torturer à mort. Franchement, j'ai jamais fait ça, et franchement, je l'ferai jamais. »

Harrison étudia le visage de Casse-pattes et reconnut qu'il disait vrai. « Alors ça, c'est la meilleure. Il existe donc un si grand péché que Casse-pattes Palmer ne veut pas le commettre, même au prix de sa vie.

— Vous m'tuerez pas, Bill.

— Oh, que si, Casse-pattes. Et pour deux raisons. D'abord tu as donné la mauvaise réponse à ma requête. Ensuite et surtout, tu l'as entendue, ma requête. Tu es un homme mort, Casse-pattes.

— Ça me va. Mais faites ça avec une corde bien rugueuse. Une bonne potence bien haute et une trappe de vingt pieds. J'veux une pendaison qu'les genses s'rappelleront longtemps.

— Tu auras une branche d'arbre et on te hissera tout doucement, pour que tu t'étrangles au lieu de te briser le cou.

— Comme ça, on s'en souviendra », dit Casse-pattes.

Harrison appela des soldats et les fit remmener le trafiquant en prison. Cette fois, ils lui flanquèrent quelques coups de pieds et de crosses, dont il lui resta une toute nouvelle fournée de contusions, voire une côte cassée.

Il lui restait aussi très peu de temps.

Il s'étendit donc bien calmement sur le sol de la cellule. Les ivrognes étaient partis mais pas les trois bagarreurs, qui occupaient tous les lits de camp; donc par terre, il n'avait pas d'autre choix. Ça ne gênait pas trop Casse-pattes. Il savait que Harrison lui laisserait une heure ou deux, le temps de réfléchir, puis qu'il le sortirait, lui passerait la corde au cou et le tuerait. Il ferait peut-être semblant de lui donner une dernière chance, bien sûr, mais sans y songer sérieusement, parce que désormais il n'aurait plus confiance. Casse-pattes avait dit non, Harrison ne se fierait donc jamais à lui pour mener à bien la mission s'il le laissait partir.

Parfait. Casse-pattes comptait bien employer son temps à bon escient. Il se mit à la tâche très simplement. Il ferma les yeux et laissa un point de chaleur se développer en lui. Une étincelle. Puis il projeta cette étincelle à l'extérieur de lui-même. C'était comme ce que les sourciers prétendaient faire : ils envoyaient leur fluide fouiller sous terre, examiner ce qui s'y passait. Il mit son étincelle en chasse et trouva bientôt ce qu'il cherchait. La résidence du gouverneur Bill. Son étincelle était trop éloignée à présent pour qu'il puisse choisir une cible particulière dans la maison. Et son point de mire ne devait pas être trop précis. Aussi préféra-t-il insuffler toute sa haine et sa rage à l'étincelle, l'attiser encore et encore. Il y mit plus d'énergie qu'il ne l'avait jamais fait de toute sa vie. Et il força, et força, jusqu'à ce qu'il entende la clameur tant attendue :

« Au feu ! Au feu ! » Les cris venaient de dehors, au loin, mais de plus en plus de gorges les reprenaient. Des coups de mousquets éclatèrent… des signaux de détresse.

Les trois bagarreurs les entendirent, eux aussi. Dans leur précipitation, l'un d'eux piétina Casse-pattes allongé par terre. Debout contre la porte, qu'ils étaient, à cogner et hurler au garde : « Laissez-nous sortir ! Partez pas éteindre le feu avant qu'on soye sortis de d'là ! Nous laissez pas crever là-d'dans ! »

Casse-pattes remarqua à peine l'homme qui lui marcha dessus, tant il avait déjà mal. Il resta néanmoins sur place et recourut encore à son étincelle, mais cette fois pour chauffer le métal à l'intérieur de la serrure. Ce coup-ci, la cible était précise, et son étincelle y gagnait en ardeur.

Le garde arriva et introduisit sa clé dans la serrure ; il la tourna et ouvrit la porte. « Allez, dehors, vous autres, lança-t-il. L'sergent l'a dit, on a b'soin d'vous pour donner un coup d'main aux pompiers. »

Casse-pattes se remit péniblement sur ses pieds, mais le garde l'arrêta, bras tendu, et le repoussa dans la cellule. Casse-pattes n'en fut pas étonné. Mais il attisa encore davantage son étincelle, au point que le métal se mit à fondre à l'intérieur de la serrure. Il rougeoya même un peu. Le garde referma la porte en la claquant et voulut donner un tour de clé. Elle était à présent si chaude qu'elle lui brûla la main. Il jura et sortit un pan de sa chemise pour essayer de la saisir, mais Casse-pattes ouvrit la porte d'un coup de talon, envoyant l'autre à la renverse. Il lui marcha lourdement sur la figure et lui lança son pied dans la tête, lui brisant probablement le cou. Pour lui, ce n'était pas un meurtre. Ce n'était que justice, parce que le garde voulait le laisser enfermé dans sa cellule pour qu'il y brûle vif.

Casse-pattes sortit de la prison. Personne ne lui prêta vraiment attention. Il ne voyait pas la résidence d'où il était, mais il voyait monter la fumée. Le ciel était bas et gris. Il allait sans doute pleuvoir avant que le fort se mette à flamber. Casse-pattes espérait bien que non. Il espérait que tout serait réduit en cendres. C'était une chose de vouloir éliminer les Rouges, Harrison et lui étaient du même avis là-dessus. Les tuer avec de l'alcool chaque fois que possible, sinon avec des balles. Mais on ne tue pas des Blancs, on n'engage pas des Rouges pour torturer des petits Blancs. Peut-être que pour Harrison ça faisait partie du jeu. Peut-être qu'il l'assimilait à des soldats blancs mourant à la guerre contre les Rouges ; des soldats juste un peu plus jeunes. Ils mouraient pour une bonne cause, non ? Peut-être que Harrison voyait ainsi les choses, mais pas Casse-pattes. Il était tombé des nues, à vrai dire. Il ressemblait à Andrew Jackson plus qu'il ne le supposait. Il avait une limite qu'il ne franchirait pas. Il ne la plaçait pas au même niveau que le vieil Hickory, mais malgré tout, il avait une limite et il mourrait plutôt que de la franchir.

Evidemment, il n'était pas d'avis de mourir s'il avait moyen de l'éviter. Il ne pouvait pas s'en aller par la porte du fort, parce que la chaîne de seaux y passait et qu'on le verrait. Mais c'était assez facile de grimper par-dessus la palissade. Les soldats n'avaient pas exactement l'œil aux aguets. Il escalada le mur et se laissa tomber à l'extérieur du fort. Personne ne l'aperçut. Il franchit en marchant les dix yards le séparant de la forêt, puis lentement — car ses côtes le faisaient terriblement souffrir et l'étincelle l'avait affaibli, elle lui prenait toujours une part de lui-même — il progressa à travers bois jusqu'à la rivière.

Il sortit du couvert des arbres à l'autre bout de l'espace dégagé autour du débarcadère. Son bateau plat était là, encore chargé de tous les barils. Et ses hommes traînaient auprès, observant les pompiers qui puisaient de l'eau à une trentaine de yards en amont. Casse-pattes ne s'étonna aucunement que ses mariniers ne soient pas allés leur donner un coup de main à remplir les seaux. Faire preuve de civisme, ça n'était pas vraiment leur genre.

Il marcha jusqu'au débarcadère et fit signe à son équipe de venir le rejoindre. Puis il sauta sur le bateau plat; il chancela légèrement, parce qu'il était faible et qu'il avait mal. Il se retourna pour informer ses hommes de ce qui se passait, pourquoi il fallait qu'ils poussent au large, mais ils ne l'avaient pas suivi. Ils restaient là, sur la berge, et ils le regardaient. Il leur refit signe, mais ils ne manifestèrent aucune intention de bouger.

Bon, eh bien, il partirait sans eux. Il s'avançait déjà vers le filin pour le larguer et se dégager tout seul à la perche, quand il s'aperçut que tous ses gars n'étaient pas à terre. Non, il en manquait un. Et il savait bien où il se trouvait, l'absent. Ici même, sur le bateau, dressé juste derrière lui, les mains tendues…

Mike Fink n'avait pas de goût pour le couteau. Oh, il s'en serait servi en cas de besoin, mais il préférait tuer à mains nues. Il avait une phrase qu'il répétait souvent, quant à ceux qui tuaient au couteau, une comparaison avec des putains et un manche à balai. En tout cas, c'était pour ça que Casse-pattes savait qu'il n'emploierait pas le couteau. Que ça n'irait pas vite. Harrison avait dû prévoir que Casse-pattes risquait de s'enfuir, alors il avait acheté Mike Fink, et maintenant Fink allait sûrement le tuer.

Sûrement mais lentement. Ce qui donnait du temps à Casse-pattes. Du temps pour faire en sorte de ne pas mourir seul.

Aussi, lorsque les doigts se refermèrent autour de sa gorge et se mirent à serrer fort, beaucoup plus fort que Casse-pattes ne l'aurait imaginé, qu'ils lui comprimèrent si violemment le cou qu'il crut sentir sa tête arrachée, il s'efforça de libérer son étincelle, de la diriger vers le baril, à cet endroit précis — il savait exactement où sur le bateau plat —, dc chauffer ce baril, le plus chaud possible, de plus en plus chaud...

Et il attendit l'explosion, il attendit, il attendit, mais elle ne vint pas. Il avait l'impression que les doigts de Fink lui avaient enfoncé la gorge jusqu'à l'épine dorsale. Il sentit tous ses muscles s'amollir, il eut conscience qu'il donnait des coups de pieds. Ses poumons se soulevaient pour aspirer l'air qui n'entrait pas, mais il continua d'attiser son étincelle jusqu'à la dernière seconde, dans l'espoir de faire sauter le baril de poudre.

Puis il mourut.

Mike Fink ne le lâcha pas de toute une minute après sa mort, peut-être simplement parce qu'il aimait la sensation d'un corps lui pendouillant au bout des mains. Difficile à dire, avec Mike Fink. Certains prétendaient qu'on ne trouvait pas de gars plus charmant quand il était d'humeur. Tout à fait ce que Mike pensait de lui-même. Il *aimait bien* se montrer charmant, avoir des amis, boire, être aimable. Mais quand il fallait tuer, eh ben, il aimait ça aussi.

Mais on ne peut pas rester indéfiniment accroché à un cadavre. C'est vrai, quoi, quelqu'un pourrait se mettre à râler ou même à dégobiller. Alors il poussa le corps de Casse-pattes dans la rivière.

« Ça fume », fit l'un des mariniers, le doigt tendu.

Ma foi, oui, de la fumée s'échappait au milieu du chargement de barils.

« C'est l'baril de poudre ! » s'écria l'un d'eux.

Et toute l'équipe de prendre ses jambes à son cou pour s'éloigner de l'explosion, mais Mike Fink, lui, riait, riait. Il s'approcha des barils et commença de les déplacer, de les hisser sur le débarcadère, de les décharger, jusqu'à ce qu'il arrive, au milieu de la cargaison, à un tonnelet d'où émergeait une mèche. Mais celui-là, il ne le prit pas entre les mains. Il le bascula du talon puis le fit tant bien que mal rouler jusqu'à la partie dégagée sur le pourtour du bateau.

Les hommes étaient maintenant revenus voir de quoi il retournait, puisqu'en fin de compte Mike Fink n'avait pas l'air de vouloir sauter. « Une hachette », héla Mike, et l'un des gars lui lança celle qu'il portait dans une gaine à sa ceinture. Il fallut plusieurs coups bien appliqués, mais le dessus du baril finit par voler en éclats, et tout un nuage de vapeur s'en échappa. L'eau, à l'intérieur, était si chaude qu'elle bouillait encore.

« Alors c'était pas d'la poudre, c'est ça ? » demanda l'un des gars. Pas une lumière, celui-là, mais les mariniers n'étaient guère réputés pour leur cervelle.

« Oh, c'en était, d'la poudre, quand il l'a portée à bord, dit Mike. Là-bas, en Suskwahenny. Mais vous croyez pas qu'Mike Fink allait descendre tout l'Hio sus l'même bateau qu'un baril de poudre avec une mèche plantée d'dans, hein ? »

Puis il bondit du bateau pour monter sur le débarcadère et beugla à tue-tête, si fort qu'on l'entendit distinctement dans l'enceinte de la palanque, si fort que la chaîne de seaux s'arrêta le temps de l'écouter :

« J'm'appelle Mike Fink, vous autres, et j'suis l'plus fumier, l'plus dégueulasse fils d'alligator qu'a jamais arraché la tête d'un bison avec les dents ! J'bouffe des oreilles de bonshommes au p'tit-déjeuner et des oreilles d'ours au dîner, et quand j'ai soif j'suis capable d'assécher les chutes du Niagara. Quand j'pisse, les genses ils embarquent sus leurs bateaux plats pour se r'trouver cinquante milles plus loin, et quand j'pète, les Français ils mettent l'air en bouteilles pour le vendre comme parfum. J'suis Mike Fink, ça, c'est mon bateau, et si vous autres, mes p'tits salauds, vous arrivez à m'éteindre c'te feu, y aura une pinte de whisky gratis pour tout l'monde ! »

Ensuite Mike Fink emmena ses hommes se joindre à la chaîne de seaux, et ils calmèrent l'incendie jusqu'à ce que la pluie vienne l'éteindre.

Cette nuit-là, si tous les soldats buvaient et chantaient, Mike Fink, lui, se tenait bien droit sur sa chaise, sobre comme un chameau, bien aise de travailler enfin dans le commerce du whisky pour son propre compte. A présent, il ne restait plus auprès de lui qu'un seul des mariniers, le plus jeune, qui lui vouait une espèce d'admiration. Le gars restait assis là, à jouer avec la mèche d'un certain baril de poudre.

« C'te mèche-là, elle a pas été allumée, dit-il.

— Non, m'est avis qu'non, dit Mike Fink.

— Ben alors, comment qu'elle s'est mise à bouillir, l'eau ?

— M'est avis que l'Casse-pattes, l'avait plus d'un tour dans son sac. M'est avis que l'Casse-pattes, l'est pas étranger au feu qu'a pris dans l'fort.

— Tu l'savais, hein ? »

Fink secoua la tête. « Dame non, j'ai d'la chance. J'suis un vrai chanceux. J'sens les affaires, c'est comme ça qu'j'ai senti l'baril de poudre, et j'fais ce que j'sens que j'dois faire.

— Comme qui dirait un talent ? »

Pour toute réponse, Fink se leva et baissa son pantalon. Là, sur sa fesse gauche, s'étalait un tatouage hexagonal, peu rassurant. « Ma maman m'a fait marquer ça quand j'avais même pas un mois. Elle disait que ça m'protégerait et que j'vivrais jusqu'au bout d'ma vie naturelle. » Il pivota et montra son autre fesse. « Et çui-là, qu'elle disait, il allait m'aider à faire fortune. J'connaissais pas comment ça d'vait marcher, et elle est morte avant de me l'apprendre, mais à c'que j'crois, ça m'porte chance. C'est comme si ça m'disait quoi faire. » Il eut un grand sourire. « Me v'là avec un bateau, asteure, et un chargement d'whisky, non ?

— Est-ce que l'gouverneur va vraiment te donner une médaille par rapport que t'as tué Casse-pattes ?

— Ben, pour lui avoir mis la main d'sus, toujours bien, ça m'en a l'air.

— Mais j'crois pas qu'ça dérange le 'verneur, que Casse-pattes, il soye mort.

— Dame non, dit Fink. M'est avis qu'non. L'verneur et moi, on est bons amis, asteure. Il dit qu'il a de l'ouvrage que seul un gars comme moi peut faire. »

Le marinier le regarda, de l'adoration dans ses yeux de dix-huit ans. « J'peux t'aider ? J'peux venir avec toi ?

— Tu t'es déjà battu ?

— Des tas de fois !

— T'as déjà arraché une oreille avec les dents ?

— Non, mais j'ai déjà arraché un œil, un coup.

— Les yeux, c'est facile. Ça vient tout seul.

— Et j'ai donné un coup d'boule dans la tête d'un gars, l'a perdu cinq dents. »

Fink considéra la proposition quelques secondes. Puis il sourit et opina. « Sûr, tu t'en viens avec moi, mon gars. Quand j'en aurai fini, y aura pas d'homme, de femme ou de drôle à cent milles de c'te rivière qui connaîtra pas mon nom. Est-ce que t'en doutes, mon gars ? »

Le gars n'en doutait pas.

Au matin, Mike Fink et son équipage poussèrent au large, vers la rive sud de l'Hio, leur bateau plat chargé d'un chariot, de quelques mules et de huit barils de whisky. Leur but : un brin de commerce avec les Rouges.

Dans l'après-midi, le gouverneur Harrison enterra les restes carbonisés de sa seconde épouse et de leur petit garçon qui avaient eu le malheur de se trouver ensemble dans la nursery ; on habillait l'enfant de son petit uniforme de parade au moment où la pièce était devenue la proie des flammes.

Un feu dans sa maison, qu'aucune main n'avait allumé, qui lui avait enlevé ce qu'il aimait le plus et qu'aucun pouvoir sur terre n'était en mesure de lui ramener.

VII

Les captifs

ALVIN JUNIOR ne se sentait jamais petit, sauf quand il se retrouvait à califourchon sur un gros cheval. Il n'était pas mauvais cavalier, pour ça non, les chevaux et lui s'entendaient plutôt bien : eux ne le faisaient jamais tomber, et lui ne les fouettait jamais. C'était seulement que ses jambes faisaient presque le grand écart, et comme il montait avec une selle pour ce voyage, on avait dû percer de nouveaux trous dans le cuir et rehausser considérablement les étriers pour qu'il puisse y mettre les pieds. Al attendait impatiemment le jour où il serait une grande personne. Les autres pouvaient toujours le dire drôlement grand pour son âge, de l'avis d'Alvin ça comptait pour rien. Quand on a dix ans, être grand pour son âge, ça n'a rien à voir avec être grand tout court.

« J'aime pas ça, dit Fidelity Miller. J'aime pas laisser partir mes garçons au beau milieu de tous ces Rouges qui s'agitent. »

Maman se faisait tout le temps du tracas, mais elle avait de bonnes raisons pour ça. Al avait toujours été maladroit, il n'arrêtait pas d'avoir des accidents. Ça finissait par s'arranger, mais il s'en fallait souvent d'un cheveu. Le pire, ç'avait été quelques mois plus tôt, quand la nouvelle meule lui était tombée sur la jambe et l'avait salement cassée. Tous croyaient qu'il allait mourir, lui le premier. Et il aurait pu mourir pour de bon. Oh oui, il aurait pu. Même sachant qu'il avait le pouvoir de se guérir tout seul.

Depuis la fameuse nuit où l'homme-lumière était venu le voir, quand il avait six ans, jamais Al n'avait employé son talent pour se venir lui-même en aide. Tailler la pierre pour son père, ça, il avait le droit, parce que ça servait à tout le monde. Il laissait courir ses doigts sur la roche pour la reconnaître au toucher, pour trouver les lignes invisibles où elle se briserait, ensuite il la faisait se détacher suivant l'ordre de rupture qu'il avait fixé ; et la pierre venait, comme il fallait, comme il l'avait demandé. Mais jamais pour son compte personnel.

Plus tard, en voyant sa jambe cassée et la peau arrachée, tout le monde savait qu'il allait mourir. Et Al n'aurait jamais utilisé son talent à réparer les choses pour se guérir lui-même, il n'aurait jamais essayé s'il n'y avait eu Mot-pour-mot. Mot-pour-mot lui avait demandé : « Pourquoi tu ne répares pas ta jambe tout seul ? » Al lui avait alors parlé de ce qu'il n'avait encore jamais raconté à personne : de l'homme-lumière. Et Mot-pour-mot l'avait cru, il n'avait pas pensé qu'il était fou ou qu'il avait rêvé. Il avait poussé Al à réfléchir, très fort, à retrouver les paroles de l'homme-lumière. Et Al les avait retrouvées, pour s'apercevoir que c'était lui-même qui avait décidé de ne jamais se servir de son talent à son profit. L'homme-lumière avait seulement dit : « Guéris tout. »

Tout guérir. Et alors, ce « tout » n'englobait-il pas sa jambe ? Il l'avait donc réparée, du mieux possible. Ça n'avait pas été aussi simple que ça, mais en définitive il s'était servi de son pouvoir, avec l'aide de sa famille, pour se guérir.

Voilà pourquoi il avait survécu.

Durant ces journées il avait regardé la mort en face et n'avait pas eu aussi peur qu'il l'aurait cru. Allongé sur son lit, tandis que la mort s'infiltrait dans son os, il s'était mis à considérer son corps comme une cabane, un abri où il vivait par mauvais temps en attendant que sa maison se construise. Comme les cahutes que s'édifiaient les nouveaux colons jusqu'à ce qu'ils possèdent une vraie maison en rondins, convenablement bâtie. Et s'il mourait, ça ne serait pas du tout affreux. Seulement différent, peut-être même mieux.

Aussi, lorsque m'man se mit à faire des discours sur les Rouges, sur les dangers du voyage — ils pourraient se faire tuer —, il n'y attacha pas d'importance. Non qu'il lui donnait tort, mais parce que ça lui était égal de mourir.

Enfin, non, pas vraiment. Il avait des tas de choses à faire, même s'il ne savait pas encore lesquelles, alors il serait *embêté* s'il mourait. Il n'avait pas l'intention de mourir, dame non. Mais ça ne lui faisait pas peur comme aux autres gens.

Mesure, le grand frère d'Al, essayait de calmer m'man avant qu'elle se mette dans tous ses états. « Ça s'passera bien, m'man, disait-il. Les troubles, ils ont tous lieu dans l'Sud, et on voyagera sus de bonnes routes jusqu'au bout.

— Toutes les semaines y a des genscs qui disparaissent sus ces bonnes routes-là, répliqua-t-elle. Les Français, là-haut à Détroit, ils achètent les scalps, ils arrêtent pas, c'que font Ta-Kumsaw et ses sauvages, c'est l'cadet d'leurs soucis, suffit d'une flèche pour vous tuer…

— M'man, fit Mesure. Si t'as peur qu'les Rouges ils nous attrapent, ça devrait t'rassurer qu'on s'en aille. J'veux dire par là, y a dix mille Rouges *au moins* qui vivent à Prophetville, sus l'aut' bord d'la rivière. C'est la plus grande ville à l'ouest de Philadelphie asteure, et y a qu'des Rouges dedans. Aller vers l'est, c'est s'éloigner des Rouges…

— Ce prophète borgne, il m'inquiète pas, dit-elle. Il parle jamais de tuer. J'pensais seulement qu'vous devriez pas…

— C'que tu penses, c'est pas important », dit p'pa.

M'man se retourna vers lui. Il était allé donner à manger la pâtée aux cochons, derrière la maison, et il revenait dire au revoir. « Me raconte pas que c'est pas important c'que j'p…

— C'que j'pense, moi, c'est pas important non pus. C'est pas important c'que tout l'monde pense, et tu connais ça.

— Alors j'vois pas pourquoi l'bon Djeu, il nous a donné une cervelle, par le fait, si c'est comme ça, Alvin Miller !

— Al s'en va dans l'Est, à la rivière Hatrack, pour être apprenti forgeron, dit p'pa. Il me manquera, il te manquera, l'gamin manquera à tout l'monde, sauf p't-être au révérend Thrower, mais les papiers sont signés et Al junior va y aller. Alors, au lieu de rabâcher que tu veux pas qu'ils partent, dis au revoir aux garçons, embrasse-les et fais-leur signe de s'mettre en route. »

Si p'pa avait été du lait, le regard que lui jeta m'man l'aurait fait cailler sur place.

« J'embrasserai mes garçons et j'leur f'rai signe de s'mettre en route, dit-elle. J'ai pas b'soin que tu me l'dises. J'ai pas b'soin que tu m'dises quoi qu'ce soit.

— M'est avis qu'non, fit p'pa. Mais j'te l'dirai tout d'même et j'gage que tu me l'revaudras, comme t'as toujours fait. » Il tendit la main pour serrer celle de Mesure, lui dire au revoir à la manière d'un homme. « Tu l'conduis là-bas sain et sauf et tu t'en r'viens aussitôt, lui dit-il.

— Tu connais bien qu'oui, fit Mesure.

— Vot' maman a raison, y a du danger partout sus la route, alors ouvrez l'œil. Tu portes bien ton nom, t'as des yeux perçants, eh bien, sers-t'en.

— Oui, p'pa. »

M'man dit à son tour au revoir à Mesure pendant que p'pa venait trouver Alvin. Il lui donna une bonne claque cuisante sur la jambe et lui serra la main, à lui aussi; c'était agréable, p'pa le traitait comme un homme, pareil que Mesure. Peut-être que s'il n'avait pas été assis sur un cheval, p'pa lui aurait ébouriffé les cheveux comme à un petit garçon, mais peut-être que non, après tout, alors il se sentait quand même un grand.

« Les Rouges, ils m'font pas peur », dit Alvin. Il parlait tout doucement pour que m'man n'entende pas. « Mais j'aurais bien voulu pas être forcé d'partir.

— Je l'sais, Al, dit p'pa. Mais il le faut. Pour ton bien. »

Puis la figure de p'pa prit cette expression triste et lointaine qu'Al junior avait déjà vue plus d'une fois sans la comprendre. P'pa était un homme bizarre. Il avait fallu beaucoup de temps pour qu'Al s'en aperçoive, car pendant toute sa petite enfance, p'pa avait été p'pa, et il n'avait pas cherché plus loin.

Maintenant Al était plus vieux, et il commençait à comparer son père aux autres hommes alentour. Armure-de-Dieu Weaver, par exemple, l'homme le plus éminent de la ville, qui parlait sans arrêt de paix avec l'homme rouge, de partager le pays avec lui, d'établir des cartes des terres rouges et des terres blanches… tout le monde l'écoutait avec respect. Personne n'écoutait p'pa comme ça, en accordant beaucoup de sérieux à ses paroles, peut-être en discutant un peu, mais en considérant ses déclarations comme *importantes*. Et le révérend Thrower, avec sa façon de parler instruite et prétentieuse, qui vociférait depuis sa chaire sur la mort, la résurrection, les flammes de l'enfer et les récompenses du paradis, tout le monde l'écoutait, lui aussi. Pas de la même manière qu'ils écoutaient Armure, parce que c'était toujours à propos de religion et que ça n'avait rien à voir avec des choses futiles comme le travail de la ferme, les corvées et la vie des gens. Mais avec *respect*.

Quand p'pa causait, les gens l'écoutaient, pour ça oui, mais des fois ils se moquaient. « Oh là, Alvin Miller, t'en a d'bonnes, toi ! » Al s'en apercevait, et au début ça le mettait en colère. Mais il s'était rendu compte que lorsque les gens se trouvaient dans le tracas et qu'ils avaient besoin d'un coup de main, ils n'allaient pas trouver le révérend Thrower, dame non, et ils n'allaient pas trouver Armure-de-Dieu, parce que ni l'un ni l'autre ne s'y connaissait tant que ça pour résoudre le genre de problèmes qui se posaient régulièrement aux fermiers. Thrower pouvait leur dire comment échapper à l'enfer, mais pour ça fallait attendre de mourir, et Armure pouvait leur dire comment rester en paix avec les Rouges, mais ça, c'était de la politique, sauf en cas de guerre. Quand ils se querellaient pour une limite de terrain ou qu'ils ne savaient pas quoi faire d'un gamin que les raclées n'empêchaient pas de répondre à sa mère, quand les charançons se mettaient dans leur maïs de semence et qu'ils n'avaient rien à planter, c'est Al Miller qu'ils venaient trouver. Et lui leur donnait son point de vue, rarement plus de quelques mots, puis ils repartaient en secouant la tête : « Oh là, Alvin Miller, t'en as d'bonnes, toi ! » Mais ils faisaient ensuite comme il avait dit, ils fixaient la limite du terrain et montaient un muret de pierre ; ils laissaient leur effronté de garçon quitter la maison et se placer comme journalier chez un fermier voisin ; et à la saison des plantations, une demi-douzaine de gens arrivaient chez eux avec des sacs de semences « en surplus », parce qu'Al Miller avait signalé qu'ils pourraient se trouver à court.

Quand Alvin junior comparait son papa aux autres hommes, il savait qu'il était bizarre, il savait qu'il faisait des choses pour des raisons connues de lui seul. Mais il savait aussi qu'on pouvait lui faire confiance. Les gens honoraient de leur respect Armure-de-Dieu et le révérend Philadelphia Thrower, mais ils *faisaient confiance* à Alvin Miller.

Al junior aussi. Il faisait confiance à son papa. Il avait beau ne pas vouloir quitter la maison, il avait beau, ayant frôlé la mort de si près, penser que l'apprentissage et toutes ces balivernes, c'était une perte de temps — est-ce que son métier, ça comptait tellement ? est-ce qu'il y aurait des forgerons au ciel ? — il savait pourtant que si p'pa avait décrété que, pour son bien, il lui fallait partir, alors Al partirait. Comme les gens convaincus que si Miller conseillait : « Fais donc ça, et ça va marcher », alors il n'y avait plus qu'à s'y mettre, et ça marcherait comme il l'avait dit.

Il avait annoncé à p'pa qu'il ne voulait pas partir ; p'pa avait répondu :

« Pars tout d'même, c'est pour ton bien. » Alvin junior n'avait pas eu besoin d'en entendre davantage. Il avait hoché la tête et fait ce que souhaitait p'pa, non parce qu'il manquait d'estomac, qu'il avait la trouille de son père comme les autres garçons du voisinage. Mais parce qu'il le connaissait assez pour se fier à son jugement. Pas plus compliqué que ça.

« Tu vas m'manquer, p'pa. » Et alors il fit une chose complètement idiote, un geste qu'il ne se serait jamais permis s'il avait pris le temps d'y réfléchir une seconde. Il baissa la main et ébouriffa les cheveux de son père. Au même instant, il songea : P'pa va me m'flanquer la raclée par rapport que je l'traite comme un gamin ! P'pa haussa les sourcils, puis il leva le bras et attrapa le poignet d'Al junior. Mais ses yeux se mirent alors à pétiller ; il éclata de rire et dit : « M'est avis que pour c'te fois, ça passe, fils. »

P'pa riait encore quand il recula et laissa la place à m'man pour qu'elle fasse ses adieux. Elle avait les larmes qui lui coulaient sur la figure, mais elle ne lui énuméra pas la liste de dernière minute des « fais ci » et « fais pas ça » à laquelle avait eu droit Mesure. Elle lui embrassa seulement la main et s'y accrocha, avant de le regarder dans les yeux et de lui dire : « Si j'te laisse partir aujourd'hui, j'te verrai jamais plus avec mes yeux terrestres, pour le restant d'mes jours.

— Non, m'man, dis pas ça, lui répondit-il. Il va rien m'arriver d'mal.

— Souviens-toi d'moi, c'est tout, fit-elle. Et garde l'amulette que j't'ai donnée. Porte-la tout l'temps sus toi.

— C'est pour quoi faire ? demanda-t-il en la ressortant de sa poche. J'connais pas ce genre-là.

— T'occupe pas d'ça, tu la gardes tout l'temps sus toi.

— Oui, m'man. »

Mesure poussa son cheval à la hauteur d'Al junior. « On f'rait mieux d'partir, asteure, dit-il. C'est qu'on veut être loin, dans des pays qu'on voit pas tous les jours, quand on ira s'coucher as'soir.

— Surtout pas, dit p'pa, l'air sévère. On a prévu d'vous faire rester chez les Peachee as'soir. En une journée, ça suffit bien d'vous rendre jusque-là. J'tiens pas à c'que vous passiez une nuit dehors quand c'est pas nécessaire.

— Bon, bon, fit Mesure, mais faut au moins qu'on y soye avant l'dîner.

— Alors allez-y, dit m'man. Allez-y, les garçons. »

Ils s'étaient seulement éloignés d'une perche que p'pa les rattrapa en courant et empoigna le cheval de Mesure puis celui d'Al junior par la bride. « Les garçons, n'oubliez pas ! Traversez les rivières par les ponts. Vous m'entendez ? Seulement par les ponts ! Y a des ponts sus toutes les rivières de c'te route entre icitte et la Hatrack.

— J'connais, p'pa, dit Mesure. J'ai donné la main à tous les construire, t'sais.

— Prenez-les ! C'est tout c'que j'dis. Et si ça mouille, vous vous arrêtez, vous trouvez une maison et vous vous arrêtez, vous m'entendez ? J'veux pas qu'vous restiez dehors s'il tombe de l'eau. »

Ils promirent tous les deux très solennellement de ne pas s'approcher de quoi que ce soit de mouillé. « On évitera même de s'tenir en aval des chevaux quand ils lâch'ront les écluses », dit Mesure.

P'pa le menaça du doigt. « Rigole pas avec ça », dit-il.

Ils se mirent enfin en route, sans un regard en arrière parce que ça portait malheur, et conscients que p'pa et m'man s'étaient dépêchés de rentrer dans la maison avant qu'ils soient hors de vue, parce que ça rendait la séparation plus longue de regarder partir les gens, et si on les regardait jusqu'à ce qu'ils disparaissent, alors quelqu'un risquait de mourir avant qu'on les revoie. M'man prenait ça très au sérieux. Rentrer très vite, c'était tout ce qu'elle pouvait encore faire pour contribuer à protéger ses garçons durant le voyage.

❄

Al et Mesure firent une halte dans une langue de forêt entre les fermes des Hatch et des Bjornson, là où la dernière tempête avait à moitié abattu un arbre en travers de la route. Ils pouvaient passer sans difficulté, parce qu'ils étaient à cheval, mais on ne laisse pas derrière soi pareil obstacle à la charge des voyageurs suivants. Ce serait peut-être quelqu'un dans un chariot, pressé de rentrer chez lui avant une nuit d'orage, qui passerait par ici et trouverait la route bloquée. Ils firent donc halte et mangèrent le déjeuner que m'man leur avait empaqueté, puis ils se mirent à l'ouvrage avec leurs hachettes pour trancher les quelques torons distendus de bois encore attachés au tronc déchiqueté. Ils regrettèrent de ne pas avoir de scie bien avant d'en avoir terminé, mais on n'emporte pas avec soi ce genre d'outil pour un voyage à cheval de trois cents milles. Des vêtements de rechange, une hachette, un couteau, un mousquet pour la chasse, de la poudre et du plomb, une longueur de corde, quelques babioles diverses et des amulettes afin de conjurer et repousser les dangers. Pour en transporter davantage, il aurait fallu un chariot ou une bête de somme.

Une fois le tronc dégagé, ils y attelèrent les deux chevaux et le tirèrent hors du chemin. Une opération pénible qui les mit en nage, car les chevaux n'avaient pas l'habitude de travailler en équipe et ils se gênaient l'un l'autre. Sans compter l'arbre qui n'arrêtait pas de s'accrocher à eux et qu'ils devaient continuer de faire rouler en même temps qu'ils en coupaient les branches. Evidemment, Al n'ignorait pas qu'il aurait pu utiliser son talent pour modifier le bois de l'arbre, à l'intérieur, pour qu'il se fende où il fallait. Mais ça n'aurait pas été bien, il le savait. L'homme-lumière ne l'aurait pas permis ; ça n'aurait été que pur égoïsme, pure paresse de sa part, ça n'aurait rien apporté à personne. Alors il tailla, tira et transpira aux côtés de Mesure. Et ce n'était pas si terrible. C'était un *bon* travail. Une fois terminé, il ne leur avait pas pris plus d'une heure. Du temps bien employé.

Il discutèrent un peu tout en travaillant, bien sûr. Une partie de la conversation tourna autour des histoires qui se racontaient sur les massacres des Rouges dans le Sud. Mesure restait plutôt sceptique.

« Oh, j'les ai entendues, ces histoires-là, mais celles qui causent de tueries, c'est que des on-dit de on-dit. Les ceusses qui ont vraiment vécu là-bas et qui s'sont ensauvés, tout ce qu'ils racontent, c'est que Ta-Kumsaw est venu rafler leurs cochons et leurs poules, rien d'autre. Y en a pas un qu'a vu des flèches voler ou du monde se faire tuer. »

Al, à dix ans, avait davantage tendance à croire ces histoires-là, plus il coulait de sang, meilleures elles étaient. « P't-être que quand ils tuent quèqu'un, ils tuent toute la famille, comme ça y a pus personne de reste pour en causer.

— Réfléchis donc, Al. Ç'a pas d'sens. Ta-Kumsaw veut qu'tous les Blancs fichent le camp d'là-bas, pas vrai ? Donc il veut leur flanquer la frousse pour qu'ils fassent leurs paquets et déguerpissent, pas vrai ? Alors, tu crois pas qu'il en laisserait un d'vivant pour tout raconter, s'il faisait des massacres ? Tu crois pas qu'on aurait au moins r'trouvé des cadavres ?

— Ben alors, elles viennent d'où, ces histoires ?

— D'après Armure-de-Dieu, Harrison raconte des inventions pour essayer d'monter tout l'monde contre les Rouges.

— Ben, il a pas pu inventer qu'ils ont mis l'feu à sa maison et à son fort. Les genses, ils ont bien vu que ç'avait brûlé, non ? Et il a pas pu inventer qu'on a tué sa femme et son p'tit garçon, quand même ?

— Ben oui, 'videmment que ç'a brûlé, Al. Mais c'est p't-être pas les flèches enflammées de Ta-Kumsaw qu'ont mis l'feu. T'y as pensé ?

— L'gouverneur Harrison va pas brûler sa maison et tuer sa famille seulement pour monter l'monde contre les Rouges, dit Al. C'est complètement idiot. »

Et ils continuèrent ainsi d'échanger des idées sur les troubles dont on accusait les Rouges dans le sud de la région de la Wobbish ; c'était le principal sujet de conversation du pays, et comme personne n'avait de toutes manières d'informations précises sur la question, un avis en valait bien un autre.

Sachant qu'ils ne se trouvaient pas à plus d'un demi-mille de deux fermes différentes, dans une contrée qu'ils visitaient quatre à cinq fois l'an depuis dix ans, ils ne leur vint même pas à l'esprit qu'il y avait risque et qu'il fallait ouvrir l'œil. On néglige la prudence si près du but, même lorsqu'on vient d'évoquer des massacres de Rouges et de se raconter des histoires de meurtres et de tortures. N'importe comment, prudents ou non, ils n'auraient pas pu faire grand-chose. Al enroulait les cordes et Mesure sanglait les selles quand soudain ils se virent entourés d'une douzaine de Rouges. L'instant d'avant, il n'y avait rien d'autre que des grillons, des souris et des oiseaux par-ci, par-là, l'instant d'après des Rouges tout peinturlurés.

Il leur fallut pourtant quelques secondes pour éprouver de la peur. Des tas de Rouges vivaient à Prophetville, et qui venaient régulièrement faire du troc au magasin d'Armure-de-Dieu. Aussi Alvin parla-t-il avant même de les regarder. « Salut », fit-il.

Il ne lui rendirent pas son salut. Ils s'étaient entièrement peint la figure.

« Ça, c'est pas des Rouges qui saluent, souffla Mesure. Ils ont des mousquets. »

Ce qui prouvait qu'il ne s'agissait pas de Rouges de Prophetville. Le Prophète enseignait à ses disciples de ne jamais utiliser les armes de l'homme blanc. Un véritable Rouge pouvait se passer de fusil pour chasser, parce que la terre connaissait son besoin et que le gibier s'approchait assez pour qu'on le tue à l'arc. Pour qu'un Rouge prenne un fusil, disait le

Prophète, il fallait qu'il soit un meurtrier, et le meurtre appartenait à l'homme blanc. Voilà ce qu'il disait. A l'évidence, ces Rouges-là ne faisaient pas grand cas du Prophète.

Alvin en fixait un dans les yeux. Sa peur dut transparaître car une lueur passa dans le regard du Rouge qui eut un léger sourire. Le Rouge avança la main.

« Donnes-y la corde, dit Mesure.

— L'est à nous, c'te corde », protesta Al. Il n'avait pas refermé la bouche qu'il savait avoir proféré une idiotie. Il tendit les deux cordes.

Le Rouge prit les rouleaux, bien tranquillement. Il en jeta un, par-dessus la tête des jeunes Blancs, à un autre Rouge, puis toute la bande entreprit de les déshabiller, les laissant en sous-vêtements avant de leur attacher les mains dans le dos, si étroitement que ça leur tirait péniblement sur les articulations des épaules.

« Pourquoi ils veulent not' linge ? » demanda Al.

En réponse, l'un des Rouges le gifla brutalement en travers de la figure. Il dut aimer le son produit, car il le gifla une seconde fois. La douleur cuisante amena des larmes dans les yeux d'Al, mais il ne pleura pas, d'une part parce qu'il avait été surpris, d'autre part parce qu'il était en rage et ne voulait pas leur donner ce plaisir. L'idée des gifles séduisit les autres Rouges ; Mesure fut giflé à son tour, puis les deux garçons à la fois, à coups redoublés, jusqu'à ce qu'ils soient à moitié étourdis et que leurs joues se mettent à saigner, même à l'intérieur de la bouche.

L'un des Rouges baragouina quelque chose, et on lui donna la chemise d'Al. Il entreprit de la lacérer avec son couteau et de la frotter contre la figure ensanglantée du jeune Blanc. Il ne devait pas encore y avoir assez de son sang sur le vêtement parce que le Rouge reprit son couteau et lui entailla le front d'un mouvement vif. Le sang jaillit ; une seconde plus tard, la douleur frappa Alvin qui, cette fois, éclata en sanglots. Il avait l'impression d'avoir le front ouvert jusqu'à l'os, et le sang lui coulait dans les yeux, l'empêchant de voir. Mesure leur hurla de laisser Al tranquille, mais il ne fallait pas y compter. Tout le monde savait que lorsqu'un Rouge commençait à jouer du couteau, la mort était au bout.

Dès l'instant où ils entendirent les pleurs d'Al et virent couler le sang, les Rouges se mirent à rire et à pousser de petits cris joyeux. Cette bande était en quête d'un mauvais coup, et Al se rappela toutes les histoires qu'il avait entendu raconter. La plus connue probablement se rapportait à Dan Boone, un gars de Pennsylvanie qui avait voulu s'établir quelque temps dans les Colonies de la Couronne. Ça remontait à l'époque où les Cherrikys se battaient contre l'homme blanc. Un beau jour, le petit garçon de Dan Boone fut enlevé. Boonc se trouvait à moins d'une demi-heure derrière les Rouges. Ce fut comme s'ils jouaient avec lui. Ils s'arrêtaient et taillaient des morceaux dans la chair de l'enfant, ou ils lui crevaient un œil, quelque chose de douloureux qui le faisait crier. Boone entendait les cris de son fils, et il les suivait, accompagné de ses voisins, tous armés de mousquets et à moitié fous de rage. Ils arrivaient à l'endroit où l'on avait torturé le garçon, mais les Rouges étaient partis, pas l'ombre d'une trace dans les bois, et alors ils entendaient un nouveau cri. Vingt milles ils parcoururent, et finalement, à la tombée de la nuit, ils découvrirent le jeune garçon qui pendait à trois arbres différents. On racontait que Boone n'avait jamais oublié, que par la suite il ne pouvait plus regarder un Rouge dans les yeux sans penser aux vingt milles de ce jour-là.

C'était maintenant au récit de cette même journée qu'Alvin pensait, lui aussi, en entendant rire les Rouges, en éprouvant la douleur, qui n'était qu'un avant-goût des douleurs à venir car, s'il ignorait ce que cherchaient ces Rouges-là, il savait qu'ils allaient commencer par la mort de deux garçons blancs, quitte à faire un peu de bruit en cours de route. Reste calme, se dit-il à lui-même. Reste calme.

Ils frottèrent sa chemise lacérée sur sa figure, ainsi que les vêtements déchiquetés de Mesure. Pendant qu'ils s'y employaient, Al se concentrait sur autre chose. La seule fois qu'il avait essayé de se guérir, c'était pour sa jambe écrasée, mais il l'avait fait allongé, il se reposait, il disposait de beaucoup de temps pour étudier la question, pour trouver son chemin jusqu'aux plus infimes lésions où les veines étaient coupées et les remettre en état, souder les chairs et les os. Mais aujourd'hui il avait peur, on le bousculait de droite et de gauche, il manquait de sérénité, de repos. Il parvint pourtant à trouver les grosses veines et artères, à les refermer. La dernière fois qu'ils lui passèrent une chemise sur la figure, son front ne dégoulinait plus de sang qui lui bouchait la vue. Il saignait encore, mais il ne coulait désormais qu'un filet, et Al releva la tête pour que le sang ruisselle le long de ses tempes et lui permette de rouvrir les yeux.

Ils n'avaient pas encore entaillé Mesure. Lui regardait Al, la mine abattue. Al connaissait assez son frère pour deviner à quoi il pensait : p'pa et m'man avaient confié Alvin à sa garde, et voilà qu'il faillissait à sa mission. C'était stupide de sa part de se sentir fautif. Les Rouges auraient pu surgir de même dans n'importe quelle cabane ou maison de la région, et personne n'aurait eu moyen de les arrêter. Si Al et Mesure n'étaient pas partis pour un long voyage, ils auraient très bien pu malgré tout se trouver sur cette même route, à ce même moment. Mais Al n'était pas en mesure de dire quoi que ce soit de tel à son frère, il ne pouvait que lui sourire.

Sourire et s'activer, de son mieux, à guérir sa blessure au front. Tout remettre dans son état normal. Il persista et trouva la tâche de plus en plus facile, tout en suivant les faits et gestes des Rouges.

Ils ne parlaient pas beaucoup. Ils semblaient parfaitement savoir ce qu'ils faisaient. Ils prirent les vêtements souillés de sang et les attachèrent aux selles. Puis, au couteau, l'un d'eux grava les lettres de *Ta-Kumsaw* sur un des sièges de selles et de *Prophète* sur l'autre. L'espace d'une seconde, Alvin fut étonné que l'homme sache écrire l'anglais, mais il le vit ensuite vérifier ses lettres, les comparer avec un papier qu'il avait replié dans la ceinture de son pagne. Un papier.

Puis, tandis que deux Rouges tenaient chacun des chevaux par la bride, un troisième leur donna des coups de couteau dans le flanc ; de petites coupures, pas si profondes que ça, mais de quoi les rendre fous de douleur, les faire regimber, ruer, se cabrer. Les chevaux renversèrent les hommes qui les tenaient et s'enfuirent, pour disparaître — comme l'avaient prévu les Rouges — sur la route qui les ramènerait à la maison.

Un message, voilà ce que c'était. Ces Rouges-là voulaient qu'on les poursuive. Ils voulaient que tout un tas de Blancs prennent leurs mousquets, leurs chevaux, et les poursuivent. Comme Daniel Boone dans l'histoire. Qu'ils suivent les cris. Qu'ils deviennent fous en entendant leurs enfants en train de mourir.

Alors Alvin décida sur-le-champ, même s'ils devaient y perdre la vie, que Mesure et lui ne laisseraient pas les Rouges faire endurer à leurs parents l'épreuve de Daniel Boone. Ils n'avaient pas la moindre chance de s'échapper. Même si Al se débrouillait pour que leurs liens se dénouent — rien de plus facile pour lui — il était impossible à deux jeunes Blancs de distancer des Rouges dans la forêt. Non, ces Rouges les tenaient bel et bien. Mais Al savait comment les empêcher de leur faire du mal. Et il en aurait le droit, il pourrait utiliser son talent parce que ça ne serait pas à son seul profit. Ce serait pour son frère et pour sa famille ; et il savait que ce serait aussi, bizarrement, pour les Rouges, parce que si le pire se produisait, si de jeunes Blancs se faisaient vraiment torturer à mort, alors il y aurait une guerre, il y aurait une vraie bagarre à outrance entre Rouges et Blancs, et des tas de gens mourraient des deux côtés. Tant qu'il ne tuerait personne, Al aurait donc le droit de se servir de son talent.

Les chevaux partis, les Rouges attachèrent des longes autour du cou d'Al et de Mesure. Puis ils tirèrent dessus pour faire avancer les prisonniers. Mesure était costaud, plus grand que n'importe lequel de leurs ravisseurs, si bien que pour les suivre il était obligé de se courber en avant. Il avait du mal à courir, et la longe le serrait. Al était tiré derrière lui, il voyait donc à quel traitement était soumis son frère, il l'entendait par moments s'étrangler. Mais ce fut un jeu d'enfant pour lui de pénétrer à l'intérieur de cette longe et de la détendre, de la détendre, de la détendre, jusqu'à la rendre lâche autour du cou de Mesure et assez longue pour qu'il puisse courir à peu près en position verticale. L'opération s'effectua si lentement que les Rouges ne s'en rendirent pas vraiment compte. Mais Al sentait qu'ils s'apercevraient bien assez tôt de son manège.

Tout le monde savait que les Rouges ne laissaient pas d'empreintes de pas. Et quand ils capturaient des colons, en général ils les portaient suspendus par les bras et les jambes comme des cerfs, pour que ces empotés de Blancs ne marquent pas le sol. Ces Rouges-là voulaient donc qu'on les suive, parce qu'ils n'empêchaient pas Al et Mesure de laisser des indices de leur passage à chacune de leurs foulées.

Mais ils ne voulaient pas qu'on les retrouve *trop facilement*. Ce qui parut une éternité plus tard — au moins deux heures —, ils arrivèrent à un ruisseau et marchèrent quelque temps à contre-courant ; puis ils galopèrent un demi-mille ou peut-être le double avant de s'arrêter enfin dans une clairière et d'allumer un feu.

Pas de fermes dans les environs, mais ça ne voulait pas dire grand-chose. En ce moment, les chevaux étaient rentrés avec les vêtements tachés de sang, leurs entailles dans les flancs et les noms gravés sur les selles. En ce moment tous les colons blancs de la région amenaient leurs familles à Vigor Church, où quelques-uns d'entre eux les protégeraient pendant que les autres partiraient à la recherche des garçons disparus. En ce moment m'man était pâle de terreur, p'pa houspillait les hommes pour qu'ils se dépêchent — « Allez, y a pas une minute à perdre, faut retrouver mes gars, si vous venez pas tout de suite, j'y vais tout seul ! » Et les autres de répondre : « Calme-toi, calme-toi, tu pourras rien faire de bon tout seul. On va les attraper, tu penses bien. » Et personne d'admettre ce que tout le monde savait : qu'Al et Mesure, on pouvait les considérer comme morts.

Mais Al n'entendait pas finir dans le rôle du mort. Dame non. Il comptait bien s'arranger pour qu'ils restent tous les deux en vie, Mesure et lui.

Le feu qu'allumèrent les Rouges chauffait comme le diable, ça n'était sûrement pas pour cuisiner. Vu que le soleil brillait déjà avec ardeur, Al et Mesure se mirent à suer abondamment, même dans leurs sous-vêtements courts d'été. Ils suèrent encore davantage lorsque les Rouges leur découpèrent ce qui leur restait sur le dos, faisant sauter les boutons par devant et tailladant le tissu par derrière, jusqu'à ce qu'ils se retrouvent tout nus assis par terre.

C'est à peu près à ce moment-là que l'un des Rouges remarqua le front d'Alvin. Il prit une grosse poignée de sous-vêtements pour lui essuyer la figure et il frotta dur pour enlever le sang séché. Il se mit ensuite à baragouiner quelque chose aux autres. Ils se rassemblèrent tous pour l'observer. Puis ils examinèrent aussi le front de Mesure. Al savait, lui, ce qu'ils cherchaient. Et il savait qu'ils ne trouveraient pas. Parce qu'il s'était guéri le front sans laisser de cicatrice, aucune marque sur son visage. Et, comme de juste, aucune non plus sur celui de Mesure, puisqu'il n'avait pas eu de coupure. Les Rouges se posaient des questions.

Mais il ne fallait pas compter sur le talent d'Al à guérir les blessures pour les sauver, son frère et lui. C'était trop difficile, trop lent ; leurs ravisseurs seraient forcément plus rapides à taillader que lui à guérir, c'était comme ça. Il allait beaucoup plus vite quand il utilisait son talent sur la pierre ou le métal, par exemple ; à l'intérieur, c'était partout pareil ; la chair vivante, elle, c'était compliqué, avec toutes sortes de petits détails qu'il devait se mettre en tête avant d'intervenir et de tout reconstituer.

Aussi, lorsque l'un des Rouges s'assit devant Mesure, le couteau brandi, Al n'attendit pas qu'il blesse son frère. Il se représenta le couteau dans sa tête, l'acier de la lame — un couteau d'homme blanc, d'ailleurs ils portaient aussi des mousquets d'homme blanc. Il en trouva le tranchant, la pointe, et il l'aplatit, l'adoucit, l'arrondit.

Le Rouge posa le couteau sur la poitrine nue de Mesure et voulut couper. Mesure se raidit, dans l'attente de la douleur imminente. Mais le couteau ne marqua pas plus Mesure que s'il s'était agi d'une cuillère.

Al faillit éclater de rire en voyant le Rouge relever son couteau pour l'étudier et chercher à comprendre ce qui n'allait pas. Le Rouge le passa sur son doigt pour en éprouver le tranchant ; Al pensa le rendre alors aussi affilé qu'un rasoir, mais non, non, la règle c'était d'utiliser son talent pour faire le bien, pas le mal. Les autres s'attroupèrent autour pour regarder le couteau. Certains se moquèrent de son propriétaire, jugeant probablement qu'il n'en avait pas entretenu le fil. Mais Al en profita pour repérer toutes les autres lames d'acier en possession des homme rouges et les émousser, les épointer. Après le traitement qu'il leur fit subir, ces couteaux-là n'auraient même pas entamé une cosse de pois.

Bien entendu, tous les autres sortirent leurs couteaux pour les essayer ; ils les firent glisser d'abord sur Al et Mesure, puis finalement braillèrent, hurlèrent, s'accusèrent entre eux et se disputèrent, sans doute pour déterminer le fautif.

Mais ils avaient un travail à finir, pas vrai ? Ils étaient censés torturer ces jeunes Blancs et les faire crier, ou du moins les mutiler assez horriblement pour qu'en trouvant les cadavres leurs parents ne songent plus qu'à se venger.

L'un des Rouges empoigna donc son vieux tommy-hawk de pierre et le brandit sous le nez d'Al en faisant des moulinets pour lui donner une bonne frousse. Al exploita ce répit pour ramollir la pierre, affaiblir le bois, détendre les lanières qui maintenaient l'ensemble. Lorsque le Rouge leva le tommy-hawk pour passer aux choses sérieuses, défoncer la tête d'Al par exemple, l'arme s'effrita dans sa main. Le bois était pourri jusqu'au cœur, la pierre tombait en gravier, et même les lanières avaient cédé, tout effilochées. L'homme rouge poussa un cri et fit un bond en arrière, comme mordu par un serpent à sonnettes.

Un autre, qui avait une hachette à lame d'acier, ne perdit pas de temps en vains moulinets ; il étendit la main de Mesure sur un caillou et abattit son arme pour lui trancher les doigts. Mais c'était pour Al un jeu d'enfant. N'avait-il pas taillé des meules entières quand il avait fallu ? La hachette retomba donc et tinta contre la pierre ; Mesure suffoqua à sa vue, certain qu'elle lui avait proprement sectionné les doigts ; mais lorsque le Rouge releva son arme, la main de Mesure était exactement comme avant, sans la moindre marque, tandis que la lame de la hachette s'ornait de creux en forme de doigts, comme si elle avait été faite dans une motte de beurre frais ou un pain de savon détrempé.

Et voilà les Rouges qui se mettent à brailler, à se regarder les uns les autres, la peur dans les yeux... la peur, mais aussi la colère devant les étrangetés qui leur arrivent. Alvin ne pouvait pas savoir, n'étant pas rouge, mais le pire pour eux, c'était de ne pas sentir de charmes, sorts ou talismans de Blancs comme ils en avaient l'habitude. Quand un homme blanc se servait d'un sortilège, ça heurtait leur sens de la terre ; une supplication, c'était une odeur infecte ; une protection, un bourdonnement quand on s'approchait. Mais ce que faisait Alvin ne créait aucune rupture, leur sens de l'organisation de la terre ne remarquait rien que de très normal. C'était comme si toutes les lois naturelles n'avaient plus cours pour eux ; l'acier devenait soudain mou et la chair dure, la pierre friable et le cuir fragile comme l'herbe. Ils ne voyaient pas en Al ou Mesure la cause de ces phénomènes. C'était une quelconque force naturelle la responsable, pour autant qu'ils pouvaient en juger.

Tout ce qu'Alvin voyait, lui, c'étaient leur frayeur, leur colère, leur confusion, ce qui lui faisait bien plaisir. Mais il ne se montait quand même pas la tête. Il était conscient des limites de ses capacités. En particulier avec l'eau ; s'il prenait envie aux Rouges de noyer les deux garçons, Al ne saurait pas comment les en empêcher ni comment sauver sa vie et celle de son frère. Il n'avait que dix ans et, lié par des règles qu'il ne comprenait pas, il n'avait pas saisi toutes les applications de son talent, ni son fonctionnement. Peut-être que son pouvoir était capable d'effets très spectaculaires, si seulement il savait comment opérer, mais voilà, il ne savait pas et n'accomplissait que des choses immédiatement à sa portée.

Un point en sa faveur : ils ne pensèrent pas à la noyade. Mais ils pensèrent au feu. Ils y songeaient vraisemblablement depuis le début — à ce qui se racontait, pendant les guerres rouges, là-bas, en Nouvelle-Angleterre, on avait trouvé des victimes torturées, les pieds tout noirs au milieu des cendres refroidies d'un feu, qui avaient dû regarder se calciner leurs propres orteils jusqu'à ce que la douleur, le sang et la folie les achèvent. Alvin vit leurs ravisseurs alimenter le feu, ajouter des branches sèches pour qu'il flambe bien. Il ignorait comment ôter la chaleur d'un feu, il n'avait jamais essayé. Il réfléchit donc aussi vite qu'il le put, et tandis que les Rouges empoignaient Mesure sous les aisselles pour le traîner vers les flammes, Al entra dans le bois qui brûlait et le disloqua, il le fit tomber en miettes, si bien qu'il se consuma à toute allure, d'un coup, en une flambée si rapide qu'elle produisit un claquement sonore et qu'une bouffée de lumière chaude et éclatante monta en l'air comme une flèche. Elle s'éleva si vite qu'elle déclencha un vent qui souffla de toutes les directions sur le foyer éteint, créant le temps d'une seconde ou deux une trombe dont le tourbillon aspira les cendres pour ensuite les envoyer voltiger en poussière et retomber à terre.

Et voilà, il ne restait plus rien du feu qu'un dépôt de poussière fine comme un voile sur toute la clairière.

Oh, les Rouges se mirent à hurler, sauter, trépigner, ils se frappèrent les épaules et la poitrine. Et pendant qu'ils gigotaient, comme à un enterrement irlandais, Al détendit les cordes qui les entravaient, Mesure et lui, en espérant sans trop y croire pouvoir quand même s'enfuir avant que parents et voisins ne les retrouvent et ne se mettent à tirer, à tuer et à se faire tuer.

Mesure sentit évidemment les cordes qui se relâchaient et lança un bref regard vers Alvin ; ce qu'il avait vu jusqu'à présent l'avait presque autant affolé que les Rouges. Bien entendu, il savait pertinemment qu'Alvin était derrière tout ça, mais ce n'était pas comme si son frère lui avait fait part de ses intentions… Il avait été pris au dépourvu au même titre que les autres. Il regarda donc Alvin et hocha la tête, tout en commençant à se tortiller les bras pour les libérer des cordes. Aucun des Rouges n'avait encore remarqué quoi que ce soit, alors peut-être qu'en s'élançant… peut-être aussi, mais peu probable, que dans leur désarroi les Rouges n'essayeraient même pas de les rattraper.

Mais à cet instant précis les événements prirent un tour nouveau. Un hululement s'éleva dans la forêt, aussitôt répété par trois cents chouettes, à ce qui semblait, en cercle autour de la clairière. L'espace d'un moment, à sa façon de regarder son petit frère, Mesure dut le soupçonner d'y être pour quelque chose ; les Rouges, eux, savaient de quoi il retournait, et ils arrêtèrent tout de suite leurs gesticulations. A la peur qu'il lisait sur leurs figures, Al se dit qu'il devait s'agir d'une bonne nouvelle pour son frère et lui, peut-être même des secours.

De la forêt, tout autour de la clairière, sortirent des dizaines puis des centaines de Rouges. Ceux-là portaient tous des arcs — pas un seul mousquet parmi eux — et d'après leurs vêtements et leurs coiffures, Al reconnut des Shaw-Nees, disciples du Prophète. En vérité, il s'attendait à tout sauf à ça. C'étaient des figures blanches qu'il voulait voir, non plus des rouges.

Un homme se détacha de la masse des nouveaux arrivants, un homme grand et fort, le visage dur et anguleux comme de la pierre, on aurait dit. Il jeta deux ou trois mots gutturaux, et aussitôt leurs ravisseurs se mirent à baragouiner, à bafouiller, à *supplier*. Comme une bande de gamins, songea Al : ils font quelque chose de défendu, ils le savent, puis le papa s'amène et les prend la main dans le sac. Ayant été lui-même quelquefois pris ainsi à mal faire, il éprouvait presque de la sympathie pour ses agresseurs, jusqu'à ce qu'il se rappelle la mort horrible qu'ils réservaient à leurs deux prisonniers. Ce n'est pas parce qu'ils s'en sortaient sans une égratignure, son frère et lui, que ces Rouges n'étaient pas coupables de mauvaise intention.

Puis un mot émergea au milieu de toutes les pleurnicheries… un nom : Ta-Kumsaw. Al regarda Mesure pour voir s'il avait entendu, et Mesure le regardait aussi, sourcils levés, posant la même question. Tous deux prononcèrent silencieusement le nom en même temps. Ta-Kumsaw.

Est-ce que ça voulait dire que c'était Ta-Kumsaw qui avait ordonné l'enlèvement ? Est-ce qu'il était en colère après les ravisseurs parce qu'ils avaient échoué dans leurs tortures, ou parce qu'ils avaient enlevé des jeunes Blancs ? Il ne fallait pas s'attendre à des explications de la part des Rouges, ça, c'était sûr. Al ne pouvait trouver de réponse que dans leurs actes. Les nouveaux Rouges confisquèrent tous les mousquets à ceux qui en portaient, puis emmenèrent la bande dans les bois. Seuls une douzaine de Rouges restèrent avec Al et Mesure. Parmi eux : Ta-Kumsaw.

« Ils disent que tu as des doigts d'acier », fit Ta-Kumsaw.

Mesure tourna les yeux vers Al pour le laisser répondre, mais Al ne trouvait rien à dire. Il n'avait pas du tout envie de raconter à ce Rouge ce qu'il avait fait. Ce fut donc Mesure qui répondit, en fin de compte ; il leva la main et agita les doigts. « Des doigts ben ordinaires, à c'qu'on dirait », fit-il.

Ta-Kumsaw tendit le bras et lui attrapa la main — il devait avoir une poigne ferme, puissante, parce que Mesure voulut se dégager et ne put y parvenir. « Peau d'acier, fit Ta-Kumsaw. Impossible de couper avec un couteau. Impossible de brûler. Des garçons faits de pierre. »

Il tira Mesure pour le relever et, de sa main libre, lui assena une claque sur le bras. « Garçon de pierre, renverse-moi par terre !

— J'peux pas m'battre avec vous, dit Mesure. J'veux m'battre avec personne.

— Renverse-moi ! » ordonna Ta-Kumsaw. Il affermit sa prise, avança le pied et attendit que Mesure en fasse autant du sien pour que les deux se touchent. Face à face, d'homme à homme, à la manière des jeux de Rouges. Seulement, ce n'était pas un jeu, pas pour ces garçons qui venaient de voir la mort de près et n'avaient aucune garantie qu'elle ne les attendait pas au détour du chemin.

Al ne savait pas ce qu'il devait faire, mais il avait envie de continuer à utiliser son talent, il était bien parti pour ça. Ce fut donc presque sans penser aux conséquences qu'à l'instant précis où Mesure et Ta-Kumsaw commençaient à se pousser et à se tirer, il rendit le sol tout meuble sous les pieds du Rouge dont la poussée eut pour effet de l'envoyer cul par-dessus tête rouler dans la poussière.

Les autres Rouges, qui rigolaient et lançaient des blagues avant que la lutte ne commence, lorsqu'ils virent le chef suprême de toutes les tribus, l'homme dont le nom était connu de Boston à La Nouvelle-Orléans, lorsqu'ils le virent s'écraser par terre comme ça, eh bien, ils s'arrêtèrent de rire. A vrai dire, on n'entendait pas un bruit dans la clairière. Ta-Kumsaw se releva et regarda le sol en le grattant du pied. Il était maintenant bien ferme, évidemment. Mais il se déplaça de quelques pas, jusque sur l'herbe, et tendit à nouveau la main.

Cette fois Mesure avait un peu plus d'assurance et il voulut prendre la main tendue... mais à la dernière seconde, Ta-Kumsaw la retira brusquement. Il s'immobilisa; il ne regardait pas Mesure, ni Al, ni personne, il regardait dans le vide, le visage dur, figé. Puis il se tourna vers les autres Rouges et lâcha une bordée de mots, crachant tous les *s*, les *k* et les *x* de la langue shaw-nee. Al et les autres enfants de Vigor Church s'amusaient à imiter la façon de parler des Rouges en prononçant par exemple : « Taka boxer skonce ekcité », ce qui les faisait rire à en avoir mal aux côtes. Mais ç'avait l'air moins drôle, le shaw-nee, dans la bouche de Ta-Kumsaw, et lorsqu'il eut fini de parler, Al et Mesure se retrouvèrent à nouveau tirés par leurs longes de cuir. Et quand leurs caleçons lacérés leur tombèrent sur les jambes et commencèrent à les faire trébucher, Ta-Kumsaw revint en arrière et les leur arracha pour mettre le tissu en lambeaux de ses mains nues, la figure tordue de rage. Pas plus Al que Mesure ne se sentit de signaler qu'ils étaient maintenant nus, enfin pas tout à fait puisqu'il leur restait encore la lanière autour du cou ; ce n'était apparemment pas le moment de se plaindre. Où Ta-Kumsaw les emmenait-il ? ils n'en avaient aucune idée, et comme ils n'avaient pas non plus le choix de la destination, il ne servait à rien de demander.

Al et Mesure n'avaient jamais couru si longtemps ni si loin de toute leur vie. Heure après heure, mille après mille, sans jamais forcer l'allure, mais sans jamais s'arrêter non plus. De cette manière, un Rouge arrivait à voyager généralement plus vite à pied qu'un Blanc à cheval, sauf si le Blanc poussait son bidet au galop tout le long du chemin. Ce qui n'était pas très bon pour le bidet. Et les chevaux devaient rester sur des routes dégagées. Tandis que les Rouges… eux, ils n'avaient même pas besoin d'un sentier.

Al se rendit bien vite compte que courir dans les bois, ça n'était pas pareil pour les Rouges que pour Mesure et lui. Le seul bruit qu'il entendait, c'était celui des pieds de son frère et des siens frappant le sol. Al étant vers l'arrière de la troupe, il voyait comment ça se passait pour Mesure. Le Rouge qui tirait son frère repoussait une branche de la poitrine, et la branche se pliait pour lui dégager la voie. Mais l'instant d'après, quand Mesure voulait suivre, elle lui accrochait la peau et se brisait. Les Rouges posaient le pied sur des racines ou des brindilles, et il ne se produisait aucun craquement, rien ne leur agriffait les chevilles ; Al le posait au même endroit, et il trébuchait, manquait s'affaler, tandis que la lanière lui pénétrait dans le cou ; ou la brindille se cassait en claquant sous son pied nu, ou l'écorce rugueuse de la racine lui déchirait la peau. Al, parce qu'il n'était qu'un jeune garçon, marchait la plupart du temps pieds nus, et ses plantes s'étaient durcies à la longue. Mais Mesure portait des bottes d'adulte depuis quelques années à présent, et Al constatait qu'au bout de peut-être un demi-mille son frère saignait.

Il se dit qu'il pouvait au moins aider les pieds de son frère à guérir. Il entreprit donc de chercher son chemin dans le corps de Mesure, comme il l'avait cherché dans la pierre, l'acier et le bois. Mais le faire tout en courant… difficile de se concentrer. Et la chair vivante, c'était très compliqué.

Al n'était pas du genre à renoncer. Non, il essaya une autre méthode. Comme c'était de courir qui l'empêchait de se concentrer, il cessa d'y penser. Il ne regarda plus le sol. Il n'essaya plus de poser le pied au même endroit que le Rouge devant lui, il n'y pensa plus du tout. A la façon dont on coupe la mèche d'une lampe à huile, il coupa sa propre mèche, comme on dit ; ses yeux ne regardèrent plus rien, il ne pensa plus à rien, il laissa son corps agir comme on laisse un animal de compagnie décider et se débrouiller tout seul.

Il ne savait pas qu'il employait la même méthode que les sourciers, quand ils laissent leur fluide sortir de leur tête et se déplacer à sa guise. Et pourtant c'était différent, car aucun sourcier n'avait jamais essayé d'opérer en courant, une lanière de cuir autour du cou.

Mais à présent il n'éprouvait plus aucune difficulté à entrer dans le corps de Mesure, à trouver les chairs abîmées, les coupures qui lui ensanglantaient les pieds, la douleur dans ses jambes, le point à son côté. Guérir les pieds, les endurcir, leur donner un cal, c'était assez facile. Pour le reste, Al sentit que l'organisme de Mesure réclamait qu'il respire davantage, plus profondément, plus vite ; il entra donc dans ses poumons, il les désencombra, les dégagea jusque dans les moindres recoins. Maintenant, quand Mesure inspirait, son corps en profitait davantage, comme s'il buvait jusqu'à la dernière bonne goutte de chaque bolée d'air. Al ne comprenait même pas la moitié de ce qu'il faisait, mais il savait que ça marchait parce que la douleur commençait à se calmer dans le corps de Mesure, son frère se fatiguait moins, il ne cherchait plus son souffle.

Lorsqu'il revint à lui-même, Al remarqua que pendant tout le temps qu'il avait aidé Mesure, il n'avait pas posé le pied sur une brindille qui se serait cassée, pas plus qu'il ne s'était fait fouetter par une branche pleine d'épines qui se serait rabattue après le passage du Rouge devant lui. Mais maintenant, plus que jamais il se cognait, trébuchait et se piquait. Il conclut aussitôt que rien n'avait en réalité changé et qu'il n'y avait guère prêté attention parce qu'il ne s'occupait pas vraiment de lui-même. A l'instant où il parvenait à s'en convaincre, où il se mettait à y croire, il s'aperçut aussi que les sons du monde avaient changé. En ce moment, ils se résumaient à des respirations, des pieds pâles martelant le sol ou bruissant sur de vieilles feuilles mortes. Le cri d'un oiseau de temps en temps, une mouche qui bourdonne. Rien de remarquable, sauf qu'Al se souvenait parfaitement bien, pendant qu'il guérissait Mesure, avoir entendu autre chose, une sorte de musique, comme une… musique verte. Ça alors, ça ne voulait rien dire. La musique, elle ne pouvait pas avoir de couleur, c'était complètement idiot. Al chassa donc cette idée de son esprit, il n'y pensa plus. Pourtant, il avait beau ne pas y penser, il avait envie de l'entendre à nouveau. L'entendre, la voir, la sentir, n'importe quoi mais qu'elle revienne.

Un petit détail encore. Jusqu'à ce qu'il fût sorti de lui-même pour aider Mesure, son corps n'était pas non plus très vaillant ; il était même au bord de l'épuisement. Mais à présent il se sentait en pleine forme, tout fonctionnait bien, il respirait à pleins poumons, ses bras et ses jambes donnaient l'impression de ne jamais pouvoir se fatiguer, aussi robustes dans leur mouvement que les arbres dans leur immobilité. Peut-être bien qu'en guérissant Mesure il s'était aussi d'une certaine façon guéri lui-même… Mais il n'y croyait pas vraiment, parce qu'il savait toujours ce qu'il faisait et ne faisait pas. Non, dans l'idée d'Alvin junior, son corps allait mieux pour une autre raison. Et cette autre raison, soit elle participait de la musique verte, soit elle la créait, soit les deux découlaient d'autre chose encore. Autant qu'Al pouvait en juger.

A courir comme ça, Mesure et lui n'eurent pas l'occasion de se parler avant la tombée de la nuit, lorsqu'ils arrivèrent dans un village de Rouges, dans la boucle d'une rivière profonde et noire. Ta-Kumsaw les conduisit au beau milieu du village, puis il s'en alla, les laissant seuls. La rivière coulait juste en bas de la pente auprès d'eux… peut-être une centaine de yards de sol herbeux.

« Tu crois qu'on peut atteindre c'te rivière sans qu'ils nous attrapent ? chuchota Mesure.

— Non, répondit Al. Et pis j'sais pas nager, n'importe comment. P'pa m'a jamais laissé m'approcher de l'eau. »

Alors les femmes et les enfants rouges sortirent tous des huttes de branchages et de boue où ils habitaient pour montrer du doigt les deux Blancs tout nus, un homme et un jeune garçon, pour se moquer d'eux et leur jeter des mottes de terre. Au début, Al et Mesure essayèrent de les esquiver, mais les autres n'en rigolaient que davantage, ils leur couraient autour et leur jetaient des paquets de boue sous différents angles, visant la figure ou l'entrejambe. Finalement, Mesure s'assit dans l'herbe, se cacha la tête dans les genoux, et les laissa bombarder tout leur soûl. Al fit de même. Puis quelqu'un aboya quelques mots, et la projection de mottes cessa. Al releva la tête à temps pour voir s'éloigner Ta-Kumsaw, tandis que deux de ses guerriers venaient pour les surveiller et prévenir tout nouvel incident.

« J'ai jamais couru si longtemps d'ma vie, dit Mesure.

— Moi non pus, fit Al.

— Au début, j'ai bien cru que j'allais y rester, j'en pouvais plus. Et v'là que j'trouve mon second souffle. J'pensais pas y arriver. »

Al ne répondit pas.

« A moins que t'aies eu quèque chose à voir là-dedans ?

— P't-être un peu, fit Al.

— J'connais jamais d'quoi t'es capable, Alvin.

— Moi non pus », dit Al, et c'était la vérité.

« Quand c'te hache est tombée sus mes doigts, j'croyais que j'pourrais pus jamais travailler.

— 'core une chance qu'ils ayent pas essayé d'nous noyer.

— Toi et ton eau, fit Mesure. Enfin, j'suis ben heureux pour c'que t'as fait, Al. J'dirais *quand même* que ç'aurait été mieux si t'avais pas fait glisser l'chef comme ça quand il a voulu lutter au bras d'fer avec moi.

— Pourquoi donc ? fit Al. J'voulais pas qu'y t'fasse du mal…

— Tu pouvais pas connaître, Al, alors c'est pas grave. Mais ce genre de lutte-là, c'est pas pour faire mal, c'est une sorte d'épreuve. De virilité, de rapidité et tout ça. S'il me bat mais que j'me défends bien, alors j'aurai droit à son respect, et si c'est moi qui l'bats à la loyale, eh ben, là aussi j'aurai son respect. C'est Armure qui m'en a parlé. Ils font ça tout l'temps. »

Alvin réfléchissait. « Alors, quand je l'ai fait tomber, c'était pas bien ?

— J'sais pas. Ça dépend de ce qu'ils pensent, pourquoi ça s'est produit. P't-être qu'ils vont se dire que c'est Djeu qui m'soutient, ou quèque chose.

— Ils croyent en Djeu ?

— Ils ont un prophète, pas vrai ? Comme dans la Bible. En tout cas, j'espère bien qu'à cause de ça ils vont pas s'figurer que j'suis un lâche et un tricheux. Du coup, ça irait mal pour moi.

— Ben, j'vais leur dire que c'est moi qui l'a fait, dit Al.

— Surtout pas. C'qui nous a sauvés, c'est qu'ils connaissaient pas que c'était toi qu'avais modifié les couteaux, les haches et l'restant. S'ils l'avaient su, Al, ils t'auraient fendu la tête en deux, réduit en bouillie et fait ce qu'ils auraient voulu d'moi. La seule chose qui t'a sauvé, c'est qu'ils connaissaient pas la cause de tout ça. »

Puis ils se mirent à parler de p'pa et m'man qui devaient se faire du mauvais sang, se demandant où s'arrêterait la colère de m'man, à moins qu'elle soit trop inquiète pour s'en prendre à p'pa ; et il devait y avoir des hommes à les rechercher à présent, même si les chevaux n'étaient jamais rentrés à la maison, parce qu'en ne les voyant pas arriver pour dîner, les Peachee n'auraient pas perdu une minute pour donner l'alerte.

« Ils vont causer d'guerre avec les Rouges, dit Mesure. J'en sais quèque chose... y a plein d'genses à r'monter de Carthage qui détestent déjà Ta-Kumsaw, par rapport qu'cette année il a emporté leurs bêtes.

— Mais c'est Ta-Kumsaw qui nous a sauvés, dit Al.

— C'en a l'air, en tout cas. Mais j'note qu'il nous a pas ramenés à la maison, ni même demandé où qu'elle se trouvait, la maison. Et comment ça s'fait qu'il soye arrivé au bon moment, s'il était pas lui-même dans l'coup ? Non, Al, j'connais pas ce qui s'passe, mais Ta-Kumsaw nous a pas sauvés, ou alors pour des raisons à lui, et j'suis pas sûr qu'il nous veut du bien. Et puis d'abord, j'aime pas beaucoup rester comme ça tout nu au milieu d'un village rouge.

— Moi non pus. Et pis j'ai faim. »

Mais il n'attendirent pas longtemps avant que Ta-Kumsaw ne sorte de sa hutte avec un pot de bouillie de maïs. C'était presque drôle de voir ce grand Rouge au maintien royal porter ça comme n'importe quelle squaw. Mais passée la première surprise, Al se rendit compte que dans le cas de Ta-Kumsaw, porter un pot avait un air de grande noblesse.

Il déposa le récipient devant Al et Mesure puis prit deux bandes de tissu, du tissage de Rouge, qu'il avait autour du cou. « Couvrez-vous », fit-il, et il leur en tendit chacun une. Ni l'un ni l'autre n'avait la moindre idée sur la façon de nouer un pagne, surtout que Ta-Kumsaw tenait toujours les ceintures en peau de cerf censées les maintenir. Il rit de leur confusion, puis il fit se lever Al. Il l'habilla lui-même ; Mesure vit comment s'y prendre et se couvrit à son tour. Ça n'était pas comme de vrais vêtements, mais c'était autrement mieux que de rester complètement nus.

Ensuite Ta-Kumsaw s'assit dans l'herbe devant les deux Blancs, le pot au milieu, et il leur montra comment manger la bouillie : plonger la main à l'intérieur, en retirer la mixture tiède, gélatineuse, et se l'enfourner dans la bouche ouverte. Le goût douceâtre faillit lever le cœur d'Alvin. Mesure s'en aperçut et ordonna : « Mange. » Alvin mangea donc et, à peine les premières bouchées avalées, il sentit son ventre en réclamer d'autres, malgré la persuasion dont il devait faire preuve auprès de son gosier pour qu'il accepte de les laisser passer.

Quand ils eurent bien nettoyé le pot jusqu'au fond, Ta-Kumsaw le repoussa. Il regarda un moment Mesure. « Comment tu m'as fait tomber, poltron blanc ? » fit-il.

Al ne demandait qu'à parler, mais Mesure répondit plus vite et plus fort. « J'suis pas un poltron, chef Ta-Kumsaw, et si vous voulez encore lutter, ça s'ra à la loyale. »

Ta-Kumsaw eut un sourire menaçant. « Alors tu peux me faire tomber devant toutes ces femmes et tous ces enfants qui regardent ?

— C'était moi », fit Alvin.

Ta-Kumsaw tourna la tête, lentement, la figure toujours fendue de son sourire — quand même moins menaçant, à présent. « Tout petit garçon, dit-il. Enfant insignifiant. Tu peux affaiblir le sol sous mes pieds ?

— C'est que j'ai un talent, dit Alvin. J'connaissais pas qu'vous vouliez pas y faire du mal.

— J'ai vu une hachette, fit Ta-Kumsaw. Des traces de doigts comme ça. »

Il fit monter et descendre son doigt pour expliquer l'empreinte que la main de Mesure avait laissée dans la lame de la hache. « C'est toi ?

— Ça s'fait pas d'couper les doigts aux genses. »

Ta-Kumsaw éclata d'un rire sonore. « Très bien ! » Puis il se pencha tout près. « Les talents des hommes blancs, ils font du bruit, beaucoup de bruit. Mais toi, ce que tu fais est si peu bruyant que personne ne s'en aperçoit. »

Al ne savait pas de quoi il parlait.

Dans le silence, Mesure demanda d'une voix forte et drôlement assurée : « Qu'esse vous allez faire de nous, chef Ta-Kumsaw ?

— Demain nous courons encore, dit-il.

— Alors pourquoi qu'vous nous laisseriez pas courir jusque chez nous autres ? Doit y avoir une centaine de voisins qui nous cherchent, asteure, aussi furieux qu'des frelons. Va y avoir du vilain si vous nous laissez pas rentrer. »

Ta-Kumsaw secoua la tête. « Mon frère vous veut. »

Mesure regarda Alvin, puis à nouveau Ta-Kumsaw. « Vous voulez dire le Prophète ?

— Tenskwa-Tawa », fit Ta-Kumsaw.

Mesure prit un air dégoûté. « Si j'comprends bien, il a construit sa Prophetville durant quatre ans, personne lui a cherché d'histoires, Blancs et Rouges s'entendaient au mieux, et v'là qu'asteure il s'amuse à enlever des Blancs, à les torturer et… »

Ta-Kumsaw frappa dans ses mains, violemment. Mesure se tut. « Les Chok-Taws vous ont pris ! Les Chok-Taws ont voulu vous tuer ! Mon peuple ne tue pas sauf pour défendre notre terre et nos familles contre les voleurs et les assassins blancs. Et le peuple de Tenskwa-Tawa, il ne tue pas du tout. »

C'était la première fois qu'Al entendait parler d'une scission entre le peuple de Ta-Kumsaw et celui de Tenskwa-Tawa.

« Alors comment qu'vous avez connu ousqu'on était ? demanda Mesure. Comment qu'vous avez pu nous trouver ?

— Tenskwa-Tawa vous a vus, dit Ta-Kumsaw. M'a dit de me dépêcher et de vous prendre, vous sauver des Chok-Taws, vous amener au Mizogan. »

Mesure, plus au fait des cartes d'Armure-de-Dieu qu'Alvin, reconnut le nom. « C'est l'grand lac, où y a Fort Chicago.

— Nous n'allons pas à Fort Chicago, dit Ta-Kumsaw. Nous allons au lieu saint.

— Une église ? » demanda Alvin.

Ta-Kumsaw se mit à rire. « Vous, les Blancs, quand vous faites un lieu saint, vous construisez des murs, et rien de la terre ne peut entrer. Votre dieu n'est rien et n'est nulle part, alors vous construisez une église sans rien de vivant à l'intérieur, une église qui pourrait être n'importe où, aucune importance… rien et nulle part.

— Ben alors, qu'esse qui fait qu'un lieu, il est saint ? demanda Alvin.

— C'est là où l'homme rouge parle à la terre et où la terre lui répond. » Ta-Kumsaw eut un grand sourire. « Maintenant dormez. Nous partirons quand il fera encore noir.

— Il va faire drôlement froid, c'te nuit, dit Mesure.

— Les femmes vont apporter des couvertures. Les guerriers n'en ont pas besoin. C'est l'été. » Ta-Kumsaw s'éloigna de quelques pas avant de se retourner vers Alvin. « Weaw-Moxiky courait derrière toi, jeune Blanc. Il a vu ce que tu as fait. N'essaye pas de cacher le secret à Tenskwa-Tawa. Il saura si tu mens. » L'instant d'après, le chef était parti.

« De quoi il parle ? demanda Mesure.

— J'voudrais bien savoir, fit Al. J'vais avoir du mal à dire la vérité si j'connais pas ce qu'elle est, c'te vérité. »

Les couvertures arrivèrent bientôt. Al se blottit contre son grand frère, davantage pour se rassurer que pour se réchauffer. Mesure et lui chuchotèrent un moment, cherchant à comprendre. Si Ta-Kumsaw n'était pas responsable de leur enlèvement, alors pourquoi les Chok-Taws avaient-ils gravé son nom et celui du Prophète sur les selles ? Et même s'il n'avait rien à y voir, le fait qu'il se retrouve aujourd'hui avec les prisonniers et sa décision de les emmener au lac Mizogan au lieu de les laisser rentrer chez eux, ç'allait donner très mauvaise impression. Il allait falloir en raconter de belles pour empêcher cette affaire de tourner à la guerre.

Enfin ils se turent, exténués par leur longue course, sans parler de leurs efforts pour déplacer l'arbre et de la terreur qui les avait pris lorsque les Chok-Taws s'apprêtaient à les torturer. Mesure se mit à ronfler légèrement. Alvin, lui, laissa dériver son esprit. Dans les tout derniers instants de veille, il entendit à nouveau la musique verte, ou bien il la vit, en tout cas il sut qu'elle était là. Mais avant même de pouvoir l'écouter, il sombra. Il sombra et dormit d'un sommeil parfaitement paisible ; la brise nocturne ramenant la fraîcheur de la rivière, la couverture et le corps de Mesure qui lui tenaient chaud, les bruits des bêtes dans le noir, les pleurs d'un bébé affamé quelque part dans une hutte : tout cela participait de la musique verte qui dansait dans sa tête.

VIII

L'ami des Rouges

ILS SE RASSEMBLÈRENT dans la clairière, une trentaine d'hommes en colère, la mine sombre, fatigués d'avoir marché à travers bois. La piste avait été assez facile à suivre, mais il semblait que les branches s'ingéniaient à les agripper et les racines à leur faire des crocs-en-jambe... La forêt n'était jamais prévenante pour l'homme blanc. Ils avaient perdu une heure quand la piste s'était arrêtée près d'un ruisseau, et ils avaient dû remonter puis redescendre le courant pour découvrir où les Rouges en étaient sortis et avaient remis leurs prisonniers sur la terre ferme. Le vieil Alvin Miller avait failli devenir fou en constatant qu'ils avaient entraîné ses gars dans l'eau — il avait fallu dix minutes à son fils Placide pour le calmer avant qu'il puisse se remettre en route. L'homme était tout bonnement malade de peur.

« J'aurais pas dû l'faire partir, j'aurais jamais dû le laisser s'en aller », ne cessait-il de répéter.

Et Placide, de son côté, ne cessait aussi de répéter : « Ç'aurait pu arriver n'importe où, faut pas t'en vouloir, on va bien les r'trouver, ils marchent encore, non ? » Dans tout ce qu'entendait Alvin Miller, c'était surtout la voix de Placide qui l'apaisait, c'était sa façon à lui... son talent, disaient même certains, et sa mère lui avait donné ce nom-là rapport à ce qu'il savait le mieux faire.

Puis ils entrèrent dans la clairière, et les pistes se divisèrent dans cinq ou six directions différentes avant de disparaître brusquement au bout de quelques pas. Ils découvrirent les sous-vêtements déchirés des garçons tout près dans la forêt, en direction du nord-ouest. Personne ne crut utile de les montrer à Alvin Miller, et lorsqu'il arriva sur place — c'est lui qui fermait la marche, Placide à ses côtés —, les caleçons avaient été ramassés, hors de vue.

« On arrivera jamais à suivre leur piste d'icitte, déclara Armure-de-Dieu. Les gamins, ils laissent pus d'traces, asteure... c'qui veut rien dire, m'sieur Miller, alors vous tourmentez donc pas. » Armure appelait son beau-père « monsieur Miller » depuis que le meunier l'avait expulsé de chez lui le jour où il était venu prétendre qu'Al junior mourait à cause de la famille qui commettait le péché d'user de charmes et de supplications. Ça semble pas normal d'appeler « p'pa » celui qui vous a éjecté de sa galerie. « P't-être qu'ils ont porté les garçons ou qu'ils sont r'passés par derrière eux pour effacer leurs traces, comme qui dirait. On connaît tous qu'un Rouge, quand il veut pas laisser de traces, eh ben, y en a pas.

— Oui, on les connaît, les Rouges, dit Al Miller. Et aussi c'qu'y font aux jeunes Blancs quand ils...

— Tout ce qu'on connaît pour l'instant, c'est qu'ils veulent nous faire peur, dit Armure.

— Et ça marche, dit l'un des Suédois. Ils nous flanquent une peur bleue, à ma famille et moi.

— Et pis tout l'monde connaît qu'Armure-de-Dieu, c'est l'ami des Rouges. »

Armure regarda autour de lui pour savoir qui avait dit ça. « Si par “ami des Rouges” t'insinues qu'à mon avis les Rouges sont autant des êtres humains qu'les Blancs, alors c'est vrai. Mais si t'insinues que j'aime les Rouges *mieux* qu'les Blancs, alors montre un peu d'courage et sors me l'dire en face, que j't'écrabouille la goule contre l'écorce d'un arbre.

— Il n'y a pas lieu de se disputer », dit le révérend Thrower, le souffle court. L'exercice, ça n'était pas son fort, à Thrower, alors il venait seulement de rattraper les autres. « Notre Seigneur Dieu aime tous ses enfants, même les païens. Armure-de-Dieu est un bon chrétien. Mais nous savons tous que si jamais la guerre se déclare entre chrétiens et païens, Armure-de-Dieu se rangera du côté de la vertu. »

Un murmure d'approbation parcourut la troupe. En fin de compte, ils l'appréciaient tous, Armure ; il leur avait prêté de l'argent, à la plupart d'entre eux, ou fait crédit dans son magasin, et il n'était jamais sur leur dos pour se faire payer… Sans Armure, nombre de fermiers n'auraient pas pu s'en sortir pendant leurs premières années dans la région de la Wobbish. Mais reconnaissants ou non, ils savaient tous qu'il traitait les Rouges quasiment comme s'ils étaient blancs, ce qui paraissait plutôt louche par les temps qui couraient.

« On y est, en guerre, asteure, dit un homme. On a pas b'soin d'suivre leurs traces, à ces Rouges. On a leurs noms sus les selles, gravés dans l'cuir.

— Hé là, pas si vite ! reprit Armure-de-Dieu. Réfléchissez une minute ! Durant tout l'temps que Prophetville s'est construite, de l'aut' côté d'la Wobbish, en face de Vigor Church, est-ce qu'un Rouge vous a seulement chapardé quèque chose ? Battu un d'vos drôles ? Volé un cochon ? Fait du tort à l'un d'vous autres ?

— Moi, j'dis qu'enlever les gars d'Al Miller, c'est c'qui s'appelle faire du tort ! lança un homme.

— J'vous parle des Rouges de Prophetville ! Vous connaissez qu'ils ont jamais rien fait d'mal, ça vous l'*savez* ! Et vous savez aussi pourquoi. C'est par rapport que l'Prophète leur dit de vivre en paix, d'rester sus leurs terres et de pas faire de mal à l'homme blanc.

— C'est pas c'que dit Ta-Kumsaw !

— Et pis même s'ils avaient *vraiment* voulu commettre un crime horrible contre les Blancs — mais c'est pas c'que j'dis —, est-ce qu'y en a un parmi vous qui croit Ta-Kumsaw ou Tenskwa-Tawa assez bêtes pour signer leur nom ?

— Ils sont fiers de tuer des Blancs !

— Si l'Rouge avait d'la cervelle, il s'rait blanc !

— Vous voyez c'que j'veux dire par "ami des Rouges" ? »

Armure-de-Dieu connaissait ces gens et il savait que la plupart d'entre eux étaient encore de son côté. Même les râleurs n'allaient pas agir à la hâte ; ils ne bougeraient pas jusqu'à ce que le groupe décide de passer à l'action. Qu'ils l'appellent donc l'ami des Rouges, il s'en fichait, quand on avait peur et qu'on était en colère, on disait des mots qu'on regrettait par la suite. Du moment qu'ils attendaient. Du moment qu'ils ne se lançaient pas dans une guerre contre les Rouges.

Car Armure avait des doutes sur toute cette affaire. C'était vraiment trop facile, ce coup des chevaux renvoyés d'où ils venaient avec les noms inscrits sur la selle. Ça n'était pas dans la manière des Rouges, même des mauvais qui vous auraient tué à vue. Armure les connaissait assez pour savoir qu'ils ne torturaient que pour donner à leur prisonnier une chance de prouver sa bravoure, non pour terroriser les gens. (Du moins la plupart des Rouges — il circulait des histoires sur les Irrakwas avant qu'ils ne se civilisent.) Donc, ceux qui avaient agi ainsi ne se comportaient pas comme des Rouges ordinaires. Armure avait la quasi-conviction qu'ils avaient agi sur commande. Les Français, à Détroit, cherchaient depuis des années à déclencher les hostilités entre les Rouges et les colons blancs... c'étaient peut-être eux. Ou peut-être Bill Harrison. Ah oui, ça pouvait bien être lui, cette espèce d'araignée là-bas, dans son fort sur l'Hio. Armure jugeait cette hypothèse la plus vraisemblable. Evidemment, il ne se risquerait pas à le crier sur les toits, parce qu'on penserait qu'il en était jaloux, de Bill Harrison, ce qui était vrai... il était bel et bien jaloux. Mais il savait aussi que Harrison était un être malfaisant, prêt à tout pour parvenir à ses fins. Peut-être même à lancer des sauvages de Rouges du côté de Prophetville pour tuer quelques jeunes Blancs. Après tout, c'était Tenskwa-Tawa qui avait incité la plupart des Rouges de la région dépendant de Harrison à ne plus toucher au whisky et à venir à Prophetville. Et c'était Ta-Kumsaw qui avait fait fuir la moitié des colons blancs de là-bas. Il semblait à Armure que Harrison se cachait derrière tout ça, plus vraisemblablement que les Français.

Mais il ne pouvait rien en dire, faute de preuves. Il lui fallait seulement s'efforcer de calmer les esprits en attendant d'en trouver une, irréfutable.

Ce qui risquait de se produire vite. Ils avaient amené le vieux Tack Sweeper, qui suivait en ahanant les meilleurs d'entre eux — il avait une vigueur remarquable pour un homme dont les poumons rendaient un son de hochet à chaque fois qu'il respirait. Tack Sweeper, il avait un talent, auquel il ne fallait pas trop se fier, il était le premier à le reconnaître. Mais parfois il obtenait de remarquables résultats. Il restait comme ça quelque part, les yeux fermés, et il arrivait à voir ce qui s'y était passé. Des petites visions brèves, quelques visages. Comme la fois où l'on avait craint que Jan de Vries se soit tué volontairement ou qu'il se soit fait assassiner, Tack avait vu qu'il s'agissait d'un accident, que son fusil lui était parti dans la figure ; on avait donc pu enterrer Jan dans le cimetière sans se soucier de pourchasser un meurtrier.

L'espoir, c'était donc que Tack révèle quelque chose sur ce qui s'était produit dans la clairière. Il repoussa tout le monde jusqu'à la lisière du bois pour dégager le terrain au milieu duquel il se mit à se déplacer ici et là, à pas lents, les yeux fermés. « Vous auriez pas dû autant vous énerver icitte, les gars, dit-il au bout d'un moment. Tout c'que j'vois, c'est vos caquetages. » Ils rirent, un peu confus. Ils auraient dû savoir qu'avant l'arrivée de Tack, fallait éviter d'embrouiller les souvenirs d'un lieu.

« Ç'a pas l'air bon. J'arrête pas d'voir des goules de Rouges. Un couteau, toutes sortes de coups de couteaux sus d'la peau. Une hachette qui tombe. »

Al Miller gémit.

« C'est la vraie pagaïe icitte, il s'est passé trop d'affaires, dit Tack. J'arrive pas à bien voir. Non. Non, ça y est… un homme. Un Rouge, je l'reconnais, j'l'ai déjà vu… il est là, debout, il bouge pas d'un pouce, je r'connais sa figure.

— Qui c'est ? » fit Armure-de-Dieu. Mais il savait déjà, il sentait l'appréhension lui serrer le cœur, oh oui, il savait.

« Ta-Kumsaw », dit Tack. Il rouvrit les yeux, tout grands, et regarda Armure, l'air de s'excuser. « Moi non pus, j'aurais pas cru ça d'lui, Armure, fit-il. J'ai toujours pensé qu'y avait pas d'homme plusse brave que Ta-Kumsaw. Mais il était icitte, et il commandait. Je l'ai vu d'bout, là, et il disait aux autres quoi faire. Il s'trouvait exactement là. Je l'vois bien, par rapport que personne s'est tenu à c'te même place aussi longtemps qu'lui. Et il fumait d'rage. Y a pas d'erreur là-d'sus. »

Armure le crut. Ils le crurent tous ; ils savaient qu'on pouvait se fier à Tack ; s'il disait qu'il en était sûr, c'est qu'il en était sûr. Mais il devait y avoir une explication. « P't-être qu'il est venu sauver les garçons, qu'esse vous en dites ? P't-être qu'il est venu empêcher une bande de Rouges excités de…

— Ami des Rouges ! cria quelqu'un.

— Vous l'connaissez, Ta-Kumsaw ! C'est pas un lâche, et enlever ces gamins, c'est un acte de lâche, vous l'connaissez bien, quand même !

— Un Rouge, on l'connaît jamais.

— Ta-Kumsaw, il a pas pris les garçons ! insista Armure-de-Dieu. Je l'sais ! »

Puis tout le monde se tut, car le vieil Al Miller se frayait un passage pour s'approcher d'Armure-de-Dieu. Il dévisagea son gendre, oui, et la colère lui donnait une figure infernale. « Tu sais rien du tout, Armure-de-Dieu Weaver. T'es la pire raclure de pot d'chambre qui soye. D'abord, t'as marié ma fille et t'y as défendu de s'adonner aux sortilèges, comme le crétin qu'tu es, d'après que c'était l'œuvre du diable. Pis t'as laissé tous ces Rouges s'installer dans l'pays. Et quand on a pensé construire une palissade, t'as dit : "Non, si on construit une palissade, ça donnera seulement aux Français l'occasion de l'attaquer et d'y foutre le feu, on va être *amis* avec les Rouges, comme ça ils nous laisseront tranquilles, on va *commercer* avec les Rouges." Eh ben, regarde c'que ç'a donné ! Regarde où ç'a nous a menés ! On est drôlement contents de t'avoir écouté, asteure ! J'crois pas qu'tu soyes l'ami des Rouges, Armure-de-Dieu, j'crois que t'es l'abruti le plus coupable qu'a jamais traversé l'Hio pour s'en venir dans l'Ouest, et les seuls qui soyent encore plus bêtes que toi, c'est nous autres si on t'écoute une minute de plusse ! »

Puis Al Miller se retourna face aux hommes qui le regardaient avec du respect sur le visage, comme s'ils venaient de découvrir la majesté pour la première fois de leur vie. « Depuis dix ans on fait comme nous dit Armure. Mais moi, j'en ai assez. J'ai perdu un garçon dans la rivière Hatrack en venant dans c'pays, et c'te ville, elle porte son nom. Asteure, j'en ai perdu deux autres. Il m'reste plus que cinq fils, mais je m'en vais leur coller un fusil dans les pattes, j'vous l'garantis, et les emmener à Prophetville pour expédier les Rouges en enfer, même si on doit tous y passer ! Vous m'entendez ? »

Pour ça, ils l'entendaient, et comment ! Ils l'entendaient et ils lui répondirent par des cris d'approbation. C'étaient les paroles qu'ils attendaient, des paroles de colère, de haine, de vengeance, et personne ne pouvait mieux les leur offrir qu'Alvin Miller, un homme d'ordinaire paisible, qui ne cherchait jamais querelle à qui que ce soit. Qu'il soit le père des garçons capturés ne donnait que plus de poids à son discours.

« C'que j'vois, moi, reprit Al Miller, c'est que Bill Harrison avait bel et bien raison. Y a pas moyen que l'homme rouge et l'homme blanc, ils se partagent cette terre. Et j'm'en vais vous dire aut' chose : c'est pas moi qui partirai de d'là. Y a ben trop d'mon sang d'répandu icitte pour que j'fiche le camp. D'sus c'te terre ou d'sous, moi j'reste. »

Moi pareil, dirent tous les autres. T'es dans l'vrai, Al Miller. On reste.

« Grâce à Armure, là, on a pas de palissade, et y a pas d'fort de l'armée américaine plus près que Carthage City. Si on s'bat tout d'suite, on risque d'y perdre tout ce qu'on a, nos familles et nos biens. Alors on va s'tenir à distance des Rouges autant qu'on peut et aller quérir de l'aide. Une douzaine d'hommes vont descendre à Carthage City supplier Bill Harrison d'nous envoyer une armée, et p't-être d'amener ses canons si c'est possible. J'ai pus mes deux garçons, et mille Rouges pour chacun, ça suffira pas pour que j'soye vengé ! »

❄

Les douze cavaliers se mirent en route le lendemain matin à la première heure. Ils partirent des champs communaux, qui se remplissaient de chariots à mesure que les familles des fermes isolées venaient en ville se faire héberger chez des parents et des amis proches. Mais Al Miller n'était pas là pour les voir partir. La veille, ses paroles les avaient mis en branle, mais il n'allait pas prendre leur tête pour autant. Il ne voulait pas commander. Il voulait seulement que ses garçons reviennent.

Dans l'église, Armure-de-Dieu était assis sur le banc tout devant, découragé. « On fait une terrible erreur, dit-il au révérend Thrower.

— C'est ce que font les hommes, dit Thrower, quand ils prennent leurs décisions sans l'aide du Seigneur.

— C'était pas Ta-Kumsaw, je l'sais. Ni l'Prophète non plus.

— Il n'est pas prophète, pas de Dieu, en tout cas, fit Thrower.

— C'est pas un meurtrier non plus, poursuivit Armure. P't-être que Tack avait raison, p't-être que Ta-Kumsaw avait à voir là-d'dans. Mais y a une chose que j'connais. Ta-Kumsaw, c'est pas un tueur. Même quand il était jeune, durant la guerre du général Wayne, y avait une bande de Rouges décidés à brûler vifs un groupe de prisonniers, comme ils faisaient en c'temps-là… des Chippy-Was, j'crois bien que c'était. Et v'là qu'arrive Ta-Kumsaw, tout seul, ce Shaw-Nee, là, sans personne avec lui, et il les arrête. "On veut que l'homme blanc nous respecte, qu'il nous traite en nation, qu'il leur dit. L'homme blanc nous respectera pas si on agit comme ça ! Faut qu'on soye civilisés. Pas de prisonniers scalpés, torturés, brûlés, tués." C'est ça qu'il leur a dit. Et il a pas changé depuis. Il tue dans la bataille, oui, mais durant tous ses raids dans l'Sud il a pas tué une seule personne, rendez-vous compte ! Si c'est Ta-Kumsaw qu'a les gars Miller, alors ils sont autant en sécurité que s'ils dormaient chez eux auprès d'leur maman. »

Thrower soupira. « J'imagine que vous connaissez ces Rouges mieux que moi.

— Je les connais mieux qu'personne. » Il eut un rire amer. « Alors on me traite d'ami des Rouges et on écoute pas un mot de ce que j'dis. Asteure, ils appellent à la rescousse ce tyran de trafiquant de whisky de Carthage City. Qu'il fasse n'importe quoi, il sera un héros. Et alors, ils l'éliront gouverneur pour de bon. Zut, probable qu'ils l'éliront président, si jamais la Wobbish rejoint les Etats-Unis.

— Je ne connais pas ce Harrison. Ce ne peut pas être le démon que vous dépeignez. »

Armure éclata de rire. « Des fois, révérend, j'vous trouve aussi naïf qu'un p'tit enfant.

— Et c'est ainsi que le Seigneur nous désire. Armure-de-Dieu, soyez patient. Tout cela finira selon la volonté du Seigneur. »

Armure s'enfouit le visage dans les mains. « C'est bien ce que j'espère, révérend. Oh oui. Mais j'arrête pas d'penser à Mesure, un bon gars comme on aime en trouver, et à ce gamin, Alvin, si mignon, auquel son papa tient tellement, et… »

Le visage de Thrower se fit menaçant. « Alvin junior, murmura-t-il. Qui aurait imaginé que le Seigneur se servirait de païens pour parvenir à ses fins ?

— De quoi vous parlez ? demanda Armure.

— De rien, Armure, de rien. Je dis seulement que toute cette affaire traduit peut-être exactement, *exactement*, la volonté du Seigneur. »

En haut de la colline, chez les Miller, Al n'avait pas bougé de la table du petit-déjeuner. Il n'avait pas touché au dîner de la veille, et lorsqu'il avait voulu manger ce matin, il avait failli vomir sur son repas. Fidelity avait tout débarrassé et, debout maintenant derrière lui, elle lui frictionnait les épaules. Pas une seule fois elle ne lui avait reproché : « Je t'avais bien dit de pas les envoyer. » Mais ils le savaient tous les deux. C'était comme une épée suspendue entre eux, qui leur faisait craindre de tendre la main vers l'autre. Le silence fut brisé par l'arrivée d'Econome, une carabine à l'épaule. Il la déposa près de la porte d'entrée, saisit une chaise à la volée pour s'asseoir à califourchon et regarda ses parents. « Y sont partis, ils vont quérir l'armée. »

A sa grande surprise, son père baissa seulement la tête pour la poser sur ses bras, croisés sur la table.

Maman le regarda, le visage miné par l'inquiétude et le chagrin. « Depuis quand t'as appris à t'servir de ça ?

— Fortuné et moi, on s'est entraînés, dit-il.

— Et tu vas tuer des Rouges avec ? »

Econome fut étonné de son ton dégoûté. « J'y compte bien, fit-il.

— Et quand tous les Rouges seront morts, que tu feras un grand tas de leurs cadavres, esse que Mesure et Alvin sortiront de là-d'sous et me r'viendront à la maison ? »

Econome secoua la tête.

« Hier soir, y a un Rouge qu'a r'trouvé sa famille, tout fiérot d'avoir tué des jeunes Blancs. » Sa voix se brisa, mais elle continua tout de même, car lorsque Fidelity Miller avait quelque chose à dire, elle le disait. « Et p't-être que sa femme ou sa maman lui a donné une petite tape de félicitation, ou lui a fait une bise et lui a préparé à dîner. Mais t'avise jamais de passer c'te porte pour me dire que t'as tué un homme rouge. Par rapport que t'auras pas de dîner, pas plusse que d'bise ni de tape sur l'épaule, ni un seul mot, t'auras plus d'chez toi et plus d'maman, tu m'entends ? »

Pour ça, il l'entendit, mais pas de cette oreille. Il se leva, repartit vers la porte et reprit son arme. « Tu penses comme tu veux, m'man, dit-il, mais c'est la guerre, alors je m'en vais tuer des Rouges, puis je m'en vais revenir à la maison et je m'en vais m'en vanter bien fort. Et si à cause de ça tu veux pus être ma mère, alors autant que tu cesses de l'être dès à présent, attends pas que j'revienne. » Il ouvrit la porte mais marqua une pause avant de la claquer derrière lui. « Fais pas c'te tête, m'man. P't-être que j'vais pas rev'nir du tout. »

Jamais encore il n'avait parlé à sa mère comme ça et il n'était pas certain d'en éprouver de la satisfaction. Mais elle était folle, elle ne comprenait pas qu'on était en guerre désormais, que les Rouges avaient déclaré ouverte la chasse aux Blancs, et donc qu'on n'avait plus le choix.

Ce qui l'embêtait le plus, pourtant, tandis qu'il enfourchait son cheval et s'éloignait vers chez David, c'était qu'il croyait bien, sans certitude, que papa pleurait. Ça, c'était la meilleure. Hier, papa s'emportait contre les

Rouges, puis voilà que maman parlait contre la guerre, et papa pleurait sur sa chaise. C'était peut-être de vieillir qui le rendait comme ça. Mais ça n'était pas les affaires d'Econome, pas maintenant. Peut-être que papa et maman ne voulaient pas qu'on tue les Rouges pour avoir pris la vie de leurs fils, mais Econome savait que c'était ce qu'il leur réservait pour avoir pris la vie de ses frères. Le sang de Mesure et d'Alvin, c'était son sang, et ceux qui avaient fait couler son sang allaient eux aussi verser le leur, un gallon pour une goutte.

IX

Le lac Mizogan

De toute sa vie, jamais Alvin n'avait vu si vaste étendue d'eau. Debout au sommet d'une dune de sable, il contemplait le lac. Mesure se tenait auprès de lui, une main posée sur son épaule.

« P'pa m'a r'commandé de pas t'laisser approcher de l'eau, fit Mesure, et regarde-moi où c'est qu'ils t'ont amené. »

Le vent était vif et chaud, il soufflait parfois en rafales et faisait voler le sable comme autant de flèches minuscules. « Ils t'ont amené aussi, dit Al.

— Regarde, y a une grosse tempête qui s'en vient. »

Là-bas, au sud-ouest, les nuages s'assombrissaient, l'air mauvais. Il ne s'agissait pas d'un de ces orages d'été accompagnés d'une averse. Un éclair crépita à l'avant des nuages. Le coup de tonnerre se fit entendre beaucoup plus tard, assourdi par la distance. Tandis qu'il regardait, Alvin eut soudain l'impression que son champ de vision s'élargissait, qu'il voyait bien plus loin que précédemment, comme s'il parvenait à distinguer les tourbillons et les bouillonnements internes des nuées, à en sentir la chaleur et le froid, l'air glacé piquant vers le bas, l'air chaud s'élançant vers le haut, au milieu de circonvolutions qui agitaient un vaste pan circulaire du ciel.

« Une tornade, dit Al. Y a une tornade dans cet orage-là.

— J'en vois pas, fit Mesure.

— Elle arrive. Tiens, on voit l'air qui tourne. Regarde ça.

— J'te crois, Al. Mais c'est pas par icitte qu'on va trouver où s'cacher, m'est avis.

— Regarde-moi tout ce monde, dit Alvin. Si elle nous tombe dessus…

— Où t'as appris à prédire le temps ? demanda Mesure. T'as encore jamais fait ça. »

Al n'avait pas de réponse à donner. Il n'avait jamais, de cette façon-là, senti de tempête en lui. C'était comme la musique verte qu'il avait entendue la veille au soir ; il se passait des tas de choses bizarres depuis que les Rouges l'avaient capturé. Mais il n'allait pas perdre une minute de plus à se demander pourquoi il savait... c'était déjà beau de savoir. « J'ai quèqu'un à prévenir. »

Alvin dévala la dune ; il glissait de telle façon qu'à chaque pas il semblait bondir sur la déclivité, avant d'atterrir sur un pied et de rebondir. Jamais il n'avait descendu de colline aussi vite. Mesure lui courut après en criant : « Ils nous ont dit d'rester là-haut jusqu'à... » Une rafale de vent emporta ses paroles. Au pied de la colline, quand ils y parvinrent, le sable se faisait encore plus agaçant ; le vent en soulevait de grandes nappes des dunes pour les projeter au loin, avant de les laisser retomber. Al dut fermer les yeux, se les protéger de la main et détourner le visage... tout ce qui pouvait empêcher le sable de l'aveugler tandis qu'il se précipitait vers le groupe de Rouges rassemblés au bord de l'eau.

Ta-Kumsaw était facile à repérer, et pas seulement parce qu'il était grand. Les autres Rouges maintenaient un espace autour de lui, et il se dressait au milieu d'eux comme un roi. Al courut le rejoindre. « Y a une tornade qu'arrive ! cria-t-il. Y a une tornade dans ce nuage ! »

Ta-Kumsaw renversa la tête en arrière et éclata de rire ; le vent était si bruyant qu'Al l'entendit à peine. Puis Ta-Kumsaw avança la main par-dessus la tête d'Al pour toucher l'épaule d'un autre Rouge debout auprès de lui. « C'est le jeune garçon ! » hurla-t-il.

Al regarda l'homme à qui il s'adressait. Il n'avait pas du tout le maintien d'un roi... rien à voir avec Ta-Kumsaw. Il était légèrement voûté et il lui manquait un œil, la paupière inutile pendait sur une orbite vide. Sec d'allure, il avait des bras plus noueux que musclés et des jambes franchement maigrelettes. Saisi, les yeux levés vers son visage, Al le reconnut. Non, non, pas d'erreur.

Le vent tomba, l'espace d'une minute.

« L'homme-lumière, dit Alvin.

— L'enfant aux cancrelats, dit Tenskwa-Tawa, Lolla-Wossiky, le Prophète.

— T'es réel », dit Al. Ni un rêve, ni une vision. Un homme réel qui avait surgi au pied de son lit, pour disparaître et réapparaître, le visage aussi éblouissant que le soleil, qu'on ne pouvait regarder sans douleur. Mais c'était le même homme. « Je t'ai pas guéri, reprit Alvin. Je m'excuse.

— Si, tu m'as guéri », fit le Prophète.

Al se rappela soudain pourquoi il avait couru au bas de la dune pour faire irruption au milieu d'une conversation entre les deux plus grands Rouges du monde, ces frères aux noms connus de tous les Blancs, hommes, femmes et enfants, à l'ouest des montagnes d'Appalachie. « Une tornade », lança-t-il.

Comme pour lui répondre, le vent reprit de plus belle ; il hurlait à présent. Al se retourna, ce qu'il avait vu et senti se réalisait. Quatre trombes se formaient, elles pendaient au-dessous de l'orage comme des serpents tombant des arbres, ondulant vers le bas, la tête prête à frapper. Toutes les quatre venaient droit sur eux, mais sans encore toucher le sol.

« Maintenant ! » cria le Prophète.

Ta-Kumsaw tendit à son frère une flèche à pointe de silex. Le Prophète s'assit dans le sable et se plongea le trait dans la plante du pied droit, puis dans celle du gauche. Le sang coula abondamment des blessures. Il fit ensuite subir le même sort à ses paumes, se plantant le silex si profondément dans les chairs que le dos des mains saignait aussi.

Presque sans réfléchir, Alvin poussa un cri et voulut projeter son esprit dans le corps du Prophète pour guérir les plaies.

« Non ! jeta le Prophète. C'est le pouvoir de l'homme rouge : le sang de son corps, le feu de la terre ! »

Puis il fit demi-tour et se dirigea vers le lac Mizogan pour y pénétrer.

Non, pas y pénétrer. Mais marcher *dessus*. Alvin avait peine à le croire : sous les pieds ensanglantés, l'eau devenait lisse, aussi polie que du verre, et soutenait le Prophète. Son sang se répandait à la surface, rouge vif. Quelques pas plus loin, l'eau se gonflait, s'agitait ; des vagues fouettées par le vent s'élançaient vers la tache unie pour finir par s'étaler, se calmer, lisses à leur tour.

Le Prophète poursuivait sa marche, s'éloignait à la surface des eaux, et ses pas sanglants traçaient un chemin poli à travers la tempête.

Al regarda en arrière vers les tornades. Elles étaient tout près maintenant, presque au-dessus de leurs têtes. Il sentit les tourbillons *en lui*, comme s'il faisait corps avec les nuages, qu'ils traduisaient les émotions furieuses qui lui agitaient l'esprit.

Là-bas, sur le lac, le Prophète leva les mains et désigna l'une des trombes. Presque aussitôt, les trois autres remontèrent, ravalées par les nuages, et disparurent. Celle qui demeurait se rapprocha, jusqu'à se trouver directement à la verticale du Prophète, peut-être à une centaine de pieds au-dessus de lui. Mais elle était suffisamment proche pour qu'autour du chemin de verre poli tracé par l'homme rouge le lac se soulève par bonds, comme pour aller se perdre dans les nuées ; l'eau se mit aussi à décrire des cercles, à tourbillonner inlassablement sous la trombe, secouée par le vent.

« Viens ! » cria le Prophète.

Alvin ne l'entendit pas, mais il vit ses yeux — même d'aussi loin —, il vit bouger ses lèvres et sut ce que lui demandait l'homme-lumière. Il n'eut aucune hésitation. Il s'approcha crânement du lac et marcha sur les eaux.

Entre-temps, bien sûr, Mesure l'avait rejoint ; aux premiers pas que fit Al sur le verre chaud et poli du sentier du Prophète, il hurla vers lui, il voulut l'agripper. Mais avant d'avoir pu toucher son jeune frère, il se sentit saisi par les Rouges, tiré en arrière ; il cria à Alvin de revenir, n'y va pas, va pas sur l'eau…

Alvin l'entendit, et Alvin était mort de peur. Mais l'homme-lumière l'attendait sous la gueule de la tornade, debout à la surface du lac. Intérieurement, Al ressentait une envie irrépressible, comme Moïse à la vue du buisson ardent : il faut que je m'arrête pour regarder ça, avait dit Moïse, et c'était ce que se disait Alvin : il faut que j'aille voir ça de près. Car il ne s'agissait pas d'un phénomène connu dans l'univers naturel, vraiment. Il n'avait jamais entendu parler de supplication, de sortilège ou de sorcellerie capable d'invoquer une tornade et de changer en verre un lac en furie. Il ne savait pas à quoi se livrait l'homme rouge, mais c'était la chose la plus importante dont Alvin avait été ou serait probablement jamais témoin au cours de sa vie.

Et le Prophète l'aimait. Alvin n'avait aucun doute là-dessus. L'homme-lumière s'était une fois tenu au pied de son lit et lui avait donné une leçon. Al se souvenait que l'homme-lumière s'était déjà volontairement blessé en cette occasion. Quel que soit son projet, le Prophète se servait de son sang et de sa douleur pour l'accomplir. Il se dégageait une réelle majesté d'une telle conduite. Dans ces conditions, comment blâmer Alvin d'éprouver un sentiment de vénération lorsqu'il s'engagea sur le lac ?

Derrière lui, le chemin ondulait, se liquéfiait, disparaissait. Il sentit les vagues lui lécher les chevilles. Il en était épouvanté, mais tant qu'il allait de l'avant il ne lui arrivait aucun mal. Et enfin Alvin rejoignit le Prophète, qui tendit la main pour lui saisir les siennes. « Reste avec moi, cria-t-il. Reste dans l'œil de la terre et regarde ! »

Alors la tornade plongea rapidement vers le lac ; l'eau bondit en l'air, dressant comme un mur autour d'eux. Ils se trouvaient au centre même de la trombe, aspirés vers le haut...

Jusqu'à ce que le Prophète avance une main sanglante pour toucher la colonne d'eau, qui à son tour devint lisse et dure comme du verre. Non, pas du verre. Elle était aussi claire et pure qu'une goutte de rosée sur une toile d'araignée. Il n'y avait plus de tempête désormais. Uniquement Alvin et l'homme-lumière au milieu d'une tour de cristal, lumineuse et transparente.

Seulement, la tour n'agissait pas comme une fenêtre s'ouvrant sur ce qui se passait à l'extérieur ; Al ne voyait pas plus le lac que la tempête ou le rivage à travers la paroi de cristal. Il voyait autre chose.

Il vit un chariot pris dans une rivière en crue, un arbre descendant le courant tel un bélier, un jeune homme sautant sur le tronc, le faisant rouler sur lui-même pour le détourner du chariot. Ensuite l'homme enchevêtré dans les racines de l'arbre, précipité, écrasé contre un rocher, puis emporté, balloté par le courant, luttant, luttant encore pour vivre, pour respirer un tout petit peu plus longtemps, continuer de respirer, continuer de respirer...

Il vit une femme enceinte d'un bébé, il vit une petite fille, debout près d'elle, approchant la main pour lui toucher le ventre. Elle cria quelque chose, et l'accoucheuse s'avança, saisit la tête de l'enfant, le tira à l'air libre. La mère se déchira et saigna. La petite fille passa la main par en dessous et décolla quelque chose du visage du bébé ; le bébé pleura. L'homme dans la rivière, d'une manière ou d'une autre, entendit les pleurs, sut qu'il avait assez longtemps survécu ; alors il mourut.

Al ne savait qu'en penser. Jusqu'à ce que le Prophète lui chuchote à l'oreille : « La première chose qu'on voit ici, c'est le jour de sa naissance. »

Le bébé, c'était lui, Alvin junior; l'homme qui était mort, son frère Vigor. Qui donc était la fillette qui lui avait retiré la coiffe de la figure ? Al ne l'avait jamais vue de sa vie.

« Je vais te montrer, dit le Prophète. La tour ne reste pas longtemps, et j'ai moi aussi des choses à voir, mais je vais te montrer. » Il prit Alvin par la main, et ensemble ils s'élevèrent dans la colonne de verre.

Ça ne ressemblait pas à l'essor, au vol d'un oiseau; c'était comme si haut et bas n'existaient plus. Le Prophète le hissait, mais Al ne comprenait pas comment l'homme rouge se hissait, lui. Pas grave. Il y avait tant à voir. Tout au long de son ascension, il pouvait regarder dans toutes les directions et faire de nouvelles découvertes à travers la paroi de cristal. Jusqu'à ce qu'il s'aperçoive que chaque période du temps, chaque vie humaine devaient être visibles depuis cette tour. Comment ne pas se perdre dans tout ça ? Comment retrouver un événement précis dans les centaines, les milliers, les millions d'instants du passé ?

Le Prophète s'arrêta, attira Alvin à sa hauteur pour qu'ils voient tous deux la même chose, joue contre joue, haleines mêlées, les battements de cœur de l'homme rouge emplissant l'oreille de l'enfant blanc.

« Regarde », dit le Prophète.

Une ville, voilà ce que vit Alvin, éclatante sous le soleil. Des tours de glace, on aurait dit, ou de verre transparent, parce que la lumière du soleil ne faiblit même pas lorsque l'astre se coucha derrière la cité, qui d'ailleurs ne projetait pas d'ombre sur les prairies environnantes. Dans la ville, il y avait des gens, comme des silhouettes brillantes qui se déplaçaient en tous sens, qui s'élevaient et descendaient dans les tours, sans ailes ni escaliers. Le plus important, cependant, ce n'était pas le spectacle de cette ville, mais la sensation qu'il produisait en lui. Pas une sensation de paix, non, le calme était absent de ce qu'il éprouvait. De l'excitation, plutôt, son cœur battait à la vitesse d'un cheval au grand galop. Les gens, là-bas, ils n'étaient pas parfaits, ils connaissaient parfois la colère, parfois la tristesse. Mais personne n'avait faim, personne n'était ignorant et personne n'avait l'obligation de faire quelque chose à la volonté d'un autre. « Elle s'trouve où, c'te ville ? souffla Alvin.

— Je ne sais pas, dit le Prophète. Chaque fois que je viens ici, je la vois d'une façon différente. Un jour je vois ces grandes tours étroites, un autre de grosses buttes de cristal, ou bien uniquement des gens qui vivent sur une mer de cristal en feu. Je crois que cette ville à été très souvent déjà construite dans le passé. Je crois qu'elle le sera encore.

— Tu vas la construire ? C'est pour ça, Prophetville ? »

Des larmes perlèrent aux yeux du Prophète, coulant de son œil valide, suintant sous la paupière flasque de l'autre. « L'homme rouge ne peut pas bâtir cette ville tout seul, dit-il. Nous faisons partie de la terre, et cette ville ne relève pas seulement de la terre. La terre, c'est le bien et le mal, la vie et la mort, tout ensemble, le silence vert. »

Alvin pensa à sa perception de la musique verte, mais il se tut car le Prophète disait des choses qu'il voulait entendre, et Al était suffisamment intelligent pour savoir qu'il vaut parfois mieux écouter que parler.

« Mais cette ville, poursuivit le Prophète, la cité de cristal, c'est la lumière sans l'obscurité, la propreté sans la saleté, la santé sans la maladie, la force sans la faiblesse, l'abondance sans la faim ni la soif, la vie sans la mort.

— Les genses dans c'te ville, là, ils sont pas tous heureux, dit Alvin. Ils vivent pas éternellement.

— Ah, fit le Prophète. Tu ne vois pas la même chose que moi.

— Ce que j'vois, c'est qu'ils la construisent. » Il fronça les sourcils. « D'un bout, ils la construisent, et de l'autre elle s'écroule.

— Ah, fit le Prophète. La ville que je vois, moi, ne s'écroulera jamais.

— Ça veut dire quoi, alors ? Comment ça s'fait qu'on voit pas pareil ?

— Je ne sais pas, Petit Cancrelat. Je ne l'ai jamais montrée à personne. Maintenant, redescends, attends-moi en bas. J'ai des choses à voir, et le temps va bientôt reprendre ses droits. »

Il suffisait de penser à la descente pour qu'Alvin commence à s'enfoncer; il atteignit directement le fond et posa le pied sur le sol clair et miroitant. Le sol ? Pour ce qu'il en savait, ç'aurait aussi bien pu être le plafond. Il en sortait de la lumière, comme celle qui brillait à travers les parois, et là aussi, il voyait des images.

Il vit un immense nuage de poussière tourner de plus en plus vite sur lui-même, mais au lieu de cracher la poussière il l'aspirait; soudain il se mit à rougeoyer, puis il prit feu, et c'était le soleil, aussi vrai que deux et deux font quatre. Alvin avait quelques connaissances sur les planètes, parce que Thrower en parlait, aussi ne fut-il pas surpris de voir ces points de lumière rouges qui bien vite s'affaiblirent. Au bout d'un moment, à la place du mélange de poussière et d'obscurité, il n'y eut plus que des mondes et de l'espace vide. Il vit la Terre, toute petite, mais alors il se rapprocha et comprit comme elle était grande, et sa rotation rapide, une face éclairée par le soleil, l'autre dans l'ombre. Debout dans le ciel, semblait-il, il surplombait la face éclairée, mais il voyait tout ce qui s'y passait. D'abord de la roche nue, vomie par les volcans ; puis, sortant de l'océan, des plantes qui se dispersent, croissent, des fougères et des arbres. Il voit les poissons sauter dans la mer, la vie ramper sur le rivage battu par la marée, puis les insectes et autres bestioles bondir et grignoter les feuilles, s'attraper et se dévorer les uns les autres. Les animaux ne cessent de se développer, de plus en plus gros, si vite qu'Alvin ne peut suivre leur évolution ; la Terre continue de tourner, et il voit de gigantesques, de monstrueuses créatures dont il n'a jamais entendu parler, certaines affublées de longs cous comme des serpents, ou de mâchoires et de dents pour arracher des arbres d'une seule bouchée, on dirait. Et puis ils disparaissent, et voici des éléphants, des antilopes, des tigres et des chevaux, toute la vie terrestre, qui ressemble de plus en plus à l'idée qu'Alvin se fait du monde animal. Mais nulle part il ne voit un seul homme. Il découvre des singes et des êtres poilus qui se tapent dessus avec des cailloux, des êtres qui marchent sur leurs pattes arrière mais qui ont l'air aussi gourdes que des grenouilles. Puis il voit, oui, des gens, bien qu'il n'en soit pas certain au premier abord, parce qu'ils sont noirs et qu'il n'a rencontré qu'un seul Noir dans sa vie, un esclave appartenant à un colporteur des Colonies de la Couronne de passage à Vigor Church, peut-être deux ans plus tôt. Mais ils ont l'air tout à fait humains, noirs ou non, et ils cueillent des fruits dans les arbres et des baies dans les buissons, se partageant la nourriture, une ribambelle de négrillons sur leurs talons. Une bagarre éclate entre deux jeunes, et le plus grand tue le plus petit. Le papa rebrousse alors chemin et flanque un coup de pied au meurtrier pour le chasser du groupe. Puis il ramasse le cadavre et le ramène à la maman ; en larmes, ils couchent l'enfant mort par terre et le recouvrent de pierres. Ils rassemblent ensuite la famille et se remettent en marche ; au bout de quelques pas, ils recommencent à manger, s'arrêtent de pleurer et repartent comme avant, comme si de rien n'était. C'est des gens, c'est sûr, pense Alvin. C'est bien comme ça que font les gens.

La Terre continue sa rotation, et le tour suivant fait apparaître toutes sortes de populations : à la peau sombre dans les pays chauds, à la peau claire dans les pays froids, passant par toutes les nuances entre les deux. Sauf en Amérique, qu'éclaire maintenant le soleil. En Amérique, les gens sont à peu près tous pareils, tous rouges, au nord comme au sud, au chaud comme au froid, sous les pluies comme dans les déserts. Et le pays est en paix, comparé à l'autre partie du monde. Alvin trouve ça bizarre : l'autre continent, avec toutes ses races et nations différentes, eh bien, il change à chaque nouvelle rotation de la planète, des régions entières se déplacent, tout se mélange sans arrêt, et ce ne sont que guerres perpétuelles, partout. De l'autre côté, en Amérique, il y a aussi quelques guerres, mais pas aussi violentes, pas aussi dures. Les gens vivent à un rythme différent. La terre y possède un cœur qui bat, elle a sa vie propre.

De temps en temps, d'autres gens arrivent du vieux continent, surtout des pêcheurs. Déviés de leur route, détournés par les tempêtes, fuyant leurs ennemis. Ils arrivent et, pendant un moment, ils vivent en Amérique comme ils vivaient auparavant : ils bâtissent vite, se reproduisent de même et tuent autant qu'ils le peuvent. C'est comme une maladie. Mais ensuite, soit ils se mêlent aux Rouges et on ne les distingue plus, soit ils se font exterminer. Aucun d'eux ne garde ses coutumes de l'ancien monde.

Jusqu'à nos jours, se dit Alvin. Quand nous, on est arrivés, on était trop solides. C'est peut-être comme quand on attrape deux ou trois rhumes, on se dit qu'on ne tombera jamais vraiment malade, puis on attrape une bonne variole et on s'aperçoit qu'on n'avait jamais vraiment connu la maladie.

Alvin sentit une main sur son épaule.

« C'est donc là que tu regardais, dit le Prophète. Qu'est-ce que tu as vu ?

— J'crois que j'ai vu toute la création du monde, répondit Al. Tout comme dans la Bible. J'crois que j'ai vu...

— Je sais ce que tu as vu. Tout le monde le voit, tous ceux qui viennent ici.

— T'as dit qu'avant moi t'avais encore amené personne, y m'semble.

— Pour venir ici... il existe beaucoup de portes. Certains y parviennent en traversant le feu. D'autres l'eau. D'autres en se faisant ensevelir dans la terre. D'autres en tombant dans un trou d'air. Ils viennent ici et ils voient. Puis ils repartent et racontent ce qu'ils se rappellent, du moins ce qu'ils ont compris ; ils le racontent avec les mots dont ils disposent, et d'autres écoutent et se rappellent, du moins ce qu'ils peuvent comprendre. C'est ici qu'on reçoit la vision.

— J'veux pas m'en aller, dit Alvin.

— Non, et l'autre non plus.

— Qui ça ? Y a quèqu'un d'autre icitte ? »

Le Prophète secoua la tête. « Pas physiquement. Mais je le sens en moi, qui regarde par mon œil. » Il se tapota la pommette sous son œil valide. « Pas celui-ci, l'autre.

— Tu peux pas dire qui c'est ?

— Blanc, fit-il. Ça n'a pas d'importance. Qui que ce soit, il n'a pas fait de mal. Je crois même que, peut-être... il fera une chose bonne. Maintenant, on s'en va.

— Mais j'veux connaître toutes les histoires qu'on voit icitte ! »

Le Prophète éclata de rire. « Même en vivant éternellement, tu ne pourrais pas. Ces histoires-là changent plus vite qu'on ne peut les voir.

— Comment j'ferai pour revenir ? J'veux tout voir, tout !

— Je ne te ramènerai jamais, dit le Prophète.

— Pourquoi ? J'ai fait quèque chose de mal ?

— Chut, Petit Cancrelat. Je ne te ramènerai jamais parce que je ne reviendrai jamais ici moi-même. C'est la dernière fois. J'ai vu la fin de tous mes rêves. »

Alvin s'aperçut alors combien le Prophète avait l'air triste. Le chagrin lui défaisait le visage.

« Je t'ai vu, ici. J'ai vu que je devais t'amener. Je t'ai vu aux mains des Chok-Taws. J'ai envoyé mon frère te chercher, pour qu'il te ramène.

— C'est par rapport que tu m'as conduit icitte que tu pourras jamais plus revenir ?

— Non. C'est la terre qui a choisi. La fin est proche. » Il sourit, mais d'un sourire affreux à voir. « Votre pasteur, le révérend Thrower, un jour il m'a dit : Si ton pied est malade, coupe-le. C'est ça ?

— Je m'rappelle pas.

— Moi si, dit le Prophète. Cette partie de la terre, elle est déjà malade. Faut la couper, ainsi le reste de la terre vivra.

— Qu'esse tu veux dire ? » Des images se formèrent dans l'esprit d'Alvin, de morceaux de terre se détachant pour s'abîmer dans la mer.

« L'homme rouge ira à l'ouest du Mizzipy. L'homme blanc restera à l'est. La partie blanche de la terre sera tout à fait morte, amputée. Pleine de métal et de fumée, de fusils et de mort. Les hommes rouges qui resteront dans l'Est deviendront blancs. Et les hommes blancs n'iront pas à l'ouest du Mizzipy.

— Y a déjà des Blancs à l'ouest du Mizzipy. Des piégeurs et des marchands, surtout, mais aussi un peu d'fermiers avec leurs familles.

— Je sais, dit le Prophète. Mais ce que j'ai vu aujourd'hui... Je sais comment obliger l'homme blanc à ne jamais retourner dans l'Ouest, et l'homme rouge à ne jamais rester dans l'Est.

— Comment tu vas faire ça ? demanda Alvin.

— Si je le dis, répondit le Prophète, ça ne se réalisera pas. Il y a des choses ici, on ne peut pas en parler, sinon elles changent et elles disparaissent.

— C'est la ville de cristal ? voulut savoir Alvin.

— Non, dit le Prophète. C'est la rivière de sang. C'est la forêt de métal.

— Montre-moi ! Fais-moi voir c'que t'as vu !

— Non, dit le Prophète. Tu ne garderais pas le secret.

— Pourquoi je l'garderais pas ? Si j'donne ma parole, j'la tiendrai !

— Tu pourrais la donner autant que tu veux, Petit Cancrelat, mais la vision te ferait crier de peur et de douleur. Et tu le dirais à ton frère. Tu le dirais à ta famille.

— Esse qu'il va leur arriver quèque chose ?

— Personne ne mourra dans ta famille, dit le Prophète. Ils seront tous sains et saufs quand ce sera fini.

— Montre-moi !

— Non, répéta le Prophète. Je vais maintenant faire disparaître la tour, et tu te rappelleras ce que nous avons fait ici et ce que nous nous sommes dit. Mais la seule façon pour toi de revenir un jour, c'est de trouver la ville de cristal. »

Le Prophète s'agenouilla là où le mur touchait le sol. Il enfonça ses doigts ensanglantés dans la paroi et souleva. Elle remonta, se dissolut, ce ne fut plus que du vent. Ils étaient à présent entourés par le décor qu'ils avaient quitté tant d'heures plus tôt, semblait-il. L'eau, la tempête, la trombe refluant vers les nuages au-dessus de leurs têtes. Des éclairs fulguraient tout autour d'eux, et la pluie se mit à tomber, si drue qu'elle masqua le rivage. Les gouttes, en atteignant le cristal, y restaient un instant avant de se muer en cristal elles aussi, et de se fondre dans la plaque sous leurs pieds.

Le Prophète en gagna le bord le plus proche du rivage et s'avança sur l'eau en furie. Elle se solidifia sous son pied, mais continua d'onduler légèrement… elle n'était pas aussi solide que la plate-forme. Le Prophète tendit la main derrière lui et saisit celle d'Alvin pour le tirer sur le nouveau chemin qu'il créait à la surface du lac. Un chemin qui n'était pas aussi lisse qu'avant, et plus ils progressaient, plus l'eau s'agitait, plus elle s'enflait, plus elle était glissante ; il devenait difficile de gravir et de passer les vagues.

« Nous sommes restés trop longtemps ! » cria le Prophète.

Alvin sentait l'eau sombre, sous la mince couche de verre, qui roulait sa haine. Le néant, surgi d'un cauchemar ancestral, cherchait à éventrer le cristal pour s'emparer d'Alvin, l'entraîner dans ses profondeurs, le noyer, le réduire en petits, tout petits morceaux, et l'abandonner dans les ténèbres.

« C'était pas moi ! » hurla Alvin.

Le Prophète se retourna, le souleva et le hissa sur ses épaules. La pluie harcelait Alvin, le vent essayait de l'arracher des épaules du Rouge. Il s'accrocha fermement aux cheveux de Tenskwa-Tawa. Il devinait qu'à présent les pieds du Prophète s'enfonçaient à chaque pas de plus en plus dans l'eau. Derrière eux, il n'y avait plus trace du chemin, tout avait disparu, et les vagues montaient de plus en plus haut.

Le Prophète trébucha, tomba ; Alvin chuta, lui aussi, vers l'avant, certain qu'il allait se noyer…

Et il se retrouva étendu sur le sable humide du rivage ; l'eau léchait la grève autour de lui, aspirait le sable par en dessous dans ses efforts pour le ramener dans le lac. Ensuite, des mains robustes sous ses bras, qui l'éloignent, lui font remonter la plage vers les dunes.

« L'est resté là-bas, l'Prophète ! » cria Alvin. Ou crut-il crier… sa voix n'était qu'un murmure, il produisit à peine un son. Ça n'avait pas d'importance, le vent faisait tellement de bruit. Il ouvrit les yeux, aussitôt fouettés par le sable et la pluie.

Puis les lèvres de Mesure furent contre son oreille, qui lui criaient : « L'Prophète va bien ! Ta-Kumsaw l'a sorti du lac ! J't'ai cru mort, pour sûr, quand c'te trombe t'a aspiré ! Tu vas bien ?

— J'ai tout vu ! » cria Alvin. Mais il était si faible maintenant qu'il ne pouvait plus articuler le moindre mot, et il n'insista pas, il laissa son corps s'amollir puis, à bout de forces, sombra dans le sommeil.

« Alvin reconnut des Shaw-Nees, disciples du Prophète. »

Page 385.

X

Le gatlopp

MESURE était rarement avec Alvin — trop rarement. Après l'aventure de la tornade sur le lac, il aurait cru que son petit frère allait se rendre compte du danger qu'il courait et qu'il serait impatient de partir. Au lieu de quoi, il semblait ne pas vouloir lâcher le Prophète d'une semelle, il gobait ses histoires et la sagesse poétique mais perverse que le Rouge dispensait.

En une occasion où Alvin lui tint compagnie assez longtemps pour s'asseoir et parler, Mesure lui demanda pourquoi il se donnait autant de peine. « Même quand ils causent anglais, les Rouges, j'les comprends pas. Ils causent d'la terre comme si c'était une personne, ils disent qu'il faut prendre seulement la vie qui s'offre, que la terre meurt à l'est du Mizzipy... Icitte elle meurt pas, Al, n'importe quel couillon peut l'constater. Et même si elle a la p'tite vérole, la peste noire et dix mille envies aux ongles, y a pas pas un médecin qui connaît comment la soigner.

— Tenskwa-Tawa, lui, il connaît, dit Alvin.

— Eh ben, il a qu'à l'faire, et nous on rentre.

— Un aut' jour, Mesure.

— M'man et p'pa doivent être malades d'inquiétude, ils vont croire qu'on est morts !

— Tenskwa-Tawa, il dit que la terre, elle connaît ce qu'elle doit faire.

— V'là que tu remets ça ! La terre, c'est la terre, et elle a rien à voir avec p'pa qu'a réuni une troupe de genses qui fouillent les bois pour nous r'trouver !

— Pars sans moi, alors. »

Mais Mesure n'était pas encore prêt à ça. Il n'avait pas particulièrement envie d'affronter m'man s'il revenait à la maison sans Alvin. « Oh, il allait bien quand je l'ai laissé. Il s'amusait avec des tornades et il marchait sus l'eau avec un Rouge borgne. Il voulait pas rentrer tout d'suite, tu connais comme ils sont, les drôles, à dix ans. » Non, Mesure n'était pas chaud pour retourner chez lui maintenant, à moins d'avoir Alvin en remorque. Et il n'était pas certain de pouvoir le ramener contre son gré. Le gamin ne voudrait même pas entendre parler de s'échapper.

Le pire, c'était que si tous les Rouges aimaient bien Alvin et lui baragouinaient en anglais et en shaw-nee, aucun ne se donnait la peine de s'adresser à Mesure, en dehors de Ta-Kumsaw, et aussi du Prophète qui causait à tout bout de champ, même quand il n'y avait personne à l'écouter. Il commençait à se sentir seul, à déambuler à longueur de journée. Mais jamais loin. Personne ne lui parlait, non, mais dès qu'il s'éloignait des dunes pour se diriger vers les bois, quelqu'un lui décochait une flèche. Elle se fichait avec un bruit sourd dans le sable, tout près. Ils avaient drôlement plus confiance en leur adresse que lui. Mesure n'arrêtait pas d'imaginer des flèches qui dévieraient légèrement à gauche ou à droite et le transperceraient.

S'échapper, c'est une idée stupide, se dit-il après mûre réflexion. Les Rouges le dépisteraient en un rien de temps. Mais ce qu'il ne comprenait pas, c'était pourquoi on ne voulait pas le laisser partir. Les Rouges ne faisaient rien de lui. Il leur était totalement inutile. Et ils juraient qu'ils n'avaient pas l'intention de le tuer, ni même de l'esquinter un petit peu.

Mais quatre jours dans les dunes, ça finissait par bien faire. Il alla trouver Ta-Kumsaw et *exigea* carrément qu'on le laisse partir. Ta-Kumsaw parut ennuyé, mais c'était plutôt normal en ce qui le concernait. Cette fois-ci, pourtant, Mesure ne lâcha pas pied.

« Vous connaissez pas que c'est complètement idiot d'nous garder icitte ? C'est pas comme si on avait disparu sans laisser d'traces, vous savez. On a dû r'trouver nos chevaux, asteure, avec vot' nom d'écrit d'sus. »

Mesure s'aperçut pour la première fois que Ta-Kumsaw n'était pas au courant pour les chevaux. « Mon nom n'est pas écrit sur des chevaux.

— Sus les selles, chef. Vous l'savez donc pas ? Les Chok-Taws qui nous ont pris — puisque c'étaient pas vos hommes, qui m'plaisent pas trop non plus, j'tiens à vous l'dire —, eh ben, ils ont inscrit vot' nom sus ma selle, puis ils ont piqué l'cheval avec un couteau pour qu'il s'ensauve au galop. Ils ont inscrit l'nom du Prophète sus la selle d'Alvin. Les bêtes ont dû filer tout drète à la maison. »

La figure de Ta-Kumsaw parut s'assombrir, ses yeux lançaient des éclairs. Si tu veux voir un dieu du ciel, songea Mesure, voilà à quoi ça ressemble. « Tous les Blancs, dit Ta-Kumsaw. Ils pensent que je vous ai enlevés.

— Vous étiez pas au courant ? demanda Mesure. Alors ça, c'est la meilleure ! A vous voir, j'croyais qu'vous autres, vous connaissiez tout ça. J'ai même voulu l'dire à quèques-uns de vos gars, mais ils m'ont tourné l'dos. Et durant tout ce temps-là personne le savait.

— *Moi*, je ne savais pas, dit Ta-Kumsaw. Mais quelqu'un savait. » Il s'éloigna à grands pas, malgré quelque difficulté à marcher dans du sable fuyant sous les pieds ; puis il se retourna. « Viens, j'ai besoin de toi ! »

Mesure le suivit donc jusqu'au wigwam recouvert d'écorce où le Prophète tenait ses classes de bible, ou d'autre chose, à longueur de temps. Ta-Kumsaw ne se gênait pas pour montrer sa colère. Il ne prononça pas un mot ; il fit le tour du wigwam, dégageant à coups de pieds les cailloux qui le maintenaient dans le sable. Puis il le prit par une extrémité et commença à lever. « Faut deux hommes pour ça », dit-il.

Mesure s'accroupit auprès de lui, assura sa prise et compta jusqu'à trois. Ensuite il souleva. Sans Ta-Kumsaw, et le wigwam ne se décolla que de cinq ou six pouces avant de retomber. « Pourquoi vous avez pas soulevé ?

— Tu n'as compté que jusqu'à trois, dit Ta-Kumsaw.

— C'est comme ça qu'on fait, chef. Un, deux, trois.

— Vous, les Blancs, vous êtes stupides. Tout le monde sait que quatre, c'est le chiffre fort. »

Ta-Kumsaw compta jusqu'à quatre. Cette fois ils produisirent leur effort ensemble, ils soulevèrent complètement le wigwam et le firent proprement basculer. Bien entendu, les occupants savaient maintenant ce qui leur arrivait, mais personne ne poussa de cris ni ne réagit autrement. Et une fois le wigwam renversé sur le dos comme une tortue échouée, Mesure découvrit le Prophète, Alvin et quelques Rouges, assis jambes croisés sur des couvertures étendues à même le sable ; et le Rouge borgne continuait de discourir comme si de rien n'était.

Ta-Kumsaw se mit à beugler en shaw-nee, et le Prophète lui répondit, d'abord doucement, puis progressivement de plus en plus fort. C'était une véritable prise de bec, le genre d'explication qui finit toujours par des coups, Mesure le savait d'expérience. Mais pas avec ces deux Rouges-là. Ils se bornèrent à hurler pendant une demi-heure puis ils restèrent tels quels, face à face, le souffle court, sans plus rien dire du tout. Le silence ne dura que quelques minutes, mais il parut plus long que la séance de hurlements.

« T'y comprends quèque chose ? demanda Mesure.

— J'connais seulement ce que l'Prophète a dit : Ta-Kumsaw allait venir aujourd'hui, et il serait très en colère.

— Ben alors, s'il était au courant, pourquoi il a rien fait pour l'empêcher ?

— Oh, il fait très attention avec ça. Il s'arrange pour que tout aille comme il faut, pour que la terre soye bien partagée entre les Blancs et les Rouges. S'il s'amuse à changer quèque chose, par rapport qu'il connaît c'qui va arriver, il risque de tout faire rater, de tout saboter. Alors il sait ce qui va arriver, mais il le dit à personne qui pourrait l'chambouler.

— Ben, à quoi ça sert de connaître l'avenir, si tu fais rien ?

— Oh, lui, il fait des choses, dit Alvin. Seulement, il dit pas forcément au monde ce que c'est. C'est pour ça qu'il a fait la tour de cristal quand la tempête est arrivée. Pour être sûr que la vision était correcte, pour être sûr que tout suivait bien le chemin prévu.

— Mais là, qu'esse qui s'passe ? Pourquoi ils se bagarrent ?

— C'est à toi de l'dire, Mesure. C'est toi qu'as aidé à retourner le wigwam.

— Ça m'dépasse. J'y ai juste causé de leurs noms, à lui et au Prophète, inscrits sus nos selles.

— Il était au courant, dit Alvin.

— Eh ben, à l'voir, on aurait dit qu'il en avait jamais entendu parler.

— Je l'ai dit moi-même au Prophète, le soir après qu'il m'a emmené dans la tour.

— T'as jamais pensé qu'il en avait p't-être pas causé à Ta-Kumsaw ?

— Pourquoi donc ? demanda Alvin. Pourquoi il y en aurait pas causé ? »

Mesure, sentencieusement, hocha la tête. « J'ai idée que c'est exactement la question que Ta-Kumsaw est après poser à son frère.

— C'est idiot d'avoir rien dit, fit Al. J'croyais que Ta-Kumsaw avait déjà envoyé quèqu'un prévenir la famille qu'on allait bien.

— Tu connais c'que j'pense, Al ? J'pense que ton Prophète nous a tous pris pour des couillons. J'vois pas du tout pourquoi, mais j'pense qu'il suit un plan, et le coup d'nous empêcher de retourner chez nous autres, ça fait partie du plan. Et comme not' parenté, les voisins, tout l'monde, y vont forcément prendre les armes, c'est pas dur à comprendre ce qu'il cherche. Le Prophète veut qu'y ait par icitte une bonne petite guerre bien saignante.

— Non ! fit Alvin. Le Prophète dit qu'aucun homme a l'droit d'en tuer un autre qui veut pas mourir ; et c'est aussi mal de tuer un homme blanc qu'un loup ou un ours que tu veux pas manger.

— P't-être qu'il veut nous manger. Mais il va l'avoir, sa guerre, si on rentre pas à la maison dire aux parents qu'on est sains et saufs. »

Ce fut à cet instant que Ta-Kumsaw et le Prophète se turent. Et ce fut Mesure qui rompit le silence. « Vous croyez pas, vous autres, qu'il serait temps de nous renvoyer chez nous ? » demanda-t-il.

Le Prophète se laissa aussitôt descendre en position assise, jambes croisées, sur une couverture en face des deux Blancs.

« Rentre chez toi, Mesure, dit-il.

— Pas sans Alvin.

— Si, sans Alvin, fit le Prophète. S'il reste dans cette région, il mourra.

— Qu'esse vous m'chantez là ?

— Ce que j'ai vu de mes yeux ! dit le Prophète. Les choses à venir. Si Alvin rentre chez lui maintenant, il sera mort dans trois jours. Mais toi, tu pars, Mesure. Aujourd'hui, dans l'après-midi, c'est un très bon moment pour partir.

— Qu'esse vous allez faire d'Alvin ? Vous croyez qu'il sera plusse en sécurité avec vous ?

— Pas avec *moi*, dit le Prophète. Avec mon frère.

— C'est une idée stupide ! s'écria Ta-Kumsaw.

— Mon frère va faire beaucoup de visites : les Français à Détroit, les Irrakwas, la nation d'Appalachie, les Chok-Taws et les Cree-Eks, toutes les sortes d'hommes rouges, toutes les sortes de Blancs qui peuvent empêcher une très mauvaise guerre de se déclarer.

— Si je parle aux Rouges, Tenskwa-Tawa, je leur dirai de venir se battre avec moi et de rejeter les hommes blancs de l'autre côté des montagnes, jusqu'à leurs bateaux, jusque dans la mer !

— Dis-leur ce que tu veux, répondit Tenskwa-Tawa. Mais pars cet après-midi même et emmène le garçon blanc qui marche comme un homme rouge.

— Non », fit Ta-Kumsaw.

Une expression de douleur passa sur le visage du Prophète, et il eut un bref gémissement. « Alors toute la terre mourra, pas seulement une partie. Si tu ne fais pas ce que je dis aujourd'hui, alors l'homme blanc tuera toute la terre, d'un océan à l'autre, du nord au sud... toute la terre morte ! Et les hommes rouges mourront, sauf quelques-uns qui subsisteront sur d'horribles petites parcelles de désert, comme dans des prisons, toute leur vie, parce que tu n'auras pas obéi à ce que j'ai vu dans ma vision !

— Ta-Kumsaw n'obéit pas à ces visions de fou ! Ta-Kumsaw est le visage de la terre, la voix de la terre ! L'oiseau rouge me l'a dit, et tu le sais, Lolla-Wossiky ! »

Le Prophète murmura : « Lolla-Wossiky est mort.

— La voix de la terre n'obéit pas à un Rouge-à-whisky borgne. »

Le Prophète était frappé au cœur, mais il garda le visage impassible. « Tu es la voix de la colère de la terre. Tu livreras bataille contre une armée puissante de Blancs. Je te le dis, cela se produira avant la première chute de neige. Si l'enfant blanc Alvin n'est pas avec toi, alors tu mourras dans la défaite.

— Et s'il est avec moi ?

— Tu vivras, dit le Prophète.

— J'suis content de partir avec Ta-Kumsaw », dit Alvin. Lorsque Mesure voulut protester, il lui toucha le bras. « T'as qu'à dire à p'pa et m'man que j'vais bien. Mais je *veux* y aller. Le Prophète me l'a dit, j'peux apprendre beaucoup plusse avec Ta-Kumsaw qu'avec n'importe qui au monde.

— Alors moi aussi, j'vais avec toi, dit Mesure. J'ai donné ma parole à p'pa et à m'man. »

Le Prophète posa sur Mesure un regard froid. « Tu retourneras chez les tiens.

— Alors Alvin, il s'en vient avec moi.

— Ce n'est pas toi qui décides, répliqua le Prophète.

— Et c'est vous ? Pourquoi donc ? Parce que c'est vos gars qu'ont les flèches ? »

Ta-Kumsaw tendit le bras, toucha Mesure à l'épaule. « Tu n'es pas bête, Mesure. Quelqu'un doit retourner dire à ton peuple qu'Alvin et toi n'êtes pas morts.

— Si j'pars sans lui, comment j'vais l'savoir, qu'il est pas mort, vous pouvez l'dire ?

— Tu le sauras, dit Ta-Kumsaw, parce que je te le dis : tant que je vivrai, aucun homme rouge ne fera du mal à ce garçon.

— Et tant qu'il est avec vous, personne peut vous faire du mal à vous non plus, c'est ça ? Mon p'tit frère est un otage, c'est tout... »

Mesure voyait bien que Ta-Kumsaw et Tenskwa-Tawa avaient tous deux atteint la dernière limite de la rage avant qu'ils ne le tuent, et il se savait lui-même si furieux qu'il était prêt à écraser son poing sur la première figure venue. Et c'est ce qui aurait pu se produire si Alvin ne s'était levé pour prendre la situation en mains, du haut de ses dix ans et de ses soixante pouces.

« Mesure, tu connais mieux qu'personne que j'peux faire attention tout seul. T'as qu'à dire à p'pa et m'man c'que j'ai fait aux Chok-Taws, et ils verront bien que j'suis capable. Ils voulaient que je m'en aille, n'importe comment, pas vrai ? Pour être apprenti forgeron. Eh ben, j'vais servir un p'tit moment d'apprenti à Ta-Kumsaw, c'est tout. Et l'monde connaît qu'en dehors p't-être de Tom Jefferson, Ta-Kumsaw est le plus grand homme d'Amérique. Si j'peux faire que Ta-Kumsaw reste en vie, alors c'est ça, mon devoir. Et si tu peux empêcher qu'y ait une guerre en rentrant chez nous autres, alors c'est ça, ton devoir, à toi. Tu comprends ? »

Oui, Mesure comprenait, parfaitement, et il était même d'accord. Mais il savait aussi qu'il allait devoir affronter ses parents. « Y a une histoire dans la Bible, à propos d'Joseph, le fils à Jacob. C'était l'fils préféré de son père, mais ses frères le détestaient et ils l'ont vendu comme esclave ; puis ils ont pris quèques-uns d'ses vêtements, ils les ont trempés dans du sang de chèvre, ils les ont mis en lambeaux et sont revenus dire à leur père : "Regarde, il s'est fait manger par des lions." Et le père, il a déchiré son linge et il a pas arrêté d'avoir du chagrin, pour toujours.

— Mais *justement*, tu vas leur dire que j'suis pas mort.

— Je m'en vais leur dire que je t'ai vu ramollir une tête de hache comme du beurre, marcher sus l'eau, t'envoler dans une tornade… ça va les rassurer et leur faire chaud au cœur de connaître que tu mènes une vie tellement ordinaire avec ces Rouges-là. »

Ta-Kumsaw intervint. « Tu es un lâche, dit-il. Tu as peur de dire la vérité à ton père et ta mère.

— J'leur ai fait un serment, répliqua Mesure.

— Tu es un lâche. Tu ne prends pas de risque. Tu fuis le danger. Tu veux Alvin avec toi pour ta propre sécurité ! »

C'en était vraiment trop pour Mesure. Il balança le bras droit, visant le sourire de Ta-Kumsaw. Il ne s'étonna pas que Ta-Kumsaw bloque le coup, mais fut ahuri de voir avec quelle facilité il lui saisit le poignet et le tordit. Mesure, encore plus enragé, frappa de son autre poing vers l'estomac et cette fois toucha son but. Mais le chef avait le ventre aussi dur qu'une souche d'arbre et il lui attrapa cette main-là aussi ; il les tenait maintenant toutes les deux.

Mesure fit donc ce que sait faire tout bon lutteur. Il envoya son genou entre les jambes de Ta-Kumsaw.

Il n'avait jusqu'alors utilisé ce coup-là qu'en deux occasions, et chaque fois son adversaire s'était écroulé par terre, pour gigoter comme un ver à moitié écrabouillé. Ta-Kumsaw, lui, ne broncha pas, inflexible, comme s'il absorbait la douleur, de plus en plus furieux. Comme le Rouge lui tenait toujours les bras, Mesure crut sa dernière heure arrivée, proprement fendu en deux par le milieu… c'est dire à quel point Ta-Kumsaw avait l'air furibond.

Puis il le relâcha.

Mesure ramena ses bras, se frotta les poignets où les doigts du chef avaient laissé des marques blanches et douloureuses. Ta-Kumsaw avait l'air en colère, c'est vrai, mais après Alvin. Il se retourna et baissa le regard sur le gamin comme s'il allait le peler avant de le manger tout cru.

« Tu as fait tes sales tours d'homme blanc sur moi, dit-il.

— J'voulais pas qu'vous vous fassiez du mal, tous les deux, dit Alvin.

— Tu crois que je suis un lâche comme ton frère ? Tu crois que je crains la douleur ?

— Mesure, c'est pas un lâche !

— Il m'a fait tomber avec des tours d'homme blanc. »

Mesure ne supporta pas d'entendre cette même accusation. « Tu connais que j'y ai pas demandé d'faire ça ! J'te prends tout d'suite, si tu veux ! A la loyale !

— En donnant un coup de genou ? fit Ta-Kumsaw. Tu ne sais pas te battre comme un homme.

— Je t'affronte à la manière que tu veux », dit Mesure.

Ta-Kumsaw sourit. « Le gatlopp, alors. »

Un bon nombre de Rouges s'étaient à présent attroupés ; quand ils entendirent le mot « gatlopp », ils laissèrent échapper des cris de joie et des rires.

Tous les Blancs d'Amérique connaissaient des histoires sur Daniel Boone, qui avait couru le gatlopp et qui avait continué de courir, la première fois qu'il avait échappé aux Rouges ; mais il en existait d'autres, des histoires, sur des Blancs qui s'étaient fait battre à mort. Mot-pour-mot en avait vaguement parlé durant son séjour l'année dernière. C'est comme un procès, il avait dit ; les Rouges te frappent, fort ou non, ça dépend s'ils jugent que tu mérites de mourir. S'ils t'estiment brave, ils cognent dur pour t'éprouver par la douleur. Mais s'ils te tiennent pour un lâche, ils te brisent les os, et tu ne sortiras jamais du gatlopp vivant. Le chef n'a pas autorité pour dire aux hommes avec quelle force il faut taper, ni où. C'est le système de justice le plus démocratique et le plus vicieux qui soit.

« Je vois que tu as peur du gatlopp, dit Ta-Kumsaw.

— 'videmment, tiens, répondit Mesure. Faudrait être idiot pour pas avoir peur, surtout avec tes gars qu'ont déjà décidé que j'suis un lâche.

— Je passerai par le gatlopp avant toi, dit Ta-Kumsaw. Je leur dirai de me frapper aussi dur qu'ils te frappent.

— Ils le f'ront pas.

— Ils le feront si je leur demande », dit Ta-Kumsaw. Il dut remarquer la mine sceptique de Mesure car il ajouta : « Et s'ils ne le font pas, je recommencerai le gatlopp.

— Et s'ils me tuent, tu mourras ? »

Ta-Kumsaw parcourut du regard le corps de Mesure, de haut en bas. Mesure savait qu'il était maigre et costaud, à force d'abattre des arbres, de couper du bois, de porter des seaux, de ramasser les foins et de hisser des sacs de grain dans le moulin. Mais il n'était pas *coriace*. Il avait la peau horriblement cuite d'être resté quasiment nu en plein soleil, ici dans les dunes, malgré la couverture dont il avait essayé de se couvrir. Fort mais délicat, voilà quelle conclusion tira Ta-Kumsaw après avoir jaugé le corps de Mesure.

« Le coup qui te tuerait, dit-il, à moi, il me ferait un bleu.

— Alors, t'admets que c'est pas juste.

— C'est juste quand deux hommes affrontent la même douleur. Le courage, c'est quand deux hommes affrontent la même douleur. Tu ne veux pas que ce soit juste, tu veux que ce soit facile. Tu veux la sécurité. Tu es un lâche. Je savais que tu reculerais.

— Non, j'vais l'passer, ton gatlopp, dit Mesure.

— Et toi ! s'écria Ta-Kumsaw, le doigt pointé sur Alvin, tu ne touches à rien, tu ne guéris rien, tu ne soignes rien, tu n'enlèves pas la douleur ! »

Alvin ne répondit pas, il se contenta de le regarder. Mesure connaissait ce regard. Il prenait cet air-là quand il n'avait pas du tout l'intention de faire ce qu'on lui demandait.

« Al, fit Mesure. Vaudrait mieux m'promettre de pas t'en mêler. »

Al se borna à pincer les lèvres sans rien dire.

« Vaudrait mieux m'promettre de pas t'en mêler, Alvin junior, sinon j'rentre pas à la maison. »

Alvin promit. Ta-Kumsaw hocha la tête et s'éloigna pour parler en shaw-nee à ses hommes. Mesure se sentait malade de peur.

« Pourquoi as-tu peur, homme blanc ? demanda le Prophète.

— J'suis pas idiot, tiens, dit Mesure. Y a qu'un idiot pour pas avoir peur de courir le gatlopp. »

Le Prophète éclata de rire et s'en alla plus loin.

Alvin s'était rassis sur le sable ; il écrivait, ou dessinait, on ne savait trop, avec son doigt.

« T'es pas fâché contre moi, hein, Alvin ? Parce que, j'vais te dire, si t'es fâché contre moi, moi je l'suis deux fois plus contre toi. Tu leur dois rien, à ces Rouges, alors que des devoirs, t'en as envers ton papa et ta maman. Les choses étant ce qu'elles sont, j'peux pas te forcer, mais j'peux te dire que ça m'fait honte de te voir d'leur bord contre ta parenté et moi. »

Al leva les yeux, et des larmes en coulaient. « P't-être que j'suis quand même du bord de ma parenté, t'y as pensé ?

— Ben alors, t'as une drôle de façon d'faire, surtout quand on connaît que tu vas laisser p'pa et m'man s'manger les sangs pendant des mois, sûrement.

— Tu vois donc pas plus grand que not' famille à nous autres ? Tu t'es pas dit que l'Prophète, il suivait p't-être un plan pour sauver des milliers de Rouges et de Blancs ?

— C'est là qu'on est pas d'accord, fit Mesure. Moi, j'crois qu'y a *rien* au-dessus de not' famille. »

Alvin écrivait toujours quand il s'éloigna. Il ne vint même pas à l'idée de Mesure que son frère écrivait dans le sable. Il avait vu, mais il n'avait pas *regardé*, il n'avait pas lu. Pourtant, à présent, les mots lui revenaient à l'esprit. *Sauve-toi vite*, voilà ce qu'avait écrit Al. Un message à son intention ? Pourquoi il ne l'avait pas dit tout haut, alors ? Rien n'avait de sens. Les mots ne lui étaient probablement pas destinés. Et il n'allait sûrement pas s'enfuir pour que Ta-Kumsaw et tous les Rouges se figurent pour de bon qu'il était un lâche. Et qu'est-ce que ça changerait s'il se mettait à courir maintenant ? Les Rouges l'attraperaient en un rien de temps, là-bas dans les bois, et ils le feraient quand même passer par le gatlopp ; seulement, ce serait encore pire pour lui.

Les guerriers formèrent deux rangs dans le sable. Ils portaient de lourdes branches ramassées par terre ou coupées sur les arbres. Mesure regarda un vieil homme ôter les colliers du cou de Ta-Kumsaw puis le débarrasser de son pagne. Le chef se tourna vers Mesure et sourit. « L'homme blanc est tout nu quand il n'a pas de vêtement. L'homme rouge n'est jamais nu sur sa terre. Le vent, c'est mon vêtement, et aussi le feu du soleil, la poussière de la terre, l'eau de la pluie. Tous, ils m'habillent. Je suis la voix et le visage de la terre !

— On y va, dit Mesure.

— Je connais quelqu'un qui dit qu'un homme comme toi n'a pas de poésie dans l'âme, dit Ta-Kumsaw.

— Et moi, j'connais plein d'monde qui dit qu'un homme comme toi, ç'a pas d'âme du tout. »

Ta-Kumsaw lui lança un regard mauvais, aboya quelques mots à ses hommes, puis s'avança entre les deux rangées.

Il marchait sans hâte, le menton relevé, arrogant. Le premier Rouge le frappa en travers des cuisses avec le petit bout d'une branche. Ta-Kumsaw la lui arracha des mains, la retourna dans l'autre sens et la lui rendit pour qu'il le frappe à nouveau, cette fois dans la poitrine ; le coup expulsa l'air de ses poumons. De sa place, Mesure l'entendit grogner.

Les deux rangées se poursuivaient jusqu'en haut d'une dune, et l'ascension de la colline était lente. Ta-Kumsaw ne s'arrêta jamais sous les coups. Ses hommes gardaient une mine sombre, consciencieuse. Ils lui permettaient de montrer son courage, alors ils lui faisaient mal, mais sans porter de coups irrémédiables. Les cuisses, le ventre et les épaules étaient particulièrement visés. Rien aux jambes, rien au visage. Mais n'allez pas croire qu'il avait la partie belle. Mesure voyait ses épaules en sang à cause de l'écorce rugueuse des branches. Il s'imaginait recevoir les coups qui pleuvaient et savait qu'on le frapperait plus fort. Je suis le roi des imbéciles, se dit-il. Me voici à mesurer mon courage avec le plus grand homme d'Amérique, de l'avis de tout le monde.

Ta-Kumsaw parvint au bout et se retourna pour faire face à Mesure depuis le haut de la dune. Il avait le corps qui dégoulinait de sang et il souriait. « Viens me rejoindre, brave homme blanc », lança-t-il.

Mesure n'hésita pas. Il s'avança vers le gatlopp. Ce fut une voix derrière lui qui l'arrêta. Le Prophète, qui criait en shaw-nee. Les Rouges le regardèrent. Quand il eut fini, Ta-Kumsaw cracha. Mesure, ignorant de ce qu'il avait dit, repartit en avant. Quand il parvint au premier Rouge, il s'attendit au même genre de coup qu'avait reçu Ta-Kumsaw. Mais il ne se passa rien. Il fit un autre pas. Rien. Peut-être que pour montrer leur mépris ils voulaient le frapper dans le dos, mais il grimpa de plus en plus haut sur la dune sans qu'il y ait le moindre coup, le moindre geste.

Il aurait dû se sentir soulagé, il le savait, mais au lieu de ça il était en colère. Ils avaient permis à Ta-Kumsaw de montrer son courage, et voilà que du passage de Mesure dans le gatlopp ils faisaient un parcours de honte et non d'honneur. Il se retourna brusquement pour s'adresser au Prophète qui se tenait au pied de la dune, un bras sur les épaules d'Alvin.

« Qu'esse vous leur avez dit ?

— Je leur ai dit que s'ils te tuaient, tout le monde croirait que Ta-Kumsaw et le Prophète ont enlevé les jeunes garçons pour les assassiner. Je leur ai dit que s'ils te faisaient la moindre marque, quand tu rentrerais chez toi tout le monde croirait que nous t'avons torturé.

— Et moi, j'dis que j'veux ma chance de montrer que j'suis pas un lâche !

— Le gatlopp est une idée stupide, bonne pour ceux qui oublient leur devoir. »

Mesure baissa la main et arracha un gourdin de celle d'un homme rouge. Il s'en frappa les cuisses, frappa et frappa encore, cherchant à faire couler le sang. C'était douloureux, mais pas trop, parce que, volontairement ou non, ses bras hésitaient à infliger des coups au corps dont ils dépendaient. Alors il rendit brutalement le gourdin au guerrier et lui demanda : « Tape-moi !

— Plus un homme est grand, plus il sert d'autres hommes, dit le Prophète. Un homme petit ne sert que lui-même. Plus grand, il sert sa famille. Encore plus grand, sa tribu. Puis son peuple. Il est le plus grand quand il sert tous les hommes et toutes les terres. Pour toi-même, tu montres du courage. Pour ta famille, ta tribu, ton peuple, mon peuple, pour la terre et tous ceux qui y vivent, tu passes par le gatlopp sans avoir de marques sur toi. »

Lentement, Mesure lui tourna le dos, gravit la colline jusqu'à Ta-Kumsaw sans qu'on le touche. Ta-Kumsaw recracha par terre, cette fois aux pieds de Mesure.

« J'suis pas un lâche », dit Mesure.

Ta-Kumsaw s'en alla. Il descendit la colline, tantôt en marchant, tantôt en trébuchant, tantôt en glissant. Les guerriers du gatlopp s'en allèrent eux aussi. Mesure resta au sommet de la colline ; il enrageait, il se sentait humilié, abusé.

« Pars ! hurla le Prophète. Marche vers le sud ! »

Il tendit un petit sac à Alvin qui grimpa la colline à quatre pattes et le remit à son frère. Mesure l'ouvrit. Il contenait du pemmican et du maïs séché qu'il sucerait en route.

« Tu t'en viens avec moi ? demanda Mesure.

— J'vais avec Ta-Kumsaw, répondit Alvin.

— J'aurais pu y passer, par leur gatlopp, dit Mesure.

— Je connais, dit Alvin.

— S'il voulait pas que j'y passe, comment ça s'fait que l'Prophète a permis qu'on l'prépare ?

— Il l'a pas dit. Mais y a quèque chose de terrible qui va arriver. Et ça, il *veut* qu'ça arrive. Si t'étais parti avant, quand je t'ai dit de t'ensauver…

— Ils m'auraient rattrapé, Al.

— Ça valait l'coup d'essayer. Asteure, en t'en allant, tu fais exactement ce qu'il veut.

— Il a en tête que j'me fasse tuer, ou quoi ?

— Il m'a promis que tu t'en sortirais vivant, Mesure. Et toute la famille. Ta-Kumsaw et lui aussi.

— Alors, qu'esse qui va s'passer de si terrible ?

— J'connais pas. Et ça m'fait peur. J'crois qu'il m'envoie avec Ta-Kumsaw pour m'sauver la vie. »

Une fois encore, Mesure tenta sa chance :

« Alvin, si tu m'aimes, viens-t'en avec moi. »

Alvin se mit à pleurer. « Mesure, je t'aime, mais j'peux pas. » Sans cesser de pleurer, il dévala la dune. Ne voulant pas assister à son départ, Mesure se mit en marche. Presque plein sud, légèrement à l'est. Il n'aurait pas de difficulté à trouver son chemin. Mais il était malade de peur, et de honte pour les avoir laissés lui dire de partir sans son frère. J'ai tout raté. Je suis quasiment bon à rien.

Il marcha le reste de la journée et passa la nuit sur un tas de feuilles, dans un creux de terrain. Le lendemain, il marcha jusqu'en fin d'après-midi, lorsqu'il parvint à une rivière coulant vers le sud. Elle devait se jeter dans la Tippy-Canoe ou la Wobbish, l'une ou l'autre. Elle était trop profonde pour qu'il se déplace dans son lit et la berge trop envahie de végétation pour qu'il puisse la longer. Il garda donc le cours d'eau à portée d'oreille et progressa à travers bois. Il n'était pas un Rouge, aucun doute là-dessus. Il s'écorchait aux buissons et aux branches, les insectes le piquaient ; ça ne lui faisait aucun bien sur ses coups de soleil. Et il n'arrêtait pas de foncer tête baissée dans des fourrés dont il ne pouvait ressortir qu'en faisant demi-tour. Comme si la terre était son ennemie, qu'elle le ralentissait. Il rêvait d'un cheval et d'une bonne route.

Pourtant, ç'avait beau être dur de traverser la forêt, il se sentait de taille à le faire. En partie parce qu'Alvin lui avait durci les pieds. En partie parce qu'il respirait plus profondément qu'avant. Mais il y avait plus. On avait insufflé dans ses muscles une force qu'il n'avait jamais ressentie jusqu'alors. Il n'avait jamais été aussi vivant que maintenant. Et il songea : « Si j'avais un cheval en ce moment, j'crois bien que j'aimerais faire le chemin à pied. »

Ce fut à l'approche du soir du second jour qu'il entendit un bruit de pataugeage du côté de la rivière. Pas d'erreur : on menait des chevaux au pas dans son lit. Ça voulait dire des Blancs, peut-être même des gens de Vigor Church qui les recherchaient toujours, Alvin et lui.

Il se fraya tant bien que mal un chemin jusqu'au cours d'eau, en s'égratignant affreusement au passage. Ils se dirigeaient vers l'aval, loin de lui, quatre hommes à cheval. Ce ne fut qu'une fois dans la rivière, braillant à tue-tête, qu'il remarqua leur uniforme vert de l'armée des Etats-Unis. Il n'avait jamais entendu dire qu'ils remontaient jusque dans ces régions. C'était un pays où les Blancs ne s'aventuraient guère, pour ne pas provoquer les Français de Fort Chicago.

Ils l'entendirent tout de suite et firent pivoter leurs montures afin de le repérer. A peine l'eurent-ils aperçu que trois d'entre eux apprêtèrent leur mousquet.

« Tirez pas ! » s'écria Mesure.

Les soldats vinrent vers lui, progressant avec lenteur à cause des chevaux qui peinaient à remonter le courant.

« Tirez pas, pour l'amour du Ciel, dit Mesure. Regardez, j'suis pas armé, j'ai même pas d'couteau.

— Il cause drôlement bien anglais, hein ? fit un soldat à son voisin.

— 'videmment, tiens ! J'suis un Blanc.

— Elle est bonne, celle-là, fit un autre soldat. C'est la première fois que j'en entends un qui s'dit blanc. »

Mesure baissa les yeux sur sa peau. Elle était écarlate à cause des coups de soleil, mais beaucoup plus claire que chez n'importe quel vrai Rouge. Il portait un pagne, il était sale et avait l'air d'un sauvage. Mais sa barbe avait un peu poussé, non ? Pour une fois, il aurait voulu être velu, exhiber une grosse barbe épaisse et une toison sur la poitrine. Là, il n'y aurait pas eu d'erreur, car les Rouges n'étaient guère poilus. Dans la circonstance, les soldats ne remarqueraient pas le duvet clair de sa moustache ou les rares poils de son menton avant de s'être approchés tout près.

Et ils ne prenaient pas de risques non plus. Un seul s'avança vers lui. Les autres restèrent en arrière, le mousquet à la main, prêts à ouvrir le feu au cas où Mesure aurait des comparses postés en embuscade sur la berge. Il comprit que l'homme qui chevauchait vers lui crevait de trouille, à sa façon de regarder d'un côté puis de l'autre, comme s'il s'attendait à voir un Rouge lui décocher une flèche. Quel crétin, se dit Mesure ; il y avait peu de chance de surprendre un Rouge dans les bois avant d'avoir déjà sa flèche dans le corps.

Le soldat ne vint pas directement à lui. Il lui tourna autour pour se placer à côté. Puis il fit une boucle à une corde et la jeta dans sa direction. « Tu t'amarres ça autour de la poitrine, sous les bras, dit le soldat.

— Pour quoi donc faire ?

— Comme ça, j'pourrai t'emmener.

— Des clous, fit Mesure. Si j'avais connu qu'vous alliez m'traîner au bout d'une corde dans l'mitan d'la rivière, je s'rais resté sus la berge pour rentrer tout seul à pied.

— Et si tu t'passes pas c'te corde autour dans les cinq secondes, les collègues vont t'faire sauter la tête.

— Qu'esse c'est, cette histoire ? demanda Mesure. J'suis Mesure Miller. J'ai été capturé avec mon p'tit frère Alvin presque une semaine passée, et je m'en r'tourne chez moi à Vigor Church.

— Eh ben, c'est-y pas beau, ça ? » fit le soldat. Il ramena la corde à lui, toute trempée, et la jeta à nouveau. Cette fois, Mesure la reçut dans la figure. Il l'attrapa et la retint dans sa main. Le soldat tira son épée. « Tenez-vous prêts à tirer, les gars ! cria-t-il. C'est l'renégat, c'est lui !

— Renégat ? Je... »

Mesure finit par se dire que quelque chose ne tournait pas rond. Ils savaient qui il était et ils voulaient quand même le faire prisonnier. Avec trois mousquets et l'épée qu'on lui pointait sous le nez, ils avaient une bonne chance de le tuer à la moindre tentative de fuite. C'était l'armée des Etats-Unis, non ? Une fois qu'ils l'auraient amené auprès d'un officier, il pourrait s'expliquer et tout s'arrangerait. Il se passa donc la corde par-dessus la tête et tira la boucle autour de sa poitrine.

Ce ne fut pas trop pénible tant qu'ils restèrent dans l'eau; parfois il se laissait flotter. Mais bientôt les soldats sortirent du lit de la rivière et l'obligèrent alors à marcher à leur suite tandis qu'ils avançaient avec précaution à travers bois. Ils décrivaient un arc de cercle par l'est, ils contournaient Vigor Church par-derrière.

Mesure essaya de parler, mais ils lui ordonnèrent de la fermer. « J'te préviens, on nous a dit qu'on pouvait ramener les renégats de ton espèce morts ou vifs. Un Blanc accoutré comme un Rouge... on connaît c'que tu vaux. »

De leur conversation, il parvint à glaner quelques renseignements. Ils étaient en reconnaissance pour le compte du général Harrison. Ça le rendait malade, Mesure, de penser qu'on en était arrivé à inviter cette fripouille de trafiquant d'alcool à monter dans le Nord. Et il avait rappliqué drôlement vite, en plus.

Ils campèrent pour la nuit dans une clairière. Ils faisaient un bruit épouvantable, et Mesure se dit que ce serait miracle s'ils n'avaient pas tous les Rouges du pays à fouiner dans le coin avant l'aube.

Le lendemain, il refusa tout net qu'on le traîne au bout d'une corde. « J'suis presque nu, j'ai pas d'armes, alors vous m'tuez ou vous m'laissez monter à cheval. » Ils avaient beau dire qu'ils pouvaient le ramener mort ou vif, Mesure savait que c'étaient des accroires. Malgré leur rudesse, ces hommes n'avaient pas très envie de tuer des Blancs de sang-froid. Il se retrouva donc en croupe derrière un soldat qu'il tenait par la taille. Ils gagnèrent bientôt une région sillonnée de routes et de pistes et progressèrent plus vite.

Juste après midi, ils atteignirent un camp militaire. Pas très nombreux, les militaires : peut-être une centaine en uniforme, plus deux cents autres marchant au pas et faisant l'exercice sur une pâture transformée en terrain de manœuvres. Mesure ne se souvenait pas du nom de la famille qui vivait ici. Il s'agissait de nouveaux venus, frais débarqués de la région de Carthage. De toute manière, leur identité n'avait plus d'importance. Harrison avait établi son quartier général dans leur maison, et les éclaireurs y conduisirent tout droit Mesure.

« Ah, fit Harrison. L'un des renégats.

— J'suis pas un renégat, dit Mesure. On m'a malmené comme un prisonnier tout le long du chemin. Les Rouges m'ont mieux traité que vos soldats blancs, moi j'vous l'dis.

— Ça ne m'étonne pas, fit Harrison. Ils t'ont très bien traité, j'en suis sûr. Il est où, l'autre renégat ?

— L'autre renégat ? Vous voulez dire mon frère Alvin ? Vous connaissez qui j'suis et vous m'laissez pas m'en retourner chez moi ?

— Tu réponds à mes questions, je verrai ensuite si je réponds aux tiennes.

— Mon frère Alvin, il est pas icitte et il va pas venir ; et vu c'que j'vois, j'suis bien content qu'il soye pas venu.

— Alvin ? Ah oui, on m'a dit que tu prétendais être Mesure Miller. Eh bien, nous savons que Mesure Miller a été assassiné par Ta-Kumsaw et le Prophète. »

Mesure cracha par terre. « Vous l'*savez* ? A cause de quèques vêtements déchirés avec du sang dessus ? On m'la fait pas aussi facilement. Vous croyez que j'vois pas c'que vous mijotez ?

— Mettez-le en cellule, dit Harrison. Et qu'on le soigne bien.

— Vous tenez pas du tout à c'que l'monde connaisse que j'suis vivant, par rapport qu'il se dirait qu'on a pas besoin d'vous dans le Nord ! cria Mesure. Je serais pas étonné d'apprendre que c'est vous qu'avez envoyé ces Chok-Taws nous capturer !

— Si c'est vrai, fit Harrison, à ta place je ferais attention à mes façons de parler et à ce que je raconte. Je me soucierais surtout de rentrer chez moi vivant, *si possible*. Regarde-toi donc, mon gars. La peau rouge comme un cardinal, un pagne, l'air d'un sauvage, un vrai cauchemar. Non, je crois que s'il arrivait qu'on t'abatte par erreur, personne ne nous le reprocherait, absolument personne.

— Mon père le saurait, répliqua Mesure. Ce genre d'invention, ça prend pas avec lui, Harrison. Et Armure-de-Dieu, il…

— Armure-de-Dieu ? Cette pitoyable mauviette ? Celui qui raconte partout que Ta-Kumsaw et le Prophète sont innocents et qu'on ne devrait pas se préparer à leur régler leur compte ? Plus personne ne l'écoute, Mesure.

— On l'écoutera. Alvin est vivant, et lui, vous l'attraperez jamais.

— Pourquoi ça ?

— Il est avec Ta-Kumsaw.

— Ah, et où donc ?

— Pas par icitte, vous pouvez en être sûr.

— Tu l'as vu ? Et le Prophète ? »

La lueur d'intérêt dans les yeux de Harrison fit reculer Mesure et l'incita à tenir sa langue. « J'ai vu c'que j'ai vu, répondit-il. Et je dis c'que j'dis.

— Dis plutôt ce que je te demande, sinon tu es déjà mort, le menaça Harrison.

— Tuez-moi, et j'dirai rien du tout. Mais j'vais vous raconter quèque chose. J'ai vu l'Prophète appeler une tornade dans une tempête. Je l'ai vu marcher sus l'eau. Je l'ai vu prophétiser, et ses prophéties se sont toutes réalisées. Il connaît tout c'que vous manigancez. Vous croyez faire à votre volonté, mais en fin de compte vous servirez ses plans à lui, attendez et vous verrez.

— Quelle idée ! fit Harrison en gloussant. Si je comprends bien, mon gars, ça sert ses plans que tu sois en mon pouvoir, hein ? » Il adressa des deux mains un signe aux soldats qui entraînèrent Mesure dehors et le firent descendre dans le caveau à légumes. Ils le soignèrent comme il faut en cours de route : ils l'envoyèrent à terre à coups de pieds, à coups de poings, et s'en donnèrent à cœur joie avant de le balancer dans l'escalier et de barricader la porte derrière lui.

Comme les fermiers venaient de la région de Carthage, la porte du caveau avait une serrure en plus d'une barre. Au milieu des carottes, des patates et des araignées, Mesure étudia les battants du mieux qu'il put. Son corps n'était que douleurs. Toutes les écorchures et tous les coups de soleil n'étaient rien auprès des chairs à vif à l'intérieur de ses cuisses, pour avoir chevauché en croupe les jambes nues. Et ça, ce n'était rien comparé à ce qu'il endurait après la rossée qu'on lui avait administrée entre la maison et son cachot.

Mesure ne perdit pas davantage de temps. Il en savait assez pour comprendre que Harrison ne pouvait pas le laisser repartir vivant. Il avait lancé ses éclaireurs à leur recherche, à Alvin et lui. S'ils restaient en vie, ça ruinerait tous ses plans, et ce serait vraiment dommage car les événements tournaient à son avantage. Après tant d'années, voilà qu'il s'installait à Vigor Church, qu'il transformait les hommes du cru en soldats et que plus personne n'écoutait Armure-de-Dieu.

Mesure n'aimait pas beaucoup le Prophète, mais à côté de Harrison le Prophète était un saint.

Un saint, vraiment ? Le Prophète lui avait fait attendre le gatlopp… pourquoi ? Pour qu'il parte dans l'après-midi de l'avant-veille et non pas dans la matinée. Pour qu'il arrive à la Tippy-Canoe au moment où les soldats la descendaient. Il aurait sinon gagné Prophetville et traversé la rivière pour revenir à Vigor Church sans avoir croisé le moindre soldat. Ils ne l'auraient jamais trouvé s'il ne les avait pas entendus et appelés lui-même. Est-ce que tout ça faisait partie du plan du Prophète ?

Bah, et puis après ? Peut-être que c'était une bonne chose, le plan du Prophète, et peut-être que non… Pour l'instant, Mesure n'en pensait guère de bien. Mais il n'allait sûrement pas attendre de voir quelle tournure il prendrait, sagement assis dans un caveau à légumes.

Il se fraya un passage à travers les pommes de terre jusqu'au fond du cellier. Il y avait à son goût trop de toiles d'araignées qui lui collaient à la figure et se prenaient dans ses cheveux, mais l'heure n'était pas à se soucier de la propreté des lieux. Il se dégagea bientôt un espace dans le fond et repoussa le plus gros des pommes de terre vers l'avant. Quand ils ouvriraient les battants, ils ne verraient qu'un tas de patates. Rien ne révélerait son déblayage.

Le caveau était bâti sur le modèle courant. On avait fait un trou, on l'avait boisé pour recevoir un toit, puis on avait recouvert le toit de toute la terre retirée du trou. Il pourrait creuser dans la paroi du fond et remonter derrière son cachot sans que ça se remarque de la maison. Il lui faudrait creuser avec les mains, mais c'était du bon terreau de la Wobbish. Une fois sorti, il ressemblerait davantage à un Noir qu'à un Rouge, mais il s'en fichait pas mal.

L'ennui, c'est que la paroi du fond, ce n'était pas de la terre mais du bois. Ils avaient muré le caveau, du haut en bas. Des gens consciencieux. Le sol était en terre, bon. Mais ça voulait dire creuser un tunnel par en dessous de la paroi avant de remonter. Pour ce travail, la nuit ne suffirait plus, il lui faudrait des jours. Et à n'importe quel moment on pourrait le prendre sur le fait. Ou tout bonnement le traîner dehors et l'abattre. Ou même ramener les Chok-Taws pour qu'ils achèvent ce qu'ils avaient commencé… qu'ils lui donnent l'air d'une victime torturée par Ta-Kumsaw et le Prophète. Tout était possible.

Il n'était pas à plus de dix milles de chez lui. Ça, ça le rendait carrément fou. Si près des siens, et eux ne s'en doutaient même pas, ils ne savaient pas qu'il avait besoin de leur aide. Il se souvint de la fillette de la Hatrack, des années plus tôt, cette torche qui les avait vus bloqués dans la rivière et qui leur avait envoyé du secours. C'est ce qui me faudrait en ce moment, j'ai besoin d'une torche, quelqu'un qui me découvrirait et m'enverrait du secours.

Mais il y avait peu de chances que ça arrive. Pas à lui, Mesure. Ah, s'il s'agissait d'Alvin, il se produirait au moins huit miracles, tout le nécessaire pour le sortir de là vivant. Mais Mesure, lui, ne pouvait compter que sur lui-même.

Il creusait depuis dix minutes quand il s'arracha la moitié d'un ongle. Ça faisait très mal, et il savait qu'il saignait. Si on le sortait maintenant, on saurait qu'il perçait un tunnel. Mais c'était sa seule chance. Il continua donc de creuser, malgré la douleur, s'arrêtant de temps en temps pour rejeter une pomme de terre qui avait roulé dans le trou.

Il ne tarda pas à retirer son pagne pour se faciliter la tâche. Il grattait la terre avec les mains, puis il l'entassait sur le tissu qu'il hissait hors de l'excavation. C'était moins efficace qu'avec une pelle, mais beaucoup mieux que d'enlever le déblai poignée par poignée. Il disposait de combien de temps ? Des jours ? Des heures ?

XI

L'enfant rouge

MESURE était parti depuis moins d'une heure. Ta-Kumsaw se tenait au sommet d'une dune, l'enfant blanc Alvin à son côté. Et devant lui : Tenskwa-Tawa. Lolla-Wossiky. Son frère, le jeune garçon qui avait jadis pleuré la mort des abeilles. Un prophète, soi-disant. Dont les paroles exprimaient la volonté de la terre, soi-disant. Des paroles de lâcheté, de reddition, de défaite, d'anéantissement.

« C'est le serment de la terre en paix, disait le Prophète. Ne prendre aucune arme de l'homme blanc, aucun outil de l'homme blanc, aucun vêtement de l'homme blanc, aucune nourriture de l'homme blanc, aucune boisson de l'homme blanc et aucune promesse de l'homme blanc. Surtout, ne jamais prendre une vie qui ne s'offre pas d'elle-même à la mort. »

Les Rouges qui l'entendaient savaient déjà tout cela, comme Ta-Kumsaw. La plupart de ceux qui les avaient suivis au lac Mizogan avaient déjà refusé le pacte du Prophète, bon pour les faibles. Ils avaient prêté un autre serment, le serment de la terre en colère, le serment que leur avait proposé Ta-Kumsaw. Tous les hommes blancs vivront sous la loi de l'homme rouge, sinon ils devront leur abandonner la terre ou bien mourir. Le Rouge pourra se servir des armes de l'homme blanc, mais seulement pour se défendre contre le meurtre et le vol. Aucun homme rouge ne torturera ni ne tuera un prisonnier, homme, femme ou enfant. Et surtout, aucune mort de Rouge ne restera impunie.

Ta-Kumsaw savait que si tous les Rouges d'Amérique prêtaient son serment, ils auraient encore espoir de vaincre l'homme blanc. Les Blancs ne s'étaient autant propagés que parce que les Rouges n'avaient jamais pu s'unir derrière un seul chef. Les Blancs parvenaient toujours à conclure une alliance avec une ou deux tribus qui les guidaient dans la forêt impénétrable et les aidaient à trouver l'ennemi. Si certains Rouges n'avaient pas choisi de devenir renégats — comme les innommables Irrakwas, les Cherrikys métis —, alors les hommes blancs n'auraient pas survécu sur la terre de ce pays. Ils se seraient fait engloutir, ils auraient disparu, comme avaient disparu tous les autres groupes venus de l'ancien monde.

Lorsque le Prophète eut terminé son appel, ils ne furent qu'une poignée à lui prêter serment, à vouloir l'accompagner. Il avait l'air triste, songea Ta-Kumsaw. Accablé. Il tourna le dos à ceux qui restaient, les guerriers, ceux qui allaient combattre l'homme blanc. « Ces hommes sont à toi, dit le Prophète. J'aurais aimé qu'il y en ait moins.

— Ils sont à moi, oui, mais j'aurais aimé qu'il y en ait plus.

— Oh, tu trouveras assez d'alliés. Chok-Taws, Cree-Eks, Chicky-Saws, les cruels Semmy-Nolls de l'Oky-Fenoky. Assez pour réunir la plus grande armée de Rouges jamais vue sur cette terre, tous assoiffés du sang de l'homme blanc.

— Reste à mes côtés pour cette bataille, dit Ta-Kumsaw.

— En tuant, tu perdras ta cause, dit le Prophète. Moi, je gagnerai la mienne.

— En mourant.

— Si la terre me demande de mourir, je répondrai.

— Et tout ton peuple avec toi. »

Le Prophète secoua la tête. « J'ai vu ce que j'ai vu. Ceux qui me suivent font partie de la terre comme l'ours ou le bison, l'écureuil ou le castor, le dindon, le faisan ou le tétras. Tous ces animaux n'ont pas bougé pour recevoir ta flèche, n'est-ce pas ? Ou ils ont tendu le cou à ton couteau. Offert la tête à ton tommy-hawk.

— Ce sont des animaux, destinés à donner leur viande.

— Ils sont vivants, destinés à vivre jusqu'à leur mort, et quand ils meurent, c'est pour que d'autres vivent.

— Pas moi. Pas mon peuple. Nous ne tendrons pas le cou au couteau de l'homme blanc. »

Le Prophète prit Ta-Kumsaw par les épaules, le visage baigné de larmes. Il pressa la joue contre celle de son frère, la mouillant de ses pleurs.

« Viens me retrouver de l'autre côté du Mizzipy, quand tout sera terminé, dit le Prophète.

— Je ne laisserai jamais diviser la terre, dit Ta-Kumsaw. L'Est n'appartient pas à l'homme blanc.

— L'Est mourra, dit le Prophète. Suis-moi dans l'Ouest, là où l'homme blanc n'ira jamais. »

Ta-Kumsaw ne répondit rien.

L'enfant blanc Alvin toucha la main du Prophète. « Tenskwa-Tawa, ça veut dire que j'irai jamais dans l'Ouest ? »

Le Prophète se mit à rire. « Pourquoi t'enverrais-je avec mon frère, à ton avis ? Si quelqu'un peut faire un garçon rouge d'un blanc, c'est bien Ta-Kumsaw.

— Je ne veux pas de lui, dit Ta-Kumsaw.

— Prends-le ou meurs », dit le Prophète.

Puis il descendit le versant de la dune vers la douzaine d'hommes qui l'attendaient, les paumes dégouttantes de sang pour sceller le pacte. Ils suivirent la rive du lac afin de rejoindre leurs familles, un peu plus loin. Demain ils seraient de retour à Prophetville. Mûrs pour l'abattoir.

Ta-Kumsaw attendit que le Prophète ait disparu derrière une dune. Puis il cria aux centaines d'hommes restés avec lui : « Quand l'homme blanc connaîtra-t-il la paix ?

— Quand il partira ! hurlèrent-ils. Quand il mourra ! »

Ta-Kumsaw éclata de rire et tendit les bras. Il sentait leur amour et leur confiance comme la chaleur du soleil par un jour d'hiver. Des hommes moins valeureux avaient déjà éprouvé cette chaleur, mais elle les avait oppressés, parce qu'ils n'étaient pas dignes de la confiance qu'on leur accordait. Elle n'oppressait pas Ta-Kumsaw. Il avait pris sa propre mesure et savait qu'il n'y avait pas de tâche à venir qu'il ne pouvait accomplir. Seule la traîtrise le priverait de la victoire. Et Ta-Kumsaw était très doué pour deviner le cœur d'un homme. Discerner la loyauté. Discerner le mensonge. N'avait-il pas tout de suite deviné le gouverneur Harrison ? Un homme pareil ne pouvait pas se cacher de lui.

Ils ne partirent que plusieurs minutes plus tard. Quelques dizaines d'hommes conduisaient les femmes et les enfants vers le nouvel emplacement où ils allaient installer leur village nomade. Ils ne restaient pas plus de trois jours au même endroit ; un village permanent comme Prophetville était une invitation au massacre. Le Prophète ne devait son salut qu'au nombre des habitants de sa cité. Dix mille Rouges y vivaient désormais ; on n'en avait jamais connu autant rassemblés dans une même communauté. Et c'était réellement une cité miraculeuse, Ta-Kumsaw le savait. Le maïs y donnait cinq épis par pied, les plus gros et les plus juteux qu'on avait jamais vus. Le bison et le cerf y entraient d'un pas paisible, venant de cent milles à la ronde, s'approchaient des feux et s'allongeaient dans l'attente du couteau. Quand un vol d'oies passait dans le ciel, quelques-unes descendaient se poser sur la Wobbish et la Tippy-Canoe, dans l'attente de la flèche. Le poisson remontait l'Hio pour sauter dans les filets de Prophetville.

Tout cela ne vaudrait plus rien si l'homme blanc amenait ses canons pour tirer de la mitraille et des shrapnels sur les fragiles loges et wigwams de la cité rouge. Le métal brûlant traverserait les parois délicates ; cette grêle de mort ne se laisserait pas arrêter par de la boue et des morceaux de bois. Ce jour-là, chaque homme rouge de Prophetville regretterait son serment.

Ta-Kumsaw les entraîna dans la forêt. Le garçon blanc courait sur ses talons. Ta-Kumsaw avait délibérément imposé un train d'enfer, deux fois plus rapide que lorsqu'ils avaient amené l'enfant et son frère au lac Mizogan. Il y avait deux cents milles jusqu'à Fort Détroit, et Ta-Kumsaw était décidé à couvrir la distance en une seule journée. Aucun homme blanc n'en était capable… aucun cheval d'homme blanc non plus, d'ailleurs. Un mille toutes les cinq minutes, sans relâche. Le vent se ruait dans sa houppe de cheveux. Courir si vite une demi-heure durant aurait tué n'importe qui, mais l'homme rouge en appelait à la force de la terre pour l'aider. Le sol lui repoussait les pieds, accroissant sa détente. Les buissons s'écartaient et lui ouvraient des passages ; des espaces se créaient là où il n'en existait pas ; Ta-Kumsaw traversait si vite les ruisseaux et les rivières que ses pieds n'en touchaient pas le lit, ils s'enfonçaient juste assez pour trouver un appui sur l'eau proprement dite. Son désir d'arriver à Fort Détroit était si impérieux que la terre lui répondait en le nourrissant, en le gratifiant de sa force. Et non seulement Ta-Kumsaw, mais aussi tous les autres à sa suite ; chaque homme rouge sentant la terre au fond de soi trouvait la même force que son chef, passait sur la même piste, foulée après foulée, comme une seule grande âme parcourant une longue route déliée à travers bois.

Je vais devoir porter le jeune Blanc, songeait Ta-Kumsaw. Mais la course derrière lui — car les Blancs faisaient du bruit quand ils couraient — ne faiblissait pas, elle tombait parfaitement en rythme avec la sienne.

Ça, c'était évidemment impossible. Les jambes du garçon étaient trop courtes, il devait faire davantage d'enjambées pour couvrir le même terrain. Pourtant chaque foulée de Ta-Kumsaw recevait un écho si immédiat que le bruit des pieds du jeune Blanc semblait provenir des siens.

Minute après minute, mille après mille, heure après heure, l'enfant tint bon.

Le soleil se coucha dans leur dos, par-dessus l'épaule gauche. Les étoiles apparurent, mais non la lune, et la nuit était noire sous les arbres. Ils ne ralentirent pas leur course pour autant, ils trouvaient facilement leur chemin dans la forêt, parce que ce n'était pas leurs yeux ni leur esprit qui les guidait, c'était la terre elle-même qui les orientait sur la bonne voie dans l'obscurité. Plusieurs fois au cours de la nuit, Ta-Kumsaw remarqua que le jeune garçon ne faisait plus de bruit. Il appela en shaw-nee l'homme qui courait derrière le petit Alvin, pour s'informer, et invariablement l'homme répondit : « Il court. »

La lune se leva, jetant des taches de lumière pâle sur le sol de la forêt. Ils rattrapèrent une tempête… le sol devint humide sous leurs pieds, puis trempé ; ils coururent sous des averses, une pluie battante, à nouveau des averses, puis la terre sécha. Ils ne ralentirent jamais leur allure. A l'est le ciel vira au gris, puis au rose, puis au bleu, et le soleil bondit en l'air. La journée se réchauffait et l'astre avait déjà monté de trois mains au-dessus de l'horizon quand ils aperçurent des fumées de cheminées, puis le drapeau fleurdelisé pendouillant à son mât, et enfin la croix de la cathédrale. Alors seulement ils réduisirent le train. Alors seulement ils rompirent le parfait unisson de leur foulée, relâchèrent l'emprise de la terre sur leur esprit et firent halte dans une prairie si proche de la ville qu'ils entendaient l'orgue jouer dans la cathédrale.

Ta-Kumsaw s'arrêta, et le jeune garçon s'arrêta derrière lui. Comment Alvin, un jeune Blanc, s'était-il déplacé comme un Rouge en pleine nuit ? Ta-Kumsaw s'agenouilla devant l'enfant. Alvin avait les yeux ouverts, mais il semblait ne rien voir. « Alvin », fit Ta-Kumsaw en anglais. Le gamin ne répondit pas. « Alvin, tu dors ? »

Plusieurs guerriers s'attroupèrent. Ils étaient tous silencieux et fatigués par le voyage. Fatigués mais pas épuisés, car la terre leur avait redonné de l'énergie en cours de route. Et c'était surtout l'émoi respectueux d'avoir entretenu une relation étroite avec la terre qui les rendait silencieux ; on connaissait le caractère sacré d'un tel voyage, c'était un don de la terre à ses enfants les plus nobles. Bien des Rouges avaient entrepris semblable parcours et la terre n'avait pas voulu les aider ; ils avaient été contraints de faire halte, de dormir, de se reposer et de manger, ils avaient été arrêtés par l'obscurité ou le mauvais temps, parce que leur besoin de voyage n'était pas assez grand ou que le voyage était contraire à ce dont la terre elle-même avait besoin. Ta-Kumsaw, lui, n'avait jamais essuyé de refus ; tout le monde le savait. C'était la principale raison pour laquelle on le tenait en haute estime, à l'égal de son frère. Le Prophète accomplissait des miracles, mais personne ne voyait ses visions ; il pouvait seulement en parler. Ce que faisait Ta-Kumsaw, ses guerriers le faisaient aussi, ils connaissaient les mêmes sensations.

A présent, pourtant, ils étaient aussi intrigués que leur chef par le jeune Blanc. Ta-Kumsaw lui avait-il fait profiter de son pouvoir ? Ou, chose incroyable, la terre avait-elle pour son bien tendu la main et soutenu un enfant blanc ?

« Est-il blanc comme sa peau ou rouge dans son cœur ? » demanda l'un d'eux. Il avait parlé en shaw-nee et sans précipitation, plutôt à la façon lente et solennelle des chamans.

A la surprise de Ta-Kumsaw, Alvin répondit en regardant l'homme qui venait de l'interroger au lieu de regarder fixement droit devant lui. « Blanc », murmura-t-il. Il s'était exprimé en anglais.

« Il parle notre langue ? » demanda un homme.

La question parut décontenancer Alvin. « Ta-Kumsaw », dit-il. Il leva les yeux pour situer la hauteur du soleil. « On est l'matin. J'dormais ?

— Tu ne dormais pas », fit Ta-Kumsaw en shaw-nee. Maintenant, le jeune garçon semblait ne rien comprendre du tout. « Tu ne dormais pas, reprit Ta-Kumsaw en anglais.

— J'ai l'impression que j'dormais. Pourtant j'suis debout.

— Tu ne te sens pas fatigué ? Tu ne veux pas te reposer ?

— Fatigué ? Pourquoi donc je s'rais fatigué ? »

Ta-Kumsaw ne tenait pas à lui expliquer. Si le jeune garçon ne savait pas ce qu'il avait fait, alors c'était un don de la terre. Ou peut-être y avait-il du vrai dans ce que le Prophète avait dit à son sujet. Que Ta-Kumsaw devait lui apprendre à devenir rouge. S'il pouvait suivre la foulée de Shaw-Nees adultes dans une course pareille, peut-être cet enfant blanc-là pouvait-il apprendre à sentir la terre.

Ta-Kumsaw se releva et s'adressa à la ronde. « Je vais me rendre dans la ville, avec seulement quatre hommes.

— Et le garçon », ajouta l'un d'eux. Les autres reprirent ses paroles. Ils connaissaient tous la promesse du Prophète à Ta-Kumsaw : tant que l'enfant serait avec lui, il ne mourrait pas. Même si leur chef était tenté de le laisser en arrière, ils l'en empêcheraient.

« Et le garçon », concéda Ta-Kumsaw.

Détroit ne ressemblait pas aux pathétiques palanques de bois des Américains. C'était un fort bâti en pierre, comme la cathédrale ; un énorme canon pointait vers l'extérieur, en direction de la rivière qui reliait les lacs Huron et Saint-Clair au lac Canada, et un plus petit couvrait les terres, prêt à repousser les attaques de l'intérieur.

Mais ce fut la ville, non le fort, qui les impressionna. Une douzaine d'artères bordées de maisons en bois, de magasins et d'entrepôts, avec au beau milieu une cathédrale si massive qu'elle faisait paraître ridicule l'église du révérend Thrower. Des prêtres en soutane noire vaquaient à leurs affaires comme des corneilles dans les rues. Les Français basanés ne montraient pas cette hostilité que manifestaient souvent les Américains envers les Rouges. Cela tenait, selon Ta-Kumsaw, à ce que les Français de Détroit n'avaient pas l'intention de s'y établir. Ils ne voyaient pas dans les Rouges des rivaux pour la possession de la terre. Ils y attendaient tous le moment de rentrer en Europe, ou pour le moins de retourner au Québec et dans l'Ontario, colonies de Blancs de l'autre côté du fleuve ; sauf les trappeurs, bien entendu, et pour eux non plus les Rouges n'étaient pas des ennemis. Les Rouges leur en imposaient ; les trappeurs cherchaient à comprendre comment ils trouvaient aussi facilement du gibier, quand eux avaient un mal de chien à savoir où poser leurs collets. Ils croyaient, comme toujours chez leurs semblables, qu'il s'agissait d'une sorte d'astuce et qu'il suffirait d'étudier les hommes rouges assez longtemps pour l'apprendre. Ils n'apprendraient jamais. Comment la terre pourrait-elle accepter une espèce d'homme qui, uniquement pour les peaux, exterminait tous les castors d'un étang sans en épargner un seul pour porter des petits et laissait la viande pourrir sur place ? Pas étonnant que les ours tuent ces trappeurs à la moindre occasion. La terre les rejetait.

Lorsque j'aurai repoussé les Américains des territoires à l'ouest des montagnes, songeait Ta-Kumsaw, alors je chasserai les Yankees de Nouvelle-Angleterre et les Cavaliers des Colonies de la Couronne. Et quand ils seront tous partis, je m'occuperai des Espagnols de Floride et des Français du Canada. Aujourd'hui je vous utilise parce que j'ai besoin de vous, mais demain je vous chasserai aussi. Les seuls faces blanches qui resteront seront celles des morts. Et ce jour-là, les castors ne mourront que lorsque la terre leur dira le moment venu et le lieu choisi.

Le commandant français de Détroit était officiellement Maurepas, mais Ta-Kumsaw l'évitait autant que possible. Il valait mieux ne s'adresser qu'à son second, Napoléon Bonaparte.

« J'ai appris que vous étiez au lac Mizogan », dit Bonaparte. Il parlait en français, bien entendu, mais Ta-Kumsaw avait appris cette langue en même temps que l'anglais, et auprès de la même personne. « Venez vous asseoir. » Bonaparte posa un regard vaguement intéressé sur Alvin mais ne lui dit rien.

« J'y étais, fit Ta-Kumsaw. Mon frère aussi.

— Ah. Mais y avait-il une armée ?

— Le germe d'une armée, dit Ta-Kumsaw. J'ai renoncé à discuter avec Tenskwa-Tawa. Je rassemblerai une armée avec d'autres tribus.

— Quand ça ? demanda Bonaparte. Vous venez ici deux ou trois fois l'an, vous m'assurez que vous allez réunir une armée. Savez-vous depuis combien de temps j'attends ? Quatre années, quatre abominables années d'exil.

— Je le sais, dit Ta-Kumsaw. Vous aurez votre bataille.

— Avant que me poussent des cheveux gris ? Dites-le moi ! Faudra-t-il que je meure de vieillesse avant que vous appeliez au soulèvement général des Rouges ? Vous n'ignorez pas combien ma marge de manœuvre est réduite. La Fayette et Maurepas ne me laisseront pas m'éloigner de plus de cinquante milles, ils ne me donneront pas de troupes du tout. Il faut d'abord qu'il existe une armée, paraît-il. Il faut que les Américains possèdent une force militaire que nous puissions combattre. Alors, la seule chose qui poussera ces petits salauds indépendants à s'unir, c'est vous.

— Je sais, fit Ta-Kumsaw.

— Vous m'avez promis une armée de dix mille Rouges, Ta-Kumsaw. En fait, je n'entends parler que d'une ville de dix mille *quakers* !

— Pas de quakers.

— S'ils renoncent à la guerre, c'est du pareil au même. » Bonaparte prit soudain une voix douce, tendre, persuasive. « Ta-Kumsaw, j'ai besoin de vous, je dépends de vous, ne me faites pas défaut. »

Ta-Kumsaw se mit à rire. Bonaparte savait depuis longtemps que ses artifices faisaient effet sur les Blancs, un effet nettement moindre sur les Rouges, et nul sur Ta-Kumsaw. « Vous ne vous souciez pas du tout de moi, et je ne me soucie pas du tout de vous, dit le Shaw-Nee. Vous voulez une bataille et une victoire pour retourner en héros à Paris. Moi, je veux une bataille et une victoire pour semer la terreur dans le cœur des hommes blancs et réunir sous mon commandement une armée encore plus grande qui balayera la terre au sud de ce pays et rejettera les Anglais de l'autre côté des montagnes. Une bataille, une victoire… c'est pour ça que nous travaillons ensemble, et quand tout sera terminé je vous oublierai comme vous m'oublierez. »

Bonaparte était furieux mais il rit à son tour. « A demi vrai, dit-il. Je ne me soucierai plus de vous, mais je ne vous oublierai pas. J'ai beaucoup appris à votre contact, Ta-Kumsaw. Que les hommes se battent mieux pour l'amour d'un chef que pour l'amour du pays, mieux pour l'amour du pays que pour l'espoir de la gloire, mieux pour l'espoir de la gloire que pour le pillage, et mieux pour le pillage que pour la solde. Mais le mieux encore, c'est de se battre pour une cause. Pour un grand et noble rêve. J'ai toujours connu l'amour de mes hommes. Ils mourraient pour moi. Mais pour une cause, ils laisseraient mourir femmes et enfants en se disant que c'est le prix à payer.

— Comment avez-vous appris ça à mon contact ? demanda Ta-Kumsaw. C'est ce que dit mon frère, pas moi.

— Votre frère ? Je croyais qu'à son point de vue aucune chose ne valait qu'on meure pour elle.

— Non. La mort ne le gêne pas. Mais il ne veut pas tuer. »

Bonaparte éclata de rire, et Ta-Kumsaw lui fit écho. « Vous avez raison, vous savez. Nous ne sommes pas amis. Mais moi, je vous aime bien. Un point m'intrigue… quand vous aurez gagné et que tous les Blancs seront partis, vous avez vraiment l'intention de vous retirer et de laisser toutes les tribus redevenir comme avant : divisées, querelleuses, faibles ?

— Heureuses. Voilà comme elles étaient avant. Beaucoup de tribus, beaucoup de langues, mais une seule terre vivante.

— Faibles, insista Napoléon. S'il m'arrivait un jour de regrouper tous ceux de ma terre sous mon drapeau, Ta-Kumsaw, je les maintiendrais si longtemps et si étroitement ensemble qu'ils ne formeraient plus qu'un seul peuple, grand et fort. Auquel cas, soyez sûr d'une chose : nous reviendrions et nous vous reprendrions votre terre, comme toutes les autres terres de la planète. Comptez-y.

— C'est parce que vous êtes le mal, général Bonaparte. Vous voulez tout plier à votre loi, choses et gens.

— Je ne suis pas le mal, abruti de sauvage. Sous mon gouvernement, les gens seraient heureux, en sécurité, en paix et, pour la première fois de leur histoire, libres.

— En sécurité, sauf s'ils s'opposent à vous. Heureux, sauf s'ils vous haïssent. Libres, sauf s'ils désirent quelque chose contraire à votre volonté.

— Voyez-vous ça, un Rouge philosophe. Est-ce que ces paysans de squatters, plus au sud, savent que vous avez lu Newton, Voltaire, Rousseau et Adam Smith ?

— Je ne pense pas qu'ils me croient capable de lire leurs langues. »

Bonaparte se pencha par-dessus son bureau. « Nous les anéantirons, Ta-Kumsaw, vous et moi, ensemble. Mais il faut m'amener une armée.

— Mon frère a prophétisé que nous aurons une armée avant la fin de l'année.

— Une prophétie ?

— Toutes ses prophéties se réalisent.

— A-t-il dit que nous allions gagner ? »

Ta-Kumsaw se mit à rire. « Il a dit que vous serez connu comme le plus grand général européen de tous les temps. Et moi comme le plus grand des Rouges. »

Bonaparte se passa les doigts dans les cheveux et sourit, presque enfantin à présent ; il pouvait en quelques instants se montrer tour à tour menaçant, amical puis adorable. « C'est ce qu'on appelle éluder la question. Les morts aussi peuvent être qualifiés de grands hommes.

— Mais ceux qui perdent les batailles ne le sont jamais, n'est-ce pas ? Qualifiés de nobles, peut-être, ou même d'héroïques. Mais pas de grands.

— Juste, Ta-Kumsaw, juste. Mais votre frère est laconique. Sibyllin, ésotérique.

— Je ne connais pas ces mots-là.

— Bien sûr que non. Vous êtes un sauvage. » Bonaparte se versa du vin. « Je manque à mes devoirs. Du vin ? »

Ta-Kumsaw refusa de la tête.

« Je suppose que le jeune garçon n'en prend pas.

— Il n'a que dix ans, dit Ta-Kumsaw.

— En France, ça veut dire que nous coupons le vin pour moitié d'eau. Que faites-vous avec un jeune Blanc, Ta-Kumsaw ? Vous capturez des enfants maintenant ?

— Ce garçon blanc est plus qu'il n'a l'air.

— En pagne il n'a pas grande allure. Il comprend le français ?

— Pas un mot, dit Ta-Kumsaw. Je suis venu vous demander... pouvez-vous nous donner des fusils ?

— Non, fit Napoléon.

— Nos flèches ne peuvent pas lutter contre des balles.

— La Fayette nous refuse l'autorisation de vous fournir le moindre fusil. Paris le soutient. Ils ne vous font pas confiance. Ils ont peur que ces fusils se retournent un jour contre nous.

— Alors, que vais-je gagner à lever une armée ? »

Napoléon sourit, sirota son vin. « J'ai parlé à quelques marchands irrakwas.

— Les Irrakwas sont de l'urine de chien malade, dit Ta-Kumsaw. Ils étaient déjà des bêtes féroces et malfaisantes avant l'arrivée de l'homme blanc et ils sont pires maintenant.

— Bizarre. Les Anglais semblaient avoir trouvé en eux l'âme sœur. Et La Fayette les adore. Mais tout ce qui importe aujourd'hui, c'est qu'ils fabriquent des fusils, en grande quantité et à bas prix. Ce ne sont pas des armes de très bonne qualité, mais elles utilisent exactement le même calibre de munitions. Je veux dire qu'ils sont capables de faire des balles qui s'ajustent plus étroitement au canon, le tir est plus précis. Et pourtant ils les vendent moins cher.

— Vous allez les acheter pour nous ?

— Non. Vous les achèterez vous-mêmes.

— Nous n'avons pas d'argent.

— Des peaux, dit Bonaparte. Des peaux de castor. De vison. De cerf et de bison. »

Ta-Kumsaw secoua la tête. « Nous ne pouvons pas demander à ces animaux de mourir pour des fusils.

— Dommage, fit Bonaparte. Vous, les Rouges, vous avez un talent pour la chasse, à ce qu'on m'a dit.

— Les vrais Rouges, oui. Les Irrakwas, non. Ils se servent des machines de l'homme blanc depuis si longtemps maintenant qu'ils sont morts à la terre, comme les hommes blancs. Sinon ils iraient eux-mêmes chercher toutes les peaux qu'ils veulent.

— Ils veulent aussi autre chose. En dehors des peaux, dit Bonaparte.

— Nous n'avons rien pour eux.

— Du fer, dit Napoléon.

— Nous n'avons pas de fer.

— Non. Mais eux savent où en trouver. Dans les terrains du cours supérieur du Mizzipy et le long du Mizota. Au nord, près de la rive occidentale du lac Hautes-Eaux. Tout ce qu'ils veulent, c'est votre promesse que vous ne toucherez pas à leurs bateaux qui ramèneront le minerai en Irrakwa, ni aux mineurs qui vont l'extraire du sol.

— Une paix pour l'avenir en échange de fusils pour tout de suite ?

— Oui, fit Bonaparte.

— Ils n'ont pas peur que je retourne les fusils contre eux ?

— Ils demandent que vous en fassiez la promesse. »

Ta-Kumsaw réfléchit. « Dites-leur ceci : je promets que s'ils nous donnent des fusils, aucun ne servira jamais contre un seul Irrakwa. Tous mes hommes en feront le serment. Et jamais nous n'attaquerons un seul de leurs bateaux sur l'eau, ni les mineurs qui creuseront le sol.

— Vous le pensez sérieusement ? demanda Bonaparte.

— Si je l'ai dit, je le pense sérieusement, dit Ta-Kumsaw.

— Même si vous les haïssez ?

— Je les hais parce que la terre les hait. Quand l'homme blanc sera parti et que la terre aura recouvré sa force, qu'elle ne sera plus malade, alors elle tremblera pour engloutir les mineurs et soufflera des tempêtes pour couler leurs bateaux ; et les Irrakwas redeviendront de vrais hommes rouges ou bien mourront. Une fois que l'homme blanc sera parti, la terre sera dure avec ses enfants qui resteront. »

L'entrevue prit fin peu après. Ta-Kumsaw se leva et serra la main du général. Alvin les surprit tous deux en s'avançant à son tour pour offrir sa main.

Bonaparte la lui serra, amusé. « Dites au jeune garçon qu'il fréquente une dangereuse compagnie », fit-il.

Ta-Kumsaw traduisit. Alvin le regarda avec de grands yeux. « C'est de toi qu'il parle ?

— Je crois, dit Ta-Kumsaw.

— Mais c'est *lui*, l'plus dangereux du monde », fit Alvin.

Ce qui fit rire Bonaparte quand Ta-Kumsaw traduisit. « Comment pourrais-je être dangereux ? Un petit bonhomme qu'on a relégué au diable vauvert, ici en plein désert, quand le centre du monde c'est l'Europe, qu'on y livre de grandes guerres et que je n'y participe pas ! »

Ta-Kumsaw n'eut pas besoin de traduire : le gamin comprit au ton et à l'expression du général. « Il est très dangereux parce qu'il s'fait aimer des genses et qu'il le mérite pas ! »

Ta-Kumsaw sentit la vérité dans les paroles de l'enfant. C'était ce que Bonaparte faisait aux hommes blancs, et c'était bel et bien dangereux ; dangereux, malfaisant et mauvais. Est-ce l'homme sur lequel je compte pour m'aider ? Pour être mon allié ? Oui, parce que je n'ai pas le choix. Ta-Kumsaw ne traduisit pas ce que venait de dire Alvin, malgré les instances de Bonaparte. Le général français n'avait pas encore tenté d'exercer son charme sur l'enfant. S'il apprenait ses paroles, il risquait de s'y essayer et de le séduire. Ta-Kumsaw en venait à apprécier le gamin. Peut-être Alvin était-il trop fort pour subir le charme. Ou peut-être deviendrait-il un esclave adorateur comme Maurepas. Mieux valait ne pas le découvrir. Mieux valait éloigner l'enfant.

Alvin insista pour voir la cathédrale. Un prêtre parut horrifié à la vue d'hommes en pagne qui pénétraient dans le lieu consacré, mais un autre le réprimanda et les invita dans le sanctuaire. Les statues des saints amusaient toujours Ta-Kumsaw. On les représentait aussi souvent que possible soumis aux tortures les plus horribles. Les Blancs pouvaient bien parler des pratiques barbares des Rouges qui torturaient leurs prisonniers pour leur permettre de montrer leur courage. Devant quelles statues s'agenouillaientils pour prier ? Devant celles des gens, justement, qui témoignaient de leur courage sous la torture. Il n'y avait rien à comprendre chez les Blancs.

Alvin et lui en discutèrent en sortant de la ville ; ils ne se pressaient plus maintenant. Ta-Kumsaw expliqua *grosso modo* au jeune garçon comment les Rouges arrivaient à courir si longtemps et si vite. Et ce qu'avait de remarquable un jeune Blanc qui suivait leur allure.

Alvin parut comprendre comment les hommes rouges vivaient en communion avec la terre ; du moins il essaya. « J'crois que je l'ai senti. Durant que j'courais. Comme si j'étais pus dans mon corps. Mes pensées, elles partaient dans toutes les directions. Comme si j'rêvais. Et pendant c'temps-là, y a quèque chose d'autre qui dit à mon corps ce qu'il faut faire. Qui l'soutient, qui s'en sert, qui l'emmène partout où il veut aller. C'est pareil pour toi ? »

Ta-Kumsaw ne vivait pas du tout la même expérience. Quand la terre entrait en lui, il se sentait plus vivant que jamais ; non pas absent de son corps, mais plus intensément présent qu'à tout autre moment. Mais il n'en parla pas à Alvin. Il préféra lui répondre par une autre question. « Tu as dit que c'était comme si tu rêvais. Quel rêve as-tu fait la nuit dernière ?

— J'ai encore rêvé de beaucoup d'visions que j'ai eues quand j'étais dans la tour de cristal avec l'homme-lu… avec le Prophète.

— L'homme-lumière. Je sais que tu l'appelles ainsi. Il m'a dit pourquoi.

— J'ai encore rêvé d'ça. Seulement, c'était différent. J'ai vu des affaires plus nettement qu'avant, et pis d'autres que j'ai oubliées.

— As-tu rêvé de choses que tu n'avais *pas vues* avant ?

— C'te ville, là. Les statues dans la cathédrale. Et ce bonhomme qu'on est allés voir, le général. Et aut' chose encore plus bizarre. Une grande colline, presque ronde… non, avec huit côtés. Ça, je m'en souviens, c'était vraiment net. Une colline avec huit côtés bien droits et en pente. Dedans, y avait toute une ville, des tas de p'tites pièces, comme une fourmilière mais à la taille des genses. En tout cas plus grande que pour des fourmis. Et j'étais tout en haut, je m'promenais parmi de drôles d'arbres — ils avaient des feuilles argentées, pas vertes — et j'cherchais mon frère. Mesure. »

Ta-Kumsaw ne dit rien pendant un long moment. Mais ses pensées se bousculaient. Aucun homme blanc n'avait jamais vu cette ville, la terre était encore assez forte pour les empêcher de la trouver. Pourtant, cet enfant en avait rêvé. Et un rêve de la Butte-aux-huit-faces n'arrivait jamais par hasard. Ça voulait toujours dire quelque chose. Ça voulait toujours dire la même chose.

« Il faut nous y rendre, fit Ta-Kumsaw.

— Où donc ?

— A la colline de ton rêve.

— Elle existe donc pour de vrai ?

— Aucun homme blanc ne l'a jamais vue. Un homme blanc là-bas, ce serait... dégoûtant. » Alvin ne répondit pas. Que dire à cela ? Ta-Kumsaw déglutit avec peine. « Mais si tu en as rêvé, tu dois y aller.

— C'est quoi ? »

Ta-Kumsaw secoua la tête. « Ce dont tu as rêvé. C'est tout. Si tu veux en savoir plus, rêve encore. »

Il faisait presque nuit quand ils regagnèrent le camp ; les wigwams avaient été dressés, car il fallait encore s'attendre à de la pluie dans la soirée. Les Rouges poussèrent leur chef à partager une hutte avec Alvin, par mesure de sécurité. Mais Ta-Kumsaw refusa. L'enfant l'effrayait. La terre entretenait avec lui des activités dont Ta-Kumsaw était exclu.

Mais lorsqu'on se voyait soi-même en rêve à la Butte-aux-huit-faces, on n'avait d'autre choix que de s'y rendre. Et comme Alvin n'en trouverait jamais le chemin tout seul, Ta-Kumsaw devait l'y conduire.

Jamais il ne pourrait le justifier auprès de ses frères, et même s'il le pouvait, il ne le ferait pas. Le bruit se répandrait que Ta-Kumsaw avait conduit un Blanc à l'antique lieu sacré, et beaucoup de Rouges refuseraient alors de l'écouter plus longtemps.

Aussi annonça-t-il à ses hommes au matin qu'il emmenait le jeune garçon pour lui donner son enseignement, comme le Prophète le lui avait demandé. « Retrouvez-moi dans cinq jours, là où le Pickawee se jette dans l'Hio, leur dit-il. Nous descendrons ensuite dans le Sud parler aux Chok-Taws et aux Chicky-Saws. »

Emmène-nous, dirent-ils. Tu ne seras pas en sécurité tout seul. Mais il ne leur répondit pas, et bientôt ils se résignèrent. Il partit au pas de course, et cette fois encore Alvin le suivit dans sa foulée, exactement à sa cadence. Le voyage était presque aussi long que du lac Mizogan à Détroit. A la tombée de la nuit ils atteindraient la Terre-aux-silex. Ta-Kumsaw comptait y dormir et y faire ses propres rêves, avant d'oser conduire un jeune Blanc à la Butte-aux-huit-faces.

XII

Les canons

MESURE les entendit venir quelques secondes avant que la porte ne s'ouvre en grand et que la lumière n'inonde le caveau à légumes. Elles lui suffirent pour retirer le déblai de son pagne, le passer dans sa ceinture en peau de cerf, puis grimper par-dessus les patates. La bande-culotte était si sale qu'il avait l'impression de porter de la boue, mais ce n'était pas le moment de faire le dégoûté.

Ils ne perdirent pas de temps à inspecter sa prison, ils ne remarquèrent donc pas le trou, à présent de deux bons pieds, sous la paroi du fond. Ils se contentèrent de plonger les mains à l'intérieur du réduit et de le tirer dehors par les aisselles, en claquant à la volée les portes derrière lui. La lumière fut si soudaine qu'elle l'aveugla, et il ne put déterminer qui le tenait ni combien ils étaient.

Ça n'avait pas grande importance. N'importe quel habitant de la région l'aurait tout de suite reconnu, il devait donc s'agir des hommes de Harrison, et une fois qu'il eut compris ça, il sut qu'il ne devait rien en attendre de bon.

« Un vrai cochon, fit Harrison. Répugnant. Tu as l'air d'un Rouge.

— Vous m'avez mis dans un trou, à même le sol, dit Mesure. J'allais pas en r'sortir propre et frais.

— Je t'ai donné toute une nuit pour réfléchir, mon gars, reprit Harrison. Maintenant, faut que tu te décides. Tu peux m'être utile de deux façons. L'une, c'est vivant : tu racontes partout comment ils ont torturé ton frère à mort, qu'il n'arrêtait pas de hurler. Tu nous arranges une bonne histoire et tu précises bien que Ta-Kumsaw et le Prophète étaient là, qu'ils trempaient même leurs mains dans le sang du gamin. Tu racontes une histoire dans ce goût-là, et ça vaut la peine qu'on t'épargne.

— Ta-Kumsaw m'a sauvé la vie, il m'a sauvé de vos Rouges Chok-Taws, dit Mesure. C'est la seule histoire que je m'en vais raconter. Sauf que j'préciserai qu'vous teniez beaucoup à c'que j'en raconte une autre.

— C'est ce que je pensais, fit Harrison. De fait, même si tu m'avais menti et promis de raconter ma version, m'est avis que je ne t'aurais pas cru. Nous sommes donc tous les deux d'accord : c'est l'autre solution. »

Mesure comprenait : Harrison voulait exhiber son cadavre couvert de marques de torture. Mort, il ne dénoncerait à personne le responsable des blessures et des brûlures. Très bien, songea-t-il, tu vas voir que je meurs aussi bravement qu'un autre.

Mais parce qu'il n'était pas du genre à accueillir la mort les bras ouverts, il se dit qu'il allait essayer encore un peu de discuter. « Laissez-moi m'en aller, empêchez c'te guerre, Harrison, et j'tiendrai ma langue. Vous m'laissez tranquillement m'en retourner, vous r'connaissez que c'était une terrible erreur, vous rappelez vos gars, vous fichez la paix à Prophetville, et j'dirai rien contre. C'te menterie-là, j'la raconterai avec plaisir. »

Harrison hésita un court instant, et Mesure se permit d'espérer qu'il avait peut-être gardé en lui un reste de piété qui le détournerait du péché de meurtre avant qu'il ne soit irrémédiablement commis. Puis le gouverneur sourit, secoua la tête et fit signe de la main à un grand et affreux batelier debout contre le mur.

« Mike Fink, voici un Blanc renégat qui a participé à tous les méfaits de Ta-Kumsaw avec sa bande de tueurs d'enfants et de violeurs de femmes. Je compte sur toi pour lui casser quelques os. »

Mike Fink, songeur, ne bougea pas. « M'est avis qu'il va nous faire un boucan de tous les djabs, 'verneur.

— Alors, colle-lui un bâillon. » Harrison sortit un mouchoir de sa poche d'habit. « Tiens, fourre-lui ça dans la bouche et noue-le. »

Fink s'éxécuta. Mesure s'efforçait de ne pas le regarder, de réprimer la terreur qui lui durcissait le ventre et gonflait la vessie. Le mouchoir lui emplissait tellement la bouche qu'il étouffait. Il parvint à se maîtriser en respirant lentement et régulièrement par le nez. Fink lui attacha son écharpe rouge si serré autour de la tête qu'elle enfonça le mouchoir encore plus loin dans la gorge ; il dut à nouveau faire appel à toute sa concentration pour respirer sans à-coups et refouler ses haut-le-cœur et ses envies de rendre. Si ça se produisait, sûr qu'il aspirerait le mouchoir dans ses poumons ; du coup il mourrait bel et bien.

Une réflexion idiote, vu que Harrison voulait son cadavre coûte que coûte. L'étouffement par un mouchoir était peut-être préférable à la souffrance que lui réservait Fink. Mais Mesure avait en lui une étincelle de vie trop tenace pour choisir de mourir comme ça. Souffrance ou pas, il passerait parce qu'il manquerait d'air, il ne s'étoufferait pas lui-même pour faciliter son départ.

« Casser l'ossaille, c'est pas c'que font les Rouges. » Fink lui venait en aide. « D'habitude, ils jouent du couteau et ils brûlent.

— Eh bien, on manque de temps pour jouer du couteau, et tu pourras toujours brûler le corps quand il sera mort. Ce qui compte, c'est d'avoir un cadavre pittoresque, Mike, pas de faire souffrir ce garçon. On n'est pas des sauvages, du moins certains d'entre nous. »

Mike gloussa, puis il tendit la main, empoigna Mesure par l'épaule et d'un balayage du pied lui faucha les jambes. Jamais Mesure n'avait éprouvé un tel sentiment d'impuissance qu'à ce moment-là, quand il chuta. Fink ne le dépassait pas d'un pouce, en taille comme en allonge, et Mesure connaissait quelques attrapes de lutte, mais l'autre n'avait même pas cherché le corps à corps. Rien qu'un mouvement de main, un autre du pied, et Mesure se retrouvait par terre.

« Tu n'as pas besoin de l'attacher d'abord ? » demanda Harrison.

Pour toute réponse, Fink saisit et leva la jambe gauche de Mesure, si vite et si haut que celui-ci glissa sur le sol et que ses fesses décollèrent carrément en l'air. Aucune chance de prendre un appui, aucune chance de lancer une ruade. Puis Fink abaissa brusquement et brutalement la jambe de Mesure en travers de sa propre cuisse. Les os de la jambe se brisèrent net comme du petit bois sec. Mesure hurla dans son bâillon, puis faillit avaler le mouchoir en cherchant sa respiration. Il n'avait jamais connu pareille douleur de toute sa vie. Dans un moment d'égarement il songea : C'est ce qu'a dû ressentir Alvin quand la meule lui est tombée dessus.

« Pas ici, dit Harrison. Remmène-le. Fais ça dans le caveau à patates.

— Combien d'os vous voulez que j'y casse ? demanda Fink.

— Tous. »

Il releva Mesure par un bras et une jambe et le balança pour ainsi dire sur ses épaules. Malgré la douleur, Mesure tenta de décocher un ou deux coups de poing, mais Fink lui tira sèchement le bras vers le bas et le brisa au niveau du coude.

Mesure fut à peine conscient du trajet. Il entendit quelqu'un demander de loin : « Qui donc c'est, çui-là ? »

Fink lui cria en réponse : « On a mis l'grappin sus un espion rouge qui fouinait dans l'coin ! »

La voix au loin semblait familière à Mesure, mais il ne put se concentrer assez pour retrouver à qui elle appartenait. « Démolis-le ! » brailla-t-elle.

Fink ne répondit pas. Il ne se déchargea pas de Mesure pour ouvrir les portes du caveau à légumes, pourtant elles étaient basses et inclinées, et il fallait tendre le bras vers le sol avant de les relever. Fink se contenta de coincer le bout de sa botte sous le battant et de le décoller d'une secousse. Le battant s'ouvrit si vite qu'il heurta le sol et rebondit comme pour se refermer, mais Fink entrait déjà dans le caveau ; la porte lui frappa la cuisse et repartit dans l'autre sens. Mesure le sut quand elle claqua et qu'il fut un peu bousculé, ce qui accrut la douleur dans sa jambe et son coude. Pourquoi je ne me suis pas encore évanoui ? se demanda-t-il. Ce serait pourtant le moment.

Mais il ne perdit jamais connaissance. Il eut les deux jambes brisées au-dessus et au-dessous du genou, les doigts retournés et disloqués, les mains broyées, les bras fracturés de part et d'autre du coude... tout le temps il resta conscient. A la longue pourtant, la douleur lui paraissait lointaine... un souvenir de la douleur plutôt que la douleur elle-même. Quand on entend un coup de cymbales, c'est bruyant ; deux ou trois coups simultanés, c'est encore plus bruyant. Mais vers le vingtième, ça ne l'est pas davantage, on devient tout bonnement sourd et on ne les entend quasiment plus. Voilà ce qui se passait pour Mesure.

Il y eut des acclamations éloignées.

Quelqu'un surgit en courant. « Le gouverneur veut qu'tu termines vite, il a b'soin de toi tout d'suite.

— Dans une minute j'ai fini, dit Fink. A part les brûlures.

— Tu verras ça plus tard, dit l'homme. Grouille-toi ! »

Fink laissa tomber Mesure puis lui défonça la poitrine à coups de talon jusqu'à ce que les côtes cassées pointent en désordre, au dedans comme au dehors. Il le redressa ensuite par le bras et les cheveux et lui arracha l'oreille avec les dents. Mesure la sentit se déchirer, pris d'une ultime bouffée de colère éperdue. Fink lui tordit alors sèchement la tête. Mesure entendit le craquement de son cou qui se brisait net. Fink jeta le corps sur les pommes de terre. Mesure roula de l'autre côté du tas, jusque dans le trou qu'il avait creusé. Ce ne fut que lorsqu'il eut la figure dans la terre que cessa la douleur et vint l'obscurité.

Fink referma les portes du pied, comme il les avait ouvertes, glissa la barre en place et reprit le chemin de la maison. Les acclamations, côté façade, étaient plus fortes. Harrison le rencontra en sortant de son bureau. « Laisse tomber, dit-il. On n'a plus besoin de cadavre pour chauffer les esprits. Les canons viennent tout juste d'arriver, et nous attaquerons demain matin. »

Harrison se précipita sur la galerie de façade, et Mike Fink le suivit. Des canons ? Quel rapport entre des canons et ce cadavre dont il prétendait avoir besoin ? Pour qui prenait-il Mike ? Pour un assassin ? Tuer Casse-pattes, c'était une chose, et tuer un adversaire en combat loyal encore une autre. Mais tuer un jeune gars bâillonné, ça n'était plus du tout pareil. Quand il avait arraché l'oreille avec les dents, ça ne lui avait pas paru correct. Ça n'était pas le trophée d'un combat loyal. D'un coup, il n'avait plus eu de cœur à l'ouvrage. Il ne s'était même pas donné la peine d'arracher l'autre.

Mike restait là, auprès de Harrison, à regarder les chevaux tracter les quatre canons, fallait voir avec quelle vigueur. Il savait comment Harrison allait s'en servir, de ses pièces d'artillerie, il l'avait entendu exposer son plan. Deux ici, deux là, pour balayer l'ensemble de la cité rouge des deux côtés. Mitraille et boîte à mitraille, pour déchirer, déchiqueter les corps des Rouges, femmes et enfants à la même enseigne que les hommes.

J'appelle pas ça se battre, se dit Mike. Comme avec ce gars, là-bas derrière. C'est sans risque, pareil que piétiner de jeunes grenouilles. On le fait et on n'y pense plus. Mais on ne ramasse pas les grenouilles mortes pour les empailler et les accrocher au mur, ça ne se fait pas.

J'appelle pas ça se battre.

XIII

La Butte-aux-huit-faces

LA SENSATION de la terre autour de la rivière Licking était différente. Alvin ne s'en rendit pas compte tout de suite, surtout parce qu'il courait pour ainsi dire dans un état second. Il ne se rendait pas compte de grand-chose. Il courait comme dans un long rêve. Mais lorsque Ta-Kumsaw l'entraîna sur la Terre-aux-silex, il y eut un changement dans le rêve. Tout autour de lui, indépendamment de ce qu'il voyait en songe, crépitaient de petites étincelles de feu d'un noir profond. Pas comme le néant qui se tapissait toujours aux limites de sa vision. Pas comme le noir profond qui aspirait la lumière et ne la restituait jamais. Non, ce noir-là brillait, il produisait des étincelles.

Et lorsqu'ils s'arrêtèrent de courir et qu'Alvin revint à lui, ces feux noirs avaient peut-être légèrement faibli mais ils étaient toujours là. Sans même réfléchir, Alvin s'avança vers l'un d'eux, luisance sombre dans un océan de vert, puis il se pencha et le ramassa. Un silex. Un bien gros.

« Un silex pour vingt flèches, dit Ta-Kumsaw.

— C'est noir quand il brille et froid quand il brûle », dit Alvin.

Ta-Kumsaw hocha la tête. « Tu veux devenir un jeune Rouge ? Alors fais des pointes de flèches avec moi. »

Alvin comprit vite. Il avait déjà travaillé la pierre. Quand il taillait une meule, il voulait des surfaces unies et lisses. Avec le silex, c'était le bord, pas le plat, qui comptait. Ses deux premières pointes furent maladroites, mais il put ensuite pénétrer à tâtons dans la pierre ; il en trouva les plis et replis naturels et les fractura. Sa quatrième pointe, il ne la tailla pas du tout par éclats. Il se servit de ses doigts et la dégagea délicatement du silex.

Le visage de Ta-Kumsaw resta impassible. La plupart des Blancs l'imaginaient toujours indifférent. Ils croyaient que les hommes rouges, et surtout Ta-Kumsaw, n'éprouvaient pas de sentiments parce qu'ils ne les extériorisaient jamais devant personne. Alvin l'avait vu rire, pourtant, et crier, exprimer sur son visage toutes les émotions qu'un homme connaît. Alors il savait que lorsque Ta-Kumsaw ne laissait rien paraître sur sa figure, ça voulait dire qu'il ressentait beaucoup de choses.

« J'ai déjà souventes fois travaillé sus d'la pierre. » Il avait l'impression de plus ou moins s'excuser.

« Le silex n'est pas de la pierre, dit Ta-Kumsaw. Les galets dans une rivières, les rochers, c'est de la pierre. Ça, c'est de la roche vivante, de la roche avec du feu à l'intérieur, la partie dure du sol que la terre nous donne à volonté. Pas arrachée de force et torturée comme le font les hommes blancs avec le fer. » Il leva la quatrième pointe de flèche d'Alvin, celle que ses doigts persuasifs avaient détachée du silex. « L'acier n'aura jamais un tranchant aussi affilé.

— Des tranchants parfaits comme ça, j'en ai jamais vu, dit Al.

— Pas de traces d'éclats, fit Ta-Kumsaw. Ni de moulage. Un homme rouge qui verrait ce silex dirait : "C'est la terre qui l'a créé ainsi."

— Mais toi, tu connais, dit Al. Tu connais que c'est seulement par rapport que j'ai un talent.

— Un *talent* déforme la terre, dit Ta-Kumsaw. Comme un chicot dans une rivière fait bouillonner l'eau à la surface. C'est la même chose avec la terre quand un Blanc se sert de son talent. Ce n'est pas ton cas. »

Alvin médita là-dessus une minute. « Tu veux dire que tu les vois quand ils font l'sourcier ou qu'ils lancent leurs supplications, leurs sortilèges et leurs charmes ?

— Comme on sent la mauvaise odeur quand un malade relâche ses intestins, dit Ta-Kumsaw. Mais toi... ce que tu fais est propre. Comme si ça venait de la terre. Je croyais que j'allais t'apprendre à devenir un Rouge. Et c'est la terre qui te donne des pointes de flèches en cadeau. »

Une fois encore, Alvin eut l'impression de s'excuser. Qu'il soit capable de tels prodiges semblait mettre Ta-Kumsaw en colère. « J'ai rien d'mandé à personne, moi, dit-il. J'étais le septième fils d'un septième fils, et le treizième enfant.

— Ces nombres — sept, treize —, vous les Blancs, vous y attachez de l'importance, mais ils ne sont rien sur la terre. La terre a de vrais nombres. Un, deux, trois, quatre, cinq, six — ces nombres, tu les vois quand tu regardes autour de toi dans la forêt. Où est le sept ? Où est le treize ?

— C'est p't-être pour ça qu'ils sont si forts, dit Alvin. Par rapport qu'ils sont pas naturels.

— Alors pourquoi la terre apprécie-t-elle ce que tu fais? Ça n'est pourtant pas naturel ?

— J'connais pas, Ta-Kumsaw. J'ai qu'dix ans, moi, bientôt onze. »

Ta-Kumsaw se mit à rire. « Dix ? Onze ? Des nombres très faibles. »

Ils passèrent la nuit sur place, en bordure de la Terre-aux-silex. Ta-Kumsaw raconta à Alvin l'histoire du lieu, le meilleur site à silex existant. Les Rouges avaient beau venir en prendre autant qu'ils voulaient, il en sortait toujours davantage de la terre, qui attendaient qu'on les ramasse. Dans le temps, il arrivait régulièrement qu'une tribu essaye de s'emparer du site. Elle amenait ses guerriers et tuait tous ceux qui venaient chercher des silex. De cette façon, elle s'imaginait qu'elle seule disposerait de flèches. Mais ça ne se passait jamais comme ça. Dès que la tribu remportait ses batailles et occupait le terrain, les silex disparaissaient complètement. Plus un seul. On avait beau chercher, chercher, on ne trouvait plus rien. La tribu s'en allait donc, une autre arrivait, et les silex étaient revenus, autant que par le passé.

« Il appartient à tout le monde, cet endroit. Tous les Rouges sont en paix, ici. Ni tueries, ni guerres, ni disputes, sinon la tribu ne retrouve plus de silex.

— J'voudrais que l'monde entier, il soye comme ça, dit Alvin.

— Ecoute assez longtemps mon frère, petit Blanc, et tu te le figureras. Non, non, ne m'explique pas. Ne le défends pas. Il suit sa route, moi la mienne. Je pense que son choix tuera plus de gens, rouges ou blancs, que le mien. »

Au cours de la nuit, Alvin rêva. Il se vit marcher tout autour de la Butte-aux-huit-faces, jusqu'à ce qu'il eût découvert un raidillon qui semblait mener en haut de la colline. Il le gravit donc et parvint au sommet. Les arbres aux feuilles argentées s'agitaient sous la brise et l'aveuglaient en renvoyant les rayons du soleil. Il s'approcha de l'un d'eux; il abritait un nid de cardinaux. Pareil dans tous les arbres : un seul nid d'oiseaux rouges.

Sauf un. Il différait des autres. Il était plus vieux, noueux, et ses branches s'étalaient au lieu de se dresser en l'air. Comme un arbre fruitier. Et les feuilles étaient dorées, non pas argentées, si bien qu'elles ne brillaient pas aussi fort, mais d'un éclat doux et profond. Dans l'arbre, il aperçut un fruit rond et blanc; il savait qu'il était mûr. Mais quand il tendit la main pour attraper le fruit et le manger, il entendit des rires et des moqueries. Il regarda alentour et vit tous les gens qu'il avait connus dans sa vie qui se fichaient de lui. Sauf une personne : Mot-pour-mot. Mot-pour-mot était là et lui dit : « Mange ! » Alvin avança la main et cueillit un seul fruit dans l'arbre; il le porta à sa bouche et mordit. Il était ferme et juteux avec un goût à la fois doux et amer, salé et acide, si prononcé qu'il en eut des picotements partout, mais c'était un goût délicieux, il aurait voulu le garder en lui pour toujours.

Il allait mordre une seconde fois dans le fruit quand il découvrit qu'il avait disparu de sa main, et qu'aucun autre ne pendait dans l'arbre. « Une bouchée te suffit pour l'instant, dit Mot-pour-mot. Rappelle-toi son goût.

— J'oublierai jamais », dit Alvin.

Tout le monde continuait de rire, de plus en plus fort; mais Alvin n'y faisait pas attention. Il avait pris une bouchée du fruit, et tout ce qu'il voulait maintenant, c'était conduire sa famille au même arbre pour les faire manger; conduire tous ceux qu'il connaissait, et même les étrangers aussi, pour qu'ils y goûtent. Suffirait qu'ils y goûtent, se disait Alvin, et ils sauraient.

« Ils sauraient quoi ? » demanda Mot-pour-mot.

Al ne voyait pas. « Ils sauraient, voilà, dit-il. Sauraient tout. Tout c'qui est bien.

— C'est juste, dit Mot-pour-mot. A la première bouchée, on *sait.*

— Et à la deuxième, alors ?

— A la deuxième bouchée, on vit éternellement, dit Mot-pour-mot. Et il vaut mieux que tu n'y songes pas, mon garçon. Ne va pas t'imaginer que tu peux vivre éternellement. »

Alvin se réveilla au matin avec le goût du fruit toujours dans la bouche. Il dût se forcer pour se persuader qu'il ne s'agissait que d'un rêve. Ta-Kumsaw était déjà debout. Il avait allumé un feu de braises et fait sortir deux poissons de la Licking. Ils étaient à présent embrochés par la gueule sur des bâtons. Il en tendit un à Alvin.

Mais Alvin ne voulait pas manger. S'il mangeait, le goût du fruit disparaîtrait de sa bouche. Ce serait le début de l'oubli, et il tenait à se souvenir. Oh, il savait qu'il lui faudrait s'alimenter à un moment ou à un autre — on peut devenir drôlement maigrichon en sautant tout le temps ses repas. Mais aujourd'hui, pour l'instant, il ne voulait pas manger.

Il avait pourtant pris la broche et regardait grésiller la truite. Ta-Kumsaw parlait, il lui disait qu'il fallait appeler le poisson et les autres animaux quand on avait besoin de se nourrir. Leur demander de venir. Si la terre désire qu'on mange, alors l'animal vient ; peut-être un autre, aucune importance, on mange ce que donne la terre. Alvin pensa au poisson qu'il faisait cuire. Est-ce que la terre ignorait qu'il n'allait pas manger ce matin ? Ou avait-elle envoyé ce poisson pour lui faire savoir qu'il fallait manger, après tout ?

Ni l'un ni l'autre. Car juste au moment où le poisson était prêt, ils entendirent le fracas et le martèlement sourd qui annonçaient l'approche d'un homme blanc.

Ta-Kumsaw resta assis, parfaitement calme ; il ne se donna même pas la peine de sortir son couteau. « Si la terre conduit un homme blanc *ici*, alors il n'est pas mon ennemi », dit-il.

Au bout d'un bref instant, l'homme pénétra dans la clairière. Il avait des cheveux blancs, là où il n'était pas chauve. Il tenait son chapeau à la main. Il portait un sac à l'air avachi en bandoulière, et aucune arme. Alvin savait déjà ce que renfermait le sac. Des vêtements de rechange, quelques rations de nourriture et un livre. Un tiers du livre contenait des phrases isolées : des gens y avaient écrit la chose la plus importante qu'ils avaient jamais vue de leurs yeux. Mais les deux derniers tiers étaient clos par une courroie de cuir. C'était là que Mot-pour-mot écrivait ses propres histoires, celles qu'il jugeait importantes.

Car c'était bien de lui qu'il s'agissait, Mot-pour-mot, qu'Alvin croyait ne jamais revoir de sa vie. Et soudain, en reconnaissant son vieil ami, Alvin sut pourquoi deux poissons étaient venus à l'appel de Ta-Kumsaw. « Mot-pour-mot, dit-il. J'espère que t'as faim, par rapport que j'ai là un poisson que j'ai grillé pour toi. »

Mot-pour-mot sourit. « Je suis rudement content de te voir, Alvin, et rudement content de voir ce poisson. »

Alvin lui tendit la broche. Mot-pour-mot s'assit dans l'herbe, en face de lui et de Ta-Kumsaw, de l'autre côté du feu. « Merci bien, Alvin », dit-il. Il sortit son couteau et se mit à détacher adroitement des filets du poisson. Ils grésillaient encore et lui brûlèrent les lèvres, mais il se lécha d'un coup de langue et fit un sort rapide à la truite. Ta-Kumsaw mangeait aussi la sienne, et Alvin les observait tous les deux. Ta-Kumsaw ne quittait pas Mot-pour-mot des yeux.

« Ça, c'est Mot-pour-mot, dit Alvin. Çui qui m'a appris à guérir.

— Je ne t'ai pas appris, dit Mot-pour-mot. Je t'ai uniquement donné l'idée pour que tu apprennes tout seul. Et persuadé que tu devais essayer. » Il adressa la phrase suivante à Ta-Kumsaw : « Il était décidé à se laisser mourir plutôt que d'utiliser son talent pour se guérir, vous vous rendez compte ?

— Et ça, c'est Ta-Kumsaw, dit Alvin.

— Oh, je vous ai reconnu à la minute où je vous ai vu. Savez-vous que vous êtes une légende parmi les Blancs ? Vous êtes comme Saladin pendant la croisade, ils vous admirent plus qu'ils n'admirent leurs propres dirigeants, et pourtant ils n'ignorent pas que vous avez juré de combattre jusqu'à ce que vous ayez refoulé le dernier homme blanc d'Amérique. »

Ta-Kumsaw ne répondit rien.

« J'ai bien dû rencontrer deux douzaines d'enfants qui portaient votre nom, principalement des garçons, tous blancs. Et j'en ai entendu, des histoires sur votre compte : vous sauviez des prisonniers blancs qui allaient être brûlés vifs, vous apportiez à manger aux gens que vous aviez chassés de chez eux pour qu'ils ne meurent pas de faim. Je crois même à certaines de ces histoires. »

Ta-Kumsaw termina son poisson et posa la broche dans le feu.

« J'en ai aussi entendu certaine autre en venant par ici : vous auriez capturé deux Blancs de Vigor Church et envoyé leurs vêtements déchirés et couverts de sang à leurs parents. Vous les auriez torturés à mort pour affirmer votre volonté d'éliminer tous les Blancs, hommes, femmes et enfants. Vous auriez dit que le temps des mœurs civilisées appartenait au passé, et que vous alliez maintenant user de la terreur pure pour chasser l'homme blanc d'Amérique. »

Pour la première fois depuis l'arrivée de Mot-pour-mot, Ta-Kumsaw prit la parole. « Tu l'as crue, cette histoire-là ?

— Ma foi, non, répondit Mot-pour-mot. Mais c'est parce que je connaissais déjà la vérité. Vous voyez, j'ai reçu un message d'une fillette que j'ai connue — une demoiselle, à présent. C'était une lettre. » Il sortit une lettre pliée de son habit, trois feuilles de papier couvertes d'écriture. Il la tendit à Ta-Kumsaw.

Sans y jeter un regard, Ta-Kumsaw tendit la lettre à Alvin. « Lis-la moi, dit-il.

— Mais t'arrives à lire l'anglais, dit Alvin.

— Pas ici », fit Ta-Kumsaw.

Alvin regarda la lettre, chacune des trois pages, et à sa grande surprise il n'y parvint pas davantage. Les caractères lui semblaient tous familiers. Quand il les examinait, il pouvait même les nommer. L-E-F-A-I-S-E-U-R-A-B-E-S-O-I-N-D-E-V-O-U-S, elle commençait comme ça, mais il n'y trouvait aucun sens, il ne pouvait même pas dire avec certitude de quelle langue il s'agissait. « J'arrive pas à la lire, moi non pus. » Et il la rendit à Mot-pour-mot.

Mot-pour-mot l'étudia une minute, puis il rit et la remit dans sa poche d'habit. « Eh bien, voilà une histoire pour mon livre. Un endroit où l'on ne peut pas lire. »

Alvin, étonné, vit sourire Ta-Kumsaw. « Même toi ?

— Je sais ce qu'elle dit parce que je l'ai déjà lue, dit le vieil homme. Mais aujourd'hui, je n'arrive pas à en déchiffrer un traître mot. Et pourtant je sais ce que le mot est censé dire. Quelle est cette région ?

— On est sur la Terre-aux-silex, dit Alvin.

— Nous sommes dans l'ombre de la Butte-aux-huit-faces, dit Ta-Kumsaw.

— Je croyais qu'un Blanc ne pouvait pas s'y rendre, dit Mot-pour-mot.

— Moi aussi, fit Ta-Kumsaw. Mais je vois ici un garçon blanc, et je vois là un homme blanc.

— J'ai rêvé de toi c'te nuit, dit Alvin. J'ai rêvé que j'étais en haut de la Butte-aux-huit-faces ; t'étais avec moi et tu m'expliquais des choses.

— Ne t'y fie pas, dit Mot-pour-mot. Je doute qu'il existe quoi que ce soit sur la Butte-aux-huit-faces que je puisse expliquer à quelqu'un.

— Comment es-tu arrivé ici, demanda Ta-Kumsaw, si tu ne savais pas que tu venais sur la Terre-aux-silex ?

— Elle m'a dit de remonter le Musky-Ingum et, quand je verrais un rocher blanc, de prendre l'embranchement de gauche. Elle a dit que je trouverais Alvin Miller junior assis avec Ta-Kumsaw devant un feu, en train de cuire du poisson.

— Qui c'est qui t'a dit tout ça ? demanda Alvin.

— Une femme, répondit Mot-pour-mot. Une torche. Elle m'a dit que tu l'as vue dans une vision, Alvin, à l'intérieur d'une tour de cristal, il n'y a pas plus d'une semaine de ça. C'est elle qui t'a retiré la coiffe de la figure quand tu es né. Elle te suit depuis ce temps-là, à la façon des torches. Elle est allée dans cette tour avec toi, elle a vu par tes yeux.

— Il l'avait bien dit, l'Prophète, qu'y avait quèqu'un avec nous autres, dit Alvin.

— Elle a regardé par son œil aussi, dit Mot-pour-mot, et elle a vu tous ses avenirs. Le Prophète mourra. Demain matin. Tué par le fusil de ton père, Alvin.

— Non ! s'écria Alvin.

— A moins… fit Mot-pour-mot, à moins que Mesure arrive à temps pour prouver à ton père qu'il est vivant, que Ta-Kumsaw et le Prophète ne lui ont jamais fait de mal, pas plus qu'à toi.

— Mais y a des jours qu'il s'en est parti, Mesure !

— C'est vrai, Alvin. Mais les hommes du gouverneur Harrison l'ont capturé. Harrison le tient, et aujourd'hui, peut-être même en ce moment, un de ses soudards est en train de le tuer. De lui briser les os, de lui briser le cou. Demain, Harrison attaquera Prophetville avec ses canons et il tuera tout le monde. Tous les habitants. Il coulera tant de sang que l'eau de la Tippy-Canoe sera écarlate et celle de la Wobbish rouge jusqu'à l'Hio. »

Ta-Kumsaw bondit sur ses pieds. « Je dois y retourner. Je dois…

— Vous savez à quelle distance vous vous trouvez, dit Mot-pour-mot. Vous savez où sont vos guerriers. Même en courant toute la nuit et toute la journée à la vitesse dont vous, les Rouges, vous êtes capables…

— Demain midi, fit Ta-Kumsaw.

— Il sera déjà mort », dit Mot-pour-mot.

Ta-Kumsaw hurla de douleur, si fort que plusieurs oiseaux s'envolèrent de la prairie en piaillant.

« Holà, doucement, attendez une minute. S'il n'y avait rien à faire, elle ne m'aurait sans doute pas mis en chasse, pas vrai ? Vous ne voyez pas que nous participons à une vaste opération qui nous dépasse ? Comment se fait-il que les Chok-Taws soudoyés par Harrison aient enlevé précisément

Alvin et Mesure ? Comment se fait-il que vous vous trouviez ici, et moi de même, précisément le jour où l'on a le plus besoin de nous ?

— On a besoin de nous *là-bas*, dit Ta-Kumsaw.

— Je ne le crois pas, dit Mot-pour-mot. Je crois que si on avait besoin de nous là-bas, nous ne serions pas ici. On a besoin de nous *ici*.

— Tu es comme mon frère quand il veut me rallier à ses projets !

— J'aimerais être comme votre frère. Il reçoit des visions et il voit ce qui se passe, tandis que moi, tout ce que j'ai, c'est la lettre d'une torche. Mais me voici, vous voici, et si notre présence n'était pas prévue, nous ne serions pas là, que ça vous plaise ou non. »

Alvin tiquait à l'idée que tout était prévu. Qui prévoyait ? Qu'est-ce qu'il voulait dire, Mot-pour-mot ? Qu'ils étaient tous des marionnettes au bout d'un bâton ? Est-ce que quelqu'un les manipulait dans un sens ou un autre, suivant son opinion de ce qui devait arriver ?

« Si y a réellement quèqu'un qui s'occupe de tout, dit Alvin, il a pas fait d'la bonne ouvrage, par rapport au pétrin où qu'il nous a mis. »

Mot-pour-mot eut un grand sourire. « Tu n'as vraiment pas de goût pour la religion, hein, mon garçon ?

— J'crois pas qu'y a quèqu'un qui nous fait faire ce qu'il veut, voilà.

— Je n'ai jamais dit ça, répliqua Mot-pour-mot. Je dis seulement que les choses ne vont jamais si mal qu'on ne puisse rien tenter pour y remédier.

— Eh ben, je s'rais content qu'on m'donne des idées. Qu'esse que c'te dame, la torche, elle a dit que j'devais faire ? demanda Alvin.

— Elle a dit que tu es censé grimper sur la montagne et guérir Mesure. Ne m'en demande pas plus, c'est tout ce qu'elle a dit. Il n'y a pas de montagne digne de ce nom dans la région, et Mesure se trouve dans le caveau à légumes derrière la maison de Vinaigre Riley…

— J'connais, dit Alvin. J'y suis été. Mais j'peux pas… j'veux dire, j'ai jamais essayé de guérir quèqu'un qu'était pas là, devant moi.

— Assez parlé, fit Ta-Kumsaw. La Butte-aux-huit-faces t'a appelé en rêve, jeune Blanc. Cet homme est venu te dire d'aller en haut de la montagne. Tout commencera quand tu grimperas sur la Butte. Si tu le peux.

— Certaines choses finissent sur la Butte-aux-huit-faces, dit Mot-pour-mot.

— Qu'est-ce qu'un homme blanc connaît de la Butte ? demanda Ta-Kumsaw.

— Rien, répondit Mot-pour-mot. Mais je me suis agenouillé au chevet d'une femme irrakwa mourante, il y a bien des années, et elle m'a dit la chose la plus importante de sa vie : elle était la dernière Irrakwa qui ait pénétré à l'intérieur de la Butte-aux-huit-faces.

— Les Irrakwas sont tous devenus blancs dans leur cœur, dit Ta-Kumsaw. La Butte-aux-huit-faces ne les laisserait plus entrer maintenant.

— Mais j'suis blanc, moi, fit Alvin.

— Grande question, dit Ta-Kumsaw. La Butte te donnera la réponse. La réponse, c'est peut-être que tu ne montes pas et que tout le monde meure. Venez. »

Il les conduisit par le chemin que la terre frayait devant eux, jusqu'à ce qu'ils atteignent une colline abrupte, envahie d'arbres et de ronces. Il n'y avait pas de sentier.

« C'est la Face de l'Homme Rouge, dit Ta-Kumsaw. C'est ici que montent les hommes rouges. Le sentier a disparu. Tu ne peux pas monter ici.

— Où, alors ? demanda Alvin.

— Comment savoir ? Les récits disent qu'en montant par une autre face, on trouve une autre butte. Les récits disent qu'en montant par la Face des Bâtisseurs, on découvre leur ancienne cité, qui existe toujours sur la Butte. Quand on monte par la Face des Bêtes, on trouve une terre où un bison géant est roi, un étrange animal avec des cornes qui lui sortent de la gueule et un nez comme un horrible serpent ; et des couguars gigantesques aux dents longues comme des lances s'inclinent devant lui et le vénèrent. Qui peut dire si ces récits sont vrais ? Personne ne monte plus par ces faces-là.

— Y a-t-il une Face de l'Homme Blanc ? demanda Alvin.

— Homme Rouge, Médecine, Bâtisseur, Bête. Les quatres autres faces, nous ne savons pas leurs noms, dit Ta-Kumsaw. Peut-être que l'une d'elles est la Face de l'Homme Blanc. Venez. »

Il les entraîna autour de la colline. La Butte s'élevait à leur gauche. Aucun sentier ne la gravissait. Alvin reconnaissait tout ce qu'ils voyaient. Son rêve de la nuit se vérifiait, du moins jusqu'ici : il était avec Mot-pour-mot et il faisait le tour de la colline avant de l'escalader.

Ils arrivèrent à la dernière des faces inconnues. Aucun sentier. Alvin continua comme pour passer au versant suivant.

« Inutile, dit Ta-Kumsaw. Nous avons vu les huit faces, aucune ne nous conduira en haut. La prochaine, c'est à nouveau la Face de l'Homme Rouge.

— J'connais, fit Alvin. Mais le v'là, l'sentier. »

Il était bien là, aussi rectiligne qu'une flèche. Sur la bordure commune à la Face de l'Homme Rouge et à sa voisine inconnue.

« Tu es à moitié rouge, dit Ta-Kumsaw.

— Vas-y, monte, fit Mot-pour-mot.

— Dans mon rêve, t'étais avec moi là-haut, dit Alvin.

— Peut-être bien, dit Mot-pour-mot. Mais c'est que moi, je ne vois pas ce sentier dont vous parlez tous les deux. Aucune différence avec les autres versants. J'ai donc l'impression que je ne suis pas invité.

— Va, dit Ta-Kumsaw. Vite.

— Alors toi, viens-t'en avec moi, dit Alvin. Tu l'vois l'sentier, hein ?

— Je n'ai pas rêvé de la Butte, dit Ta-Kumsaw. Et ce que tu verras là-haut, ce sera moitié ce que voit un homme rouge, et moitié un nouveau lieu que je ne dois jamais voir. Va, maintenant, ne perds plus de temps. Mon frère et le tien mourront si tu n'accomplis pas ce que la terre a voulu en t'amenant ici.

— J'ai soif, dit Al.

— Tu boiras là-haut, fit Ta-Kumsaw, si la Butte t'offre de l'eau. Mange si la Butte t'offre de la nourriture. »

Al s'engagea sur le sentier et se mit à gravir tant bien que mal la colline. La pente était abrupte, mais il y avait des racines où s'accrocher, beaucoup de prises pour les pieds. Bientôt le raidillon franchit la crête, devint de niveau, et les broussailles disparurent.

Il avait cru que la Butte n'était qu'une seule colline à huit versants. Mais maintenant il s'apercevait que les versants constituaient autant de buttes distinctes disposées de façon à former une profonde cuvette au milieu. La vallée paraissait bien trop large, les buttes opposées bien trop éloignées. Alvin avait pourtant fait tout le tour de la colline à pied ce matin, avec Ta-Kumsaw et Mot-pour-mot, non ? La Butte-aux-huit-faces avait l'air beaucoup plus importante au-dedans qu'au-dehors.

Il descendit prudemment la pente herbeuse. Elle était inégale, parsemée de touffes de végétation ; l'herbe était fraîche, le sol humide et ferme. La descente lui parut nettement plus longue que l'ascension. Quand enfin il atteignit le fond de la vallée, il se trouva en bordure d'une prairie plantée d'arbres aux feuilles d'argent, tout comme dans son rêve. Son rêve n'avait donc pas menti, il lui avait montré un paysage réel qu'il n'avait pas pu imaginer.

Mais de quelle façon était-il censé trouver Mesure et le guérir ? Qu'est-ce que la Butte avait à voir là-dedans ? C'était l'après-midi maintenant, ils avaient mis du temps à faire le tour de la colline ; Mesure était peut-être déjà en train de mourir, et Alvin ne voyait pas du tout comment il allait s'y prendre pour l'aider.

Il se dit qu'il ne lui restait qu'à marcher. Il avait dans l'idée de traverser la vallée pour gagner l'une des autres buttes, mais il remarqua quelque chose de très bizarre. Il avait beau avancer, il avait beau passer des arbres aux feuilles d'argent, la butte vers laquelle il se dirigeait restait toujours aussi lointaine. Il eut peur — était-il pris au piège pour toujours ? — et il se dépêcha de retourner d'où il venait. En quelques minutes, pas davantage, il retrouva les traces de ses pas descendant de la colline. Il était sûr d'avoir marché plus longtemps dans l'autre sens. Deux autres tentatives le convainquirent que la vallée s'allongeait indéfiniment dans toutes les directions, sauf celle d'où il venait. Dans cette direction-là, c'était comme s'il se trouvait toujours au centre de la Butte, quelle que soit la distance parcourue pour y arriver.

Alvin chercha des yeux l'arbre à feuilles d'or et au fruit tout blanc, mais il ne put le découvrir et n'en fut pas surpris. Il gardait toujours en bouche le goût du fruit, depuis son rêve de la nuit passée. Il n'aurait pas d'autre occasion d'y goûter, en rêve ou non, parce que la deuxième bouchée le ferait vivre éternellement. Il s'en moquait, de ne pas l'obtenir, cette bouchée. La mort ne tourmente guère un garçon de son âge.

Il entendit de l'eau. Un ruisseau, limpide et frais, courait sur des cailloux. C'était impossible, évidemment. La vallée de la Butte-aux-huit-faces était complètement fermée. Si l'eau coulait si vite ici, pourquoi la vallée ne se remplissait-elle pas pour former un lac ? Pourquoi n'y avait-il pas le moindre cours d'eau à jaillir de la colline, à l'extérieur ? Et puis il viendrait d'où, ce cours d'eau ? La butte était l'œuvre de l'homme, comme bien d'autres buttes éparpillées à travers le pays, mais aucune n'était aussi ancienne. Les sources, ça ne jaillit pas des collines édifiées par l'homme. Cette eau lui devenait suspecte, tellement c'était impossible. Mais en y réfléchissant, il avait connu un certain nombre de choses impossibles dans sa vie, et celle-ci était loin d'être la plus étrange.

Ta-Kumsaw avait dit de boire si la Butte lui offrait de l'eau, alors il s'agenouilla et but en plongeant franchement la tête dans le ruisseau et en aspirant directement dans la bouche. Il n'en perdit pas le goût du fruit. Peut-être même en était-il renforcé.

Il resta à genoux au bord du ruisseau, à étudier la berge d'en face. L'eau s'y écoulait différemment. En fait, elle clapotait sur le rivage comme les vagues de l'océan ; et lorsqu'Alvin eut fait ce rapprochement, il constata que le *tracé* de la rive opposée coïncidait avec la carte de la côte est qu'Armure-de-Dieu lui avait montrée. La mémoire lui revint, claire et précise. Ici, où le littoral s'arrondissait, c'était la Caroline, dans les Colonies de la Couronne. Cette baie profonde, c'était le Chase-a-pick, et là l'embouchure du Potty-Mack, qui constituait la frontière entre les Etats-Unis et les Colonies de la Couronne.

Alvin se releva et enjamba le cours d'eau.

Ce n'était que de l'herbe. Il ne voyait ni rivières, ni villes, ni bornes de terrains, ni routes. Mais depuis le littoral, il arrivait assez bien à situer la région de l'Hio, et même l'emplacement de la butte qu'il venait de gravir. Il fit deux pas et là, d'un seul coup, il aperçut Ta-Kumsaw et Mot-pour-mot, assis par terre devant lui, qui le regardaient avec des yeux ronds.

« T'as fini par monter, dit Alvin.

— Pas du tout, répondit Mot-pour-mot. Nous n'avons pas bougé d'ici depuis que tu es parti.

— Pourquoi es-tu redescendu ? demanda Ta-Kumsaw.

— Mais j'ai pas du tout redescendu, dit Alvin. J'suis dans l'bas de la vallée d'la Butte.

— La vallée ? fit Ta-Kumsaw.

— Nous sommes ici au pied de la colline », ajouta Mot-pour-mot.

Alors Alvin comprit. Pas au point de l'expliquer par des mots, mais suffisamment pour en tirer parti, se servir de ce que la Butte lui avait donné. Il pouvait se déplacer à la surface de la terre, comme ça, cent milles à chaque pas, et rencontrer les gens qu'il voulait voir. Les gens qu'il connaissait. Mesure. Alvin se toucha le front en manière de salut aux deux hommes qui l'attendaient, puis fit un petit pas. Ils disparurent.

Il retrouva facilement la ville de Vigor Church. La première personne qu'il vit fut Armure-de-Dieu, qui priait à genoux. Alvin ne lui dit rien, de peur que son beau-frère le prenne pour une apparition surgie du royaume des morts. Mais il priait où, Armure ? Chez lui ? Dans ce cas, la maison de Vinaigre Riley devait se situer de ce côté-là de la ville, en repartant vers l'est. Il se retourna.

Il vit son père, assis auprès de sa mère. P'pa ébarbait des balles de mousquet qu'il avait coulées. Et m'man lui chuchotait quelque chose, elle insistait. Elle était en colère, et p'pa aussi. « Des femmes et des enfants, voilà ce qu'y a dans c'te ville. Même si Ta-Kumsaw et l'Prophète, ils ont tué nos garçons, ces femmes et ces enfants y sont pour rien. Tu vaudras pas mieux si tu lèves la main contre eux autres. Que j'te voye pas revenir dans cette maison, j'veux plus jamais t'voir si t'en tues un seul. Je l'jure, Alvin Miller. »

P'pa continuait de polir; il ne s'interrompit qu'une fois et lâcha : « Ils ont tué mes garçons. »

Alvin voulut lui répondre et ouvrit la bouche pour dire : « Mais j'suis pas mort, p'pa ! »

Ça ne marcha pas. Il ne put sortir un mot. On ne l'avait pas non plus amené ici pour donner une vision à ses parents. C'est Mesure qu'il devait trouver, sinon la balle du mousquet de p'pa tuerait l'homme-lumière.

Ce n'était guère loin, à peine un pas. Alvin déplaça légèrement les pieds, m'man et p'pa disparurent. Il entraperçut Placide et David qui tiraient au fusil, probablement sur des cibles. Et aussi Econome et Fortuné qui bourraient quelque chose… qui bourraient la charge dans le fût d'un canon. Impressions fugitives d'autres personnes… mais comme elles lui étaient inconnues et qu'elles ne l'intéressaient pas, il les distinguait mal. Enfin il vit Mesure.

Il devait être mort. Il avait le cou brisé, à en juger par l'angle de sa tête, et ses bras et jambes étaient tous cassés aussi. Alvin n'osait pas bouger, il risquait de se retrouver un mille plus loin en un rien de temps, et Mesure disparaîtrait comme les autres. Il resta donc debout à la même place et se projeta dans le corps de son frère couché par terre devant lui.

Alvin n'avait jamais éprouvé pareille souffrance de toute sa vie. Ce n'était pas la souffrance de Mesure, mais la sienne. Son sens de l'organisation naturelle des choses, de leur forme normale; à l'intérieur du corps de Mesure, rien n'était normal. Certaines parties se mouraient, le sang s'était accumulé dans le ventre et étouffait ce qui subsistait de vie, le cerveau n'était plus relié à l'ensemble du corps ; jamais Alvin n'avait vu gâchis aussi effroyable, tout allait de travers, au point qu'il éprouva de la douleur en le découvrant, une douleur si violente qu'il poussa un cri. Mais Mesure ne l'entendit pas. Mesure n'était plus capable d'entendre. S'il n'était pas mort, il ne valait guère mieux, aucun doute là-dessus.

Alvin s'intéressa d'abord à son cœur. Il battait toujours, mais il ne restait plus beaucoup de sang à pomper dans les veines ; le flux s'était perdu dans la poitrine et le ventre de Mesure. C'était la première chose qu'Alvin devait remettre en état : reconstituer les vaisseaux et rétablir la circulation normale du sang.

Du temps, tout ça demandait du temps. Les côtes cassées, les organes déchirés. Les os, qu'il lui fallait assembler sans même se servir des mains pour les remettre en place — certains étaient tellement désalignés qu'il n'y pouvait rien. Il devrait attendre que Mesure se réveille suffisamment et lui vienne en aide.

Alvin entra donc dans le cerveau de son frère, suivit les nerfs qui couraient le long de la colonne vertébrale et guérit l'ensemble, lui redonnant son ordre naturel.

Mesure se réveilla dans un long, un horrible cri d'agonie. Il était vivant, et la douleur lui revenait, plus présente et plus violente que jamais. Je te demande pardon, Mesure. Je ne peux pas te guérir sans que la douleur revienne. Et je dois te guérir, sinon trop d'innocents vont mourir.

Alvin ne remarqua même pas que la nuit tombait déjà, et il n'avait fait que la moitié du travail.

XIV

La Tippy-Canoe

DANS PROPHETVILLE, seuls les enfants dormaient cette nuit-là. Les adultes sentaient tous l'encerclement de l'armée des Blancs ; le sens de la terre des Rouges percevait les charmes dissimulateurs et autres sortilèges jetés par les troupes blanches comme autant de trompettes et d'étendards.

Ils ne se découvrirent pas tous le courage de tenir leur serment, maintenant que la mort par le fer et le feu n'était plus éloignée que de quelques heures. Mais ceux-là firent de leur mieux : ils rassemblèrent leurs familles et se glissèrent hors de Prophetville, en passant silencieusement entre les compagnies de soldats blancs qui ne s'aperçurent de rien. Certains qu'ils ne sauraient pas mourir sans se défendre, ils s'en allaient afin qu'aucun Rouge ne brise la non-violence unanime que voulait le Prophète.

Tenskwa-Tawa n'était pas surpris d'en voir quelques-uns partir ; il l'était d'en voir autant rester. Presque tous. Tant de gens qui croyaient en lui, tant de gens qui allaient affirmer cette foi dans le sang. Il attendait l'aube avec appréhension ; la douleur qu'il avait éprouvée à la suite d'un seul meurtre commis sous ses yeux lui faisait endurer le bruit noir depuis des années. Bien sûr, c'était son père qu'on avait tué, la douleur n'en était que plus grande ; mais aimait-il moins les gens de Prophetville qu'il n'avait aimé son père ?

Il devait pourtant repousser le bruit noir, garder toute sa présence d'esprit, sinon ils mourraient en vain. Si leur mort n'apportait rien, autant la leur éviter. Il avait si souvent cherché la tour de cristal, dans sa quête d'un moyen pour affronter ce jour, d'une voie menant à une issue heureuse.

Il n'avait rien trouvé de mieux que de diviser la terre : les Rouges à l'ouest du Mizzipy, les Blancs à l'est. Mais même pour parvenir à cela, il fallait emprunter des chemins extrêmement étroits. Tant de choses dépendaient des deux jeunes Blancs, tant d'autres de Tenskwa-Tawa, tant d'autres encore de l'assassin-blanc Harrison lui-même. Car sur tous les chemins où Harrison usait de miséricorde, l'affrontement de la Tippy-Canoe n'empêchait aucunement la destruction des Rouges et, avec eux, de la terre. Sur tous ces chemins, les hommes rouges dépérissaient, cantonnés sur d'étroites réserves désolées, jusqu'à ce que toute la terre soit blanche, et donc asservie de force, dépouillée, amputée, violée, condamnée à fournir de grandes quantités d'une nourriture à l'imitation de la véritable moisson, née d'une tricherie alchimique empoisonnée. Même l'homme blanc en souffrait dans ces visions du futur, mais il faudrait de nombreuses générations avant qu'il ne comprenne sa faute. Ici pourtant — à Prophetville —, il y avait une journée — demain — où le futur pouvait prendre un chemin improbable mais meilleur. Un chemin qui mènerait malgré tout à une terre vivante, même si elle était tronquée ; un chemin qui mènerait un jour à une cité de cristal qui capterait la lumière du soleil et la convertirait en visions de vérité pour tous ses habitants.

C'était l'espoir de Tenskwa-Tawa : s'accrocher à sa vision éclatante toute la journée du lendemain, et faire ainsi de la souffrance, du sang, du bruit noir de meurtre un événement qui changerait le monde.

Avant même que les premiers rayons perceptibles du soleil ne s'élèvent au-dessus de l'horizon, Tenskwa-Tawa sentit poindre l'aube. Il le sentait en partie par la vie qui s'animait à l'est — il sentait cela de plus loin que n'importe quel autre Rouge — mais aussi par les mouvements chez les Blancs, qui se préparaient à allumer les mèches de leurs canons. Quatre flammes, dissimulées et donc révélées par les sortilèges et la sorcellerie. Quatre canons, en position pour balayer toute la cité, d'un bout à l'autre.

Tenskwa-Tawa marchait à travers la ville en fredonnant doucement. Les habitants l'entendirent et réveillèrent les enfants. Les hommes blancs s'apprêtaient à les tuer dans leur sommeil, anonymes à l'intérieur de leurs loges et de leurs wigwams. Mais eux préférèrent sortir dans l'obscurité pour gagner d'un pied sûr la vaste prairie, leur lieu de rassemblement habituel. Ils n'y avait même pas assez de place pour qu'ils puissent s'asseoir. Ils restèrent debout, par familles, père, mère et enfants groupés dans une seule étreinte, et attendirent que l'homme blanc verse leur sang.

« Notre sang ne disparaîtra pas dans la poussière, leur avait promis Tenskwa-Tawa. Il s'écoulera dans la rivière, et je le retiendrai là ; il sera fort de toutes vos vies, de toutes vos morts, et je m'en servirai pour garder la terre vivante et fixer l'homme blanc dans les régions qu'il a déjà conquises et commencé à tuer. »

Aussi Tenskwa-Tawa se dirigeait-il à présent vers la rive de la Tippy-Canoe, en regardant la prairie s'emplir de ses gens dont un grand nombre allaient mourir devant lui parce qu'ils croyaient à ses paroles.

❄

« Restez auprès de moi, monsieur Miller, dit le général Harrison. C'est le sang des vôtres que nous allons venger aujourd'hui. Je veux vous laisser l'honneur de tirer la première balle de cette guerre. »

Mike Fink observait le meunier à l'œil halluciné qui tassait la bourre et le projectile dans le canon de son mousquet. Mike reconnaissait dans son regard la soif de meurtre. Quand ce genre de folie frappait un homme, elle le rendait dangereux, capable de commettre des actes dont il n'avait pas idée d'ordinaire. Mike était bien content que le meunier ignore où et comment son fils était mort. Oh, le gouverneur Harrison ne lui avait jamais clairement dit le nom de ce jeune homme, mais Mike Fink n'était pas un gamin en culottes courtes, il le savait parfaitement. Si Harrison jouait un jeu compliqué, une chose était sûre cependant : il ferait tout pour atteindre ses hautes visées et placer le plus de terres et de gens sous sa domination. Et Fink savait que Harrison se débarrasserait de lui dès qu'il ne serait plus utile.

Le plus drôle, voyez-vous, c'est que Mike Fink ne se considérait pas comme un meurtrier. Pour lui, la vie était une lutte, et mourir le lot des vaincus, mais ça n'avait rien à voir avec un meurtre, le combat était loyal. Comme la fois où il avait tué Casse-pattes… Casse-pattes n'avait qu'à ne pas se montrer si négligent. Il aurait remarqué que Mike ne se trouvait pas sur la berge avec les autres bateliers, il se serait méfié, il aurait fait attention, et du coup, eh bien, c'est peut-être Mike Fink qui serait mort. Casse-pattes avait donc perdu la vie parce qu'il avait perdu la partie, celle dans laquelle Mike et lui s'affrontaient.

Mais ce jeune gars, hier, ce n'était pas un joueur. Il n'avait pas engagé de partie. Il voulait seulement rentrer chez lui. Mike n'avait jamais lutté contre un homme qui n'avait pas envie de se battre et jamais tué d'adversaire qui n'espérait pas le tuer d'abord si l'occasion se présentait. Hier, pour la première fois, il avait tué parce qu'on lui avait dit de le faire, et il n'aimait pas ça, il n'aimait pas ça du tout. Il se rendait compte à présent que le gouverneur Bill croyait qu'il avait tué Casse-pattes de la même manière, uniquement parce qu'on le lui avait demandé. Mais c'était faux. Et aujourd'hui, Mike Fink regardait le père du jeune homme, le père aux yeux fous de rage, et il lui dit, mais silencieusement pour que personne n'entende : « J'suis avec toi, j'suis d'accord avec toi, l'homme qu'a tué ton fils doit mourir. »

L'ennui, c'est que l'homme en question, c'était lui, Mike Fink. Et il avait grand honte.

Même chose avec ces Rouges de Prophetville. A quoi ça ressemblait, une bataille pareille ? On les réveillait à coups de mitraille qui sifflait dans leurs maisons, mettant le feu, labourant leurs corps, des corps d'enfants, de femmes et de vieillards ?

J'appelle pas ça se battre, songea Mike Fink.

La première lueur de l'aube apparut dans le ciel. De Prophetville, on ne distinguait encore que des ombres, mais c'était l'heure. Alvin Miller pointa son mousquet sur le gros des maisons, puis il tira.

Quelques secondes plus tard, les canons tonnèrent à leur tour. Peut-être quelques secondes encore, et les premières flammes s'élevèrent dans la ville.

Les canons grondèrent à nouveau. Mais personne ne sortit en hurlant des wigwams. Même pas de ceux qui flambaient.

Il était donc le seul à l'avoir remarqué ? On n'avait pas compris que les Rouges avaient tous quitté Prophetville ? Et s'ils étaient partis, ça voulait dire qu'ils s'attendaient à l'assaut de ce matin. Et s'ils s'y attendaient, ça voulait dire qu'ils se tenaient peut-être prêts, postés en embuscade. A moins qu'ils se soient tous enfuis, ou qu'ils…

L'amulette porte-bonheur de Mike Fink le brûlait presque, tellement il avait chaud. Il savait ce que ça signifiait. Le moment de prendre le large. Quelque chose de très fâcheux allait lui arriver s'il restait.

Il s'éclipsa donc et longea la ligne de soldats, ou de prétendus soldats, car certains de ces fermiers inexpérimentés n'avaient pas suivi plus d'un jour ou deux d'instruction. Aucun ne prêta la moindre attention à Mike Fink. Ils étaient trop occupés à regarder flamber les wigwams. Quelques-uns avaient fini par s'apercevoir qu'il n'y avait apparemment personne dans la ville des Rouges et ils en discutaient, l'air inquiet. Mike ne leur dit rien, il continua de longer la ligne et descendit vers la rivière.

Les canons se trouvaient tous sur les hauteurs; leur grondement s'éloignait. Mike émergea des arbres sur le terrain à découvert qui menait à la rivière. Là, il s'arrêta net, les yeux écarquillés.

L'aube n'était encore qu'une bande grise à l'horizon, mais il ne pouvait pas se tromper sur ce qu'il voyait. Des milliers et des milliers de Rouges, debout côte à côte dans la prairie. Certains pleuraient doucement... De la mitraille et des balles de mousquet étaient sûrement venues se perdre jusque parmi eux, car deux canons avaient pris position juste en face, de l'autre côté de la ville, et tiraient dans leur direction. Mais il ne faisaient pas un geste pour se défendre. Il n'y avait pas de traquenard. Ils n'avaient pas d'armes. Ces Rouges s'étaient tous mis en rang pour mourir.

Il y avait peut-être une douzaine de canoës sur la berge de la rivière, en amont et en aval. Mike Fink en poussa un dans le courant et se hissa à bord en roulant sur lui-même. Vers l'aval, c'est par là qu'il irait, il descendrait toute la Wobbish jusqu'à l'Hio. L'opération d'aujourd'hui, ce n'était pas de la guerre mais du massacre, et Mike Fink n'appelait vraiment pas ça se battre. Des fois, il y a des choses tellement basses qu'on refuse de les faire, c'est pour presque tout le monde pareil.

❄

Dans l'obscurité du caveau à légumes, Mesure n'arrivait pas à voir si Alvin était vraiment ou non près de lui. Pourtant il entendait sa voix, douce mais pressante, qui lui parvenait par-dessus les vagues de douleur. « J'essaye de t'réparer, Mesure, mais faut qu'tu m'aides. »

Mesure ne put lui répondre. Pour l'instant, la parole n'était pas une fonction qu'il maîtrisait vraiment.

« Je t'ai arrangé l'cou, des côtes, et pis les intestins qu'étaient esquintés, dit Alvin. Et les os de ton bras gauche étaient pas trop mal alignés, alors eux, ça va, tu l'sens ? »

C'était vrai, le bras gauche de Mesure ne lui faisait plus mal. Il le bougea. Le reste du corps en fut bousculé, mais le bras parvint à se déplacer, il avait une certaine force en lui.

« Tes côtes, dit Alvin. Elles ressortent. Faut qu'tu les renfonces à leur place. »

Mesure en repoussa une et manqua s'évanouir de douleur. « J'peux pas.

— Y faut.

— Empêche-moi d'avoir mal.

— Mesure, j'connais pas comment faire. C'est pas possible sans t'empêcher d'*bouger*. Faut qu'tu y arrives. Tout c'que tu remettras en place, j'pourrai l'arranger et t'auras pus mal, mais d'abord faut que tu m'redresses ça, y faut.

— Fais-le, toi.

— J'peux pas.

— T'as juste à tendre la main, Alvin, t'es grand pour tes dix ans, t'en es capable.

— J'peux pas.

— Une fois je t'ai scié un os pour te sauver la vie, je l'ai fait, moi.

— Mesure, j'peux pas parce que *j'suis pas là*. »

Ça n'avait pas de sens pour Mesure. Il fut donc convaincu qu'il rêvait. Si c'était ça, pourquoi est-ce qu'il ne faisait pas de rêve où il aurait eu moins mal ?

« Pousse sus ton os, Mesure. »

Alvin ne voulait pas partir. Alors Mesure poussa et il eut mal. Mais Alvin tint parole. Peu après, la douleur disparut là où il avait redressé l'os.

L'opération fut longue. Il était dans un tel état qu'il croyait ne jamais voir le bout de sa souffrance. Mais tandis que son frère guérissait les chairs autour des os ressoudés, il en profita pour expliquer ce qui lui était arrivé ; puis Alvin raconta ce que lui savait, et Mesure eut tôt fait de comprendre qu'il y avait davantage en jeu que la vie d'un jeune homme dans un caveau à légumes.

Enfin, enfin, ce fut terminé. Mesure avait peine à le croire. Il avait tant enduré, pendant tant d'heures, que ça lui faisait tout drôle de ne plus avoir mal nulle part.

Il entendit des coups sourds, des coups de canons. « T'entends ça, Alvin ? » demanda-t-il.

Alvin n'entendait pas.

« Le tir a commencé. Le canon.

— Alors cours-y, Mesure. Aussi vite que tu peux.

— Alvin, j'suis dans un caveau à patates. Ils ont barré la porte. »

Alvin poussa deux ou trois jurons que Mesure ne le soupçonnait pas de connaître.

« Alvin, j'ai là dans l'fond un trou qu'est à moitié creusé. T'as un talent qui marche bien avec la pierre, alors je m'demande si tu pourrais pas m'ramollir tout ça pour que je l'finisse vite. »

Et c'est ce qui se passa. Mesure se glissa dans le trou, ferma les yeux et gratta la terre au-dessus de sa tête. Ça n'avait rien à voir avec le labeur de la veille, quand il s'usait les doigts jusqu'au sang. Ça tombait tout seul, ça s'écartait de lui. Quand il tendait les bras pour creuser plus loin, la terre lui glissait sous les épaules, et seulement là, elle se raffermissait aussitôt, si bien qu'il n'avait même pas besoin de s'embêter à la dégager du trou, elle le rebouchait derrière lui. Il donnait alors des coups de pieds, gigotait des jambes pour se dégager les pieds, et tout son corps montait de cette manière.

Je nage dans le sol, voilà ce que je fais, songea-t-il, et il se mit à rire ; c'était si facile et si bizarre.

Son rire prit fin à l'air libre. Il se trouvait à la surface, juste derrière le caveau à légumes. Le ciel s'éclaircissait, le soleil allait se lever sous peu. Le grondement des canons s'était tu. Ça voulait dire que c'était fini ? Trop tard ? Mais peut-être laissait-on seulement refroidir l'artillerie. Ou la déplaçait-on ailleurs. Peut-être même les Rouges avaient-ils réussi à s'en emparer…

Mais serait-ce une bonne nouvelle pour autant ? A tort ou à raison, son père et ses frères se trouvaient du côté des canons, et si les Rouges gagnaient la bataille, certains de ses parents risquaient de mourir. C'était une chose de savoir que les Rouges étaient dans leur droit et les Blancs dans l'erreur ; c'en était une autre de souhaiter la défaite de sa famille, la défaite et peut-être la mort. Il devait arrêter la bataille, alors il courut comme il n'avait encore jamais couru. La voix d'Alvin était partie à présent, mais Mesure n'avait pas besoin d'encouragements. Il volait littéralement sur la route.

Il rencontra deux personnes en chemin. L'une était madame Hatch qui conduisait son chariot rempli de vivres. Quand elle le vit, elle poussa un hurlement — il portait un pagne, il était dégoûtant, il n'allait pas lui reprocher de le prendre pour un Rouge prêt à la scalper. Elle sauta de son chariot et s'enfuit à toutes jambes avant même qu'il ait pu l'appeler par son nom. Ma foi, ça l'arrangeait plutôt. Il manqua arracher le cheval du chariot, tellement il était pressé ; il l'enfourcha à cru et le lança au galop, espérant que l'animal éviterait de trébucher et de le désarçonner.

La seconde personne qu'il rencontra fut Armure-de-Dieu. Armure était agenouillé au milieu du pré communal, devant son magasin, et priait de tout son cœur pendant que les canons grondaient et que les mousquets crépitaient sur l'autre bord de la rivière. Mesure l'interpella, et Armure leva les yeux, l'air d'avoir vu Jésus ressuscité. « Mesure ! s'écria-t-il. Arrête, arrête ! »

Mesure voulait continuer, lui dire qu'il n'avait pas le temps, mais voilà qu'Armure se mit au milieu du chemin et que le cheval eut peur de le contourner ; il dut alors s'arrêter. « Mesure, t'es un ange ou t'es vivant ?

— Vivant, et pas grâce à Harrison. L'a essayé de m'crimer, figure-toi. J'suis vivant et Alvin aussitte. Toute cette histoire, c'est l'fait de Harrison, et faut que j'y mette le holà.

— Oui, mais tu vas pas y aller comme t'es là, dit Armure. Attends, j'te dis ! Tu vas pas arriver en pagne et tout crotté comme ça, on va te confondre avec un Rouge et t'abattre aussitôt !

— Alors saute en croupe, et tu vas m'passer tes vêtements en cours de route ! »

Mesure hissa donc Armure-de-Dieu sur son cheval, derrière lui, et ils filèrent vers le bac.

La femme de Peter Ferryman s'y trouvait pour actionner le treuil. Un regard à Mesure lui suffit pour apprendre tout ce qu'elle avait besoin de savoir. « Dépêche-toi, dit-elle. Ça va mal, la rivière devient toute rouge. »

Sur le bac, Armure retira ses vêtements pendant que Mesure se trempait dans l'eau, malgré le sang, pour se nettoyer un brin. Il n'en ressortit pas complètement propre, mais au moins il ressemblait davantage à un Blanc. Encore mouillé, il enfila la chemise et les pantalons d'Armure, puis son gilet. Ils ne lui allaient pas très bien, Armure était plus petit, mais il endossa tout de même la veste en se contorsionnant. Ce faisant, il lui dit : « Pardon de t'laisser que ton caleçon.

— J'accepterais de rester nu la moitié d'la journée devant toutes les dames à l'église si ça pouvait arrêter ce massacre », dit Armure. Il ajouta peut-être autre chose, mais Mesure ne l'entendit pas car il était déjà parti.

❄

Rien ne se passait comme Alvin Miller senior l'avait imaginé. Il avait pensé tirer au mousquet sur les mêmes sauvages hurlants qui avaient mutilé et tué ses fils. Mais la ville était déserte, et l'on avait trouvé tous les Rouges rassemblés dans le Pré de la Parole, comme s'ils attendaient un sermon du Prophète. Miller ne s'était jamais douté que tant de Rouges vivaient à Prophetville, parce qu'il ne les avait jamais tous vus réunis en un même lieu comme à présent. Mais ils étaient rouges, pas vrai ? Alors il fit quand même le coup de feu, comme les autres, tirant et rechargeant, sans se donner la peine de vérifier s'il touchait sa cible. Comment ne pas faire mouche, avec tous ces Rouges debout, serrés les uns contre les autres ? Il avait en ce moment soif de sang, la rage et le pouvoir de tuer le rendaient fou. Il ne remarqua pas que certains de ses compagnons se calmaient. Tiraient moins souvent. Lui chargeait et tirait, chargeait et tirait, s'avançant d'un pas ou deux à chaque fois, sortant du couvert de la forêt, en terrain dégagé ; il ne cessa de tirer que lorsqu'on amena les canons, qu'il leur céda la place, qu'il les regarda faucher de grands andains dans la masse des Rouges.

Pour la première fois il se rendit vraiment compte de ce qui arrivait aux Rouges, de ce qu'ils faisaient, de ce qu'ils *ne faisaient pas*. Ils ne criaient pas. Ils ne se défendaient pas. Ils étaient là, hommes, femmes et enfants, à regarder les hommes blancs qui les tuaient. Pas un seul ne tournait même le dos à la grêle d'obus à balles. Pas un parent ne cherchait de son corps à protéger son enfant des explosions. Ils restaient debout, ils attendaient, ils mouraient.

La mitraille creusait des trouées dans la multitude ; pour arrêter les giclées de métal il n'y avait que les corps humains. Miller les voyait tomber. Ceux qui le pouvaient se relevaient, ou du moins s'agenouillaient, ou bien levaient la tête au-dessus de la masse de cadavres pour que l'explosion suivante les atteigne et les tue.

Eh quoi, ils veulent donc mourir ?

Miller regarda autour de lui. Son groupe pataugeait dans une mer de cadavres — ils avaient déjà avancé jusqu'où s'étaient tenus les premiers rangs de la foule des Rouges. Là, à ses pieds, le corps d'un gosse pas plus âgé qu'Alvin gisait recroquevillé, l'œil arraché par une balle de mousquet. Peut-être une balle que j'ai tirée, se dit Miller. Peut-être j'ai tué ce gamin.

Pendant les accalmies entre les salves des canons, Miller entendit des hommes pleurer. Non pas les Rouges, les survivants, repliés en une masse de plus en plus réduite du côté de la rivière. Non, les hommes qui pleuraient, c'étaient ses voisins. Des hommes blancs près de lui ou derrière la ligne. Certains parlaient, imploraient. Arrêtez ça, disaient-ils. S'il vous plaît, arrêtez ça.

S'il vous plaît, arrêtez. Est-ce qu'ils s'adressaient aux canons ? Ou bien aux hommes et femmes rouges qui persistaient à rester là, sans chercher à s'enfuir, sans crier de peur ? Ou même aux enfants, qui affrontaient les obus avec autant de bravoure que leurs parents ? Ou s'adressaient-ils à l'atroce douleur qui leur rongeait le cœur en voyant ce qu'ils avaient fait, ce qu'ils faisaient, ce qu'ils feraient encore ?

Miller remarqua que le sang ne s'infiltrait pas dans l'herbe de la prairie. Il s'échappait des blessures des derniers touchés pour former de petits ruisseaux, puis de plus gros, et enfin de grandes nappes qui s'écoulaient le long de la pente jusqu'à la Tippy-Canoe. Le soleil du matin, en ce jour clair et lumineux, avait des reflets rouge vif au-dessus de la rivière.

Alors qu'il la regardait, la Tippy-Canoe devint tout à coup lisse comme du verre. Les rayons du soleil ne dansaient plus à sa surface, ils s'y réfléchissaient comme dans un miroir, et Miller en fut presque aveuglé. Mais il parvint tout de même à distinguer un homme rouge isolé qui marchait sur l'eau, tout comme Jésus dans la Bible, debout sur l'eau au mitan de la rivière.

Ce ne furent plus seulement des gémissements derrière lui. Ce fut un cri, poussé par des hommes, en nombre de plus en plus grand. Arrêtez de tirer ! Arrêtez ! Déposez vos armes ! Puis d'autres voix, qui parlaient de l'homme debout sur l'eau.

Un clairon retentit. Les hommes se turent. « C'est le moment de les finir, les gars ! » brailla Harrison. Monté sur un fringant étalon, en haut de la prairie, il descendait à la tête de ses troupes la colline luisante de sang. Aucun des fermiers ne l'accompagnait, mais ses soldats en uniforme le suivaient en ligne, baïonnette au canon. Là où dix mille Rouges s'étaient rassemblés, il n'y avait plus qu'un champ de cadavres ; il restait peut-être un millier de survivants en piteux état, regroupés près de l'eau, au pied de la colline.

A cet instant un grand jeune homme blanc surgit en courant de la forêt tout en bas, ficelé dans un habit trop étroit, veste et gilet déboutonnés, pieds nus, les cheveux trempés, ébouriffés, la figure mouillée et barbouillée. Mais Miller le reconnut, il le reconnut avant d'entendre sa voix.

« Mesure ! s'écria-t-il. C'est mon gars, Mesure ! »

Il jeta son mousquet et s'élança dans le champ de cadavres pour dévaler la colline vers son fils.

« Mon gars, Mesure ! L'est vivant ! T'es vivant ! »

Il glissa alors dans le sang ou trébucha contre un corps ; en tout cas il s'affala, ses mains plongèrent dans une rivière poisseuse et lui éclaboussèrent la poitrine et le visage.

La voix de Mesure lui parvint, à moins de dix pas, qui criait à tous ceux qui pouvaient l'entendre : « Les Rouges qui m'ont enlevé étaient aux ordres d'Harrison. Ta-Kumsaw et Tenskwa-Tawa m'ont sauvé. Quand je m'en suis retourné à la maison, avant-hier, les soldats d'Harrison m'ont fait prisonnier et m'ont empêché d'vous dire la vérité. Harrison a même essayé d'me tuer. » Mesure parlait lentement et clairement, chacun de ses mots portait, la moindre parole était comprise. « Il a tout l'temps connu ce qu'il faisait. Tout ça, c'est l'plan d'Harrison. Les Rouges sont innocents. Vous tuez des innocents. »

Miller se releva du champ sanglant et brandit loin au-dessus de sa tête des mains rouges dégouttantes d'un sang épais. Un cri s'échappa de sa gorge nouée, un cri irrépressible de déchirement, de désespoir. « Qu'esse que j'ai fait ! Qu'esse que j'ai fait ! » Le cri fut repris par dix, cent, trois cents voix.

Et le général Harrison était là, sur son fringant coursier, devant tout le monde. Même ses propres soldats avaient maintenant jeté leurs fusils.

« C'est un mensonge ! hurla Harrison. Je ne connais pas ce gars-là ! On m'a joué un horrible tour !

— C'est pas un tour ! s'écria Mesure. V'là son mouchoir... ils me l'ont fourré dans la bouche pour me bâillonner durant qu'ils me cassaient l'ossaille ! »

Miller voyait distinctement le mouchoir dans la main de son fils. Il portait dans un coin les initiales W.H.H. brodées en grosses lettres bien lisibles. Toute l'armée connaissait les mouchoirs du général.

Et voilà que des soldats prenaient la parole. « C'est vrai ! On a ramené ce jeune gars à Harrison y a deux jours de ça.

— On connaissait pas qu'il était l'un de ceux qu'les Rouges avaient tués, à ce qu'on disait ! »

Un cri strident, comme un hurlement, flotta au-dessus de la prairie. Il regardèrent tous vers le Prophète borgne, en bas, debout à la surface écarlate et solide de la Tippy-Canoe.

« Venez à moi, gens de mon peuple ! » dit-il.

Les Rouges survivants marchèrent lentement, d'un pas ferme, vers l'eau. Ils passèrent dessus et se regroupèrent de l'autre côté.

« Tous ceux de mon peuple, venez ! »

Les cadavres frémirent, bougèrent. Les Blancs qui se tenaient au milieu d'eux poussèrent des cris de terreur. Mais les morts ne se levaient pas pour marcher, seuls les blessés qui respiraient encore se remirent sur leurs jambes chancelantes. Certains voulurent porter des enfants, des bébés : ils n'en avaient pas la force.

Miller vit et sentit le sang sur ses mains. Il se devait de faire quelque chose, non ? Il avança donc les bras vers une femme en difficulté, sur qui s'appuyait le mari en quête de soutien ; il voulait la décharger de son bébé et le porter à sa place. Mais lorsqu'il fut tout près, elle le regarda en face, et il vit dans ses yeux son propre reflet : un visage hagard, blanc, éclaboussé de rouge, des mains dégoulinantes de sang. Malgré la petitesse, il distinguait ce reflet aussi parfaitement que s'il s'était agi d'un miroir tendu sous son nez. Il ne pouvait pas toucher son bébé, pas avec des mains pareilles.

D'autres Blancs sur la colline essayèrent aussi d'apporter leur aide, mais ils durent voir ce qu'avait vu Miller car ils reculèrent comme sous l'effet d'une brûlure.

Peut-être un millier de blessés se relevèrent et tentèrent d'atteindre la rivière. Beaucoup d'entre eux s'écroulèrent et moururent avant de toucher au but. Ceux qui parvinrent au bord de l'eau marchèrent, titubèrent, rampèrent jusqu'à la rive d'en face, où les autres Rouges vinrent à leur secours.

Miller nota une chose étrange. Tous les Rouges blessés, tous les Rouges indemnes, ils avaient marché sur la prairie, ils avaient traversé la rivière rouge de sang, et pourtant il n'en restait pas la moindre trace sur leurs mains ni sur leurs pieds.

« Tous ceux de mon peuple, tous ceux qui sont morts... venez chez moi, dit la terre ! »

Tout autour d'eux, la prairie était jonchée de corps — de loin la majorité des familles qui s'étaient tenues là, bien vivantes, seulement une heure plus tôt. Et voici qu'aux mots du Prophète, ces corps avaient l'air de frissonner, de se désagréger ; ils s'affaissèrent et disparurent dans l'herbe du pré. Cela prit peut-être une minute, puis il n'y eut plus personne, rien que l'herbe qui se dressait verte et drue. Ce qu'il restait de sang courut le long de la pente comme des perles d'eau sur une plaque à grâler brûlante et rejoignit la rivière rouge vif.

« Viens à moi, Mesure, mon ami. » Le Prophète parlait tranquillement et tendait la main.

Mesure tourna le dos à son père et descendit la pente herbeuse pour s'arrêter au bord de l'eau.

« Viens jusqu'à moi, dit le Prophète.

— J'peux pas marcher sus l'sang de ton peuple, dit-il.

— Il a donné son sang pour te rendre meilleur, dit le Prophète. Viens à moi, ou subis la malédiction qui va s'abattre sur tous les hommes blancs de cette prairie.

— Alors m'est avis que j'vais rester icitte, dit Mesure. J'aurais été à leur place, j'crois pas que j'aurais agi autrement qu'eux autres. S'ils sont coupables, eh ben, moi aussi. »

Le Prophète hocha la tête.

Chaque homme blanc présent sentit quelque chose de chaud, humide et gluant sur ses mains. Certains poussèrent des cris en voyant ce qui leur arrivait. Des coudes jusqu'au bout des doigts ils ruisselaient de sang. Quelques-uns tentèrent de s'essuyer sur leur chemise. D'autres se cherchèrent des blessures qui auraient saigné, mais de blessures ils n'avaient point. Seulement du sang sur les mains.

« Voulez-vous que vos mains redeviennent nettes du sang de mon peuple ? » demanda le Prophète. Il ne criait plus, mais tous l'entendaient, chacun de ses mots. Et oui, oui, ils voulaient que leurs mains soient nettes.

« Alors rentrez chez vous et racontez cette histoire à vos femmes et enfants, à vos voisins, à vos amis. Racontez-leur toute l'histoire. Sans rien oublier. Ne dites pas qu'on vous a trompés, vous saviez tous quand vous avez tiré sur des gens désarmés que vous vous rendiez coupables de meurtre. Même si vous pensiez que certains d'entre nous avaient commis un crime. Quand vous tiriez sur des bébés dans les bras de leurs mères, sur des petits enfants, sur des vieillards, vous nous assassiniez parce que nous étions rouges. Alors racontez l'histoire telle qu'elle s'est passée, et si vous racontez la vérité, vos mains seront nettes. »

Pas un homme sur la prairie qui ne pleurât, ne tremblât, ne défaillît de honte. Rapporter les faits de cette journée à leurs femmes et enfants, à leurs parents, à leurs frères et sœurs leur paraissait intolérable. Mais s'ils ne le faisaient pas, leurs mains ensanglantées les rapporteraient pour eux. Cette pensée, c'était plus qu'ils ne pouvaient supporter.

Mais le Prophète n'en avait pas terminé. « Si un étranger vient à passer et que vous ne lui dites pas toute l'histoire avant d'aller vous coucher, alors le sang reviendra sur vos mains et il restera jusqu'à ce que vous ayez parlé. Ce sera ainsi pour le restant de votre vie : tout homme et toute femme que vous rencontrerez devra entendre la vérité de vos lèvres, ou vos mains seront à nouveau souillées. Et si jamais, pour une raison ou pour une autre, vous tuez encore un être humain, alors vos mains et votre visage seront couverts de sang pour toujours, même dans la tombe. »

Ils hochèrent la tête, ils étaient d'accord. C'était justice, simple justice. Ils ne pouvaient pas redonner vie à ceux qu'ils avaient tués, mais ils pouvaient s'assurer qu'on ne raconterait pas de mensonges sur leur mort. Personne ne pourrait jamais prétendre que Tippy-Canoe était une victoire, ou même une bataille. C'était un massacre, des hommes blancs l'avaient commis, et pas un Rouge n'avait levé la main pour attaquer ou se défendre. Pas d'excuse, pas de circonstances atténuantes ; on le ferait savoir.

Ne restait plus qu'une chose : le crime du cavalier sur le fringant étalon.

« L'assassin-blanc Harrison ! appela le Prophète. Viens à moi ! »

Harrison fit non de la tête, voulut faire volter sa monture ; les rênes échappèrent à ses mains pleines de sang, et l'animal descendit la colline d'un bon pas. Tous les hommes blancs le suivaient des yeux en silence ; ils haïssaient celui qui leur avait menti, les avait excités, avait trouvé et réveillé le meurtre dans leurs cœurs. Son cheval l'amena au bord de l'eau.

Harrison baissa les yeux sur le Rouge borgne qui s'asseyait autrefois sous sa table et lui mendiait des gouttes de whisky de son gobelet.

« Ta malédiction sera la même, dit le Prophète, mais ton histoire est beaucoup plus longue et plus horrible à raconter. Et tu n'attendras pas que passent des étrangers pour parler ; chaque jour de ta vie tu devras trouver quelqu'un qui n'ait encore jamais entendu l'histoire de ta bouche et tu la lui diras — tous les jours ! — sinon tes mains resteront pleines de sang. Et si tu décides de te cacher et de vivre avec des mains souillées plutôt que de trouver un nouvel auditoire, tu connaîtras la souffrance des blessures de mon peuple, une nouvelle blessure chaque jour, jusqu'à ce que tu te remettes à raconter l'histoire, autant de fois que tu auras manqué de jours. N'essaye pas non plus de te tuer, tu ne le pourras pas. Tu erreras d'un bout à l'autre de cette terre d'hommes blancs. Les gens te verront venir et se cacheront, ils redouteront le son de ta voix ; tu les supplieras de s'arrêter et de t'écouter. Ils oublieront même ton ancien nom et t'appelleront par celui que tu as acquis aujourd'hui : Tippy-Canoe. C'est ton nom désormais, assassin-blanc Harrison. Ton vrai nom, jusqu'à ce que tu meures — très, très vieux — de ta mort naturelle. »

Harrison se courba sur la crinière de son cheval et pleura dans ses mains ensanglantées. Mais c'étaient des larmes de colère, non de chagrin ni de honte. Des larmes de rage à la pensée de tous ses plans qui s'écroulaient. Il aurait tué le Prophète tout de suite s'il avait pu. Il allait chercher partout une sorcière ou un sorcier qui lui lèverait cette malédiction. Il ne tolérait pas de se laisser battre par ce misérable Rouge borgne.

Mesure s'adressa au Prophète depuis la rive. « Et vous autres, vous irez où asteure, Tenskwa-Tawa ?

— A l'ouest, répondit Tenskwa-Tawa. Mon peuple, tous ceux qui croient encore en moi, s'en iront à l'ouest du Mizzipy. Quand vous raconterez votre histoire, dites aux hommes blancs ceci : à l'ouest du Mizzipy, c'est la terre de l'homme rouge. N'y venez pas. La terre ne supporte pas de sentir le pied de l'homme blanc. Votre souffle est la mort ; votre toucher est poison ; vos paroles sont mensonges ; la terre vivante ne veut pas de vous. »

Il tourna le dos, marcha vers les Rouges qui l'attendaient sur l'autre rive et aida un enfant blessé à monter la pente d'en face jusque sous les arbres. Derrière lui, les eaux de la Tippy-Canoe se remirent à couler.

Miller descendit le pré pour rejoindre son fils sur la berge de la rivière. « Mesure, dit-il. Mesure, Mesure. »

Mesure se retourna vers son père et tendit les bras pour l'étreindre. « Alvin est vivant, père, loin d'icitte, à l'est. Il est avec Ta-Kumsaw et il… »

Mais Miller le fit taire, lui saisit les mains pour les regarder. Elles ruisselaient de sang, tout comme les siennes. Il secoua la tête. « C'est d'ma faute, dit-il. Tout d'ma faute.

— Pas tout, père, dit Mesure. Y a assez d'faute pour que chacun la partage.

— Mais pas toi, fils. C'est ma faute que t'as sus les mains.

— Ben alors, p't-être que tu la sentiras moins si on est deux à la porter. »

Mesure s'approcha et prit son père par les épaules, serré contre lui. « On a vu l'pire de c'que les hommes peuvent faire, p'pa, et on a été l'pire de c'que les hommes peuvent être. Mais ça veut pas dire qu'un jour on verra pas aussi l'meilleur. On arrivera sûrement jamais à être parfaits après ça, mais bah, on sera p't-être pas trop mal tout d'même, s'pas ? »

Possible, songea Miller. Mais il en doutait. Ou peut-être doutait-il seulement qu'il y croirait un jour, même si c'était vrai. Il ne pourrait plus jamais regarder dans son cœur et aimer ce qu'il y trouverait.

Là, au bord de la rivière, ils attendirent les autres fils Miller. Ils arrivèrent, les mains couvertes de sang : David, Placide, Econome, Fortuné. David tint ses mains devant lui et pleura. « J'voudrais être mort avec Vigor dans la rivière Hatrack !

— Dis pas ça, fit Placide.

— J'serais mort, mais j'serais propre. »

Les jumeaux ne disaient rien, mais ils se tenaient l'un l'autre leurs mains froides et gluantes.

« Faut qu'on s'en retourne à la maison, dit Mesure.

— Non, fit Miller.

— Ils vont s'inquiéter, dit Mesure. M'man, les filles, Cally. »

Miller se rappela comment ils s'étaient séparés, Fidelity et lui. « Elle a dit que si je… si ce…

— J'connais ce qu'elle dit, m'man, mais j'connais aussi qu'tes enfants ont b'soin de leur papa et qu'elle te laissera pas dehors.

— Va falloir que j'y dise. Ce qu'on a fait.

— Oui, et aussi aux filles et à Cally. On doit tous leur dire, autant qu'on est, et Placide et David vont l'dire à leurs femmes. Vaut mieux l'faire tout d'suite, avoir les mains nettes et vivre nos vies. Tous d'un coup, tous ensemble. Et j'ai quèque chose à t'raconter, à toi aussi, au sujet d'Alvin et d'moi-même. Quand on en aura fini avec cette histoire-là, j'te dirai la mienne, ça te va ? Tu resteras pour l'entendre ? »

Ils retrouvèrent Armure au bord de la Wobbish. Le bac était déjà de l'autre côté, il débarquait encore ses passagers, et d'autres hommes avaient pris toutes les barques dont ils s'étaient servis pour traverser durant la nuit. Alors ils restèrent debout à attendre.

Mesure se dépouilla de sa veste et de ses pantalons tachés de sang, mais Armure ne tenait pas à les remettre. Armure ne portait pas d'accusations, mais les autres évitaient de regarder leur beau-frère. Mesure le prit à part et lui parla de la malédiction pendant qu'on faisait lentement retraverser la rivière au bac. Armure écouta puis s'approcha de Miller qui lui tournait le dos et regardait la rive opposée.

« Père, dit Armure-de-Dieu.

— T'avais raison, Armure », dit Miller, toujours sans le regarder. Il tendit les mains. « La v'là, la preuve que t'avais raison.

— Mesure m'a dit que je dois entendre l'histoire une fois de vous tous, dit Armure en tournant sur lui-même pour mieux s'adresser au groupe. Mais après, vous m'entendrez plus jamais en parler. J'suis toujours votre fils et votre frère, si vous voulez d'moi ; ma femme est votre fille et votre sœur, et vous êtes la seule parenté que j'ai par icitte.

— A ta grande honte, murmura David.

— Me punissez pas parce que j'ai les mains nettes », dit Armure.

Placide offrit une main rouge de sang. Armure la prit sans hésiter, la serra fermement, puis la relâcha.

« T'as vu ça ? fit Placide. Tu nous touches, et ça déteint sur toi. »

Pour toute réponse, Armure offrit cette même main souillée à Miller. Après un instant, Miller la saisit. La poignée de main se prolongea jusqu'à l'arrivée du bac. Puis ce fut le retour à la maison.

XV

L'homme aux deux âmes

MOT-POUR-MOT se réveilla à l'aube, aussitôt conscient que quelque chose n'allait pas. Ta-Kumsaw, assis dans l'herbe, le visage tourné vers l'occident, se balançait d'avant en arrière et respirait avec difficulté, comme s'il endurait une douleur sourde et intense. Etait-il malade ?

Non. Alvin avait échoué. La tuerie avait commencé. La souffrance de Ta-Kumsaw ne venait pas de son propre corps. Son peuple était en train de mourir, quelque part très loin, et ce qu'il ressentait, ce n'était ni chagrin ni pitié mais la souffrance de leurs morts. Même pour un homme rouge aussi averti que Ta-Kumsaw, ressentir la mort de si loin signifiait que beaucoup, beaucoup d'âmes s'étaient envolées.

Comme tant de fois déjà, Mot-pour-mot adressa quelques pensées à Dieu, pensées qui se réduisaient toujours à la même question : Pourquoi nous imposes-tu tant d'épreuves, pour finalement n'aboutir à rien ? Tant d'efforts en pure perte, Mot-pour-mot ne l'admettait pas. Alvin et Ta-Kumsaw avaient traversé le pays en courant à la manière des Rouges, Mot-pour-mot avait fait aussi vite que possible pour un Blanc, Alvin avait escaladé la Butte-aux-huit-faces, tout ça pour quoi ? Une seule vie en sera-t-elle épargnée ? Tant de gens meurent en ce moment tout là-bas, près de la Wobbish, que Ta-Kumsaw le ressent jusqu'ici.

Et, comme d'habitude, Dieu n'avait pas grand-chose à répondre à Mot-pour-mot une fois les questions posées.

Le vieil homme n'avait pas envie d'interrompre Ta-Kumsaw. Ou plutôt, il se disait que Ta-Kumsaw n'avait pas particulièrement envie d'entamer une discussion avec un homme blanc en un pareil moment. Il sentait pourtant une vision naître en lui. Pas une vision comme celles que la rumeur attribuait aux prophètes, qu'il aurait contemplée en lui-même. Les visions lui venaient sous forme de mots, et il ignorait en quoi elles consistaient tant que ses propres mots ne le lui avaient pas appris. Même alors, il savait qu'il n'était pas un prophète ; ses visions n'étaient jamais de celles qui changent le monde, seulement de celles qui l'enregistrent, qui le *comprennent*. Mais l'heure n'était pas aux considérations sur les mérites ou les faiblesses de ses visions. Il en sentait une poindre et il devait la consigner. Seulement, comme on lui avait retiré la faculté d'écrire en ce lieu, il ne pouvait prendre note des mots. Que lui restait-il, alors, sinon les dire à haute voix ?

Mot-pour-mot se mit donc à parler, il groupa les mots en distiques à mesure qu'ils lui venaient, parce que c'était ainsi que devaient s'exprimer les visions, par la poésie. Le récit débutait de façon confuse, et Mot-pour-mot ne put déterminer si c'était Dieu ou Satan qui produisait cette terrible lumière qui l'aveuglait pendant que les phrases se bousculaient sur ses lèvres. Il savait uniquement que celui des deux, quel qu'il soit, à l'origine d'un tel carnage, méritait amplement sa colère ; il n'avait donc aucun scrupule à le fustiger par des paroles cinglantes.

Il en résulta ces vers qui jaillirent en un flot si puissant que Mot-pour-mot trouvait à peine le temps de respirer, qu'il ne marquait aucune rupture sensible dans le rythme de son poème déclamé d'une voix de plus en plus forte à mesure que le texte lui sortait de la gorge pour se précipiter contre le mur d'air environnant, comme s'il défiait Dieu de l'entendre et de s'offenser de son ressentiment.

Lorsque j'eus lancé mon défi,
Le soleil dans le ciel frémit.
La lune qui, loin en dessous, jetait sa lueur,
Prit teinte de lèpre et de neige la blancheur.
Et sur terre toute âme humaine
Ressentit maladie, disette, détresse et peine.
Dieu flamboya sur mon chemin et le soleil fut embrasé
Des arcs de mon esprit et des flèches de la pensée.
La corde de mon arc vibre d'une furieuse ardeur,

Mes flèches rougeoient dans leurs faisceaux d'or.
Mes frères et mon père marchent devant,
Les cieux, de l'homme suintent le sang…

« Arrête ! »

C'était Ta-Kumsaw. Mot-pour-mot retint, bouche bée, les autres vers, les autres souffrances qui attendaient de franchir ses lèvres. On ne désobéissait pas à Ta-Kumsaw.

« C'est fini, dit Ta-Kumsaw.

— Tous tués ? murmura Mot-pour-mot.

— Je ne sens pas la vie, de si loin, dit Ta-Kumsaw. Je sens la mort… le monde est déchiré comme un vieux tissu, on ne pourra jamais le recoudre. » Le désespoir fit aussitôt place à la haine froide. « Mais on pourra le nettoyer.

— Si j'avais pu l'empêcher, Ta-Kumsaw…

— Oui, tu es un homme bon, Mot-pour-mot. Il y en a d'autres encore, parmi ceux de ta race. Armure-de-Dieu Weaver en fait partie. Et si tous les hommes blancs venaient, comme toi, pour apprendre cette terre, il n'y aurait pas de guerre entre nous.

— Il n'y en a pas, de guerre entre toi et moi, Ta-Kumsaw.

— Est-ce que tu peux changer la couleur de ta peau ? Est-ce que je peux changer la mienne ?

— Ce n'est pas notre peau, mais nos cœurs…

— Quand nous aurons tous les hommes rouges d'un côté du champ de bataille et tous les hommes blancs de l'autre, où te tiendras-tu ?

— Au milieu, et j'implorerai les deux côtés de…

— Tu te tiendras auprès de ton peuple, et moi auprès du mien. »

Comment discuter avec Ta-Kumsaw ? Peut-être Mot-pour-mot trouverait-il le courage de refuser un tel choix. Peut-être non. « Prions Dieu qu'on n'en vienne jamais là.

— C'est déjà fait, Mot-pour-mot. » Ta-Kumsaw hocha la tête. « Après les événements d'aujourd'hui, je n'aurai aucune difficulté à rassembler enfin mon armée. »

La réplique jaillit de la bouche de Mot-pour-mot avant qu'il ne puisse la retenir : « Alors c'est une horrible affaire que tu fais là, si tu la dois à la mort de tant de braves gens ! »

Ta-Kumsaw répondit par un rugissement; il bondit aussitôt sur Mot-pour-mot et d'un coup l'envoya s'étaler en arrière sur l'herbe du pré. Sa main droite lui empoigna les cheveux; la gauche lui enserra la gorge. « Tous les hommes blancs mourront, tous ceux qui ne s'échapperont pas sur la mer ! »

Ta-Kumsaw n'avait cependant pas l'intention de commettre un meurtre. Même dans sa fureur, il ne serra pas son étreinte au point d'étrangler Mot-pour-mot. Au bout d'un moment, l'homme rouge se repoussa et roula de côté avant de s'enfouir le visage dans l'herbe, bras et jambes écartés pour donner à son corps la plus grande surface de contact avec la terre.

« Pardon, chuchota Mot-pour-mot. J'avais tort de dire ça.

— Lolla-Wossiky ! s'écria Ta-Kumsaw. Je ne voulais pas avoir raison, mon frère !

— Il est vivant ? demanda Mot-pour-mot.

— Je ne sais pas », dit Ta-Kumsaw. Il tourna la tête pour presser sa joue contre l'herbe; mais ses yeux transperçaient Mot-pour-mot comme s'il voulait le tuer d'un regard. « Mot-pour-mot, ce que tu disais, quel en était le sens ? Qu'est-ce que tu as vu ?

— Je n'ai rien vu », dit Mot-pour-mot. Et alors la vérité lui apparut en même temps que lui venaient les phrases, et il poursuivit : « C'était la vision d'Alvin que je traduisais. C'est ce qu'il a vu, lui. *Mes frères et mon père marchent devant. Les cieux, de l'homme suintent le sang*. Sa vision, mon poème.

— Et où est le jeune garçon ? demanda Ta-Kumsaw. Toute la nuit sur cette Butte... où est-il maintenant ? » Ta-Kumsaw sauta sur ses pieds, s'orienta vers la Butte-aux-huit-faces, vers son centre. « Personne n'y passe une nuit entière; voici le soleil qui se lève, et il n'est pas revenu. » Il se tourna brusquement pour s'adresser à Mot-pour-mot. « Il ne peut pas redescendre.

— Qu'est-ce que tu veux dire ?

— Il a besoin de moi, dit Ta-Kumsaw. Je le sens. Une terrible blessure est en lui. Toute sa force saigne dans le sol.

— Qu'y a-t-il, sur cette colline ? Qu'est-ce qui l'a blessé ?

— Qui peut savoir ce qu'un jeune Blanc peut y trouver ? » dit Ta-Kumsaw. Puis il pivota à nouveau vers la Butte, comme s'il avait senti un autre appel. « Oui », fit-il, puis il se dirigea rapidement vers elle.

Mot-pour-mot le suivit, sans relever la contradiction : Ta-Kumsaw jurait de faire la guerre jusqu'à la mort de tous les Blancs ou leur départ de cette terre, et pourtant il s'empressait de retourner à la Butte-aux-huit-faces pour sauver un enfant de leur race.

Ils s'arrêtèrent ensemble à l'endroit où Alvin avait gravi le raidillon.

« Tu vois quelque chose ? demanda Mot-pour-mot.

— Il n'y a pas de sentier, dit Ta-Kumsaw.

— Mais tu l'as vu, hier.

— Hier, il y en avait un.

— Alors essayons un autre chemin, proposa Mot-pour-mot. Le chemin que toi, tu prends pour monter sur la Butte.

— Un autre chemin ne m'emmènerait pas au même endroit.

— Allons, Ta-Kumsaw, la Butte est grande, mais de là à ne pas y trouver quelqu'un en une heure de recherche… »

Ta-Kumsaw le toisa d'un œil dédaigneux.

Confus, Mot-pour-mot poursuivit avec moins d'assurance. « Alors il faut prendre le même sentier pour arriver au même endroit ?

— Comment savoir ? Je n'ai jamais entendu parler de quelqu'un monté sur la Butte en suivant le même sentier qu'un autre.

— Vous n'y allez jamais par deux ou par trois ?

— C'est le lieu où la terre parle à toutes les créatures qui vivent ici. L'herbe et les arbres sont le langage de la terre ; les bêtes et les oiseaux sont ses atours. »

Mot-pour-mot nota que lorsqu'il le voulait, Ta-Kumsaw parlait aussi bien l'anglais que n'importe quel homme blanc. Non : comme un homme blanc cultivé. Atours. Où avait-il appris ce genre de vocable dans la région de l'Hio ? « Alors, nous ne pouvons pas y entrer ? »

Le visage de Ta-Kumsaw était de marbre.

« Moi, je dis : montons quand même. Nous savons quelle route il a prise… prenons-la, visible ou non. »

Ta-Kumsaw ne disait rien.

« Tu veux rester ici et le laisser mourir là-haut ? »

En guise de réponse, Ta-Kumsaw fit un seul pas qui l'amena face à face — non, poitrine contre poitrine — avec Mot-pour-mot. Il lui saisit la main, l'entoura de son autre bras et le tint serré. Leurs jambes s'emmêlaient ; Mot-pour-mot imagina un instant le tableau qu'ils devaient offrir — s'il y avait eu quelqu'un pour les voir —, on n'aurait su dire quelles jambes appartenaient à l'un et à l'autre, tellement ils étaient enlacés. Il sentait battre le cœur de l'homme rouge, dont le rythme dominait dans son corps la chamade inconsciente de son propre pouls.

« Nous ne sommes plus deux hommes, murmura Ta-Kumsaw. Plus de Rouge ni de Blanc, plus de sang qui nous sépare. Nous sommes un homme avec deux âmes, une âme rouge et une âme blanche, un seul homme.

— Très bien, dit Mot-pour-mot. Comme tu veux. »

Le tenant toujours étroitement embrassé, Ta-Kumsaw pivota sur lui-même ; ils étaient tête contre tête, et leurs oreilles collaient si fort l'une à l'autre que Mot-pour-mot n'entendait plus que le pouls de Ta-Kumsaw, comme le martèlement des vagues de l'océan. Mais à présent que leurs corps étaient si soudés qu'un seul cœur semblait y battre, Mot-pour-mot voyait un sentier qui gravissait la face de la Butte.

« Tu le... commença Ta-Kumsaw.

— Je le vois, fit Mot-pour-mot.

— Reste ainsi près de moi, dit Ta-Kumsaw. Maintenant, nous voici comme Alvin : une âme rouge et une âme blanche dans un seul corps. »

Vouloir ainsi gravir la Butte avait un côté disgracieux, voire ridicule. Mais lorsque durant la montée ils s'écartaient un tant soit peu l'un de l'autre, le sentier leur paraissait plus ardu à suivre, caché derrière une pousse égarée de plante grimpante, derrière un buisson, derrière une branche ballante. Mot-pour-mot se cramponnait donc aussi fermement à Ta-Kumsaw que le Rouge se cramponnait à lui, et ensemble ils effectuèrent leur difficile ascension de la colline.

Au sommet, Mot-pour-mot fut étonné de voir qu'il ne s'agissait pas d'une simple butte, mais de huit, distinctes et en cercle, qui enfermaient une vallée octogonale. Plus important : Ta-Kumsaw était surpris, lui aussi. Il semblait indécis ; sa prise sur Mot-pour-mot s'était faite moins ferme ; il ne maîtrisait plus la situation.

« De quel côté irait un homme blanc, maintenant ? demanda-t-il.

— Il descendrait, tiens, répondit Mot-pour-mot. Quand un homme blanc trouve une vallée, il descend y voir.

— C'est toujours comme ça pour vous ? demanda Ta-Kumsaw. Vous ne savez pas où vous êtes, vous ne situez pas les choses ? »

Mot-pour-mot comprit alors que sur cette butte Ta-Kumsaw perdait son sens de la terre. Il y était aussi aveugle qu'un homme blanc.

« Descendons, fit Mot-pour-mot. Et regarde… nous ne sommes pas obligés de nous tenir aussi serrés. C'est une colline avec de l'herbe, nous n'avons pas besoin de sentier. »

Ils franchirent un cours d'eau et trouvèrent Alvin étendu dans une prairie ; une brume à ras du sol les entourait. Alvin n'était pas blessé, mais il tremblait — comme s'il avait la fièvre, bien que son front ne brûle pas — et il avait la respiration faible et haletante. Ta-Kumsaw l'avait bien dit : il se mourait.

Mot-pour-mot toucha le jeune garçon, le caressa puis le secoua pour le réveiller. Alvin ne donna aucun signe qu'il se rendait compte de leur présence. Ta-Kumsaw n'était d'aucun secours. Assis auprès du gamin, il lui tenait la main et gémissait, si faiblement que Mot-pour-mot se demandait s'il avait conscience de produire un son.

Mais Mot-pour-mot n'était pas homme à se laisser aller au désespoir, contrairement à Ta-Kumsaw, semblait-il. Il regarda autour de lui. Tout près il y avait un arbre à l'air printanier, aux feuilles si jaune-vert que dans la lumière de l'aube on les aurait crues faites d'or finement travaillé. Dans l'arbre pendait un fruit de couleur claire. Non, un fruit *blanc*. Et soudain, dès qu'il le vit, Mot-pour-mot en sentit l'odeur, à la fois âcre et douce, au point de presque en avoir le goût dans la bouche.

Il passa à l'acte ; il ne réfléchit pas à ce qu'il allait faire, il le fit. Il s'approcha de l'arbre, cueillit le fruit et le ramena vers Alvin allongé sur le sol, l'air d'un tout petit enfant. Il le lui promena sous le nez ; l'odeur agirait peut-être comme des sels et le ranimerait. Brusquement, Alvin haleta à grands coups, par des inspirations profondes. Ses yeux s'ouvrirent, ses lèvres s'écartèrent, et d'entre ses dents serrées s'échappa un gémissement, presque identique à la lamentation de Ta-Kumsaw ; presque identique à la plainte d'un chien qui vient de recevoir un coup de pied.

« Prends-en une bouchée », dit Mot-pour-mot.

Ta-Kumsaw s'approcha, saisit le menton d'Alvin d'une main, la mâchoire supérieure de l'autre, introduisit ses doigts entre les dents du jeune garçon et, au prix d'un grand effort, les fit s'écarter. Mot-pour-mot poussa le fruit entre les dents ; Ta-Kumsaw força les mâchoires à se refermer. Le fruit s'ouvrit en deux ; un liquide clair se répandit dans la bouche d'Alvin et ruissela le long de sa joue pour goutter dans l'herbe. Lentement, péniblement, Alvin se mit à mâcher. Des larmes lui coulaient des yeux. Il déglutit. Soudain, il tendit les bras, attrapa Mot-pour-mot par le cou et Ta-Kumsaw par les cheveux, puis se hissa en position assise. Il s'accrocha aux deux hommes, attirant leurs têtes si près de la sienne qu'ils respiraient tous l'haleine de chacun, et il pleura jusqu'à ce que les trois visages soient mouillés, mais comme Ta-Kumsaw et Mot-pour-mot pleuraient eux aussi, nul n'aurait su dire lequel avait versé les pleurs qui faisaient briller la peau de leurs joues.

Alvin leur dit peu de choses, mais c'était suffisant. Il leur raconta ce qui était arrivé près de la Tippy-Canoe ce jour-là : le sang dans la rivière, les mille survivants qui avaient traversé sur l'eau solide et lisse, les mains souillées des Blancs et celles d'un homme en particulier.

« Pas assez », dit Ta-Kumsaw.

Mot-pour-mot ne discuta pas. Ce n'était pas à un homme blanc de dire à Ta-Kumsaw que les assassins de son peuple avaient reçu une punition exactement proportionnée à leur faute. D'ailleurs, Mot-pour-mot n'était pas sûr de le croire lui-même.

Alvin leur dit comment il avait passé la soirée et la nuit précédentes à ramener Mesure du seuil de la mort, et comment il avait passé la matinée à éliminer l'infinie souffrance que neuf mille morts innocents hurlaient dans la tête du Prophète — neuf mille fois le cri noir qui, des années plus tôt, l'avait rendu fou. Quel était le plus dur ? guérir Mesure ou guérir Lolla-Wossiky ? « C'était comme t'as dit, chuchota Alvin à Mot-pour-mot. J'peux pas monter l'mur de briques plus vite qu'il s'écroule. » Puis, épuisé mais apaisé désormais, Alvin s'endormit.

Mot-pour-mot et Ta-Kumsaw se faisaient face ; Alvin blotti entre eux deux respirait lentement, calmement.

« Je vois sa blessure maintenant, dit Ta-Kumsaw. Il a du chagrin pour son peuple aux mains pleines de sang.

— Il avait du chagrin pour les morts et aussi pour les vivants, dit Mot-pour-mot. Si je connais bien Alvin, sa blessure la plus profonde, c'est l'idée d'avoir échoué, l'idée qu'en faisant un petit effort il aurait pu libérer Mesure à temps pour intervenir avant le premier coup de feu.

— Les hommes blancs ont du chagrin pour les hommes blancs, dit Ta-Kumsaw.

— Tu peux te mentir à toi-même si ça te chante, dit Mot-pour-mot, mais avec moi ça ne prend pas .

— Les hommes rouges, eux, n'ont pas de chagrin, dit Ta-Kumsaw. Les hommes rouges arroseront le pays du sang des hommes blancs pour celui qu'ils ont versé aujourd'hui.

— Je croyais que tu servais la terre, dit Mot-pour-mot. Tu ne comprends pas ce qui s'est passé aujourd'hui ? Tu ne te rappelles pas qui nous sommes ? Tu as vu une partie de la Butte-aux-huit-faces dont tu ignorais complètement l'existence, et pourquoi ? Parce que la terre nous as laissés entrer ici ensemble, parce que... »

Ta-Kumsaw leva une main. « Pour sauver ce garçon.

— Parce que Rouges et Blancs peuvent partager cette terre si nous... »

Ta-Kumsaw avança le bras et posa les doigts sur les lèvres de Mot-pour-mot.

« Je ne suis pas un fermier curieux des récits de pays lointains, dit-il. Va raconter tes histoires à ceux qui ont envie de les entendre. »

Mot-pour-mot chassa d'une tape la main de Ta-Kumsaw. Il voulait simplement lui repousser le bras, mais il frappa avec trop de force et fit perdre l'équilibre à l'homme rouge qui bascula. Ta-Kumsaw bondit aussitôt sur ses pieds ; Mot-pour-mot fit de même.

« C'est ici qu'on commence ! » s'écria Ta-Kumsaw.

Entre eux, à leurs pieds, Alvin bougea.

« Un homme rouge t'a mis en colère, et tu le frappes, comme un homme blanc, pas de patience...

— Tu m'as dit de me taire, tu as dit que mes histoires étaient...

— J'ai parlé, c'est tout, j'ai parlé et je t'ai légèrement touché ; tu m'as répondu en me frappant. » Ta-Kumsaw sourit. C'était un sourire terrifiant, comme les dents d'un tigre luisant dans l'ombre de la jungle ; ses yeux flamboyaient, le feu courait sur sa peau.

« Pardon, je ne voulais pas...

— L'homme blanc ne veut jamais rien, il ne peut pas se retenir, c'est toujours une *erreur*. C'est ce que tu penses, n'est-ce pas, menteur blanc ? Le peuple d'Alvin a tué mon peuple à cause d'une *erreur*, parce qu'il croyait morts deux jeunes Blancs. Pour deux jeunes Blancs, ils ont cédé à la violence, comme toi, et ils ont tué neuf mille des miens, des bébés et des mères, des vieillards et des jeunes garçons, leurs canons...

— J'ai entendu les paroles d'Alvin.

— Tu ne l'aimes pas, cette histoire, la mienne ? Tu ne veux pas l'entendre ? Tu es blanc, Mot-pour-mot. Tu es comme tous les hommes blancs, prompt à demander le pardon, lent à le donner ; tu exiges la patience chez les autres mais tu t'enflammes comme une étincelle quand le vent se lève... Tu mets le feu à la forêt parce que tu as trébuché sur une racine ! » Ta-Kumsaw fit demi-tour et partit d'un pas vif par le chemin qui les avait amenés.

« Comment vas-tu sortir sans moi ? lui cria Mot-pour-mot. Nous devons sortir d'ici ensemble ! »

Ta-Kumsaw s'arrêta, se retourna et rejeta la tête en arrière pour éclater d'un rire sans joie. « Je n'ai pas besoin d'un sentier pour *descendre*, menteur blanc ! » Puis il repartit en courant.

Alvin était réveillé, évidemment.

« Pardon, Alvin, dit Mot-pour-mot, je n'avais pas l'intention...

— Non, fit Alvin. Laisse-moi deviner ce qu'il a fait. Il t'a touché comme ça. » Alvin toucha les lèvres de Mot-pour-mot, comme Ta-Kumsaw l'avait fait.

« Oui.

— C'est c'que fait une maman shaw-nee pour forcer à s'taire un p'tit drôle qu'est trop turbulent. Mais j'gage que si un homme rouge le faisait à un autre... Il te provoquait.

— Je n'aurais pas dû le frapper.

— Il aurait cherché aut' chose jusqu'à ce que tu l'fasses. »

Mot-pour-mot ne trouva rien à répondre. Le gamin avait probablement raison. Certainement raison. La seule chose que Ta-Kumsaw ne pouvait supporter aujourd'hui, c'était la compagnie pacifique d'un homme blanc.

Alvin se rendormit. Mot-pour-mot explora les environs mais ne découvrit rien de surprenant. Le calme régnait. Il ne fut même pas capable de reconnaître l'arbre d'où venait le fruit. Ils lui paraissaient tous vert argenté à présent, et quelle que soit la distance qu'il parcourait dans un sens ou un autre, il ne s'éloignait jamais à plus de quelques minutes de marche d'Alvin. Un site étrange, un site impossible à se représenter en esprit, un site incompréhensible. Ici, la terre donnait ce qu'elle voulait bien donner, pas davantage.

Le soleil était près de se coucher lorsqu'Alvin se réveilla de nouveau, et Mot-pour-mot l'aida à se remettre sur ses jambes.

« J'marche comme un poulain qui vient d'naître, dit Alvin. J'me sens tout faible.

— Tu n'as accompli que la moitié des travaux d'Hercule au cours des dernières vingt-quatre heures, dit Mot-pour-mot.

— D'her... quoi ?

— D'Hercule. Un Grec.

— Faut que j'retrouve Ta-Kumsaw, dit Alvin. J'aurais pas dû l'laisser partir, mais j'étais tellement fatigué.

— Tu es blanc, toi aussi, dit Mot-pour-mot. Tu crois qu'il veut de toi ?

— Tenskwa-Tawa, il a fait une prophétie, dit Alvin. Tant que j'resterai avec lui, Ta-Kumsaw mourra pas. »

Mot-pour-mot soutint Alvin et ils prirent la seule direction qui les autorisait à faire du chemin ; ils gravirent la pente douce et herbeuse entre les buttes et parvinrent au sommet de la colline. Ils s'arrêtèrent et regardèrent vers le bas. Mot-pour-mot ne voyait pas de sentier, rien que des arbrisseaux épineux, des plantes grimpantes et rampantes, des buissons, des ronces. « Je ne pourrai pas descendre à travers ça. »

Alvin leva les yeux sur lui, stupéfait. « Y a un sentier, il crève les yeux.

— A toi, peut-être, dit Mot-pour-mot. Pas à moi.

— T'es bien venu, dit Alvin.

— Avec Ta-Kumsaw.

— Il est sorti, lui.

— Je ne suis pas rouge.

— J'vais passer d'vant. »

Alvin fit quelques pas, d'un pied assuré, aussi insouciant que s'il s'agissait d'une promenade dominicale sur les terrains communaux. Mais Mot-pour-mot, lui, avait l'impression que les fourrés s'ouvraient tout grand devant le jeune garçon pour se refermer hermétiquement aussitôt derrière. « Alvin ! appela-t-il. Reste avec moi ! »

Alvin revint et le prit par la main. « T'as qu'à m'suivre tout près », dit-il.

Mot-pour-mot essaya, mais les ronces revenaient sèchement en place et lui déchiraient la figure, l'entaillaient cruellement. Grâce à Alvin qui ouvrait la marche, il parvenait à avancer, mais il lui semblait qu'on le fouettait par derrière. Même la peau de daim n'arrivait pas à le protéger contre des épines comme des dagues, contre des branches au retour cinglant comme un fouet de maître d'équipage. Il sentait le sang lui couler le long des bras, du dos, des jambes. « Je ne peux pas aller plus loin, Alvin ! dit-il.

— Je l'vois, dit Alvin.

— Qui ça ?

— Ta-Kumsaw. Attends-moi là. »

Il lâcha la main de Mot-pour-mot ; il disparut un instant, et Mot-pour-mot se retrouva seul au milieu des ronces. Il n'essaya pas de bouger, mais le seul fait de respirer semblait lui valoir davantage de piqûres et de coups de poignards.

Alvin réapparut. Il lui saisit la main. « Suis-moi de près. T'as qu'un pas à faire. »

Mot-pour-mot s'arma de courage et fit ce pas.

« Baisse-toi », dit Alvin.

Mot-pour-mot céda à la traction du gamin et s'agenouilla, malgré sa crainte de ne plus jamais pouvoir se relever à travers les arbrisseaux qui s'étaient refermés au-dessus de sa tête.

Puis Alvin guida sa main jusqu'à ce qu'elle en rencontre une autre, et soudain les ronces s'éclaircirent un peu ; Mot-pour-mot vit, couché là, Ta-Kumsaw dont le sang sourdait des centaines de blessures qui couvraient son corps presque nu. « L'est venu jusqu'icitte tout seul », dit Alvin.

Ta-Kumsaw ouvrit les yeux, bouillant de rage. « Laisse-moi où je suis », murmura-t-il.

Pour toute réponse, Mot-pour-mot souleva la tête de Ta-Kumsaw au creux de son autre bras. Maintenant que leurs corps se touchaient davantage, les arbrisseaux semblaient s'incliner et s'affaisser ; Mot-pour-mot voyait une sorte de sentier là où il n'en existait pas auparavant.

« Non, fit Ta-Kumsaw.

— Nous ne pouvons pas descendre sans nous aider l'un l'autre, dit Mot-pour-mot. Que ça te plaise ou non, si tu veux assouvir ta vengeance sur l'homme blanc, il te faut l'aide d'un homme blanc.

— Alors laisse-moi ici, souffla Ta-Kumsaw. Sauve ton peuple en me laissant mourir.

— Je ne peux pas descendre sans toi, dit Mot-pour-mot.

— Tant mieux », dit Ta-Kumsaw.

Mot-pour-mot remarqua que les blessures de Ta-Kumsaw paraissaient moins nombreuses. Et celles qui restaient étaient cicatrisées, presque guéries. Puis il s'aperçut que ses propres coupures ne lui faisaient plus mal. Il regarda autour de lui. Alvin était assis tout près, adossé contre un tronc d'arbre, les yeux fermés, la mine défaite, à bout de forces, comme s'il venait de recevoir une correction.

« Regarde ce qu'il lui en coûte de nous guérir », dit Mot-pour-mot.

Pour une fois, le visage de Ta-Kumsaw exprima la surprise ; la surprise, puis la colère. « Je ne t'ai pas demandé de me guérir ! » hurla-t-il. Il s'arracha à l'étreinte de Mot-pour-mot et voulut avancer la main vers Alvin. Mais brusquement des ronces vinrent s'enrouler autour de son bras, et il poussa un cri, non pas de douleur mais de rage. « On ne me forcera pas ! tonna-t-il.

— Pourquoi serais-tu le seul qu'on ne force pas ? lui fit Mot-pour-mot.

— Je ferai ce que j'ai décidé de faire, et rien d'autre, je me fiche de ce que veut la terre !

— Les paroles du forgeron dans sa forge. Le fermier qui abat les arbres, ce sont les mots qu'il prononce.

— Je te défends de me comparer à un homme blanc ! »

Mais les ronces ligotaient toujours Ta-Kumsaw, jusqu'à ce que Mot-pour-mot se rapproche péniblement pour le serrer contre lui. Le vieil homme sentit une fois de plus ses blessures guérir, il vit celles de Ta-Kumsaw s'effacer aussi vite que les lianes s'étaient détendues avant de disparaître. Alvin regardait les deux hommes d'un air implorant, comme pour demander : Combien de forces encore allez-vous me prendre, avant de faire ce que vous savez devoir faire ?

Sur un dernier cri déchirant, Ta-Kumsaw se tourna et enlaça Mot-pour-mot aussi étroitement que lors de l'ascension. Ensemble, ils descendirent un large sentier jusqu'au pied de la Butte. Alvin clopinait derrière eux.

Cette nuit-là, ils dormirent au même endroit que la veille, mais d'un sommeil agité. Au matin, Mot-pour-mot rassembla ses quelques affaires, y compris le livre dont les lettres ne voulaient rien dire. Puis il embrassa Alvin sur le front et s'en alla. Il ne s'adressa pas une seule fois à Ta-Kumsaw qui ne lui parla pas davantage. Tous deux savaient ce qu'avait dit la terre, tous deux savaient que, pour la première fois de sa vie, Ta-

Kumsaw allait contre l'intérêt de cette terre afin de satisfaire un besoin différent. Mot-pour-mot n'essayait même plus d'argumenter. Il n'ignorait pas que le Rouge suivrait son chemin coûte que coûte, dût-il finir en sang, couvert d'un millier de blessures. Il espérait seulement qu'Alvin aurait la force de rester avec lui jusqu'au bout et de le garder en vie quand tout espoir serait perdu.

Vers midi, après avoir marché presque plein ouest toute la matinée, Mot-pour-mot fit une halte et sortit son livre de son ballot. A son grand soulagement, il pouvait à nouveau lire les phrases. Il défit l'attache des deux derniers tiers du livre, les pages qu'il avait personnellement écrites, et passa le reste de l'après-midi à consigner tout ce qui lui était arrivé, tout ce qu'Alvin lui avait dit, tout ce qu'il craignait pour l'avenir. Il nota également les mots du poème qui lui était venu la veille au matin, les vers sortis de sa bouche mais qu'avait inspirés la vision d'Alvin. Le poème sonnait toujours juste, mais lorsqu'il lut les mots dans son livre, ils perdirent de leur force. Jamais il n'avait autant approché l'état de prophète ; mais le don l'avait à présent quitté. Il ne l'avait jamais possédé, n'importe comment. De même que Ta-Kumsaw et lui avaient marché dans la prairie sans rien y voir d'extraordinaire, sans jamais soupçonner qu'Alvin y avait reconnu la carte de tout le continent, de même Mot-pour-mot lisait désormais les mots du poème écrits dans son livre et ne ressentait plus la puissance qu'ils renfermaient.

Il ne savait pas voyager comme un homme rouge, la nuit durant, en dormant sur ses jambes. Il lui fallait donc plusieurs jours pour effectuer son trajet jusqu'à la ville de Vigor Church, dans l'ouest, où il savait trouver des tas de gens désireux de lui raconter une longue et cruelle histoire. S'il y avait des gens à rechercher un auditeur comme Mot-pour-mot pour leur histoire, c'étaient bien eux. Pourtant, s'il y avait une histoire qu'il répugnait à écouter, c'était bien la leur. Il n'éprouvait cependant aucune appréhension à leur rendre visite. Il s'en remettrait. Il y aurait beaucoup d'autres histoires douloureuses à raconter avant que Ta-Kumsaw n'en ait terminé ; autant commencer tout de suite pour ne pas prendre du retard.

XVI

La Fayette

GILBERT DE LA FAYETTE, assis à sa grande table, contemplait le grain du bois. Plusieurs lettres étaient posées devant lui. L'une était de Maurepas, à l'intention du roi Charles. Manifestement, Bonaparte avait converti Frédéric. La lettre ne tarissait pas d'éloges pour le petit général et sa brillante stratégie.

> Nous allons très bientôt remporter la victoire décisive, Votre Majesté, et glorifier votre nom. Le général Bonaparte souhaite rompre avec les contraintes de la tradition militaire européenne. Il instruit nos troupes à combattre à la façon des Rouges, tout en persuadant les soi-disant Américains de combattre en terrain découvert, comme les Européens. Pendant qu'Andrew Jackson lève son armée d'Américains, nous levons aussi la nôtre d'hommes qui ont davantage droit à cette appellation. Les dix mille guerriers de Ta-Kumsaw nous soutiendront lorsque nous anéantirons les dix mille soldats du vieil Hickory. Nous les anéantirons et nous assujettirons le pays qui s'étend de l'Hio au lac Huron ; Ta-Kumsaw vengera ainsi le sang des siens massacrés près de la Tippy-Canoe. Dans toute cette entreprise, nous rendons loyalement gloire à Votre Majesté, car c'est votre clairvoyance qui a détaché ici le général Bonaparte et donc rendu possible cette grande conquête. Et si vous nous envoyez d'ores et déjà deux mille Français de plus pour renforcer nos lignes et conduire les Américains à de nouvelles imprudences, votre geste sera, aux yeux de tous, décisif dans notre lutte.

Pour un simple comte — et mal en cour — c'était une lettre scandaleuse à écrire à son roi. Gilbert savait pourtant comment elle serait reçue. Car le roi Charles subissait lui aussi le charme de Bonaparte, et il lirait l'éloge du petit Corse avec plaisir, sans y trouver à redire.

Si seulement Napoléon n'était qu'un vain poseur doté d'un talent pour s'attirer la loyauté de ses supérieurs… La Fayette le regarderait alors courir inévitablement à sa perte sans se souiller les mains. Bonaparte et Maurepas mèneraient l'armée française au désastre, un désastre capable de renverser un gouvernement, d'entraîner un affaiblissement de l'autorité royale, voire le rejet de la monarchie, comme l'avaient si sagement fait les Anglais un siècle et demi plus tôt.

Mais Bonaparte était exactement ce que sa séduction avait fait croire à Charles et Frédéric : un brillant général. Gilbert savait que son plan réussirait. Les Américains marcheraient vers le nord, persuadés de n'avoir affaire qu'aux Rouges. Au dernier moment, ils se découvriraient confrontés aux troupes françaises, disciplinées, bien armées et fanatiquement loyales à leur général. Les Américains seraient forcés de se déployer comme une armée européenne. Devant leur assaut, les Français battraient lentement, prudemment en retraite. Une fois que la discipline américaine se serait désagrégée au fil de la poursuite, alors les Rouges, en nombre écrasant, passeraient à l'attaque et encercleraient complètement l'ennemi. Aucun Américain n'en réchapperait vivant, et les Français n'essuieraient presque aucune perte.

C'était audacieux. C'était dangereux. Le plan impliquait d'exposer les troupes françaises au risque sérieux de se faire anéantir par des Américains largement supérieurs numériquement. Il requérait une confiance sans réserve dans les Rouges. Mais Gilbert savait que la confiance de Napoléon dans Ta-Kumsaw était justifiée.

Ta-Kumsaw aurait sa revanche. Maurepas obtiendrait son départ de Détroit. Même La Fayette pourrait revendiquer assez de mérite d'une telle victoire pour rentrer chez lui et vivre dans le confort et la dignité sur ses terres ancestrales. Surtout, Bonaparte deviendrait la personnalité militaire la plus aimée et la plus écoutée. Le roi Charles lui accorderait certainement un titre assorti de terres, avant de l'envoyer faire des conquêtes en Europe ; grâce à lui, Charles s'enrichirait, gagnerait en puissance, et le peuple se résignerait davantage à supporter sa tyrannie.

Aussi La Fayette déchira-t-il soigneusement la lettre de Maurepas en tout petits morceaux.

La deuxième lettre était de Bonaparte lui-même, adressée à Gilbert. Il se montrait franc, voire brutal, dans son appréciation de la situation. Napoléon avait fini par se rendre compte que, bien qu'immunisé contre son charme grisant, La Fayette était un admirateur sincère et, en fait, un ami. Je suis bien votre ami, Napoléon. Mais je suis davantage un ami de la France que de quiconque. Et la route que je veux vous faire suivre est bien plus glorieuse que le rôle banal de flatteur d'un roi imbécile.

Gilbert relut le paragraphe essentiel de la lettre du général.

> Maurepas se borne à répéter mes paroles, une manie réconfortante mais ennuyeuse. Je frémis à la pensée de ce qui arriverait s'il prenait un jour le commandement. Sa conception d'une alliance avec les Rouges revient à les accoutrer d'uniformes et à les aligner en rangs comme des quilles. Quelle bêtise ! Comment le roi Charles ne se rend-il pas compte qu'il faut être un simple d'esprit pour me forcer à servir sous les ordres d'un niais comme Frédéric ? Mais aux yeux de Charles, Frédéric passe sans doute pour l'intelligence même — après tout, il sait apprécier un ballet. En Espagne, j'ai remporté pour Charles une victoire qu'il ne méritait pas, mais il est si mou qu'il s'est laissé manœuvrer par des courtisans jaloux et m'a envoyé au Canada, où je trouve des sauvages pour alliés et des crétins pour officiers. Charles ne mérite pas la victoire que je vais lui remporter. C'est que, Gilbert, mon ami, le sang royal s'est appauvri et affaibli au fil des ans depuis Louis XIV. Je vous conseille de brûler cette lettre ; ceci dit, le roi m'aime tant qu'il pourrait à mon avis la lire mot à mot et ne pas en prendre ombrage ! Et quand bien même en prendrait-il ombrage, comment oserait-il me punir ? Quel serait son statut en Europe si je n'avais pas donné la dysenterie au vieux Tête-de-bois pour gagner la guerre en Espagne, au lieu de la perdre, ce qui se serait sûrement produit sans moi ?

La vanité de Napoléon était insupportable, mais surtout parce que parfaitement justifiée. Chaque mot de la lettre, bien qu'inconsidéré, reflétait la vérité ; mais Gilbert avait soigneusement cultivé cette franchise chez le général. Bonaparte cherchait manifestement quelqu'un pour l'admirer sincèrement, dont l'affection ne devrait rien à ses artifices. Il l'avait trouvé — vraiment — chez Gilbert, le seul et véritable ami qu'il était en droit d'espérer. Et pourtant. Et pourtant.

La Fayette plia consciencieusement la lettre du général et la joignit à la sienne, une simple note qui disait :

> Votre Majesté, je vous demande de ne pas montrer trop de sévérité envers ce jeune homme talentueux. Il a l'arrogance de la jeunesse ; il n'y a pas de trahison dans son cœur, je le sais. Néanmoins, je me laisserai guider par vous, comme toujours, car toujours vous saurez trouver le parfait équilibre entre justice et indulgence. Votre humble serviteur, Gilbert de La Fayette.

Le roi serait furieux, bien entendu. Même si Napoléon avait raison et que Charles penchait pour l'indulgence, les courtisans ne laisseraient jamais passer une telle occasion. Il s'élèverait un tel tollé pour réclamer la tête de Bonaparte que même le roi Charles ne pourrait s'opposer à la dégradation du jeune général.

Une autre lettre, la plus pénible, restait encore dans la main de Gilbert, cette fois-ci adressée à Frédéric, comte de Maurepas. La Fayette l'avait écrite il y avait longtemps, presque dès l'arrivée de Bonaparte au Canada. Le moment serait bientôt venu de l'envoyer.

> A la veille des événements importants que nous allons vivre, mon cher Frédéric, je pense que vous devriez porter cette amulette. Elle m'a été remise par un saint homme pour prévenir les mensonges et les tromperies de Satan. Gardez-la sur vous en toutes circonstances, mon ami, car je crois que vous en avez beaucoup plus besoin que moi.

Inutile pour Frédéric de savoir que le « saint homme » était Robespierre — Maurepas refuserait de porter l'amulette. Gilbert la sortit de sous sa chemise, où elle pendait à une chaîne d'or. Que fera Maurepas lorsque Napoléon n'exercera plus aucun pouvoir sur lui ? Bah, il redeviendra lui-même, voilà.

Depuis une demi-heure Gilbert n'avait pas bougé de sa table ; il savait que l'instant de la décision était venu. Il n'enverrait pas encore l'amulette… C'est seulement lorsque les événements atteindraient leur apogée que Bonaparte perdrait brusquement son influence sur Frédéric. Mais la lettre au roi devait partir tout de suite s'il voulait qu'elle arrive à Versailles à temps pour que l'inévitable réponse revienne au Canada avant la bataille de printemps contre les Américains.

Suis-je un traître, pour travailler ainsi à la défaite de mon roi et de mon pays ? Non, sûrement pas. Car si je croyais que ma France bien-aimée allait en retirer ne serait-ce qu'une once de bienfait, j'aiderais Napoléon à remporter sa victoire sur les Américains, même si cela signifiait aussi mutiler la cause de la liberté dans ce pays neuf. Car j'ai beau être un Feuillant, un démocrate, même un Jacobin au plus profond de mon cœur, et j'ai beau éprouver pour l'Amérique un amour plus grand que n'importe qui, en dehors peut-être de Franklin ou de Washington, qui sont morts, ou de Jefferson parmi les vivants, malgré tout je reste d'abord un Français, et que m'importe la liberté dans telle contrée du monde de Dieu, si la France en reste privée ?

Non, j'agis ainsi parce que ce dont la France a besoin, c'est justement d'une défaite lourde et humiliante au Canada, surtout si l'on apprend qu'elle est due à l'intervention directe du roi Charles. Une intervention directe telle que le retrait de son commandement au brillant et populaire général Bonaparte la veille de la bataille, et son remplacement par un âne bâté comme Maurepas... pour la seule satisfaction du royal orgueil.

Car il restait une dernière missive, codée celle-là, apparemment anodine par son bavardage sur la chasse et la vie fastidieuse à Niagara. Mais elle recelait le texte complet des lettres de Bonaparte et de Frédéric, dont la publication, dès l'arrivée à Paris de la nouvelle de la défaite française, aurait un effet dévastateur. Presque en même temps que la lettre originale de Napoléon parviendrait au roi, Robespierre aurait entre les mains cette dépêche chiffrée.

Et mon serment au roi ? Quelle sorte de conspiration est-ce là ? J'étais destiné à devenir général, à mener des armées à la bataille ; ou gouverneur, à faire tourner les rouages de l'Etat pour le bien du peuple. Au lieu de quoi, me voici réduit à comploter, à frapper dans le dos, à tromper, à trahir. Je suis un Brutus, je trahis par fidélité au peuple. Et pourtant... je prie pour que l'histoire me juge avec clémence, et pour qu'on sache que sans moi le roi Charles aurait pris le nom de Charlemagne II et se serait servi de Bonaparte pour assujettir l'Europe dans un nouvel empire français. Grâce à moi et avec l'aide de Dieu, la France donnera l'exemple de la paix et de la liberté au reste du monde.

Il alluma sa bougie de cire, la fit couler pour cacheter la lettre destinée au roi et l'autre destinée à son ami, puis apposa son sceau aux deux. Il appela son aide de camp, qui les mit dans la sacoche du courrier et sortit les porter au bateau — le dernier assuré de descendre le fleuve et de gagner la France avant l'hiver.

Ne restait plus que la lettre à Maurepas ; et aussi l'amulette. Que je regrette de te posséder ! dit-il à l'amulette. Que n'ai-je, moi aussi, été abusé par Napoléon, je me réjouirais de le voir tracer son chemin inexorable dans l'histoire. Au contraire, je contrecarre ses projets, car comment un général, fût-il aussi brillant que César, pourrait-il réussir dans la démocratie que Robespierre et moi allons instaurer en France ?

Toutes les graines sont semées, tous les pièges tendus.

Pendant une heure encore, Gilbert de La Fayette resta tremblant dans son fauteuil. Puis il se mit debout, vêtu de ses plus beaux habits, et passa la soirée à regarder une farce insipide jouée par une troupe de deuxième ordre, la meilleure que la pauvre Niagara avait pu obtenir de la mère patrie. A la fin du spectacle, il se leva pour applaudir, ce qui, parce qu'il était gouverneur, garantissait à la troupe un succès financier au Canada ; il applaudit longtemps et vigoureusement, comme le reste du public, forcé de suivre son exemple ; il battit des mains jusqu'à ce que les bras lui fassent mal, que son amulette baigne dans la sueur de sa poitrine, que la chaleur de l'effort lui irradie dans les épaules et le dos, jusqu'à ce qu'il n'en puisse plus.

XVII

Le métier de Becca

IL SEMBLAIT à Alvin que l'hiver durait depuis la moitié de sa vie. Autrefois il aimait quand venait la neige ; il mettait l'œil à sa fenêtre, entre les craquelures du gel, et contemplait l'aveuglante réverbération du soleil sur l'océan blanc, lisse et ininterrompu. Mais dans ce temps-là, il avait toujours le loisir de rentrer au chaud à la maison, de manger la cuisine de m'man, de dormir dans un lit douillet. Non pas qu'il souffrît tellement à présent ; avec ce qu'il avait appris des coutumes des Rouges, il n'était pas à plaindre.

Tout de même, ça durait depuis trop longtemps. Presque un an depuis ce matin de printemps où il s'était mis en route avec Mesure pour gagner la rivière Hatrack. Ç'avait paru un si long voyage alors ; aujourd'hui, pour Alvin, ça ne représentait guère plus qu'une promenade d'une journée, comparé aux déplacements qu'il avait effectués. Ta-Kumsaw et lui étaient descendus si loin dans le Sud que les Rouges s'y servaient plus souvent de l'espagnol que de l'anglais quand ils voulaient parler la langue de l'homme blanc. Ils étaient allés vers l'ouest jusqu'aux régions embrumées qui bordent le Mizzipy. Ils avaient parlé aux Cree-Eks, aux Chok-Taws, aux Cherrikys « non civilisés » du pays des bayous. Et dans le Nord jusqu'aux confins du Mizzipy, où les lacs étaient si nombreux, si bien reliés les uns aux autres qu'on pouvait se rendre partout en canoë.

C'était le même discours dans tous les villages visités. « Nous te connaissons, Ta-Kumsaw, tu es venu parler de guerre. Nous ne voulons pas la guerre. Mais… si l'homme blanc s'approche par ici, nous nous battrons. »

Ensuite Ta-Kumsaw expliquait : lorsque l'homme blanc arriverait dans leur village, ce serait trop tard, ils seraient tout seuls; les Blancs s'abattraient sur eux comme la grêle et les piétineraient dans la poussière. « Nous devons nous rassembler en une seule grande armée. Nous pouvons encore être les plus forts si nous nous décidons. »

Ça ne suffisait pas. Quelques jeunes hommes approuvaient de la tête, ils auraient aimé dire oui, mais les vieux ne voulaient pas la guerre, ils ne voulaient pas la gloire, ils voulaient la paix et la tranquillité, et l'homme blanc se trouvait encore loin, n'était encore qu'une rumeur.

Ta-Kumsaw se tournait alors vers Alvin et disait : « Raconte-leur ce qui est arrivé près de la Tippy-Canoe. »

Dès la troisième fois, Alvin savait déjà ce qui se passerait à la dixième, à la centième, à toutes les fois qu'il raconterait. Il le savait dès que les Rouges s'asseyaient autour du feu et se tournaient vers lui, la mine dégoûtée parce qu'il était blanc, mais intéressés parce qu'il était celui qui voyageait avec Ta-Kumsaw. Il avait beau raconter son histoire simplement, il avait beau mentionner le fait que les Blancs du territoire de la Wobbish croyaient Ta-Kumsaw coupable de les avoir enlevés et torturés, Mesure et lui, les Rouges écoutaient quand même avec déchirement, bouillants d'une rage de mauvais augure. A la fin du récit, les vieux saisissaient des poignées de terre, grattaient le sol comme pour libérer une terrible bête enfouie; et les jeunes se passaient le tranchant de leurs couteaux de silex sur les cuisses, traçant de fines lignes de sang, comme pour apprendre la soif à leurs armes, comme pour apprendre la recherche et l'amour de la douleur à leur corps.

« Quand la neige aura quitté les rives de l'Hio, disait Ta-Kumsaw.

— Nous serons là », assuraient les jeunes hommes, et les vieux donnaient leur consentement d'un signe de tête. La scène se répétait dans tous les villages, dans toutes les tribus. Oh, des fois quelques-uns évoquaient le Prophète et conseillaient la paix; on les traitait de « vieilles femmes »; pourtant, à ce que voyait Alvin, la haine des vieilles femmes semblait la plus féroce de toutes.

Alvin ne reprochait cependant jamais à Ta-Kumsaw de se servir de lui pour attiser la colère contre sa propre race. Après tout, l'histoire qu'il devait raconter était véridique, non ? Il ne pouvait pas refuser de la dire, à personne, sous aucun prétexte, pas plus que sa famille ne pouvait refuser de parler, frappée par la malédiction du Prophète. Evidemment, les mains d'Alvin n'allaient pas se couvrir de sang s'il décidait de se taire. Mais il avait le sentiment de porter le même fardeau que tous les Blancs témoins du massacre de la Tippy-Canoe. C'était une histoire vraie, et si tous les Rouges qui l'entendaient en concevaient de la haine, réclamaient vengeance et désiraient la mort de chaque homme blanc qui ne reprendrait pas le bateau pour l'Europe, eh bien, était-ce une raison pour les laisser dans l'ignorance ? N'était-ce pas plutôt leur droit naturel de connaître la vérité afin qu'elle les guide vers le bien ou le mal, selon leur choix ?

Non pas qu'il fût donné à Alvin de parler ouvertement sur un sujet tel que les droits naturels. Il n'avait pas beaucoup l'occasion de discuter. Bien sûr, il restait toujours auprès de Ta-Kumsaw, à moins d'une longueur de bras de distance ; mais Ta-Kumsaw ne lui parlait presque jamais, sinon pour lui ordonner : « Attrape un poisson » ou : « Viens avec moi tout de suite ». Ta-Kumsaw montrait clairement qu'il n'éprouvait aucune amitié pour Alvin et qu'il admettait mal en réalité de se faire accompagner par un Blanc. Ta-Kumsaw marchait vite, à la façon des Rouges, et ne regardait jamais derrière lui pour vérifier si son jeune compagnon suivait ou non. Le seul moment où il semblait se préoccuper de sa présence, c'était quand il se tournait vers lui pour dire : « Raconte ce qui est arrivé près de la Tippy-Canoe. »

Une fois, après avoir quitté un village de Rouges tellement excités contre les Blancs qu'ils lorgnaient déjà sur son scalp, Alvin, par bravade, avait demandé : « Pourquoi tu m'dis jamais de leur raconter comment Mot-pour-mot, toi et moi, on est tous entrés dans la Butte-aux-huit-faces ? » Pour toute réponse, Ta-Kumsaw se mit à marcher si vite qu'Alvin dut courir la journée durant pour ne pas se laisser distancer.

Voyager avec Ta-Kumsaw, pour ce qui était de la compagnie, revenait à voyager seul. Alvin ne se souvenait pas avoir connu pareille solitude de toute sa vie. Alors, pourquoi je ne m'en vais pas ? s'interrogeait-il. Pourquoi je le suis ? Ça n'a rien d'amusant, je l'aide à préparer une guerre contre les miens, il fait de plus en plus froid, comme si le soleil s'arrêtait de briller et que d'un bout à l'autre du monde il n'y avait plus que des arbres nus et gris et de la neige éblouissante, et il ne veut même pas de moi auprès de lui.

Pourquoi continuait-il ? En partie à cause de la prophétie de Tenskwa-Tawa : Ta-Kumsaw ne mourrait pas tant qu'il resterait à ses côtés. Alvin

« Viens ! cria le Prophète. »

Page 408.

n'aimait peut-être pas la compagnie de Ta-Kumsaw, mais il le savait un homme grand et valeureux ; s'il pouvait d'une manière ou d'une autre aider à le garder en vie, alors c'était son devoir de s'y employer du mieux possible.

Mais il y avait davantage, davantage que le devoir qu'il se sentait envers le Prophète de prendre soin de son frère ; davantage que le besoin qu'il éprouvait de partager le terrible châtiment de sa famille en répandant l'histoire de la Tippy-Canoe dans tout le pays de l'homme rouge. Alvin ne pouvait pas vraiment l'exprimer par des mots dans sa tête, tandis qu'il courait à travers bois, perdu dans un demi-rêve, que le vert de la forêt guidait ses pas et emplissait son crâne de la musique de la terre. Non, l'heure n'était pas aux mots. Mais il n'en avait pas besoin pour comprendre, pour sentir la justesse de ce qu'il accomplissait ; il avait l'impression d'être l'huile sur l'essieu de roue d'un chariot porteur de grands événements. Je pourrais m'user, me consumer sous la chaleur de la roue frottant sur l'axe, mais le monde change, et d'une façon ou d'une autre je participe à ce qui le fait avancer. Ta-Kumsaw bâtit quelque chose, il rassemble les hommes rouges pour ça.

Pour la première fois, Alvin comprenait qu'on pouvait bâtir à partir des gens, que lorsque Ta-Kumsaw disait aux Rouges de sentir avec un seul cœur et d'agir avec un seul esprit, ils devenaient plus grands qu'en restant de simples individus ; et bâtir ainsi, c'était s'opposer au Défaiseur, pas vrai ? Tout comme sa manie de fabriquer des petits paniers en tressant des brins d'herbe. Toute seule, l'herbe n'était rien que de l'herbe, mais une fois tressée elle devenait bien davantage.

Ta-Kumsaw fabrique quelque chose de nouveau là où il n'y avait rien, et ça ne pourra pas se faire sans moi.

A l'idée de participer à une création qu'il ne comprenait pas, la peur l'envahissait, mais aussi l'impatience de voir l'avenir. Il persévérait donc, allait de l'avant, ne ménageait pas ses efforts, parlait à des Rouges d'abord méfiants et pour finir pleins de haine, et contemplait la majeure partie de la journée le dos de Ta-Kumsaw qui courait devant lui, de plus en plus loin dans la forêt. Le vert des bois vira à l'or et au rouge, puis au noir lorsque les pluies d'automne s'abattirent sur les arbres dénudés, enfin au gris, au blanc, au silence. Et toute son inquiétude, tout son découragement, tout son désarroi, toute sa peine devant les atrocités qu'il voyait venir et celles qu'il avait vues dans le passé, tout se mua en une lassitude, un dégoût de l'hiver, une impatience que la saison change, que la neige fonde, que le printemps vienne, puis enfin l'été.

L'été, lorsqu'il regarderait en arrière et considérerait tout ce qu'il vivait aujourd'hui comme du passé. L'été, lorsqu'il connaîtrait à peu près le tour, bon ou mauvais, pris par les événements, et qu'il n'affronterait plus dans un recoin de son esprit cette terreur écœurante d'un blanc neigeux qui masquait tous les autres sentiments, comme la neige masquait le sol sous son manteau.

Jusqu'au jour où Alvin nota que l'air était plus doux, la neige plus molle sur l'herbe comme sur le sol, et tout bonnement absente des branches des arbres, qu'il surprit l'éclair rouge d'un oiseau s'apprêtant à trouver une épouse et à faire son nid pour la couvaison. Et ce même jour, Ta-Kumsaw bifurqua vers l'est, franchit une chaîne de collines et s'arrêta au sommet d'un rocher dominant une vallée de fermes de colons dans la partie septentrionale de l'Etat blanc d'Appalachie.

C'était un spectacle qu'Alvin n'avait encore jamais vu. Rien de commun avec la ville française de Détroit, où les gens vivaient entassés, ni avec les habitations éparses de la région de la Wobbish, où chaque ferme creusait comme un trou dans le vert de la forêt. Ici les arbres étaient disciplinés, alignés en rangs pour délimiter les champs de chaque fermier. Il fallait remonter sur les collines bordant la vallée pour les retrouver à l'état quelque peu sauvage. Et comme ce jour-là le sol s'était ramolli, on voyait des fermiers l'inciser de leur charrue, tracer de minces sillons superficiels à sa surface, comme les guerriers rouges l'avaient fait sur leurs cuisses avec leurs couteaux de silex ; les Rouges avaient appris la soif à leurs armes, eux apprenaient à produire à la terre pour que, tel le sang qui avait jailli sur la peau des guerriers, le blé, le maïs, le seigle ou l'avoine jaillissent à leur tour, forment une mince pellicule de vie sur l'écorce terrestre, et cette plaie resterait ouverte tout l'été, jusqu'à ce que les faux de la moisson entrent en action. Puis à nouveau la neige formerait comme une croûte, pour guérir le sol jusqu'à la blessure de l'année suivante. Toute la vallée présentait le même aspect, éreintée comme un vieux cheval.

Je ne devrais pas penser ainsi, se dit Alvin. Je devrais être content de revoir des terres de Blancs. Des volutes de fumée s'échappaient d'une centaine de cheminées d'un bout à l'autre de la vallée. Beaucoup de gens vivaient là, les enfants sortaient pour jouer après être restés enfermés tout l'hiver, les hommes transpiraient dans l'air frais du début de printemps en accomplissant leur ouvrage, les bêtes travaillaient dur dans la vapeur qui montait de leurs naseaux et de leurs flancs chauds et palpitants. Comme à la maison, non ? C'était ce qu'Armure, p'pa et tous les autres Blancs voulaient faire de la région de la Wobbish, pas vrai ? C'était la civilisation, les familles se mêlaient des affaires des voisins, tout le monde jouait des coudes, la terre était divisée en parcelles pour qu'on sache bien à qui appartenait jusqu'au dernier pouce carré, qui avait le droit de l'exploiter et qui y pénétrait sans permission et ferait bien de déguerpir.

Mais après une année passée presque tout le temps avec des Rouges, sans véritablement côtoyer d'homme blanc en dehors de Mesure, pendant une brève période, et de Mot-pour-mot pendant un jour ou deux, eh bien, Alvin ne voyait plus cette vallée avec les mêmes yeux qu'avant. Il la voyait à la manière d'un homme rouge, et elle lui apparaissait comme la fin du monde.

« Qu'esse qu'on fait icitte ? » demanda-t-il à Ta-Kumsaw.

En guise de réponse, Ta-Kumsaw descendit tout de go de la colline et pénétra dans la vallée, comme s'il en avait le droit. Alvin n'y comprenait rien, mais il lui emboîta le pas.

A sa surprise, alors qu'ils traversaient un champ à demi labouré, le fermier ne leur cria même pas de faire attention aux sillons ; il leva simplement la tête, leur jeta un coup d'œil puis leur adressa un geste. « Salut, Ike ! » lança-t-il.

Ike ?

Ta-Kumsaw leva la main pour lui rendre son salut et continua son chemin.

Alvin faillit éclater de rire. Ta-Kumsaw... connu de fermiers civilisés dans un endroit pareil, si bien connu même qu'un homme blanc avait pu l'identifier de très loin ! Ta-Kumsaw... le plus féroce ennemi des Blancs dans toutes les forêts, qu'on interpellait sous un nom d'homme blanc ?

Mais Alvin se garda bien de demander une explication. Il se contenta de suivre jusqu'à ce que Ta-Kumsaw soit arrivé à sa destination.

C'était une maison qui ressemblait à toutes les autres, peut-être un peu plus vieille. Grande, en tout cas, ou plutôt agrandie en dépit du bon sens. Cet angle, là, c'était peut-être la cabane d'origine, avec ses fondations en pierre, à laquelle on avait ajouté une aile, plus importante que la cabane en rondins, sûrement devenue la cuisine, puis une autre aile par-devant, à un étage celle-ci, pourvue d'un grenier, puis encore une extension à l'arrière qui prenait sur le toit de la cabane, conservant néanmoins la forme du pignon qu'elle charpentait avec des madriers équarris, autrefois soigneusement badigeonnés à la chaux mais dont aujourd'hui la peinture s'écaillait pour laisser transparaître le gris du bois. Toute l'histoire de la vallée dans cette maison : d'abord un bout de cabane construite à la hâte pour se garder de la pluie pendant qu'on lutte contre la forêt, puis une période de répit qui permet d'ajouter une pièce ou deux pour le confort, puis un peu de prospérité, d'autres enfants, et le besoin de l'extérioriser par une façade à deux niveaux, enfin trois générations sous le même toit, et l'on ne bâtit plus par fierté mais pour des raisons de place, pour disposer des pièces nécessaires où loger les habitants.

C'était ce genre de maison, une maison qui présentait dans sa configuration toute l'histoire de la guerre victorieuse de l'homme blanc contre la terre.

Et voilà que Ta-Kumsaw s'approche d'une misérable petite porte à l'arrière ; il ne se donne même pas la peine de frapper, il ouvre et entre.

Ce que voyant, eh bien, pour la première fois Alvin ne sut quelle attitude adopter. Par habitude, il avait envie de suivre Ta-Kumsaw dans la maison, comme il l'avait suivi dans une centaine de huttes rouges en torchis. Mais une autre habitude, plus ancienne, lui disait qu'on ne s'introduit pas comme ça chez les gens, quand il y a une vraie porte d'entrée et tout ce qui s'ensuit. On passe par devant, on frappe poliment et on attend que les habitants vous invitent à l'intérieur.

Alvin resta donc à la porte de derrière, que Ta-Kumsaw ne se soucia évidemment pas de refermer, et regarda les premières mouches de printemps s'égarer dans le couloir. Il entendait presque sa mère crier sur ceux qui laissaient les portes ouvertes pour que les mouches pénètrent et rendent tout le monde fou durant la nuit avec leurs bourdonnements qui empêchaient de dormir. A cette pensée, Alvin fit donc ce que m'man leur avait toujours recommandé : il passa le seuil et referma la porte derrière lui.

Mais il n'osait pas aller plus loin dans la maison que ce couloir de derrière, où de lourds manteaux pendaient à des patères et des bottes crottées s'entassaient pêle-mêle près de la porte. Se mouvoir lui donnait une impression bizarre. La chanson verte de la forêt l'avait assourdi pendant tant de mois qu'il ne restait plus que le silence quand elle s'en allait, presque entièrement étouffée par la cacophonie parasite d'une ferme d'homme blanc en pleine activité de printemps.

« Isaac », fit une voix de femme.

L'un des bruits de Blancs s'arrêta. Alors seulement, Alvin se rendit compte qu'il s'était agi d'un bruit réel, qu'on entend avec ses oreilles, non d'un bruit de la vie qu'on perçoit avec ses sens de Rouge. Il essaya de retrouver ce que c'était. Un rythme, un choc, un rythme régulier comme... comme un métier à tisser. C'était un métier à tisser qu'il avait entendu. Ta-Kumsaw avait dû entrer directement dans la pièce où tissait une femme. Mais il n'était pas un étranger ici, elle le connaissait sous le même nom que le fermier de tout à l'heure, dans les champs. Isaac.

« Isaac, répéta l'inconnue.

— Becca », dit Ta-Kumsaw.

Un simple nom, aucune raison pour que le cœur d'Alvin se mette à cogner. Mais la *façon* de le dire de Ta-Kumsaw, sa façon de parler... c'était un timbre de voix à faire cogner les cœurs. Mieux encore : Ta-Kumsaw le prononça, non pas avec les voyelles étrangement déformées des Rouges qui parlent anglais, mais avec un accent aussi pur que s'il venait d'Angleterre. Dame oui, ça ressemblait plus au révérend Thrower qu'Alvin ne l'aurait cru possible.

Non, non, ce n'était pas du tout Ta-Kumsaw, c'était un autre homme, un Blanc qui se trouvait dans la même pièce que la femme blanche, voilà. Et Alvin s'avança doucement dans le couloir pour découvrir d'où sortaient les voix, pour voir l'homme blanc dont la présence expliquerait tout.

Mais il s'arrêta devant une porte ouverte et regarda dans une pièce où Ta-Kumsaw tenait une femme blanche par les épaules, les yeux baissés vers son visage, ceux de la femme levés vers le sien. Ils ne disaient rien, ils se regardaient. Pas un seul homme blanc dans la pièce.

« Mon peuple se rassemble près de l'Hio, dit Ta-Kumsaw de son étrange voix à l'accent anglais.

— Je sais, fit la femme. C'est déjà dans le tissu. » Puis elle se retourna pour considérer Alvin dans l'encadrement de la porte. « Et tu n'es pas venu seul. »

Alvin n'avait jusqu'ici jamais rencontré de regard comme le sien. Il était encore trop jeune pour rêver de femmes comme, il s'en souvenait, l'avaient fait les précoces Econome et Fortuné dès leurs quatorze ans. Ce ne fut donc nullement le sentiment d'un homme désirant une femme qu'il éprouva en regardant ses yeux. Il y plongea comme il lui arrivait parfois de plonger dans le feu, pour suivre la danse des flammes, sans leur demander d'avoir du sens, seulement pour suivre leurs ondoiements dictés par le pur hasard. C'est à quoi ressemblaient ses yeux, comme s'ils avaient assisté à des milliers d'événements qui tourbillonnaient encore dans leurs prunelles, et que personne ne s'était jamais soucié ou n'avait trouvé le moyen d'extraire ces visions pour en faire des histoires riches d'enseignement.

Et Alvin eut très peur qu'elle possède un pouvoir de sorcière dont elle se serait servi pour transformer Ta-Kumsaw en homme blanc.

« Je m'appelle Becca, dit la femme.

— Lui s'appelle Alvin », dit Ta-Kumsaw ; ou plutôt Isaac, car ce n'était plus du tout la voix de Ta-Kumsaw. « C'est le fils d'un fermier de la région de la Wobbish.

— C'est lui, le fil que j'ai vu courir dans le tissu, celui qui n'est pas resté à sa place. » Elle sourit à Alvin. « Approche-toi, dit-elle. Je veux voir le légendaire Petit Renégat.

— C'est qui ? demanda Alvin. Le petit gars René...

— Renégat. Des histoires circulent dans toute l'Appalachie, tu ne le sais pas ? Sur Ta-Kumsaw, qui un jour apparaît du côté de l'Osh-Kontsy, le lendemain sur les rives de la Yazoo, et qui incite les Rouges à massacrer et à torturer. Toujours accompagné d'un petit Blanc qui pousse les Rouges à encore plus de brutalité, qui leur apprend les méthodes secrètes de torture que l'Inquisition papiste employait en Espagne et en Italie.

— C'est pas vrai », dit Alvin.

Elle sourit. Les flammes de ses yeux dansèrent.

« Les genses, ils doivent me détester, dit Alvin. J'connais même pas c'que c'est l'Enky-zisson.

— L'Inquisition », rectifia Isaac.

Une peur affreuse serra le cœur d'Alvin. Si les gens racontaient des histoires pareilles sur son compte, alors ils devaient le prendre pour un criminel, un monstre pour ainsi dire. « J'fais rien que suivre...

— Je sais ce que tu fais et pourquoi, le coupa Becca. Par ici, tout le monde connaît assez Isaac pour ne pas croire de tels mensonges sur lui et sur vous deux. »

Mais Alvin se fichait du « par ici ». Ce qui l'intéressait, c'était ce qu'on pensait chez lui, dans le pays de la Wobbish.

« Ne t'inquiète pas, dit Becca. Personne ne sait qui est ce légendaire garçon blanc. Certainement pas l'un des deux innocents hachés menu dans la forêt par Ta-Kumsaw. Certainement pas Alvin, ni Mesure. Lequel es-tu, au fait ?

— Alvin, dit Isaac.

— Ah oui, reprit Becca. Tu me l'as déjà dit. J'ai beaucoup de mal à retenir le nom des gens dans ma tête.

— Ta-Kumsaw, il a haché menu personne.

— Tu penses bien, Alvin, que par ici on n'a pas cru cette histoire-là non plus.

— Oh. » Alvin ne savait plus que dire, et comme il vivait depuis longtemps à la façon des Rouges, il adopta leur attitude dans le même genre de situation, une attitude à laquelle les Blancs songeaient rarement. Il s'abstint autant que possible d'ouvrir la bouche.

« Du pain et du fromage ? demanda Becca.

— Trop aimable. Merci », fit Isaac.

Ça, c'était la meilleure. Ta-Kumsaw qui disait merci comme un vrai gentleman. Chez les siens, évidemment, c'était un aristocrate plein de courtoisie. Mais il semblait toujours si froid dans la langue de l'homme blanc, il parlait si sèchement. Jusqu'à ce jour. Sorcellerie.

Becca agita une clochette.

« C'est un repas tout à fait simple, mais nous vivons simplement, dans cette maison. Particulièrement dans cette pièce. Et c'est très bien… elle est si simple. »

Alvin regarda autour de lui. Elle avait raison. Il s'apercevait seulement maintenant qu'il se trouvait dans la cabane en rondins d'origine, dont il restait une fenêtre plein sud qui laissait pénétrer la lumière du jour. Les murs étaient encore tous en bon vieux bois brut ; il ne l'avait pas remarqué à cause de tout le tissu tendu ici et là, suspendu à des crochets, empilé sur les meubles, mis en rouleaux. Un drôle de tissu, très coloré, mais dont les couleurs ne formaient pas de motifs, n'avaient pas de sens apparent ; elles allaient d'un côté puis de l'autre, changeant de nuances et de teintes, une grande bande de bleu, quelques étroites raies vertes, s'entremêlant les unes aux autres avant de se séparer plus loin.

Quelqu'un entra dans la pièce en réponse à la clochette de Becca, un vieil homme, d'après la voix ; elle l'envoya chercher à manger, mais Alvin ne vit même pas à quoi il ressemblait, il ne pouvait détacher les yeux du tissu. Pourquoi y en avait-il tant ? Pourquoi marier pareil assortiment de couleurs sans queue ni tête, aussi criard et aussi moche ?

Et où cela s'arrêtait-il ?

Il s'approcha d'un angle où peut-être une douzaine de rouleaux d'étoffe posés debout s'appuyaient les uns contre les autres, et il s'aperçut que chacun d'eux naissait du précédent. On avait pris l'extrémité de l'un pour l'enrouler sur elle-même et en commencer un nouveau ; l'étoffe sortait donc d'un rouleau, sautait au cœur de son voisin, et ainsi de suite, formant une longue pièce de tissu. Ce n'étaient pas plusieurs pièces bout à bout, mais une seule, enroulée sur elle-même jusqu'à ce qu'elle devienne trop lourde à déplacer et qu'un nouveau rouleau prenne le relais, sans l'intervention de ciseaux. Alvin se mit à aller et venir dans le local, faisant glisser ses doigts sur le « motif » du tissage, le suivant par-dessus les patères fixées au mur, redescendant vers les rouleaux entassés par terre. Il le suivit, il le suivit, jusqu'à ce qu'enfin, au moment même où le vieil homme revenait avec le pain et le fromage, il arrive au bout de l'étoffe. Elle sortait du métier à tisser de Becca.

Pendant tout ce temps, Ta-Kumsaw parlait à la femme avec sa voix d'Isaac, et elle lui répondait dans son registre profond et mélodieux qui laissait transparaître une très légère pointe d'accent étranger, comme certains Hollandais du côté de Vigor Church, qui avaient passé toute leur vie en Amérique mais gardaient une trace de leur pays d'origine dans leur prononciation. La nourriture attendait maintenant sur une table basse entourée de trois chaises ; resté près du métier, Alvin prêta alors attention à ce qu'ils disaient, surtout parce qu'il voulait absolument demander à Becca *à quoi servait* tout ce tissu. Elle avait dû passer plus d'une année à le tisser, pour qu'il y en ait une telle longueur, sans jamais prélever de coupons pour en faire quoi que ce soit. M'man traitait ça de honteux gaspille, posséder une chose et ne pas s'en servir, comme la jolie voix de Dally Framer qui chantait à longueur de journée chez elle mais ne participait jamais aux hymnes à l'église.

« Mange », dit Ta-Kumsaw. Quand il s'adressait aussi brutalement à Alvin, sa voix perdait sa délicatesse anglaise ; il redevenait le vrai Ta-

Kumsaw. Alvin se sentit soulagé, il comprit qu'il n'y avait pas de sorcellerie là-dessous, que Ta-Kumsaw avait simplement deux manières différentes de parler; mais évidemment, d'autres questions se posaient : comment le Rouge avait-il appris à s'exprimer ainsi ? Alvin n'avait jamais entendu la moindre rumeur comme quoi Ta-Kumsaw avait des amis blancs en Appalachie, et vous pensez bien qu'une histoire pareille, ça se saurait. Bien sûr, il n'était pas difficile de deviner pourquoi il aurait évité que le bruit s'en répande. Qu'est-ce que tous ces Rouges excités penseraient s'ils le voyaient ici, en ce moment ? Elle tournerait comment, sa guerre ?

Et au fait, comment Ta-Kumsaw pouvait-il provoquer cette guerre s'il avait de vrais amis blancs comme les gens de cette vallée ? La terre était sûrement morte ici, du moins de l'avis des Rouges. Comment Ta-Kumsaw parvenait-il à le supporter ? Alvin restait tellement sur sa faim qu'il avait beau s'empiffrer de pain et de fromage à s'en faire péter la panse, il ressentait toujours au fond de lui un tiraillement, un besoin de retrouver les bois et d'entendre le chant de la terre dans sa tête.

Le repas s'accompagna du caquetage charmant de Becca sur la vie quotidienne dans la vallée ; elle citait des noms qui ne disaient rien à Alvin, à ceci près qu'ils auraient tous pu désigner des habitants de Vigor Church… Il y avait même des gens qui s'appelaient Miller, ce qui n'avait rien d'étonnant car une vallée de cette importance devait sûrement donner du grain à moudre à plus d'un meunier.

Le vieil homme réapparut pour débarrasser la table.

« Tu es venu voir mon tissu ? » demanda Becca.

Ta-Kumsaw hocha la tête. « Je suis venu en partie pour ça. »

Becca sourit et le conduisit au métier. Elle s'installa sur son tabouret et réunit la dernière longueur de tissu sur ses genoux. Elle commença à environ trois pieds du bord de sa machine. « Là, dit-elle. Le rassemblement de ton peuple à Prophetville. »

Alvin la vit passer la main sur tout un paquet de fils qui semblaient sortir de leur propre chaîne pour migrer en travers du tissu et se regrouper vers la lisière.

« Des Rouges de toutes les tribus, dit-elle. Les plus forts de ton peuple. »

Les fibres tiraient sur le vert, mais elles étaient en fait plus grosses que la plupart des autres fils, solides et tendues. Becca ramena davantage de tissu sur ses genoux. Le regroupement prit plus de corps, devint plus net, et les fils brillèrent d'un vert plus éclatant. Comment des fils pouvaient-ils changer ainsi de couleur ? Et comment, malgré le mécanisme du métier, la chaîne arrivait-elle à se déplacer de cette façon ?

« Et maintenant, les Blancs qui se sont rassemblés contre eux », dit-elle.

Ma foi oui, il y avait un autre groupe de fils, plus compact à l'origine, mais qui grossissait en faisant quelques nœuds. Aux yeux d'Alvin, l'étoffe avait l'air d'une vraie loque, avec ses fils tout emmêlés et comprimés — qui porterait une chemise taillée dans un tissu pareil ? — et les couleurs ne rimaient à rien, elles se brouillaient sans chercher à former de motif ni à reproduire un ordre régulier.

Ta-Kumsaw tendit la main et tira l'étoffe à lui. Il tira jusqu'à ce qu'il découvre un endroit où tous ces fils d'un vert pur se relâchaient, puis s'arrêtaient pour la plupart. La chaîne du tissu y était fine et clairsemée, peut-être un fil sur les dix qu'elle comptait plus tôt; comme une pièce élimée qui s'effiloche au coude d'une vieille chemise : quand on plie le bras, il ne reste plus qu'une dizaine de fils qui tracent des lignes sur la peau dans un sens, rien du tout dans l'autre.

Si les fils verts représentaient Prophetville, il ne pouvait y avoir d'erreur sur son sort. « Tippy-Canoe », murmura Alvin. Il comprenait à présent la signification du tissage.

Becca se pencha sur l'étoffe, et ses larmes coulèrent dessus.

Les yeux secs, Ta-Kumsaw tira encore sur le tissu, sans faiblesse. Alvin vit alors ce qu'il restait des fils verts, les rares rescapés du massacre de la Tippy-Canoe, émigrer jusqu'à la lisière et s'arrêter. Le tissu se faisait plus étroit d'autant de fils de chaîne disparus. Mais maintenant on distinguait un autre rassemblement, et les fils n'étaient pas verts. Essentiellement noirs.

« Le noir de la haine, dit Becca. Tu rassembles ton peuple par la haine.

— Crois-tu que ce soit l'amour qui conduise une guerre ? demanda Ta-Kumsaw.

— Voilà une raison pour refuser de faire aucune guerre, dit-elle avec douceur.

— Ne parle pas comme une femme blanche, dit Ta-Kumsaw.

— Mais c'en est une », fit Alvin, qui la trouvait pleine de bon sens.

Ils le regardèrent l'un et l'autre, Ta-Kumsaw impassible, Becca avec… amusement ? pitié ? Puis ils retournèrent au tissu.

Très vite ils arrivèrent là où le tissage passait par-dessus la poitrinière, puis sortait du métier lui-même. En cours de route, les fils noirs de l'armée de Ta-Kumsaw s'étaient resserrés, noués, entrelacés. Et d'autres fils, des bleus, des jaunes, des noirs, s'étaient regroupés ailleurs ; le tissage ressemblait à une horrible pelote. Il était plus épais, mais il ne paraissait pas plus solide à Alvin. Plutôt plus fragile, même. Moins bonne étoffe. Moins sûre.

« Ce tissu-là, il vaudra pas grand-chose si ça continue », dit-il.

Becca eut un sourire triste. « On n'a jamais rien dit d'aussi juste, mon garçon.

— Si c'te longueur, ça représente l'histoire d'une année, reprit Alvin, doit bien y avoir deux cents ans d'racontés icitte. »

Becca leva la tête. « Davantage encore, dit-elle.

— Comment vous découvrez tout c'qui s'passe pour le mettre dans l'tissage ?

— Oh, Alvin, il y a des choses que les gens font sans savoir comment, dit-elle.

— Et si vous changez les fils de place, vous pouvez pas changer l'histoire ? » Alvin pensait à un judicieux réarrangement, en répartissant les fils de façon plus régulière et en écartant les noirs les uns des autres.

« Ça ne marche pas comme ça, dit-elle. Ce que je fais ici ne change rien aux choses. Les choses qui arrivent me changent, moi. Ne t'inquiète pas pour ça, Alvin.

— Mais y a pus de deux cents ans, les Blancs étaient même pas arrivés dans c'te région de l'Amérique. Comment c'tissu, il peut r'monter si loin ? »

Elle soupira. « Isaac, pourquoi m'as-tu amené ce garçon qui me harcèle de questions ? »

Ta-Kumsaw lui sourit.

« Petit, tu ne le diras à personne ? demanda-t-elle. Tu garderas le secret sur qui je suis et ce que je fais ?

— Je l'promets.

— Je tisse, Alvin. C'est tout. Dans ma famille, d'encore plus loin que nous nous souvenons, nous avons tous été tisserands.

— C'est Weaver vot' nom, alors ? Becca Weaver, la tisserande ? Mon beau-frère, Armure-de-Dieu, son papa, c'est un Weaver, et...

— Personne ne nous appelle des tisserands, dit Becca. S'il y avait un nom pour nous, on nous appelerait... non. » Elle ne voulait pas le lui dire.

« Non, Alvin, je ne peux pas te charger d'un tel fardeau. Parce que tu voudrais revenir. Tu voudrais revenir pour voir…

— Voir quoi ? demanda Alvin.

— Comme Isaac, là. Je n'aurais jamais dû le lui dire non plus.

— Mais il a gardé l'secret. Il en a jamais causé.

— Pourtant, il n'a pas gardé le secret envers lui-même. Il est venu pour voir.

— Voir quoi ? redemanda Alvin.

— Voir la longueur des fils qui passent dans mon métier. »

Alors seulement, Alvin remarqua la partie arrière du métier à tisser, où les fils de chaîne étaient maintenus en place par un cadre de fines lisses en acier. Les fils n'avaient pas de couleur. Ils étaient d'un blanc écru. Du coton ? Sûrement pas de la laine. Du lin, peut-être ? Avec toutes ces teintes dans le tissu fini, il n'avait pas vraiment fait attention à la matière.

« Elles viennent d'où, les couleurs ? » demanda Alvin.

Personne ne lui répondit.

« Y a des fils qui s'détendent.

— Il y a des fils qui s'arrêtent, dit Ta-Kumsaw.

— Il y en a beaucoup qui s'arrêtent, dit Becca. Et beaucoup qui commencent. La vie est ainsi.

— Qu'est-ce que tu vois, Alvin ? demanda Ta-Kumsaw.

— Si les fils noirs, c'est ton peuple, fit Alvin, alors j'dirais qu'y a une bataille qui s'prépare, et qu'y aura beaucoup de morts. Mais pas comme à la Tippy-Canoe. Moins grave.

— C'est ce que je vois moi aussi, dit Ta-Kumsaw.

— Et ces autres couleurs, là, toutes emmêlées, c'est quoi ? Une armée de Blancs ?

— On dit qu'un certain Andrew Jackson de la région à l'ouest du Tennizy lève une armée. On l'appelle le vieil Hickory.

— Je connais l'homme, dit Ta-Kumsaw. Il a du mal à se tenir en selle.

— Il a fait avec les Blancs ce que tu as fait avec les Rouges, Isaac. Il a parcouru toute la région occidentale, du nord au sud, en tirant les gens de chez eux pour les haranguer sur la menace rouge. Sur *toi*, Isaac. Pour chaque guerrier rouge que tu as trouvé, lui a recruté deux Blancs. Et il pense que tu vas aller dans le Nord rejoindre l'armée française. Il connaît tous tes plans.

— Il ne connaît rien du tout, trancha Ta-Kumsaw. Alvin, dis-moi, il y a combien de fils de cette armée blanche qui s'arrêtent ?

— Beaucoup. Plusse que des autres, peut-être. J'sais pas. C'est à peu près pareil.

— Alors, ça ne m'apprend rien.

— Ça t'apprend que tu auras ta bataille, dit Becca. Ça t'apprend qu'il y aura davantage de sang et de souffrances dans le monde grâce à toi.

— Mais ça ne parle pas de victoire, dit Ta-Kumsaw.

— Jamais. »

Alvin se demandait s'il suffisait d'en nouer un autre au bout des fils cassés pour sauver la vie de quelqu'un. Il chercha des yeux les bobines qui alimentaient la chaîne, mais il ne put les trouver. Les fils tombaient de la traverse arrière du métier, tendus, comme tirés par un grand poids, et Alvin ne parvint pas à repérer d'où ils venaient. Ils ne touchaient pas le sol. Ils ne s'arrêtaient pas vraiment non plus. Jusqu'à un certain point, il les distinguait qui pendaient, bien raides sur toute leur longueur, mais quand il regardait un peu plus bas… plus de fils, plus rien du tout. Ils sortaient de nulle part, voilà, et l'œil humain était incapable d'observer ou de comprendre comment ils naissaient.

Mais Alvin, lui, était capable de voir avec d'autres yeux, des yeux qui voyaient à l'intérieur, comme lorsqu'il examinait du dedans les minuscules rouages du corps humain, les courants glacés au cœur de la pierre. Grâce à cette vision de l'invisible, il plongea le regard dans un seul fil et pénétra sa structure, suivant les fibres qui se torsadaient et se croisaient, s'entortillaient et s'accrochaient les unes aux autres pour donner une chaîne solide. Cette fois, il lui suffisait de les suivre. De les suivre jusqu'à ce qu'enfin, bien au-delà du point où les fils disparaissaient aux yeux ordinaires, il en découvre l'extrémité. La personne que ce fil précis représentait avait une vie bien longue devant elle avant de mourir.

Tous ces fils devaient s'arrêter à la mort des gens. Et un nouveau commencer à la naissance d'un bébé. Un autre fil sortir de nulle part.

« Ça ne finit jamais, dit Becca. Je vieillirai et je mourrai, Alvin, mais le tissage continuera.

— Vous connaissez lequel c'est, votre fil à vous ?

— Non, dit-elle. Je ne veux pas savoir.

— Moi, j'crois que j'aimerais voir. J'voudrais connaître combien d'années j'vais vivre.

— Beaucoup, fit Ta-Kumsaw. Ou peu. L'important, c'est ce que tu en fais, de ces années.

— C'est important aussi, le temps que j'vais vivre, dit Alvin. Dis pas l'contraire, t'y crois pas toi-même. »

Becca se mit à rire. « Mademoiselle Becca, dit Alvin, pourquoi vous faites ça, si vous avez pas de pouvoir sus ce qui s'passe ? »

Elle haussa les épaules. « C'est un travail. Tout le monde a un travail à faire, et ça, c'est le mien.

— Vous pourriez aller voir les genses et tisser des vêtements qu'ils porteraient.

— Qu'ils porteraient et qu'ils useraient, dit-elle. D'ailleurs, Alvin, je ne peux pas sortir.

— Quoi ? Vous restez tout l'temps enfermée ?

— Je reste ici, toujours, dit-elle. Dans cette pièce, auprès de mon métier.

— Je t'ai une fois suppliée de partir avec moi, dit Isaac.

— Et moi, je t'ai une fois supplié de rester. » Elle leva la tête et lui sourit.

« Je ne peux pas vivre longtemps là où la terre est morte.

— Et moi, je ne peux pas vivre un instant loin de mon tissage. La terre vit en toi, Isaac, comme vivent en moi toutes les existences d'Amérique. Mais je t'aime. Même aujourd'hui. »

Alvin se sentit de trop. C'était comme s'ils avaient oublié sa présence, alors qu'il venait à peine de leur parler. Il finit par se dire qu'ils préféraient probablement rester seuls. Il s'éloigna donc, retourna au tissu et se remit à le suivre, dans l'autre sens cette fois-ci, l'examinant en hâte mais minutieusement, le long des murs, parmi les rouleaux et les piles, à la recherche de l'extrémité la plus ancienne.

Impossible de la trouver. Sans doute, il avait dû regarder du mauvais côté ou se tromper de sens à un moment donné, parce qu'il reconnut bientôt un chemin familier, celui-là même qui l'avait mené la première fois au métier. Il fit demi-tour et, très vite, s'aperçut qu'il revenait encore vers la machine. Il ne pouvait pas plus remonter en arrière pour trouver l'extrémité la plus ancienne du tissu que redescendre en aval pour voir d'où sortaient les nouveaux fils.

Il se retourna vers Ta-Kumsaw et Becca. Les chuchotements de leur conversation avaient cessé. Ta-Kumsaw était assis en tailleur sur le sol, devant Becca, tête baissée. Elle lui passait tendrement les mains dans les cheveux.

« C'tissu, l'est plus vieux qu'la plus vieille partie de la maison », dit Alvin.

Becca ne répondit pas.

« C'tissu, il existe depuis toujours.

— D'aussi loin que des hommes et des femmes ont su tisser, le tissu est passé dans le métier.

— Mais pas ce métier-là. Il est neuf, çui-ci, dit Alvin.

— On en change de temps en temps. On bâtit le nouveau autour du précédent. C'est ce que font les hommes de chez nous.

— C'tissu, l'est plus vieux que les plus vieilles fermes de Blancs en Amérique, dit Alvin.

— Autrefois il faisait partie d'un autre tissu plus important. Mais un jour, là-bas en Europe, on a vu un grand nombre de fils passer la lisière. Mon arrière-arrière-arrière-arrière-arrière-arrière-grand-père a fabriqué un nouveau métier. On avait les fils qu'il fallait. Ils sortaient de l'ancienne étoffe ; c'est à partir de là qu'ils ont été repris. Il y a une continuité… c'est ce que tu vois.

— Mais c'est chez nous autres, asteure.

— C'est ici et c'est en même temps là-bas. Ne cherche pas à comprendre, Alvin. Moi, il y a longtemps que j'ai renoncé. Mais n'es-tu pas content de savoir que tous les fils de la vie composent un unique et grand tissu ?

— Qui donc tisse les Rouges partis dans l'Ouest avec Tenskwa-Tawa ? demanda-t-il. Ces fils-là, ils sont sortis du tissu.

— Ça ne te regarde pas, dit Becca. Disons qu'un autre métier a été fabriqué et emporté dans l'Ouest.

— Mais Ta-Kumsaw, il a dit qu'aucun Blanc passerait à l'ouest du fleuve. Le Prophète aussi, il l'a dit. »

Ta-Kumsaw pivota lentement sur le sol, sans se lever. « Alvin, fit-il, tu n'es qu'un petit garçon.

— Et je n'étais qu'une petite fille, lui rappela Becca, la première fois que je t'ai aimé. » Elle se tourna vers Alvin. « C'est ma fille qui a emporté le métier dans l'Ouest. Elle a pu y aller parce qu'elle n'est qu'à moitié blanche. » Elle caressa de nouveau les cheveux de Ta-Kumsaw. « Isaac est mon mari. Ma fille Wieza est sa fille.

— Mana-Tawa, dit Ta-Kumsaw.

— J'ai cru un moment qu'Isaac choisirait de rester ici, de vivre avec nous. Mais j'ai vite vu que son fil s'écartait des nôtres, alors même que son corps était présent. Je savais qu'il partirait pour vivre avec son peuple. Je savais pourquoi il était sorti de la forêt, seul, pour venir nous trouver. Il existe une faim plus grande que celle de l'homme rouge pour le chant de la forêt vivante, plus grande que le désir du forgeron pour le fer rougi au feu et trempé, plus grande même que l'attirance du sourcier pour le cœur évidé de la terre. Cette faim a conduit Ta-Kumsaw à notre maison. Ma mère était encore la tisserande, à l'époque. J'ai appris à Ta-Kumsaw à lire et à écrire ; il a dévoré la bibliothèque de mon père et lu tous les autres livres de la vallée, puis nous en avons fait venir de Philadelphie, qu'il a lus aussi. Il s'est alors choisi son nom, d'après l'auteur des *Principes*. Quand nous avons été en âge, il m'a épousée. J'ai eu un bébé. Il est parti. Quand Wieza a eu trois ans, il est revenu, lui a fabriqué un métier et l'a emmenée à l'ouest, de l'autre côté de la montagne, vivre avec son peuple.

— Et vous avez laissé vot' fille s'en aller ?

— Comme l'une de mes ancêtres qui travaillait sur un vieux métier et qui a laissé s'en aller sa fille de l'autre côté de l'océan, dans ce pays-ci, avec un métier neuf et son père pour veiller sur elle, oui, je l'ai laissée s'en aller. » Becca sourit tristement à Alvin. « On a tous une tâche à accomplir, mais pour toute tâche digne de ce nom il y a un prix à payer. Quand Isaac l'a emmenée, je me trouvais déjà dans cette pièce. Tout ce qui est arrivé était bien.

— Vous avez même pas d'mandé comment qu'elle allait, vot' fille, quand il est entré ! Et vous l'avez toujours pas d'mandé.

— Je n'en avais pas besoin, dit Becca. Il n'arrive aucun mal aux gardiennes du métier.

— Ben, si vot' fille, elle est partie, qui c'est qui va prendre vot' place ?

— Peut-être qu'un autre mari passera bientôt par ici. Un mari qui restera dans cette maison, qui me fera un nouveau métier, pour moi, et puis un deuxième pour une fille encore à naître.

— Et qu'esse qui vous arrivera, alors ?

— Tu poses trop de questions, Alvin », dit Ta-Kumsaw. Mais sa voix était douce, lasse, anglaise ; Alvin n'avait pas peur du Ta-Kumsaw qui lisait les livres des Blancs, et il ne tint pas compte du léger reproche.

« Qu'esse qui va vous arriver quand vot' fille va vous remplacer ?

— Je ne sais pas, dit Becca. Mais on raconte que nous allons au lieu d'où sortent les fils.

— Vous y faites quoi ?

— Nous filons. »

Alvin essaya d'imaginer la mère de Becca, sa grand-mère et les autres femmes encore avant elles, toutes en rang ; il essaya d'imaginer combien il y en aurait, penchées sur leurs rouets, à dévider des fils de la broche, du fil de chaîne tout écru et blanc qui s'en irait ailleurs, qui s'écoulerait et disparaîtrait quelque part jusqu'à ce qu'il se casse. Ou peut-être, lorsqu'il se cassait, tenaient-elles l'ensemble, une vie humaine entière, dans leurs mains, puis le jetaient-elles en l'air pour qu'un souffle de vent l'emporte ; il retombait alors et s'accrochait au métier de quelqu'un. Une vie flottant au gré du vent, rattrapée puis tissée dans l'étoffe de l'humanité ; née tel jour, au gré du hasard, elle luttait ensuite pour trouver son chemin dans le tissu, serpentait pour en pénétrer la résistance.

Et tandis que l'imagination le guidait ainsi, il crut aussi comprendre autre chose sur ce tissu. Plus les fils se tissaient étroitement, plus ils le renforçaient. Ceux qui gambadaient en surface pour ne s'immerger que de temps en temps dans la trame, s'ils apportaient beaucoup de couleur à l'étoffe, n'ajoutaient guère à sa solidité. Alors que d'autres, dont la teinte transparaissait à peine, enfouis, entrelacés, maintenaient l'ensemble. Il y avait de l'abnégation dans ces fils, dans ces botteleurs anonymes. A partir d'aujourd'hui et pour toujours, quand il verrait des gens discrets, des hommes ou des femmes qu'on remarque peu et qu'on oublie souvent, mais qui participent à la vie du village, de la ville, de la cité, qui lient les habitants entre eux, qui les maintiennent ensemble, Alvin les saluerait en silence et leur rendrait hommage dans son cœur, car il savait que leurs vies assuraient une étoffe robuste, un tissage serré.

Il se souvint aussi des nombreux fils qui se terminaient où Ta-Kumsaw devait livrer bataille. C'était comme si le Rouge avait donné des coups de ciseaux dans l'étoffe.

« Y a pas moyen d'réparer ? demanda Alvin. Y reste plus d'espoir d'empêcher c'te bataille d'arriver, pour que tous ces fils se cassent pas ? »

Becca secoua la tête. « Même si Isaac refusait de partir, la bataille aurait lieu sans lui. Non, les fils ne se cassent pas à cause de quelque chose qu'Isaac a fait. Ils se sont cassés dès l'instant où des hommes rouges ont adopté une ligne de conduite aboutissant inévitablement à leur mort dans la bataille ; Isaac et toi, vous n'avez pas parcouru le pays pour apporter la mort, si c'est ce qui te tracasse. Pas plus que le vieil Hickory n'a tué des gens. Vous proposiez des choix. Rien ne les obligeait à vous croire. Rien ne les obligeait à choisir la mort.

— Mais ils connaissaient pas que c'était ça qu'ils choisissaient.

— Si, ils le savaient, dit Becca. On le sait toujours. On ne se l'avoue pas à soi-même, jusqu'au dernier instant, mais à cet instant, Alvin, on voit défiler toute sa vie devant soi et on comprend comment on a choisi, jour après jour, la façon dont on va mourir.

— Et si par hasard y a quèque chose qui tombe sus la tête de quelqu'un et qui l'écrabouille ?

— C'est qu'il a choisi de se trouver à un endroit où se produit ce genre d'accident. Et qu'il ne regardait pas en l'air.

— J'y crois pas, dit Alvin. J'pense que les genses, ils peuvent toujours changer ce qui va arriver, et j'pense qu'y a des affaires qui arrivent que personne a jamais voulues. »

Becca lui sourit, tendit le bras. « Approche, Alvin. Laisse-moi te tenir contre moi. J'aime ta foi naïve, mon enfant. Je veux m'accrocher à cette foi, même s'il m'est impossible de la partager. »

Elle le serra un moment, et le bras dont elle l'entourait, un bras à la fois fort et tendre, rappelait tellement à Alvin celui de sa maman qu'il pleura un peu. Il pleura même beaucoup plus qu'il ne l'aurait souhaité, si tant est qu'il aurait souhaité pleurer. Il se garda bien de demander à voir son propre fil, et cependant il se disait qu'il devait être facile à trouver : le seul qui naissait dans la section des Blancs du tissu, mais qui s'en éloignait pour se teinter de vert. Sûrement le vert des partisans du Prophète.

Une autre chose dont il était sûr, tellement sûr qu'il ne l'interrogea pas, et Dieu sait pourtant qu'il n'hésitait pas à poser toutes les questions qui lui passaient par la tête : Becca savait quel était le fil de Ta-Kumsaw, et elle savait aussi que leurs deux fils, à Ta-Kumsaw et à lui, étaient liés l'un à l'autre, pendant un certain temps du moins. Tant qu'Alvin resterait avec le

Rouge, Ta-Kumsaw vivrait. Alvin savait qu'il y avait deux dénouements à la prophétie : celui où il mourait le premier et laissait tout seul Ta-Kumsaw, auquel cas le Rouge mourait à son tour; et celui où aucun ne mourait, et leurs fils se prolongeaient jusqu'à ce qu'ils disparaissent. On aurait pu imaginer un troisième dénouement possible : il quittait tout bonnement Ta-Kumsaw. Mais s'il faisait ça, Alvin ne serait plus Alvin, inutile alors d'envisager pareille éventualité, ce n'en était pas une.

Alvin passa la nuit sur un tapis, par terre dans la bibliothèque, après avoir lu quelques pages d'un livre écrit par un dénommé Adam Smith. Où dormait Ta-Kumsaw, Alvin l'ignorait et s'abstint de poser la question. Ce qu'un homme fait avec son épouse ne regarde pas les enfants, il le savait; mais il se demanda si la principale raison du retour de Ta-Kumsaw dans cette maison ne tenait pas, plutôt qu'à son désir d'examiner le métier, à cette faim dont Becca avait parlé. Le besoin de faire une autre fille pour s'occuper du métier de la tisserande. Ce n'était pas une mauvaise idée, de l'avis d'Alvin, que le tissu de l'Amérique blanche passe entre les mains de la fille d'un homme rouge.

Au matin, Ta-Kumsaw le remmena à travers bois. Ils ne parlèrent pas de Becca, ni de rien d'autre; on reprenait les vieilles habitudes, Ta-Kumsaw n'ouvrait la bouche que pour donner des ordres. Alvin ne l'entendit plus jamais prendre sa voix anglaise, si bien qu'il en vint à se demander s'il ne l'avait pas rêvée.

Sur la rive nord de l'Hio, non loin de l'embouchure où se déverse la Wobbish, l'armée des Rouges se regroupa, plus de Rouges qu'Alvin n'en avait imaginés dans le monde entier. Plus de gens qu'il n'en avait jamais imaginés réunis dans un même lieu en même temps.

Comme un tel rassemblement ne pouvait manquer de connaître la faim, les animaux venaient aussi aux hommes, devinant leur besoin, accomplissant ce pour quoi ils étaient nés. La forêt savait-elle que son seul espoir de résister à la hache de l'homme blanc dépendait de la victoire de Ta-Kumsaw ? Non, estimait Alvin, la forêt faisait seulement ce qu'elle avait toujours fait, elle s'arrangeait pour nourrir les siens.

Il pleuvait et la brise était fraîche, le matin où ils quittèrent l'Hio en direction du nord. Mais qu'était la pluie pour des hommes rouges ? Le messager des Français était arrivé de Détroit. Le moment était venu d'unir les deux forces et d'attirer le vieil Hickory vers le nord.

XVIII

Détroit

FRÉDÉRIC, comte de Maurepas, vivait de grands moments. Loin de connaître l'enfer, ici, à Détroit, sans aucun des agréments de Paris, il ressentait l'ivresse de participer, pour une fois, à quelque chose qui le dépassait. La guerre se préparait, le fort s'activait, ces païens de Rouges convergeaient des contrées les plus reculées de ce pays de sauvages, et bientôt, sous son commandement à lui, Maurepas, les Français anéantiraient l'armée américaine de va-nu-pieds que le vieux Châtaignier avait conduite au nord de la Maw-Mee. Le vieux Saule ? Un surnom dans ce goût-là.

Evidemment, une partie de lui-même s'effrayait un peu de toute cette agitation. Frédéric n'avait jamais été homme d'action, et maintenant il y en avait tant, d'action, qu'il avait du mal à suivre. Ça l'ennuyait parfois que Napoléon veuille laisser les sauvages combattre de l'abri des arbres. Des Européens, et même ces barbares d'Américains, devraient avoir la courtoisie d'interdire aux Rouges d'user de l'avantage déloyal que leur donnait leur habileté à se dissimuler dans les bois. Mais tant pis. Napoléon était sûr de son fait. Franchement, y avait-il aucun risque de déconvenue ? Tout se déroulait selon les prévisions du général. Même le gouverneur La Fayette, ce sale traître de Feuillant décadent, semblait s'enthousiasmer de la bataille prochaine. Il était allé jusqu'à fournir un autre bateau de troupes en renfort, que Frédéric avait vu entrer dans le port moins de dix minutes plus tôt.

« Monseigneur », fit… — comment son nom déjà ? — le domestique de service le soir. Il annonçait quelqu'un, en tout cas.

« Qui ? » Qui peut rendre visite à une heure aussi indécente ?

« Un messager du gouverneur.

— Qu'il entre », dit Frédéric. Il se sentait de trop plaisante humeur pour se soucier de laisser un moment l'homme compter les clous de la porte. Après tout, c'était la soirée... nul besoin de feindre d'être débordé de travail à une heure pareille. A quatre heures passées, en fait !

L'homme entra, élégant dans son uniforme. Un officier, un commandant pour être précis. Frédéric devait connaître son nom, probablement... remarquez, ce n'était pas quelqu'un d'important, il n'avait même pas de cousin titré, assurément. Aussi Frédéric attendit-il, en s'abstenant de saluer.

Le commandant tenait deux lettres à la main. Il en posa une sur la table de Maurepas.

« L'autre est-elle aussi pour moi ?

— Oui, monsieur. Mais j'ai reçu l'ordre du gouverneur de vous remettre celle-ci d'abord, d'attendre que vous la lisiez en ma présence, ensuite de décider si je vous donne l'autre.

— L'ordre du gouverneur ! De m'empêcher de recevoir mon courrier tant que je n'aurai pas lu cette lettre ?

— La seconde lettre ne vous est pas adressée, monseigneur, dit le commandant. Ce n'est donc pas votre courrier. Mais je crois que vous voudrez la voir.

— Et si je me sens las d'avoir trop travaillé et que je préfère lire la lettre demain ?

— Alors j'en ai encore une autre, que je lirai à vos soldats si vous ne prenez pas connaissance de la première dans les cinq minutes. Cette troisième lettre vous relève de votre commandement et me confie la garde de Fort Détroit, sous l'autorité du gouverneur.

— Quelle audace ! Quelle impudence ! S'adresser à moi de cette manière !

— Je ne fais que répéter les paroles du gouverneur, monseigneur. Je vous le conseille, lisez cette lettre. Cela ne peut vous nuire, et si vous ne la lisez pas, les conséquences seront désastreuses. »

Intolérable. Pour qui le gouverneur se prenait-il ? Pour un marquis, parbleu. Et pourtant, La Fayette était en vérité beaucoup moins en faveur auprès du roi que...

« Cinq minutes, monseigneur. »

Bouillant de colère, Frédéric ouvrit la lettre. Elle était lourde ; quand il la déplia, une amulette de métal au bout d'une chaîne se répandit dans un cliquetis sur le bureau.

« Qu'est-ce que c'est que ça ?

— La lettre, monseigneur. »

Frédéric y jeta un coup d'œil rapide. « Une amulette ! Tudieu ! Que dois-je en faire ? La Fayette serait-il devenu superstitieux ? » Mais malgré son air bravache, Frédéric sut tout de suite qu'il allait la porter. Une protection contre Satan ! Il avait entendu parler de ces amulettes, qui s'achetaient à prix d'or car toutes avaient été touchées par le doigt de la Sainte Mère en personne, ce qui leur conférait leur pouvoir. En était-ce une de ce genre ? Il ouvrit la chaîne et se la passa autour du cou.

« En dedans », dit le commandant.

Frédéric le regarda un instant, déconcerté, puis comprit la recommandation et fourra l'amulette dans sa chemise. Elle était désormais hors de vue.

« Voilà, fit-il. Je la porte.

— Excellent, monseigneur », dit le commandant. Il tendit l'autre lettre.

Elle n'était pas close, mais elle avait été scellée, et Frédéric fut surpris de reconnaître le grand sceau de Sa Majesté imprimé dans la cire. Elle était adressée au marquis de La Fayette. Elle exprimait l'ordre de mettre Napoléon Bonaparte immédiatement aux arrêts et de le renvoyer les fers aux pieds à Paris où il passerait en jugement pour trahison, sédition, félonie et malversation.

❄

« Croyez-vous m'attendrir par votre plaidoyer ? fit Maurepas.

— J'ose espérer que le bien-fondé de mes arguments le fera, dit Bonaparte. La bataille est pour demain. Ta-Kumsaw attend mes ordres ; je suis le seul à comprendre pleinement le rôle de l'armée française dans cet engagement.

— Le seul ? D'où vous vient cette soudaine vanité de vous croire le seul capable de commander, le seul à comprendre ?

— Mais bien entendu, vous aussi comprenez, monseigneur de Maurepas. Seulement, c'est à vous que revient la vue d'ensemble, tandis que moi...

— Epargnez votre salive, fit Maurepas. Vous ne m'abusez plus. Votre sorcellerie, votre influence satanique, tout glisse sur moi comme des bulles qui flottent dans l'air, cela ne m'atteint pas. Je suis plus fort que vous ne le pensiez. J'ai des ressources cachées, moi !

— Grand bien vous fasse, parce qu'en public, on ne connaît de vous que votre idiotie, répliqua Bonaparte. La défaite que vous allez subir sans moi vous vaudra le titre de champion des crétins dans l'histoire de l'armée française. A chaque fois que quelqu'un essuyera un désastre honteux qu'il aurait pu éviter, on se moquera de lui et l'on dira qu'il a commis un "Maurepas" !

— Assez, dit le comte. Trahison, sédition, malversation et, comme si cela ne suffisait pas, insubordination maintenant. Monsieur Guillotin va vous compter parmi ses clients, j'en suis sûr, mon petit coq nain vaniteux. Allez-y, faites vos ergots sur Sa Majesté, vous verrez jusqu'où ils s'enfoncent quand vous aurez les fers aux pieds et qu'on réclamera votre tête. »

❄

La traîtrise n'apparut pas avant le matin, mais elle se révéla vite dans toute son ampleur. Tout d'abord l'intendant militaire français refusa de fournir de la poudre aux hommes de Ta-Kumsaw. « J'ai des ordres », dit-il.

Quand Ta-Kumsaw voulut voir Bonaparte, on se moqua de lui. « Pas possible, lui dit-on, ni maintenant ni jamais. »

Et Maurepas, alors ?

« C'est un comte. Il ne traite pas avec les sauvages. Il ne fricote pas avec les bêtes, comme le petit Napoléon. »

A ce moment seulement, Alvin remarqua que tous les Français auxquels ils avaient affaire aujourd'hui étaient ceux-là mêmes que Bonaparte avait circonvenus ; ses officiers préférés, ceux qui avaient sa confiance, restaient introuvables. Bonaparte était déchu.

« Des arcs et des flèches, dit un officier. C'est avec ça qu'excellent tes braves, non ? Avec des balles, vous causeriez plus de dommages chez vous que chez l'ennemi. »

Les éclaireurs de Ta-Kumsaw l'informèrent que l'armée américaine arriverait à midi. Il déploya aussitôt ses hommes pour harceler l'ennemi.

Mais désormais, sans la portée de tir des mousquets, ils ne pouvaient guère qu'agacer l'armée du vieil Hickory sous les piqûres de leurs flèches molles, décochées de trop loin, alors qu'ils avaient prévu d'écraser les Américains sous une irrésistible tempête de métal. Et comme les archers devaient s'approcher au plus près des Américains pour tirer, beaucoup se firent tuer.

« Ne reste pas à côté de moi, dit Ta-Kumsaw à Alvin. Ils connaissent tous la prophétie. Ils vont croire que je ne dois mon courage qu'à la certitude de ne pas mourir. »

Alvin s'écarta donc de lui, mais jamais trop loin, pour continuer à voir au plus profond de son corps, prêt à guérir la moindre blessure. Ce qu'il ne pouvait pas guérir, c'était l'inquiétude, la colère et le désespoir qui montaient déjà dans l'esprit de Ta-Kumsaw. Sans poudre, sans Bonaparte, la victoire assurée devenait, au mieux, une opération à risque.

La tactique de base fonctionna. Le vieil Hickory repéra tout de suite le piège, mais le terrain l'obligeait à tomber dedans ou à battre en retraite, et il savait que la retraite équivaudrait à un désastre. Il fit donc hardiment avancer son armée au pas entre les collines grouillantes de Rouges, s'engageant dans le passage étroit où la mousqueterie et les canons français allaient balayer les Américains pendant que les Rouges tueraient tous ceux qui tenteraient de s'échapper. La victoire serait totale. Sauf que les Américains étaient censés perdre toute confiance, toute assurance, et voir leur nombre considérablement réduit par le tir des Rouges tout au long de la progression.

La tactique fonctionna, mais lorsque l'armée américaine, arrivant en vue de l'ennemi, hésita devant les gueules de neuf canons chargés à mitraille et deux mille mousquets disposés pour deux balayages successifs du champ de bataille, les Français opérèrent un incompréhensible repli. C'était comme s'ils doutaient de l'invulnérabilité de leur position. Ils ne cherchèrent même pas à remporter leurs canons. Ils battirent en retraite comme s'ils craignaient l'anéantissement immédiat.

L'issue de la rencontre était alors prévisible. Le vieil Hickory savait profiter des occasions. Ses soldats ignorèrent les Rouges et tombèrent sur les Français en déroute, massacrant tous ceux qui ne couraient pas, s'emparant des canons et des mousquets, de la poudre et des munitions. Dans l'heure qui suivit, ils se servirent de l'artillerie française pour ouvrir trois brèches dans les murs de la forteresse ; les Américains déferlèrent dans Détroit ; des combats ensanglantèrent les rues.

Ta-Kumsaw aurait alors dû s'en aller. Il aurait dû laisser les Américains exterminer les Français et mettre ses hommes à l'abri. Peut-être se sentait-il le devoir d'aider les Français, malgré leur trahison. Peut-être entrevoyait-il une lueur d'espoir : les Américains pris dans la bataille, son armée de Rouges pourrait remporter une victoire, après tout. Ou peut-être savait-il qu'il n'aurait jamais plus l'opportunité de rassembler tous les hommes en âge de combattre de chaque tribu ; s'il se retirait maintenant, sans livrer combat, qui voudrait encore le suivre ? Et si on ne le suivait pas, lui, on ne suivrait personne, et les hommes blancs reprendraient leur conquête en grignotant la terre, dévorant une tribu par-ci, une autre par-là. Ta-Kumsaw savait parfaitement qu'il fallait une victoire aujourd'hui, fort improbable du reste, sinon la résistance serait définitivement condamnée, et tous ceux de son peuple qui ne seraient pas tués sur le coup s'enfuiraient vers l'ouest, une drôle de terre aux forêts insuffisantes, ou bien resteraient vivre ici, diminués, non plus à la mode des hommes rouges mais à celle des Blancs, dans une forêt à jamais silencieuse. Qu'il espère ou non la victoire, il n'accepterait pas cette alternative, pas sans combattre.

Ainsi donc, armés d'arcs et de flèches, de gourdins et de couteaux, les Rouges attaquèrent les forces américaines par-derrière. Tout d'abord ils fauchèrent les Blancs dans une moisson sanglante, les assommant de leurs gourdins, les transperçant de leurs silex. Ta-Kumsaw leur criait de prendre aux morts mousquets, poudre et munitions, et beaucoup de Rouges obéirent. Mais le vieil Hickory fit alors intervenir le noyau discipliné de ses troupes. Les fusils se retournèrent. Et les Rouges, exposés en terrain découvert, s'abattirent en grands andains sous la mitraille.

Le même soir, au coucher du soleil, Détroit était en feu et la fumée emplissait le bois voisin. Ta-Kumsaw s'y trouvait, dans une obscurité étouffante, parmi quelques centaines de ses Shaw-Nees. D'autres tribus, isolées, résistaient ici et là ; la plupart, tout espoir perdu, s'enfuyaient dans la forêt où aucun homme blanc ne pouvait les suivre. Le vieil Hickory en personne lança l'assaut final contre la forteresse végétale de Ta-Kumsaw, à la tête du millier d'Américains qui ne participaient pas au pillage de la ville française ni à la destruction des idoles dans la cathédrale papiste.

On aurait dit que les balles pleuvaient de toutes parts. Mais Ta-Kumsaw se tenait au beau milieu, hurlant et encourageant ses guerriers à poursuivre le combat avec les mousquets volés aux Américains tombés lors de la première attaque. Pendant un quart d'heure qui parut une éternité, Ta-Kumsaw batailla comme un forcené, tandis que ses Shaw-Nees se démenaient et mouraient auprès de lui. Son corps se couvrit de fleurs écarlates ; le sang lui dégoulinait du dos et du ventre ; l'un de ses bras pendait inerte à son côté. Personne ne savait où il trouvait la force de rester debout, tant il avait reçu d'impacts. Mais Ta-Kumsaw était fait de chair comme tout un chacun, et il finit par s'écrouler dans le crépuscule enfumé, atteint d'une demi-douzaine de blessures dont chacune aurait dû être fatale.

Lorsqu'il se fut effondré, les tirs se ralentirent. C'était comme si les Américains savaient qu'il leur suffisait de tuer cet ennemi-là pour briser l'esprit de l'homme rouge, maintenant et à jamais. La dizaine de guerriers shaw-nees survivants s'esquivèrent dans la fumée et les ténèbres, pour porter la douloureuse nouvelle de la mort de Ta-Kumsaw dans tous leurs villages, et par la suite dans toutes les huttes où vivaient des hommes et des femmes rouges. La grande bataille était perdue d'avance ; on ne pouvait pas faire confiance aux hommes blancs, français comme américains, et le grand plan de Ta-Kumsaw ne pouvait que courir à l'échec. Pourtant les hommes rouges se rappelleraient, pour un temps du moins, qu'ils s'étaient unifiés derrière un seul grand chef, qu'ils avaient formé un seul peuple, avaient rêvé de victoire. On se souviendrait ainsi de Ta-Kumsaw en chanson, tandis que des familles et des villages de Rouges passeraient à l'ouest du Mizzipy pour rejoindre le Prophète ; on s'en souviendrait dans les histoires qu'on se raconterait devant les cheminées de briques, dans d'autres familles qui porteraient des vêtements et tiendraient des emplois comme les hommes blancs, mais qui n'oublieraient toujours pas qu'autrefois il avait existé une autre façon de vivre et que le plus grand de tous les Rouges de la forêt avait été un guerrier du nom de Ta-Kumsaw, mort en essayant de sauver la terre et l'ancien mode de vie perdu des Rouges.

Ce n'était pas seulement les Rouges qui se souviendraient de Ta-Kumsaw. Alors qu'ils tiraient leurs coups de mousquets sur sa silhouette imprécise entre les arbres, les soldats américains l'admiraient. C'était un grand héros à l'antique. Les Américains étaient tous des fermiers et des boutiquiers dans l'âme ; Ta-Kumsaw vivait une geste à l'exemple d'Achille et d'Ulysse, de César et d'Hannibal, de David et des Macchabées. « Il peut pas mourir », murmuraient-ils en le voyant criblé de balles, encore debout. Et lorsqu'enfin il s'abattit, ils cherchèrent son corps et ne le trouvèrent pas.

« Les Shaw-Nees l'ont emporté », conclut le vieil Hickory, et on en resta là. Il ne les envoya même pas à la recherche du Petit Renégat, jugeant qu'un traître blanc de son espèce, sûrement aussi déloyal que les Français, avait dû s'éclipser au cours du combat. Laissez tomber, avait-il dit, et on n'allait pas discuter avec le vieux, hein ? Il leur avait donné la victoire, pas vrai ? Il avait brisé les reins de la résistance rouge une bonne fois pour toutes, non ? Le vieil Hickory, Andy Jackson... ils auraient voulu le faire roi, mais ils devraient se contenter de le nommer président un de ces jours. Entre-temps, ils ne pourraient pas oublier Ta-Kumsaw, et le bruit se répandrait qu'il était vivant quelque part, immobilisé par ses blessures, qu'il attendait sa guérison pour lancer une grande invasion rouge depuis l'ouest du Mizzipy, depuis les marais du Sud, ou depuis un repaire secret, caché dans les montagnes d'Appalachie.

❄

Tout au long de la bataille, Alvin consacra ses forces à garder en vie Ta-Kumsaw. A chaque nouvelle balle qui lui déchirait les chairs, il ressoudait les artères sectionnées pour l'empêcher de perdre son sang. Il manquait de temps pour s'occuper de la douleur, mais Ta-Kumsaw ne semblait pas s'apercevoir des terribles blessures qu'il recevait. Alvin était tapi dans sa cachette entre un arbre debout et un autre tombé, les paupières closes, et n'observait Ta-Kumsaw que de ses yeux qui le pénétraient, surveillant son corps depuis l'intérieur vers l'extérieur. Il ne vit rien des faits et gestes qui allaient alimenter les légendes sur le chef des Rouges. Il n'eut même jamais conscience des balles qui l'arrosaient de débris de feuilles arrachées et d'éclats de bois. Il reçut d'ailleurs sur le dos de la main gauche une balle cuisante qu'il ressentit à peine, tant il se concentrait à maintenir Ta-Kumsaw sur ses jambes.

Mais Alvin observa pourtant une chose : aux limites de sa vision, juste hors de portée, il y avait le Défaiseur, comme une ombre transparente dont les doigts chatoyants taillaient dans le bois. Ta-Kumsaw, Alvin pouvait le guérir. Mais qui pouvait guérir la forêt ? Qui pouvait guérir la déchirure entre une tribu et une autre, un Rouge et un autre ? Tout ce que Ta-

Kumsaw avait bâti s'effondrait en quelques brefs instants, et Alvin ne pouvait faire mieux que de garder un seul homme en vie. Un grand homme, il est vrai, un homme qui avait changé le monde, qui avait édifié quelque chose, même si ce quelque chose apportait au bout du compte davantage de mal et de souffrance; Ta-Kumsaw était un bâtisseur, et pourtant, tout en lui sauvant la vie, Alvin savait qu'il avait fait son temps. Sûrement, le Défaiseur accordait à Alvin la vie de son ami. Qu'était donc Ta-Kumsaw auprès de ce festin dont le Défaiseur se goinfrait? Comme l'avait dit Mot-pour-mot il y avait si longtemps, le Défaiseur pouvait démolir, engloutir, effriter, broyer plus vite qu'aucun homme ne pouvait espérer construire.

Tout le temps de la bataille, sans qu'Alvin sache vraiment où se trouvait Ta-Kumsaw dont l'organisme seul retenait son attention, l'homme rouge tourna autour de la cachette du jeune garçon comme un chien attaché à un arbre, décrivant des cercles de plus en plus étroits. Aussi, lorsque les balles finirent par l'atteindre en trop grand nombre et que le sang s'échappa si vite d'une dizaine de blessures qu'Alvin devint incapable de l'étancher partout, ce fut dans son abri que Ta-Kumsaw s'écroula, s'étalant sur le gamin, lui coupant le souffle.

Alvin entendit à peine les recherches qu'on menait autour de lui. Il était trop affairé à guérir les blessures, reformer les chairs déchiquetées, ressouder les nerfs sectionnés et redresser les os brisés. Désespérant de sauver la vie de Ta-Kumsaw, il ouvrit les yeux et tailla dans les chairs de l'homme rouge avec son couteau de silex, extirpant les balles en faisant levier pour ensuite refermer ce qu'il avait entaillé. Et durant tout ce temps, on aurait dit que la fumée s'était concentrée au-dessus d'eux, rendant impossible à quiconque d'apercevoir le refuge exigu, le trou où le Défaiseur avait fait se terrer Alvin.

Ce fut dans l'après-midi du lendemain qu'il se réveilla. Ta-Kumsaw gisait auprès de lui, faible, épuisé, mais entier. Alvin était sale, il avait des démangeaisons en plus de l'envie de se soulager; délicatement, il se dégagea de sous Ta-Kumsaw qui semblait tout léger, comme s'il était à moitié rempli d'air. La fumée s'était dissipée à présent, mais Alvin se sentait toujours invisible et il fit un tour en plein jour, habillé comme un homme rouge. Il entendait les chansons de beuverie du camp américain près des ruines de Détroit. Des restes de fumée égarée dérivaient entre les arbres. Et partout où passait Alvin, les cadavres des hommes rouges jonchaient le sol de la forêt comme de la paille humide. Il flottait une puanteur de mort.

Alvin découvrit un ruisseau et but, évitant autant que possible d'imaginer un éventuel cadavre qui y baignerait en amont. Il se lava la figure et les mains, se plongea la tête dans l'eau pour se rafraîchir les idées, comme il avait l'habitude de faire à la maison après une rude journée de travail. Puis il revint pour réveiller Ta-Kumsaw et l'amener boire à son tour.

Ta-Kumsaw était déjà réveillé. Déjà debout, au-dessus du corps d'un ami abattu. Il avait la tête penchée en arrière, la bouche ouverte, comme s'il poussait un cri si profond et puissant que les oreilles humaines ne pouvaient le percevoir, qu'on n'en sentait que les vibrations dans les tremblements du sol. Alvin courut et jeta ses bras autour de l'homme rouge, s'accrochant à lui comme l'enfant qu'il était; seulement, c'était Alvin qui réconfortait, Alvin qui chuchotait : « T'as fait de ton mieux, t'as fait tout ce qu'était possible. »

Et Ta-Kumsaw ne répondait rien, mais son silence équivalait à une réponse, comme s'il disait : « Je suis vivant, c'est donc que je n'ai pas fait assez. »

Ils partirent dans le courant de l'après-midi, sans même prendre la peine de se dissimuler. Certains hommes blancs se réveillèrent plus tard avec la tête lourde et jurèrent avoir eu la vision de Ta-Kumsaw et du Petit Renégat marchant au milieu des cadavres de l'armée des Rouges, mais personne ne leur prêta attention. Et puis quelle importance ? Ta-Kumsaw ne représentait plus un danger pour les Blancs désormais. Il avait déferlé sur eux comme une grande vague, mais ils avaient tenu bon ; il croyait les mettre en pièces, mais c'étaient eux qui avaient dispersé le Rouge et ses hommes comme autant d'embruns, et s'il en restait encore quelques gouttelettes, quelle importance ? Elles n'avaient plus de force. Elles les avaient toutes perdues en un unique affrontement aussi brutal que vain.

Alvin n'adressa pas une seule fois la parole à Ta-Kumsaw durant tout leur voyage vers le cours supérieur de la My-Ammy, plus au sud, et Ta-Kumsaw n'ouvrit pas la bouche quand ils évidèrent ensemble un canoë. Alvin attendrit le bois où il fallait, si bien que l'opération leur prit à peine une demi-heure, plus une autre pour tailler une bonne pagaie. Puis ils tirèrent l'embarcation au bord de la rivière. Ce n'est que lorsque le canoë fut à moitié poussé dans l'eau que Ta-Kumsaw se retourna vers Alvin, tendit une main et lui toucha le visage. « Si tous les hommes blancs étaient aussi honnêtes que toi, Alvin, je n'aurais jamais été leur ennemi. »

Et tandis qu'Alvin regardait Ta-Kumsaw descendre le courant à coups de pagaie réguliers et disparaître à sa vue, il eut soudain l'impression que le Rouge n'avait pas perdu. C'était comme si la bataille ne concernait pas Ta-Kumsaw. Elle concernait les Blancs et leur mérite à jouir de cette terre. Qu'ils pensent avoir gagné, qu'ils croient que l'homme rouge, vaincu, s'était esquivé sans demander son reste ou qu'il avait courbé la tête; en fait, c'était l'homme blanc le vaincu, parce que lorsque Ta-Kumsaw descendait la Wobbish jusqu'à l'Hio, puis l'Hio jusqu'au Mizzipy, et qu'il s'enfonçait dans les brumes pour gagner l'autre côté du fleuve, il emportait la terre avec lui, le chant vert; ce que l'homme blanc avait gagné au prix de tant de sang et de déloyauté, ce n'était pas la terre vivante de l'homme rouge mais son cadavre. Il n'avait gagné que pourriture. Qui tomberait en poussière entre ses mains, Alvin le savait.

Mais je suis un Blanc, pas un Rouge, quoi qu'on en dise. Et qu'elle pourrisse ou non sous nos pieds, cette terre, c'est la seule qu'on a, et notre peuple, c'est le seul qu'on a aussi. Alvin suivit donc les bords de la Wobbish, vers l'aval, sachant qu'au confluent où se déversait le cours moins important de la Tippy-Canoe, il trouverait son p'pa et sa m'man, ses frères et ses sœurs, qui l'attendaient tous pour apprendre ce qui lui était arrivé depuis qu'il les avait quittés un an plus tôt afin de devenir apprenti forgeron près de la rivière Hatrack.

XIX

Retours

BONAPARTE ne porta pas les fers pour retourner en France. Il dormit dans la seconde cabine et prit ses repas avec le gouverneur La Fayette, qui n'était que trop heureux de l'avoir à sa table. Durant les chaudes après-midi de la traversée de l'Atlantique, La Fayette confia tous ses projets de révolution à son plus cher ami, et Napoléon lui donna de judicieux conseils sur la façon de la mener plus vite et plus efficacement.

« Ces tristes événements ont au moins eu un mérite, dit La Fayette le jour où la vigie signala la côte de Bretagne, c'est que nous sommes désormais amis, et que la révolution est assurée de réussir parce que vous y participez. Penser que j'ai pu me défier de vous, vous croire l'instrument du roi ! L'instrument de Charles ! Mais bientôt la France vous reconnaîtra pour le héros que vous êtes et rendra le roi et Frédéric responsables de la mise à sac de Détroit. Tout ce territoire entre les mains de protestants et de sauvages, pendant que nous, nous offrons un meilleur et grand espoir, un gouvernement plus juste au peuple de France. Ah ! Napoléon, j'attends un homme comme vous depuis toutes ces années où je rêve de démocratie. Tout ce qu'il nous fallait, à nous Feuillants, c'était un chef, un homme capable de nous guider, capable de mener la France sur le chemin de la vraie liberté. » Puis La Fayette soupira et s'enfonça davantage dans les coussins de son fauteuil.

Bonaparte avait écouté ces belles paroles avec satisfaction, oui, mais aussi tristesse. Car il avait cru La Fayette à l'abri de son charme à cause d'une grande force intérieure. Désormais il savait que c'était seulement à cause d'une bêtise d'amulette, que La Fayette ressemblait au commun des mortels quand il s'agissait de lui résister; et maintenant que l'amulette gisait enterrée au fond d'un charnier du côté de Détroit, assurément toujours enchaînée aux vertèbres tombées en poussière de Frédéric de Maurepas, il comprenait qu'il ne trouverait jamais son égal dans ce monde, à moins que ce ne soit Dicu en personne, ou Dame Nature. Il n'y aurait personne pour le contredire, ça au moins, c'était sûr. Alors il écouta le babillage de La Fayette en regrettant la race d'hommes à laquelle il avait un jour cru qu'appartenait le gouverneur.

Les matelots sur le pont s'affairèrent, s'activèrent au milieu de mille bruits de chocs pour la manœuvre d'accostage; Bonaparte était enfin chez lui, en France.

❄

Ta-Kumsaw n'eut pas à redouter l'épais brouillard qui descendait sur le Mizzipy lorsqu'il atteignit l'embouchure où l'Hio se déversait et se perdait dans les puissants courants du fleuve. Il connaissait le chemin : vers l'ouest, et n'importe quel rivage serait son refuge, sa sécurité, la dernière étape de sa vie.

Car il ne voyait d'autre avenir pour lui désormais. La terre à l'ouest du Mizzipy était celle de son frère, le pays où l'homme blanc ne viendrait jamais. La terre elle-même, l'eau et tout ce qui vivait se ligueraient pour barrer la route à ces Blancs assez bêtes pour croire que les hommes rouges pourraient être à nouveau vaincus. Mais c'était des dons du Prophète que les hommes rouges avaient dorénavant besoin, non de ceux d'un guerrier comme Ta-Kumsaw. Il resterait peut-être une figure de légende dans l'Est, parmi les Rouges déchus et les Blancs stupides, mais dans l'Ouest on le connaîtrait pour ce qu'il était. Un échec, un homme aux mains souillées de sang qui avait conduit son peuple à la mort.

L'eau clapotait contre son canoë. Il entendit un cardinal, l'oiseau rouge, chanter dans les environs. La brume blanchit, éblouissante; puis elle se dissipa et le soleil brilla avec un éclat qui l'aveugla. En trois coups de pagaie il propulsa son canoë vers le rivage, et là, à sa grande surprise, il vit un homme en silhouette devant le soleil de la fin d'après-midi, debout sur la berge. L'homme sauta et saisit le nez du canoë pour l'amener tout contre la rive, puis il aida son occupant à sortir de la petite embarcation. Ta-

Kumsaw n'arrivait pas à distinguer son visage, la lumière le gênait trop ; mais il sut tout de même de qui il s'agissait, rien qu'au toucher de sa main. Et ensuite à sa voix qui murmura : « Laisse partir le canoë. Tu n'auras plus à passer de l'autre côté, mon frère.

— Lolla-Wossiky », s'écria Ta-Kumsaw. Puis il pleura et s'agenouilla aux pieds de son frère, s'accrochant à ses genoux. Toutes ses angoisses, toutes ses peines s'enfuirent, tandis qu'au-dessus de lui Lolla-Wossiky, dit Tenskwa-Tawa, dit le Prophète, lui chantait une chanson mélancolique, une chanson sur la mort des abeilles.

❄

Alvin nota du changement lorsqu'il approcha du village. Il y avait un écriteau sur la route de la Wobbish qui disait :

SI TU PEUX, ÉTRANGER, PASSE DONC TON CHEMIN,
OU ENTENDS NOTRE HISTOIRE, INSUPPORTABLE AUX HUMAINS.

Alvin connaissait la raison de cet avertissement. Mais il n'était pas un étranger au pays.

Et si c'était le cas ? Tout en suivant la route de Vigor Church, il vit qu'on avait installé de nouveaux bâtiments, construit de nouvelles maisons. Les gens d'ici vivaient plutôt coude à coude à présent, et Vigor Church devenait une véritable cité. Mais personne ne le salua sur son chemin, et même les enfants qui jouaient sur les communaux n'eurent aucun mot pour lui ; sûr que leurs parents leur avaient recommandé de ne pas accueillir les étrangers, ou peut-être qu'ils en avaient tout bonnement assez d'entendre leurs pères et leurs frères aînés raconter leur terrible histoire à tous les inconnus qui venaient à passer. Valait mieux n'accueillir ni homme ni femme par ici.

Et en l'espace d'un an, Alvin avait changé. Il était plus grand, oui, mais il savait qu'il marchait différemment, davantage comme un homme rouge, qu'il avait perdu l'habitude de sentir une route d'homme blanc sous ses pieds, qu'il aspirait au chant de la forêt, presque réduit au silence dans cette région. Peut-être que je suis vraiment un étranger à présent. Peut-être que j'ai vu et fait trop de choses depuis un an pour jamais revenir et redevenir Alvin junior.

Malgré les modifications apportées à la ville, Alvin reconnaissait quand même sa route. Tout n'avait pas changé : il y avait toujours des ponts pour enjamber le moindre petit cours d'eau sur le chemin menant chez son père. Il essaya de retrouver ses anciennes impressions, de sentir la colère de l'eau contre lui. Mais le mal noir, l'ennemi d'autrefois, avait lui aussi peine à l'identifier, maintenant qu'il se déplaçait comme un homme rouge, ne faisant qu'un avec le monde vivant. Ne t'inquiète pas, se dit Alvin. Quand la terre sera matée et défrichée, je retrouverai le pas d'un Blanc, et le Défaiseur me reconnaîtra. De même qu'il a brisé l'emprise bénéfique de l'homme rouge sur cette terre, il cherchera à me briser, moi aussi, et si Ta-Kumsaw n'a pas été assez fort, ni Tenskwa-Tawa assez sage pour résister au vieux Défaiseur, qu'est-ce que moi, je pourrais bien faire ?

Simplement suivre ma route, jour après jour, comme dans le vieil hymne.

Suivre ma route, jour après jour, Seigneur très haut, lumière d'amour, dans ma peine, soulage-moi, emplis ma coupe, relève-moi, allège mon cœur, de toute douleur. Amen. Amen.

Cally était là, debout sur la galerie, oisif, l'air de guetter, au cas où Alvin junior reviendrait aujourd'hui ; d'ailleurs, c'était peut-être ça qu'il faisait, peut-être bien. En tout cas, ce fut Cally qui cria, Cally qui le reconnut tout de suite malgré tous les changements dans son apparence.

« Alvin ! Ally ! Alvin junior ! L'est r'venu ! T'es r'venu ! »

Le premier à répondre à son appel, à faire le tour de la maison au pas de course, les manches relevées et la hache lui pendant encore à la main, ce fut Mesure. Dès qu'il vit qu'il s'agissait vraiment d'Alvin, il laissa tomber son outil, prit son frère par les épaules et l'examina de haut en bas en quête d'éventuelles blessures, pendant qu'Alvin faisait de même et cherchait des cicatrices sur son aîné. Aucune, parfaitement guéri. Mesure, lui, trouva des blessures plus profondes chez Alvin et il lui dit avec douceur : « T'as grandi, Al. »

Alvin n'avait rien à répondre à ça, car c'était vrai, et l'espace d'un instant ils se contentèrent de se regarder dans les yeux, chacun sachant jusqu'où son frère était allé sur la longue route de souffrance et d'exil de l'homme rouge. Aucun autre homme blanc n'apprendrait jamais ce qu'eux savaient.

Puis m'man sortit sur la galerie et p'pa monta du moulin, et alors ce furent des embrassades et des baisers, des rires et des pleurs, des cris et des silences. Ils ne tuèrent pas le veau gras, mais certain jeune cochon ne revit pas le soleil se lever. Cally courut aux fermes des frères et au magasin d'Armure-de-Dieu annoncer la nouvelle, et bientôt toute la famille était réunie pour accueillir Alvin junior, qu'on savait en vie mais qu'on n'espérait plus revoir un jour.

Puis, comme il se faisait tard, vint l'heure où p'pa se cacha les mains dans les poches, où les autres hommes se turent, et ensuite les femmes, jusqu'à ce qu'Alvin hoche la tête et dise : « J'connais l'histoire que vous d'vez raconter. Alors racontez-la tout d'suite, vous tous, et après, moi j'vous dirai comment que j'y ai participé. »

Ce qu'ils firent, puis Alvin prit la relève, et ce furent encore des pleurs, mais de chagrin cette fois, non de joie. Cette vallée de la Wobbish était le seul foyer qu'ils connaîtraient jamais, désormais ; ils n'avaient d'autre choix pour supporter leur existence, tous ceux coupables de crime à la Tippy-Canoe, que de rester entre eux et d'éviter les étrangers. Où pourraient-ils aller vivre en paix, s'il leur fallait dire à tous les passants ce qu'ils avaient commis ?

« On est donc forcés d'rester, Al junior. Mais ni toi ni Cally, tu connais. Et p't-être que ton apprentissage, ça peut encore se faire, qu'esse t'en penses ?

— On aura l'temps d'y penser plus tard, dit m'man. On aura l'temps pour toutes ces questions plus tard. Il est r'venu, vous m'entendez ? Il est r'venu, lui que j'croyais plus jamais revoir. Grâces soyent rendues au Seigneur Djeu qu'a pas fait d'moi un prophète quand j'ai dit qu'mes yeux verraient pus jamais mon adorable petit Alvin. »

Alvin serra sa maman contre lui aussi fort qu'elle l'avait serré. Il ne lui dit pas que sa prophétie était vraie. Que cette fois, ce n'était pas son adorable petit Alvin qui rentrait à la maison. Qu'elle le découvre toute seule. Pour l'heure, une année s'était écoulée, durant laquelle il avait vu de grands changements s'opérer, ça suffisait comme ça ; et désormais, même si les conditions étaient différentes, même si elles étaient difficiles à supporter, la vie suivrait un chemin bien tracé, dont le sol ne céderait plus sous le pied.

Ce soir-là, dans son lit, Alvin écouta le chant vert au loin, toujours beau et chaleureux, toujours gai et plein d'espoir malgré une forêt plus clairsemée, malgré un avenir si incertain. Car il n'existe aucune crainte de l'avenir dans le chant de la vie, seulement la joie perpétuelle du moment présent. C'est tout ce que je veux pour l'instant, songeait Alvin. Le moment présent, et ça me suffit.

AINSI S'ACHÈVE
LE PROPHÈTE ROUGE,
SECOND LIVRE DES
CHRONIQUES D'ALVIN LE FAISEUR

L'apprenti

Pour tous mes bons professeurs, en particulier :

Fran Schroeder,
CM1, école primaire Millikin, Santa Clara, Californie,
pour qui j'ai écrit mes premiers poèmes ;

Ida Huber,
seconde, cours d'anglais, Mesa High School, Arizona,
qui croyait davantage en mon avenir que moi ;

Charles Whitman,
atelier d'écriture, université Brigham Young,
qui a donné à mes manuscrits plus de cachet qu'ils ne méritaient ;

Norman Council,
littérature, université de l'Utah,
qui savait faire revivre Spenser et Milton ;

Edward Vasta,
littérature, université de Notre-Dame,
pour Chaucer et pour son amitié ;

et toujours, François.

Remerciements

Comme toujours, je me suis fait aider lors de la préparation de ce volume des Chroniques d'Alvin le Faiseur. Pour le soutien inappréciable qu'ils m'ont apporté dans les premiers chapitres, j'adresse mes remerciements aux membres du deuxième atelier d'écriture de Sycamore Hill, à savoir : Carol Emshwiller, Karen Joy Fowler, Gregg Keizer, James Patrick Kelly, John Kessel, Nancy Kress, Shariann Lewitt, Jack Massa, Rebecca Brown Ore, Susan Palwick, Bruce Sterling, Mark L. Van Name, Connie Willis et Allen Wold.

Merci également à l'Institut des Beaux-Arts de l'Utah pour avoir décerné un prix à mon poème narratif *l'Apprenti Alvin et le soc bon-rien*. Cet encouragement m'a incité à le développer, beaucoup plus longuement, en prose ; le présent ouvrage est le premier à reprendre une partie de l'histoire qu'il racontait.

Pour les détails sur la vie et les métiers de la Frontière, je me suis servi du merveilleux ouvrage *The Forgotten Crafts*[1] de John Seymour (New York City, Knopf, 1984) et de *A Field Guide to America's History*[2] de L. Brownstone (New York City, Facts on File, Inc., 1984).

Je suis reconnaissant à Gardner Dozois d'avoir fait publier des extraits des Chroniques d'Alvin dans l'*Isaac Asimov's Science Fiction Magazine* et de leur avoir ainsi permis de trouver un public avant parution.

Beth Meacham, chez Tor, appartient à cette espèce d'éditeurs en voie de disparition qui transforment en or tout ce qu'ils touchent ; ses conseils ne sont jamais importuns, toujours avisés ; et, particularité extrêmement rare

1. « Les Métiers oubliés ».
2. « Précis géographique de l'histoire américaine ».

dans la profession, elle me rappelle quand je téléphone en son absence. Pour ces seuls égards, qu'elle soit sanctifiée.

Merci à ma classe d'écriture de l'hiver 1987 et du printemps 1988 à Greensboro, dont les suggestions ont considérablement amélioré cet ouvrage ; et à ma sœur, amie et assistante Janice, grâce à qui j'ai gardé les détails de l'histoire tout frais à l'esprit.

Merci surtout à Kristine A. Card qui m'écoute divaguer au gré des multiples versions de chaque projet de livre, lit les tirages d'imprimante des premières ébauches ; elle est un second moi-même tout au long des pages que je noircis.

I

Le Surveillant

L'HISTOIRE D'ALVIN APPRENTI, je la commencerai là où se manifestèrent les premières anomalies. C'était très loin dans le Sud, chez un particulier qu'Alvin ne connaissait pas et qu'il ne connaîtrait jamais. Ce fut pourtant lui le responsable d'une chaîne d'événements qui allaient l'amener à commettre un meurtre, selon les termes de la loi, le jour même où il achevait son apprentissage et devenait véritablement un homme.

C'était en Appalachie, en 1811, avant que cet Etat ne signe le traité des Esclaves en fuite et ne rejoigne les Etats-Unis. Près de la frontière qui le sépare des Colonies de la Couronne, dans une région où il ne se trouvait pas un homme blanc qui ne souhaitât posséder toute une ribambelle d'esclaves noirs pour lui abattre son travail.

L'esclavage, c'était une sorte d'alchimie pour ces Blancs-là, du moins le considéraient-ils ainsi. Ils cherchaient le moyen de transmuter chaque goutte de sueur d'homme noir en or et chaque gémissement de désespoir qui s'échappait de la gorge d'une femme noire en tintement clair et doux à l'oreille de la pièce d'argent tombant sur la table du changeur. On achetait et vendait des âmes dans ce pays-là. Pourtant aucun de ces gens ne comprenait ce qu'il leur en coûtait de posséder d'autres êtres humains.

Ecoutez attentivement, et je vais vous dire comment Chicaneau Planteur voyait le monde depuis le fond de son cœur. Mais veillez à ce que les enfants soient couchés, car ce chapitre de l'histoire n'est pas pour leurs oreilles ; il touche à des appétits qu'ils ne saisissent pas très bien, et mon but n'est pas de les leur faire découvrir.

❋

Chicaneau Planteur était un homme pieux, un fidèle de l'office, et il payait la dîme. Tous ses esclaves étaient baptisés et recevaient un prénom chrétien dès qu'ils comprenaient assez d'anglais pour qu'on leur enseigne l'Evangile. Il leur interdisait de s'adonner à leurs magies noires — il ne leur permettait jamais d'égorger tout seuls ne serait-ce qu'un poulet, de peur qu'ils ne dénaturent un geste aussi banal en un sacrifice à quelque effroyable divinité. Dans tous les actes de sa vie, Chicaneau Planteur servait le Seigneur du mieux qu'il pouvait.

Et quelle était la récompense du pauvre homme pour sa vertu ? Son épouse, Dolorès, était affligée de maux et de douleurs terribles, ses doigts et ses poignets se déformaient comme ceux d'une vieille femme. Depuis l'âge de vingt-cinq ans, elle passait la plupart de ses nuits à pleurer, si bien que Chicaneau ne supportait plus de partager sa chambre.

Il essaya bien de la soulager. Compresses d'eau froide, bains d'eau chaude, poudres et potions... il se ruina en médecins, charlatans diplômés de l'université de Camelot ; il fit défiler une interminable procession de prêcheurs qui débitaient leurs éternelles prières et de prêtres qui marmonnaient leur charabia incantatoire. Autant de tentatives pour ainsi dire en pure perte. Nuit après nuit il lui fallait rester couché à écouter les pleurs de son épouse, puis ses geignements et enfin sa respiration régulière que troublait seulement au moment de l'expiration une faible plainte, un filet ténu de souffrance.

Chicaneau manquait devenir fou de compassion, de rage et de désespoir. Des mois durant, il eut l'impression de ne jamais fermer l'œil. Il travaillait toute la journée, puis se couchait le soir et appelait de ses prières un soulagement. Sinon pour elle, du moins pour lui.

Ce fut Dolorès elle-même qui lui apporta la paix nocturne. « T'as ton travail de tous les jours, Chicaneau, et pour ça il faut qu'tu dormes. Je n'peux pas m'empêcher de faire du bruit, et toi, tu n'supportes pas de m'entendre. S'il te plaît... va dormir dans une autre chambre. »

Chicaneau lui offrit quand même de rester. « Je suis ton mari, ma place est icitte », dit-il ; mais elle ne voulut rien savoir.

« Va-t'en », fit-elle. Elle éleva même la voix : « Va-t'en ! »

Il s'en alla donc, honteux du soulagement qu'il éprouvait. Il dormit d'une traite cette nuit-là, cinq heures d'affilée jusqu'à l'aube, comme il n'avait jamais dormi depuis des mois, des années peut-être, et il se leva au matin bourrelé du sentiment coupable d'avoir déserté son poste auprès de sa femme.

A la longue, pourtant, Chicaneau Planteur s'accoutuma à dormir seul. Il passait souvent voir son épouse, matin et soir. Ils prenaient leurs repas ensemble dans la chambre de la malade, Chicaneau assis sur une chaise, son manger sur une desserte, Dolorès couchée au lit, nourrie à la cuiller par une femme noire attentive, les mains étalées sur les draps comme des crabes morts.

Chicaneau avait beau dormir dans une autre pièce, il n'échappait pas au tourment. Ils n'auraient pas d'enfants. Pas de fils à élever, qui hériteraient de sa belle plantation. Pas de filles à donner en mariage au cours de cérémonies somptueuses. La salle de bal, au rez-de-chaussée... Lorsqu'il avait amené Dolorès dans la superbe nouvelle demeure bâtie pour elle, il lui avait dit : « Nos filles rencontreront leurs galants dans cette salle, et ils commenceront par se toucher les mains, comme le premier jour où nous nous sommes touché les nôtres dans la maison de ton père. » A présent Dolorès n'en profitait jamais, de la salle de bal. Elle ne descendait que le dimanche pour se rendre à l'église et les rares fois où l'on achetait de nouveaux esclaves, afin de s'occuper de leur baptême.

Tout le monde la voyait à ces occasions, et l'on admirait la foi et le courage du couple dans l'adversité. Mais l'admiration de ses voisins n'était qu'un maigre réconfort pour Chicaneau devant l'ampleur de ses rêves réduits à néant. Tout ce qu'il avait demandé dans ses prières... c'était comme si le Seigneur en avait dressé la liste puis avait annoté en marge « non, non, non » à chaque ligne.

Semblables déconvenues auraient aigri quiconque de moindre foi. Mais Chicaneau Planteur était un homme pieux, un homme de bien, et à peine la pensée l'effleurait-elle que Dieu l'avait mal traité, qu'il interrompait le travail en train pour sortir le petit psautier de sa poche et murmurer les paroles du sage :

« En toi, ô Seigneur, j'ai mon abri.
Tends l'oreille vers moi ;
Sois pour moi un roc de force. »

Il faisait un effort de concentration ; doutes et ressentiments s'évanouissaient alors bien vite. Le Seigneur était avec Chicaneau Planteur, même dans ses tribulations.

Jusqu'au matin où, lisant la Genèse, il tomba sur les deux premiers versets du chapitre XVI.

Or Saraï, la femme d'Abram, ne lui avait pas donné d'enfant ; mais elle avait une servante égyptienne, nommée Hagar. Et Saraï dit à Abram : « Vois, je te prie : le Seigneur n'a pas permis que j'enfante. Va donc vers ma servante ; peut-être obtiendrai-je par elle des enfants. »

A cet instant lui vint une pensée : Abraham était un homme vertueux, moi aussi ; la femme d'Abraham ne lui avait pas donné d'enfants, la mienne non plus n'a aucun espoir d'en porter. Il abritait sous son toit une esclave africaine, et j'en ai de pareilles. Pourquoi ne prendrais-je pas exemple sur Abraham et n'aurais-je pas d'enfants de l'une de ces femmes ?

En même temps que la pensée lui traversait l'esprit, il frissonna d'horreur. Des potins couraient sur des Blancs espagnols, français et portugais, dans la jungle des îles, au sud, qui vivaient ouvertement avec des femmes noires... Vraiment, fallait-il tomber bien bas, au rang de ceux qui s'accouplaient avec des bêtes ! Et puis comment l'enfant d'une femme noire pourrait-il devenir son héritier ? Un petit sang-mêlé n'avait pas plus de chances d'entrer en possession d'une plantation d'Appalachie que de voler dans les airs. Chicaneau chassa tout de suite cette idée de sa tête.

Mais lorsqu'il prit son petit-déjeuner en compagnie de sa femme, l'idée revint. Il se surprit à observer la servante noire qui nourrissait son épouse. Comme Hagar, elle était égyptienne, non ? Il nota la souplesse de sa taille quand elle se tournait pour porter la cuiller du plateau à la bouche de Dolorès. Nota le balancement de ses seins qui se pressaient contre le caraco quand elle se penchait en avant pour tendre le gobelet aux lèvres étiolées. Nota la douceur de ses doigts qui retiraient les miettes du menton de la malade et essuyaient les gouttes de liquide. Il imagina ces doigts qui le touchaient, lui, et il frémit légèrement. Mais intérieurement il eut l'impression d'un tremblement de terre.

Il se précipita hors de la chambre, sans explication. Devant chez lui, il saisit son psautier.

« Lave-moi tout entier de mon mal,
Et de ma faute purifie-moi.
Car mon péché, je le connais,
Ma faute est devant moi sans relâche. »

Mais tandis qu'il chuchotait ces mots, il leva les yeux et aperçut les femmes affectées aux champs qui se lavaient à l'auge. Parmi elles la jeune fille achetée quelques jours plus tôt ; six cents piastres il l'avait payée, malgré sa petite taille, probablement parce qu'elle était bonne pour la reproduction. Toute fraîche débarquée du bateau, elle n'avait pas encore appris la moindre décence chrétienne. Elle s'offrait aux regards aussi nue qu'un serpent, penchée au-dessus du baquet, se versant des bolées d'eau sur la tête et le long du dos.

Chicaneau, pétrifié, la dévorait des yeux. Ce qui n'avait été qu'une mauvaise pensée fugitive dans la chambre de son épouse se muait à présent en une flambée de désir luxurieux. Il n'avait jamais rien vu de plus gracieux que ses cuisses d'un noir bleuté glissant l'une contre l'autre, rien vu de plus affriolant que le frisson qui parcourait son corps sous la caresse de l'eau.

Etait-ce la réponse à son psaume fervent ? Le Seigneur lui signifiait-il qu'il se trouvait dans la même situation qu'Abraham ?

Ça pouvait être de la sorcellerie tout pareil. Qui savait quels talents détenaient ces Noirs tout juste débarqués d'Afrique ? Elle s'est aperçue que je la regarde et elle me tente. Ces Noirs sont véritablement les rejetons du Malin pour m'inspirer pareilles mauvaises pensées.

Il s'arracha à la contemplation de sa nouvelle acquisition et fit demi-tour, cachant le feu de son regard dans les mots du livre. Seulement, ce n'était plus la même page — quand l'avait-il tournée ? — et il se retrouva lire le chant de Salomon :

Tes deux seins sont deux faons,
Jumeaux d'une gazelle, qui paissent parmi les lis.

« Aide-moi, mon Dieu, murmura-t-il. Délivre-moi du sort qu'on m'a jeté ! »

Jour après jour il murmura la même prière, mais jour après jour il se surprit à lorgner ses esclaves femelles avec concupiscence, en particulier cette nouvelle fille. Pourquoi Dieu semblait-il ne pas lui accorder d'attention ? N'avait-il pas toujours été un homme vertueux ? N'était-il pas bon mari envers son épouse ? Ni honnête en affaires ? Ne payait-il pas la dîme et ne versait-il pas sa contribution à l'église ? Ne traitait-il pas bien ses esclaves et ses chevaux ? Pourquoi le Seigneur Dieu du Ciel refusait-il de le protéger et de le délivrer de ce maléfice noir ?

Mais même quand il priait, ses confessions prenaient un tour malsain. O Seigneur, pardonne-moi d'avoir imaginé la fille que je viens d'acheter debout à la porte de ma chambre, en pleurs à cause des coups de canne que le surveillant lui a donnés. Pardonne-moi de m'être vu l'allonger sur mon lit, lever ses jupes et oindre ses cuisses et ses fesses d'un baume si puissant que les zébrures disparaissent sous mes yeux, qu'elle se met à glousser doucement, à se tortiller lentement sur les draps, puis qu'elle me regarde par-dessus l'épaule en souriant, qu'elle se retourne, me tend les bras et... O Seigneur, pardonne-moi, sauve-moi !

A chaque fois que la chose se produisait, cependant, il ne pouvait s'empêcher de s'étonner : pourquoi de telles pensées me viennent-elles même quand je prie ? Peut-être suis-je aussi vertueux qu'Abraham ; peut-être est-ce le Seigneur qui m'envoie ces tentations. Ces pensées ne me sont-elles pas venues tout d'abord pendant que je lisais les Ecritures ? Le Seigneur peut accomplir des miracles... Et si je connaissais la fille que je viens d'acheter, qu'elle conçoive et que par un miracle divin le bébé naisse blanc ? A Dieu, tout est possible.

Idée à la fois merveilleuse et terrible. Si seulement c'était vrai ! Mais Abraham avait entendu la voix de Dieu, aussi n'avait-il pas eu à se demander ce qu'on attendait de lui. Dieu n'avait jamais adressé un mot à Chicaneau Planteur.

Et pourquoi donc ? Pourquoi Dieu ne lui disait-il pas franchement : Prends la fille, elle est à toi ? Ou bien : Ne la touche pas, elle t'est interdite ? Fais-moi entendre ta voix, Seigneur, et je saurai où diriger mes pas !

Vers toi, Seigneur, j'appelle,
Mon rocher, ne sois pas sourd !
Que je ne sois, devant ton silence,
Comme ceux qui descendent à la fosse !

Un beau jour de 1810, sa prière reçut réponse.

Chicaneau était agenouillé dans le hangar de séchage, hangar quasiment vide car la forte récolte de l'an passé était vendue depuis longtemps et celle de l'année encore à verdir dans les champs. Il se débattait entre ses prières, confessions et sombres pensées lorsqu'il finit par s'écrier : « N'y a-t-il donc personne pour entendre ma requête ?

— Oh, moi, je t'entends parfaitement », fit une voix dure.

Chicaneau fut tout d'abord terrifié à l'idée qu'un étranger — son surveillant, ou un voisin — ait pu surprendre l'une de ses terribles confessions. Mais lorsqu'il leva les yeux, il constata qu'il ne s'agissait de personne de connaissance. Pourtant, il sentit aussitôt *qui était* l'homme. A voir la puissance de ses bras, le hâle de son visage et sa chemise ouverte — il ne portait pas de veste —, il comprit qu'il n'avait pas affaire à un gentleman. Mais ce n'était pas non plus un petit Blanc pauvre, ni un marchand. Sa mine sévère, la froideur de son regard, la tension de ses muscles bandés comme des ressorts de pièges à loups : toutes les caractéristiques de ces hommes dont le fer et le fouet maintenaient la discipline parmi les travailleurs agricoles noirs. Un surveillant. Seulement, jamais Chicaneau n'en avait rencontré à l'air aussi costaud et dangereux. Il sut tout de suite que ce surveillant-là obtiendrait le maximum de rendement des macaques paresseux qui cherchaient à couper aux travaux des champs. Il sut que le propriétaire dont la plantation serait dirigée par ce surveillant-là ne pourrait que prospérer. Mais il sut aussi qu'il ne se risquerait jamais à engager un homme pareil, car il dégageait une telle force que Chicaneau aurait tôt fait d'oublier qui était l'employé et qui le maître.

« Beaucoup m'ont pris pour maître, dit l'étranger. Je savais que tu me reconnaîtrais au premier regard pour ce que je suis. »

Comment l'homme était-il au courant de ce que Chicaneau avait pensé au tréfonds de lui-même ? « Alors, vous êtes bien un surveillant ?

— De même qu'il y eut autrefois un maître qu'on nommait simplement Maître, je ne suis pas *un* surveillant, mais *le* Surveillant.

— Pourquoi vous venez chez moi ?

— Parce que tu m'as appelé.

— Comment j'aurais pu vous appeler ? C'est la première fois que j'vous vois.

— Si tu appelles l'invisible, Chicaneau Planteur, il faut t'attendre à voir ce que tu n'as jamais vu. »

Alors seulement, Chicaneau comprit pleinement quel genre de vision lui était apparue là, dans son grand hangar de séchage. Celle d'un être que beaucoup appelaient leur maître, venu en réponse à sa prière.

« Seigneur Jésus ! » s'exclama-t-il.

Le Surveillant eut aussitôt un mouvement de recul et leva la main comme pour repousser les paroles de Chicaneau. « Il est interdit à quiconque de m'appeler par ce nom ! » s'écria-t-il.

De terreur, Chicaneau courba la tête jusqu'à terre. « Pardonnez-moi, Surveillant ! Mais si je n'suis pas digne de prononcer votre nom, comment ça se fait que je contemple votre visage ? Je suis donc condamné à mourir aujourd'hui, sans pardon pour mes péchés ?

— Malheur à toi, imbécile, dit le Surveillant. Crois-tu réellement avoir vu mon visage ? »

Chicaneau releva la tête pour considérer l'homme. « J'vois encore vos yeux baissés sus moi, qui m'regardent.

— Tu vois le visage que tu m'as donné en esprit, le corps né de ton imagination. Ta pauvre intelligence n'arriverait pas à comprendre, si tu voyais ce que je suis vraiment. Ta raison se protège en créant un masque qu'elle me fait porter. Si tu me vois sous l'apparence d'un surveillant, c'est parce que tu reconnais en elle la grandeur et le pouvoir que je possède. C'est la forme qu'à la fois tu aimes et tu crains, celle qui t'inspire adoration et terreur. On m'a attribué bien des noms. Ange de Lumière et Homme-qui-marche, Etranger Subit et Visiteur Etincelant, Lion de Guerre et Dissimulé, Défaiseur du Fer et Porteur d'Eau. Aujourd'hui tu m'as appelé Surveillant, alors, pour toi, ce sera mon nom.

« Est-ce qu'un jour je saurai votre vrai nom ou que j'verrai votre vrai visage, Surveillant ? »

Le Surveillant prit une mine sombre et terrible; il ouvrit la bouche comme pour hurler. « Un seul être vivant au monde m'a déjà vu sous ma véritable apparence et il mourra, sois-en sûr ! »

Les mots formidables claquèrent avec la force du tonnerre et secouèrent Chicaneau Planteur jusqu'au fond de lui-même, au point qu'il s'accrocha au sol du hangar, de peur de s'envoler en l'air comme poussière balayée par le vent avant la tempête. « Ne m'foudroyez pas pour mon insolence ! » s'écria-t-il.

La réponse du Surveillant vint, aussi douce que le soleil du matin. « Te foudroyer ? Comment le pourrais-je ? Tu es celui que j'ai élu pour recevoir mon enseignement le plus secret, un évangile inconnu du prêtre et du pasteur.

— Moi ?

— J'ai déjà commencé à t'apprendre, et tu as compris. Je sais que tu as le désir d'exécuter mes ordres. Mais tu manques de foi. Tu ne m'es pas encore tout à fait acquis. »

Le cœur de Chicaneau bondit dans sa poitrine. Etait-il possible que le Surveillant envisage de lui accorder la même faveur qu'à Abraham ? « Surveillant, je n'en suis pas digne.

— Evidemment, tu n'en es pas digne. Personne n'est digne de moi, non, personne ici-bas. Mais malgré tout, si tu m'obéis, tu trouveras peut-être grâce à mes yeux. »

Oh, c'est ce qu'il veut ! s'écria Chicaneau en lui-même, oui, il veut me donner la femme ! « Ordonnez et j'obéirai, Surveillant.

— Crois-tu que je vais te donner Hagar pour satisfaire tes stupides appétits charnels et ton désir d'enfant ? Mon dessein va plus loin. Ces Noirs sont certainement fils et filles de Dieu, mais en Afrique ils ont vécu sous l'emprise du démon. Cet exterminateur implacable a corrompu leur sang — sinon pourquoi seraient-ils noirs, à ton avis ? Je ne pourrai jamais les sauver tant qu'ils naîtront d'un noir absolu à chaque génération, car ils appartiendront au démon. Comment puis-je les faire revenir à moi, à moins que tu ne m'aides ?

— Est-ce que mon enfant naîtra blanc si j'prends la fille ?

— Ce qui m'importe, à moi, c'est qu'il ne naisse pas d'un noir pur. Comprends-tu ce que j'attends de toi ? Pas un unique Ismaël mais des quantités ; pas une seule Hagar, mais une multitude. »

Chicaneau osait à peine formuler le désir le plus secret au fond de son cœur. « Toutes ?

— Je te les donne, Chicaneau Planteur. Cette génération malfaisante est à toi. Avec de l'assiduité, tu peux en préparer une nouvelle qui m'appartiendra.

— C'est ce que je ferai, Surveillant !

— Tu ne dois révéler à personne que tu m'as vu. Je ne m'adresse qu'à ceux dont les désirs se tournent déjà vers moi et mes œuvres, ceux qui ont déjà soif de l'eau que j'apporte.

— Je n'dirai rien à personne, Surveillant !

— Obéis-moi, Chicaneau Planteur, et je te promets qu'à la fin de ta vie tu me reverras et sauras ce que je suis réellement. A cet instant, je te dirai : "Tu es à moi, Chicaneau Planteur. Viens et sois à jamais mon esclave."

— Avec joie ! s'écria Chicaneau. Avec joie ! Avec joie ! » Il jeta les bras en avant pour étreindre les jambes du Surveillant. Mais là où il aurait dû toucher le visiteur, il n'y avait plus rien. L'autre avait disparu.

A compter de ce soir-là, les femmes esclaves de Chicaneau Planteur ne connurent plus de répit. Quand il se les faisait amener pour la nuit, il s'efforçait de les traiter avec la même fermeté et la même autorité qu'il avait lues dans l'expression du redoutable Surveillant. Quand elles me regardent, c'est Son visage qu'elles doivent voir, se disait-il, et pour sûr, elles le voyaient.

La première qu'il prit était certaine fille récemment achetée qui ne savait pratiquement pas un mot d'anglais. Elle poussa des cris de terreur jusqu'à ce qu'il lui laisse les zébrures vues dans ses rêves. En pleurnichant, elle lui permit alors d'accomplir ce qu'avait ordonné le Surveillant. L'espace d'un instant, cette première fois, il crut entendre dans ses geignements la voix de Dolorès lorsqu'elle se lamentait doucement dans son lit, et il éprouva pour l'esclave une pitié aussi vive que celle qu'il avait eue pour son épouse aimée. Il faillit tendre une main compatissante vers la fille comme il l'avait fait autrefois pour réconforter Dolorès. Mais il se souvint alors du visage du Surveillant et songea : Cette fille noire est Son ennemie ; elle m'appartient. Aussi sûr qu'on doive labourer et ensemencer la terre que Dieu nous a donnée, je ne dois pas laisser ces entrailles noires en jachère.

Hagar, ce fut elle qu'il appela cette première nuit. Tu ne connais pas le bonheur que je t'accorde.

Au matin, il se regarda dans le miroir et remarqua quelque chose de nouveau sur sa figure. Une sorte de violence. Une sorte de force cachée, terrible. Ah ! se dit Chicaneau, personne n'a jamais vu qui je suis réellement, pas même moi. Aujourd'hui seulement, je me découvre à l'image du Surveillant.

Jamais plus il ne céda à la pitié durant l'accomplissement de sa besogne nocturne. Canne de frêne en main, il se rendait dans la cabane des femmes et désignait celle qui devait le suivre. Qu'elle montre de la réticence, et la canne lui apprenait ce qu'il en coûtait de renâcler. Qu'un autre Noir, homme ou femme, s'avise de protester, et le lendemain Chicaneau s'arrangeait pour que le surveillant le harcèle jusqu'au sang. Aucun Blanc ne soupçonnait la vérité, aucun Noir n'osait l'accuser.

Sa dernière acquisition, son Hagar, fut la première à concevoir. Il observa avec fierté son ventre qui commençait à s'arrondir. Chicaneau sut alors que le Surveillant l'avait véritablement choisi, et de posséder un tel pouvoir de domination l'emplit d'une joie sauvage. Un enfant allait naître, son enfant. Et déjà l'étape suivante lui apparaissait clairement. Si son sang blanc devait sauver le plus grand nombre possible d'âmes noires, il ne pouvait pas garder ses bébés métis auprès de lui, pas vrai ? Il les vendrait dans le Sud, chacun à un acheteur différent, dans une ville différente ; ensuite, il faisait confiance au Surveillant pour s'assurer qu'ils grandiraient tour à tour pour répandre sa semence dans l'ensemble de l'infortunée race noire.

Et tous les matins il assistait au petit-déjeuner de son épouse. « Chicaneau, mon amour, lui demanda-t-elle un jour, quelque chose ne va pas ? T'as la figure sombre, un air... comme de la rage, on dirait, ou de la cruauté. Tu t'es querellé ? Je ne t'en aurais pas parlé, mais tu... tu m'fais peur. »

Il tapota tendrement la main déformée de Dolorès tandis que l'esclave noire l'observait par-dessous ses paupières lourdes. « Je n'ai de colère envers aucun homme ni aucune femme, dit-il avec douceur. Et ce que tu appelles cruauté n'est rien d'plus que de l'autorité. Ah, Dolorès, comment peux-tu m'regarder en face et me croire cruel ? »

Elle fondit en larmes. « Pardonne-moi ! s'écria-t-elle. C'est mon imagination. Toi, l'homme le plus gentil que j'connaisse... Cest le diable qui m'a mis cette vision en tête, j'en suis sûre. Le diable peut envoyer des visions mensongères, tu sais, mais seuls les méchants s'y laissent prendre. Pardonne-moi ma méchanceté, mon cher époux ! »

Il lui pardonna, mais elle continua de pleurer jusqu'à ce qu'il ait fait chercher le prêtre. Pas étonnant que le Seigneur ne choisisse que des hommes pour en faire ses prophètes. Les femmes sont trop faibles et compatissantes pour mener à bien la tâche du Surveillant.

❄

Voilà quel fut le point de départ. Le premier pas à retentir sur ce chemin ténébreux et tragique. Ni Alvin ni Peggy n'eurent vent de cette histoire jusqu'à ce que je l'apprenne et la leur raconte bien plus tard, et ils admirent aussitôt que tout avait commencé là.

Mais n'y voyez pas la seule origine de tout le mal qui s'ensuivit, car ce serait une erreur. D'autres décisions entrèrent en jeu, d'autres fautes, d'autres mensonges et d'autres atrocités délibérément commises. On peut se faire aider par une foule de gens pour trouver le court chemin qui mène à l'enfer, mais on décide seul d'y poser le pied.

II

La marronneuse

PEGGY s'éveilla ce matin-là en rêvant d'Alvin Miller, un rêve qui lui mettait au cœur toutes sortes d'envies atroces. Elle voulait à la fois fuir à toutes jambes le jeune garçon et rester l'attendre, oublier qu'elle le connaissait et veiller encore sur lui.

Allongée sur son lit, les yeux mi-clos, elle suivait la lumière grise de l'aube qui s'insinuait peu à peu dans la mansarde où elle dormait. Je tiens quelque chose dans mes mains, remarqua-t-elle. Elle serrait si fort les coins de l'objet qu'en relâchant son étreinte elle eut mal aux paumes comme après une piqûre. Mais elle n'avait pas été piquée. Il s'agissait seulement de la boîte où elle conservait la coiffe de naissance d'Alvin. A moins, songea Peggy, à moins que je ne me sois réellement fait piquer, bien profond, et que je ne sente que maintenant la douleur.

Peggy voulait jeter la boîte le plus loin d'elle possible, l'enterrer et oublier où, la couler au fond de l'eau et empiler des cailloux par-dessus pour l'empêcher de remonter à la surface.

Oh, je n'y pense pas sérieusement, se dit-elle, je m'en veux d'avoir des idées pareilles, je m'en veux vraiment, mais maintenant le voilà qui arrive, après toutes ces années il s'en vient à Hatrack et il ne sera pas le petit garçon que j'ai vu sur tous ses chemins d'avenir, il ne sera pas l'homme que je le vois devenir. Non, ce n'est encore qu'un enfant, il n'a que onze ans. Possible qu'il ait assez vécu pour avoir en lui quelque chose d'un homme — des gens cinq fois plus âgés n'ont pas connu tant de chagrins ni de souffrances que lui —, mais ce sera tout de même un gamin de onze ans qui entrera au village.

Et je ne tiens pas à voir un Alvin de onze ans débarquer ici. Il va me chercher, c'est sûr. Il sait qui je suis, même s'il n'avait que deux semaines quand il est parti de chez nous autres. Il sait que j'ai vu son avenir le jour où il est né, un jour sombre où il pleuvait, alors il va s'amener et me dire : « Peggy, je connais que tu es une torche et je connais que tu as écrit dans le livre de Mot-pour-mot que je dois devenir un Faiseur. Alors dis-moi en quoi ça consiste. » Peggy était déjà au courant de sa requête et de toutes les manières possibles qu'il déciderait de la présenter; n'avait-elle pas assisté à la scène des centaines, des milliers de fois ? Alors elle lui apprendrait, il deviendrait un grand homme, un vrai Faiseur, et puis…

Et puis un jour, quand il sera un beau garçon de vingt et un ans et moi une vieille fille mauvaise langue de vingt-six, il se sentira si *reconnaissant* envers moi, si *obligé*, que son devoir lui commandera de me proposer le mariage. Et moi, éperdue d'amour, la tête pleine des rêves de ce qu'il accomplira et de ce que deviendra notre couple, je dirai oui, je l'encombrerai d'une femme qu'il aurait préféré ne pas devoir épouser, et ses yeux s'attarderont avec envie sur d'autres filles tout au long des jours que nous vivrons ensemble…

Peggy aurait aimé, oh, tellement aimé ! ignorer que les choses se passeraient ainsi. Mais voilà, Peggy était une torche, la torche la plus puissante dont elle avait jamais entendu parler, plus forte même que les gens des environs de Hatrack ne le soupçonnaient.

Elle s'assit dans son lit; elle ne jeta pas la boîte, elle ne la cacha pas, ne la brisa pas, ne l'enterra pas. Elle l'ouvrit. A l'intérieur reposait le dernier morceau de la coiffe de naissance d'Alvin, sec et blanc comme de la cendre de papier dans un âtre froid. Onze ans plus tôt, lorsque la maman de Peggy avait fait office de sage-femme pour tirer le bébé Alvin hors du puits de la vie et qu'il cherchait à inhaler des goulées d'air humide dans l'auberge de papa, à Hatrack River, Peggy lui avait décollé la coiffe fine et sanguinolente de la figure pour lui permettre de respirer. Alvin, le septième fils d'un septième fils, et le treizième enfant… Peggy avait tout de suite vu ce que seraient les chemins de son existence. La mort, voilà vers quoi il se dirigeait, la mort par une centaine d'accidents différents dans un monde qu'on aurait dit acharné à le perdre, depuis avant sa naissance.

Elle était « 'tite Peggy » à l'époque, une fillette de cinq ans, mais on faisait appel à son talent de torche depuis deux ans déjà, et jusqu'alors elle n'avait encore jamais vu chez un nouveau-né autant de routes menant à la mort. Peggy avait exploré tous les chemins de l'avenir d'Alvin et sur le nombre n'en avait trouvé qu'un seul où il vivait jusqu'à l'âge d'homme.

Mais à la condition qu'elle conserve cette coiffe et qu'elle veille sur lui de loin ; aussi, à chaque fois qu'elle avait vu la mort s'approcher d'Alvin pour l'emporter, elle avait eu recours à la membrane. Elle en prenait juste un petit bout qu'elle émiettait entre ses doigts et murmurait ce qui devait arriver ; elle le voyait en esprit. Et les choses se passaient tout comme elle l'avait dit. Ne l'avait-elle pas empêché de se noyer ? Sauvé d'un bison qui se vautrait dans la boue ? Retenu de glisser d'un toit ? Elle avait même un jour fendu une poutre faîtière qui tombait d'au moins cinquante pieds de haut et allait l'écraser sur le plancher d'une église en construction ; elle avait fendu le madrier en deux propre et net, si bien qu'il s'était abattu de part et d'autre du gamin en lui laissant juste la place de se tenir au milieu. Et des centaines d'autres fois où elle était intervenue si tôt que personne n'avait jamais deviné qu'il avait échappé à la mort, même ces fois-là, elle s'était servie de la coiffe.

Comment est-ce que ça marchait ? Elle n'en savait trop rien. Sauf qu'elle utilisait le propre pouvoir d'Alvin, son don inné. Au fil des ans il s'était suffisamment familiarisé avec son talent pour fabriquer des objets, les modeler, les consolider et les fragmenter. Cette dernière année, pris dans les guerres entre les hommes rouges et les Blancs, il avait fini par se charger lui-même de sauver sa vie, aussi n'avait-elle plus guère eu besoin d'intervenir. Une bonne chose, en fait. Il ne restait pas lourd de la coiffe.

Peggy referma la boîte. Je ne veux pas le voir, songea-t-elle. Je ne veux plus rien savoir de lui.

Mais ses doigts relevèrent aussitôt le couvercle parce que, bien sûr, il fallait qu'elle sache. Il lui semblait avoir vécu la moitié de sa vie à palper cette coiffe pour chercher la flamme de vie d'Alvin très loin là-bas, au nord-ouest, du côté de la Wobbish, dans la ville de Vigor Church, pour voir comment il se portait, pour suivre les chemins de son avenir et savoir quels dangers l'attendaient en embuscade. Et quand elle était certaine de sa sécurité, elle regardait plus avant dans le futur et elle le voyait revenir un jour à Hatrack River, où il était né ; il revenait, il la regardait dans les yeux et disait : « C'est toi qui m'as tout le temps sauvé, qui as reconnu en moi un Faiseur avant que personne n'imagine pareille chose possible. » Puis elle le suivrait tandis qu'il explorerait toute l'étendue de son pouvoir, apprendrait la tâche qu'il devait accomplir, la cité de cristal qu'il devait bâtir ; elle le voyait lui faire des enfants, toucher les nourrissons qu'elle tiendrait dans ses bras ; elle voyait ceux qu'ils mettraient en terre et ceux qui vivraient ; et enfin elle le voyait...

Des larmes roulèrent sur ses joues. Je ne veux pas savoir, dit-elle. Je ne veux pas connaître les routes de l'avenir. Les autres filles peuvent rêver d'amour, des joies du mariage, d'être mères de bébés forts et en bonne santé ; mais tous mes rêves renferment la peur, la douleur et la mort aussi, parce qu'ils reflètent la réalité ; personne ne pourrait en savoir autant et garder encore de l'espoir au cœur.

Pourtant Peggy espérait quand même. Eh oui, c'était comme ça. Elle s'accrochait encore à une espèce d'espoir éperdu, car même informée des événements appelés à se produire dans une vie, elle avait malgré tout des aperçus, des visions claires de certains jours, de certaines heures, de certains brefs moments de si grand bonheur qu'ils valaient la peine qu'on souffre pour les connaître.

Malheureusement, ces aperçus étaient si rares et si courts dans l'ensemble des avenirs d'Alvin qu'elle ne trouvait pas de chemin qui y menait. Tous ceux qu'elle trouvait facilement, les bien tracés, les plus à même de se réaliser, tous conduisaient à son mariage avec Alvin, un mariage sans amour, par gratitude et par devoir... un mariage pitoyable. Comme l'histoire de Lia dans la Bible, que son beau mari Jacob détestait, et pourtant elle l'aimait tendrement, elle lui avait donné plus d'enfants que ses autres épouses et serait morte pour lui s'il l'avait seulement demandé.

C'est un méchant tour que Dieu a joué aux femmes, songea Peggy : elles soupirent après un mari et des enfants et finissent par mener une existence de sacrifice, de chagrin et de souffrance. Le péché d'Eve était-il si terrible pour que Dieu nous frappe toutes de cette monstrueuse malédiction ? « Dans la peine tu enfanteras des fils, avait dit le Dieu tout-puissant et miséricordieux. Ta convoitise te poussera vers ton mari, et lui dominera sur toi. »

Voilà ce qui la brûlait intérieurement : la convoitise de son mari. Même s'il ne s'agissait que d'un jeune garçon de onze ans à la recherche, non pas d'une femme, mais d'un professeur. Ce n'est peut-être qu'un petit garçon, se dit Peggy, mais moi je suis une femme, j'ai vu l'homme qu'il sera, et c'est après lui que mon cœur soupire. Elle se pressa la main sur la poitrine; elle en sentit toute la rondeur et la douceur, malgré son incongruité sur un corps qui avait été tout en angles et en échalas mais qui maintenant prenait des courbes, comme un veau qu'on engraisserait pour le retour du fils prodigue.

Elle frissonna à la pensée de ce qui était arrivé au veau gras; une fois de plus elle toucha la coiffe et *regarda*.

Dans la lointaine ville de Vigor Church, le jeune Alvin prenait ce matin-là son dernier petit-déjeuner avec sa mère. Le bagage qu'il devait emmener pour son voyage jusqu'à Hatrack River était posé par terre près de la table. Des larmes coulaient sans retenue sur les joues maternelles. Le jeune garçon aimait sa mère, mais pas une seconde il ne regrettait de partir. Son foyer était un lieu sinistre désormais, souillé par trop de sang innocent pour qu'il ait envie de rester. Il était pressé de s'en aller, de commencer son apprentissage chez le forgeron de Hatrack River et de trouver la fille, la torche qui lui avait sauvé la vie à la naissance. Il était incapable d'avaler une bouchée de plus. Il s'écarta de la table, se leva, embrassa sa maman...

Peggy lâcha la coiffe et rabattit le couvercle de la boîte aussi vite et aussi hermétiquement que si elle avait voulu attraper une mouche à l'intérieur.

Il vient pour me trouver. Pour qu'on mène une existence malheureuse ensemble. Vas-y, pleure, Fidelity Miller, mais pas parce que ton fils s'en va dans l'Est. Pleure pour moi, la femme dont il va gâcher la vie. Verse tes larmes pour une femme de plus qui va souffrir dans son coin.

Peggy frissonna encore, chassa l'humeur sombre où la plongeait la grisaille de l'aube et s'habilla à la hâte, en baissant la tête pour éviter de se cogner aux basses traverses inclinées du toit du grenier. Au fil des ans elle avait appris comment écarter toute pensée d'Alvin Miller junior de son esprit, assez longtemps pour tenir son rôle de fille dans l'auberge de ses parents et de torche au service des habitants de la contrée. Elle pouvait passer des heures en oubliant le jeune garçon quand elle faisait attention. C'était plus difficile à présent, sachant qu'il allait ce matin même poser le pied sur la route qui le conduirait vers elle, mais elle s'imposa de ne pas songer à lui.

Peggy ouvrit le rideau de la fenêtre orientée au sud et s'assit devant, accoudée sur le rebord. Elle contempla la forêt qui s'étendait toujours de l'auberge jusqu'à l'Hio, le long de la rivière Hatrack, seulement entrecoupée ici et là de quelques fermes d'élevage de cochons. Bien entendu, elle ne *voyait* pas l'Hio, pas à tant de milles de distance, même par ce temps clair et frais de printemps. Mais ce que ses yeux naturels ne distinguaient pas, la torche qui brûlait en elle le découvrait sans mal. Pour voir l'Hio, il lui suffisait de chercher une flamme de vie éloignée, puis de se glisser à l'intérieur et de regarder par les yeux de son propriétaire aussi facilement qu'elle regardait par les siens. Une fois là, au cœur d'une flamme de vie, elle voyait également d'autres choses, pas uniquement ce que la personne voyait, mais ce qu'elle pensait, sentait et désirait. Et davantage encore : elle apercevait, tremblotants dans les parties les plus ardentes de la flamme, souvent couverts par le bruit des pensées et désirs immédiats, les chemins qui s'ouvraient devant son hôte, les choix qui s'offraient et l'existence qu'il connaîtrait s'il optait pour une route plutôt qu'une autre dans les heures et les jours à venir.

Peggy découvrait tant de choses dans les flammes des autres qu'elle ne savait presque rien de la sienne.

Elle se considérait parfois comme la vigie solitaire tout en haut du mât d'un navire. Elle n'avait pourtant jamais vu de bateau de sa vie, en dehors des radeaux de l'Hio et une fois d'un chaland sur le canal d'Irrakwa. Mais elle lisait des livres, tout ceux que le docteur Whitley Physicker lui ramenait de ses visites à Dekane. Elle était donc au courant pour la vigie sur le mât. Accrochée au gréement, les bras à demi entortillés dans les cordages pour éviter de tomber en cas d'un brusque roulis ou tangage du navire, ou d'un coup de vent imprévu ; bleue de froid en hiver, rouge brique en été ; et rien d'autre à faire tout au long de la journée, tout au long des heures interminables de sa veille, que de contempler le vide azuré de l'océan. S'il s'agissait d'un bateau pirate, la vigie guettait les voiles des proies. S'il s'agissait d'un baleinier, elle guettait les souffles et les bonds de l'animal. En général, elle guettait simplement la terre, les hauts-fonds, les barres invisibles ; elle guettait les pirates ou quelque ennemi juré de son pays.

La plupart du temps elle n'apercevait jamais rien, rien de rien, que des vagues, des oiseaux de mer plongeant dans les flots et des nuages duveteux.

Je suis une vigie sur un perchoir, se dit Peggy. Envoyée dans la mâture à peu près seize ans plus tôt, le jour où je suis née, je n'en ai pas bougé depuis, on ne m'a pas une seule fois laissée redescendre, pas une seule fois permis de me reposer dans l'étroit réduit des couchettes du pont inférieur, pas une seule fois donné la possibilité de seulement fermer une écoutille au-dessus de ma tête ou une porte dans mon dos. Toujours, toujours aux aguets, à regarder au loin, à regarder auprès. Et comme ce ne sont pas mes yeux naturels qui voient, je ne peux pas les fermer, même quand je dors.

Aucun moyen d'y échapper. Depuis le grenier où elle était assise, elle voyait sans y penser :

Maman, qu'on appelle la vieille Peg Guester, ou la Peg, de son vrai nom Margaret, qui prépare à manger dans la cuisine pour la tralée de clients attendus au dîner. Elle ne possède d'ailleurs pas de talent particulier dans ce domaine, alors elle trouve ça dur, contrairement à Gertie Smith, capable sur cent jours de donner cent goûts différents à du porc salé. Son talent, à Peg Guester, concerne les affaires de femmes, elle sait mettre les enfants au monde et jeter des charmes, mais une bonne auberge, c'est d'abord de la bonne cuisine, et depuis que grandpapa n'est plus là c'est elle qui s'en charge, de la cuisine, alors elle ne pense à rien d'autre et supporte difficilement qu'on l'interrompe, surtout sa fille qui erre dans la maison comme une âme en peine, qui ne desserre quasiment pas les dents, une gamine vraiment désagréable, un laideron, elle si gentille et si prometteuse étant petite, dans la vie tout finit par tourner au vinaigre...

Oh, vous parlez d'un bonheur, d'apprendre qu'on ne plaît guère à sa propre mère ! Pourtant Peggy connaissait aussi son profond dévouement. Mais savoir qu'un peu d'amour habite le cœur d'une maman n'atténue qu'à peine la douleur de savoir qu'elle vous a aussi en grippe.

Et papa, de son nom Horace Guester, tenancier de l'Auberge de la Rivière Hatrack. Un joyeux luron, papa ; en ce moment même, dans la cour, il raconte des histoires à un client, lequel a du mal à quitter l'auberge. Comme s'ils avaient toujours autre chose encore à se dire, et tenez, ce client, un avocat en tournée, de Cleveland, au nord, il se figure qu'Horace Guester est le meilleur, le plus honnête citoyen de sa connaissance, que si les gens avaient tous autant de cœur que cet homme-là, il n'y aurait plus de crimes et plus de causes à défendre dans la région amont de l'Hio. Tout le monde pensait de même. Tout le monde aimait le vieil Horace Guester.

Mais sa fille, la torche Peggy, elle voyait dans sa flamme de vie et savait ce que lui en pensait. Devant ces gens qui lui souriaient, il se disait : « S'ils apprenaient ce que je suis réellement, ils cracheraient sur la route, à mes pieds, puis ils s'en iraient oublier qu'ils ont connu mon visage et mon nom. »

Depuis sa chambre mansardée, Peggy voyait luire toutes les flammes de vie, toutes celles du village. Surtout les flammes de ses parents, parce qu'elle les connaissait mieux que les autres ; puis celles des clients qui logeaient à l'auberge ; enfin celles des habitants de Hatrack.

Conciliant Smith, son épouse Gertie et leur trois morveux de gamins qui n'avaient que des bêtises en tête quand ils ne vomissaient pas ou ne faisaient pas pipi... Peggy sentait le plaisir de Conciliant à travailler le métal, son dégoût pour ses propres enfants, sa désillusion devant le spectacle de sa femme, autrefois d'une beauté éblouissante et inaccessible, transformée en une sorcière aux cheveux filandreux qui braillait d'abord sur les drôles puis venait brailler de même sur lui.

Pauley Wiseman, le shérif, qui adorait inspirer la crainte chez les autres ; Whitley Physicker, en colère contre lui-même parce que la moitié du temps sa médecine n'avait aucun effet, que toutes les semaines la mort frappait et qu'il n'y pouvait rien. Anciens et nouveaux habitants, fermiers et gens de métier, Peggy voyait par leurs yeux et dans leurs âmes. Elle voyait les lits conjugaux toujours froids la nuit et les adultères secrètement enfouis dans des cœurs coupables. Elle voyait le vol chez des employés, des amis, des serviteurs de confiance, et le fond d'honorabilité chez beaucoup de ceux qu'on méprisait et qu'on rejetait.

Elle voyait tout et ne disait rien. Elle gardait bouche cousue. Ne parlait à personne. Parce qu'elle ne voulait pas mentir. Elle avait promis des années plus tôt qu'elle ne mentirait jamais et elle tenait parole en observant le silence.

Les autres n'avaient pas ce problème. Eux pouvaient parler et dire la vérité. Mais pas Peggy. Elle connaissait trop bien tous ces gens. Elle connaissait leurs peurs, leurs désirs, leurs fautes — ils la tueraient, ou se tueraient, s'ils se doutaient un jour qu'elle était au courant de ce qu'ils avaient fait. Même ceux qui n'avaient jamais commis de mauvaises actions auraient honte à l'idée qu'elle connaissait leurs rêves secrets ou leur folie cachée. Elle ne pouvait donc pas parler franchement à ces gens, elle se trahirait, peut-être pas forcément par un mot mais par une façon de détourner la tête, d'éviter un sujet de discussion ; ils devineraient alors qu'elle savait, ou ils auraient peur qu'elle sache, ou peur tout court. Seulement peur, sans même pouvoir affirmer de quoi, et ça les détruirait, certains d'entre eux, les plus fragiles.

Elle était une perpétuelle vigie, seule en haut du mât, accrochée aux cordages, qui voyait plus de choses qu'elle ne l'aurait souhaité et n'avait jamais même une minute à elle.

Quand il ne s'agissait pas d'une naissance pour laquelle il lui fallait aller vérifier comment le bébé se présentait, alors c'étaient des gens qui avaient des ennuis quelque part et qu'on devait secourir. Dormir ne lui servait pas à grand-chose non plus. Elle ne dormait jamais tout à fait. Une partie d'elle-même restait toujours à l'état de veille et voyait brûler, étinceler les flammes de vie.

Comme maintenant. En ce moment même, alors qu'elle regardait vers la forêt, elle en distinguait une. Une flamme qui brûlait tout au loin.

Elle s'en rapprocha aussitôt, pas physiquement, bien entendu, son corps ne quitta pas le grenier, mais en tant que torche elle savait comment observer de tout près des flammes de vie éloignées.

C'était une jeune femme. Non, une jeune fille, encore plus jeune qu'elle. Son esprit avait quelque chose de particulier, et Peggy sut tout de suite que sa langue maternelle était étrangère, même si elle parlait et pensait maintenant en anglais. Ses pensées s'en trouvaient toutes bizarres et tarabiscotées. Mais certains sentiments s'impriment dans le cerveau plus profondément que les mots ; la petite Peggy n'avait pas besoin d'aide pour découvrir la présence d'un bébé dans les bras de la fille, son attitude face à la rivière parce qu'elle sait qu'elle va mourir, l'horreur qui l'attend si elle retourne à la plantation et ce qu'elle a fait la veille au soir pour s'échapper.

❄

Voyez le soleil là-bas, à trois doigts au-dessus de la forêt. Cette esclave marronne et son bébé, son petit bâtard à demi blanc, voyez-les sur la berge de l'Hio, en partie dissimulés par les arbres et les buissons, qui regardent les hommes blancs sur leurs radeaux descendre la rivière à la perche. Elle a peur, les chiens ne peuvent pas les retrouver, elle sait ça, mais très bientôt ils vont amener le pisteur de marronneurs, très mauvais pour elle, et comment traverser cette rivière avec le bébé ?

Elle a une pensée horrible : je laisse le bébé, je le cache dans cette souche pourrie, je nage, je vole un bateau et je reviens. Ça marchera, dame oui.

Mais elle sent aussitôt, cette fille noire à qui personne n'a jamais appris le rôle de mère, qu'une bonne maman n'abandonne pas son bébé quand il tète encore autant de fois que les deux mains par jour. Elle murmure : « Une bonne maman laisse pas un 'tit bébé pour qu'le renard, la fouine ou l'blaireau, ils s'en viennent grignoter et tuer li. Dame non, pas moi. »

Elle s'assied donc, son bébé serré contre elle, et regarde couler la rivière ; ça pourrait tout aussi bien être le bord de la mer, puisqu'elle ne traversera jamais.

Des Blancs l'aideront, peut-être ? Ici, à la frontière de l'Appalachie, ils pendent ceux qui aident une esclave à s'échapper. Mais cette fille marronne a entendu ce qu'on raconte à la plantation ; il existe des Blancs qui disent que personne ne doit appartenir à quelqu'un d'autre. Que la fille noire doit avoir les mêmes droits que la dame blanche et repousser un homme qui n'est pas son vrai mari. Que la fille noire doit garder son bébé, empêcher le patron blanc de promettre de le vendre le jour de son sevrage, de l'envoyer grandir dans une maison d'esclaves du comté de Dryden où il embrassera les pieds des hommes blancs pour un oui, pour un non.

« Oh, il en a d'la chance, ton bébé, a-t-on dit à la jeune esclave. Il va grandir dans une belle demeure de seigneur, dans les Colonies d'la Couronne où ils ont encore un roi... peut-être même qu'un jour il le verra, le roi. »

Elle ne répondait pas mais elle riait à l'intérieur. La belle affaire, de voir un roi ! Son papa en était un, de roi, là-bas en Afrique, et ils l'avaient abattu. Les négriers portugais lui avaient montré, à la fille noire, l'avantage d'être roi : on meurt aussi vite que les autres, on perd du sang rouge tout pareil, on crie de peur et de douleur. Oh, pour ça, c'est *bien* d'être roi, et c'est *bien* d'en voir un. Est-ce que les Blancs croient leurs propres mensonges ?

Moi, je ne les crois pas. Je dis que je les crois, mais c'est faux. Je ne les laisserai jamais l'emmener, mon bébé. Il est petit-fils de roi, et je lui répéterai ça tous les jours tant qu'il grandira. Quand il sera le roi, personne ne le battra avec le bâton, ou alors il répondra, et personne ne prendra sa femme pour l'écarteler comme un cochon d'abattoir et planter un bébé à moitié blanc dans son ventre, pendant que lui reste dans sa cabane sans pouvoir rien y faire que pleurer. Dame non, alors.

Alors elle a fait la chose défendue, la chose mauvaise, affreuse, malfaisante. Elle vole deux bougies qu'elle chauffe au feu et qui deviennent toutes molles. Elle les pétrit comme de la pâte à pain, elle ajoute du lait de son téton après la tétée du bébé, elle mélange aussi un peu de sa salive à la cire, ensuite elle la roule, la tourne et la retourne dans la cendre jusqu'à obtenir une figurine à la ressemblance d'une esclave noire. A sa ressemblance.

Puis elle cache sa poupée esclave et s'en va trouver Gros Goupi pour lui demander des plumes du beau merle qu'il vient d'attraper.

« Une esclave noire, elle a pas besoin d'plumes, dit Gros Goupi.

— J'y fais un croque-mitaine pour mon bébé », elle répond.

Gros Goupi rit, il sait qu'elle ment. « Y a pas de croque-mitaines avec des plumes. Première nouvelle. »

La jeune esclave, elle dit : « Mon poupa est roi d'Umbawana. J'connais tous les secrets. »

Gros Goupi, il secoue la tête, il rit, il rit. « Qu'esse t'y connais, hein ? Tu connais même pas parler l'anglais. J'vais te donner toutes les plumes de merle que tu veux, mais quand ton p'tit, il arrêtera de téter, tu viendras m'voir et je t'en ferai un autre, tout noir çui-là. »

Elle déteste Gros Goupi autant que le patron blanc, mais il a des plumes de merle, alors elle dit : « Oui, missié. »

Elle se remplit les deux mains de plumes. Elle rit en elle-même. Elle sera loin et morte avant que Gros Goupi, il mette un bébé dans son ventre.

Elle recouvre la figurine de plumes noires, et ça devient un petit oiseau en forme de jeune fille. Très puissante, cette figurine qui contient son lait et sa salive, qui porte des plumes de merle. Très puissante. Elle suce toute la vie de son corps, mais le bébé, il n'embrassera jamais les pieds d'un patron blanc, le patron blanc ne lui donnera jamais le fouet.

La nuit noire, la lune n'est pas encore levée. La fille se glisse hors de sa cabane. Le bébé tète, il ne fait pas de bruit. Elle l'attache contre sa poitrine, il ne tombera pas. Elle jette la figurine dans le feu. Tout le pouvoir des plumes s'échappe, il brûle, brûle, brûle. Elle sent sa chaleur entrer en elle. Elle déploie ses ailes, larges, si larges, les étend et les agite comme elle l'a vu faire au beau merle. Elle s'élève en l'air, tout là-haut dans la nuit sombre, monte et vole, s'en va très loin vers le nord ; la lune paraît, elle la garde à sa droite pour emporter son bébé dans un pays où les Blancs disent que les filles noires, jamais des esclaves, et le bébé à moitié blanc, jamais esclave non plus.

Arrive le matin, avec le soleil, et elle ne vole plus. Oh, c'est comme mourir, pense-t-elle, comme mourir, de marcher sur le sol. Un oiseau à l'aile brisée... Elle prie que Gros Goupi la retrouve, elle sait ça maintenant. Après avoir volé, marcher rend triste, ça fait mal... comme une esclave avec des chaînes, la terre sous les pieds.

Mais elle marche toute la matinée en portant son bébé, et la voilà au bord de cette grande rivière. Tout près, se dit l'esclave marronne. J'ai volé jusqu'ici, me restait plus qu'à voler par-dessus l'eau. Mais le soleil s'est levé et je suis descendue avant la rivière. Maintenant je ne traverserai jamais, le pisteur me trouvera, il me fouettera au sang, prendra mon bébé, le vendra dans le Sud.

Pas moi. Je vais bien les attraper. Je mourrai d'abord.

Non, je mourrai en deux.

❋

Les autres pouvaient discuter et se demander si l'esclavage était un péché mortel ou une coutume bizarre. Les autres pouvaient se chamailler au sujet de ces fous d'abolitionnistes insupportables, même si l'esclavage était vraiment une mauvaise chose. Les autres pouvaient se pencher sur le sort des Noirs et les plaindre, tout en étant bien contents de les savoir pour la plupart en Afrique, dans les Colonies de la Couronne, au Canada ou n'importe où très loin. Peggy, elle, ne pouvait s'offrir le luxe d'avoir une opinion sur la question. Tout ce qu'elle savait, c'est qu'aucune flamme de vie n'avait connu de si grande douleur qu'une âme de Noir vivant dans l'ombre fine et sinistre du fouet.

Peggy se pencha à la fenêtre du grenier et appela : « Papa ! »

Il quitta à grands pas le devant de la maison et s'avança jusque sur la route, d'où il pouvait voir la fenêtre en levant la tête. « Tu m'appelles, Peggy ? »

Elle se contenta de le regarder sans rien dire ; il n'avait nul besoin d'autre signal. Il salua et souhaita bon vent au client si vite que le pauvre

« Des milliers et des milliers de Rouges, debout côte à côte dans la prairie. »

Page 477.

bougre se retrouva à mi-chemin du village avant de comprendre ce qui lui arrivait. P'pa était déjà rentré et montait l'escalier.

« Une jeune fille avec un bébé, lui dit-elle. Sus l'aut' rive de l'Hio, elle a peur et veut s'tuer si elle s'fait prendre.

— Loin, sus c'te rive ?

— Un peu plus bas qu' La Bouche, à ce que j'crois. Papa, j'vais avec toi.

— Ah ça, non.

— Si, papa. Tu la trouveras jamais, ni tout seul, ni avec dix hommes de plus comme toi. Elle a trop peur des hommes blancs, elle a d'bonnes raisons pour ça. »

Papa la regarda, ne sachant que faire. Il ne lui avait jamais permis de venir jusqu'à présent, mais en général c'étaient des hommes noirs qui s'échappaient. Seulement, elle les trouvait d'ordinaire de ce côté-ci de l'Hio, perdus et apeurés, et ça présentait moins de risques. Passer en Appalachie, c'était la prison assurée s'ils se faisaient prendre à aider un Noir à s'enfuir. La prison, voire la corde illico à un arbre. Les abolitionnistes n'étaient pas bien vus au sud de l'Hio, et encore moins ceux qui aidaient les marronneurs mâles, femelles et petits à monter dans le Nord, chez les Français du Canada.

« Trop dangereux de traverser, dit-il.

— Raison de plus, t'as b'soin d'moi. Pour la trouver et pour détecter si quèqu'un d'autre arrive.

— Ta mère, elle m'tuerait si elle apprenait que je t'ai emmenée.

— Alors j'vais partir tout d'suite, par derrière.

— Dis-lui que tu vas voir madame Smith…

— J'y dirai rien, ou alors la vérité, papa.

— Eh ben, j'vais rester icitte et prier l'Seigneur de m'protéger en s'arrangeant pour qu'elle s'aperçoive pas que tu t'en vas. On s'retrouvera à La Bouche au coucher du soleil.

— On peut pas…

— Non, on peut pas y aller plus tôt, dit-il. Impossible de passer avant la nuit. S'ils l'attrapent ou si elle meurt avant ça, alors tant pis, mais on peut pas traverser l'Hio d'jour, jamais d'la vie. »

❄

Des bruits dans la forêt, ça fait peur, très peur à la petite esclave. Les arbres l'agrippent, les chouettes crient fort pour indiquer où elle se cache, la rivière se moque d'elle tout le temps. Elle ne peut pas bouger, elle tomberait dans le noir, ferait mal au bébé. Elle ne peut pas rester, ils la trouveraient tout de suite. Même si elle volait, ça ne les tromperait pas, les pisteurs ; leurs yeux vont loin et ils peuvent la voir à une main de mains de distance.

Un pas, c'est sûr. Oh, Seigneur Dieu Jésus, sauve-moi du démon, là, dans le noir.

Un pas, une respiration, des branches qu'on écarte. Mais pas de lanterne ! Ce qui vient me voit dans le noir ! Oh, Seigneur Dieu Moïse Sauveur Abraham.

« Petite. »

La voix, j'entends la voix, je ne peux pas respirer. Tu l'entends, toi, bébé ? Ou bien je la rêve, la voix ? Une voix de dame, très douce voix de dame. Le diable n'a pas une voix de dame, tout le monde connaît ça, non ?

« Petite, je viens t'faire traverser la rivière et vous aider, toi et ton bébé, à monter dans l'Nord, là où vous serez libres. »

Je ne trouve plus de mots, ni dans la langue des esclaves ni dans celle d'Umbawana. Quand je me mets des plumes, est-ce que je perds mes mots ?

« On a une bonne grosse barque et deux hommes forts pour ramer. J'connais que tu me comprends, j'connais que tu m'fais confiance et aussi que tu veux venir. Alors approche, petite, prends ma main, tiens, la v'là, t'as pas b'soin de parler, tu lâches pas ma main. Y a quèques hommes blancs, mais c'est mes amis et ils te toucheront pas. Personne te touchera sauf moi, tu peux m'croire, petite, ça tu peux m'croire. »

Elle touche ma peau, sa main toute fraîche et douce comme la voix de la dame. Un ange, la Sainte Vierge Mère de Dieu.

Beaucoup de pas, des pas lourds, et maintenant des lanternes, des lumières et des hommes blancs, grands et vieux, mais la dame, elle tient toujours ma main.

« Elle crève de peur.

— R'gardez-moi ça. La peau lui tient aux os.

— Ça fait combien d'jours qu'elle a pas mangé ? »

Des grosses voix d'hommes comme le patron blanc qui a fait son bébé.

« Elle s'est enfuie seulement hier soir d'sa plantation », dit la dame.

Comment elle sait, la dame ? Elle sait tout. Eve, la maman de tous les bébés. Pas le temps de parler, pas le temps de prier, avancer vite, s'appuyer sur la dame blanche, marcher, marcher, marcher jusqu'au bateau qui attend sur l'eau comme dans un rêve, oh ! là ! le bateau, petit bébé, le bateau nous emporte, traverser le Jourdain, la Terre Promise.

❄

Ils étaient au milieu de la rivière lorsque la jeune Noire se mit à trembler, à pousser des cris, à débiter des mots.

« Fais-la taire, dit Horace Guester.

— Y a personne dans les environs, répondit Peggy. Personne nous entend.

— Qu'esse qu'elle raconte ? » demanda Po Doggly. Il élevait des cochons près de l'embouchure de la Hatrack, et l'espace d'un instant Peggy crut qu'il faisait allusion à elle. Mais non, il s'agissait de la fille noire.

« Elle cause dans sa langue d'Afrique, m'est avis, dit Peggy. Sa façon de s'enfuir, à c'te fille, c'est pas rien.

— Avec un bébé, en plusse, approuva Po.

— Oh, l'bébé, fit Peggy. Faut que je l'prenne.

— Pourquoi donc ? demanda papa.

— Par rapport que vous deux, vous allez porter la mère. D'la rive au chariot, toujours bien. Cette enfant-là, elle est pus capable d'mettre un pied d'vant l'autre. »

Ils abordèrent et firent comme elle avait dit. Le vieux chariot de Po ne valait pas grand-chose question confort — une malheureuse couverture de cheval fatiguée, c'était tout le bien-être qu'il offrait — mais ils y étendirent la fugitive, et si elle s'en formalisa elle n'en montra rien. Horace leva la lanterne bien haut pour la regarder. « T'as ma foi raison, Peggy.

— De quoi ?

— D'la traiter d'enfant. J'suis prêt à jurer qu'elle a pas treize ans. Prêt à l'jurer. Et avec un bébé. T'es sûre que ce bébé, c'est l'sien ?

— J'en suis sûre », fit Peggy.

Po Doggly gloussa. « Oh, vous connaissez comment ils sont, ces moricauds, de vrais lapins, dès qu'ils le peuvent ils y vont. » Il se rappela alors la présence de Peggy. « 'mande pardon, m'dame. On a jamais de dame avec nous d'accoutume, c'est l'premier soir.

– C'est à *elle* qu'il faut demander pardon, dit Peggy avec froideur. L'bébé est un croisé. L'propriétaire de c'te jeune fille a conçu l'petit sans sa permission. M'est avis que vous m'comprenez.

– T'as pas à causer d'ces choses-là », fit Horace Guester. Il était en colère, pour sûr. « Déjà dommage que tu participes à not' affaire, en plusse tu connais toutes sortes de choses sus c'te pauvre drôlesse, c'est pas bien d'raconter ses secrets comme ça. »

Peggy se tut et n'ouvrit plus la bouche durant tout le trajet de retour. C'était pareil à chaque fois qu'elle parlait franchement, voilà pourquoi elle ne le faisait presque jamais. Devant la souffrance de la jeune esclave, elle s'était oubliée et en avait trop dit. Maintenant papa songeait à tout ce que sa fille savait de la fugitive noire au bout de quelques minutes et il s'inquiétait de tout ce qu'elle devait savoir sur *lui*.

Tu veux connaître ce que je sais, papa ? Je sais pourquoi tu fais ça. Tu n'es pas comme Po Doggly, papa, qui n'aime pas spécialement les Noirs mais a horreur de voir enfermer tout ce qui est sauvage. S'il aide les esclaves à monter au Canada, c'est parce qu'il possède en lui ce besoin de leur rendre la liberté. Mais toi, papa, tu le fais pour racheter ton péché secret. Ton joli petit secret qui t'a souri, le cœur en berne, tu aurais pu dire non, mais tu t'en es bien gardé, tu as dit oui, oh oui ! Ça, c'était pendant que maman m'attendait, tu étais parti à Dekane acheter du ravitaillement, tu y es resté une semaine et tu as dû avoir cette femme dix fois en six jours. Je me souviens de chacune de ces fois-là aussi clairement que toi, je te sens rêver d'elle la nuit. Rouge de honte mais brûlant de désir. Je sais parfaitement ce qu'un homme éprouve quand il a tellement envie d'une femme que la peau le démange et qu'il ne tient pas en place. Toutes ces années tu t'en es voulu de ce que tu as fait, d'autant plus que tu chéris ce souvenir, alors tu payes pour ça. Tu risques la prison ou de finir pendu à un arbre en pâture aux corbeaux, non par amour des Noirs mais dans l'espoir peut-être de faire le bien pour que les enfants de Dieu te libèrent du penchant coupable que tu gardes en secret.

Et voilà la meilleure, papa. Si tu savais que je connais ton secret, probable que t'en mourrais, ça te tuerait sur le coup. Et pourtant, si je pouvais te dire, seulement te dire que je sais, alors je pourrais aussi ajouter autre chose, du genre : « Papa, tu ne vois donc pas que c'est là ton talent ? Toi qui t'en es toujours cru dépourvu, eh bien, tu en as un. Celui de donner aux autres le sentiment qu'on les aime. Ils viennent dans ton auberge et ils se sentent comme chez eux. Alors tu l'as vue, cette femme de Dekane, et elle manquait d'affection, elle avait envie de connaître l'effet que tu fais aux gens, grande envie. Et c'est dur, papa, dur de ne pas aimer quelqu'un qui t'aime aussi fort, qui s'accroche à toi comme des nuages à la lune, qui sait que tu vas poursuivre ta route, que tu ne resteras jamais, mais qui a soif d'amour, papa. J'ai cherché cette femme, cherché sa flamme de vie, partout, et je l'ai trouvée. Je sais où elle vit. Elle n'est plus jeune maintenant, comme tu te la rappelles. Mais elle reste toujours belle, belle comme dans ton souvenir, papa. C'est une brave femme, et tu ne l'as pas fait souffrir. Elle se souvient de toi avec tendresse, papa. Elle sait que Dieu vous a pardonné à tous deux. C'est toi qui ne veux pas pardonner, papa.

Quelle tristesse, songea Peggy, de rentrer chez soi dans ce chariot. Papa accomplit une action qui lui vaudrait de passer pour un héros aux yeux de n'importe quelle autre fille. Pour un grand homme. Mais parce que je suis une torche, je connais la vérité. Il n'opère pas une sortie comme Hector devant les portes de Troie, prêt à risquer la mort pour sauver d'autres gens. Il fait ça en catimini comme un chien battu, parce qu'en lui-même il *est* un chien battu. Il sort en courant pour échapper à un péché que le Seigneur lui aurait pardonné depuis longtemps s'il lui avait rendu la chose possible.

Bientôt, Peggy cessa de se dire que c'était triste pour son père. C'était triste pour à peu près tout le monde, non ? Mais la plupart des gens tristes persistaient dans leur tristesse, ils se cramponnaient à leur malheur comme au dernier baril d'eau en période de sécheresse. Peggy ne faisait pas exception, qui attendait Alvin tout en sachant qu'il ne lui apporterait aucune joie.

Cette fille, là, à l'arrière du chariot, elle était différente. Promise au terrible malheur de perdre son bébé, elle n'avait pas attendu les bras croisés qu'on le lui enlève pour se lamenter ensuite. Elle avait dit non. Tout simplement non, voilà, je ne vous laisserai pas me vendre ce bébé dans le Sud, même à une riche famille. Un esclave de riche reste toujours un esclave, pas vrai ? Et s'il descend dans le Sud, ça veut dire qu'il sera encore plus loin pour s'échapper et gagner le Nord. Peggy suivait les pensées de la fille qui s'agitait et gémissait à l'arrière du chariot.

Encore une chose, pourtant. Cette fille était plus héroïque que papa ou même Po Doggly. Parce qu'elle n'avait pas trouvé d'autre solution pour s'enfuir que de recourir à une sorcellerie puissante dont Peggy n'avait jamais entendu parler. Elle n'avait jamais pensé que les Noirs s'adonnaient à de telles pratiques. Mais c'était la vérité, elle ne l'avait pas rêvé. La fille noire avait volé. Elle avait façonné une poupée de cire, l'avait emplumée et brûlée. Carrément brûlée. Ça lui avait permis de voler loin, un vol long et pénible jusqu'à ce que le soleil se lève, assez loin pour que Peggy l'aperçoive et qu'on lui fasse traverser l'Hio. Mais la fugitive le payait cher.

Lorsqu'ils rentrèrent à l'auberge, maman se mit en colère, Peggy ne l'avait jamais vue aussi furieuse. « Tu mériterais l'fouet pour un crime de même, emmener ta fille de seize ans en pleine nuit pour mal faire. »

Mais papa ne répondit pas. Il n'en eut pas besoin une fois qu'il eut porté la jeune esclave à l'intérieur pour l'allonger par terre devant le feu.

« C'est pas possible, elle a rien mangé depuis des jours ! Des semaines ! s'écria maman. Et elle a l'front qui m'brûle la main rien que d'y toucher. Va m'quérir une casserole d'eau, Horace, pour y tamponner l'front, pendant que j'réchauffe du bouillon, elle va en boire un peu…

— Non, maman, fit Peggy. Vaut mieux trouver du lait pour l'bébé.

— Il va pas mourir, le bébé, alors que c'te drôlesse si, c'est pas toi qui vas m'apprendre c'que j'dois faire, j'connais comment guérir ces affaires-là, tout d'même…

— Non, maman, dit Peggy. Elle a fait d'la sorcellerie avec une poupée de cire. C'est d'la sorcellerie de Noirs, mais elle savait comment s'y prendre et elle avait l'pouvoir, c'est la fille d'un roi d'Afrique. Elle savait aussi ce que ça allait lui coûter, et asteure faut qu'elle paye.

— Tu veux m'dire que c'te gamine, elle va mourir ? demanda maman.

— Elle a fabriqué une poupée comme elle, maman, et elle l'a mise dans l'feu. Ça lui a donné des ailes pour voler toute une nuit. Mais au prix du reste de sa vie. »

Papa avait l'air effondré. « Peggy, tu bêtises. Quel avantage pour elle de fuir l'esclavage, si c'est pour mourir ? Pourquoi pas s'tuer là-bas et s'épargner tout ce tracas ? »

Peggy n'eut pas besoin de répondre. Le bébé qu'elle tenait dans ses bras se mit alors à pleurer, il n'y avait rien d'autre à ajouter.

« Je m'en vais quérir du lait, dit papa. Christian Larsson aura bien un canon à m'céder, même à c't'heure de la nuit. »

Mais maman le retint. « Regardes-y à deux fois, Horace, dit-elle. Il est pas loin de minuit asteure. Tu vas y dire que t'as b'soin d'lait pour quoi faire ? »

Horace soupira et rit de sa propre sottise. « Pour donner au p'tit moricaud d'une marronneuse. » Mais il devint alors tout rouge et s'emporta. « Elle en a d'bonnes, c'te fille ! dit-il. Elle est venue jusqu'icitte en connaissant qu'elle allait mourir, et asteure qu'esse qu'elle se figure qu'on va en faire, nous autres, de ce p'tit moricaud ? On peut quand même pas l'emmener au nord, l'déposer de l'aut' côté d'la frontière et le laisser brailler jusqu'à tant qu'un Français s'en vienne le prendre !

— Elle s'est dit qu'il vaut mieux mourir libre que vivre en esclave, m'est avis, fit Peggy. Elle devait connaître que la vie qu'son bébé trouverait chez nous autres serait toujours meilleure que celle de là-bas, m'est avis. »

La jeune fille étendue devant le feu respirait doucement, les yeux clos.

« Elle dort, c'est ça ? demanda maman.

— Elle est pas encore morte, dit Peggy, mais elle nous entend pas.

— Alors j'te l'dis tout net, c'est une vilaine affaire qu'on a sus les bras. Faut pas que l'monde connaisse que tu fais passer des marronneurs par chez nous autres. La nouvelle se répandrait si vite qu'on aurait betôt deux douzaines de pisteux à camper icitte à longueur d'année, et y en a sûrement un qui finirait par te tirer d'sus de derrière un fourré.

— Personne connaîtra ça, dit papa.

— Qu'esse tu vas faire, dire que t'es tombé par adon sus son cadavre dans les bois ? »

Peggy avait envie de leur crier : « Elle n'est pas encore morte, alors faites attention à ce que vous dites ! » Mais la vérité, c'est qu'il fallait trouver une solution, et rapidement. Et si l'un des clients se réveillait pendant la nuit, qu'il descendait ? C'est du coup qu'il n'y aurait plus de secret à garder.

« Elle va mourir quand ? demanda papa. Au matin ?

— Elle sera morte avant le lever du soleil, papa. »

Papa hocha la tête. « Alors vaut mieux que j'me mette à l'ouvrage. La fille, j'peux m'en occuper. Vous autres, les femmes, vous allez trouver ce qu'on va faire de ce p'tit moricaud, j'espère.

— Ah oui, tu crois ça, hein ? fit maman.

— Moi, j'connais que j'trouverais pas ; vous autres, ça sera mieux.

— Bon, eh ben, j'dirai p't-être aux genses que ce bébé, c'est l'mien. »

Papa ne se mit pas en colère. Il sourit, c'est tout, et dit : « L'monde croira pas ça, même si tu baignes ce drôle dans la crème trois fois par jour. »

Il sortit et entraîna Po Doggly pour qu'il lui donne la main à creuser une tombe.

« L'faire passer pour un bébé né par icitte, c'est pas une si mauvaise idée, dit maman. La famille noire qui vit plus bas dans les marais… tu t'rappelles, deux ans passés, quand un propriétaire d'esclaves a essayé d'prouver qu'elle lui appartenait ? C'est quoi leur nom, Peggy ? »

Peggy les connaissait beaucoup mieux que n'importe quel autre Blanc de Hatrack River ; elle les surveillait comme elle le faisait pour tout le monde, connaissait tous leurs enfants et leurs noms respectifs.

« Ils ont pris l'nom de Berry, dit-elle. Comme chez les nobles, ils gardent ce nom de famille quel que soit l'métier qu'ils font les uns et les autres.

— Pourquoi on le f'rait pas passer pour un bébé à eux ?

— Ils sont pauvres, maman, dit Peggy. Ils peuvent pas nourrir une bouche en supplément.

— Pour ça, on pourrait les aider, dit maman. On a plusse qu'il nous faut.

— Réfléchis une seconde, maman. De quoi ça aurait l'air ? Tout d'un coup, v'là que les Berry se r'trouvent avec un bébé plus clair — suffit de l'regarder pour voir qu'il est à moitié blanc. Et Horace Guester qui s'met à leur apporter des présents. »

La figure de maman rougit. « Qu'esse tu connais d'ces affaires-là ? demanda-t-elle.

— Oh, pour l'amour du Ciel, maman, j'suis une torche. Et tu sais bien qu'les gens s'mettraient à parler, tu l'sais bien, ça. »

Maman regarda la jeune Noire allongée. « Tu nous a mis dans un drôle de pétrin, fillette. »

Le bébé commença de s'agiter.

Maman se leva et gagna la fenêtre, comme si elle pouvait voir dans la nuit et trouver une réponse écrite dans le ciel. Puis, brusquement, elle se dirigea vers la porte et l'ouvrit.

« Maman, dit Peggy.

— Y a plus d'une façon d'plumer une oie », fit maman.

Peggy comprit à quoi elle songeait. Si on ne pouvait pas emmener le bébé chez les Berry, on pouvait peut-être le garder ici, à l'auberge, et dire qu'on s'en occupait à leur place parce qu'ils étaient pauvres. Tant que la famille Berry marcherait dans l'histoire, personne ne s'étonnerait de l'apparition soudaine chez les Guester d'un bébé à moitié noir. Et personne ne le prendrait pour le bâtard d'Horace, surtout si c'était sa femme qui l'amenait chez eux.

« Dis donc, tu t'rends compte de ce que tu leur demandes ? fit Peggy. Tout l'monde va s'dire que quelqu'un d'autre a labouré avec la génisse de m'sieur Berry. »

Maman parut tellement surprise que Peggy faillit éclater de rire. « J'croyais pas qu'les Noirs se souciaient d'ce genre d'affaires », dit-elle.

Peggy secoua la tête. « Maman, y a pas meilleurs chrétiens dans tout Hatrack River. Faut ça, pour continuer à pardonner la façon dont les Blancs les traitent, eux et leurs enfants. »

Maman referma la porte sans sortir et s'y adossa. « On les traite comment, leurs enfants ? »

La question était pertinente, Peggy le reconnut, et maman y avait pensé juste à temps. C'était bien joli, en voyant gigoter ce petit bébé noir décharné, de déclarer : « Je vais m'occuper de cet enfant et lui sauver la vie. » Encore fallait-il réfléchir à ce qu'il deviendrait lorsqu'il aurait cinq, sept, dix et dix-sept ans, qu'il serait un jeune mâle vivant dans la maison.

« J'crois pas qu'tu doives te faire du tracas pour ça, dit 'tite Peggy, beaucoup moins qu'pour la façon dont toi, tu comptes traiter ce drôle. Est-ce que tu comptes l'élever pour en faire ton domestique, un enfant de basse naissance dans ta grande et belle maison ? Si c'est ça, alors cette fille est morte pour rien, elle aurait aussi bien pu le laisser vendre dans l'Sud.

— J'ai jamais eu envie d'esclaves, fit maman. Va pas dire le contraire.

— Bon, et alors ? Est-ce que tu vas l'traiter comme ton propre fils, le défendre contre tout l'monde, comme tu l'ferais si t'avais porté un fils à toi ? »

Peggy observait maman qui réfléchissait ; elle vit soudain toutes sortes de nouvelles routes s'ouvrir dans sa flamme de vie. Un fils… voilà ce que serait ce gamin à moitié blanc. Et si les gens du pays le regardaient d'un mauvais œil parce qu'il n'était pas tout à fait de la bonne couleur, ils auraient affaire à Margaret Guester, oh oui, ils passeraient un sale quart d'heure, l'enfer cesserait de les épouvanter après ce qu'elle leur ferait subir.

Jamais maman n'avait montré pareille détermination, aussi forte et inébranlable, depuis toutes ces années où Peggy regardait dans son cœur. Il arrivait parfois que l'avenir entier d'une personne change sous ses yeux, et c'était le cas aujourd'hui. Tous ses chemins d'avenir s'étaient jusqu'ici plus ou moins ressemblés ; maman n'avait pas eu de choix à faire susceptibles de modifier sa vie.

Mais voilà que cette jeune mourante opérait chez elle une transformation. Des centaines de nouveaux chemins s'ouvraient désormais et sur chacun d'eux se tenait un petit garçon qui avait besoin d'elle, ce que n'avait jamais éprouvé sa fille. Agressé par les étrangers, cruellement malmené par les garçons du village, il viendrait sans cesse vers elle pour qu'elle le protège, l'éduque, l'endurcisse ; Peggy n'avait jamais agi ainsi.

C'est pour ça que je t'ai déçue, hein, maman ? Parce que j'en savais trop, trop jeune. Tu voulais que je vienne te trouver, confuse, des questions plein la bouche. Mais je n'avais jamais de questions à te poser, maman, parce que je savais déjà depuis l'enfance. Je savais ce qu'il en était d'être une femme par les souvenirs que tu conservais dans ta mémoire. Je connaissais l'amour dans le mariage sans que tu m'en parles. Je n'ai jamais passé de nuit à pleurer, pressée sur ton épaule, parce qu'un garçon qui me plaisait refusait de me regarder ; aucun garçon du pays ne m'a jamais plu. Je n'ai jamais fait ce que tu aurais aimé voir faire ta petite fille, parce que j'avais un talent de torche, que je savais tout et n'avais pas besoin de ce que tu voulais me donner.

Mais ce gamin à demi noir, il aura besoin de toi quel que soit son talent. Je vois sur tous ces chemins que si tu le gardes, si tu l'élèves, il sera davantage ton fils que je n'aurai été ta fille, bien que ton sang entre pour moitié dans le mien.

« Ma fille, dit maman, si j'passe c'te porte, ce sera-t-y bon pour le p'tit ? Et pis pour nous autres, de même ?

— Tu m'demandes de *voir* pour toi, maman ?

— Oui, 'tite Peggy, et j'te l'avais 'core jamais d'mandé, jamais pour moi-même.

— Alors je m'en vais te l'dire. » Peggy n'avait guère besoin de regarder loin sur les chemins de la vie de maman pour voir toute la joie que lui apporterait le gamin. « Si tu l'gardes et si tu l'traites comme ton propre fils, tu l'regretteras jamais.

— Et papa ? Il le traitera bien ?

— Tu connais donc pas ton mari ? » demanda Peggy.

Maman fit un pas vers elle, la main crispée ; elle ne l'avait pourtant encore jamais levée sur sa fille. « Pas d'insolences avec moi, dit-elle.

— Je parle comme lorsque je *vois*, dit Peggy. C'est à la torche que tu t'adresses, c'est la torche qui t'répond.

— Alors dis c'que t'as à dire.

— Facile. Si tu connais pas comment ton mari traitera le gamin, c'est que tu l'connais pas du tout.

— Alors p't-être que je l'connais pas, fit maman. P't-être que je l'connais pas du tout. Ou p't-être que si, et je veux que tu m'dises si j'ai raison.

— T'as raison, dit Peggy. Il le traitera bien, l'drôle se sentira aimé tous les jours de sa vie.

— Mais il l'aimera vraiment ? »

Peggy n'allait sûrement pas répondre à cette question. L'amour n'entrait même pas en ligne de compte pour papa. Il s'occuperait du gamin parce qu'il le fallait, qu'il s'en sentait le devoir ; le gamin n'y verrait pas de différence, à ses yeux ça passerait pour de l'amour, et ce serait bien plus sûr que l'amour. Mais l'expliquer à maman imposait de lui dire que papa accomplissait tant de choses parce que ses anciens péchés le travaillaient ; cette histoire-là, maman ne serait jamais prête à l'entendre.

Aussi Peggy se contenta-t-elle de la regarder et de lui répondre comme aux autres gens qui fourraient trop leur nez dans des affaires qu'ils ne souhaitaient pas véritablement connaître. « C'est à lui d'le dire, fit-elle. Tout ce que t'as besoin de savoir, c'est que l'choix que tu as déjà fait dans ton cœur est bon. D'avoir seulement pris cette décision, ç'a déjà changé ta vie.

— Mais je n'ai même pas encore décidé », dit maman.

Dans le cœur de maman il ne restait pas de chemin, pas un seul, où les Berry refusaient de reconnaître l'enfant comme le leur et de le lui confier pour l'élever.

« Si, t'as décidé, dit Peggy. Et t'es contente de l'avoir fait. »

Maman fit demi-tour et sortit en fermant la porte doucement derrière elle afin de ne pas réveiller le pasteur itinérant qui dormait dans la chambre juste au-dessus.

Peggy ressentit un malaise passager qu'elle s'expliquait mal. Si elle avait réfléchi une seconde, elle aurait compris : elle avait trompé sa maman sans même s'en apercevoir. Quand Peggy se chargeait d'une vision pour les autres, elle prenait toujours grand soin de regarder loin sur les chemins de leur vie, de rechercher les zones d'ombre aux causes imprévues. Mais Peggy était si sûre de connaître son père et sa mère qu'elle ne se donnait même pas la peine de regarder plus loin que ce qui était sur le point de se produire. C'est comme ça dans une famille. On s'imagine tous si bien se connaître qu'on ne cherche pas à savoir qui on est vraiment les uns et les autres. Avant longtemps, Peggy repenserait à cette journée et elle essayerait de comprendre pourquoi elle n'avait pas vu ce qui se préparait. Elle irait jusqu'à se dire que son talent lui avait fait défaut. Mais non. C'était elle qui avait fait défaut à son talent. Elle n'était pas la première à qui ça arrivait, ni la dernière, ni même la pire, mais peu de gens le déploreraient autant.

Le moment de malaise passa, et Peggy l'oublia lorsqu'elle tourna ses pensées vers la jeune Noire allongée sur le sol de la salle commune. Elle était réveillée, les yeux ouverts. Le bébé vagissait toujours. Sans que la fille dise un mot, Peggy sut qu'elle souhaitait donner le sein au bébé, un sein dans lequel il n'y avait peut-être rien à téter. La fugitive n'avait même pas la force d'ouvrir sa chemise de coton décolorée. Peggy dut s'asseoir près d'elle et maintenir l'enfant contre ses cuisses pendant que de sa main libre elle défaisait les boutons à tâtons. La poitrine de la fille était si maigre, ses côtes si saillantes que les seins avaient l'air de sacoches de selle ballottant sur une barrière. Mais les mamelons s'érigeaient pour la tétée, et une mousse blanche apparut bientôt autour des lèvres du bébé ; il lui restait donc quelque chose à boire, même maintenant, aux derniers instants de sa mère.

La jeune Noire était bien trop faible pour parler, mais elle n'en eut pas besoin ; Peggy sut ce qu'elle voulait dire et lui répondit : « Ma maman va garder ton p'tit. Et elle laissera jamais personne en faire un esclave. »

C'était là ce qu'elle désirait le plus entendre, ça et les gargouillis, gazouillis et piailleries du bébé affamé pendu à son sein.

Mais Peggy tenait à ce qu'elle en sache plus avant de mourir. « Ton bébé apprendra qui t'es, lui dit-elle. On lui racontera comment t'as donné ta vie pour pouvoir t'envoler et l'amener chez nous autres, en pays libre. Il t'oubliera jamais, tu peux m'croire. »

Puis Peggy regarda dans la flamme de vie de l'enfant, chercha ce qu'il adviendrait de lui. Oh, ça ne serait pas de tout repos car l'existence d'un jeune garçon à moitié noir dans une ville de Blancs était dure, quel que soit le chemin qu'il choisirait de suivre. Elle en vit cependant assez pour connaître le caractère du bébé dont les doigts agrippaient et griffaient la poitrine dénudée de sa maman. « Et il sera aussi un homme qui méritera que tu soyes morte pour lui, j'te l'promets. »

Ces paroles mirent du baume au cœur de la marronneuse. Elles lui apportèrent suffisamment de paix pour qu'elle se rendorme. Au bout d'un moment, le bébé, satisfait, s'endormit à son tour. Peggy le prit, l'enveloppa dans une couverture et le déposa dans le creux du bras de sa maman. Tu resteras près d'elle jusqu'aux derniers instants de sa vie, dit-elle silencieusement à l'enfançon. Ça aussi, nous te le dirons, qu'elle te tenait dans ses bras quand elle est morte.

Quand elle est morte… Papa était dehors avec Po Doggly, à lui creuser une tombe ; maman s'en était allée chez les Berry pour les persuader de l'aider à sauver la liberté et la vie du bébé ; et Peggy qui raisonnait comme si la fille était déjà morte.

Mais elle ne l'était pas encore, morte. Dans une bouffée de colère, parce que, trop bête, elle n'y avait pas songé plus tôt, elle se rappela soudain quelqu'un de sa connaissance qui possédait le talent de guérir les malades. A la bataille de Détroit, ne s'était-il pas agenouillé auprès du corps criblé de balles du grand homme rouge Ta-Kumsaw ? Ne s'était-il pas agenouillé, lui, Alvin, et ne l'avait-il pas guéri ? Alvin sauverait cette fille s'il était ici.

Elle se projeta dans la nuit, à la recherche de la flamme de vie si lumineuse, la flamme de vie qu'elle connaissait le mieux au monde, mieux encore que la sienne. Et elle le trouva, Alvin, il courait dans la nuit, il se déplaçait à la façon des hommes rouges, comme s'il dormait, il ne faisait qu'un avec la nature qui l'entourait. Il approchait plus vite qu'aucun autre Blanc n'aurait pu le faire, même monté sur le cheval le plus rapide et en empruntant la meilleure route entre la Wobbish et la Hatrack, mais il n'arriverait pas avant demain midi, et l'esclave marronne serait déjà morte et enterrée dans le cimetière familial. A douze heures près, tout au plus, elle manquerait le seul homme du pays capable de lui sauver la vie.

Un comble, non ? Alvin pouvait la sauver, mais il ne saurait jamais qu'elle avait besoin de lui. Tandis que Peggy, qui ne pouvait rien y faire, elle savait tout ce qui arrivait, tout ce qui allait arriver, ce qui devrait arriver si le monde était bon. Il n'était pas bon. Ça n'arriverait pas.

Quel don terrible que celui d'une torche, que de connaître tous les événements à venir et d'avoir si peu de pouvoir pour les modifier ! Le seul pouvoir à sa disposition, c'était celui des mots, celui de prévenir les gens, et même alors elle n'était pas sûre de ce qu'ils allaient décider. Ils avaient toujours la possibilité de faire un choix qui les entraînait sur un chemin pire encore que celui auquel elle voulait les soustraire… Très souvent, par méchanceté, sous le coup de la mauvaise humeur ou simplement par manque de chance, il faisaient ce mauvais choix, et les choses devenaient alors pires pour eux que si Peggy s'était contentée de se tenir tranquille et de se taire. J'aimerais ne pas savoir. J'aimerais avoir l'espoir qu'Alvin va arriver à temps. J'aimerais avoir l'espoir que cette fille va vivre. J'aimerais pouvoir lui sauver la vie moi-même.

Elle se rappela alors les nombreuses occasions où elle avait sauvé une vie. La vie d'Alvin, grâce à la coiffe de naissance. A cet instant l'espoir jaillit dans son cœur, car sûrement, rien que pour cette fois, elle pourrait utiliser un bout du dernier morceau de la coiffe pour sauver la fille, la remettre sur pied.

Peggy se leva d'un bond et courut maladroitement vers l'escalier, les jambes si engourdies d'être restée assise par terre qu'elle se sentait à peine marcher sur le bois nu. Elle trébucha sur les marches et fit un peu de bruit, mais aucun des clients ne se réveilla, autant qu'elle put en juger. Parvenue à l'étage, elle monta au grenier par le trou d'échelle que grandpapa avait transformé en vraie cage d'escalier moins de trois mois avant sa mort. Elle se faufila entre les malles et les vieux meubles pour gagner sa chambre à l'extrémité ouest de la maison. Le clair de lune entrait par la fenêtre exposée au sud, dessinant un motif quadrillé sur le sol. Elle fureta sur le plancher et retira la boîte de la cachette où elle la remisait à chaque fois qu'elle sortait.

Elle avait le pas trop lourd ou bien ce client particulier le sommeil trop léger, en tout cas lorsqu'elle redescendit par le trou d'échelle, il était là, debout, ses jambes blanches et maigrelettes dépassant de sous sa chemise de nuit; il scrutait le bas de l'escalier, puis il reprit la direction de sa chambre, comme s'il n'arrivait pas à se décider : J'entre ou je sors? Je monte ou je descends? Peggy regarda dans sa flamme de vie, rien que pour s'assurer qu'il n'était pas descendu et n'avait pas vu la fugitive et son bébé... S'il l'avait fait, leur projet et leur prudence, à sa mère et à elle, n'auraient servi à rien.

Mais il n'était pas descendu... Tout n'était pas perdu.

« Pourquoi es-tu encore habillée pour sortir? demanda-t-il. Et à cette heure de la nuit, en plus? »

Elle lui posa doucement un doigt sur les lèvres. Pour le faire taire, du moins c'était l'intention qu'elle mettait dans son geste. Mais elle sut tout de suite que depuis la mère de cet homme, il y avait bien des années, elle était la première femme à lui toucher le visage. Elle vit dans cet instant son cœur rempli, non pas de concupiscence, mais des vagues regrets d'un homme seul. C'était le pasteur arrivé avant-hier matin, un prêcheur itinérant... d'Ecosse, avait-il dit. Elle ne lui avait guère prêté attention, toutes ses pensées tournées vers Alvin qu'elle savait sur le chemin du retour. Mais pour l'heure, ce qui importait, c'était de renvoyer le client dans sa chambre au plus vite, et elle connaissait un bon moyen. Elle lui mit les mains sur les épaules, l'agrippa fermement derrière le cou et l'attira vers elle pour l'embrasser en plein sur les lèvres. Un bon gros bécot, comme il n'en avait jamais reçu d'aucune femme dans toute son existence.

Comme elle s'y attendait, il était rentré dans sa chambre presque avant qu'elle ne le libère. Elle aurait pu en rire, sauf que la flamme de vie du pasteur lui apprit que ce n'était pas son baiser qui l'avait fait fuir, comme elle l'avait prévu. C'était la boîte qu'elle tenait toujours à la main et qu'elle lui avait appuyée derrière le cou pendant qu'elle l'étreignait. La boîte qui contenait la coiffe d'Alvin.

Dès qu'elle le toucha, il sentit ce qu'il y avait à l'intérieur. Ce n'était pas un talent qu'il possédait, c'était autre chose... le fait de se trouver tout près d'une partie d'Alvin. Elle eut la vision du visage du jeune garçon qui se formait dans l'esprit de l'homme, dans une bouffée de peur et de haine inimaginables. Alors seulement, elle se rendit compte qu'il ne s'agissait pas de n'importe quel prêcheur. C'était le révérend Philadelphia Thrower, qui avait été pasteur à Vigor Church. Le révérend Thrower, qui avait tenté de tuer le gamin mais dont le papa d'Alvin avait déjoué le projet.

La crainte d'un baiser de femme n'était rien auprès de celle que lui inspirait Alvin junior. L'ennui, c'était qu'il avait maintenant si peur qu'il songeait à partir sur-le-champ, à fuir cette auberge. S'il se décidait, il allait descendre au rez-de-chaussée et tout découvrir, exactement ce qu'elle voulait éviter. C'était souvent comme ça : elle essayait d'écarter un mal et elle en créait un pire, tellement improbable qu'elle n'avait rien remarqué. Comment avait-elle pu ne pas reconnaître le pasteur ? Ne l'avait-elle pas vu par les yeux d'Alvin des tas de fois au cours des années passées ? Mais il avait changé en l'espace d'un an, il avait l'air amaigri, hagard, plus vieux. Et puis elle ne s'attendait pas à le trouver ici, et de toute manière il était trop tard pour revenir en arrière. Tout ce qui comptait à présent, c'était de le retenir dans sa chambre.

Elle ouvrit donc sa porte pour entrer à son tour, elle le regarda bien en face et lança : « Il est né icitte.

— Qui ça ? » fit-il. Il avait la figure blanche comme s'il venait de voir le diable en personne. Il savait de qui elle parlait.

« Et il revient. En ce moment, il est en route. Vous s'rez à l'abri que si vous restez dans vot' chambre c'te nuit et partez demain matin à l'avant-jour.

— Je ne comprends pas… comprends rien à ce que tu me racontes. »

S'imaginait-il vraiment pouvoir tromper une torche ? Peut-être ignorait-il qu'elle en était une… Non, il le savait, il le savait, seulement il ne croyait pas aux torches, sortilèges, talents et autres balivernes. Il était homme de science et de grande piété. Un maudit couillon. Il faudrait donc lui prouver qu'il avait raison d'avoir peur. Elle le connaissait et elle connaissait ses secrets. « Vous avez essayé de tuer Alvin junior avec un couteau d'boucherie », dit-elle.

L'effet fut immédiat. Il tomba à genoux. « Je ne crains pas de mourir », dit-il. Puis il se mit à murmurer la prière du Seigneur.

« Priez donc toute la nuit si ça vous chante, reprit-elle, mais à condition d'rester dans vot' chambre. »

Elle passa ensuite la porte et la referma. Elle était à mi-escalier quand elle entendit la barre tomber en place en travers du battant. Peggy n'avait pas le loisir de se soucier du tourment peut-être injuste qu'elle lui infligeait

— au fond de lui, le révérend n'était pas véritablement un meurtrier. Sa seule préoccupation présente, c'était de descendre la coiffe et de s'en servir pour aider la fugitive, si par chance il lui appartenait de recourir au pouvoir d'Alvin. Ce pasteur lui avait fait perdre beaucoup de temps. Beaucoup de précieuses respirations à la jeune esclave.

Elle respirait toujours, hein ? Oui. Non. Le bébé dormait à côté d'elle, mais la poitrine de la mère ne se soulevait pas autant que celle de l'enfant, ses lèvres ne laissaient guère passer davantage qu'un souffle de nourrisson sur la main de Peggy. Mais sa flamme de vie brillait toujours ! Peggy la distinguait nettement, elle continuait de luire avec éclat parce que cette esclave, elle avait la vie chevillée au corps. Peggy ouvrit donc la boîte et sortit le morceau de coiffe dont elle réduisit en poudre un coin desséché entre ses doigts, tout en murmurant à la mourante : « Vis, sois forte. » Elle essaya d'imiter Alvin quand il guérissait, de sentir comme lui les petites cassures dans un corps et de les réparer. Ne l'avait-elle pas déjà tant de fois regardé opérer ? Mais c'était différent de le faire soi-même. Ça lui semblait étrange, elle n'avait pas la même vision que lui, et elle sentit la vie refluer du corps de la marronneuse, prit conscience du cœur silencieux, des poumons flasques, des yeux ouverts mais éteints; enfin la flamme de vie fulgura comme une étoile filante, étincelante et subite, avant de disparaître.

Trop tard. Si je ne m'étais pas arrêtée dans le couloir du premier, si je n'avais pas eu affaire au pasteur…

Mais non, non, elle n'avait pas de reproches à s'adresser, elle n'avait pas le pouvoir de guérir, de toute façon, c'était perdu d'avance. La fille mourait dans toutes les parties de son corps. Même Alvin, s'il avait été là, même lui n'y serait pas parvenu. Il n'y avait jamais eu beaucoup d'espoir. Si peu d'espoir qu'elle n'avait pas vu un seul chemin où sa tentative était couronnée de succès. Elle ne ferait donc pas comme tant d'autres, elle ne s'accuserait pas indéfiniment puisque, après tout, elle s'était attelée de son mieux à une tâche qui avait peu de chances d'aboutir dès le départ.

Maintenant que la fille était morte, elle ne pouvait pas laisser le bébé au creux d'un bras qui allait peu à peu se refroidir. Elle le prit. Il bougea mais continua de dormir comme tous les bébés. Ta maman est morte, mon petit bonhomme à moitié blanc, mais tu vas avoir ma maman à moi, et aussi mon papa. Ils ont assez d'amour pour un bout de chou; tu n'en manqueras pas comme certains enfants que j'ai vus. Alors profites-en, mon garçon. Ta maman est morte pour t'amener chez nous autres... profites-en et on fera quelque chose de toi, moi je te le dis.

« Quelque chose de toi, s'entendit-elle murmurer. Quelque chose de toi, et de moi aussi. »

Elle prit sa décision avant même de s'apercevoir qu'il y en avait une à prendre. Elle sentait son avenir se modifier sans pourtant distinguer clairement en quoi il consistait.

La fugitive avait deviné ce que lui réservait probablement l'avenir — pas besoin d'être une torche pour voir nettement certaines choses. Une vie affreuse l'attendait, elle perdait son bébé, elle restait esclave jusqu'à son dernier souffle. Pourtant elle avait distingué une faible, très faible lueur d'espoir pour son enfant, et dès cet instant elle n'avait pas hésité, dame non, cette lueur valait la peine de mourir pour elle.

Et maintenant prenons mon cas, songea Peggy. Je suis là, à regarder les chemins de la vie d'Alvin, et j'y vois des misères pour moi — nulle part aussi terribles que celles de cette esclave, mais quand même. Par moments j'aperçois l'éclat d'une bonne chance de bonheur, un moyen bizarre et détourné pour qu'Alvin vienne à moi, et aussi pour qu'il m'aime. Quand je vois ça, est-ce que je vais me croiser les bras et regarder mourir ce bel espoir uniquement parce que j'hésite sur la marche à suivre ?

Si cette fillette maltraitée a pu se créer un espoir à partir de cire, de cendres, de plumes et d'un peu d'elle-même, alors moi aussi je peux me créer ma propre existence. Quelque part il existe un fil qui, si je mets la main dessus, me conduira au bonheur. En admettant que je ne le trouve jamais, ce fil-là, ce sera mieux que le désespoir qui m'attend si je reste ici sans rien tenter. Même si je ne fais jamais partie de la vie d'Alvin lorsqu'il atteindra l'âge adulte, eh bien, ça ne m'aura malgré tout pas coûté un prix aussi exorbitant que celui payé par cette esclave pour acheter sa liberté.

Demain, quand Alvin arrivera, je ne serai plus là.

Sa décision était faite, voilà. Ça, elle comprenait mal pourquoi elle n'y avait jamais songé avant. S'il y avait quelqu'un, dans tout Hatrack River, pour savoir qu'il existe *toujours* une autre option, c'était bien elle. Les gens racontaient comment ils avaient été poussés à la misère et au malheur, qu'ils n'avaient pas eu le moindre choix... mais cette esclave marronne avait montré qu'il reste toujours une issue, tant qu'on garde en tête que même la mort peut proposer parfois une belle route toute droite.

Et je n'ai pas besoin de trouver des plumes de merle pour voler, moi.

Assise, le bébé dans les bras, Peggy échafaudait des plans aussi hardis qu'effrayants pour s'en aller le lendemain avant l'arrivée d'Alvin. A chaque fois que la peur la prenait à l'idée de ce qu'elle comptait faire, elle baissait les yeux sur la jeune Noire et sa vue lui redonnait courage, vraiment. Je finirai peut-être un jour comme toi, petite évadée, morte dans une maison étrangère. Mais mieux vaut cet avenir inconnu qu'un autre auquel je n'aurais pas cherché à échapper tout en sachant d'avance que je l'aurais détesté.

Vais-je partir, vais-je vraiment partir demain matin, quand l'heure sera venue et qu'il n'y aura plus moyen de faire demi-tour ? Elle toucha la coiffe d'Alvin de sa main libre en glissant les doigts dans la boîte, et ce qu'elle vit de l'avenir du jeune garçon lui donna envie de chanter. Avant, la plupart des chemins les montraient qui se rencontraient, et alors commençait pour elle une existence misérable. De ces chemins, il n'en restait plus désormais que quelques-uns ; dans presque tous les futurs d'Alvin, Peggy le voyait venir à Hatrack, chercher la torche et découvrir qu'elle était partie. Le seul fait d'avoir pris une nouvelle décision ce soir avait condamné un grand nombre de routes du malheur.

Maman revint avec les Berry avant que papa ait terminé de creuser la tombe. Anga Berry était une femme fortement charpentée ; les rires lui avaient laissé davantage de rides que les soucis, mais toutes marquaient profondément son visage. Peggy la connaissait bien et l'appréciait mieux que la plupart des gens de Hatrack River. Elle avait du caractère mais aussi du cœur, et Peggy ne s'étonna pas de la voir se précipiter vers le corps de la jeune esclave pour lui soulever une main flasque et froide et la presser contre sa poitrine. Elle chuchota des mots ; on aurait dit une berceuse, tant sa voix était basse, douce et tendre.

« L'est morte, dit Mock Berry. Mais le p'tit est fort, j'vois ça. »

Peggy se mit debout et laissa Mock regarder le bébé dans ses bras. Elle l'aimait beaucoup moins que sa femme. Il était du genre à gifler un enfant si brutalement que le sang coulait, tout ça pour une parole ou un geste qui lui avait déplu. Le pire, c'était qu'il ne mettait aucune colère dans sa gifle. Comme s'il n'éprouvait rien ; faire mal ou pas, c'était pour lui du pareil au même. Mais il travaillait dur et, quoique pauvre, la famille s'en sortait ; et personne, parmi ceux qui connaissaient Mock, ne prêtait l'oreille à ces grossiers personnages qui racontaient qu'il n'existait pas de bélier qui ne chaparde ni de brebis qu'on ne puisse flécher.

« En bonne santé », dit Mock. Puis il se tourna vers maman. « Quand il sera un grand et solide gaillard, m'dame, vous aurez-t-y toujours envie de l'traiter comme vot' gars ? Ou esse que vous le f'rez dormir par en arrière, dans la r'mise avec les bêtes ? »

Pour ça, il n'y allait pas par quatre chemins, Peggy s'en rendait compte.

« Ferme-la, Mock, lui ordonna sa femme. Et vous, donnez-moi ce bébé, mam'zelle. J'aurais seulement connu qu'il arrivait, j'aurais gardé mon plus jeune au téton pour avoir 'core du lait. Je l'ai sevré deux mois passés, çui-là, et depuis il m'a donné qu'du tracas, mais pas toi, mon p'tit, tu seras pas un tracas pour moi. » Elle roucoula des mots au bébé comme elle l'avait fait à sa mère défunte, et il ne se réveilla pas davantage.

« J'vous l'ai dit. Je l'élèverai comme mon fils, dit maman.

— Faites excuse, m'dame, mais j'ai jamais entendu causer d'femme blanche qu'aurait fait une chose de même, dit Mock.

— Ce que j'dis, répliqua maman, je l'fais. »

Mock rumina la réponse un instant. Puis il hocha la tête. « M'est avis qu'oui, dit-il. J'ai jamais entendu dire qu'vous teniez pas vot' parole, ça je r'connais, même à des Noirs. » Il sourit. « La plupart des Blancs, ils prétendent que mentir à un moricaud, c'est pas mentir.

— On f'ra comme vous avez d'mandé, intervint Anga Berry. J'dirai à tout l'monde qui m'posera des questions que c'est mon p'tit gars mais qu'on vous l'a confié par rapport qu'on est trop pauvres.

— Mais allez surtout pas oublier que c'est une menterie, dit Mock. Allez surtout pas croire que si c'était vraiment not' bébé à nous autres, on l'aurait donné d'même. Et allez pas vous figurer qu'ma femme, là, elle laisserait un homme blanc lui mettre un enfant dans l'ventre alors qu'elle est mariée avec moi. »

Maman étudia Mock un instant, prenant sa mesure comme elle savait le faire. « Mock Berry, j'compte bien qu'vous viendrez voir ce garçon dans ma maison autant de fois qu'il vous plaira, et j'vous montrerai, moi, comment une femme blanche, elle tient parole. »

Mock se mit à rire. « M'est avis qu'vous en êtes une vraie, 'bolitionniste. »

Papa rentra à ce moment, en sueur et tout crotté. Il serra la main aux

Berry, et en une minute ils le mirent au courant de l'histoire qu'ils allaient tous raconter. Il promit à son tour d'élever l'enfant comme son propre fils. Il pensa même à une chose qui n'était pas venue à l'esprit de maman : il adressa quelques mots à Peggy pour lui promettre qu'ils n'auraient pas non plus de préférence pour le petit. Peggy hocha la tête. Elle ne voulait pas trop en dire, car du coup elle mentirait ou dévoilerait ses projets ; elle savait qu'elle n'avait aucune intention de rester, ne serait-ce qu'un seul jour, sous ce toit où allait vivre le bébé.

« On va s'en r'tourner, asteure, madame Guester », dit Anga. Elle tendit le bébé à maman. « Au cas où un d'mes drôles s'réveillerait d'un mauvais rêve, vaut mieux que j'soye là-bas si vous voulez pas entendre leurs braillements monter jusqu'icitte, sus la grand-route.

— Vous allez pas faire v'nir un pasteur pour dire quèques mots sus sa tombe ? » demanda Mock.

Papa n'y avait pas pensé. « On a justement un révérend là-haut », dit-il.

Mais Peggy lui ôta aussitôt cette idée de la tête. « Non », lança-t-elle aussi sèchement qu'elle le put.

Papa la regarda et comprit que c'était la torche qui parlait. Il n'y avait pas à discuter. Il se contenta d'opiner. « Pas c'te fois-ci, Mock, dit-il. Ça s'rait pas prudent. »

Maman tarabusta Anga Berry jusqu'à la porte. « Esse qu'y a quèque chose que j'dois connaître ? demanda-t-elle. C'est pareil, pour les bébés noirs ?

— Ah, dame non, pas du tout pareil, fit Anga. Mais c'bébé, l'est à moitié blanc, y m'semble, alors occupez-vous de c'te moitié-là, et m'est avis que l'autre, la noire, elle s'dépatouillera ben toute seule.

— Du lait d'vache dans une vessie d'cochon ? insista maman.

— Vous connaissez tout ça, fit Anga. Tout c'que moi, j'connais, c'est d'vous que j'le tiens, madame Guester. Comme toutes les femmes du pays. Pourquoi qu'vous m'demandez ça, asteure ? Vous comprenez donc pas que j'ai b'soin de dormir ? »

Une fois les Berry partis, papa saisit le corps de la jeune fille pour l'emporter dehors. Même pas de cercueil, mais ils recouvriraient le cadavre de pierres pour éloigner les chiens.

« Légère comme une plume, dit-il en la soulevant. Pareil qu'une carcasse de bûche calcinée. »

La comparaison était juste, Peggy dut l'avouer. Elle n'était plus que ça, désormais. Plus que des cendres. Elle s'était complètement consumée.

Maman garda le bébé sang-mêlé dans ses bras pendant que Peggy montait au grenier chercher le berceau. Personne ne se réveilla cette fois-ci, sauf le pasteur. Il était bien éveillé, lui, derrière sa porte, mais il ne sortirait à aucun prix. Maman et Peggy firent le petit lit dans la chambre des parents et y couchèrent l'enfant. « Dis-moi, on y a donné un nom, à ce pauvre orphelin ? demanda maman.

— Elle y en a pas donné, dit Peggy. Dans sa tribu, une femme avait pas d'nom tant qu'elle était pas mariée, et un homme non plus tant qu'il avait pas tué son premier animal.

— Mais c'est affreux, ça, dit maman. C'est même pas chrétien. Alors elle est morte sans avoir reçu l'baptême.

— Non, fit Peggy. Elle a bien été baptisée. La femme de son propriétaire y a veillé — tous les Noirs d'leur plantation ont été baptisés. »

Le visage de maman se durcit. « Elle a dû s'figurer que ça faisait d'elle une chrétienne. Bon, j'vais te trouver un nom, moi, mon p'tit bonhomme. » Elle eut un sourire malicieux. « D'après toi, ça y ferait quel effet, à ton père, si j'appelais ce bébé Horace Guester junior ?

— Il en mourrait, dit Peggy.

— M'est avis qu'oui. J'suis pas 'core prête à faire une veuve. Pour l'instant, on va donc l'appeler… oh, j'arrive pas à réfléchir, Peggy. C'est quoi, les noms d'hommes, chez la couleur ? Et si j'y donnais un nom d'enfant blanc ?

— Le seul nom d'Noir que j'connais, c'est Othello, dit Peggy.

— Pour un drôle de nom, c'est un drôle de nom, fit maman. T'as dû pêcher ça dans un des livres de Whitley Physicker. »

Peggy resta silencieuse.

« J'ai trouvé, dit maman. J'ai son nom. Cromwell. Le nom du Lord Protecteur.

— Autant l'appeler Arthur, comme le roi », dit Peggy.

Maman gloussa puis rit franchement. « Le v'là, ton nom, p'tit bonhomme. Arthur Stuart ! Et si ça lui déplaît, au roi, qu'tu t'appelles comme lui, il pourra toujours nous envoyer une armée que je l'changerai pas. C'est Sa Majesté qui devra changer l'sien d'abord. »

⁂

Malgré l'heure tardive où elle monta se coucher, Peggy se réveilla tôt le lendemain matin. Ce furent les sabots d'un cheval qui la tirèrent du sommeil. Elle n'eut pas besoin d'aller à la fenêtre pour reconnaître la flamme de vie du pasteur qui s'éloignait au galop. Galope donc, Thrower, dit-elle en silence. Tu ne seras pas le seul à prendre le large ce matin, à fuir le garçon de onze ans qui s'en vient.

Ce fut par la fenêtre orientée au nord qu'elle alla regarder. Elle voyait entre les arbres jusqu'au cimetière sur la colline. Elle essaya de repérer la tombe creusée durant la nuit, mais il n'y avait aucun indice perceptible à ses yeux naturels, et dans une tombe il n'y avait pas de flamme de vie non plus, rien pour l'aider. Alvin, lui, il la verrait, ça, elle en était sûre. La première chose qu'il ferait, ce serait d'aller au cimetière, parce que c'était là que reposait le corps de son frère aîné, Vigor, emporté par la rivière Hatrack quand il sauvait la vie de sa mère, moins d'une heure avant qu'elle ne donne naissance à son septième fils. Mais Vigor avait résisté à la mort juste assez longtemps, malgré tous les efforts de la rivière pour le tuer, il avait résisté assez longtemps et Alvin était né septième de sept fils vivants. Peggy avait regardé sa flamme de vie vaciller puis s'éteindre aussitôt après la naissance du bébé. On avait dû lui raconter cette histoire plus de mille fois. Il irait donc au cimetière ; lui, il se projetterait dans la terre et découvrirait ce qu'on y avait caché. Il trouverait la tombe dépourvue d'inscription et le corps amaigri tout frais enseveli.

Peggy prit la boîte contenant la coiffe et la mit au fond d'un sac de toile avec sa deuxième robe, un cotillon et les derniers livres que lui avait ramenés Whitley Physicker. Elle ne voulait pas rencontrer le jeune garçon face à face, mais elle ne l'oublierait pas pour autant. Elle toucherait à nouveau la coiffe ce soir, ou peut-être seulement demain matin ; elle serait avec lui en esprit et se servirait de ses sens pour trouver la tombe de cette Noire sans nom.

Son bagage fait, elle descendit.

Maman chantait pour le bébé pendant qu'elle pétrissait le pain ; elle avait tiré le berceau dans la cuisine et le remuait du pied, bien qu'Arthur Stuart dormît à poings fermés. Peggy déposa son sac à l'extérieur de l'office, près de la porte, entra et toucha l'épaule de sa mère. Elle espérait un peu que maman aurait beaucoup de chagrin en découvrant son départ. Mais il n'en serait rien. Oh, elle ferait des scènes et piquerait des colères au début, mais avec le temps Peggy lui manquerait moins que prévu. C'est le bébé qui lui occuperait l'esprit tout entier, elle ne s'inquiéterait pas pour sa fille. D'ailleurs, maman savait Peggy capable de se débrouiller toute seule. Maman savait que Peggy n'avait pas besoin qu'on la tienne par la main. Alors qu'Arthur, si.

Ce n'était pas la première fois que Peggy remarquait le peu d'intérêt de sa mère pour elle, sinon le choc eût été rude. Mais s'agissant au moins de la centième, elle en avait pris l'habitude et cherchait une raison derrière tout ça ; elle aimait quand même sa maman, meilleure âme que la plupart des gens, et lui pardonnait de ne pas aimer, elle, davantage sa fille.

« Je t'aime, maman, dit Peggy.

— Je t'aime aussi, petite », fit maman. Elle ne leva même pas les yeux et ne soupçonna pas ce que Peggy avait en tête.

Papa dormait toujours. Après tout, il avait creusé une tombe durant la nuit et il l'avait remplie.

Peggy écrivit quelques lignes. Il lui arrivait parfois de s'appliquer et d'écrire les mots avec des lettres en plus, comme dans les livres, mais cette fois-ci elle tenait à ce que papa puisse la lire tout seul. Ce qui voulait dire ne pas mettre plus de lettres que celles qu'on entendait en lisant à voix haute.

Je vous aim papa et maman mai je doi partir. Je connai que cé mal de laicé Hatrack san torche mai j'ai été torche pendan sèze an. J'ai vu mon avnir é il marivera rien vous inquiété pa pour moi.

Elle sortit par la porte de devant, porta son sac jusqu'à la route et n'attendit pas plus de dix minutes le passage de la voiture du docteur Whitley Physicker ; il effectuait la première étape d'un déplacement à Philadelphie.

« Tu ne m'attendais quand même pas sur la route comme ça uniquement pour me rendre le Milton que je t'ai prêté », dit Whitley Physicker.

Elle sourit et secoua la tête. « Non, m'sieur, j'aimerais qu'vous m'emmeniez à Dekane. J'compte rendre visite à une personne amie d'mon père, mais si ma présence vous dérange pas je préférerais économiser l'prix d'une diligence. »

Peggy le regarda réfléchir un instant, mais elle savait qu'il la laisserait monter, et sans demander à ses parents encore. C'était le genre d'homme à estimer qu'une fille valait autant que n'importe quel garçon; en outre il appréciait beaucoup Peggy, il la considérait un peu comme une nièce. Il savait aussi qu'elle ne mentait jamais, il n'avait donc pas besoin de vérifier auprès de sa famille.

Et elle ne lui avait pas menti, pas plus qu'elle ne mentait quand elle s'arrêtait de parler sans dire tout ce qu'elle savait. L'ancienne maîtresse de papa, la femme dont il rêvait et souffrait, elle habitait là-bas, à Dekane; veuve depuis quelques années, son deuil était cependant terminé, aussi ne repousserait-elle pas de la compagnie. Peggy la connaissait bien, cette dame, elle l'avait étudiée de loin durant des années. Si je frappe à sa porte, songea-t-elle, rien ne m'oblige à lui dire que je suis la fille d'Horace Guester; j'aurai beau être une étrangère, elle me fera entrer, oui, parfaitement, et elle s'occupera de moi, elle me guidera. Mais peut-être que je lui dirai malgré tout de qui je suis la fille, que j'ai su que je devais venir la trouver, et que papa vit toujours avec le douloureux souvenir de son amour pour elle.

La voiture franchit avec fracas le pont couvert que le père et les grands frères d'Alvin avaient construit onze ans plus tôt, après que la rivière eut noyé l'aîné. Des oiseaux nichaient dans les chevrons. S'en donnant à cœur joie, ils chantaient une musique joyeuse, du moins aux oreilles de Peggy; ils pépiaient si fort à l'intérieur du pont, se disait-elle, que le grand opéra devait ressembler à ça. On donnait des opéras à Camelot, dans le Sud. Peut-être qu'un jour elle irait en écouter et qu'elle verrait le roi en personne dans sa loge.

Ou peut-être pas. Parce qu'un jour elle pourrait bien trouver le chemin conduisant au rêve fugitif mais doux qu'elle caressait, et alors elle aurait des choses plus importantes à faire que contempler des rois ou écouter la musique de la cour d'Autriche jouée dans la salle de concert somptueuse de Camelot par des musiciens en dentelles venus de Virginie. Alvin comptait davantage, si seulement il comprenait l'étendue de son pouvoir et l'usage qu'il devait en faire. Et elle, Peggy, elle était née pour jouer un rôle dans sa vie. Voilà qu'elle se laissait encore emporter dans ses rêves d'Alvin. Mais pourquoi pas? Ces rêves-là, même éphémères et difficiles à saisir, étaient de véritables visions de l'avenir, et la plus grande joie comme le plus grand chagrin qu'elle s'y découvrait avaient l'un et l'autre un rapport avec ce garçon qui n'était pas encore un homme, qui ne l'avait jamais vue face à face.

Mais assise dans la voiture auprès du docteur Whitley Physicker, elle s'arracha ces idées, ces visions de la tête. Ce qui doit arriver arrivera, se dit-elle. Si je dois trouver ce chemin, je le trouverai, sinon, eh bien, je ne le trouverai pas. Pour l'instant, au moins, je suis libre. Libre de ne plus faire la vigie pour la ville de Hatrack, libre de ne plus bâtir mes projets autour de ce petit garçon. Et si je finis par me libérer une fois pour toutes de lui ? Et si je me découvre un nouvel avenir dont il ne fait pas partie ? Il y a de fortes chances que ça se termine ainsi. Qu'on me donne assez de temps, j'oublierai même ce morceau de rêve que j'ai fait et je trouverai ma propre route au tracé paisible, au lieu de forcer le pas pour suivre son chemin accidenté.

Le fringant attelage tirait la voiture avec un tel entrain que le vent s'engouffrait dans les cheveux de Peggy et les soulevait. Elle ferma les yeux et s'imagina voler, marronneuse s'initiant à la liberté.

Qu'il trouve désormais son chemin vers la grandeur sans moi. Qu'on me laisse vivre heureuse loin de lui. Qu'une autre femme l'assiste dans sa gloire. Qu'une autre femme s'agenouille en pleurs sur sa tombe.

III

Mensonges

À ONZE ANS, Alvin perdit la moitié de son nom en arrivant à Hatrack River.

Chez lui, dans le village de Vigor Church non loin de l'embouchure où la Tippy-Canoe déversait ses eaux dans la Wobbish, tout le monde savait que son père, c'était Alvin, meunier de la localité et de la région alentour. Alvin Miller. Ce qui faisait de son septième fils, qui portait le même nom, Alvin junior. Mais là où il allait vivre désormais, en dehors de cinq ou six personnes, on n'avait même jamais rencontré son papa. Plus besoin de Miller et de junior. Il n'était plus qu'Alvin, Alvin tout court, mais à l'énoncé de ce nom sans rien derrière il eut l'impression de n'être qu'une moitié de lui-même.

Il allait à Hatrack River à pied, des centaines de milles à travers les territoires de la Wobbish et de l'Hio. Il était parti de chez lui chaussé d'une solide paire de bottes déjà faites, son bagage sur le dos, dans un sac. Il parcourut cinq milles ainsi, avant de faire halte devant une cabane misérable et d'offrir ses vivres aux occupants. Peut-être un mille plus loin, il vint à croiser une pauvre famille en route vers l'ouest, vers les nouveaux terrains de la région de la rivière Noisy. Il leur abandonna la tente et la couverture contenues dans son sac et, comme ils avaient un garçon de treize ans à peu près de sa taille, il retira ses bottes nouvellement acquises pour carrément les leur donner, comme ça, avec les chaussettes. Il ne garda que ses vêtements et le sac vide sur son dos.

Ah ça, ils n'en revenaient pas, ces gens, ça se voyait à leur tête et à leurs yeux ! Ils craignaient pourtant que le papa d'Alvin n'apprécie guère pareilles largesses, mais il leur fit valoir que c'était son droit de donner ce qu'il lui plaisait.

« T'es sûr que j'vais pas tomber sus ton papa avec un mousquet et un comité qui nous demandera d'le suivre ? s'inquiéta le pauvre homme.

— J'suis sûr que non, m'sieur, dit le jeune Alvin, par rapport que j'viens de Vigor Church et qu'les gens d'là-bas éviteront d'vous voir, sauf si vous les forcez. »

Il leur fallut près de dix secondes pour comprendre où ils avaient déjà entendu le nom de Vigor Church. « C'est eux autres qu'étaient au massacre de la Tippy-Canoe, dirent-ils. C'est eux autres qu'ont du sang sus les mains. »

Alvin se contenta d'approuver de la tête. « Vous voyez, ils vous laisseront tranquilles.

— C'est-y vrai qu'ils forcent tous les voyageurs à les écouter raconter cette affreuse histoire, comment qu'ils ont tué des tas d'Rouges de sang-froid ?

— Leur sang était pas froid, dit Alvin, et ils racontent ça qu'aux voyageurs qui entrent dans l'village. Alors restez sus la route, faites pas attention à eux et passez vot' chemin. Une fois qu'vous aurez traversé la Wobbish, vous r'trouverez la rase campagne et vous serez contents de faire connaissance avec des genses installés par là-bas. C'est pas à plus de dix milles. »

Du coup, ils ne discutèrent plus, ils ne lui demandèrent même pas comment ça se faisait qu'il n'ait pas à raconter l'histoire lui-même. L'évocation du massacre de la Tippy-Canoe suffisait à imposer le silence aux gens, comme à l'église pendant l'office, à leur faire adopter une attitude pieuse, honteuse, révérencieuse. Car la plupart des Blancs avaient beau fuir les hommes aux mains souillées coupables d'avoir versé le sang des Rouges près de la Tippy-Canoe, ils savaient malgré tout qu'à leur place ils auraient fait tout pareil et qu'alors ce seraient eux qui garderaient les mains barbouillées d'écarlate jusqu'à ce qu'ils racontent à un inconnu l'abomination qu'ils avaient commise. Savoir ça n'incitait pas beaucoup d'étrangers à s'arrêter à Vigor Church ni chez n'importe qui dans la région amont de la Wobbish. Ces pauvres gens acceptèrent donc les bottes et les effets d'Alvin et reprirent la route, ravis de pouvoir mettre un bout de toile au-dessus de leurs têtes et un peu de cuir sur les pieds de leur grand garçon.

Alvin, lui, quitta la route peu après et plongea entre les arbres, jusqu'au plus profond de la forêt. En bottes, il aurait trébuché, cassé des branches, fait plus de bruit qu'un bison en rut dans un boqueteau — en gros comme la plupart des Blancs dans la nature. Mais parce qu'il était pieds nus, que sa peau entrait en contact avec le sol, il devenait quelqu'un d'autre. Le jeune Alvin avait couru derrière Ta-Kumsaw à travers les bois de tout le pays, du nord au sud, et il en avait profité pour apprendre comment se déplaçait l'homme rouge, à l'écoute du chant vert de la forêt vivante, en parfaite harmonie avec la musique douce et silencieuse. Quand Alvin courait de cette façon, sans penser où il posait les pieds, le sol s'amollissait sous ses foulées, il se laissait guider, aucune brindille ne craquait sous ses pas, aucun buisson ne bruissait, aucun scion ne se brisait sous sa poussée. Derrière lui, il ne laissait aucune trace ni branche cassée.

Comme un homme rouge, voilà comment il se déplaçait. Rapidement, ses vêtements d'homme blanc l'irritèrent ; il s'arrêta pour les retirer et les fourrer dans son sac à dos, puis se remit à courir nu comme un geai et sentit les feuilles des taillis lui caresser la peau. Bientôt il s'abandonna au rythme de sa course, il oublia son propre corps pour devenir partie intégrante de la forêt vivante et progresser plus vite, plus en puissance, sans manger, sans boire. Comme un homme rouge, capable de courir indéfiniment au fond des bois sans avoir besoin de repos et de couvrir des centaines de milles en une seule journée.

C'était la manière naturelle de voyager, Alvin le savait. Non pas dans des chariots grinçants qui bringuebalaient en terrain sec, pataugeaient dans les chemins boueux. Pas plus qu'à cheval, pauvre bête qui suait et se traînait sous son cavalier, esclave de l'impatience d'arriver de son maître, qui ne pouvait pas aller où elle voulait. Seulement un homme dans les bois, pieds nus sur le sol, visage offert au vent, courant dans un rêve.

Toute la journée et toute la nuit il courut, plus une bonne partie de la matinée. Comment trouvait-il son chemin ? Il sentait la balafre de la route très fréquentée plus loin sur la gauche, comme un picotement ou une démangeaison ; elle traversait maints bourgs et maints villages, mais il savait qu'elle finirait par l'amener à Hatrack. Après tout, c'était la route qu'avait suivie sa famille, jetant des ponts en travers des moindres rivières, ruisseaux et coulées qu'elle croisait, pendant que lui, nouveau-né, voyageait dans le chariot. Il avait beau ne l'avoir encore jamais empruntée et ne pas la regarder pour l'instant, il savait où elle menait.

Aussi, le second matin, il émergea du bois en bordure d'un champ de jeunes pousses de maïs vert qui ondoyaient au gré des courbes du terrain. Il y avait tant de fermes dans cette région fortement colonisée que la forêt était de toute façon trop faible pour maintenir plus longtemps Alvin dans son rêve.

Il resta un moment immobile, le temps de se rappeler qui il était et où il allait. La musique verte était forte derrière lui, faible devant. Il savait avec certitude qu'il y avait un village plus loin, et une rivière à peut-être cinq milles, voilà tout ce qu'il *sentait* sans erreur possible. Comme il s'agissait forcément de la rivière Hatrack, le village ne pouvait être que celui où il se rendait.

Il s'était figuré courir dans la forêt jusqu'aux abords du village. Mais maintenant il n'avait d'autre choix que de marcher les derniers milles avec des pieds d'homme blanc ou de rester sur place. Cette pensée ne l'avait jamais effleuré, qu'il puisse exister au monde des pays si colonisés que les fermes se touchaient, seulement séparées de leurs voisines par une rangée d'arbres ou une barrière de bois pour marquer leurs limites, et ainsi de suite, ferme après ferme. Etait-ce donc ce que le Prophète avait vu dans ses visions de la terre ? Toute la forêt rasée et remplacée par des champs où l'homme rouge ne pourrait plus courir, le cerf trouver une remise ni l'ours une retraite pour y dormir l'hiver venu ? Si c'était ça, pas étonnant qu'il ait emmené vers l'ouest tous les Rouges qui voulaient bien le suivre de l'autre côté du Mizzipy. Il n'y avait pas de vie possible pour l'homme rouge par ici.

Alvin en éprouva un peu de tristesse et de peur, de laisser derrière lui les terres vivantes qu'il avait fini par connaître aussi bien qu'on connaît son propre corps. Mais il n'était pas un philosophe. Il était un gamin de onze ans et il avait envie de voir une ville de l'Est, bien populeuse et civilisée. Et puis il avait à faire par ici ; il avait attendu un an avant de se décider, depuis le jour où il avait appris l'existence de la torche, celle qui le cherchait pour qu'il devienne un Faiseur.

Il sortit ses vêtements de son sac et les passa. Il longea les terres cultivées jusqu'à ce qu'il arrive à une route. Dès la première fois où la route croisa un cours d'eau, il eut la preuve de se trouver sur la bonne voie : un pont couvert enjambait ce petit ruisseau franchissable d'un bond. Son papa et ses grands frères l'avaient construit, celui-là et d'autres encore sur toute la distance entre Hatrack et Vigor Church. Ils l'avaient construit onze ans plus tôt, quand Alvin était un bébé tétant sa maman dans le chariot qui cahotait vers l'ouest.

Il suivit la route ; il n'avait pas bien long de chemin à faire. Il venait de courir des centaines de milles à travers la forêt vierge sans avoir mal aux pieds, mais la route de l'homme blanc ignorait la musique verte et restait dure sous ses pas. En l'espace de deux ou trois milles il avait les pieds meurtris, il était couvert de poussière, il avait faim et soif. Alvin espéra qu'il ne lui restait pas trop à marcher sur cette route, sinon il allait sûrement regretter d'avoir donné ses bottes.

L'écriteau sur le bas-côté annonça : VILLE DE HATRACK, HIO.

C'était un village plutôt important, comparé à ceux de la frontière. Evidemment, il faisait pâle figure auprès de la cité française de Détroit, mais ça, c'était une ville étrangère, alors que celle-ci était, euh... américaine. Les maisons et les bâtiments ressemblaient aux quelques constructions grossières de Vigor Church et autres récentes implantations de colons, mais mieux finies et plus grandes. Quatre rues croisaient la route principale, bordées d'une banque, de deux ou trois magasins et églises, et même d'un tribunal de comté ; de petites enseignes signalaient un avocat, un docteur, un alchimiste. Ah ça, s'il y avait ce genre de professions, c'était une *vraie* ville, pas une bourgade prometteuse comme Vigor Church avant le massacre.

Moins d'un an auparavant il avait eu une vision du village de Hatrack. C'était lorsque le Prophète, Lolla-Wossiky, l'avait fait s'élever dans la tornade qu'il avait appelée à la surface du lac Mizogan. Les parois de la trombe s'étaient changées en cristal, et dans le cristal Alvin avait vu des tas de choses. Entre autres le village tel qu'au jour où lui, Alvin, était né. A l'évidence, il y avait eu des transformations en onze ans. Il ne reconnaissait rien tandis qu'il traversait le bourg. Même qu'il était si grand à présent que personne ne semblait remarquer en lui un étranger pour lui souhaiter le bonjour.

Il avait presque traversé l'agglomération construite de Hatrack lorsqu'il comprit que ce n'était pas à cause de l'importance du village que les gens ne lui prêtaient aucune attention. C'était à cause de la poussière sur sa figure, de ses pieds nus, du sac vide sur son dos. Ils le regardaient, le jaugeaient d'un coup d'œil, puis regardaient ailleurs, quasiment comme s'ils craignaient qu'il vienne leur demander du pain ou une place pour dormir. Une chose à laquelle Alvin n'avait encore jamais été confronté, mais il la reconnut aussitôt pour ce qu'elle était. Au cours des onze dernières années, le village de Hatrack, dans l'Hio, avait appris la différence entre riches et pauvres.

Il avait dépassé l'agglomération. Il sortait du village sans avoir vu la moindre forge de maréchal-ferrant, ce qu'il était censé chercher, pas plus que l'auberge où il était né, ce qu'il cherchait en réalité. Tout ce qu'il apercevait maintenant, c'étaient deux fermes à gorets, qui puaient comme toute bonne ferme à gorets, ensuite la route obliquait légèrement vers le sud, et il ne voyait plus au-delà.

La forge devait toujours exister, non ? Ça ne faisait qu'un an et demi que Mot-pour-mot avait porté le contrat d'apprentissage écrit par papa à Conciliant, le forgeron de Hatrack River. Et moins d'un an que le même Mot-pour-mot avait dit à Alvin avoir transmis la lettre en question, et que Conciliant Smith était « caution » — c'était le terme qu'il avait employé : « caution ». Comme Mot-pour-mot parlait avec un accent plus ou moins anglais, en mangeant la moitié des syllabes, Alvin avait compris que le forgeron était « cochon », jusqu'à ce que son vieil ami le lui écrive. Bref, la forge existait encore un an plus tôt. Et la torche de l'auberge, celle dont il avait eu la vision dans la tour de cristal de Lolla-Wossiky, il fallait qu'elle soit là. N'avait-elle pas inscrit dans le livre de Mot-pour-mot : « Un Faiseur est né » ? Lorsqu'il avait regardé la phrase, les lettres s'étaient mises à brûler avec beaucoup de lumière, comme par magie, comme le message que la main de Dieu avait tracé sur le mur, dans cette histoire de la Bible où Babylone était tombée : *Mine-la, mine-la, car elle est perfide*, et ça s'était bel et bien passé de cette façon-là, Babylone avait été détruite. Il n'y avait que les mots d'une prophétie pour faire briller des lettres comme ça. Alors si c'était lui, Alvin, le Faiseur en question — et il n'en doutait pas —, la torche devait avoir vu autre chose. Elle devait savoir ce qu'était *vraiment* un Faiseur et comment on en devenait un.

Faiseur. Un nom qu'on prononçait à voix basse. Voire avec une nuance de regret, car on racontait que le monde en avait terminé avec les Faiseurs, qu'il n'y en aurait plus. Oh, certains prétendaient que le vieux Ben Franklin en était un, mais il l'avait toujours nié, jusqu'à sa mort, il ne se considérait même pas comme un sorcier. Mot-pour-mot, qui l'avait connu comme on connaît un père, affirmait que le vieux Ben n'avait fait qu'une seule chose dans sa vie, et c'était le Contrat Américain, ce bout de papier qui liait les colonies hollandaises et suédoises aux concessions anglaises et allemandes de Pennsylvanie et de Suskwahenny, mais aussi et surtout à la nation rouge d'Irrakwa, pour former ensemble les Etats-Unis d'Amérique, où Rouges et Blancs, Hollandais, Suédois et Anglais, riches et pauvres, marchands et hommes de peine, pouvaient tous voter, tous s'exprimer, où personne ne pouvait dire : « Je suis meilleur que toi ». Des gens soutenaient que cette réalisation du vieux Ben dénotait le vrai Faiseur, mais non, avait dit Mot-pour-mot, elle dénotait un rassembleur, un botteleur, pas un Faiseur.

Je suis le Faiseur dont la torche parlait dans sa phrase. Elle m'a touché à ma naissance, alors elle a vu que j'avais en moi de quoi devenir un Faiseur. Faut que je trouve cette fille, qui a grandi et doit avoir seize ans maintenant, et faut qu'elle me dise ce qu'elle a vu. Parce que je le sais : si je possède ces pouvoirs que je me suis découverts, si je suis capable d'accomplir des tas de choses, ce n'est pas uniquement pour tailler de la pierre sans les mains, guérir les malades ni courir dans les bois comme les hommes rouges et comme aucun homme blanc n'arrivera jamais à le faire. J'ai une tâche à remplir dans la vie et je n'ai pas l'ombre d'une idée sur la façon de m'y préparer.

Debout au milieu de la route, un élevage de cochons de part et d'autre, Alvin entendit les *cling, cling* clairs du métal percutant le métal. La forge aurait aussi bien pu l'appeler directement par son nom. Je suis ici, disait le marteau, viens me trouver plus loin sur la route.

Mais avant d'atteindre la forge, il aborda le tournant et aperçut l'auberge, celle où il était né, tout comme dans la vision de la tour de cristal. Eclatante, fraîchement blanchie à la chaux, sale seulement de la poussière d'été, elle n'avait pas l'air tout à fait la même mais sa vue avait de quoi réjouir le cœur du voyageur fatigué.

Elle réjouissait même doublement Alvin, car à l'intérieur, avec un peu de chance, la torche lui dirait à quoi sa vie devait servir.

Alvin frappa à la porte; c'est comme ça qu'on fait, se disait-il. Il ne s'était encore jamais arrêté dans une auberge et ignorait tout d'une salle commune. Il frappa donc une fois, deux fois, puis appela jusqu'à ce que le battant finisse par s'ouvrir. Lui apparut une femme en tablier à carreaux, les mains enfarinées, une forte femme qui lui parut excédée à n'y pas croire... Mais il connaissait son visage. C'était la femme de sa vision dans la tour de cristal, celle dont les doigts autour de son cou l'avaient tiré du ventre de sa mère.

« A quoi donc tu penses, mon gars, pour cogner d'même chez moi et faire un sassaquoi comme si y avait l'feu? Tu peux pas entrer t'assire comme tout l'monde? A moins qu'tu soyes si important qu'y t'faut un valet d'pied pour v'nir t'ouvrir les portes?

— J'm'excuse, m'dame, dit Alvin aussi respectueusement que possible.

— Et pis qu'esse tu t'en viens faire chez nous autres? Si c'est pour la charité, alors j'te préviens qu'y aura pas d'restes avant la fin du déjeuner, mais si tu veux attendre jusque-là, t'es le bienvenu, et si t'as d'la conscience, dame, tu peux nous bûcher du bois. Sauf qu'à ben y r'garder, tu dois pas avoir plus de quatorze ans...

— Onze, m'dame.

— Ben dis donc, t'es joliment grand pour ton âge, mais j'vois toujours pas c'qui t'amène. J'te servirais pas d'alcool même si t'avais de l'argent, c'qui m'étonnerait. C'est une maison chrétienne icitte, et même plusse que seulement chrétienne par rapport qu'on est des méthodistes, des vrais, c'est dire qu'on touche pas à une goutte d'alcool ni qu'on en sert, et même si c'était l'cas on en donnerait pas aux drôles. Et j'suis prête à gager dix livres de gras d'cochon que t'as pas d'quoi t'payer une chambre pour la nuit.

— Non, m'dame, fit Alvin, mais...

— Alors t'es là, tu m'sors de ma cuisine avec le pain qu'est pas fini d'pétrir et un bébé qui va brailler après son lait d'une minute à l'autre... Et m'est avis que t'as pas l'intention de t'avancer au bout d'la table pour expliquer à tous mes locataires pourquoi l'repas a du retard, que t'es un drôle pas fichu d'ouvrir une porte tout seul, non, tu vas m'laisser présenter mes excuses moi-même du mieux que j'pourrai, et ça, c'est pas poli de ta part, si tu veux connaître, et même si tu veux pas.

— M'dame, dit Alvin, j'veux pas manger et j'veux pas d'chambre. » Il avait assez de correction pour ne pas ajouter que chez son père les voyageurs étaient toujours les bienvenus à passer la nuit, qu'ils aient ou non de l'argent; et quand ils avaient faim, ils n'héritaient pas des restes du midi, ils s'asseyaient à la table de papa et mangeaient avec la famille. Il commençait à se dire que les choses étaient différentes par ici, dans un pays civilisé.

« Eh ben, tout ce qu'on propose, nous autres, c'est des repas et des chambres, dit l'aubergiste.

— J'viens icitte, m'dame, par rapport que j'suis né dans c'te maison proche douze ans passés. »

Son attitude changea instantanément du tout au tout. Elle n'était plus patronne d'auberge à présent, elle était sage-femme. « Né dans c'te maison-ci ?

— Le jour qu'mon frère Vigor est mort dans la rivière Hatrack. Je m'disais que vous pourriez p't-être vous rappeler d'ce jour-là et aussi me montrer où qu'mon frère est enterré. »

Son expression se modifia de nouveau. « Toi, fit-elle, t'es l'tit gars qu'est né dans c'te famille… le septième fils d'un…

— … d'un septième fils, acheva Alvin.

— Eh ben, t'as joliment changé, dis donc ! Oh, ç'a été une affaire pas croyable. Ma fille était là, qui r'gardait au loin, et elle a vu qu'ton grand frère vivait 'core quand t'es sorti du ventre…

— Vot' fille, s'oublia Alvin qui la coupa au beau milieu d'une phrase, c'est une torche. »

Le visage de l'aubergiste devint de glace. « *C'était*, rectifia-t-elle. Elle fait plus la torche. »

Mais Alvin avait à peine remarqué le changement chez la femme. « Vous voulez dire qu'elle a perdu son talent ? J'ai jamais entendu causer de quèqu'un qu'aurait perdu son talent. Mais si elle est là, j'voudrais y parler.

— Elle est plus là », dit l'aubergiste. Alvin comprit enfin qu'elle n'avait pas très envie d'en discuter. « Y a plus de torche asteure à Hatrack. Les bébés vont naître icitte sans personne qui les touchera pour voir comment ils s'présentent dans l'ventre. N-i, ni, c'est fini. J'dirai pas un mot de plus sus une drôlesse qui s'est ensauvée d'même, qui vient de s'ensauver… »

Sa voix s'étrangla et elle tourna le dos au jeune garçon.

« Faut que j'termine mon pain, dit-elle. L'cimetière est là-bas, sus la colline. » Elle pivota pour lui faire face, sans montrer le moindre signe de la colère, du chagrin ou autre qu'elle avait éprouvé l'instant d'avant.

« Mon Horace serait là, j'y demanderais de t'montrer l'chemin, mais tu l'trouveras ben, y a une manière de sentier. C'est qu'un cimetière de famille, avec une clôture de piquets autour. » Son air sévère s'adoucit. « Quand t'en auras fini là-haut, reviens-t'en et j'te servirai aut' chose que des restes. » Elle se dépêcha de réintégrer sa cuisine. Alvin la suivit.

Il y avait un berceau près de la table de la cuisine; un bébé dormait dedans, d'un sommeil un peu agité. Il avait quelque chose de drôle, ce bébé, mais Alvin ne pouvait dire comme ça de quoi il s'agissait.

« Merci, vous êtes bien aimable, m'dame, mais j'demande pas la charité. J'travaillerai pour payer mon manger.

— Ça, c'est causer, et comme un homme, un vrai… Ton père était pareil, et l'pont qu'il a construit sus l'Hatrack est toujours là, toujours aussi solide. Mais vas-y tout d'suite, monte au cimetière, et reviens m'trouver aussitôt après. »

Elle se pencha au-dessus de la formidable boule de pâte qui reposait sur le plan de travail. Alvin crut un instant qu'elle pleurait et crut même, mais peut-être se trompait-il, voir des larmes tomber de ses yeux directement dans la préparation. Il était clair qu'elle avait envie de rester seule.

Il regarda à nouveau le bébé et comprit ce qu'il avait de différent. « C'est un bébé moricaud, non ? » fit-il.

Elle interrompit son pétrissage mais garda les mains plongées jusqu'aux poignets dans le pâton. « C'est un bébé, dit-elle, et c'est mon bébé. Je l'ai adopté, c'est l'mien, et si tu l'traites de moricaud j'te pétris la figure comme d'la pâte à pain.

— Pardon, m'dame, j'pensais pas à mal. C'est jusse qu'il avait un genre de figure qui m'a fait croire, m'est avis…

— Oh, l'est à moitié noir, par le fait. Mais c'est la moitié blanche que j'élève, comme s'il était mon propre fils. On l'a appelé Arthur Stuart. »

Alvin comprit tout de suite la blague. « Personne peut traiter le roi d'moricaud, m'est avis. »

Elle sourit. « M'est avis qu'non. Asteure vas-y, mon gars. T'as une dette envers ton défunt frère et vaut mieux la payer tout d'suite. »

Le cimetière était facile à trouver, et Alvin fut content de voir que son frère Vigor avait une pierre tombale et que sa sépulture était aussi bien entretenue que les autres. Peu nombreuses, les autres. Deux pierres portaient le même nom — BÉBÉ FILLE — et des dates qui révélaient qu'il s'agissait d'enfants morts en bas âge. Une autre disait GRANDPAPA, suivi de son vrai nom et de dates attestant d'une longue vie. Et Vigor.

Il s'agenouilla devant la tombe de son frère et tenta d'imaginer de quoi il avait l'air. Le mieux, c'était de penser à Mesure, son frère préféré, celui que les Rouges avaient capturé en même temps que lui. Vigor avait dû ressembler à Mesure. Ou Mesure ressemblait à Vigor. L'un et l'autre prêts à mourir au besoin pour le salut de leur famille. La mort de Vigor m'a sauvé la vie alors que je n'étais pas né, songea Alvin, et pourtant il s'est accroché jusqu'à son dernier souffle pour que je naisse septième fils d'un septième fils, avec tous mes frères aînés vivants. Le même genre de force, de courage et d'esprit de sacrifice dont avait fait preuve Mesure, lui qui n'avait pas tué un seul homme rouge et avait failli mourir en essayant d'empêcher le carnage de la Tippy-Canoe, lorsqu'il avait tenu à partager la malédiction de son père et de ses frères, le sang sur ses mains, s'il ne racontait pas à tous les étrangers de passage la vérité sur le massacre des Rouges innocents. Aussi, quand Alvin s'agenouilla sur la tombe de Vigor, il se figura sur celle de Mesure, même s'il savait que Mesure n'était pas mort.

Pas complètement mort, en tout cas. Mais comme les autres habitants de Vigor Church, il n'en repartirait jamais. Toute son existence, il la passerait là où il ne risquait pas de rencontrer trop d'étrangers, ainsi pourrait-il, plusieurs jours d'affilée, oublier la tuerie de l'été dernier. Toute la famille y resterait ensemble, et toute la population des environs aussi, condamnées à perpétuité jusqu'à la mort de tous les maudits, partageant la honte et la solitude des uns et des autres comme s'ils étaient apparentés, tous.

Tous ensemble, sauf moi. La malédiction ne me concerne pas. Je les ai tous laissés là-bas.

Agenouillé dans le cimetière, Alvin se sentait orphelin. Ma foi, c'était tout comme. Envoyé dans ce pays pour suivre un apprentissage, il pourrait faire, accomplir n'importe quoi, il savait que les siens ne viendraient jamais le voir. Il pourrait de temps en temps retourner dans son morne et lugubre village, mais Vigor Church ressemblait davantage à un cimetière que celui, herbeux, vivant, où il se recueillait en ce moment, parce que même si des morts étaient enterrés ici, il y avait de l'espoir et de la vie dans le bourg voisin, des gens qui regardaient vers l'avenir et non vers le passé.

Alvin devait regarder vers l'avenir, lui aussi. Il fallait qu'il découvre dans quel but il était né. Tu es mort pour moi, Vigor, mon frère que je n'ai jamais connu. Je n'ai pas encore compris pourquoi il était si important que je vive. Quand j'aurai trouvé, j'espère que tu seras fier de moi. J'espère que tu te diras que ça valait la peine de mourir pour moi.

Lorsqu'il eut épuisé toutes ses pensées, que son cœur se fut vidé de tout ce qui l'emplissait, Alvin fit une chose à laquelle il n'avait jamais songé. Il regarda sous terre.

Pas en creusant, attention. Le talent d'Alvin lui permettait de sentir le sous-sol sans l'aide des yeux. De la même façon qu'il regardait dans la pierre. Bien sûr, certains pourraient prendre ça pour de la violation de sépulture, qu'Alvin lorgne dans la terre où reposait son frère. Mais il n'avait pas d'autre moyen de voir un jour l'homme qui était mort afin de le sauver.

Il ferma donc les yeux, explora le sous-sol et trouva les ossements à l'intérieur de la boîte de bois pourri. Son grand squelette… Vigor avait été un garçon solide, il fallait ça pour faire rouler et dévier un arbre adulte dans le courant d'une rivière. Mais son âme, elle n'était pas là, et Alvin avait beau s'y attendre, il se sentait un peu déçu.

Son regard clandestin passa sur les petits corps qui ne tenaient guère plus que par la poussière, puis sur le vieux cadavre tordu du dénommé Grandpapa, récemment enterré, à peu près un an plus tôt.

Mais pas aussi récemment que l'autre corps. Le corps sans pierre tombale. Une jeune fille, morte depuis un jour au plus, elle avait encore toute sa chair, les vers avaient à peine commencé leur œuvre.

Il cria de surprise, puis de douleur quand une autre pensée lui traversa l'esprit. Etait-ce la torche qu'on avait enterrée là ? Sa mère avait dit qu'elle s'était enfuie, mais quand les gens s'enfuient, il n'est pas rare qu'ils s'en reviennent morts. Sinon pourquoi la mère avait-elle tant de chagrin ? La propre fille de l'aubergiste, enterrée sans marque distinctive… oh là, très mauvais signe, ça. Est-ce qu'elle s'était enfuie et tellement couverte de honte que ses parents ne tenaient pas à signaler l'emplacement de sa sépulture ? Autrement, pourquoi la laisser là sans pierre tombale ?

« Qu'esse qui va pas, mon gars ? »

Alvin se releva, se retourna et fit face à l'arrivant. Un rude gaillard d'apparence plutôt bonhomme ; mais pour l'instant il n'avait pas l'air commode.

« Qu'esse tu fais là, dans c'te cimetière, mon gars ?

— M'sieur, répondit Alvin, mon frère, il est enterré icitte. »

L'homme réfléchit un moment, son visage s'adoucit. « T'es d'cette famille-là. Mais j'ai souvenance que tous leurs gars, ils avaient déjà ton âge à l'époque…

— J'suis l'bébé qu'est né icitte ce soir-là. »

A cette nouvelle, l'homme ouvrit les bras pour étreindre Alvin. « Ils t'ont appelé Alvin, hein ? dit-il, pareil que ton père. Dans l'pays, on l'appelle Alvin Bridger, l'ponteur quoi, l'est comme qui dirait une légende. Laisse-moi te r'garder, que j'voye c'que t'es devenu. Septième fils d'un septième fils, d'retour sus ton lieu de naissance et sus la tombe de ton frère. Ça va d'soi, tu restes à mon auberge. J'suis Horace Guester, tu l'as compris, j'suis content d'faire ta connaissance, mais t'es pas un peu grand pour… t'as quoi, dix, onze ans ?

— Proche douze. Les genses, ils disent que j'suis grand.

— J'espère que t'es fier d'la tombe qu'on y a faite, à ton frère. On l'admire par chez nous autres, et pourtant on l'a connu qu'mort, jamais d'son vivant.

— Ça m'convient, dit Alvin. C'est une bonne pierre. » Puis, parce qu'il ne pouvait pas se retenir — ce n'était pourtant pas très prudent de sa part —, il ne fit ni une ni deux et posa la question qui lui brûlait les lèvres. « Mais je m'demande, m'sieur, pourquoi qu'y a une jeune fille qu'on a enterrée icitte hier sans pierre ni rien pour dire son nom. »

La figure d'Horace Guester blêmit. « Tu l'as vue, fallait s'y attendre, murmura-t-il. Un pénétrant ou aut' chose. Septième fils. Que Dieu nous protège tous.

— C'est-y qu'elle a fait quèque chose de déshonorant, m'sieur, qu'y a rien sus sa tombe ? demanda Alvin.

— Rien de déshonorant, répondit Horace. Dieu m'est témoin, mon garçon, c'te jeune fille a vécu noblement et elle est morte de même. On a rien mis sus sa tombe pour que not' maison soye un refuge à d'aut' genses comme elle. Mais oh, mon p'tit, dis-moi que tu l'répéteras à personne, c'que t'as trouvé enterré icitte. Tu causerais du mal à des dizaines, des centaines de malheureux perdus sus la route entre l'esclavage et la liberté. Veux-tu m'croire, m'faire la confiance et l'amitié d'garder l'secret ? J'aurais trop d'peine d'un coup, que l'histoire s'ébruite après avoir perdu ma fille, tout ça l'même jour. Vu qu'ce secret, j'peux pas te l'cacher, va falloir que tu l'gardes avec moi, Alvin, mon garçon. Dis-moi que tu vas l'faire.

— J'garde un secret qu'est respectable, m'sieur, dit Alvin, mais c'est quoi, l'secret respectable qui force à enterrer sa propre fille sans pierre tombale ? »

Les yeux d'Horace s'agrandirent, puis il éclata de rire comme un fou. Une fois ressaisi, il donna une tape sur l'épaule d'Alvin. « C'est pas ma fille qu'est là dans la terre, mon gars, qu'esse qui t'a fait croire ça ? C'est une p'tite Noire, une marronneuse qu'est morte hier au soir en venant dans l'Nord. »

A ce moment-là seulement, Alvin se rendit compte que le corps était de toute façon bien trop petit pour seize ans. C'était un corps de gamine. « L'bébé dans vot' cuisine, c'est son frère ?

— Son fils, dit Horace.

— Mais elle est si p'tite, fit Alvin.

— C'est pas ça qu'a empêché son propriétaire blanc d'la mettre en ceinture, mon gars. J'connais pas ton idée sus la question de l'esclavage, ou même si tu y as réfléchi, mais j'te demande asteure d'y penser. Rends-toi compte : l'esclavage permet à un homme blanc d'voler la vertu d'une fille et d'continuer d'aller à l'église le dimanche pendant qu'la malheureuse pleure de honte et porte son enfant bâtard.

— Vous êtes un 'bolitionnisse, hein ? demanda Alvin.

— M'est avis qu'oui, fit l'aubergiste, mais je m'dis que tout bon chrétien est un 'bolitionnisse de cœur.

— M'est avis, approuva Alvin.

— J'espère que toi, t'en es un, par rapport que si la nouvelle s'répand que j'ai aidé une esclave à passer au Canada, les pisteux et traqueux d'Appalachie et des Colonies de la Couronne vont m'avoir à l'œil, et j'pourrai plus en aider d'autres à s'enfuir. »

Alvin regarda à nouveau la tombe et songea au bébé dans la cuisine. « Z'allez dire au bébé où qu'est la tombe de sa maman ?

— Quand il sera assez grand pour l'entendre et pour pas l'répéter, dit l'homme.

— Alors j'garderai vot' secret, si vous gardez l'mien. »

L'homme leva les sourcils puis étudia Alvin. « T'as un secret, toi, Alvin, à ton âge ?

— J'ai pas particuyèrement envie qu'les genses, ils apprennent que j'suis un septième fils. J'suis icitte pour faire l'apprentissage chez Conciliant Smith, que j'crois bien entendre donner des coups d'marteau dans la forgerie là-bas.

— Et t'as pas envie qu'les genses connaissent que t'arrives à voir un corps enterré dans une sépulture sans pierre tombale.

— Vous avez bien compris c'que j'voulais, fit Alvin. J'dirai pas vot' secret et vous direz pas l'mien.

— T'as ma parole », promit l'homme. Puis il tendit la main.

Alvin la prit et la serra de bon cœur. La plupart des adultes n'avaient pas l'idée de passer de tels marchés avec un enfant comme lui. Mais cet homme lui avait même offert la main, comme à un égal. « Vous allez voir, j'connais comment tenir ma parole, m'sieur, dit Alvin.

— Et tout l'monde dans l'pays te dira qu'Horace Guester tient lui aussi ses promesses. » Puis il le mit au courant de l'histoire qu'ils avaient concoctée à propos du bébé, que c'était le petit dernier des Berry qui l'avaient confié à la vieille Peg Guester pour qu'elle l'élève, vu qu'ils n'avaient pas besoin d'un gamin de plus et que Peg avait toujours désiré un fils à elle. « Et ça, c'est ben vrai, dit Horace Guester. Encore plusse depuis que Peggy est partie.

— Vot' fille », fit Alvin.

Soudain, les yeux d'Horace Guester s'emplirent de larmes et il fut secoué de sanglots comme Alvin n'en avait jamais entendu chez un adulte. « Elle s'en est partie as'matin, dit Horace Guester.

— P't-être qu'elle est allée voir quèqu'un à la ville ou ailleurs », dit Alvin.

Horace secoua la tête. « J'te demande pardon de pleurer d'même, j'te demande pardon, j'suis fatigué, faut dire c'qui est, toute la nuit debout, et puis c'matin… elle qu'était partie, comme ça. Elle nous a laissé un mot. Elle est partie pour de bon.

— Vous connaissez pas l'homme avec qui elle est partie ? demanda Alvin. P't-être qu'il va la marier, c'est arrivé un coup à une Suédoise dans l'pays d'la Noisy… »

Horace se retourna ; le rouge de la colère lui montait à la figure. « T'es qu'un drôle, tu fais pas attention à c'que tu racontes. Alors je m'en vais te dire, elle est pas partie avec un homme. C'est une fille de grande vertu et personne a jamais prétendu l'contraire. Non, elle est partie seule, mon gars. »

Alvin avait cru voir toutes sortes de choses étranges au cours de son existence : une tornade changée en tour de cristal, un rouleau de tissu fait de toutes les âmes des hommes et des femmes, des tortures et des meurtres, des racontars et des miracles. Alvin connaissait mieux la vie que la plupart des garçons de son âge. Mais ça, c'était plus étrange que tout : une jeune fille de seize ans décidait brusquement de quitter la maison de son père, sans mari ni rien. Il n'avait encore jamais vu de femme aller où que ce soit toute seule au-delà de la cour de chez elle.

« Elle… elle craint rien ? »

Horace eut un rire amer. « Si elle craint rien ? Mais ben sûr que non. C'est une torche, Alvin, la meilleure dont j'ai jamais entendu causer. Elle voit l'monde à des milles de distance, elle connaît ce qu'ils ont dans l'cœur, personne peut s'approcher d'elle en pensant à mal par rapport qu'elle voit exactement ce que l'autre a en tête et comment y échapper. Non, je m'*inquiète* pas pour elle. Elle est capable de s'débrouiller mieux qu'un homme. C'est seulement qu'elle me…

— Manque, fit Alvin.

— J'crois qu'y a pas b'soin d'être une torche pour l'deviner, hein, mon gars ? Elle me manque. Et ça m'fait un peu mal au cœur qu'elle soye partie d'un coup sans prévenir. J'aurais pu lui donner la bénédiction avant d'la laisser s'en aller. Sa maman aurait pu lui préparer un bon sortilège — note bien qu'la 'tite Peggy en a guère besoin — ou au moins un repas froid pour la route. Mais rien de tout ça, pas d'au revoir ni de « Dieu te protège ». Comme si elle fuyait un monstre abominable et qu'elle n'avait que l'temps d'fourrer une seule robe de r'change dans un sac de drap avant d'passer la porte à toutes jambes. »

Comme si elle fuyait un monstre… Ces mots transpercèrent Alvin jusqu'au fond de l'âme. Elle avait un tel talent qu'elle avait fort bien pu le voir venir. Enfuie subitement, le matin de son arrivée. Elle n'aurait pas été une torche, on aurait pu mettre ça sur le compte du hasard. Mais c'en était une, justement. Elle l'avait vu venir. Elle savait qu'il faisait tout ce chemin dans l'espoir de la retrouver et de lui demander de l'aider à devenir ce pour quoi il était né. Elle avait vu ça et elle avait pris la fuite.

« J'suis vraiment désolé qu'elle soye partie, dit Alvin.

— J'te remercie d'compatir, mon ami, c'est gentil de ta part. J'espère seulement que ça durera pas trop longtemps. J'espère qu'elle va faire c'qui l'a poussée à partir et qu'elle s'en reviendra dans quèques jours, ou p't-être dans deux ou trois semaines. » Il se mit à nouveau à rire, ou à sangloter peut-être, c'était à peu près le même bruit. « J'peux même pas aller demander à la torche d'Hatrack de m'dire la bonne fortune à son sujet, par rapport qu'la torche d'Hatrack, elle s'en est partie. »

Horace se remit à pleurer pour de bon, le temps d'une minute. Puis il saisit Alvin aux épaules et le regarda dans les yeux, sans même dissimuler les larmes sur ses joues. « Alvin, souviens-toi qu'tu m'as vu pleurer comme une femme et tu t'souviendras de c'que ressentent les pères quand leurs enfants les quittent. C'est ça qu'ton père ressent asteure que t'es loin de lui.

— J'connais, fit Alvin.

— Bon, si ça t'ennuie pas, dit Horace Guester, j'ai b'soin d'rester seul icitte. »

Alvin lui toucha brièvement le bras puis s'en retourna. Il ne redescendit pas vers la maison pour prendre le repas de midi que lui avait offert la vieille Peg Guester. Il était trop bouleversé pour s'asseoir à leur table et manger. Comment leur expliquer que le départ de cette torche lui brisait presque autant le cœur qu'à eux ? Non, il devait garder le silence. Les réponses qu'il venait chercher à Hatrack, elles s'en étaient allées avec une jeune fille de seize ans qui ne voulait pas le rencontrer quand il arriverait.

Elle a peut-être vu mon avenir et elle me déteste. Je suis peut-être un monstre plus horrible que tout ce qu'on n'a jamais imaginé par une nuit de cauchemar.

Il suivit les coups de marteau du forgeron. Ils l'entraînèrent sur un vague sentier conduisant à une resserre à cheval sur un ruisseau qui sortait directement à flanc de colline. Longeant le cours d'eau, il descendit la pente dégagée d'une prairie et arriva derrière la forge. Une fumée acre en montait. Il fit le tour et vit à l'intérieur, par la grande porte coulissante, le forgeron qui martelait une barre de fer rougi pour lui donner une forme arrondie sur le col de son enclume.

Alvin s'arrêta pour le regarder travailler. Du dehors, il sentait nettement la chaleur de la forge ; dedans, ça devait ressembler aux feux de l'enfer. Les muscles du forgeron donnaient l'impression d'une cinquantaine de cordes distinctes qui lui maintenaient le bras sous la peau. Ils glissaient et roulaient les uns sur les autres quand le marteau s'élevait en l'air, puis se regroupaient tous d'un bloc quand il s'abattait. D'aussi près, Alvin avait du mal à supporter le son de cloche assourdissant du métal sur le métal, que l'enclume, comme un diapason, répercutait sans fin. Le corps du forgeron dégoulinait de transpiration ; il était torse nu, sa peau blanche rougie par la chaleur, striée de traînées de suie provenant de la chaufferie et de sueur s'échappant de ses pores. On m'a envoyé là pour devenir l'apprenti du diable, se dit Alvin.

Mais il sut que c'était une idée stupide au moment même où elle lui venait. Il avait sous les yeux un homme dur à la tâche, voilà tout, qui gagnait sa vie grâce à un savoir-faire dont toute ville avait besoin pour espérer se développer. A en juger par la dimension des corrals destinés aux chevaux dans l'attente d'être ferrés et par les tas de barres de fer qui allaient être transformées en socs et faucilles, en haches et fendoirs, il faisait aussi de bonnes affaires. Si j'apprends ce métier je n'aurai jamais faim, songea Alvin, et les gens seront toujours contents de me trouver.

Il y avait autre chose. Qui touchait au feu brûlant et au fer rougi. Ce qui se réalisait dans cette forge s'apparentait un peu à ce qu'il accomplissait, lui. Il avait travaillé la pierre dans la carrière de granit, au moment de tailler la meule pour le moulin de son père, et il savait que son talent lui permettrait probablement de se projeter dans le métal et de le modeler à volonté. Mais il avait à apprendre sur la forge, le marteau, le soufflet, le feu et l'eau des baquets de refroidissement, toutes choses qui l'aideraient à devenir ce pour quoi il avait vu le jour.

Alvin considéra alors le forgeron, non plus comme un étranger costaud, mais comme l'homme qu'il serait lui-même un jour. Il voyait de quelle façon les muscles de ses épaules et de son dos s'étaient développés. Le corps d'Alvin était fort d'avoir coupé du bois, fendu des piquets, hissé, redressé… tout ce qui lui permettait de gagner quelques pièces dans les fermes voisines. Mais pour ces travaux-là tous les muscles participaient aux mouvements. On se penchait en arrière pour soulever la hache, et quand elle retombait, c'était comme si tout le corps ne faisait qu'un avec le manche ; jambes, hanches et dos, tout bougeait à l'instant du coup. Mais le forgeron, il tenait le fer rougi dans les pinces, il le maintenait si fermement et si précisément contre l'enclume que pendant que son bras droit balançait le marteau, le reste du corps ne frémissait pas d'une secousse, son bras gauche restait aussi immobile et solide que le roc. Son travail avait différemment modelé le forgeron, avait demandé aux bras davantage de force pure ; les muscles rattachés au cou et au sternum saillaient d'une tout autre manière que ceux d'un petit gars de ferme.

Alvin sentit à l'intérieur de lui-même comment ses propres muscles se développaient et il sut aussitôt où les changements devraient se produire. Ça faisait partie de son talent de pouvoir se guider dans la chair aussi facilement qu'il se repérait dans les configurations internes de la pierre vive. Déjà, ramassé au fond de lui-même, il apprenait à son corps à se transformer en prévision de son nouveau travail.

« Mon gars, fit le forgeron.

— M'sieur, fit Alvin.

— T'as de l'ouvrage pour moi ? J'te connais pas, hein ? »

Alvin s'avança et présenta le mot de son père.

« Lis-le moi, mon gars, mes yeux sont pas trop bons. »

Alvin déplia le papier. *« D'Alvin Miller, de Vigor Church, à Conciliant Smith, forgeron de Hatrack River. Voici mon garçon Alvin que vous avez accepté de prendre pour apprenti jusqu'à l'âge de dix-sept ans. Il travaillera dur, il fera tout ce que vous lui demanderez, et vous lui apprendrez tout ce qu'il faut connaître pour devenir un bon forgeron, comme dans le contrat que j'ai signé. C'est un bon petit gars. »*

Le forgeron tendit la main, prit le papier et l'approcha tout contre ses yeux. Ses lèvres bougèrent tandis qu'il répétait quelques phrases. Puis il claqua le papier sur l'enclume. « Elle est bonne, celle-là ! fit-il. Tu connais donc pas que t'as pas loin d'un an d'retard, mon gars ? Je t'attendais au printemps passé, moi. J'ai r'fusé trois propositions d'apprentis, j'avais la parole de ton papa que t'arrivais, et résultat j'me suis r'trouvé sans aide toute cette année par rapport qu'il l'a pas tenue, sa parole. Asteure faudrait que j'te prenne avec un an d'moins sus l'contrat, sans même me d'mander mon avis ni mot d'excuse.

— Pardon, m'sieur, dit Alvin. Mais on a eu la guerre l'an passé. J'venais icitte et je m'suis fait prendre par les Chok-Taws.

— Prendre par... oh, allons, mon gars, m'fais pas des accroires pareilles. Si les Chok-Taws t'avaient pris, t'aurais plus tes jolis cheveux sus la tête asteure, ça non ! Et y aurait d'fortes chances pour qu'y t'manque quèques doigts.

— C'est Ta-Kumsaw qui m'a sauvé, dit Alvin.

— Oh, t'as sans doute aussi vu l'Prophète et marché avec lui sus les eaux. »

De fait, c'était exactement ça. Mais le ton du forgeron persuada Alvin qu'il ne serait pas malin de le dire. Aussi ne répondit-il pas.

« Où qu'est ton cheval ? demanda le forgeron.

— J'en ai pas, fit Alvin.

— Ton père a écrit la date sus c'te lettre, mon gars, deux jours passés ! T'a ben fallu venir à cheval.

— J'ai couru. »

A peine avait-il répondu qu'il s'aperçut de son erreur.

« *Couru ?* fit le forgeron. *Pieds nus ?* Doit bien y avoir quatre cents milles d'icitte à la Wobbish, sinon plusse ! Tu devrais avoir les pieds en charpie jusqu'aux genoux ! M'fais pas des accroires, mon gars ! J'veux pas d'menteux chez moi ! »

Alvin avait le choix, il le savait. Il pouvait expliquer qu'il était capable de courir comme un homme rouge. Conciliant Smith ne le croirait pas, et Alvin serait forcé de lui donner un échantillon de ses prouesses. Il n'y aurait rien de plus facile. Tordre une barre de fer seulement en passant la main dessus. Mélanger deux roches pour qu'elles n'en forment plus qu'une. Mais Alvin avait déjà pris la décision de ne pas montrer ses talents par ici. Comment ferait-il un véritable apprenti si les gens venaient le trouver pour qu'il leur taille des pierres de cheminée, qu'il leur remette en état une roue cassée ou pour toute réparation que lui permettaient ses pouvoirs ? D'ailleurs, il n'avait jamais fait ça, s'exhiber uniquement pour prouver ce dont il était capable. Chez lui, il n'utilisait son talent qu'en cas de besoin.

Il s'en tint donc à sa résolution de garder son talent pour lui autant que possible. Ne rien dire de ce qu'il pouvait accomplir. Simplement apprendre comme n'importe quel garçon ordinaire, travailler le fer à la manière du forgeron, laisser les muscles de ses bras, ses épaules, sa poitrine et son dos lentement s'enforcir.

« J'bêtisais, dit Alvin. Un homme m'a fait monter sus son deuxième cheval.

— J'goûte pas ce genre de bêtise, dit le forgeron. J'aime pas ça, que tu me mentes aussi facilement. »

Que dire ? Alvin ne pouvait même pas protester qu'il n'avait pas menti, puisqu'il venait de prétendre qu'on lui avait prêté une monture, ce qui était faux. Il était donc aussi menteur que le jugeait le forgeron. Il y avait simplement confusion sur la déclaration qui avait donné lieu au mensonge.

« Je m'excuse, dit Alvin.

— J'veux pas d'toi, mon gars. De toute façon, avec un an d'retard, rien m'oblige à t'prendre. Et dès que t'arrives, v'là qu'tu mens. J'vais pas tolérer ça.

— M'sieur, j'm'excuse, répéta Alvin. Je l'referai plus. Chez moi, on connaît bien que j'suis pas un menteux, et icitte on connaîtra que j'suis honnête si vous m'donnez une chance. Prenez-moi après mentir ou mal faire mon ouvrage, et vous pourrez m'flanquer dehors, j'poserai pas de questions. Donnez-moi seulement une chance de l'prouver, m'sieur.

— T'as pas l'air non plus d'avoir onze ans, mon gars.

— Si, j'les ai, m'sieur. Vous l'connaissez bien. C'est vous-même, avec vos bras, qu'avez sorti l'corps d'mon frère Vigor d'la rivière la nuit où qu'je suis né, c'est ça que m'a dit mon papa. »

Le regard du forgeron se fit distant, comme s'il se souvenait. « Oui, il t'a dit la vérité, c'est moi qui l'ai tiré de l'eau. Il s'accrochait aux racines de l'arbre même dans la mort, j'ai cru qu'y m'faudrait mon couteau pour lui faire lâcher prise. Amène-toi, mon gars. »

Alvin s'approcha. Le forgeron le palpa, lui éprouva du doigt les muscles des bras.

« Eh ben, j'vois que t'es pas un feignant. Les feignants s'amollissent, mais toi, t'es costaud comme un fermier dur à l'ouvrage. Là-dessus, tu peux pas mentir, m'est avis. Mais t'as pas encore vu ce qu'est vraiment de l'ouvrage.

— J'suis paré à l'apprendre.

— Oh ça, j'en suis sûr. Y a plus d'un drôle qui serait content d'apprendre avec moi. Les aut' métiers, ça va, ça vient, mais on a toujours b'soin d'un forgeron. Ça changera jamais. Bon, pour ce qu'est du corps, t'es assez costaud, m'est avis. Voyons voir pour ce qu'est d'la cervelle. Regarde cette enclume. Icitte, c'est la bigorne, à la pointe, tu vois. Répète ça.

— Bigorne.

— Et après, là, le col. Et ça, c'est la table... elle est pas r'couverte d'acier poule, comme ça quand tu donnes des coups de ciseau à froid d'sus, l'ciseau s'émousse pas. Puis après ce rebord, là, c'est la surface en acier, où tu travailles le métal à chaud. Et ça, c'est l'trou porte-outils, où j'place le talon de l'étampe, du tranchet et du griffon. Icitte, j'ai l'dégorgeoir, qui m'sert quand j'perce des feuillards... l'poinçon à chaud arrive directement dans la cavité. T'as compris tout ça ?

— J'crois, m'sieur.

— Alors répète-moi les noms des différentes parties de l'enclume. »

Alvin les cita du mieux qu'il put. Il ne se rappelait pas leurs fonctions, pas de chacune en tout cas, mais le résultat ne fut sans doute pas trop mauvais car le forgeron hocha la tête et sourit. « Bon, t'es pas idiot, m'est avis, t'apprends vite. Et qu'tu soyes grand pour ton âge, c'est une bonne chose. J'serai pas forcé de t'laisser au balai et au soufflet durant les quatre premières années, comme je l'fais avec les drôles plus petits. Mais ton âge, c'est là que l'bât blesse. La durée d'un apprentissage, c'est sept années, mais l'contrat que j'ai signé avec ton papa, il dit jusqu'à tes dix-sept ans, c'est tout.

— J'en ai proche douze, asteure, m'sieur.

— C'que j'dis, moi, c'est que j'veux pouvoir te garder sept ans si y a b'soin. J'tiens pas à t'voir filer dès que je t'aurai assez formé pour qu'tu m'soyes utile.

— Sept ans, m'sieur. Le printemps d'mes dix-neuf ans, j'aurai fini mon temps.

— Sept ans, c'est long, mon gars, et j'entends t'voir aller jusqu'au bout. La plupart des apprentis commencent à neuf ou dix ans, ou même à sept, comme ça ils peuvent gagner leur vie et s'mettre en quête d'une femme à seize ou dix-sept. J'veux rien de tout ça. J'attends de toi qu'tu vives en chrétien, sans courir la prétentaine avec les filles du village, tu m'suis ?

— Oui, m'sieur.

— Alors c'est bien. Mes apprentis couchent dans la soupente au-d'sus d'la cuisine ; tu mangeras à ma table avec ma femme, mes enfants et moi, mais j'apprécierai que t'évites de parler sous mon toit si on t'adresse pas la parole ; j'voudrais pas qu'mes apprentis s'figurent qu'ils ont les mêmes droits qu'mes enfants, par rapport que c'est pas l'cas.

— Oui, m'sieur.

— Pour le moment, y m'faut réchauffer ce feuillard. Alors tu vas t'occuper du soufflet, là. »

Alvin s'approcha de la branloire du soufflet. Elle était en forme de T, afin qu'on la manœuvre à deux mains. Mais Alvin en tordit l'extrémité pour lui donner le même angle que le manche du marteau lorsque le forgeron le leva en l'air. Puis il se mit à actionner le soufflet d'un seul bras.

« Qu'esse tu fais, mon gars ? s'écria son nouveau maître. Tu vas pas tenir dix minutes si tu t'sers d'un seul bras.

— Alors, dans dix minutes j'passerai au bras gauche, dit Alvin. Mais j'pourrai pas m'préparer pour l'ouvrage au marteau si je m'penche à chaque fois que j'fais marcher le soufflet. »

Le forgeron le considéra, l'air en colère. Puis il éclata de rire. « T'as l'palais bien fendu, mon gars, mais t'as aussi d'la jugeote. Fais à ta guise aussi longtemps qu'tu peux, mais veille à pas mollir sus l'air que tu m'envoies, j'ai b'soin d'un bon feu, et pour l'moment c'est plus important que de t'faire les muscles des bras. »

Alvin se mit à pomper. Il sentit bientôt la douleur lancinante que ce mouvement inhabituel lui causait dans le cou, la poitrine et le dos. Mais il s'accrocha, ne ralentit jamais le rythme du soufflet, obligea son corps à supporter les élancements. Il aurait pu acquérir ses muscles tout de suite en leur apprenant comment se développer grâce à ses pouvoirs cachés. Mais Alvin n'était pas venu pour ça, il en était sûr. Il laissa donc la douleur s'installer à son gré, son corps se transformer à sa guise et ne devoir chaque nouveau muscle qu'au seul effort.

Il tint un quart d'heure avec la main droite, dix minutes avec la gauche. Ses muscles lui faisaient mal et il aimait cette sensation. Conciliant Smith semblait content de son apprenti. Alvin savait qu'ici il se transformerait, que le travail ferait de lui un homme fort et habile.

Un homme, pas un Faiseur. Il n'était pas encore vraiment sur la route menant à ce qu'il était censé devenir. Mais comme il n'y avait pas eu de Faiseur dans le monde depuis mille ans sinon plus, à ce qu'on racontait, qui allait le prendre en apprentissage pour lui enseigner ce métier-là ?

IV

Modesty

WHITLEY PHYSICKER aida Peggy à descendre de voiture devant une jolie maison, dans un des beaux quartiers de Dekane. « J'aimerais t'accompagner jusqu'à la porte, Peggy Guester, et m'assurer qu'il y a quelqu'un pour t'accueillir », dit-il, mais elle n'ignorait pas qu'il s'attendait à son refus. Si quelqu'un savait à quel point elle n'aimait guère qu'on s'occupe d'elle, c'était bien le docteur Whitley Physicker. Elle le remercia donc gentiment et lui fit ses adieux.

Elle entendit s'éloigner le roulement de la voiture et le *clip-clop* du cheval tandis qu'elle laissait retomber le heurtoir de la porte. Une servante vint ouvrir, une jeune Allemande si fraîchement débarquée du bateau qu'elle ne parlait même pas assez d'anglais pour s'enquérir du nom de Peggy. Elle l'invita à entrer du geste, la fit asseoir sur une banquette dans le vestibule puis présenta un plateau d'argent.

Pour quoi faire, ce plateau ? Peggy avait du mal à saisir ce qu'elle voyait dans l'esprit de cette étrangère. Elle attendait quelque chose, mais quoi ? Un bout de papier, mais Peggy ne comprenait pas dans quel but. La fille insista et lui tendit le plateau sous le nez. Peggy ne put que hausser les épaules.

L'Allemande finit par abandonner et repartir. Peggy patienta sur sa banquette. Elle se mit en quête de flammes de vie dans la maison et trouva celle qu'elle cherchait. Ce n'est qu'à cet instant qu'elle comprit à quoi servait le plateau : sa carte de visite. Les gens de la ville, les riches en tout cas, ils avaient de petites cartes sur lesquelles ils inscrivaient leur nom pour s'annoncer quand ils rendaient une visite. Peggy se souvint même avoir lu quelque chose là-dessus dans un livre, mais il s'agissait d'un livre des

Colonies de la Couronne et elle n'avait jamais pensé qu'on s'encombrait de telles formalités dans les pays libres.

Bientôt la maîtresse de maison apparut, suivie comme une ombre par la jeune Allemande qui risquait des coups d'œil par-derrière sa belle robe de jour. Peggy savait, d'après sa flamme de vie, que la dame ne s'estimait pas particulièrement en grande toilette aujourd'hui, mais Peggy eut l'impression de voir la reine en personne.

Peggy observa sa flamme de vie et découvrit ce qu'elle espérait. La dame n'était pas du tout ennuyée par sa présence chez elle, simplement curieuse. Oh, la dame la jugeait, évidemment — Peggy n'avait jamais connu personne, elle-même moins que quiconque, qui ne portait pas de jugement sur les étrangers —, mais le jugement était bienveillant. Quand la dame regarda les vêtements simples de Peggy, elle vit une fille de la campagne, pas une pauvresse ; quand elle regarda son visage impassible, sévère, elle vit une enfant qui avait souffert, pas un laideron. Et lorsqu'elle imagina ses souffrances, sa première pensée fut d'essayer de les guérir. Oui, la dame était *bonne*. Peggy ne s'était pas trompée en venant chez elle.

« Je ne crois pas avoir le plaisir de te connaître », dit la dame. Elle avait une belle voix, douce et chaude.

« M'est avis qu'non, madame Modesty. Je m'appelle Peggy. J'pense que vous avez connu mon papa, il y a longtemps.

— Peut-être que si tu me disais son nom… ?

— Horace, fit Peggy. Horace Guester, d'Hatrack, dans l'Hio. »

Peggy vit le tumulte que souleva dans sa flamme de vie le seul énoncé du nom de son père : souvenirs heureux et aussi vague crainte quant aux intentions de cette fille peu ordinaire. Mais la crainte s'estompa bientôt ; son mari était mort depuis plusieurs années et ne risquait donc plus d'en pâtir. Aucune de ces émotions ne transparut sur son visage qui garda la même expression douce, amicale et gracieuse. Modesty se tourna vers la servante et lui adressa quelques mots dans un allemand parfait. La servante fit une révérence et disparut.

« Est-ce ton père qui t'envoie ? » demanda la dame. La question cachée était : Est-ce que ton père t'a dit ce que j'étais pour lui et lui pour moi ?

« Non, fit Peggy, j'suis venue d'moi-même. Il en mourrait s'il apprenait que j'connais votre nom. Vous comprenez, j'suis une torche, madame Modesty. Il a pas d'secrets, pas pour moi. Personne en a. »

Peggy ne fut aucunement surprise de l'effet que cette nouvelle produisit sur Modesty. La plupart des gens auraient aussitôt pensé à tous les secrets qu'ils souhaitaient qu'elle ne découvre pas. Au lieu de ça, la dame songea aussitôt combien il devait être pénible pour Peggy de connaître des choses qu'il valait mieux ignorer. « Tu l'es depuis longtemps ? fit-elle doucement. Pas depuis toute petite, tout de même ? Le Seigneur est trop miséricordieux pour accabler un esprit d'enfant d'une telle connaissance.

— M'est avis que l'Seigneur s'est guère intéressé à moi », dit Peggy.

La dame tendit la main et lui toucha la joue. Peggy savait qu'elle avait remarqué la poussière de la route qui la salissait un peu. Mais vêtements et propreté n'étaient pas la préoccupation majeure de Modesty. Une torche, pensait-elle. Voilà qui explique le visage froid et rébarbatif chez une fille aussi jeune. Trop de connaissance l'a durcie.

« Pourquoi viens-tu me voir ? demanda-t-elle. Tu n'as quand même pas l'intention de nous faire du mal, à ton père et à moi, pour une faute aussi ancienne.

— Oh non, m'dame », fit Peggy. De toute sa vie, jamais sa voix ne lui avait parue aussi éraillée ; auprès de la dame, elle croassait comme une corneille. « Si j'suis assez torche pour connaître votre secret, je l'suis aussi pour connaître qu'y avait du bien dedans, autant qu'du péché, et pour ce qui est du péché, papa continue de l'payer, et plutôt deux ou trois fois qu'une à chaque jour qui passe. »

Les larmes montèrent aux yeux de Modesty. « J'espérais, murmura-t-elle, j'espérais que le temps atténuerait sa honte et qu'aujourd'hui il s'en souviendrait avec plaisir. Comme une des anciennes tapisseries défraîchies d'Angleterre, dont les couleurs ont perdu leur éclat mais qui conservent le reflet de la beauté. »

Peggy aurait pu lui dire qu'il éprouvait davantage que du plaisir, qu'il revivait tous ses sentiments comme s'ils dataient de la veille. Mais c'était le secret de papa et ce n'était pas à elle de le divulguer.

Modesty porta un mouchoir à ses paupières pour sécher les larmes qui y tremblotaient.

« Durant toutes ces années je ne me suis jamais confiée à aucun mortel. Je n'ai ouvert mon cœur qu'au Seigneur, et il m'a pardonnée ; mais je trouve plutôt vivifiant d'en parler à quelqu'un dont je vois le visage de mes yeux et non dans mon imagination. Dis-moi, mon enfant, si tu ne viens pas en ange de la vengeance, peut-être viens-tu en ange de miséricorde ? »

Madame Modesty s'exprimait avec une telle élégance que Peggy se sentit poussée à employer le même langage qu'elle lisait dans les livres, au lieu de parler à sa manière naturelle. « Je viens en… en suppliante, dit-elle. Je viens chercher de l'aide. Je viens pour changer de vie et j'ai pensé, comme vous aimiez mon père, que vous n'refuseriez pas une faveur à sa fille. »

La dame lui sourit. « Même si tu n'es que la moitié de la torche que tu prétends être, tu connais déjà ma réponse. De quelle aide as-tu besoin ? Mon mari m'a laissé beaucoup d'argent à sa mort, mais je ne crois pas que c'est l'argent que tu cherches.

— Non, m'dame », dit Peggy. Mais c'était quoi, ce qu'elle cherchait, maintenant qu'elle était ici ? Comment expliquer pourquoi elle était venue ? « Je n'aimais pas la vie que je me voyais mener à Hatrack. Je voulais…

— T'échapper ?

— Quelque chose comme ça, m'est avis, mais pas exactement.

— Tu veux devenir autre chose que ce que tu es, fit la dame.

— Oui, madame Modesty.

— Et tu souhaites devenir quoi ? »

Peggy n'avait jamais trouvé de mots pour décrire ce dont elle avait rêvé, mais à présent, devant madame Modesty, elle s'apercevait comme il pouvait être simple de les exprimer, ces rêves. « Vous, m'dame. »

La dame sourit et se toucha le visage, les cheveux. « Oh, mon enfant, il faut avoir de plus hautes visées. Ce qu'il y a de meilleur en moi, c'est en grande partie ton père qui me l'a donné. Son amour m'a appris que je méritais peut-être — non, pas peut-être —, que je méritais *réellement* d'être aimée. J'en ai appris bien davantage depuis, sur ce qu'est, sur ce que doit être une femme. Quelle charmante symétrie, si je puis redonner à sa fille un peu de la sagesse qu'il m'a apportée. » Elle se mit doucement à rire. « Je n'aurais jamais imaginé prendre une élève.

— Plutôt une disciple, je crois, madame Modesty.

— Ni élève ni disciple. Veux-tu rester chez moi en invitée ? Me permets-tu d'être ton amie ? »

Peggy distinguait mal les chemins de sa propre vie, mais elle les sentit s'ouvrir en elle, tous les avenirs qu'elle pouvait souhaiter et qui l'attendaient ici, dans cette maison. « Oh, m'dame, fit-elle, si vous voulez. »

V

Le sourcier

HANK DOWSER le sourcier en avait vu défiler, des apprentis, depuis toutes ces années, mais jamais d'aussi effrontés que celui-ci. Conciliant Smith, penché sur le sabot antérieur gauche de la vieille Picklewing, s'apprêtait à enfoncer le clou, et voilà que son drôle l'interrompait.

« Pas ce clou-là, dit l'apprenti du forgeron. Pas là. »

Ah ça, de l'avis de Hank, c'était l'occasion ou jamais pour le maître de flanquer à l'élève une bonne taloche sur l'oreille et de l'envoyer brailler à la maison.

Mais Conciliant Smith se contenta de hocher la tête et de regarder le gamin. « Tu t'sens capable de clouer c'fer, Alvin ? demanda le forgeron. Elle est grande, c'te jument, mais j'constate que t'as pris quèques pouces depuis la dernière fois que j't'ai regardé.

— J'peux l'faire, dit le gamin.

— Holà, doucement, fit Hank Dowser. J'ai que Picklewing comme bête et j'ai pas les moyens de m'en payer une autre. Moi, j'veux pas qu'vot' apprenti maréchal-ferrant s'fasse la main et s'trompe aux dépens de ma pauv' vieille haridelle. » Ayant ainsi franchement exprimé le fond de sa pensée, Hank continua sur sa lancée de dégoiser à l'étourdie : « Et puis qui c'est, l'patron, icitte ? » fit-il.

Ça, c'était la chose à ne pas dire. Hank s'en rendit compte à l'instant même où les mots franchissaient ses lèvres. On ne demande pas qui est le patron, pas devant l'apprenti. Du coup, les oreilles de Conciliant Smith virèrent au rouge ; il se releva, dépliant ses six pieds de haut, exhibant ses bras comme les pattes d'un bœuf et ses mains capables d'écrabouiller la gueule d'un ours, et répondit : « J'suis l'patron icitte, et quand j'dis qu'mon apprenti peut faire le travail, c'est qu'il peut l'faire, sinon allez donner vot' pratique à un autre forgeron.

— Holà, montez pas sus vos grands chevaux, fit Hank Dowser.

— J'monte pas sus mes grands chevaux, j'soutiens l'vôtre, dit Conciliant Smith. Du moins, j'y tiens la jambe. Par le fait, vot' cheval s'appuie sus moi de tout son poids. Et voilà que vous d'mandez si j'suis l'maître dans ma forge. »

Quiconque n'a pas le cerveau fêlé sait qu'énerver le maréchal qui ferre votre cheval, ça n'est pas plus malin que d'exciter les abeilles avant de récolter le miel. Hank Dowser espérait seulement qu'il serait plus facile à calmer. « 'videmment qu'vous êtes le maître, fit-il. J'pensais pas à mal, c'est seulement que j'ai été surpris d'entendre vot' apprenti faire son malin comme ça, voilà.

— Ben ça, c'est par rapport qu'il a un talent, dit Conciliant Smith. Ce p'tit Alvin, il arrive à dire ce qui s'passe à l'intérieur d'un sabot d'cheval : où le clou va tenir, s'il va s'enfoncer dans la chair et faire mal, ce genre d'affaires. C'est un maréchal-ferrant-né. Et s'il me dit : "Enfoncez pas ce clou", eh ben, j'connais asteure que c'est pas un clou que j'dois enfoncer, sinon l'cheval va boiter ou piquer un coup d'folie. »

Hank Dowser sourit et n'insista pas. La journée était chaude, voilà tout, et les sangs se mettaient vite à bouillir. « J'respecte les talents de tout un chacun, dit-il. Tout comme j'attends des autres qu'ils respectent le mien.

— Dans ce cas, j'ai soutenu ce cheval ben assez longtemps, dit le forgeron. Tiens, Alvin, cloue-moi ce fer. »

Si le gamin avait crâné, minaudé ou ricané, il aurait justifié la colère de Hank. Mais l'apprenti Alvin se contenta de s'accroupir, les clous dans la bouche, et de relever le sabot antérieur gauche. Picklewing s'appuya sur lui, mais le jeune garçon était drôlement grand, malgré un visage encore dépourvu du moindre soupçon de barbe, et il faisait le pendant à son maître pour ce qui était des muscles qui lui gonflaient la peau. Supportant ainsi le poids du cheval, il ne lui fallut pas une minute pour clouer le fer en place. Picklewing ne frémit pas d'un poil, elle ne dansa même pas comme à son habitude quand on enfonçait les clous. Et maintenant que Hank y réfléchissait, Picklewing semblait toujours feindre un peu de ce pied-là, comme si elle avait l'intérieur du sabot légèrement sensible. Mais elle était comme ça depuis si longtemps que Hank n'y prêtait plus guère attention.

L'apprenti se recula pour céder la place, toujours sans la moindre fanfaronnade. Il ne faisait rien d'un tant soit peu déplaisant, mais Hank éprouvait encore une colère absurde envers lui. « Quel âge il a ? demanda-t-il.

— Quatorze ans, répondit Conciliant Smith. L'en avait onze quand il est arrivé chez moi.

— Un p'tit peu vieux pour un apprenti, croyez pas ? fit Hank.

— C'est qu'il est arrivé avec un an d'retard, à cause d'la guerre avec les Rouges et les Français… Il vient d'la région d'la Wobbish.

— Ç'a été dur, ces années-là, dit Hank. Par chance, moi, j'suis resté tout c'temps en Irrakwa. J'cherchais des puits pour les moulins à vent le long du chemin d'fer qu'ils construisaient. Quatorze ans, hein ? Grand comme il est, m'est avis qu'il a quand même menti sus son âge. »

Si le gamin n'apprécia pas qu'on le traite de menteur, il n'en montra rien. Ce qui contraria d'autant plus Hank Dowser. C'était comme une épine sous sa selle, cet apprenti lui portait sur les nerfs quoi qu'il fasse.

« Non, dit le forgeron. On connaît ben son âge. L'est né icitte, à Hatrack River, y a quatorze ans, quand ses parents sont passés en allant vers l'ouest. On a enterré l'aîné d'ses frères sus la colline. Mais l'est tout d'même grand pour son âge, s'pas ? »

Ils auraient aussi bien pu discuter d'un cheval. L'apprenti Alvin ne semblait pas s'en soucier. Il restait là, sans bouger, et son regard fixe les traversait comme s'ils étaient de verre.

« Il vous reste quatre ans sus son contrat, alors ? demanda Hank.

— Un peu plusse. Jusqu'à ses dix-neuf ans.

— Eh ben, s'il est déjà aussi bon qu'ça, m'est avis qu'il va s'dépêcher d'reprendre sa liberté pour devenir compagnon. » Hank regarda le jeune garçon qui ne parut pas se dérider à cette idée-là non plus.

« Moi, j'crois qu'non, fit Conciliant Smith. Il est bon pour les chevaux mais il est étourdi à la forge. N'importe quel forgeron peut faire du ferrage, mais il en faut un vrai quand s'agit d'façonner un soc de charrue ou un bandage de roue, et pour ça un talent avec les chevaux, ça vaut rien. T'nez, pour mon chef-d'œuvre, moi, j'ai fait une ancre ! J'étais dans l'Netticut à l'époque, figurez-vous. Y a pas beaucoup de d'mande pour des ancres par icitte, faut dire c'qui est. »

Picklewing s'ébroua et piaffa... Mais la jument ne dansa pas frénétiquement, comme font les chevaux quand leurs nouveaux fers les gênent. C'était une bonne série de fers, un bon ferrage. Même *ça* mit Hank en rage contre l'apprenti. Cette colère, il ne la comprenait pas. Le gamin avait posé le dernier fer de Picklewing sur un pied qui aurait boité si un autre maréchal-ferrant avait exécuté le travail. Il avait fait du *bien* à la jument. Alors pourquoi cette fureur sourde, à fleur de peau, qui grandissait au moindre mot, au moindre geste de l'apprenti ?

Hank chassa ces pensées d'un haussement d'épaule. « Ben ça, c'est d'la belle ouvrage, dit-il. C'est à mon tour asteure de m'mettre à la tâche.

— Attendez, on connaît vous comme moi qu'un ouvrage de sourcier, ça vaut plusse qu'un ferrage, dit le forgeron. Alors, s'il vous faut aut' chose, oubliez pas que j'vous l'dois, gratis.

— Pour ça, je r'viendrai, Conciliant Smith, la prochaine fois qu'mon canasson aura besoin d'fers. »

Puis, parce que Hank Dowser était chrétien et qu'il avait honte de son antipathie pour le jeune garçon, il ajouta un compliment à l'adresse de l'apprenti : « M'est avis qu'vous pouvez être sûr de m'revoir tant qu'vous aurez ce gars-là en apprentissage, avec le talent qu'il a. »

Le gamin aurait aussi bien pu ne pas entendre ses paroles louangeuses ; quant au maître forgeron, il gloussa. « Z'êtes pas l'seul à l'dire », fit-il.

A cet mots, Hank Dowser comprit une chose qui lui aurait échappé sinon. Le talent de ce garçon avec les sabots des chevaux, c'était bon pour le commerce, et Conciliant Smith était bien le genre d'homme à garder son apprenti jusqu'au dernier jour de son contrat afin de tirer profit de sa bonne réputation de maréchal-ferrant qui ne faisait jamais boiter et perdre un cheval. Tout ce qu'un maître cupide avait à faire, c'était de prétendre que l'apprenti ne valait rien à la forge ou autre chose dans ce goût-là, puis de s'en servir comme prétexte pour le retenir solidement. Entre-temps, le gamin aurait assuré à la forgerie la réputation de meilleure maréchalerie dans toute la région orientale de l'Hio. De l'argent dans la poche de Conciliant Smith, rien du tout pour le gamin, ni argent ni liberté.

La loi c'est la loi, et le forgeron ne l'enfreignait pas, il avait droit à chacun des jours de service de son élève. Mais la coutume voulait qu'on laisse partir un apprenti dès qu'il avait acquis assez d'expérience et de bon sens pour faire son chemin dans le monde. Sinon, sans espoir de liberté prochaine, à quoi bon pour le jeune s'efforcer d'apprendre le plus vite possible, à quoi bon s'échiner ? On racontait que même les planteurs des Colonies de la Couronne autorisaient leurs meilleurs esclaves à se faire un peu d'argent de poche en à-côtés, pour qu'ils puissent un jour racheter leur liberté avant de mourir.

Non, Conciliant Smith n'enfreignait pas la loi, mais il enfreignait la coutume des maîtres envers leurs apprentis, et à cause de ça Hank conçut une mauvaise opinion de lui ; mauvais maître que celui qui gardait un apprenti auquel il n'avait plus rien à enseigner.

Et cependant, tout en sachant l'apprenti dans son droit et le maître dans son tort, tout en sachant ça, il sentait son cœur déborder d'une haine froide et humide à la seule vue du jeune garçon. Hank frissonna, essaya de chasser cette impression.

« Vous dites que vous avez b'soin d'un puits, dit-il. Il vous l'faut pour boire, pour laver ou pour la forge ?

— Ça y change quèque chose ? demanda le forgeron.

— Eh ben, j'crois, fit Hank. Pour boire, il vous faut de l'eau pure, et pour laver de l'eau qu'a pas d'maladies. Mais pour l'ouvrage à la forge, m'est avis que l'fer, il s'en fiche pas mal qu'on l'trempe dans de l'eau claire ou trouble pour l'refroidir, pas vrai ?

— La source sus la colline, elle s'épuise, elle s'ralentit d'année en année, dit le forgeron. Y m'faut un puits sus lequel j'peux compter. Profond, avec de l'eau propre et pure.

— Vous connaissez pourquoi le ruisseau s'tarit, fit Hank. Tout l'monde creuse des puits et tire l'eau avant qu'elle sorte à la source. Vot' puits, ça va être comme qui dirait la goutte d'eau qui assèche la source.

— M'étonnerait pas, dit le forgeron. Mais j'vais pas r'boucher leurs puits, et y m'faut de l'eau, à moi aussi. J'me suis installé icitte rapport au ruisseau, et v'là qu'on me l'a tari asteure. M'est avis que j'pourrais m'en aller ailleurs, mais j'ai une femme et trois p'tits bougres à la maison, et j'me plais bien icitte, oui, j'me plais bien. Alors j'crois que j'aime mieux tirer de l'eau que déménager. »

Hank gagna le bouquet de saules au bord du ruisseau, près d'une resserre délabrée qui l'enjambait. « C'est à vous ? demanda-t-il.

— Non, c'est à l'Horace Guester, çui-là qui tient l'auberge plus loin. »

Hank se trouva une fine branche de saule fourchue comme il fallait et se mit à la tailler avec son couteau. « On s'en sert plus guère asteure, d'la resserre, à c'que j'vois.

— Le ruisseau s'tarit, j'vous dis. La moitié du temps, en été, y a pas assez d'eau pour garder les jarres de crème au frais. Une resserre, ça vaut rien si on peut pas compter d'sus tout l'été. »

Hank donna un dernier coup de couteau et la tige de saule se détacha. Il en épointa le gros bout puis l'ébarba de tous les renflements de feuilles pour la rendre aussi égale que possible. Certains sourciers se fichaient que la branche soit lisse ou non, ils se contentaient d'arracher les feuilles et de laisser les bouts tout déchiquetés, mais Hank savait que l'eau n'avait pas forcément envie qu'on la trouve, et il fallait alors une bonne baguette de saule bien régulière pour la localiser. D'autres employaient une baguette nettoyée, mais toujours la même d'une année sur l'autre, d'un terrain à l'autre, ça non plus, ce n'était pas bon. Hank le savait, lui ; la baguette devait provenir d'un saule ou, à l'occasion, d'un hickory qui avait poussé en buvant l'eau qu'on espérait découvrir. Les autres sourciers, c'étaient des charlatans, mais ça n'avançait à rien de le dire. La plupart du temps ils trouvaient de l'eau parce qu'en creusant assez profond, on finit presque partout par tomber dessus. Hank, lui, savait y faire, il avait le vrai talent. Il sentait la baguette de saule trembler dans ses mains, sentait l'eau souterraine chanter vers lui. Il ne s'arrêtait pas non plus au premier signe qu'il décelait. Il cherchait de l'eau claire, peu profonde, à fleur de sol et facile à capter. Il mettait son amour-propre dans son travail.

Mais ça n'était pas comme avec cet apprenti — c'était quoi son nom déjà ? — Alvin. Non, pas comme avec lui. Ou bien on était capable de clouer des fers sans jamais estropier les chevaux, ou bien on n'en était pas capable. Dès qu'un maréchal-ferrant estropiait un cheval, les gens y regardaient à deux fois avant de retourner chez lui. Mais avec un sourcier, ça ne faisait apparemment pas de différence qu'il trouve de l'eau ou non à tous les coups. Il suffisait de se prétendre sourcier et de se munir d'une baguette fourchue, et les gens vous payaient pour trouver de l'eau, sans même s'inquiéter de savoir si vous aviez le moindre talent pour ça.

A cette pensée, Hank se demanda si c'était la raison qui lui faisait autant détester l'apprenti : le gamin s'était déjà fait un nom pour la qualité de son travail, tandis que lui, Hank, restait totalement inconnu, quand bien même il faudrait sans doute attendre la saint-glinglin avant qu'un autre vrai sourcier passe dans le pays.

Hank s'assit sur l'herbe au bord du ruisseau et retira ses bottes. Lorsqu'il se pencha pour poser sa deuxième botte sur un caillou au sec, là où il ne risquait pas de la retrouver grouillante d'insectes, il aperçut deux yeux qui clignotaient dans l'ombre d'un gros bouquet d'arbustes. Il tressaillit, croyant d'abord à un ours, puis à un Rouge à l'affût d'un scalp de sourcier, bien qu'on n'ait pas plus vu d'ours que de Rouges dans la région depuis des années. Non, il s'agissait seulement d'un petit moricaud à la peau claire qui se cachait dans les buissons. Le drôle était un sang-mêlé, mi-blanc, mi-noir, Hank ne s'y trompa pas une fois revenu de sa surprise. « Qu'esse tu regardes, toi ? » demanda-t-il.

Les yeux se fermèrent et le visage disparut. Les buissons s'agitèrent et bruissèrent ; quelque chose s'éloigna bien vite en rampant.

« Faites pas attention, dit Conciliant Smith. C'est rien qu'Arthur Stuart. »

Arthur Stuart ! Tout le monde en Nouvelle-Angleterre et aux Etats-Unis connaissait ce nom aussi sûrement que les habitants des Colonies de la Couronne. « Alors j'ai l'plaisir de vous apprendre que moi, j'suis le Lord Protecteur, dit Hank Dowser. Par rapport que si le roi a c'te couleur de peau là, ça m'fait une nouvelle qui va m'assurer trois repas gratuits par jour dans n'importe quelle ville de l'Hio et du Suskwahenny jusqu'à ma mort. »

Conciliant éclata d'un rire joyeux à cette idée. « Non, c'est une bêtise d'Horace Guester, de l'avoir appelé comme ça. Horace et la Peg Guester, ils élèvent le gamin, vu qu'sa vraie mère est trop pauvre pour le faire. 'videmment, j'crois pas que ce soye la seule raison. L'est tellement clair qu'on peut pas blâmer l'mari, Mock Berry, s'il aime guère le voir manger à la même table que ses enfants noir de charbon. »

Hank Dowser entreprit de retirer ses chaussettes. « Vous supposez pas que l'Horace Guester l'a pris chez lui à cause qu'il est l'responsable de la peau si claire du p'tit ?

— Enfoncez-vous une citrouille dans la goule, Hank, avant d'sortir des choses pareilles, dit Conciliant. C'est pas son genre, à Horace.

— Vous seriez surpris du nombre de genses que j'ai connus qu'étaient en fait de ce genre-là, fit Hank. Mais j'dis pas ça pour Horace Guester, notez.

— Vous croyez qu'la Peg Guester laisserait entrer chez elle un fils bâtard de son mari, qui s'rait à moitié noir ?

— Et si elle était pas au courant ?

— Elle le s'rait. Sa fille, Peggy, elle était torche icitte, à Hatrack River. Et tout l'monde connaissait qu'la p'tite Peggy, elle mentait jamais.

— J'ai souventes fois entendu causer d'la torche d'Hatrack River avant d'venir dans l'pays. Comment ça s'fait que je l'ai jamais vue ?

— Elle est partie, voilà pourquoi, dit Conciliant. Trois ans passés. S'est ensauvée. Evitez donc d'poser la moindre question là-dessus à l'auberge des Guester, c'est plus prudent. Ils sont un brin susceptibles sus l'sujet. »

Pieds nus à présent, Hank Dowser se mit debout sur la berge du ruisseau. Il leva machinalement les yeux ; là-bas, au milieu des arbres, se tenait encore Arthur Stuart, qui le regardait. Bah, quel mal pouvait bien faire un petit moricaud ? Aucun.

Hank s'avança dans le ruisseau et laissa l'eau glacée lui couler sur les pieds. Il lui parla silencieusement. Je ne veux pas arrêter ton cours ni t'assécher davantage. Si je creuse un puits, ce n'est pas pour te nuire. C'est comme si je t'offrais un autre lit, un autre visage, d'autres mains, un autre œil. Alors ne te cache pas de moi, l'eau. Montre-moi où tu remontes dans le sol, où tu pousses sous la surface pour t'élever jusqu'aux cieux, et je leur dirai de creuser là, de te libérer pour que tu baignes la terre, tu verras que je ne t'ai pas menti.

« L'est assez pure, cette eau-là ? demanda-t-il au forgeron.

— Très pure, dit Conciliant. Jamais entendu dire qu'elle a rendu malade. »

Hank trempa le bout pointu de sa baguette en amont de ses pieds. Goûte-la, dit-il à la baguette. Imprègne-toi de sa saveur, souviens-t'en et trouve-m'en d'aussi bonne.

La baguette se cabra dans ses mains. Elle était prête. Il la retira du ruisseau ; elle retomba, calmée mais encore agitée de petits soubresauts, comme pour faire savoir qu'elle vivait, qu'elle vivait et qu'elle cherchait.

Désormais, plus besoin de parler, plus besoin de réfléchir. Il suffisait à Hank de marcher, les yeux presque clos pour que la vision de ce qui l'entourait ne vienne pas le distraire du picotement qu'il ressentait aux mains. La baguette ne le fourvoyait jamais ; regarder où il allait équivaudrait à reconnaître que la baguette n'avait pas le pouvoir de le diriger.

Il lui fallut pas loin d'une demi-heure. Oh, il trouva très vite où ils auraient pu creuser, mais ça n'était pas assez bon, pas pour Hank Dowser. Il pouvait dire, rien qu'à la façon dont la baguette se cabrait et retombait, si l'eau était assez près de la surface pour que ça vaille la peine d'aller la chercher. Il avait un tel savoir-faire que la plupart des gens ne faisaient pas de différence entre les pénétrants et lui ; il ne pouvait guère espérer meilleur talent. Et comme les pénétrants se faisaient vraiment rares — on les trouvait surtout chez les septièmes fils ou les treizièmes enfants —, Hank ne rêvait plus d'en être un plutôt qu'un sourcier ordinaire, pas souvent en tout cas.

La baguette plongea si violemment qu'elle s'enfonça de trois pouces dans le sol. Difficile de faire mieux. Hank sourit et rouvrit les yeux. Il n'était pas à plus de trente pieds derrière la forge. Impossible de trouver meilleur emplacement les yeux ouverts. Aucun pénétrant n'aurait mieux réussi.

C'est aussi ce que pensait le forgeron. « Eh ben, si vous m'aviez demandé où que j'voulais l'puits, c'est l'endroit que j'aurais choisi. »

Hank hocha la tête, acceptant le compliment sans un sourire, les yeux mi-clos, le corps encore parcouru des fourmillements provoqués par le puissant appel de l'eau. « J'veux pas retirer la baguette, dit-il, tant qu'vous aurez pas creusé un fossé tout autour pour marquer l'emplacement.

— Va m'quérir une pelle ! » s'écria le forgeron.

L'apprenti Alvin partit à petites foulées chercher l'outil. Hank nota qu'Arthur Stuart le suivait en trottinant de toute la vigueur de ses courtes jambes, si maladroitement qu'il ne pouvait manquer de tomber. Et il tomba comme de juste, s'étala tête la première dans l'herbe, glissa dans son élan sur un bon yard et se releva trempé de rosée. Ça ne l'arrêta pas pour autant. Il repartit en se dandinant pour faire le tour de la forgerie sur les traces de l'apprenti Alvin.

Hank se retourna vers Conciliant Smith et frappa le sol du talon. « J'peux pas l'garantir, j'ai pas l'talent pour, fit-il aussi modestement qu'il put, mais j'dirais qu'vous aurez pas b'soin d'creuser plus de dix pieds avant de trouver de l'eau là-dessous. Ça gigote et ça dindaille, du jamais vu.

— C'est pas mon affaire, de toute manière, fit Conciliant. J'ai pas l'intention d'creuser moi-même.

— Vot' apprenti m'paraît assez costaud pour le creuser tout seul, s'il flemmarde pas et s'il s'endort pas dès qu'vous aurez l'dos tourné.

— Il est pas du genre à flemmarder, dit Conciliant. Z'allez donc passer la nuit à l'auberge, m'est avis.

— M'est avis qu'non, fit Hank. Y a des genses à six milles d'icitte à l'ouest qui voudraient que j'leur trouve un terrain *sec* pour y creuser un bon caveau à patates bien profond.

— C'est pas l'contraire de faire le sourcier ?

— Si, Conciliant, et c'est joliment plus dur, par-d'sus l'marché, dans un pays aussi humide.

— Eh ben, r'passez donc par icitte, dit Conciliant, j'vous réserve une goutte d'la première eau que j'vais tirer du puits.

— J'suis d'accord, dit Hank, avec plaisir. » C'était un honneur qu'on ne lui accordait pas souvent, cette première gorgée d'un puits. Elle recelait un certain pouvoir, mais seulement quand on l'offrait de bon cœur, et Hank ne pouvait s'empêcher de sourire à présent. « J'vais r'passer dans un couple de jours, comptez-y. »

L'apprenti revint avec la pelle et entreprit aussitôt de creuser. Une tranchée peu profonde, mais Hank remarqua que le gamin délimitait un carré parfait sans prendre la moindre mesure : tous les côtés étaient égaux et, autant qu'il pouvait en juger, orientés aux quatre points cardinaux. Accroché à sa baguette toujours fichée dans le sol, Hank ressentit une soudaine nausée à l'estomac, due à la proximité du jeune garçon. Seulement, ce n'était pas le genre de nausée qui donne envie de dégobiller son petit-déjeuner. C'était le genre qui annonce la douleur, une nausée qui appelle la violence; Hank éprouva le désir fou d'arracher la pelle des mains de l'apprenti et de le frapper à la tête avec le bord tranchant de la lame.

Et alors, tandis que la baguette lui tremblait dans les mains, il finit par comprendre. Ce n'était pas lui, Hank, qui détestait ce gamin, dame non. C'était l'eau qu'il servait si bien, c'était elle qui voulait la mort de l'apprenti.

Dès que cette pensée lui vint, il la refoula, il ravala sa nausée. C'était l'idée la plus folle qui lui ait jamais traversé l'esprit. De l'eau, c'était de l'eau. Tout ce qu'elle voulait, c'était jaillir du sol ou tomber des nuages pour courir à la surface de la terre. Elle ne pensait pas à mal. N'avait pas envie de tuer. Et n'importe comment, Hank Dowser était chrétien, baptiste par-dessus le marché — s'il existait une religion naturelle pour un sourcier, c'était bien celle-là. On plongeait les gens dans l'eau pour les baptiser et les amener à Jésus, pas pour les noyer. Hank n'avait pas le meurtre au cœur mais son Sauveur ; son Sauveur qui lui enseignait d'aimer ses ennemis, qui lui disait que même la haine équivalait au meurtre.

Hank adressa une prière muette à Jésus pour qu'il lui ôte cette rage du cœur et qu'il l'empêche de souhaiter la mort de ce garçon innocent.

Comme en réponse, la baguette s'arracha soudain du sol, s'envola de ses mains et atterrit dans les buissons à presque deux perches de là.

Hank n'avait jamais vu ça dans toute sa vie de sourcier. Une baguette qui s'envolait ! Eh ben, c'était comme si l'eau l'avait repoussé avec autant de mépris qu'une grande dame éconduisant sèchement un grossier personnage.

« La tranchée est finie d'creuser », dit l'apprenti.

Hank l'observa avec attention pour voir s'il avait remarqué quoi que ce soit de bizarre dans la façon dont la baguette s'était échappée. Mais le gamin ne le regardait même pas. Il regardait seulement le sol à l'intérieur du carré qu'il venait de tracer.

« D'la bonne ouvrage », dit Hank. Il s'efforça de ne pas laisser transparaître dans sa voix le dégoût qu'il ressentait.

« C'est pas bon d'creuser icitte », fit l'apprenti.

Hank n'en crut pas ses oreilles. C'était déjà un peu fort que le gamin fasse l'insolent devant son patron dans le cadre du métier qu'il pratiquait, mais qu'est-ce qu'il y connaissait, à celui de sourcier ?

« Qu'esse tu dis, mon gars ? » demanda-t-il.

Le garçon dut lire la menace sur la figure de Hank ou sentir la fureur dans sa voix, parce qu'il battit aussitôt en retraite. « Rien, m'sieur, fit-il. Et pis c'est pas mon affaire. »

Mais la colère accumulée de Hank était telle qu'il n'allait pas permettre au drôle de s'en tirer à si bon compte. « Tu t'figures pouvoir faire mon ouvrage aussi, c'est ça ? P't-être que ton patron t'laisse croire que t'es aussi bon qu'lui par rapport que t'as un talent avec les sabots des ch'vaux, mais écoute-moi bien, mon gars, j'suis un vrai sourcier et ma baguette me dit qu'y a de l'eau icitte !

— C'est vrai », dit l'apprenti. Il parlait avec douceur, si bien que Hank

« Ta pauvre intelligence n'arriverait pas à comprendre si tu voyais ce que je suis vraiment. »

Page 560.

ne s'aperçut pas vraiment que le jeune garçon le dépassait de quatre pouces par la taille et de probablement davantage en allonge. L'apprenti Alvin n'était pas grand au point de passer pour un géant, mais il ne risquait pas de passer pour un nain non plus.

« *C'est vrai ?* C'est pas à toi d'juger si c'que ma baguette me dit est vrai ou faux !

— J'connais, m'sieur, j'aurais pas dû. »

Le forgeron revint avec une brouette, une pioche et deux solides leviers de fer. « Qu'esse qui s'passe ? demanda-t-il.

— C'est vot' gars qui fait l'malin. » Hank savait en disant ça qu'il n'était pas très correct : le gamin lui avait déjà présenté ses excuses, non ?

Et voilà qu'enfin la main de Conciliant partit à la volée pour s'abattre, telle une patte d'ours, sur le côté de la tête de l'apprenti. Alvin chancela sous la calotte mais il ne tomba pas. « Pardon, m'sieur, fit-il.

— Il prétend qu'y a pas d'eau icitte, là où j'ai dit qu'il fallait creuser l'puits. » Hank ne pouvait plus s'arrêter. « J'ai respecté son talent, moi. Lui, il pourrait respecter l'mien.

— Talent ou pas, dit le forgeron, il va respecter mes clients, sinon il va apprendre que c'est long avant de d'venir compagnon, dame oui, ça, il va l'apprendre. »

Conciliant Smith serrait dans le poing l'un de ses lourds leviers de fer, comme s'il projetait d'en caresser le dos de son apprenti. Ce serait du meurtre pur et simple, et Hank n'avait pas le cœur à ça. Il avança la main et saisit l'extrémité du levier. « Non, Conciliant, attendez, tout va bien. Il s'est excusé.

— Et ça vous suffit ?

— Oui, et aussi de connaître que vous m'écouterez, moi et pas lui, dit Hank. J'suis pas encore assez vieux pour supporter qu'des gamins avec des talents pour les sabots me disent que j'peux plus faire le sourcier.

— Oh, le puits sera creusé icitte même, vous pouvez y aller. C'est l'drôle qui va l'creuser, tout seul, et il aura rien à manger tant qu'il aura pas trouvé l'eau. »

Hank sourit. « Bon, alors j'verrai avec plaisir que j'connais encore c'que j'fais ; il aura pas à creuser loin, pour sûr. »

Conciliant s'en prit au garçon, immobile à quelques yards de là, les bras ballants, le visage dénué de colère, de tout sentiment en fait. « Je m'en vais r'conduire monsieur Dowser à sa jument qu'on vient d'ferrer, Alvin. Et j'veux plus t'voir tant qu'tu m'amèneras pas un seau d'eau pure d'ce puits. Tu mangeras pas et t'auras pas une goutte d'eau avant d'boire celle d'icitte !

– Oh, écoutez, fit Hank, faut avoir un peu d'cœur. Vous connaissez que ça prend des fois un couple de jours pour qu'la terre s'redépose dans un nouveau puits.

– Amène-moi tout d'même un seau d'eau du nouveau puits, dit Conciliant. Quitte à c'que t'y travailles toute la nuit. »

Ils repartirent alors vers la forge, vers le corral où attendait Picklewing. Ils discutèrent un brin, passèrent un petit moment à seller la jument, puis Hank Dowser s'en fut sur sa rosse qui trottait plus souplement, plus facilement, heureuse comme tout. Tandis qu'il s'éloignait, il vit le garçon à l'ouvrage. Il n'y avait pas de volées de terre désordonnées, seulement des pelletées méthodiques qui s'élevaient et basculaient, s'élevaient et basculaient. Le gamin ne semblait pas s'accorder de pause non plus. Hank n'entendit pas un seul temps d'arrêt dans le rythme de son travail. Le *tchac* de la pelle s'enfonçant dans le sol, puis le *chiss-pouf* de la terre glissant de l'outil pour tomber en tas.

La colère de Hank ne se calma que lorsqu'il n'entendit plus l'apprenti, voire lorsqu'il eut oublié les bruits de son terrassement. Quelle que soit la compétence de Hank en tant que sourcier, ce gamin était l'ennemi de son talent, ça, Hank le savait. Il avait d'abord cru sa rage irraisonnée, mais depuis que l'apprenti avait dit le fond de sa pensée, Hank savait qu'il avait eu raison dès le début. L'apprenti se prenait pour un maître de l'eau, peut-être pour un pénétrant, ce qui en faisait l'ennemi de Hank.

Jésus prêchait d'offrir son manteau à son ennemi, de lui tendre l'autre joue, mais dans le cas où votre ennemi a l'intention de vous déposséder de votre gagne-pain, hein, vous faites quoi ? Vous le laissez vous ruiner ? Je ne suis pas chrétien à ce point-là, songea Hank. Je lui ai donné une leçon, à ce gamin, et si celle-là n'a pas suffi, je lui en donnerai une autre un de ces jours.

VI

La mascarade

PEGGY n'était pas la reine du bal du gouverneur, mais elle ne s'en plaignait pas. Madame Modesty lui avait depuis longtemps appris que c'était une erreur pour les femmes de rivaliser entre elles. « Il n'existe pas de prix gagné par une femme qui ne soit à la portée des autres. »

Personne n'avait l'air de le comprendre, pourtant. Les autres femmes s'observaient d'un œil jaloux, estimaient les coûts probables des toilettes, tâchaient de deviner le prix d'une amulette de beauté au cou de la rivale, surveillaient qui dansait avec qui, combien d'hommes s'arrangeaient pour être présentés.

Peu d'entre elles tournèrent un regard jaloux vers Peggy, du moins à son entrée dans la salle en milieu d'après-midi. Peggy savait quelle impression elle donnait. Au lieu d'une élégante coiffure, elle avait les cheveux brossés et brillants, remontés sur la tête dans un arrangement apparemment soigné mais propice à des échappées de mèches ici et là. Elle portait une robe simple, presque quelconque, mais c'était de propos délibéré. « Tu as le corps jeune et joli, ta robe ne doit pas faire oublier la souplesse naturelle de ta jeunesse. » En outre, la robe était extrêmement décente, elle dévoilait moins de peau nue que celles des autres femmes ; mais mieux que la plupart elle révélait les mouvements sans contrainte du corps qu'elle habillait.

Elle entendait presque la voix de madame Modesty lui dire : « Tant de jeunes filles se méprennent. Le corset n'est pas une fin en soi. Il est conçu pour permettre aux corps flasques et âgés d'imiter celui qu'une jeune femme en bonne santé possède naturellement. Sur toi, un corset ne doit pas être lacé serré, tu dois te sentir à l'aise et non entravée. Ton corps bougera alors en toute liberté et tu pourras respirer. Les autres s'émerveilleront devant ton courage d'apparaître en public sans tricher sur ta taille. Mais les hommes, eux, ne mesurent pas la coupe des vêtements féminins. Ils apprécient plutôt le naturel d'une dame qui se sent à l'aise, sûre d'elle, qui profite de la vie au moment présent, devant eux, en leur compagnie. »

Mais plus important : elle ne portait pas de bijoux. Les autres dames ne se montraient jamais en public sans charmes d'apparence. A moins de posséder un talent qui l'en aurait dispensée, une jeune femme se devait d'acheter — sinon elle, ses parents ou son mari — un charme gravé sur une bague ou une amulette. On préférait les amulettes car elles se portaient plus près du visage et n'avaient pas besoin d'être très puissantes — ni très chères, donc. Ces charmes d'apparence n'agissaient pas à distance, mais plus vous vous approchiez d'une femme ainsi pourvue, plus vous vous convainquiez de sa grande beauté. Aucun de ses traits ne s'était modifié; vous voyiez toujours la même réalité. C'était votre jugement qui avait changé. Pareils charmes faisaient rire madame Modesty. « A quoi bon duper quelqu'un qui sait qu'on le dupe ? » Aussi Peggy n'en portait-elle pas.

Toutes ces dames du bal étaient travesties. Bien qu'aucun visage ne fût dissimulé, il s'agissait d'une mascarade. De toutes les femmes présentes, seules Peggy et madame Modesty n'étaient pas costumées, ne feignaient pas un quelconque idéal artificiel.

Peggy devina les pensées des autres filles qui la regardèrent entrer : « La pauvre. Insignifiante. Pas une rivale. » Et leur appréciation était assez juste, du moins au début. Personne ne s'intéressa véritablement à elle.

Mais madame Modesty choisit avec soin quelques-uns des hommes qui vinrent vers elle. « J'aimerais vous présenter ma jeune amie Margaret », disait-elle, et Peggy offrait un franc, un frais sourire qui n'avait rien d'affecté, son sourire naturel, celui qui exprimait sa joie véritable de rencontrer une relation de madame Modesty. Ils lui touchaient les doigts en s'inclinant, et la légère révérence qu'elle faisait en retour était gracieuse et spontanée, un mouvement sincère; elle leur pressait la main en un réflexe amical, comme on accueille une connaissance espérée. « L'art de la beauté, c'est l'art de la vérité, avait dit madame Modesty. La plupart des femmes font semblant d'être une autre; tu seras toi-même dans ce que tu as de plus charmant, tu auras la grâce naturelle et vive du cerf qui bondit ou du faucon tournoyant dans le ciel. » Les hommes l'entraînaient jusqu'à la piste, et elle dansait avec eux sans se soucier de respecter les pas, de rester en mesure ni de faire valoir sa toilette, mais plutôt en goûtant la danse, la symétrie de ses mouvements avec ceux de son partenaire, la manière dont la musique passait par leurs deux corps en même temps.

L'homme qui la rencontrait, qui dansait avec elle, ne l'oubliait pas. Les autres filles lui paraissaient ensuite guindées, gauches, mal à l'aise, artificielles. Bon nombre de messieurs, tout aussi artificiels que la plupart des dames, ne se connaissaient pas eux-mêmes assez pour savoir qu'ils goûteraient davantage la compagnie de Peggy que celle de n'importe quelle autre jeune femme. A noter toutefois que madame Modesty ne présenta pas Peggy à ces messieurs. Elle ne l'autorisait à danser qu'avec le genre d'hommes capables de l'apprécier ; et ces hommes-là se reconnaissaient au fait qu'ils éprouvaient une affection sincère pour madame Modesty.

Aussi, au fil des heures, alors que l'après-midi brumeux cédait la place à une soirée radieuse, de plus en plus d'hommes vinrent tourner autour de Peggy, remplir son carnet de bal, s'empresser de converser avec elle durant les pauses, lui apporter de quoi manger et boire — qu'elle acceptait si elle avait faim ou soif et refusait gentiment dans le cas contraire —, jusqu'à ce que les autres jeunes femmes commencent à lui prêter attention. Nombre d'hommes ne la remarquaient pas, bien entendu ; aucune des autres filles ne manqua de compagnie parce que Peggy en avait beaucoup. Mais elles ne voyaient pas les choses de cette façon. Ce qu'elles voyaient, c'est que Peggy était toujours entourée, et Peggy devinait les conversations qu'elles tenaient à voix basse.

« Quelle sorte de charme utilise-t-elle donc ?

— Elle porte une amulette sous son corsage… je suis certaine d'en avoir vu la forme soulever son tissu de quatre sous.

— Pourquoi ne remarquent-ils pas sa taille épaisse ?

— Regardez ses cheveux de guingois, comme si elle sortait tout droit de sa grange.

— Elle doit les flatter outrageusement.

— Elle n'attire qu'une certaine sorte d'hommes, j'espère que vous vous en rendez compte. »

Les pauvres, les pauvres. Peggy ne possédait aucun pouvoir que ces femmes n'avaient déjà en elles dès la naissance. Elle ne recourait à aucun artifice qu'elles devraient acheter.

Plus important à ses yeux : elle ne se servait même pas de son talent désormais. Elle avait facilement retenu toutes les leçons de madame Modesty durant ces années car elles n'étaient rien d'autre que le prolongement de son honnêteté foncière. Le seul obstacle, c'était son pouvoir. Par habitude, dès l'instant où elle rencontrait un inconnu, elle regardait toujours dans sa flamme de vie pour le voir tel qu'en lui-même ; et, mieux informée sur lui que sur elle-même, elle devait alors dissimuler qu'elle connaissait ses plus noirs secrets. Voilà ce qui lui avait donné une attitude si réservée, voire un air si hautain.

Madame Modesty et Peggy étaient du même avis : elle ne devait pas révéler aux autres ce qu'elle savait sur eux. Mais madame Modesty lui avait affirmé qu'aussi longtemps qu'elle cacherait des choses d'une telle importance, elle ne pourrait pas montrer toute la beauté de sa personnalité — elle ne deviendrait pas la femme qu'Alvin aimerait pour elle-même et non par pitié.

La réponse était simple. Comme Peggy ne pouvait pas dire ce qu'elle savait ni le cacher, la seule solution consistait à ne pas savoir d'emblée. C'était la vraie bataille qu'elle avait livrée ces trois dernières années : s'entraîner à ne pas regarder dans les flammes de vie qui l'entouraient. Mais à force d'acharnement, après bien des larmes de déception et mille subterfuges divers pour essayer de se leurrer, elle avait gagné. Elle pouvait entrer dans une salle de bal bondée et ignorer les flammes de vie présentes. Oh, elle les *voyait*, les flammes de vie — elle n'allait pas s'aveugler —, mais elle ne leur accordait aucune attention. Il ne lui arrivait plus de se rapprocher afin de mieux les explorer. Et elle était aujourd'hui si exercée qu'elle n'avait même pas à fournir d'effort pour éviter de voir au-dedans. Elle était capable de rester auprès des gens, de discuter, d'écouter leurs propos sans mieux connaître leurs pensées intimes que quiconque.

Evidemment, des années à faire la torche lui avaient beaucoup appris sur la nature humaine — quelles pensées accompagnent certains mots, inflexions de voix, expressions ou gestes —, et elle était experte à deviner à quoi songeaient ses interlocuteurs tandis qu'ils parlaient. Mais les braves gens ne s'inquiétaient jamais qu'elle donne l'impression de savoir ce qu'ils avaient en tête à ce moment-là. Elle n'avait pas besoin de le cacher.

C'étaient seulement leurs secrets les plus profonds qu'elle ne devait pas connaître, et ces secrets lui restaient désormais invisibles à moins qu'elle ne décide de les voir.

Cette décision, elle ne la prenait pas. Car dans ce nouveau désintérêt elle trouvait une sorte de liberté jusque-là inconnue. Elle pouvait maintenant juger les gens sur l'apparence. Elle pouvait prendre plaisir à leur compagnie, car elle ne savait rien d'eux et ne s'estimait donc pas responsable de leurs appétits cachés ni, plus grave, de leurs sorts tragiques. Ce qui conférait une espèce de folie vivifiante à sa danse, à son rire, à sa conversation ; personne au bal ne se sentait aussi libre que Margaret, la jeune amie de Modesty, parce que personne n'avait souffert de cette atroce réclusion dans laquelle elle avait jusqu'à ce jour passé toute sa vie.

La soirée de Peggy au bal du gouverneur fut donc une splendeur. Non pas un *triomphe* à proprement parler, car elle n'avait vaincu personne — tout homme qui avait gagné son amitié n'était pas conquis mais libéré, voire victorieux. Ce qu'elle éprouvait, c'était une joie sans mélange, par conséquent ceux qui l'entouraient se réjouissaient aussi en sa compagnie. Pareils sentiments de bonheur ne pouvaient être refoulés. Même celles qui cancanaient méchamment à son sujet derrière leurs éventails perçurent l'allégresse ambiante ; nombre d'entre elles assurèrent l'épouse du gouverneur qu'il s'agissait du bal le plus réussi qu'on ait jamais donné à Dekane, voire, disons-le, dans tout l'Etat de Suskwahenny.

Certaines comprirent même qui avait ainsi égayé la soirée. Parmi lesquelles l'épouse du gouverneur et madame Modesty. Peggy les vit discuter en une occasion, tandis qu'elle tournait avec grâce sur la piste et revenait toute guillerette vers son partenaire qui éclata de rire, heureux de danser avec elle. L'épouse du gouverneur approuvait du chef en souriant ; elle désigna la piste de son éventail, et l'espace d'un instant le regard de Peggy croisa le sien. Peggy la salua d'un sourire chaleureux ; l'épouse du gouverneur le lui retourna en hochant la tête. Le geste ne passa pas inaperçu. Peggy serait la bienvenue à toutes les soirées de Dekane auxquelles elle voudrait assister, deux ou trois par jour si elle le souhaitait, tous les jours de l'année.

Mais Peggy ne se glorifiait pas de son exploit, car elle se rendait compte combien il était en vérité dérisoire. Elle avait réussi à se faire admettre dans les mondanités de Dekane, mais Dekane n'était que la capitale d'un

Etat en bordure de la frontière américaine. Si elle aspirait à des victoires dans la bonne société, il lui faudrait se rendre à Camelot pour y gagner l'estime de la royauté, et de là en Europe pour être reçue à Vienne, Paris, Varsovie ou Madrid. Mais quand bien même elle danserait avec toutes les têtes couronnées, ça ne mènerait à rien. Elle mourrait, les autres aussi, et le monde en sortirait-il meilleur parce qu'elle avait dansé ?

Elle avait vu la vraie grandeur dans la flamme de vie d'un nouveau-né quatorze ans plus tôt. Elle avait protégé l'enfant parce qu'elle aimait son avenir ; elle en était aussi venue à aimer le jeune garçon à cause de sa personnalité, de l'esprit qui l'animait. Mais surtout, plus importante que ses sentiments pour l'apprenti Alvin, elle aimait la tâche qui l'attendait. Les rois et les reines bâtissaient des royaumes ou les perdaient ; les marchands édifiaient des fortunes ou les dilapidaient ; les artistes réalisaient des œuvres que le temps flétrissait ou plongeait dans l'oubli. Seul l'apprenti Alvin contenait en lui les germes d'une création qui résisterait au temps, à la perpétuelle destruction du Défaiseur. Aussi, ce soir, c'était pour Alvin qu'elle dansait ; elle savait que si elle gagnait l'amour de ces étrangers, elle parviendrait aussi peut-être à gagner le sien et à obtenir une place à ses côtés sur le chemin de la Cité de Cristal, cette ville où tous les citoyens verraient comme des torches, bâtiraient comme des Faiseurs et aimeraient avec la pureté du Christ.

A la pensée d'Alvin, elle dirigea son attention vers sa lointaine flamme de vie. Elle s'était astreinte à ignorer les flammes de vie proches, mais elle n'avait jamais cessé de regarder dans la sienne. Son talent en devenait peut-être plus difficile à maîtriser, mais à quoi bon se discipliner s'il lui en coûtait sa relation avec ce garçon ? Elle n'avait donc pas à le chercher ; elle savait toujours, dans un recoin de son esprit, où brûlait sa flamme de vie. Ces dernières années, elle avait appris à ne pas le voir en permanence devant elle, mais elle pouvait le retrouver en une seconde. Et c'est ce qu'elle fit.

Il creusait dans la terre derrière sa forge. Mais elle s'intéressa à peine à sa tâche car lui non plus ne s'y intéressait pas. Ce qui brûlait avec violence dans sa flamme de vie, c'était la colère. On l'avait traité injustement — mais ça n'était pas une grande nouvelle, pas vrai ? Conciliant, autrefois le plus équitable des maîtres, avait progressivement jalousé son habileté à travailler le métal, et sa jalousie l'avait rendu injuste, il s'acharnait d'autant plus à nier l'adresse d'Alvin que son apprenti le surpassait. Alvin vivait quotidiennement dans l'injustice, pourtant Peggy n'avait jamais vu une telle rage en lui.

« Quelque chose ne va pas, mademoiselle Margaret ? » Son cavalier s'inquiétait. Peggy s'était arrêtée au beau milieu de la piste. La musique jouait toujours, et des couples continuaient d'évoluer, mais près d'elle les danseurs avaient marqué une pause et la regardaient.

« Je ne... ne peux plus », dit-elle. Elle fut surprise de découvrir que la peur lui coupait le souffle. Que craignait-elle ?

« Souhaitez-vous quitter le bal ? » demanda l'homme. Comment s'appelait-il ? Elle n'avait qu'un nom en tête : Alvin.

« S'il vous plaît », répondit-elle. Elle s'appuya sur lui tandis qu'ils se dirigeaient vers les portes ouvertes donnant sur la galerie. La foule s'écarta ; Peggy ne la voyait pas.

C'était comme si toute la colère qu'Alvin avait emmagasinée durant ses années de travail chez Conciliant Smith lâchait soudain la bonde, et il enfonçait sa pelle à grands coups vengeurs. Un sourcier, un chercheur d'eau itinérant, voilà celui qui l'avait mis en colère, celui auquel il voulait faire mal. Mais le sourcier n'intéressait pas Peggy, pas plus que sa provocation, fût-elle mesquine ou ignoble. C'était Alvin. Ne voyait-il pas qu'en creusant aussi profondément avec haine, il commettait un acte de destruction ? Et ne savait-il pas qu'en œuvrant à la destruction, on convie le Destructeur ? Quand votre labeur, c'est de défaire, le Destructeur peut espérer vous compter dans ses rangs.

L'air du dehors était plus frais dans le crépuscule qui s'étendait, un dernier lambeau de soleil jetait une lueur rougeoyante sur les pelouses de la résidence du gouverneur. « Mademoiselle Margaret, j'espère n'avoir rien commis qui vous fasse perdre connaissance ?

— Non, je ne perds même pas connaissance. Voulez-vous me pardonner ? Une pensée m'est venue, c'est tout. A laquelle je dois réfléchir. »

Il la regarda bizarrement. A chaque fois qu'une femme avait besoin de fausser compagnie à un homme, elle se prétendait toujours sur le point de défaillir. Mais pas mademoiselle Margaret... Peggy le savait désorienté, hésitant. L'étiquette de l'évanouissement était claire. Mais quelle attitude correcte devait prendre un gentleman envers une dame à qui « une pensée était venue » ?

Elle posa la main sur son bras. « Je vous assure, mon ami, je vais tout à fait bien et j'ai été ravie de danser avec vous. J'espère que nous redanserons encore. Mais pour l'instant, là, maintenant, j'ai besoin de rester seule. »

Elle vit combien ses mots le rassuraient. Elle l'avait appelé « mon ami », c'était la promesse de ne pas l'oublier ; son espoir de redanser avec lui était si sincère qu'il ne pouvait s'empêcher de la croire. Il prit ses paroles pour argent comptant et s'inclina avec un sourire. Après quoi elle ne le vit même pas partir.

Son esprit était très loin, à Hatrack River, où l'apprenti Alvin invoquait le Défaiseur sans même en avoir conscience. Peggy chercha, chercha dans la flamme de vie du garçon, essayant de trouver ce qu'elle pourrait faire pour l'écarter du danger. Mais il n'y avait rien. Maintenant qu'Alvin s'abandonnait à la colère, tous les chemins menaient au même unique lieu, et ce lieu terrifiait Peggy car elle n'en voyait pas la nature, ne voyait pas ce qui s'y passerait. Et aucun chemin n'en sortait.

Quelle idée de venir à ce bal ridicule, alors qu'Alvin avait besoin de moi ? Si j'avais fait convenablement attention, j'aurais vu ce qui se préparait, j'aurais trouvé moyen de l'aider. Au lieu de ça, je dansais avec ces hommes qui comptent pour moins que rien dans l'avenir du monde. Oui, je leur plais. Mais quelle importance si Alvin tombe, si l'apprenti Alvin disparaît, si la Cité de Cristal est détruite avant que son Faiseur ait commencé de la bâtir ?

VII

Les puits

ALVIN n'eut pas besoin de lever la tête lorsque le sourcier s'en alla. Il sentait où se trouvait l'homme au fur et à mesure qu'il s'éloignait, il sentait sa rage comme un bruit noir qui gâchait la douce et verte musique des bois. C'était le malheur d'être le seul Blanc, homme ou enfant, capable de percevoir la vie de la forêt — ce qui signifiait qu'il était aussi le seul à savoir que la terre se mourait.

Non pas que le sol fût pauvre — des forêts centenaires l'avaient rendu si fertile qu'on racontait que *l'ombre* d'une graine pourrait y prendre racine et pousser. La vie était présente dans les champs et même dans les villes. Mais elle ne participait pas au chant de la terre. Ce n'était que du bruit, un bruit insidieux, et toute l'harmonie de la forêt verte, de l'homme rouge, des animaux, des plantes, du sol, tout ce chant était à présent assourdi, intermittent, triste. Alvin l'entendait mourir et il se désolait.

Le vaniteux petit sourcier ! Pourquoi une telle fureur ? Alvin ne comprenait pas. Mais il n'avait pas insisté, n'avait pas discuté parce qu'à peine le sourcier était-il arrivé qu'Al avait aperçu l'ombre du Défaiseur à la limite de sa vision, comme si Hank Dowser l'avait amené avec lui.

Alvin avait d'abord vu le Défaiseur dans les cauchemars de son enfance, un immense néant qui roulait, invisible, vers lui, cherchant à l'écraser, à le pénétrer, à le réduire en pièces. C'était le vieux Mot-pour-mot qui le premier avait aidé Alvin à mettre un nom sur son ennemi sans consistance. Le Défaiseur, qui rêve de défaire l'univers, de le démolir jusqu'à ce que tout soit rasé, froid, lisse et mort.

Dès qu'il avait eu un nom à lui donner, qu'il avait compris de quoi il s'agissait, il s'était mis à voir le Défaiseur même éveillé, en plein jour. Pas comme ça, devant lui, évidemment. Essayez de regarder le Défaiseur, la plupart du temps vous ne le voyez pas. Il se déplace à votre insu derrière tout ce qui vit, pousse et s'édifie dans le monde. Mais c'est à la limite de votre vision, comme s'il se faufilait juste derrière, qu'attend sournoisement le vieux serpent, et c'est là qu'Alvin le voyait.

Quand il était petit garçon, il avait trouvé un moyen de repousser le Défaiseur à distance pour qu'il le laisse tranquille. Tout ce qu'il avait à faire, c'était de se servir de ses mains pour créer quelque chose. Ce pouvait être simplement tresser de l'herbe pour façonner un panier, et l'autre lui fichait la paix. Aussi, lorsque le Défaiseur était apparu aux abords de la forgerie peu après son arrivée, Alvin ne s'était pas trop inquiété. Les occasions de créer ne manquent pas dans une forge. Et puis une forge abrite du feu — du feu et du fer, ce que la terre renferme de plus dur. Alvin savait depuis tout petit que le Défaiseur recherchait l'eau. Elle était à son service, accomplissait une bonne partie de son travail, elle arrachait tout.

Rien d'étonnant dans ce cas que le Défaiseur ait repris du poil de la bête et se soit activé lorsqu'un spécialiste de l'eau comme Hank Dowser s'était présenté.

Le sourcier était maintenant reparti, emportant avec lui sa rage et sa mauvaise foi, mais le Défaiseur, lui, restait toujours là, il se cachait dans la prairie et les buissons, se tapissait dans les ombres étirées du jour finissant.

Enfonce la pelle, fais levier pour arracher la terre, la hisser jusqu'au bord du puits, la décharger à côté. Un rythme régulier, un entassement méthodique pour délimiter les côtés du trou. Creuse les trois premiers pieds en carré, à la forme du futur abri qui recouvrira le puits. Ensuite en rond et légèrement conique pour la maçonnerie de l'ouvrage définitif. Quand bien même tu sais que ce puits ne donnera jamais d'eau, fais un travail soigné, creuse comme si tu pensais qu'il allait durer longtemps. Bâtis-le bien lisse, aussi parfait que possible, et ça suffira pour tenir ce sale espion sournois en échec.

Alors pourquoi Alvin ne se sentait-il pas plus enthousiaste ?

Il sut que le soir approchait, aussi sûrement que s'il avait eu une montre dans sa poche, car voilà qu'arriva Arthur Stuart, la figure toute fraîche nettoyée du dîner, suçant un marrube sans mot dire.

Alvin était habitué à lui, maintenant. Presque depuis qu'il savait marcher, le gamin le suivait comme une ombre miniature, il venait le voir tous les jours où il ne pleuvait pas. Il n'avait jamais grand-chose à raconter, et quand ça lui arrivait on avait de la peine à comprendre son langage de bébé — il avait des difficultés avec les *r* et les *s*. Aucune importance. Arthur ne demandait jamais rien, il ne faisait jamais de mal, et en général Alvin oubliait la présence du petit garçon.

Tandis qu'il creusait et que les mouches du soir, à présent sorties, lui bourdonnaient à la figure, Alvin n'avait rien d'autre à faire pour s'occuper l'esprit que réfléchir. Au bout de trois ans passés à Hatrack, il ignorait toujours dans quel but il avait son talent. Il s'en servait rarement, sauf de temps en temps avec les chevaux parce qu'il ne supportait pas de les savoir au supplice alors qu'il lui était si facile d'exécuter correctement le ferrage. C'était bien de le faire, mais cette action positive ne pesait guère auprès de la dévastation de la terre tout autour de lui.

L'homme blanc s'était fait l'instrument du Défaiseur dans cette région de forêts, Alvin le voyait bien, encore plus efficace que l'eau pour détruire. Tous les arbres qu'on abattait, tous les carcajous, ratons laveurs, cerfs et castors qu'on décimait, toutes ces morts participaient au meurtre de la terre. Autrefois les Rouges maintenaient un équilibre, mais aujourd'hui ils avaient disparu, ils étaient morts ou bien passés à l'ouest du Mizzipy, ou encore, comme les Irrakwas et les Cherrikys, ils étaient devenus blancs de cœur et, manches retroussées, travaillaient dur pour anéantir la terre encore plus vite que les Blancs. Il n'en restait aucun pour essayer de conserver les choses intactes.

Parfois Alvin songeait qu'il n'y avait plus que lui pour haïr le Défaiseur et vouloir le combattre en construisant. Et il ignorait comment s'y prendre, n'avait pas la moindre idée sur la marche à suivre. La torche qui l'avait touché à la naissance, elle seule aurait pu lui apprendre comment devenir un vrai Faiseur, mais elle était partie, elle avait pris la fuite le matin même où lui arrivait. Ça ne pouvait pas être un hasard. Elle ne voulait pas lui apprendre quoi que ce soit. Il avait une destinée, il le savait, et personne n'allait guider ses pas.

Je ne demande pas mieux que d'y arriver, se disait Alvin. J'ai le pouvoir en moi, du moins quand je saurai comment m'en servir convenablement, et j'ai envie d'accomplir ma destinée, mais il faut que quelqu'un m'apprenne.

Pas le forgeron, ça c'était sûr. Vieil abruti de profiteur. Alvin n'ignorait pas que Conciliant Smith cherchait à lui en montrer le moins possible. A son avis, le forgeron n'imaginait pas la moitié de ce que l'élève avait appris tout seul rien qu'en regardant quand le maître ne se croyait pas observé. Le Conciliant n'avait pas l'intention de le laisser partir s'il pouvait l'en empêcher. J'ai une destinée à accomplir, une grande et belle tâche à mener durant ma vie, comme ces gars dans la Bible, ou comme Ulysse ou Hector, et le seul professeur dont je dispose, c'est un forgeron tellement rapace que je suis forcé de lui voler ses connaissances, quand bien même elles me reviennent de droit.

Parfois, Alvin en bouillait intérieurement, et il lui prenait envie de faire un coup d'éclat, histoire de montrer à Conciliant Smith que son apprenti n'était pas un petit garçon qu'on filoutait sans qu'il s'en aperçoive. Que dirait Conciliant Smith s'il voyait Alvin déchirer l'acier avec ses doigts? S'il le voyait capable de redresser un clou tordu et de le rendre aussi fort qu'avant, ou de recoller du fer qui s'était brisé sous le marteau? S'il le voyait capable de battre le métal si finement qu'on apercevrait la lumière du jour à travers mais en le rendant si solide qu'on n'arriverait pas à le casser?

Pourtant ce genre d'idées, c'était de la bêtise, Alvin le savait. La première fois, Conciliant Smith en tomberait peut-être à la renverse, peut-être même qu'il s'en trouverait mal, mais au bout de dix minutes il imaginerait un moyen d'en retirer de l'argent, et Alvin aurait moins de chances que jamais de se libérer avant la fin de son contrat. Et sa renommée se répandrait, pour ça oui, si bien qu'à dix-neuf ans, à l'âge où Conciliant Smith devrait le laisser partir, il se serait déjà trop fait remarquer. On lui demanderait sans arrêt de soigner, de chercher de l'eau, de réparer, de tailler la pierre, ça lui prendrait toutes ses journées et ça ne le mènerait même pas à mi-chemin de ce pour quoi il était né. Si on lui amenait les malades et les éclopés à guérir, où trouverait-il le temps de faire autre chose que de la médecine? Du temps pour guérir, il en trouverait bien lorsqu'il aurait fini d'apprendre à devenir un Faiseur.

Lolla-Wossiky, le Prophète, lui avait donné une vision de la Cité de Cristal une semaine seulement avant le massacre de la Tippy-Canoe. Alvin savait qu'un jour il lui appartiendrait de bâtir ces tours de glace et de lumière. C'était ça, sa destinée, pas de jouer au réparateur de campagne.

Tant qu'il restait lié par contrat au service de Conciliant Smith, il fallait qu'il garde son vrai talent secret.

Voilà pourquoi il ne s'était jamais échappé, bien qu'assez grand pour que personne ne le prenne pour un apprenti en fuite. Quel bien ça lui ferait d'être libre ? Il devait d'abord trouver comment devenir un Faiseur, sinon, partir ou rester, ce serait du pareil au même.

Il n'avait donc jamais parlé de ce qu'il était capable de faire et rarement utilisé ses dons autrement que pour ferrer les chevaux et sentir la mort de la terre autour de lui. Mais à chaque instant, au fond de son esprit, il se rappelait ce qu'il était en réalité. Un Faiseur. Quoi que ça veuille dire, c'est ce que je suis, et c'est pour ça que le Défaiseur a cherché à me tuer dès avant ma naissance et dans une centaine d'accidents et de meurtres, ou presque, durant mon enfance à Vigor Church. C'est pour ça qu'il rôde dans les parages à présent, qu'il me surveille, qu'il attend l'occasion de m'attraper, peut-être un moment propice comme ce soir, où je suis tout seul dans le noir avec ma pelle et ma colère d'avoir à faire de l'ouvrage qui ne mènera à rien.

Hank Dowser. Quelle est cette espèce d'homme qui refuse d'écouter la bonne idée d'un autre ? C'est sûr, la baguette était descendue d'un coup, comme si l'eau allait jaillir de terre à cet endroit-là. Mais la raison pour laquelle elle n'avait pas jailli, c'est qu'une plaque rocheuse s'étendait là-dessous, à moins de quatre pieds de la surface du sol. Sinon pourquoi, à leur avis, trouvait-on ici une prairie naturelle ? Les grands arbres n'arrivaient pas à s'y implanter parce que l'eau de pluie s'écoulait directement le long de la pierre, tandis que les racines ne pouvaient pas traverser la plaque pour atteindre la nappe par en dessous. Hank Dowser était capable de trouver de l'eau, mais sûrement pas de deviner ce qu'il y avait entre elle et la surface. Ce n'était pas de sa faute s'il ne la voyait pas, cette plaque, mais ça l'était bel et bien quand il rejettait l'idée qu'elle puisse exister.

Alvin creusait donc son puits consciencieusement et, comme prévu, à peine avait-il délimité la paroi circulaire de l'ouvrage que *cling, clang, clong*, la pelle tinta contre de la pierre.

A ce nouveau bruit, Arthur Stuart s'approcha en courant au bord du trou et regarda dedans. « Dong, dong », fit-il. Puis il battit des mains.

« Oui, c'est ça, dong, dong, dit Alvin. Et ça va faire dong sus du caillou tout partout dans c'trou-là. Et j'vais pas en causer à Conciliant Smith, j'te l'garantis, Arthur Stuart. Il m'a dit que je serais privé d'boire et d'manger tant que j'aurais pas trouvé d'eau et j'ai pas envie d'rentrer avant la nuit pour supplier qu'on m'donne mon dîner par rapport que j'suis tombé sus d'la roche, dame non, alors.

— Dong, répéta le petit garçon.

— J'vais tirer tout c'qui reste de terre de c'trou et mettre le caillou à nu. »

Il sortit toute la terre qu'il put, racla de la pelle la surface raboteuse de la roche. Même après ce traitement, la pierre restait brune et terreuse et Alvin n'était pas satisfait. Il la voulait blanche et éclatante. Personne ne regardait en dehors d'Arthur Stuart, et ce n'était qu'un bébé de toute manière. Alvin se servit donc de son talent, ce qu'il n'avait jamais fait depuis son départ de Vigor Church. Toute la poussière fut balayée de la roche nue, elle courut sur la pierre pour s'arrêter, se coller contre les parois unies de la cavité.

En un rien de temps la pierre était si luisante et blanche qu'on l'aurait prise pour une flaque réfléchissant la lumière déclinante du jour. Les oiseaux du soir chantaient dans les arbres. La sueur s'égouttait si vite d'Alvin qu'elle laissait de petites taches noires là où elle tombait sur le rocher.

Arthur se tenait au bord du trou. « L'eau, fit-il.

— R'cule-toi donc, Arthur Stuart. Même si c'est pas très profond, faut pas qu'tu t'approches de trous comme ça. Tu pourrais te tuer si tu tombais d'dans, tu connais. »

Un oiseau passa dans un incroyable bruissement d'ailes. Quelque part un autre oiseau poussa un cri frénétique.

« Neige, fit Arthur Stuart.

— C'est pas d'la neige, c'est du caillou », rectifia Alvin. Puis il s'extirpa du trou et se dressa devant, riant tout seul. « Le v'là, ton trou, Hank Dowser, dit-il. T'as qu'à rev'nir voir icitte où c'est qu'ta baguette s'est enfoncée. »

Il serait honteux de la taloche qu'à cause de lui Al avait reçu de Conciliant Smith. Ça n'était pas de la rigolade quand un forgeron frappait, surtout un forgeron comme son patron qui n'y allait déjà pas de main morte sur un jeune garçon, encore moins sur un apprenti comme Alvin, aussi costaud qu'un homme.

A présent il pouvait s'en retourner à la maison annoncer à Conciliant Smith que le puits était creusé. Puis il le ramènerait pour lui montrer le trou ; et le rocher le regarderait depuis le fond, solide comme le cœur du monde. Alvin s'entendait déjà dire à son patron : « Montrez-moi comment boire ça et je l'fais. » Ça serait un vrai plaisir d'entendre Conciliant se traiter de tous les noms en découvrant son puits.

Oui, mais maintenant qu'il pouvait leur prouver qu'ils avaient eu tort de le traiter aussi mal, Alvin n'ignorait pas qu'au bout du compte il importait peu qu'il leur donne une leçon ou non. L'important, c'était que Conciliant Smith avait vraiment besoin de ce puits. Besoin au point de payer les services d'un sourcier en travaux de forge gratuits. Que ce soit là où Hank Dowser l'avait dit ou ailleurs, Alvin savait qu'il devait le creuser.

Sa fierté y trouverait encore mieux son compte, maintenant qu'il y pensait. Il rentrerait avec un seau d'eau, tout comme Conciliant le lui avait ordonné, mais tirée au puits de son choix.

Il regarda autour de lui dans la lumière rougeoyante du crépuscule, se demandant de quel côté il allait se mettre en quête d'un puits à creuser. Il entendait Arthur Stuart qui arrachait l'herbe du pré et les oiseaux qui semblaient répéter un chœur d'église, tant ils étaient bruyants ce soir.

A moins qu'ils ne soient tout bonnement effrayés. Car maintenant qu'il inspectait les environs, il constatait que le Défaiseur était actif aujourd'hui. Normalement, le premier trou aurait dû suffire à le chasser en vitesse, à le tenir à l'écart pendant des jours. Au lieu de ça, il suivait Alvin pas à pas, à la limite de sa vision, partout où le conduisait sa recherche du vrai puits qu'il allait creuser. De plus en plus ça ressemblait à l'un de ses cauchemars, où rien de ce qu'il tentait ne parvenait à repousser le Défaiseur. A cette seule idée, un frisson de peur le parcourut, il se mit à trembler de tout son corps dans l'air chaud de l'été.

Alvin chassa ses craintes d'un haussement d'épaules. Il savait que le Défaiseur n'allait pas le toucher. Depuis toujours, le Défaiseur avait essayé de le tuer en provoquant des accidents, comme de l'eau qui gelait où il allait poser le pied ou qui minait la berge d'une rivière pour qu'il tombe dedans. De temps en temps il poussait quelqu'un à le frapper, comme le révérend Thrower ou ces Rouges, les Chok-Taws. Dans toute la vie d'Alvin, sauf dans les rêves, le Défaiseur n'avait jamais agi directement.

Et ce n'était pas aujourd'hui qu'il commencerait, se dit-il. Continue de chercher pour creuser le vrai puits. L'autre, le mauvais, n'a pas fait partir le vieux filou, mais le bon y arrivera, et après ça je ne le verrai plus miroiter du coin de l'œil pendant trois mois.

Ainsi convaincu, Alvin s'accroupit et consacra son attention à chercher une faille dans la roche cachée.

Pour Alvin, sonder sous terre, ce n'était pas comme *voir*. C'était plutôt comme posséder une autre main qui courait dans le sol et la pierre aussi vite qu'une goutte d'eau sur une plaque à grâler brûlante. Sans avoir rencontré de pénétrants, il se disait qu'ils ne devaient guère s'y prendre autrement que lui, ils envoyaient ce qu'ils appelaient leur « bestiole » fouiller sous terre et reconnaissaient tout ce qui s'y trouvait. S'il procédait réellement comme eux, alors il lui fallait se demander si on avait raison de prétendre que c'était véritablement leur esprit qui s'infiltrait dans le sol ; des histoires circulaient même sur des pénétrants dont l'esprit s'était perdu et qui n'avaient jamais plus prononcé un mot ni bougé un muscle jusqu'à ce qu'ils finissent par mourir. Mais ces histoires effrayantes n'allaient pas dissuader Alvin d'accomplir sa tâche. Quand il y avait besoin d'une meule, il trouvait les points de rupture naturels pour qu'elle se détache sans qu'on ait beaucoup à travailler au burin. Puisqu'il y avait besoin d'eau, il trouverait un moyen de creuser pour aller la chercher.

Il finit par découvrir un endroit où la plaque rocheuse était mince et s'effritait. Le sol était ici plus élevé, l'eau plus en profondeur, mais il pouvait traverser la pierre pour l'atteindre, c'était ça l'important.

Le nouvel emplacement se situait à mi-chemin de la maison et de la forge — moins commode pour Conciliant mais plus facile pour sa femme Gertie qui devait utiliser la même eau. Alvin se mit au travail avec entrain parce que la nuit tombait et qu'il refusait d'aller se coucher tant qu'il n'aurait pas terminé. Sans même réfléchir, il prit la décision de se servir de son talent comme il en avait l'habitude chez son père. Il ne toucha pas une fois la roche de sa pelle ; c'était comme si la terre se changeait en farine pour quasiment sauter hors du trou sans qu'il ait besoin de l'évacuer lui-même. Un adulte qui l'aurait vu à ce moment précis se serait cru pris de boisson sinon de folie, tant il creusait vite. Mais personne ne regardait en dehors d'Arthur Stuart. Il faisait presque noir, après tout, et Al n'avait pas de lanterne, alors on ne remarquerait même pas sa présence. Il pouvait employer son talent ce soir sans crainte d'être découvert.

De la maison parvinrent des cris de dispute, forts mais pas assez clairs pour qu'Alvin comprenne les mots.

« En colère », fit Arthur Stuart. Il regardait droit vers la maison, aussi figé qu'un chien à l'arrêt.

« T'entends ce qu'ils racontent ? demanda Alvin. La Peg Guester dit tout l'temps que t'as des oreilles de chien, qu'elles s'dressent au moindre bruit. »

Arthur Stuart ferma les yeux. « T'as pas l'droit d'faire mourir ce garçon d'faim », dit-il.

Alvin faillit carrément éclater de rire. Arthur imitait à la perfection la voix de Gertie Smith, il n'avait jamais entendu ça.

« L'est trop grand pour recevoir une roustée et j'veux y apprendre », fit Arthur Stuart.

Cette fois, c'était exactement la voix du patron forgeron. « Ben ça ! » murmura Alvin.

Le petit Arthur poursuivit aussitôt : « Alvin va manger cette assiettée, Conciliant Smith, si tu veux pas t'la recevoir sus la tête. — J'aimerais bien voir ça, vieille sorcière, j'te casserais les bras. »

Alvin ne put se retenir, il éclata de rire. « Du djab' si t'es pas un véritab' oiseau moqueur, Arthur Stuart. »

Le gamin leva les yeux vers Alvin et un sourire lui éclaira la figure. De la maison montèrent des bruits de vaisselle brisée. Arthur Stuart se mit à rigoler et à courir en rond. « Plat cassé, plat cassé, plat cassé ! s'écria-t-il.

— Si c'est pas la meilleure ! dit Alvin. Asteure dis-moi, Arthur, t'as pas vraiment compris tout c'que t'as raconté, hein ? J'veux dire, t'as fait qu'répéter c'que t'as entendu, c'est pas vrai ?

— Plat cassé sus sa tête ! » Arthur hurlait de rire et il s'écroula dans l'herbe à la renverse. Alvin riait aussi mais il ne pouvait détacher les yeux du petit garçon. Il est davantage que ce qu'il paraît, songeait-il. Ou alors c'est qu'il est fou.

De la direction opposée vint une autre voix de femme, un appel lancé à plein gosier qui se propagea dans l'air moite de la nuit tombante. « Arthur ! Arthur Stuart ! »

Arthur s'assit bien vite. « Mouman, fit-il.

— C'est vrai, c'est la vieille Peg Guester qu'est après hucher, dit Alvin.

— Aller au lit, dit Arthur.

— Fais attention qu'elle te donne pas d'bain d'abord, mon gars, t'es un brin crasseux. »

Arthur se mit debout et partit en trottinant sur le pré pour remonter jusqu'au sentier qui reliait la resserre de la source à l'auberge où il habitait. Alvin regarda le petit garçon s'éloigner et disparaître ; il battait des bras en courant, comme s'il volait. Un oiseau, probablement une chouette, plana près de lui sur la moitié du pré, glissant au-dessus du sol comme pour lui tenir compagnie. Arthur disparut derrière la resserre, et alors seulement Alvin se remit au travail.

En l'espace de quelques minutes il faisait complètement noir, et le profond silence de la nuit ne fut ensuite pas long à tomber. Jusqu'aux chiens qui se tenaient tranquilles dans tout le village. La lune ne se lèverait pas avant plusieurs heures. Alvin travaillait quand même. Il n'avait pas besoin d'y voir ; il sentait comment avançait le puits, le sol sous ses pieds. Rien de commun avec la vision des hommes rouges, leur aptitude à entendre le chant de la forêt verte. Il se servait de son propre talent, qui l'aidait à trouver son chemin au cœur de la terre.

Il savait qu'il tomberait sur de la pierre à une profondeur deux fois plus grande ce coup-ci. Mais lorsque sa pelle rencontra de gros cailloux, il ne découvrit pas une surface plate comme à l'emplacement désigné par Hank Dowser. La roche était friable et cassée ; grâce à son talent, Al ne pesa qu'à peine sur son levier pour que des fragments fusent tout seuls, qu'il rejeta du puits comme de vulgaires mottes de terre.

Mais une fois cette strate franchie, le sol devint bourbeux par en dessous. N'importe qui d'autre aurait été contraint de suspendre son travail et d'attendre le lendemain matin qu'on l'aide à dévaser l'excavation. Mais pour Alvin, ça ne présentait guère de difficulté. Il tassa la terre des parois afin que l'eau ne s'infiltre pas trop vite. La pelle n'était plus utile désormais. Il se servit d'une drague pour ramasser la vase ; il n'avait pas non plus besoin d'un partenaire pour la hisser au bout d'une corde, il la jetait tout simplement en l'air, et son talent était tel que chaque paquet de boue, compact, atterrissait proprement à côté du puits ; on aurait dit qu'il lançait des petits lapins hors du trou.

Alvin était le maître ici, pas de doute, il accomplissait des miracles au fond de son trou dans la terre. Tu m'as dit que je n'aurais ni à manger ni à boire tant que le puits ne serait pas creusé, tu croyais que je viendrais te mendier un gobelet d'eau et te supplier de me laisser aller me coucher. Eh bien, tu en seras pour tes frais. Tu l'auras, ton puits, avec des murs si solides qu'on y tirera encore de l'eau après que ta maison et ta forgerie seront tombées en poussière.

Mais à l'instant même où il savourait sa victoire, il s'aperçut que le Défaiseur se trouvait plus près qu'il ne l'avait été depuis des années.

Il luisait par intermittence, dansait et ne se cantonnait plus à la limite de son champ de vision. Alvin le voyait juste devant lui, malgré l'obscurité, il le voyait même plus clairement qu'en plein jour parce qu'il n'y avait rien de réel à cette heure-ci pour distraire son attention.

Brusquement, ça devenait effrayant, comme dans les cauchemars de son enfance, et Alvin resta un instant dans la fosse, glacé de terreur, pendant que l'eau sourdait du fond pour former de la vase par en dessous. De la vase épaisse de cent pieds, dans laquelle il s'enfonçait tandis que les parois du trou s'amollissaient elles aussi, qu'elles allaient s'effondrer sur lui et l'engloutir ; il allait se noyer en cherchant à faire entrer de la fange dans ses poumons, il le savait, le froid et l'humidité montaient autour de ses cuisses, à l'entrejambe ; il serra les poings et sentit la boue lui glisser entre les doigts, comme le néant de ses cauchemars…

Et alors il revint à lui, se ressaisit. D'accord, il avait de la boue jusqu'à la taille, et dans un cas semblable n'importe quel autre gamin n'aurait abouti qu'à s'enfoncer davantage et s'étouffer dans ses efforts désordonnés pour se libérer. Mais il s'agissait d'Alvin, pas d'un garçon ordinaire, et il ne courait aucun danger tant qu'il ne céderait pas à la peur comme un enfant victime d'un mauvais rêve. Il durcit la boue sous ses pieds, suffisamment pour qu'elle supporte son poids ; il fit ensuite monter la plaque ainsi solidifiée qui le dégagea de sa gangue jusqu'à ce qu'il se retrouve debout dans de la vase mêlée de graviers au fond du puits.

Pas plus difficile que de tordre le cou à un rat. Si c'était tout ce qu'avait imaginé le Défaiseur, autant qu'il s'en retourne chez lui. Alvin était de taille à lui tenir tête, tout comme il savait tenir tête à Conciliant Smith et Hank Dowser réunis. Il se remit à creuser, puis dragua, souleva, rejeta, se pencha et recommença.

Il était presque assez profond maintenant, à six bons pieds en dessous de la table rocheuse. De fait, s'il n'avait pas raffermi les parois de terre du puits, il aurait déjà de l'eau par-dessus la tête. Alvin agrippa la corde à nœuds qu'il avait laissée pendre et remonta la paroi en se hissant à la force du poignet.

La lune se levait à présent, mais le trou était si profond qu'elle n'en éclairerait pas l'intérieur avant d'approcher le zénith. Tant pis. Alvin déversa dans la fosse une brouettée des pierres qu'il avait extraites au levier une heure plus tôt seulement. Puis il descendit à son tour comme il put.

Depuis tout petit il savait travailler la roche et jamais il n'avait eu la main aussi sûre que ce soir. De ses doigts nus il modela la pierre comme de l'argile tendre, il la façonna en blocs carrés unis qu'il entassa tout autour des parois du puits à partir du fond, bien serrés les uns contre les autres pour éviter qu'ils ne cèdent sous la poussée de la terre et de l'eau. L'eau s'infiltrerait facilement par les fissures entre les pierres mais pas la terre, et le puits serait propre presque tout de suite.

Les pierres qu'il avait extraites du trou ne suffisaient pas, bien évidemment; Alvin effectua trois voyages jusqu'au ruisseau pour charger la brouette de cailloux polis par le courant. Il avait beau se servir de son talent pour se faciliter la tâche, il se faisait tard et la fatigue le gagnait. Mais il refusait d'en tenir compte. N'avait-il pas acquis le don des hommes rouges à toujours courir longtemps après que la fatigue aurait dû les priver de forces ? Un gars qui avait suivi Ta-Kumsaw, qui avait couru sans relâche de Détroit à la Butte-aux-huit-faces, un gars comme ça n'allait pas se laisser abattre par une malheureuse nuit à creuser un puits, et tant pis pour la soif ou les douleurs dans les cuisses et les épaules, les courbatures des coudes et des genoux.

Enfin, enfin, il en vit le bout. La lune avait dépassé le zénith, il avait un goût de couverture de crin dans la bouche, mais c'était terminé. Il entreprit de grimper hors du trou, s'arc-boutant contre les murs qu'il venait tout juste de bâtir. Tout en s'élevant il relâcha son emprise sur la terre autour du puits, il lui rendit sa liberté, et l'eau, désormais domestiquée, se mit à sourdre bruyamment dans le profond bassin de pierre aménagé pour la recevoir.

Alvin n'en rentra pas pour autant à la maison, il n'alla même pas au ruisseau pour y boire. Sa première gorgée d'eau, elle proviendrait de ce puits, comme avait dit Conciliant Smith. Il allait rester attendre que le puits ait atteint son niveau normal ; une fois l'eau clarifiée, il en tirerait un seau qu'il porterait à la maison et en boirait un gobelet sous le nez de son patron. Après quoi il entraînerait Conciliant Smith dehors ; il lui montrerait le puits demandé par Hank Dowser, celui qui lui avait valu une taloche du forgeron, puis il indiquerait celui où l'on pouvait laisser tomber un seau et entendre un bruit d'éclaboussement, pas un choc.

Debout au bord du puits, il se représentait Conciliant Smith qui bredouillait, qui jurait. Puis il s'assit, rien que pour soulager ses pieds, et imagina la figure de Hank Dowser lorsqu'il verrait ce qu'il avait fait. Alors il s'allongea pour reposer son dos douloureux et ferma les paupières une minute ; ainsi n'était-il pas forcé de suivre les ombres virevoltantes de destruction qui ne cessaient de l'importuner au coin des yeux.

VIII

Le Défaiseur

MADAME MODESTY bougeait. Peggy entendit sa respiration changer de rythme. Puis elle se réveilla et s'assit brusquement sur sa couche. Elle chercha aussitôt Peggy des yeux dans l'obscurité de la chambre.

« Je suis là, murmura Peggy.

— Que s'est-il passé, ma chérie ? Tu n'as pas du tout dormi ?

— Je n'ose pas », dit la jeune fille.

Madame Modesty passa sur le portique pour la rejoindre. La brise du sud-ouest gonflait les rideaux damassés dans leur dos. La lune faisait la coquette auprès d'un nuage ; la ville de Dekane, au pied de la colline en contrebas, offrait un rassemblement de toits au motif inconstant. « Tu le vois ? demanda madame Modesty.

— Pas lui, fit Peggy. Je vois sa flamme de vie ; je peux voir par ses yeux, comme lui ; je peux voir ses différents avenirs. Mais lui-même, non, je ne le vois pas.

— Ma pauvre chérie. Au beau milieu d'une merveilleuse soirée, devoir quitter le bal du gouverneur pour veiller sur cet enfant tout là-bas qui court un grave danger. » C'était sa façon, à madame Modesty, de demander en quoi consistait ce danger sans vraiment poser la question. Peggy avait ainsi la possibilité de répondre ou de se taire, et aucune des deux solutions n'était offensante.

« J'aimerais pouvoir expliquer, dit Peggy. C'est son ennemi, celui qui n'a pas de visage… »

Madame Modesty frissonna. « Pas de visage ! Quelle horreur !

— Oh, il en a pour d'autres gens. Il y a eu comme ça un pasteur, un homme qui se prenait pour un savant. Il a vu le Défaiseur, mais pas sous son vrai jour, pas comme le voit Alvin. Son esprit lui a donné une forme humaine et aussi un nom… Il l'appelait "le Visiteur" et croyait qu'il s'agissait d'un ange.

— Un ange !

— Je suis persuadée que pour la plupart d'entre nous, lorsque nous voyons le Défaiseur, nous sommes incapables de comprendre, nous n'avons pas la forme d'intelligence nécessaire pour ça. Alors nos esprits font de leur mieux. Tout ce qui peut représenter une puissance pure de destruction, une force terrible et irrésistible… voilà ce que nous voyons. Ceux qui *aiment* ce genre de pouvoir maléfique, ceux-là s'arrangent pour voir le Défaiseur sous une apparence séduisante. D'autres, qui le détestent et en ont peur, voient ce qu'il y a de pire au monde.

— Ton Alvin, que voit-il ?

— Je n'ai jamais pu le voir moi-même, c'est tellement fugitif ; même en regardant par ses yeux, si lui ne remarquait rien, je ne remarquais rien non plus. Je savais qu'il apercevait quelque chose, et à ce moment-là seulement je comprenais de quoi il s'agissait. Comparez ça à… l'impression d'avoir surpris un mouvement du coin de l'œil, mais quand vous tournez la tête il n'y a rien.

— Comme quelqu'un qui s'approche toujours par derrière sans faire de bruit, dit madame Modesty.

— Oui, exactement.

— Et il est en train de s'approcher d'Alvin ?

— Le pauvre, il ne se rend pas compte qu'il l'attire. Il a ouvert un gouffre noir et profond dans son cœur, comme les aime le Défaiseur. »

Madame Modesty soupira. « Ah, mon enfant, toutes ces choses me dépassent. Je n'ai jamais eu de talent ; j'ai peine à saisir ce que tu fais.

— Vous ? Pas de talent ? » Peggy n'en revenait pas.

« Je sais… peu de gens admettent en être dépourvus, mais je ne suis sûrement pas la seule.

— Vous m'avez mal comprise, madame Modesty, dit Peggy. Je ne suis pas étonnée parce que vous n'avez pas de talent mais parce que vous *croyez* ne pas en avoir. Vous en avez un, évidemment.

— Oh, mais cela ne me gêne pas d'en être dépourvue, ma chère…

— Vous avez le talent de voir la beauté potentielle comme si elle existait déjà, et en la voyant vous la faites naître.

— Quelle idée charmante, fit madame Modesty.

— Vous en doutez ?

— Je ne doute pas que tu sois convaincue de ce que tu dis. »

Inutile de discuter. Madame Modesty la croyait tout en ayant peur de croire. Enfin... aucune importance. Ce qui comptait, c'était Alvin, qui finissait son second puits. Il s'était sauvé tout seul une fois ; il pensait le danger écarté. Il s'asseyait à présent au bord du trou, juste pour se reposer un moment ; et voilà qu'il s'allongeait. Ne voyait-il pas le Défaiseur se rapprocher ? Ne comprenait-il pas que sa somnolence ouvrait toute grande la porte au Défaiseur pour qu'il entre en lui ?

« Non ! souffla Peggy. Ne t'endors pas !

— Ah, fit madame Modesty. Tu lui parles. Il t'entend ?

— Pas du tout, dit Peggy. Pas le moindre mot.

— Alors, que peux-tu faire ?

— Rien. Je ne vois pas.

— Tu m'as dit que tu t'étais servie de sa coiffe...

— C'est une partie de son pouvoir et je m'en sers. Mais même son talent ne peut repousser ce qui vient à son appel. Je n'en connais pas assez long pour chasser le Défaiseur, de toute manière, quand bien même j'aurais un yard de coiffe au lieu d'un petit bout. »

Dans un silence désespéré Peggy regarda se fermer les yeux d'Alvin. « Il dort.

— Si le Défaiseur gagne, Alvin mourra ?

— Je ne sais pas. Peut-être. Peut-être qu'il disparaîtra, qu'il n'en restera rien. A moins que le Défaiseur ne prenne possession de lui...

— Tu ne vois pas l'avenir, jeune torche ?

— Tous les chemins mènent à l'obscurité, et aucun n'en sort.

— Alors c'est fini », murmura madame Modesty.

Peggy sentit quelque chose de froid sur ses joues. Ah, oui : ses larmes, qui séchaient dans la brise fraîche de la nuit.

« Mais si Alvin était éveillé, pourrait-il repousser cet ennemi invisible ? demanda madame Modesty. Pardonne-moi de t'ennuyer avec mes questions, mais si je savais comment tout cela fonctionne, je pourrais t'aider à trouver une solution.

— Non, non, ça nous dépasse, on ne peut rien faire d'autre que regarder… » Pourtant, en même temps que Peggy rejetait la suggestion de Modesty, son esprit songeait déjà à ce qu'il pouvait en tirer. Il faut que je le réveille. Ce n'est pas moi qui vais combattre le Défaiseur, mais si je réveille Alvin, alors il se défendra. Même faible et fatigué, il peut trouver un moyen de remporter la victoire. Aussitôt, Peggy pivota, se précipita dans sa chambre et fourragea dans le tiroir supérieur de sa commode jusqu'à ce qu'elle trouve la boîte sculptée qui renfermait la coiffe.

« Tu veux que je m'en aille ? » Madame Modesty l'avait suivie.

« Restez avec moi, dit Peggy. S'il vous plaît, pour me tenir compagnie. Pour me consoler si j'échoue.

— Tu n'échoueras pas, fit madame Modesty. *Lui* n'échouera pas, s'il est l'homme que tu dis. »

Peggy l'entendait à peine. Assise sur le bord du lit, elle cherchait dans la flamme de vie d'Alvin un moyen de le réveiller. Normalement, elle pouvait se servir des sens du jeune garçon même quand il dormait, elle entendait ce qu'il entendait, voyait le souvenir qu'il avait gardé de son environnement. Mais maintenant que le Défaiseur s'infiltrait en lui, ses sens déclinaient. Elle ne pouvait plus s'y fier. Désespérément, elle chercha un autre plan. Un grand bruit ? Utilisant le peu qui restait chez Alvin de son sens de la vie alentour, elle trouva un arbre puis frotta un tout petit morceau de la coiffe et s'efforça — comme elle l'avait vu faire — de se représenter en esprit le bois à l'intérieur d'une branche et comment elle pouvait se détacher. C'était affreusement lent — Alvin y parvenait si vite, lui ! — mais elle finit par la faire tomber. Trop tard. Il l'entendit à peine. Le Défaiseur avait tant détruit l'air ambiant que les vibrations sonores ne s'y propageaient plus. Peut-être qu'Alvin avait perçu quelque chose ; peut-être avait-il fait un pas vers le réveil. Peut-être que non.

Comment le sortir du sommeil ? Il est tellement insensible que rien ne peut le déranger. Une fois, j'ai tenu sa coiffe alors qu'une poutre s'abattait sur lui ; j'ai brûlé dans le bois un espace de la largeur d'un enfant et pas un seul de ses cheveux n'a été touché. Une autre fois une meule tombait sur sa jambe ; je l'ai fendue en deux. Un jour, son père travaillait dans un fenil, la fourche à la main, et la folie du Défaiseur le poussait à vouloir assassiner son fils aimé ; j'ai fait descendre la colline à Mot-pour-mot, il a détourné le père de son funeste projet et refoulé le Défaiseur.

Comment? Comment l'arrivée de Mot-pour-mot a-t-elle refoulé le Défaiseur? C'est parce que le vieil homme aurait vu la bête immonde et jeté un cri que le Défaiseur s'est enfui devant lui. Mot-pour-mot n'est plus auprès d'Alvin maintenant, mais il y a sûrement quelqu'un que je peux réveiller et décider à descendre la colline; quelqu'un plein d'amour et de bonté, devant qui le Défaiseur devra prendre la fuite.

En proie à une peur atroce, elle se retira de la flamme de vie d'Alvin à l'instant où les ténèbres du Défaiseur menaçaient de le submerger, pour chercher dans la nuit une autre flamme, une personne qu'elle pourrait réveiller et lui envoyer à temps. Mais tandis qu'elle se mettait en quête, elle eut conscience d'un faible recul des ténèbres dans la flamme de vie d'Alvin, d'un soupçon d'ombre parmi les ombres, ce n'était plus le néant absolu qu'elle voyait auparavant en lieu et place de son avenir. S'il restait une chance à Alvin, elle dépendait du résultat de sa recherche à elle, Peggy. Même si elle trouvait des gens, elle ignorait comment les réveiller. Mais elle découvrirait un moyen, sinon la Cité de Cristal se ferait engloutir par le déluge né de la rage stupide et puérile d'Alvin.

IX

L'oiseau rouge

ALVIN se réveilla des heures plus tard ; la lune était basse à l'occident, les premières et faibles lueurs du jour pointaient à l'orient. Il n'avait pas voulu s'endormir. Mais il était fatigué, après tout, et il avait fait son travail, alors évidemment, c'était difficile de fermer les yeux et d'espérer rester éveillé. Il avait encore le temps de tirer un seau d'eau et de le porter à la maison.

Avait-il les yeux ouverts, seulement ? Le ciel, il le voyait, gris pâle à gauche, gris pâle à droite. Mais où étaient les arbres ? N'auraient-ils pas dû se balancer doucement dans la brise du matin, juste à la limite de son champ de vision ? De fait, il n'y avait pas de vent ; outre ce qu'il aurait dû voir et ce qu'il aurait dû sentir sur sa peau, il y avait d'autres choses qu'il ne percevait plus. La musique verte de la forêt vivante. Elle avait disparu ; il n'entendait plus le murmure de vie des insectes endormis dans l'herbe, ni les battements de cœur du cerf broutant à l'aube. Plus d'oiseaux perchés dans les arbres, dans l'attente que la chaleur du soleil fasse sortir les insectes.

Morte. Détruite. La forêt n'était plus.

Alvin ouvrit les yeux.

Ils n'étaient pas déjà ouverts ?

Alvin les ouvrit à nouveau et ne parvint pas davantage à voir ; sans les refermer il les ouvrit pourtant encore, et chaque fois le ciel lui parut plus sombre. Non, pas plus sombre, simplement plus loin, il s'en allait à toute allure comme s'il tombait dans un gouffre tellement profond qu'il s'y perdait.

Alvin cria de terreur, ouvrit ses yeux déjà ouverts et vit :

L'air frémissant du Défaiseur qui pesait sur lui, s'infiltrait dans ses narines, entre ses doigts, dans ses oreilles.

Il ne sentait rien, oh non, sauf qu'il savait ce qui avait désormais disparu de lui : les couches externes de sa peau, partout où le Défaiseur l'avait touché ; son corps se désagrégeait, jusque dans ses plus petites parties qui se mouraient, se desséchaient, s'effritaient.

« Non ! » hurla-t-il. Le cri ne produisit aucun son. Le Défaiseur en profita pour s'engouffrer dans sa bouche, descendre dans ses poumons ; Alvin n'arrivait pas à serrer les dents assez fort et les lèvres assez hermétiquement pour empêcher l'incréateur visqueux de se couler en lui, de le ronger de l'intérieur.

Il essaya de se guérir lui-même, comme il l'avait fait pour sa jambe la fois où la meule l'avait proprement cassée en deux. Mais c'était toujours la même histoire que lui avait racontée Mot-pour-mot : il mettait cent fois plus de temps à bâtir que le Défaiseur à détruire. Pour une partie qu'il guérissait, des milliers se détérioraient et disparaissaient. Il allait mourir, il avait déjà un pied dans la tombe, et il ne s'agirait pas d'une mort ordinaire où il perdrait sa chair en continuant de vivre en esprit, car le Défaiseur comptait le dévorer corps et âme tout pareil, à la fois la chair et l'esprit.

Plouf! Un bruit de chute dans l'eau. Jamais de sa vie il n'avait rien entendu de plus agréable : un son. Ça voulait dire qu'au-delà du Défaiseur qui l'enveloppait et l'envahissait il y avait quelque chose.

Alvin entendit le bruit se répercuter et résonner dans sa mémoire ; il s'y accrocha, se cramponna à ce lien avec le monde réel et ouvrit les yeux.

Cette fois, il sut qu'il les ouvrait pour de bon parce qu'il vit le ciel, normalement bordé d'arbres. Et il y avait là Gertie Smith, la femme de Conciliant, qui le dominait, un seau dans les mains.

« M'est avis que c'est la première eau qu'on tire d'ce puits », dit-elle.

Alvin ouvrit la bouche et sentit l'air humide et frais y pénétrer. « M'est avis, murmura-t-il.

— J'aurais jamais cru que tu pouvais l'creuser entièrement et l'maçonner comme il faut, tout ça en une nuit, dit-elle. C'est le p'tit sang-mêlé, là, Arthur Stuart, qu'est v'nu dans ma cuisine où j'étais après faire les biscuits du p'tit-déjeuner et qui m'a dit qu'ton puits était terminé. Fallait que je m'en vienne voir ça.

— Y s'lève rudement tôt, fit Alvin.

— Et toi, tu veilles rudement tard, dit Gertie. Moi, si j'étais un homme aussi costaud qu'toi, j'ficherais une bonne rinçure à mon mari, Al, apprenti ou pas.

— J'ai fait ce qu'il a d'mandé, rien d'autre.

— J'en suis sûre, tout comme j'suis sûre que c'est lui qui t'a demandé d'creuser ce trou rond en pierre là-bas, du côté d'la forgerie, j'ai pas raison ? » Elle gloussa, ravie. « Ça y apprendra, à cet imbécile. Faire si grand cas d'ce sourcier alors qu'son apprenti fait du meilleur ouvrage que l'aut' vieux brigand… »

Pour la première fois, Alvin comprit que le trou qu'il avait creusé sous le coup de la colère, c'était comme un écriteau pour signaler à tout le monde qu'il possédait davantage qu'un talent à ferrer les chevaux. « S'il vous plaît, m'dame, fit-il.

— S'il me plaît quoi ?

— Mon talent, c'est pas çui-là d'un sourcier, m'dame, et si vous commencez à raconter ça, on m'fichera jamais la paix. »

Elle posa sur lui un regard froid. « Si t'as pas de talent d'sourcier, mon gars, dis-moi donc comment ça s'fait qu'y a de l'eau limpide dans c'puits que t'as creusé. »

Alvin avait étudié son mensonge. « La baguette du sourcier, elle s'est aussi enfoncée icitte, je l'ai vue, alors quand j'suis tombé sus d'la pierre dans l'premier puits, j'ai essayé de ce côté-ci. »

Gertie avait une nature soupçonneuse. « T'es sûr que tu dirais la même chose si Jésus s'tenait icitte, devant toi, et qu'il devait juger ton âme éternelle sus la vérité de c'que tu m'racontes ?

— M'dame, m'est avis qu'si Jésus s'tenait icitte, j'y demanderais l'pardon d'mes péchés et que je m'en ficherais pas mal, d'ces histoires de puits. »

Elle rit à nouveau et lui claqua légèrement l'épaule. « Je l'aime bien, moi, ton histoire de sourcier. T'as jusse fait qu'regarder l'vieux Hank Dowser. Oh, elle est bonne, celle-là ! C'est c'que je m'en vais raconter à tout l'monde, tu peux être tranquille.

— Merci, m'dame.

— Tiens. Bois. T'as droit à la première gorgée du premier seau d'eau claire tirée d'ce puits. »

Alvin savait que, selon la coutume, c'était au propriétaire de boire en premier. Mais elle le lui proposait et il avait le gosier tellement sec qu'il n'aurait pu cracher pour vingt-cinq sous de salive, même à cinq piastres l'once. Il porta donc le seau à ses lèvres et but, laissant l'eau lui éclabousser sa chemise.

« J'gage que t'as faim aussi, dit-elle.

— Surtout besoin d'repos, plusse que d'manger, j'crois bien, dit Alvin.

— Alors rentre donc t'coucher. »

Il savait qu'il devait y aller, mais il voyait le Défaiseur à proximité et il craignait à vrai dire de se rendormir. « J'vous remercie bien, m'dame, mais j'aimerais quand même rester quèques minutes tout seul.

— Comme tu veux », fit-elle, et elle rentra chez elle.

La petit vent du matin le glaça quand il sécha l'eau renversée sur sa chemise. Avait-il simplement rêvé que le Défaiseur prenait possession de lui ? Il ne le pensait pas. Il était parfaitement réveillé, ça c'était réel, et si Gertie Smith n'était pas venue plonger son seau dans le puits, il aurait été anéanti. Le Défaiseur ne se cachait plus. Il ne se faufilait plus par-derrière en faisant des détours. Il était là, partout où regardait Alvin, il miroitait dans la lumière grisâtre de l'aube.

Pour une raison inconnue, le Défaiseur avait choisi ce matin-ci pour un face à face. Seulement, Alvin ignorait comment il devait le combattre. Si creuser un puits et le maçonner comme il faut ne suffisait pas à repousser l'ennemi, alors que faire ? Le Défaiseur n'était pas un adversaire comme ceux avec lesquels il se bagarrait au village. Le Défaiseur n'offrait pas de prise par où le saisir.

Une chose était sûre. Alvin ne dormirait pas une nuit de plus s'il ne trouvait moyen de lui rabattre son caquet et de lui faire mordre la poussière.

Je suis censé te dominer, dit Alvin au Défaiseur. Alors dis-moi, Défaiseur, comment je m'y prends pour te détruire, toi qui es la Destruction même ? Qui va m'indiquer comment gagner cette bataille, quand toi, tu peux te faufiler jusqu'à moi durant mon sommeil, et que moi, je n'ai pas la moindre idée sur la façon de t'approcher ?

Tout en se disant ces mots dans sa tête, Alvin se dirigea vers l'orée du bois. Le Défaiseur reculait, toujours hors de portée. Al savait, sans même regarder, qu'il se rabattait aussi dans son dos ; il l'avait donc de tous côtés.

Je me trouve au milieu d'un bois encore intact où je devrais me sentir comme chez moi, mais le chant vert, il est désormais silencieux, mon ennemi de toujours m'encercle et je n'ai pas le moindre plan d'action.

Le Défaiseur, lui, il en avait un, de plan. Il ne perdait pas son temps à se demander avec angoisse ce qu'il devait faire, Alvin le découvrit bien vite.

Car le vent frais de ce matin d'été céda soudain place à un air glacé, et du diable si des flocons de neige ne commencèrent pas à tomber. Ils descendirent sur les arbres verdoyants, se déposèrent sur l'herbe haute et drue entre les troncs. Une couche épaisse et froide se forma, mais ce n'étaient plus des gros flocons humides et tièdes, c'étaient les minuscules cristaux de glace d'un violent blizzard d'hiver. Alvin frissonna.

« Tu peux pas faire ça », dit-il.

Mais maintenant ses yeux n'étaient pas fermés, il le savait. Il ne s'agissait pas d'un rêve dans un demi-sommeil. C'était de la vraie neige, si épaisse et si froide que les branches des arbres verts se cassaient net, que les feuilles arrachées dégringolaient par terre dans un tintement de glace brisée. Jusqu'à Alvin qui risquait de mourir gelé s'il ne trouvait pas moyen de se sortir de là.

Il entreprit de repartir par où il était venu, mais la neige tombait si dense qu'il ne voyait rien à plus de cinq ou six pas devant lui ; impossible non plus de pressentir son chemin parce que le Défaiseur avait étouffé le chant vert de la forêt vivante. Bientôt, il ne marchait plus, il courait. Seulement, il ne courait pas d'un pied sûr, comme Ta-Kumsaw lui avait appris ; il courait aussi bêtement et bruyamment que ces lourdauds d'hommes blancs et, comme le premier Blanc venu, il glissa sur de la pierre verglacée pour s'étaler la figure la première et franchir à plat ventre une plaque de neige.

De la neige qui s'introduisit dans sa bouche, son nez et ses oreilles, de la neige qui s'immisça entre ses doigts, tout comme la vase de la nuit dernière, tout comme le Défaiseur dans son rêve, et il s'étouffa, crachouilla, lança des cris…

« J'connais que c'est pas vrai ! »

Sa voix se perdit dans le mur de neige.

« C'est l'été ! » brailla-t-il.

Sa mâchoire était douloureuse à cause du froid, et il savait que ça lui ferait trop mal de parler encore, mais il cria quand même à travers ses lèvres engourdies : « J'te f'rai arrêter ça ! »

Il comprit alors qu'il n'arriverait jamais à rien avec le Défaiseur ; il ne le forcerait jamais à faire ou à être quoi que ce soit parce qu'il n'était rien d'autre que le non-faire et le non-être. Ce n'était pas au Défaiseur qu'il devait lancer son appel mais à tout ce qui vivait alentour : les arbres, l'herbe, la terre et même l'air. C'était le chant vert qu'il devait rétablir.

Il s'accrocha à cette idée et la mit à exécution. Il se remit à parler ; sa voix ne valait guère mieux qu'un chuchotement à présent, mais il lança son appel, et sans colère.

« Eté », souffla-t-il.

« Air chaud ! » dit-il.

« Feuilles vertes ! hurla-t-il. Vent chaud du sud-ouest ! Nuages d'orage du tantôt, brume du matin, rayons du soleil qui réchauffent, qui évaporent le brouillard ! »

Se produisait-il un changement, un tout petit ? Les flocons tombaient-ils moins fort ? La couche de neige par terre commençait-elle à fondre, à mincir, la couche accumulée sur les branches à s'écrouler, à découvrir davantage d'écorce ?

« C'est un matin chaud et sec ! cria-t-il. La pluie s'en viendra p't-être plus tard, de très loin, comme un don des rois mages, mais asteure le soleil tape sus les arbres, il vous réveille, vous *poussez*, les feuilles sortent, c'est ça ! C'est ça ! »

Sa voix se faisait joyeuse parce que la chute de neige n'était plus désormais qu'une pluie crépitante, il ne restait plus sur le sol que quelques taches blanches ici et là, et les feuilles arrachées rebourgeonnaient sur les branches aussi vite que la milice au pas de charge.

Et dans le silence qui suivit son dernier cri, il entendit le chant d'un oiseau.

Un chant comme il n'en avait encore jamais entendu. Il ne connaissait pas cet oiseau ni son agréable ramage qui changeait à chaque sifflement et ne répétait pas deux fois le même air. C'était un chant compliqué dont on ne distinguait pas le motif ; impossible donc de le reproduire, mais impossible aussi de l'emmêler, de l'étirer ou de le diviser. Il était tout d'une pièce, créé d'un seul tenant, et Alvin sut que s'il parvenait à trouver l'oiseau dont le gosier produisait ce chant-là, il serait sauvé. Sa victoire serait totale.

Il courut, et le chant vert de la forêt le guidait, ses pieds tombaient où il fallait sans qu'il ait besoin de regarder. Il suivit le ramage jusqu'à ce qu'il débouche dans la clairière d'où il provenait.

Perché sur une vieille souche dont l'ombre au nord-ouest abritait encore un carré de neige : un cardinal. Et assis devant la souche, presque nez à bec avec l'oiseau rouge pendant qu'il l'écoutait chanter : Arthur Stuart.

Alvin les contourna à pas très lents, en un cercle parfait, avant de se rapprocher. Comme si Arthur Stuart ne s'apercevait pas de sa présence, il ne détachait pas les yeux de l'oiseau. Le soleil avait beau les aveugler tous deux, ni l'un ni l'autre ne cillait. Alvin se taisait, lui aussi. Comme Arthur Stuart, il était captivé par le chant du cardinal.

Il ne différait en rien des autres cardinaux, des milliers de chanteurs écarlates qu'Alvin avait vus depuis tout petit. Sauf que de son gosier sortait une musique qu'aucun autre n'avait jamais chanté à ce jour. Ce n'était pas un quelconque oiseau rouge. Ni l'unique oiseau rouge. Aucun oiseau ne bénéficiait d'un don inconnu chez ses congénères. C'était tout bonnement Oiseau Rouge, celui qu'on avait désigné pour parler à cet instant au nom de tous les oiseaux, pour chanter le chant de tous les chanteurs, pour que l'enfant l'entende.

Alvin s'agenouilla dans l'herbe fraîchement poussée, à moins de trois pas d'Oiseau Rouge, pour écouter son chant. Il savait, d'après ce que lui avait un jour dit Lolla-Wossiky, que ce chant contenait la mémoire de l'homme rouge, tout ce qu'il avait accompli qui en valait la peine. Il y avait une histoire ancienne qu'Alvin aurait aimé comprendre, disons qu'il aurait aimé entendre comment Oiseau Rouge racontait les événements auxquels lui, il avait pris part : le Prophète Lolla-Wossiky marchant sur les eaux ; la rivière Tippy-Canoe toute écarlate du sang des Rouges ; Ta-Kumsaw debout, une douzaine de balles de mousquet dans le corps, criant encore à ses hommes de tenir, de se battre, de repousser les voleurs blancs.

Malgré tout, il avait beau écouter, le sens du chant lui échappait. Il était capable de courir dans la forêt avec des jambes d'homme rouge, d'entendre le chant vert avec des oreilles d'homme rouge, mais le ramage d'Oiseau Rouge ne lui était pas destiné. Le dicton disait vrai : une fille ne peut avoir tous les soupirants, ni un garçon tous les talents. Alvin était déjà capable d'accomplir beaucoup de choses, et il lui en restait beaucoup à apprendre, mais il en restait encore davantage auxquelles il n'aurait jamais accès, et le chant d'Oiseau Rouge était de celles-là.

Pourtant, l'oiseau n'était pas là par hasard, Alvin en aurait mis sa main au feu. Pour arriver comme ça, à l'issue du face à face avec le Défaiseur, il devait avoir une idée derrière la tête. Il fallait qu'Alvin trouve des réponses dans son chant.

Il était sur le point de parler, de poser la question qui lui brûlait les lèvres depuis l'instant où il avait eu connaissance de sa destinée possible. Mais ce ne fut pas sa voix qui interrompit le ramage d'Oiseau Rouge. Ce fut celle d'Arthur Stuart. « Je ne connais pas les jours à venir », fit le petit métis. Sa voix était comme de la musique et les mots sortaient plus clairs que tous ceux qu'Alvin avait jamais entendus dans la bouche d'un gamin de trois ans. « Je ne connais que les jours passés. »

Il fallut une seconde à Alvin pour saisir ce qui se passait. Ce que venait de dire Arthur, c'était la réponse à sa question. Est-ce que je serai un Faiseur comme la torche me l'a annoncé ? Voilà ce qu'Alvin voulait demander, et Arthur Stuart lui avait répondu.

Mais pas répondu de sa propre volonté, c'était évident. Le petit garçon ne comprenait pas plus ce qu'il disait que lorsqu'il avait imité la dispute de Conciliant et de Gertie la veille au soir. Il transmettait la réponse d'Oiseau Rouge. Traduisait son chant en langage clair aux oreilles d'Alvin.

Alvin s'apercevait à présent qu'il avait posé la mauvaise question. Pas besoin qu'Oiseau Rouge lui apprenne qu'il était censé devenir un Faiseur, ça, il le savait pour sûr depuis des années et ne l'oubliait pas malgré tous ses doutes. La vraie question, ce n'était pas si mais *comment* il allait devenir un Faiseur.

Dis-moi comment.

Oiseau Rouge modifia son chant en un air simple et doux, plus normal pour un oiseau, différent de l'histoire millénaire de l'homme rouge qu'il chantait jusqu'à présent. Alvin n'en comprenait pas le sens mais il savait tout de même de quoi il était question. Le chant du Faiseur. Sans arrêt, le même air se répétait, seulement par petits fragments... mais leur éclat aveuglait ; il y avait tant de vérité dans ce chant qu'Alvin le voyait avec les yeux, le ressentait des lèvres jusqu'à l'aine, le goûtait, le humait. Le chant du Faiseur, et c'était son chant à lui, il le reconnaissait à son goût si agréable sur la langue.

Et au plus fort du chant, Arthur Stuart se remit à parler d'une voix à peine humaine tant elle était flûtée, aiguë et claire.

« Le Faiseur, c'est celui qui fait partie de ce qu'il crée », dit le petit métis.

Alvin grava les mots dans son cœur, sans pour autant les comprendre. Parce qu'il savait qu'un jour il les comprendrait ; et ce jour-là, il aurait le pouvoir des anciens Faiseurs qui avaient bâti la Cité de Cristal. Il comprendrait, se servirait de son pouvoir, trouverait la Cité de Cristal et la rebâtirait.

Le Faiseur, c'est celui qui fait partie de ce qu'il crée.

Oiseau Rouge se tut. Il resta immobile, la tête dressée ; puis il ne fut plus Oiseau Rouge mais un oiseau banal avec des plumes écarlates. Il s'envola.

Arthur Stuart regarda l'oiseau s'éloigner hors de vue. Puis il l'appela de sa vraie voix d'enfant : « Oiseau ! Oiseau vole ! » Alvin s'agenouilla près du gamin, épuisé par le travail de la nuit, la peur du petit matin gris, le chant d'oiseau du grand jour.

« Moi, j'ai volé », dit Arthur Stuart. Pour la première fois, sembla-t-il, il remarqua la présence d'Alvin et se tourna vers lui.

« T'as fait ça ? murmura Alvin qui répugnait à briser le rêve de l'enfant en lui objectant que les gens ne volent pas.

— L'gros oiseau noir m'a emporté, dit Arthur. L'a volé et volé. » Puis il leva les mains et les pressa sur les joues d'Alvin. « Faiseur », dit-il. Puis il se mit à rire, à rire, ravi.

Arthur n'était donc pas un simple imitateur. Il avait réellement compris le chant d'Oiseau Rouge, du moins une partie. Suffisamment pour connaître le nom de ce que deviendrait Alvin.

« Le répète à personne, dit Alvin. Moi, j'répète à personne que tu connais comment causer aux oiseaux, et toi, tu répètes à personne que j'suis un Faiseux. Promis ? »

La figure d'Arthur prit un air sérieux. « Parle pas aux oiseaux, fit-il. C'est les oiseaux qui m'parlent. » Puis : « Moi, j'ai *volé*.

— J'te crois, dit Alvin.

— Toi, ch'te crois », fit Arthur. Puis il repartit à rire.

Alvin se leva et Arthur l'imita. Al le prit par la main. « On s'en r'tourne à la maison », dit-il.

Il ramena Arthur à l'auberge, où la Peg Guester gronda le petit sang-mêlé pour s'être ensauvé et avoir donné de l'inquiétude aux gens toute la matinée. Mais elle le gronda affectueusement, et le gamin sourit bêtement au son de voix de la femme qu'il appelait maman. Lorsque la porte se referma sur Arthur Stuart, Alvin songea : Je vais dire à ce drôle ce qu'il a fait pour moi. Un jour je lui dirai ce que ça représente.

Alvin s'en revint par le chemin de la resserre et redescendit vers la forgerie, où Conciliant devait sûrement fulminer contre lui parce qu'il n'était pas à l'heure au travail, quand bien même il avait passé toute la nuit à creuser un puits.

Le puits. Alvin se retrouva près du trou creusé comme un monument dédié à Hank Dowser ; la pierre blanche luisait au soleil, aussi rayonnante et cruelle qu'un rire de mépris.

A cet instant, Alvin sut pourquoi le Défaiseur s'était approché durant la nuit. Non pas à cause du vrai puits qu'il avait creusé. Non pas parce qu'il s'était servi de son talent pour retenir l'eau, ni parce qu'il avait ramolli la pierre pour la façonner à son gré. C'était parce qu'il avait creusé ce premier trou jusqu'à la roche pour une seule raison : ridiculiser Hank Dowser.

Pour le punir ? Parfaitement ! Faire de Hank la risée de tous ceux qui verraient le puits et son fond de caillou à l'emplacement qu'il avait désigné. Ça l'anéantirait, son nom ne vaudrait plus rien chez les sourciers ; et ce serait injuste parce qu'il était vraiment un bon sourcier que la disposition du terrain avait abusé. Hank s'était trompé de bonne foi, et Al avait tout fait pour le punir comme le crétin qu'il n'était sûrement pas.

Quoique fatigué, affaibli par son labeur et sa bataille contre le Défaiseur, il ne perdit pas une minute. Il alla récupérer la pelle où il l'avait laissée, à côté du bon puits, puis il ôta sa chemise et se mit à l'ouvrage. En creusant ce mauvais puits, il avait fait le mal, il avait œuvré à la ruine d'un honnête homme sans autre raison que le dépit. Mais le combler, c'était un travail de Faiseur. Comme on était en plein jour, Alvin n'avait même pas besoin de recourir à son talent pour se faciliter les choses, il se donna à fond à sa tâche jusqu'à ce qu'il se sente près de mourir d'épuisement.

C'était le midi, il n'avait pas pris de dîner ni de petit-déjeuner, mais le puits était entièrement rebouché, le gazon remis en place pour qu'il repousse ; à moins de faire bien attention, personne ne remarquerait qu'il y avait eu le moindre trou. Alvin se servit quand même un peu de son talent, vu qu'il était tout seul, pour remmêler les racines des herbes entre elles, les renfoncer et les lier dans le sol pour qu'aucun carré de gazon mort ne marque l'emplacement.

Mais durant tout ce temps, plus fort que que le soleil sur son dos ou que la faim dans son ventre, ce qui le tourmentait, c'était la honte. La nuit dernière, tout à sa colère et à son envie de ridiculiser Hank Dowser, il ne lui était même pas venu à l'esprit d'accomplir une bonne action et d'utiliser son talent pour traverser la roche à l'endroit qu'avait choisi le sourcier. Personne n'aurait jamais su, en dehors d'Alvin, que l'emplacement ne valait rien. Voilà quel aurait été le geste chrétien, charitable. Quand un gars vous flanque une claque dans la figure, vous répondez en lui serrant la main, c'est ce que Jésus enseignait, mais Alvin ne voulait rien entendre, il était sacrément trop fier.

C'est ça qui a attiré le Défaiseur, se dit-il. J'aurais pu employer mon talent à construire, non à détruire. Plus jamais ça, plus jamais, plus jamais. Il répéta cette promesse trois fois; elle était muette et personne ne la connaîtrait, mais il la tiendrait mieux que n'importe quel serment prêté devant un juge ou même un pasteur.

Il était bien temps. S'il y avait pensé avant que Gertie voie le mauvais puits ou tire de l'eau du bon, il aurait pu reboucher le second et s'arranger pour que le premier fonctionne, après tout. Mais maintenant, elle avait vu la pierre au fond, et s'il creusait au travers, alors ses secrets seraient mis à jour. Et une fois qu'on avait bu l'eau d'un nouveau puits, on ne pouvait jamais le combler à moins qu'il se tarisse de lui-même. Combler un puits en activité, c'était inviter la sécheresse et le choléra à vous poursuivre pour le restant de vos jours.

Il avait réparé son erreur au mieux. On peut regretter, on peut gagner le pardon, mais on ne peut rétablir les futurs possibles que les mauvaises décisions ont condamnés. Pas besoin d'un philosophe pour lui expliquer ça.

Conciliant ne travaillait pas au marteau dans la forge, pas plus qu'il n'y avait de fumée qui sortait de la cheminée. Le forgeron devait se trouver chez lui, occupé à quelque tâche domestique, se dit Alvin. Il remisa donc la pelle à sa place dans la forgerie puis prit la direction de la maison.

A mi-chemin, il passa près du bon puits; Conciliant Smith était assis sur le petit muret de pierres qu'Al avait monté pour servir d'embase à l'abri.

« B'jour, Alvin, fit le patron.

— B'jour, m'sieur, répondit Alvin.

— J'ai laissé filer l'seau d'fer et d'cuivre jusqu'au fond du puits. T'as dû creuser comme un beau djab', mon gars, pour aller si loin.

— J'voulais pas qu'y s'tarisse.

— Et tu l'as déjà maçonné, dit le forgeron. Y a d'quoi s'étonner, moi j'dis.

— J'ai travaillé vite et dur.

— T'as aussi creusé où il fallait, j'vois ça. »

Alvin prit une profonde inspiration. « A c'qui m'semble, m'sieur, j'ai creusé 'xactement là où l'sourcier avait dit.

— J'ai vu un aut' trou par là-bas, dit Conciliant Smith. Tout l'fond, c'est rien qu'du caillou, aussi dur et épais qu'les sabots du djab'. Tu veux m'faire croire que tu cherches pas à c'que l'monde connaisse pourquoi tu l'as creusé ?

— C'vieux trou-là, je l'ai r'bouché, dit Alvin. J'voudrais avoir jamais creusé un puits pareil. J'ai pas envie qu'on raconte des histoires sus Hank Dowser. Y avait de l'eau là-bas, parfaitement, et pas un sourcier au monde aurait pu s'douter, pour la pierre.

— Sauf toi, fit Conciliant.

— J'suis pas un sourcier, m'sieur », dit Alvin. Et il répéta son mensonge : « J'ai jusse vu qu'sa baguette avait aussi bougé icitte. »

Conciliant Smith secoua la tête tandis qu'un sourire lui fendait lentement la face. « Ma femme m'a déjà raconté ça, et j'ai manqué mourir de rire. Je t'ai calotté par rapport que tu prétendais qu'il avait tort. Asteure tu m'dis que tu voudrais lui bailler tout l'mérite ?

— C'est un vrai sourcier, dit Alvin. Et moi pas, m'sieur, alors m'est avis que c'est à lui qu'y revient. »

Conciliant Smith remonta le seau de cuivre, le porta à ses lèvres et but quelques gorgées. Puis il pencha la tête en arrière et se versa le reste de l'eau sur la figure en éclatant d'un gros rire. « C'est la meilleure eau que j'ai bue d'ma vie, pour ça oui ! »

Il ne promettait pas de marcher dans son histoire ni de laisser Hank Dowser croire qu'il s'agissait de son puits, mais Al savait qu'il ne tirerait rien de plus de son patron. « Si ça vous fait rien, m'sieur, fit-il, j'ai un peu faim.

— Oui, va manger, tu l'as bien gagné. »

Alvin passa devant le forgeron. L'odeur de l'eau nouvelle monta du puits lorsqu'il fut à sa hauteur. Conciliant Smith parla à nouveau dans son dos : « Gertie m'a dit que t'as bu la première gorgée du puits. »

Al se retourna, craignant à présent les ennuis. « Oui, m'sieur, mais c'est elle qui me l'a donnée. »

Conciliant réfléchit un moment, comme s'il se demandait s'il y avait là motif à punir ou non Alvin. « Ben ça, finit-il par dire, ben ça, c'est bien d'ses coups, mais y a pas d'mal. Y m'reste encore assez d'eau dans c'premier seau d'bois qu'on a tiré du puits, j'vais en mettre quèques gorgées d'côté pour Hank Dowser. J'y en ai promis du premier seau et j'tiendrai parole quand il r'passera.

— Quand il arrivera, m'sieur, fit Alvin, si ça vous ennuie pas, j'crois que j'aimerais mieux pas être là, et lui aussi il aimerait mieux, si vous voyez c'que j'veux dire. J'ai pas l'impression qu'il m'avait à la bonne. »

Le forgeron le regarda attentivement. « Si t'as trouvé c'moyen-là pour éviter d'travailler durant quèques heures quand ce sourcier reviendra, eh ben… — il eut un grand sourire — eh ben, m'est avis qu'ton ouvrage d'la nuit dernière, ça vaut bien ça.

— Merci, m'sieur, fit Alvin.

— Tu t'en retournes à la maison ?

— Oui, m'sieur.

— Bon, moi, je m'en vais ranger ces outils… toi, tu m'ramènes ce seau à la patronne. Elle l'attend. Ça fait plus près que l'ruisseau pour tirer de l'eau, y a bien moins long à porter. Faut que j'remercie tout spécialement Hank Dowser d'avoir choisi cet emplacement-là. » Le forgeron gloussait encore devant autant d'esprit lorsqu'Alvin atteignit la maison.

Gertie Smith prit le seau, fit asseoir Alvin et le gava jusqu'au goulet de lard frit tout chaud et de bons biscuits graisseux. Elle lui donna tant à manger qu'il dut la supplier d'arrêter. « On a déjà fini un cochon, dit-il. Pas b'soin d'en tuer un autre rien qu'pour mon p'tit-déjeuner.

— Les cochons, c'est jamais qu'du maïs sur pattes, dit-elle, et ton ouvrage d'la nuit dernière, ça vaut bien deux gorets, c'est moi qui te l'dis. »

Le ventre plein, Alvin grimpa en rotant l'échelle pour gagner la soupente au-dessus de la cuisine, retira ses vêtements et s'enfouit sous les couvertures de son lit.

Le Faiseur, c'est celui qui fait partie de ce qu'il crée.

Il se répéta la phrase sans arrêt avant de s'endormir. Aucun rêve ni cauchemar ne vint troubler son sommeil, il dormit d'une traite jusqu'à l'heure du dîner, puis remit ça toute la nuit jusqu'à l'aube.

Lorsqu'il se réveilla le lendemain matin, juste avant le lever du jour, une faible lumière grise à peine plus claire que celle de la lune filtrait par les fenêtres dans la maison. C'est à peine si elle monta dans la soupente où couchait Alvin ; il ne se leva pas d'un bond, plein d'entrain, comme à son habitude, il se sentait vaseux d'avoir trop dormi et courbaturé par ses efforts de la veille. Il resta donc tranquillement au lit tandis qu'une espèce de chant d'oiseau ténu gazouillait au fond de sa tête. Il ne réfléchit pas à la phrase qu'Arthur Stuart avait traduite du chant d'Oiseau Rouge. Il se demanda plutôt ce qui s'était passé la veille. Comment avait-il chassé le plein hiver et ramené l'été rien qu'en criant ?

« Eté, murmura-t-il. Air chaud, feuilles vertes. » Qu'est-ce qui faisait que lorsqu'il disait « été », l'été venait ? Ça ne marchait pas toujours comme ça, dame non — jamais quand il travaillait le fer ni quand il pénétrait dans la pierre pour la réparer ou la casser. Fallait qu'il garde bien leur configuration à l'esprit, qu'il comprenne comment les éléments s'ordonnaient, qu'il trouve les plis et les lignes de fracture, les fibres du métal et le grain de la roche. Et quand il guérissait, c'était si compliqué qu'il avait besoin de toute sa tête pour découvrir comment le corps devait s'agencer avant de le remettre en état. Tout était si petit, si difficile à voir… enfin, pas à *voir*, mais ça revenait à ça. Des fois, il lui fallait fournir de gros efforts pour saisir comment ça s'organisait à l'intérieur.

A l'intérieur, très loin, là où les composants étaient si ténus et délicats ; et les grands secrets de leur fonctionnement se défilaient comme des cancrelats quand on s'amène avec une lampe dans une chambre, ils devenaient tout le temps de plus en plus petits, trouvaient de nouvelles et curieuses façons de se combiner. Existait-il une particule plus petite que tout le reste ? Un point au cœur des choses où l'on voyait l'ultime réalité et pas seulement un assemblage d'un tas de pièces minuscules, elles-mêmes composées de pièces plus réduites encore ?

Il n'avait toujours pas compris comment le Défaiseur avait produit l'hiver. Alors comment ses cris de désespoir avaient-ils fait revenir l'été ?

Comment devenir un Faiseur si je ne comprends même pas ce que je fais ?

La lumière du dehors entra, plus forte, à travers les vitres indécises des fenêtres du dessous et, l'espace d'un instant, Alvin crut voir en elle de petites billes qui volaient à toute vitesse, comme si on les avait frappées avec un bâton ou tirées à la carabine ; elles allaient même plus vite que ça, elles rebondissaient partout, la plupart allaient se coincer dans les minces fentes des cloisons de bois, du plancher ou du plafond ; seules quelques-unes parvenaient jusqu'à la soupente où les yeux d'Alvin les captaient.

L'instant suivant, la lumière devint comme du feu, du vrai feu, qui dériva dans la soupente ; on aurait dit les vagues molles qui baignaient le rivage du lac Mizogan, et partout où le flot passait il réchauffait ce qu'il touchait : les murs de bois, la grosse table de la cuisine, le fer du fourneau ; si bien que tout frémissait, tout dansait comme animé d'une vie propre. Seul Alvin voyait ça, seul Alvin savait que toute la pièce s'éveillait avec le jour.

Ce feu du soleil, c'est ce que le Défaiseur déteste le plus. La vie qu'il donne. Eteindre ce feu, c'est à quoi songe le Défaiseur. Eteindre tous les feux, geler toute l'eau en glace ; le monde entier sous une couche uniforme de glace, l'ensemble du ciel noir et froid comme la nuit. Et pour se dresser contre la volonté du Défaiseur, un seul malheureux Faiseur incapable de bien faire même lorsqu'il creuse un puits.

Le Faiseur, c'est celui qui fait partie de… partie de quoi ? Qu'est-ce que je crée ? Comment j'en fais partie ? Quand je travaille le fer, est-ce que j'en fais partie ? Et quand je casse des cailloux ? Ça n'a pas de sens, et faut pourtant que j'en trouve un si je ne veux pas perdre ma guerre contre le Défaiseur. Quand bien même je le combattrais ma vie entière, de toutes les façons que je connais, le monde serait à ma mort encore plus bas sur la mauvaise pente qu'au jour de ma naissance. Il doit exister un secret, une clé qui me permettrait de construire instantanément. Faut que je trouve cette clé, c'est tout, que je trouve le secret, je prononcerai alors un mot, et le Défaiseur bondira en arrière, se tapira, renoncera et mourra, oui, peut-être même qu'il mourra, pour que la vie et la lumière durent toujours sans jamais s'éteindre.

Alvin entendit Gertie commencer à se retourner dans la chambre, et l'un des enfants émit un petit cri, dernier bruit avant le réveil. Alvin fléchit ses membres, s'étira, sentit se ranimer l'agréable, délicieuse courbature des muscles endoloris, et s'apprêta pour une nouvelle journée à la forge, une journée au feu.

X

La maîtresse de maison

PEGGY ne dormit pas aussi longtemps ni aussi bien qu'Alvin. Sa bataille à lui était terminée ; il pouvait dormir du sommeil du vainqueur. Mais pour elle, c'était la fin de la tranquillité.

Ce fut quand même en milieu d'après-midi que Peggy se secoua pour se réveiller sur les draps de fil soyeux de son lit, dans la maison de madame Modesty. Elle ne portait que sa chemise, pourtant elle ne se rappelait pas s'être dévêtue. Elle se souvenait avoir entendu chanter Oiseau Rouge, avoir vu Arthur Stuart traduire le chant. Elle se souvenait avoir regardé dans la flamme de vie d'Alvin, avoir vu tous ses avenirs revenus… mais elle ne s'était trouvée dans aucun d'eux. Ensuite, ses souvenirs s'arrêtaient là. Madame Modesty avait dû la déshabiller, la mettre au lit alors que le soleil approchait déjà du midi.

Elle se retourna ; le drap lui resta collé à la peau, puis elle eut froid à son dos en sueur. Alvin avait remporté la victoire ; il avait appris sa leçon ; le Défaiseur ne profiterait plus d'une pareille aubaine. Elle ne voyait pas de danger dans le futur d'Alvin, pas de sitôt. Le Défaiseur allait sûrement guetter une autre occasion ou reprendre son œuvre par l'entremise de ses suppôts humains. Peut-être que le Visiteur allait réapparaître au révérend Thrower, ou qu'une autre personne secrètement assoiffée de mal allait accueillir à bras ouverts l'enseignement du Défaiseur. Mais le danger n'était pas là, pas le danger immédiat, Peggy le savait.

Car tant qu'Alvin ignorait comment devenir un Faiseur ou à quoi employer son pouvoir, ça ne les avançait pas à grand-chose de tenir le Défaiseur en échec longtemps ou non. La Cité de Cristal ne serait jamais bâtie. Et il fallait qu'elle le soit, sinon la vie d'Alvin et celle de Peggy, consacrée à l'aider, auraient toutes deux été vaines.

Les choses lui semblaient claires désormais, au sortir d'un sommeil agité, épuisant. Alvin avait pour tâche de se préparer, de maîtriser ses faiblesses. S'il existait quelque part au monde un savoir sur l'art ou la science du Faiseur, il n'aurait aucune chance de l'acquérir. La forgerie, c'était son école, la forge proprement dite son maître, et qui lui apprenait quoi ? A changer les gens uniquement par la persuasion et la patience, la gentillesse et la douceur, l'amour sincère et la bonté. Il appartenait donc à quelqu'un d'autre d'acquérir ce pur savoir qui élèverait Alvin à la grandeur.

C'en est fini de toute mon éducation à Dekane.

Tant de leçons, et je les ai toutes apprises, madame Modesty. Toutes celles qui me préparaient à porter le plus beau titre, selon vous, auquel une femme pouvait aspirer.

Maîtresse de maison.

Porter le titre de dame, comme sa mère qu'on avait toujours appelée dame Guester et d'autres femmes dame ceci ou dame cela, c'était à la portée de n'importe qui. Pourtant bien peu le méritaient. Moins nombreuses encore étaient celles à qui on avait envie d'accorder le titre suprême : maîtresse, plutôt que simplement dame ; de la même façon qu'on n'appelait jamais madame Modesty « m'dame ». Ça rabaisserait son nom d'y accoler un titre abrégé, commun.

Peggy sortit du lit. La tête lui tourna un moment ; elle attendit, puis se mit debout. Elle se déplaça à pas feutrés sur le plancher de bois. Elle marchait doucement mais elle savait qu'on l'entendrait ; madame Modesty ne tarderait pas monter l'escalier.

Peggy s'arrêta devant le miroir et se regarda. Elle avait les cheveux ébouriffés d'avoir dormi, poisseux de transpiration. La taie d'oreiller lui avait laissé les marques de ses plis sur la figure, en rouge et blanc. Elle y reconnut pourtant le visage que madame Modesty lui avait appris à voir.

« Notre œuvre », dit madame Modesty.

Peggy ne se retourna pas. Elle se doutait que son mentor serait là.

« Une femme devrait savoir qu'elle est belle, dit madame Modesty. Dieu a sûrement dû donner un bout de verre à Eve, ou une surface d'argent poli, au moins une mare d'eau calme pour lui montrer ce que voyait Adam. »

Peggy fit demi-tour et l'embrassa sur la joue. « J'aime ce que vous avez fait de moi », dit-elle.

Madame Modesty l'embrassa à son tour, mais lorsqu'elles se séparèrent, il y avait des larmes dans les yeux de la femme mûre. « Et je vais à présent perdre ta compagnie. »

Peggy n'avait pas l'habitude d'entendre les autres deviner ce qu'elle-même pensait, surtout quand elle n'avait pas conscience d'avoir déjà pris sa décision.

« Vraiment ? demanda-t-elle.

— Je t'ai appris tout ce que je pouvais t'apprendre, dit madame Modesty, mais je sais depuis la nuit dernière que tu as besoin de choses dont je n'ai jamais rêvé, parce que tu as une tâche à accomplir dont je n'aurais jamais cru personne capable.

— Je voulais être seulement la maîtresse de la maison de maître Alvin.

— Pour moi, c'était le commencement et la fin.

Peggy choisit ses mots pour être sincère, donc belle, donc bonne : « Tout ce que certains hommes attendent d'une femme, peut-être, c'est qu'elle soit aimante, sage et attentive, comme un champ de fleurs où jouer au papillon et en butiner le suc. »

Madame Modesty sourit. « Tu fais de moi une description charmante.

— Mais Alvin, lui, une tâche plus difficile l'attend ; ce qu'il lui faut, ce n'est pas une jolie femme qui sera fraîche et aimante quand il en aura fini. Ce qu'il lui faut, c'est une femme qui pourra soulever l'autre bout de son fardeau.

— Où vas-tu aller ? »

Peggy n'eut même pas le temps de s'apercevoir qu'elle connaissait la réponse. « Philadelphie, je pense. »

Madame Modesty la regarda avec surprise, comme pour dire : tu as déjà décidé ? Des larmes perlèrent dans ses yeux.

Peggy se dépêcha d'expliquer : « Il y a là-bas les meilleures universités, gratuites, qui apprennent tout ce qu'il faut connaître, rien à voir avec les sévères établissements religieux de Nouvelle-Angleterre ou les écoles décadentes du Sud pour hobereaux.

— Ce n'est pas une décision soudaine, dit madame Modesty. Tu y songeais depuis longtemps, pour savoir ainsi où aller.

— Si, c'est une décision soudaine, mais peut-être que j'y songeais sans m'en rendre compte. J'ai écouté les gens parler, et maintenant c'est là dans ma tête, bien clair, ma décision est prise. Il y a une école pour les jeunes filles là-bas, mais l'important, ce sont les bibliothèques. Je n'ai pas reçu d'instruction dans les règles mais j'arriverai à les convaincre de m'inscrire.

— Tu n'auras pas de mal à les convaincre, dit madame Modesty, si tu te présentes munie d'une lettre du gouverneur du Suskwahenny. Et d'autres lettres de gens qui font suffisamment confiance à mon jugement. »

Peggy n'était pas étonnée que madame Modesty eût quand même envie de l'aider, malgré sa résolution subite, impolie, de s'en aller. Et il ne lui vint pas à l'idée de vouloir bêtement, par fierté, se passer de son aide. « Merci, madame Modesty !

— Je n'ai jamais connu de femme — ni d'homme, en l'occurrence — aussi capable que toi. Je ne parle pas de ton talent, tout remarquable qu'il soit ; je n'estime pas les gens sur de tels critères. Mais je crains que tu ne gâches ta vie à vouloir t'occuper de ce garçon de Hatrack River. Comment un homme peut-il mériter tout ce que tu lui as sacrifié ?

— Le mériter… c'est ça, sa tâche. La mienne, c'est de détenir le savoir lorsqu'il sera prêt à l'apprendre. »

Madame Modesty pleurait pour de bon à présent. Elle souriait toujours car elle avait appris toute seule que l'amour doit toujours sourire, même dans le chagrin, mais les larmes ruisselaient sur ses joues. « Oh, Peggy, toi qui as si bien étudié, comment peux-tu faire une pareille erreur ? »

Une erreur ? Madame Modesty doutait-elle de son jugement, encore maintenant ? « La sagesse d'une femme, c'est le don qu'elle fait aux autres femmes, cita Peggy. Sa beauté, son don aux hommes. Son amour, son don à Dieu. »

Madame Modesty secouait la tête en écoutant sa propre maxime dans la bouche de Peggy. « Alors pourquoi veux-tu infliger ta sagesse à ce malheureux homme que tu dis aimer ?

— Parce que certains hommes sont assez grands pour tout aimer chez une femme, pas seulement une partie.

— Est-il vraiment ce genre d'homme ? »

Que répondre ? « Il le sera, sinon il ne m'aura pas. »

Madame Modesty marqua une pause, comme si elle cherchait une façon plaisante d'énoncer une vérité pénible. « Je t'ai toujours enseigné que si tu devenais complètement et parfaitement toi-même, les hommes au cœur noble se sentiraient attirés vers toi et t'aimeraient. Peggy, disons que ce garçon a de grandes exigences... mais si tu dois devenir quelqu'un d'autre pour le satisfaire, alors tu ne seras pas parfaitement toi-même et il ne t'aimera pas. N'est-ce pas la raison principale qui t'a poussée à partir de Hatrack River ? Tu voulais qu'il t'aime pour toi-même et non pour ce que tu faisais pour lui.

— Madame Modesty, je veux qu'il m'aime, oui. Mais moi, j'aime encore plus la tâche qu'il doit accomplir. Ce que je suis aujourd'hui suffirait à l'homme. Ce que je compte faire demain, ce n'est pas pour l'homme, c'est pour son œuvre.

— Mais... » commença madame Modesty.

Peggy leva un sourcil et eut un léger sourire. Madame Modesty approuva de la tête et ne l'interrompit pas.

« Si j'aime davantage l'œuvre que l'homme, alors, pour être parfaitement moi-même, je dois faire ce qu'elle exige de moi. N'en serai-je pas de ce fait plus belle encore ?

— A mes yeux, peut-être, dit madame Modesty. Peu d'hommes y voient assez clair pour remarquer ce genre de beauté subtile.

— Il aime sa tâche plus que sa vie. N'en aimera-t-il donc pas la femme qui participe à son effort davantage qu'une autre qui serait tout simplement jolie ?

— Tu as peut-être raison, dit madame Modesty, car je n'ai jamais préféré l'œuvre au créateur ni rencontré d'homme qui fasse vraiment passer son travail avant sa propre vie. Tout ce que je t'ai inculqué s'applique au monde que je connais. Si tu entres dans un autre monde, je ne peux plus rien t'apprendre.

— Peut-être que sans devenir une femme parfaite, je peux quand même vivre ma vie comme elle doit être vécue.

— Ou peut-être, mademoiselle Margaret, personne au monde n'est-il en mesure de reconnaître une femme parfaite, et je passerai pour une honnête contrefaçon pendant que toi, tu resteras ignorée. »

C'était plus que Peggy n'en pouvait supporter. Faisant fi des convenances, elle se jeta au cou de madame Modesty, l'embrassa, pleura et l'assura qu'elle n'avait rien d'une contrefaçon. Mais la crise de larmes passée, elle ne revint pas sur sa décision. Elle avait fait son temps à Dekane, et le lendemain matin ses bagages étaient prêts.

Tout ce qu'elle possédait au monde, c'est madame Modesty qui le lui avait donné, en dehors de la boîte offerte par Grandpapa il y avait bien longtemps. Mais le contenu de cette boîte était un fardeau beaucoup plus lourd que tout ce que transportait Peggy.

Assise dans le train du Nord, elle regardait défiler les montagnes par la fenêtre orientée à l'est. Il n'était pas si loin, le jour où Whitley Physicker l'avait conduite à Dekane dans sa voiture. Dekane lui avait d'abord paru grandiose ; à l'époque, elle avait eu l'impression de découvrir le monde. Aujourd'hui elle savait que le monde était bien trop vaste pour qu'une seule personne le découvre. Elle quittait une toute petite ville pour une autre, qu'elle laisserait peut-être pour d'autres encore, pas plus grandes. Dans chacune brillaient des flammes de vie, toutes de même format, pas plus éclatantes de se trouver en si nombreuse compagnie.

Je suis partie de Hatrack River pour me libérer de toi, apprenti Alvin. Tout ça pour tomber dans un filet plus large, bien plus inextricable. Ta tâche te dépasse, elle me dépasse aussi, et parce que je la connais, je suis tenue de t'aider. Si je ne le faisais pas, je n'oserais plus me regarder en face.

Alors, que tu finisses ou non par m'aimer, ça n'est pas très important. Bien sûr, c'est important pour moi, mais ça n'empêchera pas le monde de tourner. L'important, c'est que nous te préparions tous deux à l'accomplissement de ta tâche. Ensuite, si l'amour naît, si tu peux être le maître de la maison où je serai maîtresse, nous y verrons une bénédiction inespérée et nous en réjouirons aussi longtemps que possible.

XI

La baguette

IL FALLUT une semaine avant que Hank Dowser ne reprenne le chemin de Hatrack River. Une lamentable semaine sans rien gagner; il avait eu beau faire, il n'avait pas réussi à trouver de terrain sec convenable pour que ces gens à l'ouest du village y creusent leur caveau à légumes. « C'est humide tout partout, avait-il dit. J'y peux rien si c'est tout plein d'eau. »

Mais ils l'en avaient quand même rendu responsable. Les gens sont comme ça. Ils réagissent comme s'ils estimaient que le sourcier ne se contente pas d'indiquer où il y a de l'eau mais que c'est lui qui l'a mise là. Pareil avec les torches; la moitié du temps, on les accuse d'avoir provoqué ce qu'elles voient, elles qui n'ont rien fait d'autre que regarder. Il n'y avait aucune gratitude à attendre de la plupart des gens, pas même de la simple compréhension.

C'était donc un soulagement de retrouver quelqu'un d'à peu près honnête comme Conciliant Smith. Même si Hank ne goûtait pas trop l'attitude du forgeron vis-à-vis de son apprenti. Mais de quel droit le critiquer ? Il n'avait guère mieux agi lui-même; oh, il ne se sentait pas fier maintenant de ses reproches et de la taloche que ça avait valu au jeune garçon; pour rien, en fait, pour un ridicule affront porté à son orgueil de sourcier. Jésus a reçu le fouet et une couronne d'épines sans broncher, sans un mot, mais moi, je rue dans les brancards au premier apprenti qui marmonne des idioties. Oh, ce genre de pensées mettait Hank Dowser dans une humeur sombre, et il brûlait de trouver l'occasion de s'excuser auprès du gamin.

Le gamin n'était pas là; dommage, mais Hank n'eut guère le loisir de s'attarder sur la question. Gertie Smith l'entraîna dans la maison, et il eut l'impression qu'elle allait le gaver à l'écouvillon dans le seul but de lui faire ingurgiter un demi-pain de plus. « J'peux à peine marcher », lui dit-il, ce qui était vrai ; mais il était également vrai que Gertie Smith cuisinait aussi bien que son mari forgeait ou que cet apprenti ferrait les chevaux et que lui-même trouvait les sources, c'est-à-dire avec un réel talent. Tout le monde en a un, talent, tout le monde a reçu un don de Dieu, et on en fait profiter les autres, ainsi va la vie, le meilleur système qui soit.

Ce fut donc avec plaisir et fierté que Hank but les gorgées du premier seau d'eau claire tirée du puits. Oh, c'était de la bonne eau, bien douce, et il apprécia de quelle façon ils le remerciaient du fond du cœur. Ce ne fut qu'une fois dehors, au moment de remonter sur Picklewing, qu'il s'aperçut qu'il n'avait pas vu le puits. Il aurait dû voir le puits, quand même…

Il contourna la forge à cheval et regarda l'endroit qu'il pensait avoir choisi, mais le sol n'y avait visiblement pas été remué depuis un siècle. Il ne voyait même pas la tranchée que l'apprenti avait creusée devant lui. Il mit une minute pour découvrir le véritable puits : en gros à mi-chemin entre la forge et la maison, un coquet petit toit au-dessus du treuil, le tout maçonné en pierres de taille régulières. Mais il ne se trouvait sûrement pas si près de la maison quand sa baguette s'était enfoncée dans la terre…

« Oh là, Hank ! lança Conciliant Smith. Hank, j'suis content qu'vous soyez pas 'core parti ! »

Où était le forgeron ? Ah, là-bas derrière, au-dessus de la forge, du côté où Hank avait tout d'abord cherché le puits. Il agitait un bâton dans sa main… un bâton fourchu…

« Vot' baguette, celle-là qu'vous avez utilisée pour trouver l'puits… vous voulez la récupérer ?

— Non, Conciliant, non, merci. J'me sers jamais deux fois d'la même. Ça marche pas bien quand c'est pas fraîchement taillé. »

Conciliant Smith lança la baguette derrière lui par-dessus sa tête, redescendit la pente et s'arrêta exactement là où Hank avait bel et bien cru indiquer qu'il fallait creuser le puits. « Qu'esse vous dites de l'abri qu'on a construit ? »

Hank se tourna et jeta un coup d'œil au puits. « D'la belle ouvrage. Si jamais vous arrêtez la forge, j'gage que vous aurez pas d'mal à travailler dans la taille de pierre.

— Eh ben, merci, Hank ! Mais c'est mon p'tit apprenti qu'a tout fait !

— Un fichu gars qu'vous avez là », fit Hank.

Mais les mots lui laissèrent un mauvais goût dans la bouche. Quelque chose le mettait mal à l'aise dans cette conversation. Conciliant Smith avait une idée derrière la tête, mais Hank ne voyait pas du tout de quoi il s'agissait. Tant pis. Il était temps de se mettre en chemin. « Au revoir, Conciliant ! dit-il en ramenant au pas sa rosse vers la route. J'vais r'venir pour des fers, oubliez pas ! »

Conciliant éclata de rire et agita la main. « J'serai ravi d'revoir vot' sale goule quand vous r'passerez ! »

Là-dessus, Hank poussa la vieille Picklewing pour regagner à vive allure la route menant au pont sur la rivière. C'était ce qu'il y avait de bien avec cette route qui partait de Hatrack vers l'ouest. D'ici jusqu'à la Wobbish, la piste était facile comme tout, des ponts couverts enjambaient chaque rivière, ruisseau, coulée, filet d'eau. On avait vu des gens camper dessus pour la nuit, tant ils étaient secs et étanches.

Il devait bien y avoir trois douzaines de nids de cardinaux dans les avant-toits du pont de la Hatrack. Les oiseaux faisaient un tel boucan que Hank se demanda par quel miracle ils ne réveillaient pas les morts. Dommage, il n'y avait rien à manger sur les cardinaux. Ça aurait valu le coup, il y avait de quoi faire un festin sur ce pont.

« Holà, Picklewing, ma fille, ho ! » dit-il. A califourchon sur son cheval, immobile au milieu du pont, il écouta chanter les cardinaux. Il se souvenait à présent très clairement comment la baguette lui avait proprement sauté des mains pour s'élancer toute seule dans l'herbe du pré. Elle s'était envolée au nord-est de l'endroit qu'il avait désigné. Et c'est justement là que Conciliant Smith l'avait ramassée au moment de lui dire au revoir.

Leur joli puits tout neuf n'était nullement à la place qu'il lui avait fixée. Tout le temps qu'il était resté chez eux, ils lui avaient menti, les uns comme les autres, ils avaient fait comme s'il leur avait trouvé un puits, mais l'eau qu'ils buvaient venait d'ailleurs.

Hank savait, oh oui, il savait qui avait choisi de creuser où ils puisaient leur eau. La baguette ne le lui avait-elle pas pour ainsi dire appris quand elle s'était envolée comme ça ? Elle s'était envolée parce que le gamin avait fait une réflexion, cet effronté d'apprenti. Et maintenant ils se moquaient de lui dans son dos ; on ne lui avait rien dit en face, bien entendu, mais il savait que Conciliant avait dû rire tout ce temps-là, à l'idée qu'il n'était même pas assez malin pour s'apercevoir du changement.

Eh bien, je m'en suis aperçu, dame oui. Vous m'avez pris pour un imbécile, Conciliant Smith, toi et ton apprenti. Mais je m'en suis aperçu. Un homme peut pardonner sept fois, ou même sept fois sept. Mais à la cinquantième, même un bon chrétien ne peut pas oublier.

« Allez, hue ! » fit-il avec colère. Picklewing frémit des oreilles et repartit d'un pas paisible ; le *clip-clop* de ses fers neufs résonnait avec force sur le plancher du pont et rebondissait en écho sur les parois latérales et le plafond. « Alvin, souffla Hank Dowser. L'apprenti Alvin. Aucun respect pour l'talent des autres. »

XII

Le conseil d'école

LORSQUE la voiture s'arrêta devant l'auberge, la Peg Guester laissait pendre les matelas sur la moitié de leur longueur par les fenêtres du premier pour leur faire prendre l'air, alors elle la vit. Elle la reconnut ; c'était celle de Whitley Physicker, un de ces tout nouveaux véhicules fermés qui mettaient à l'abri des intempéries et du plus gros de la poussière ; Physicker pouvait bien en posséder une, maintenant qu'il avait de quoi payer quelqu'un rien que pour conduire à sa place. C'était pour des détails de ce genre que la plupart des gens l'appelaient docteur Physicker à présent, au lieu de simplement Whitley.

Le conducteur, c'était Po Doggly, qui dans le temps avait eu une ferme à lui jusqu'à ce qu'il se mette à boire après la mort de sa femme. C'était une bonne chose, que Physicker l'ait engagé alors que tout le monde tenait le Po pour un soûlard. Ce geste valait au docteur l'estime des gens simples, même s'il faisait étalage de son argent plus qu'il n'était décent pour un chrétien.

Bref, Po sauta à bas de son siège et se retourna pour ouvrir la porte de la voiture. Mais ce ne fut pas Whitley Physicker qui sortit en premier, ce fut Pauley Wiseman, le shérif. Si quelqu'un ne méritait pas son nom — Wiseman, c'est-à-dire « le sage » — c'était bien lui. La Peg se sentit se ratatiner en dedans rien qu'à le voir. Comme son époux Horace disait toujours : ceux qui ont *envie* de la fonction de shérif sont forcément incapables de la remplir. Pauley Wiseman voulait ce travail, il y tenait plus que la plupart des gens tiennent à respirer. Ça se voyait à sa façon d'arborer son étoile d'argent ridicule devant tout le monde, par-dessus son manteau, pour que personne n'oublie qu'on s'adressait à celui qui détenait les clés de la prison municipale. Comme si Hatrack River avait besoin d'une prison !

Puis Whitley Physicker descendit à son tour de la voiture, et la Peg sut sans erreur possible ce qui les amenait. Le conseil d'école avait pris sa décision, et ces deux-là venaient s'assurer qu'elle l'accepterait sans faire d'histoires en public. La vieille Peg poussa le matelas qu'elle tenait, le poussa si fort qu'il faillit passer complètement par la fenêtre ; elle le rattrapa par un coin et le ramena en arrière pour le faire pendre convenablement sur l'appui et bien prendre l'air. Puis elle dévala l'escalier quatre à quatre — elle n'était pas encore vieille au point de ne plus pouvoir courir dans les escaliers quand elle le voulait. Enfin, à condition de les descendre.

Elle jeta un vague coup d'œil alentour, en quête d'Arthur Stuart, mais bien entendu il n'était pas à la maison. Il avait juste l'âge pour les travaux ménagers et il s'en acquittait, parfaitement, mais après fallait toujours qu'il se sauve, tout seul, des fois jusqu'au bourg, et d'autres fois il allait embêter ce jeune forgeron, l'apprenti Alvin. « Pourquoi donc tu fais ça, mon gars ? lui avait-elle demandé un jour. Pourquoi t'as tout l'temps b'soin de t'fourrer dans les pattes de c't'apprenti ? » Arthur s'était contenté de sourire, puis il avait écarté les bras à la façon d'un lutteur de rue prêt à empoigner son adversaire et dit : « Faut que j'apprenne à culbuter un gars deux fois grand comme moi. » Ce qui était drôle, c'est qu'il avait sorti ça de la même voix qu'Alvin et de la même manière que lui : sur un ton blagueur, pour qu'on sache bien qu'il ne parlait pas vraiment sérieusement. Arthur avait ce talent-là, d'imiter les gens comme s'il les connaissait jusqu'au fond de l'âme. Des fois elle en venait à se demander s'il n'avait pas un peu le talent de torche, comme sa fille qui s'était ensauvée, 'tite Peggy ; mais non, Arthur n'avait pas l'air de réellement comprendre ce qu'il faisait. Ce n'était qu'un imitateur. Il avait pourtant l'esprit aussi vif qu'une mèche de fouet, et c'est pour ça que la Peg savait que le drôle méritait d'aller à l'école, probablement plus que n'importe quel enfant de Hatrack River.

Elle atteignit la porte de devant à l'instant même où ils commençaient à frapper. Elle ne bougea pas, un peu essoufflée de sa course dans l'escalier, et attendit pour ouvrir, malgré les ombres des deux hommes qu'elle voyait à travers les rideaux de dentelle tendus sur les carreaux. On aurait dit qu'ils se dandinaient d'un pied sur l'autre, comme s'ils étaient nerveux… Rien d'étonnant à ça. Qu'ils suent donc un peu.

C'était bien de leur coup, ça, aux membres du conseil d'école, d'envoyer Whitley Physicker plutôt qu'un autre. Rien que de voir son ombre à sa porte, ça la rendait folle, la Peg Guester. N'était-ce pas lui qui avait emmené 'tite Peggy six ans auparavant et avait ensuite refusé de lui dire où elle se trouvait ? A Dekane, c'est tout ce qu'il avait révélé, chez des gens qu'elle semblait connaître. Puis Horace, le mari de Peg, avait lu et relu le mot de sa fille avant de déclarer : « Si une torche s'voit pas en sécurité dans son propre avenir, c'est pas nous aut' qui pourrons y changer quèque chose. » Sans Arthur Stuart qui avait tant besoin d'elle, la Peg n'aurait fait ni une ni deux et serait partie. Parfaitement, elle serait partie, que ça leur plaise ou non ! Emmener sa fille et venir lui raconter que c'est la meilleure solution… dire une chose pareille à une mère ! On verra bien ce qu'ils diront quand moi, je partirai. Si elle n'avait pas eu à s'occuper d'Arthur Stuart, elle aurait si vite déguernuché que son ombre serait restée collée à la porte.

Et voilà qu'ils envoyaient Whitley Physicker pour remettre ça, pour la faire souffrir avec un autre enfant, tout comme avant. Seulement, c'était pire cette fois, parce que 'tite Peggy, elle pouvait vraiment se débrouiller toute seule, tandis qu'Arthur Stuart, non ; ce n'était qu'un gamin de six ans, un gamin sans le moindre avenir à moins que la Peg ne se batte bec et ongles pour lui en donner un.

Ils frappèrent à nouveau. Elle ouvrit la porte. Il y avait là Whitley Physicker, l'air digne et satisfait, devant Pauley Wiseman, l'air digne et important. Comme deux mâts d'un même navire, toutes voiles dehors et gonflées à craquer. Pleines de vent. Vous venez me dire ce qu'il convient de faire, c'est ça ? On va bien voir.

« Dame Guester », dit le docteur Physicker. Il ôta poliment son chapeau, comme un gentleman. Qu'est-ce qui arrive à Hatrack River depuis quelque temps ? songea la Peg. Tous ces gens qui se prennent pour des gentlemen et des ladies. Ils ne savent donc pas qu'on est dans l'Hio ? Le monde élégant, c'est plus bas dans les Colonies de la Couronne qu'il se trouve, avec Sa Majesté, l'autre Arthur Stuart. Le roi blanc à cheveux longs, le contraire de son petit Arthur noir à cheveux courts. Ceux qui se croient des gentlemen dans l'Etat de l'Hio n'abusent qu'eux-mêmes et les autres imbéciles dans leur genre.

« J'gage que vous voulez entrer, dit la Peg.

— J'espérais que vous nous y inviteriez, dit Physicker. Nous venons de la part du conseil d'école.

— Vous pouvez m'annoncer la mauvaise nouvelle sus la galerie aussi bien qu'chez moi.

— Non, mais dites donc ! » fit le shérif Pauley. Il n'avait pas l'habitude qu'on le laisse debout sur les galeries.

« On ne vient pas vous annoncer une mauvaise nouvelle, dame Guester », dit le docteur.

La Peg ne le crut pas une seconde. « Vous voulez dire que c'te bande de têtes de mules d'hypocrites collet monté, ils vont accepter un p'tit bougre noir dans la nouvelle école ? »

Ça fit exploser le shérif Pauley comme poudre dans un seau. « Eh ben, puisque vous êtes si joliment sûre de connaître la réponse, la Peg, pourquoi donc vous embêter à poser la question ?

— J'voulais qu'ce soye écrit quèque part, qu'vous êtes tous des esclavagisses et qu'vous détestez les Noirs dans l'fond de vot' cœur ! Comme ça, l'jour où les 'bolitionnisses gagneront et qu'les Noirs obtiendront leurs droits tout partout, vous s'rez forcés d'porter votre honte devant l'monde comme vous l'méritez. »

La Peg n'entendit même pas son mari arriver derrière elle, tant elle parlait fort.

« Margaret, fit Horace Guester, j'garde pas les genses sus la galerie sans les faire entrer.

— T'as qu'à les faire entrer toi-même, alors », dit la Peg. Elle tourna le dos au docteur Physicker et au shérif Pauley pour se diriger vers la cuisine. « Je m'en lave les mains ! » cria-t-elle par-dessus son épaule.

Mais une fois dans la cuisine, elle s'aperçut qu'elle ne préparait pas encore à manger ce matin-là, elle faisait les lits à l'étage. Elle resta un instant décontenancée et se souvint alors que c'était à Ponce Pilate qu'on devait le premier et célèbre lavage de mains. Eh bien, ses propres paroles avouaient son impiété. Dieu ne la regarderait pas d'un bon œil si elle se mettait maintenant à imiter quelqu'un comme Pilate, qui avait fait tuer le Seigneur Jésus. Elle fit donc demi-tour, revint dans la salle commune et s'assit près de l'âtre. On était en août, il n'y avait donc pas de feu, on pouvait s'y mettre au frais. Pas comme la cheminée de la cuisine, où il faisait aussi chaud que dans les cabinets du diable par des journées d'été pareilles. Aucune raison de suer toute l'eau de son corps dans la cuisine pendant que ces deux-là décidaient du sort d'Arthur Stuart dans le coin le plus frais de la maison.

Son époux et les deux visiteurs la regardèrent mais ne risquèrent aucun commentaire sur son aller-retour éclair. Elle savait bien ce qu'on racontait dans son dos — qu'il valait mieux tendre un piège à un cyclone que se frotter à la vieille Peg Guester — mais elle s'en fichait éperdument si des coquins comme Whitley Physicker et Pauley Wiseman marchaient sur des épines dans son voisinage. Au bout d'une ou deux secondes, le temps qu'elle s'installe, ils poursuivirent leur discussion.

« Comme je disais, Horace, nous avons sérieusement étudié votre proposition, commença Physicker. Ce serait très commode pour nous si la nouvelle institutrice pouvait loger dans votre auberge au lieu de prendre pension à droite, à gauche, comme ça se passe d'habitude. Mais il n'entre pas dans nos intentions que vous l'hébergiez gratuitement. Nous avons assez d'élèves inscrits et assez d'impôt foncier pour vous allouer de menus appointements en échange du service.

— Vos point'ments, ça s'monte à combien, en argent ? demanda Horace.

— Les détails restent à régler, mais on a parlé d'une allocation de vingt piastres pour l'année.

— Eh ben, fit Horace, c'est joliment pas beaucoup, si vous croyez payer au tarif normal.

— Pas du tout, Horace, nous savons que nous sous-payons terriblement ce service. Mais comme vous avez proposé un logement gratuit, nous avions dans l'idée d'apporter une bonification à votre offre initiale. »

Horace était sur le point d'accepter, mais ce genre de simagrées, Peg ne les supportait pas. « J'connais c'que c'est, docteur Physicker, et c'est pas d'la bonification. On a pas proposé d'loger gratuitement l'institutrice. On a proposé d'loger gratuitement l'institutrice *d'Arthur Stuart*. Et si vous vous figurez que vingt piasses vont m'faire changer d'avis, vous feriez mieux de r'partir et d'y réfléchir à deux fois. »

Le docteur Physicker prit une mine peinée. « Allons, dame Guester. Ne vous mettez pas dans tous vos états pour ça. Aucun membre du conseil n'a vu d'objection à ce qu'Arthur Stuart fréquente la nouvelle école. »

A ces mots du docteur, la Peg jeta un coup d'œil acéré à Pauley Wiseman. Pas de doute, il se tortillait sur son siège comme si ça le démangeait fortement là où un gentleman évite de se gratter. C'est ça, Pauley Wiseman. Le docteur Physicker peut bien dire ce qu'il veut, mais moi, je te connais, et il s'en trouvait au moins un à votre réunion qui en avait des tas, d'objections, contre Arthur Stuart.

Whitley Physicker continuait de parler, évidemment. Comme il prétendait que tout le monde adorait Arthur Stuart, il pouvait difficilement remarquer l'inconfort du shérif Pauley. « Nous savons qu'Arthur est élevé par les deux plus anciens colons et meilleurs citoyens de Hatrack River, et tout le village aime ce garçon pour ce qu'il est. Seulement, on ne voit pas quel avantage lui donnerait une éducation scolaire.

— Ça lui donnerait l'même qu'aux aut' gars ou filles, dit la Peg.

— Vous croyez ? Est-ce que de savoir lire et écrire lui assurera un emploi dans un bureau de comptables ? Pouvez-vous imaginer que même si on le laissait s'inscrire au barreau, un jury écouterait plaider un avocat noir ? La société a décrété qu'un enfant noir devait donner un homme noir et qu'un homme noir, comme le vieil Adam, devait gagner son pain à la sueur de son front, pas en faisant travailler sa tête.

— Arthur Stuart est plus futé qu'tous les aut' drôles qu'iront dans cette école, et vous connaissez ça.

— Raison de plus pour ne pas le bercer d'illusions si c'est pour les lui retirer quand il sera plus grand. J'exprime ce que nous dictent les usages, dame Guester, pas le cœur.

— Ben alors, pourquoi donc vous autres, les sages du conseil d'école, vous dites pas aux foutus usages d'aller voir ailleurs et qu'vous faites pas c'qui est juste ? J'peux pas vous obliger contre vot' volonté mais, bon Djeu, j'vous laisserai pas faire accroire que c'est pour l'bien d'Arthur ! »

Horace grimaça. Il n'aimait pas entendre jurer la Peg. Ça l'avait prise dernièrement, la fois où elle avait injurié Milicent Mercher qui insistait pour qu'on l'appelle « madame Mercher » au lieu de « dame Mercher ». Horace ne voyait pas ça d'un bon œil, des mots pareils dans sa bouche, surtout qu'elle n'avait pas l'air de sentir où et quand elle pouvait se les permettre, contrairement à un homme, du moins c'est ce qu'il disait. Mais la Peg répliquait que si on ne pouvait pas injurier une menteuse d'hypocrite, alors pourquoi avait-on inventé les jurons ?

Pauley Wiseman commençait à virer au rouge, il retenait difficilement un chapelet de ses propres jurons favoris. Quant à Whitley Physicker, désormais un gentleman, il se contenta de baisser la tête un instant comme s'il priait ; mais la Peg se dit qu'il devait plus vraisemblablement attendre d'avoir assez recouvré son calme pour garder un ton courtois. « Dame Guester, vous avez raison. Nous n'avons pensé que c'était pour le bien d'Arthur Stuart qu'une fois la décision prise. »

Sa franchise la laissa sans voix, du moins momentanément. Même le shérif Pauley ne put qu'émettre une espèce de petit cri aigu. Whitley Physicker s'écartait de ce qu'ils étaient tous convenus de dire ; c'était louche, pour un peu il allait dire la vérité, et le shérif Pauley ne savait plus que faire quand on se mettait à répandre dangereusement la vérité à tous les vents. La Peg observa avec plaisir son air ahuri ; de ce point de vue-là, le Pauley avait un talent tout particulier.

« Voyez-vous, dame Guester, nous voulons que cette école marche bien, sincèrement, dit le docteur Physicker. L'idée des écoles publiques est un peu bizarre. Dans les Colonies de la Couronne, ce sont les gens titrés et fortunés qui vont à l'école, les pauvres n'ont aucune chance d'apprendre ni de s'élever dans la société. En Nouvelle-Angleterre, elles sont toutes religieuses, si bien qu'au lieu d'esprits brillants, elles produisent de parfaits petits puritains qui restent tous à leur place selon la volonté de Dieu. Mais les écoles publiques des Etats hollandais et de Pennsylvanie montrent aux gens qu'en Amérique on peut faire autrement. On peut apprendre à tous les enfants de toutes les cabanes forestières à lire, à écrire et à compter ; on aura ainsi toute une population assez instruite pour voter, tenir une charge et nous gouverner.

— Tout ça, c'est bien beau, dit la Peg, et je m'souviens que j'vous ai déjà entendu prononcer c'même discours dans not' salle commune moins de trois mois passés, avant qu'on vote la taxe pour l'école. C'que j'comprends pas, Whitley Physicker, c'est pourquoi vous vous figurez qu'mon fils devrait faire exception. »

Sur quoi le shérif Pauley estima le moment venu de mettre son grain de sel. Et comme on en était à user et abuser de la vérité, il oublia toute retenue et parla à cœur ouvert. C'était une nouveauté pour lui, et ça lui monta un peu à la tête. « Faites excuse, la Peg, mais y a pas une seule goutte de vot' sang dans c'drôle, c'est donc aucunement vot' fils, et même si y en a d'Horace, ça suffit pas pour en faire un Blanc. »

Horace se mit lentement sur ses pieds, comme s'il se disposait à inviter le shérif Pauley dehors pour lui apprendre, coups de poings à l'appui, à surveiller ses paroles. Pauley Wiseman dut s'apercevoir qu'il était dans de sales draps à la seconde où il accusait Horace d'être le père éventuel d'un bâtard à demi noir. Et lorsque Horace se leva comme ça, de toute sa hauteur, le shérif se souvint qu'il ne faisait pas le poids devant lui. L'aubergiste n'était pas franchement un gringalet, ni Pauley franchement un costaud. Aussi le shérif fit ce qu'il faisait toujours quand la situation lui échappait. Il se tourna un peu de côté de façon à placer son insigne bien en vue d'Horace Guester. Viens donc t'y frotter, disait l'insigne, et tu n'y couperas pas d'un procès pour voies de fait sur un représentant de la loi.

La Peg, elle, savait qu'Horace ne frapperait pas un homme pour une parole malheureuse; il n'avait même pas flanqué par terre ce rat de rivière qui l'avait accusé de crimes innommables avec des animaux de basse-cour. Horace n'était pas du genre à perdre son sang-froid sous le coup de la colère, voilà tout. De fait, en le voyant comme ça, debout, la Peg comprit qu'il avait déjà oublié sa rage contre Pauley Wiseman et qu'une idée lui trottait dans la tête.

D'ailleurs, il se tourna vers elle comme si Wiseman n'existait même pas. « P't-être qu'on devrait laisser tomber, Peg. C'était bien quand Arthur était un mignon p'tit bébé, mais… »

Horace, qui regardait la figure de la Peg, jugea préférable de ne pas terminer sa phrase. Le shérif Pauley, lui, était loin d'être aussi perspicace. « C'est qu'y devient plus noir d'jour en jour, dame Guester. »

Alors là, qu'est-ce que vous dites de ça, hein? Au moins, on savait maintenant de quoi il retournait : c'était la couleur d'Arthur Stuart et rien d'autre qui l'empêchait d'entrer à la nouvelle école de Hatrack River.

Whitley Physicker soupira dans le silence. Rien de ce qui venait de se passer avec le shérif Pauley ne se déroulait selon le plan prévu. « Vous ne voyez donc pas? » demanda Physicker. Il avait pris une voix douce, raisonnable, il était bon à ce jeu-là. « Certaines personnes ignorantes et arriérées — il posa un regard froid sur le shérif Pauley — ne supportent pas l'idée d'un enfant noir qui recevrait la même éducation que leurs propres garçons et filles. A quoi bon aller à l'école, se disent-ils, si un Noir y a droit comme un Blanc ? Manquerait plus, après ça, qu'ils se mettent en tête de voter ou d'occuper une charge. »

La Peg n'y avait pas pensé. Ça ne lui était jamais venu à l'esprit. Elle essaya d'imaginer Mock Berry gouverneur, tâchant de donner des ordres à la milice. Pas un soldat dans tout l'Hio n'accepterait d'ordres d'un homme noir. Ce serait aussi contraire à la nature qu'un poisson sautant hors de la rivière pour se tuer un ours.

Mais la Peg n'allait pas abandonner la partie si facilement, uniquement parce que Physicker avait fait ressortir cet argument-là. « Arthur Stuart, c'est un bon p'tit, dit-elle. Il chercherait pas plusse à voter qu'moi.

— Je le sais, dit Physicker. Tout le conseil d'école le sait. Mais les gens de la forêt, eux, ne le savent pas. Ce sont eux qui entendront dire qu'il y a un petit Noir à l'école, et ils garderont leurs enfants à la maison. Et ici, nous payerons pour une école qui ne remplira pas sa fonction d'éduquer les citoyens de notre république. Nous demandons à Arthur Stuart de renoncer à une éducation qui de toute façon ne lui apportera rien, afin de permettre à d'autres d'en recevoir une qui leur fera beaucoup de bien ainsi qu'à la nation. »

Ç'avait l'air tellement logique. Après tout, Whitley Physicker était docteur, pas vrai ? Il était même allé à l'université de Philadelphie, il comprenait donc mieux les choses que la Peg n'y arriverait jamais. Pourquoi avait-elle cru possible, ne serait-ce qu'un instant, de contredire quelqu'un comme Physicker sans se mettre dans son tort ?

Pourtant, elle avait beau ne pas trouver d'argument à lui opposer, elle ne se départissait pas de l'impression viscérale qu'en disant oui à Whitley Physicker, elle poignardait le petit Arthur en plein cœur. Elle l'imaginait qui lui demandait : « Mouman, pourquoi donc j'peux pas aller à l'école comme tous mes amis ? » Toutes les belles paroles du docteur s'envolaient alors comme si elle ne les avait jamais entendues ; elle restait assise et répondait : « C'est par rapport que t'es noir, Arthur Stuart Guester. »

Whitley Physicker parut prendre son silence pour une reddition, ce qui était presque le cas. « Vous verrez, dit-il. Arthur ne se formalisera pas d'être privé d'école. Et puis tous les petits Blancs seront jaloux de lui : il sera dehors au soleil pendant qu'eux resteront enfermés dans une salle de classe. »

La Peg Guester savait que quelque chose clochait dans le raisonnement, qu'il n'était pas aussi sensé qu'il y paraissait, mais elle n'arrivait pas à mettre le doigt sur le défaut.

« Et peut-être qu'un jour les choses seront différentes, ajouta Physicker. Il se peut qu'un jour la société change. Peut-être que les Colonies de la Couronne et l'Appalachie cesseront de tenir les Noirs en esclavage. Un temps viendra peut-être où… » Sa voix mourut. Puis il se secoua. « Des fois, je laisse aller mes pensées, c'est tout, dit-il. Des bêtises. Le monde est ce qu'il est. C'est tout bonnement contre nature pour un homme noir de devenir comme un Blanc. »

La Peg sentit en elle une haine profonde en entendant ces mots. Ce n'était pas une rage violente, qui l'aurait poussée à l'invective. C'était une haine froide, désespérée, qui disait : « Peut-être que je suis contre nature, mais Arthur Stuart est mon vrai fils et je ne le trahirai pas. Sûrement pas. »

Une fois encore, son silence passa pour de l'approbation. Les hommes se levèrent tous, la mine soulagée, surtout Horace. A l'évidence, ils ne s'attendaient aucunement à ce que que la Peg entende raison si vite. Le soulagement des visiteurs, il était compréhensible, mais pourquoi Horace avait-il l'air tellement content ? Un soupçon déplaisant effleura la Peg, et elle sut aussitôt qu'il était fondé : Horace Guester, le docteur Physicker et le shérif Pauley avaient déjà tout manigancé entre eux avant la visite d'aujourd'hui. Cette conversation, c'était de la comédie. Rien qu'une comédie montée pour tranquilliser la Peg Guester.

Horace ne voulait pas plus d'Arthur Stuart à l'école que Whitley Physicker ou n'importe qui de Hatrack River.

La Peg se sentit bouillir de colère, mais il était trop tard maintenant. Physicker et Pauley avaient franchi la porte, Horace sur leurs talons. Sûrement qu'ils allaient se donner des claques dans le dos et échanger des sourires, une fois hors de vue. Mais la Peg, elle, ne souriait pas. Elle ne se rappelait que trop bien la vision qu'avait eue 'tite Peggy la veille de son départ, une vision à propos de l'avenir d'Arthur. La Peg avait demandé à sa fille si Horace aimerait un jour le petit Arthur, et elle avait refusé de répondre. C'en était quand même une, de réponse, pour sûr. Horace pouvait bien faire mine de traiter Arthur comme son fils, en fait il le considérait seulement comme un petit Noir que sa femme s'était mise en tête de protéger. Horace n'était pas un papa pour Arthur Stuart.

Arthur se trouvait donc à nouveau orphelin. Il a perdu son père. Ou, plus exactement, il n'en a jamais eu. Bah, tant pis. Il a eu deux mères : celle qui est morte pour lui à sa naissance et moi. Je ne peux pas le faire entrer à l'école. Je le savais, je le savais depuis le début. Mais je peux tout de même lui donner une éducation. Un plan se forma aussitôt dans sa tête. Il reposait sur la maîtresse d'école qu'ils avaient engagée, cette institutrice de Philadelphie. Avec de la chance, elle serait quaker, elle ne détesterait pas les Noirs, et le plan marcherait comme sur des roulettes. Mais même si elle les détestait aussi fort qu'un pisteur qui regarde un esclave libre sur la rive canadienne, ça n'y changerait rien du tout. La Peg trouverait un moyen. Arthur Stuart était la seule famille qui lui restait au monde, la seule personne qu'elle aimait, qui ne lui mentait pas, qui ne se moquait pas d'elle ni ne lui jouait des tours par-derrière. Elle n'allait pas permettre qu'on le frustre de tout ce qui pourrait être bon pour lui.

« Mon nom c'est Mike Fink ! beugla-t-il. J'suis l'plus salaud, l'plus maudit des fils de pute qu'a jamais marché d'sus l'eau ! »

Page 732.

XIII

La resserre

ALVIN compris qu'il se passait quelque chose en entendant Horace et la Peg Guester se crier dessus, plus haut, du côté de l'ancienne resserre. Pendant une minute ils menèrent un tel tapage qu'il le percevait distinctement malgré le feu ronflant de la forge et ses propres coups de marteau. Puis les deux époux se calmèrent un peu, mais maintenant la curiosité d'Alvin était éveillée, et il accorda comme qui dirait un peu de repos à son marteau. En fait il le posa carrément et sortit de la forge afin de mieux entendre.

Non, non, il n'*écoutait* pas. Il retournait seulement au puits chercher de l'eau, pour boire et pour le tonneau de refroidissement. Si jamais il entendait un peu, on ne pouvait pas le lui reprocher, hein ?

« L'monde va dire que j'suis un mauvais aubergiste, pour installer l'institutrice dans la r'serre au lieu d'la loger correctement.

— C'est rien qu'une bâtisse vide, Horace, comme ça elle va servir. Et ça nous laissera des chambres à l'auberge pour les clients qui payent.

— J'veux pas d'maîtresse d'école à vivre toute seule à l'écart. C'est pas convenable !

— Pourquoi donc, Horace ? T'as idée d'y faire des avances ? »

Alvin avait peine à en croire ses oreilles. Les gens mariés ne se disent quand même pas des choses pareilles ! Il s'attendait à moitié à entendre claquer une gifle. Mais Horace avait dû ne pas broncher. Tout le monde disait que c'était sa femme qui portait la culotte, la preuve : elle venait de l'accuser de songer à l'adultère, et lui ne l'avait pas frappée, il n'avait même pas ouvert le bec.

« De toute manière, ç'a pas d'importance, fit la Peg. P't-être que t'en feras qu'à ta tête et qu'elle te dira non. Mais en tout cas on va r'mettre la r'serre en état et la lui proposer. »

Horace marmonna quelque chose qu'Alvin ne comprit pas.

« Je m'en fiche, que ce soye la resserre de 'tite Peggy. Elle est partie d'son plein gré, elle s'est ensauvée sans même un mot, et c'est pas sous prétexte qu'elle venait icitte gamine que j'vais conserver c'te r'serre comme si c'était un monument. Vu ? »

Une fois encore, Alvin ne comprit pas la réponse d'Horace.

En revanche, il la comprenait parfaitement, la Peg. Sa voix portait comme le tonnerre. « Tu m'parles d'aimer, à moi ? Laisse-moi te dire, Horace Guester, tout ton amour pour 'tite Peggy, ça l'a pas empêchée de s'en aller, hein ? Mais mon amour pour Arthur Stuart, ça va y permettre de s'instruire, tu m'comprends ? Et au bout du compte, Horace Guester, on verra bien qui aime le mieux ses enfants ! »

Il n'y eut pas exactement de gifle ni rien mais un claquement de la porte de la resserre qui manqua l'arracher de ses gonds. Alvin ne put se retenir de tendre un peu le cou pour voir qui l'avait claquée. Ce ne pouvait être que la Peg, qui s'en allait à grandes enjambées.

Une minute plus tard, peut-être même davantage, le battant se rouvrit tout doucement. Alvin distinguait mal à travers les buissons et les feuilles qui avaient poussé entre le puits et la cabane. Horace Guester sortit encore plus lentement, la mine abattue ; Alvin ne l'avait encore jamais vu comme ça. Il resta un instant immobile, la main sur la porte. Puis il la poussa pour la refermer, aussi délicatement que s'il mettait un bébé au lit. Alvin s'était toujours demandé pourquoi ils n'avaient pas démoli cette resserre des années plus tôt, lorsqu'il avait creusé le puits qui avait fini par tarir le cours d'eau qui jusque-là passait dedans. Ou au moins pourquoi ils ne lui avaient pas trouvé un quelconque usage. Mais maintenant il savait que ça avait à voir avec Peggy, la torche qui s'était sauvée juste avant qu'il n'arrive à Hatrack River. A la façon dont Horace touchait la porte, à la façon dont il la referma, Alvin comprit pour la première fois à quel point un homme pouvait chérir son enfant ; elle était partie, mais les endroits qu'elle avait aimés prenaient valeur de lieux saints aux yeux de son vieux papa. Pour la première fois, Alvin se demanda s'il aimerait un enfant à lui comme ça. Il se demanda alors quelle en serait la mère, si elle lui crierait dessus comme la vieille Peg sur Horace et s'il se montrerait aussi violent avec elle que Conciliant Smith avec sa femme Gertie, quand il fouettait l'air de sa ceinture et qu'elle faisait voler la vaisselle.

« Alvin », fit Horace.

Alors là, Alvin faillit mourir de confusion, d'être surpris à épier Horace comme ça. « 'mande pardon, m'sieur, dit-il. J'aurais pas dû écouter. »

Horace eut un sourire triste. « M'est avis qu'il aurait fallu qu'tu soyes sourd comme un pot pour pas entendre la fin.

— Ça causait un brin fort, convint Alvin, mais j'ai pas fait de détour non plus pour pas écouter.

— Bah, j'connais que t'es un brave petit et j'ai jamais entendu personne répéter des histoires que t'aurais racontées. »

Les mots « brave petit » étaient un peu durs à avaler. Alvin avait dix-huit ans maintenant, il allait sur ses dix-neuf et ça faisait longtemps qu'il était prêt à partir tout seul sur les routes comme compagnon forgeron. Ce n'est pas parce que Conciliant Smith refusait de le libérer avant la fin de son apprentissage qu'Horace Guester avait le droit de le traiter de *petit*. Je suis peut-être l'apprenti Alvin et pas encore un homme devant la loi, mais moi, aucune femme ne me fait honte en me criant dessus.

« Alvin, dit Horace, tu peux dire à ton patron qu'on va avoir besoin d'nouveaux gonds et d'nouvelles ferrures pour la porte de la r'serre. M'est avis qu'y faut la réparer pour la nouvelle institutrice qui va y rester, si elle veut bien. »

Alors voilà. Horace avait perdu la bataille contre la Peg. Il mettait les pouces. C'était donc ça, le mariage ? On avait le choix entre battre sa femme, comme Conciliant Smith, ou se laisser mener à la baguette comme le pauvre Horace Guester. Eh bien, si c'est comme ça, j'aime mieux m'en passer, songeait Alvin. Oh, il lorgnait les filles, au village. Il les voyait se dandiner dans la rue, les seins remontés bien haut par leurs gaines et leurs corsets, la taille si fine qu'il en aurait fait le tour de ses grandes et fortes mains pour faire sauter ces demoiselles dans tous les sens ; seulement, il ne pensait jamais à les faire sauter ni même à les attraper, elles l'intimidaient et l'enfiévraient à la fois, alors quand par hasard elles le regardaient, il baissait les yeux ou s'affairait à charger, décharger, à faire ce pour quoi il était venu dans le bourg.

Alvin savait ce qu'elles voyaient quand elles le regardaient, ces filles du village. Elles voyaient un homme sans manteau, en manches de chemise, sale et en sueur à cause de son travail. Elles voyaient un homme pauvre incapable de leur procurer une belle maison en bardeaux blancs comme leur papa, qui était sûrement avocat, juge ou marchand. Elles le voyaient en bas de l'échelle, encore simple apprenti alors qu'il avait déjà plus de dix-huit ans. Si par miracle il épousait un jour une fille de ce genre, il savait ce que ça donnerait : elle n'arrêterait pas de le considérer de haut, elle exigerait toujours qu'il lui cède parce qu'elle était une lady.

Et s'il épousait une fille de sa condition, ce serait une Gertie Smith ou une Peg Guester, bonne cuisinière, dure à la tâche, tout ce qu'on veut, mais infernale dès qu'on la contrariait. Il n'y avait pas de femme dans la vie d'Alvin Smith, pour ça non. Il ne laisserait jamais personne lui faire honte comme à Horace Guester.

« Tu m'as entendu, Alvin ?

— Oui, m'sieur Horace, et je l'dirai à Conciliant Smith sitôt qu'je l'verrai. Toutes les ferrures d'la r'serre.

— Et qu'ce soye d'la belle ouvrage, dit Horace. C'est pour la maîtresse d'école qui va rester là. » Puis l'aubergiste, pas complètement vaincu, retroussa la lèvre et prit une voix mauvaise pour ajouter : « Comme ça elle pourra donner des leçons *particulières*. »

A sa façon de dire « leçons particulières », on aurait cru qu'il parlait d'un bordel ou d'allez savoir quoi, mais Alvin comprit tout de suite, en additionnant deux et deux, qui allait les recevoir, ces leçons. Tout le monde était au courant que la Peg avait voulu faire admettre Arthur Stuart à l'école, non ?

« Allez, salut », dit Horace.

Alvin lui fit un signe de la main, et Horace s'éloigna d'un pas tranquille sur le sentier de l'auberge.

Conciliant Smith ne vint pas cet après-midi-là. Alvin n'en fut pas surpris. Maintenant qu'il avait atteint sa pleine taille adulte, il pouvait effectuer tout le travail de la forge, mieux et plus vite que son patron. Personne ne lui en avait rien dit, mais il avait remarqué l'année dernière que les clients se mettaient à passer lorsque Conciliant était absent de la forgerie. Ils demandaient à Alvin d'exécuter leur ferronnerie en vitesse pendant qu'ils attendaient. « Une 'tite affaire de rien », qu'ils disaient, seulement des fois l'affaire n'était pas si petite que ça. Et il avait eu tôt fait de comprendre que ce n'était pas le hasard qui les amenait. Ils voulaient que ce soit Alvin qui se charge du travail.

Ce n'était pas non plus qu'il faisait quoi que ce soit de particulier au fer, en dehors d'un charme ou deux là où c'était nécessaire, mais ça, tous les forgerons connaissaient. Alvin savait que ce serait déloyal de surpasser son patron en se servant d'un talent caché ; ce serait comme sortir un couteau dans une lutte à mains nues. Ça ne lui attirerait que des ennuis, de toute façon, s'il s'en servait pour donner à *son* fer une solidité supérieure. Il travaillait donc naturellement, en utilisant sa puissance physique et son coup d'œil. Il avait mérité chaque pouce des muscles de son dos, de ses épaules et de ses bras. Et si les gens préféraient son travail à celui de Conciliant Smith, eh bien, c'était parce qu'il était meilleur forgeron, pas à cause de l'avantage que lui donnait son talent.

En tout cas, Conciliant avait dû comprendre de quoi il retournait, car il s'était mis à venir de moins en moins souvent à la forge. Peut-être parce qu'il savait que c'était mieux pour le commerce et qu'il avait assez d'humilité pour s'effacer devant le savoir-faire de son apprenti... mais Alvin n'y avait jamais vraiment cru. Plus vraisemblablement, s'il ne venait pas, c'était parce qu'il voulait éviter qu'on le surprenne à jeter de temps en temps un regard en douce par-dessus l'épaule d'Alvin pour essayer de voir ce que son apprenti faisait mieux que lui. Ou peut-être que Conciliant crevait de jalousie et qu'il ne supportait pas de le regarder au travail. Mais possible qu'il avait tout bêtement les côtes en long, et vu que l'apprenti faisait correctement le travail, pourquoi le patron n'irait-il pas s'abrutir de boisson en aval, à La Bouche, avec les rats de rivière ?

A moins que, par un étrange revirement du hasard, Conciliant ait réellement eu honte de la façon dont il gardait sous contrat un apprenti manifestement prêt à prendre la route comme compagnon. C'était odieux pour un patron de retenir un apprenti une fois qu'il connaissait son métier, simplement pour tirer bénéfice de son travail sans avoir à lui verser de salaire décent. Alvin rapportait beaucoup d'argent aux Smith, tout le monde le savait, et pendant ce temps-là lui restait pauvre comme Job, dormait dans une soupente et n'avait jamais deux pièces à tinter dans sa poche quand il se rendait dans le bourg. D'accord, Gertie le nourrissait bien — la meilleure cuisine du pays —, Al le savait parfaitement, ayant de temps en temps cassé la croûte avec un des gars du village. Mais être bien nourri, ça n'était pas pareil qu'être bien payé. Une fois qu'on avait mangé, il n'y avait plus rien. Avec de l'argent, on pouvait acheter des choses, ou faire des choses… obtenir la liberté. Ce contrat que Conciliant Smith conservait dans le buffet de la maison, celui que son père avait signé, il faisait d'Alvin un esclave au même titre que les Noirs des Colonies de la Couronne.

A une différence près. Alvin pouvait compter les jours qui le séparaient de la liberté. On était en août. Plus qu'à peine un an. Le printemps prochain, il serait libre. Aucun esclave du Sud n'avait jamais connu ça; c'est tout juste si pareil espoir leur venait à l'esprit. Alvin y avait assez souvent pensé durant ces années, quand il se sentait trop mal traité; il se disait : si eux peuvent continuer à vivre et travailler sans espoir de liberté, alors moi, je peux encore tenir cinq ans, trois ans, un an en sachant que ça finira un jour.

Bref, Conciliant ne se montra pas cet après-midi-là, et lorsqu'Alvin eut achevé le travail qui lui était assigné, au lieu de faire du ménage et du nettoyage, au lieu de prendre de l'avance, il monta à la resserre et prit les mesures de la porte et des fenêtres. C'était un abri bâti pour garder la fraîcheur du ruisseau, alors les fenêtres ne s'ouvraient pas, mais la maîtresse d'école n'apprécierait guère ça, de ne jamais profiter d'un souffle d'air, si bien qu'Alvin prit leurs mesures, à elles aussi. Il ne décida pas véritablement de faire les nouveaux châssis des fenêtres lui-même, vu qu'il n'était pas franchement menuisier, même s'il avait appris à travailler un peu le bois comme tout un chacun. Il prit simplement les mesures de l'abri, et lorsqu'il arriva aux fenêtres, il continua.

Il calcula toutes sortes de choses : l'emplacement où il faudrait installer un petit fourneau ventru; si le local serait chaud en hiver; et tant qu'il y était, il réfléchit aussi au coulage du bon soubassement qui allait supporter le poids du fourneau, à la pose du solin autour de la cheminée du toit, à tout ce qui était nécessaire pour faire de la resserre une maisonnette bien close, habitable par une lady.

Alvin n'écrivit pas ses mesures. Il ne le faisait jamais. Il les connaissait dès lors qu'il avait promené les doigts, les mains et les bras partout; et s'il oubliait ou si par hasard il en prenait une mauvaise, il savait qu'en dernier recours il pourrait toujours rectifier. Ça ressemblait à de la paresse, il en était conscient, mais il tirait si peu avantage de son talent ces temps-ci qu'il n'y avait pas de mal à s'en servir pour des bricoles pareilles.

Arthur Stuart s'amena alors qu'Alvin en avait presque terminé avec la resserre. Alvin ne dit rien, Arthur non plus ; on n'accueille pas les gens qui font partie du décor, on les remarque à peine. Mais lorsqu'il eut besoin de prendre les mesures du toit, il en fit part à Arthur et le hissa dessus aussi aisément que Peg Guester retournait les matelas de plumes de l'auberge.

Arthur se déplaçait comme un chat au sommet de la resserre, sans s'inquiéter de la hauteur. Il arpenta le toit en faisant ses propres comptes et, lorsqu'il eut fini, il ne prit même pas le temps de s'assurer qu'Alvin était prêt à le recevoir, il sauta tout bonnement en l'air. Comme s'il croyait savoir voler. Et, ma foi, c'était presque vrai car Alvin, qui l'attendait en dessous, avait les bras pour le recevoir avec aisance et le descendre à terre aussi délicatement qu'un malard se posant sur un étang.

Lorsqu'Al et Arthur eurent fini de mesurer, ils regagnèrent la forge. Alvin choisit quelques barres de fer dans le tas, ralluma le feu et se mit à l'ouvrage. Arthur se chargea d'actionner le soufflet et d'apporter les outils ; ils faisaient ça depuis si longtemps qu'Arthur aurait pu passer pour l'apprenti d'Alvin, et ils n'avaient jamais vu, l'un comme l'autre, quoi que ce soit de mal là-dedans. Ils bougeaient en accord, en une telle harmonie que les gens croyaient assister à une sorte de ballet.

Un couple d'heures plus tard, Alvin avait toutes les ferrures. Il aurait dû y passer moitié moins de temps, seulement, allez savoir pourquoi, il s'était mis en tête qu'il fallait une serrure à la porte, puis que ce devait être une vraie serrure, du genre de celles que certains habitants fortunés du village faisaient venir de Philadelphie, dans l'Est, avec sa clé et tout, avec aussi un loquet qui s'enclenchait tout seul dès qu'on rabattait la porte, comme ça on n'oubliait jamais de la fermer derrière soi.

Mieux encore : il ajouta des charmes secrets à toutes les ferrures, des figures géométriques parfaites à six pointes qui évoquaient l'inviolabilité, qui empêchaient quiconque animé de mauvaises intentions de faire jouer la serrure. Une fois cette serrure refermée et fixée sur la porte, personne ne les verrait, mais ils agiraient avec efficacité car lorsqu'Alvin réalisait un charme, sa mesure était si parfaite qu'il formait un réseau de sortilèges, comme un mur, sur plusieurs yards à la ronde.

Alvin en vint à se demander pourquoi un charme fonctionnait. Bien sûr, il savait ce que sa forme avait de magique : c'était une combinaison de deux fois trois ; il savait aussi qu'en posant des charmes sur une table ils s'adaptaient étroitement les uns aux autres, aussi parfaitement que des carrés, mais plus puissants, tissés non pas d'une chaîne et d'une trame, mais d'une chaîne, d'une trame et de sortilège. Rien à voir avec les carrés, qu'on trouvait rarement dans la nature, car trop simples et trop faibles; il existait des charmes dans les flocons de neige, les cristaux, les rayons de miel. Réaliser un seul charme, c'était comme en réaliser tout un tissu, si bien que ceux, parfaits, qu'Alvin avait dissimulés à l'intérieur de la serrure couvriraient les abords de la maisonnette, l'isoleraient des dangers extérieurs aussi sûrement que s'il avait forgé un filet de fer et l'avait directement tendu autour.

Mais ça ne répondait pas à la question du fonctionnement. Pourquoi ses charmes cachés allaient-ils arrêter la main d'un importun et lui ôter l'idée d'entrer? Pourquoi le charme se répétait-il, invisible, très loin, et que plus il était parfait, plus il étendait son réseau? Tant d'années à débrouiller des mystères, et il connaissait encore si peu de choses. Il ne connaissait quasiment rien et il se désespérait; même qu'en ce moment, les ferrures de la resserre dans les mains, il se demandait s'il ne devrait pas en fait se contenter d'être un bon forgeron et oublier toutes ces histoires de Faiseur.

Parmi toutes ses interrogations, Alvin ne se posa jamais la question la plus évidente de toutes. Pourquoi une maîtresse d'école aurait-elle besoin d'une serrure aussi efficace, bardée de charmes? Il n'essaya même pas de chercher. Il ne pensait pas de cette façon-là. Il se disait simplement qu'une telle serrure, c'était bien, et qu'il devait arranger cette maisonnette du mieux possible. Plus tard, il s'en étonnerait, il se demanderait s'il se doutait à ce moment-là, avant de la rencontrer, de ce que cette maîtresse d'école représenterait pour lui. Peut-être avait-il déjà une idée derrière la tête, tout comme la Peg Guester. Mais il n'en savait encore rien du tout, c'était la vérité. Lorsqu'il eut réalisé toutes ces splendides ferrures, gravées de motifs pour enjoliver la porte, il songea plus vraisemblablement à Arthur Stuart; il dut plus ou moins se dire que si la maîtresse d'école habitait dans une belle maison, elle aurait davantage envie de donner des leçons particulières au gamin.

Il était l'heure d'arrêter de travailler pour la journée, mais Alvin n'en tint pas compte. Il transporta toutes les ferrures jusqu'à la resserre dans une brouette, ainsi que deux ou trois outils dont il pensait avoir besoin et quelques chutes d'étain pour le solin de la cheminée. Il travailla vite et, sans vraiment le vouloir, il utilisa son talent pour se faciliter la tâche. Tout se mit en place du premier coup; les battants de porte furent impeccablement suspendus sur leurs gonds, et la serrure se positionna parfaitement à l'intérieur, boulonnée si serré que rien ne l'en arracherait jamais. C'était une porte qu'aucun homme ne pourrait jamais forcer — ce serait plus simple de défoncer à la hache les murs en demi-rondins que de s'attaquer à elle. Et avec les charmes qu'elle renfermait, personne n'oserait lever sa hache sur la maison; et si quelqu'un s'y hasardait, il serait trop faible pour porter un coup efficace — c'étaient des charmes dont même un Rouge aurait hésité à se moquer.

Al refit un voyage jusqu'à la remise à l'extérieur de la forge et choisit le meilleur des vieux fourneaux ventrus hors d'usage que Conciliant avait achetés pour le fer. Porter un fourneau entier n'était pas une mince affaire, même pour un homme aussi costaud qu'un forgeron, mais la brouette ne pouvait évidemment pas résister à pareil chargement. Alvin le monta donc sur la colline à la force des bras. Il le laissa dehors pendant qu'il ramenait des pierres de l'ancien lit du ruisseau pour asseoir une fondation sous le plancher de la resserre, à l'emplacement qu'allait occuper le fourneau. Le plancher reposait sur des madriers courant dans le sens de la longueur à l'intérieur de la maisonnette, mais on n'avait pas posé de lattes au-dessus de la saignée où coulait autrefois le ruisseau — la resserre n'aurait pas valu grand-chose si on avait recouvert l'eau qui lui donnait sa fraîcheur. Bref, il réalisa une assise de pierres compacte sous un angle amont où le plancher était posé, mais à peu de distance au-dessus du sol, puis il boulonna de minces lames de feuillard sur les lattes pour les protéger du feu. Il hissa ensuite le fourneau en place et monta le tuyau jusqu'au trou qu'il avait pratiqué dans le toit.

Il donna un grattoir à Arthur Stuart et le chargea de décaper les murs intérieurs de la mousse morte. Elle s'enlevait facilement, mais surtout la tâche maintenait Arthur occupé; il ne remarqua donc pas qu'Alvin réparait certains éléments du fourneau délabré qu'aucune main ordinaire n'aurait pu remettre en état. Le fourneau redevint comme neuf, toutes ses ferrures s'ajustaient parfaitement.

« J'ai faim, dit Arthur Stuart.

— Va voir Gertie, dis-y que j'travaille tard et que, si elle veut bien, elle te prépare d'quoi manger pour deux que tu ramèneras icitte, vu que tu m'donnes la main. »

Arthur Stuart partit en courant. Alvin savait qu'il transmettrait le message mot pour mot et avec sa voix à lui, Alvin ; Gertie éclaterait de rire et lui mettrait un bon dîner dans un panier. Probablement un si bon dîner qu'Arthur devrait s'arrêter trois ou quatre fois sur le chemin du retour pour se reposer, tant le panier serait lourd.

Pendant tout ce temps, Conciliant Smith n'avait même pas montré le bout de son nez.

Quand Arthur Stuart finit par revenir, Alvin se trouvait sur le toit, il mettait la dernière main à la cheminée et en profitait pour réparer quelques bardeaux. Le solin s'ajustait si étroitement que l'eau n'entrerait jamais dans la maison, il avait veillé à ça. Arthur Stuart, en dessous, attendait et regardait sans demander s'il pouvait commencer à manger ni même dans combien de temps Alvin allait redescendre ; ce n'était pas un gamin à gémir et à se plaindre. Lorsqu'Alvin eut terminé, il passa par-dessus le bord du toit, se suspendit à la saillie de l'égout puis se laissa tomber à terre.

« Du poulet froid, ça sera joliment bon après une chaude journée d'ouvrage », dit Arthur Stuart avec la même voix que Gertie Smith mais sur un ton haut perché d'enfant.

Alvin lui sourit et ouvrit le panier. Ils attaquèrent leur repas avec l'appétit de marins rationnés pendant la moitié d'un voyage, et en un rien de temps ils se retrouvèrent tous deux allongés sur le dos, le ventre plein, à lâcher un rot de-ci de-là en regardant les nuages blancs évoluer au-dessus d'eux comme du bétail placide qui brouterait le ciel.

Vers l'ouest, le soleil descendait à l'horizon maintenant. Il était vraiment temps d'arrêter pour la journée, mais ça n'enchantait pas Alvin. « Vaut mieux que tu t'en retournes à la maison, dit-il. P't-être que si tu t'dépêches de ramener l'panier vide chez Gertie, tu seras rentré avant que ta maman s'fâche contre toi.

— Tu fais quoi, toi ?

— J'ai des fenêtres à menuiser et à suspendre.

— Ben moi, j'ai des murailles à finir d'gratter », dit Arthur Stuart.

Alvin sourit, mais il savait aussi que pour le travail qu'il comptait effectuer sur les fenêtres, il ne voulait pas de témoin. Il n'avait pas vraiment l'intention de faire beaucoup de menuiserie et il ne laissait jamais personne le regarder quand il était évident qu'il se servait de son talent. « Asteure, c'est mieux qu'tu rentres chez toi », dit-il.

Arthur soupira.

« Tu m'as bien aidé, mais j'veux pas t'causer du tracas. »

A sa surprise, Arthur lui retourna ses propres paroles avec sa propre voix : « Tu m'as bien aidé, mais j'veux pas t'causer du tracas.

— J'rigole pas », fit Alvin.

Arthur Stuart se retourna, se mit debout et vint s'asseoir à califourchon sur le ventre d'Alvin — ce qu'il faisait souvent, mais cette fois Alvin ne trouvait pas ça très agréable, à cause du bon poulet et demi qui lui remplissait la panse. « Allons, Arthur Stuart, dit-il.

— Je l'ai jamais dit à personne, pour l'oiseau rouge », fit Arthur Stuart.

A ces mots, un frisson parcourut Alvin. Il s'était plus ou moins imaginé qu'Arthur était trop jeune ce fameux jour, il y avait plus de trois ans de ça, pour même se rappeler qu'il s'était passé quoi que ce soit. Mais il aurait dû le savoir : qu'Arthur Stuart ne parle pas de quelque chose ne signifiait pas qu'il avait oublié. Arthur Stuart n'oubliait même pas une chenille rampant sur une feuille.

Si le gamin se souvenait de l'oiseau rouge, alors il se souvenait forcément de ce jour où l'hiver était venu en plein été, où le talent d'Alvin avait creusé un puits et nettoyé la roche de la terre sans le secours des mains. Et si Arthur Stuart n'ignorait rien du talent d'Alvin, alors à quoi bon chercher à biaiser et à le cacher ?

« Bon, ça va, dit Alvin. Aide-moi à monter les fenêtres. » Il faillit ajouter : « A condition d'raconter à personne c'que tu vas voir. » Mais Arthur Stuart avait déjà compris ça. Ce n'était qu'une des choses qu'Arthur Stuart comprenait.

Ils en eurent fini avant la tombée de la nuit. Alvin trancha dans les châssis avec ses doigts nus, façonna ce qui n'était que du bois cloué sur du bois jusqu'à obtenir des fenêtres en mesure de coulisser librement, de haut en bas. Il pratiqua de petits trous sur les côtés des châssis et tailla des chevilles de bois qui s'y adaptaient, pour que la fenêtre reste ouverte à la hauteur qu'on voulait. Evidemment, il ne tailla pas vraiment comme un homme ordinaire, vu que chaque coup de couteau enlevait un copeau en parfait arc de cercle. Six passages de lame en moyenne suffirent pour façonner chacune des chevilles.

Pendant ce temps, Arthur finissait de gratter; puis il balayèrent la maison, en se servant d'un vrai balai, bien sûr, mais Alvin s'aida de son talent, si bien que tout ce qu'il restait de sciure, de limaille de fer, de flocons de mousse et d'ancienne poussière disparut au-dehors. La seule chose qu'ils ne firent pas, c'est recouvrir la bande de terre nue au milieu de la resserre, où jadis coulait le ruisseau. Il aurait fallu abattre un arbre pour obtenir des planches, et de toutes façons, Alvin commençait à s'effrayer un peu en voyant tout ce qu'il avait accompli et à quelle vitesse. Et si quelqu'un passait ce soir même et s'apercevait que ce tout ce travail avait été réalisé en un seul long après-midi ? Ça donnerait lieu à des questions. A des suppositions.

« Dis à personne qu'on a fait tout ça en une journée », recommanda Alvin.

Arthur Stuart se contenta de sourire. Il avait perdu depuis peu une de ses dents de devant, et par le trou on voyait ses gencives roses. Roses comme celles d'un Blanc, songea Alvin. A l'intérieur de sa bouche il n'est pas différent d'un Blanc. Puis il lui vint une idée absurde : Dieu prenait tous les morts du monde pour les dépouiller et accrocher leurs carcasses comme des cochons chez le boucher, rien que la viande et les os suspendus par les talons, sans boyaux ni têtes, rien que la viande. Puis il demandait aux gens comme ceux du conseil d'école de Hatrack River de venir désigner où étaient les Noirs, les Rouges et les Blancs. Ils n'y arrivaient pas. Alors Dieu disait : « Pourquoi donc, bon sang, avez-vous décrété que tel et tel ne pouvaient pas aller à l'école avec tel autre et tel encore ? » Ils donnaient quoi, comme réponse ? Ensuite Dieu disait : « Vous autres, les humains, vous êtes tous faits de la même viande crue sous la peau. Mais je vais vous dire, le goût de votre viande ne me plaît pas. Je m'en vais jeter vos biftecks aux chiens. »

Ah ça, c'était une idée si amusante qu'Alvin ne put s'empêcher de la raconter à Arthur Stuart, et le gamin se mit à rire aussi fort que lui. Seulement, une fois la rigolade passée, Alvin se souvint que personne n'avait peut-être appris à Arthur Stuart que sa maman avait voulu le faire entrer à l'école et que le conseil avait refusé. « Tu connais pourquoi j'dis ça ? »

Arthur Stuart ne comprit pas la question, ou peut-être la comprit-il encore mieux qu'Alvin. En tout cas, il répondit : « Mouman compte que l'institutrice, elle va m'apprendre à lire et écrire icitte, dans la r'serre.

— C'est ça », fit Alvin. Pas la peine d'expliquer pour l'école, alors. Si Arthur ne savait toujours pas ce que certains Blancs pensaient des Noirs, il le découvrirait bien assez tôt sans qu'on le lui explique dès maintenant.

« On est tous faits de la même viande », dit Arthur Stuart. Il parlait avec une voix bizarre qu'Alvin ne lui avait encore jamais entendue.

« C'était la voix de qui, celle-là ?

— De Djeu, tiens, dit Arthur Stuart.

— Bonne imitation », fit Alvin. Il voulait être drôle.

« Pour sûr », dit Arthur Stuart. Lui ne l'était pas.

❋

Il se trouva que personne ne vint à la resserre durant deux ou trois jours, sinon plus. Ce fut le lundi suivant qu'Horace entra dans la forge d'un pas tranquille. Il passa tôt le matin, à une heure où Conciliant avait le plus de chances de se trouver là, où il « enseignait » avec ostentation à Alvin un travail que celui-ci connaissait déjà.

« Moi, mon chef-d'œuvre, c'était une ancre de bateau, disait Conciliant. 'videmment, c'était quand je m'trouvais à Newport, avant que je m'décide à venir dans l'Ouest. Leurs bateaux, des baleiniers, c'étaient pas des petites bicoques ou des chariots. Leur fallait d'la *vraie* ferronnerie. Un gars comme toi, tu t'en sors par icitte où les genses, ils y connaissent rien, mais t'aurais aucune chance là-bas, où qu'un forgeron, faut qu'y soye un *homme*. »

Alvin avait l'habitude de ce genre de discours. Il laissait glisser. Mais il fut tout de même reconnaissant à Horace de sa visite, qui mettait fin aux fanfaronnades de Conciliant.

Après tous les « bonjour » et « comment ça va ? » d'usage, Horace entra dans le vif du sujet. « J'suis jusse passé voir quand c'est qu'vous comptez vous occuper d'la r'serre. »

Conciliant leva un sourcil et regarda son apprenti. Alors seulement, Alvin se rappela qu'il n'avait jamais parlé de ce travail au forgeron.

« C'est déjà fait, m'sieur », lui dit-il comme si la question muette de Conciliant avait été : « As-tu fini l'ouvrage ? » et non : « C'est quoi, cette histoire de resserre ? »

« Déjà fait ? » s'étonna Horace.

Alvin se tourna vers lui. « J'croyais qu'vous aviez remarqué. J'croyais qu'vous étiez pressé, alors je m'y suis mis tout d'suite durant mon temps libre.

— Eh ben, allons voir ça, dit Horace. J'ai même pas pensé à regarder en v'nant.

— Oui, j'meurs d'envie d'voir ça, moi aussi, fit le forgeron.

— Moi, j'vais rester travailler icitte, dit Alvin.

— Non, fit Conciliant. Tu t'en viens avec nous autres, tu vas nous montrer l'ouvrage que t'as fait durant ton *temps libre*. » Alvin remarqua à peine l'insistance de Conciliant sur les deux derniers mots, tant il était nerveux à l'idée de montrer son travail dans la resserre. C'est tout juste s'il pensa à mettre les clés qu'il avait façonnées dans sa poche.

Ils gravirent la colline jusqu'à la maisonnette. Horace était le genre d'homme qui savait reconnaître le travail bien fait et qui n'hésitait pas à le dire. Il passa le doigt sur les superbes gonds neufs et admira la serrure avant d'y introduire la clé. A la grande fierté d'Alvin, elle tourna facilement et en douceur. La porte s'ouvrit en faisant aussi peu de bruit qu'une feuille d'automne. Si Horace repéra les charmes, il n'en dit rien. En revanche, il remarqua bien d'autres choses.

« Hé, t'as nettoyé les murailles, dit-il.

— C'est Arthur Stuart qu'a nettoyé, rectifia Alvin. L'a gratté bien propre tout comme il faut.

— Et ce fourneau… J'te préviens, Conciliant, j'avais pas dans l'idée d'faire les frais d'un fourneau pour c'te resserre.

— C'est pas un neuf, dit Alvin. J'veux dire, je m'excuse, mais c'était un fourneau abîmé qu'on gardait pour la ferraille, seulement quand je l'ai regardé tout partout, j'ai vu qu'on pouvait l'réparer, alors pourquoi pas l'installer icitte ? »

Conciliant posa sur Alvin un regard froid puis se retourna vers Horace. « Ça veut pas dire que c'est gratuit, 'videmment.

— 'videmment qu'non, dit Horace. Tout d'même, si tu l'as acheté pour d'la ferraille…

— Oh, l'prix sera pas très cher. »

Horace admira le raccord du fourneau au toit. « De l'excellente ouvrage », dit-il. Il fit demi-tour. Il parut un peu triste à Alvin, ou peut-être simplement résigné. « Faudra finir l'plancher, bien sûr.

— C'est pas de l'ouvrage pour nous autres, ça, dit Conciliant Smith.

— J'me parlais tout seul, vous occupez pas d'moi. » Horace s'approcha de la fenêtre qui donnait à l'est, y appuya les doigts, puis la souleva. Il trouva les goujons sur l'appui et les enfonça dans le troisième trou de chaque côté, puis laissa retomber la fenêtre jusqu'à ce qu'elle vienne reposer dessus. Il regarda les chevilles, puis le paysage au-dehors, puis à nouveau les chevilles, un long moment. Alvin redoutait d'avoir à expliquer comment, sans avoir appris la menuiserie, il avait réussi à monter une fenêtre aussi parfaite. Pire encore : et si Horace s'apercevait qu'il s'agissait de l'ancienne fenêtre et non d'une nouvelle ? Ça ne s'expliquerait que par un talent chez Alvin ; aucun menuisier n'arriverait à pénétrer dans le bois pour y tailler une fenêtre coulissante comme ça.

Mais tout ce que dit Horace, ce fut : « T'as fait de l'ouvrage en plusse.

— Je m'suis dit que ç'en avait besoin », répondit Alvin. Si Horace ne lui demandait pas comment il s'y était pris, Alvin n'était que trop heureux de ne pas donner d'explications.

« Je m'attendais pas à c'que ce soye aussi vite fini, dit Horace. Ni qu'y ait tout ça d'fait. La serrure m'a l'air de valoir cher, et l'fourneau... j'espère que j'suis pas forcé de tout payer d'un coup. »

Alvin faillit dire : « Vous avez rien à payer pour ça », mais bien sûr ce n'était pas une chose à faire. C'était à Conciliant de prendre ce genre de décision.

Mais lorsque Horace se retourna en quête d'une réponse, il ne regarda pas Conciliant Smith, il s'adressa carrément à Alvin. « Conciliant Smith demande le prix fort pour ton ouvrage, alors y m'semble que j'peux pas t'payer moins. »

Alvin ne comprit qu'à cet instant l'erreur commise en disant avoir travaillé pendant son temps libre, car les tâches qu'un apprenti effectuait en dehors des heures au service de son patron lui étaient payées directement, à lui seul. Conciliant Smith, lui, ne dispensait jamais son apprenti de service ; dès qu'un client lui commandait une tâche, il la confiait à Alvin, ce qui était son droit aux termes du contrat d'apprentissage. En parlant de temps libre, Alvin semblait indiquer que Conciliant lui en avait accordé pour qu'il se fasse de l'argent. « M'sieur, je... »

Conciliant prit la parole avant qu'Alvin puisse expliquer la méprise. « L'prix fort, ça serait pas honnête, dit-il. Alvin arrive à la fin d'son contrat, je m'suis donc dit qu'il fallait qu'il essaye de s'débrouiller tout seul, d'apprendre à manier l'argent. Mais même si l'ouvrage te paraît joliment fait, à moi y m'semble vraiment de seconde qualité. Alors à moitié prix, c'est honnête. M'est avis qu'ça t'a pris au moins vingt heures pour tout faire… hein, Alvin ? »

C'était plutôt dix, mais Alvin acquiesça de la tête sans un mot. Il ne savait pas quoi répondre, de toute manière, vu que son patron n'avait manifestement pas l'intention de dire la vérité pure et simple sur cette affaire. Et la tâche aurait effectivement pris au moins vingt heures — deux pleines journées de travail — à un forgeron dépourvu du talent d'Alvin.

« Alors, dit Conciliant, entre la main-d'œuvre d'Al à demi-prix, le fourneau, l'fer et l'restant, ça fait quinze piasses. »

Horace siffla et se balança sur les talons.

« Vous pouvez avoir mon ouvrage gratuit, pour l'apprentissage du métier », dit Alvin. Conciliant lui lança un regard furibond.

« Jamais d'la vie, fit Horace. L'Sauveur a dit que toute peine méritait salaire. C'est l'prix tout soudain élevé du fer qui m'laisse sceptique.

— C'est un *fourneau* », dit Conciliant Smith.

Ç'en était pas jusqu'à ce que je le répare, dit silencieusement Alvin.

« Tu l'as acheté pour la ferraille, dit Horace. C'est comme pour l'ouvrage d'Al, l'prix fort, ça serait pas honnête. »

Conciliant soupira. « En souvenir du temps passé, Horace, par rapport que c'est grâce à toi que j'suis icitte et qu'tu m'as aidé à m'installer quand j'suis arrivé y a dix-huit ans. Neuf piasses. »

Horace ne sourit pas mais il approuva du chef. « D'accord. Et comme tu prends d'accoutume quatre piasses par jour pour l'ouvrage d'Alvin, j'pense que ses vingt heures à moitié prix, ça fait aussi quatre piasses. Passe à la maison c'tantôt, Alvin, j'te les donnerai. Et toi, Conciliant, j'te payerai l'restant quand y aura du monde à l'auberge pour les moissons.

— D'accord, dit Conciliant.

— Content d'voir que tu laisses du temps d'libre à Alvin, asteure, fit Horace. Y a un tas d'monde qui t'critiquait d'être si dur avec ton apprenti, mais moi, j'leur ai toujours dit : Conciliant, il attend l'bon moment, vous verrez.

— C'est vrai, fit Conciliant. J'attendais l'bon moment.

— Ça t'est ben égal si j'dis au genses que l'bon moment est arrivé ?

— Faut 'core qu'Alvin continue son ouvrage pour moi », fit Conciliant.

Horace hocha la tête d'un air sage. « M'est avis, dit-il. Il travaille pour toi l'matin et pour lui l'tantôt... c'est ça ? C'est c'que font la plupart des bons patrons quand un apprenti est proche à dev'nir compagnon. »

Conciliant se mit à rougir un peu. Alvin n'était pas étonné. Il voyait ce qui se passait : Horace Guester prenait sa défense, comme un avocat, il profitait de l'occasion pour faire honte à Conciliant de traiter honnêtement Alvin pour la première fois en plus de six ans d'apprentissage. Lorsque Conciliant avait prétendu que son apprenti bénéficiait effectivement de temps libre, eh bien, il avait ouvert une brèche par laquelle Horace s'était introduit en force. Il poussait le forgeron à donner ses demi-journées à Alvin, pas moins ! C'était sûrement très dur à digérer pour lui.

Mais il le digéra quand même. « Des demi-journées, ça me va. J'avais dans l'idée de l'faire depuis quèque temps.

— Alors, le tantôt, c'est toi qui travailleras asteure, hein, Conciliant ? »

Oh, Alvin ne put s'empêcher de poser sur Horace un regard de pure admiration. L'aubergiste n'allait pas laisser Conciliant en être quitte pour feignanter et obliger Alvin à abattre tout le travail à la forge.

« Ça, les heures où j'travaille, ça m'regarde, Horace.

— J'veux juste informer les genses quand ils seront sûrs de trouver l'patron ou l'apprenti.

— J'y s'rai *la journée durant.*

— Alors ça, ben aise de l'entendre, dit Horace. En tout cas, d'la belle ouvrage, faut r'connaître, Alvin. Ton patron t'a bien appris, et j'ai jamais vu personne d'aussi consciencieux qu'toi. Oublie pas d'passer as'soir pour tes quatre piasses.

— Oui, m'sieur. Merci, m'sieur.

— J'vais vous laisser retourner à vot' ouvrage, asteure, fit Horace. Y a pas d'autres clés qu'ces deux-là pour la porte ?

— Non, m'sieur, dit Alvin. J'les ai graissées pour pas qu'elles rouillent.

— J'continuerai d'les graisser. Merci de m'le rappeler. »

Horace ouvrit la porte et la tint ostensiblement ouverte jusqu'à ce que Conciliant et Alvin soient sortis. Devant eux il la ferma soigneusement à clé. Il se retourna et sourit au jeune homme. « J'te d'manderais bien tout d'suite de m'faire une bonne serrure comme ça pour la porte d'en avant d'chez moi. » Il éclata alors de rire et secoua la tête. « Non, m'est avis qu'non. J'suis aubergiste. Mon commerce, c'est d'laisser entrer l'monde, pas d'l'enfermer dehors. Mais j'en connais au village à qui elle plaira, c'te serrure.

— J'espère, m'sieur. Merci. »

Horace hocha encore la tête avant de lancer un regard froid à Conciliant, l'air de dire : « N'oublie pas ce que tu as promis de faire aujourd'hui. » Puis il remonta tranquillement le sentier vers l'auberge.

Alvin descendit la colline vers la forge. Il entendait Conciliant qui le suivait, mais dans l'immédiat il n'avait pas franchement envie d'entamer une conversation avec son patron. Tant que le forgeron ne disait rien, ça lui convenait tout à fait.

Le silence ne se prolongea pas au-delà de la forgerie, lorsqu'ils furent tous deux à l'intérieur. « C'te fourneau, l'était complètement foutu », dit Conciliant.

C'était la dernière chose qu'Alvin s'attendait à entendre, et la plus inquiétante. Pas d'engueulade pour l'histoire du temps libre ; pas de tentative de revenir sur les promesses en matière d'heures de travail. Conciliant Smith se souvenait mieux de ce fourneau que ne l'aurait cru Alvin.

« L'avait l'air en piteux état, ça oui, fit Alvin.

— Pas moyen de l'réparer sans l'refondre, reprit Conciliant. J'aurais pas cru ça impossible, je l'aurais réparé moi-même.

— Je m'disais ça, moi aussi, dit Alvin. Mais quand je l'ai regardé d'plus près… »

L'expression qu'il lut sur la figure de Conciliant Smith le fit taire. Il savait. Il n'y avait pas de doute dans l'esprit d'Alvin. Le maître savait ce dont son apprenti était capable. Alvin sentit la peur d'être découvert jusque dans ses os ; comme lorsqu'il jouait à cache-cache avec ses frères et sœurs étant petit, à Vigor Church. Le pire, c'était quand tu restais le dernier encore caché sans avoir été trouvé ; tu attendais, tu attendais, puis tu entendais des pas s'approcher, tu avais des picotements partout, tu les sentais dans tout le corps, comme si tout ton être se réveillait et que ça le démangeait de bouger. Ça devenait si affreux que tu avais envie de bondir de ta cachette et de crier : « Icitte ! J'suis icitte ! » puis de détaler comme un lapin, non pas vers l'arbre salvateur mais n'importe où, courir à fond de train jusqu'à ce que tous tes muscles n'en puissent plus et que tu t'écroules par terre. C'était absurde… on n'y gagnait rien d'agir ainsi. Mais c'était l'effet que ça lui faisait quand il jouait avec ses frères et sœurs, et que ça lui faisait maintenant, au moment d'être découvert.

A la surprise d'Alvin, un sourire s'étira lentement sur la figure de son patron. « C'est donc ça, dit Conciliant. C'est ça. Tu m'étonneras toujours. J'comprends, asteure. Ton papa l'a dit quand t'es né : "C'est le septième fils d'un septième fils, un marcou." Ton affaire avec les chevaux, ça, j'connaissais, pour sûr. Et c'que t'as fait pour trouver l'puits, comme un pénétrant, ça aussi je l'ai compris. Mais asteure… » Conciliant eut un large sourire. « V'là que j'te prenais pour un forgeron comme y en avait jamais eu, et durant tout c'temps-là tu jouais à l'alchimiste.

— Dame non, fit Alvin.

— Oh, j'tiendrai ma langue, dit le forgeron. Je l'répéterai à personne. » Mais il riait de son gros rire, et Alvin savait que Conciliant aurait beau ne pas le révéler ouvertement, il lâcherait quand même quelques allusions entre ici et l'Hio. Pourtant, ce n'était pas ce qui ennuyait le plus Alvin.

« M'sieur, fit-il, tout l'ouvrage que j'ai fait pour *vous*, je l'ai fait honnêtement, jusse avec mes bras et mon adresse. »

Conciliant hocha la tête d'un air entendu, comme s'il comprenait un sens caché dans les paroles d'Alvin. « J'vois, dit-il. Ton secret, il craint rien avec moi. Mais je l'ai toujours connu. J'ai toujours connu qu'tu pouvais pas être aussi bon forgeron que t'en avais l'air. »

Conciliant Smith ne se doutait pas qu'il était à deux doigts de la mort. Alvin n'avait pas l'âme d'un meurtrier; l'envie de répandre le sang qui aurait pu le prendre l'avait quitté certain jour qu'il se trouvait dans la Butte-aux-huit-faces, presque sept ans plus tôt. Mais durant tout son apprentissage, jamais il n'avait entendu un seul mot de félicitation de la part de cet homme-là, rien que des griefs sur sa feignantise, sur son travail de mauvaise qualité; en fait, Conciliant Smith avait toujours menti, il savait depuis toujours qu'Alvin était adroit. Maintenant qu'il avait la conviction qu'Alvin s'était servi d'un talent caché pour exécuter ses tâches de ferronnerie, il lui apprenait qu'il était en réalité un bon apprenti. Il le savait bien, Alvin, évidemment, qu'il était un forgeron-né, mais ne se l'être jamais entendu dire lui faisait plus mal qu'il n'aurait cru. Son patron ignorait-il tout ce qu'un mot aurait représenté, même une demi-heure plus tôt, un simple mot comme : « Tu connais ton affaire, mon gars », ou : « T'as l'coup d'main pour ce genre d'ouvrage » ? Mais Conciliant n'avait pu s'y résoudre, il avait fallu qu'il mente et prétende qu'Alvin n'avait aucune compétence pour la forge, jusqu'à maintenant, quand il croyait vraiment qu'il n'en avait pas en définitive.

Alvin avait envie de tendre les mains et de lui prendre la tête pour la lui cogner contre l'enclume, la lui cogner si fort que la vérité lui entrerait dans le crâne jusqu'au cerveau. Je n'ai jamais employé mon talent de Faiseur à la forge, pas depuis que je suis assez fort pour travailler avec mes bras et mon savoir-faire, alors épargne-moi ces sourires suffisants, comme si je n'étais qu'un tricheur et pas un vrai forgeron. Et puis, même si je m'étais servi de mon art de Faiseur, crois-tu que c'est facile pour autant ? Crois-tu que je n'ai pas payé le prix pour ça aussi ?

Toute la fureur accumulée d'Alvin, toutes ses années d'esclavage, de rage devant l'injustice de son patron, de dissimulation et de fausses apparences, tout son désir éperdu d'apprendre quoi faire de sa vie sans avoir personne au monde à qui le demander, tout ça brûlait en lui plus fort que le feu de la forge. Ce n'était plus une envie de courir qui le démangeait et le picotait intérieurement. Non, c'était l'envie de céder à la violence, d'effacer ce sourire sur la figure de Conciliant Smith, de l'écraser définitivement contre la bigorne de l'enclume.

Mais sans savoir comment, Alvin retint ses gestes et ses paroles, aussi immobile qu'un animal cherchant à se rendre invisible et qui n'aspire qu'à se trouver ailleurs. Et dans cette immobilité, il entendit le chant vert tout autour de lui et il laissa la vie de la forêt le pénétrer, emplir son cœur, lui apporter la paix. Le chant vert n'était pas aussi puissant qu'autrefois, plus à l'ouest, en des temps plus sauvages, quand l'homme rouge chantait encore avec la musique des bois. Il était faible et parfois presque étouffé par le bruit discordant de la vie du village ou les timbres monocordes des champs bien entretenus. Mais Alvin le retrouvait quand même à volonté pour chanter en silence avec lui, le laisser ravir son cœur et le calmer.

Conciliant Smith savait-il qu'il venait de frôler la mort ? Car il ne faisait sûrement pas le poids à la lutte contre Alvin, si jeune, si grand et animé d'une rage aussi terrible que justifiée. Que le forgeron l'ait ou non senti, son sourire s'évanouit de son visage et il hocha solennellement la tête. « J'respecterai tout c'que j'ai dit là-haut, quand Horace s'est acharné sus moi. J'connais que tu l'as sûrement poussé à ça, mais j'suis un homme honnête, alors j'te pardonne, tant que tu continueras d'faire ta part d'ouvrage icitte, jusqu'à la fin de ton contrat. »

Que Conciliant l'accuse d'avoir conspiré avec Horace aurait dû accroître la colère d'Alvin, mais il baignait désormais dans le chant vert, c'est tout juste s'il se trouvait encore dans la forgerie. Il était dans une sorte de transe qu'il avait découverte en courant avec les Rouges de Ta-Kumsaw, quand on oublie qui et où l'on est, que le corps ressemble à une créature lointaine galopant entre les arbres.

Conciliant attendait une réponse mais elle ne venait pas. Il se contenta d'opiner du chef d'un air entendu et se retourna pour partir. « J'ai de l'ouvrage au village, dit-il. T'as qu'à travailler. » Arrivé devant la large porte, il s'arrêta et fit demi-tour pour revenir dans la forge. « Pendant qu'tu y es, tu pourrais réparer les aut' fourneaux cassés d'la remise. » Puis il s'en alla.

Alvin resta longtemps à la même place, sans bouger, à peine conscient d'avoir un corps qu'il pouvait mouvoir. Ce n'est qu'en plein midi qu'il revint à lui et fit un pas. Une paix totale régnait dans son cœur, il n'y restait plus une once de fureur. En y réfléchissant, il aurait probablement su que la colère allait forcément revenir, qu'il était davantage calmé que guéri. Mais qu'il soit calmé suffisait pour l'instant, ça ferait l'affaire. Son contrat prendrait fin au printemps, et il quitterait alors ce pays, enfin libre.

Une chose, pourtant. Pas un seul moment il n'envisagea de faire ce que lui avait demandé le forgeron : réparer les autres fourneaux hors d'usage. Quant à Conciliant, il n'en reparlerait jamais lui non plus. Le talent d'Alvin n'avait aucun rapport avec son apprentissage, et Conciliant Smith aurait dû savoir ça, au fond de lui, il aurait dû savoir qu'il n'avait pas le droit de dire au jeune Al à quoi employer son talent de Faiseur.

❋

A quelques jours de là, Alvin donnait un coup de main aux hommes qui posaient le nouveau plancher de la resserre. Horace le prit à part et lui demanda pourquoi il n'était pas passé chercher ses quatre piastres.

Alvin ne pouvait guère lui dire la vérité, qu'il ne prenait jamais d'argent pour le travail qu'il effectuait comme Faiseur. « Appelons ça ma part au salaire de l'institutrice, dit-il.

— T'as pas d'bien pour payer une taxe, fit Horace, pas plus que de drôles qu'iront dans cette école.

— Alors disons que j'vous paye pour le bout d'terrain ousque dort le corps de mon frère, plus haut derrière l'auberge », dit Alvin.

Horace hocha la tête, l'air grave. « C'te dette, au cas où y aurait dette, a toute été remboursée par l'ouvrage que ton père et tes frères ont fait pour moi, dix-sept ans passés, jeune Alvin, mais j'respecte ton désir de payer ta part. Pour c'te fois, j'considère que tu l'as payée entièrement. Mais quand j'te demanderai un autre ouvrage, j'veux que tu soyes rétribué normalement, tu m'entends ?

— Oui, m'sieur, dit Alvin. Merci, m'sieur.

— Appelle-moi Horace, mon gars. Quand un homme fait m'appelle monsieur, j'me sens tout vieux. »

Ils reprirent alors leur tâche et ne parlèrent plus du travail d'Alvin dans la resserre. Mais quelque chose restait tout de même gravé dans l'esprit du jeune homme : ce qu'avait dit Horace lorsqu'Alvin avait offert son salaire comme participation à celui de l'institutrice. « T'as pas d'bien, ni de drôles qu'iront dans cette école. » Voilà, tout était là, exprimé en quelques mots. Alvin avait beau avoir atteint sa taille adulte, Horace avait beau le traiter en homme fait, il n'en était pas encore vraiment un, pas même à ses propres yeux. Parce qu'il n'avait pas de famille. Parce qu'il n'avait pas de bien. Tant qu'il n'aurait pas ça, il ne serait qu'un grand garçon un peu âgé. Rien qu'un enfant comme Arthur Stuart, seulement plus développé, avec de la barbe qui poussait quand il ne se rasait pas.

Et tout comme Arthur Stuart, il n'avait droit à rien dans l'école. Il était trop vieux. Elle n'était pas destinée aux gars dans son genre. Alors pourquoi attendait-il avec autant d'anxiété l'arrivée de la maîtresse ? Pourquoi songeait-il à elle avec un espoir aussi fou ? Elle ne venait pas dans le pays pour lui, et pourtant il savait qu'il avait accompli ce travail à la resserre pour elle, comme s'il voulait qu'elle lui doive quelque chose, ou pour la remercier par avance du service qu'il désirait si ardemment qu'elle lui rende.

Apprenez-moi, dit-il silencieusement. J'ai une tâche à mener dans ce monde, mais personne ne sait de quoi il s'agit et comment je peux l'accomplir. Apprenez-moi. C'est ce que j'attends de vous, madame, que vous m'aidiez à trouver le chemin vers le centre du monde, le centre de moi-même, le trône de Dieu ou le cœur du Défaiseur, où que gise le secret du Faiseur, afin que je puisse bâtir contre la neige de l'hiver ou allumer une lumière contre la tombée de la nuit.

XIV

Le rat de rivière

ALVIN se trouvait à La Bouche l'après-midi où arriva l'institutrice. Conciliant l'avait envoyé avec le chariot chercher une nouvelle cargaison de fer qui descendait l'Hio. La Bouche n'était au départ qu'un simple débarcadère, une escale où les bateaux déchargeaient des marchandises pour le village de Hatrack River. Mais depuis que s'accroissait la navigation fluviale et que davantage de colons s'établissaient sur les terrains à l'ouest, de chaque côté de l'Hio, on avait besoin de deux ou trois auberges et magasins où les voyageurs qui venaient à terre pouvaient prendre une chambre pour la nuit et les fermiers vendre du fourrage aux bateaux de passage. La Bouche et le village de Hatrack River ne cessaient de gagner en importance, car c'était la dernière escale où l'Hio se rapprochait de la grande route de la Wobbish, celle-là même que le père et les frères d'Al avaient ouverte à travers les vastes étendues occidentales jusqu'à Vigor Church. Les colons descendaient la rivière et débarquaient ici leurs chariots et chevaux avant de partir vers l'ouest par voie de terre.

On trouvait aussi à La Bouche des établissements qu'on n'aurait pas tolérés à Hatrack River : des tripots où l'on jouait au poker entre autres jeux et où l'argent changeait de mains, car la loi ne se sentait pas chaude pour trop s'aventurer dans ces nids de rats de rivière et autre racaille. Et à l'étage, il y avait, à ce qu'on racontait, des femmes qui n'étaient pas des ladies, qui exerçaient un métier dont les gens honnêtes osaient à peine chuchoter le nom et dont les garçons de l'âge d'Alvin parlaient à voix basse avec force gloussements.

Ce n'était pas à l'idée des jupes retroussées et des cuisses nues qu'Alvin se réjouissait par avance de ses déplacements à La Bouche. Il remarquait à peine ces maisons, sachant qu'il n'avait rien à y faire. C'était le débarcadère qui l'attirait, le bureau du port et la rivière elle-même, sillonnée de bateaux et de radeaux dont dix descendaient le courant contre un qui le remontait. Ses bateaux préférés, c'étaient les vapeurs qui sifflaient et crachaient en filant à des vitesses incroyables. Propulsés par de gros moteurs fabriqués en Irrakwa, ces bâtiments, pourtant longs et larges, remontaient plus vite le courant que les radeaux ne le descendaient. On en comptait à présent huit sur l'Hio, qui faisaient la navette entre Dekane et Sphinx. Mais pas plus loin que Sphinx, car un brouillard épais recouvrait en permanence le Mizzipy et aucun bâtiment ne se risquait à y naviguer.

Un jour, songea Alvin, un jour quelqu'un embarquera à bord d'un bateau comme *la Fierté de l'Hio* et descendra la rivière. Vers l'ouest, vers les régions sauvages ; peut-être qu'il y apercevra Ta-Kumsaw et Tenskwa-Tawa qui vivent maintenant par là-bas. Ou alors en amont vers Dekane, où il prendra le nouveau train à vapeur qui roule sur rails jusqu'en Irrakwa et jusqu'au canal, dans le Nord. De là, on peut parcourir le monde entier en franchissant les océans. A moins qu'il ne reste sur cette berge et que le monde entier ne finisse par passer devant lui.

Mais Alvin n'était pas feignant. Il ne s'attarda pas au bord de la rivière, bien qu'il eût aimé y rester plus longtemps. Il entra bien vite dans le bureau du port et remit le bon de Conciliant Smith pour prendre livraison du fer chargé dans neuf caisses sur le quai.

« Pas question de t'servir de mes diables pour les transporter, j'te préviens », fit le buraliste. Alvin acquiesça de la tête ; c'était toujours pareil. Les gens ne pouvaient se passer de fer, y compris le buraliste, qui ne tarderait pas à monter à la forgerie pour demander ci ou ça. Mais en attendant, il laissait Alvin charger la commande tout seul, de peur qu'il lui abîme ses diables en transportant des poids aussi lourds. Et Conciliant ne lui donnait jamais assez d'argent non plus pour embaucher l'un des rats de rivière qui l'aurait aidé à la manutention. Pour être franc, Alvin ne s'en plaignait pas. Il appréciait peu le genre d'hommes qui vivaient sur la rivière. Quand bien même on ne croisait plus guère de brigands et de pirates, à cause de l'importance du trafic fluvial qui les empêchait d'agir discrètement, il restait encore suffisamment de voleurs et d'escrocs, et ces gens-là, Alvin les méprisait profondément. A son point de vue, ces individus profitaient de la crédulité du monde honnête puis le trahissaient ; et ça menait où, sinon à ce que les gens n'accordent plus la moindre confiance à leur prochain ? J'aimerais mieux avoir affaire à un querelleur qui prend le mors aux dents et me battre avec lui d'égal à égal plutôt qu'à un menteur qui me fait des accroires.

Or, sachez qu'Alvin rencontra la nouvelle institutrice et se mesura à un rat de rivière, tout ça en l'espace d'une heure.

L'homme contre lequel il se battit appartenait à la bande de traînailleurs qui se prélassaient sous l'avant-toit du bureau du port, probablement dans l'attente qu'ouvre une maison de jeu. A chaque fois qu'Alvin sortait du bureau avec une caisse de barres de fer, ils l'interpellaient, lui lançaient des quolibets. D'abord bon enfant, du genre : « Pourquoi donc tu fais tant d'voyages, mon gars ? T'as qu'à t'coincer une caisse sous chaque bras ! » Alvin répondait par un sourire à ces remarques, car ils connaissaient parfaitement le poids d'un chargement de fer, il le savait. D'ailleurs, lorsqu'ils l'avaient débarqué du bateau la veille, les bateliers s'étaient sûrement mis à deux par caisse. Alors, en un certain sens, le taquiner en le traitant de feignant ou de gringalet, c'était une sorte de compliment car il s'agissait forcément d'une blague, vu que le fer était lourd et Alvin vraiment très costaud.

Puis Alvin se rendit au magasin pour acheter les épices que Gertie lui avait demandé de ramener ainsi que deux ou trois ustensiles de cuisine fabriqués en Irrakwa et en Nouvelle-Angleterre dont l'utilité lui échappait en partie.

Lorsqu'il revint, les bras pleins, il retrouva les rats de rivière toujours vautrés à l'ombre, seulement ils avaient maintenant jeté leur dévolu sur une nouvelle victime dont ils se moquaient par des remarques déplaisantes. C'était une femme entre deux âges, autour de la quarantaine, de l'avis d'Alvin, les cheveux remontés et réunis en un chignon austère, coiffée d'un chapeau quelconque, en robe sombre serrée au cou et aux poignets comme si elle craignait que le soleil sur sa peau ne la fasse périr. D'un œil glacial, elle regardait fixement devant elle tandis que les vauriens l'apostrophaient.

« Trouvez pas que c'te robe lui a l'air cousue d'sus, les gars ? »

C'était bien leur avis.

« Probab' qu'a s'remonte jamais pour un homme, c'te robe-là.

— Ben non, tiens, y a rien par en d'sous, les gars, c'est qu'une tête et des mains d'poupée cousues sur une robe empaillée, croyez pas ?

— Pas possib' qu'ce soye une vraie femme.

— J'reconnais une vraie femme quand j'en vois une, toujours ben. A la s'conde qu'elles posent les yeux sus moi, c'est plus fort qu'elles, les vraies femmes, elles écartent les pattes et r'lèvent la jupe.

— P't-être qu'en y donnant un p'tit coup d'main, tu pourrais en faire une vraie femme.

— Celle-là ? Celle-là, elle est taillée dans l'bois. Je m'écorcherais l'aviron si j'voulais ramer dans des eaux d'même. »

Alors là, Alvin refusait d'en entendre davantage. C'était déjà grossier pour un homme de lancer de telles réflexions à propos d'une femme qui les cherchait — les filles des maisons de jeu, qui ouvraient leur décolleté si bas qu'on leur comptait les tétons aussi nettement que les pis d'une vache et qui se déhanchaient le long des rues en remontant leur jupe du pied pour qu'on leur voie les genoux. Mais cette femme-ci était évidemment une lady et en toute justice n'aurait jamais dû entendre les réflexions dégoûtantes de cette vermine. Alvin se dit qu'elle attendait sûrement quelqu'un qui venait la chercher — la diligence pour Hatrack River allait passer, mais pas avant un couple d'heures. Elle n'avait pas l'air apeurée, elle savait probablement ces hommes plus forts en paroles qu'en actes, sa vertu ne risquait donc pas grand-chose. En regardant son visage, Alvin ne put déterminer si même elle écoutait, tant l'expression en était froide et distante. Mais les quolibets des rats de rivière l'embarrassaient, lui ; il ne pouvait le supporter, pas plus qu'il n'estimait correct de partir comme ça avec son chariot et de la laisser là. Il déposa donc dans le chariot les paquets qu'il ramenait du magasin du port, s'avança vers les rats de rivière et s'adressa au plus bruyant et plus grossier de la bande.

« Vous feriez p't-être mieux d'y causer comme à une lady, dit-il. Ou alors de pas y causer du tout. »

Alvin ne s'étonna pas de voir l'éclair qui passa dans les yeux de tous les gars dès l'instant où il se mit à parler. Se moquer d'une femme pour rigoler, c'était une chose, mais il savait qu'à présent ils le jaugeaient pour évaluer leurs chances de le corriger. Avoir l'occasion de donner une leçon à un villageois, même bâti en force comme le forgeron qu'était Alvin, ils adoraient ça.

« P't-être que toi, tu f'rais mieux de pas nous causer du tout, à nous autres, répliqua le fort en gueule. P't-être que t'en as déjà trop dit. »

L'un des vauriens comprit de travers et crut que le jeu des grossièretés à la lady continuait toujours. « L'est jaloux, v'là tout. Y veut lui-même pousser sa perche dans l'fond d'sa rivière.

— J'en dirai encore plusse, reprit Alvin, tant qu'vous aurez pas les manières pour causer à une lady. »

A ce moment seulement, la lady parla pour la première fois. « Je n'ai pas besoin de protection, jeune homme, dit-elle. Passez votre chemin, je vous prie. » Elle avait une voix étrange. Cultivée, comme celle du révérend Thrower, elle articulait distinctement chaque mot. Comme les gens qui allaient à l'école dans l'Est.

Il aurait mieux valu pour elle se taire, car le son de sa voix ne fit qu'encourager les rats de rivière.

« Oh, mais c'est qu'elle en pince pour le p'tit gars !

— Elle y fait les doux yeux !

— Y veut ramer dans not' bateau !

— On va y montrer, à la lady, qui c'est l'homme !

— Si c'est son p'tit mât qu'elle veut, on a qu'à y couper et on va y donner. »

Un couteau apparut, puis un autre. Elle ne savait donc pas quand fermer le bec ? S'ils n'avaient eu affaire qu'à Alvin tout seul, ils se seraient décidés pour une simple bagarre, un contre un. Mais s'il leur prenait envie de farauder devant elle, ils seraient ravis de se mettre à plusieurs contre lui, de lui donner de méchants coups de lame, peut-être de le tuer, en tout cas certainement de lui prendre une oreille ou le nez, voire, comme ils l'avaient dit, de le châtrer.

Alvin la fixa un moment d'un œil furibard, lui demandant en pensée de tenir sa langue. Soit elle comprit le sens de son regard, soit elle s'estima tirée d'affaire ou prit peur d'en rajouter, toujours est-il qu'elle ne relança pas la discussion, à laquelle Alvin donna un tour qui lui convenait mieux.

« Des couteaux, fit-il avec tout le mépris dont il était capable. Vous avez donc peur d'vous frotter à un forgeron les mains nues ? »

Ils se moquèrent de lui, mais les couteaux reculèrent et disparurent.

« Un forgeron, c'est rien du tout à côté des muscles que ça nous donne, à nous autres, d'naviguer à la perche sus la rivière.

— Vous naviguez plus à la perche sus la rivière, les gars, et tout l'monde connaît ça, dit Alvin. Vous restez là à faire du lard et vous r'gardez la roue à aubes pousser les bateaux. »

Le fort en gueule se leva et se détacha du groupe en passant sa chemise crasseuse par-dessus sa tête. Il était puissamment musclé, pour ça oui, et pas mal de cicatrices lui faisaient des marques rouges et blanches un peu partout sur les bras et la poitrine. Il lui manquait aussi une oreille.

« A c'que j'vois, dit Alvin, vous vous êtes battu souvent.

— Tout juste, fit le rat de rivière.

— Et à c'que j'vois aussi, vos adversaires ont souvent eu l'dessus. »

L'homme devint cramoisi, il rougit sous son hâle jusqu'à la poitrine.

« Vous avez personne à m'présenter avec qui ça vaut l'coup d'se battre ? Quèqu'un qu'a l'habitude de gagner ses combats ?

— J'les gagne, moi ! » brailla l'homme. Il bouillait de rage, ce serait plus facile de lui sacrer une volée, c'était ce que voulait Alvin. Mais les autres, ils se mirent à le tirer en arrière.

« L'a raison, le p'tit forgeron, tu vaux pas tripette à la lutte.

— Donnes-y donc ce qu'y veut.

— Mike, tu prends c'gars.

— L'est à toi, Mike. »

Dans le fond — le coin le plus à l'ombre, où il était resté assis sur la seule chaise pourvue d'un dossier —, un homme se leva et s'avança.

« C'est moi qui l'prends, c'gars-là », dit-il.

Aussitôt, le fort en gueule recula pour lui céder la place. Ce n'était pas du tout ce que voulait Alvin. Le dénommé Mike était plus grand et plus costaud que tous les autres et, lorsque l'homme retira sa chemise, Al s'aperçut qu'en dehors d'une ou deux cicatrices il était dans l'ensemble intact et possédait encore ses deux oreilles, signe indiscutable que s'il lui était arrivé de perdre un combat, il n'avait sûrement jamais subi de défaite sévère.

Il avait une musculature de bison.

« Mon nom, c'est Mike Fink ! beugla-t-il. J'suis l'plus salaud, l'plus maudit des fils de pute qu'a jamais marché d'sus l'eau ! J'peux rendre orphelins des bébés alligators à mains nues ! J'peux jeter un bison vivant dans un chariot et lui taper sus l'dessus du crâne jusqu'à ce qu'y meure ! Si j'aime pas l'coude d'une rivière, j'te l'attrape par un bout et j'la secoue pour la r'dresser ! Toutes les femmes que j'culbute se r'lèvent avec trois marmots, quand elles se r'lèvent ! Une fois que j'en aurai fini avec toi, mon gars, t'auras les cheveux qui te tomberont tout droit d'chaque côté d'la goule, par rapport que t'auras plus d'oreilles. Faudra t'asseoir pour pisser et t'auras plus jamais b'soin de t'raser ! »

Pendant que Mike Fink débitait ses fanfaronnades, Alvin se débarrassait de sa chemise et de la ceinture où pendait son couteau pour les déposer sur le siège du chariot. Il traça ensuite un grand cercle par terre en prenant soin de garder l'air aussi calme et détendu que si Mike Fink n'était qu'un petit gamin de sept ans plein de cran et non un homme dont l'envie de meurtre se lisait dans les yeux.

Aussi lorsque Fink eut fini de se vanter, le cercle était tracé. Il s'approcha du rond, puis l'effaça du pied en soulevant de la poussière. Il tourna tout autour pour le faire disparaître complètement. « J'connais pas qui t'a appris à t'battre, mon gars, dit-il, mais quand tu t'bats contre moi, y a pas d'lignes par terre et y a pas d'règles. »

Une fois encore, la lady intervint. « Il semble évident qu'il n'y a pas de règles non plus lorsque vous vous exprimez, sinon vous sauriez que votre manie de dire "y a pas" est une preuve indiscutable d'ignorance et de bêtise. »

Fink se tourna vers elle et fit mine de vouloir parler. Mais c'était comme s'il savait qu'il n'avait rien à dire, ou alors il se figurait que tout ce qu'il dirait n'aboutirait qu'à prouver davantage son ignorance. Le ton méprisant de la femme le mettait en rage, mais il mettait aussi le doute dans son esprit. D'abord, Alvin crut qu'elle l'exposait, lui, à un plus grand danger, à vouloir encore s'en mêler. Puis il comprit qu'elle faisait à Fink ce qu'il avait voulu faire au fort en gueule : le rendre suffisamment furieux pour qu'il se batte n'importe comment. L'ennui, alors qu'Alvin jaugeait le batelier, c'était qu'il le soupçonnait de ne pas se battre n'importe comment sous le coup de la colère mais de n'en devenir que plus mauvais. De se battre pour tuer. Pour mettre à exécution son projet fanfaron de couper certains morceaux de son anatomie. Ça n'allait pas être un combat amical comme ceux qu'il livrait au village, quand le jeu consistait à simplement envoyer l'adversaire à terre ou, s'ils s'affrontaient sur l'herbe, à l'immobiliser.

« Vous êtes pas si fort, dit Alvin, et vous connaissez que j'ai raison, sinon vous auriez pas un couteau dans vot' botte. »

Fink parut effrayé, puis il sourit. Il remonta sa jambe de pantalon et sortit de sa botte un long couteau qu'il jeta aux hommes derrière lui.

« J'ai pas b'soin d'couteau pour te battre, toi, dit-il.

— Alors pourquoi vous enlevez pas çui qu'vous avez aussi dans l'aut' botte ? » demanda Alvin.

Fink fronça les sourcils et souleva l'autre jambe de pantalon. « Y a pas d'couteau icitte », dit-il.

Alvin savait bien que si, et ça lui faisait plaisir que Fink soit assez inquiet de son combat pour ne pas se séparer de sa lame la mieux cachée. Sans compter que personne n'était probablement au courant de son existence en dehors d'Alvin, capable de voir ce que les autres ignoraient. Fink n'avait pas envie d'avouer à tout le monde qu'il avait ce couteau, on allait vite se passer le mot tout au long de la rivière et il perdrait son avantage.

Alvin ne pouvait pourtant pas le laisser combattre avec un couteau caché sur lui. « Alors déchaussez-vous et on s'bat pieds nus », dit-il. De toute manière, couteau ou pas, c'était une bonne idée. Alvin savait qu'en cours de bagarre les rats de rivière ruaient comme des mules à coups de bottes. Le fait de se battre pieds nus, ça enlèverait peut-être une partie de son courage à Mike Fink.

Mais si Fink perdit un peu de courage, il ne le montra pas. Il s'assit dans la poussière de la route et retira ses bottes. Alvin fit de même et enleva aussi ses chaussettes — Fink n'en portait pas. Les deux hommes n'étaient désormais plus vêtus que de leur pantalon, et déjà, en plein soleil, la poussière et la sueur maculaient leurs corps de marbrures et de croûtes d'argile.

Mais Alvin n'était pas encroûté au point de ne pas sentir un charme de protection qui enveloppait tout Mike Fink. Comment était-ce possible ? Avait-il un charme gravé sur une amulette dans sa poche ? Le motif était plus puissant du côté de son postérieur, mais lorsqu'il envoya son esprit fouiller cette poche, il ne trouva rien d'autre que la grossière toile de coton du pantalon. Elle ne contenait même pas une pièce de monnaie.

Un attroupement s'était à présent formé. Il rassemblait non seulement les rats de rivière qui se prélassaient à l'ombre du bureau du port mais aussi tout un tas de leurs congénères, et manifestement tous s'attendaient à ce que Mike Fink l'emporte. Ce devait être une sorte de légende le long de la rivière, se dit Alvin, et ce n'était pas surprenant quand on bénéficiait comme lui d'un charme mystérieux. Alvin imaginait les adversaires de Fink qui voulaient lui donner un coup de couteau mais qui déviaient au dernier moment, lâchaient prise ou trouvaient moyen de retenir l'arme pour qu'elle ne fasse pas mal. C'est bien plus facile de gagner tous vos combats si personne ne peut vous planter ses dents dans la chair ni un couteau faire mieux que vous effleurer la peau.

Fink tenta d'abord les coups les plus tape-à-l'œil, bien sûr, pour assurer le spectacle : il rugissait, se ruait sur Alvin à la façon d'un bison, cherchait à l'étreindre entre ses bras d'ours, puis à l'agripper et lui balancer son poing à la volée comme un quartier de roc au bout d'une ficelle. Mais Alvin ne voulait rien savoir. Il n'avait d'ailleurs même pas besoin de se servir de son talent pour éviter les attaques. Il était plus jeune et plus vif que Fink; il esquivait si vite que le batelier n'arrivait même pas à le toucher. Au début, les spectateurs huèrent et traitèrent Alvin de froussard. Mais après un moment, ils se mirent à rire de Fink, tant il avait l'air bête à rugir et à ruer toujours en pure perte.

Pendant ce temps, Alvin explorait Fink pour trouver la source de son sortilège, car il n'avait aucun espoir de gagner ce combat s'il n'arrivait pas à se débarrasser de la puissante enveloppe protectrice de son adversaire. Il y parvint bientôt : un motif de teinture profondément incrusté dans la peau d'une fesse. Ce n'était plus un charme parfait car la peau avait quelque peu changé au cours des ans avec la croissance de Fink, mais le motif en était ingénieux, composé de boucles et d'anneaux efficaces; même déformé, il parvenait encore à tendre un écran redoutable tout autour de lui.

S'il ne s'était pas trouvé au beau milieu d'un combat avec Fink, Alvin aurait fait montre de plus de subtilité, il se serait contenté d'affaiblir légèrement le charme, car il n'avait aucune envie de priver le batelier du sortilège qui le protégeait depuis si longtemps. S'il perdait son charme, Fink risquait d'en mourir, surtout qu'à force de compter dessus pour ne courir aucun danger il avait peut-être fini par négliger toute prudence. Mais Alvin avait-il le choix ? Il agit donc sur les teintures qui commencèrent à se diluer, à s'infiltrer dans le sang qui les emporta. Alvin n'avait pas besoin de beaucoup se concentrer pour parvenir à ça, il lui suffisait de lancer le processus et de le laisser se poursuivre tout seul pendant qu'il s'employait à ne pas rester sur la trajectoire de Fink.

Rapidement, Al sentit le charme s'affaiblir, s'estomper et enfin disparaître complètement. Fink ne s'en douterait pas, mais lui le savait ; le rat de rivière pouvait désormais recevoir des coups comme n'importe qui.

Entre-temps, Fink avait renoncé à ses charges aussi grossières que stupides. Il tournait autour d'Alvin, lui lançait de fausses attaques, cherchait franchement le corps à corps pour profiter de son poids et le renverser. Alvin avait une meilleure allonge et incontestablement une plus grande force de bras, aussi dès que l'autre avançait les siens pour le saisir, il les écartait d'un revers énergique.

Pourtant, une fois le charme rompu, il ne chercha plus à esquiver son adversaire. Au contraire, il avança les mains dans sa garde, si bien que lorsque Fink lui attrapa les bras, Alvin put se crocheter les doigts derrière le cou du batelier.

D'une violente pression, il fit ployer Fink dont la tête se retrouva à hauteur de sa poitrine. C'était trop facile, le rat de rivière s'était laissé faire, et Alvin devina pourquoi. En effet, Fink l'attira contre lui et remonta très vite la tête, s'attendant à ce que son crâne percute le menton du forgeron... Seulement, le menton d'Alvin n'était pas où Fink le pensait. Le jeune homme avait déjà lui-même rejeté la tête en arrière, et lorsque Fink se releva violemment, sans maîtriser son coup, Alvin se projeta en avant et lui écrasa son front en pleine figure. Il sentit le nez du batelier éclater sous le choc, et du sang jaillit pour couler sur leurs deux visages.

Un nez cassé, ça n'était pas un événement dans ce genre de bagarre. Ça faisait affreusement mal, bien sûr, et un combat amical se serait arrêté là-dessus — mais d'un autre côté, évidemment, un combat amical n'aurait pas donné lieu à des coups de boule. Tout autre rat de rivière aurait secoué la tête, rugi deux ou trois fois et serait revenu à la charge.

Fink, lui, recula, un air de surprise peint sur le visage, les mains accrochées à son nez. Puis il laissa échapper un hurlement, comme un chien battu.

Tout le monde se tut. Ce qui arrivait, c'était tellement drôle, un rat de rivière comme Mike Fink qui hurlait pour un nez cassé. Non, ça n'était pas à franchement parler drôle, mais c'était bizarre. Un rat de rivière ne se conduisait pas comme ça.

« Vas-y, Mike, murmura quelqu'un.

— Tu peux l'avoir, Mike. »

Mais les encouragements manquaient d'enthousiasme. On n'avait encore jamais vu Mike Fink souffrir ou avoir peur. D'ailleurs, il aurait pu mieux le cacher. Seul Al savait pourquoi. Seul Al savait que Mike Fink n'avait jamais éprouvé pareille douleur de sa vie, qu'il n'avait jamais versé son sang dans une bagarre. Il avait tant de fois brisé le nez de ses adversaires et ri de leur souffrance ; c'était facile de rire, puisqu'il ignorait le mal que ça faisait. Maintenant il le savait. L'ennui, c'est qu'il apprenait aujourd'hui ce que tout le monde connaissait à six ans, alors il se comportait comme un enfant de cet âge-là. Il ne pleurait pas vraiment, il hurlait.

L'espace d'un instant, Alvin se dit que le combat était terminé. Mais la peur et la souffrance de Fink se muèrent bientôt en rage, et il se jeta à nouveau dans la bagarre. Il avait peut-être appris la douleur mais elle ne lui avait pas inculqué la prudence.

Il fallut donc quelques autres prises, quelques autres torsions et contorsions, avant qu'Alvin n'entraîne Fink au sol. Même stupéfait, effrayé, le batelier restait l'homme le plus costaud qu'il avait jamais affronté.

Jusqu'à ce combat, Alvin n'avait pas encore vraiment eu l'occasion de mesurer sa force ; il n'avait jamais été poussé jusqu'à ses limites. Maintenant si, et il se retrouva à rouler, rouler dans la poussière, une poussière si épaisse qu'il arrivait à peine à respirer ; il sentait le souffle court et chaud de Fink tantôt au-dessus, tantôt en dessous de lui, tandis que pleuvaient les coups de genoux, que les bras s'abattaient et s'agrippaient, que les pieds raclaient le sol à la recherche d'un appui pour prendre l'avantage.

En fin de compte, Fink fut victime de son inexpérience de la défaite. Comme personne ne pouvait lui briser les os, il n'avait jamais appris à replier les jambes, jamais appris à les soustraire aux coups de talon de son adversaire. Lorsqu'Alvin se dégagea pour se remettre péniblement debout, le batelier roula aussitôt sur lui-même et, l'espace d'un instant, étendu par terre, passa une jambe par-dessus l'autre : une véritable invitation. Alvin ne réfléchit même pas, il sauta en l'air et retomba de tout son poids ; ses deux pieds écrasèrent la jambe du dessus de Fink, dont l'os se plia sur celle du dessous. Si brutal et puissant fut le coup qu'il fracassa non seulement l'une, mais l'autre aussi. Fink hurla comme un gamin brûlé vif.

A ce moment seulement, Alvin comprit ce qu'il venait de faire. Oh oui, bien entendu, il avait mis fin au combat — personne n'est assez coriace pour continuer de se battre avec les deux jambes brisées. Mais il vit tout de suite, sans avoir besoin de regarder avec ses yeux, qu'il ne s'agissait pas de cassures nettes, de celles qui se ressoudent aisément. En outre, Fink n'était plus un jeune homme, encore moins un gamin. Même si ces fractures guérissaient, elles le laisseraient au mieux boiteux, au pire complètement estropié. Il perdrait ses moyens d'existence. Et puis il avait dû se faire beaucoup d'ennemis au fil des ans. Quelle serait leur réaction, maintenant qu'il était esquinté et bancal ? Combien de temps survivrait-il ?

Alvin s'agenouilla donc par terre près de Fink qui se tordait de douleur — qui se tordait le tronc, plus précisément, car il s'efforçait de ne pas bouger le reste du tout — et il lui toucha les jambes. Les mains en contact avec le corps étendu, même à travers le tissu du pantalon, Alvin trouva plus aisément son chemin, travailla plus vite ; un instant plus tard, il avait recollé les os. Il n'essaya pas d'en faire davantage, non ; les contusions, les muscles déchirés, l'écoulement de sang, il fallait laisser ça tel quel sinon Fink serait capable de se remettre debout et de relancer la bagarre.

Il retira les mains et se recula. Les rats de rivière se rassemblèrent aussitôt autour de leur héros déchu.

« L'a les jambes cassées ? demanda le fort en gueule.

— Non, fit Alvin.

— Elles sont en miettes ! » brailla Fink.

Déjà, un autre homme avait fendu la jambe de pantalon jusqu'en haut. Il trouva bien la meurtrissure, mais lorsqu'il tâta le long de l'os, Fink poussa des cris d'orfraie et s'écarta. « Touches-y pas !

— M'ont pas l'air cassées, dit l'homme.

— R'gardez donc comme il remue des pattes. Elles sont pas cassées. »

C'était vrai, Fink ne se tordait plus seulement du haut du corps, ses jambes gigotaient à présent autant que le reste.

Un gars l'aida à se remettre sur ses pieds. Fink chancela, faillit tomber, s'appuya sur le fort en gueule pour se retenir et barbouilla sa chemise du sang qui lui coulait du nez. Les autres se dispersèrent.

« Un gamin, murmura l'un d'eux.

— On dirait un chiot, à hurler comme ça.

— Un grand bébé.

— Mike Fink, tu parles... Mike Frousse, oui. » Puis un gloussement.

Alvin, près du chariot, remit sa chemise puis s'assit sur le siège pour enfiler ses chaussettes et ses souliers. Il leva les yeux et vit la lady qui le regardait. Elle n'était pas éloignée de plus de six pieds car le chariot du forgeron avait été rapproché au bord du quai de chargement. Son visage revêche exprimait le dégoût. Alvin se dit qu'elle devait le trouver sale. Il n'aurait peut-être pas dû remettre sa chemise tout de suite, mais d'un autre côté, c'était impoli aussi de rester sans chemise devant une lady. De fait, les citadins, surtout les docteurs et les hommes de loi, ils avaient honte de se montrer en public sans manteau, gilet ni foulard comme il faut. Les pauvres ne portaient généralement pas de linge pareil, et un apprenti se donnerait des airs s'il s'habillait comme ça. Mais une chemise... il fallait qu'il l'ait sur lui, crasseux de poussière ou non.

« 'mande pardon, m'dame, dit-il. J'me laverai quand j'serai rentré chez moi.

— Vous vous laverez ? demanda-t-elle. Est-ce que vous vous laverez de votre bestialité par la même occasion ?

— M'est avis que j'connais pas, j'ai jamais entendu ce mot-là.

— Je suppose que non, dit-elle. Bestialité. Du mot *bestial*. Qui vient de bête, animal. »

Alvin se sentit rougir de colère. « P't-être bien. P't-être que j'aurais dû les laisser causer d'vous comme ils voulaient.

— Je ne leur prêtais pas attention. Ils ne me gênaient pas. Vous n'aviez pas besoin de me protéger, surtout pas de cette façon. Vous mettre nu pour vous rouler dans la saleté. Vous êtes couvert de sang. »

Alvin savait à peine quoi répondre, elle était si prétentieuse et butée. « J'étais pas nu », dit-il. Puis il sourit. « Et c'est son sang, à lui.

— Et vous en êtes fier ? »

Oui, par le fait. Mais il savait que s'il le reconnaissait, ça le rabaisserait aux yeux de la lady. Bon, et quand bien même ? Qu'en avait-il à faire de ce qu'elle pensait de lui ? Pourtant, il se tut.

Dans le silence qui s'établit entre eux, il entendit derrière lui les rats de rivière huer Fink, lequel ne hurlait plus mais ne disait pas grand-chose pour autant. Malheureusement, ils ne s'intéressaient pas seulement à Fink, maintenant.

« Le p'tit villageois s'prend pour un costaud.

— P't-être qu'on devrait y faire voir c'que c'est qu'une vraie bagarre.

— On verra bien si son amie la lady joue toujours les pimbêches. »

Alvin ne pouvait prédire l'avenir, mais il n'y avait pas besoin d'être torche pour deviner ce qui allait se passer. Al avait ses bottes aux pieds, son cheval était attelé, et il était temps de partir. Mais elle avait beau faire la prétentieuse, il n'allait pas abandonner la lady. Il savait que les rats de rivière la prendraient maintenant pour cible, et même si elle croyait ne pas avoir besoin de protection, il savait aussi que ces hommes venaient d'assister à la défaite et à l'humiliation de leur meilleur lutteur, tout ça par sa faute à elle, ce qui voulait dire qu'elle risquait de voir tous ses bagages balancés à l'eau et de se retrouver étalée par terre, sinon pire.

« Devriez monter, dit Alvin.

— Je me demande ce qui vous permet de me donner des directives comme à un vulgaire… Qu'est-ce que vous faites ? »

Alvin jetait sa malle et ses sacs à l'arrière du chariot. Ça lui paraissait si évident qu'il ne prit pas la peine de répondre.

« Je crois que vous me volez, monsieur !

— Tout juste, si vous montez pas », dit Alvin.

Les rats de rivière s'attroupaient à présent autour du chariot, et l'un d'eux tenait le harnais du cheval. La lady jeta un regard circulaire, et son expression courroucée changea. Un tout petit peu. Elle souleva le pied et quitta le quai pour rejoindre Alvin qui lui prit la main pour l'aider à s'installer sur le siège. Le rat de rivière fort en gueule se trouvait à côté, appuyé contre le chariot ; il arborait un large sourire.

« T'as battu l'un d'nous autres, l'forgeron, mais tu pourrais-t-y nous battre tous ? »

Alvin se borna à le fixer du regard. Il se concentrait sur l'homme qui tenait le cheval ; il lui chauffa brusquement la main comme si une centaine d'aiguilles la transperçaient. L'homme cria de douleur et lâcha l'animal. Le fort en gueule détourna son regard vers l'origine du cri, et au même moment Alvin lui flanqua un coup de botte dans l'oreille. Le coup ne valait pas grand-chose mais de toute façon l'oreille ne valait pas mieux, et l'homme se retrouva le derrière par terre à se tenir la tête.

« Allez, hue ! » s'écria Alvin.

Le cheval, obéissant, fonça en avant… et le chariot se déplaça d'un pouce. Puis d'un second. Difficile de faire avancer vite un chargement de fer, du moins d'un coup. Alvin s'arrangea pour que les roues tournent régulièrement, facilement, mais il ne pouvait rien faire pour le poids du chariot ni la force du cheval. Le temps que l'animal commence à bouger, le chariot était devenu beaucoup plus lourd à cause des rats de rivière qui s'y agrippaient, le tiraient en arrière, grimpaient à bord.

Alvin se retourna et fit claquer son fouet dans leur direction. Le fouet, c'était du simulacre car il n'en toucha pas un seul. Pourtant, ils tombèrent tous ou lâchèrent prise comme s'il les avait vraiment atteints ou du moins effrayés. Ce qui s'était en réalité passé, c'est que brusquement le bois du chariot était devenu glissant, comme enduit de graisse. Il n'y avait plus moyen de le tenir. Ils s'écroulèrent donc dans la poussière de la route, et le chariot bondit en avant.

Ce n'était pourtant pas terminé. En effet, Alvin devait effectuer un demi-tour et repasser devant eux pour remonter la route conduisant à Hatrack River. Il se demandait comment il allait s'y prendre lorsqu'il entendit partir un coup de feu, aussi fort qu'un coup de canon, dont l'écho resta suspendu dans l'air chaud et lourd de l'été. Une fois son demi-tour effectué, il aperçut le buraliste qui était sorti sur le quai, sa femme derrière lui. Il tenait un mousquet tandis qu'elle rechargeait celui qu'il venait d'utiliser.

« M'est avis qu'la plupart du temps on s'entend plutôt bien, les gars, dit le buraliste. Mais aujourd'hui vous avez pas l'air de comprendre que vous avez été battus à la loyale. Alors je m'dis que c'est l'moment d'vous r'mettre à l'ombre, par rapport que si vous faites un pas d'plusse vers ce chariot, ceux-là qui mourront pas d'chevrotine passeront en jugement à Hatrack River, et si vous vous figurez qu'ça coûtera pas cher d'attaquer un p'tit gars du coin et la nouvelle maîtresse d'école, alors c'est qu'vous êtes aussi couillons qu'vous en avez l'air. »

Le discours était plutôt bref, mais il fit davantage d'effet que la plupart de ceux qu'Alvin avait entendus jusque-là. Les rats de rivière retournèrent s'installer à l'ombre, s'envoyèrent deux ou trois longues rasades d'un cruchon et regardèrent Al et la lady d'un air franchement renfrogné. Le buraliste réintégra son poste avant même que le chariot ait tourné au coin pour reprendre la route du village.

« A votre avis, le buraliste ne court aucun danger pour nous avoir aidés, n'est-ce pas ? » demanda la lady. Alvin constatait avec plaisir qu'elle avait perdu son ton arrogant, même si elle parlait toujours aussi clairement et uniment que le tintement du marteau sur le fer.

« Non, dit Alvin. Ils connaissent tous que s'il arrivait quèque chose à un buraliste, les coupables seraient forcés de quitter leur ouvrage sus la rivière, ou alors ils survivraient pas à une nuit à terre.

— Et vous ?

— Oh, moi, j'ai pas d'garantie comme ça. Alors m'est avis que j'vais pas revenir à La Bouche avant un couple de semaines. A ce moment-là, tous ces gars auront trouvé de l'ouvrage et seront à cent milles en amont ou en aval d'icitte. » Puis il se rappela ce qu'avait dit le buraliste. « Vous êtes la nouvelle maîtresse d'école ? »

Elle ne répondit pas. Pas directement, en tout cas. « J'imagine qu'il existe aussi des gens de cet acabit dans l'Est, mais on ne les rencontre pas ainsi au grand jour.

— Eh ben, ça vaut joliment mieux d'les rencontrer au grand jour qu'en pleine nuit ! » fit Al en rigolant.

Elle ne rigola pas.

« J'attendais le docteur Physicker. Il croyait que mon bateau arriverait plus tard dans l'après-midi, mais il est peut-être en chemin.

— Y a pas d'aut' route, m'dame, fit Alvin.

— Mademoiselle, corrigea-t-elle. Pas madame. Ce titre est normalement réservé aux femmes mariées.

— Comme j'disais, y a pas d'aut' route. Alors s'il est en ch'min, on pourra pas l'manquer, l'docteur et ses pommades… moiselle. »

Cette fois, Alvin évita de rire de sa plaisanterie. En revanche, il crut, du coin de l'œil, surprendre un sourire furtif sur le visage de l'institutrice. Peut-être qu'elle n'est pas aussi hautaine qu'elle en a l'air, se dit-il. Peut-être qu'elle est presque humaine. Peut-être même qu'elle acceptera de donner des leçons particulières à certain petit bougre à moitié noir. Peut-être qu'elle valait la peine que je lui remette la resserre en état.

Comme il regardait devant lui pour conduire le chariot, il n'aurait pas été naturel, et encore moins correct, de se tourner vers elle et de la détailler comme il en avait envie. Il envoya donc sa bestiole, son étincelle, cette partie de lui-même qui « voyait » ce qui restait invisible à tous les autres. C'était pour lui comme une seconde nature désormais que d'explorer ce que les gens avaient, comme qui dirait, dans la peau. Mais attention, ça n'était pas comme regarder avec les yeux. Il pouvait bien sûr dire ce qu'il y avait sous leurs vêtements, mais il ne les voyait quand même pas tout nus. Il entrait plutôt en contact étroit avec la surface de leur épiderme, presque comme s'il élisait domicile dans l'un des pores. Ça n'était donc pas comme s'il espionnait en douce par les fenêtres ni rien ; seulement une autre façon d'observer les gens et de les comprendre. Il ne voyait pas la forme et la couleur des individus, mais il voyait s'ils transpiraient, s'ils avaient chaud, s'ils étaient en bonne santé ou crispés. Il voyait les marques de coups, les blessures cicatrisées. Il voyait l'argent caché ou les papiers secrets — mais s'il devait lire les papiers, il fallait qu'il trouve l'encre à la surface et qu'il suive sa trace jusqu'à parvenir à se représenter les lettres en esprit. C'était très lent. Beaucoup plus que de voir directement, dame oui.

Bref, il envoya sa bestiole « explorer » cette lady aux grands airs qu'il ne pouvait pas regarder franchement. Et ce qu'il découvrit le prit au dépourvu. Parce qu'elle usait d'un sortilège tout autant que Mike Fink.

Non, bien davantage. Elle en était bardée, depuis des amulettes qui lui pendaient au cou jusqu'à des charmes cousus dans ses vêtements ; il y en avait même un, en fil de fer, noyé dans son chignon. Un seul avait pour but de la protéger et il n'était pas moitié aussi puissant que celui dont avait bénéficié Mike Fink. Tous les autres servaient... à quoi ? Alvin n'avait encore jamais rien vu de tel, et il lui fallut un certain temps de réflexion et d'exploration pour comprendre la destination de tous ces réseaux de charmes qui la couvraient. Autant qu'il pouvait en juger tout en conduisant son chariot, les yeux braqués sur la route devant lui, ces charmes créaient une puissante illusion, ils la faisaient apparaître ce qu'elle n'était pas.

Sa première idée, quoi de plus naturel ? fut d'essayer de découvrir ce qu'elle était en réalité sous son déguisement. Les habits qu'elle portait étaient bien réels ; le sortilège modifiait seulement le son de sa voix, le teint et le grain de sa peau. Mais Alvin n'y connaissait pas grand-chose en apparences, et pas du tout en apparences créées à partir de charmes. La plupart des gens faisaient ça d'un mot ou d'un geste, en rapport avec une image de ce dont ils voulaient avoir l'air. Ça agissait sur l'esprit des gens, mais dès qu'on l'avait percé à jour, ça ne prenait plus. Comme Alvin les perçait régulièrement à jour, pareils sortilèges d'apparence n'avaient aucun effet sur lui.

Mais celui de la maîtresse d'école était différent. Il changeait la façon dont elle recevait et réfléchissait la lumière, si bien que l'illusion ne venait pas du fait qu'on croyait voir ce qui n'était pas là. Non, on la voyait réellement différemment, la lady, les yeux percevaient directement l'image qu'elle donnait d'elle. Comme l'illusion n'agissait pas sur l'esprit d'Alvin, connaître la supercherie ne l'aidait pas à découvrir la vérité. Même en se servant de sa bestiole, il ne pouvait pas dire grand-chose sur la femme qui se dissimulait derrière les charmes, sauf qu'elle n'était pas aussi ridée ni maigre qu'il y paraissait, ce qui l'amena à penser qu'elle devait être plus jeune.

Ce fut seulement lorsqu'il cessa de chercher ce qui se cachait sous le déguisement qu'il en vint à la vraie question : pourquoi une femme disposant du pouvoir de se transformer et de se donner tous les airs qu'elle voulait déciderait-elle de prendre une allure pareille ? Froide, sévère, vieille, maigre, austère, pincée, agressive, distante. Tout ce qu'une femme espérait ne jamais devenir, cette institutrice avait choisi de l'être.

Peut-être s'agissait-il d'un fugitif déguisé ? Mais sous les charmes se cachait nettement une femme, et Alvin n'avait jamais entendu parler de femme hors-la-loi, alors ce n'était pas ça. Peut-être était-elle simplement jeune et se figurait-elle qu'on ne la prendrait pas au sérieux si elle n'avait pas l'air plus âgée. Alvin connaissait bien ça. Ou peut-être était-elle jolie, et les hommes n'arrêtaient pas de nourrir de mauvaises pensées envers elle — Alvin tenta d'imaginer ce qui se serait passé avec les rats de rivière s'ils avaient eu affaire à une réelle beauté. Mais à vrai dire, les bateliers l'auraient probablement traitée poliment comme ils savaient le faire, si elle avait été jolie. C'étaient seulement les femmes laides qu'ils ne se privaient pas de charrier ; sans doute leur rappelaient-elles leurs mères. Le physique ingrat de l'institutrice ne la protégeait donc pas vraiment. Et il ne visait pas non plus à dissimuler une cicatrice, car Alvin voyait bien qu'elle n'avait pas la peau grêlée, ni flétrie, ni abîmée.

La vérité, c'était qu'il ne comprenait pas pourquoi elle se cachait sous tant de couches de menteries. Elle pouvait être n'importe qui ou n'importe quoi. Il n'avait même pas la possibilité de lui demander, car avouer qu'il voyait à travers son déguisement reviendrait à avouer son talent, et comment la savoir digne d'une pareille confidence quand il ignorait qui elle était réellement ou pour quelle raison elle avait choisi de vivre dans le mensonge ?

Il se demanda s'il fallait en parler à quelqu'un. Le conseil d'école ne devrait-il pas être mis au courant, avant de confier les enfants du village à cette institutrice, qu'elle n'était pas tout à fait ce qu'elle paraissait ? Mais il ne pouvait pas non plus leur dire ça sans se dénoncer lui-même ; et d'ailleurs, peut-être son secret ne regardait-il qu'elle seule et ne causait-il de tort à personne. Du coup, s'il racontait la vérité sur elle, ça leur nuirait à tous deux et aucun n'y gagnerait rien.

Non, mieux valait la surveiller, de très près, et apprendre qui elle était de la seule façon qui permette de bien connaître les gens : en la regardant vivre. Alvin ne voyait pas de meilleure attitude, et pour tout dire, maintenant qu'il savait qu'elle détenait ce secret, comment pourrait-il éviter de garder tout spécialement l'œil sur elle ? Il avait une telle habitude d'utiliser sa bestiole pour explorer ce qui l'entourait qu'il lui faudrait lutter pour ne pas observer ses faits et gestes, surtout si elle s'installait dans la resserre. Il espérait à moitié qu'elle refuserait d'y loger, ainsi le mystère ne le travaillerait-il pas trop ; mais il espérait aussi à moitié qu'elle accepterait, ainsi pourrait-il exercer sa surveillance et s'assurer qu'elle était quelqu'un de convenable.

Et je la surveillerais encore mieux si je prenais des cours avec elle. Je la surveillerais avec mes yeux, lui poserais des questions, écouterais ses réponses et jugerais quel genre de personne elle est.

Peut-être que si elle me donnait des leçons assez longtemps, elle en viendrait à me faire confiance, et moi de même ; je lui dirais alors que je suis un Faiseur, elle m'apprendrait de grands secrets et nous nous aiderions l'un l'autre, nous serions de vrais amis, comme je n'ai pas connu ça depuis que j'ai quitté mon frère Mesure à Vigor Church.

Il ne poussait pas trop son cheval à cause du lourd chargement de fer, sans parler de la malle et des sacs de l'institutrice par-dessus le marché... et de l'institutrice elle-même. Aussi, après toutes leurs discussions, puis ce long silence pendant qu'Alvin s'efforçait de comprendre qui elle était vraiment, ils n'avaient parcouru qu'un demi-mille depuis La Bouche lorsqu'apparut la superbe voiture du docteur Physicker. Alvin la reconnut tout de suite et héla Po Doggly qui la conduisait. Deux bonnes minutes furent nécessaires pour transborder l'institutrice et ses bagages du chariot à la voiture. Po et Alvin effectuèrent toute la manutention ; le docteur Physicker, lui, consacra tous ses efforts à aider l'institutrice à monter dans sa voiture. Alvin ne l'avait jamais vu aussi gracieux.

« Je suis terriblement désolé que vous ayez dû subir les désagréments d'un trajet dans ce chariot, dit le docteur. Je ne pensais pas être en retard.

— En fait, vous êtes en avance », dit-elle. Puis elle se tourna aimablement vers Alvin pour ajouter : « Et le trajet en chariot s'est révélé étonnamment agréable. »

Comme Alvin n'avait pas dit un mot de presque tout le voyage, il ne savait pas franchement si elle le complimentait pour avoir été de bonne compagnie ou si elle lui était reconnaissante de ne pas avoir ouvert la bouche et de l'avoir laissée tranquille. Mais en tout cas, il sentit une sorte de feu lui monter à la figure, dont la colère n'était pas la cause.

Au moment où le docteur grimpait dans sa voiture, l'institutrice lui demanda : « Quel est le nom de ce jeune homme ? » Vu qu'elle s'adressait au docteur, Alvin ne répondit pas.

« Alvin, dit le docteur en s'asseyant sur son siège. Il est né ici. C'est l'apprenti du forgeron.

— Alvin, dit-elle en s'adressant cette fois directement à lui par la fenêtre de la voiture, je vous sais gré de votre vaillance de tout à l'heure et j'espère que vous pardonnerez l'incivilité de ma première réaction. J'avais sous-estimé la nature scélérate de nos importuns compagnons. »

Ses mots sonnaient si élégamment qu'on croyait entendre de la musique en les écoutant, même si Alvin ne comprenait que la moitié de ce qu'elle racontait. Mais son expression était aussi aimable que le permettait son visage rébarbatif, reconnut-il. Il se demanda à quoi ressemblait sa vraie figure par en dessous.

« A vot' service, m'dame, dit-il. J'veux dire : mam'zelle. »

Sur le siège du conducteur, Po Doggly lança un « hue ! » aux deux juments, et la voiture s'ébranla, toujours en direction de La Bouche, bien entendu. Il n'était pas facile à Po de trouver où effectuer un demi-tour sur cette route ; Alvin avait donc parcouru un bon bout de chemin lorsque la voiture revint et le dépassa. Po ralentit l'allure, le docteur Physicker se pencha et lança une pièce d'une piastre en l'air. Alvin l'attrapa, davantage par réflexe qu'autre chose.

« Pour avoir aidé mademoiselle Larner », dit le docteur Physicker. Ensuite Po lança un nouveau « hue ! » aux chevaux et ils s'éloignèrent, laissant Alvin à chiquer la poussière de la route.

Il sentait le poids de la pièce dans sa main et, un instant, il voulut la relancer en direction de la voiture. Mais ça ne servirait à rien du tout. Non, il la rendrait à Physicker une autre fois, d'une façon qui ne fâcherait personne. Mais quand même, ça faisait mal, ça blessait profondément de se faire payer pour avoir aidé une lady, comme s'il était un domestique, un enfant ou n'importe quoi. Le plus douloureux, c'était qu'il se demandait si l'idée de le rétribuer venait d'elle. Et si elle se figurait qu'il avait gagné le salaire d'un quart de journée en combattant pour son honneur. Il était sûr que s'il avait porté un manteau et une cravate au lieu d'une chemise sale, elle aurait estimé qu'il avait rendu le service que toute lady attend de la part d'un gentleman chrétien et elle aurait su qu'elle lui devait de la gratitude et non une récompense.

Une récompense. La pièce lui brûlait la main. Dire que pendant un moment il avait presque cru qu'elle l'aimait bien. Il avait presque espéré qu'elle accepterait de lui donner des leçons, de l'aider à comprendre comment marche le monde, comment il réussirait à devenir un vrai Faiseur et à triompher du terrible pouvoir du Défaiseur. Mais à présent il était clair qu'elle le méprisait, alors comment oserait-il même lui demander ? Comment oserait-il même se croire digne d'apprendre, quand il savait que tout ce qu'elle voyait de lui, c'était de la crasse, du sang et une pauvreté ridicule ? Elle comprenait qu'il avait voulu bien faire, mais il restait bestial à ses yeux, comme elle l'avait tout de suite dit. Elle gardait ça au cœur. Sa bestialité.

Mademoiselle Larner. C'est comme ça que le docteur l'avait appelée. Il goûta le nom tout en le prononçant. De la poussière dans la bouche. On ne met pas les animaux à l'école.

XV

L'institutrice

MADEMOISELLE LARNER n'avait pas l'intention de céder un pouce à ces gens-là. Elle avait entendu assez d'histoires abominables sur les conseils d'école de la frontière pour savoir qu'ils essayeraient de revenir sur la plupart des promesses faites dans leurs lettres. Déjà, ça commençait.

« Dans vos lettres, vous me signaliez que mon salaire incluait un logement particulier. Je ne considère pas une auberge comme un logement particulier.

— Vous aurez votre chambre particulière, dit le docteur Physicker.

— Et je prendrai tous mes repas à la table commune ? C'est inacceptable. Si je reste, je vais passer mon temps en compagnie des enfants du village ; une fois ma journée terminée, je compte pouvoir me préparer moi-même mes repas et les manger seule, puis finir la soirée en compagnie de livres, sans qu'on vienne me distraire ou m'importuner. La chose est impossible dans une auberge, messieurs, et donc une chambre d'auberge ne constitue pas un logement particulier. »

Elle les voyait la jauger. Certains étaient décontenancés par l'extrême précision de son discours ; elle savait pertinemment que les hommes de loi de campagne se donnaient de grands airs dans leurs villages mais qu'ils n'étaient pas de force devant quelqu'un de véritablement éduqué. La seule vraie difficulté allait venir du shérif, Pauley Wiseman. Quelle absurdité, pour un adulte, de toujours porter un petit nom d'enfant !

« Ecoutez voir, ma jeune lady », dit-il.

Elle leva un sourcil. C'était typique de ce genre d'homme de s'imaginer, bien qu'elle paraisse plus près de la cinquantaine que de la quarantaine, que son statut de femme célibataire lui donnait le droit de l'appeler « ma jeune lady », comme lorsqu'on s'adresse à une gamine récalcitrante.

« Que dois-je "écouter voir" ?

— Eh ben, Horace et Peg Guester ont par le fait eu l'idée d'vous laisser une p'tite maison pour vous toute seule, mais on a dit non, purement et simplement, on leur a dit non à eux, et on vous dit non à vous aussi.

— Bon, très bien. Je constate, en définitive, que vous ne comptez pas tenir votre parole envers moi. Heureusement, messieurs, je ne suis pas une institutrice ordinaire, heureuse d'accepter ce qu'on lui offre. J'avais un bon poste à l'école Penn et je vous assure que je puis y retourner quand je veux. Le bonjour. »

Elle se mit debout. Tous les hommes en firent autant, sauf le shérif, mais ils ne se levaient pas par courtoisie.

« S'il vous plaît.

— Rasseyez-vous.

— Discutons.

— Pas d'précipitation. »

Ce fut le docteur Physicker, parfait conciliateur, qui prit alors la parole après avoir lancé au shérif un regard insistant pour le calmer. Le shérif ne parut pas particulièrement calmé pour autant.

« Mademoiselle Larner, notre décision concernant la maison particulière n'était pas irrévocable. Mais je vous prie de considérer les problèmes qui nous embarrassaient. D'abord, nous craignions que la maison ne convienne pas. Ce n'est pas véritablement une maison mais une simple pièce, une resserre abandonnée… »

La vieille resserre. « Est-elle chauffée ?

— Oui.

— A-t-elle des fenêtres ? Une porte qui se verrouille ? Un lit, une table et une chaise ?

— Tout ça, oui.

— A-t-elle un plancher de bois ?

— Oui, très joli.

— Alors, je ne vois pas en quoi son ancienne fonction de resserre me gênerait. Vous aviez d'autres objections ?

— Et comment qu'on en a, sacordjé ! » s'écria le shérif Wiseman. Puis, devant les mines horrifiées autour de la salle, il ajouta : « J'demande pardon à la lady d'mon langage un peu rude.

— Je suis intéressée d'entendre ces objections, dit mademoiselle Larner.

— Une femme seule, dans une maison isolée dans les bois ! C'est pas correct !

— C'est de dire "c'est pas" qui est incorrect, monsieur Wiseman, fit mademoiselle Larner. Quant à la convenance d'habiter seule une maison, je vous assure que j'ai connu cette situation pendant des années et j'ai vécu tout ce temps sans être inquiétée. Y a-t-il une autre maison à portée de voix ?

— L'auberge d'un côté et la forge de l'autre, dit le docteur Physicker.

— Alors, si je suis l'objet d'une violence ou d'une provocation, je vous assure que je me ferai entendre et je compte sur ceux qui m'entendront pour venir à mon secours. Ou bien auriez-vous peur, monsieur Wiseman, que je me lance dans une activité inconvenante *volontairement* ? »

Evidemment, c'était précisément à ça qu'il pensait, comme le révéla le rouge qui lui empourpra la figure.

« Je crois que vous avez suffisamment de renseignements sur ma bonne moralité, dit mademoiselle Larner. Mais si vous nourrissez des doutes sur la question, je ferais mieux de repartir pour Philadelphie sur l'heure, car si vous ne parvenez pas à me faire confiance, à mon âge, pour mener une vie honnête sans surveillance, comment pouvez-vous me faire confiance pour surveiller vos jeunes enfants ?

— C'est que c'est pas décent ! s'écria le shérif. N'sont pas.

— N'est pas. » Elle eut un sourire bienveillant pour Pauley Wiseman. « J'ai appris par expérience, monsieur Wiseman, que supposer chez autrui l'envie de commettre des actes indécents à la moindre occasion, c'est avouer ses propres conflits intérieurs. »

Pauley Wiseman ne comprit qu'elle venait de l'accuser que lorsque plusieurs des hommes de loi se mirent à rire derrière leurs mains.

« Telles que je vois les choses, messieurs les membres du conseil d'école, vous n'avez que deux solutions. La première, vous me payez mon retour en bateau jusqu'à Dekane puis par voie de terre jusqu'à Philadelphie, augmenté du salaire pour le mois que m'aura pris le voyage.

— Pas d'cours, pas d'salaire, lâcha le shérif.

— Vous parlez sans réfléchir, monsieur Wiseman, dit mademoiselle

Larner. Je crois que les avocats ici présents vous informeront que les lettres du conseil d'école valent contrat dont vous êtes en rupture et que je serais donc en droit de toucher, non pas le salaire d'un mois, mais de toute une année.

— Enfin, ce n'est pas *certain*, mademoiselle Larner, commença l'un des hommes de loi.

— L'Hio fait maintenant partie des Etats-Unis, monsieur, répondit-elle, et les précédents ne manquent pas dans les tribunaux des autres Etats, précédents qui font jurisprudence tant que le gouvernement de l'Hio n'aura pas voté de loi à leur encontre.

— C'est une institutrice ou un avocat ? demanda un autre homme de loi, et tous éclatèrent de rire.

— Votre seconde solution consiste à me laisser examiner cette… cette resserre… pour décider moi-même si elle me convient et, si oui, à me permettre d'y loger. Si jamais vous me voyez adopter une conduite moralement répréhensible, vous pourrez selon les termes de notre contrat me congédier sans délai.

— On peut vous flanquer en *prison*, voilà ce qu'on peut faire, dit Wiseman.

— Dites, monsieur Wiseman, n'est-ce pas aller un peu vite que de parler de prison quand je n'ai pas encore choisi l'acte moralement odieux auquel je vais me livrer ?

— La ferme, Pauley, fit l'un des hommes de loi.

— Quelle solution préférez-vous, messieurs ? » demanda-t-elle.

Le docteur Physicker n'allait pas laisser Pauley Wiseman convaincre les membres les plus faibles du conseil. Il allait veiller à ce qu'il n'y ait pas d'autre discussion. « Nous n'avons pas besoin de nous retirer pour étudier la question, n'est-ce pas, messieurs ? Nous ne sommes pas des quakers, à Hatrack River, alors il ne nous vient pas à l'esprit que des femmes puissent vouloir vivre seules, entreprendre des affaires, prêcher et que sais-je encore ? mais nous n'avons pas de parti pris et ne demandons qu'à apprendre les idées nouvelles. Nous tenons à vos services et respecterons le contrat. Tous pour ?

— Pour.

— Contre ?… Les pour l'emportent.

— Contre, dit Wiseman.

— Le vote est clos, Pauley.

— Vous l'avez fait sacrément trop vite !

— Votre vote négatif a été enregistré, Pauley. »

Mademoiselle Larner sourit avec froideur. « Soyez certain que moi, je ne l'oublierai pas, shérif Wiseman. »

Le docteur Physicker donna un petit coup de son marteau sur la table. « La réunion est ajournée à mardi après-midi, trois heures. Et maintenant, mademoiselle Larner, je serais ravi de vous accompagner jusqu'à la resserre des Guester, si l'heure vous convient. Comme ils ne savaient pas quand vous alliez arriver, ils m'ont donné les clés et demandé de vous ouvrir le cottage ; ils vous accueilleront plus tard. »

Mademoiselle Larner était consciente, comme tout le monde, qu'il était pour le moins étrange pour un propriétaire de ne pas accueillir son locataire en personne.

« Voyez-vous, mademoiselle, rien ne certifiait que vous alliez accepter le cottage. Ils voulaient que vous preniez votre décision après avoir vu le logement… et hors de leur présence, au cas où vous auriez été gênée de refuser.

— Alors ils ont agi avec délicatesse, dit mademoiselle Larner, et je les en remercierai lorsque je les verrai. »

*

C'était humiliant pour la Peg de devoir se rendre à la resserre toute seule pour intercéder auprès de cette vieille fille aux grands airs, cette mijaurée de Philadelphie. Horace aurait dû venir aussi. Pour lui parler d'homme à homme — c'est bien pour ça qu'elle se prenait, cette femme-là, pas pour une lady mais pour un lord. Elle aurait aussi bien pu arriver de Camelot, dame oui, elle se croyait une princesse qui donnait des ordres au bas peuple. Tiens, en France, il y avait remédié, le Napoléon, il l'avait joliment remis à sa place, le Louis XVII. Mais les pimbêches comme cette institutrice, mademoiselle Larner, elles ne recevaient jamais ce qu'elles méritaient, elles continuaient toute leur vie de croire que les gens qui ne parlaient pas correctement ne valaient pas assez cher pour qu'on en fasse grand cas.

Alors, il était où, Horace, pour remettre cette institutrice à sa place ?

Assis près du feu. A bouder. Comme un drôle de quatre ans. Même Arthur Stuart ne faisait jamais une mine aussi boudeuse.

« Elle me plaît pas, avait dit Horace.

— Eh ben, qu'elle te plaise ou non, si Arthur doit r'cevoir une éducation, c'est elle qui la lui donnera ou personne », avait répondu la Peg, pleine de bon sens comme d'accoutume, mais est-ce qu'Horace écoutait ? Ça la faisait bien rire.

« Elle peut rester là-bas et apprendre à Arthur si ça lui dit, ou pas y apprendre si ça lui dit pas, mais elle me déplaît et j'crois pas que c'est sa place, dans la r'serre.

— Pourquoi donc, c'est un lieu saint ? Y a une malédiction d'sus ? On aurait dû bâtir un palais pour Son Altesse Royale ? » Oh, quand Horace avait une idée dans la tête, ça ne servait à rien de discuter, alors pourquoi insister ?

« C'est rien de tout ça, Peg, avait-il dit.

— C'est quoi, alors ? A moins que t'aies plus b'soin d'avoir des raisons ? Tu décides et l'monde a plus qu'à faire à ton idée ?

— C'est la r'serre à 'tite Peggy, voilà, et j'aime pas ça, que c'te pimbêche reste dedans ! »

Voyez-vous ça ! C'était bien un coup d'Horace, de mettre sur le tapis leur fille qui s'était sauvée, qui ne leur avait même pas écrit depuis, qui avait privé Hatrack River de sa torche et Horace de l'amour de sa vie. Oui, madame, c'est ce que 'tite Peggy était pour lui, l'amour de sa vie. Si je m'ensauvais, Horace, ou — Dieu m'en garde — si je mourais, chérirais-tu ma mémoire et ne laisserais-tu aucune autre femme prendre ma place ? M'est avis que non. M'est avis que ma place dans le lit n'aurait pas eu le temps de refroidir qu'une autre femme l'occuperait déjà. Moi, tu me remplacerais dans la minute qui suit, mais dès qu'il s'agit de 'tite Peggy, faut vénérer la resserre comme un mausolée et que j'aille toute seule trouver cette vieille fille arrogante pour la supplier de donner des leçons à un petit bougre noir. Enfin, j'aurai de la chance si elle n'essaye pas de me l'acheter.

Mademoiselle Larner prit son temps, en plus, pour venir à la porte, et lorsqu'elle l'ouvrit, elle porta un mouchoir à sa figure — probablement parfumé, pour lui épargner l'odeur des honnêtes gens de la campagne.

« Si ça vous ennuie pas, j'ai une ou deux choses dont j'aimerais causer avec vous », dit la Peg.

Le regard de mademoiselle Larner se perdit par-dessus la tête de la Peg, comme s'il étudiait un oiseau dans un arbre au loin. « Si c'est au sujet de l'école, on m'a dit que j'aurais une semaine pour me préparer avant qu'on n'inscrive définitivement les élèves et que ne commence le trimestre d'automne. »

La Peg entendait les *cling, cling, cling* de l'un des forgerons qui travaillait à la forge plus bas. Contre son gré, elle ne put s'empêcher de songer à 'tite Peggy, qui détestait cordialement ce son-là. Peut-être qu'Horace avait raison dans sa folie. Peut-être que 'tite Peggy hantait cette resserre.

En tout cas, c'était mademoiselle Larner qui se tenait pour l'instant dans l'encadrement de la porte et avec mademoiselle Larner que la Peg avait à discuter.

« Mademoiselle Larner, j'suis Margaret Guester. C'te r'serre nous appartient, à mon mari et moi.

— Oh, je vous demande pardon. Vous êtes ma propriétaire et je manque à tous mes devoirs. Entrez, je vous prie. »

Voilà qui était un peu mieux. La Peg franchit la porte ouverte et s'arrêta un instant pour embrasser la pièce du regard. Hier encore, c'était un logement vide mais propre, plein de promesses. Aujourd'hui il était presque accueillant : un napperon et une dizaine de livres sur le buffet, un petit tapis tissé sur le plancher et deux robes suspendues à deux patères au mur. Malles et sacs occupaient un angle. La pièce avait un peu plus l'air d'être habitée. La Peg ne savait pas à quoi elle s'attendait. Evidemment, mademoiselle Larner avait d'autres robes que sa tenue sombre de voyage. C'est seulement que la Peg la voyait mal faire quelque chose d'aussi ordinaire que de changer de linge. Bah, quand elle enlève une robe et avant qu'elle en passe une autre, elle se retrouve probablement en sous-vêtements comme tout le monde.

« Asseyez-vous, madame Guester.

— Par chez nous autres, on dit pas trop "monsieur" et "madame", sauf pour les hommes de loi, mademoiselle Larner. Moi, j'suis l'plus souvent dame Guester, sauf quand on m'appelle la vieille Peg.

— La vieille Peg. C'est… c'est un nom intéressant. »

Elle envisagea d'expliquer pourquoi on l'appelait « la vieille » Peg, qu'elle avait une fille qui était partie et tout ça. Mais c'était déjà assez difficile de faire comprendre à cette institutrice comment ça se trouvait qu'elle avait un fils noir. Pourquoi donner une image de sa vie familiale encore plus bizarre ?

« Mademoiselle Larner, j'tournerai pas autour du pot. Vous avez quèque chose qui m'intéresse.

— Oh ?

— Enfin, pas moi, à franchement parler, mais mon fils, Arthur Stuart. »

Si elle reconnut le nom du roi, elle ne le montra pas. « Et qu'est-ce qui l'intéresse chez moi, dame Guester ?

— L'instruction qu'y a dans les livres.

— C'est ce que je viens apporter à tous les enfants de Hatrack River, dame Guester.

— Pas à Arthur Stuart. Pas à lui si on laisse faire ces crétins d'froussards du conseil d'école.

— Pourquoi excluraient-ils votre fils ? Il est trop âgé, peut-être ?

— Il a l'bon âge, mademoiselle Larner. Ce qu'il a pas, c'est la bonne couleur. »

Mademoiselle Larner attendait, le visage dénué d'expression.

« Il est noir, mademoiselle Larner.

— A demi noir, sûrement », suggéra l'institutrice.

Naturellement, la maîtresse d'école essayait de comprendre comment la femme de l'aubergiste avait fait pour avoir un bébé à moitié noir. La Peg éprouva un certain plaisir à regarder son maintien poli alors qu'elle devait sûrement frémir d'horreur dans son for intérieur. Mais lui laisser trop longtemps ce genre d'idée, ça n'était pas une chose à faire, pas vrai ? « Il est adopté, mademoiselle Larner, dit la Peg. Disons qu'sa maman était bien embarrassée avec un bébé à moitié blanc.

— Et vous, n'écoutant que votre grand cœur… »

Y avait-il une pointe de méchanceté dans la voix de mademoiselle Larner ? « J'voulais un enfant. Je m'occupe pas d'Arthur Stuart par pitié. C'est mon p'tit garçon, asteure.

— Je vois, dit mademoiselle Larner. Et les braves gens de Hatrack River ont décrété que l'éducation de leurs enfants souffrirait si des oreilles à moitié noires entendaient mes paroles en même temps que des oreilles purement blanches. »

Il y avait à nouveau de la méchanceté dans le ton que prit la maîtresse d'école pour dire sa phrase, seulement cette fois la Peg se laissa intérieurement aller à la joie. « Vous y apprendrez, mademoiselle Larner ?

— Je confesse, dame Guester, que j'ai trop longtemps séjourné dans la cité des quakers. J'avais oublié qu'il existait en ce bas monde des villages où des gens étroits d'esprit n'éprouvaient aucune honte à punir un malheureux enfant du péché d'être né avec une peau d'une teinte tropicale. Soyez assurée que je refuserai catégoriquement d'ouvrir l'école si votre fils adoptif ne figure pas parmi mes élèves.

— Non ! s'écria la Peg. Non, mademoiselle Larner, vous allez trop loin.

— Je suis une abolitionniste convaincue, dame Guester. Je ne participerai pas à une conspiration visant à priver les enfants noirs de leur héritage intellectuel. »

La Peg ignorait ce que pouvait bien être un héritage intellectuel, mais elle savait que l'institutrice prenait l'affaire trop à cœur. Qu'elle continue dans cette voie, et elle gâcherait tout. « Faut m'écouter, mademoiselle Larner. Ils prendront une autre maîtresse, et ce sera encore pire pour moi et pour Arthur Stuart. Non, j'vous demande seulement d'y donner une heure le soir, quèques jours par semaine. Je l'ferai un peu étudier dans la journée, apprendre correctement c'que vous lui aurez montré à la galope. Il a des facilités, vous verrez. Il connaît déjà ses lettres, il les récite de A à Z mieux qu'mon Horace. C'est mon mari, Horace Guester. Alors j'demande pas plus de quèques heures par semaine, si vous trouvez l'temps. C'est pour ça qu'on a arrangé c'te r'serre, vous pourrez donner les leçons et personne y verra rien. »

Mademoiselle Larner se leva du bord du lit où elle s'était assise et s'approcha de la fenêtre. « Ce n'est pas ce que j'avais imaginé… enseigner en cachette, comme si je commettais un crime.

— Pour certains, mademoiselle Larner…

— Oh, je n'ai aucun doute là-dessus.

— Vous autres, les quakers, vous tenez des réunions silencieuses, non ? Tout c'que j'demande, c'est une sorte d'affaire comme ça, discrète, vous connaissez…

— Je ne suis pas quaker, dame Guester. Je ne suis qu'un être humain qui refuse de nier l'humanité à ses semblables, à moins que leurs actes ne les révèlent indignes de cette noble parenté.

— Alors, vous y apprendrez ?

— Après mes heures de classe, oui. Ici, chez moi, dans la maison que votre mari et vous avez si obligeamment mise à ma disposition, oui. Mais en cachette ? Jamais ! Je proclamerai dans tout le village que je donne des cours à Arthur Stuart, et pas seulement quelques soirées par semaine mais tous les jours. Je suis libre d'enseigner autant qu'il me plaît à de tels élèves, mon contrat est tout à fait clair sur ce point, et tant que ce contrat, je ne le viole pas, on devra me supporter pendant au moins une année. Cela vous va ? »

La Peg regarda la femme, les yeux pleins d'admiration. « J'en r'viens pas, dit-elle, vous êtes aussi sale bête qu'un chat qu'aurait une bogue dans l'derrière.

— Je regrette de n'avoir jamais vu de chat dans une situation aussi fâcheuse, dame Guester, ce qui me prive d'apprécier la pertinence de votre métaphore. »

La Peg ne comprit rien à la phrase de mademoiselle Larner, mais elle surprit comme un pétillement dans l'œil de la lady, donc tout allait bien.

« Quand faut-y que j'vous envoie Arthur ? demanda-t-elle.

— Comme je vous l'ai dit quand je vous ai ouvert, j'ai besoin d'une semaine pour me préparer. Lorsque l'école commencera pour les élèves blancs, elle commencera aussi pour Arthur Stuart. Il ne reste plus que la question du paiement. »

La Peg fut un instant prise de court. Elle était venue dans l'idée d'offrir de l'argent, mais suite à ce qu'avait dit mademoiselle Larner, elle avait cru qu'en définitive ça ne lui coûterait rien. Après tout, mademoiselle Larner vivait de l'enseignement, alors c'était normal qu'elle se fasse payer. « On avait pensé vous proposer une piasse par mois, c'est ça qui nous arrange le mieux, mais si vous voulez plusse…

— Oh, pas d'argent, dame Guester. Je songeais simplement à vous demander si vous accepteriez que je donne une lecture hebdomadaire de poésie dans votre auberge le dimanche soir ; j'inviterais tous les gens de Hatrack River qui aspirent à parfaire leur connaissance dans ce que la littérature de langue anglaise compte de plus beau.

— J'connais pas si y a tant qu'ça d'monde qu'a envie d'poésie, mademoiselle Larner, mais vous pouvez tenter l'affaire, moi j'veux bien.

— Je pense que vous serez agréablement surprise du nombre de gens qui souhaitent passer pour instruits, dame Guester. Nous aurons du mal à trouver des sièges pour toutes les femmes de Hatrack River qui forceront leurs maris à les emmener écouter les vers immortels de Pope et Dryden, Donne et Milton, Shakespeare, Gray et — oh, je me risquerai aussi à les lire — Wordsworth et Coleridge, peut-être même un poète américain, un raconteur errant d'histoires étranges, du nom de Blake.

— Vous voulez pas dire l'vieux Mot-pour-mot, des fois ?

— Je crois que c'est là son sobriquet le plus courant.

— Vous avez d'ses poèmes écrits quèque part ?

— Ecrits ? Je n'en vois guère l'utilité, c'est un ami très cher. J'ai appris beaucoup de ses vers par cœur.

— Ben dites donc, il fait son chemin, l'vieux Mot-pour-mot. Philadelphie ! Mazette !

— Il a égayé plus d'un salon de cette ville, dame Guester. Pouvons-nous former notre cénacle dimanche prochain ?

— C'est quoi, une "senne âcre" ?

— Un cénacle. Une réunion de gens ; peut-être qu'avec du punch au gingembre…

— Oh, pas la peine de m'dire comment recevoir le monde, mademoiselle Larner. Et si c'est l'prix que va m'coûter l'instruction d'Arthur Stuart, mademoiselle Larner, j'ai grand-peur d'vous gruger, par rapport qu'y m'semble que des deux côtés c'est à nous autres que vous rendez service.

— Vous êtes trop aimable, dame Guester. Mais je dois vous poser une question.

— Posez-la donc. J'garantis pas d'connaître répondre comme il faut.

— Dame Guester, dit mademoiselle Larner, êtes-vous au fait du traité des Esclaves en fuite ? »

La peur et la colère frappèrent la Peg en plein cœur au seul énoncé de ce nom. « Une œuvre diabolique !

— L'esclavage est effectivement diabolique, mais le traité a été signé pour faire entrer l'Appalachie dans le Contrat Américain et éviter à notre fragile nation la guerre avec les Colonies de la Couronne. On ne peut guère qualifier la paix de diabolique.

— C'est quand y a la paix qu'ils envoient leurs maudits pisteux dans les Etats libres pour ramener les prisonniers noirs en esclavage !

— Vous avez peut-être raison, dame Guester. En fait, on pourrait dire que le traité des Esclaves en fuite n'est pas plus un traité de paix qu'une clause de reddition. Néanmoins, c'est la loi du pays. »

Ce n'est qu'à ce moment que la Peg comprit ce que venait de faire l'institutrice. A quoi est-ce que ça rimait, d'amener dans la conversation le traité des Esclaves en fuite, sinon de s'assurer que l'aubergiste savait qu'Arthur Stuart n'était pas en sécurité ici, que les pisteurs pouvaient toujours monter des Colonies de la Couronne et le réclamer comme propriété d'une quelconque famille de Blancs soi-disant chrétiens ? Et ça voulait aussi dire que mademoiselle Larner ne croyait pas un mot de son histoire sur l'origine d'Arthur Stuart. Et si elle éventait si facilement son mensonge, pourquoi la Peg était-elle assez bête pour croire que tous les autres le gobaient ? Eh bien, pour ce qu'elle en savait, tout le village de Hatrack River avait depuis longtemps deviné en Arthur Stuart un petit esclave qui s'était débrouillé pour s'échapper et se trouver une maman blanche.

Et si tout le monde le savait, qu'est-ce qui empêchait le premier venu de dénoncer Arthur Stuart, d'envoyer un mot aux Colonies de la Couronne au sujet d'un petit marronneur qui vivait dans certaine auberge près de la rivière Hatrack ? Le traité des Esclaves en fuite rendait son adoption d'Arthur Stuart parfaitement illégale. On pouvait lui arracher le gamin des bras et elle n'aurait plus le droit de le revoir. A dire vrai, si jamais elle se rendait dans le Sud, on pouvait l'arrêter et la pendre conformément aux lois du roi Arthur sur le braconnage d'esclaves. Et de penser à ce roi monstrueux dans sa tanière de Camelot, une idée affreuse lui vint : si on emmenait Arthur Stuart dans le Sud, on lui changerait son nom. Eh oui, ça passerait pour de la haute trahison dans les Colonies de la Couronne qu'un petit esclave porte le même que le roi. D'un seul coup, le pauvre Arthur s'en retrouverait donc affublé d'un nouveau nom qu'il n'aurait encore jamais entendu. Elle ne pouvait s'empêcher d'imaginer le gamin tout désorienté, qu'on appellerait, qu'on appellerait et qu'on fouetterait parce qu'il ne viendrait pas ; mais comment saurait-il qu'il faut venir, puisque personne ne l'appellerait par son vrai nom ?

Le visage de la Peg avait dû refléter fidèlement toutes les pensées qui lui tournaient dans la tête, parce que mademoiselle Larner passa derrière elle pour lui mettre les mains sur les épaules.

« Vous n'avez rien à craindre de moi, dame Guester. Je viens de Philadelphie, où les gens parlent ouvertement de s'opposer à ce traité. Un jeune homme de Nouvelle-Angleterre, du nom de Thoreau, commence à se faire remarquer, il prêche que les mauvaises lois doivent être combattues, que les bons citoyens doivent être prêts à aller en prison plutôt que de les respecter. Vous en auriez chaud au cœur si vous l'entendiez. »

La Peg en doutait. Ça lui glaçait le cœur, oui, de seulement penser à ce traité. Aller en prison ? A quoi ça avancerait, si Arthur se retrouvait dans le Sud, enchaîné et fouetté ? N'importe comment, ça n'était pas l'affaire de mademoiselle Larner. « J'connais pas pourquoi vous racontez tout ça, mademoiselle Larner, Arthur Stuart est le fils né libre d'une femme noire libre, même si elle l'a eu du mauvais bord des draps. Le traité des Esclaves en fuite, pour moi ça veut rien dire.

— Alors n'y pensons plus, dame Guester. Et maintenant, si vous voulez bien m'excuser, je me sens un peu fatiguée du voyage et j'espérais me coucher tôt, même s'il fait encore jour dehors. »

La Peg bondit sur ses pieds, drôlement soulagée de ne plus parler d'Arthur et du traité. « Ah oui, 'videmment. Mais vous allez pas sauter dans vot' lit sans prendre un bain, tout d'même ? Rien de tel qu'un bain quand on a voyagé.

— Je suis bien d'accord, dame Guester. Mais je crains d'avoir manqué de place dans mes bagages pour apporter ma baignoire.

— J'vais vous envoyer l'Horace avec une baignoire que j'ai en trop dès que j'serai rentrée, et si vous voulez bien allumer vot' fourneau, on peut aller tirer de l'eau au puits d'Gertie là-bas et la mettre à chauffer en un rien de temps.

— Oh, dame Guester, vous allez me convaincre avant la fin de la soirée que je suis à Philadelphie après tout, j'en ai l'impression. Je suis presque déçue, car je m'étais armée de courage pour endurer les rigueurs de la vie primitive en terre sauvage, et voici que je vous trouve prête à m'offrir tous les bienfaits ménagers de la civilisation.

— J'suppose que tout ça revient à m'dire merci, alors moi, j'vous réponds que c'est d'bon cœur et j'vais vite revenir avec l'Horace et la baignoire. Et vous avisez pas d'aller tirer vous-même votre eau, pas aujourd'hui toujours bien. Restez donc assise à lire, philosopher ou tout c'que fait une personne éduquée au lieu de s'assoupir. »

Là-dessus, la Peg sortit de la resserre. Elle ne marcha pas, elle vola sur le chemin de l'auberge. Ma foi, cette maîtresse d'école n'était pas aussi mal qu'elle avait semblé au début. Sans doute parlait-elle un langage qu'on avait peine à comprendre la moitié du temps, mais au moins elle avait envie de parler aux gens ; elle allait donner des leçons gratuites à Arthur et ferait des lectures de poésie à l'auberge par-dessus le marché. Mais surtout, oui, surtout, peut-être bien qu'elle voudrait discuter de temps en temps avec la Peg et qu'un peu de son élégance déteindrait sur elle. Non pas que l'élégance serve beaucoup à une femme comme la Peg, mais dans ces conditions, en quoi ça servait davantage à une riche lady de porter des bijoux aux doigts ? Et si de côtoyer cette vieille fille instruite de l'Est lui permettait de comprendre ne serait-ce qu'un petit peu mieux le vaste monde qui entourait Hatrack River, c'était déjà plus que tout ce qu'elle avait espéré de sa vie. Comme si on barbouillait une tache de couleur sur l'aile d'un papillon de nuit brun. Ça n'en fait pas un papillon de jour, mais peut-être qu'il se sent moins désespéré et ne se précipite pas dans le feu.

❄

Mademoiselle Larner regarda s'éloigner la Peg. « Mère », murmura-t-elle. Non, elle ne le murmura pas. Elle n'ouvrit même pas les lèvres. Mais celles-ci se serrèrent un peu plus au moment de prononcer le *M* et sa langue forma le reste du mot à l'intérieur de la bouche.

Elle souffrait de la tromper. Elle avait promis de ne jamais mentir et en un sens, même en ce moment, elle ne mentait pas. Le nom qu'elle avait choisi, Larner, ne signifiait rien de plus qu'institutrice et, puisqu'elle était effectivement une institutrice, c'était réellement le sien, tout comme Guester celui de son père hôtelier et Smith celui de Conciliant, le forgeron. Et quand les gens lui posaient des questions, elle ne leur mentait jamais, même si elle refusait de répondre à celles qui leur en apprendraient plus qu'ils ne devaient savoir, qui risqueraient de les amener à s'interroger.

Cependant, malgré le soin minutieux qu'elle mettait à éviter de mentir ouvertement, elle craignait de tout bonnement s'abuser elle-même. Comment se dire que sa présence ici, sous ce déguisement, était autre chose qu'un mensonge ?

Et malgré tout, cette supercherie, au fond, c'était la vérité. Elle était une personne différente de l'ancienne torche de Hatrack River. Plus aucun des liens d'autrefois ne la rattachait à ces gens-là. Si elle se prétendait la petite Peggy, ce serait un plus grand mensonge que son déguisement car on la prendrait pour la fillette qu'on avait connue et on la traiterait en conséquence. Vu sous cet angle, son déguisement reflétait ce qu'elle était véritablement, du moins présentement : éduquée, distante, une vieille fille réfléchie et sexuellement indisponible aux hommes.

Son déguisement n'avait donc rien à voir avec un mensonge, aucun doute ; il ne s'agissait que d'un moyen de garder un secret, le secret de ce qu'elle était auparavant mais qu'elle n'était plus. Sa promesse restait tenue.

Sa mère avait depuis longtemps disparu dans les bois entre la resserre et l'auberge que Peggy regardait toujours dans sa direction. Si elle avait voulu, elle aurait encore pu la voir, non pas avec les yeux mais par sa vision de torche qui aurait trouvé la flamme de vie de l'aubergiste, s'en serait approchée et l'aurait examinée. Mère, ignores-tu que tu n'as pas de secrets pour ta fille Peggy ?

Mais le fait était que Mère pouvait garder tous les secrets qu'elle voulait. Peggy ne regarderait pas dans son cœur. Elle n'était pas rentrée au pays pour redevenir la torche de Hatrack River. Après toutes ces années d'études, durant lesquelles elle avait lu tant de livres si vite qu'elle avait un jour craint d'en manquer, de ne plus en trouver assez en Amérique pour la satisfaire, après toutes ces années donc, il n'y avait qu'une chose dont elle se savait capable avec certitude. Elle avait fini par maîtriser la faculté de *ne pas voir* dans le cœur d'autrui, à moins de le vouloir. Elle avait fini par mater sa vision de torche.

Oh, elle continuait de regarder à l'intérieur des gens quand elle en avait besoin, mais rarement. Même lorsqu'il lui avait fallu venir à bout des membres du conseil d'école, elle n'avait recouru qu'à sa connaissance de la nature humaine pour deviner leurs pensées du moment et agir en conséquence. Quant aux avenirs que révélaient leurs flammes de vie, elle ne les remarquait plus.

Je ne suis pas responsable de vos avenirs, des avenirs de personne. Surtout pas du tien, Mère. Je me suis assez immiscée dans ta vie, dans les vies de tout le monde. Si je connaissais tous vos avenirs, à vous, gens de Hatrack River, j'aurais alors l'obligation morale de régler mes actes pour vous permettre de vivre des lendemains aussi heureux que possible. Mais ce faisant, je cesserais d'exister moi-même. Mon avenir serait le seul sans espoir, et de quel droit ? En fermant les yeux sur le futur, je deviens comme vous, je peux vivre ma vie d'après ce que je pressens. N'importe comment, je serais incapable de vous garantir le bonheur; et de cette façon j'ai au moins une chance de le connaître, moi aussi.

Tandis qu'elle se trouvait des justifications, elle sentit grandir en elle un sentiment amer de culpabilité, toujours le même. En rejetant son talent, elle péchait contre le Dieu qui le lui avait donné. C'était ce que le grand maître Erasme avait enseigné : ton talent, c'est ta destinée. On ne connaît jamais la joie hors du chemin tracé par ce qu'on a en soi. Mais Peggy refusait de se soumettre à cette cruelle discipline. On lui avait déjà volé son enfance, et pour aboutir à quoi? Sa mère ne l'avait pas aimée, les habitants de Hatrack River l'avaient crainte, souvent détestée; ils étaient pourtant venus et revenus sans cesse la voir pour obtenir les réponses à leurs questions égoïstes, insignifiantes, ils l'avaient rendue fautive des prétendus maux qui les frappaient mais jamais remerciée de les avoir sauvés de désastres car, ces désastres n'étant jamais arrivés, ils n'avaient jamais su ce qu'ils lui devaient.

Ce qu'elle voulait, ce n'était pas de la gratitude. C'était un peu de liberté. Un allégement de son fardeau. Elle avait commencé à le porter trop jeune, et les gens avaient exploité son talent sans pitié. Leurs peurs avaient toujours prévalu sur son besoin à elle d'une enfance insouciante. Y en avait-il qui comprenaient cela? Qui savaient avec quel plaisir elle les avait quittés?

Peggy la torche était de retour, mais ils ne l'apprendraient jamais. Je ne suis pas revenue pour vous, gens de Hatrack River, ni pour rendre service à vos enfants. Je suis revenue pour un seul et unique élève, l'homme qui travaille en ce moment à la forge, dont la flamme de vie brille avec tant d'éclat que je la vois même dans mon sommeil, même dans mes rêves. Je suis revenue après avoir appris tout ce que le monde pouvait m'enseigner et je vais à mon tour aider ce jeune homme à accomplir une tâche plus importante qu'aucun d'entre nous. La voilà, ma destinée, si j'en ai une.

Ce qui ne m'empêchera pas de faire autant de bien que je pourrai; je donnerai des cours à Arthur Stuart, j'essayerai de réaliser les rêves pour lesquels est morte sa jeune et courageuse mère; j'enseignerai aux autres enfants autant qu'ils voudront apprendre, pendant les heures de la journée que je leur dois par contrat; j'apporterai dans le village de Hatrack River toute la poésie et le savoir que vous voudrez bien recevoir.

Peut-être avez-vous moins envie de ma poésie que de mes connaissances de torche sur vos avenirs possibles, mais j'ose affirmer qu'elle vous fera beaucoup plus de bien. Car connaître votre avenir n'aurait d'autre effet que de vous rendre tantôt timorés, tantôt suffisants, alors que la poésie vous forgera une âme capable d'affronter n'importe quels lendemains avec hardiesse, sagesse et noblesse, si bien que vous n'aurez plus besoin de savoir ce qui va vous arriver, le futur vous fournira l'occasion de montrer votre grandeur si vous avez de la grandeur en vous. Vous apprendrai-je à voir en vous ce qu'a vu Gray ?

Un cœur autrefois riche du feu céleste,
Des mains qui auraient pu brandir le bâton d'empire,
Ou révéler l'extase à la vivante lyre.

Mais elle doutait que ces âmes ordinaires de Hatrack River recèlent des Milton muets, inconnus. Pauley Wiseman n'était pas un César ignoré. Il aurait peut-être aimé que ce fût le cas, mais il lui manquait l'intelligence et le sang-froid. Whitley Physicker n'était pas Hippocrate, malgré tous ses efforts pour guérir et jouer les conciliateurs ; son amour du luxe l'avait égaré et, comme nombre d'autres médecins bien intentionnés, il avait fini par travailler pour ce que les honoraires lui permettaient d'acheter, non pour la joie du métier.

Elle prit le seau posé près de la porte. Toute fatiguée qu'elle était, elle ne s'autoriserait pas à paraître impotente, ne serait-ce qu'une fois. Lorsqu'ils entreraient, Père et Mère verraient que mademoiselle Larner avait déjà fait tout ce dont elle était capable avant l'arrivée de la baignoire.

Cling, cling, cling. Alvin ne se reposait donc pas ? Ignorait-il que le soleil embrasait le ciel à l'ouest, qu'il le portait au rouge avant de sombrer derrière les arbres ? Tandis qu'elle descendait la colline vers la forge, elle eut l'impression qu'elle allait soudain se mettre à courir, à dévaler la pente comme le jour où Alvin était né. Il pleuvait ce jour-là, et la mère d'Alvin était coincée dans un chariot au milieu de la rivière. C'est Peggy qui les avait tous aperçus, qui avait distingué leurs flammes de vie là-bas dans les ténèbres de la pluie et de la rivière en crue. C'est Peggy qui avait donné l'alarme, Peggy qui avait surveillé la naissance, qui avait découvert tous les avenirs d'Alvin dans sa flamme, la plus brillante qu'elle avait jamais vue et verrait jamais de toute son existence. C'est Peggy qui lui avait ensuite sauvé la vie en lui décollant la coiffe de la figure ; et qui la lui avait encore tant de fois sauvée au cours des ans en se servant de petits bouts de cette coiffe. Elle pouvait tourner le dos à la torche de Hatrack River qu'elle avait été ; elle ne lui tournerait jamais le dos, à *lui*.

Mais elle s'arrêta à mi-pente. Où avait-elle la tête ? Elle ne pouvait pas aller le trouver, pas maintenant, pas déjà. C'était à lui de s'adresser à elle. De cette façon seulement, elle deviendrait son institutrice ; de cette façon seulement, elle aurait une chance de devenir davantage encore.

Elle effectua un quart de tour et se déplaça en travers de la pente, descendant en biais, vers l'est, en direction du puits. Elle avait vu Alvin le creuser — ou plutôt les creuser, les deux — et, pour une fois, elle avait été impuissante à l'aider lorsqu'était survenu le Défaiseur. La colère et le désir de détruire avaient attiré son ennemi, et ce jour-là Peggy n'avait rien pu tenter avec la coiffe pour le sauver. Elle n'avait pu que le regarder tandis qu'il se libérait de l'envie de défaire qui était en lui et contrariait ainsi, pour un temps, le Défaiseur à l'affût tout près. Le puits s'élevait aujourd'hui tel un monument dédié à la puissance comme à la fragilité d'Alvin.

Elle lâcha le seau de cuivre et la corde se déroula dans le cliquetis du treuil. Un *plouf* assourdi. Elle attendit un moment que le seau se remplisse, puis elle le remonta à la manivelle. Il arriva, plein à ras bord. Elle voulait le déverser dans le seau de bois qu'elle avait amené, mais elle approcha soudain le lourd récipient de ses lèvres et but un peu de l'eau froide qu'il contenait. Elle attendait depuis tant d'années de goûter à cette eau, celle qu'Alvin avait maîtrisée la nuit où il s'était maîtrisé lui-même. Elle avait eu si peur durant cette nuit passée à l'observer ; et lorsqu'au matin il avait enfin rebouché le premier trou creusé par esprit de vengeance, elle avait pleuré de soulagement. Cette eau n'était pas salée, mais Peggy croyait y reconnaître le goût de ses propres larmes.

Le marteau s'était tu. Comme d'habitude, elle trouva tout de suite la flamme de vie d'Alvin. Il quittait la forge, il sortait. Savait-il qu'elle était là ? Non. Il venait toujours chercher de l'eau quand il avait terminé sa journée de travail. Evidemment, elle ne pouvait pas se retourner vers lui, pas encore, pas avant de l'entendre réellement marcher. Pourtant, elle avait beau savoir qu'il arrivait et tendre l'oreille, elle ne l'entendait pas ; il se déplaçait aussi silencieusement qu'un écureuil sur une branche. Le premier son qu'il produisit, ce fut celui de sa voix.

« D'la bonne eau, hein ? »

Elle se retourna pour lui faire face. Trop vite, avec trop d'empressement; la corde tenait toujours le seau qui lui échappa des mains pour l'éclabousser d'eau avant de retomber bruyamment dans le puits.

« J'suis Alvin, vous vous rappelez ? J'voulais pas vous faire peur, m'dame. M'zelle Larner.

— J'ai bêtement oublié que le seau était attaché, dit-elle. Je suis habituée aux pompes et aux robinets, je le crains. Les puits à ciel ouvert ne sont pas courants à Philadelphie. »

Elle se retourna vers le puits pour remonter à nouveau le seau.

« Attendez, laissez ça, dit-il.

— Ce n'est pas la peine. Je peux y arriver toute seule.

— Mais pourquoi donc, m'zelle Larner, puisque ça m'fait plaisir d'vous aider ? »

Elle s'écarta et le regarda actionner la manivelle du treuil d'une seule main, aussi facilement qu'un enfant ferait tournoyer une corde. Le seau s'envola littéralement jusqu'à la margelle du puits. Peggy jeta un coup d'œil dans sa flamme de vie, un rapide sondage, pour voir s'il paradait à son intention. Il ne paradait pas. Il n'avait pas conscience de ses épaules massives, des muscles qui lui dansaient sous la peau au rythme des mouvements du bras. Il n'avait pas conscience non plus de la sérénité de son visage, de ce même calme qu'on voit chez le cerf qui ne ressent pas la peur. Il n'y avait aucune vigilance en lui. Certaines personnes avaient des yeux inquisiteurs, comme sur le qui-vive, à l'affût d'un danger ou peut-être d'une proie. D'autres portaient toute leur attention à la tâche en cours, se concentraient sur ce qu'elles accomplissaient. Alvin, lui, gardait discrètement ses distances, il avait l'air de se soucier comme d'une guigne de ce que les autres, voire lui-même, pouvaient faire ; il s'attachait à ses pensées intérieures que nul autre n'entendait. Une fois encore les vers de l'*Elégie* de Gray lui vinrent à l'esprit :

Loin des luttes viles de la foule en folie,
Leurs désirs simples jamais ne s'égaraient ;
Dans le frais vallon isolé de la vie
Leur chemin paisible ils poursuivaient.

Pauvre Alvin. Lorsque j'en aurai fini avec toi, il n'y aura pas de frais vallon isolé. Tu te rappelleras ton apprentissage comme les derniers jours tranquilles de ton existence.

Il empoigna d'une main le seau lourdement rempli par le bord et l'inclina sans peine pour le transvaser dans celui de Peggy qu'il tenait de l'autre ; il accomplit ce geste avec l'aisance et la légèreté d'une maîtresse de maison qui verse de la crème d'un gobelet dans un deuxième. Et si ces mains me tenaient les bras avec autant d'aisance et de légèreté ? Me briserait-il les os sans le vouloir, du fait de sa grande force ? Me sentirais-je emprisonnée dans son étreinte irrésistible ? Ou me consumerait-il dans la chaleur incandescente de sa flamme de vie ?

Elle tendit la main vers le seau.

« J'vous en prie, laissez-moi l'porter, m'dame. M'zelle Larner.

— Ce n'est pas la peine.

— J'connais que j'suis tout sale, m'zelle Larner, mais j'peux l'porter jusqu'à chez vous et l'poser à l'intérieur sans rien déranger. »

Mon déguisement est-il si rébarbatif que tu me croies capable de refuser ton aide par goût excessif de la propreté ? « Je voulais seulement dire que je ne tenais pas à vous donner un surcroît de travail aujourd'hui. Vous m'avez déjà suffisamment aidée pour la journée. »

Il la regarda droit dans les yeux ; il n'avait plus son air tranquille maintenant. On lisait même un soupçon de colère dans son regard. « Si vous avez peur que j'vous demande de m'payer, faut pas ; y a rien à craindre d'ce côté-là. Si ça, c'est vot' piasse, vous pouvez la r'prendre. J'en ai jamais voulu. » Il tendit la pièce que Whitley Physicker lui avait lancée de la voiture.

« J'ai réprouvé son geste sur le moment. J'estimais insultant qu'il se permette de vous payer pour le service que vous m'avez rendu par pure galanterie. J'ai pensé qu'il nous dépréciait l'un et l'autre en agissant comme si les événements de ce matin ne valaient pas plus d'une piastre. »

Ses yeux s'étaient à présent adoucis.

Peggy poursuivit de sa voix de demoiselle Larner : « Mais vous devez pardonner au docteur Physicker. Il ne se sent pas à l'aise de vivre dans la richesse et il cherche des occasions de la partager avec d'autres. Il n'a pas encore appris à s'y prendre avec tout le tact nécessaire.

— Oh, y a pas d'tracas à s'faire, m'zelle Larner, vu qu'ça vient pas d'vous. » Il remit la pièce dans sa poche et entreprit de remonter la colline pour porter le seau jusqu'à la maisonnette.

Il était clair qu'il n'avait pas l'habitude de marcher aux côtés d'une dame. Ses enjambées étaient beaucoup trop longues, sa cadence trop rapide pour que Peggy se maintienne à sa hauteur. Elle ne pouvait pas suivre non plus le même chemin que lui, il ne tenait pas compte du degré de la pente. Il était comme un enfant plutôt qu'un adulte, il prenait le chemin le plus direct, quitte à escalader inutilement des obstacles.

Je n'ai pourtant que cinq ans de plus que lui. En suis-je arrivée à croire à mon propre déguisement ? A vingt-trois ans, est-ce que je pense, agis et vis déjà comme une femme deux fois plus âgée ? Est-ce que je n'aimais pas autrefois marcher comme lui, prendre les parcours les plus difficiles pour le seul plaisir de l'effort et de l'exploit ?

Elle opta néanmoins pour le chemin le plus facile ; elle longea la colline, puis la remonta là où la pente était longue et peu accusée. Alvin était déjà arrivé, il attendait à la porte.

« Pourquoi n'avez-vous pas ouvert et posé le seau à l'intérieur ? La porte n'est pas verrouillée, dit-elle.

— 'mande pardon, m'zelle Larner, mais c'est une porte qui d'mande à pas être ouverte, verrouillée ou non. »

Ainsi, se dit-elle, il veut s'assurer que je suis au courant des charmes qu'il a dissimulés dans la serrure. Peu de gens étaient aptes à remarquer des charmes cachés, elle pas plus qu'un autre en l'occurrence. Elle n'en aurait rien su si elle ne l'avait pas vu opérer. Mais évidemment, elle ne pouvait pas le lui dire. Aussi demanda-t-elle : « Oh, aurait-elle une protection que je ne vois pas ?

— J'ai seulement mis un couple de charmes dans la serrure. Pas grand-chose, mais ça devrait garantir vot' sécurité. Et y en a un autre dans le haut du fourneau, alors j'crois pas qu'il faut vous inquiéter des étincelles qui pourraient s'échapper.

— Vous avez grande confiance dans vos charmes, Alvin.

— J'les réussis assez bien. Y a beaucoup d'monde qui connaît des charmes, de toutes façons, m'zelle Larner. Mais y a pas beaucoup d'forgerons capables d'en mettre dans l'fer. C'est c'que j'voulais vous dire. »

Il voulait lui en dire plus, bien sûr. Elle lui donna donc la réponse qu'il espérait. « J'en déduis que vous avez effectué une partie du travail dans cette resserre.

— J'ai fait les fenêtres, m'zelle Larner. Elles montent et descendent facile comme tout, et y a des chevilles pour les tenir en place. Et c'est moi

« Tu peux être fier de toi, Alvin. Alors disons qu'ces menottes, c'est ton ouvrage de compagnon, d'accord ? »

Page 822.

aussi qu'a installé l'fourneau, les serrures et toutes les ferrures de porte. Et mon aide, Arthur Stuart, il a gratté les murs. »

Pour un jeune homme apparemment naïf, il menait la conversation plutôt adroitement. Elle pensa un instant jouer avec lui, feindre d'ignorer les associations d'idées qu'il escomptait, juste pour voir comment il s'en tirerait. Mais non, il ne songeait qu'à lui demander d'accomplir ce pour quoi elle était venue. Il n'y avait pas de raison qu'elle lui rende les choses difficiles. Il lui serait déjà suffisamment difficile d'apprendre. « Arthur Stuart, dit-elle. Il doit s'agir de ce petit garçon auquel dame Guester m'a demandé de donner des leçons particulières.

— Oh, elle vous en a déjà causé ? Mais j'devrais p't-être pas me mêler d'ça ?

— Je n'ai pas l'intention d'en faire un secret, Alvin. Oui, je vais donner des leçons à Arthur Stuart.

— J'en suis bien content, m'zelle Larner. Vous trouverez pas de drôle plus futé qu'lui. Et quel imitateur ! Vous connaissez, il lui suffit d'entendre quèque chose une fois pour vous l'répéter avec vot' voix. Vous aurez du mal à l'croire quand il vous fera ça.

— J'espère seulement qu'il ne s'avisera pas de jouer à ce petit jeu pendant les leçons. »

Alvin plissa le front. « Eh ben, c'est pas réellement un jeu, m'zelle Larner. Il fait ça sans vraiment l'vouloir. J'veux dire, s'y s'met à vous répondre avec vot' voix, c'est pas pour bêtiser ni rien. C'est seulement qu'à chaque fois qu'il entend quèque chose, il s'en rappelle avec la voix et tout, si vous m'suivez. Il peut pas les séparer et s'rappeler les mots sans la voix qui les a dits.

— Je m'en souviendrai. »

Au loin, Peggy entendit une porte qu'on claquait. Elle se projeta dans la direction du bruit et découvrit les flammes de vie de Père et de Mère qui venaient vers elle. Ils se disputaient, évidemment. Si Alvin voulait faire sa demande, il fallait qu'il se décide.

« Y a-t-il autre chose que vous vouliez me dire, Alvin ? »

C'était l'instant qu'il avait attendu, mais maintenant il devenait tout timide devant elle.

« Eh ben, j'avais dans l'idée d'vous demander… mais vous devez comprendre, j'vous ai pas porté votre eau pour vous forcer à accepter ni rien. Je l'aurais quand même fait, pour n'importe qui, et pour c'qui s'est passé aujourd'hui, j'connaissais pas que c'était vous la nouvelle institutrice. Enfin, p't-être que j'aurais pu deviner, mais j'y ai pas pensé, voilà. J'ai fait ça comme ça, et vous m'devez rien.

— Je pense que c'est à moi de décider de la gratitude que je dois vous manifester, Alvin. Que vouliez-vous me demander ?

— Pour sûr, vous serez occupée avec Arthur Stuart, alors j'peux pas compter qu'vous aurez beaucoup de moments d'libres, p't-être qu'un seul jour par semaine, p't-être même qu'une heure. Ça pourrait s'faire le samedi, et vous pourriez prendre le prix qu'vous voulez ; mon patron m'donne du temps pour moi, j'ai mis d'côté un peu d'argent que j'ai gagné tout seul, et…

— Me demandez-vous d'être votre préceptrice, Alvin ? »

Alvin ignorait le sens de ce mot.

« Préceptrice. Institutrice particulière.

— Oui, m'zelle Larner.

— Cela vous coûtera cinquante sous par semaine, Alvin. Et j'aimerais que vous veniez à la même heure qu'Arthur Stuart. Que vous arriviez et repartiez ensemble.

— Mais comment vous nous apprendrez à tous les deux en même temps ?

— Il est probable que certaines des leçons que je donnerai à Arthur vous seront bénéfiques, Alvin. Et quand il fera ses exercices d'écriture ou de calcul, je pourrai m'entretenir avec vous.

— J'voudrais pas l'voler sus son heure de leçon.

— Réfléchissez donc, Alvin. Il ne serait pas correct que vous preniez des leçons seul avec moi. J'ai beau être plus âgée que vous, il y a des gens qui chercheront à me prendre en faute, et le fait de donner des leçons particulières à un jeune célibataire fournirait sûrement l'occasion aux mauvaises langues d'aller bon train. Arthur Stuart sera présent à tous vos cours, et la porte de la resserre restera ouverte.

— Vous pourriez monter à l'auberge et m'apprendre là-bas.

— Alvin. Vous connaissez mes conditions. Souhaitez-vous m'engager comme préceptrice ?

— Oui, m'zelle Larner. » Il fouilla dans sa poche et sortit une pièce. « V'là une piasse pour les quinze premiers jours. »

Peggy regarda la pièce. « Je croyais que vous aviez l'intention de rendre cette piastre au docteur Physicker.

— J'voudrais pas qu'il soye embêté d'avoir tant d'argent, m'zelle Larner. » Il eut un grand sourire.

Tout timide qu'il était, il ne pouvait pas rester longtemps sérieux. La plaisanterie serait toujours là, à fleur de bouche, et elle finirait toujours par jaillir.

« Non, j'imagine que non, dit mademoiselle Larner. Les leçons débuteront la semaine prochaine. Merci pour votre aide. »

A cet instant, Père et Mère remontèrent le sentier. Père portait une grande baignoire renversée sur la tête et titubait sous le poids. Alvin courut aussitôt lui prêter main-forte, ou plutôt lui prendre carrément la baignoire et la porter lui-même.

Voilà comment Peggy revit le visage de son père après plus de six ans : rouge, en sueur, essoufflé par l'effort. Et en colère, de surcroît, ou du moins renfrogné. Mère l'avait certainement assuré que l'institutrice n'était pas aussi arrogante qu'elle en avait l'air au premier abord, mais Père en voulait quand même à cette étrangère d'occuper la resserre, domaine exclusif de sa fille depuis longtemps perdue.

Peggy mourait d'envie de crier vers lui, de l'appeler Père et de lui certifier que c'était bel et bien sa fille qui allait y habiter, que tous ses efforts pour transformer cette vieille bicoque en maison, c'était un don d'amour qu'il lui faisait. Que cela lui réchauffait le cœur de savoir à quel point il l'aimait et ne l'avait pas oubliée après toutes ces années; pourtant, cela lui brisait aussi le cœur de ne pouvoir lui révéler sa véritable identité, pas encore, si elle voulait aller au bout de ce qu'elle devait accomplir. Il lui faudrait faire avec lui ce qu'elle essayait déjà de faire avec Alvin et Mère : ne pas réclamer les amours et créances d'antan mais susciter de nouvelles affections, de nouvelles amitiés.

Elle ne pouvait pas revenir en fille du pays, pas même devant Père, le seul qui se réjouirait vraiment de son retour. Elle devait revenir en étrangère. Car c'est effectivement ce qu'elle était, même sans déguisement; après trois ans d'une forme d'enseignement à Dekane suivis de trois autres d'éducation et d'études, elle n'était plus la petite Peggy, la torche placide à la langue bien pendue; depuis longtemps elle était devenue autre chose. Elle avait appris nombre de grâces sous la houlette de madame Modesty;

elle avait appris bien d'autres choses dans les livres et auprès des professeurs. Elle n'était plus ce qu'elle avait été. Il aurait été aussi mensonger d'annoncer : « Père, je suis ta fille, 'tite Peggy », que de dire, comme elle le fit : « Monsieur Guester, je suis votre nouvelle locataire, mademoiselle Larner. Très heureuse de faire votre connaissance. »

Il monta en haletant jusqu'à elle et tendit la main. Malgré sa méfiance, malgré la façon dont il avait évité de la rencontrer à son arrivée à l'auberge une heure plus tôt, il était trop bon hôtelier pour refuser de l'accueillir avec courtoisie, ou du moins avec les manières rudes de la campagne qui passaient pour de la courtoisie dans ce village de la frontière.

« Ravi d'vous connaître, mademoiselle Larner. J'espère qu'vous êtes installée à vot' convenance ? »

Elle se sentit un peu triste devant ses efforts pour employer un langage châtié en sa présence, comme lorsqu'il parlait aux clients qu'il qualifiait de « dignitaires », signifiant par là qu'il estimait leur position sociale supérieure à la sienne. J'ai beaucoup appris, Père, et surtout ceci : aucune position sociale n'est supérieure à une autre si celui qui l'occupe n'a pas un grand cœur.

Pour ce qui était du grand cœur de Père, Peggy y croyait mais refusait d'aller y voir. Elle avait trop bien connu sa flamme de vie par le passé. Si elle y regardait de trop près maintenant, elle risquait d'y découvrir des détails qu'une fille n'avait pas le droit de savoir. Elle était trop jeune pour se retenir quand elle l'avait autrefois explorée; dans l'innocence de l'enfance, elle avait appris des choses qui avaient rendu innocence et enfance impossibles. Mais aujourd'hui qu'elle maîtrisait mieux son talent, elle pouvait enfin respecter les secrets de son cœur. Elle lui devait bien cela, et à sa mère aussi.

Sans parler qu'elle se devait à elle-même de ne pas connaître dans les moindres détails leurs pensées et sentiments sur tout.

Ils installèrent la baignoire dans la maisonnette. Mère avait apporté un autre seau et une bouilloire, et Père s'en alla avec Alvin tirer de l'eau au puits pendant que Mère en mettait à bouillir sur le fourneau. Lorsque le bain fut prêt, elle chassa les hommes; puis Peggy dut la chasser à son tour, non sans insistance. « Je vous sais gré de votre sollicitude, dit-elle, mais j'ai pour habitude de me baigner dans la plus stricte intimité. Vous avez fait preuve d'une extrême gentillesse, et je ne manquerai pas, à chaque instant de ce bain que je vais prendre, seule, de penser à vous avec reconnaissance. »

Ce flot de langage pompeux, c'était plus que même Mère ne pouvait en supporter. La porte fut enfin refermée, verrouillée, les rideaux tirés. Peggy se débarrassa de sa robe de voyage puis se dépouilla de sa chemise et de sa culotte longue qui lui collaient chaudement à la peau. C'était l'un des avantages de son déguisement, de ne pas avoir à s'encombrer d'un corset. Personne ne s'attendait à ce qu'une vieille fille qui affichait son âge s'inflige la taille de guêpe de ces pauvres victimes de la mode qui se ficelaient au point de ne plus pouvoir respirer.

En dernier lieu, elle retira ses amulettes, les trois qui lui pendaient autour du cou et la quatrième, noyée dans ses cheveux. Elle les avait obtenues de haute lutte, ces amulettes, et pas uniquement parce qu'il s'agissait des nouveaux modèles, coûteux, qui agissaient sur ce que les autres voyaient réellement et non sur l'opinion qu'ils en avaient. Il lui avait fallu trois visites avant de persuader le spécialiste qu'elle désirait vraiment paraître laide. « Une jeune femme aussi charmante que vous, vous n'avez pas besoin de mon art », répétait-il inlassablement, jusqu'à ce qu'elle l'attrape par les épaules et lui dise : « C'est pour cela que j'en ai besoin ! Pour que je *cesse* d'être jolie. » Il avait cédé mais continué de marmonner que c'était un péché de cacher ce que Dieu avait si bien créé.

Dieu ou madame Modesty, songea Peggy. J'étais belle chez madame Modesty. Suis-je belle à présent, alors que personne ne me voit en dehors de moi, qui reste la moins en mesure de m'admirer ?

Enfin nue, enfin Peggy, elle s'agenouilla dans la baignoire et y plongea la tête pour commencer par se laver les cheveux. Immergée dans l'eau bien chaude, elle éprouva la même impression de liberté qu'elle avait connue tant d'années plus tôt dans la resserre, cette retraite humide où aucune flamme de vie ne pénétrait, où elle se retrouvait seule avec elle-même, où elle avait l'occasion de découvrir sa véritable personnalité.

Il n'y avait pas de miroir dans son logis. Et elle n'en avait pas apporté. Elle sentit pourtant que son bain était terminé et elle s'essuya devant le fourneau, déjà en nage dans la pièce pleine de vapeur, en ce début de soirée d'août ; elle savait qu'elle l'était, jolie, dans le sens où madame Modesty lui avait appris à l'être ; elle savait que si Alvin la voyait sous son vrai jour, il la désirerait, non pas poussé par la raison mais par ce coup de cœur futile et superficiel que tout homme éprouve envers une femme qui lui enchante les yeux. Aussi, tout comme elle s'était jadis cachée de lui pour qu'il ne l'épouse pas par pitié, aujourd'hui elle se cachait de lui pour qu'il ne l'épouse pas par amour juvénile. Cette image, le corps jeune et doux, lui resterait invisible afin que l'autre, la vraie, l'esprit profond et bien rempli, séduise ce qu'il y avait de meilleur en lui, l'homme qui serait non pas un amant mais un Faiseur.

Si seulement elle pouvait masquer le corps d'Alvin à ses propres yeux, elle n'imaginerait pas son contact, aussi doux que la caresse de l'air sur sa peau quand elle traversa la pièce.

XVI

Le propriétaire

LES NOIRS se mirent à brailler avant que les coqs ne se lèvent. Chicaneau Planteur ne sortit pas aussitôt du lit; les cris s'accordaient en quelque sorte avec son rêve. Des Noirs braillards apparaissaient drôlement souvent dans ses rêves ces temps-ci. Le tumulte finit quand même par le réveiller, et il bondit hors de sa couche. A peine jour dehors; il lui fallut ouvrir le rideau pour avoir assez de lumière et trouver son pantalon. Il devinait des ombres qui s'agitaient plus bas du côté des quartiers des esclaves, mais sans distinguer ce qui s'y passait. Il envisagea le pire, bien entendu, et décrocha son fusil de chasse du râtelier fixé au mur de sa chambre. Les propriétaires d'esclaves, au cas où vous n'auriez pas compris, gardent toujours leurs armes à feu dans la pièce où ils dorment.

Dans le couloir, il manqua buter dans quelqu'un. Une femme, qui poussa des cris perçants. Il mit un moment à reconnaître son épouse, Dolorès. Il en arrivait à oublier qu'elle savait marcher, vu qu'elle ne quittait sa chambre qu'en certaines occasions. C'est qu'il n'avait pas l'habitude de la voir hors de son lit ni errer dans la maison sans un esclave ou deux sur lesquels s'appuyer.

« Allons, tais-toi, Dolorès, c'est moi, Chicaneau.

— Oh, qu'est-ce qu'il y a, Chicaneau ? Qu'est-ce qui s'passe là-bas ? » Elle s'accrochait à son bras, l'empêchant d'avancer.

« Tu n'crois pas que j'pourrais t'en dire plus si tu me laissais aller voir ? »

Elle s'agrippa davantage. « N'fais pas ça, Chicaneau ! N'y va pas tout seul ! Ils pourraient te tuer !

— Pourquoi ils me tueraient ? Je n'suis pas un bon maître ? Le Seigneur ne m'protègera pas ? » Tout de même, il sentit un frisson de peur le parcourir. S'agissait-il de la révolte d'esclaves que tout maître redoute mais dont aucun ne parle ? Il se rendit alors compte que cette pensée le travaillait depuis la minute où il s'était réveillé. Dolorès venait de l'exprimer tout haut. « J'ai mon fusil, dit-il. T'inquiète pas pour moi.

— J'ai peur, dit Dolorès.

— Tu sais ce qui m'fait peur, à moi ? Que tu trébuches dans le noir et que tu t'fasses vraiment mal. Retourne au lit, comme ça je n'aurai pas à m'inquiéter pour toi pendant que je serai dehors. »

Quelqu'un se mit à tambouriner à la porte.

« Maître ! Maître ! cria un esclave. Y a b'soin d'vous, maître !

— Tiens, tu vois ? C'est Gros Goupi, dit Chicaneau. Si c'était une révolte, mon amour, ils commenceraient par l'étrangler avant de venir me trouver.

— C'est censé me rassurer ? demanda-t-elle.

— Maître ! Maître !

— Au lit », fit Chicaneau.

La main de Dolorès s'attarda un instant sur le canon froid du fusil. Puis elle se retourna et, tel un fantôme gris pâle dans l'obscurité du couloir, disparut dans l'ombre en direction de sa chambre.

Gros Goupi était agité, aussi nerveux qu'une sauterelle dans un parc de dindes. Chicaneau le regarda comme d'ordinaire avec dégoût. Il avait beau dépendre de Gros Goupi pour savoir quels esclaves parlaient mal dans son dos, rien ne le forçait à l'apprécier. Il n'y avait aucune chance au monde de sauver la moindre âme de Noir pur sang. Ils étaient tous nés foncièrement corrompus, comme s'ils avaient embrassé le péché originel et l'avaient encore tété dans le lait de leurs mères. Etonnant que leur lait ne soit pas noir, avec toute l'infection qu'il devait contenir. J'aimerais que ça aille plus vite, que la race noire devienne assez blanche pour que ça vaille la peine qu'on tente de sauver leurs âmes.

« C'est c'te fille, Salamandy, maître, dit Gros Goupi.

— Son bébé arrive en avance ? fit Chicaneau.

— Oh non. Non, non, il arrive pas, non, maître. Oh, descendez, s'vous plaît. C'est pas d'vot' fusil q'vous avez b'soin, maître. Mais d'vot' grand couteau d'chasse, j'crois bien.

— C'est moi qui en décide », dit Chicaneau. Quand un Noir vous suggère de ne pas prendre de fusil, c'est à ce moment-là qu'il ne faut surtout pas le lâcher. Il se dirigea à grands pas vers le quartier des femmes. Il faisait à présent assez jour pour distinguer le sol, pour voir les Noirs passer furtivement ici et là dans l'obscurité et le regarder, pour voir leurs yeux blancs qui l'observaient. Grâces soient rendues au Seigneur Dieu de leur avoir fait les yeux blancs, autrement on ne les remarquerait pas dans l'ombre.

Il y avait toute une ribambelle de femmes devant la porte de la case où dormait Salamandy. Comme elle arrivait à terme, elle ne participait pas aux travaux des champs depuis quelque temps et elle disposait d'un lit pourvu d'un bon matelas. Personne ne pouvait dire que Chicaneau Planteur ne prenait pas soin de son cheptel reproducteur.

L'une des femmes — dans les ténèbres il ne put dire laquelle, mais d'après la voix il pensa qu'il devait s'agir de Cuivrette, celle qu'on avait baptisée Agnès mais qui s'était choisi un nom en rapport avec le serpent cuivré —, bref, la femme en question s'écria : « Oh, maître, va falloir nous laisser saigner un poulet sus celle-là !

— On n'pratiquera pas d'abominations païennes dans ma plantation », dit Chicaneau d'un ton sévère. Mais il savait désormais que Salamandy était morte. A un mois seulement de l'accouchement, et elle était morte. Il se sentait frappé en plein cœur. Un enfant de moins. Une poulinière de partie. Oh, Dieu, aie pitié de moi ! Comment puis-je bien te servir si tu m'enlèves ma meilleure concubine ?

Ça puait le cheval malade dans la pièce, à cause des intestins qui s'étaient libérés au moment de la mort. Elle s'était pendue avec le drap du lit. Chicaneau se maudit de sa bêtise de lui avoir donné une chose pareille. Dans son idée, il s'agissait d'une marque d'insigne faveur envers celle qui portait pour la sixième fois un bébé demi-blanc, que de lui permettre d'étendre un drap sur son matelas ; et voilà comment elle le remerciait, elle se retournait contre lui.

Ses orteils ne pendouillaient pas à plus de trois pouces du sol. Elle avait dû monter sur le lit et sauter. Même maintenant qu'elle oscillait légèrement au souffle d'air qu'il venait de provoquer en entrant, ses pieds cognaient dans le châlit. Il fallut une ou deux secondes à Chicaneau pour comprendre ce que ça signifiait. Comme le cou de la fille n'était pas brisé, elle avait dû mettre un bon moment à s'étrangler, alors que le lit ne se trouvait qu'à quelques pouces et qu'elle le savait. Pendant tout ce temps, elle aurait pu interrompre l'étouffement n'importe quand. Elle aurait pu changer d'avis. Cette femme voulait mourir. Non, elle voulait *tuer*. Assassiner ce bébé qu'elle portait.

Une preuve de plus de la vigueur de ces Noirs dans la vilenie. Plutôt que de donner naissance à un enfant à demi blanc qui pouvait espérer le salut, elle se suicidait par pendaison. N'y avait-il pas de limite à leur perversité ? Comment un homme pieux pouvait-il sauver de telles créatures ?

« Elle s'a tué, maître ! » cria la femme qui avait parlé dans le noir. Il se retourna, et il faisait maintenant assez jour pour reconnaître Cuivrette sans erreur. « Elle va attend' d'main soir pour tuer quèqu'un d'aut' si on saigne pas un poulet sus elle !

— Ça m'rend malade de penser que vous prendriez la mort de cette pauvre fille comme excuse pour rôtir un poulet avant son heure. Elle aura un enterrement décent, et son âme ne fera d'mal à personne, mais, suicidée qu'elle est, elle ira sûrement en enfer y brûler éternellement. »

A ces mots, Cuivrette gémit de douleur. Les autres femmes se joignirent à ses lamentations. Chicaneau ordonna à Gros Goupi de mettre un groupe de jeunes hommes à creuser une tombe — pas dans le cimetière d'esclaves habituel, évidemment, car une suicidée ne pouvait pas reposer en terre consacrée. Plus loin au milieu des arbres, sans pierre tombale, comme il convenait à une bête qui avait pris la vie de son propre petit.

Avant la tombée de la nuit, elle était mise en terre. S'agissant d'une suicidée, Chicaneau ne pouvait décemment pas demander au pasteur baptiste ou au prêtre catholique de venir à la rescousse. En fait, il pensait dire quelques mots lui-même, seulement il se trouva que ce soir-là il avait déjà invité un prêcheur itinérant à dîner. Ledit prêcheur arriva en avance, et les esclaves de la maison l'envoyèrent par-derrière où il tomba en plein enterrement et offrit son concours.

« Oh, vous n'avez pas besoin d'faire ça, dit Chicaneau.

— Jamais on ne dira que le révérend Thrower n'a pas étendu l'amour chrétien à tous les enfants de Dieu : Blancs ou Noirs, hommes ou femmes, saints ou pécheurs. »

Les esclaves se ranimèrent en entendant ça, et Chicaneau aussi, mais pour la raison inverse. C'étaient là des propos d'abolitionniste, et Planteur eut soudain peur d'avoir invité le diable sous son toit en y amenant ce prêcheur presbytérien. Néanmoins, ça apaiserait probablement en grande partie les craintes superstitieuses des Noirs, s'il permettait qu'un vrai pasteur prononce les dernières prières.

Et de fait, une fois les paroles dites et la tombe recouverte, ils avaient tous l'air parfaitement calmes, ils ne poussaient plus leurs épouvantables hurlements.

Au dîner, le prêcheur — Thrower, c'était son nom — rassura beaucoup Chicaneau. « Je crois qu'il entre dans le grand dessein de Dieu que les Noirs soient amenés en Amérique dans des chaînes. Comme les enfants d'Israël, qui ont dû souffrir pendant des années sous la coupe des Egyptiens, ces âmes noires sont sous la férule du Seigneur qui les façonne à sa convenance. Les abolitionnistes comprennent une vérité : que Dieu aime ses enfants noirs; mais ils passent à côté de tout le reste. Eh oui, s'ils arrivaient à leurs fins et libéraient tout de suite les Noirs, ils serviraient les plans du démon, non pas ceux de Dieu, car hors de l'esclavage les Noirs n'ont aucun espoir de s'élever au-dessus de leur sauvagerie.

— Pour moi, tout ça, c'est de la théologie, dit Chicaneau.

— Les abolitionnistes ne comprennent-ils pas que le Noir qui s'échappe de chez son maître légitime pour aller dans le Nord est voué à la damnation éternelle, lui et tous ses enfants? Du coup, c'était bien la peine de venir d'Afrique ! Les Blancs dans le Nord détestent les Noirs; rien d'étonnant : il n'y a que les plus mauvais, les plus arrogants et les plus intraitables pour oser offenser Dieu en quittant leurs maîtres. Mais par ici, en Appalachie et dans les Colonies de la Couronne, vous aimez véritablement l'homme noir car vous êtes les seuls à vouloir prendre en charge ces enfants difficiles et les aider à progresser sur le chemin de la pleine humanité.

— Vous êtes peut-être un presbytérien, révérend Thrower, mais vous connaissez la vraie religion.

— Je suis heureux de savoir que je me trouve chez un homme pieux, frère Chicaneau.

— J'espère que je suis votre frère, révérend Thrower. »

Et voilà comment se poursuivit la discussion, chacun appréciant davantage l'autre à mesure que s'avançait la soirée. A la tombée de la nuit, alors qu'ils prenaient le frais assis sur la galerie, Chicaneau se dit qu'il venait de faire la connaissance du premier homme auquel il pourrait raconter une partie de son grand secret.

Il essaya d'amener le sujet, mine de rien. « Révérend Thrower, croyez-vous que le Seigneur Dieu parle à des hommes ces temps-ci ? »

Thrower prit un ton solennel. « Je sais qu'Il le fait.

— Croyez-vous qu'Il pourrait même parler à un homme comme moi ?

— Abandonnez cet espoir, frère Chicaneau, dit Thrower, car le Seigneur va où Il veut, non là où nous le souhaiterions. Pourtant je sais que même le plus humble mortel peut recevoir un… visiteur. »

Chicaneau sentit un tremblement dans son ventre. Eh là ! On aurait dit que Thrower connaissait déjà son secret. Mais il ne le lâcha quand même pas tout d'un coup. « Vous savez ce que j'pense ? dit-il. J'pense que le Seigneur Dieu n'peut pas apparaître sous Sa forme véritable à un simple mortel parce que Sa gloire le terrasserait.

— Oh, tout à fait, dit Thrower. Comme lorsque Moïse a réclamé de voir le Seigneur ; le Seigneur lui a caché les yeux de Sa main, et Moïse n'a pu voir que Son dos une fois qu'Il était passé.

— J'veux dire… et si un homme comme moi voyait le Seigneur Jésus lui-même ; pas comme dans les tableaux qui Le représentent, mais sous l'apparence d'un surveillant. J'imagine qu'on ne voit que ce qui fait comprendre la puissance de Dieu et non la vraie majesté du Seigneur. »

Thrower approuva doctement de la tête. « Fort possible, dit-il. C'est une explication plausible. Mais il se pourrait que vous n'ayez vu qu'un ange. »

Et voilà, pas plus difficile. On commençait par dire : « Et si un homme comme moi… » et Thrower concluait par : « Vous avez vu un ange ». Les deux hommes avaient beaucoup de points communs. Chicaneau raconta donc entièrement son histoire, pour la toute première fois, près de sept ans après qu'elle lui fut arrivée.

Lorsqu'il eut terminé, Thrower lui prit la main et la serra dans une étreinte fraternelle en le fixant dans les yeux d'un regard ardent. « Quand je pense à votre sacrifice ! Mêler votre chair à celle de ces femmes noires afin de servir le Seigneur ! Combien d'enfants ?

— Vingt-cinq qui sont nés vivants. Vous m'avez aidé ce soir à enterrer le vingt-sixième dans le ventre de Salamandy.

— Où sont tous ces jeunes espoirs à demi blancs ?

— Oh, ce n'est qu'une partie de ma tâche, dit Chicaneau. Avant le traité des Esclaves en fuite, j'les vendais dans le Sud dès que possible, pour qu'ils y grandissent et propagent le sang blanc partout dans les Colonies de la Couronne. Leur semence fera d'eux des missionnaires. Evidemment, j'ai gardé les derniers ici. Ça n'est pas très prudent, révérend Thrower. Tout mon cheptel en âge de reproduire est noir pure race, et les gens vont forcément se demander d'où sortent ces petits sang-mêlé. Pour l'instant, mon surveillant, Sanglade, s'il a remarqué quelque chose, il se tait, et personne d'autre ne les voit jamais. »

Thrower hocha la tête, mais il était clair qu'il avait l'esprit ailleurs. « Seulement vingt-*cinq* enfants ?

— Je n'ai pas pu faire mieux, dit Chicaneau. Même les femmes noires n'peuvent pas porter un autre bébé aussitôt après une naissance.

— Je voulais dire... vous voyez, moi aussi j'ai eu... une visite. C'est pour cette raison que je suis venu par ici, que j'ai fait ma tournée en Appalachie. On m'a dit que j'y rencontrerais un fermier qui connaît lui aussi mon Visiteur et qui a fait don à Dieu de vingt-six présents vivants.

— Vingt-*six*.

— Vivants.

— Eh ben, voyez-vous... eh ben, ça c'est trop fort ! Comprenez, je n'incluais pas dans le nombre le tout premier qu'est né, par rapport que sa mère s'est enfuie et me l'a volé quelques jours avant qu'il soit vendu. J'ai dû le rembourser en argent comptant à l'acheteur, et les recherches n'ont rien donné, les chiens n'ont pas pu suivre sa trace. Le bruit a couru parmi les esclaves qu'elle s'était changée en merle et s'était envolée, mais vous connaissez le genre d'histoires qu'ils racontent.

— Bon... donc vingt-six. Maintenant répondez-moi : Y a-t-il une raison pour que le nom de "Hagar" vous dise quelque chose ? »

Chicaneau s'étrangla. « Personne ne sait que j'appelais la mère par ce nom-là !

— Mon Visiteur m'a appris que cette Hagar avait volé votre premier présent à Dieu.

— C'est Lui. Vous L'avez vu, vous aussi.

— A moi, Il vient sous les traits d'un... pas d'un surveillant. Plutôt d'un homme de science, quelqu'un d'une infinie sagesse. Parce que je suis moi-même homme de science, j'imagine, outre ma vocation de pasteur. Je L'ai toujours soupçonné de n'être qu'un ange, vous m'entendez ? un ange seulement, parce que je n'osais espérer qu'Il soit... le Maître en personne. Mais ce que vous me dites maintenant... Se pourrait-il que nous nous soyons tous deux trouvés en présence de Notre-Seigneur ? Oh, Chicaneau, comment en douter ? Sinon pourquoi le Seigneur nous aurait-Il ainsi réunis ? Cela veut dire que… que je suis pardonné.

— Pardonné ? »

A la question de Chicaneau, le visage de Thrower s'assombrit.

Planteur s'empressa de le rassurer. « Non, rien n'vous pousse à me l'dire si vous n'en avez pas envie.

— Je… c'est presque insupportable d'y penser. Mais maintenant qu'on a clairement meilleure opinion de moi, ou du moins qu'on me donne une autre chance… Frère Chicaneau, on m'a jadis confié une mission à accomplir, aussi obscure, difficile et secrète que la vôtre. Sauf que, contrairement à vous qui avez fait preuve de force et de courage, moi, j'ai échoué. J'ai essayé mais j'ai manqué de nerf et de présence d'esprit pour triompher de la puissance du démon. Je me suis cru rejeté, renié. Voilà pourquoi je suis devenu prêcheur itinérant, car je me sentais indigne d'occuper une chaire à moi. Mais aujourd'hui… »

Chicaneau hocha la tête ; il serra les mains de l'homme tandis que des larmes lui coulaient sur les joues. Thrower finit par lever les yeux sur lui. « D'après vous, comment notre… Ami veut-il que je vous aide dans votre tâche ?

— Je n'en sais trop rien, fit Chicaneau. Mais comme ça, à brûle-pourpoint, je n'vois qu'une seule façon.

— Frère Chicaneau, je ne suis pas sûr de pouvoir assumer ce devoir répugnant.

— A ma connaissance, le Seigneur fortifie l'homme et rend la chose… supportable.

— Mais dans mon cas, frère Chicaneau… voyez-vous, je n'ai jamais connu de femme, comme on dit dans la Bible. Une seule fois mes lèvres ont touché celles d'une jeune fille, et c'était contre ma volonté.

— Alors je vous aiderai de mon mieux. Que diriez-vous de prier bien longtemps, et après je vous montrerai comment vous y prendre la première fois ? »

Ma foi, sur le moment, cette idée leur parut à tous deux la meilleure ; ils passèrent donc à l'acte, et le révérend Thrower se révéla un élève qui apprenait vite. Ce fut pour Chicaneau un grand soulagement d'avoir trouvé quelqu'un pour l'assister, sans parler de l'espèce de plaisir que l'on prenait à se sentir regardé par un autre, puis à le regarder à son tour. C'était comme une solide fraternité qui les unissait : leurs semences se mélangeaient dans le même sillon, en quelque sorte. Comme le déclara le révérend Thrower : « Lorsque viendra le temps de moissonner ce champ, frère Chicaneau, nous ne saurons dire quelle semence est venue à maturité, car le Seigneur nous a donné ce terrain à tous deux, pour cette fois-ci. »

Oh, ensuite le révérend Thrower demanda le nom de la fille.

« Eh bien, on l'a baptisée Hepzibah, mais elle se fait appeler "Cancrelat".

— Cancrelat ?

— Ils prennent tous des noms d'animaux. M'est avis qu'elle n'a pas très haute opinion d'elle-même. »

Là-dessus, Thrower étendit le bras, prit la main de Cancrelat et la lui tapota avec la tendresse qu'un mari manifeste à sa femme, une idée qui manqua faire éclater Chicaneau de rire. « Allons, Hepzibah, il faut te servir de ton nom chrétien, dit Thrower, pas d'un nom d'animal aussi avilissant. »

Cancrelat se contenta de le regarder, les yeux écarquillés, repliée en chien de fusil sur le matelas.

« Pourquoi ne me répond-elle pas, frère Chicaneau ?

— Oh, elles ne parlent jamais dans ces occasions-là. J'leur en ai vite fait passer le goût… Elles essayaient tout l'temps de me dissuader d'accomplir mon œuvre. Je me dis qu'il vaut mieux pour elles se taire que répéter ce que l'diable veut m'faire entendre. »

Thrower se retourna vers la femme. « Mais maintenant, moi, je te demande de me parler, Cancrelat. Tu ne diras pas de paroles diaboliques, hein ? »

Pour toute réponse, le regard de Cancrelat se perdit en l'air, là où un bout de drap restait noué autour d'un chevron.

La figure de Thrower prit un teint verdâtre. « Ce n'est tout de même pas la pièce où… la fille que nous avons enterrée…

— C'est la pièce qu'a l'meilleur lit, dit Chicaneau. Je n'voulais pas qu'on fasse ça sur une paillasse si on pouvait l'éviter. »

Thrower ne dit rien. Il sortit, plutôt vite, et s'enfonça dans l'obscurité. Chicaneau soupira, ramassa la lanterne et le suivit. Il le trouva penché au-dessus de la pompe. Il entendit Cancrelat filer de la chambre où était morte Salamandy pour regagner ses quartiers, mais il ne lui accorda aucune attention. C'était Thrower… l'homme n'était quand même pas dérangé au point de vomir dans l'eau potable ?

« Je vais bien, murmura le révérend. J'ai seulement… La même pièce… Je ne suis pas du tout superstitieux, vous savez. J'ai eu l'impression de manquer de respect envers la morte. »

Ces gars du Nord ! Même quand ils comprenaient quelque chose à l'esclavage, ils n'arrivaient pas à se débarrasser de leur idée que les Noirs étaient des gens. Est-ce que vous cessez d'utiliser une pièce parce qu'une souris y a crevé ou que vous y avez un jour écrasé une araignée sur le mur ? Est-ce que vous brûlez votre écurie parce que votre cheval préféré y est mort ?

Quoi qu'il en soit, Thrower se ressaisit, remonta d'un coup sec son pantalon avant de le reboutonner bien comme il faut, puis ils s'en retournèrent à la maison. Frère Chicaneau installa Thrower dans la chambre d'amis ; elle ne servait pas souvent, et un nuage de poussière s'éleva lorsque Planteur tapa de la main sur la couverture. « J'aurais dû m'douter que les esclaves de maison n'feraient pas le ménage dans cette chambre, dit-il.

— Pas grave, dit Thrower. La nuit est chaude, je n'ai pas besoin de couverture. »

En descendant le couloir menant à sa propre chambre, Chicaneau s'arrêta un instant pour écouter la respiration de son épouse. Comme il arrivait parfois, il l'entendit geindre doucement dans sa chambre. Elle devait beaucoup souffrir, sûrement. O Seigneur, songea Chicaneau, combien de fois encore faut-il que j'exécute Tes ordres avant que Tu prennes ma Dolorès en pitié et que Tu la soulages ? Mais il n'alla pas la trouver ; il ne pouvait rien faire pour l'aider, en dehors de prier, et il avait besoin de sommeil. La nuit était bien entamée, et pas mal de travail l'attendait le lendemain.

Une chose était sûre : Dolorès avait passé une mauvaise nuit ; elle dormait encore à l'heure du petit-déjeuner. Chicaneau finit donc par prendre son repas en compagnie de Thrower. Le prêcheur engloutit une montagne de saucisses et de gruau. Lorsqu'il eut nettoyé son assiette pour la troisième fois, il regarda Chicaneau et sourit. « Le service du Seigneur ouvre joliment l'appétit ! » Ce qui les fit l'un et l'autre beaucoup rire.

Après le petit-déjeuner, ils allèrent faire un tour. Il se trouva qu'ils passèrent près de la sépulture de Salamandy. Thrower proposa d'y jeter un coup d'œil ; sans cela, Chicaneau n'aurait rien su de ce que les Noirs avaient fait au cours de la nuit. Il y avait des traces de pas sur toute la tombe ; la terre foulée était devenue de la boue. Maintenant la boue séchée grouillait de fourmis.

« Des fourmis ! dit Thrower. Elles ne sentent quand même pas le corps en dessous ?

— Non, fit Chicaneau. ce qu'elles ont trouvé est plus frais et à même le sol. Regardez-moi ça : des bouts d'entrailles.

— Ils n'ont pas… exhumé son cadavre et…

— Pas ses entrailles à elle, révérend Thrower. Probablement celles d'un écureuil, d'un merle ou n'importe quoi. Ils ont fait un sacrifice démoniaque cette nuit. »

Thrower se mit aussitôt à murmurer une prière.

« Ils connaissent que j'interdis ces pratiques-là, dit Chicaneau. Ce soir, la preuve de leur forfait aura certainement disparu. Ils me désobéissent dans mon dos. Je n'vais pas tolérer ça.

— Je comprends à présent l'ampleur de votre tâche à vous, les propriétaires d'esclaves. Le démon tient leurs âmes d'une poigne de fer.

— Bah, n'vous en faites pas. Ils vont m'payer ça dès aujourd'hui. Ils veulent que l'sang coule sur sa tombe ? Alors ce sera le leur. Monsieur Sanglade ! Vous êtes où ? Monsieur Sanglade ! »

Le surveillant venait juste d'arriver pour le travail de la journée.

« Une petite demi-journée de congé pour les Noirs, ce matin, monsieur Sanglade », dit Chicaneau.

Sanglade ne demanda pas pourquoi. « Lesquels vous voulez qu'je fouette ?

— Tous. Dix coups chacun. Sauf les femmes enceintes, évidemment. Mais tout de même… un coup chacune, sur les cuisses. Et tout l'monde regarde.

— Ils sont plus durs à t'nir quand ils r'gardent, monsieur, dit Sanglade.

— Le révérend Thrower et moi, nous regarderons aussi », dit Chicaneau.

Profitant de ce que Sanglade était parti rassembler les esclaves, Thrower chuchota quelque chose comme quoi il ne tenait pas trop à y assister.

« C'est le Seigneur qui l'veut, dit Chicaneau. J'ai assez d'estomac pour assister à un acte de justice. Je pensais qu'après cette nuit vous en auriez aussi. »

Ils regardèrent donc ensemble le défilé des esclaves qui se faisaient fouetter tour à tour et dont le sang coulait sur la tombe de Salamandy. Au bout d'un moment, Thrower ne tressaillait même plus. Chicaneau le constata avec plaisir, l'homme n'était pas un faible, tout compte fait, seulement un peu ramolli par son éducation en Ecosse et sa vie dans le Nord.

Après la punition, alors qu'il se préparait à reprendre la route — il avait promis de prêcher dans une ville à une demi-journée de cheval au sud —, le révérend Thrower en vint à poser une question à Chicaneau.

« J'ai remarqué que tous vos esclaves ont l'air… non pas vieux, vous comprenez, mais pas jeunes non plus. »

Chicaneau haussa les épaules. « C'est l'traité des Esclaves en fuite. Ma ferme a beau prospérer, je n'peux pas acheter ni vendre d'esclaves — on fait partie des Etats-Unis à présent. La plupart des gens s'en sortent par la reproduction, mais vous savez que tous mes petits moricauds ont fini dans l'Sud, jusqu'à ces derniers temps. Et voilà maintenant que j'ai perdu une autre reproductrice ; je m'retrouve avec seulement cinq femmes. Salamandy était la meilleure. Les autres, elles n'ont pas tant qu'ça d'années devant elles pour porter des bébés.

— J'y pense… » fit Thrower. Il marqua une pause, plongé dans ses réflexions.

« Vous pensez à quoi ?

— J'ai beaucoup voyagé dans le Nord, frère Chicaneau, et dans la plupart des villes de l'Hio, du Suskwahenny, de l'Irrakwa et de la Wobbish, il y a une ou deux familles de Noirs. Bon, vous savez comme moi qu'ils ne poussent pas sur les arbres de par là-bas.

— Tous des esclaves marrons.

— Certains, sans aucun doute, ont obtenu légalement leur liberté. Mais beaucoup d'autres… Il y a sûrement beaucoup d'évadés. Maintenant, à ce que j'ai compris, les propriétaires d'esclaves ont coutume de conserver une petite capsule de cheveux, rognures d'ongles…

— Oh, oui, on récupère ça dès la naissance ou dès qu'on les achète. Pour les pisteurs.

— Exactement.

— Mais on n'peut pas vraiment envoyer les pisteurs fouiller chaque pouce de terrain du Nord, dans l'espoir qu'ils tomberont sur un marronneur précis. Ça reviendrait plus cher que l'prix de l'esclave.

— Il me semble que le prix des esclaves est en hausse ces temps-ci.

— Si vous voulez dire qu'on n'peut pas en acheter à n'importe quel prix…

— C'est bien ce que je veux dire, frère Chicaneau. Et si les pisteurs n'étaient pas obligés d'explorer le Nord à l'aveuglette en comptant sur la chance ? Et si vous vous arrangiez pour engager des gens sur place, qui éplucheraient les papiers et noteraient les noms et âges de tous les Noirs qu'ils voient par chez eux ? Les pisteurs pourraient alors s'y rendre munis de renseignements. »

Ma foi, l'idée était si bonne que Chicaneau s'arrêta net. « Y a forcément quelque chose qui cloche dans cette idée, sinon quelqu'un l'aurait déjà mise à exécution.

— Oh, je vais vous dire pourquoi personne ne l'a encore fait. Il existe un fort ressentiment dans le Nord envers les propriétaires d'esclaves. Même si les gens de là-bas détestent leurs voisins noirs, leurs consciences malavisées leur interdisent de coopérer à toute chasse à l'esclave. Alors, quand un propriétaire du Sud tente d'aller rechercher dans le Nord un esclave marron, il a tôt fait de comprendre que s'il n'a pas son pisteur avec lui ou si la piste est froide, ça ne sert à rien de se fatiguer.

— C'est bien vrai. Une bande de voleurs, ceux du Nord, tous de mèche pour empêcher un propriétaire de récupérer son cheptel qui s'est sauvé.

— Mais si vous aviez des Nordistes qui chercheraient pour vous ? Si vous aviez un agent dans le Nord, disons un pasteur, qui rallierait d'autres partisans à la cause, qui trouverait des amis dignes de confiance ? Une telle entreprise serait onéreuse, mais vu l'impossibilité d'acheter de nouveaux esclaves en Appalachie, ne pensez-vous pas que les propriétaires seraient prêts à payer un bon prix pour financer la recherche de leurs Noirs évadés ?

— Payer ? Ils payeraient le double de c'que vous demandez. Ils vous payeraient les yeux fermés rien que sur l'espoir que vous allez l'faire.

— Supposez que je demande vingt piastres pour enregistrer chaque esclave marron — date de naissance, nom, description, époque et circonstances de l'évasion — puis que j'en demande mille autres si j'apporte des informations qui conduisent à la capture ?

— Cinquante piastres pour l'enregistrement, sinon personne ne vous prendra au sérieux. Et encore cinquante à chaque fois que vous envoyez des renseignements, même si l'esclave en question ne s'révèle pas le bon. Et *trois mille* par évadé qu'on récupère en bonne santé. »

Thrower eut un léger sourire. « Je ne voudrais pas retirer un profit exorbitant d'une œuvre de justice.

— Profit ? Vous allez avoir des tas d'gens à payer dans l'Nord si vous voulez faire du bon travail. Moi, je vous l'dis, Thrower, rédigez un contrat et portez-le à l'imprimeur de la ville, qu'il vous en tire mille exemplaires. Ensuite, il vous suffit de circuler partout en Appalachie et d'exposer votre projet à un seul propriétaire d'esclaves de chaque village où vous passez. M'est avis qu'en moins d'une semaine vous serez retourné chez l'imprimeur. Il n'est pas question d'profit, il est question d'un service inappréciable. Je vous parie même que vous recevrez des contributions de gens qui n'ont *jamais* eu d'esclave marron. Si grâce à vous l'Hio n'est plus le dernier obstacle à franchir pour s'mettre à l'abri, non seulement les anciens évadés reviendront mais les autres perdront espoir et resteront chez nous ! »

Moins d'une demi-heure plus tard, Thrower était à nouveau dehors, à cheval, mais il avait désormais un papier couvert de notes pour établir le contrat, des lettres d'introduction de Chicaneau pour son homme de loi et son imprimeur, ainsi que des lettres de crédit s'élevant à la coquette somme de cinq cents piastres. Lorsque Thrower avait protesté que c'était trop, Chicaneau n'avait rien voulu entendre. « Pour vous lancer, avait-il dit. On connaît l'un comme l'autre qui nous commande cette tâche. Ça coûte de l'argent. J'en ai, vous pas, alors prenez-le et mettez-vous à l'ouvrage !

— Vous agissez en vrai chrétien, avait dit Thrower. Comme les saints aux premiers temps de l'Eglise, qui partageaient tout en commun. »

Chicaneau tapota la cuisse de Thrower, tout raide sur sa selle ; les Nordistes ne savaient pas monter à cheval. « Il n'existe pas deux hommes qu'ont autant partagé d'choses que nous, dit-il. On a eu les mêmes visions, accompli les mêmes tâches, et si après ça on n'est pas comme deux gouttes du même tonneau, alors je n'sais pas ce qu'il faut.

— La prochaine fois que je verrai le Visiteur, si j'ai cette chance, je sais qu'il sera content.

— Amen », répliqua Chicaneau.

Puis il donna une claque au cheval de Thrower et le regarda s'éloigner. Mon Hagar. Il va trouver mon Hagar et son petit. Ça fait bientôt sept ans qu'elle m'a volé mon premier-né. Maintenant elle va revenir ; cette fois elle restera enchaînée et me donnera d'autres enfants jusqu'à ce qu'elle ne puisse plus porter. Quant au petit, il sera mon Ismaël. C'est comme ça que je l'appellerai. Ismaël. Je le garderai ici et je l'élèverai pour qu'il soit fort, obéissant et bon chrétien. Quand il sera en âge, je le louerai à d'autres plantations, et la nuit il poursuivra mon œuvre, il répandra la semence élue dans toute l'Appalachie. J'aurai sûrement une descendance aussi nombreuse que les grains de sable dans la mer, tout comme Abraham.

Et, qui sait ? peut-être alors que le miracle se produira, que ma chère femme guérira, qu'elle concevra et me portera un enfant entièrement blanc, mon Isaac, qui héritera de toutes mes terres et de tout mon travail. Seigneur, mon Surveillant, fais-moi miséricorde.

XVII

Le concours d'orthographe

UN JOUR du début de janvier qu'il était tombé une bonne épaisseur de neige et que soufflait un vent assez cinglant pour vous découper le nez de la figure, Conciliant Smith décréta comme de juste qu'il avait de l'ouvrage à la forge jusqu'au soir et que c'était à Alvin d'aller au village acheter le ravitaillement et livrer le travail terminé. En été, les tâches avaient tendance à se répartir dans l'autre sens.

Tant pis, songea Alvin. C'est lui le patron, ici. Mais si moi, je suis un jour patron de ma forge et que j'ai un apprenti, sûr que je le traiterai plus justement qu'on m'a traité. Maître et apprenti devraient se partager l'ouvrage de la même façon, sauf quand l'apprenti ne sait pas du tout comment s'y prendre; c'est alors au patron de lui montrer. C'est convenu comme ça, l'apprenti n'est pas un esclave, ce n'est à lui de toujours conduire le chariot au village dans la neige.

Mais à vrai dire, Alvin savait qu'il ne serait pas forcé d'y aller en chariot. Le traîneau à deux chevaux d'Horace Guester ferait l'affaire, et il savait qu'Horace ne verrait pas d'inconvénient à ce qu'il le lui emprunte, à condition de lui faire au village les courses dont l'auberge avait besoin.

Alvin s'emmitoufla chaudement et affronta le vent, un vent d'ouest qu'il recevrait en pleine figure jusqu'à l'auberge plus haut. Il prit le sentier qui montait par la maison de mademoiselle Larner, le chemin le plus court et le mieux abrité grâce aux nombreux arbres. Bien entendu, elle n'était pas chez elle. C'était heure de classe, elle se trouvait avec les enfants dans l'école du village. Mais l'ancienne resserre, c'était l'école d'Alvin, et de passer devant la porte lui fit penser à ses études.

Elle lui avait enseigné des choses qu'il n'avait jamais imaginé apprendre. Il s'était attendu à davantage de calcul, de lecture et d'écriture, et en un sens c'est ce qu'elle lui faisait travailler, pour sûr. Mais elle ne le faisait pas lire dans les abécédaires d'enfants, comme Arthur Stuart qui bûchait ferme tous les soirs dans la resserre à la lumière de la lampe. Non, elle parlait à Alvin d'idées auxquelles il n'aurait jamais songé et qui fournissaient matière à tous ses exercices de calcul et d'écriture.

Hier :

« La plus petite particule est un atome, avait-elle dit. Selon la théorie de Démocrite, toute chose est formée de choses plus petites, jusqu'à ce qu'on arrive à l'atome, qui est la plus petite de toutes et ne peut être divisée.

— A quoi ça r'semble ? lui avait demandé Alvin.

— Je ne sais pas. C'est trop petit pour qu'on le voie. Et toi, tu sais ?

— M'est avis qu'non. Tout c'que j'ai vu de petit, on pouvait toujours le couper en deux.

— Mais peux-tu *imaginer* quelque chose de plus petit ?

— Ouais, mais j'peux l'diviser aussi. »

Elle avait soupiré. « Bon, alors, Alvin, réfléchis mieux. S'il existait une chose si petite qu'on ne pourrait pas la diviser, comment serait-elle ?

— *Vraiment* p'tite, m'est avis. »

Mais il plaisantait. C'était un problème, et il voulait le résoudre comme il résolvait tous ses problèmes pratiques. Il avait envoyé sa bestiole dans le plancher. Comme c'était du bois, il avait découvert un vrai fouillis de cœurs brisés d'arbres autrefois vivants, aussi avait-il expédié en vitesse sa bestiole dans le fer du fourneau, pour l'essentiel constitué d'une seule matière à l'intérieur. Les petits éléments, les plus infimes parties qu'il voyait toujours distinctement, s'agitaient en une masse confuse sous l'effet de fournaise ; quant au feu, il projetait sa lumière et sa chaleur, et les éléments qui le composaient étaient si réduits, si minuscules qu'il avait du mal à les concevoir dans sa tête. Il n'avait pas vraiment *vu* les éléments du feu. Il les avait seulement sentis passer.

« La lumière, avait-il dit. Et la chaleur. C'est impossible de les diviser.

— Exact. Le feu n'est pas comme la terre, on ne peut pas le diviser. Mais on peut le transformer, non ? On peut l'éteindre. Il peut mourir tout seul. Et les parties qui le composent doivent par conséquent se convertir en autre chose ; ce n'étaient donc pas des atomes immuables et insécables.

— Eh ben, y a rien d'plus p'tit que ces p'tits bouts de feu, alors m'est avis qu'un atome, ça n'existe pas.

— Alvin, tu dois cesser d'être aussi empirique.

— Si j'connaissais c'que ça veut dire, je cesserais.

— Si je savais.

— Pareil.

— Tu ne pourras pas toujours répondre aux questions en te bornant à chercher la solution dans les cailloux d'à côté ou je ne sais quoi. »

Alvin avait soupiré. « Des fois, j'regrette de vous avoir dit c'que j'fais.

— Tu veux que je t'apprenne ce qu'est un Faiseur, oui ou non ?

— Oui, c'est ça que j'veux ! Et à la place vous m'parlez d'atomes, de gravité, de… Je m'fiche de ce qu'ont pu raconter ce charlatan de Newton et tous les autres ! J'veux connaître… savoir comment bâtir la… l'*endroit.* » Il s'était rappelé juste à temps Arthur Stuart dans son coin, qu'il mémorisait chacune de leurs paroles, voix et intonations comprises. Pas la peine de lui farcir la tête avec la Cité de Cristal.

« Ne comprends-tu pas, Alvin ? Cela fait si longtemps — des milliers d'années — que personne ne sait ce qu'est réellement un Faiseur ni ce qu'il fait. On sait seulement que de tels hommes ont existé et on connaît quelques-unes des tâches dont ils étaient capables. Changer le plomb ou le fer en or, par exemple. L'eau en vin. Ce genre d'opération.

— J'pense que l'fer en or, c'est plus facile, avait dit Alvin. Les métaux, à l'intérieur, ils contiennent en gros un seul élément. Mais l'vin… c'est une telle pagaille d'affaires différentes qu'y faudrait être un… un… » Il n'avait pas réussi à trouver de mot pour le plus grand pouvoir qu'un homme puisse détenir.

« Un Faiseur. »

C'était ça, le mot, pour sûr.

« M'est avis.

— Je te le dis, Alvin, si tu veux retrouver ce qu'accomplissaient autrefois les Faiseurs, il te faut comprendre la nature des choses. Tu ne peux pas transformer ce que tu ne comprends pas.

— Et j'comprends pas c'que j'vois pas.

— Erreur ! Complètement faux, Alvin Smith ! C'est en fait ce que tu vois qui demeure impossible à comprendre. Le monde que tu vois réellement n'est rien de plus qu'un exemple, un cas particulier. Mais les principes sous-jacents, l'ordre qui le maintient, cela reste à jamais invisible. On ne peut le découvrir que par l'imagination, précisément la partie de ton esprit la plus négligée. »

Bref, hier soir Alvin s'était mis en colère, ce qui d'après elle était le plus sûr moyen de rester idiot, à quoi il avait répondu que ça lui convenait parfaitement vu qu'il était resté en vie contre forte partie malgré son idiotie et sans son aide à elle. Puis il s'était rué dehors et avait erré en regardant les premiers flocons de la tempête qui commençaient à tomber.

Il ne marchait pas depuis longtemps lorsqu'il s'était rendu compte qu'elle avait raison et qu'il le connaissait — le savait — depuis le début. Il envoyait toujours sa bestiole pour voir ce qu'il y avait à l'intérieur de n'importe quoi, mais ensuite, au moment d'y apporter un changement, il devait penser à ce qu'il *voulait* que ça devienne. Il devait penser à quelque chose qui n'était pas là et en garder l'image à l'esprit ; après ça, appliquant la méthode qui était la sienne depuis sa naissance et qu'il ne comprenait toujours pas, il disait : « Tu vois ça ? Voilà comme il faut que tu sois ! » Et alors, parfois vite, parfois lentement, les éléments se déplaçaient jusqu'à se réagencer convenablement. Il s'y prenait tout le temps de cette façon-là : pour détacher un morceau d'une pierre vive, pour assembler deux bouts de bois, pour rendre le fer bien solide et droit, pour répartir la chaleur uniformément au fond du creuset. Je vois donc ce qui n'est pas là, je le vois dans mon esprit, et c'est ce qui le fait en fin de compte exister.

L'espace d'un instant, terrible et vertigineux, il s'était demandé si le monde n'existait que parce qu'il l'imaginait ainsi et s'il était vrai qu'en cessant de l'imaginer, il l'amènerait à disparaître. Evidemment, une fois ressaisi, il avait compris que s'il l'avait inventé, il n'existerait pas autant de choses bizarres ici-bas auxquelles il n'aurait jamais songé tout seul.

Peut-être alors que le monde était entièrement rêvé dans l'esprit de Dieu. Mais non, ce n'était pas ça non plus, parce que pour rêver des hommes comme l'assassin-blanc Harrison, fallait pas que Dieu soit très malin. Non, telles qu'Alvin voyait les choses, Dieu s'y prenait plus ou moins comme lui : il disait aux rochers de la terre, au feu du soleil, à tout ça, comment ils devaient être, et il les laissait faire. Mais quand Dieu disait aux *gens* comment il fallait qu'ils soient, eh bien, la plupart du temps ils lui répondaient par un pied de nez, ils se moquaient de lui ou ils faisaient semblant d'obéir et continuaient d'agir à leur idée. Les planètes, les étoiles et les éléments sortaient peut-être tous de l'esprit de Dieu, mais les gens avaient vraiment trop mauvais caractère... Ils ne devaient s'en prendre qu'à eux-mêmes.

Voilà où l'avaient mené ses réflexions de la veille au soir, sous la neige qui tombait : à se poser des questions sur ce qu'il ne pourrait jamais savoir. Comme se demander à quoi rêve Dieu dans le cas où il lui arrive de dormir, et si tous ses rêves se réalisent, s'il recrée toutes les nuits un nouveau monde plein de gens. Questions qui ne l'avançaient pas d'un pouce pour devenir un Faiseur.

Alors, cet après-midi-là, tout en progressant péniblement dans la neige, luttant contre le vent pour rejoindre l'auberge, il se remit à réfléchir sur la question première : à quoi ça ressemblait, un atome. Il essaya d'imaginer quelque chose de si minuscule qu'il ne pourrait pas le diviser. Mais à chaque fois qu'il se représentait une forme dans sa tête — une petite boîte, une petite boule ou n'importe quoi — eh bien, aussitôt il se voyait aussi la couper en deux.

La seule condition qui interdise de couper quelque chose en deux, c'était que ce soit si fin qu'il n'y aurait rien de plus fin. Il se représenta une pellicule si étirée qu'elle était plus mince que du papier, si mince qu'à plat elle n'existait même pas, qu'en regardant son fil du dessus on ne voyait rien. Mais même s'il ne pouvait pas la couper dans ce sens-là, il pouvait toujours imaginer qu'il la tournait d'un quart de tour et la coupait en travers, comme du papier.

Alors... et si on l'aplatissait aussi dans ce sens-là, pour n'en laisser qu'un fil d'où qu'on regarde, le fil le plus ténu dont on ait jamais rêvé ? Personne ne serait capable de le voir, pourtant il existerait quand même parce qu'il s'étendrait d'ici à là. Pour sûr, ce serait impossible de le diviser dans son épaisseur, et il n'y avait pas de surface plane comme pour une feuille de papier. Mais du moment que ce fil invisible s'étirait d'un point à un autre, quelle que soit la longueur, Alvin pouvait encore imaginer le couper en deux, et à nouveau couper en deux chacune des moitiés.

Non, quelque chose ne pourrait être assez petit pour constituer un atome que d'une seule manière : s'il n'avait aucune dimension dans aucun sens ; pas de longueur, pas de largeur, pas d'épaisseur. Ce serait ça, un atome ; seulement, ça n'existerait même pas, ça serait rien du tout. Un point sans rien dedans.

Il s'arrêta sur la galerie de l'auberge et tapa du pied pour faire tomber la neige de ses bottes, ce qui fut plus efficace que de frapper à la porte pour prévenir qu'il arrivait. Il entendit courir les pieds d'Arthur Stuart qui venait lui ouvrir, mais il ne songeait à rien d'autre qu'aux atomes. Parce que, même s'il venait de conclure à l'impossibilité de leur existence, il commençait à se dire qu'il serait encore plus insensé de refuser leur existence et d'imaginer qu'on puisse sans cesse diviser les choses en morceaux plus petits, ces morceaux en morceaux encore plus petits et ainsi de suite, indéfiniment. A la réflexion, c'était forcément l'une ou l'autre solution. Soit on arrive à l'élément qui ne peut être divisé, et c'est un atome, soit on n'y arrive jamais, et ça continue éternellement, ce qui dépassait l'entendement d'Alvin.

Il se retrouva dans la cuisine de l'auberge, Arthur Stuart sur son dos, qui jouait avec son chapeau et son écharpe. Horace Guester était parti dans la grange bourrer les nouvelles toiles à matelas des lits, alors Alvin demanda à la Peg l'autorisation d'utiliser le traîneau. Il faisait chaud dans la cuisine, et dame Guester n'avait pas l'air de bon poil. Elle lui permit de prendre le traîneau, mais il y avait un prix à payer. « Tu sauveras la vie d'un drôle d'ma connaissance, Alvin, si t'emmènes Arthur Stuart avec toi, dit-elle, sinon j'suis sûre qu'y fera encore quèque chose qui m'portera sus les nerfs et qu'y finira dans l'pudding d'as'soir. »

Il était vrai qu'Arthur Stuart semblait d'humeur à faire des bêtises : il étranglait Alvin en lui tirant sur son écharpe et riait comme un boscot. « On va réviser tes leçons, Arthur, dit Alvin. Epelle-moi "mourir étranglé".

— M.O.U.R.I.R., commença Arthur Stuart, Ê.T.R.E., A.N.G.L.A.I.S. »

Malgré sa colère, dame Guester ne put se retenir d'éclater de rire, non parce qu'il avait mal épelé « étranglé » mais parce qu'il avait dit ses lettres en imitant à la perfection la voix de mademoiselle Larner. « J'te l'garantis, Arthur Stuart, fit-elle, vaudrait mieux pas qu'mademoiselle Larner t'entende causer d'même, sinon fini l'école.

— Tant mieux ! J'aime pas l'école ! dit Arthur.

— T'aimeras certainement plusse ça que travailler avec moi tous les jours dans la cuisine, dit dame Guester. Soleil levant soleil couché, été comme hiver, même les jours où tu vas nager.

— J'pourrais tout pareil être esclave en Appalachie ! » s'écria Arthur Stuart.

Dame Guester abandonna son ton à la fois taquin et courroucé pour se retourner, l'air grave. « Rigole pas avec ça, Arthur. Y a quèqu'un qu'est mort dans l'temps pour t'empêcher d'en être un.

— J'connais, dit Arthur.

— Non, tu connais pas, mais tu f'rais mieux d'réfléchir avant de...

— C'était ma mouman », fit Arthur.

La Peg eut soudain l'air effrayée. Elle jeta un coup d'œil à Alvin, puis elle dit : « T'occupe pas d'ça, tu veux ?

— Ma mouman, l'était un oiseau noir, fit Arthur. Elle s'a envolé très haut, pis elle a tombé par terre, elle a pas pu r'partir et elle est morte. »

Alvin vit comment dame Guester le regardait ; elle avait l'air encore plus nerveuse. Peut-être y avait-il du vrai dans cette histoire que racontait Arthur, après tout, comme quoi il avait volé. Peut-être que cette fille enterrée à côté de Vigor, peut-être qu'elle avait trouvé moyen de faire emporter son bébé par un oiseau noir. Ou peut-être qu'il ne s'agissait que d'une vision. En tout cas, dame Guester avait décidé de faire comme si de rien n'était — trop tard pour abuser Alvin, bien sûr, mais ça, elle ne le savait pas. « Ben ça, c'est une belle histoire, Arthur, dit-elle.

— C'est vrai, fit Arthur. Je m'rappelle. »

Dame Guester eut l'air encore plus catastrophée. Mais Alvin se garda bien de discuter avec Arthur de son histoire d'oiseau noir et de voyage dans les airs. La seule façon de l'arrêter, c'était de lui détourner l'esprit sur autre chose. « Tu f'rais mieux de t'en venir avec moi, Arthur Stuart, dit-il. T'as p't-être eu une maman oiseau dans l'temps, mais j'ai dans l'idée qu'celle qu'est icitte dans c'te cuisine, elle va t'pétrir le dos comme d'la pâte à pain.

— Oublie pas c'que je t'ai d'mandé de m'acheter, dit la Peg.

— Oh, pas de danger. J'ai une liste, dit Alvin.

— Je t'ai rien vu écrire !

— C'est Arthur Stuart, ma liste. Montres-y, Arthur. »

Arthur se pencha tout contre l'oreille d'Alvin et brailla à lui fendre les tympans jusqu'aux chevilles : « Un bari' d'farine blanche, deux cônes de sucre, une liv' de poivre, une douzaine de feuilles de papier et un couple de yards de tissu pour faire une chemise à Arthur Stuart. »

Même en criant, il reproduisait la voix de sa maman.

Elle détestait de tout son cœur quand il l'imitait, et la voilà qui s'amène, une fourchette à touiller dans une main et un méchant gros couperet dans l'autre. « Bouge pas, Alvin, que j'y pique la fourchette dans la gourgonne et que j'y taille un couple d'oreilles !

— Sauve-moi ! » s'écria Arthur Stuart.

Alvin le sauva en prenant la fuite, du moins jusqu'à la porte d'en arrière. La Peg posa alors ses instruments de bouchère d'enfants et l'aida à emmitoufler Arthur Stuart dans des manteaux, des leggins, des bottes et des cache-nez, au point qu'il était presque aussi large que haut. Puis Alvin le lança par la porte dans la neige et le roula dedans du pied jusqu'à ce qu'il en soit couvert.

La Peg aboya depuis la porte de la cuisine : « C'est ça, Alvin junior, fais-le mouri' d'froid sous les yeux d'sa mère, sacré maudit irresponsab' d'apprenti ! »

Alvin et Arthur lui répondirent par des rires. La Peg leur recommanda d'être prudents et de rentrer avant la nuit, puis elle referma la porte à la volée.

Ils attelèrent le traîneau, le nettoyèrent de la neige fraîche tombée dedans durant la manœuvre, grimpèrent à bord et remontèrent le plaid. Ils redescendirent en premier lieu à la forgerie pour enlever le travail qu'Alvin devait livrer, principalement paumelles, ferrures et outils pour des charpentiers et bourreliers du village qui étaient en pleine saison d'activité. Puis ils prirent la direction du bourg. Ils rattrapèrent bientôt un homme qui cheminait lui aussi dans la même direction — pas très couvert, d'ailleurs, par un temps pareil. Lorsqu'ils furent à sa hauteur et virent sa figure, ils reconnurent Mock Berry, ce qui ne surprit pas Alvin.

« Montez donc dans l'traîneau, Mock Berry, j'aurai pas vot' mort sus la conscience », dit Alvin.

A ces mots, Mock regarda Alvin comme s'il se rendait seulement compte qu'il y avait quelqu'un sur la route, malgré les chevaux qui venaient de le dépasser en renâclant et en piétinant la neige de leurs sabots. « Merci, Alvin », dit l'homme. Alvin se glissa sur le siège pour faire de la place. Mock grimpa près de lui, maladroitement parce qu'il avait les mains froides. Ce n'est qu'au moment de s'asseoir qu'il parut remarquer Arthur Stuart installé sur la banquette. Ce fut alors comme s'il recevait une gifle ; il voulut tout de suite redescendre du traîneau.

« Hé là, attendez ! fit Alvin. Me dites pas qu'vous êtes aussi bête que les

Blancs du village et qu'vous refusez d'vous assire à côté d'un p'tit sang-mêlé ! Vous devriez avoir honte ! »

Mock regarda Alvin fixement pendant deux ou trois longues secondes avant de décider quoi répondre. « Doucement, Alvin Smith, tu m'connais mieux qu'ça. J'suis au courant comment ils viennent, ces drôles d'abâtardis, et j'leur en veux pas pour ce qu'un homme blanc a fait à leur maman. Mais y a un bruit qui court dans l'village sus celle qui serait la vraie mère de cet enfant-là, et c'est pas bon qu'on m'voye arriver avec lui à côté d'moi. »

Alvin la connaissait, cette rumeur : on racontait qu'Arthur était l'enfant d'Anga, la femme de Mock, et que Mock aurait refusé de garder sous son toit un gamin visiblement fils de Blanc, ce qui expliquait pourquoi dame Guester l'avait pris chez elle. Alvin savait la rumeur fausse. Mais dans un village comme Hatrack River, il valait mieux qu'on la croie plutôt qu'on soupçonne la vérité. Alvin n'aurait pas été étonné que des gens soient prêts à dénoncer Arthur comme esclave et à l'expédier dans le Sud afin de s'en débarrasser, qu'on ne revienne plus sur ces histoires d'école et autres.

« Vous tracassez pas d'ça, dit Alvin. Un jour comme aujourd'hui, personne va vous voir, et n'importe comment, Arthur a plusse l'air d'un tas d'linge que d'un p'tit bougre. Vous sauterez du traîneau dès qu'on arrivera dans l'village. » Alvin se pencha, attrapa le bras de Mock et le hissa sur le siège. « Asteure tirez l'plaid sus vous et blottissez-vous bien, j'voudrais pas vous emmener chez l'croque-mort par rapport que vous serez mort de froid.

— T'es un apprenti joliment arrogant et vétilleux, mais j'te remercie bien. » Mock remonta le plaid si haut qu'il recouvrit entièrement Arthur Stuart. Arthur brailla et le rabaissa pour garder les yeux par-dessus. Puis il lança à Mock un regard furibard qui l'aurait réduit en cendres s'il n'avait pas été aussi mouillé et gelé.

Lorsqu'ils pénétrèrent dans le bourg, ils virent beaucoup de traîneaux mais aucun de ces divertissements qui accompagnent la première grosse chute de neige. Les gens vaquaient à leurs affaires et les chevaux à l'arrêt attendaient, tapant du sabot et s'ébrouant, tout fumants dans le vent glacé. Les plus paresseux — hommes de loi, employés de bureaux et compagnie —, ils restaient tous chez eux par un temps pareil. Mais les vrais travailleurs pour qui l'ouvrage n'attendait pas, ils avaient allumé leurs feux, mis en route leurs ateliers, ouvert leurs magasins pour la vente. Alvin fit sa tournée de distribution de ferrures chez les clients qui les avait commandées. Ils apposèrent tous leur signature dans le cahier de livraisons de Conciliant; encore un manque d'égards : le forgeron ne faisait pas confiance à Alvin pour encaisser de l'argent, comme s'il le prenait pour un apprenti de neuf ans et non de dix-huit.

Durant ces brèves commissions, Arthur Stuart resta emmitouflé dans le traîneau — Alvin ne passait jamais assez de temps à l'intérieur pour qu'il puisse se réchauffer du trajet traîneau-porte d'entrée. Mais une fois arrivés au grand magasin de Pieter Vanderwoort, ça valait la peine d'entrer et de se mettre un moment au chaud. Pieter avait pour habitude de bien pousser son poêle; d'ailleurs Alvin et Arthur n'étaient pas les premiers à avoir eu cette idée. Deux autres gars du village s'y trouvaient déjà; ils se chauffaient les pieds et sirotaient du thé arrosé de quelques filets d'alcool bus à la flasque pour se requinquer. Ce n'étaient pas des jeunes gens qu'Alvin fréquentait beaucoup. Il leur avait fait mordre la poussière à une ou deux reprises, mais c'était vrai de la plupart des individus mâles du village qui avaient envie de se bagarrer. Alvin savait que ces deux-là — celui avec des boutons, c'était Martin, et l'autre Marguerite (d'accord, ça fait ridicule pour qui n'est pas une vache, mais il s'appelait comme ça) — bref, Alvin savait donc ces deux gars-là du genre à aimer flanquer le feu aux chats et à raconter par-derrière des histoires dégoûtantes sur les filles. Un genre dont Alvin n'appréciait pas beaucoup la compagnie mais pour lequel il n'éprouvait pas non plus d'aversion particulière. Il leur donna donc le bonjour d'un signe de tête, et ils lui répondirent de même. L'un d'eux lui tendit sa flasque, mais Alvin la refusa d'un « non, merci », et l'autre n'insista pas.

Au comptoir, il retira une partie de ses écharpes, ce qui le soulagea car il était en sueur par en dessous; puis il entreprit de dérouler Arthur Stuart qui se mit à tourner comme une toupie lorsqu'il tira sur le bout de chacun de ses cache-nez. Les rires d'Arthur firent sortir monsieur Vanderwoort de l'arrière-boutique; il se mit à rire lui aussi.

« Ils sont si trognons quand ils sont p'tits, hein? dit monsieur Vanderwoort.

— C'est lui, ma liste de commissions aujourd'hui, pas vrai, Arthur? »

Arthur débita sa liste d'une traite, de la même voix que sa maman. « Un bari' d'farine blanche, deux cônes de sucre, une livre de poivre, une douzaine de feuilles de papier et un couple de yards de tissu pour faire une chemise à Arthur. »

Monsieur Vanderwoort manqua mourir de rire. « Qu'esse qu'y m'amuse, ce drôle, quand il cause comme sa mère ! »

L'un des gars près du poêle poussa un cri.

« J'veux dire sa maman adoptive, 'videmment, fit Vanderwoort.

— Oh, probab' que c'est sa vraie mère, fit Marguerite. Paraît qu'Mock Berry, il besogne dur à l'auberge ! »

Alvin serra les mâchoires et retint la réponse qui lui venait à l'esprit. Il préféra chauffer la flasque dans la main de Marguerite qui poussa un nouveau cri et la lâcha.

« Tu t'en viens derrière avec moi, Arthur Stuart, dit Vanderwoort.

— Ç'a failli m'brûler la main, marmonna Marguerite.

— Tu m'répètes ta liste p'tit à p'tit, et moi j'prends ce qu'y t'faut au fur et à m'sure », dit Vanderwoort. Alvin souleva Arthur au-dessus du comptoir et Vanderwoort le passa de l'autre côté.

« T'as dû la poser sus l'poêle, maudit couillon comme t'es, Marguerite, fit Martin. Pour qu'y t'réchauffe, tu fais bouillir ton whisky asteure, c'est ça ? »

Vanderwoort emmena Arthur dans l'arrière-boutique. Alvin prit deux ou trois biscuits secs dans un baril et approcha une chaise du feu.

« Je l'ai jamais mis à côté du poêle, dit Marguerite.

— Salut, Alvin, fit Martin.

— Salut, Martin, Marguerite, fit Alvin. Bonne journée pour les poêles.

— Bonne journée pour rien, grommela Marguerite. Des p'tits d'moricauds au palais bien fendu et des doigts brûlés.

— Qu'esse qui t'amène au village, Alvin ? demanda Martin. Et comment ça s'fait que t'as ce p'tit noiraud avec toi ? C'est-y qu'la vieille Peg Guester te l'aurait cédé ? »

Alvin continua de mâcher son biscuit. C'était une erreur d'avoir puni Marguerite pour ce qu'il avait dit tout à l'heure et ç'en serait une pire encore de vouloir recommencer. N'était-ce pas en cherchant à punir autrui qu'il avait attiré le Défaiseur sur lui l'été dernier ? Non, Alvin s'employait à réfréner ses colères, aussi ne répondit-il pas. Il se contenta de mordre dans son biscuit.

« Ce drôle, l'est pas à vendre, fit Marguerite. Tout l'monde connaît ça. Dame, d'après même qu'elle essaye de l'éduquer.

— Moi aussi, j'éduque mon chien, dit Martin. Tu crois que l'gamin, il a appris à faire la charité, à s'mettre en arrêt devant l'gibier ou n'importe quoi d'utile ?

— Oui, mais là, t'as un avantage, Marty, reprit Marguerite. Un chien, ç'a assez d'cervelle pour connaître qu'il est un chien, alors ça cherche pas à apprendre à lire. Mais prends un d'ces macaques sans poils : ça croit faire partie des genses, tu vois c'que j'veux dire ? »

Alvin se leva et se dirigea vers le comptoir. Vanderwoort revenait à présent, les bras chargés de marchandises, Arthur sur ses talons.

« Passe derrière le comptoir avec moi, Al, fit Vanderwoort. C'est mieux si c'est toi qui choisis l'tissu pour la chemise d'Arthur.

— J'y connais rien dans les tissus, dit Alvin.

— Ben moi, je m'y connais en tissu, mais j'connais pas les goûts d'la vieille Peg Guester, et si c'que tu ramènes, ça lui plaît pas, j'préfère qu'ce soye ta faute plutôt qu'la mienne. »

Alvin se hissa les fesses sur le comptoir et balança les jambes de l'autre bord. Vanderwoort l'emmena dans l'arrière-boutique où ils restèrent quelques minutes, le temps de choisir une flanelle écossaise qui leur paraissait convenable pour une chemise et assez solide pour qu'on réutilise les chutes en empiècements sur les vieux pantalons. Lorsqu'ils revinrent, Arthur Stuart avait rejoint Martin et Marguerite près du feu.

« Epelle "sassafras", disait Marguerite.

— Sassafras, répéta Arthur Stuart, dans sa parfaite imitation de la voix de mademoiselle Larner. S.A.S.S.A.F.R.A.S.

— C'est ça ? demanda Martin.

— J'en ai le tchu par terre.

— Hé là, faut pas causer d'même devant un drôle, fit Vanderwoort.

— Tracassez-vous pas d'ça, dit Martin. C'est not' 'tit moricaud à nous autres. On va pas y faire des misères.

— J'suis pas un 'tit moricaud, dit Arthur Stuart. J'suis un 'tit sang-mêlé.

— Ça, c'est ben vrai ! » La voix de Marguerite éclata si fort et monta si haut qu'elle se cassa.

Alvin commençait à en avoir assez de ces deux-là. Il parla tout doucement, et seul Vanderwoort l'entendit : « Un cri d'plusse et j'y bourre les oreilles de neige.

— Allons, te fâche pas, dit Vanderwoort. Ils font pas beaucoup d'mal.

— C'est pour ça que j'vais pas l'tuer. » Mais Alvin souriait et Vanderwoort aussi. Marguerite et Martin ne faisaient que s'amuser, et du moment que ça plaisait à Arthur, pourquoi pas ?

Martin prit quelque chose sur une étagère et l'apporta à Vanderwoort. « C'est quoi, ce mot-là ? demanda-t-il.

— Eucalyptus, dit Vanderwoort.

— Epelle "eucalipidus", 'tit sang-mêlé, fit Martin.

— Eucalyptus, répéta Arthur. E.U.C.A.L.Y.P.T.U.S.

— T'entends ça ? s'écria Marguerite. L'institutrice, elle a pas de temps dans la journée pour s'occuper d'nous autres, mais v'là qu'on a sa voix qu'épelle tout ce qu'on dit.

— Epelle "tétons", fit Martin.

— Là, ça va trop loin, dit Vanderwoort. C'est qu'un gamin.

— J'voulais jusse entendre la voix de l'institutrice le dire, fit Martin.

— J'connais c'que tu voulais ; tu peux causer comme ça dans ton étable mais pas dans mon magasin. »

La porte s'ouvrit et, précédé d'une rafale de vent glacé, Mock Berry entra, l'air épuisé et à demi gelé, ce qu'il était effectivement.

Les gars ne lui prêtèrent pas attention. « Dans mon étable, y a pas d'poêle, dit Marguerite.

— Alors l'oublie pas avant d'ouvrir ta goule », dit Vanderwoort.

Alvin observait Mock Berry qui jetait des regards en coin vers le poêle mais ne faisait rien pour s'en approcher. Personne de sensé n'aurait refusé un peu de chaleur un jour pareil, mais Mock Berry savait qu'il y avait pire que d'avoir froid. Il se dirigea donc vers le comptoir.

Vanderwoort savait forcément qu'il était là mais il continua un moment de regarder Martin et Marguerite jouer avec Arthur Stuart, sans s'occuper de lui.

« Suskwahenny, dit Marguerite.

— S.U.S.K.W.A.H.E.N.N.Y., épela Arthur.

— J'gage que ce drôle, il lui suffirait de s'inscrire à un concours d'orthographe pour l'gagner, dit Vanderwoort.

— Vous avez un client », fit Alvin.

Vanderwoort se retourna, très lentement, et posa sur Mock Berry un regard dénué d'expression. Puis, d'un pas tout aussi lent, il se déplaça et s'arrêta devant lui sans un mot.

« Y m'faut jusse deux livres de farine et douze pieds d'corde d'un d'mi-pouce, dit Mock.

— Z'entendez ça ? fit Marguerite. Y veut s'blanchir la binette avant d'se pendre, pour sûr.

— Epelle "suicide", mon gars, dit Martin.

— S.U.I.C.I.D.E, fit Arthur Stuart.

— Pas d'crédit », prévint Vanderwoort.

Mock déposa quelques pièces sur le comptoir. Vanderwoort les regarda un instant. « Six pieds d'corde. »

Mock restait là sans rien dire.

Vanderwoort pareil.

Alvin savait qu'il y avait plus d'argent qu'il n'en fallait pour ce que Mock voulait acheter. Il avait du mal à croire que Vanderwoort augmentait ses prix pour un homme aussi pauvre et plus travailleur que n'importe qui au village. En fait, Alvin commençait à comprendre pourquoi Mock restait si pauvre. Il ne pouvait guère lui venir en aide, à moins de reprendre l'idée qu'Horace Guester avait autrefois appliquée pour le soutenir contre son patron Conciliant : obliger Vanderwoort à dire franchement les choses et à cesser de faire croire qu'il n'était pas si injuste que ça. Alvin reposa donc le papier que venait de lui remplir le commerçant. « J'suis désolé d'apprendre qu'y a pas d'crédit, dit-il. Je m'en retourne quérir de l'argent chez dame Guester. »

Vanderwoort regarda Alvin. Maintenant, soit il envoyait Alvin chercher l'argent, soit il avouait carrément qu'on faisait crédit aux Guester mais pas à Mock Berry.

Bien entendu, il opta pour une troisième solution. Sans un mot, il se rendit dans l'arrière-boutique et pesa la farine. Puis il mesura douze pieds de corde d'un demi-pouce. Vanderwoort avait la réputation de faire bonne mesure. Mais il avait aussi celle de pratiquer des prix corrects, ce qui expliquait la stupeur d'Alvin de le voir agir différemment avec Mock Berry.

Mock prit sa corde, sa farine et se dirigea vers la sortie.

« Vot' monnaie », fit Vanderwoort.

Mock pivota, dissimulant mal sa surprise. Il revint et regarda Vanderwoort lui aligner une pièce de dix et trois autres d'un sou sur le comptoir. Après un instant d'hésitation, il les rafla d'un revers de main et les laissa tomber dans sa poche. « Merci, m'sieur », dit-il. Puis il ressortit dans la froidure.

Vanderwoort se tourna vers Alvin, l'air en colère, ou peut-être seulement irrité. « J'peux pas faire crédit à tout l'monde. »

Evidemment, Alvin lui aurait bien répliqué qu'il pouvait au moins demander le même prix aux Noirs qu'aux Blancs, mais il ne voulait pas se faire un ennemi de monsieur Vanderwoort, plutôt brave homme en définitive. Alvin se fendit donc d'un sourire amical. « Oh, j'connais qu'vous pouvez pas, dit-il. Eux autres, les Berry, ils sont presque aussi pauvres que moi. »

Vanderwoort se détendit, ce qui signifiait qu'il tenait davantage à garder l'estime d'Alvin qu'à prendre une revanche pour avoir été mis dans l'embarras. « Faut comprendre, Alvin, c'est pas bon pour l'commerce s'y s'amènent icitte à tout bout d'champ. Il gêne pas l'monde, ton p'tit sang-mêlé — ils sont trognons quand ils sont tout p'tits —, mais ça fait fuir les genses s'ils se disent qu'ils risquent d'en trouver un chez moi.

— J'connais qu'Mock Berry a toujours tenu sa parole, fit Alvin. Et personne a jamais dit qu'il avait volé, flemmardé ou n'importe quoi.

— Non, personne a jamais été raconter ce genre d'histoires sus lui.

— J'suis content d'connaître qu'on fait tous les deux partie d'vos clients, dit Alvin.

— Hé, r'garde-moi ça, Marguerite, fit Martin. J'crois que l'*apprenti* Alvin est mort et qu'il a viré prêcheur pour nous autres. Epelle "révérend", mon gars.

— R.É.V.É.R.E.N.D. »

Vanderwoort dut penser qu'il risquait d'y avoir du vilain et chercha donc évidemment à détourner la conversation. « Comme je disais, Alvin, ce p'tit sang-mêlé est sûrement l'meilleur épeleux du pays, tu crois pas ? C'que j'voudrais connaître c'est : pourquoi il irait pas s'inscrire au concours d'orthographe du comté qu'a lieu la semaine prochaine ? J'ai l'impression qu'y ferait gagner l'championnat à Hatrack River. Il pourrait même gagner l'championnat d'Etat, si tu veux mon avis.

— Epelle "championnat", demanda Marguerite.

— M'zelle Larner m'a jamais appris c'mot-là, dit Arthur Stuart.

— Essaye quand même, dit Alvin.

— C.H.A.M.P., commença Arthur. I.O.N.A.

— Ça m'paraît bon, dit Marguerite.

— Ça montre que t'y connais pas grand-chose, fit Martin.

— Tu peux faire mieux, toi ? lança Vanderwoort.

— C'est pas moi qui vais faire l'championnat d'orthographe, répondit Martin.

— C'est quoi, un championnat d'orthographe ? demanda Arthur Stuart.

— Faut qu'on parte », dit Alvin, car il savait pertinemment qu'Arthur Stuart n'était pas un élève régulièrement admis à l'école primaire de Hatrack River et donc qu'il n'avait aucune chance de participer au moindre championnat d'orthographe. « Oh, monsieur Vanderwoort, j'vous dois deux biscuits que j'ai mangés.

— J'fais pas payer les amis pour un couple de biscuits, dit Vanderwoort.

— J'suis fier de connaître que j'fais partie d'vos amis », dit Alvin. Et il le pensait; seul un brave homme, pris en flagrant délit de mauvaise action, pouvait ensuite se rattraper et traiter en ami celui qui l'avait mis devant sa faute.

Alvin remmaillota Arthur Stuart dans ses cache-nez, puis se remmitoufla de même et replongea dans la neige, portant cette fois tous les achats faits chez Vanderwoort dans un grand sac de toile. Il fourra le sac sous le siège du traîneau pour que la neige ne tombe pas dessus. Il souleva ensuite Arthur Stuart, l'installa à sa place et grimpa à son tour. Les chevaux avaient l'air bien contents de repartir — ils attrapaient de plus en plus froid à rester comme ça dans la neige sans bouger.

Sur le chemin du retour vers l'auberge, ils trouvèrent Mock Berry et le ramenèrent chez lui. L'homme ne dit pas un mot sur l'incident du magasin, mais Alvin savait qu'il n'en appréciait pas moins son geste. Dans son idée, Mock Berry se sentait honteux de devoir à la seule intervention d'un apprenti de dix-huit ans d'avoir eu bonne mesure à un prix honnête dans le magasin de Vanderwoort — tout ça parce que le jeune homme était blanc. Pas le genre de chose dont on aime parler.

« Donnez bien l'bonjour à dame Berry, dit Alvin tandis que Mock sautait du traîneau à l'entrée du chemin de sa maison.

— J'y manquerai pas, fit Mock. Et merci de m'avoir ramené. » Au bout de six pas, il avait disparu dans les bourrasques de neige. La tempête empirait de minute en minute.

Une fois les courses déposées à l'auberge, il était presque l'heure pour Alvin et Arthur d'aller prendre leur leçon chez mademoiselle Larner, aussi se dirigèrent-ils vers la resserre en se lançant des boules de neige en cours de route. Alvin s'arrêta à la forge pour donner le cahier de livraisons à Conciliant. Mais le forgeron avait dû partir tôt parce qu'il n'y était pas ; Alvin rangea le cahier sur l'étagère près de la porte, où Conciliant saurait bien le chercher. Puis Arthur et lui reprirent leur bataille de boules de neige jusqu'au retour de mademoiselle Larner.

Le docteur Whitley Physicker la ramenait dans son traîneau couvert et il descendit de son siège pour l'accompagner jusqu'à sa porte. Lorsqu'il s'aperçut de la présence d'Alvin et d'Arthur qui attendaient, il parut un peu ennuyé. « Ne croyez-vous pas, jeunes gens, que mademoiselle Larner a suffisamment donné de leçons par une journée pareille ? »

Mademoiselle Larner posa une main sur le bras du docteur Physicker. « Merci de m'avoir ramenée chez moi, docteur Physicker, dit-elle.

— J'aimerais que vous m'appeliez Whitley.

— Vous êtes bien aimable, docteur, mais je crois que votre titre honorifique me convient mieux. Quant à ces élèves, c'est par mauvais temps que je les fais le mieux travailler, je m'en suis aperçue, car ils ne rêvassent pas d'aller nager à la mare.

— Pas moi ! cria Arthur Stuart. Comment vous épelez "championnat" ?

— C.H.A.M.P.I.O.N.N.A.T., fit mademoiselle Larner. Où as-tu bien pu entendre ce mot ?

— C.H.A.M.P.I.O.N.N.A.T., répéta Arthur Stuart… avec la voix de mademoiselle Larner.

— Ce gamin est vraiment remarquable, dit Physicker. Un oiseau moqueur, je dirais.

— Un oiseau moqueur reproduit le chant, dit mademoiselle Larner, mais il ne le comprend pas. Arthur Stuart répète peut-être les lettres avec ma voix, mais il connaît réellement le mot et il peut le lire ou l'écrire quand il le veut.

— J'suis pas un oiseau moqueur, dit Arthur Stuart. J'suis un championnat d'orthographe. »

Le docteur Physicker et mademoiselle Larner échangèrent un regard dont Alvin ne comprit pas à première vue tout le sens. « Très bien, fit le docteur Physicker. Etant donné que je l'ai effectivement inscrit en tant qu'élève particulier — sur votre insistance —, il pourra participer au championnat d'orthographe du comté. Mais n'espérez pas le mener plus loin, mademoiselle Larner !

— Vos raisons sont toutes excellentes, docteur Physicker, et je suis donc d'accord. Cependant, mes raisons…

— Vos raisons sont les plus fortes, mademoiselle Larner. Et je ne peux m'empêcher de me réjouir à l'avance de la consternation de ceux qui ont insisté pour l'écarter de l'école, quand ils le verront faire aussi bien que des enfants du double de son âge.

— Consternation, Arthur Stuart, dit mademoiselle Larner.

— Consternation, répéta Arthur. C.O.N.S.T.E.R.N.A.T.I.O.N.

— Bonsoir, docteur Physicker. Entrez, jeunes gens. C'est l'heure de la classe. »

❋

Arthur Stuart remporta le championnat d'orthographe grâce au mot « commémoration ». Puis mademoiselle Larner le retira aussitôt de toute compétition ultérieure ; un autre enfant le remplacerait pour l'épreuve d'Etat. En conséquence, on ne parla guère de lui, sauf entre habitants du pays. Et aussi dans un bref article du journal de Hatrack River.

Le shérif Pauley Wiseman plia la page du journal, adjointe d'un petit billet, et glissa le tout dans une enveloppe adressée au révérend Philadelphia Thrower, Croisade des Droits de Propriété, 44, rue Harrison, Carthage City, Wobbish. Il fallut deux semaines avant que Thrower ne déplie cette page de journal sur son bureau, en même temps que le billet qui disait simplement :

Enfant arrivé durant l'été 1811, âgé de quelques semaines à vue de nez. Reste à l'auberge d'Horace Guester, Hatrack River.
Adoption vaut rien m'est avis si le gamin est un marronneur.

Pas de signature, mais Thrower en avait l'habitude sans pour autant le comprendre. Pourquoi chercher à dissimuler son identité quand on participe à une œuvre de justice ? Il écrivit à son tour une lettre qu'il envoya dans le Sud.

Un mois plus tard, Chicaneau Planteur lut la lettre à deux pisteurs. Puis il leur tendit les capsules qu'il avait conservées toutes ces années, celles d'Hagar et de son enfant Ismaël qu'elle lui avait volé. « On sera d'retour avant l'été, dit le pisteur aux cheveux bruns. S'il est à vous, on l'aura.

— Alors vous aurez gagné votre salaire, avec une belle prime en plus, dit Chicaneau Planteur.

— Pas b'soin d'prime, fit le pisteur aux cheveux bruns. L'salaire et les frais, ça suffit largement.

— Bon, eh bien alors, c'est comme vous voulez, dit Chicaneau. J'connais que Dieu vous assistera durant votre voyage. »

XVI

Les menottes

Au début du printemps, deux mois avant qu'Alvin prenne ses dix-neuf ans, Conciliant Smith vint le trouver et lui dit : « Va être temps d'commencer un ouvrage de réception pour passer compagnon, Al, tu crois pas ? »

Ces mots chantèrent comme le chant de l'oiseau rouge aux oreilles d'Alvin, qui ne put guère répondre que par un hochement de tête.

« Alors, qu'esse t'as idée d'faire ? demanda le patron.

— J'pensais à p't-être un soc de charrue, dit Alvin.

— Ça prend beaucoup d'fer. Faut un moule parfait, et c'est pas facile d'en fabriquer un. Tu m'demandes de risquer une masse de métal, mon gars.

— Si j'y arrive pas, vous pourrez toujours le r'fondre. »

Comme ils savaient l'un et l'autre qu'Alvin avait autant de chances d'échouer que de s'envoler dans les airs, la discussion n'avait guère d'objet, c'était seulement un reste de cette attitude affectée de Conciliant qui voulait faire croire qu'Alvin ne valait pas grand-chose comme forgeron.

« M'est avis, dit Conciliant. Fais ton soc au mieux, mon gars. Dur mais pas trop cassant. Assez lourd pour s'enfoncer profond mais assez léger pour être tiré. Assez effilé pour trancher la terre et assez solide pour écarter tous les cailloux.

— Oui, m'sieur. » Alvin avait assimilé les règles de fabrication des outils depuis l'âge de douze ans.

Il y avait d'autres règles qu'Alvin avait l'intention de respecter. Il devait se prouver à lui-même qu'il était bon ouvrier, pas seulement un Faiseur inexpérimenté, ce qui voulait dire qu'il ne se servirait pas de son talent, uniquement des qualités propres à tout forgeron : sûreté de l'œil, vigueur du bras, coup de main et connaissance du métal noir.

Travailler sur un ouvrage de réception impliquait de délaisser toute autre besogne jusqu'au résultat final. Pour cette tâche-là, Alvin partit de zéro, comme tout bon compagnon. Pas d'argile ordinaire pour le moule ; il remonta la Hatrack afin de trouver la meilleure argile blanche ; l'intérieur du moule serait net, sans aspérités, et ne gauchirait pas. Le façonner nécessitait de se représenter les objets à l'envers, mais Alvin n'avait aucun mal avec les formes. Il tassa et lissa l'argile en place sur le cadre de bois sans cesser d'imaginer comment les différentes parties du moule donneraient le profil de soc au fer qui se refroidirait. Il étuva ensuite le moule afin de le rendre bien sec et dur, prêt à recevoir le métal.

Le métal en question, il le récupéra dans le tas de ferraille ; puis il le décapa soigneusement à la lime pour le débarrasser entièrement des saletés et de la rouille. Il récura aussi le creuset. Alors seulement, il fut prêt à fondre et à couler. Il ralluma le feu de charbon, actionna lui-même le soufflet, leva et abaissa la branloire comme aux premiers temps de son apprentissage. Le fer finit par virer au blanc pur dans le creuset, et le feu brûlait si ardent qu'il devenait difficile de s'en approcher. Mais il s'en approcha quand même, les pinces à la main, et retira le creuset de la forge avant de le transporter jusqu'au moule et de l'y déverser. Le fer jeta des étincelles, dans une lumière aveuglante, mais le moule tint bon, il ne se brisa pas ni ne se déforma sous l'effet de la chaleur.

Remettre le creuset au feu. Enfoncer les autres parties du moule en place. Doucement, régulièrement, sans éclaboussures. Il avait parfaitement estimé la quantité de métal en fusion nécessaire : quand la dernière partie de la forme glissa en position, il n'y en eut qu'un petit peu à s'échapper uniformément sur les bords tout autour, prouvant qu'il avait vu juste, pour ainsi dire sans perte.

Voilà, c'était fait. Ne restait plus qu'à attendre que ça refroidisse et durcisse. Demain il saurait ce qu'il avait réalisé.

Demain, Conciliant Smith verrait le soc, il traiterait Alvin en homme, en compagnon, libre de travailler dans n'importe quelle forge quand bien même il ne serait pas encore prêt à embaucher ses propres apprentis. Ça faisait pourtant des années qu'il se sentait prêt, Alvin. Il ne priverait Conciliant que de quelques semaines sur ses sept ans de service ; c'était ce moment qu'il avait attendu, pas ce soc de charrue.

Non, le vrai travail de réception d'Alvin au statut de compagnon était encore à venir. Lorsque Conciliant aurait déclaré le soc satisfaisant, il resterait alors à Alvin une autre tâche à accomplir.

❄

« Je m'en vais l'changer en or », dit Alvin.

Mademoiselle Larner leva un sourcil. « Et ensuite ? Comment expliqueras-tu aux gens ton soc d'or ? Tu leur raconteras que tu l'as trouvé ? Que tu avais comme par hasard un peu d'or qui traînait et que tu t'es dit : Juste ce qu'il me faut pour faire un soc de charrue ?

— C'est vous qui m'avez dit qu'un Faiseur, c'était çui qui pouvait virer l'fer en or.

— Oui, mais il n'est pas pour autant sage de passer à l'acte. » Mademoiselle Larner sortit de la forge surchauffée dans l'air immobile de la fin d'après-midi. Il y faisait un peu plus frais mais à peine : la première chaude soirée du printemps.

« Ça sera plusse que de l'or, dit Alvin. En tout cas, ça sera pas de l'or normal.

— L'or ordinaire ne te suffit pas ?

— L'or, c'est mort. Comme le fer.

— Ce n'est pas mort. C'est simplement... de la terre sans feu. N'ayant jamais été vivant, ce ne peut être mort.

— C'est vous qui m'avez dit que si j'pouvais imaginer quèque chose, alors p't-être que j'arriverais à l'faire exister.

— Et tu peux imaginer de l'or vivant ?

— Un soc qui fend la terre sans qu'y ait d'bœuf pour le tirer. »

Elle ne répondit rien mais ses yeux étincelèrent.

« Si j'arrivais à faire ça, m'zelle Larner, est-ce qu'à votre avis ça serait pas comme un diplôme de votre école de Faiseurs ?

— Je dirais que tu n'es plus un apprenti Faiseur.

— C'est bien c'que j'pensais, m'zelle Larner. Compagnon forgeron et compagnon Faiseur, les deux d'un coup, si j'peux.

— Et le peux-tu ? »

Alvin fit oui de la tête puis haussa les épaules. « J'crois. C'est rapport à c'que vous m'avez dit sus les atomes, en janvier.

— Je pensais que tu ne t'y intéressais plus.

— Dame si. J'me suis sans arrêt demandé : A quoi ça ressemble, ce qu'on peut pas diviser en morceaux plus petits ? Et alors je m'suis dit : Ben, tant qu'y a des dimensions, on peut diviser. Donc, un atome, c'est juste un point, un point précis, sans dimensions.

— Le point géométrique d'Euclide.

— Oui, parfaitement, sauf, vous l'avez dit, que sa géométrie, c'était de l'imaginaire, alors que ça, c'est réel.

— Mais s'il n'y a pas de dimensions, Alvin...

— C'est c'que j'ai pensé : Si y a pas de dimensions, alors c'est rien. Mais c'est pas rien. C'est une position. Et alors je m'suis dit : Non, c'est pas une position — il *occupe* une position. Si vous voyez la différence. Un atome peut être quèque part, un pur point géométrique comme vous avez dit, mais du coup il peut *bouger*. Alors, vous comprenez, il occupe pas seulement une position, il a un passé et un futur. Hier il était là-bas, aujourd'hui il est icitte, demain il sera plus loin.

— Mais ce n'est pas *quelque chose*, Alvin.

— Oui, j'connais, c'est pas quèque chose. Mais c'est pas *rien*, d'même.

— Ce n'est pas. Non plus.

— J'connais ces affaires de grammaire, m'zelle Larner, mais j'ai aut' chose à penser pour le moment.

— Ta grammaire ne sera jamais bonne si tu n'appliques pas les règles même quand tu penses à autre chose. Mais passons.

— Ecoutez, j'ai réfléchi, si cet atome a pas de dimensions, comment dire où y s'trouve ? Il donne pas d'lumière, par rapport qu'y a pas de feu à l'intérieur. Alors voilà où j'suis arrivé : Supposez qu'cet atome a pas de dimensions mais qu'il a quand même un genre de pensée. Une espèce de toute petite intelligence, juste assez pour connaître où il s'trouve. Et le seul pouvoir qu'il a, c'est d'se déplacer ailleurs et d'connaître où il s'trouve à ce moment-là.

— Comment est-ce possible, une mémoire dans quelque chose qui n'existe pas ?

— Essayez de l'supposer ! Mettons qu'y en a des milliers à s'promener, qui vont dans tous les sens. Comment un seul d'entre eux peut dire où il s'trouve ? Vu que tous les autres bougent n'importe comment, rien de c'qui l'entoure reste pareil. Mais supposez asteure que quèq'un s'amène — et là, c'est à Djeu que j'pense —, quèqu'un capable de leur indiquer comment s'placer. Comment s'tenir tranquilles. Comme s'il leur disait : toi, là, t'es l'centre, et vous autres, vous restez tout l'temps à la même distance de lui. Du coup, on obtient quoi ? »

Mademoiselle Larner réfléchit un instant. « Une sphère creuse. Une boule. Mais toujours composée de rien, Alvin.

— Mais vous voyez donc pas ? C'est ça qui m'a fait comprendre que c'était la vérité. J'veux dire, si y a une chose que j'ai retenue en regardant à l'intérieur des objets, c'est que tout est surtout composé de vide. Cette enclume, elle a l'air pleine, non ? Eh ben moi, j'vous dis qu'elle contient quasiment qu'du vide. Juste quèques p'tits morceaux d'fer qui pendouillent à distance les uns des autres, qui forment une figure. Mais l'gros de l'enclume, c'est l'espace vide entre eux. Vous comprenez pas ? Ces p'tits morceaux agissent comme les atomes en question. Alors disons que l'enclume, c'est comme une montagne ; seulement quand vous vous approchez tout près, vous voyez qu'elle est faite de graviers. Et quand vous ramassez un gravier, il s'effrite dans vot' main et vous voyez que c'est d'la poussière. Et si vous pouviez prendre un seul grain de poussière, vous verriez qu'il est pareil qu'la montagne, fait de graviers encore plus petits, et ainsi d'suite.

— Tu me dis que les objets solides que nous voyons ne sont en réalité rien d'autre que des illusions. De petits riens qui forment de minuscules sphères, qui s'assemblent pour former tes petits morceaux, qui en forment des plus gros, qui forment l'enclume…

— Seulement, y a bien plusse d'étapes intermédiaires, m'est avis. Vous voyez pas ? Ça explique tout. Pourquoi y m'suffit d'imaginer une nouvelle forme, un nouveau motif ou un nouvel ordre et d'me l'représenter en esprit pour que, si j'y pense fort et clair, quand je commande aux p'tits morceaux d'changer, eh ben… ils m'obéissent ? Parce qu'ils sont *vivants*. Ils sont p't-être tout p'tits et pas très malins, mais si j'leur montre comme il faut, ils arrivent à l'faire.

— C'est trop bizarre pour moi, Alvin. Penser qu'en réalité tout n'est rien.

— Non, m'zelle Larner, vous passez à côté de l'idée. L'idée, c'est que tout est *vivant*. Que tout est fait d'atomes vivants qui obéissent aux ordres que Djeu leur a donnés. Et en suivant ses ordres, eh ben, certains deviennent de la lumière et d'la chaleur, d'autres du fer, de l'eau, de l'air, ou même not' peau et nos os. Toutes ces choses sont réelles… alors tous les atomes sont réels eux aussi.

— Alvin, je t'ai parlé des atomes parce qu'il s'agissait d'une théorie intéressante. Les plus grands penseurs de notre temps ne croient pas que de telles particules existent.

— Faites excuse, m'zelle Larner, mais les plus grands penseurs ont jamais vu c'que moi j'ai vu, alors ils y connaissent pas tripette. J'vous l'dis, c'est la seule idée que j'ai trouvée et qui explique tout : c'que j'vois et c'que j'fais.

— Mais d'où viennent-ils, ces atomes ?

— Ils viennent pas d'quèque part. Ou plutôt, p't-être qu'ils viennent de partout. P't-être que ces atomes, ils sont là, comme ça. Qu'ils ont toujours été là, qu'ils seront toujours là. On peut pas les diviser. Ils peuvent pas mourir. On peut pas les fabriquer ni les casser. Ils sont éternels.

— Alors Dieu n'a pas créé le monde.

— Bien sûr que si. Les atomes, c'était rien, jusse des p'tits espaces qui comprenaient même pas où ils s'trouvaient. C'est Djeu qui leur a donné leur place à tous, comme ça, Djeu connaissait où ils étaient, et eux aussi ; et ils composent tout c'que contient l'univers. »

Mademoiselle Larner y réfléchit très longtemps. Alvin ne bougeait pas, il l'observait et attendait. Il savait que son explication était bonne, en tout cas meilleure que toutes celles qu'il avait jamais entendues ou imaginées jusque-là. A moins qu'elle n'y découvre une faille. Elle lui avait si souvent fait le coup au cours de l'année : elle mettait le doigt sur un détail qu'il avait oublié, une quelconque raison qui démolissait son idée. Il attendait donc qu'elle trouve quelque chose. Quelque chose qui clochait.

Peut-être aurait-elle trouvé. Seulement, alors qu'elle réfléchissait, comme ça, devant la forge, ils entendirent le galop de chevaux qui montaient la route venant du village. Evidemment, ils regardèrent dans cette direction pour savoir qui s'en venait avec une telle hâte.

Il s'agissait du shérif Pauley Wiseman et de deux hommes qu'Alvin voyait pour la première fois. La voiture du docteur Physicker les suivait, conduite par le vieux Po Doggly. Et ils n'allèrent pas plus loin. Ils s'arrêtèrent là, dans le tournant de la forge.

« Mademoiselle Larner, dit Pauley Wiseman. Arthur Stuart est dans l'coin ?

— Pourquoi cette question ? fit mademoiselle Larner. Qui sont ces hommes ?

— Il est là », dit l'un des deux, celui aux cheveux blancs. Il tenait une toute petite boîte entre le pouce et l'index. Les deux étrangers regardèrent la boîte puis levèrent la tête vers la resserre sur la colline. « Là-haut, ajouta l'homme aux cheveux blancs.

— Y vous faut d'aut' preuves ? » demanda Pauley Wiseman. Il s'adressait au docteur Physicker qui était descendu de sa voiture et restait immobile, l'air furibond, impuissant et tout retourné.

« Des pisteurs, souffla mademoiselle Larner.

— C'est ça, fit celui aux cheveux blancs. Vous avez un marronneux là-haut, m'dame.

— Ce n'en est pas un, dit-elle. C'est un de mes élèves, légalement adopté par Horace et Margaret Guester…

— On a une lettre de son propriétaire, avec sa date de naissance, et on a sa capsule, là ; c'est bien lui. On est assermentés et habilités, m'dame. Ce qu'on trouve, on l'prend. C'est la loi, et si vous vous en mêlez, vous faites obstruction. » L'homme parlait d'une voix tout à fait aimable, tranquille et polie.

« Ne vous inquiétez pas, mademoiselle Larner, dit le docteur Physicker. J'ai déjà un mandat du maire, et ça le met à l'abri jusqu'au retour du juge demain.

— A l'abri *en prison*, bien entendu, dit Pauley Wiseman. On tient pas à ce qu'y en ait qu'essayent de s'enfuir avec lui, hein, pas vrai ?

— Ça s'rait pas très malin d'leur part, dit le pisteur aux cheveux blancs. On les suivrait. Et après, probab' qu'on les abattrait comme des voleurs en fuite avec le bien d'autrui.

— Vous n'avez même pas prévenu les Guester, je parie ! fit mademoiselle Larner.

— Comment est-ce que j'aurais pu ? dit le docteur Physicker. Il a fallu que je reste avec eux, pour m'assurer qu'ils ne le prendraient pas comme ça.

— On applique la loi, dit le pisteur aux cheveux blancs.

— Le v'là », fit l'autre aux cheveux bruns.

Arthur Stuart se tenait dans l'encadrement de la porte de la resserre. « Reste où t'es, mon gars ! brailla Pauley Wiseman. Si tu bouges le p'tit doigt, mon fouet t'met en marmelade !

— Ce n'est pas la peine de le menacer », dit mademoiselle Larner. Mais il n'y avait plus personne pour l'écouter, ils remontaient tous la colline en courant.

« Ne lui faites pas de mal ! cria le docteur Physicker.

— S'y s'sauve pas, on lui f'ra pas d'mal, dit le pisteur aux cheveux blancs.

— Alvin, dit mademoiselle Larner, ne fais pas cela.

— Ils prendront pas Arthur Stuart.

— Ne te sers pas de ton talent de cette façon-là. Pas pour faire du tort à quelqu'un.

— J'vous dis…

— Réfléchis, Alvin. Nous avons jusqu'à demain. Peut-être que le juge…

— L'mettre en prison !

— S'il arrive quoi que ce soit à ces pisteurs, les nationaux intervien-dront pour faire respecter le traité des Esclaves en fuite. Tu me comprends ? Il ne s'agit pas d'un crime local, comme un meurtre. On t'emmènerait en Appalachie pour y être jugé.

— J'peux pas rien faire.

— Cours avertir les Guester. »

Alvin n'hésita qu'un instant. S'il n'avait tenu qu'à lui, il leur aurait brûlé les mains avant qu'ils ne s'emparent d'Arthur. Mais ils entouraient déjà le gamin, et leurs doigts lui enserraient les bras. Mademoiselle Larner avait raison. Ce qu'il fallait, c'était trouver un moyen d'obtenir définiti-vement la liberté d'Arthur et non commettre une bêtise qui ne ferait qu'aggraver les choses.

Alvin courut chez les Guester. Il fut étonné de la façon dont ils prirent la nouvelle : comme s'ils n'avaient cessé de s'y attendre depuis sept ans. Les aubergistes se regardèrent et, sans un mot, la Peg se mit à préparer un baluchon de vêtements : les siens et ceux d'Arthur Stuart.

« Pourquoi elle met son linge à elle ? » demanda Alvin.

Horace sourit, d'un sourire contraint. « Elle va pas laisser Arthur passer une nuit en prison tout seul. Elle va donc s'faire enfermer avec lui. »

Alvin comprenait, mais c'était bizarre d'imaginer des gens comme Arthur Stuart et la Peg Guester en prison.

« Et vous, qu'esse vous allez faire ? demanda-t-il.

— Charger mes fusils, dit Horace. Et quand ils s'en iront, j'les suivrai. »

Alvin lui répéta ce que mademoiselle Larner avait dit à propos des nationaux qui viendraient si quelqu'un portait la main sur un pisteur.

« C'est quoi, l'pire qu'y peuvent me faire ? Me pendre. J'vais te dire, j'aimerais mieux être pendu plutôt qu'vivre dans c'te maison un jour de plusse s'ils emmènent Arthur Stuart et que j'fais rien pour les en empêcher. Et j'peux y arriver, Alvin. Bon sang, mon gars, j'ai bien dû sauver cinquante marronneux dans ma vie. Po Doggly et moi, on les ramassait de ce côté-ci d'la rivière et on les envoyait à l'abri au Canada. On l'faisait tout l'temps. »

Alvin n'était nullement surpris d'apprendre qu'Horace Guester était abolitionniste — et pas un causeux.

« J'te dis ça, Alvin, par rapport que j'ai b'soin que tu m'donnes un coup d'main. J'suis tout seul et ils sont deux. Y a personne à qui j'peux faire confiance ; Po Doggly, il est pas venu avec moi dans une affaire pareille depuis une éternité, et j'connais plus d'quel bord il est. Mais toi... j'connais qu'tu peux garder un secret et j'connais que t'aimes Arthur Stuart presqu'autant que l'aime ma femme. »

La façon dont il le dit fit hésiter Alvin. « Et vous, vous l'aimez pas, m'sieur ? »

Horace regarda Alvin comme s'il était fou. « Ils vont pas m'enlever un p'tit sang-mêlé de sous mon toit, Al. »

Dame Guester descendit alors l'escalier, un paquet sous chaque bras dans des sacs de sa confection. « Conduis-moi au village, Horace Guester. »

Ils entendirent passer les chevaux sur la route, dehors.

« C'est sûrement eux, dit Alvin.

— Te fais pas d'tracas, Peg, dit Horace.

— Pas m'faire de tracas ? » La Peg se tourna vers lui, furieuse. « Cette histoire peut guère finir que de deux manières, Horace. Ou bien j'perds mon fils qui d'vient esclave dans l'Sud, ou bien mon imbécile de mari s'fait tuer en essayant de l'sauver. Dame sûr, j'vais pas m'faire de tracas. » Puis elle éclata en sanglots et étreignit Horace si fort que de voir ça, Alvin en eut le cœur brisé.

Ce fut lui qui conduisit dame Guester au village dans le chariot de l'auberge. Il resta près d'elle jusqu'à ce qu'elle finisse, à force d'insistance, par convaincre Pauley Wiseman de la laisser passer la nuit dans la cellule ; il lui demanda néanmoins de jurer — serment douloureux — de ne pas essayer de sortir en douce Arthur Stuart de la prison avant l'heure.

Tandis qu'il ouvrait le chemin vers la cellule, Pauley Wiseman dit : « Vous avez pas d'peur à avoir, dame Guester. Son maître est sûr'ment un vaillant homme. Les genses de par icitte, y s'font une mauvaise idée de l'esclavage, m'est avis. »

La réponse fusa : « C'est-y qu'vous voulez y aller à sa place, Pauley ? Pour voir comme c'est agréable ?

— Moi ? » Pareille pensée lui semblait incongrue. « Moi, j'suis blanc, dame Guester. L'esclavage, c'est pas ma condition naturelle. »

Alvin fit glisser les clés des doigts de Pauley.

« J'deviens maladroit, pour sûr », dit Pauley Wiseman.

Le pied de dame Guester se posa spontanément sur l'anneau du trousseau.

« Soulevez donc vot' pied, dame Guester, dit le shérif, sinon j'vous inculpe de complicité, sans parler d'rébellion. »

Elle déplaça le pied. Le shérif ouvrit la porte. La Peg la franchit et enveloppa Arthur Stuart dans ses bras. Alvin regarda Pauley Wiseman refermer et verrouiller la porte derrière eux. Puis il s'en retourna.

❄

Alvin brisa le moule pour l'ouvrir et gratta l'argile qui restait accrochée à la surface du soc. Le fer était égal et dur ; un bon soc, digne des meilleurs qu'il avait vu mouler jusque-là. Il chercha à l'intérieur et n'y découvrit aucune paille, en tout cas aucune assez grosse pour gâter le métal. Il lima et ponça, ponça et lima jusqu'à ce qu'il soit tout lisse, la lame aiguisée comme s'il comptait s'en servir dans une boucherie et non dans un champ quelque part. Il le posa sur l'établi. Puis il s'assit et attendit, pendant que le soleil se levait et que le reste du monde s'éveillait.

Conciliant descendit à l'heure de chez lui et examina le soc. Mais Alvin ne le vit pas car il dormait. Conciliant le réveilla juste assez pour le faire remonter à la maison.

« Pauvre garçon, dit Gertie. J'gage qu'il est même pas allé s'coucher de toute la nuit. J'gage qu'il est allé à la forge et qu'il a travaillé sus c'te bêtise de soc depuis hier au soir.

— L'soc a l'air bon.

— Il est parfait, j'gage, connaissant Alvin. »

Conciliant grimaça. « Qu'esse t'y connais en ferronnerie ?

— J'connais Alvin et j'te connais.

— Curieux gars. C'est pourtant vrai, non ? Il fait son meilleur ouvrage quand il reste debout toute la nuit. » Conciliant avait même de l'affection dans la voix en disant cela. Mais Alvin dormait alors dans son lit et ne l'entendit pas.

« Il y tient tant, à ce p'tit sang-mêlé, dit Gertie. Pas étonnant qu'il ait pas pu dormir.

— Il dort asteure, fit Conciliant.

— Imagine un peu, envoyer Arthur Stuart en esclavage, à son âge.

— La loi, c'est la loi, dit Conciliant. J'peux pas dire que ça m'enchante, mais faut vivre selon la loi, sinon où on va ?

— Toi et ta loi, fit Gertie. J'suis bien contente de pas habiter de l'aut' côté de l'Hio, Conciliant ; j'suis sûre que t'aimerais mieux avoir des esclaves plutôt qu'des apprentis… si tu connais la différence entre les deux. »

C'était une déclaration de guerre pure et simple, comme ils s'en lançaient continuellement, et ils étaient mûrs pour un nouvel échange de cris, de coups et de vaisselle cassée ; seulement Alvin ronflait au-dessus, dans la soupente, alors Gertie et Conciliant se contentèrent d'échanger des regards haineux et de laisser filer pour cette fois. Comme toutes leurs prises de bec finissaient de la même manière, sur les mêmes horreurs qu'ils se jetaient à la figure et sur le même mal qu'elles leur causaient, c'était comme s'ils en avaient assez et se disaient : « Mettons qu'on s'est agonis de tout ce qu'on déteste le plus entendre au monde et restons-en là. »

Alvin ne dormit pas très longtemps, ni très bien, d'ailleurs. La peur, la colère, l'impatience lui travaillaient le corps au point qu'il avait peine à rester tranquille, sans parler de son cerveau qui dérivait au gré de ses songes. Il se réveilla en rêvant d'un soc de charrue noir changé en or. Il se réveilla en rêvant d'Arthur Stuart qu'on fouettait. Il se réveilla encore en pensant qu'il pointait un fusil sur un des pisteurs et qu'il pressait la détente. Il se réveilla encore en pensant qu'il pointait le fusil sur un pisteur, mais sans tirer, et qu'il les regardait s'en aller en traînant Arthur Stuart derrière eux, Arthur qui n'arrêtait pas de crier : « Alvin, où t'es ? Alvin, les laisse pas m'emmener ! »

« Tu t'réveilles ou alors tais-toi ! cria Gertie. Tu fais peur aux enfants. »

Alvin ouvrit les yeux et se pencha par-dessus le rebord de la soupente. « Vos enfants sont même pas icitte.

— Alors tu m'fais peur à moi. J'connais pas c'que t'étais après rêver, mon gars, mais j'souhaiterais pas ce rêve-là même à mon pire ennemi... qui as'matin s'trouve être mon mari, si tu veux que j'te dise. »

L'évocation de Conciliant redonna sa vigueur à Alvin, oh oui. Il enfila son pantalon en se demandant quand et comment il était monté dans la soupente, et qui lui avait retiré sa culotte et ses bottes. Dans ce court laps de temps, Gertie trouva moyen de mettre à manger sur la table : pain de maïs, fromage et une bonne cuillerée de mélasse. « J'ai pas l'temps d'manger, m'dame, dit Alvin. Je m'excuse, mais faut qu'je...

— Mais si, t'as l'temps.

— Non, m'dame, je m'excuse...

— Prends l'pain, alors, grand imbécile. T'as l'intention de travailler toute la journée l'ventre vide ? Après avoir dormi qu'une matinée ? Même qu'il est pas 'core midi. »

C'est donc en mastiquant du pain qu'il descendit à la forge. La voiture du docteur Physicker se trouvait à nouveau devant, ainsi que les chevaux des pisteurs. L'espace d'une seconde, Alvin se dit : Ils sont là parce qu'Arthur Stuart a trouvé moyen de s'échapper, que les pisteurs l'ont perdu et que...

Non. Ils avaient Arthur Stuart avec eux.

« Bonjour, Alvin », fit Conciliant. Il se tourna vers les autres hommes. « Faut-y qu'je soye le patron l'plus couillon d'la terre pour laisser mon p'tit apprenti dormir jusque près d'midi. »

Alvin ne s'aperçut même pas que Conciliant lui faisait une remarque et le traitait de *petit* apprenti quand son travail de compagnon, achevé, trônait sur l'établi. Il s'accroupit devant Arthur Stuart et le regarda dans les yeux.

« Allez, r'cule-toi », lança le pisteur aux cheveux blancs.

Alvin fit à peine attention à lui. Il ne voyait pas réellement Arthur Stuart, pas avec les yeux, en tout cas. Il cherchait sur son corps une marque de coup. Aucune. Du moins pour l'instant. Seule la peur habitait le gamin.

« Vous avez pas 'core répondu, dit Pauley Wiseman. Vous allez les faire ou pas ? »

Conciliant toussa. « Messieurs, une fois j'ai forgé une paire de menottes, en Nouvelle-Angleterre. Pour un homme coupable de trahison qu'on renvoyait en Angleterre dans les chaînes. J'compte pas r'commencer pour un drôle de sept ans qu'a jamais fait d'mal à une mouche, un drôle qu'a joué autour d'ma forge et...

— Conciliant, dit Pauley Wiseman. J'leur ai dit qu'si vous faites les menottes, ils seront pas obligés d'y mettre ça. »

Wiseman leva le lourd collier de bois et de fer qu'il tenait appuyé contre sa jambe.

« C'est la loi, dit le pisteur aux cheveux blancs. On ramène les marronneux dans c'te collier, pour montrer aux autres c'qui arrive. Mais comme c'est jusse un gamin et vu que c'est sa mère qui s'est ensauvée et pas lui, on est d'accord pour les menottes. Moi, ça m'est bien égal. On est payés d'même.

— Vous et vot' maudit traité des Esclaves en fuite ! s'écria Conciliant. Vous vous servez de c'te loi pour nous mettre nous aut' aussi en esclavage.

— Moi, j'vais les faire », dit Alvin.

Conciliant le regarda avec horreur. « Toi ?

— Ça vaut mieux que l'collier », dit Alvin. Ce qu'il ne dit pas, c'était : J'compte pas laisser Arthur Stuart porter ces chaînes plus longtemps que jusqu'à ce soir. Il regarda le gamin. « J'vais t'arranger des menottes qui t'feront pas beaucoup mal, Arthur Stuart.

— Voilà qu'est sage, dit Pauley Wiseman.

— Enfin quèqu'un qu'a d'la jugeote », dit le pisteur aux cheveux blancs.

Alvin posa les yeux sur lui et s'efforça de contenir sa haine. Il n'y parvint pas tout à fait. Son crachat alla donc s'écraser dans la poussière aux pieds du pisteur.

Le pisteur aux cheveux bruns semblait prêt à lui flanquer un coup de poing, et Alvin n'aurait vu aucun inconvénient à se colleter avec lui et peut-être à lui racler la figure par terre une ou deux minutes. Mais Pauley Wiseman bondit entre eux et eut assez de bon sens pour s'adresser au pisteur brun et non à Alvin. « Faut être un sacré maudit couillon pour vouloir s'pignocher avec un forgeron. R'gardez ses bras.

— J'pourrais l'battre, dit le pisteur.

— Faut comprendre, vous autres, dit celui à cheveux blancs. C'est not' talent. On peut pas plusse s'empêcher d'être des pisteux que...

— Y a des talents, le coupa Conciliant, où vaudrait mieux mourir à la naissance que d'grandir et s'en servir. » Il se tourna vers Alvin. « J'veux pas t'voir faire ça dans ma forge.

— Commencez pas d'embêter l'monde, Conciliant, dit Pauley Wiseman.

— Je vous en prie, dit le docteur Physicker. Vous causez plus de mal que de bien à l'enfant. »

Conciliant se tut de mauvaise grâce.

« Donne-moi tes mains, Arthur Stuart », dit Alvin.

Alvin fit semblant de mesurer les poignets d'Arthur à l'aide d'une ficelle. A la vérité, il voyait ses mesures dans sa tête, chaque pouce de son corps; il allait façonner le métal de manière à ce qu'il s'ajuste parfaitement, sans aspérités, il en arrondirait les angles et limiterait le poids au strict nécessaire. Arthur ne souffrirait pas de ces menottes. Pas physiquement, en tout cas.

Tous immobiles, ils regardaient Alvin à l'œuvre. Jamais ils n'avaient vu travailler avec une telle souplesse, une telle pureté de mouvements.

Cette fois, Alvin utilisa son talent, mais en s'arrangeant pour qu'on ne le remarque pas. Il martela et courba le feuillard en le coupant à l'exacte dimension. Les deux moitiés de chaque menotte s'ajustaient impeccablement, elles ne bougeraient pas et ne pinceraient pas la peau. Et durant tout ce temps, il pensait à Arthur qui lui manœuvrait si souvent son soufflet ou qui restait tout bonnement là, à lui parler tandis qu'il travaillait. Ça n'arriverait plus jamais. Même lorsqu'ils l'auraient sauvé ce soir, ils seraient forcés de l'emmener au Canada ou de trouver où le cacher... comme si on pouvait se cacher d'un pisteur.

« D'la belle ouvrage, dit le pisteur aux cheveux blancs. J'ai jamais vu d'forgeron aussi bon. »

Conciliant se fit entendre depuis le coin sombre de la forge. « Tu peux être fier de toi, Alvin. Alors, disons qu'ces menottes, c'est ton ouvrage de compagnon, d'accord ? »

Alvin se retourna pour lui faire face. « Mon ouvrage de compagnon, c'est l'soc qu'est sus l'établi, Conciliant. »

C'était la première fois qu'Alvin appelait son patron par son prénom. Il ne pouvait pas plus clairement lui faire savoir que le temps où il lui parlait sur ce ton était désormais révolu.

Conciliant ne l'entendit pas de cette oreille. « Surveille comment tu m'causes, mon gars ! C'est moi qui décide de ce qu'est ton ouvrage de compagnon, et...

— Approche, petit, on va t'les mettre. » Le pisteur aux cheveux blancs ne s'intéressait pas à ce que racontait Conciliant, semblait-il.

« Pas 'core, dit Alvin.

— Elles sont prêtes, fit le pisteur.

— Trop chaudes, dit Alvin.

— Ben, plonge-les dans c'baquet, là, et r'froidis-les.

— Si j'fais ça, elles vont s'déformer, jusse un p'tit peu, et couper les bras du gamin qui vont saigner. »

Le pisteur brun roula des yeux. Qu'en avait-il à faire de quelques gouttes de sang d'un petit mulâtre ? Mais l'autre savait que personne n'admettrait qu'il n'attende pas.

« Rien qui presse, dit-il. Ça s'ra pas long. »

Il attendirent, assis, sans dire un mot. Puis Pauley se mit à parler de tout et de rien, imité par les pisteurs et même le docteur Physicker ; ils papotaient comme si les pisteurs étaient des visiteurs comme les autres. Peut-être pensaient-ils les amener à de meilleurs sentiments pour qu'ils ne s'en prennent pas au gamin une fois qu'ils lui auraient fait traverser la rivière. Alvin devait s'en convaincre pour ne pas les haïr.

D'un autre côté, une idée germait dans sa tête. Enlever Arthur Stuart aux pisteurs ce soir, ça n'était pas suffisant, mais s'il s'arrangeait pour que même eux ne puissent pas le retrouver ?

« Qu'esse y a dans c'te capsule que vous utilisez, vous autres les pisteux ? demanda-t-il.

— Tu voudrais bien l'connaître, hein ? fit le pisteur brun.

— C'est pas un secret, dit celui à cheveux blancs. Tous les propriétaires font une p'tite boîte comme ça pour chaque esclave, dès l'achat ou dès la naissance. Des bouts d'sa peau, des cheveux d'son crâne, une goutte de sang, des affaires comme ça. Des parties d'lui.

— Vous trouvez son odeur à partir de ça ?

— Oh, c'est pas une odeur. On est pas des *limiers*, m'sieur Smith. »

Alvin savait que l'autre ne l'appelait monsieur Smith — le forgeron — que par pure flatterie. Il sourit légèrement, comme si ça lui faisait plaisir.

« Mais comment ça vous aide, alors ?

— Eh ben, c'est not' *talent*, dit le pisteur à cheveux blancs. Qui connaît comment ça marche ? Suffit qu'on l'regarde, et pis on... c'est comme si on voyait la forme d'la personne qu'on cherche.

— C'est pas comme ça, fit l'autre.

— Eh ben, pour moi, si.

— Moi, j'connais juste où il est. Comme si j'voyais c'qui lui tient lieu d'âme. A condition que j'soye assez près, en tout cas. Ça brille pareil qu'un feu, l'âme de l'esclave que j'recherche. » Le pisteur brun sourit. « J'arrive à voir de loin.

— Vous pouvez me montrer ? demanda Alvin.

— Y a rien à voir, dit le pisteur aux cheveux blancs.

— Je m'en vais t'montrer, mon gars, fit l'autre. J'vais tourner l'dos, et toi, tu vas déplacer l'gamin dans la forge. J'te l'désignerai du doigt par-dessus mon épaule sans jamais m'tromper.

— Allez, ça va, fit le pisteur aux cheveux blancs.

— On a rien à faire, de toutes manières, jusqu'à c'que l'fer soye refroidi. Passe-moi la capsule. »

Le pisteur brun fit ce dont il s'était vanté : il désigna Arthur à chaque fois. Mais Alvin n'y prêta guère attention. Il était occupé à observer ce qui se passait chez le pisteur, essayait de comprendre ce qu'il faisait, ce qu'il *voyait* et ce que la capsule lui apportait. Il imaginait mal comment des petits bouts du corps nouveau-né d'Arthur Stuart, desséchés depuis sept ans, permettaient d'indiquer où il se trouvait maintenant.

Puis il se souvint que l'espace d'un instant, tout au début, le pisteur n'avait rien montré. Son doigt s'était un peu promené avant de finir par se pointer droit sur l'enfant. Comme si l'homme avait cherché à déterminer laquelle des personnes derrière lui dans la forge était Arthur. La capsule ne servait pas à trouver mais à reconnaître. Les pisteurs voyaient tout le monde mais ne pouvaient dire qui était qui sans capsule.

Ce qu'ils voyaient donc, ce n'était pas l'esprit d'Arthur ni son âme. Ils voyaient seulement un corps, qui ressemblait à tous les autres corps jusqu'à ce qu'ils le différencient. Et ce qui le différenciait était évident pour Alvin ; n'avait-il pas guéri suffisamment de gens dans sa vie pour savoir qu'ils étaient tous *grosso modo* identiques, à l'exception de quelques petits éléments au centre de chaque partie vivante de leur chair ? Ces éléments variaient pour chacun mais restaient semblables dans le corps entier d'une même personne. Comme si c'était la façon de Dieu de les individualiser dans leur chair. A moins que ce ne soit la marque de la Bête, comme dans l'Apocalypse. Aucune importance. Alvin savait que dans la capsule il n'y avait qu'une seule chose identique au corps d'Arthur Stuart : cette marque distinctive qui vivait dans chacune des parties de sa chair, même dans les fragments morts qu'on lui avait prélevés à la naissance.

Je peux changer ces éléments, songeait Alvin. Je peux sûrement les changer, les modifier dans toutes les parties de son corps. Comme virer le fer en or. Ou l'eau en vin. Leurs capsules ne vaudraient alors plus rien. Elles ne les avanceraient à rien. Ils pourraient chercher Arthur Stuart tout leur soûl, mais tant qu'ils ne lui verraient pas réellement la figure et qu'ils ne le reconnaîtraient pas comme tout un chacun, ils ne le retrouveraient jamais.

Le plus fort, c'est qu'ils ne s'apercevraient même pas de ce qui se serait passé. Ils auraient encore leur capsule, pareille qu'avant, et ils sauraient qu'on n'y avait rien changé parce qu'Alvin n'y toucherait pas. Mais ils auraient beau fouiller le monde entier, ils ne dénicheraient jamais personne correspondant aux fragments de la capsule et ils ne devineraient jamais pourquoi.

Voilà ce que je vais faire, se disait Alvin. Je vais trouver un moyen de le changer, lui. Même s'il doit exister des millions de ces marques distinctives dans tout son corps, je vais trouver un moyen de les changer jusqu'à la dernière. Je le ferai ce soir, et demain il sera libre pour toujours.

Le fer était refroidi. Alvin s'agenouilla devant Arthur Stuart et lui passa délicatement les menottes. Elles s'adaptaient si parfaitement à ses poignets qu'on les aurait crues fondues dans un moule à ses mesures. Une fois les bracelets refermés, reliés l'un à l'autre par une chaînette, Alvin regarda le gamin dans les yeux.

« Aie pas peur », dit-il.

Arthur Stuart ne répondit rien.

« Je t'oublierai pas, dit Alvin.

— Pour sûr, fit le pisteur brun. Mais juste au cas où t'aurais l'idée de t'souvenir de lui durant qu'il s'en retourne chez son maître légitime, j'te préviens franchement : nous autres, on dort jamais tous les deux en même temps. Et quand on est pisteux, on connaît si quelqu'un s'en vient. C'est pas possible de nous approcher en douce. Surtout toi, jeune forgeron. Toi, j'te verrais à dix milles de distance. »

Alvin se contenta de le regarder. Finalement, l'homme eut un ricanement et se détourna. Ils installèrent Arthur Stuart sur le cheval du pisteur aux cheveux blancs, à califourchon devant lui. Mais Alvin se dit qu'aussitôt l'Hio franchi, ils le feraient marcher à pied. Pas par méchanceté, peut-être, mais les pisteurs n'avaient rien à gagner à se montrer aimables envers un marronneur. Et puis il fallait faire un exemple pour les autres esclaves, non ? Lorsqu'ils verraient un drôle de sept ans marcher les pieds en sang, tête baissée, ils y regarderaient à deux fois avant de chercher à s'enfuir avec leurs enfants. Ils sauraient que les pisteurs n'ont pas de pitié.

Pauley et le docteur Physicker s'éloignèrent avec eux. Ils voulaient les accompagner jusqu'à l'Hio et les regarder traverser la rivière, pour s'assurer qu'ils ne maltraiteraient pas Arthur Stuart tant qu'il serait en territoire libre. C'était le mieux qu'il pouvaient faire.

Conciliant n'avait pas grand-chose à dire, mais pour le peu que c'était, il le dit sans ambages : « Un homme véritab' passerait jamais les menottes à un ami. J'vais monter à la maison et t'signer tes papiers d'compagnon. J'veux pas de toi dans ma forge ni sous mon toit une nuit d'plusse. » Il laissa Alvin tout seul devant la forgerie.

Il n'était pas parti depuis cinq minutes qu'Horace Guester arrivait.

« Allons-y, fit-il.

— Non, dit Alvin. Pas 'core. Ils peuvent nous voir venir. Ils le diront au shérif, s'ils sont suivis.

— Y a pas l'choix. Faut pas perdre leur piste.

— Vous connaissez un peu c'que j'suis et c'que j'peux faire, dit Alvin. En ce moment même, j'vois où ils sont. Ils feront pas plus d'un mille de l'aut' côté de l'Hio avant de s'endormir.

— Tu peux faire ça ?

— J'connais c'qui s'passe dans les genses quand ils ont envie de dormir. J'peux leur en donner envie à la minute où ils s'ront en Appalachie.

— Pendant qu'tu y es, pourquoi tu les tues pas ?

— J'peux pas.

— C'est pas des hommes ! Ça s'rait pas un meurtre d'les tuer !

— Si, c'est des hommes, dit Alvin. Et puis, si j'les tue, c'est une violation du traité des Esclaves en fuite.

— Te v'là homme de loi, asteure ?

— M'zelle Larner m'a expliqué ça. Enfin, elle l'a expliqué à Arthur Stuart durant que j'étais là. Il voulait connaître ça. L'automne dernier. Il a dit : « Pourquoi mon poupa les tuerait pas, si des pisteux s'en viennent me prendre ? » Et m'zelle Larner, elle a répondu qu'y aurait davantage de pisteux à s'en revenir, seulement c'te fois ils vous pendraient et emmèneraient quand même Arthur Stuart. »

La figure d'Horace vira au rouge. Alvin ne comprit pas pourquoi, l'espace d'un instant, jusqu'à ce que l'aubergiste lui explique : « Il devrait pas m'appeler son poupa. J'ai jamais voulu d'lui dans ma maison. » Il déglutit. « Mais il a raison. J'tuerais ces pisteux, si j'pensais qu'ça pouvait aider.

— Faut pas les tuer, dit Alvin. J'crois que j'peux m'arranger pour qu'ils retrouvent jamais Arthur Stuart.

— J'connais. J'vais l'conduire au Canada. Rejoindre le lac et traverser en bateau.

— Dame non, fit Alvin. J'crois que j'peux m'arranger pour qu'ils le retrouvent jamais *nulle part*. On aura jusse à l'cacher jusqu'à tant qu'ils s'en r'partent.

— Où donc ?

— Dans la r'serre, si m'zelle Larner veut bien.

— Pourquoi là ?

— La r'serre, je l'ai protégée par des charmes en veux-tu, en voilà. Je m'disais que j'faisais ça pour l'institutrice. Mais asteure, m'est avis que c'était pour Arthur Stuart, par le fait. »

Horace sourit. « Toi, t'en es un sacré, Alvin, tu connais ça ?

— P't-être. Pour sûr que j'aimerais connaître un sacré quoi.

— Je m'en vais d'mander à mam'zelle Larner si on peut se servir de sa maison.

— Telle que j'connais m'zelle Larner, elle aura dit oui qu'vous aurez pas fini d'poser la question.

— On s'y met quand, alors ? »

Alvin fut pris au dépourvu : un adulte lui demandait, à lui, de prendre la décision. « Dès qu'il fera nuit, m'est avis. Dès qu'les deux pisteux s'ront endormis.

— Tu peux vraiment faire ça ?

— Oui, j'peux, si j'les perds pas d'vue. Enfin, quèque chose qui ressemble. Si j'perds pas leur trace. Comme ça, j'risque pas d'endormir l'monde qu'y faut pas.

— Et en ce moment, tu les perds pas d'vue ?

— J'connais où ils sont.

— Garde l'œil sus eux, alors. » Horace avait l'air un peu effrayé, presque autant que sept ans plus tôt lorsqu'Alvin lui avait dit qu'il était au courant de la jeune fille enterrée au cimetière. Effrayé parce qu'il savait Alvin capable d'accomplir des choses étranges, des choses qui dépassaient toutes ses compétences en charmes et talents.

Ne me connaissez-vous pas, Horace ? Ne savez-vous pas que je suis toujours Alvin, le jeune garçon auquel vous avez si souvent fait confiance, que vous avez tant de fois aimé et aidé ? Ce n'est pas parce vous me découvrez plus puissant que vous ne le supposiez, dans des domaines que vous ne soupçonniez pas, que je représente un plus grand danger pour vous. Aucune raison d'avoir peur.

Comme si Horace avait entendu ses pensées, la crainte s'évanouit de son visage. « J'veux seulement dire... la Peg et moi, on compte sus toi. Djeu merci, c'est chez nous autres que tu t'es r'trouvé, jusse quand on avait l'plusse besoin de toi. Le Seigneur nous a en sa sainte garde. » Il sourit puis fit demi-tour et sortit de la forge.

Après ce que venait de dire Horace, Alvin se sentait bien, sûr de lui. Mais c'était précisément ça, le talent de l'aubergiste, non ? Donner aux gens l'image d'eux-mêmes qu'ils souhaitaient rencontrer.

Alvin dirigea tout de suite ses pensées vers les pisteurs et envoya sa bestiole pour qu'elle ne les quitte pas, qu'elle accompagne leurs corps qui se déplaçaient comme de petits tourbillons noirs au milieu du chant vert environnant et encadraient le chant plus petit, clair et lumineux, d'Arthur Stuart. Les Blancs et les Noirs n'ont pas forcément le cœur respectivement clair et sombre, m'est avis, songea Alvin. Ses mains s'affairaient, accomplissaient leur travail à la forge, mais il n'y faisait absolument pas attention. Il n'avait encore jamais observé quelqu'un d'aussi loin, sauf la fois où des forces qu'il ne comprenait pas l'avaient aidé à l'intérieur de la Butte-aux-huit-faces.

Et le pire, ce serait de les perdre, qu'ils disparaissent avec Arthur Stuart parce qu'Alvin n'aurait pas été assez vigilant ; le gamin se noierait au milieu de toutes les âmes opprimées des esclaves d'Appalachie et d'au-delà, dans le Sud profond où les hommes blancs étaient serviteurs de l'autre Arthur Stuart, le roi d'Angleterre, et les Noirs par conséquent esclaves d'esclaves. Je ne vais pas perdre Arthur dans un pays aussi horrible. Je vais m'accrocher à lui, comme si un fil nous reliait l'un à l'autre.

A peine y avait-il pensé, à peine avait-il envisagé un lien invisible entre lui et le petit sang-mêlé, que ce lien existait. Un fil traversait l'espace, un fil aussi ténu que ce qu'il avait un jour imaginé quand il cherchait à comprendre à quoi ressemblait un atome. Un fil qui n'avait de dimension que dans une seule direction, celle qui menait à Arthur Stuart, et qui reliait leurs deux cœurs. Reste avec lui, dit Alvin au fil comme s'il vivait véritablement. Et en réponse, le fil parut s'illuminer, s'épaissir, jusqu'à ce qu'Alvin finisse par se convaincre que le premier venu ne manquerait pas de le voir.

Mais lorsqu'il regarda de ses yeux, il ne remarqua rien du tout ; le fil ne lui réapparut que quand il regarda en esprit. Il fut profondément surpris qu'une telle chose puisse exister, créée, non pas à partir de rien, mais sans autre idée de départ que celle qu'il avait formée dans sa tête. C'est une œuvre de Faiseur. Ma première, toute petite, œuvre de Faiseur... Mais elle est réelle ; et ce soir elle va me conduire à Arthur Stuart pour que je le libère.

❋

Dans sa maisonnette, Peggy surveillait à la fois Alvin et Arthur ; elle passait de l'un à l'autre, essayait de découvrir un chemin conduisant à la libération d'Arthur sans qu'il en coûte la mort ou la capture d'Alvin. Elle avait beau scruter soigneusement, minutieusement, elle n'en voyait pas. Leur terrible talent donnait un trop grand avantage aux pisteurs ; sur certains chemins, le forgeron et l'aubergiste réussissaient à emmener Arthur, mais les pisteurs le retrouvaient et le reprenaient… au prix du sang d'Alvin ou de sa liberté.

Elle regardait donc avec désespoir Alvin filer son lien quasi inexistant. Ce n'est qu'à cet instant, pour la première fois, qu'elle entrevit la lueur d'une liberté possible dans la flamme de vie d'Arthur Stuart. Elle ne devait rien au lien qui permettait à Alvin de rejoindre le gamin — sur de nombreux chemins avant qu'il ne le file, elle avait vu Alvin retrouver les pisteurs et les endormir. Non, la différence maintenant, c'était qu'Alvin était capable de le créer, ce lien. Une si faible probabilité qu'aucun futur n'en avait fait état. A moins — elle n'y avait encore jamais songé — que l'acte même de *Faire* ne représente une telle violation de l'ordre naturel que son talent de torche ne voyait pas les chemins qui en découlaient, jusqu'à ce que l'acte soit réellement accompli.

Pourtant, même au moment de la naissance d'Alvin, n'avait-elle pas vu son avenir glorieux ? Ne l'avait-elle pas vu édifier une cité bâtie de verre ou de glace très purs ? N'avait-elle pas vu cette cité peuplée de gens qui parlaient avec des langues d'anges et regardaient avec les yeux de Dieu ? Qu'Alvin soit Faiseur, c'était toujours probable, à la condition qu'il reste en vie. Mais l'acte de Faire proprement dit, ce n'était jamais vraisemblable, jamais assez naturel pour qu'une torche, même aussi puissante que Peggy, le distingue.

Elle vit Alvin endormir les pisteurs presque aussitôt que la nuit fut tombée et qu'ils eurent trouvé où faire halte de l'autre côté de l'Hio. Elle vit Alvin et Horace se retrouver à la forge, se préparer à gagner la rivière à travers bois, en évitant la route afin de ne pas croiser le shérif et le docteur Physicker qui reviendraient de La Bouche. Mais elle ne leur prêta guère attention. Maintenant qu'il y avait un nouvel espoir, elle s'attacha entièrement à l'avenir d'Arthur, étudia où et comment ses nouveaux et menus sentiers de liberté s'embranchaient dans l'entreprise en cours. Elle ne put définir le moment précis du choix et du changement. A ses yeux, c'était la preuve que tout reposait sur Alvin qui allait devoir devenir un Faiseur, un vrai, cette nuit-même.

« O Dieu, chuchota-t-elle, si c'est Toi qui as gratifié ce garçon d'un tel don à la naissance, je T'implore de lui apprendre à devenir un Faiseur ce soir. »

❄

Côte à côte, dissimulés dans l'ombre sur la berge de la rivière, Alvin et Horace attendaient que soit passé un bateau brillamment éclairé. A bord, des musiciens jouaient et des passagers dansaient un quadrille aux figures savantes sur les ponts. Alvin en conçut de la colère, de les voir s'amuser comme des gamins alors qu'au même moment on emmenait un véritable enfant en esclavage. Il savait pourtant qu'ils ne pensaient pas à mal et qu'il n'était pas juste de reprocher aux gens d'être heureux pendant que d'autres souffraient qu'ils ne connaissaient même pas. Dans ces conditions, il n'existerait aucun bonheur dans le monde, se dit Alvin. La vie étant ce qu'elle est, à chaque instant de la journée il se trouve au moins plusieurs centaines de personnes à souffrir pour une raison ou une autre.

Le bateau n'avait pas plutôt disparu au détour d'un méandre qu'ils entendirent un fracas dans les bois derrière eux. Ou, plus précisément, Alvin entendit un bruit qui lui parut un fracas, à lui seulement, à cause de son sens de l'ordre naturel du chant vert. Il fallut plusieurs minutes à Horace pour le percevoir à son tour. L'inconnu qui s'approchait d'eux à pas de loup était bien furtif pour un Blanc.

« J'voudrais ben un fusil, asteure », murmura Horace.

Alvin secoua la tête. « Attendons voir », souffla-t-il, si bas que ses lèvres bougèrent à peine.

Ils attendirent. Au bout d'un moment, ils virent un homme sortir du bois et dégringoler la rive jusqu'à la vase au bord de l'eau, où une barque se balançait au gré du courant. N'apercevant personne, il jeta un coup d'œil circulaire, soupira puis monta à bord avant de se retourner et de s'asseoir à la poupe, la mine renfrognée, le menton appuyé sur les mains.

Horace se mit soudain à glousser. « Que l'djab' me patafiole, j'crois ben que c'est l'vieux Po Doggly. »

L'homme se pencha aussitôt en arrière, et Alvin put enfin le voir distinctement dans le clair de lune. Oui, c'était le cocher du docteur Physicker, pour sûr. Mais Horace ne parut pas autrement s'en inquiéter. Déjà il se laissait glisser au bas de la berge, gagnait la barque au milieu d'éclaboussures, grimpait à bord et étreignait si violemment Po Doggly que le bateau embarqua de l'eau. Il ne leur fallut pas une seconde pour s'apercevoir qu'ils tanguaient à tout va et, sans un mot, ils se déplacèrent

Peut-être fallait-il regarder de haut, comme Dieu, en tout cas dominer la perspective, pour découvrir ce que forment deux atomes lorsqu'ils s'agencent d'une certaine façon. Mais ce n'est pas parce qu'un autre atome ne voit pas la relation qu'elle n'existe pas ou que le fer est moins solide.

Et si je peux apprendre à ces atomes comment former un fil à partir de rien, voire comment créer de l'or à partir de fer, ou même, je l'espère, changer la marque secrète et invisible d'Arthur dans tout son corps pour que les pisteurs ne le reconnaissent plus, alors pourquoi un Faiseur ne pourrait-il pas obtenir la même chose des gens, leur apprendre un ordre différent et, dès qu'il en aurait trouvé un certain nombre dignes de confiance, les assembler en quelque chose de nouveau, de fort, aussi réel que le fer ?

« Tu t'en viens, Al, ou quoi ? »

Comme je disais, Alvin ne mesura guère l'importance de ses réflexions. Mais il n'allait pas les oublier, non; tout en glissant le long de la berge pour atterrir dans la boue, il savait qu'il se rappellerait toujours ce qu'il venait de méditer, quand bien même il lui en coûterait des années, des milles et des milles de chemin, des larmes et du sang avant d'en saisir réellement toute la portée.

« Ça fait plaisir d'vous voir, Po, dit-il. Seulement, moi, j'croyais qu'on était dans une affaire un brin secrète. »

D'un coup de rames, Po rapprocha la barque de la rive pour détendre la corde et permettre à Alvin de grimper à bord en araignée sans se mouiller les pieds. Alvin ne s'en inquiétait pas. Il avait horreur de l'eau, un sentiment bien naturel vu le nombre de tentatives pour le tuer où le Défaiseur s'en était servi. Mais ce soir, l'eau ne lui paraissait que de l'eau ; le Défaiseur était invisible ou très loin. Peut-être grâce au fil ténu qui reliait toujours Alvin à Arthur... Sa création de Faiseur était peut-être si puissante que son ennemi n'avait tout bonnement pas la force de retourner une goutte d'eau contre lui.

« Oh, elle est toujours secrète, Alvin, dit Horace. T'es pas au courant, v'là tout. Avant que t'arrives à Hatrack River — enfin, j'veux dire avant que tu t'en r'viennes —, Po et moi, on allait ramasser les marronneux et on les aidait à filer au Canada toutes les fois qu'on pouvait.

— Les pisteux vous ont jamais pris ? demanda Alvin.

— Les esclaves qu'avaient fait tout ce ch'min, ça voulait dire qu'les pisteux étaient pas trop près derrière, dit Po. Beaucoup d'ceux qui montaient jusqu'icitte avaient volé leur capsule.

— Et puis c'était avant l'traité des Esclaves en fuite, dit Horace. Tant qu'les pisteux nous tuaient pas tout d'suite, ils pouvaient pas nous toucher.

— Et en c'temps-là, on avait une torche », fit Po.

Horace ne dit rien, il se contenta de détacher la corde du bateau et de la renvoyer sur la berge. Po se mit à ramer à la seconde où la corde fut libérée ; et Horace s'était déjà arc-bouté en prévision de la première embardée de la barque. Ça tenait du miracle, cette façon qu'ils avaient de connaître le prochain geste de l'autre avant même qu'il ne l'ait esquissé. Alvin faillit éclater de rire, tout à la joie d'assister à un tel prodige, comprenant qu'il était réalisable, rêvant de ses conséquences possibles : des milliers de gens qui se connaîtraient aussi bien les uns les autres, qui s'adapteraient parfaitement entre eux, qui travailleraient ensemble. Qui pourrait barrer la route à ces gens ?

« Après qu'la fille à Horace est partie, eh ben, y avait plus moyen d'connaître qu'un marronneux passait par icitte. » Po secoua la tête. « C'était fini. Mais je m'doutais ben qu'avec Arthur Stuart qu'on enchaînait et qu'on emportait dans l'Sud, même les flammes d'enfer pourraient pas empêcher l'Horace de traverser la rivière pour l'ramener. Alors, dès que j'ai eu quitté les pisteux, j'ai fait un p'tit bout d'chemin du r'tour pour m'écarter de l'Hio, j'ai arrêté la voiture et j'ai sauté.

— J'gage que l'docteur Physicker s'en est aperçu, dit Alvin.

— Ben sûr, maudit couillon ! fit Po. Oh, j'vois que tu m'blagues. Bon, il s'en est aperçu. Il m'a jusse dit : "Fais attention, ces gars-là sont dangereux." Alors moi, j'y ai dit que j'ferais bien attention, et lui, y m'a dit : "C'est ce maudit shérif Pauley Wiseman. Il aurait pas dû les laisser l'emmener si vite. P't-être qu'on aurait pu empêcher l'estradition si on avait r'tenu Arthur Stuart jusqu'au passage du juge itinérant. Pauley, il a tout fait légalement, mais si vite que j'ai compris qu'il voulait s'débarrasser du gamin, qu'il voulait l'voir partir d'Hatrack River pour de bon." Je l'crois, Horace. Pauley Wiseman, il a jamais aimé ce p'tit sang-mêlé, depuis l'jour où la Peg est montée sus ses grands chevaux pour l'envoyer à l'école. »

Horace grogna ; il donna un tout petit coup de barre au moment précis où Po relâchait l'une des rames pour tourner légèrement la barque à contre-courant et aborder correctement la rive d'en face. « Tu connais c'que j'ai pensé ? fit Horace. J'ai pensé qu'ton ouvrage, ça suffisait pas pour t'occuper, Po.

— Moi, je l'aime bien, mon ouvrage, dit Po Doggly.

— J'ai pensé qu'y a une élection dans l'comté à l'automne, et l'poste de shérif sera disponible. J'crois qu'on devrait flanquer Pauley Wiseman dehors.

— Et que j'soye shérif ? Tu crois ça possible ? Tout l'monde connaît que j'suis un soûlard.

— T'as pas bu une seule goutte depuis que t'es avec le docteur. Et si on s'en sort et qu'on ramène Arthur sain et sauf, eh ben, tu vas être un héros.

— Un héros, mon tchu ! T'es pas fou, Horace ? On peut causer à personne de c't'affaire-là si on veut pas qu'y ait une récompense pour nous beurrer la cervelle sus du pain d'seigle depuis l'Hio jusqu'à Camelot.

— On va pas imprimer cette histoire sus des feuilles et pis les vendre, si c'est ça qu'tu veux dire. Mais tu connais comment les nouvelles, ça s'répand. L'vaillant monde apprendra ce qu'on a fait, toi et moi.

— Alors c'est toi qui s'ras shérif, Horace.

— Moi ? » Horace sourit. « Tu m'vois mettre quèqu'un en prison ? »

Po rit doucement. « M'est avis qu'non. »

Lorsqu'ils abordèrent la berge, leurs gestes étaient à nouveau vifs et en parfaite harmonie. On avait peine à croire qu'ils n'avaient pas travaillé ensemble depuis tant d'années. C'était comme si leurs corps savaient d'avance quoi faire, si bien qu'ils n'avaient pas besoin d'y penser. Po sauta dans l'eau, jusqu'aux chevilles, pas plus, et s'appuya sur le bateau pour éviter un surcroît d'éclaboussures. L'embarcation s'agita un peu, forcément ; Horace se pencha alors dans le sens contraire du tangage et l'annula, sans mouvements inutiles, sans même s'en apercevoir. Une minute plus tard, on tirait la proue sur le rivage — sableux, celui-ci, pas vaseux comme de l'autre côté — et on l'attachait à un arbre. La corde parut à Alvin vieille et pourrie, mais lorsqu'il envoya sa bestiole à l'intérieur pour vérifier, il acquit l'assurance qu'elle restait encore assez solide pour retenir la barque contre les secousses de la rivière sur la poupe.

Ce ne fut qu'une fois terminées toutes les tâches familières qu'Horace se présenta devant Alvin à la façon de la milice sur la place du village, les épaules au carré et les yeux fixés sur lui. « Eh ben, asteure, Al, m'est avis que c'est à toi d'nous montrer l'chemin.

— On a donc pas à suivre leurs traces ? demanda Po.

— Alvin connaît où ils sont, fit Horace.

— Ben, c'est-y pas beau, ça, dit Po. Est-ce qu'il connaît aussi s'ils ont leurs fusils pointés sus nos têtes ?

— Oui », fit Alvin. A son ton, il était clair qu'il ne souhaitait plus d'autres questions.

Ça n'était pas assez clair pour Po. « Tu veux dire que ce gars-là est une torche, ou quoi ? C'que j'ai surtout entendu raconter, c'est qu'il avait un talent pour ferrer les ch'vaux. »

C'était l'inconvénient d'avoir amené un troisième larron. Alvin n'avait aucune envie de révéler à Po Doggly ce dont il était capable mais il ne pouvait guère lui annoncer qu'il ne lui faisait pas confiance.

Ce fut Horace qui vint à sa rescousse. « Po, faut que j'te dise, Alvin a aucun rôle dans l'affaire d'as'soir.

— A moi, y m'semble qu'il a l'rôle principal.

— J'te l'dis, Po, quand on racontera cette histoire, y avait qu'toi et moi et on est tombés par adon sus les pisteux qu'étaient endormis, tu m'suis ? »

Po plissa le front, puis hocha la tête. « Dis-moi, mon gars. J'connais pas l'talent que t'as, mais t'es chrétien ? J'demande même pas qu'tu soyes méthodisse.

— Oui, m'sieur, fit Alvin. J'suis chrétien, m'est avis. J'crois à la Bible.

— Bon, dit Po. C'est jusse que j'tiens pas à m'trouver engagé dans une affaire du djab'.

— Pas avec moi, fit Alvin.

— Alors ça va. C'est mieux si j'connais pas c'que tu fais, Al. Mais fais ben attention que j'soye pas tué à cause de ça. »

Alvin tendit la main. Po la serra et sourit. « Vous autres, forgerons, z'avez la force d'un ours.

— Moi ? fit Alvin. Qu'un ours me barre le ch'min et j'te l'aplatis comme un carcajou à coups de poing sus la caboche.

— Ça m'plaît quand tu fais l'fanfaron, mon gars. »

Après une pause, Alvin les conduisit en remontant le fil qui le reliait à Arthur Stuart.

Ça n'était pas très loin, mais il leur fallut une heure en coupant à travers bois dans le noir — les arbres avaient toutes leurs feuilles et le clair de lune parvenait difficilement jusqu'au sol. Sans Alvin et son sens de la forêt alentour, ils auraient mis trois fois plus de temps et fait dix fois plus de bruit.

Ils trouvèrent les pisteurs endormis dans une clairière ; un feu se mourait entre eux. Le pisteur aux cheveux blancs était pelotonné sur son couchage. Le brun avait dû prendre le tour de garde, il ronflait à tout va, adossé contre un arbre. Leurs chevaux dormaient à quelque distance. Alvin arrêta ses compagnons pour les empêcher de trop s'approcher et de déranger les bêtes.

Arthur Stuart était parfaitement éveillé ; assis, il contemplait le feu.

Alvin attendit une minute, cherchant comment il allait s'y prendre. Il se demandait de quoi étaient capables les pisteurs. Pouvaient-ils retrouver des lambeaux de peau desséchée, des cheveux tombés, quelque chose comme ça, et s'en servir pour faire une nouvelle capsule ? On ne savait jamais, ça ne serait pas prudent de transformer Arthur sur place ; pas plus qu'il ne serait très malin de se précipiter dans la clairière où ils risquaient de laisser des petits bouts d'eux-mêmes, preuves qu'ils avaient enlevé Arthur.

Aussi, à distance, Alvin pénétra-t-il dans le fer des menottes et fendit-il chacune des quatre parties qui se séparèrent pour tomber aussitôt par terre en cliquetant. Le bruit troubla les chevaux ; ils hennirent légèrement, mais les pisteurs continuèrent de dormir comme des bienheureux. Quant à Arthur, il ne lui fallut pas une seconde pour comprendre ce qui se passait. Il bondit tout de suite sur ses pieds et chercha Alvin des yeux autour de la clairière, à la lisière du bois.

Alvin siffla, essayant de reproduire le chant du cardinal, l'oiseau rouge. Question chant d'oiseau, c'était plutôt mal imité, mais Arthur l'entendit et sut qu'il s'agissait d'Alvin qui l'appelait. Sans perdre un instant, sans se poser de questions, il plongea directement dans la forêt ; moins de cinq minutes plus tard, guidé par plusieurs autres sifflements approximatifs, il se retrouvait devant Alvin.

Bien sûr, Arthur Stuart voulut se jeter dans ses bras, mais Alvin leva la main. « Touche personne ni rien, chuchota-t-il. Faut que j'change quèque chose en toi, Arthur Stuart, pour qu'les pisteux te rattrapent plus.

— J'veux bien, fit Arthur.

— J'ai peur d'laisser la moindre trace de c'que t'étais avant. T'as des cheveux, des bouts de peau, tout ça, partout dans ton linge. Alors déshabille-toi. »

Arthur Stuart n'hésita pas. Un instant plus tard, ses vêtements gisaient en tas à ses pieds.

« Je m'excuse, j'y connais rien là-d'dans, fit Po, mais si tu laisses ce linge comme ça icitte, les pisteux vont voir qu'Arthur est v'nu d'ce côté, et ça indique le nord aussi sûrement que si on avait peint une grande flèche blanche par terre.

— M'est avis qu'vous avez raison, reconnut Alvin.

— Alors, Arthur a qu'à les amener jusqu'à la rivière et les j'ter dans l'courant, dit Horace.

— Seulement, faites bien attention à pas l'toucher ni rien, recommanda Alvin. Arthur, toi, tu ramasses ton linge et tu nous suis lentement et bien comme il faut. Si tu t'perds, pousse le cri de l'oiseau rouge et j'te répondrai pareil jusqu'à c'que tu nous r'trouves.

— J'connaissais que t'allais venir, Alvin, dit Arthur Stuart. Toi aussi, poupa.

— Et les pisteux d'même, fit Horace. J'aurais pourtant bien aimé qu'on arrange ça, mais ils vont pas dormir éternellement.

— Hé, attendez une minute », dit Alvin. Il renvoya sa bestiole dans les menottes et rapprocha les morceaux, les recolla, ressouda le fer comme s'il avait été moulé tel quel. Elles reposaient maintenant par terre, intactes, bien refermées, sans rien révéler de la façon dont le gamin s'était libéré.

« Ça m'étonnerait qu'tu soyes après leur casser les pattes ou une affaire dans l'genre, Alvin, fit Horace.

— Il peut faire ça ? D'icitte ? demanda Po.

— J'fais pas des choses pareilles, dit Alvin. Ce qu'on veut, c'est qu'les pisteux arrêtent de chercher un drôle qu'existe plus pour eux autres.

— Ben sûr, ç'a du sens, mais j'aime bien l'idée des pisteux avec les jambes cassées », dit Horace.

Alvin sourit et s'enfonça dans la forêt, avançant à dessein lentement et en faisant assez de bruit pour que les autres puissent le suivre dans la pénombre ; s'il avait voulu, il aurait pu se déplacer comme un homme rouge entre les arbres, en silence, sans laisser aucun effluve de son passage susceptible d'être remonté.

Ils parvinrent à la rivière et s'arrêtèrent. Alvin ne voulait pas qu'Arthur embarque dans son enveloppe charnelle présente, en semant des traces partout. S'il devait le transformer, c'était ici.

« Jette ton linge, mon gars, dit Horace. Aussi loin qu'tu peux. »

Arthur avança d'un ou deux pas dans l'eau. Alors Alvin eut peur car, en regardant avec son œil intérieur, il eut l'impression que l'enfant, fait de lumière, d'air et de terre, devenu soudain une partie de lui-même, disparaissait dans les ténèbres de la rivière. L'eau ne leur avait cependant fait aucun mal à l'aller, et Alvin se dit qu'elle pourrait même s'avérer utile.

Arthur Stuart lança son paquet de linge dans l'Hio. Le courant n'était pas très fort; ils regardèrent les vêtements tourner paresseusement et descendre vers l'aval en se dispersant peu à peu. Arthur ne bougeait pas, dans l'eau jusqu'aux fesses, il regardait lui aussi les vêtements. Non, il ne les regardait pas... il ne tourna pas la tête d'un pouce lorsqu'ils dérivèrent loin sur la gauche. Il fixait la rive nord, celle de la liberté.

« J'ai déjà v'nu icitte, dit-il. J'connais ce bateau.

— Ça s'pourrait, dit Horace. T'étais pourtant un brin jeune pour t'en rappeler. Po et moi, on a aidé ta maman à monter dans ce bateau-là. C'est ma fille Peggy qui te t'nait quand on a abordé de l'aut' côté.

— Ma sœur Peggy », fit Arthur. Il se retourna et regarda Horace, comme s'il s'agissait d'une question qu'il posait.

« M'est avis qu'oui », dit Horace pour toute réponse.

« Reste où t'es, Arthur Stuart, dit Alvin. Quand j'vais te transformer, j'vais être forcé de l'faire entièrement, en dedans et au-dehors. Vaut mieux qu'ça s'passe dans l'eau, elle emportera ton ancienne peau où sera inscrit c'que t'étais avant.

— Tu vas m'virer en Blanc ? demanda Arthur Stuart.

— Tu peux faire ça ? lança Po Doggly.

— J'connais pas tout c'qui va changer, dit Alvin. Mais j'espère que tu t'retrouveras pas blanc. Ça serait comme te voler la part que ta maman t'a donnée.

— Les garçons blancs, ils en font pas des esclaves, dit Arthur Stuart.

— En tout cas, ils vont pas faire un esclave du p'tit sang-mêlé que j'vois là, dit Alvin. Pas si j'peux l'empêcher. Alors tu bouges pas, tu te tiens bien tranquille et tu m'laisses réfléchir. »

Tout le monde s'immobilisa, les hommes et le gamin, tandis qu'Alvin étudiait Arthur de l'intérieur et trouvait l'infime marque distinctive dans chacun de ses éléments vivants.

Il savait qu'il ne pouvait pas la modifier comme ça, de gré ou de force, vu qu'il comprenait mal ce qu'elle représentait. Il savait seulement que ça faisait d'une certaine façon partie de la personnalité d'Arthur, et on ne change pas ces choses-là. Peut-être qu'en changeant ce qu'il ne fallait pas, il allait le rendre aveugle, tourner son sang en eau de pluie, n'importe quoi. Comment deviner ?

C'est en voyant le fil qui les reliait toujours, de cœur à cœur, qu'Alvin trouva son idée ; en le voyant et en se rappelant ce que l'oiseau rouge avait dit par la bouche d'Arthur Stuart : « Le Faiseur, c'est celui qui fait partie de ce qu'il crée. » Alvin se dépouilla de sa chemise, entra dans la rivière et s'agenouilla dans l'eau froide qui lui tournoyait doucement autour de la taille, pour mettre ses yeux au niveau de ceux de l'enfant. Puis il tendit les bras, l'attira contre lui et l'y maintint, poitrine contre poitrine, mains sur les épaules.

« J'croyais qu'on devait pas toucher l'gamin, dit Po.

— Tais-toi donc, maudit couillon, lui lança Horace Guester. Alvin connaît ce qu'il fait. »

Si seulement c'était vrai, songea Alvin. Mais au moins, il avait une idée et c'était mieux que rien. Maintenant que leurs deux peaux vivantes se pressaient l'une contre l'autre, il pouvait comparer la marque intime d'Arthur avec la sienne. Dans l'ensemble, elles étaient pareilles, exactement pareilles, et Alvin en vint à se dire : C'est cette part commune qui fait de nous des humains plutôt que des vaches, des grenouilles, des cochons ou des poulets. Cette part-là, je ne vais pas me risquer à la changer d'un poil.

Le reste, d'accord. Mais pas n'importe comment. A quoi bon le sauver si je le colore en jaune vif, si je le rends idiot, ou je ne sais quoi encore ?

Alvin fit donc la seule chose qui lui paraissait sensée. Il modifia des éléments de la marque d'Arthur à l'image de la sienne. Il ne modifia pas *tout* ce qui était différent — il n'y en avait pas tant que ça, en fait. Seulement un peu. Mais ce peu-là suffisait pour qu'Arthur Stuart cesse d'être complètement lui-même et devienne en partie Alvin. Ce qu'il accomplissait lui paraissait terrible et merveilleux à la fois.

Combien ? Combien devait-il modifier avant que les pisteurs ne reconnaissent plus le jeune garçon ? Sûrement pas tout. Ça devait certainement suffire comme ça, il avait assez changé d'éléments. Il n'existait aucun moyen de savoir. Tout ce qu'il pouvait faire, c'était une estimation à vue de nez ; il jugea donc que ça suffisait et il en resta là.

Ce n'était qu'un début, bien entendu. Il se mit ensuite à changer toutes les autres marques sur le modèle de la première, chaque petite partie vivante d'Arthur, une à une, aussi vite qu'il pouvait. Des dizaines, des centaines; chaque nouvelle marque qu'il trouvait, il la modifiait à l'image des précédentes.

Des centaines, et encore des centaines, et pourtant il n'avait rectifié qu'une infime surface de peau sur la poitrine d'Arthur. Comment espérer transformer tout le corps du gamin en allant aussi lentement ?

« Ça fait mal », murmura Arthur.

Alvin s'écarta de lui. « Je cherche pas à t'faire mal, Arthur Stuart. »

Arthur baissa les yeux sur sa poitrine. « Icitte, là », dit-il, touchant l'endroit dont Alvin s'était occupé.

Alvin regarda à la lumière de la lune et constata effectivement que la chair y semblait enflée, différente, plus sombre. Il regarda encore, mais pas avec ses yeux, pour s'apercevoir que le reste du corps attaquait cette partie qu'il avait modifiée et se dépêchait de la tuer petit à petit.

Evidemment. Il espérait quoi ? La marque, c'était le moyen qu'avait le corps de se reconnaître; voilà pourquoi toutes ses parties vivantes la renfermaient en elles. Quand elle manquait, le corps savait qu'il devait y avoir un mal, une erreur, et il le tuait. N'était-ce pas assez embêtant comme ça que la transformation d'Arthur prenne autant de temps ? Alvin comprit alors que ça ne servirait à rien de vouloir le transformer; plus il le changerait, plus il le rendrait malade et plus le corps chercherait à se tuer jusqu'à ce que le gamin meure ou rejette les parties modifiées.

C'est ce que disait la vieille histoire de Mot-pour-mot : on essaye d'édifier un mur si grand que le temps d'arriver à la moitié de l'ouvrage, les premières briques tombent déjà en poussière. Comment bâtir le mur s'il s'écroule plus vite qu'on ne le monte ?

« J'arrive pas, dit Alvin. J'essaye de faire ce qu'est impossible.

— Eh ben, dans ce cas-là, dit Po Doggly, j'espère que tu connais comment voler, par rapport que c'est l'seul moyen qui t'reste d'emmener l'drôle au Canada avant qu'les pisteux t'rattrapent.

— J'arrive pas, répéta Alvin.

— T'es seulement fatigué, dit Horace. On va s'taire, comme ça tu pourras réfléchir.

— Ça s'ra pas mieux, fit Alvin.

— Ma mouman, elle volait », dit Arthur Stuart.

Alvin soupira d'impatience. Toujours la même histoire qui revenait.

« C'est vrai, je t'assure, dit Horace. 'tite Peggy me l'a dit. La jeune esclave noire, elle a tripatouillé avec d'la cendre, des plumes de merle et tout, et puis elle a volé directement jusqu'icitte. C'est ça qui l'a tuée. J'ai pas pu l'croire la première fois quand j'ai compris qu'le drôle s'en rappelait, et on a jamais causé d'ça dans l'espoir qu'il oublierait. Mais je m'en vais te dire, Alvin, ça serait une grande honte que c'te fille soye morte pour qu'tu nous laisses tomber sus c'te même écore d'la rivière sept ans après. »

Alvin ferma les yeux. « Taisez-vous, j'réfléchis, lâcha-t-il.

— C'est justement c'que j'ai dit qu'on allait faire, répliqua Horace.

— Ben fais-le, alors », dit Po Doggly.

Alvin les entendait à peine. Il regardait à nouveau à l'intérieur du corps d'Arthur, dans la portion de peau qu'il avait changée. La nouvelle marque n'était pas mauvaise en elle-même, et la peau transformée ne tombait malade et ne mourait que là où elle touchait celle qui contenait l'ancienne. Tout irait bien pour Arthur si Alvin parvenait à le changer en une seule fois plutôt que petit bout par petit bout.

Comme le fil, qui était venu d'un coup lorsqu'il y avait pensé, qu'il avait visualisé d'où il partait, où il se terminait et de quoi il était fait. Tous ses atomes avaient trouvé leur place en même temps. A la manière de Po Doggly et Horace Guester qui s'accordaient tout de suite ensemble, chacun accomplissant sa tâche tout en tenant compte de ce que faisait l'autre.

Mais le fil, c'était simple, facile. Là, c'était dur, comme changer de l'eau en vin plutôt que du fer en or, ainsi qu'il l'avait dit à mademoiselle Larner.

Non, je dois m'y prendre autrement. Pour créer le fil, j'ai indiqué à chaque atome son apparence et sa place, parce que tous étaient vivants et prêts à m'obéir. Mais à l'intérieur du corps d'Arthur, je n'ai pas affaire à des atomes, j'ai affaire à ces petits éléments qui ont chacun leur vie propre. Peut-être même est-ce la marque qui leur donne vie, et peut-être pourrais-je leur indiquer à tous leur apparence ; au lieu de déplacer chacune de ses parties dans un seul élément à la fois, je leur dirais seulement à tous : Je vous veux comme ça, et ce serait fait.

A peine la pensée lui était-elle venue qu'il la mit à exécution. Il s'imagina parler à toutes les marques de la peau d'Arthur Stuart, sur l'ensemble de sa poitrine, toutes en même temps ; il leur montra la configuration qu'il avait en tête, une configuration si compliquée qu'il ne la comprenait pas lui-même ; il savait seulement qu'elle répétait celle des marques contenues dans la surface de peau qu'il avait transformée par étapes successives. Et dès qu'il la leur montra, dès qu'il leur ordonna : Je vous veux comme ça ! Voici le modèle ! elles se modifièrent. Toute la peau du torse d'Arthur Stuart changea d'un coup.

Arthur sursauta, puis hurla de douleur. Ce qui n'avait été qu'un élancement dans un morceau de peau lui envahissait à présent le reste de la poitrine.

« Fais-moi confiance, dit Alvin. Asteure j'vais t'changer, pour sûr, et t'auras plus mal. Mais je m'en vais l'faire sous l'eau, comme ça la vieille peau sera tout d'suite emportée. Bouche-toi l'nez ! Retiens ton souffle ! »

Arthur Stuart haletait de souffrance, mais il fit comme disait Alvin. Il se pinça le nez de la main droite, puis il prit sa respiration et ferma la bouche. Alvin, de la main gauche, lui saisit aussitôt le poignet, passa la droite derrière le gamin et l'enfonça sous l'eau. A cet instant, Alvin gardait en tête le corps entier d'Arthur, il voyait toutes les marques, non pas une par une mais dans leur ensemble ; il leur montra le modèle à suivre, la nouvelle marque, et pensa cette fois les mots si fort que ses lèvres les formèrent. « Voici le modèle ! Je vous veux comme ça ! »

Il ne sentit pas le changement avec ses mains — le corps d'Arthur ne subit pas de transformation telle que ses sens normaux puissent la percevoir. Mais il le vit néanmoins, d'un seul coup, en une fraction de seconde, dans chaque marque du corps du gamin, de ses organes, de ses muscles, de son sang, de son cerveau ; même ses cheveux changèrent, chacune des parties qui se rattachaient à lui. Quant à ce qui ne s'y rattachait pas et qui ne changea pas, l'eau l'enleva et l'emporta.

Alvin s'immergea à son tour pour se débarrasser du moindre bout de peau, du moindre cheveu d'Arthur qui auraient pu s'accrocher à lui. Puis il se releva et sortit l'enfant de l'eau dans un même mouvement. Il émergea dégoulinant de gouttes d'eau comme des embruns de perles froides au clair de lune. Et resta là, à chercher sa respiration, tremblant de froid.

« Dis-moi qu'le mal a parti, dit Alvin.

— Est parti, le corrigea Arthur comme le faisait toujours mademoiselle Larner. Je m'sens bien. Sauf que j'ai froid. »

Alvin le sortit entièrement de la rivière et le ramena au bord. « Enveloppez-le dans ma chemise et allons-nous en d'icitte. »

Ce qu'ils firent. Aucun n'avait remarqué qu'en imitant mademoiselle Larner, Arthur ne s'était pas servi de la voix de l'institutrice.

❄

Peggy ne le remarqua pas non plus, pas tout de suite. Elle était trop occupée à regarder dans la flamme de vie d'Arthur Stuart. Quel changement lorsqu'Alvin avait opéré sa transformation sur l'enfant ! Un changement si subtil qu'elle n'aurait su dire sur quoi Alvin agissait ; pourtant, au moment où Arthur Stuart avait émergé de l'eau, il ne restait plus un seul de ses anciens chemins, plus un seul de ceux qui le menaient dans le Sud en esclavage. Quant aux nouveaux chemins, tous les nouveaux avenirs que la transformation lui avait ouverts… ils offraient des possibilités tellement ahurissantes !

Tout le temps qu'il fallut à Horace, Po et Alvin pour refaire traverser l'Hio à Arthur, puis les bois jusqu'à la forge, Peggy le passa exclusivement à explorer la flamme de vie du jeune sang-mêlé, à étudier des potentialités que le monde n'avait encore jamais connues. Il y avait un nouveau Faiseur à circuler dans le pays ; Arthur était le premier être qu'il avait touché, et tout était différent. Du reste, la plupart des avenirs d'Arthur étaient inextricablement liés à Alvin. Peggy vit des voyages extraordinaires ; sur l'un des chemins, une traversée vers l'Europe où Arthur Stuart se tenait auprès d'Alvin devant qui s'inclinait le nouveau saint-empereur Napoléon ; sur un autre, un périple jusqu'à une étrange nation insulaire, loin vers le sud, où les hommes rouges passaient toute leur existence sur des nattes d'algues ; sur un autre, une incursion triomphale dans les terres à l'ouest où les Rouges acclamaient en Alvin le grand unificateur de toutes les races et lui ouvraient leur dernier refuge, si grande était leur foi en lui. Et toujours à ses côtés se trouvait Arthur Stuart, le petit sang-mêlé, en qui on avait désormais toute confiance, désormais doté d'un peu du pouvoir du Faiseur.

La plupart des chemins s'ouvraient sur l'arrivée des trois hommes qui amenaient Arthur Stuart à la resserre, aussi ne fut-elle pas surprise quand ils frappèrent à la porte.

« M'zelle Larner », appela doucement Alvin.

Elle avait la tête ailleurs ; la réalité offrait beaucoup moins d'intérêt que les avenirs révélés dans la flamme de vie d'Arthur Stuart. Elle ouvrit la porte. Ils étaient là, Arthur toujours enveloppé dans la chemise d'Alvin.

« On l'a ram'né, dit Horace.

— Je vois. » Elle en était évidemment heureuse, mais son ton de voix n'en montra rien. Au contraire, il donnait à entendre qu'elle était occupée, qu'on la dérangeait, qu'on l'ennuyait. Ce qui était vrai. Allez-y, voulait-elle dire. Je sais déjà ce que vous allez me raconter, par l'intermédiaire d'Arthur qui l'a entendu, alors allez-y, qu'on en finisse, et laissez-moi retourner explorer l'avenir de cet enfant. Mais bien entendu, il lui fallait garder ses réflexions pour elle si elle tenait à rester dans la peau de mademoiselle Larner.

« Ils le r'trouveront pas, dit Alvin, tant qu'ils le verront pas de leurs yeux, pour de vrai. Quèque chose… Leur capsule, l'est pus bonne à rien.

— Elle n'est plus bonne à rien, dit Peggy.

— C'est ça, fit Alvin. On est v'nus pour… nous sommes venus pour… C'est possible de le laisser chez vous ? Cette maison-là, m'zelle, je l'ai protégée avec tellement de charmes qu'ils penseront… qu'ils ne penseront même pas à y entrer tant que vous garderez la porte fermée.

— Vous n'avez donc pas d'autres vêtements à lui mettre que cette chemise ? Il s'est mouillé… Vous voulez qu'il attrape froid ?

— Il fait bon, as'soir, dit Horace, et on veut pas aller quérir des vêtements à l'auberge. On va attendre qu'les pisteux s'en reviennent, abandonnent leurs recherches et s'en repartent.

— Très bien, dit Peggy.

— Vaudrait mieux s'remettre à nos ouvrages, dit Po Doggly. Faut que je m'en retourne chez le docteur Physicker.

— Et moi, j'ai dit à la Peg que j'étais au village, alors j'ferais bien de m'y rendre », dit Horace.

Alvin parla tout net à Peggy. « J'serai à la forge, m'zelle Larner. S'il arrive quèque chose, criez, dans les dix secondes j'aurai monté la colline.

— Merci. Maintenant… s'il te plaît, retourne t'occuper de tes affaires. »

Elle referma la porte. Elle n'avait pas eu l'intention de se montrer aussi abrupte. Mais toute une nouvelle série d'avenirs s'offrait à ses investigations. En dehors d'elle, personne n'avait jamais eu autant d'importance pour la tâche d'Alvin qu'allait en avoir Arthur. Peut-être que le même phénomène se produirait avec tous ceux qu'Alvin toucherait et changerait ; peut-être transformerait-il, en tant que Faiseur, tous ceux qu'il aimait, jusqu'à ce qu'ils partagent avec lui ses heures de gloire, jusqu'à ce qu'ils contemplent le monde à travers les murs grossissants de la Cité de Cristal et observent toutes choses telles que Dieu devait sûrement les voir.

Un coup frappé à la porte. Elle ouvrit.

« D'abord, dit Alvin, évitez d'ouvrir la porte sans connaître qui c'est.

— Je savais que c'était toi », fit-elle. A la vérité, elle n'en savait rien. Elle n'avait même pas réfléchi.

« Ensuite, j'suis resté pour vous écouter verrouiller, mais j'aurais pu attendre longtemps.

— Navrée, dit-elle. J'ai oublié.

— On s'est donné beaucoup d'mal pour sauver ce drôle ce soir, m'zelle Larner. Asteure, tout dépend d'vous. Seulement jusqu'à tant qu'les pisteux s'en repartent.

— Oui, je sais. » Elle était vraiment désolée et laissa percer son regret dans sa voix.

« Alors, bonne nuit. »

Il restait là, à attendre. Attendre quoi ?

Ah, oui. Qu'elle ferme la porte.

Elle la ferma, la verrouilla puis revint à Arthur Stuart et l'étreignit jusqu'à ce qu'il se débatte pour se dégager. « Tu es sauvé, dit-elle.

— Ben tiens, répondit-il. On s'est donné beaucoup d'mal pour sauver ce drôle ce soir, m'zelle Larner. »

Elle l'écouta et comprit que quelque chose n'allait pas. De quoi s'agissait-il ? Ah, oui, bien sûr. Alvin venait juste de dire cette phrase. Mais qu'y avait-il de bizarre là-dedans ? Arthur Stuart imitait tout le temps les gens.

Il les imitait tout le temps. Mais cette fois-ci, Arthur Stuart s'était servi de sa propre voix, non de celle d'Alvin. Elle ne l'avait jamais vu agir ainsi. Elle croyait que c'était là son talent, qu'il était un imitateur naturel au point de ne même pas s'apercevoir de ce qu'il faisait.

« Epelle cigale, lui demanda-t-elle.

— C.I.G.A.L.E. », répondit-il. Pas avec la voix de l'institutrice mais avec la sienne à lui.

« Arthur Stuart, chuchota-t-elle. Qu'est-ce qui ne va pas ?

— Y a rien qui va pas, m'zelle Larner, dit-il. J'suis chez moi. »

Il ne savait pas. Il n'avait rien remarqué. N'ayant jamais compris quel parfait imitateur il avait été, il ne se rendait maintenant pas compte que son talent était parti. Il avait toujours la mémoire quasi parfaite de ce que les autres disaient, les mots étaient toujours là. Mais les voix avaient disparu ; ne subsistait que la sienne, celle d'un enfant de sept ans.

Elle l'étreignit encore, plus brièvement. Elle comprenait, à présent. Aussi longtemps qu'Arthur Stuart serait resté lui-même, les pisteurs auraient pu le retrouver et l'emmener en esclavage dans le Sud. La seule façon de le sauver, c'était de le faire cesser d'être totalement lui-même. Alvin ne savait pas, bien sûr, qu'en sauvant Arthur il le privait de son talent, du moins en partie. Pour prix de sa liberté, Arthur n'était plus tout à fait Arthur. Alvin l'avait-il compris, lui ?

« J'suis fatigué, m'zelle Larner, dit-il.

— Oui, évidemment. Tu peux dormir ici, dans mon lit. Retire-moi cette chemise sale et grimpe sous les couvertures ; tu seras au chaud et en sécurité pour la nuit. »

Il hésitait. Elle regarda dans sa flamme de vie et vit pourquoi ; en souriant, elle lui tourna le dos. Elle entendit un froissement de tissu, un grincement de ressorts et le bruissement d'un petit corps se glissant entre les draps du lit. Puis elle lui refit face, se pencha au-dessus de sa tête posée sur l'oreiller et l'embrassa légèrement sur la joue.

« Bonne nuit, Arthur, dit-elle.

— Bonne nuit », murmura-t-il.

Un instant plus tard, il dormait. Elle s'assit à son bureau et remonta la mèche de sa lampe. Elle allait lire un peu en attendant le retour des pisteurs. Quelque chose pour la calmer le temps qu'ils arrivent.

Mais non, rien à faire. Les mots étaient là, sur la page, mais leur sens lui échappait. Lisait-elle Descartes ou le Deutéronome ? Peu importait. Elle ne pouvait se détacher de la nouvelle flamme de vie d'Arthur. Bien entendu, tous les chemins de son existence avaient changé. Il n'était plus la même personne. Non, ce n'était pas tout à fait exact. Il restait toujours Arthur. Principalement Arthur.

Presque Arthur. Presque celui d'autrefois. Mais pas vraiment.

Cela en valait-il la peine ? Perdre une partie de ce qu'il avait été afin de vivre libre ? Sa nouvelle personnalité était peut-être supérieure à l'ancienne ; mais l'ancien Arthur Stuart avait disparu désormais, définitivement, encore plus sûrement que s'il était parti dans le Sud pour passer le reste de sa vie dans les tourments de l'esclavage, son séjour à Hatrack réduit à l'état de souvenir, puis de rêve, puis d'histoire mythique qu'il aurait racontée aux petits gamins noirs dans les années précédant sa mort.

Idiote ! s'injuria-t-elle intérieurement. Personne ne reste le même aujourd'hui qu'hier. Personne ne garde un corps toujours jeune, un cœur toujours ingénu ou une tête toujours vide. La vie en esclavage l'aurait bien davantage transformé — déformé — que les légères modifications d'Alvin. Arthur Stuart était sûrement davantage lui-même maintenant qu'il ne l'aurait été en Appalachie. D'ailleurs, elle avait vu tous les avenirs sombres contenus jadis dans sa flamme de vie, le goût du fouet, le soleil abrutissant qui lui cognait dessus durant les travaux des champs ou la corde qui l'attendait sur les nombreux chemins où il participait à une révolte d'esclaves, quand il n'en prenait pas la tête et massacrait au lit des dizaines de Blancs. Arthur Stuart était trop jeune pour comprendre ce qui lui arrivait ; mais s'il avait été plus âgé, s'il avait pu choisir, Peggy ne doutait pas qu'il aurait opté pour le genre d'avenir qu'Alvin venait de lui rendre possible.

D'une certaine manière, il avait perdu un peu de lui-même, un peu de son talent et donc un peu des choix qui auraient pu se présenter dans sa vie. Mais en les perdant, il y gagnait tellement plus de liberté, tellement plus de puissance qu'il était largement bénéficiaire dans l'affaire.

Pourtant, en repensant à sa figure rayonnante quand il lui épelait des mots de sa voix de mademoiselle Larner, elle ne put se retenir de verser quelques larmes de regret.

XIX

Le soc de charrue

Les pisteurs se réveillèrent peu de temps après que les sauveteurs d'Arthur Stuart lui eurent fait repasser la rivière.

« R'garde-moi ça. Les menottes sont toujours fermées. Du bon fer, bien solide.

— Pas grave. Ils ont d'bons charmes pour endormir et pour s'libérer des chaînes, mais ils connaissent donc pas qu'nous autres, les pisteux, on r'trouve toujours un marronneux quand on a éventé not' gibier ? »

A les voir, on les aurait dits contents de l'évasion d'Arthur Stuart. A la vérité, ces gars-là appréciaient une bonne traque, adoraient montrer aux gens qu'on ne pouvait pas se débarrasser d'un pisteur. Et si jamais il leur arrivait de lâcher une poignée de grenaille de plomb dans un ventre avant la fin de la chasse, ma foi, c'était dans l'ordre des choses, non ? Comme des chiens sur la voie d'un cerf perdant son sang.

Ils suivirent la piste d'Arthur Stuart à travers bois jusqu'à la berge de la rivière. Leurs mines joyeuses s'assombrirent alors brusquement d'un front soucieux. Ils levèrent les yeux et regardèrent de l'autre côté de l'eau, cherchèrent les flammes de vie d'humains encore dehors à cette heure de la nuit, quand tous les honnêtes gens étaient censés dormir. Le pisteur aux cheveux blancs, lui, ne voyait pas assez loin ; mais le brun dit : « J'en aperçois quèques-uns qui s'promènent et quèques autres qui bougent pas. On va r'prendre la piste à Hatrack River. »

❄

Alvin tint le soc de charrue entre ses mains. Il se savait capable de le changer complètement en or; il avait vu assez d'or dans sa vie pour en connaître la configuration, il pouvait donc montrer aux éléments du fer à quoi se conformer. Mais il savait aussi que ce n'était pas de l'or ordinaire qu'il voulait. Il serait trop mou, et aussi froid que du vulgaire caillou. Non, il voulait quelque chose de nouveau, non pas de l'or obtenu à partir de fer comme un alchimiste pourrait en rêver, mais un or vivant, un or en mesure de garder sa forme et sa force mieux que le fer, mieux que l'acier le plus résistant. De l'or éveillé, conscient du monde alentour... Un soc qui connaîtrait la terre qu'il fendrait pour l'exposer aux feux du soleil.

Un soc d'or qui connaîtrait un homme, en qui cet homme aurait confiance, de la même façon que Po Doggly connaissait Horace Guester et qu'ils se faisaient confiance l'un l'autre. Un soc qui n'aurait pas besoin d'un bœuf pour le tirer, ni de renfort de poids pour l'enfoncer plus profond dans le sol. Un soc qui saurait quel terrain est riche et lequel est pauvre. Une sorte d'or qu'on n'avait encore jamais vue au monde, tout comme le monde n'avait encore jamais vu de lien aussi ténu et invisible que celui qu'Alvin avait filé aujourd'hui entre Arthur Stuart et lui.

Il se mit donc à genoux, gardant en tête la configuration de l'or. « J'te veux comme ça », chuchota-t-il au fer.

Il sentit les particules affluer de partout autour du soc pour se joindre à celles déjà présentes dans le métal et constituer des éléments beaucoup plus lourds, se positionner de différentes manières jusqu'à correspondre au modèle qu'il leur montrait en pensée.

Entre les mains il tenait un soc d'or. Il passa les doigts dessus. De l'or, oui, d'un jaune éclatant à la lumière du feu de la forge, mais toujours mort, toujours froid. Comment lui apprendre la vie? Pas en lui montrant le modèle de sa propre chair; ce genre de vie, le soc n'en avait pas besoin. C'étaient les atomes mêmes qu'Alvin voulait éveiller, pour leur montrer la différence entre ce qu'ils étaient et ce qu'ils pouvaient être. Pour allumer en eux le feu de la vie.

Le feu de la vie. Alvin souleva le soc d'or — bien plus lourd à présent — et, malgré la chaleur du feu mourant, il le déposa dans la forge, au milieu des braises de charbon de bois.

❄

Ils étaient à nouveau en selle, les pisteurs, ils remontaient calmement au pas la route de Hatrack River, regardaient dans toutes les maisons, huttes et cabanes en brandissant la capsule pour la comparer avec les flammes de vie qu'ils y découvraient. Mais aucune ne correspondait, ils ne reconnurent personne. Ils passèrent devant la forge et aperçurent une flamme de vie qui brûlait dedans, mais il ne s'agissait pas du petit marronneur sang-mêlé. Ce devait être le forgeron qui avait fabriqué les menottes, sûrement.

« Ça m'plairait d'lui trouer la peau, souffla le pisteur brun. J'connais qu'il a mis ce charme dans les menottes, il s'est arrangé pour que l'drôle arrive à s'en échapper.

— On aura l'temps pour ça après qu'on aura trouvé le p'tit moricaud », dit celui aux cheveux blancs.

Ils virent deux flammes de vie brûler dans l'ancienne resserre, mais aucune ne coïncidait avec le contenu de la capsule, aussi s'en furent-ils plus loin chercher un enfant qu'ils reconnaîtraient.

❋

Le feu avait maintenant gagné l'intérieur de l'or, mais il n'avait pas d'autre effet que de le fondre. Ça n'allait pas du tout ; c'était de la vie que le soc avait besoin, pas de la mort du métal dans le feu. Il garda la forme du soc dans sa tête et la montra aussi clairement que possible à chacun des éléments de métal ; cria silencieusement à chaque atome : « Ça suffit pas d'vous mettre en ordre pour prendre la forme de l'or, faut aussi garder la forme de tout l'soc, même dans l'feu, même si une autre force veut vous écraser, vous déchirer, vous fondre ou vous mutiler. »

Il sentit qu'il était entendu : il y eut une réaction dans l'or, réaction contre l'écoulement du métal qui se liquéfiait. Mais elle manquait de force, elle manquait d'assurance. Sans réfléchir, Alvin plongea les mains dans le feu et empoigna l'or, lui montrant la forme du soc, lui criant du fond du cœur : « Comme ça ! J'te veux comme ça ! Voilà ce que t'es ! » Oh, la brûlure lui faisait horriblement mal, mais il savait qu'il devait laisser ses mains où elles étaient, car le Faiseur fait partie de ce qu'il crée. Les atomes l'entendirent et se disposèrent selon des configurations auxquelles Alvin n'avait même jamais songé, mais le résultat en fut que l'or absorbait maintenant la chaleur du feu sans fondre, sans se déformer. C'était fait ; le soc ne vivait pas vraiment, pas comme Alvin l'aurait voulu, mais il pouvait séjourner dans la forge sans se liquéfier. L'or était davantage que de l'or à présent. C'était de l'or qui se savait soc de charrue et tenait à le rester.

Alvin retira ses mains du soc et vit des flammes qui lui dansaient toujours sur la peau, une peau carbonisée par endroits, qui se détachait de l'os. Dans un silence de mort, il les immergea dans la barrique d'eau et entendit le grésillement sur sa chair du feu qui s'éteignait. Puis, avant que la douleur ne revienne en force, il entreprit de se guérir et se dépouilla de la peau morte pour en faire pousser une neuve.

Immobile, affaibli par les efforts que son corps devait fournir pour lui reconstituer les mains, Alvin regardait dans le feu. Le soc d'or y reposait, conscient de sa forme, à laquelle il se tenait, mais ça ne suffisait pas à le rendre vivant. Il lui fallait savoir à quoi servait un soc. Savoir pourquoi il vivait afin de répondre à ce qu'on attendait de lui. Etre Faiseur, c'était ça, Alvin en avait la certitude maintenant; voilà ce que l'oiseau rouge était venu lui dire trois ans plus tôt. Ça n'avait rien à voir avec le travail du menuisier ou du forgeron qui coupent, tordent ou fondent pour imposer de nouvelles formes aux choses. C'était plus subtil et plus fort : pousser les choses à *vouloir* changer, leur donner l'idée d'une nouvelle forme pour qu'elles la prennent naturellement. Alvin faisait ça depuis des années sans le savoir. Quand il pensait seulement trouver les fissures naturelles dans la roche, en fait il les créait; en imaginant leur position qu'il montrait aux atomes contenus dans les éléments des morceaux de roche, il leur apprenait à vouloir se conformer au modèle qu'il leur proposait.

C'est ce qu'il avait fait aujourd'hui avec ce soc de charrue, mais délibérément, non par accident; et il avait appris à l'or à gagner en force, à mieux conserver sa forme que tout ce qu'il avait créé à ce jour. Mais comment lui apprendre davantage, lui apprendre à agir, à se mouvoir ? On n'avait jamais appris ça à l'or.

Au fond de lui, il savait que ce soc d'or n'était pas le vrai problème. Le vrai problème, c'était la Cité de Cristal; là, les matériaux ne seraient pas de simples atomes dans une structure de métal. Les atomes d'une ville, ce sont des hommes et des femmes, et eux ne croient pas à la forme qu'on leur indique avec la foi naïve des atomes, ils ne comprennent pas aussi clairement, et quand ils agissent, ils n'ont jamais leur perfection. Mais si je peux instruire cet or pour en faire un soc de charrue vivant, alors j'arriverai peut-être à créer une cité de cristal à partir d'hommes et de femmes ; je trouverai peut-être des gens aussi parfaits que ces atomes d'or, qui parviendront à comprendre la forme de la Cité de Cristal et à l'aimer comme je l'ai aimée dès l'instant où je l'ai vue en montant avec Tenskwa-Tawa à l'intérieur de la tornade. Alors, ils ne garderont pas seulement cette forme, mais ils la feront aussi agir, ils feront de la Cité de Cristal quelque chose de vivant, bien plus grand, bien plus important que chacun d'entre nous qui serons ses atomes.

Le Faiseur, c'est celui qui fait partie de ce qu'il crée.

Alvin courut au soufflet et pompa jusqu'à ce que le charbon de bois de la forge rougeoie dans une fournaise qui aurait forcé n'importe quel forgeron à sortir respirer l'air nocturne en attendant que le feu se calme. Mais pas Alvin. Au contraire, il s'avança sans hésiter vers la forge et grimpa carrément dans le brasier, au milieu des flammes. Il sentit ses vêtements brûler sur sa peau mais n'y prêta aucune attention. Il se lova autour du soc et entreprit de se guérir lui-même, non pas petit à petit, une partie après l'autre, mais en ordonnant à tout son corps d'un coup : « Reste en vie ! Transmets au soc ce feu qui te brûle ! »

En même temps, il disait au soc : « Fais comme moi ! Vis ! Apprends auprès de tous mes éléments vivants à quoi sert chaque partie du corps et comment elle remplit sa fonction. J'peux pas t'montrer quelle forme prendre ni comment y arriver, je l'ignore. Mais j'peux t'montrer à quoi ça ressemble d'être en vie, par la douleur qu'endure mon corps, par sa guérison, par son combat contre la mort. J'te veux comme ça ! Même si ça te coûte, même si c'est dur d'apprendre, ça, c'est toi, deviens comme moi ! »

L'opération lui parut durer une éternité ; tremblant au milieu des flammes, son corps luttait contre la chaleur, cherchait à la canaliser comme une rivière canalise l'eau, afin de la déverser dans l'océan de feu doré du soc. Et à l'intérieur du soc, les atomes se démenaient pour exécuter ce que leur avait demandé Alvin, soucieux de lui obéir quoiqu'ignorants de la marche à suivre. Mais l'appel qu'il leur avait lancé était puissant, trop puissant pour qu'ils ne l'entendent pas ; et il y avait davantage que le simple fait de l'entendre. Comme s'ils reconnaissaient qu'il voulait leur bien. Ils lui faisaient confiance, ils tenaient à devenir le soc de charrue vivant dont il rêvait ; alors, dans un million de poussières de temps si infimes qu'une seconde leur paraissait une éternité, ils essayèrent d'une façon, essayèrent de l'autre, jusqu'à ce que, quelque part dans la lame d'or, une nouvelle configuration apparaisse, qui se savait vivante exactement comme le voulait Alvin. En un instant, la configuration envahit le soc. Il vivait.

Il vivait. Alvin sentit contre son corps replié bouger le soc qui s'ancra dans les braises avant de les trancher, les labourer comme s'il s'agissait d'un champ. Et parce que ce champ était stérile, incapable de porter la vie, le soc remonta aussitôt et se dégagea du feu pour gagner le pourtour de la forge. Il s'était déplacé parce qu'il avait décidé de se trouver ailleurs puis de s'y rendre ; arrivé au bord, il bascula et tomba par terre.

Au supplice, Alvin roula hors du feu et tomba lui aussi, pour s'écraser à son tour sur le sol froid de l'atelier. Maintenant qu'il n'était plus dans la fournaise, son corps gagnait la bataille contre la mort de sa chair, il guérissait comme il avait appris à le faire, sans qu'on ait besoin de le lui dire, de le diriger. Deviens toi-même, tel avait été l'ordre d'Alvin, et la marque de chaque élément vivant de son organisme s'était donc conformée au modèle qu'elle contenait, jusqu'à ce que le corps retrouve son intégrité et sa perfection, fasse peau neuve, sans cals ni brûlures.

Ce qu'il ne pouvait éliminer, c'était le souvenir de la douleur et la faiblesse due aux efforts physiques fournis. Mais il s'en moquait. Tout faible qu'il était, il avait le cœur joyeux car le soc qui reposait par terre à côté de lui était de l'or vivant, non parce qu'il l'avait fait ainsi mais parce qu'il lui avait appris à se faire tout seul.

❄

Les pisteurs ne trouvèrent rien, nulle part dans le village ; pourtant, le pisteur brun ne voyait personne s'enfuir, non, même très loin, à une distance qu'aucun homme ni cheval n'aurait pu atteindre depuis qu'on avait fait évader le gamin. Le petit sang-mêlé avait trouvé un moyen de se cacher d'eux, chose qu'ils savaient parfaitement impossible, mais il n'y avait pas d'autre explication.

Il fallait chercher là où il avait vécu durant toutes ces années. L'auberge, la resserre, la forgerie. Du monde y était encore debout si tard dans la nuit ; pas normal. Il s'approchèrent de l'auberge puis attachèrent les chevaux en bordure de la route. Ils chargèrent leurs fusils de chasse et leurs pistolets avant de repartir à pied. En passant près de l'auberge ils cherchèrent encore, vérifièrent chaque flamme de vie ; aucune ne correspondait à la capsule.

« La maisonnette avec l'institutrice, fit le pisteur aux cheveux blancs. C'est là qu'était l'drôle quand on l'a trouvé l'aut' coup. »

Le pisteur brun regarda dans cette direction. Il ne distinguait pas la resserre à travers les arbres, évidemment, mais ce qu'il cherchait, il le vit quand même, arbres ou pas. « Y en à deux là-d'dans, dit-il.

— Alors c'est p't-être le gamin sang-mêlé, fit l'autre.

— La capsule dit qu'non. » Puis le pisteur brun eut un sourire salace. « Une institutrice célibataire qui vit toute seule, et elle a d'la visite à c't'heure de la nuit ? J'connais l'genre de compagnie qu'elle reçoit, et c'est pas un p'tit sang-mêlé.

— Allons-y voir quand même, dit le pisteur aux cheveux blancs. Si jamais t'as raison, elle ira pas s'plaindre qu'on y a cassé sa porte, sinon on racontera c'qui s'passait là-d'dans quand on est entrés. »

Ce qui les fit bien rire. Puis ils se mirent en route au clair de lune vers le logis de mademoiselle Larner. Ils comptaient donner un coup de pied dans la porte, comme il se doit, et rigoler un bon coup quand l'institutrice se fâcherait et les menacerait.

Le plus drôle, c'est que lorsqu'ils arrivèrent tout près de la maisonnette, ce plan leur sortit proprement de la tête. Ils l'oublièrent tout à fait. Ils se contentèrent de regarder une fois de plus les flammes de vie à l'intérieur pour les comparer avec la capsule.

« Qu'esse qu'on vient faire icitte, sacordjé ? demanda le pisteur aux cheveux blancs. L'gamin est forcément à l'auberge. On *connaît* qu'il est pas icitte !

— J'pense à quèque chose, fit le brun. P't-être qu'ils l'ont tué.

— C'est complètement idiot. Pourquoi l'sauver, dans ce cas-là ?

— Comment tu crois qu'ils se sont débrouillés pour qu'on l'voye pas, alors ?

— L'est à l'auberge. Ils ont un charme qui nous empêche de l'voir, j'gage. Une fois qu'on aura ouvert la bonne porte là-bas, on l'verra, et puis voilà. »

Un bref instant, le pisteur brun songea : « Ben alors, pourquoi on regarderait pas dans la maisonnette de l'institutrice, tant qu'on y est, s'ils ont un charme pareil ? Pourquoi on l'ouvrirait pas, c'te porte-là ? »

Mais sitôt formulée, la pensée s'évanouit ; il ne s'en souvenait plus, il ne se souvenait même pas y avoir pensé. Il repartit au petit trot pour rattraper son compagnon. Le gamin sang-mêlé devait être à l'auberge, pour sûr.

❄

Elle aperçut leurs flammes de vie, évidemment, lorsqu'ils s'approchèrent de sa maisonnette, mais Peggy n'eut pas peur. Elle avait exploré la flamme d'Arthur pendant tout ce temps et n'y avait découvert aucun chemin où ils le capturaient. L'avenir d'Arthur recelait bien des dangers — elle avait vu cela — mais aucun mal ne lui arriverait cette nuit. Aussi ne prêta-t-elle que peu d'attention aux deux hommes. Elle sut qu'ils décidaient de repartir ; que le pisteur brun songeait à entrer ; que les charmes l'arrêtaient et le repoussaient. Mais c'était Arthur Stuart qu'elle regardait, fouillant les années à venir.

Puis, soudain, elle fut incapable de se retenir plus longtemps. Elle devait le dire à Alvin, lui dire la joie et le chagrin que causait son intervention. Mais comment faire ? Comment lui annoncer que mademoiselle Larner était en réalité une torche qui voyait les millions d'avenirs nouveaux dans la flamme de vie d'Arthur Stuart ? Elle ne supportait pas de garder tout cela pour elle. Elle aurait pu en parler à madame Modesty, des années plus tôt, lorsqu'elle vivait là-bas et n'avait aucun secret pour elle.

C'était folie de descendre à la forge, sachant qu'elle mourait d'envie de dire à Alvin des choses qui supposaient de lui dévoiler sa véritable identité. Mais elle allait sûrement devenir folle si elle restait entre ces murs, seule avec tout ce savoir qu'elle ne pouvait partager.

Alors seulement, elle regarda dans la flamme de vie d'Alvin ; alors seulement, elle vit la terrible souffrance qu'il avait endurée à peine quelques instants plus tôt. Pourquoi n'avait-elle rien remarqué ? Pourquoi n'avait-elle rien vu ? Alvin venait de franchir un seuil, le plus important de son existence ; il avait réellement accompli un grand acte de Faiseur, apporté quelque chose de nouveau au monde, et elle n'avait rien vu. Quand il avait affronté le Défaiseur, alors qu'elle vivait au loin, à Dekane, elle avait assisté à son combat, et aujourd'hui qu'elle se trouvait à deux pas, pourquoi ne s'était-elle pas tournée vers lui ? Pourquoi n'avait-elle rien su de sa souffrance quand il se tordait dans les flammes ?

C'était peut-être la resserre. Une fois déjà, près de dix-neuf ans plus tôt, le jour où Alvin était né, la resserre avait émoussé son talent et l'avait endormie jusqu'à ce qu'il fût presque trop tard. Mais non, ce n'était pas possible, l'eau ne passait plus dans la maisonnette et le feu de la forge était bien plus puissant.

C'était peut-être le Défaiseur lui-même, venu la gêner. Mais elle eut beau fouiller de sa vision de torche, elle ne découvrit aucune ombre louche parmi les couleurs du monde alentour, pas à proximité en tout cas. Rien qui aurait pu la rendre aveugle.

Non, ce devait être la nature de ce que faisait Alvin qui l'avait aveuglée. De même qu'elle n'avait pas vu comment il allait se dépêtrer de son affrontement avec le Défaiseur des années auparavant, de même qu'elle n'avait pas vu comment il allait transformer le jeune Arthur Stuart sur le bord de l'Hio cette nuit, elle n'avait pas vu à quoi il se livrait dans la forge. L'acte particulier de Faiseur qu'il avait accompli là n'appartenait pas aux avenirs perceptibles par son talent.

En irait-il toujours ainsi ? Resterait-elle aveugle quand il accomplirait sa tâche la plus importante ? Elle en conçut de la colère, et aussi de la peur ; à quoi bon mon talent, s'il m'abandonne au moment où il m'est le plus nécessaire ?

Non. Il ne m'a pas été vraiment nécessaire aujourd'hui. Alvin pouvait se passer de moi et de ma vision lorsqu'il est monté dans le feu. Mon talent ne m'a jamais abandonnée quand il m'était vraiment nécessaire. J'éprouve seulement de la frustration.

Bon, maintenant Alvin a besoin de moi, songea-t-elle. Elle descendit la pente avec précaution, en prenant garde où elle mettait les pieds ; la lune était faible, l'obscurité profonde, aussi le sentier était-il traître. Lorsqu'elle passa l'angle de la forgerie, la lumière du brasier qui en sortait et inondait les abords l'éblouit presque ; une lumière si rouge que l'herbe paraissait d'un noir luisant et non verte.

A l'intérieur, Alvin gisait recroquevillé par terre, tourné vers la forge, loin de Peggy.

Il respirait péniblement, par saccades. Endormi ? Non. Il était nu ; il lui fallut un moment pour comprendre que ses vêtements avaient dû brûler sur lui dans la fournaise. Lui n'avait rien remarqué au milieu de ses souffrances et n'en gardait donc pas la mémoire ; voilà pourquoi elle n'avait rien aperçu lorsqu'elle avait cherché des souvenirs dans sa flamme de vie.

Il avait la peau excessivement pâle et lisse. Plus tôt dans la journée, elle l'avait vue brune, hâlée par l'ardeur du soleil et de la forge. Plus tôt dans la journée, elle l'avait vue calleuse, parsemée de cicatrices d'étincelles ou de fer rouge, accidents courants lorsqu'on passe son temps devant le feu. Pourtant, son épiderme était à présent aussi net que celui d'un bébé, et elle ne put se retenir ; elle pénétra dans l'atelier, s'agenouilla près d'Alvin et lui effleura doucement le dos, de l'épaule jusqu'à la bande de chair étroite au-dessus de la hanche. Il avait la peau si douce qu'elle se sentait les mains rudes, comme si elle l'abîmait en la touchant.

Il laissa échapper une longue expiration, un soupir. Elle retira la main.

« Alvin, dit-elle, tu vas bien ? »

Il bougea le bras ; il caressait quelque chose blotti contre lui qu'elle n'avait pas remarqué jusque-là : une tache jaune pâle dans l'ombre double de son corps et de la forge. Un soc de charrue en or.

« L'est vivant », murmura-t-il.

Comme pour lui répondre, elle vit le soc remuer doucement sous sa main.

❄

Bien entendu, ils ne frappèrent pas. A cette heure de la nuit ? Les autres comprendraient tout de suite qu'il ne s'agissait pas d'un voyageur de raccroc mais forcément des pisteurs. Cogner à la porte leur donnerait l'éveil, ils tenteraient d'emmener le gamin ailleurs.

Mais le pisteur brun ne s'embarrassa pas d'essayer le loquet. Il lança le pied et la porte s'abattit à l'intérieur, arrachant du même coup le gond supérieur. Puis, le fusil pointé, il entra prestement et jeta un regard circulaire dans la salle commune. Le feu se mourait dans l'âtre, aussi la lumière était-elle chiche, mais ils se rendirent néanmoins compte qu'il n'y avait personne.

« J'surveille l'escalier, dit le pisteur aux cheveux blancs. Va voir derrière si on cherche pas à s'enfuir par là. »

Le pisteur brun dépassa aussitôt la cuisine et l'escalier pour gagner la porte de derrière qu'il ouvrit à la volée. L'autre était déjà à mi-escalier lorsqu'elle se referma.

Dans la cuisine, la Peg sortit à quatre pattes de dessous la table. Aucun des intrus n'avait pris la peine de s'arrêter à l'entrée de l'office. Elle ignorait qui c'était, bien sûr, mais elle espérait, oui, elle espérait que les pisteurs s'en revenaient en douce parce qu'Arthur Stuart avait trouvé moyen — par quel miracle ? — de s'échapper et qu'ils ne savaient pas où le trouver. Elle ôta ses chaussures et marcha aussi silencieusement que possible de la cuisine à la salle commune, où Horace gardait un fusil chargé au-dessus de la cheminée. Elle leva la main et le décrocha, mais ce faisant elle renversa une bouilloire en fer blanc qu'on avait laissée chauffer près du feu plus tôt dans la soirée. La bouilloire produisit un bruit retentissant ; de l'eau chaude se répandit sur ses pieds nus ; elle ne put s'empêcher de sursauter.

Aussitôt, elle entendit des pas dans l'escalier. Ignorant sa douleur, elle courut au bas des marches, juste à temps pour voir descendre le pisteur aux cheveux blancs. Il avait un fusil de chasse braqué droit sur elle. De toute sa vie, elle n'avait jamais tiré sur un être humain, mais elle n'hésita pas une seconde. Elle pressa la détente ; le fusil lui recula dans le ventre, lui coupa le souffle et la rejeta contre le mur à côté de la porte de la cuisine. Elle y prit à peine garde. Tout ce qu'elle voyait, c'était le pisteur, toujours debout, dont la figure se détendait jusqu'à paraître aussi stupide qu'une vache. Puis des fleurs rouges s'épanouirent sur le devant de sa chemise, et il s'écroula à la renverse.

Tu ne voleras plus jamais d'enfant à sa maman, se dit la Peg. Tu n'emmèneras plus jamais de force un autre Noir pour qu'il passe sa vie à baisser la tête sous les coups de fouet. Je t'ai tué, pisteur, et je crois que le Seigneur s'en réjouit. Mais même si je vais en enfer pour ça, je suis bien contente.

Toute à le regarder, elle ne remarqua pas que la porte de derrière restait entrouverte, retenue par le canon de fusil du pisteur brun, pointé dans sa direction.

❄

Alvin tenait tellement à dire à Peggy ce qu'il avait accompli qu'il ne prêta guère attention à sa nudité. Elle lui tendit le tablier de cuir qui pendait à un crochet du mur, et il le passa par habitude, sans réfléchir. Elle l'écoutait à peine parler ; ce qu'il racontait, elle le savait déjà par sa flamme de vie. Mais elle le regardait, songeuse. Le voici Faiseur désormais, en partie grâce à ce que je lui ai appris. J'en ai peut-être terminé à présent, je vais peut-être vivre ma propre vie ; mais peut-être que non, peut-être n'en suis-je qu'au début et vais-je maintenant pouvoir le traiter en homme, non plus en élève ni en pupille. Alvin semblait irradier d'un feu intérieur et, à chaque pas qu'il faisait, le soc réagissait, non pas en le suivant ni en se mettant dans ses jambes mais en glissant sur une trajectoire qui évoquait une orbite autour de son créateur, assez loin pour ne pas le gêner, assez près cependant pour lui servir en cas de besoin ; comme s'il faisait partie d'Alvin sans lui être attaché.

« Je sais, dit Peggy. Je comprends. Tu es un Faiseur à présent.

— C'est plusse que ça ! s'écria-t-il. C'est la Cité de Cristal. J'connais comment la construire, asteure, m'zelle Larner. Comprenez, la ville, c'est pas les tours de cristal que j'ai vues ; la ville, c'est l'monde qu'y a d'dans, et si j'veux la construire, faut que j'trouve les genses qui doivent y habiter, des genses aussi vaillants et loyaux qu'ce soc, des genses qui en ont assez rêvé eux aussi pour vouloir la bâtir et qui continueront d'la bâtir même si j'suis pas là. Vous comprenez, m'zelle Larner ? La Cité de Cristal, c'est pas un ouvrage pour un seul Faiseur. C'est une cité de Faiseurs ; faut que j'trouve toutes sortes de genses et que j'arrive à en faire des Faiseurs. »

Elle sut en l'entendant que c'était effectivement la tâche pour laquelle il était né — et l'œuvre qui lui briserait le cœur. « Oui, dit-elle. C'est vrai. Je le sais. » Et rien n'y fit, elle ne put prendre la voix de mademoiselle Larner, calme, froide et distante. Elle resta elle-même, exprima sincèrement ses sentiments. Elle se consumait à l'intérieur du feu qu'Alvin y avait allumé.

« V'nez avec moi, m'zelle Larner, dit Alvin. Vous connaissez tant d'choses et vous m'apprenez si bien… J'ai b'soin d'votre aide. »

Non, Alvin, pas ces mots-là. Pour ces mots-là je te suivrai, oui, mais prononce les autres, ceux que je désire tellement entendre. « Comment puis-je t'apprendre ce que tu es seul à savoir faire ? lui demanda-t-elle, s'efforçant de parler d'une voix calme et mesurée.

— Mais c'est pas seulement pour m'apprendre, ça j'peux l'faire tout seul. C'que j'ai fait c'te nuit, c'est si dur… J'ai b'soin d'vous avoir avec moi. » Il avança d'un pas vers l'institutrice. A son tour, le soc d'or glissa sur le sol vers elle, puis derrière elle ; s'il marquait la limite extérieure de l'influence d'Alvin, alors elle se trouvait à présent bel et bien incluse dans le vaste cercle.

« Tu as besoin de moi pour quoi faire ? » demanda Peggy. Elle refusait de regarder dans sa flamme de vie, refusait de voir s'il existait une chance ou non qu'il puisse un jour... Non, elle refusait même de s'avouer ce qu'elle désirait en ce moment, de peur de découvrir la chose impossible, découvrir qu'elle ne se produirait jamais, que cette nuit tous ces chemins-là s'étaient pour quelque raison irrémédiablement fermés. En vérité, s'aperçut-elle, c'était l'un des motifs qui l'avaient poussée à explorer si longuement les nouveaux avenirs d'Arthur; il allait être si proche d'Alvin qu'à travers ses yeux elle voyait une bonne partie de son grand et terrible avenir, sans jamais savoir ce qu'elle aurait appris en explorant directement la flamme de vie du jeune homme ; la flamme d'Alvin lui aurait montré si, dans ses nombreux avenirs, il s'en trouvait un où il l'aimait, l'épousait et lui plaçait entre les bras son corps tendre et parfait pour lui donner et recevoir d'elle ce présent que les amants sont seuls à partager.

« V'nez avec moi, répéta-t-il. J'imagine même pas continuer sans vous, m'zelle Larner. Je... — il rit de lui-même. — j'connais même pas vot' petit nom.

— Margaret, dit-elle.

— J'peux vous appeler comme ça ? Margaret... vous viendrez avec moi ? J'connais qu'vous êtes pas c'que vous paraissez, mais j'me fiche de l'air que vous avez par en dessous tous vos charmes. J'sens qu'vous êtes la seule personne qui m'connaît tel que j'suis vraiment et je... »

Il cherchait ses mots. Elle attendait qu'il les prononce.

« J'vous aime, lâcha-t-il. Quand bien même vous m'prenez pour un gamin. »

Elle lui aurait peut-être répondu. Elle lui aurait peut-être dit qu'elle savait qu'il était un homme et qu'elle était la seule femme capable de l'aimer sans l'idolâtrer, la seule véritable compagne possible pour lui. Mais dans le silence qui suivit ses paroles et avant qu'elle puisse lui répondre, retentit un coup de fusil.

Elle pensa aussitôt à Arthur Stuart, mais il ne lui fallut qu'un instant pour constater que sa flamme brillait paisiblement ; il dormait, plus haut dans sa maisonnette. Non, la détonation venait de plus loin. Elle projeta sa vision de torche jusqu'à l'auberge et, là, découvrit la flamme d'un homme sur le point de mourir ; il regardait une femme debout au pied de l'escalier. C'était sa mère, elle tenait un fusil de chasse.

La flamme de l'homme faiblit, mourut. Peggy regarda aussitôt dans celle de sa mère et vit, derrière ses pensées, ses émotions et ses souvenirs, un million de chemins d'avenir qui se mélangeaient les uns les autres, qui changeaient sous ses yeux pour n'en plus former qu'un seul menant à une seule issue. Un éclair de douleur atroce, puis plus rien.

« Mère ! cria-t-elle. Mère ! »

Le futur devint alors le présent ; la flamme de vie de la Peg s'était éteinte avant que la détonation du second coup de fusil ne parvienne à la forge.

❄

Alvin avait du mal à croire ce qu'il disait pourtant à mademoiselle Larner. Jusqu'à cet instant, avant qu'il ne parle, il ignorait ses sentiments envers elle. Il avait si peur qu'elle se moque de lui, si peur qu'elle lui objecte qu'il était bien trop jeune, qu'avec le temps il s'en remettrait.

Mais au lieu de lui répondre, elle marqua une brève pause, pendant laquelle éclata un coup de feu. Alvin sut tout de suite qu'il provenait de l'auberge ; il remonta le bruit par l'intermédiaire de sa bestiole et en trouva l'origine, un homme mort qu'on ne pouvait déjà plus sauver. Puis, quelques secondes plus tard, un autre coup de feu, et il découvrit alors une autre personne en train de mourir, une femme. Il reconnut ce corps de l'intérieur ; ce n'était pas une étrangère. Ce ne pouvait être que la Peg.

« Mère ! cria mademoiselle Larner. Mère !

— C'est la Peg Guester ! » cria Alvin.

Il vit mademoiselle Larner déchirer le col de sa robe, plonger la main dedans et en sortir les amulettes qui y pendaient. Elle les arracha de son cou en se coupant vilainement sur les ficelles qui se cassaient. Alvin n'en croyait pas ses yeux : une jeune femme, guère plus âgée que lui, et jolie malgré la terreur et le chagrin qui la défiguraient.

« C'est ma mère ! s'écria-t-elle. Alvin, sauve-la ! »

Il ne perdit pas une seconde. Il se rua hors de la forge, courut sans bottes sur l'herbe puis sur la route, indifférent au sol raboteux et aux cailloux qui lui entaillaient la peau toute nouvelle et tendre des pieds. Le tablier de cuir se prenait et s'emmêlait dans ses genoux ; il le releva et le tordit de côté pour ne plus être gêné. Sa bestiole lui avait appris qu'il était déjà trop tard pour sauver la Peg, mais il courait malgré tout, parce qu'il devait essayer, même s'il savait qu'il n'y avait aucune raison pour ça. Puis elle mourut, et il courait toujours parce qu'il rejetait l'idée de ne pas se précipiter où cette brave femme, son amie, gisait morte.

Son amie et la mère de mademoiselle Larner. Ça n'était possible que si elle était la torche enfuie sept ans plus tôt. Mais alors, si elle était la torche exceptionnelle qu'on prétendait dans le pays, pourquoi n'avait-elle pas vu ce qui allait arriver ? Pourquoi n'avait-elle pas regardé dans la flamme de vie de sa mère et prévu sa mort ? Ça n'avait pas de sens.

Il y avait un homme sur la route devant lui. Un homme qui filait de l'auberge vers des chevaux attachés à des arbres un peu plus loin. L'homme qui avait tué la Peg, Alvin le savait et ça lui suffisait. Il accéléra l'allure, courut plus vite qu'il n'avait jamais couru sans puiser ses forces dans la forêt environnante. L'homme l'entendit arriver, peut-être à trente yards de distance, et se retourna.

« Toi, l'forgeron ! lança le pisteur brun. J'suis bien content d'te tirer toi aussi ! »

Il tenait un pistolet à la main ; il fit feu.

Alvin prit la balle dans le ventre. Il ne s'en soucia pas. Son corps se mit aussitôt à réparer les dégâts, mais il n'y aurait pas attaché autrement d'importance s'il s'était vidé de son sang. Il ne ralentit même pas l'allure ; il rentra dans l'homme, le culbuta, lui atterrit dessus et glissa avec lui sur dix pieds en travers de la route. L'homme cria de peur et de douleur. Cet unique cri fut le dernier son qu'il produisit ; dans sa rage, Alvin lui saisit la tête d'une telle poigne qu'un petit coup sec de l'autre main contre la mâchoire suffit à lui briser net le cou en deux. L'homme était déjà mort, mais Alvin s'acharnait à lui cogner la tête à coups de poings jusqu'à ce que ses bras, sa poitrine et son tablier de cuir se couvrent de sang, et que le crâne du pisteur, défoncé, ressemble aux tessons d'une poterie qu'on aurait laissée tomber par terre.

Ensuite, Alvin resta agenouillé sur place, la tête abrutie de fatigue et de colère assouvie. Au bout d'une minute ou à peu près, il se souvint que la Peg gisait toujours sur le sol de l'auberge. Il savait qu'elle était morte, mais où aller ailleurs ? Lentement, il se remit debout.

Il entendit des chevaux s'approcher sur la route du village. A cette heure de la nuit, des coups de feu ne pouvaient annoncer que des ennuis. Des gens venaient voir. Ils allaient trouver le corps du pisteur, ils passeraient à l'auberge. Pas la peine qu'Alvin s'attarde pour les accueillir.

Dans la salle commune, Peggy était déjà agenouillée sur le cadavre de sa mère, secouée de sanglots et essoufflée de sa course jusqu'à l'auberge. Alvin ne fut certain qu'il s'agissait d'elle que par sa robe ; il n'avait aperçu son visage qu'une seule fois, l'espace d'une seconde à la forge. Elle se retourna lorsqu'elle le vit entrer. « Où étais-tu ? Pourquoi ne l'as-tu pas sauvée ? Tu aurais pu la sauver !

— J'aurais jamais pu », répondit Alvin. Elle avait tort de dire des choses pareilles. « Y avait pas l'temps.

— Tu aurais dû regarder ! Tu aurais dû voir ce qui allait arriver ! »

Alvin ne la comprenait pas. « J'peux pas voir c'qui va arriver, dit-il. Ça, c'est vot' talent à vous. »

Elle se mit alors à pleurer ; il ne s'agissait plus de sanglots secs comme au moment où il était entré, mais de hurlements de douleur, profonds et déchirants. Alvin ne savait pas quoi faire.

La porte s'ouvrit derrière lui.

« Peggy, souffla Horace Guester. 'tite Peggy. »

Peggy leva les yeux vers son père, la figure tellement baignée de larmes, déformée et rougie que la reconnaître tenait du prodige. « Je l'ai tuée ! s'écria-t-elle. Je n'aurais jamais dû partir, papa ! Je l'ai tuée ! »

Alors seulement, Horace comprit que c'était le corps de sa femme qui gisait là. Alvin le vit se mettre à trembler, à geindre puis à se lamenter bruyamment, d'une voix aiguë, comme un chien blessé. Il n'avait jamais assisté à un tel chagrin. Mon père a-t-il crié comme ça quand mon frère Vigor est mort ? A-t-il autant gémi quand il nous a crus, Mesure et moi, torturés par les hommes rouges ?

Il avança les bras vers Horace pour le tenir serré par les épaules, puis il le mena jusqu'à Peggy et l'aida à s'agenouiller près d'elle. Tous deux continuaient de pleurer et rien n'indiquait qu'ils avaient chacun conscience de la présence de l'autre. Tout ce qu'ils voyaient, c'était le corps de la Peg étalé par terre ; Alvin était même incapable de dire le martyre qu'ils s'infligeaient en se rendant personnellement responsables de sa mort.

Au bout d'un moment, le shérif entra. Il avait déjà découvert le cadavre du pisteur brun dehors et il ne lui fallut pas longtemps pour comprendre exactement ce qui s'était passé. Il prit Alvin à l'écart. « C'est d'la légitime défense ou je m'y connais pas, lui dit-il, et j'te ferai pas passer une seule minute en prison pour ça. Mais j'te garantis qu'la loi d'Appalachie rigole moins avec la mort d'un pisteux, et l'traité les autorise à monter icitte, à t'attraper et t'ramener là-bas pour te juger. C'que j'te dis, mon gars, c'est qu'tu ferais bien de foutre ton camp dans les deux, trois jours si tu tiens à sauver ta peau.

— J'partais, de toute manière, dit Alvin.

— J'connais pas comment t'as fait ça, dit Pauley Wiseman, mais j'ai dans l'idée que c'te nuit t'as r'pris le p'tit moricaud aux pisteux et qu'tu l'as caché quèque part dans l'coin. J'te préviens, Alvin, quand tu partiras, vaudrait mieux que t'emmènes le drôle avec toi. Emmène-le au Canada. Mais si j'revois sa figure, j'te l'expédie moi-même dans l'Sud. C'est c'gamin qu'est la cause de tout ça; j'en suis malade, une brave Blanche qu'est morte par la faute d'un p'tit sang-mêlé à moitié noir.

— J'vous conseille d'jamais répéter une chose pareille devant moi, Pauley Wiseman. »

Le shérif se contenta de secouer la tête et s'éloigna. « C'est pas normal, fit-il. Pour vous autres, les macaques, c'est comme des genses. » Il se retourna pour faire face à Alvin. « J'me fiche pas mal de c'que tu penses de moi, Alvin Smith, mais j'vous donne, au p'tit moricaud et à toi, une chance de rester en vie. J'espère que t'as assez d'jugeote pour la saisir. Et en attendant, tu pourrais aller m'laver tout ce sang et quérir quèques vêtements à t'mettre sus l'dos.. »

Alvin retourna sur la route. D'autres gens s'en venaient à présent; il ne leur accorda aucune attention. Seul Mock Berry parut comprendre ce qui se passait. Il l'emmena chez lui. Anga le lava et Mock lui donna des vêtements. L'aube était proche lorsqu'Alvin regagna la forge.

Conciliant se tenait assis sur un tabouret dans l'encadrement de la porte, il regardait le soc d'or. Le soc reposait par terre, tranquille comme tout, devant la forge.

« Ça, c'est de l'ouvrage pour passer compagnon, dit Conciliant.

— M'est avis », fit Alvin. Il s'approcha du soc et baissa les bras. Le soc lui bondit carrément dans les mains — il n'était pas lourd du tout à présent

—, mais si Conciliant remarqua qu'il avait sauté de lui-même avant qu'Alvin ne le touche, il n'en dit rien.

« J'ai tout un tas d'ferraille, dit le forgeron. J'te demande même pas de partager d'moitié avec moi. Laisse-moi seulement quèques bricoles quand tu les vireras en or.

— J'vire plus l'fer en or », dit Alvin.

Conciliant se mit en colère. « C'est de l'or, maudit couillon ! C'te soc que t'as fait là, ça veut dire plus jamais avoir faim, plus jamais avoir besoin de travailler, vivre dans l'confort et plus dans c'te maison délabrée là-haut ! Ça veut dire des nouvelles robes pour Gertie et p't-être un costume pour moi ! Ça veut dire l'monde au village qui m'dira bonjour et touchera son chapeau comme pour un gentleman. Ça veut dire rouler en voiture comme le docteur Physicker et aller à Dekane, à Carthage, partout où ça m'chante sans m'inquiéter de combien ça coûte. Et tu m'racontes que tu vas plus faire d'or ? »

Alvin savait que lui expliquer ne servirait à rien, mais il essaya quand même. « C'est pas de l'or ordinaire, m'sieur. C'est un soc qu'est vivant ; j'laisserai personne le fondre pour en faire des pièces de monnaie. A c'que j'crois, même çui qui l'voudrait arriverait pas à l'fondre. Alors r'culez-vous et laissez-moi passer.

— Qu'esse tu vas faire, labourer avec ? Maudit couillon, on pourrait d'venir les rois du monde ensemble ! » Mais lorsqu'Alvin passa son chemin et sortit de la forge, Conciliant abandonna les prières pour les menaces. « C'est mon fer que t'a pris pour faire c'te soc en or ! Cet or m'appartient, à moi ! L'ouvrage de réception revient toujours au maître, sauf s'il le donne au compagnon, et ça, tu peux toujours courir ! Filou ! Tu m'as volé !

— C'est vous qui m'avez volé cinq ans d'ma vie, bien après que j'soye capable d'être compagnon, dit Alvin. Et c'te soc, je l'ai pas fait avec c'que vous m'avez appris. Il est vivant, Conciliant Smith. Il vous appartient pas et il m'appartient pas non plus. Il appartient qu'à lui. Alors j'vais l'poser icitte, par terre, et on verra qui l'aura. »

Alvin le posa sur l'herbe entre eux deux. Puis il se recula de quelques pas. Conciliant en fit un vers le soc. Le soc s'enfonça dans le sol herbeux, puis s'ouvrit un chemin dans la terre et rejoignit Alvin. Lorsqu'Alvin le ramassa, l'or était chaud. Il savait ce que ça voulait dire. « Bonne terre », fit-il. Le soc frémit dans ses mains.

Conciliant restait figé sur place, la peur lui sortait les yeux de la tête. « Seigneur Djeu, mon gars, c'te soc, l'a bougé tout seul.

— J'connais, fit Alvin.

— T'es quoi, mon gars ? L'djab' ?

— J'crois pas. Mais je l'ai p't-être rencontré une fois ou deux.

— File d'icitte ! Prends c'te chose et va-t-en ! J'veux plus jamais r'voir ta goule dans les parages !

— Vous avez mon certificat d'compagnon, dit Alvin. Je l'veux. »

Conciliant mit la main à sa poche, sortit un papier plié et le jeta dans l'herbe devant la forge. Puis il tendit le bras et ferma d'une traction les portes de l'atelier, ce qu'il faisait rarement, même en hiver. Il les ferma complètement et les barricada de l'intérieur. Pauvre imbécile, comme si Alvin ne pouvait pas abattre les murs en une seconde s'il avait vraiment envie d'entrer. Il s'avança et ramassa le papier. Il le déplia et le lut — signé bien comme il faut. Parfaitement légal. Alvin était compagnon.

Le soleil allait poindre quand il se présenta devant la porte de la resserre. Bien sûr, elle était verrouillée, mais verrous et sortilèges ne pouvaient empêcher Alvin de passer, surtout quand c'était lui qui les avait tous installés. Il ouvrit et entra. Arthur Stuart s'étira dans son sommeil. Alvin lui toucha l'épaule, réveilla le gamin. Il s'agenouilla près de son lit et lui raconta presque tous les événements de la nuit. Il lui montra le soc d'or, comment il se déplaçait tout seul. Arthur rit de plaisir. Puis il lui apprit que la femme qu'il avait appelée maman toute sa vie était morte, tuée par les pisteurs, et Arthur pleura.

Mais pas longtemps. Il était trop jeune pour ça. « T'as dit qu'elle en a tuyé un avant d'mouri' ?

— Avec le fusil de ton papa.

— Ça, c'est bien ! » fit le gamin d'un ton si fier qu'Alvin faillit éclater de rire en l'entendant parler ainsi.

« J'ai tué l'autre. Çui qu'avait tiré sus elle. »

Arthur tendit le bras pour prendre la main droite d'Alvin et l'ouvrir. « Tu l'as tuyé avec c'te main-là ? »

Alvin approuva de la tête.

Arthur embrassa la paume ouverte.

« J'aurais guéri la Peg si j'avais pu, dit Alvin. Mais elle est morte trop vite. Même si je m'étais trouvé là une seconde après l'coup, j'aurais pas pu la sauver. »

Arthur Stuart s'approcha, s'accrocha au cou d'Alvin et pleura encore un peu.

❋

Les obsèques de la Peg prirent la journée; on l'enterra sur la colline, auprès de ses filles, de Vigor — le frère d'Alvin — et de la maman d'Arthur trop tôt morte. « Un lieu de repos pour des gens de grand courage », dit Whitley Physicker, et Alvin savait qu'il avait raison, même si le docteur ignorait tout de la jeune esclave marronne.

Alvin nettoya les taches de sang sur le plancher et dans l'escalier de l'auberge, se servant de son talent pour enlever ce que lessive et sable n'arrivaient pas à effacer. C'était le dernier cadeau qu'il pouvait faire à Horace et Peggy. Margaret. Mademoiselle Larner.

« Faut que j'parte, asteure », leur dit-il. Ils étaient assis sur des chaises dans la salle commune de l'auberge, où ils recevaient toute la journée les amis venant offrir leurs condoléances. « J'emmène Arthur dans ma famille à Vigor Church. Il sera à l'abri là-bas. Et après, je m'en irai ailleurs.

— Merci pour tout, dit Horace. T'as été un bon ami pour nous autres. La Peg t'aimait beaucoup. » Puis il fondit à nouveau en larmes.

Alvin lui tapota l'épaule un couple de fois avant d'aller se placer devant Peggy. « Tout c'que j'suis, m'zelle Larner, je vous l'dois. »

Elle fit non de la tête.

« Tout c'que j'vous ai dit, je l'pensais. Je l'pense toujours. »

Elle fit encore non de la tête. Rien d'étonnant. Sa maman était morte avant même de savoir sa fille revenue; alors Alvin ne s'attendait pas à ce qu'elle le suive comme ça. Quelqu'un devait aider Horace Guester à faire marcher l'auberge. C'était compréhensible. Mais ça lui portait un coup au cœur pourtant, parce qu'il savait plus que jamais à quel point c'était vrai : il l'aimait. Mais elle n'était pas pour lui. Une évidence. Elle n'avait jamais été pour lui. Une femme pareille, éduquée, raffinée, belle… elle pouvait être son institutrice mais elle ne l'aimerait jamais comme lui l'aimait.

« Bon, ben, j'crois que j'vais vous dire au revoir », fit-il. Il tendit la main; c'était un peu ridicule de donner une poignée de main à quelqu'un en proie à un tel chagrin, il en avait conscience. Mais il désirait tant la prendre dans ses bras et l'étreindre, comme il avait étreint Arthur Stuart lorsqu'il avait eu de la peine ; une poignée de main, c'était encore ce qu'il avait trouvé de plus approchant.

Elle vit sa main, avança la sienne et la saisit. Non pour échanger une poignée de main, mais pour la tenir, la serrer fort. Il fut pris au dépourvu. Il y repenserait tant de fois dans les mois et les années à venir, à cette main qui lui serrait la sienne avec insistance. Ça voulait peut-être dire qu'elle l'aimait. Ou qu'elle l'appréciait seulement en tant qu'élève, ou qu'elle le remerciait d'avoir vengé la mort de sa maman… Comment savoir l'intention qu'elle mettait dans ce geste ?

Mais il s'accrocherait à ce souvenir, au cas où il signifierait qu'elle l'aimait.

Et il lui fit une promesse tandis qu'elle lui étreignait ainsi la main ; il lui fit une promesse quand bien même il ignorait si elle désirait qu'il la tienne. « Je r'viendrai, dit-il. Et c'que j'ait dit c'te nuit, ça sera toujours vrai. » Il lui fallut tout son courage alors pour l'appeler par le nom qu'elle lui avait permis d'utiliser la veille.

« Djeu soit avec vous, Margaret.

— Que Dieu soit avec toi, Alvin », murmura-t-elle.

Il récupéra ensuite Arthur Stuart qui disait au revoir de son côté et l'entraîna dehors. Ils passèrent derrière l'auberge pour se diriger vers la grange, où Alvin avait caché le soc d'or au fond d'un tonneau de haricots. Il retira le couvercle, tendit la main et le soc remonta, brilla dans la lumière. Alvin le ramassa, l'enveloppa dans une double épaisseur de toile et le rangea dans un sac qu'il se jeta sur l'épaule.

Puis il se mit à genoux et avança le bras comme il le faisait toujours quand il voulait qu'Arthur Stuart lui grimpe sur le dos. Arthur s'exécuta, croyant à un jeu — un gamin de cet âge-là, ça n'a pas de chagrin plus d'une heure ou deux d'affilée. Il se hissa sur le dos d'Alvin, riant et gesticulant.

« C'te fois, ça va être long, Arthur Stuart, dit Alvin. On va jusque chez ma parenté, à Vigor Church.

— On va marcher tout l'chemin ?

— Moi, j'vais marcher. Toi, tu vas t'faire porter.

— Hue donc ! » s'écria Arthur Stuart.

Alvin s'élança au petit trot, mais bientôt il courait à toute allure. Il ne posa jamais le pied sur la route, pourtant. Il préféra couper à travers champs, à travers prés, par-dessus les barrières, et s'enfoncer dans les bois dont il subsistait encore de vastes étendues ici et là dans les Etats de l'Hio et de la Wobbish, entre lui et sa famille. Le chant vert était beaucoup plus faible qu'au temps où les Rouges l'écoutaient seuls. Mais il demeurait encore assez puissant pour qu'Alvin Smith le forgeron l'entende. Il s'abandonna à son rythme et courut à la façon des hommes rouges. Quant à Arthur Stuart… peut-être entendait-il lui aussi un peu du chant vert, suffisamment pour le bercer et l'endormir là, sur son dos. Le monde n'existait plus. Il n'y avait qu'Alvin, Arthur Stuart, le soc d'or… et la terre entière qui chantait autour de lui. Je suis compagnon à la journée maintenant. Et c'est ma première journée.

XX

Le départ de Chicaneau

CHICANEAU PLANTEUR avait à faire en ville. Il enfourcha son cheval de bonne heure par ce beau matin de printemps ; il laissait épouse et esclaves, demeure et terres, sachant qu'il tenait bien tout en main, sous sa seule autorité.

Vers midi, après maintes visites agréables et autant d'affaires heureusement conclues, il fit halte au magasin du receveur des postes. Trois lettres l'y attendaient. Deux étaient de vieux amis, la troisième du révérend Philadelphia Thrower, envoyée de Carthage, capitale de la Wobbish.

Les vieux amis pouvaient patienter. La lettre du révérend donnait sûrement des nouvelles des pisteurs qu'il avait engagés, pourtant il ne voyait pas pourquoi elle venait de Thrower et non des pisteurs eux-mêmes. Il y avait peut-être des ennuis. Peut-être devrait-il monter dans le Nord pour apporter son témoignage, en fin de compte. Bah, s'il le faut j'irai, se dit Chicaneau. J'abandonnerai avec joie les quatre-vingt-dix-neuf brebis, comme l'a dit Jésus, afin de ramener celle qui s'est égarée.

C'étaient de mauvaises nouvelles. Les deux pisteurs morts, ainsi que la femme de l'aubergiste qui prétendait avoir adopté le fils volé de Chicaneau, son premier fils. Bon débarras, se dit-il, et il ne s'apitoya pas une seconde sur le sort des pisteurs ; c'étaient des mercenaires et ils comptaient moins à ses yeux que ses esclaves, puisqu'ils ne lui appartenaient pas. Non, c'est à la lecture des dernières nouvelles, les plus graves, qu'il sentit ses mains trembler et son souffle s'arrêter. L'homme qui avait tué l'un des pisteurs, un apprenti forgeron du nom d'Alvin, il s'était enfui au lieu de passer en jugement… Et il avait emmené avec lui le fils de Chicaneau.

Il m'a pris mon fils. Et le plus affreux dans la lettre de Thrower, c'était ceci : *J'ai connu l'individu Alvin lorsqu'il n'était qu'un enfant et déjà un suppôt du diable. Il est le pire ennemi au monde de notre Ami commun et il détient désormais votre bien le plus précieux. J'aurais aimé vous communiquer de meilleures nouvelles. Je prie pour vous, de crainte qu'on ne convertisse votre fils en un adversaire dangereux et implacable de l'œuvre sacrée de notre Ami.*

Après de telles nouvelles, comment Chicaneau pouvait-il encore vaquer aux affaires qui lui restaient à régler ce jour-là ? Sans un mot au receveur des postes ni à quiconque, il fourra les lettres dans sa poche, sortit, se mit en selle et prit la direction de chez lui. Pendant tout le chemin, son cœur balançait entre rage et peur. Comment ces salauds d'abolitionnistes du Nord avaient-ils pu laisser le pire ennemi du Surveillant lui voler son esclave, son fils, sous leur nez ? J'irai dans le Nord, je les ferai payer, je retrouverai le gamin, je… Puis il pensait tout d'un coup à ce que dirait le Surveillant si jamais Il revenait. Et s'Il me méprisait à présent, s'Il ne revenait plus ? Ou pire, s'Il venait et me reprochait de manquer d'empressement à Le servir ? Ou s'Il me déclarait indigne et m'interdisait de prendre d'autres femmes noires ? Comment vivre autrement qu'à Son service, quel autre sens donner à ma vie ?

Puis à nouveau la rage, une rage terrible, blasphématoire, qui lui faisait crier au plus profond de son âme : O mon Surveillant ! Pourquoi avez-Vous laissé pareil méfait se commettre ? Vous auriez pu l'empêcher d'un seul mot, si Vous êtes réellement le Seigneur !

Puis la terreur : Quelle horreur, douter de la puissance du Surveillant ! Non, pardonne-moi, je suis Ton esclave fidèle, ô Maître ! Pardonne-moi, j'ai tout perdu, pardonne-moi !

Pauvre Chicaneau. Il allait bientôt comprendre ce qu'il en était de tout perdre.

Il arriva chez lui et fit tourner sa monture dans la longue allée montant à la maison, mais comme le soleil tapait dur il resta dans l'ombre des chênes qui bordaient la route au sud. Peut-être que s'il s'était approché au milieu de l'allée on l'aurait aperçu plus tôt. Peut-être alors n'aurait-il pas entendu crier une femme dans la maison à l'instant même où il sortait du couvert des arbres.

« Dolorès ! appela-t-il. Y a quelque chose qui n'va pas ? »

Pas de réponse.

Là, il eut peur. Dans sa tête défilèrent des images de maraudeurs, de voleurs ou autres entrés par effraction chez lui durant son absence. Peut-être avaient-ils déjà tué Sanglade et faisaient-ils maintenant subir le même sort à sa femme. Il éperonna son cheval et fit le tour de la maison à bride abattue pour gagner l'arrière.

Juste à temps pour voir un grand Noir filer par la porte de derrière vers le quartier des esclaves. Il ne le reconnut pas, à cause de son pantalon qu'il n'avait pas enfilé — ni aucun autre vêtement d'ailleurs — mais qu'il tenait comme une bannière qui lui flottait dans la figure pendant qu'il courait vers les cases.

Un Noir sans pantalon qui sort à toutes jambes de ma maison, où une femme a crié. Un instant, Chicaneau fut partagé entre le désir de poursuivre le Noir pour le tuer de ses mains nues et le besoin de monter voir Dolorès, de s'assurer qu'elle allait bien. Etait-il arrivé à temps ? Avait-elle évité la souillure ?

Chicaneau bondit dans l'escalier et ouvrit à la volée la porte de la chambre de sa femme. Dolorès était allongée dans son lit, les couvertures remontées jusque sous le menton, qui le regardait avec des yeux écarquillés et craintifs. « Qu'est-ce qui s'est passé ? s'écria Chicaneau. Tu vas bien ?

— Evidemment, j'vais bien ! répondit-elle sèchement. Qu'esse tu fais à la maison ? »

Ça n'était pas la réponse qu'on attendait d'une femme qui venait de crier d'effroi. « Je t'ai entendue appeler, dit-il. Tu ne m'as donc pas entendu répondre ?

— J'entends tout d'ici, dit Dolorès. Je n'ai rien d'autre à faire dans la vie que d'rester allongée et d'écouter. J'entends tout ce qui s'dit dans cette maison et tout ce qui s'fait. Oui, je t'ai entendu appeler. Mais ce n'est pas à moi que tu répondais. »

Chicaneau était surpris. Elle avait l'air en colère. Elle ne lui avait jamais parlé sur ce ton jusqu'ici. Ces derniers temps elle ne lui avait guère parlé, d'ailleurs : elle était toujours endormie quand il prenait son petit-déjeuner, et leurs repas en commun se passaient dans le silence. Maintenant cette colère… Pourquoi ? Pourquoi maintenant ?

« J'ai vu un homme noir s'enfuir de la maison, dit Chicaneau. Je m'suis dit qu'il t'avait peut-être…

— Il m'avait peut-être quoi ? » Elle avait lancé sa question d'un air goguenard, comme un défi.

— Il t'avait peut-être fait du mal.

— Non, il ne m'a pas fait du *mal.* »

Voilà qu'un soupçon s'insinuait dans l'esprit de Chicaneau, un soupçon si terrible qu'il ne pouvait admettre qu'il lui soit venu. « Il a fait quoi, alors ?

— Eh bien, la même œuvre sacrée que toi, Chicaneau. »

Chicaneau n'avait rien à répondre à ça. Elle savait. Elle savait tout.

« L'été dernier, quand ton ami le révérend Thrower est venu, j'étais ici, dans mon lit, pendant que vous parliez tous les deux.

— Tu dormais. Ta porte était...

— J'ai tout entendu. Chaque mot, le moindre chuchotement. J'vous ai entendus sortir. J'vous ai entendus discuter au petit-déjeuner. Sais-tu que j'ai voulu te tuer ? Des années durant je t'ai pris pour un mari affectionné, à l'image du Christ, et pendant tout ce temps-là tu forniquais avec ces femmes noires. Et puis tu revendais tes propres bébés comme esclaves. Je m'suis dit que tu étais un monstre. Si malfaisant que c'était une abomination de te laisser vivre une minute de plus. Hélas, mes mains étaient incapables de tenir un couteau ou de presser la détente d'un fusil. Alors, dans mon lit, j'ai réfléchi. Et tu sais à quoi j'ai pensé ? »

Chicaneau ne répondait pas. Cette façon qu'elle avait de lui parler, ça ne présageait rien de bon. « Ça n'était pas comme tu dis, c'était un acte sacré.

— C'était de l'adultère !

— J'ai eu une vision !

— Oui, ta vision. Alors très bien, monsieur Chicaneau Planteur, t'as eu une vision comme quoi c'était une bonne chose de faire des bébés à moitié blancs. A ce propos, j'ai une nouvelle pour toi. J'peux faire des bébés à moitié blancs, moi aussi ! »

Tout s'expliquait à présent. « Il t'a violée !

— Il ne m'a pas violée, Chicaneau. C'est moi qui l'ai invité à monter. J'lui ai dit quoi faire. J'lui ai demandé de m'appeler sa renarde et de dire des prières avant et après pour que ce soit un acte aussi sacré que l'tien. On a prié ton maudit Surveillant, mais, je n'sais pas pourquoi, il ne s'est jamais montré.

— Tu n'as pas fait ça.

— Je l'ai fait et refait, à chaque fois que tu t'es absenté de la plantation, tout l'hiver, tout le printemps.

— Je n'le crois pas. Tu mens pour me tourmenter. Tu n'peux pas faire ça... Le docteur a dit... ça t'fait mal.

— Chicaneau, avant que j'apprenne ce que tu commettais avec ces femmes noires, j'croyais connaître la douleur, mais ça n'était rien, tu m'entends ? J'pourrais surmonter cette douleur chaque jour jusqu'à la fin des temps, ce serait encore un jour béni. Je suis enceinte, Chicaneau.

— Il t'a violée. C'est ce qu'on dira à tout l'monde. On l'pendra pour l'exemple et...

— Le pendre, lui ? Il n'y a qu'un violeur dans cette plantation, Chicaneau, et ne crois pas une seconde que je vais m'taire. Si tu portes la main sur le père de mon bébé, j'raconte à tout l'comté ce que tu fais. Je me lèverai dimanche pour le dire à l'église.

— J'ai agi au service de...

— Tu t'figures que les gens vont croire ça ? Pas plus que moi. Le mot qui qualifie ta conduite, ce n'est pas sainteté. C'est concupiscence. Adultère. Luxure. Et quand la nouvelle se répandra, quand mon bébé naîtra noir, ils se retourneront contre toi, tous. Ils te chasseront. »

Chicaneau savait qu'elle avait raison. Personne ne le croirait. Il était ruiné. A moins qu'il ne fasse une chose toute simple.

Il sortit de la chambre. De son lit, elle se moquait de lui, elle le narguait. Il se rendit dans sa propre chambre, décrocha le fusil de chasse du mur, y versa la poudre, le bourra puis enfourna une double charge de plombs avant de tasser bien comme il faut avec une deuxième bourre.

Elle ne riait plus lorsqu'il revint. Au contraire, le visage tourné vers le mur, elle pleurait. Pour les larmes, c'est trop tard, songea-t-il. Elle ne tourna pas la tête vers lui tandis qu'il s'approchait du lit d'un pas décidé et arrachait les couvertures. Elle était aussi nue qu'un poulet plumé.

« Couvre-moi ! pleurnicha-t-elle. Il est parti si vite qu'il ne m'a pas rhabillée. Il fait froid ! Couvre-moi, Chicaneau... »

C'est alors qu'elle vit le fusil.

Ses mains déformées battirent l'air. Son corps se contorsionna. Elle cria de douleur d'avoir voulu bouger si vite. Puis il appuya sur la détente et elle s'affala sur le lit, un dernier soupir s'échappant de la masse informe au sommet de son cou.

Chicaneau retourna dans sa chambre et rechargea le fusil.

Il trouva Gros Goupi tout habillé, qui astiquait la voiture. Le fichu menteur, il croyait pouvoir duper Chicaneau Planteur. Mais Chicaneau ne se fatigua même pas à écouter ses mensonges. « Ta renarde veut qu'tu montes la voir », dit-il.

Gros Goupi ne cessa de nier tout au long du chemin jusqu'à ce qu'il pénètre dans la chambre et voie Dolorès sur le lit. Il chanta alors une autre chanson. « Elle m'a forcé ! Qu'esse que j'pouvais faire, maître ? C'était pareil que vous avec les femmes, maître ! Un esclave noir, il a-t-y l'choix ? Faut obéir, hein ? Comme les femmes avec vous ! »

Chicaneau savait reconnaître le diable quand il l'entendait parler et il ne lui accorda aucune attention. « Déshabille-toi et recommence », dit-il. Gros Goupi hurla, Gros Goupi pleurnicha, mais lorsque Chicaneau lui enfonça son canon dans les côtes, il fit ce qu'on lui demandait. Il ferma les yeux pour ne pas voir les dégâts que le fusil avait causés à Dolorès et fit ce qu'on lui demandait. Alors Chicaneau tira pour la seconde fois.

Quelques instants plus tard, Sanglade arriva du champ à l'autre bout de la plantation, tout en nage d'avoir couru et d'avoir eu peur après les coups de feu. Chicaneau le reçut en bas. « Enfermez les esclaves, Sanglade, ensuite allez m'quérir le shérif. »

Lorsque le shérif se présenta, Chicaneau le conduisit à l'étage et lui montra le tableau. Le shérif pâlit. « Seigneur Dieu, murmura-t-il.

— C'est un meurtre, shérif ? C'est moi qui l'ai commis. Vous m'emmenez en prison ?

— Dame non, fit le shérif. Y a personne qui va appeler ça un meurtre. » Puis il regarda Chicaneau avec une expression qui lui tordit la figure. « Quelle sorte d'homme vous êtes donc, Chicaneau ? »

Un instant, Chicaneau ne comprit pas la question.

« Me laisser voir vot' femme comme ça. J'aimerais mieux mourir plutôt que d'laisser quèqu'un voir ma femme comme ça. »

Le shérif sortit. Sanglade mit les esclaves à nettoyer la chambre.

Il n'y eut de funérailles pour aucun des deux. On les enterra à l'écart, à côté de Salamandy. Chicaneau était quasiment sûr qu'on avait sacrifié quelques poulets au-dessus des tombes, mais désormais il s'en fichait. Il en était à sa dixième bouteille de bourbon et sa dix millième prière chuchotée au Surveillant, qui semblait drôlement distant en un moment pareil.

A peu près une semaine plus tard, peut-être davantage, voilà que s'en revint le shérif, accompagné à la fois du prêtre et du pasteur baptiste. Tous trois de tirer Chicaneau de son sommeil d'ivrogne et de lui montrer une traite de vingt-cinq mille piastres. « Tous vos voisins ont fait une collecte, expliqua le prêtre.

— J'ai pas b'soin d'argent, dit Chicaneau.

— Ils vous rachètent, dit le pasteur.

— La plantation, l'est pas à vendre. »

Le shérif secoua la tête. « Vous y êtes pas, Chicaneau. Ce qui s'est passé icitte, c'était pas bien. Mais d'laisser voir vot' femme comme ça...

— Y a qu'vous à qui je l'ai fait voir.

— Vous êtes pas un gentleman, Chicaneau.

— Il y a aussi la question des jeunes esclaves, dit le pasteur baptiste. Ils semblent avoir la peau remarquablement claire, quand on sait que vos reproducteurs sont noirs comme jais.

— C'est un miracle de Dieu, dit Chicaneau. Le Seigneur éclaircit la race noire. »

Le shérif glissa un papier à Chicaneau. « Voici le transfert de propriété de tous vos biens — esclaves, bâtiments et terrains — à l'ordre d'une société par actions composée de vos anciens voisins. »

Chicaneau lut le papier. « Cet acte dit : *tous les esclaves présents sur le domaine*, fit-il. J'ai des droits sur un p'tit marronneur dans l'Nord.

— On s'occupe pas d'ça. Il est à vous si vous le r'trouvez. J'espère que vous avez remarqué que l'acte stipule aussi de jamais r'venir dans ce comté ni dans ceux d'à côté pour l'restant d'vos jours.

— J'ai lu ça, dit Chicaneau.

— J'vous garantis que si vous manquez à cet arrangement, vot' vie ne vaudra pas lourd. Même un shérif comme moi, consciencieux et dur à l'ouvrage, pourrait pas vous protéger de c'qui arriverait.

— Vous avez dit : pas de menaces, murmura le prêtre.

— Chicaneau a b'soin d'connaître les conséquences, dit le shérif.

— J'reviendrai pas, dit Chicaneau.

— Priez Dieu qu'il vous pardonne, fit le pasteur.

— Comptez-y. » Chicaneau signa le papier.

Le soir même il partait à cheval, une traite de vingt-cinq mille piastres en poche, des vêtements de rechange et des provisions pour une semaine sur une bête de charge qui suivait. Personne ne lui dit au revoir. Les esclaves chantaient des chansons d'allégresse dans les cases derrière lui. Son cheval fertilisa le bout de l'allée. Et Chicaneau n'avait qu'une pensée en tête. Le Surveillant me déteste, sinon rien de tout ça ne serait arrivé. Il n'y a qu'un moyen de regagner Son amour. C'est de trouver cet Alvin Smith, de le tuer et de reprendre mon petit, le dernier esclave qui m'appartienne encore.

Ensuite, ô mon Surveillant, me pardonneras-Tu et guériras-Tu mon âme des horribles blessures que Ton fouet lui a infligées ?

XXI

Alvin compagnon

ALVIN passa tout l'été chez lui, à Vigor Church, et refit connaissance avec sa famille. Les gens avaient changé, et pas qu'un peu : Cally était à présent adulte, Mesure avait femme et enfants, les bessons Econome et Fortuné avaient épousé deux sœurs françaises de Détroit, quant à p'pa et m'man, ils grisonnaient l'un comme l'autre et se déplaçaient plus lentement qu'Alvin ne l'aurait souhaité. Mais certaines caractéristiques restaient les mêmes ; ils débordaient toujours tous de gaieté, tous ceux de la famille, et les ténèbres qui s'étaient abattues sur Vigor Church après le massacre de la Tippy-Canoe, elles s'étaient — comment dire ? — non pas dissipées mais plutôt muées en ombres derrière toutes choses, aussi les événements joyeux de la vie n'en paraissaient-ils par contraste que plus joyeux encore.

Ils se prirent tous aussitôt d'amitié pour Arthur Stuart. Il était si jeune qu'il entendit tous les hommes du village lui raconter l'histoire de la Tippy-Canoe, et sa seule réaction fut de leur raconter à son tour la sienne propre, en réalité un méli-mélo d'histoires : celle de sa vraie maman, celle d'Alvin et celle des pisteurs, dans laquelle sa maman blanche en avait tué un avant de mourir.

Alvin évitait autant que possible de lui corriger ses erreurs. En partie parce qu'il ne voyait pas pourquoi il lui ferait remarquer qu'il se trompait, puisque c'était comme ça qu'il aimait raconter les événements. Et en partie par chagrin, car il se rendait peu à peu compte qu'Arthur Stuart ne parlait plus avec d'autre voix que la sienne. Les gens d'ici ne connaîtraient jamais le plaisir de l'entendre renvoyer leurs voix comme un écho. Même sans ça, ils adoraient entendre causer le gamin parce qu'il se souvenait toujours des mots qu'on avait prononcés, sans en oublier une syllabe. Pourquoi Alvin aurait-il gâché ce qui restait du talent d'Arthur Stuart ?

Alvin se disait aussi que ce qu'il gardait pour lui, nul ne le répèterait jamais. Par exemple, il existait certain paquet de toile que personne n'avait jamais vu ouvert. Il aurait été dangereux de répandre le bruit qu'on avait aperçu un objet en or à Vigor Church ; le village, qui n'avait pas beaucoup de visiteurs depuis le jour funeste du massacre de la Tippy-Canoe, ne tarderait pas à voir débarquer plus de gens qu'il n'en souhaitait, et tous de la pire espèce, qui chercheraient de l'or sans se soucier du mal causé en chemin. Aussi cacha-t-il à tout le monde son soc d'or, et la seule personne à savoir qu'il gardait un secret, ce fut Aliénor, sa peu bavarde de sœur.

Alvin passa la voir au magasin qu'elle et Armure-de-Dieu tenaient sur la place du village depuis toujours, avant même qu'il existât une place du village. Autrefois, c'était le rendez-vous des voyageurs, rouges et blancs, qui venaient de loin pour y trouver des cartes et apprendre les nouvelles, à l'époque où le pays se composait encore essentiellement de forêts, du Mizzipy jusqu'à Dekane. Aujourd'hui, le magasin était toujours achalandé, mais de gens du cru venus acheter ou entendre échos et ragots du monde extérieur. Comme Armure-de-Dieu était le seul adulte de Vigor Church que la malédiction de Tenskwa-Tawa ne concernait pas, il restait le seul à pouvoir sortir facilement pour acheter des marchandises et recueillir des informations qu'il ramenait aux fermiers et commerçants du village. Ce jour-là justement, Armure-de-Dieu était parti pour la ville de Mishy-Waka, où il devait prendre des commandes de verrerie et de porcelaine. Alvin ne trouva donc qu'Aliénor et son aîné, Hector, à tenir boutique.

Il y avait quelques différences avec autrefois. Aliénor, presque aussi versée dans les charmes qu'Alvin, ne se sentait plus obligée de les dissimuler au milieu de motifs de paniers de fleurs suspendus ni parmi des herbes soigneusement disposées dans sa cuisine. Certains sortilèges s'étalaient désormais au grand jour, ce qui signifiait qu'ils y gagnaient beaucoup en efficacité et en puissance. Armure-de-Dieu devait s'être un peu assagi et moins détester les charmes et les pouvoirs occultes. Une bonne chose ; c'était pénible, dans le temps, de voir Aliénor faire semblant d'être ce qu'elle n'était pas et d'ignorer ce qu'elle savait.

« J'ai amené quèque chose, dit Alvin.

— J'vois ça, dit Aliénor. Tout enveloppé dans un sac de toile, ça bouge pas plusse que du caillou, pourtant y m'semble que c'est vivant à l'intérieur.

— T'occupe pas d'ça, dit Alvin. Ce qu'y a là-d'dans, y a que moi qui dois l'voir. »

Aliénor ne posa pas de questions. Elle savait très bien, après ce que venait de dire Alvin, pourquoi il avait apporté son mystérieux paquet. Elle demanda à Hector de servir les clients qui viendraient à entrer, puis entraîna son frère dans la nouvelle réserve où ils entreposaient leurs marchandises, telles qu'une douzaine d'espèces de haricots en tonneaux, de la viande salée en barils, du sucre en cornets de papier, du sel fin en pots hermétiques et des épices en jarres toutes différentes. Elle alla directement au plus rempli des tonneaux de haricots, une espèce mouchetée de vert qu'Alvin n'avait encore jamais vue. « Y a pas une grosse demande pour ces feuves-là, dit-elle. M'est avis qu'on y verra jamais l'fond, à c'tonneau. »

Alvin déposa le soc, enveloppé dans sa toile, sur le dessus des haricots. Puis il incita les haricots à lui ouvrir un passage ; ils s'écoulèrent comme de la mélasse autour du paquet qui sombra directement jusqu'au fond. Il ne demanda même pas à Aliénor de se tourner, vu qu'elle le savait capable de ce genre de prodige depuis tout petit.

« J'connais pas ce qui vit là-d'dans, fit Aliénor, mais ça va pas mourir desséché dans l'fond de c'tonneau, des fois ?

— Ça mourra jamais, dit Alvin, en tout cas pas d'la façon que l'monde vieillit et meurt. »

Aliénor céda juste assez à la curiosité pour dire : « J'voudrais ta promesse que si jamais quelqu'un connaît c'que c'est, je l'connaîtrai aussi. »

Alvin accepta de la tête. C'était une promesse qu'il pouvait tenir. Pour l'instant, il ne savait pas quand ni comment il montrerait ce soc à quelqu'un, mais s'il existait une personne capable de tenir un secret, c'était bien cette taiseuse d'Aliénor.

Il resta donc à Vigor Church, dormant dans son ancienne chambre chez ses parents ; il y resta des semaines, qui le menèrent jusqu'en juillet, et pendant tout ce temps il se montra peu bavard sur ce qu'il avait vécu durant ses sept ans d'apprentissage. A la vérité, il ne parla guère plus qu'il n'était nécessaire. Il se promena dans la région, rendit des visites en compagnie de son père ou de sa mère, sans faire trop d'histoires pour soigner un mal de dents et un os cassé par-ci, une plaie purulente ou une maladie par-là. Il aida au moulin ; il loua ses services dans d'autres fermes pour le travail des champs et de la grange ; il se bâtit une petite forge et pratiqua de menues réparations et soudures, toutes tâches qu'un forgeron peut effectuer sans enclume digne de ce nom. Et tout ce temps-là, il n'ouvrit d'ordinaire la bouche que lorsqu'on lui adressa la parole et n'en dit pas beaucoup plus qu'il n'était nécessaire pour faire son ouvrage et qu'on lui passe à manger à table.

Il n'était pas morose, il riait à des plaisanteries et en racontait même à l'occasion. Il n'était pas austère non plus, et il lui arriva plus d'une fois de descendre l'après-midi sur la place du village pour prouver aux fermiers les plus costauds du pays qu'ils ne faisaient pas le poids dans un corps à corps face à des bras et des épaules de forgeron. Il évitait simplement les bavardages et les discussions et ne racontait jamais rien sur lui-même. Et si vous n'alimentiez pas la conversation, il ne demandait pas mieux que de la laisser retomber dans le silence, absorbé par son ouvrage ou les yeux perdus dans le vague, comme s'il ne se souvenait même plus que vous étiez là.

Certains s'aperçurent bien qu'il ne s'exprimait pas beaucoup, mais il avait été longtemps absent et il ne faut pas s'attendre à ce qu'un gars de dix-neuf ans se comporte comme un gamin de onze. Ils se dirent donc qu'en grandissant il était devenu un homme tranquille.

Mais d'autres ne s'y laissèrent pas tromper. Son père et sa mère en discutèrent entre eux, à plusieurs reprises. « Le p'tit a dû passer par de mauvais moments », avait dit sa mère ; mais son père voyait les choses autrement : « M'est avis qu'il a p't-être passé par de bons et d'mauvais moments, les deux mélangés, comme pour la plupart des genses ; c'est seulement qu'il nous connaît pas 'core assez bien, après être parti sept ans. Faut l'laisser s'habituer à vivre comme un homme dans l'village, plus comme un drôle, et il tardera pas à tellement causer qu'on pourra plus l'arrêter. »

Aliénor, elle aussi, s'aperçut qu'Alvin ne parlait guère, mais comme elle savait en plus qu'il possédait une chose merveilleuse, secrète et vivante cachée dans son tonneau de haricots, elle ne se tracassa pas une seconde de ce qui n'allait pas chez lui. Ainsi répondit-elle à son mari, Armure-de-Dieu, lorsqu'il remarqua qu'apparemment son beau-frère n'adressait pas plus de cinq mots d'affilée à personne : « Il réfléchit dur. Il s'attaque à des problèmes trop compliqués pour nous autres, on peut pas l'aider. Tu verras, il causera beaucoup plusse quand il aura tout compris. »

Et il y avait Mesure, le frère que les Rouges avaient capturé en même temps qu'Alvin; le frère qui avait connu Ta-Kumsaw et Tenskwa-Tawa presque aussi bien que lui. Bien entendu, Mesure avait noté qu'Alvin s'étendait peu sur ses années d'apprentissage. Le moment venu, ce serait sûrement à ce frère que le jeune homme se confierait; c'était naturel, vu la confiance qu'il lui avait longtemps accordée et après tout ce qu'ils avaient vécu ensemble. Mais au début, Alvin se sentit mal à l'aise devant Mesure, à cause de sa femme Delphi; le premier imbécile venu ne pouvait manquer de constater qu'ils supportaient mal d'être séparés de plus de trois pas l'un de l'autre; lui se montrait si délicat et prévenant envers elle, il la cherchait toujours des yeux, se tournait pour lui parler quand elle se trouvait à proximité, essayait de la faire revenir quand elle était partie. Comment savoir s'il y avait toujours place pour Alvin dans le cœur de son frère? Non, même à Mesure, Alvin ne raconterait pas son histoire, pas tout de suite.

Un jour, en plein été, Alvin était aux champs à poser des barrières en compagnie de son cadet Cally, lequel avait désormais atteint sa taille d'homme, aussi grand que son aîné quoique moins massif du dos et des épaules. Tous deux s'étaient loués pour une semaine chez Martin Hill. Alvin se chargeait de fendre le bois — sans jamais recourir à son talent, car il aurait parfaitement pu tailler toutes les traverses rien qu'en leur demandant de s'ouvrir toutes seules. Non, il plaçait son coin et l'enfonçait d'un coup de marteau; son talent ne servait qu'à empêcher les bûches de se fendre de travers et de ne donner des traverses que sur une partie de leur longueur.

Ils avaient dû clôturer à peu près un quart de mille avant qu'Alvin ne s'aperçoive que Cally, bizarrement, ne restait jamais à la traîne. Alvin fendait le bois, et Cally mettait en place poteaux et traverses sans jamais réclamer d'aide pour enfoncer un pieu dans un sol trop dur, trop mou, trop rocailleux ou trop boueux.

Alvin garda donc l'œil sur lui, ou plus exactement se servit de son don pour surveiller son travail, et il constata sans risque d'erreur que Cally possédait un peu de son talent; comme lui-même, bien des années plus tôt, quand il ne comprenait pas la moitié de ce qu'il faisait. Cally trouvait le bon emplacement pour son poteau puis amolissait la terre avant de la raffermir. Alvin se dit que ce n'était pas vraiment réfléchi de la part de son frère. Il se figurait sans doute trouver des emplacements naturellement bons pour y planter un pieu.

C'est ça, songea Alvin. Je sais à présent ce qu'il faut que je fasse : apprendre à quelqu'un d'autre à devenir Faiseur. S'il y a une personne à qui je dois apprendre ça, c'est Cally, vu qu'il a un peu du même talent. Après tout, c'est le septième fils d'un septième fils, comme moi, puisque Vigor vivait encore quand je suis né, mais qu'il était mort depuis longtemps à l'arrivée de Cally.

Sans plus attendre, Alvin se mit donc à parler tout en travaillant et raconta à Cally ce qu'il savait des atomes, qu'on pouvait leur dire comment se disposer et qu'ils obéissaient. C'était la première fois qu'il essayait d'expliquer ça à quelqu'un depuis sa dernière discussion avec mademoiselle Larner — Margaret —, et les mots avaient un goût délicieux dans sa bouche. Voici la tâche pour laquelle je suis né, se dit-il. Expliquer à mon frère comment marche le monde, pour qu'il le comprenne et puisse influer sur lui.

Quelle ne fut pas sa surprise lorsque Cally souleva tout d'un coup un pieu au-dessus de sa tête, très haut, pour le lui envoyer aux pieds. Le pieu atterrit avec une telle force — ou le talent de Cally l'avait si bien détérioré — qu'il se désintégra en petit bois au point de chute. Alvin voyait mal pourquoi, mais Cally écumait manifestement de rage.

« Qu'essé j'ai dit ? demanda Alvin.

— Mon nom, c'est Cal. J'suis plus Cally depuis que j'ai eu dix ans.

— J'connaissais pas, fit Alvin. J'te demande pardon, asteure tu seras Cal pour moi.

— J'suis *rien* pour toi, dit Cal. Tout c'que j'veux, c'est t'voir partir. »

A cet instant seulement, Alvin se rappela que ce n'était pas exactement Cal qui l'avait invité à se joindre à lui pour cette tâche ; c'était Martin Hill qui lui avait demandé de venir. Avant ça, Cal se chargeait tout seul du travail. « J'voulais pas t'prendre ton ouvrage, dit Alvin. Ça m'est pas venu à l'esprit que tu voulais pas d'mon aide, c'est tout. Moi, j'connais que j'avais envie d'être avec toi. »

Apparemment, tout ce que disait Alvin ne réussissait qu'à faire davantage bouillir intérieurement Cal dont la figure était maintenant rouge et dont les poings serrés auraient pu étrangler un serpent. « J'avais ma place icitte, dit Cal. Puis t'es r'venu. Toi et ta belle instruction d'école, toi et tes grands mots. Qui soigne le monde sans même toucher, rien qu'en entrant chez eux et en causant un brin, et quand tu t'en vas ils sont tous guéris de c'qui leur faisait mal... »

Alvin ne savait même pas que les gens avaient remarqué ça. Comme personne n'en avait jamais parlé, il s'était dit qu'ils croyaient à une guérison naturelle. « J'vois pas pourquoi ça te met en colère, Cal. C'est bien d'soigner les genses. »

Brusquement, des larmes roulèrent sur les joues de Cal. « Même quand j'pose les mains sus les choses, j'arrive jamais à les réparer, dit-il. Y a plus personne qui m'demande de l'faire. »

Alvin ne s'était jamais avisé que Cal effectuait peut-être des guérisons, lui aussi. Mais c'était logique. Après le départ d'Alvin, Cal lui avait plus ou moins succédé à Vigor Church, avait repris les mêmes tâches. Comme leurs talents se ressemblaient beaucoup, il était presque parvenu à prendre la place de son frère. Et puis il avait fait des choses dont Alvin ne s'était jamais occupé étant petit, comme passer chez les gens et les soigner du mieux qu'il pouvait. Maintenant, Alvin était revenu, et non seulement il reprenait son ancienne place, mais il surclassait Cal dans ce que personne d'autre n'avait fait avant lui. Il allait devenir quoi, Cal, dans l'histoire ?

« Je m'excuse, dit Al. Mais j'peux t'apprendre. C'est ce que j'me mettais à faire.

— J'ai jamais vu ces p'tits éléments et l'restant dont tu m'causes, fit Cal. J'ai rien compris dans c'que tu m'as dit. P't-être que j'ai pas un talent aussi bon qu'le tien, ou p't-être que j'suis trop bête, tu crois pas ? J'peux pas faire mieux avec les moyens que j'ai. Et pas besoin de m'prouver que j'pourrai jamais t'égaler. Martin Hill t'a demandé pour cet ouvrage-là, par rapport qu'il connaît que tu feras une meilleure barrière. Et toi, t'arrives et tu t'sers même pas de ton talent pour fendre le bois, alors que tu pourrais, tout ça pour me montrer que même sans lui t'es capable de m'battre.

— C'est pas c'que j'voulais, dit Alvin. Seulement j'me sers pas d'mon talent pour...

— Pour du monde aussi bête que moi, fit Cal.

— J'me suis mal débrouillé pour t'expliquer, dit Alvin, mais si tu l'permets, Cal, j'peux t'apprendre à changer l'fer en...

— En or, le coupa Cal d'un ton méprisant. Pour qui tu m'prends ? V'là qu'tu cherches à m'avoir avec des histoires d'alchimisse ! Si t'arrivais à faire ça, tu serais pas r'venu pauvre à la maison. Tu connais, t'étais tout pour moi. Je m'disais : Quand Al va revenir, ça sera comme avant, on jouera et on travaillera tous les deux, on causera tout l'temps, je l'suivrai partout, on fera tout ensemble. Seulement, j'vois que tu m'traites encore en p'tit garçon, tu trouves rien d'autre à m'dire que : "Tiens, v'là une aut' traverse" et "Passe-moi les feuves, s'il te plaît". T'as pris tous les ouvrages qu'on m'donnait d'accoutume, même les plus faciles comme poser une bonne clôture de traverses.

— L'ouvrage est à toi », dit Alvin en mettant son marteau à l'épaule. Inutile d'essayer d'enseigner quoi que ce soit à Cal ; même s'il en était capable, il refuserait d'apprendre de la bouche d'Alvin. « J'ai d'autre ouvrage à faire et j'veux pas t'retenir plus longtemps.

— *T'retenir plus longtemps*, répéta Cal. C'te phrase-là, tu l'as apprise dans un livre ou ben avec c'te maîtresse d'école vieille et moche d'Hatrack River que ton affreux p'tit sang-mêlé est tout l'temps après nous causer ? »

D'entendre ainsi dénigrer mademoiselle Larner et Arthur Stuart, Alvin bouillait intérieurement, surtout qu'il avait effectivement appris l'expression « retenir plus longtemps » auprès de l'institutrice. Mais il ne dit rien qui aurait pu trahir sa colère. Il se contenta de tourner le dos et de repartir le long de la clôture déjà posée. Cal pourrait se servir de son talent et la terminer tout seul ; Alvin se fichait même d'aller toucher le salaire qu'il avait gagné en presque une journée de travail. Il avait la tête ailleurs ; en partie parce qu'il repensait à mademoiselle Larner, mais surtout parce qu'il supportait mal que son frère ait refusé son enseignement. Voilà l'être au monde le plus à même de tout apprendre aussi facilement qu'un bébé apprend à téter, puisqu'il s'agit de son talent naturel, mais il ne veut rien savoir, rien me devoir. Alvin n'aurait jamais cru ça possible : refuser la chance de s'instruire uniquement parce qu'on n'aime pas le professeur.

Mais à la réflexion, n'avait-il pas lui-même détesté aller à l'école de Thrower parce que le révérend tenait toujours à le faire passer pour méchant, malveillant, bête ou n'importe quoi ? Se pouvait-il que Cal le déteste comme lui avait détesté le révérend Thrower ? Il ne comprenait décidément pas la colère de Cal. Il avait moins de motifs que quiconque d'être jaloux d'Alvin puisqu'il pourrait faire presque aussi bien que lui ; et pourtant il était jaloux, pour cette raison-là justement, au point qu'il n'apprendrait jamais, sinon en découvrant tout par lui-même, pas à pas.

A ce train-là, je ne bâtirai jamais la Cité de Cristal parce que je ne serai jamais capable d'apprendre à devenir Faiseur à qui que ce soit.

Ce fut quelques semaines plus tard qu'Alvin se résolut à tenter une nouvelle fois de parler à quelqu'un, pour voir s'il pouvait réellement enseigner l'art du Faiseur. C'était un dimanche, chez Mesure, où Arthur Stuart et lui avaient été invités à déjeuner. La journée était chaude, aussi Delphi avait-elle préparé un repas froid — pain, fromage, jambon salé et dinde fumée —, puis tout le monde était sorti dehors, à l'ombre de la galerie de la cuisine, orientée au nord, pour prendre l'air de l'après-midi.

« Alvin, si j'vous ai invités, Arthur Stuart et toi, c'est que j'avais une raison, dit Mesure. Delphi et moi, on en a déjà discuté et on en a un peu causé aussi à p'pa et m'man.

— Ça doit être joliment grave, s'il vous a fallu toutes ces discussions-là.

— M'est avis qu'non, dit Mesure. C'est que... ben, Arthur Stuart, là, c'est un vaillant p'tit, il travaille dur, et en plus d'ça on s'ennuie pas avec lui. »

Arthur Stuart sourit. « J'dors bien aussi, dit-il.

— Un grand dormeur, fit Mesure. Mais p'pa et m'man sont plus vraiment tout jeunes. J'crois que m'man a ses p'tites manies dans la cuisine.

— Pour ça, oui, soupira Delphi comme si elle était bien placée pour savoir combien dame Miller tenait à ses habitudes.

— Et p'pa, eh ben, il s'fatigue. Quand il rentre du moulin, il faut qu'il s'allonge, il a b'soin de beaucoup d'calme autour de lui. »

Alvin crut deviner où menait la conversation. Peut-être que sa famille n'avait pas les qualités de la Peg Guester ou de Gertie Smith. Peut-être qu'ils n'acceptaient pas qu'un petit sang-mêlé entre sous leur toit ou dans leur cœur. De telles pensées à propos de ses parents l'attristaient, mais il savait déjà qu'il ne contesterait même pas. Arthur Stuart et lui feraient leurs paquets, voilà tout, et prendraient la route vers... nulle part en particulier. Peut-être le Canada. Quelque part où un petit sang-mêlé recevrait un bon accueil.

« Attention, ils m'ont rien dit de tout ça, à moi, fit Mesure. En fait, ça serait plutôt moi qui leur aurais dit. Tu vois, not' maison est un peu trop grande pour nous autres et, avec nos trois drôles, Delphi serait contente d'avoir un p'tit gars de l'âge d'Arthur Stuart pour l'aider à la cuisine comme il le fait déjà.

— J'connais comment faire le pain tout seul, dit Arthur Stuart. J'connais la recette de mouman par cœur. Elle est morte.

— Tu vois ? dit Delphi. S'il fait l'pain tout seul de temps en temps, ou même s'il m'aide seulement à l'pétrir, j'me sentirai moins fatiguée à la fin d'la semaine.

— Et il sera pas long à pouvoir m'donner la main à l'ouvrage des champs, fit Mesure.

— Mais on voudrait pas qu'tu t'figures qu'on cherche à l'prendre comme valet, précisa Delphi.

— Non, non ! fit Mesure. Non, ce serait comme un autre fils, mais plus grand qu'mon aîné Jérémie qu'a seulement trois ans et demi, c'qui fait qu'il est pas encore bon à grand-chose ; enfin, lui, du moins, il cherche pas à toujours se jeter dans la rivière pour s'noyer comme sa sœur Shiphrah… ou comme toi quand t'étais p'tit, en fin de compte. »

Arthur Stuart éclata de rire. « Alvin, une fois l'a failli m'noyer, moi, fit-il. M'a plongé dans l'Hio, tout au fond. »

Alvin avait grand-honte. Pour des tas de raisons. Parce qu'il n'avait jamais tout dit à Mesure sur la façon dont il avait sauvé Arthur Stuart des pisteurs ; parce qu'il avait cru — un instant, pas plus, mais quand même — que Mesure, p'pa et m'man cherchaient à se débarrasser d'un petit sang-mêlé, alors qu'à la vérité ils se chicanaient pour savoir qui devait l'accueillir chez soi.

« C'est à Arthur Stuart d'choisir où il veut rester, à partir du moment où on l'invite, dit Alvin. C'est moi qui l'ai amené chez nous autres, mais j'choisis pas pour lui.

— J'peux rester icitte ? demanda Arthur Stuart. Cal, il m'aime pas beaucoup.

— Cal a ses tracas à lui, dit Mesure, mais il t'aime bien.

— Pourquoi Alvin, il a pas ramené quèque chose d'utile, comme un cheval ? fit Arthur Stuart. Tu manges autant qu'un cheval, mais j'gage que t'arrives même pas à haler un cabriolet à deux roues. »

Mesure et Delphi éclatèrent de rire. Ils savaient qu'Arthur Stuart répétait quelque chose qu'avait dit Cal, mot pour mot. Il le faisait si souvent que maintenant on attendait ça de lui et qu'on s'émerveillait de sa mémoire parfaite. Mais Alvin était triste de l'entendre ; lui savait que quelques mois plus tôt seulement, il l'aurait répété avec la voix de Cal et que même

m'man n'aurait pu deviner sans le voir qu'il ne s'agissait pas de son fils.
« Alvin va rester icitte, lui aussi ? demanda Arthur Stuart.

— Ben, tu vois, on y pensait justement, dit Mesure. Pourquoi tu viendrais pas chez nous autres, toi aussi, Alvin ? On peut t'installer dans la pièce principale pour quèque temps. Et quand l'ouvrage d'été sera fini, on ira réparer notre ancienne cabane ; elle est encore solide, ça fait qu'deux ans qu'on en est partis. T'y seras ben indépendant. M'est avis que t'es trop vieux asteure pour rester dans la maison de ton papa et manger à la table de ta maman. »

Alors ça, Alvin ne l'aurait jamais cru, mais tout d'un coup il sentit les larmes lui emplir les yeux. Peut-être était-ce simplement la joie d'avoir trouvé quelqu'un qui ne le considérait plus comme l'Alvin junior d'autrefois. Ou le fait qu'il s'agissait de Mesure, qui s'occupait de lui comme dans le temps. En tout cas, c'est à ce moment qu'Alvin eut vraiment l'impression d'être rentré chez lui.

« Pour sûr, j'logerai icitte, si vous voulez d'moi, dit-il.

— Eh ben, c'est pas une raison pour pleurer, dit Delphi. J'ai déjà trois p'tits drôles qui braillent à chaque fois que l'idée les prend. J'ai pas envie d'venir te tamponner les yeux et t'essuyer l'nez comme à Keturah.

— Lui, au moins, il porte pas d'couches », dit Mesure, sur quoi il éclata de rire avec Delphi, comme s'ils n'avaient jamais rien entendu d'aussi drôle. Mais en réalité ils riaient de plaisir en voyant l'émotion que suscitait chez Alvin la perspective de venir habiter sous leur toit.

Alvin et Arthur Stuart déménagèrent donc chez Mesure, et Alvin refit connaissance avec son frère préféré. Tout ce qu'il aimait autrefois en lui, il le retrouva dans l'homme, mais il y avait davantage à présent. La tendresse qu'il manifestait envers ses enfants, même après une réprimande ou une fessée. Sa façon de s'occuper de ses terres et de ses bâtiments, de noter tout ce qu'il y avait à faire et de le faire ; jamais une porte ne grinçait deux jours de suite, jamais une bête ne refusait de manger une journée entière sans qu'il s'efforce de comprendre ce qui n'allait pas.

Mais surtout, Alvin retint son attitude à l'égard de Delphi. Elle n'était pas franchement jolie, ni particulièrement laide, d'ailleurs ; elle était corpulente, robuste et riait aussi fort qu'un âne. Mais Alvin nota la manière dont Mesure la regardait, comme devant une vision de rêve. Elle levait les yeux, et il était là qui l'observait, le visage éclairé d'une espèce de sourire béat ;

alors elle riait, ou rougissait, ou détournait la tête, mais ensuite, le temps d'une minute ou deux, elle se déplaçait avec davantage de grâce, elle avait l'air de marcher par moments sur la pointe des pieds, comme si elle dansait ou s'apprêtait à s'envoler. Alvin se demandait alors s'il en viendrait un jour à produire le même effet sur mademoiselle Larner, s'il lui donnerait une telle joie qu'elle ne toucherait presque plus terre.

Et la nuit, allongé dans la pièce commune, Alvin ressentait les moindres frémissements de la maison, il savait sans l'aide de sa bestiole d'où provenaient les grincements doux et lents qu'il entendait; en ces occasions, il se rappelait la dénommée Margaret, la femme que mademoiselle Larner avait cachée en elle durant tant de mois, et il l'imaginait, le visage contre le sien, les lèvres entrouvertes, laissant échapper de sa gorge les tendres cris de plaisir qu'émettait Delphi dans le silence nocturne. Puis il la revoyait, mais cette fois les traits défaits par le chagrin et les pleurs. Son cœur alors saignait, et il mourait d'envie de la rejoindre, de la prendre dans ses bras et de trouver en elle cette source de douleur qu'il pourrait soigner, pour la soulager de sa peine et la guérir entièrement.

Et parce qu'Alvin vivait chez Mesure, il oubliait sa prudence et laissait à nouveau paraître ses sentiments. Il se trouva ainsi que son frère surprit un jour son visage, alors qu'avec sa femme il venait d'échanger l'un de ces regards dont ils étaient coutumiers. Delphi sortie de la pièce et les enfants couchés depuis longtemps, rien n'empêchait Mesure d'avancer la main et de toucher le genou d'Alvin.

« Elle s'appelle comment ? demanda-t-il.

— Qui ça ? fit Alvin, confus.

— Celle que t'aimes tellement que l'air te manque rien que d'y penser. »

L'espace d'un instant, Alvin hésita, par une longue habitude. Puis les écluses s'ouvrirent et il s'épancha de toute son histoire. Il commença par mademoiselle Larner, en réalité Margaret, l'ancienne torche des récits de Mot-pour-mot, celle qui veillait sur lui de loin. Mais dire son amour pour elle l'amena à parler de tout ce qu'elle lui avait appris, et lorsqu'il en eut terminé, l'heure était bien avancée. Delphi dormait sur l'épaule de Mesure — elle était revenue pendant qu'Alvin débitait son histoire mais n'était pas restée éveillée longtemps, ce qui n'était pas plus mal car ses trois enfants et Arthur Stuart n'allaient pas manquer de lui réclamer leur petit-déjeuner à l'heure dite, quand bien même elle aurait veillé tard dans la nuit. Quant à

Mesure, lui, il gardait l'œil ouvert et brillant; on lui avait raconté les paroles de l'oiseau rouge, le soc d'or vivant, Alvin dans le feu de la forge, Arthur Stuart dans l'Hio. Une profonde tristesse voilait cependant l'éclat de son regard, due au meurtre, même justifié, qu'Alvin avait commis de ses mains; due aussi à la mort de la Peg Guester, voire à celle de certaine esclave marronne, remontant aux premiers jours d'Arthur Stuart.

« Va falloir que j'trouve des genses pour leur apprendre à devenir Faiseux, dit Alvin. Mais j'connais même pas si quelqu'un sans mon talent est capable d'apprendre, ni jusqu'où il aurait besoin d'apprendre, ni même s'il aurait envie d'apprendre.

— J'crois, dit Mesure, que des genses comme ça, faudrait d'abord qu'ils aiment ton rêve de la Cité de Cristal, puis tu leur dirais qu'ils peuvent apprendre pour t'aider à la bâtir. Si l'bruit court qu'y a un Faiseux qu'apprend comment l'devenir aussi, tu vas avoir toutes sortes de genses qui voudront se servir de ce pouvoir-là pour commander aux autres. Mais la Cité de Cristal… Ah, Alvin, tu t'rends compte ! Ça serait comme vivre dans c'te trombe qui vous a emportés, l'Prophète et toi, toutes ces années passées.

— Tu veux apprendre, toi, Mesure ? demanda Alvin.

— J'ferai tout c'que j'peux pour ça. Mais j'vais t'faire d'abord une promesse solennelle : j'me servirai de c'que tu vas m'apprendre uniquement pour bâtir la Cité de Cristal. Et si jamais j'arrive pas à en apprendre assez pour être un Faiseux, je t'aiderai autrement du mieux possible. Demande-moi n'importe quoi, Alvin, je l'ferai — emmener ma famille au bout d'la terre, abandonner tout c'que j'possède, mourir si y a b'soin —, tout pour qu'la vision que Tenskwa-Tawa t'a montrée s'réalise. »

Alvin lui serra les deux mains, très longtemps. Puis Mesure se pencha et l'embrassa, en frère, en ami. Le mouvement réveilla Delphi. Elle n'avait pas tout entendu, loin de là, mais elle savait qu'il se passait quelque chose d'important et elle sourit, l'air endormi, avant de se lever et de laisser Mesure l'emmener au lit pour le peu d'heures qui restaient avant l'aube.

Ce fut le début du vrai travail d'Alvin. Tout le reste de l'été, Mesure fut son élève et son professeur. Alvin montrait à Mesure comment devenir Faiseur, et Mesure montrait à Alvin comment être un père, un mari, un homme. La différence, c'était qu'Alvin ne se rendait pas vraiment compte de ce qu'il apprenait, tandis que Mesure assimilait chaque nouvelle explication, chaque infime parcelle du pouvoir du Faiseur, mais au prix d'une lutte acharnée. Pourtant il finissait par assimiler, petit à petit, et il retint un certain nombre de choses ; Alvin en vint à comprendre, après tant d'efforts infructueux, comment enseigner aux autres à « voir » sans les yeux, à « toucher » sans les mains.

A présent, quand il restait éveillé la nuit, allongé sur son lit, il songeait moins souvent au passé mais essayait plutôt d'imaginer l'avenir. Quelque part, là-bas, se trouvait l'emplacement où il devrait bâtir la Cité de Cristal ; là-bas se trouvaient aussi les gens qu'il devrait rencontrer et auxquels il apprendrait à aimer son rêve puis à le réaliser. Quelque part se trouvait le sol idéal que son soc vivant était destiné à creuser. Quelque part se trouvait la femme qu'il aimerait et auprès de laquelle il vivrait jusqu'à la mort.

❋

A Hatrack River, cet automne-là, il y eut une élection, et par suite de certaines rumeurs qui circulaient et suggéraient qui était un héros et qui un traître, Pauley Wiseman perdit son poste et Po Doggly en obtint un nouveau. Ce fut aussi vers cette époque que Conciliant Smith vint déposer une plainte comme quoi son apprenti s'était enfui au printemps avec un objet propriété de son patron.

« T'as attendu joliment longtemps avant d'porter plainte, dit le shérif Doggly.

— Il m'a menacé, fit Conciliant Smith. J'ai eu peur pour ma famille.

— Bon, eh ben, dis-moi donc c'que c'était, ce qu'y t'a volé.

— C'était un soc de charrue.

— Un soc ordinaire ? Tu t'attends à c'que j'retrouve un soc ordinaire ? Et pourquoi djab il aurait donc volé une affaire pareille ? »

Conciliant baissa la voix et parla sur le ton du secret. « L'soc était en or. »

Oh, Po Doggly fut pris de fou rire en entendant ça.

« Ben quoi, c'est vrai, comme j'te dis, fit Conciliant.

— Ah oui, vraiment ? Eh ben, tu vois, j'te crois, mon ami. Mais si y avait un soc en or dans ta forge, j'gage à dix contre un qu'il était à Al, pas à toi.

— C'que fait un apprenti, ça appartient au patron ! »

Ma foi, à ce moment-là, Po se mit à durcir le ton. « Essaye d'raconter des histoires pareilles autour d'Hatrack River, Conciliant Smith, et m'est avis qu'y en aura qui raconteront comment t'as gardé l'gamin alors qu'il était depuis longtemps meilleur forgeron qu'toi. M'est avis que l'bruit s'épaillera que t'étais pas un patron honnête, et s'il te prend d'accuser Alvin Smith d'avoir volé c'que lui seul au monde était capable de fabriquer, alors j'crois qu'on a pas fini de s'moquer de toi et de t'mépriser. »

Peut-être comprit-il, et peut-être que non. Une chose est sûre : Conciliant ne chercha pas, par quelque artifice juridique, à récupérer le soc, où que se trouve Alvin. Mais il raconta son histoire et l'amplifia de jour en jour : Alvin n'arrêtait pas de le voler, le soc était son héritage à lui, Conciliant Smith, sous forme de soc et peint en noir, mais Alvin l'avait remis à nu par des procédés diaboliques avant de l'emporter. Du temps où Gertie Smith vivait encore, elle se moquait de pareils racontars, mais elle était morte peu après le départ d'Alvin d'une veine qui avait éclaté alors qu'elle hurlait à son mari qu'il se conduisait en parfait imbécile. Dès lors, Conciliant remania l'histoire à sa convenance et prétendit même qu'Alvin avait tué Gertie au moyen d'un sort qui lui avait fait éclater les veines et noyer son cerveau dans le sang. C'était un affreux mensonge, mais il se trouve toujours des gens pour apprécier ce genre de ragots, et l'histoire se répandit d'un bout à l'autre de l'Etat de l'Hio, puis au-delà. Pauley Wiseman l'entendit. Le révérend Thrower l'entendit. Chicaneau Planteur l'entendit. Et des tas d'autres gens.

Voilà pourquoi, lorsqu'Alvin se risqua enfin à sortir de Vigor Church, des tas de gens suivaient de l'œil les étrangers porteurs de paquets de la taille d'un soc de charrue, cherchaient à saisir un éclat d'or par-dessous la toile à sac, jaugeaient les individus au cas où ils correspondraient à certain apprenti forgeron en fuite qui avait volé l'héritage de son patron. Certains d'entre eux avaient même l'intention de le rapporter à Conciliant Smith, à Hatrack River, si jamais ils mettaient la main sur le soc d'or. En revanche, chez certains autres, pareille idée ne leur effleurait jamais l'esprit.

AINSI S'ACHÈVE

L'APPRENTI,

TROISIÈME LIVRE DES

CHRONIQUES D'ALVIN LE FAISEUR

Table

Le septième fils

Le prophète rouge

L'apprenti

Achevé d'imprimer en septembre 1996 par l'imprimerie Jouve à Mayenne
pour le compte de la Librairie l'Atalante.

Dépôt légal : septembre 1996.